KB263418

신채호문학연구초

2013년도
대한민국학술원 선정
우수학술도서
이 도서는 교육부의 지원으로
대한민국학술원에서 선정한
"2013년도 우수학술도서"임

징검다리

지난 7여 년간 나는 거대한 늪에서 온몸으로 사투를 벌여왔다. 끝을 알 수 없는 늪, 끊임없이 빠져드는 늪, 도대체 길을 몰라 헤맬 수밖에 없었다. 출구를 찾을 수 없었다. 「천희당시화」를 시작할 때만 해도 그것은 길이 제대로 나지 않은 길에 불과했다. 『황성신문』에 접어들면서 그것은 늪이었다. 헤어날 수 없는 길이었다. 『중화보』에서 그것은 다시 길 없는 길이었다. 길을 만들기 위해, 늪을 건너기 위해 수없이 많은 돌을 던져 넣고 밀어 넣었다. 아무리 해도 느낌이 없었다. 끝 모를 심연을 향해 던지고, 밀어 넣고, 또 던져 넣었다. 기진맥진해서야 돌덩이가 늪바닥에 가닿는 느낌이 들었다. 또 다시 그렇게 돌을 던져 징검다리를 놓으며 한 발짝씩 길을 찾아 갔다.

이 연구를 시작하게 된 계기는 2002년 단재문화예술제전의 논문발표에 있었다. 1996년 대학원 수업에서 신채호문학론을 발표할 때에도 「천희당시화」의 저자 문제에 부딪혔다. 그런데 학위논문을 준비하랴 잊고 지냈다. 2002년 「단재 문학 연구의 성과와 전망」을 준비하면서 여전히 그 문제가 제자리 걸음질치고 있다는 사실을 확인했다. 그래도 선뜻 뛰어들 수 없었다. 누군가 하겠지 하며 나는 그 문제로부터 저만치 물러나 있었다. 그 와중에 범우비평판 단재문학선집을 맡게 되었다.

2004년 여름 나는 학생들과 호주로 탐방을 떠났다. 거기에서 학생들과 며칠을 보내다가 그들을 뒤로 하고 혼자서 여행에 나섰다. 많이 힘들었고, 지쳐 있었다. 모든 게 힘들었다. 사막으로 가서 원주민과 그들의 신을 만나고 싶었다. 나를 찾고 싶었다. 그래서 무작정 엘리스스프링스로 향했다. 거기에서 다시 울루루를 향하는 새벽 차 안에서 나는 비몽사몽간에 어머니를 만났다. 그해 4월에 돌아가신, 돌아가신 지 100일 된, 잊고 지내던 어머니를 만난 것이다. 그때 내가 왜 그렇게 힘들어하는지를 알 수 있었다. 그날 밤 사막에서 엄청난 별을 보며 야영을 했다. 다음날 새벽 나는 사막 한가운데서 떠오르는 해와 장엄한 울루루를 바라보았다. 그리고 어젯밤 잤던 곳이 바로 에어즈락의 코앞이라는 것도 알게 되었다. 나는 간밤에 거기에서 실례를 범했는데, 그곳이 성소였다니 ……. 그때 울루루는 나에게 큰 가르침을 주었다. 너는 네 안에 있는데, 이 먼 곳에 와서 너를 찾아 헤매느냐고. 비로소 나는 나를 찾을 수 있었다. 호주에서 돌아와 본격적으로 단재에 몰두할 수 있었다. 계속 머릿속을 떠나지 않던 「천희당시화」의 저자 문제를 논의하기 시작한 것이다. 그렇게 단재 연구는 시작되었다.

이후 단재 연구에서 여러 번의 고비가 있었다. 2006년 여름 중국 사회과학원의 도움으로 자료 조사의 기회를 얻었다. 나는 편지 한 장을 들고 북경대 도서관으로 향했다. 단재가 중국에서 펴낸 『천고』 3호를 보기 위해서였다. 목차와 내용 일부가 최광식 교수에 의해 소개되었지만, 실체가 제대로 알려져 있질 않았다. 1922년경 단재는 북경대 도서관의 자료를 이용하기 위해 당시 도서관 주임이던 이대조에게 손수 편지를 쓴 일이 있었다. 나는 북경대에서 武振江 부관장으로부터 이용허가를 얻어 도서관 금고에 보관 중이던 자료를 볼 수 있었다. 그들의 엄격한 통제 아래 단재의 글을 며칠에 걸쳐 필사하였다. 자료를 구했을 때의 기쁨이란 그야말로 떨림 그 자체였다. 이후 일본 외무성사료관으로부터 『신대한』 1호와 17·18호를 얻었을 때, 그리고 천년 고찰 진관사 칠성각에서 『신대한』 1·2·3호가 발견되었을 때도 그러한 떨림을 맛보았다.

2008년 『황성신문』을 보기 시작했지만, 늪에 막혀 더 이상 나아갈 수 없었다. 당시 나는 버클리대학의 방문학자로 집과 동아시아도서관, 한국학연구소를 오가며 단재의 글을 찾아 『황성신문』과 씨름했다. 『황성신문』은 영인본을 재영인한 것을 촬영한 파일 형태로 보았다. 글자가 무디어지고, 자료 해독이 어려운 것은 문제가 아니었다. 언어와 문체의 낯설음, 혼돈의 회오리에서 헤어날 수 없었다. 암울했던 그해 11월 말, 나는 자료를 찾아 하버드대학교 옌칭도서관에 갔다. 며칠 동안 자료를 찾은 후, 곧바로 멕시코 체첸잇사를 향해 떠났다. 그리고 혼자 칸쿤의 유적지를 둘러보고 돌아오던 밤 비행기 안에서 나는 화려한 별똥별을 보았다. 자신의 모든 것을 태워서 마지막 불꽃을 발하는 별똥별을 보면서 소멸하는 것의 위대함을 깨달았다. 그 황홀한 빛은 단재를 비롯한 무수한 선열지사를 떠오르게 했다. 여행에서 돌아와 나는 『황성신문』 속에서 단재를 만날 수 있었다.

2010년 나는 단재의 『중화보』 논설을 찾겠다고 나섰다. 그해 8월 충북대학교에서 발표를 앞두고 나는 여러 날을 도저히 잠을 이룰 수 없었다. 논란이 된 '의'자를 진작에 찾아냈지만, 더 많은 문제들에 직면하게 되었다. 『북경일보』·『중화신보』·『북경중화신보』 등 200여 개에 달하는 신문 마이크로필름을 반복해 돌리면서 그 끝없는 절망을 견뎠다. 왜 이런 연구를 하겠다고 나섰는지, 그냥 벗어나고픈 마음만이 간절했다. 나는 밀려오는 고통을 온몸으로 느끼면서 나와 맞섰다. 끊임없이 빠져드는 수렁 속으로 한없이 곤두박질쳐 들어갔다. 발표 전날 새벽 두 시 문제들에 대한 실마리가 조금씩 보였다. 끝이 느껴질 때, 아! 그때의 기쁨이란? 정말 가장 큰 고통과 기쁨이 동시에 전신을 휩싸고 지나갔다.

여기에 실린 논문들은 그렇게 지난 7년여 동안 세월의 갈피에 켜켜이 아로새긴 단재 보고서이다. 일부 글은 발표 당시의 것을 적잖이 수정 보완하였다. 원문의 오자 탈자를 바로잡기도 했고, 새롭게 찾은 근거들을 추가하였으며, 좀 더 확실히 밝혀낸 사실들은 수정하였다. 글을 새로 정리하면서 전반적으로 보완할 수 있어서 정말 다행이었다. 그런데 이러한 작업들이 어찌 나 혼자의 힘으로 되었겠는가. 자료 수집에 온갖 노력을 바쳤던 단재의 아들 신수범을 포함하여 단재전집편찬위원회 위원들, 그리고 자료 발굴에 특별히 정성을 기울인 전 시립대 권오만 · 전 성균관대 임형택 · 중국 연변대 김병민 · 전 청주대 박정규 교수와 같은 이들이 있었기에 이 작업은 가능했다. 그리고 연구에 적극 협조해준 단재 며느리 이덕남 여사를 비롯하여, 전 펜실베니아대 이정식 · 서강대 최기영 · 중국 대외경제무역대 최옥산 교수의 도움도 컸다.

자료를 위해 중국 국가도서관 · 북경대도서관 · 사회과학원도서관 · 상해도서관 · 복단대도서관과 일본의 외무성사료관 · 도야마대도서관, 미국의 버클리대 동아시아도서관 · 하버드-옌칭도서관 등을 찾아다녔다. 아울러 국립중앙도서관을 비롯하여, 국회도서관 · 독립기념관 · 아단문고, 그리고 서울대 · 경희대 · 고려대 · 대구대 · 성공회대 · 연세대 · 중앙대 · 충북대 등 대학 도서관을 뒤지며 자료를 수집하였다.

논문 집필에 한국연구재단 · LG연암재단 · 동일문화장학재단, 자료 수집에 독립기념관 · 중국사회과학원이 도움을 주었으며, 논문 발표에 서울대 국어국문학과BK사업단 · 버클리대 한국학연구소 · 진관사 · 개신어문학회 · 서울역사박물관 · 충북대 중원문화연구소 · 서울대 한국어문학연구소 · 단재문화예술제전 등이, 저서 발간에 경북대학교가 지원해주었다. 한편, 중국에서 劉大軍 · 劉成杰 · 도은임, 미국에서 장재용 · 유정민, 일본에서 김도경, 국내에서 김영임 선생님을 포함하여 권두연 · 양근애, 그리고 수많은 대학의 도서관 사서들로부터 도움을 받았다. 그리고 류동일 · 배지연이 원고 교정에 도움을 주었다. 이들의 도움을 징검다리 삼아 이 연구가 빛을 보게 되었다. 이 모든 분들께 진심으로 고마움을 전하고 싶다.

2012(단기 4345)년 3월

晩悟齋에서 김주현

지난해 여순과 집안, 백두산 등 단재의 흔적을 찾아다녔다. 그리고 올해 다시 홍라산(대명산) 대명사와 고려영을 찾았다. 북경 안정문에서 50리 되는 옛 '고려(고구려) 진영(陣營)'에서 나는 백세 노승과 단재의 자취를 만날 수 있었다. 그동안 연구초의 일부를 수정 보완하였다. 이제 텍스트 안팎을 연결하는 본격적인 여정이 남아있다. 앞으로 가야 할 길이 멀다.

2013(단기 4346)년 6월 22일

고려영에서 김주현

차례

제2부

제4부

서설

선금술의 방법론

선금술의 방법론

1. 텍스트의 구경(究竟)

모든 연구는 텍스트로부터 비롯되고 텍스트에서 출발한다. 그런데 텍스트는 열려 있다.[1] 오독이 단순히 연구자의 주관에 기인한 것도 있지만 상당수는 텍스트의 개방성에 기인한다. 그것은 문학 연구에만 한정되는 것이 아니라 역사 및 철학 연구에서도 마찬가지이다. 문학 연구에서 텍스트는 단순한 대상의 의미를 넘어선다. 그런데 우리 근대문학 연구에서 대상으로서의 텍스트는 여전히 불완전하다. 우리는 텍스트의 불완전성을 곳곳에서 목격할 수 있다. 이상화의 「빼앗긴 들에도 봄은 오는가」는 초기 텍스트들이 적지 않은 문제를 안고 있었다. 일부 기억에 의존해 만든 『상화와 고월』(1951)에서는 바로 한 연이 유실될 정도로 현저한 오류가 있었다. 어디 그것뿐이겠는가?

1 여기에서 텍스트라는 말은 '기호'처럼, 문학작품뿐만 아니라 편지 · 일기 · 광고 · 사진, 심지어는 각종 문서 등을 포괄할 수 있는 광의의 개념으로 사용하고자 한다. 또한 그것은 고정된 의미체계를 말하는 것이 아니다. 바르트에 따르면, "'작품'이 단일하고도 안정된 의미를 드러내는 기호체계라면, '텍스트'는 이런 고정된 의미로 환원할 수 없는 무한한 시니피앙들의 짜임"이다. 곧 텍스트는 "그것을 이루고 있는 시니피앙의 다각적이고 물질적 · 감각적인 성격에 의해 무한한 의미생산이 가능한 열린 공간"인 것이다. 김희영 글 「텍스트 · 즐거움 · 권력 · 도덕성」(Roland Barthes, 김희영 역, 『텍스트의 즐거움』, 동문선, 1997, 8~9면) 참조.

이상의 전집 역시 오류가 적지 않다. 특히 「종생기」의 텍스트 오류로 인해 우리는 적지 않은 오독을 보아왔다. 더불어 김동리는 개작의 명수였다. 수많은 작품들이 개작되었고, 그리하여 현재 전집에 실린 작품들은 상당수가 개작된 텍스트들이다. 「무녀도」만 3회, 『을화』까지 친다면 4회 정도의 개작이 된 셈이다. 그런데 연구자들은 1963년 개작 「무녀도」를 통해 1930년대 김동리의 문학 세계를 논의한다. 텍스트의 가변성을 전혀 의식하지 못하기 때문이다.

텍스트의 문제는 단재전집에서 더욱 극명하게 드러난다. 단재전집은 몇 차례에 걸쳐 발간되었으나 여전히 논란이 많다. 1972년 형설출판사에서 『단재신채호전집』(상 · 하)이 나온 이후 1975년에 보유편이 나오기에 이른다. 그러나 그것들은 자료의 수집 및 수록 과정에서 무수한 문제를 안고 있어서 1977년 개정판 상 · 중 · 하 · 『별집』 등 총 4권이 나오기에 이른다. 그러나 그것 역시 텍스트에 대한 확정이 제대로 이뤄지지 않은 상태에서 나와 적지 않은 문제를 야기하였다. 2007~2008년에 나온 단재전집도 예외는 아니다.

이 글에서 연구자는 이전 연구를 바탕으로 텍스트 연구 방법론을 제시해 보고자 한다. 대부분의 텍스트는 아래와 같은 방법론에 입각해 연구할 수 있다.

텍스트 발굴 수집 → 텍스트 선별 확정 → 텍스트 분석 종합 → 텍스트 가치 및 의의 규명

이러한 방법과 절차는 공산품 가공에 있어서도 마찬가지이다. 즉 원재료 입수 → 재료 선별 → 재료의 조직 / 가공 → 제품 완성(가치 추구)이 그것이다. 오늘날처럼 분화된 산업에서는 수집 및 선별이 생략되기도 하지만, 그것은 여전히 전통적인 생산방식으로 자리한다. 가마에 도자기를 구워내는 도공들의 작업은 이러한 과정, 아니 더 복잡한 수순을 밟게 된다. 단재의 역사 연구에서도 이 방법들은 잘 드러나 있다. 단재는 역사 연구에 대한 자신의 방법론을 제시하였다.

4. 史料의 蒐集과 選擇에 대한 商榷

(1)古碑의 參照, (2)各書의 互證, (3)各種 名詞의 解釋, (4)僞書의 辨別과 選擇

5. 史의 改造에 對한 愚見

(1)系統 구하기, (2)會通 구하기, (3)心習 제거, (4)本色 추구[2]

단재는 사료의 모집과 선택에 특별히 관심을 쏟고 역사 연구를 하였다. 그의 연구는 사료의 모집과 선택, 계통 및 회통 구하기, 심습 제거 및 본색 추구의 과정을 잘 보여준다. 단재는 방문·조사·실측 등 실증적인 방법을 통해 사료를 수집하였고, 고증학을 통해 사료를 감별하였다. 그는 사료의 모집과 선택에 누구보다 관심을 기울였고, 그 분야에 독보적인 성과를 낳았다. 단재는 나아가 사료의 계통과 회통 구하고, 심습을 제거함과 더불어 본색을 구할 것을 천명했다. 그것은 텍스트의 수집과 선택, 그리고 그것을 정리, 조직, 재구함으로써 텍스트의 본질적 가치를 탐색하는 것이다.

텍스트를 어떻게 할 것인가? 단재는 사료 연구의 방법론 모색을 통해 역사학을 개척하였다. 문학 연구도 그러한 방법과 무관하지 않다. 본 논의에서는 단재의 역사 연구 방법론과 연구자의 단재 연구 방법론을 접목하여 텍스트 연구 방법론을 세워보고자 한다. 이것은 단재 연구를 위한 방법론이지만, 달리 텍스트 전반에 대한 방법론에 해당된다. 그래서 학문 연구를 위한 방법론 모색으로서의 의미가 있다.

---

2 신채호, 「조선상고사」, 『단재신채호전집』 제1권, 독립기념관 한국독립운동사연구소, 2007, 613~631면. 이하 단재 글의 인용은 독립기념관 발간 단재전집(제1~4권, 2007; 제5~9권, 2008)을 대상으로 하며, 그 권수를 밝혀 제시하기로 한다.

2. 텍스트의 발굴 수집

일반적으로 문학 연구는 텍스트를 분석하여 평가하는 것으로 이해된다. 그러나 사실 본격적 연구 이전에 여러 단계를 거치게 된다. 굳이 원전비평이라는 말을 언급하지 않더라도 모든 연구는 그것을 기반으로 할 수밖에 없다. 텍스트는 현전하는 것이 아니라 발견하는 것이다. 역사가에게 있어서 사료의 수집과 선택이 아주 중요하듯 문학 연구가에게 텍스트의 발굴 수집도 그러하다. 텍스트의 수집에 있어서 고고학적 발굴은 의미를 갖는다. 단재는 "天下의 書籍을 搜集하며 地中의 遺物을 撥屈하야 參考의 材料를 삼고"[3]라고 하였다. 사료는 직접 관찰과 상기, 언어·문자·회화를 통한 전승, 유물 등(베른하임), 또는 문자로 기록된 것과 문자 기록 이외의 것(양계초) 등 다양하다.[4] 단재는 서적과 유물, 古碑뿐만 아니라 각종 전승에 대해서도 참조할 것을 제안했다. 이러한 것은 고고학적 발굴 또는 실증적 탐색을 통해 이뤄진다.

> 내가 俄領方面과 滿洲方面에 있었을 때에는 우리의 史蹟을 찾기에 거의 專力을 다하다싶이 하였는데 여간 많은 것이 아닙니다……北京 東郊에도 훌륭한 조선 古蹟이 있건마는 누가 그것을 찾아볼 생각이나 듭니까. 그리고 이왕 事大主義者들의 眼孔이 좁기가 한정 없이 밤낮 史料를 半島안에서만 찾으려고 헤매고 一步도 그 밖을 나가본 적이 없었습니다.[5]

단재는 답사 및 자료 발굴의 중요성을 강조했다. 그래서 "輯安縣의 一覽

---

3 신채호, 「조선상고문화사」, 『단재신채호전집』 제3권, 370면.

4 E. Bernheim, 박광순 역, 『역사학입문』, 범우사, 1985, 102~135면; 梁啓超, 「中國歷史研究法」, 『飮氷室合集(飮氷室傳集 73)』 제10권, 中華書局, 1936, 36~67면.

5 이윤재, 「북경 시절의 단재」, 『단재신채호전집』 제9권, 313면.

이 金富軾의 高句麗史를 萬讀함보다 낫다"[6]고 외쳤다. 단재는 사료를 찾아 곳곳을 누비고 다녔다. 그것은 "文獻의 不足을 깁"는 방법이다. 단재 사학의 가치는 먼저 그러한 답사를 통한 사료 확보에 있다. 그것은 문헌 텍스트를 보완하는 중요한 의미를 갖는다. 문학 연구에서 텍스트는 의존적이며, 불완전하다. 그것은 다른 텍스트와의 관계 속에서 온전한 의미를 얻는다. 그러므로 육필원고, 모든 판본, 기타 각종 기록물을 수집해야 한다. 윤동주의 「참회록」의 경우 자필 원고가 존재한다. 그것은 선집, 전집에 수록된 시 텍스트와 내용에서는 차이가 없지만, 자필 원고는 그 밖의 여러 정보를 제공해준다. 시 아래에는 "詩人의 告白, 渡証, 渡航, 上級, 힘, 生, 生存, 生活, 文學, 詩란? 不知道, 古鏡, 悲哀, 禁物"[7] 등의 낙서가 포함되어 있기 때문이다. 그가 이 시를 쓴 날이 1942년 1월 24일이었으며, 히라누마 도오쥬우[平沼東柱]라는 이름으로 창씨개명 서류를 학교에 제출한 날이 1942년 1월 29일"[8]이라는 점에서 시의 낙서들은 당시 시인의 심경을 보여준다. 문학, 시, 삶에 대한 고뇌와 도항증명서를 얻기 위해 창씨를 할 수밖에 없는 식민지 지식인의 부끄러운 자의식 등이 시와 낙서에 여실히 나타나 있다.

텍스트는 표면이고, 조각이며, 흔적일 뿐이다. 그것을 완전하거나 전체인 것으로 생각하면 문제가 된다. 그것들은 고증을 통한 재구가 필요하다. 그러기 위해 보다 광범위한 자료들을 모을 필요가 있다. 작가의 출생기록, 족보, 성장환경, 교우관계, 성적표, 각종 독서물, 주변인물의 회고담 등이 그러한 것이다. 현재 문학선집은 대부분 작가의 문학 작품만 싣고 있다. 그러나 독립운동가의 경우는 다르다. 단재전집편찬위원회에서는 단재전집(2007~2008)을 간행하면서 각종 판본을 영인하여 실었을 뿐만 아니라 단재가 만든 신문 잡지, 그의 활동과 관련된 각종 문서 및 정보들, 체포·공판·순국과 관련된 각종 보도, 심지어 지인들의 회고담 등을 포함시켰다. 그것은 보

6 신채호, 「조선상고사」, 『단재신채호전집』 제1권, 614면.
7 왕신영 외, 『윤동주 자필 시고전집』, 민음사, 1999, 176면.
8 송우혜, 『윤동주평전』, 열음사, 1992, 254~257면 참조.

다 광범위한 정보를 제공하는 것이다.

자료 수집을 위해서는 단행본, 전집 등의 텍스트에만 갇혀선 안 된다. 연구자는 단재의 해외 자료를 수집하기 위해 중국을 여러 차례 방문하여 단재가 만든 『천고』 3호를 필사 등의 방법으로 입수하였으며, 중국 근대 신문 20여 종을 뒤졌다.[9] 또한 『황성신문』, 『대한매일신보』, 『권업신문』, 『신대한』, 『독립신문(상해판)』 등의 신문에서 단재의 텍스트를 찾아내었다. 텍스트 발굴 및 수집을 위해 발품을 아끼지 않을 필요가 있다. 풍부하고 다양한 자료는 보다 풍성한 해석을 낳을 뿐만 아니라 새로운 자료의 발굴은 이전 연구를 허물 수 있는 또 다른 실증으로 작용하기 때문이다.

3. 텍스트의 선별

텍스트는 무엇보다 믿을 수 있어야 한다. 신뢰할 수 있는 텍스트가 신뢰할 수 있는 연구를 낳기 때문이다. 그런데 텍스트는 훼손되거나 잘못된 것들이 적지 않다. 그래서 텍스트의 확정이 필요하다. 역사학은 물론이겠거니와 문학에서도 잘못된 텍스트로 인해 잘못된 연구 결과를 빚어낸 경우가 허다하다. 텍스트를 발굴하고 수집하는 것도 중요하지만, 연구에 있어서 무엇보다 자료의 고증과 선택이 중요한 것이다. 텍스트는 고증을 통해서 진정한 텍스트로 거듭나게 된다. 특히 이때 텍스트 확정은 중요성을 갖게 된다. 단재는 사료 선택의 중요성을 언급했다. 그것은 고증과 감별을 통해서 이뤄지는 것이다.

---

9 『천고』 3호는 단재가 북경에서 만든 잡지로 현재 북경대학교 도서관에 유일본이 존재한다. 북경대학 도서관 측에서는 이 자료를 금고에 보관하고 있으며, 현재 도서관 홈페이지에 소장처를 "未知"로 표기해놓고, 한국 연구자들의 접근을 막고 있다.

歷史를 硏究하랴면 史的 材料의 搜集도 必要하거니와 그 材料에 對한 選擇이 더욱 必要한 者라. 古物이 山가티 싸엿슬지라도 古物에 對한 學識이 업스면 日本의 寬永通寶가 箕子의 遺物도 되며, 十萬 冊의 藏書樓 속에서 坐臥할지라도 書籍의 眞僞와 그 內容의 價値를 判定할 眼目이 업스면 後人 僞造의 天符經 等도 檀君 王儉의 聖言이 되는 것이다.[10]

단재는 무엇보다 사료 고증에 앞장섰다. 그는 치밀한 분석을 통해 고증학을 폈던 것이다. 양계초 역시 "사상 비평은 반드시 사실의 기초 위에서 이룩되어야 하며 그렇지 않으면 그 사상은 장차 그릇 이용되고 그 비평은 헛되이 된다(思想批評必須建設於實事的基礎之上 而非然者 其思想將爲枉用 評將爲虛發)"[11] 라고 하여 고증학의 중요성을 강조하였다. 그것은 정확한 사료를 추구하라는 전언이다. 단재는 "選擇 업는 博學은 博學 안인 選擇만도 못하다"[12]고 결론지었다. 역사 연구에서 박학이 중요하지만, 그것보다 선택이 중요함을 설파한 것이다. 그리고 그는 "僞書 만키로는 支那 가튼 나라가 업슬 것이다. 僞書를 辨認치 못하면 引證치 안흘 記錄을 我史에 引證하는 錯誤가 잇다"[13]라고 경고했다. 나라마다 각종 위서가 존재하고, 심지어 그것으로 인해 역사가 오도된 적이 적지 않다. 특히 중국에는 위서가 많아 양계초도 중국 역사를 연구하면서 위서 감별에 대단히 주의하였다. 칼그렌 역시 중국의 위서에 대해 논의한 바 있다.[14]

고증을 통한 역사 연구는 『조선사연구초』에 실린 여러 논문들에 잘 드러나 있다. 단재는 「古史上吏讀文名詞解釋法」에서 (一) 本文의 自證, (二) 同

10 신채호, 「삼국지 동이열전 교정」, 『단재신채호전집』 제2권, 351면
11 梁啓超, 「中國歷史硏究法」, 앞의 책, 99면.
12 신채호, 「삼국지 동이열전 교정」, 『단재신채호전집』 제2권, 352면.
13 신채호, 「조선상고사」, 『단재신채호전집』 제1권, 619면.
14 중국 고대 서적의 진위에 대해서는 姚際恒의 『古今僞書考』(1736)와 더불어 梁啓超의 『古書眞僞及其年代』(1927)가 있으며, 이 밖에도 Bernhard Karlgren의 "The Authenticity of Ancient Chinese Texts"(*The Museum of Far Eastern Antiquities*, Stockholm : Museum of Far Eastern Antiquities, 1929, pp.165~183)가 있다.

類의 傍證, (三) 前名의 溯證, (四) 後名의 沿證, (五) 同名異字의 互證, (六) 異身同名의 分證 등 6가지 방식을 내세웠다. 그리고 「조선상고문화사」에서 (一) 類證, (二) 互證, (三) 追證, (四) 反證, (五) 辨證 등의 고증 방법을 제시했다. 특히 전자는 이두문의 명사 해석을 위한 방법론으로 단재의 엄정한 고증학을 잘 보여준다. 단재는 "細瑣한 考證이…… 古代의 文學부터 一切 生活狀態까지 硏究하는 열쇠가 될 것"[15]이라고 역설했다. 언어 고증은 문학 연구에 매우 유용한 방법이다.

㉮ 짬도모르고 끗도업시 닷는 내혼아

이것은 「빼앗긴 들에도 봄은 오는가」의 구절이다. 여기에서 '짬'을 이전 연구자들은 '셈', '짧은 시간', '철' 등 다양하게 해석했다. 그런데 이상화가 다른 작품에서도 '짬'을 썼다.

㉯ 우물에비초이는별과달을보라고 아모짬모르는 아린아해를 우물가에다 둠이나다름이업다(「출가자의 유서」, 『개벽』, 1925.3)

㉰ 그러타구두 한개식가진눈을 세개네개나 가지라든지 한아뿐인머리를 둘식셋식가지라는 짬업는 要案은 아니다.(「文壇側面觀」, 『개벽』, 1925.4)

㉱ 밋친개쏘리도밟는 어린애의짬업는그마음이되야(「詩人에게」, 『개벽』, 1926.4)

㉲ 갓없는생각 짬모를꿈이 그만 하나둘 자자지려는가(「病的 季節」, 『조선문단』, 1935.5)

육근웅은 ㉯, ㉰, ㉱의 예문을 들어 "'짬없는'이나 '짬모르는', '짬도 없이'는 각각 '철없는', '철모르는', '철도 없이'로 해석해야 바르게 된다"고 지적했다. 그의 해석이 일견 타당해 보이지만, 적절하지 못하다. 왜냐하면 이상

15 신채호, 「조선상고사」, 『단재신채호전집』 제1권, 618면.

화는 "아 철없이 뒤따라 잡으려 마라"(「반딧불」, 『신가정』, 1933.7), "철모르는 나의 마음 홀아비자식 아비를 따리듯"(「역천」, 『시원』, 1935.4) 등 '철'이라는 표현을 따로 쓰고 있기 때문이다. 이들은 각각 "짬(① 멋 / ② 철 / ③ 겁)도 모르고 씃도 업시 닷는 내혼아", "우물에 비초이는 별과 달을 보라고 아모 짬(철/멋/겁) 모르는 아린아해를 우물가에다 둠이나 다름이 업다", "하나뿐인 머리를 둘식 셋식 가지라는 짬(턱 / 철) 업는 要案은 아니다", "밋친 개ᄭᅩ리도 밟는 어린애의 짬(겁 / 철)업는 그 마음이 되야", "갓없는 생각 짬(멋)모를 꿈이 그만 하나둘 자자지려는가"를 뜻한다.[16] 대구 지역어로서 '짬'은 이처럼 '철', '멋', '겁', '턱'의 의미를 지닌 상황어인 것이다. 이러한 것들은 언어 고증을 통해 분명히 드러난다.[17]

唐太宗이 高句麗를 侵하다가 安市城에서 활에 마저 눈을 傷하얏다는 傳說이 잇서 後人이 매양 史에 올리며, 李穡의 貞觀(唐太宗의 年號)吟에도 『那知

16 이상화의 용례 말고도 연구자는 "짬없이 덤빈다"(구미 할머니), "짬없이 행동한다" · "(너는 일을 그렇게 막 하다니) 짬도 없냐?"(진주 할아버지)라는 표현 용례를 얻어 들을 수 있었다. 후자는 "요령없거나 계획없이" 무슨 일을 하거나 했을 때 사용했다고 한다. 전자는 '겁없이'에 해당되는 말이고, 후자(1)은 '턱 / 철없이(무턱대고)'라는 말에 가까우며, 후자(2)는 '철'이라는 의미에 가깝다. 그러므로 '짬'의 의미망을 살펴보면 아래와 같다. 한편 「車夫當局談」(『대한민보』 '풍림란' 당선작, 1909.7.17)에도 "아모짬도모르ᄂᆞᆫ놈은말도마라"라는 구절이 있는데, 이 '짬' 역시 같은 의미로 볼 수 있다.

	모르다	없다
없다	철	턱
모르다	멋	겁

17 또한 "맨드램이 들마꼿에도 인사를 해야지"에서 '들마꽃'에 대한 논란도 최근 논의에서 말끔히 해소되었다. 「버들과 들마꽃(菫花)」(『신통』 1, 1925.7)에서 綠星은 들마꽃을 菫花(제비꽃, 씀바귀꽃, 무궁화' 등을 의미)로 표기했으며, 괴테의 「DER ABSCHIED」의 "so erfreuet uns ein Veilchen"을 박용철은 "이른 봄 썩은 들마꼿 하나도"(『문예월간』, 1932.3)라고 하여 Veilchen(제비꽃)을 '들마꽃'으로 번역하였다. 이상화는 봄에 지천으로 피는 민들레, 제비꽃을 맨드래미, 들마꽃으로 표현한 것이다.
육근웅, 「'빼앗긴 들에도 봄은 오는가'에 대한 한 이해」, 『한민족문화연구』 3, 한민족문화학회, 1998; 김권동, 「이상화의 '빼앗긴 들에도 봄은 오는가'에 대한 문학적 해석의 재고」, 『어문학』 93, 한국어문학회, 2006.9. 한편 "석근 별"(정지용, 「향수」), "막덕이라더냐"(채만식, 「치숙」) 등에서 '석근', '막덕'도 고증을 통해 의미를 확정할 수 있었다. 김주현, 「문학작품의 원전 오독과 오류에 대한 비판적 해독」, 『안동어문학』 8, 안동어문학회, 2003.

玄花(目)落白羽(矢)』라 하야 그 實然함을 證하엿스나[18]

이졔 唐書에는 곳 使臣을 보내여 이 塔을 흔 줄로 써고 「唐書에 唐太宗觀二年 遣使畝高麗京觀」이라 하니 (京觀은 支那人이 戰勝紀念塔을 가리치는 말) 그 後 人들이 거진말을 더 보태여 이 塔을 唐將尉遲敬德의 塔이라 하는대 우리나라 사람들은 분변치 못할 쁜 안이라 꼭 그런 것인 줄 아니 엇지 딱하지 안한가.[19]

단재는 위 예문에서 보여주듯 당태종이 안시성 싸움에서 눈에 화살 맞은 사실을 재구해낸다. 단재는 그러한 사실을 『兩山墨談』, 『宋史』, 『遼史』, 『당서』(「태종본기」, 「劉泊傳」), 『綱目』, 『自治通監』 등 '各書의 互證'을 통해 밝혀내었는데, 이는 고증학의 장관을 이룬다.[20] 뿐만 아니라 아래 예문은 『구당서』 「태종본기」의 "五年 …… 秋八月甲辰, 遣使毁高麗京觀, 收隋人骸骨, 祭而葬之"를 언급한 것이다. 그것이 『신당서』 「태종본기」에 "八月甲辰, 遣使高麗, 祭隋人戰亡者"로 고쳐졌다. 말하자면 "自家 理想에 符合하는 事實만을 收拾하고", "孔丘氏의 筆削主義를 써 그 事實을 加減 或 改作"하였던 것이다. 단재는 '春秋筆法'의 僻見이 중국 역사가의 習心이 되었음을 비판하였는데, 특히 중국 사서 비판에서 그 정밀성을 더해주고 있다.

단재가 고증학으로 필봉을 드날린 것은 「惜乎라 禹龍澤氏의 國民 大韓 兩魔報의 鷹犬됨이여」(『大韓每日申報』, 1909.6.27)에서 비롯된다. 이 글에서 그는 '如喪考妣'에 대한 해박한 고증을 통해 "그의 深奧한 學識과 그 不世出의 文才를 世上에 알리게"[21] 되었다. 게다가 「천희당시화」, 「만리장성고」,

---

18 신채호, 「조선상고사」, 『단재신채호전집』 제1권, 615면.

19 신채호, 「꿈하늘」, 『단재신채호전집』 제7권, 531면. 이 글에서 "唐太宗觀二年"는 "唐太宗 貞觀 二年"의 오류이다. 아마도 필사 과정에서 한 글자 누락된 것이 아닌가 한다. '정관'은 당나라 태종 때의 연호이며, '정관 2년'은 628년을 가리킨다.

20 단재가 당태종이 화살 맞은 사건을 고증해낸 것은 『동인시화』에 힘입은 바 크다. 서거정은 이색의 「貞觀吟」에서 "謂是囊中一物耳/那知玄花落白羽" 두 구절을 명쾌하게 해석했다. 단재는 그 구절을 「국한문의 경중」(『大韓每日申報』, 1908.3.17~18)에서부터 「조선사」(『조선일보』, 1931.9.17)에 이르기까지 누누이 언급했다.

「조선 고래의 문자와 시가의 변천」, 「전후삼한고」, 「연개소문의 사년」 등에서도 뛰어난 고증적 글쓰기를 보여주었다. 그래서 홍기문은 "丹齋는 巨大한 史料學者요 巨大한 考證學者다. 아조 分明히 말하야 巨大한 史料考證學者다"[22]라고 하였다.

사료의 모집과 선택은 문헌학의 일종이다. 그것은 단재의 말처럼 "서적의 진위와 그 내용의 가치를 판정할 안목"이 요구된다. 단재는 "史學이란 것은 個別을 搜集하여 誤傳을 校正"[23]한다고 하였는데, 그것은 역사학자의 기본 임무이다. 그러나 그것은 모든 학문의 기본이자 토대이다. 단재는 무엇보다 실증과 고증을 통해 역사학의 토대를 견실히 하였다는 점, 나아가 근대 학문의 토대를 제대로 마련했다는 점에서 높이 평가될 수 있다. 이에 대해 홍기문은 "그의 史料學은 오즉 考證에 偏里되야 잇"다고 비판하기도 하였다. 그가 보기에 단재는 巨大한 文獻學者에 지나지 않는 것이었다. 한편 베른하임은 사료학에서 사료비판을 거쳐 해석으로 나아가는 방법론을 제시하였는데, 그것은 곧 사료학에서 해석학으로 넘어가는 것과 마찬가지이다. 문학 연구도 문헌학에서 해석학으로 나아가게 된다.

문학 연구에서 실증주의의 금자탑은 단연 김윤식의 『한국근대문예비평사연구』일 것이다.[24] 최원식의 『한국근대소설사론』, 호테이 토시히로의 「일제 말기 일본어 소설 연구」, 그리고 최근 최수일의 『개벽 연구』도 국문학계에서 실증주의 연구의 성과로 평가된다.[25] 이 가운데 최원식의 저서는 실증주의적 토대를 보여주면서도 그 한계를 실감하게 해준다. 고증을 통한 재구에 미흡했다는 말이다. 그는 당시 이해조 소설의 '서지적 고찰'을 통해서 실증적 연구 토대를 갖추었다. 그러나 1908년 이후 『제국신문』의 소설

21 서세충, 「단재의 천재와 凝滯 없는 성격」, 『단재신채호전집』 제9권, 293면.
22 홍기문, 「단재학설비판」, 『단재신채호전집』 제9권, 351면.
23 신채호, 「조선상고사」, 『단재신채호전집』 제1권, 617면.
24 김윤식, 『한국근대문예비평사연구』, 일지사, 1976.
25 최원식, 『한국근대소설사론』, 창작과비평사, 1986; 布袋敏博, 「일제 말기 일본어 소설 연구」, 서울대 박사논문, 1996; 최수일, 『개벽 연구』, 소명출판, 2008.

연재 상황을 고려하지 않았다.[26] 그는 「고목화」, 「빈상설」을 『제국신문』 소재 이해조 소설 전체로 파악했다. 그러나 이해조는 『제국신문』 기자로 이후 「원앙도」, 「구마검」, 「홍도화」, 「만월디」, 「쌍옥젹」, 「모란병」 등을 계속 연재하였다. 만일 그가 「빈상설」 이후에도 여전히 소설을 발표했을 가능성이 있고, 그 신문이 1910년 8월 2일 폐간되었다는 사실을 고려했다면, 연구 결과는 달라졌으리라 추측된다. 한편 이어령은 이상의 「오감도 시제4호, 5호, 6호」의 자필원고를 소개했다. 그러나 그것들과 『조선중앙일보』 발표본의 판본을 비교해보면 이상의 자필 원고가 아님이 쉽게 드러난다. 그것들은 김기림이 1948년 김규동에게 보낸 편지(『김기림전집』 1, 심설당, 1988), 육사에게 보낸 엽서(『원전주해 이육사 시전집』, 예옥, 2008, 259면)와 비교해보면 필체가 똑같다. 특히 '然', '第', '李'의 한자 표기형태와 '**ㄹ**', '**ㅎ**', '는' 등의 한글 삐침 또는 흘림이 영락없다. 그것들은 1948년경 김기림이 필사한 것이다. 김기림이 『이상선집』을 꾸리기 위해 위 시들을 필사하였다는 사실을 알 수 있다. 자료는 수집이 되었지만 충분한 고증을 거치지 않아 오류가 발생한 것이다.[27]

---

26 당시 『제국신문』은 1898년 8월 10일부터 1907년 5월 14일까지 총 10권으로 영인되어 나왔다. 그는 이후 소설 「고목화」(1907.6.5~10.4), 「빈상설」(1907.10.5~?)을 확인했지만, 그것들을 『제국신문』 소재 이해조 소설 전체로 파악하고 말았다. 그의 연구가 실증에서 비롯되었지만 고증을 통한 재구에 이르지 못했다는 것을 반영한다. 이후 연구자는 1907.5.15에서 1909.2.28까지 『제국신문』을 확인할 수 있었다(김주현, 「개화기 토론체 양식 연구」, 서울대 석사논문, 1989). 그리고 여전히 1909.3.1에서 이 신문이 폐간된 1910.8.2까지 신문은 소실되어 작품의 수록 정보를 제대로 알 수 없다. 현재 미영인된 부분(1907.5.15~1909.2.28)은 연세대 도서관에 소장되어 있다.

27 이들 시가 8·15 해방 후 장만영이 운영하던 출판사 산호장(珊瑚莊)의 원고지 뒷면에 쓰여 있다는 점(김종욱 증언), 같이 발견된 동일한 필체의 메모(이어령은 "이상 자필 메모"로 소개)에 "失樂園－朝光 昭 14. 2"가 나온다는 점, 「오감도 시 제6호」의 "sCANDAL"을 필사본에 "SCandal"로 썼다는 점 등에서 이상의 자필시가 아님을 알 수 있다. "SCandal"은 "sCANDAL"로 식자하기 어렵다. 이상은 전자처럼 s는 소문자로, 그 이하는 대문자로 쓴 것이 분명하며, 필사자는 그런 의도를 제대로 파악하지 못하고 베꼈기에 오류가 발생한 것이다. 게다가 식자공의 오류가 분명한 "아마는 것을", "그럴극지"는 그대로 옮겼지만, "喪尖"은 "喪失"로 교정하였다. 결정적으로 이 사본들은 현재 남아있는 이상의 필적과 전연 다르다. 한편 김기림의 『기상도』 제2판이 1948년 산호장 출판사에서 나왔으며, 필사 원고지 역시 같은 출판사라는 점, 그리고 김기림이 1949년에 『이상선집』(1949)을 출간했다는 점, '자필메모'에 등장하는 작품 목록이 『이상선집』에 그대로 등장한다는 점 등은 이 시 사본들이 김기림의 필사일

4. 분석과 종합－계보학적 체계화

텍스트는 하나의 점으로 존재하는 것이 아니다. 그것은 전후 텍스트와 연쇄 고리로 연결되어 있다. 그것은 한편으로 직선 위에 존재하는 하나의 점이지만, 다른 한편으로 서로 거미줄처럼 연결된 그물망 같은 존재이다. 그러므로 그것은 그런 관계 속에서 제대로 이해된다.

이 가튼 誤錄을 辨論하야 그 正確함을 求함이 可하니, 以上의 五者로써 方法을 삼아, 四千年 동안의 闕失을 채오며 訛誤를 발우잡고, 이에 그 가온대서 精하게 因果를 차즈며 公하게 是非를 가리면, 朝鮮의 價値 잇는 歷史를 萬의 一 或 千의 一이라도 多勿(恢復하는 뜻)할가 하노라.[28]

유증, 호증, 추증, 반증, 변증 등 단재의 고증학은 "闕失을 채우며, 訛誤를 바로잡는" 방법이었다. 역사 연구에 있어서 그것은 연구의 토대일 뿐이다. 단재는 거기에서 나아가 인과를 찾아야 한다고 말했다. 곧 계통과 회통으로 나아가는 것이다. 본격적인 연구는 확정된 텍스트를 분석하고 종합해야 한다. 양계초 역시 역사 연구자가 "고증 방면에서 정력을 절약하고 오로지 사상 비평 방면에 힘써야 한다(從此得絶嗇其精力於考證方面 而專用其精力於思想批評方面)"[29]고 하였는데, 그것은 고증에서 그치는 것을 경계한 것이다. 오히려 연구에 더욱 정력을 쏟아야 한다는 말이다.

歷史는 因果關係로 請求하자는 것인데, 만일 이와 갓흔 因果 以外에 일이 잇

것이라는 정황을 구체적으로 보여준다. 그러나 실제 시집에는 실리지 않았다. 현재 이것들은 영인문학관에서 소장하고 있다.

28 신채호, 「조선상고문화사」, 『단재신채호전집』 제3권, 370면.

29 梁啓超, 「中國歷史硏究法」, 『飮氷室合集(飮氷室傳集 73)』 제10권, 中華書局, 1936, 99～100면.

다 하면 歷史는 하여 무엇하랴만은, 그러나 이는 지은 사람에 不注意요 本實이 그런 것은 아니다.[30]

會通은 前後 彼此의 關係를 類聚한다는 말이니, 舊史에도 會通이란 名稱은 잇스나 오직 禮志, 科目志 等 — 이것도 會通의 方法이 完美하지 못하지만 — 이 외에는 이 名稱은 應用한 곳이 업다. 그럼으로 무슨 事件이던지 忽然히 모엿다가 허터지는 彩雲도 갓고 突然히 불다가 끗치는 旋風도 갓해서 到底히 摸捉할 수가 업다.[31]

단재는 중국으로 망명하면서 안정복의 『동사강목』을 싸들고 갔다. 안정복은 그 책의 서문에서 "무릇 역사가의 대법은 계통을 밝히는 것이라(大抵歷史家大法 明統系也)"고 규정했다. 계통이라는 것은 사실의 선후를 밝혀내고 인과의 영향을 따져 묻는 것이라 할 수 있다. 이만열은 계통과 회통이 인과관계를 중시한다는 측면에서 체계성과 종합성이라 설명했다.[32] 단재는 계통의 예로 조의선인, 즉 화랑의 역사를 들었다. 화랑을 역사적 존재로 파악하고 고구려, 신라, 고려에 이르기까지 그 실체를 사적으로 체계화한 것이다. 하나의 작품은 돌출적 존재가 아니라 전대의 문학과 관계를 가지며, 또한 후대에 영향을 줌은 주지의 사실이다. 문학, 문학론 역시 그러한 측면에서 파악이 가능하다. 특히 「천희당시화」와 관련하여 그런 시화가 어떤 맥락에서 형성되었고, 당대 또는 이후 시화에 어떤 영향을 주었는지를 사적으로 체계화할 필요가 있다. 그러한 계보학적 접근을 통해 문학사적 위치가 드러나는 것이다.

그러나 회통은 전후 피차의 관계를 유취한다는 측면에서 하나의 사건에 대한 종합적 이해라 할 수 있다. 각 사건과의 관련을 종합적으로 판단하는 것

---

30 신채호, 「조선상고사」, 『단재신채호전집』 제1권, 623면.
31 위의 글, 624면.
32 이만열, 『단재 신채호의 역사학 연구』, 문학과지성사, 1990, 153면.

이 된다. 단재는 회통의 예로 묘청의 '西京戰役'을 들었다. 「조선역사상 일천년래 제일대사건」은 서경전역을 보다 입체적으로 조명해주었다. 하나의 사건을 역사적 점으로 간주하고 그것과 연결된 모든 전후 상황들을 복잡한 인과의 선으로 연결시킴으로써 서경전역을 종합적으로 파악한 것이다. 이처럼 계통은 선후의 질서를 구하고, 회통은 다른 것들과의 종합적인 체계를 구하는 것이다.

> 風流道 問題에 대해서는 四證 以外에 말하자면 文證이나 物證, 口證이나 事證 以外에 또 한 가지 좋은 資料가 있어요. 그 자료는 우리들 自身들이 가지고 있는 血脈 즉 말하자면 살아있는 피라고 말하겠는데, 이것은 네 가지 證外에 우리의 心情, 우리의 精神 속에서 찾아볼 수가 있는 것입니다.[33]

단재의 낭가 연구에 이어 김정설은 화랑을 연구하면서 '血脈系統'을 추구할 것을 주장했다. 그는 현대에 들어 화랑을 최초로 문제 삼은 이로 단재를 들었다. 그리고 화랑정신, 즉 풍류도 연구를 위한 방안을 제시했다. 일단 화랑과 관련해서는 문헌(文證)이 부족하기 때문에 古蹟과 같은 物證, 구비자료를 통한 口證, 遺習이라든지 遺風·遺俗·風俗 또는 習俗 등을 통한 史證을 통해 연구할 것을 제안했다. 그것은 문헌의 결핍을 보완하는 방법이다. 이 외에도 우리의 血脈, 즉, 심정과 정신 속에 살아 있는 것을 제시했다. 문헌이 턱없이 부족한 현실에서 물증, 구증, 사증, 그리고 혈맥계통을 통한 연구는 화랑 내지 풍류정신을 밝혀내고 재구해내는 데 좋은 방법이 될 수 있다. 물론 마지막 방법은 자칫 주관(심습)에 빠질 수 있겠지만, 문증, 물증, 구증, 사증과 상호 보완 및 충족의 관계로 활용된다면 그 가치가 충분하다. 김정설은 풍류정신의 재구를 위해 노력하였지만, 그것의 계통화로 나아가지 못했다. 그것은 그가 고고학적 발견을 통한 신라 화랑의 재구에 그치고,

---

33 김정설, 『화랑외사』, 이문사, 1981, 228면.

계보학적 체계화를 통한 역사적 자리매김에 이르지 못했기 때문이다. 그래서 풍류도는 신라인들의 정신세계에 귀속될 수밖에 없었던 것이다.

계통, 또는 회통과 관련된 연구는 대상을 선후 관계 속에서, 인과적 계통 속에서 파악하는 것이다. 이를테면, 了義가 국문을 창제했다는 설을 주장한 단재의 「국문의 기원」(『대매』 1909.12.29)이 있다. 이것은 앞서 「국문학교의 일증」(1908.1.26) — 「국한문의 경중」(1908.3.17~19) — 「국문연구회 위원 제씨에게 권고함」(1908.11.14) — 「천희당시화」(1909.11.9~12.4) 등 단재의 다른 글과 서로 연결되어 있으며, 이후 이 설은 황현으로, 김택영으로, 다시 박은식으로 옮아가지만, 1920년대에 이르러서는 극복된다.[34] 그리고 계몽기 단재의 문학 개량론은 「警告律社觀者」(『황성신문』, 1906.4.18), 「詔勅已下而協律社何不革罷」(『황성신문』, 1906.4.30), 「近今國文小說著者의 注意」(『대한매일신보』, 1908.7.8), 「論學校用歌」(1908.7.11), 「劇界改良論」(『대한매일신보』, 1908.7.12), 「演劇界之李人稙」(『대한매일신보』, 1908.11.8), 「天喜堂詩話」(『대한매일신보』, 1909.11.9~12.4), 「小說家의 趨勢」(『대한매일신보』, 1909.12.2) 등으로 이어진다. 그러나 이것들은 계통을 구했지만, 회통에는 이르지 못했다. 왜냐하면 계몽기 박은식이나 이인직 등의 연극개량론, 그리고 일본에서 진행된 연극개량론 등 서로의 관계 속에서 파악하고 영향과 의의를 논하지 못했기 때문이다.[35] 아울러 「천희당시화」도 고전 시화의 계통 속에서, 그리고 당대 양계초의 시화나 최남선의 시론, 후대 여러 시인들의 시론과의 관계의 유취 속에서 파악해야 그 가치가 제대로 드러난다.[36]

---

34 김주현, 「국문 창제 요의설(了義說)을 통한 '천희당시화'의 저자 규명」, 『어문학』 87, 한국어문학회, 2005.3.

35 김주현, 「계몽기 연극개량론과 단재 신채호」, 『어문학』 103, 한국어문학회, 2009.3. 한편 이 논의에서 연구자는 임화가 언급한 『白露州江上村』은 「白蘆州」(1906.2.6? ~ 『국민신보』 연재)와 「江上船」(1907.9.7~ 『대한신문』 연재)의 오식으로, 신채호가 언급한 「漢江船」 역시 「江上船」의 오식으로 보았다. 최근 일본과 한국의 연극개량론에 대한 논의로는 다지리 히로유키의 「이인직의 연극개량과 일본 연극개량 — "좌창의민전(佐倉義民傳)"과 "은세계"를 중심으로」(『민족문화연구』 34, 고려대 민족문화연구원, 2001), 박태규의 「이인직의 연극개량 의지와 "은세계"에 미친 일본연극의 영향에 관한 연구」(『일본학보』 47, 한국일본학회, 2001) 등이 있다.

36 그런 점에서 김주현의 「'천희당시화'의 성격과 위상」(『어문학』 91, 한국어문학회, 2006.3)은 미흡

5. 본질적 가치 탐색

텍스트의 선후 관계, 즉 계통이 파악되면 그것의 가치를 파악하고 추구할 필요가 있다. 그러므로 본질적 가치 탐색은 가치의 판단 및 평가뿐만 아니라 나아가 그 의의의 실천 영역과 결부되기도 한다. 단재는 인과의 계통을 파악하고, 이어서 "公하게 是非를 가"릴 것을 주문했는데, 그것이 바로 심습 제거 및 본색 추구이다. 단재가 심습 제거를 외친 것은 객관성 확보 이상의 의미를 지닌다. 그것은 사물의 본질을 흐리게 만드는 주관의 개입을 차단하기 위한 방편이다. 우리는 늘 주관화의 위험에 직면해 있다. 그것은 때로 자신의 이데올로기적 태도로 인해, 때로는 부족하고 제한된 지식으로 인해 빚어진다. 연구에 있어서 본색 추구만 언급해도 충분할 터인데, 단재는 심습의 제거를 강조하고 나섰다. 그가 심습으로 인한 과오를 적잖이 저질렀고, 또한 그것의 위험을 누구보다 잘 알았기 때문이다. 단재는 자신의 오류를 극복하면서 심습 제거의 중요성을 터득한 것이다.

단재는 심습 제거에서 거북선의 장갑선 설을 거론했다. 당시 누구나 자랑스럽게 여기던, 거북선이 세계 최초의 철갑선이라는 설을 스스로 부정한 것이다. 단재는 1908년 "鐵甲船을 創造한 李舜臣"(「대한의 희망」), "鐵甲船의 神製"(「국한문의 경중」), "世界 鐵甲船의 鼻祖", "鐵甲船 首創", "鐵甲船 創造에 鼻祖"(「이순신전」)라고 하여 거북선의 철갑선 설을 누누이 강조하지 않았던가. 이후 그는 "李舜臣을 裝甲船의 鼻祖라 함은 可하나 鐵甲船의 鼻祖라 함은 不可"[37]하다는 단정을 내렸다.

其中에 國文의 起源을 說ᄒᆞᆫ 一段이 有ᄒᆞᆫᄃᆡ 倡造ᄒᆞᆫ 人氏ᄂᆞᆫ 高僧 了義라 ᄒᆞ엿

하다. 당대의 최남선, 후대 한용운 등의 시관 및 시론과의 관련상이 더 논의될 필요가 있다.

37 신채호, 「조선상고사」, 『단재신채호전집』 제1권, 625면.

스니 了義가 何時人인지 不知ᄒᆞ나 世宗 以前人 됨은 無疑ᄒᆞ더라(「국문의 기원」, 『대한매일신보』, 1909.12.29, 담총)

諺文은 李朝 世宗大王의 著作으로 今日에 쓰는 글이라 本編의 範圍가 아니므로 이는 後日에 讓하고 이제 吏讀와 口訣을 論하노라.[38]

韓國이 自來로 自國國文이 非無언마는(「文法을 宜統一」, 『대한매일신보』, 1908.11.7)

朝鮮 上古에 朝鮮 글이 있었다는 사람이 있으나, 그러나 이는 아무 證據가 없는 말이니 最初에 漢字를 썼을 것은 사실이다.[39]

단재의 또 다른 심습으로 우리 고대에 국문이 있었다는 설이다. 그것은 '요의'의 국문 창제설과 관련된다. 세계 최초 철갑선 설은 "英國 海軍省 報告"[40]에 따른 것이라면, 요의설은 『진언집』에 따른 것이다. 그런데 이는 단재가 『진언집』의 내용을 잘못 이해한 결과이다. 여기에는 무엇보다 한글이 일본 출운족의 문자(신대문자)에서 기원했다는 설을 반박하기 위한 심습이 강하게 작용한 것으로 보인다. 그가 자신의 초기 설을 부정하게 된 것은 역사 연구와 더불어 얻게 된 향찰, 이두 등 우리 문자에 대한 깊은 이해에서 비롯되었다.[41] 그의 심습 제거론은 연구의 객관적 태도를 의미하는 것이다. 그러나 그것은 연구자가 주관적 오류에서 벗어나기 힘들다는 사정을 잘 대변해 준다. 여기에서 주관적인 오류는 자신의 이념이나 세계관, 또는 지적 한계로부터 자유롭지 못하다. 전자에서는 국수주의적 편향성을 띨 가능성이 농후

---

38 신채호, 「조선 고래의 문자와 시가의 변천」, 『동아일보』, 1924.1.1.

39 신채호, 「조선상고사」, 『단재신채호전집』 제1권, 639면.

40 위의 글, 625면.

41 이와는 반대로 처음 주장이 옳았는데 나중에 그것을 부정한 경우도 있다. 그는 1909년에 "崔都統 鄭圃隱의 丹心歌"라고 하였다가 「조선상고사」에서 "「丹心歌」는 由來로 鄭圃隱의 作이라 하나, 右의 記述한 바로 보면, 대개 古人의 所作 곧 韓株의 作을 鄭圃隱이 唱하여 李朝 太宗의 唱을 答한 것이요, 圃隱의 自作이 아닌가 하노라" 하여 자신의 견해를 수정하고 있다. 이는 또 다른 심습의 오류로 파악할 수 있다.

하며, 후자는 자신의 지식 세계를 전적으로 신뢰할 때 빚어진다. 경우에 따라서는 이 두 가지가 복합적으로 작용하기도 한다.

> 이는 儒敎徒의 春秋筆法과 外交主義가 偏見을 逞하야 傳來하는 古記 文字를 마음대로 塗改하야 各 該時代에 相當한 思想을 흘이게 한 까닭이라.[42]

단재는 역사를 연구하면서 우리 선조 사가들의 문제점들을 역력히 목도했다. 특히 김부식을 위시한 사대주의 역사가들의 오류를 여실히 보았다. 그들은 춘추필법과 외교주의의 편견으로 말미암아 사실을 개작, 도개하는 과오를 범했던 것이다. 노예 사가의 심습으로 인해 사대주의를 양산하고, 독립사상을 지워버려 역사를 오도한 예는 무수히 많았다. 게다가 "支那人이나 日本이 업는 事蹟을 맨들"[43]어 역사를 호도하는 사례 또한 보았다. 그래서 그는 심습의 제거를 주장했다. 심습의 제거는 본색을 추구하는 데뿐만 아니라 자료를 고증하는 데에도 필요한 덕목이다. 이러한 심습은 사실 쉽게 제거되지 않는다.

> 언론인으로서 애국계몽운동에 선두에 서서 격렬한 抗日의 필봉을 휘둘렀던 그가 '愛國啓蒙'이 아닌 '賣國愚民'에 앞장 섰던 『매일신보』에 '客卿'이라는 이름의 고정 필자로 등장하였던 사실을 우리는 어떻게 설명할 것인가? 나아가 그가 남긴 논설・만필・시 등에서 '親日'의 자취를 발견해낼 수 있다는 사실을 우리는 또 어떻게 처리할 것인가?[44]

강명관은 1910년대 총독부 기관지 『매일신보』에서 700여 편을 상회하는 장지연의 글을 찾아내어 그의 친일 실상을 밝혔다. 애국계몽운동가였던

---

42 신채호, 「조선상고사」, 『단재신채호전집』 제1권, 626면.
43 위의 글, 610면.
44 강명관, 「장지연 시세계의 변모와 사상」, 『한국한문학연구』 9・10, 한국한문학회, 1987, 378면.

그가 친일의 늪에 빠진 사실을 두고 강명관은 '좌절', '변질'이라는 용어를 썼다. 장지연에 대한 기대가 컸기에 그의 절개를 기대했던 것이고, 그의 친일의 사실 앞에 변절을 얘기하게 된다. 우리는 애국계몽운동가들에게 신성성을 부여하고픈 심습이 있다. 그러나 그 괴리를 보았을 때 당황스러움을 감출 수 없다.

한편 「대한독립선언서」는 일명 「무오독립선언서」라고도 불리는데, 그 발표 시기가 1918년 11월, 1919년 2월, 1919년 3월 등으로 논의된다. 조소앙이 기초한 이 선언문은 그동안 여러 논자에 의해 「2·8선언서」, 「3·1선언서」 작성에 적지 않은 영향을 준 것으로 거론되었다.[45] 그러나 1918년 11월에 썼다 하여 「무오독립선언서」로 부른다든가, 이것이 「2·8선언서」, 「3·1선언서」에 영향을 주었다고 하는 것은 은연중 이상용, 박은식, 신채호, 조소앙, 안창호 등 해외 독립운동가들에게 독립운동의 정통성을 부여하려는 심습의 결과로 풀이된다. 이것이 발표된 시기는 1919년 2월로 이 시기가 음력이냐 양력이냐 하는 것은 여전히 논란이 된다.[46] 그러나 이 선언서는 「2·8선언서」, 「3·1선언서」와는 무관하게 이뤄졌음은 그 내용이 말해주고 있다. 오히려 「대한독립선언서」는 1917년 조소앙이 기초한 「대동단결선언」의 연장선에 있을 뿐이다. 「2·8선언서」, 「3·1선언서」와의 영향의 수수관계를 고려하다 보면, 자칫 심습으로 인해 본말이 전도된 결론에 이를 수 있다.

심습은 단재전집의 텍스트 확정에도 영향을 미쳤다. 먼저 성균관 박사였던 단재가 '천희당'이라는 당호를 썼을 리 만무하다 하여, 「천희당시화」를 단재의 글이 아니라고 간주한 이들이 적지 않다. 그리고 「是日에 又放聲大

---

45 송우혜에 따르면, 박영석, 신용하, 김준엽·김창식, 채근식, 애국동지원호회 등이 그렇다. 송우혜, 「'대한독립선언서'(세칭 「무오독립선언서」)의 실체—발표시기의 규명과 내용 분석」, 『역사비평』 3호, 1988.6.

46 발표 시기에 대한 논쟁은 송우혜, 조항래, 김기승의 글을 참고할 만하다. 조항래, 「대한독립선언서 발표시기와 경위」, 『삼균주의연구논집』 13, 삼균학회, 1993.2; 김기승, 『조소앙이 꿈꾼 세계』, 지영사, 2003.

哭」(『대한매일신보』, 1905.12.28)을 단재의 작품으로 규정함으로써 그것을 「是日也放聲大哭」(『황성신문』, 1905.11.20)에 버금가는 것으로 간주하는 것은 장지연의 친일에 대한 일종의 보상심리가 작동된 것은 아닐까? 「신민회취지서」나 「청년학우회취지서」를 단재의 작으로 성급히 규정한 것은 신민회, 청년학우회의 성립에 주체적 의미를 부여하기 위한 또 다른 심습의 결과가 아닐까? 연구자가 대상에 대해 편견을 갖는 순간 실체는 멀어지고 사실은 호도되고 만다. 「단기고사 중간서」의 조작은 사료고증학자 단재의 위명을 빌려 사료를 정전화시키려는 국수주의자의 조급한 행동에서 비롯되었다. 심습을 제거했을 때 대상을 객관적으로 판단하고 평가할 수 있다.

본색은 사실 그대로의 서술을 의미한다. 랑케는 편견, 이해관계를 벗어나 과거 '사실을 있는 그대로 기술할 것'을 주장하였는데, 그것은 역사가 "진사실을 추구한다(求得眞事實)"는 양계초의 말과 다르지 않다.[47] 단재는 "訛를 正하며 眞을 求하여, 朝鮮史學의 標準을 세움이 急務"[48]라고 하였는데, 오류의 교정 이후 진(본색)을 추구하는 것이 중요함을 지적한 말이다. 단재는 또한 크롬웰의 "나를 그리려면 나의 本面대로 그리라"는 말을 인용했는데, 이는 양계초의 저서에서 인용한 것이다. 이것은 본색 추구의 중요성을 말한 것이다.[49] 이처럼 단재는 양계초 등과 우리 선대 역사가들의 방법론을 참조하여 자신의 방법론을 수립하였다. 그것은 양계초가 베른하임 등의 서양 역사가와 중국 역대 사가들의 방법론을 바탕으로 『중국역사연구법』이라고 하는 자신의 방법론을 제시한 것과 다를 바 없다.[50] 그들은 그러한 방법론의 모색을

---

47 양계초는 역사의 목적을 求得眞事實 이외에도 予以新意義, 予以新價値, 供吾人活動之資鑑, 讀史的方式으로 설명했다. 梁啓超, 「中國歷史硏究法(補編)」, 『飮氷室合集(飮氷室傳集 99)』 제12권, 中華書局, 1936, 5~11면.

48 신채호, 「조선상고사」, 『단재신채호전집』 제1권, 754면.

49 한편으론 단재는 베른하임이 언급한 '자신이 집필하던 세계사를 불태운 월터 로울리의 일화'도 소개했다. 그것은 달리 본색 추구의 어려움을 말해준다. E. Bernheim, 박광순 역, 『역사학입문』, 범우사, 1992, 103~104면.

50 도상범은 양계초가 베른하임 이외에도 Charles-Victor Langlios와 Charles Seigonobos의 『사학원론』의 영향을 받은 것으로 보인다고 주장했다. 도상범, 「양계초의 사론에 관한 연구」, 충남대 사학과 박사논문, 1992.

통해 역사학을 근대 학문의 지평 위에 올려놓은 것이다.

분석 및 종합은 본질적 가치 탐색과 무관한 것이 아니라 그것을 통해 제대로 드러나는 것이다. 우리는 분석과 종합을 통해 텍스트를 정당하게 가치매김 한다. 계통과 회통을 통해 자리매김함으로써 텍스트의 본질적 가치는 완성된다. 불완전한 텍스트를 재구해내고, 또한 텍스트의 선후관계, 영향관계를 파악하고, 텍스트가 만들어낸 파동과 자장을 밝혀내면 그것이 바로 본색 추구가 되는 것이다. 특히 단재의 『중화보』 논설 발표는 그러한 문제와 결부되어 있다. 그가 중국의 '操觚界'에 관여함을 밝혀냄으로써 그가 중국에서 만난 인물망을 그려낼 수 있다. 사실 그가 중국에서 어떻게 아나키스트로 변신하게 되었으며, 또한 이석증, 양가락, 朱洗 등 중국 쪽 지식인들이 왜 신채호학사 발기에 참여하였는지는 여전히 밝혀야 할 과제이다. 그러므로 단재의 중화보 논설 집필은 중국 문인들과의 교유망을 밝힐 수 있는 관건이 된다.[51]

6. 연금술과 선금술(選金術)

텍스트는 미정형의 것으로 끊임없이 변화에 노출되어 있다. 삭제되거나 과장되기도 하고, 망실되거나 위조되기도 한다. 단재는 김부식이 "事大主義를 根據하야 三國史記를 作할새, 그 主義에 合하는 史料는 敷演讚嘆 或 改作하며 不合하는 史料는 論貶塗改 或 刪除하얏다"[52]고 했다. 杜撰, 刪削, 敷衍, 塗改, 變改, 僞造, 改撰, 誤傳, 訛傳, 造作, 改作, 僞書 등 조작된 텍스

51 이에 대한 시론으로 김주현의 「중국신문 소재 신채호 논설의 발굴 연구」(『중원문화연구』 15, 충북대 중원문화연구소, 2010.12)가 있다.

52 신채호, 「조선역사상 일천년래 제일대사건」, 『단재신채호전집』 제2권, 406면.

트가 나중에는 정전으로 자리해버릴 우려가 있다. 이것은 바로 연금술이 아니던가. 연금술은 화학적 반응을 통한 위조술이다. 가짜를 통해 진짜를 만들려 하지만 결국 가짜일 뿐이다. 그래서 진짜인 금보다도 화려할 순 있지만 결코 금은 될 수 없다. 오로지 화려한 수사만으로 얼룩진 허상일 뿐이다.

> 沙金을 니는 者ㅣ 一斗의 沙를 닐면 一粒의 金을 엇거나 或 엇지 못하거나 하나니, 우리의 文籍에서 史料를 求함이 이가티 어려운 바라…… 現今에는 爲先 救急의 方法으로 存在한 史冊을 가지고 得失을 評하며 眞僞를 校하야 朝鮮史의 前途를 開拓함이 急務인가 하노라.[53]

단재는 흙덩이에서 사금을 얻는 방법을 말했다. 그것은 모래 속에서 물리적 작용을 통해 금을 선별해내는 기술이다.[54] 진짜는 가짜들 속에 묻혀 가짜처럼 보이는 위장술을 갖고 있다. 그러나 냉철한 직관과 부단한 노력으로 진짜 금을 찾아내는 작업, 그것이 선금술의 방법이다.[55] 가짜들 속에서 진짜 실체를 규명하는 것, 그것은 흙덩이 속에서 금조각을 찾는 방법이다.

"卒本을 떠다가 成川 或 寧邊에 노흐며, 安市城을 떠다가 龍岡 或 安州에 놓"[56]는 등 사대주의자들처럼 역사를 폄하시킨다거나 거북선을 최초의 철갑선으로 규정하는 등 국수주의자들처럼 역사를 과장할 필요가 없다. 노예적 사대주의가 잘못인 것처럼 오도된 국수주의도 바람직하지 않다. 신습

---

53 신채호, 「조선상고사」, 『단재신채호전집』 제1권, 606면.

54 선금술은 먼저 사금을 함유한 토사(土砂)를 쟁반에 담아서 물속에서 흔들어 토사를 경사진 빨래판이나 가마니 위로 흘려보냄으로써 그 홈이나 올 사이에 금속성 물질을 멈추게 한다, 그리고 자철석 · 타이타늄철석 · 석영 · 석류석 · 모나자이트 · 지르콘 등 비중이 높은 금속성 물질 속에서 사금을 분리해내고 정제하여 순금을 얻는 기술을 말한다.

55 양성지는 「進東文選箋」에서 "모래를 헤쳐 금을 가려내는(揀金於披沙)"을 썼다. 『동문선』에서는 "披沙揀金"을 여러 군데에서 발견할 수 있다. 이는 수많은 작품들 가운데 좋은 작품을 가려내는 것을 뜻한다. 한편 중국에서는 "沙里淘金"을 사용하는데, 이 역시 같은 의미로 사용된다. 선금술 역시 그런 것을 일컫지만, 가짜들 가운데서 진짜도 찾아낸다는 의미에서 새로운 조어로 사용한 것임을 밝힌다.

56 신채호, 「조선상고사」, 『단재신채호전집』 제1권, 605면.

을 제거하지 못하고 잘못된 근거를 통해 화려한 수사를 펼친 연금술에 불과하기 때문이다. 참된 학문은 텍스트의 수집과 선별, 고증과 감별, 계통과 회통 등의 방법을 통해서 나온다. 텍스트 하나하나에도 심사와 숙고를 거쳐 계통을 구하고 본색을 추구해야 한다. 그것은 선금술을 통해서 정제된 순금을 얻는 진정한 텍스트학이다.

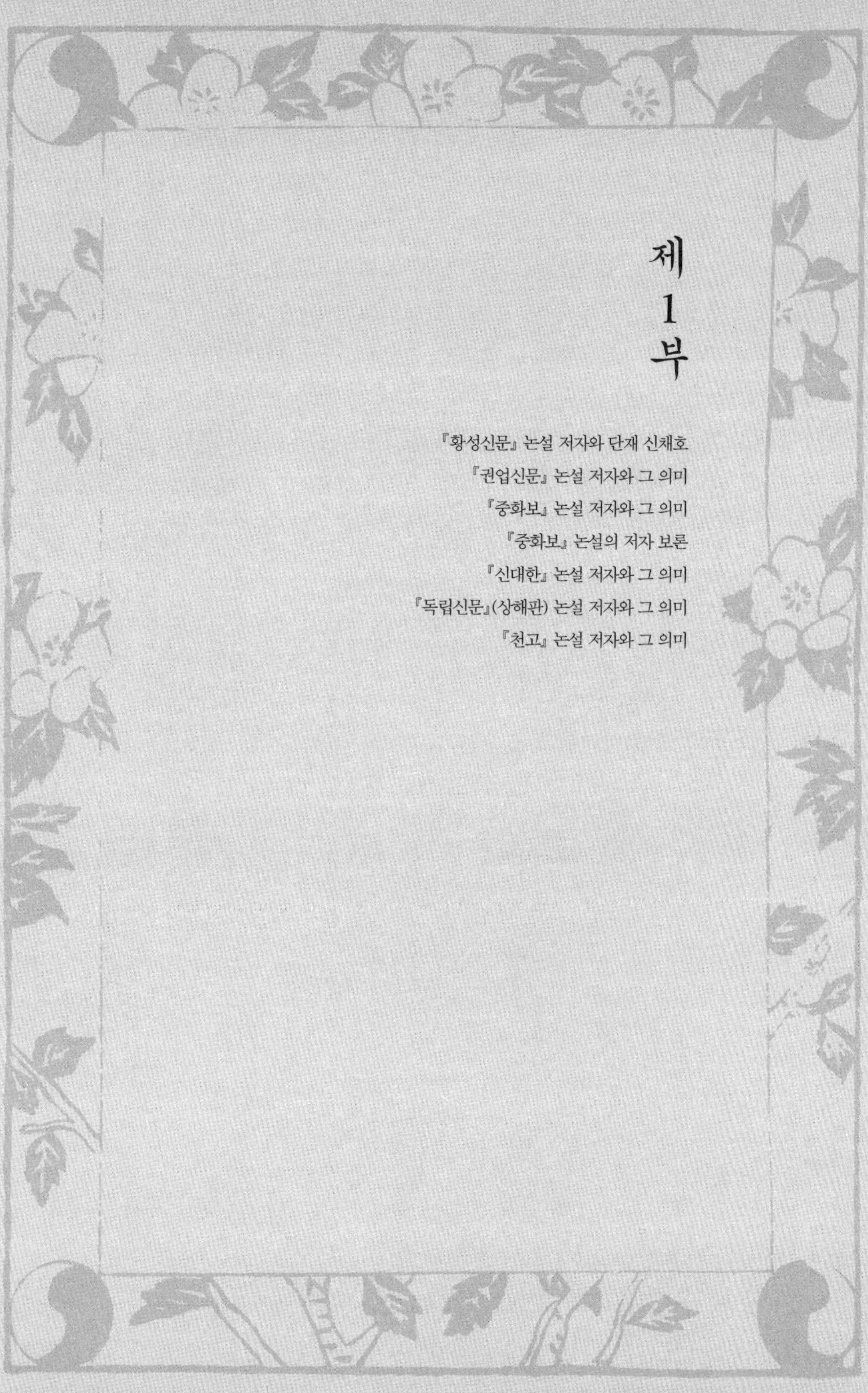

제 1 부

『황성신문』 논설 저자와 단재 신채호

『권업신문』 논설 저자와 그 의미

『중화보』 논설 저자와 그 의미

『중화보』 논설의 저자 보론

『신대한』 논설 저자와 그 의미

『독립신문』(상해판) 논설 저자와 그 의미

『천고』 논설 저자와 그 의미

『황성신문』 논설 저자와 단재 신채호

1. 들어가는 말

이제까지 단재의 『황성신문』 참여는 많이 언급되었지만 그 실체는 전혀 드러나지 않았다. 『대한매일신보』 활동은 이미 잘 알려졌고 자료 발굴도 상당수 이뤄졌지만, 『황성신문』 활동은 전혀 그렇지 못하다. 『황성신문』 활동은 논자에 따라서 그 기간도 상당히 다르다. 이 글에서는 우선 단재의 『황성신문』 참여를 「단연보국채」(『황성신문』, 1907.2.25)에 대한 분석으로부터 실마리를 삼고자 한다.

> 강지연은 『황성신문』에 「斷煙報國債」라는 논설을 싣고 국채보상운동에의 참여를 호소하였다.[1]

> 이 논설(「단연보국채」: 인용자)은 단재 신채호가 집필한 것으로 국채보상운동을 지지한 내용이다. 1907년 2월 25일자 〈황성신문〉에 게재하여 이 운동의 전국적인 확산에 크게 기여한 논설이다.[2]

---

1 이동언, 「김광제의 생애와 국권회복운동」, 『독립운동사연구』 12, 한국독립운동사연구소, 1998.

2 박정규 외편, 『단재신채호』, 단재문화예술제전추진위원회, 2006, 67면.

「斷煙報國債」는 1987년 단국대 동양학연구소에서 발간된 『장지연전서』 8권에도 수록되어 있다. 동양학연구소는 그 논설을 장지연의 글로 간주하여 전서에 포함시켰던 것이다. 「단연보국채」는 장지연의 글로 인식되어 왔으며, 그리하여 「독립운동가 장지연」에는 "1907년 1월 대구에서 김광제·서상돈 등을 중심으로 국채보상운동이 일어나자 이를 전국적인 운동으로 발전시키기 위해서 신문과 잡지들에 국채보상운동에 참여할 것을 촉구하는 다수의 논설을 발표했다"고 기술되어 있다. 이동언의 주장은 바로 그러한 맥락에서 나온 것이다. 그런데 최근 박정규는 『단재 신채호』를 발간하면서 「단연보국채」가 단재의 글이라고 주장했다. 이 글이 누구의 것이냐 하는 것은 국채보상운동을 이해하는 데 중요하다.

본고는 이 논설이 『황성신문』의 애국계몽운동뿐만 아니라 기자활동, 나아가 계몽기 문인들의 문필활동을 규명할 수 있는 중요한 단서로 보고, 집중적인 저자 규명에 나서기로 한다. 「단연보국채」를 먼저 살펴보고 나아가 『황성신문』 논설 가운데 대단히 중요한 것으로 평가되는 신문조례 관련 논설, 그리고 「보종책」의 저자를 규명해 볼 것이다. 이들 작품의 저자확정을 통해 아직까지 제대로 밝혀져 있지 않은 단재의 『황성신문』 문필활동과 그것이 갖는 의미를 조명해볼 것이다.

2. 『황성신문』의 논설기자

『황성신문』에는 여러 명의 논설기자가 활약한 것으로 알려져 왔다.

> 皇城新聞은 1896年 3月 8日 獨立協會員 南宮憶氏, 羅壽淵氏 等을 中心으로 創刊된 日刊新聞이다. 體裁는 獨立新聞과 같이 中型四頁의 平版印刷, 그 文體

는 朝漢文이엇다.

그 論調에 잇어서도 獨立新聞과 大同小異하며 後에 張志淵, 柳瑾, 申采浩, 朴殷植氏 等이 論陳을 페고 잇엇다.[3]

또 역대 명 논설기자로는 張志淵, 柳槿, 申采浩, 朴殷植 등이였으니……[4]

『황성신문』 논설기자로는 일반적으로 장지연, 류근, 신채호, 박은식이 언급된다. 그러나 그들이 구체적으로 언제 활약했는지 제대로 알려져 있지 않다. 그래서 먼저 『황성신문』 논설기자의 활동을 살펴보기로 한다.

1) 장지연

장지연은 『황성신문』 창간 시 주필로 활동하였으며, 1899년 1월 『시사총보』의 창간과 더불어 주필을 하였고, 1901년 다시 『황성신문』에서 주필로 활동하였다.[5] 그는 1902년 8월 31일부터 1906년 2월 16일까지 『황성신문』 사장을 맡았다. 당시 「본사고백」을 보면 "사장 겸 편집인 장지연"으로 소개되었는데, 이는 그가 주필을 겸했다는 것을 알 수 있다. 그리고 그 기간 중에 그의 문명을 널리 알린 「시일야방성대곡」(1905.11.20)이 발표되었다. 일제는 이 논설을 빌미로 장지연을 구속하고 『황성신문』도 발간 정지시켰다. 그는 1906년 1월 석방된 뒤 신문사 사장직을 그만두었다. 1906~7년경 그의 활동을 살펴보자.

1906.4 대한자강회 발기(1906.4.2*),[6] 4.14~대한자강회 평의원(1906.4.16*)

---

3 이종수, 「조선신문사, 사상변천을 중심으로」, 『동광』 28, 1931.12, 72면.

4 차상찬, 「조선신문발달사」, 『개벽』 4, 1935.3, 6면.

5 안종묵, 「황성신문의 애국계몽운동에 관한 연구」, 한국외국어대 박사논문, 1997, 144면.

1906.4 평양일신학교 교장(1906.4.17*, 4.24*)

1906.10.2 조양보 주필[7]

1907.2 류근, 원영의와 더불어 『신증동국역사』, 『고등소학독본』 발간(1907.2.23*)

1907.3~9.11(?) 휘문의숙 숙장(1907.3.2*, 9.12*)

1908.3.22~5.10 『해조신문』 주필

1908.9.28 귀국

장지연은 1906년 2월 17일 『황성신문』 사장직을 사면함(1906.2.19*)으로써 황성신문사를 떠났다. 그는 이후 대한자강회의 대표적 논진으로 활약한다. 그가 『대한자강회월보』(1906.7~1907.7)에 회원 가운데 가장 많은 논설을 발표한 것도 마땅히 글을 실을 곳이 없었기 때문으로 풀이된다. 그는 황성신문사 사임 이후 대한자강회, 대한협회를 결성하여 애국운동을 펴는가 하면, 일신학교 교장, 휘문의숙 숙장을 지내는 등 교육 사업을 펼치다가 1908년 3월 블라디보스톡으로 가서 『해조신문』 주필을 맡았다. 해조신문사가 폐간된 후 상해로 갔다가 수개월 병으로 신음하였으며, 이후 안동을 거쳐 1908년 9월 28일 귀국하였다.[8] 그리고 1909년 10월 진주로 내려가 『경남일보』 주필을 하였다.

2) 류근

류근은 1898년 4월 6일 『황성신문』의 전신인 『대한황성신문』에서 주필을 맡았으며, 장지연, 남궁억 등과 함께 『황성신문』을 창간한 초창기 핵심

6 괄호 속의 *표시는 참조한 『황성신문』 기사 날짜임. 이하 동일.

7 「사고」, 『조양보』 1-9, 1906.11.10, 1면.

8 「장씨회국」, 『황성신문』, 1908.9.30, 2면.

인물이다.[9] 그는 1907년 9월 17일 황성신문사 사장을 맡게 된다. 이광린은 “류근은 본지 창간 때부터 주필로 일을 하여오다가 이번에 사장으로 발탁되었다”고 적었다.[10] 그것은 “社長 選擧方法은 本社規例를 依ᄒᆞ야 社員中 可堪人으로 三人을 推薦ᄒᆞ야 投票選定홀신 柳瑾, 玄櫽, 金相天 三氏가 被薦ᄒᆞ얏는ᄃᆡ 投票에 柳瑾氏가 最多數로 被選ᄒᆞ얏고”[11]라는 기사를 그대로 믿은 까닭이다. 류근은 취임 다음 날짜에 자신의 논설이 실었다.

曾年 本社 刱設初에 濫히 編輯의 筆을 秉ᄒᆞ야 數年의 光陰을 費ᄒᆞ고 一般 愛讀者의 間에 嘲笑를 買ᄒᆞ다가 畢竟 職任을 不堪홈으로 委格을 自顧ᄒᆞ고 悠然히 辭去홈은 亦 諸君子의 知了ᄒᆞᄂᆞᆫ 바이어늘 今에 猝然히 其高明者ᄂᆞᆫ 謙退ᄒᆞ고 奔昧淺劣ᄒᆞᆫ 此人으로써 本社長의 責任을 當케 ᄒᆞ니……(『황성신문』, 1907.9.20)

류근은 수년 논설을 쓰다가 사임하였음을 밝히고 있다. 아마도 장지연이 사장을 맡은 1902년 8월경에 그만둔 것이 아닌가 추측된다. 1906년부터 사장을 맡기까지 그의 행적을 보면 아래와 같다.

1906.4.23~5.22 계산학교 교감(1906.4.23*, 5.22*)

1907.2 사립 장훈학교 평의원(1907.2,5*)

1907.2 장지연, 원영의와 더불어 『신증동국역사』, 『고등소학독본』 발간(1907.2.23*)

1907.7.2~9.11(?) 휘문의숙 숙감(1907.7.2*, 9.12*)

1907.9.12~08.7.1(?) 휘문의숙 숙장(1908.7.2부터 안종화가 숙장)

---

9 안종묵, 앞의 논문, 153면.

10 이광린, 「황성신문연구」, 『동방학지』 53, 연세대 국학연구원, 1986, 29면.

11 「社告」, 『황성신문』, 1907.9.19. 이하 『황성신문』 인용은 『황성』, 『대한매일신보』 인용은 『대매』로 간략표기.

류근은 1906~1907년 당시 주로 교육사업에 전념한 것으로 확인된다. 그러므로 "社員中 可堪人으로 三人을 推薦"이라는 말은 수사에 불과하다. 당시 사장이던 김상천이 사장직에 대한 사면청원을 한 상태에서 다시 김상천을 추천한 것도 그렇고, 황성신문사와는 좀 낯선 현은(1850~1934)을 추천한 것도 그렇다. 그는 「미국독립사」를 번역(1899)하고, 이후 국문연구회 위원(1907)으로 활동하지만 『황성신문』 활동 사실은 알려져 있지 않다. 어쩌면 본사 규례 운운한 것은 궁극적으로 류근을 사장으로 천거하기 위한 수식일 따름이다. 류근은 초창기 이후 『황성신문』을 떠나 있다가 다시 황성신문 사장을 맡게 된 것이다. 그리고 그는 취임하면서 논설을 발표하였는데, 장지연처럼 사장 겸 주필 역할을 했던 것이다. 일제 당국이 1908년 조사한 자료에서도 류근의 이름은 사장 및 기자 두 군데 동시에 나타난다.[12]

3) 박은식

박은식은 『황성신문』 창간 시 주필을 맡았으며, 1905년 『대한매일신보』 국한문판 주필로 갔다. 그의 기사는 『대한매일신보』에 여럿 보인다.

1906.1.16 雜報, 謙谷生, 日新學校序

1906.7.17 文苑, 겸곡생, 血竹記

1907.6.8 寄書, 겸곡, 密啞子劉元杓 評

1907.9.25~26, 雜報, 겸곡생, 大韓精神의 血書

1907.10.11 잡보, 겸곡생, 教育學序

12 채백, 「황성신문 경영 연구」, 『한국언론학보』 43-3, 한국언론학회, 1999, 369면.

1906~7년 사이 박은식이 『대한매일신보』에 관여한 것을 알 수 있다.[13] 특히 1905년 11월 28일 「시일에 우방성대곡」, 1906년 1월 16~17일의 「務望興學」이 박은식의 글로 드러난다. 박은식은 『대한매일신보』 국한문판 창간과 더불어 『대한매일신보』 기자로 활약하다가 1907년 11월 5일 그 신문사를 그만둔다. 그리고 1908년 4월 황성신문사로 복귀하였다.[14] 1908년 이후 박은식의 모습은 『대한매일신보』에서 찾기 어렵고, 『황성신문』에 얼굴을 드러낸다.

> 1908.8.30, 本社員 朴殷植, 勸讀論語說 / 1909.8.11, 본기자 박은식, 西道旅行記事 / 1910.6.21~7.1, 본기자 박은식, 西道旅行記

1909년 11월 11일 「서북학회 회원명부」에 박은식은 "현 경성신문 주필", 즉 『황성신문』 주필로 소개되어 있다.[15] 그는 『황성신문』이 폐간될 때까지 주필을 했던 것으로 보인다.

4) 신채호

단재의 『황성신문』 입사 및 퇴사 시점에 대해서는 논란이 많다. 이제까지 단재의 『황성신문』 참여는 대략 아래와 같이 언급되었다.

> 二十七 八歲 때부터 皇城新聞・大韓每日申報 主筆로 峻烈한 文章으로 一世

---

13 이에 대해 자세한 것은 김주현, 「단재 신채호의 자료 발굴 및 원전 확정 연구—"대한매일신보" 소재 작품을 중심으로(1)」(『한국현대문학연구』 20, 한국현대문학회, 2006.12)를 참조.

14 「박은식의 친일」, 『경성신보』, 1908.4.9; 안종묵, 앞의 논문, 141면 참조.

15 『통감부문서』 6권, 국사편찬위원회, 1999, 414면.

를 警醒하였고, 天下를 論하여 一代에 文名을 날리었으며[16]

25세시에 『황성신문』 논설기자가 되어 당시 동지의 간부 장지연 · 유근 · 남궁억 씨 등 제 선배들과 재기 넘치는 필봉을 휘둘렀었다. 그 다음 『대한매일신보』에 입사하여 주필이 되었으니 당시 단재는 스물여섯 살의 청년이었으며……[17]

二十六歲時(1905년) 선생은 신문계에 투신하여 황성신문사 주필이 되어 …… 보호조약이 체결됨을 보자 이를 지상에 보도하였다 하여 부득이 퇴사하고 말게 되었던 것이다.[18]

신영우는 27세, 서세충은 25세, 『조선일보』 및 단재연보는 26세에 단재가 『황성신문』에 입사한 것으로 서술했다. 그런데 1905년 『대한매일신보』 입사가 전혀 사실과 어긋난다는 점에서 서세충의 진술은 신빙성이 떨어진다. 그리고 단재가 을사늑약 보도로 인해 황성신문사를 퇴사했다는 『조선일보』 및 단재연보의 서술 역시 신빙성이 떨어진다. 을사늑약 보도로 인해 『황성신문』을 그만둔 이는 장지연이다. 그렇다면 좀 더 광범위한 기록을 살펴볼 필요가 있다. 여기 또 하나의 자료가 있다. 바로 단재에 관한 공판기록이다.

재, 피고 신채호는 이십 륙칠세때부터 조선○○을 목덕하고 ○○운동단테인 신민회(新民會)에 가입한 일이 잇는가?

신, 그럿소.

(…중략…)

16 신영우, 「조선의 역대사가 단재 옥중회견기」, 『개정판 단재신채호전집』 (하), 형설출판사, 1995, 448면.

17 서세충, 「단재의 천재와 凝滯 없는 성격」, 위의 책, 464면. 이하 개정판 전집의 인용은 인용 구절 뒤 괄호 속에 상, 중, 하, 또는 『별집』, 면수만 간략히 기록.

18 「申丹齋 先生 가신 지 24주년」, 『조선일보』, 1960.2.21.

재, 피고는 그 동안 생활을 어써케 하얏든가?

신, 신문긔자로 지냇소.

재, 어썬 신문?

신, 한성신문[19]

재, 그러면 신문지상으로서 조선○○을 선전하얏든가

신, 그럿소.[20]

1929년 무정부주의 동방연맹 공판에서 재판관은 단재에게 26~7세(1905~6) 때 신민회에 가입했는가를 물었다. 단재는 그렇다고 하여 사실을 시인했다. 그런데 신민회는 1907년 4월에 결성된 것이었다. 단재는 굳이 28세라고 하지는 않았다. 다음으로 신민회에 가입하기까지 어떻게 생활하였는가를 물었다. 단재는 『한성신문』 기자였다고 했다. 『한성신문』은 『황성신문』을 일컫는다. 아마도 단재는 『황성신문』 기자라고 했을 것으로 보인다.[21] 당시 신문이 '독립'을 '○○'으로 처리할 수밖에 없는 상황이었다. 결국 그는 1907년 4월 이전부터 『황성신문』 기자였다는 사실을 스스로 밝힌 셈이다.

그러한 사실은 일본 『통감부문서』에 보다 확실히 드러난다. 마루야마[丸山重俊]가 1907년 11월 6일 작성한 「警秘第十七號」에는 "皇城新聞ニ主筆記者タル申采浩ハ有名ナル能文家ナルヲ以テ同人カ朴殷植ニ代ツテ每日申報社ニ筆ヲ執ルコトゝナリ本日ヨリ同社ニ出務セリ"라는 내용이 있다. 박은식이 1907년 11월 5일 퇴사를 하고 『황성신문』 주필기자인 신채호는 유명한 능숙한 문장가로서 박은식을 대신하여 대한매일신보사에 출근하게 되었다는 것이다. 또한 단재의 지우였던 변영만이 1911년 썼다는 「書

19 밑줄은 인용자가 서술의 편의를 위해 한 것임. 이하 동일.

20 「旣成團體를 ○○하고 自由勞働社會建設」, 『동아일보』, 1929.10.7.

21 1910년 강점조약과 더불어 "황성"이라는 말이 일제당국에 의해 더 이상 사용할 수 없게 되자 『황성신문』은 『한성신문』으로 이름이 변경되었다. 일제는 1909년에도 『황성신문』 기자였던 박은식을 『경성신문』 주필로 소개하는 등 의도적으로 독립국의 상징인 "황성"이라는 말을 배제하였다.

丹生事」에도 단재의 『황성신문』 주필 사실이 나온다.[22] 이러한 것들은 단재의 『황성신문』 주필 사실을 더욱 확실히 말해준다. 그렇다면 단재는 언제부터 『황성신문』 주필기자였는가? 아마도 1905년 6~7월경부터 신채호가 『황성신문』 기자로 활동했을 것으로 보인다.[23] 그것은 장지연의 초빙이라는 말, 옥중 단재를 직접 회견하고 작성한 신영우 기록의 정확성, 능문가라는 마루야마의 평가, 그리고 당시 『황성신문』의 사정과도 어느 정도 통한다.

5) 기타 - 남궁훈, 김상천, 성선경, 현석원

장지연의 사면으로 1906년 2월 17일부터 남궁훈이 사장직을 맡는다. 그는 1907년 5월 17일까지 1년 3개월여에 걸쳐 사장직을 수행했다. 장지연은 사장 겸 주필로서 활동하였으며, 그의 사임으로 『황성신문』은 사장직과 주필직이 동시에 비게 된다. 남궁훈은 1904년 8월 『황성신문』 재정난 타개에 한몫을 하였으며, 1906년 2월 장지연의 뒤를 이어 『황성신문』 사장을 맡았다가 1907년 회양 군수로 부임하면서 『황성신문』을 떠났다. 그는 사장으로 근무하며, 1906년 4월 2일 편집변화와 활자개량을 통한 지면쇄신을 감행했고, 또한 구독료 징수를 위해 내부에 청원서를 제출하는 등 경영혁신에 주

---

22 변영만은 「단재전」에서 "일찍이 주필의 책임으로 『황성신문』과 『대한매일신보』의 양대 신문사를 거치면서 문사를 떨치고 논리를 펴서 극렬하게 나라 안팎의 대세를 논하였다(嘗以主筆之任歷勤於皇城每日兩報社振詞放言極列中外大勢)"고 했다. 단재신채호전집편찬위원회, 『단재신채호전집』 제9권, 독립기념관 독립운동연구소, 2008, 340면.

23 박정규는 박은식의 퇴사(1905년 8월 이전), 장지연의 장기간 외유(1905.7.15~9.13)와 "1905년 6월 한달 동안 게재된 논설이 몇 편 되지 않다가 7월 이후 거의 매호 빠짐없이 실리고 있는 점"을 토대로 1905년 6월 말 7월 초 단재가 『황성신문』 논설기자로 입사했을 것으로 추정하였다(『단재신채호』, 134~136면). 연구자는 이전에 단재가 남궁훈이 3대 사장으로 취임한 1906년 2월 이후 입사했을 것으로 추정하였으나 여러 사람들의 진술을 종합해 보건대 박정규의 견해가 보다 타당할 것으로 보여, 이를 수용하였다. 남궁훈 사장 취임 이후 단재는 주필로서 논설 집필을 주도했을 것으로 보인다.

력하였다.[24] 그는 주로 신문의 내부 개혁과 경영에 힘을 쏟았다. 그는 대한자강회, 기호흥학회 회원으로 활약했지만, 『대한자강회월보』에 「국민의 의무」 1편 발표한 것으로 보아 장지연이나 박은식처럼 논설기자로는 활약하지 않은 것으로 보인다.

김상천은 남궁훈의 뒤를 이어 사장이 되었다. 그는 남궁훈의 갑작스런 사임으로 사장직을 맡았는데, 불과 4개월도 못미처 사면 청원을 했다. 그에게 사장직 수행이 무척 힘겹게 느껴졌던 것으로 보인다. 그 역시 논설기자로 활약하지는 않았다.

일제 당국이 1908년 조사한 문서에는 『황성신문』의 탐보원으로 성선경, 현석구가 소개되어 있다.[25] 그러나 후자는 현석원의 오식이다. 성선경과 현석원은 1907년 3월 1일 『황성신문』 사내 명단에 나와 있다.[26] 당시 황성신문사에 근무했던 사실을 알 수 있다. 그들은 1909년 1월 1일 본사임원으로 소개되어 있다.[27] 이들이 이 기간 중에 재직하고 있었으며, 특히 성선경은 1910년 6월 12일 류근의 뒤를 이어 『황성신문』의 사장을 맡기도 했다. 이들은 취재기자였으며, 신문 제작에 관여하였다. 다만 이들이 취재기자란 점에서 논설을 집필했는지는 미지수이다. 아마도 이들은 논설기자가 피체되거나 자리를 비우는 등 비상시에는 논설 집필에 참여했을 것으로 추측된다.

---

24 자세한 것은 안종묵, 앞의 논문, 151면 참조.

25 채백, 「『황성신문』의 경영연구」, 369면에서 재인용.

26 「국채보상의연금 집송인원급액수—『황성신문』 사내」, 『황성신문』, 1907.3.1, 4면.

27 「恭賀新年」, 『황성신문』, 1909.1.1, 2면.

3. 『황성신문』 논설의 저자 규명

1) 「단연보국채」

「단연보국채」는 1907년 2월 25일 『황성신문』에 실린 논설이다. 당연히 이 글은 당시의 논설기자에 의해 쓰였다. 얼마지 않아 이 글은 『대한자강회월보』 제9호 李鍾濬의 「잡록」에 다시 게재된다. 거기에는 "國債報償에 對ᄒᆞ야 皇城報記者ㅣ 有所論說ᄒᆞ야 足以警告人喚醒人故로 玆先揭錄홈"[28]이라는 설명이 첨부된다. 이종준이 저자를 분명히 밝혔더라면 저자 논란에 휩싸이지 않았겠지만 그는 단순히 "황성보 기자"라고만 언급했을 뿐이다.

> 첫째 이 논설의 문체가 단재의 특유한 논설 문체와 같다는 점, 둘째 일제 통감부의 비밀문서에 1907년에 단재가 황성신문사에 논설 주필로 재직한 사실을 알려주는 기록이 새로 발견됐다는 점, 셋째 이 논설문은 현대의 서사시를 연상하게 하는 형식으로 되어 있는바 단재는 논설문 전체를 시나 가사로 쓴 논객이었다는 점, 넷째 이 논설에 나오는 문구 "대한독립사 제1권 제1장"은 단재가 쓴 것으로 확인된 논설에 몇 번 등장한다는 점 등을 들 수 있다.[29]

이것은 박정규의 주장이다. 그의 주장에는 구체적인 논거가 없어 심증적 주장에 가깝다. 그는 단재의 특유한 문체가 무엇인지, 현대의 서사시를 연상하는 형식이 무엇인지, 그리고 마지막 문구는 어떤 논설에 등장하는지 구체적으로 밝히지 않았다. 구체적인 논거를 통한 설득력 있는 사실증명이 필요하다.

---

28 이종준, 「잡록」, 『대한자강회월보』 9, 1907.4, 57면.
29 박정규 외, 『단재 신채호』, 단재문화예술제전추진위원회, 2006, 67면.

(가) 夢歟아 眞歟아 天歟아 時歟아 雲霧撥歟아 江河決歟아 簷鵲噪歟아 燈花結歟아 此消息이 何處來오 此消息이 何處來오

七年大旱에 逢甘雨도 不足慶이오

千里他鄕에 遇故人도 不足喜오

普法戰爭에 巴黎城捷報도 不足稱이오

大陸探險에 喜望峰 初見도 不足道라 大韓 光武十一年 新春 第一好消息이 天來ᄒᆞᆫ 福音을 叫傳ᄒᆞᄂᆞᆫ도다.(『황성』, 1907.2.25)[30]

이 논설은 꽤 흥분되고 고무된 분위기에서 쓰였다. 그래서 저자의 장광스러운 비유가 그대로 드러난다. 저자는 반복을 통해 자신의 감정 고조와 기쁨을 그대로 드러내고 있다. 그래서 평소 감정으로 쓴 글과 꽤 다르다. 환희작약하면서 비로소 독립에의 희망과 서광을 얻은 듯한 저자의 모습이 여실히 드러나 있다. 게다가 주정적이며 직설적인 표현들이 쏟아지고 있다.

(가-1) 이날은 엇더ᄒᆞᆫ 날이오 사쳔년 력ᄉᆞ가 끈어진 날이오 삼쳔리 강토가 업서진 날이오 이쳔만 동포가 노예된 날이오 오ᄇᆡᆨ년 종샤가 멸망ᄒᆞᆫ 날이오……우리의 신셩ᄒᆞᆫ 민속이 망ᄒᆞᆫ 날이오 우리의 싱명이 끈어진 날이오 우리의 지산을 일흔 날이오 우리의 ᄌᆞ유를 삐앗긴 날이오[31]

단재의 글 가운데 직정적인 분위기는 「이날」이라는 논설에서 잘 드러난다. 다만 이것은 기쁨에 싸여 쓴 글이 아니라 분노와 슬픔에 빠져 쓴 글이어서 격정적인 언사가 그대로 드러나고 있다. 이 논설도 문답법을 통해 실마리를 풀어가는 방식이나 반복과 변화를 통한 점층적 표현이라는 점에서 「단연보국채」와 다르지 않다.

---

30 본문에서 분석되는 주된 『황성신문』 논설은 고딕체로 구별하였다. 이하 동일.

31 「이날」, 『권업신문』, 1912.8.29.

(가 – 2) 天耶? 神耶? 先靈佑耶? 時運啓耶? 五千年歷史 其將不墜耶? 二千萬民族 其將不永滅耶? 嗚乎我獨立軍捷矣 嗚乎我獨立軍捷倭矣 嗚乎我大朝鮮獨立軍今大捷倭兵矣[32]

(가 – 3) 夢耶? 眞耶? 壯哉! 快哉! 由今思之 猶不覺手飛足舞 爲同胞獻賀 爲天地神祇感謝者也[33]

(가 – 2)는 대조선군정서가 일본을 대파한 사실을 적은 신채호의 글이다. 이 논설 역시 「단연보국채」처럼 영탄문의 반복이 그대로 드러난다. 아래 예문(가 – 3)은 3·1운동을 서술한 대목으로 꿈인가? 생시인가? 하고 감탄하는 것이 똑같다. 물음표를 쓰고 있지만 그것은 동의를 염두에 둔 감탄문, 즉 영탄문에 가깝다. 그리고 변형 및 첨가를 통한 강조는 (가 – 2)에서 그대로 드러나고 있다. 전자는 신채호가 독립군의 왜병 대파 사실을 듣고, 후자는 삼일운동의 발생을 반추하며 매우 감격하고 흥분하여 쓴 글이다. 그것은 단연보국 소식을 듣고 흥분한 저자의 모습과 흡사하다. 그리고 '……夢歟'라는 감탄문은 "夢人之夢歟 哲人之夢歟"(「몽견제갈량서」, 『전집』 하, 407면)에 나타난다.

(나) 旣是我國民之所當償還者이니 今年不償이면 明年에 誰爲我償之며 明年不償이면 又明年에誰爲我償之리오 如是十年이라도 我輩不償이면 天不爲償之오 如是百年이라도 我輩不償이면 鬼不爲償之라(『황성』, 1907.2.25)

(나 – 1) 一日만에 此義務 此責任을 盡하면 明日에 此權利 此幸福을 應得할지며 一年만에 此義務 此責任을 盡하면 明年에 此權利 此幸福을 應得할지며 十年만에 盡하면 十年後에 應得할지며 百年만에 盡하면 百年後에 應得할지며 千年 萬年이라도 此를 能盡치 못하면 權利 幸福은 姑捨하고 苦痛만 日深하

32 대궁, 「祝大朝鮮軍政署之大破倭兵」, 『천고』 1호, 천고사, 1921.1, 4면.
33 대궁, 「第三回三一節普告同胞」, 『천고』 3호, 천고사, 1921.3, 1면.

야 爾의 希望하던 目的이 夢泡를 作하리니 故로 吾輩 今日에 義務 責任의 酬盡함만 晝夜 勉勵할지요[34]

이 문장은 가정 조건법의 연속이며, 점진적 상승 구문이다. (나)는 금년 → 명년 → 십년 → 백년, 나아가 만겁이라도 갚아야 함을 강조했고, (나 - 1)은 1일 → 1년 → 십년 → 백년 → 천년 → 만년이라도 의무와 책임을 다해야 한다고 강조했다. 오늘에 의무 책임을 다함이 일반론이라면, 오늘에 갚아야 함은 구체론이다. 그리고 오늘에 우리가 갚지 못하면 우리의 자식, 손자가 갚아야 함은 당연론이며, 그러기에 금일 우리들이 의무책임을 다하도록 주야로 힘써야 하는 것이다. 단재는(나 - 1) 「대한의 희망」에서 의무와 책임을 다했을 때 우리에게 희망이 있으며, 나아가 일본(他國)의 속박(羈絆)에서 벗어날 수 있다고 주장했다. 「단연보국채」에서는 "我輩가 忘此償還之義務ᄒᆞ고 優遊送歲ᄒᆞ면 他日 祖宗產業을 恐不可指點以爲吾有ᄒᆞ리니……乘此好時機ᄒᆞ야 毋失爲國民之義務哉어다"라고 결론지었다. 의무를 중시하는 신채호의 모습이 역력히 나타나고 있다.

(다) 雖滄海桑田에 萬劫을 經盡홀지라도 非我輩가 償之면 我輩之子孫이 償之오 非我輩之子孫이 償之면 我輩子係之子孫이 償之ᄒᆞ리니(『황성』, 1907.2.25)

(다 - 1) 나라 잇는 민족이라도 국슈쥬의가 업스면 망ᄒᆞ나 나라 업는 민족이라도 국슈쥬의가 잇으면 흥ᄒᆞᄂᆞ니 이는 동셔양 력ᄉᆞ에 상고홈이 털끗만치도 틀리지 안는 ᄉᆞ실이로다[35]

(다 - 2) 아모리 ᄌᆞ본이 업고 셰력이 업슬지라도 샹당ᄒᆞᆫ 방법으로 힘쓰면 오늘날 갓ᄒᆞᆫ 디경을 면홀지니라[36]

---

34 신채호, 「대한의 희망」, 『대한협회회보』 1, 1908.4, 17면.

35 「국수주의와 해외동포」, 『권업신문』, 1912.6.10.

36 「우리동포는 경제능력이 어찌 이리 박약한가」, 『권업신문』, 1912.9.1.

(다 - 3) 故今日吾輩 雖有如何之奇才 如何之道德 如何之珍寶 如何之能力 苟不以是而爲斥倭殺倭之用者棄民也 以爲不必斥倭而可得獨立者亂賊也(『천고』 3호, 5면)

「단연보국채」에서는 또한 양보구문이 많이 사용되고 있다. 이는 신채호가 즐겨 쓰는 표현이다. (다)의 "… 라도 … 면 … 오"라는 구절은 양보구문과 가정구문이 동시에 포함되어 있다. 『권업신문』의 논설 (다 - 1) 「국수주의와 해외동포」에서도 "… 라도 … 면 … 오"의 구문이 여실히 나타나고, (다 - 2) 「우리 동포는 경제능력이 어찌 이리 박약한가」 역시 마찬가지이다. 그것은 한문으로 표현된 (다 - 3) 「제삼회 삼일절 보고동포」에서 보다 직접적으로 드러난다. 이 구절은 "고로 금일 우리들이 비록 여하한 재주가 있고 도덕이 있고 진귀한 보배가 있고 능력이 있다 하더라도 진실로 그것으로써 왜를 배척하고 죽이는 데 사용하지 않는다면 백성을 버리는 것이 되고, 왜를 배척하지 않고 독립을 얻으려는 사람은 난적이다"라는 뜻이다. 그리고 (다 - 1)의 예문 역시 양보 구문이다. 또한 단재는 『이태리건국삼걸전』의 「緒論」에서 "愛國者가 無한 國은 雖强이나 必弱하며"(중, 183면)라고 하였는데, 이는 "비록 강하다 하더라도 애국자가 없으면 그 나라는 반드시 약해지며"라는 뜻으로 위의 구문과 다를 바 없다. 양보와 가정을 통한 의미의 집중화를 잘 보여준다. 단재는 상대를 설유하기 위해 이러한 구문을 많이 썼다. 양보구문과 가정법을 통해 당위를 기정사실화하며 반드시 해야 한다는 의무감을 부여하고 있다.

(라) 美哉라 靑邱山河여(『황성』, 1907.2.25)

(마) 卽此二十世紀 今日世界에 大韓國民 名譽聲價가 照耀全球ᄒᆞ리니 壯哉라 此消息이며 奇哉라 此消息이여(『황성』, 1907.2.25)

(라 - 1) 幸哉라 乙支文德이여(『을지문덕』, 4면), 偉哉라 乙支文德이여(『을지문덕』, 19면)

(라－2) 怪哉라 卞君이여(하, 405면)

(마－1) 偉哉라 愛國者며 壯哉라 愛國者여……愛國者가 有한 國은 雖弱이나 必强하며 雖衰이나 必盛하며 雖亡이나 必興하며 雖死이나 必生하나니 至哉라 愛國者며 聖哉라 愛國者여.(중, 183면)

(마－2) 哀哉라 絶望이며 傷哉라 絶望이여(하, 65면)

(라)와 (마)는 감탄구문을 잘 보여준다. 단재는 (라)처럼 'X哉라 M(이)여' 라는 단독 감탄형과 더불어 (마)와 같은 중복형도 곧잘 썼다. "美哉라 靑邱山河여"와 같은 단독형은 (라－1) 『을지문덕』이나 (라－2) 「세계삼괴물서」에서처럼 신채호의 글에 잘 드러난다. 그리고 중복형의 경우는 'X哉라 M(이)며 Y哉라 M(이)여', 'X하다 M(이)며 Y하다 M(이)여' 등이 있다. 이럴 경우 X와 Y는 유사 근친의 의미를 가졌다. 「단연보국채」의 "壯哉라 此消息이며 奇哉라 此消息이여"는 (마－1)의 "偉哉라 愛國者며 壯哉라 愛國者여"이나 (마－2)의 "哀哉라 絶望이며 傷哉라 絶望이여", "聖哉라 歷史며 偉哉라 歷史여"(하, 73면)와 그대로 일치한다. 단재의 글에는 이 외에도 "重哉라 國粹의 保全이며, 急哉라 國粹의 保全이여"가 있다. 그리고 후자의 경우는 "大ᄒᆞ다 希望이며 美ᄒᆞ다 希望이여", "神聖하다 我며 永遠하다 我여"에도 나타난다. 이들 중첩구문에서 연결어사는 '……며'로 나타나는데, 단재 글의 독특성을 확연히 보여준다.[37]

(바) 卽後日 大韓獨立史 開卷 第一章에 大書特書ᄒᆞ야 揭之如日星者ㅣ 非此斷烟同盟會之徐相敦 等 諸氏耶아(『황성』, 1907.2.25)

(바－1) 後來 大韓獨立史를 編ᄒᆞᄂᆞᆫ者ㅣ 大筆特書曰 檀君四千二百十一年

37 일반적으로 이런 중첩식 반복은 대개 "…… 여, …… 여"로 끝난다. 『황성신문』과 『대한매일신보』의 논설 중 'X哉라 M(이)여 Y哉라 M(이)여'라는 표현도 여러 군데 등장하는데, 이 역시 단재의 표현방식인지 더 고구될 필요가 있다.

某月某日에 大韓獨立萌芽가 始生이라(『대매』, 1908.1.1)

(바 – 2) 吾國이 獨立할 만한 地位에 잇다 하면 大韓獨立史가 出現할 날이 잇스리라(『신대한』, 1919.10.28)

박정규의 언급, 즉 "대한독립사 제1권 제1장"은 단재가 쓴 것으로 확인된 논설에 몇 번 등장한다는 점"은 위의 예(바 – 1, 바 – 2)를 두고 한 말이다. 충분히 수긍이 가지만, 『대한매일신보』 1908년 1월 1일자가 먼저 단재의 글임이 규명되어야 한다. 단재는 (바–2) 「신대한창간사」에서도 '대한독립사'라는 말을 썼다. 그러나 그 글들에 '대한독립사'는 나타나지만, '개권 제1장'은 전혀 나타나지 않는다. 연구자는 최근 입수한 『천고』 3호에서 동일한 표현을 확인할 수 있었다.

(바 – 3) 然則是日(卽三月一日) 卽我國獨立史之開卷第一章 而釰光閃閃 砲聲隆隆 下馬聽賊 上馬飮血 其次第宜有之篇法章法也 未知篇尾結論將在何日 而斑斑烈士之血 點點志士之淚 染遍八域之山河 照耀萬邦之耳目 又獨立史草案中不可無筆墨也[38]

(바 – 4) 이제 朝鮮文化史 開卷 第一章이라(상, 359면)

「단연보국채」의 저자는 마지막 단락에서 단연보국운동을 "大韓獨立史開卷 第一章"에 써야 한다고 강조하였다. 이것은 계몽사가로서의 모습을 그대로 노출시킨다. 이것은 독립운동, 그리고 한국역사의 정립과 무관하게 쓰기 어려운 표현이다. 윗글 (바 – 3)에서 단재는 "我國獨立史之開卷 第一章"이라 하였다. 또한 그는 (바 – 4)처럼 『조선문화사』에서도 "개권 제1장", 그리고 『을지문덕』에서도 "大東風雅 開卷 第一章"(65면)이라는 표현을 썼다. 독립사 제1장에 대서특서한다거나 독립사 초안 가운데 쓰지 않으면 안

38 대궁, 「제3회 삼일절 보고 동포」, 『천고』 3호, 천고사, 1921.3, 4면.

된다는 것은 역사가로서의 면모를 여실히 드러낸다. 이를 통해 「단연보국채」의 저자가 단재임을 여지없이 보여준다. 이 글들에는 단재의 시대의식과 역사의식, 그리고 역사를 기술하는 사가로서의 모습이 역력히 드러난다.

(사) 維我二千萬兄弟아 齊傾耳어다.(『황성』, 1907.2.25)

(아) 凡我域內頂天履地之徒눈 聞此好消息ᄒᆞ고 乘此好時機ᄒᆞ야 毋失爲國民之義務哉어다.(『황성』, 1907.2.25)

(사 – 1) 吾請抿淚抹血以告之하리니 兄其靜神淸慮以聽之어다(하, 59면)

(아 – 1) 嗟爾愛國同胞아 爾惟求爲三傑哉어다(중, 250면)

(사 – 1) 「여우인절교서」, (아 – 1) 『이태리건국삼걸전』 등은 독자에게 권면하는 내용이다. 단재는 '……(지)어다'라는 문체를 통해 독자에게 권면하고 있다. 그것은 "모두 귀 기울일지어다(齊傾耳어다)", "국민을 위한 의무를 잃지 말지어다(毋失爲國民之義務哉어다)"와 같은 용법이다. 또한 '…… 할지어다'의 형태는 "故로 國民의 愛國心을 喚起하려거든 完全한 歷史를 先授할지어다"(「역사와 애국심의 관계」 중, 79면), "我 李舜臣傳을 讀할지어다"(「이순신전」 하, 357면) 등에도 드러난다. 그러므로 「단연보국채」는 단재의 문법과 문체를 고스란히 드러내고 있다.

2) 신문조례 관련 논설

광무신문지법과 관련된 몇 편의 논설이 『황성신문』에 실려 있다. 이광린은 『황성신문』에 중요한 글로 「시일야 방성대곡」, 「단연보국채」와 더불어 광무신문지법 관련 글(「신문조례에 대한 감념」(1907.7.12), 「언론시대」(1907.8.6~7), 「신문속박의 조례」(1907.10.11), 「신문계의 영향」(1908.5.20) 등)을 들고 있다. 이 논설들은 당시 가장 시급한 현안이었던 을사늑약(1905), 국채보상운동(1907), 광무신문지법(1907) 등에 대한 의사표현이라는 점에서 그 중요성을 더한다. 이광린의 경우 당대 현실의 이슈이자 사회적 반향이라는 언론사적 입장에서 중요성을 언급한 것이지만, 문학적 가치 측면에서도 부응한다고 할 수 있다. 여기에서는 신문지법 관련 글들의 저자에 대해 살펴보기로 한다. 신문조례 논설 가운데 앞의 두 편은 단재의 문체가 확연히 드러난다.

(가) 我國家 何故로 此慘境에 陷ᄒᆞ얏ᄂᆞ뇨 曰 惟言權束縛의 故니라

我民族 何故로 此劫海에 墮ᄒᆞ얏ᄂᆞ뇨 曰 亦言惟權束縛의 故니라(『황성』, 1907.7.12)

(가－1) 嗚呼라 若何하면 我二千萬의 耳에 恒常 愛國이란 一字가 鏗鏘하게 할까 曰 惟歷史로 以할지니라

嗚呼라 若何하면 我二千萬의 眼에 恒常 國이란 一字가 徘徊하게 할까 曰 惟歷史로 以할지니라(하, 72면)

(가)는 「신문조례에 대한 감념」이다. 자가문답법과 반복을 통한 의미강조가 여실히 드러난다. 단재는 (가－1) 「역사와 애국심의 관계」에서도 역사를 강조하기 위해 문답법과 반복법을 쓰고 있다. 이러한 것은 단재의 다른 글에서도 나타난다.

(가－2) 然則 高句麗도 卽 我史에 排斥不載함이 可하거늘 何故로 三國이라 幷稱하였느뇨. 曰 此는 又 其故가 有하니 高句麗가 平壤에 都邑하였던 故니라.(상, 513면)

앞의 「신문조례에 대한 감념」에서는 '……何故로 ……하였느뇨 曰 ……故니라'는 문체가 드러난다. 그것은 단재가 즐겨 쓰는 문체이다. 그는 이와 더불어 '……何故오(또는, 何故이뇨) 曰 ……故니라'라는 문체를 많이

썼다. 그러한 것은 「독사신론」(『대한』, 1908.8.27~12.13) '서론-지리' 부분만 하더라도 8회나 반복되며, 「국한문의 경중」(『대매』, 1908.3.17~19)에도 자주 나타난다. 그리고 「신문조례에 대한 감념」에서는 "彼海外文明의 各國도 莫不新聞條例가 有홈은 何故오"라고 하여 후자와 같은 문체가 드러난다. 자신의 주장을 드러내기 위해 인과관계가 분명한 자가문답 진술방법을 썼다.

(나) 吾輩의 苦情切望은 只是 今日에나 言論自由, 明日에나 言論自由, 今年에나 言論自由, 明年에나 言論自由, 何年何月何日何時에 言論을 自由ᄒᆞ야 볼싸ᄒᆞ더니(『황성』, 1907.7.12)

(다) 或 今日之言이 行於明日ᄒᆞ며 或 今年之言이 行於明年ᄒᆞ며 或 十年以前之言이 行於十年以後ᄒᆞ며 或 百年千年以前之言이 行於百年千年以後ᄒᆞ며……(『황성』, 1907.8.6)

각각 「신문조례에 대한 감념」과 「언론시대」의 구절들이다. 금일, 명일, 금년, 명년 등의 전개는 앞장 예문에서 살펴본 「단연보국채」와 「대한의 희망」의 전개구절과 다르지 않다. 단재는 금일, 명일, 금년, 명년, 십년, 백년 등 시간의 확장을 통한 강조를 잘 활용하였다.

(라) 今日 我韓에ᄂᆞᆫ 其所有者ㅣ 何物고 有人才乎아 無有也오 有哲人先覺者乎아 無有也오 有大政黨乎아 無有也오 有商工界大實業家乎아 無有也오 有輪船兵艦乎아 無有也오 有美術製品乎아 無有也오(『황성』, 1907.8.6)

(라)는 「언론시대」의 예문이다. 이 역시 질문과 응답을 통한 자기 주장의 전개이다. "其所有者ㅣ 何物고"는 단재의 글에서 "是何言 是何言고"(상, 483), "環顧全球에 今果何時며 回瞻八域에 我果何狀고"(중, 184)의 형태와 같다. 그것은 「독사신론」 '叙論'과 「국한문의 경중」에 무수히 나타나는 '……何故오?'의 형태이지만, 앞 단어에 받침이 있는 경우 '……고?'의 형태를 띠게 된

다. 단재에게 흔한 어법이다. 또한 이 글에서 저자는 철인선각자, 대정당, 대실업가 등이 당시 한국에 없다고 하였다.[39]

> (라 - 1) 嗚呼 今日 我大韓에 何가 有한가 國家난 有하건마난 國權이 無흔 國이며 人民은 有하건마난 自由가 無한 民이며 貨幣난 有하건마난 鑄造權이 無有하며……然則 教育에 熱心하야 未來 人物을 製造할 大教育家가 有한가 此도 無有며 然則 識見이 優越하야 全國民智를 啓發할 大新聞家가 有한가 此도 無有며 大哲學家 大文學家도 無有며 大理想家 大冒險家도 無有라[40]

단재는 「대한의 희망」(1908.4)에서 동일한 질문을 하고 답변을 하였다. 화폐주조권을 비롯하여 대교육가, 대신문가, 대철학가, 대문학가, 대이상가, 대모험가도 없다는 것이다. "今日 我韓에는 其所有者ㅣ 何物고?"라는 질문은 "今日 我大韓에 何가 有한가?"로 바뀌고 있지만 주장하는 내용은 거의 그대로이다. 다만 "有哲人先覺者乎아 無有也오"가 "大新聞家가 有한가 此도 無有며"라는 표현으로 국문체에 보다 접근하고 있다. 그것은 단재가 『황성신문』, 가정잡지 등을 통해 많은 문체적 실험을 했기 때문이다.

> (마) 噫라 言論時代之言論이 當如何而後에 可也오 將慷慨痛哭에 日日爲悲憤之言論이 可乎아 曰 不可흐다 其流弊也ㅣ 易使人으로 灰心落望而無爲니 將柰何며 將雍容和平에 日日爲溫厚之言論이 可乎아 曰 不可흐다 其流弊也ㅣ 易使

39 한편 「언론시대」에는 "瑪志尼之少年伊太利新聞에 塚中之羅馬가 再蘇흐며"(1907.8.6)라는 구절이 있다. 이는 신채호가 번역한 『이태리건국삼걸전』에서 "此三傑의 出現한 以來로 千年 塚中의 伊太利가 활약하더라"(중, 186면)와 "瑪志尼之見逐也에 法國 麻士夭市로 遁하여 一報館을 自創하고 卽 其黨名으로 爲名하니 曰 少年伊太利新聞이라. 其高尙純潔의 理想과 博通宏膽의 學識과 縱橫淋漓의 文詞로 灑熱血於筆端하고 新大義於天壤하니 志士來者가 雲起水湧하더라"(중, 196면)라는 내용에서 나온 것으로 단재의 글일 가능성을 잘 보여준다. 양계초의 원문에는 "瑪志尼……自創一報館 卽以其黨名名之曰 「少年伊太利」"로 되어 있다(『음빙실문학전편』, 상해신민서국출판, 1935, 15면). 단재는 『이태리건국삼걸전』에서 그것을 "少年伊太利新聞"이라 썼다.

40 신채호, 「대한의 희망」, 앞의 책, 11~12면.

人으로 優遊躕躇而不進이니 將奈何며……(『황성』, 1907.8.7)

(마-1) 全國內 銅錢金貨를 皆 他人이 奪去하면 其國이 永亡할까 曰 否라. 此로는 永亡하리라 云함이 不可하니라. 全國內 海産陸品을 皆 他人이 奪取하면 其國이 永亡할까 曰 此로는 永亡하리라 云함이 不可하니라. 全國內 尺土寸壤을 皆 他人이 占領하면 其國이 永亡할까 曰 否라. 此로는 永亡하리라 云함이 不可하니라. 全國內 壹艸壹木을 皆 他人이 管理하면 其國이 永亡할까 曰 否라. 此로는 永亡하리라 云함이 不可하니라.(하, 55면)

(마)는 「언론시대」, (마-1)는 「일본의 삼대 충노」의 내용이다. "희라"라는 서두의 감탄어사는 단재의 글에 빈도수가 높은 감탄사이다.[41] 그리고 부정적 답변을 통한 강조 역시 단재의 글에 잘 나타난다. 윗글에는 "불가하다"가, 아래에는 "불가하니라"가 계속적으로 반복되면서 논지가 전개되고 있다. 그리고 윗글에 반복되는 "將奈何"는 "奈何", "無奈何"와 더불어 단재가 잘 쓰는 표현이다. 단재는 "然則 加富爾가 將奈何오", "今에 事勢가 至此하였으니 且將奈何오"(『이태리건국삼걸전』 중, 219면, 231면), "……迭侵의 敵兵을 抵制키 難ㅎ리니 將奈何오"(『을지문덕』 중, 34면), "其國의 人心은 將奈何리오"(「일본의 삼대 충노」 하, 55면) 등으로 표현하였다. 이런 것들은 곧 단재의 문체를 잘 드러낸다고 할 수 있다.

(바) 傷哉라 無也여 /偉哉라 言論之勢力이여(『황성』, 1907.8.6)

(사) 重矣哉라 今日之言論이며 難矣哉라 今日之言論이여(『황성』, 1907.8.6)

---

41 이는 "非夫라", "惜乎라" 등과 더불어 단재가 많이 쓰는 표현이다. "噫라"는 「문법을 의통일」(하, 96면), 「惜乎라 禹龍澤氏의 國民·大韓 兩魔報의 鷹犬됨이여」(하, 121면), 「세계3괴물서」(하, 406면), 「동양이태리」(『별집』, 186면) 등에 1회 나타나고, 「역사와 애국심의 관계」에 2회, 「최도통전」에 3회, 「천희당시화」, 『이태리건국삼걸전』, 『을지문덕』, 「독사신론」 등은 5군데 이상이 등장한다. 그리고 뒤에 다룰 「보종보국 원비이건」에도 1회 등장한다. 주로 문두에 많이 나타나는 "噫라"는 박은식도 많이 쓰고 있다. 그러나 이 시기 박은식은 『대한매일신보』 주필이었으며, 그가 주필을 한 시기 『대한매일신보』 논설이나 그가 잡지에 발표한 글에서도 "噫라"라는 표현을 적지 않게 찾아볼 수 있다.

(사－1) 甚矣哉라 我國史家의 蔑識이여(상, 481면)

(사－2) 大ᄒᆞ다 我韓 今日의 希望이며 美ᄒᆞ다 我韓 今日의 希望이여(하, 70면)

(바)의 예문에 대해서는 이미 앞장에서 충분히 논의되었기 때문에 굳이 더 언급할 필요가 없을 줄 안다. (사) 역시 기본적인 형태는 앞장에서 논의되었다. 그러나 예문을 더 단 것은 "重哉라…… 難哉라……"가 아니라 중간에 '矣'를 넣었기 때문이다. 그러한 예는 단재의 글 (사－1)에 나타나고 있다. 그리고 "今日之言論"은 (사－2)의 "今日의 希望"과 같은 용법이다. 이 표현들은 모두 단재가 즐겨 쓰는 감탄어구들이다.

그리고 「신문조례에 대한 감념」에 등장하는 "悲夫라", "福音", "粧撰", "於是乎" 등도 단재 글에 현저하게 보이는 표현들이며, 「언론시대」의 마지막 구절 "勉勉從事於斯道ᄒᆞ야 無自藐其言論哉어다"는 앞장에서 본 것처럼 단재가 독자에게 권면할 때 잘 쓰는 구절이다. 이러한 여러 사실들을 종합해 볼 때 이 두 편의 논설이 단재의 글임은 의심할 여지가 없다. 게다가 「언론시대」는 「言論之難」(『대한매일신보』, 1908.3.26～27)으로 그대로 연결되고 있다. 「언론지난」에서도 단재의 정신과 문체가 그대로 나타나고 있다. 다만 「신문속박의 조례」는 사실 서술에 치중하고 있어 문체적 특징만으로는 저자 파악이 어려워 이 논의에서 제외했으며, 「신문계의 영향」은 1908년 4월 이후 『황성신문』에 다시 참가한 박은식의 문체가 잘 드러나지만 이 글에서는 논외로 하기로 한다.

3) 「보종책」

단재의 『황성신문』 참여 사실을 보다 구체적으로 밝혀줄 자료가 하나 있다. 단재전집에는 「保種保國이 元非二件」이라는 논설이 실려 있다. 1907

년 12월 3일 『대한매일신보』에 게재된 논설로 단재전집에서 『대한매일신보』 소재 논설 중 가장 앞에 자리하고 있다.

噫라 保種論은 本記者도 亦嘗唱道ᄒᆞ던 者이어니와 其言論範圍가 今日 保種者의 所言과 大異ᄒᆞ니 夫保種者ᄂᆞᆫ 此民族이 他民族의 殄滅을 受치 아니ᄒᆞᄌᆞ면 其道 何에 在ᄒᆞ뇨(『대매』, 1907.12.3)

이 논설은 아직 저자가 구체적으로 논의되지 않았으며, 저자 미확정의 글이라 할 수 있다. 단재전집간행위에서는 어떤 확신을 갖고 단재의 글로 보았겠지만, 구체적 근거는 밝히지 않았다. 그런데 이 글에는 저자를 밝혀줄 하나의 단서가 있다. "保種論은 本記者도 亦嘗唱道ᄒᆞ던 者"라는 구절이다. 논설의 저자가 일찍이 보종론을 창도했다는 말이다. 이 보종론과 관련해서 두 개의 글을 만날 수 있다. 하나는 『대한매일신보』에 실린 「保種策」(1907.7.31)이며, 다른 하나는 『황성신문』에 실린 「保種策」(1907.9.18)이다. 그렇다면 「保種保國이 元非二件」의 저자가 말한 「보종론」(곧 「보종책」)은 어느 것을 말하는가? 우선 두 가지 「보종책」은 입장에 서로 다르다.

(가) 使此二千萬衆으로 果然 一體團合ᄒᆞ면 被外人이 雖有 强兵 百萬과 大砲千門이라도 施威行暴를 부들홀 것이오 團體가 旣成ᄒᆞ면 敎育과 殖産에 萬般事業이 皆 烝然 日追 ᄒᆞ야 沛然莫禦홀 效力이 自生홀지라.(『대매』, 1907.7.31)

(나) 今日 我韓 保種之策을 細究홀진ᄃᆡ 兵力의 不强홈과 財政의 不贍에 在치 아니ᄒᆞ고 人民이 人民義務를 能盡홈에 在ᄒᆞ니……祖國의 思想과 國民의 義務을 抵死토록 守而不失ᄒᆞ야 一人으로 至于十人ᄒᆞ며 十人으로 至于百人ᄒᆞ야 千人萬人이 無人不然ᄒᆞ며 全國人人이 無時不然ᄒᆞ면 타인의 凌駕虐待가 何由로 至ᄒᆞ리요 文明의 覇柄도 此에 在ᄒᆞ고 獨立의 基礎도 此에 在ᄒᆞ다 斷言홀지라(『황성』, 1907.9.18)

(가)는 글의 서두에 "本記者는 歐洲人"이라고 밝혀 표면상 베델의 글로 보인다. 그러나 다음날 「보종책의 속론」(1907.8.1)에서 "客有詰之者ᄒᆞ야 曰 吾子가 秉春秋之筆ᄒᆞ야 主張天下之公論이 今旣有年矣라"라고 함으로써 자신이 한국 기자임을 분명히 하고 있다. 여기에서 단체의 육성, 교육과 식산의 장려 등을 통한 보종은 박은식의 주장과 일치한다.[42] 그리고 그가 흔히 쓰는 "思想치 아니ᄒᆞ는가", "惟我一般人士", "以此觀之", "客이 唯唯而退어놀……" 등의 표현들이 대거 등장한다.[43] 이 글은 어두에 마치 베델이 글을 쓰는 것처럼 제시했지만 저자가 박은식임을 한눈에 알 수 있다. (나)에서 "人民義務를 能盡ᄒᆞᆷ", "國民의 義務을 抵死" 등은 바로 「대한의 희망」의 "義務 責任의 酬盡함만 晝夜勉勵"하는 것과 동일한 논지이다. 신채호의 주장이 그대로 들어 있는 글이다.[44] 박은식이 창립부터 1907년 11월 5일까지 『대한매일신보』 논설기자로 활동했다는 점과 신채호가 1907년 당시 『황성신문』 주필이었다는 사실은 위의 주장을 보다 확실하게 뒷받침한다.

그러면 단재는 왜 글속에 자신을 밝혔는가? 단재는 1907년 「보종책」에서 "人民이 有ᄒᆞᆫ 然後에야 國家가 成ᄒᆞ나니 民種을 不保ᄒᆞ면 必然 無國ᄒᆞᆯ지라" 그러므로 "余도 思惟건ᄃᆡ 今日 我韓의 保種ᄒᆞᆷ이 급ᄒᆞᆯ지로다"라고 주장했다. 그러나 1907년 12월 들어 「保種保國이 元非二件」에서 "保種을 不思ᄒᆞ고 保國만 是求ᄒᆞ면 其國이 旣保에 其種이 自保ᄒᆞ려니와 만일 保國

---

42 박은식은 「보종책의 속론」에서 유교가 현재의 경쟁시대에 맞지 않아 변통하고 개량구신해야 한다고 역설했다. 이 글에서는 「유교구신론」의 단초를 볼 수 있다.

43 김주현, 앞의 논문 참조.

44 박정규는 이 글 「보종책」(『황성신문』, 1907.9.18)을 류근의 저작으로 보았다. 그는 "이 논설의 내용이나 논설의 문체로 보아 사장이 된 유근이 직접 집필한 것으로 간주된다. 다음 날 신문의 논설란에 '社告'라고 하여 사장의 취임사가 실려 있는데, 「보종책」이란 논설과 똑 같은 문체이다"(박정규, 「국내에서의 신채호 연보와 쓴 글에 대한 고찰」, 『단재신채호연구의 재조명』, 단재문화예추진위원회, 2006, 72면)라고 주장했다. 그는 문체가 어떤 측면에서 동일한지 자세히 밝히지는 않았다. 류근이 『황성신문』 사장으로 피선된 것은 17일이지만, 그가 공식적으로 인사를 한 것은 9월 20일 「사설」에서이다. 공식 인사말 이전에 「보종책」을 썼다는 것도 의아스러우며, 그의 글과 문체적 동질성도 드러나지 않는다. 「보종책」이 보종론에 동조하고 있다 하여 섣불리 타협론과 결부시킨 것은 무리가 있다 하겠다.

은 不思ᄒᆞ고 保種만 是求ᄒᆞ려다가는 其國이 不保에 其種이 隨亡ᄒᆞ리니 二說 中에 其近是者를 求홀진ᄃᆡ 吾必 保種論을 捨ᄒᆞ고 保國論을 從홀진져" 라고 주장하였다. 자신의 입장에 조금 변화가 온 것이다. 그래서 변명의 차원에서 "保種論은 本記者도 亦嘗唱道하던 者"라고 제시하고, 수정된 입장을 피력했던 것이다. 이처럼 단재가 나중에 나온 글에서 자신을 밝힌 경우는 적지 않다.[45]

「保種策」은 단재가 『황성신문』 기자 시절 쓴 글이며, 「保種保國이 元非二件」은 『대한매일신보』 주필 당시에 쓴 것이다. 궁극적으로 『대한매일신보』 논설 「保種保國이 元非二件」의 구절을 통해서 『황성신문』의 「보종책」의 저자를 파악할 수 있다. 그리고 단재의 보종책에 대한 논지는 동일한 제목을 가진 박은식의 「보종책」과 확연한 차이를 드러낸다.

---

45 단재는 「조선상고사」 '총론'에서 "거금 16년전에 국치에 발뷰하여 비ᄅᆞ소 〈東國通鑑〉을 열독하면서, 사평체에 가까운 「독사신론」을 지어 『대한매일신보』 지상에 발포하며"(상, 44면)라고 쓰는가 하면, 「꿈하늘」에서 "한놈이 일즉 내 나라歷史에 눈이 ᄯᅳ자 乙支文德을 崇拜하는 마음이 간절하나 그의 對한 傳記를 짓고 십은 마음이 밧버 미처 모든 글월에 考據하지 못하고, 다만 東史綱目의 적힌 바에 의거하야 필경 傳記도 안이오, 論文도 안인 『四千載第一偉人乙支文德』이라 한 조고마한 冊子를 지어 世上에 發佈한 일이 잇섯더라"라고 밝혔다. 그것은 「독사신론」에 이어 「조선상고사」 역시 역사연구이며, 『을지문덕』에 이어 「꿈하늘」도 또 다른 을지문덕 이야기이기 때문이다. 과거 자신의 생각과 현재의 입장이 바뀌었을 때는 언급하고 넘어갔다. 「천희당시화」에서도 "又或 近日 各學校에서 日本音節을 效하여 十一字歌를 製하는 者ㅣ 間有하니 此亦 國文七字詩를 製하는 類인지. 余도 일찍 某校 學生의 託에 爲하여 此十一字歌를 製給한 바 追後에 此를 悔悟하였으나 往事라 可追할 바 아니로다"(『별집』, 62면)라고 하였다. 또한 그는 「동양이태리」에서도 "此義는 已往 本報에 揭布한 「讀史新論」에 明言함"(『별집』, 185면)이라 하였는데, 이는 달리 「동양이태리」의 저자가 단재임을 입증해주는 단서이다.

4. 『황성신문』 주필로서의 단재

『황성신문』 주필로 단재를 처음 언급한 이는 마루야마이다. 마루야마가 누구던가. 그는 일본경시청 제1부장을 하다가 1905년 1월 20일 한국에 도착하여, 2월 3일 경무청 고문관으로 임명되었으며, 1907년 8월 2일에는 경시총감으로 승진하였다. 그는 일제에 의해 선발된 요원으로 한국정부에 대한 사찰 및 한국 내 정보수집 업무를 착실히 수행하였다. 특히 그는 의병활동, 언론활동, 국채보상운동에 대해 집중적으로 조사하여 보고하였다.[46]

마루야마는 단재를 "有名ナル能文家"로 평가했다. 그렇다면 어떻게 마루야마는 단재를 그렇게 높이 평가할 수 있었던가? 1907년 11월 이전에 쓰인 단재의 글로 현재까지 알려진 것은 『이태리건국삼걸전』(1907.10.25 발간) 정도이다. 그러나 그것을 두고 이뤄진 평가가 아니라는 점은 명백하다. 마루야마는 애국계몽운동에 대한 정보수집과 더불어 언론통제를 위한 검열활동을 부단히 했다. 그는 당시 가장 중요한 신문이었던 『황성신문』에 대해 내밀히 관찰하며 조사했다. 「단연보국채」, 「신문조례에 대한 감념」과 같은 논설들도 눈여겨보았을 것이다. 그래서 그는 "皇城新聞ニ主筆記者タル申采浩ハ有名ナル能文家"라고 결론을 내린 것이다. 당시 신채호는 국내 독자에게 그렇게 잘 알려져 있지 않았지만, 일본 경무고문에게 그는 『황성신문』 주필기자로 깊이 각인되었던 것이다. 그렇다면 이제 우리는 1907년 11월 이전 단재가 『황성신문』에 논설을 많이 발표했다는 사실에 주목해야 한다.

한편 동양학연구소는 왜 「단연보국채」를 장지연의 글로 간주하였던 것일까? 그것은 다음과 같은 이유로 파악된다.[47] 『대한자강회월보』 제9호 목

---

46 마루야마는 국채보상운동과 관련해 1907년 5월 22일에는 국채보상금 모집금액표(「고비 제429호」), 8월 22일에는 국채보상모집금의 건(「고비 제987호」)을 작성하기도 했다.

47 「단연보국채」의 저자가 장지연이 아님은 「단연상채문제」를 보아도 알 수 있다. 이 둘은 논조나 문체가 다르다. 그리고 「단연보국채」에는 단연보국운동을 "卽 大邱 廣文社 副會長 徐相敦氏 等의 斷烟同盟혼 好消息"이라고 썼다. 『황성신문』에는 단연보국운동과 관련 여러

차에는 장지연의 「단연보국채」로 소개되어 있지만, 본문에는 「斷烟償債問題」가 실려 있다. 아마도 동양학연구소는 장지연이 「단연보국채」를 실으려 하다가 이미 발표한 것을 표제논설로 삼기에는 부담이 되어 「단연상채문제」를 새롭게 써서 싣고, 「잡록」에 「단연보국채」를 실은 것으로 파악한 듯 보인다. 그러나 이러한 사실을 도외시한 채, 논설 목차에 「단연보국채」가 장지연의 글로 소개되어 있어 그의 글로 보아도 무방하다고 여겼던 것일 것이다. 그러나 글에 첨부된 주석으로 판단하건대, 장지연의 논설 역시 「단연보국채」였으나 뒤에 실릴 단재의 글과 제목이 충돌하기에 편집자들이 바꾸었을 것으로 보인다.

이제 장지연의 연보에 "1907년 1월… 국채보상운동… 신문과 잡지… 다수의 논설을 발표했다"는 설명은 수정되어야 한다. 여기에서 '신문'과 '다수의 논설'은 「단연보국채」를 근거로 하여 잘못 작성된 기술이다. 장지연이 국채보상운동에 대해 쓴 글은 「단연상채문제」가 유일하다.[48] 그 글은 단연보국 운동을 전국적으로 승화시키려 한 「단연보국채」와는 거리가 있다. 장지연은 다만 특별한 목적 없이, 상환에 대한 대책 없이 국채를 빌린 무책임한 정부당국을 가차 없이 비판하였을 따름이다. 당시 박은식 역시 『대한매일신보』에 단연보국운동 관련 논설을 쓴 것으로 보인다. 이들 셋은 상황에 대해 서로 다른 인식을 보여주고 있다. 이들은 일제강점기 이후 독자적인 길을 갔다.

편의 글이 실렸다. 그런데 장지연은 「단연상채문제」에서 "余從達句來人ᄒᆞ야 詳聞其發起之狀況矣"라고 하면서 "於是에 紳士 朴晶東氏가 首登演壇ᄒᆞ야 以國債問題로 一場痛論曰 現今我政府歲入이 只不過一千四百餘萬元而已"라고 적었다. 그러나 글에는 "編輯者曰按南嵩山人 此論에 有數條未瑩일싀 今以所見聞者로 證之如左ᄒᆞ노니 其曰 朴晶東氏 痛論云云數百言이 皆徐相暾氏之說也"라고 하는 편집자주가 첨부되어 있다. 이것은 장지연이 보국운동의 실상을 제대로 알지 못했다는 것을 말해준다. 장지연이 대구에서 온 사람으로부터 발기상황을 들었다는 것은 자신이 『황성신문』 기자가 아니었다는 사실을 반증해준다. 만일 그가 당시 『황성신문』 기자였다면 단연보국회 발기상황을 잘 알고 있었기 때문에 굳이 "대구에서 온 사람(達句來人)"을 통해 전해들을 필요는 없었다.

48 이 밖에도 장지연은 「현재의 정형」(『대한자강회월보』 12, 1907.6)에서 단연보국운동을 소개하고 있지만, 세 문장에 걸쳐 간단히 논급했을 뿐이다.

「단연보국채」에서 신채호의 역사의식을 읽을 수 있다. 단재는 국채보상운동을 독립운동사의 서두 제1장에 기록해야 한다고 했다. 그 까닭은 무엇인가? 그는 그 운동에서 국민들의 자발적 잠재력을 보았다. 한번 일어난 단연보국운동은 "不數日間에 應者如雲ᄒᆞ야 市井商客은 獻其腦力之所得ᄒᆞ고 勞働役夫ᄂᆞᆫ 獻其肢力之所得ᄒᆞ야 蜂湧潮沸에 猶恐或後"하였다. 그래서 그는 "我實不料我國民이 有此快悟며 我實不意我國民이 有此毅力이로다"라고 감탄했으며, 그 운동이 대한독립운동의 시발이 될 것이라 여겼다. 그러나 그것은 일제의 방해책동으로 말미암아 좌절되고 만다. 이후 단재는 다시 한번 대한독립사에 획기적인 사건을 목격했다. "國民一致之行動"이었던 삼일운동이 그것이다. 그는 삼일절을 "爲吾國由死而之生之日故 以是日 爲吾族由骨而復肉之日故 總言之 是日 卽吾韓歷史上最可寶最可貴最可敬愛之紀念日也"라고 했으며, 삼일운동을 "五千年以來之第一大事也"이라 규정했다. 단재가 역사에서 새로운 민중적 동력을 발견했던 것이다.

또한 신채호는 광무신문지법의 공포와 관련해 「신문조례에 대한 감념」(1907.712), 「언론시대」(1907.8.6~7) 등의 논설을 발표하였다. 그는 전자에서 한국이 참경에 빠진 원인을 언론 속박 때문으로 규정지었다. 그리고 "報筆의 自由를 束縛ᄒᆞ고ᄂᆞᆫ 此條例 頒仰日이 國永亡 民永死ᄒᆞᄂᆞᆫ 慘慘大劫運也歟"라고 하였다. 그는 이들 글에서 언론자유의 필요성을 역설하고 또한 언론의 사명과 기능, 언론의 중요성을 설파하였다. 그리고 국가의 위기현실에서 「보종책」을 발표하기도 했다. 그러나 이것은 빙산의 일각에 불과할 것으로 보인다. 왜냐하면 이 논설들 외에도 그는 수많은 논설을 『황성신문』에 발표했을 것으로 추정되기 때문이다. 앞으로 이에 대한 정밀한 조사와 연구가 필요하다.

5. 마무리

단재는 장지연, 박은식과 더불어 애국계몽기 가장 중요한 문인으로 평가된다. 그러나 아직까지 그의 문필활동은 충분히 밝혀진 것이 아니다. 사실 『황성신문』 관련 활동은 그동안 언급은 되어왔지만 제대로 밝혀지지 않았다. 이 글에서는 『황성신문』의 몇몇 논설에 대한 분석을 통해 단재의 『황성신문』 활동을 살펴보았다. 「단연보국채」(1907.2.25), 「신문조례에 대한 감념」(1907.7.12), 「언론시대」(1907.8.6~7), 「보종책」(1907.9.18) 등은 단재가 쓴 글이다. 이 가운데 「단연보국채」는 저자에 대한 논란이 있었지만, 나머지 세 편은 본고에서 처음 저자확정이 이뤄졌다.

단재전집에는 "또한 大邱를 중심으로 京鄕 各地에서 요원의 불길처럼 일어난 國債報償運動에 적극 가담하여 論說로써 이를 고무하고 스스로 斷煙 決行"(하, 497면)하였다고 기술되었지만, 그 논설이 구체적 밝혀지질 않았다. 그런데 본고에서 「단연보국채」를 통해 그 실상을 여실히 확인할 수 있었다. 박정규의 언급처럼 「단연보국채」는 국채보상운동의 전국적인 확산에 크게 기여하였다. 그리고 단재는 광무신문지법에 크게 반발하여 언론주권을 수호하려 하였으며, 국권이 기울어가는 상황에서 모든 인민이 의무에 힘써 독립의 기초를 다질 것을 강조하였다.

단재는 마루야마의 언급처럼 『황성신문』 주필이었고, 당시 유명한 능문가로 인정받을 만큼 논설에 두각을 드러냈다. 이제 우리는 그의 논설을 찾아내고, 재조명할 필요가 있다. 이 글은 그 단초를 찾아냄으로써 단재의 『황성신문』 활동을 밝히는 계기가 될 것이다. 앞으로 단재가 주필을 했을 것으로 예상되는 기간의 논설을 대상으로 하여 우선 문체가 잘 드러나는 글부터 찾아내어 단재의 언론활동을 규명할 필요가 있다.

단재는 『황성신문』에 수많은 논설을 썼다. 본고는 「단연보국채」와 몇 편의 논설을 단재의 글로 밝힘으로써 그의 활동 공백을 조금이나마 메울 수 있게 되었다. 그러나 단재 글쓰기의 한 고리를 확인한 것에 불과하다. 앞으로 『황성신문』의 단재 논설이 제대로 밝혀져 그의 문필활동에 대한 새로운 조명이 이뤄지길 기대해 본다.

『권업신문』 논설 저자와 그 의미

1. 들어가는 말

『권업신문』은 1912년 5월 5일(러시아력 4월 22일)부터 1914년 8월 29일(러시아력 8월 16일)까지 블라디보스톡에서 발간된 한인 신문이다. 이 신문은 독립운동단체인 권업회에서 발간하였는데, 발간 당시 신채호가 편집 책임을 맡았다. 이러한 사항은 이미 초기 단재 연구에서 밝혀졌고, 그리하여 단재의 연보에도 그렇게 소개되었다.

처음 단재의 생애와 활동에 대해 자세히 기록한 김영호는 신채호가 "『해조신문(海潮新聞)』 발행에 관여하고 『청구신문(青丘新聞)』, 『권업신문(勸業新聞)』을 발행하였다"[1]라고 적고 있다. 비록 『권업신문』의 창간 시점은 제대로 제시하지 못했지만 "1914년 9월에 일본정부의 간교에 의해서 러시아 정부로부터 발행금지 명령을 받았다"고 하여 폐간에 대해서는 비교적 정확하게 기술하였다. 그리고 단재는 1913년 신규식의 초청으로 상해로 갔으며, 거기에서 신한청년회를 조직한 것으로 되어 있다. 그러므로 단재는 상해로 떠나기 전까지 『권업신문』을 발행한 것이 된다.

---

1 김영호, 「단재의 생애와 활동」, 『나라사랑』 3, 외솔회, 1971.7, 76면.

초기 대부분의 연구는 『단재신채호전집』 연보에 입각해 진행되었다. 연구자들은 『권업신문』을 보지 못하고, 다만 단재의 생애 자료에 의거하여 연구하다 보니 부정확하거나 잘못된 정보로 인해 많은 오류를 남기기도 했다. 『권업신문』은 러시아의 페테르부르그(구 레닌그라드)에 소재한 러시아 국립도서관 분관에 소장되어 있다가 한러 수교 이후 그 실체가 한국에 알려졌다.[2] 그것은 총 126호 가운데 창간호를 포함하여 모두 15호가 결락된 채 남아 있다. 한림대학교 아시아문화연구소는 하버드대학 옌칭도서관으로부터 마이크로필름을 기증받아 1995년 영인본을 발간함으로써 연구자들이 『권업신문』을 손쉽게 볼 수 있게 되었다.

그러나 아직 이 신문에 발표된 단재의 작품에 대한 본격적인 논의는 없는 실정이다. 그리고 단재의 참여 시기도 논자에 따라 제각각이어서 혼란을 부추기고 있다. 그러므로 본고는 『권업신문』을 대상으로 단재의 작품 발굴 및 원전 확정 작업을 진행할 것이다. 『권업신문』 소재 단재의 글을 발굴하여 그 의미를 규명할 것이다.

2. 단재의 『권업신문』 발행에 대한 기존 논의

초기 연구자들은 단재의 연보에 의거하여 단재가 『권업신문』을 발행한 사실을 논급하였다. 『단재신채호전집』에는 1910년 단재의 나이 31세에 『권업신문』 발행 사실이 기록되었다.

2 최기영, 「해제」, 『권업신문·대한인정교보·청구신문·한인신보』, 한림대학교 아시아문화연구소, 1995, i 면.

김하구 등과 함께 창간한《권업신문》을 노어번역판까지 내기도 했으나 1914년에 일본정부의 간계로 러시아 정부로부터 발행금지를 당함.[3]

단재 연보는 김영호의「단재의 생애와 활동」을 토대로 한 것으로 1910년 어느 시점에 발간되었지만, 일본 정부의 간계로 1914년 러시아로부터 발행금지를 명령받았다는 것이다. 그러나 발간정지에 대해서는 비교적 정확하지만 발간 시점에는 큰 차이가 있다.

따라서 그의 언론 제2기 활동에 해당되는《권업신문》에 관계했던 기간은 대략 2,3년에 불과했던 것으로 추측된다. 또한《권업신문》이 1914년 9월 권업회의 해산과 동시에 폐간되었다고 가정할 때, 그가 블라디보스톡을 떠난 것은 그보다 1년 전의 일이었으므로, 이 신문이 폐간되기 전에 그곳을 떠났다고 할 수 있다.[4]

최홍규는 1911년 12월 19일에 권업회가 창설되고, 곧바로『권업신문』이 발간된 것으로 생각했다. 그리고『권업신문』이 폐간되기 1년 전, 그러니까 1913년경에 단재는 상해로 떠난 것으로 보았다. 신문이 1912년 5월 5일에 발간되었으니까 만일 단재가 1913년 9월까지 주필을 맡았다면 그는『권업신문』을 1년 4개월여 발행한 것이 된다. 최홍규는 단재가 신문을 떠난 시점을 1913년 9월경으로 밝혀 그 이전 주장보다 훨씬 구체적이다.

(가) 신채호는 블라디보스토크에서 1911년(32세) 12월 이상설・최재형・정재관・이동휘・이종호 등이 중심이 되어 교민단체인 권업회(勸業會)를 조직하고, 이종호의 자금으로 기관지《권업신문》(勸業新聞)을 창간하게 되자 그

3 『개정판 단재신채호전집』(하), 형설출판사, 1977, 498면.
4 최홍규,『신채호의 민족주의 사상』, 형설출판사, 1983, 118~119면.

주필로 초빙되어 활동하였다. 신채호는《권업신문》을 통하여 이 신문이 재정난으로 폐간된 1913년까지 러시아령과 간도의 동포들에게 독립사상을 고취하고 교민들의 권익을 옹호하였다.[5]

(나)《권업신문》의 주필로서의 임무 등 할 일이 많았던 그가 권유를 받아들인 이유가 무엇이었는지는 알 길이 없으나 1913년 겨울에 신규식이 보내준 여비로 북만을 거쳐 상해로 갔다.[6]

(다) 신채호가 상해로 떠난 1913년 10월부터 이상설이 신문의 주필을 담당하였다.[7]

(라)『권업신문』은 1912년 4월 22일부터 1914년 8월 30일까지 약 2년 동안 총 126호가 간행되었던 신문으로 단재는 초대 주필로 매호마다 민족혼을 불러일으키는 논설을 게재하여 독자들에게 깊은 감명을 주었다. 그의 근무 기간은 확실치 않으나 1913년 10월 이후에는 상해 북경 등지에 체류하였으므로 약 1년 6개월 정도 근무하였다고 추정된다.[8]

(가)는 신용하, (나)는 오세창, (다)는 박환, (라)는 박정규의 주장이다. 이것들은 단재가 1913년 어떤 시점까지『권업신문』발행에 참여했다는 점에서 일치한다. 신용하는 최홍규처럼 단재 연보를 잘못 이해하여 신문의 폐간 시점을 1913년으로 잘못 알고 폐간 때까지 단재가 신문을 발행한 것으로 이해했다. 오세창은 1913년 겨울, 박환은 1913년 10월까지 단재가 신문 발행에 참여한 것으로 주장했다. 특히 박환은『권업신문』을 비교적 꼼꼼히 조사 분석하고 단재가『권업신문』을 떠나 상해로 간 시기를 1913년 10월이라고 주장했다. 그것은 1913년 10월 26일(러시아력 10월 13일)자 신문에 근거한 것이다. 거기에는 10월 6일(양력 10월 19일) 권업회 특별 총회에서 "신문사장 리

5 신용하,『신채호의 사회사상연구』, 한길사, 1984, 31면.

6 오세창,「신채호의 해외언론활동」,『단재신채호 선생 순국 50주년 추모논총』, 형설출판사, 1986, 342면.

7 박환,「"권업신문"에 대한 일고찰」,『사학연구』46, 1993.5, 117면.

8 박정규의 사이버단재신채호기념관(http://www.danjae.or.kr/speech_act_4.htm)

상설 주필 겸임"으로 결정된 사실을 기록하고 있다. 박환은 단재가 주필을 그만두고 상해로 떠났기 때문에 이상설이 그 자리를 대신했다는 입장이다. 박정규 역시 단재가 창간호부터 시작하여 1913년 10월 이전까지 1년 6개월 정도 『권업신문』에 근무한 것으로 보았다. 그런데 최근 이와는 다른 주장이 제시되었다.

> (가) 신채호가 1912년 9월경 《권업신문》을 그만둔 것은 그해 11월 일제가 조사한 권업회간부진에 신문부 총무 한형권・주필 張斗彬・부원 朴東轅・李瑾鎔으로 나타나고, 신채호가 언급되지 않은 것에서도 확인된다.[9]
>
> (나) 어쨌든 단재가 1912년 9월 이후로 『권업신문』을 떠난 것은 분명하며, 그러므로 여러 연구자료에서 그가 1914년에 권업회의 강제해산으로 신문이 정간될 때까지 계속 그에 관여한 듯이 서술하는 것은 부적절하다.[10]
>
> (다) 1912년 9월 15일자 제21호부터는 신채호의 이름이 빠지고 "편집 듀꼬프, 발행 권업회"만 기재되었다. 신채호는 이때부터 이 신문을 떠난 것이다.[11]

(가)는 최기영, (나)는 최옥산, (다)는 정진석의 주장이다. 이들의 공통점은 1912년 9월경에 단재가 『권업신문』을 떠난 것으로 못박고 있다. 그것의 근거는 두 가지이다. 하나는 발행 초기부터 신문 4면 '본사주임'란에 "쥬필 신채호"로 기록되었던 것이 1912년 9월 15일(러시아력 9월 2일)부터 사라지고 있다는 사실이다. 한시준도 단재가 "1912년 후반에 상해에 온 것 같다"고 주장했다.[12] 다음으로 「재외조선인결사단체상황」(1912.11)에 『권업신문』의 주필은 張斗彬으로 되어 있기 때문이다. 최옥산은 1912년 1월 12일(러시아력 12.30) 신문부장이 한형권으로 바뀌었다는 사실(1913.1.19 제40호 4면 '포고'란

---

9 최기영, 『식민지시기 민족지성과 문화운동』, 한울아카데미, 2003, 192면.

10 최옥산, 「문학자 단재 신채호론」, 인하대 박사논문, 2003, 35면.

11 정진석, 『역사와 언론인』, 커뮤니케이션북스, 2001, 187면.

12 한시준, 「신채호의 재중 독립운동」, 『한국사학사학보』 3, 한국사학사학회, 2001.3, 229면.

기사)도 단재가 신문을 떠난 것을 보여주는 표지로 들었다.

최기영 · 최옥산 등과 박환 · 박정규 등의 주장에는 1년 정도의 차이가 발생한다. 전자를 따를 경우 단재는 4개월 정도 신문을 발행한 셈이고, 후자를 따르자면 전자보다 1년여를 더 근무한 것이 된다. 이처럼 기존의 논의에서 단재가 『권업신문』 주필을 그만둔 시기는 대개 1912년설과 1913년설로 나뉘어진다. 그렇다면 어느 것이 옳은가?

3. 단재의 『권업신문』 참여

1) 『권업신문』에 나타난 주필

신문 창간호부터 1913년 말까지 지면에 주필에 대한 정보를 제시한 것은 아래와 같다.

1912.5.5(1호?)~9.8(20호) 쥬필 신채호
1913.8.31 신채호 권업신문의 쥬필이라
1913.10.6 특별총회 신문샤쟝 리샹셜 쥬필 겸임

신채호는 권업회가 창립되었을 당시, 즉 1911년 12월 19일부터 서적부장에 임명되었던 사실이 『권업신문』(1912.12.19, 3면)에 기재되어 있다. 그는 『권업신문』이 창간되면서 주필을 맡았다. 현재로선 창간호와 2 · 3호를 확인할 수 없지만, 4호(1912.5.26)부터 20호(1912.9.8)까지 계속하여 "주필 신채호"가 실리고 있는 것으로 보아 창간호부터 그는 주필을 맡았던 것으로 보인다. 그러나 21호(1912.9.15)부터 그의 이름은 사라졌다. 이 시기에 단재가 주필을 그만둔 것인지는 여전히 논란의 와중에 있다. 그리고 1912년 12월 30일(러시아력) 총회 임원 선거에서 한형권이 신문부장이 된다. 최옥산은 이것을 근거로 단재의 주필 사임을 확정하고 있다. 그런데 여기에서 한형권이 신문부장에 뽑혔지만 주필까지 겸임했다는 것은 나오지 않는다. 1913년 8월 31일자 「루령 거류 죠선인 문뎨」는 일본 『외교시보』를 번역한 글로 신채호가 『권업신문』의 주필로 언급되어 있다. 그리고 1913년 10월 6일 특별총회에서 신문사장 및 주필 겸임으로 이상설이 결정된다. 신문에 나타난 사실로 볼 때 창간호부터 1912년 9월 8일까지 단재가 『권업신문』 주필을 맡은 것은 확실하며, 또한 1913년 10월 6일 이전에 그만둔 것도 확인이 된다. 다만 1912년 9월 9일부터 1913년 10월 5일까지 1년여의 기간 동안 단재가 신문에 계속 참여했는지 아니면 손을 뗐는지는 신문 기사만으로 가늠하기 어렵다.

2) 일본문서에 나타난 단재의 『권업신문』 참여

일본의 정보문서는 『권업신문』에 관한 비교적 소상한 정보를 알려준다. 주필 신채호가 나오는 것은 이미 1911년 12월 19일이었다.

(가) 1911.12.17 신문부 총무 한형권, 부장 겸 주필 신채호, 부원 박동원・이근용[13]

(나) 신문부 총무 한형권, 주필 장두빈, 부원 박동원・이근용(대정 원년 11월조 재외조선인 결사단체상황, 1912.11)

---

13 조선주차헌병사령부, 「明治45年 6月調 露領沿海洲移住鮮人の狀態」, 93~94면. 이 문서에는 1911년 12월 17일 총회가 개최되어 役員이 구성된 것으로 나오지만, 「조선인 근황보고의 건」(1912.9.9, 『단재신채호전집』 8권, 독립기념관, 2008, 410~427면) 및 「권업회 연혁」(『권업신문』 1912.12.19)에 따르면 총회 개최일은 1911년 12월 19일이 옳다.

(가)「노령 연해주 이주 한인의 상태」에 따르면, 권업회가 창설되고 1911년 12월에 하부 조직이 구성되었는데, 그때 신문부가 만들어졌고, 신채호는 부장 겸 주필을 맡았다. 그리고 『권업신문』이 창간된 다음날(1912.5.6)에 보고된 「기밀선제5호」에 따르면 "5월 5일 『권업신문』이라는 제하의 제1호를 발행하였는데, 전부 언문이고 체제나 항수 등은 전신이었던 『대양보』와 같고 유일한 배일적 자구로 가득했는데, 주필은 문장가로 칭하는 신채호였다"라고 보고되어 있다. 이러한 사실은 신문에 나타난 사실과 별반 다르지 않다. 그런데 (나)「대정원년11월조 재외조선인 결사단체상황」에는 부장 겸 주필 신채호 대신에 주필 장두빈이 자리해 있다. 또한 「대정원년11월조 재외불량선인의 언행」에서도 "『권업신문』 주필 장두빈"으로 제시되어 있다. 이는 주필이 신채호에서 장도빈(張斗彬은 張道斌을 말한다)으로 바뀌었다는 것을 말해준다. 최기영은 이러한 측면에서 장도빈이 1912년 9월 이후 『권업신문』 주필자리를 계승했을 것으로 보고 있다. 과연 장도빈은 이상설이 주필을 맡은 1913년 10월초까지 계속 주필을 했던 것은 아닐까? 그러나 문제는 간단하지 않다.

(다) 1913.8.1 申采浩(京) 年齢 五十六, 前記勸業新聞主筆なり(『외교시보』 제18권제3호, 92면).

이것은 大庭景秋의 「노령재주조선인문제」(『외교시보』, 210호, 1913.8.1)이다. 앞에서 본 것처럼 이 내용은 『권업신문』(1913.8.31)에 번역 게재되기도 했고, 또한 이후 『신한민보』(1913.10.17)에도 다시 실린다. 이 글은 大庭景秋가 블라디보스톡(浦鹽)에서 7월 13일에 작성한 것이다. 이 글에서 신채호는 '블라디보스톡 및 그 부근 거주자' 항목에 실렸으며 "권업신문 주필"로 되어 있다. 이것은 두 가지 사실을 설명해준다. 하나는 大庭景秋가 노령에 사는 조선인을 조사한 1913년 7월 13일경까지 단재가 블라디보스톡에 있었으며, 또한 『권업신문』 주필을 맡고 있었다는 사실이다.

(라) 오랫동안 주필이 비었던 『권업신문』에 이상설이 추대되었고(1913.12.14)

문서 「最近에 있어서 浦潮 朝鮮人 排日의 情況」(朝憲機 제1078호 秘受 0017호)에는 이상설이 신문의 주필에 추대된 사실이 드러난다. 이것은 신문에도 나오는 사실이며, 1913년 10월 6일 특별총회에서 결정된 사항이다. 문서를 통해서 단재가 1913년 7월에 신문주필로 있었다는 사실은 밝혀지지만, 장도빈이 언제 주필을 맡았다가 그만두었는지, 그리고 다시 단재가 주필을 맡았는지 등은 여전히 드러나지 않는다.

(마) 또다시 함께 블라디보스톡에 이르러 그곳 배일신문의 주필이 되었다. 작년 상해에 도착한 자로 봉천에 있었던 것은 사실이 아니고……

이 문서는 1914년 7월 15일에 조선총독부에 의해 작성된 「불령단관계잡건-조선인의 부-재상해지방(1)-관비제218호」이다. 이 문서에서 신채호는 1913년 상해에 온 것으로 되어 있다. 이 문서도 구체적으로 언제 블라디보스톡을 떠나 상해에 왔는지를 자세히 알려주지는 않는다. 이를 통해 신채호가 1913년 7월에도 여전히 『권업신문』의 주필이었고, 그 뒤 상해로 옮겼음을 알 수 있다.

3) '사신'을 통해 본 단재의 참여기간

단재 주변 사람들의 사신은 1911년부터 단재가 상해로 떠나기까지의 상황을 비교적 소상히 알려준다. 단재가 언제까지 『권업신문』에 활동했는가는 그가 언제까지 블라디보스톡에 머물렀는가와 깊은 관련이 있다. 그가 블라디보스톡에 머문 것은 신문의 발간과 관련이 있기 때문이다.

(가) 新聞(大洋)은 必竟 更刊치 못할 勢이옵고 申博士는 現今 當地를 離發하야 上海 等地로 前往코져 十分 作定이온데 布蛙에셔 李恒愚氏가 主筆을 辭免한다고 顧聘하는 書도 直接으로 有하오며 弟는 美洲에셔 申博士로 爲하야 議決되엿다는 등 說을 傳達하야 何境까지든지 遠東에셔 書役에 從事케 아니 되면 美布 兩地間 擇去하기를 勸告하얏사오나 申氏는 耿介한 人으로 吾儕의 局小한 趣旨가 有할가 하는 疑慮로 所謂 黨派로 事業 進就하는 곳에 厭態가 有하오이다. 然이나 아즉 去就를 確定치 못하고 諸方面 動靜을 觀察하는 中이오이다.(1911.11.21, 백원보 → 안창호, 『도산안창호전집』 2, 165면)

(나) 申采浩君이 上海나 內地로 가려 한다오. 上海는 工夫하려 간다오. 지금 旅費가 업셔 못 떠나지만은 目的인즉 工夫할 目的이라니 굴머도 떡은 한다는 格이오(1911.11.28, 이갑 → 안창호, 『도산안창호전집』 2, 379면)

백원보와 이갑의 진술을 통해서 단재가 1911년 11월에 이미 블라디보스톡을 떠날 계획을 갖고 있었음을 알 수 있다. 당시 단재는 블라디보스톡에서 대양보 주간을 맡고 있었다. 그런데 정간 중이던 대양보가 다시 발간(更刊)될 것 같지 않았기 때문에 단재는 그곳을 떠나 상해로 갈 생각을 갖고 있었다. 그러나 당지에서 떠나지 못하고 머뭇거린 것은 하와이에서 신문주필 고빙도 있었지만, 미국에서의 초빙 얘기도 있었기 때문이다. 그에게 중요한 것은 어디까지나 "書役에 종사"하는 것이었다. 그러한 사실은 두 편지가 잘 말해준다. 게다가 여비도 문제되었던 것이다.

(다) 申采浩氏는 上海로 往(日間 發程)하옵고……(1912.8.6, 장도빈 → 안창호, 도산안창호전집 2, 543면)[14]

(라) 申博士는 上海로 行하기를 決定하고도 薄情이 離發할 수 無하야 아즉

---

14 이것은 『도산안창호전집』에는 1913.8.6로 나왔지만 1912년 8월 6일이 맞다. 왜냐하면 신채호는 1913년 8월 6일(러시아력)에 이미 상해에 도착했기 때문이다.

新聞 維持되는 時까지 執筆하려 하옵나이다.(1912.9.22, 백원보 → 안창호, 『도산안창호전집』 2, 183면)

(마) 申博士 近因事勢 復留此港了(1912.9.22, 장도빈 → 안창호, 『도산안창호전집』 2, 545면)[15]

장도빈이나 백원보의 사신에서 신채호는 상해로 갈 것이라는 얘기가 나온다. 사실 장도빈의 "일간 발정"이라는 부분은 과장이 있는 듯하다. 단재나 장기영 대신 장도빈 자신이 미국으로 가고 싶어 그렇게 표현한 것이 아닌가 생각된다. 같은 편지에 장기영도 일간 간도로 발정할 것이라고 기술하고 있고, 또한 절대적으로 단재가 미국에 갈 의사가 없음을 강조하였다. 백원보 역시 단재가 상해로 떠날 것을 결정하고도 떠나지 못한 것은 신문 때문인 것으로 말하고 있다. 그는 다음날인 23일 편지에서 "當地 新聞이 維持하는 境遇에 猝然이 薄情치 못하야 姑留하"(1912.9.23, 백원보 → 안창호, 『도산안창호전집』 2, 189면)고 있다고 적었다. 장도빈은 단재가 블라디보스톡을 떠나려 했지만 사세로 인해 다시 그곳에 머무르게 되었다는 사실을 적고 있다. '사세'는 불분명하지만 백원보의 표현으로 보면 신문 유지와 관련이 있다. 단재가 『권업신문』이 유지될 때까지 집필하려고 했다는 백원보의 진술은 설득력이 있다. 한편 백원보는 "勸業新聞 第22号 論說을 參覽하시면 申博士의 憂慮의 隱然한 發表를 確知하시오리다"(1912.9.22, 백원보 → 안창호, 『도산안창호전집』 2, 182면)라고 썼다. 22호 논설은 「공과 사를 잘 분간하여야 할 일」(1912. 9.22)이다. 이를 통해 단재는 주필란에서 이름이 빠진 9월 15일 이후에도 여전히 논설을 썼음을 알 수 있다. 그리고 당시 블라디보스톡 한인 사회에 계파 간 갈등와 불화로 단재가 정신적 어려움을 겪었으며, 주필에 이름이 빠진 것도 그것과 무관하지 않은 것으로 보인다. 그러면 1912년 11월조 일본의 정보보고에서 '장두빈'이 주필로 나온 것과 신채호는 아무런 관련이 없는 것일까?

15 이것은 『도산안창호전집』에는 1913.9.22로 나왔지만 1912년 9월 22일이 맞다.

現今雖以無金無力之故 不能自動一步 而若少有所 須之物當 一觀中國 次往內地 手持宗教倫理等書籍 得二三知友 徜徉於故鄕之林下 是晝夜祈禱者也 此外非所願也.(1912.11.1, 신채호 → 안창호, 『도산안창호전집』 2, 245~246면)

1912년 11월 1일자로 된 단재의 편지는 하나의 실마리를 제공해준다. 단재는 가중된 계파 간 갈등으로 인해 몸과 마음의 병을 동시에 얻은 것으로 보인다. 또한 그는 "海蔘威에서 소화불량이 甚하"였다고 한다.[16] 그는 이러한 정신적 육체적 어려움으로 『권업신문』을 잠시나마 떠나 있었던 것으로 보인다. 특히 이 편지는 블라디보스톡이 아닌 곳에서 쓰였을 가능성이 있다. 이 편지 봉투에는 "중국 만주에서"라 기록되어 있다.[17] 그 봉투는 『도산안창호전집』에는 단재 편지의 봉투로, 독립기념관 홈페이지에는 최정익이 안창호에게 보낸 서신(1912.1.12)의 봉투로 소개되어 있다. 그러나 이것이 단재 서신의 봉투일 가능성이 있고, 그렇다면 이 시기 단재는 중국 만주에 있었을 가능성도 있다.[18] 어쨌든 그 시기에 장도빈이 『권업신문』 주필 역할을 하였고, 그리하여 일본 정보당국이 그를 주필로 간주했던 것으로 보인다.[19]

勸業報에 揭載되는 虛粧은 萬分의 一이나 踐行될넌지 有事未遂케만 되나이다. 如此한 局勢에 吾儕가 精神上 勢力은 遍滿하다 할지라도 無知한 官力에 執

16 이광수, 「탈출 도중의 단재 인상」, 『단재전집』 하, 472면.

17 『도산안창호전집』 2, 244면.

18 안창호의 서류들이 들어올 때 단재의 편지(1912.11.1)와 최정익의 편지(1912.1.12)가 같이 있었고, 이것을 독립기념관에서 정리하면서 봉투를 최정익 편지 쪽에 넣었다. 그러나 당시 최정익이 샌프란시스코에 거주하였던 점을 감안하면 최정익의 봉투일 리 없다. 그러나 꼭 단재의 봉투라고 확정짓기 어려운 면도 있다. 왜냐하면 안창호의 자료가 잘 정리 보관되어 독립기념관에 들어온 것은 아니기 때문이다.

19 참고로 장도빈은 1912년 5월에 블라디보스톡에 도착했다. 그 스스로 그곳에 도착했을 때 "방금 『권업신문』을 경영하게 되었으니"(장도빈, 「암운 짙은 구한말」, 『사상계』, 1962.4, 289면) 라 하였고, 또한 백원보가 안창호에게 보낸 편지에 "新聞 第1号 發刊이 將次 長壽無恙할지 疑慮"(『도산안창호전집』 2, 174면)라고 한 내용으로 5월 6일에서 5월 11일 사이에 도착했음을 알 수 있다. 그는 1914년 7월 이후 귀국한다.

勢가 無함으로 外形까지 活動할 能力이 萬難하야 申・張・黃・鄭・弟 五人이 相議하고 비밀회원을 更히 확장하려 하야(1913.1.21, 백원보 → 안창호, 『도산 안창호전집』 2, 198면)

1913년 1월 백원보의 편지는 권업보(『권업신문』)의 사세확장을 위해 신채호, 장도빈, 황공도, 정재관, 백원보가 비밀회원 확장에 노력했음을 말해준다. 그것은 이 시기 신채호가 블라디보스톡에 있었음을 의미한다. 그리고 이갑이 안창호에게 보낸 1913년 1월 25일 편지도 신채호는 블라디보스톡(海埠)에 있다고 언급했다. 이 이후 언제까지 블라디보스톡에 머문 것인가?

幾日后에 車貞錫氏와 同封하신 書를 拜承한 后에 卽往穆陵하야 秋汀과 凡節을 相議한 結果로 文人은 上海 留 朴殷植, 申采浩, 鄭普三氏 中 一人을 擇送하기로 內定하고 …… (1913.11.27, 이강 → 안창호, 『도산안창호전집』 2, 464면)

1913년 11월 27일 이강의 편지에 의하면, 단재는 상해에 머문 것으로 나온다. 그러면 단재는 언제 상해에 도착한 것인가? 정원택은 자신의 일기에서 "七月 十八日 丹齋 申采浩先生과 金容俊이 青島로부터 來到하였다"[20]라고 기록하였다. 단재는 양력 8월 19일에 상해에 도착했던 것이다. 정인보는 "무창혁명(1911년 10월 : 인용자)한 지 3년 되던 해(1913년 : 인용자) 상해서 단재를 만났다. 단재가 北滿을 거쳐 그리로 왔다는 것, 로자는 睨觀이 보냈다던 것"[21]이라 했다. 단재가 상해에 간 것은 신규식의 초빙에 따른 것이다. 일본의 정보보고에 따르면 7월 13일경까지 단재는 블라디보스톡에 머물렀던 것으로 드러난다. 단재는 7월 13일 이후 블라디보스톡을 떠나 8월 19일(음력 7월 18일)에 상해에 도착한 것이다.[22] 단재는 블라디보스톡을 떠나 도중에 북

20 정원택, 홍순옥 역, 『志山外遊日誌』, 탐구당, 1983, 76면.

21 정인보, 「단재와 사학」, 『단재전집』 하, 455면.

22 최기영은 "한겨울인 11월에 옮기기는 어려웠을 것이므로 1913년 봄 이후에나 블라디보스토크

만주, 봉천, 청도를 거쳤던 것으로 보인다.[23]

4. 『권업신문』 논설의 저자 규명

먼저 이전의 논의나 글을 통해 단재의 작품으로 규정한 글들을 보면 아래와 같다.

(가) 勸業新聞 第22号 論說을 參覽하시면 申博士의 憂慮의 隱然한 發表를 確知하시오리다.(1912.9.22, 백원보 → 안창호, 『도산안창호전집』 2, 182면)

(나) 1912년 8월 29일자 『권업신문』에 신채호가 집필한 논설 「시일」은 국내에서 1905년 『대한매일신보』에 발표했던 「시일에 우방성대곡」과 일맥상통하는 것이었다.[24]

(다) 「청년동포에게 바라는 바」, 「국수주의와 해외동포」, 「동포 사이의 사랑」, 「일인의 간사한 수단」, 「이날」[25]

(가)는 백원보가 주장한 내용이고, 당시의 것이어서 별로 의심할 바 못 된다. 그리고 (나) 역시 『권업신문』의 실체를 확인하고 쓴 것은 아니지만 이 논

를 떠나 상해로 가지 않았나 짐작된다"(최기영, 193면)라고 주장하였는데, 이는 『외교시보』를 고려할 때 잘못으로 보인다.

23 당시 일본 정보보고 「申無涯에 關한 事項」(『不逞團關係雜件―鮮人의 部』, 1914.7.15, 『전집』 9권, 465~467면 참조)에는, 신채호가 "작년(1913 : 인용자) 상해에 도착한 이로 봉천에 있었던 것은 사실이 아니고"라는 내용이 나온다. 그는 봉천에 머물러 있었던 것은 아니고 지나는 길에 들렀다가 일본의 정보에 잡힌 것으로 보인다. 북만주에서 청도로 가는 데 봉천을 거치기 십상이기 때문이다.

24 오세창, 「신채호의 해외언론활동」, 『신채호의 사상과 민족독립운동』, 형설출판사, 1986, 340면.

25 박정규의 사이버단재신채호기념관.

설이 실린 신문에 "쥬필 신채호"를 기록하고 있어 그를 저자로 규정하는 데 무리가 없다. 그에 비해 박정규는 비교적 여러 편을 단재의 글로 규정하였는데, 『권업신문』을 실제로 보고 내린 결론이다. 비록 단재가 주필로 기록된 시기 대표적인 글들을 제시하였지만, 여러 편을 제시했다는 데 의의가 있다. 다만 1913년 10월까지 단재가 주필을 했다고 인정하면서도 창간호에서 1912년 8월 29일까지 단재의 글만 제시한 아쉬움이 있다. 그는 단재의 특성이 잘 드러나는, 그리고 단재의 글이 확실한 몇 편만 소개했을 뿐이다.

이들 중 어느 누구도 1912년 9월 29일부터 이듬해 10월까지 단 한 편의 글도 단재의 작품으로 규정하지 않았다. 그리고 이들 이외에는 『권업신문』 소재 논설에 대해 단재의 글로 지목한 논의가 없다. 비록 『권업신문』의 논설을 거론하였지만 저자와 상관없이 논의한 것이 대부분이다.

1) '발칸역사'의 저자

『권업신문』에는 '발칸의 역사' 관련 논설이 3번에 걸쳐 기술되었다. 발칸의 상황에 대해서는 당시 신문에서 자주 소개되곤 했다.

> 1912.11.24~12.1, 「빨칸반도에 식로 홍ᄒᆞ는 세 나라」(상 · 하)
> 1913.1.26, 「몬데네크로 대왕 니콜라쓰 니야기」

「발칸반도에 새로 흥하는 세 나라」[26]는 상 · 하로 구성되어 있으며, 또한 「몬데네크로 대왕 니꼴라쓰의 이야기」에는 "본보 제31호, 2호 참고"로 되

26 원제는 「빨칸반도에 식로 홍ᄒᆞ는 세 나라」이지만, 본문에서는 오늘날의 표기방식으로 「발칸반도에 새로 홍하는 세 나라」처럼 씀. 이하 제목들도 동일한 방식으로 표기.

어 있고, "지면이 좁고 결론이 급하야 이 장은 다 이야기를 못하거니와 사실의 대략은 본보 제32호에 있나니 제군은 이내 참고하기를 바라노라"라고 쓴 것으로 보아 두 글이 같은 저자의 연속물임을 알 수 있다. 이 글은 누구에 의해 쓰였는가? 특히 마지막 글이 나온 때는 단재가 블라디보스톡에 있었던 것이 확인이 되지만(1913.1.21 백원보 편지 참조), 그 이전의 것은 제대로 확인되지 않는다.

먼저 '발칸역사'는 세계역사에 속한다. 산운은 이 시기 국사에 대해 연구를 하였지만 세계역사, 달리 발칸역사에 관심을 가졌다는 것은 어디에도 발견되지 않는다. 그런데 일본 정보문서에 따르면, "(1912년) 2월 26일 일요일에 신채호가 세계 역사의 강화를 했다."[27] 과연 발칸역사가 그의 글인지를 문체 사상의 측면에서 고구해 볼 필요가 있다.

(가) 우리 대한반도로 말ᄒᆞ면 더욱 구비ᄒᆞ게 나셔 단군이 잇고 동명셩뎨가 잇고 을지문덕이 잇고 쳔합소문이 잇고 불교론 원효 의상이 잇고, 유교론 퇴계 률곡이 잇고 미슐은 삼국시ᄃᆡ에 꼿이 피고 건축은 남북죠 시ᄃᆡ에 열ᄆᆡ가 ᄆᆡᆺ쳐 반도국 가온ᄃᆡ도 가장 자랑홀 만ᄒᆞᆫ 반도가 우리 대한이라.(1912.12.1)[28]

(나) 곳 근셰로 말ᄒᆞ더ᄅᆡ도 거금 ᄇᆡᆨ년젼만 ᄒᆞ여도 국수주의파가 쏘다졋더니라. 리죵휘씨가 고구려 렬전을 지어 을지문덕을 노ᄅᆡᄒᆞ며 류득공씨가 발히ᄉᆞ를 지어 대조영을 찬미ᄒᆞ며 한ᄇᆡᆨ겸씨가 디리지를 지어 신라의 진취에 용렬홈을 칙망하며 안졍복씨가 디리고를 지어 압록강북의 녀진에게 일흠을 ᄀᆡ탄ᄒᆞ며 류반계 뎡다산은 고ᄃᆡ의 졍치졔도를 연구ᄒᆞ며 박연암 박초뎡은 죵횡 긔위ᄒᆞᆫ 문학소로 울니여 오ᄇᆡᆨ년 이ᄅᆡ 국슈쥬의로 빗츨 노ᄒᆞᆫ 문예의 황금시ᄃᆡ러니라.(1912.12.1)

27 「당지방(블라디보스톡) 조선인 동정 보고」, 1912.5.6.

28 이하 「발칸반도에 새로 흥하는 세 나라」처럼 저자확정을 위한 글은 다른 글과 구별하기 위해 고딕체로 표기하며, 인용구 뒤 괄호 속에 년월일만 기입. 인용문은 현대 띄어쓰기로 했으며, 밑줄은 강조를 위해 인용자가 표시, 이하 동일.

단군과 동명성제, 을지문덕, 천합소문(=연개소문), 원효, 의상, 퇴계, 율곡 등은 단재가 강조하여 내세우는 인물들이다. 그는 "조선의 빛을 보탠 불학의 元曉, 義湘, 유학의 晦齊, 退溪 …… 건축으로 거룩한 臨流閣, 皇龍寺 등의 건축자, 미술로 신통한 만불산 紅氍毹의 제조자, 산술로 夫道, 그림으로 率居"[29]이라 언급하였다. 솔거는 삼국시대 인물이고, 임류각, 황룡사 모두 삼국시대 건축물이다. 그리고 "삼국 말엽 그 누백 년간에 찬란히 발달한 문학과 미술의 영향"을 말했다. 또한 "而其佛學鉅子 有如新羅之元曉義湘乎 日本近古 亦服習儒學 然其能蔚然成一家 有如李朝之退溪栗谷者乎"(『천고』 1, 19면)이라 하였다. 비록 건축에 대해 삼국시대 건축을 말했지만, 남북국(통일신라와 발해) 시대에 열매가 맺혔다고 한 논설 내용과 크게 다르지 않다.

(나 - 1) 宣祖 仁祖 以後에난 儒教界에 哲學 文學의 巨子가 輩出하며 史界도 차차 進步되야 許穆의 壇君 新羅 等 各世記가 너무 簡略하나 往往 獨得의 見이 잇스며, 柳馨遠이 비록 史에 관한 專著가 업스나 歷代 政治制度를 論述한 磻溪隧錄이 또한 史界에 裨益이 적지 안흐며, 韓百謙의 東國地理說이 비록 數十行에 不過하는 簡短한 論文이나 일반 史學界에 大光明을 열어 後來 丁若鏞의 疆域考나 韓鎭書의 地理志나 安鼎福의 東史綱目에 附載한 疆域論이나 그 外에 各家의 朝鮮歷史 地理를 說하는 者 모다 韓先生의 그 簡短한 地理說를 敷演하얏슬 뿐이다……柳惠風의 渤海考는 大氏 三百年間 文治武功의 事業을 收錄하야 千餘年 史家의 鴨綠江 以北 創棄한 缺失를 追補하며, 李鍾徽의 修山集은 壇君 이래 朝鮮 固有한 獨立的 文化를 詠歌하야 金富軾 이후 史家의 奴隷思想을 喝破하야 特有한 發明과 採輯은 업다 하여도 다만 이 한 가지로도 또한 不朽에 垂할 것이다.[30]

---

29 신채호, 「꿈하늘」, 김주현 편, 『백세 노승의 미인담(외)』, 범우, 2004, 178~179면. 이하 이 책의 인용은 인용구절 뒤 괄호 속에 면수만 기입.

30 『단재신채호전집』 1권, 독립기념관, 2007, 609~610면.

이종휘, 류득공, 한백겸, 안정복, 류반계, 정다산, 박연암, 박초정 등은 단재가 높이 평가하는 인물들이다. 이 글은 「조선상고사」의 총론으로 「발칸반도에 새로 홍하는 세 나라」에서 제시된 이종휘, 류득공, 한백겸, 안정복, 류반계, 정다산, 박연암, 박초정 가운데에서 여러 인물이 그대로 제시되었다. 단재는 이종휘를 여러 군데에서 제시하였는데, 특히 「국수주의와 해외동포」(『권업신문』, 1912.6.23)에서도 "수산 리종휘씨의 붓을 들어 선민숭배를 제창하야 만분의 일을 붙들고저 하나 또한 무슨 수로 하리오"라 언급하였다. 그리고 "거금 백여 년 전에 修山 李鍾徽와 順庵 安鼎福이 비로소 문헌의 덧거침을 눈물하여 매우 이에 정력을 들였으나 安은 유교에 홀리어 그 지은 『東史綱目』에 귀화한 백성 箕子로 시조를 삼음이 큰 망발이며, 李는 그의 지은 단군 부여 등 세기와 靑丘人物誌가 크게 독립정신을 발휘하였"(148면)다고 설명했다.

고구려열전과 청구인물지 운운은 모두 『수산집』 권11을 일컫는다. 사실 신채호는 『을지문덕』을 지을 때만 해도 이종휘의 『수산집』을 보지 못한 것으로 보인다. 그래서 「꿈하늘」에서 "한놈이 일찍 내 나라 역사에 눈이 뜨자 을지문덕을 숭배하는 마음이 간절하나 그에 대한 전기를 짓고 싶은 마음이 바빠 미처 모든 글월에 考據하지 못하고 다만 『東史綱目』에 적힌 바에 의거하여 필경 전기도 아니요, 논문도 아닌 『四千載第一偉人乙支文德』이라 한 조그마한 책자를 지어 세상에 발표한 일이 있었"(130면)다고 말했던 것이다. 신채호가 이종휘를 높이 평가했음은 "단군 이래 조선 고유한 독립적 문화를 영가"하였다는 표현에 드러난다. 그리고 "한구암, 안순암, 정다산, 이수산 제 선생이 나서 후인의 역사와 사상을 편책"[31]하였다고 하였다. 이는 류득공의 『발해고』, 한백겸의 『동국지리설(동국지리지)』, 안정복의 『동사강목』의 부록 「地理疆域考正」 등과 류형원의 『반계수록』, 정다산의 『여유당전집』 등을 말한다. 그리고 박연암에 대해서는 "박연암 선생이 일찍 당세 허위의 풍

31 신채호, 「조선사 정리에 대한 사의」, 『신채호역사논설집』, 235면.

습을 통탄하여 가로되"(논설선집, 364면), "박연암의 호질문에 말한 것과 같이 벌과 황충이의 양식을 빼앗는 인류니"(284면), "사상계의 위인으로 국민의 마음을 개척한 박지원 선생의 문집이 판각되지 못하여"(논설선집, 251~252면) 등에, 박제가는 "박초정 필담에 왈"(『대한매일신보』, 1910.2.23)에 언급되어 있다.

> 내가 삼년 젼에 즁국에 놀다가 북경셩에 올나보고 한족의 오릐 망치 안훌 줄을 알엇노라.(1912.12.1)

이 글이 1912년 12월 1일에 나왔으니까 3년 전은 1910년을 의미한다. 장도빈이 망명길에 접어든 것은 1912년 1월이니 그는 윗글의 저자가 아님이 분명하다.[32] 그러면 단재는 과연 1910년 망명길에 북경을 방문했는가. 최옥산은 "신채호가 탈출 도중 오산학교에 수십일 체류했고 먼저 중국 안동에 도착한 후 다시 기선을 타고 연대를 거쳐 청도에 갔다는 점, 그다음 이동 장소인 블라디보스톡에 도착한 것이 7월경"[33]이라 적고 있다. 단재는 안동에서 기선을 타고 청도로 갔으므로 북경에 들르지 않았다. 그러면 청도에서 블라디보스톡을 가는 길에 북경을 들렀는가. 주요한, 최홍규 등은 이때 단재의 북경행을 서술하지 않았다. 주요한은 "일행은 다시 북경으로 올라와 연대영사관으로 소개되어 비로소 여행권을 얻게 되었다"라고 적었다.[34] 여기에서 일행은 상해에 간 추정 이갑과 오산 이강을 말한다. 그리고 최홍규 역시 "이갑·이강 등은 러시아 입국 사증을 받기 위해 상해로 가서…… 상

---

32 참고로 「단군대황조성탄절」(1913.11.10)은 산운의 글로 보인다. 이강이 안창호에게 보낸 편지(1913.11.27)에 따르면, "張氏의 本國 歷史 草하든 抄件"이라 하였고, 또한 논설에 "삼위(지금 구월산) 태백(지금 묘향산)을 굽어보시고"(1913.11.10)라는 내용이 있는데, 단재는 이미 「독사신론」(1909)에서 '태백산은 장백산의 舊名'이라고 하였지만, 산운은 『국사』(1916)에서 태백산을 묘향산, 아사달을 구월산이라 하였다. 삼위가 아사달의 별명이라는 점에서 그에게 삼위는 구월산으로 해석될 수 있다. 이 밖에도 이 논설은 『국사』의 내용과 같은 부분이 많다. 아마도 일제 당국이 이 글로 인해 1913년 11월 장도빈을 『권업신문』의 주필로 인식한 것으로 보인다.

33 최옥산, 앞의 논문, 30면.

34 주요한, 『추정 이갑』, 대성문화사, 1964, 45면.

해에서 북경의 러시아 영사관을 거쳐 연대 러시아 공사관에 가서야 입경증명서를 얻을 수 있게 되었으니…… 신채호를 비롯한 대부분의 인사들은 청도에서 영국기선편으로 블라디보스톡으로 향했"[35]다고 적었다. 이들의 논지는 이강과 이갑이 상해에서 北京 烟台를 다녀 입경증명서를 받았고, 신채호 등은 청도에 머물다가 바로 블라디보스톡으로 갔다는 것이다. 그러나 이에 대해서는 이강의 진술이 있다.

> 노령의 입경문제로 상해 내왕에 2주일 이상이 걸렸으며 북경 노대사관을 다녀 烟台 露國領事館에 가서야 비로소 입경증명서를 얻게 되어 청도로 돌아오니 역시 2주일 이상이 걸렸다.[36]

위의 주장은 이 내용에 의거한 것이다. 그런데 이강과 이갑은 현상건을 통해서 아화은행 총판으로부터 러시아 입국증에 대한 소개장을 받고 "상해로 왔던 용무를 필하였기 때문에 청도로 돌아왔다."[37] 그리고 청도에서 노산을 유람하고 다시 입경증명서를 받기 위해 북경 러시아대사관과 연대 러시아영사관을 찾아갔던 것이다. 그러므로 이갑과 이강이 상해에서 바로 북경으로 간 것처럼 이해하는 것은 잘못이다. 청도회의에 모였던 사람은 이갑, 안창호, 김희선, 유동열, 김지간, 신채호, 이강, 이종호, 이종만, 정영도 등이다. 그런데 노산 유람에는 당시 청도에 머물던 일행이 거의 참여한 것으로 보이며, 이들은 노산 구경 후 북경의 러시아대사관, 연대의 러시아영사관을 거쳐 다시 청도로 돌아온다. 이 기간이 2주 이상 걸렸다는 내용이다. 당시 블라디보스톡으로 향하려면 모두 입경증명서가 필요했을 것이고, 따라서 그들은 북경 러시아대사관과 연대 러시아영사관을 거쳐 당시 큰 항구도시였던 청도로 돌아왔을 것으로 보인다. 과연 그러한가? 단재의 심문기록에

35 최홍규, 앞의 책, 113면.
36 『추정 이갑』, 55면.
37 위의 책, 54면.

는 그 가능성을 보여주는 대목이 있다.

(裁) 三十一歲 때에 北京에 갔던 일이 있던가?

(申) 있소. 내가 三十五歲 때부터는 大概 北京에 있었소.

재판관이 31세(1910년)에 '북경에 갔던 일이 있던가'라고 묻자 단재는 있다고 답변했다. 단재가 1910년 청도회의를 마치고 러시아 블라디보스톡을 간 이후로는 다시 북경에 들를 여유가 없었다. 그렇다면 단재 역시 블라디보스톡에 가기 위해 북경 러시아대사관에 들렀을 것이며,[38] 2주가량 여정 동안 북경성을 구경한 것으로 보인다. 그리고 청도로 돌아와 기선을 타고 블라디보스톡으로 향했던 것이다.

(다) 북경성의 놉피가 열다섯 길이며 넓이가 열다섯 발이라 그 위에 병영을 짓고 그 위에 텰도도 노앗도다 이 셩을 쳐다보는 즁국 사롬들이 무숨 싱각을 홀가 우리 션조가 민든 것이 뎌갓치 크다 싱각ᄒᆞ리라(1912.12.1)

(다 - 1) 그 王陵의 廣과 高를 발로 발버 身體로 견주어 測尺을 代하엿슬 뿐이다 (高 十丈 假量이요 下層의 周圍는 八十발이니 다른 王陵은 上層이 殘破하야 高는 알 수 업스나 그 下層의 周圍는 대개 廣開土의陵과 同一)[39]

(다)에서 저자는 "북경성의 높이가 열다섯 길이며 넓이가 열다섯 발"이라 하였다. 단재는(다 - 1)에서 보듯 집안현에 들렀다가 광개토왕릉의 높이와 넓이를 신체로 측척하였다. 논설 저자가 북경성을 잰 방식은 단재가 광개토왕릉을 쟀던 방식과 같다.

---

38 최옥산 역시 그의 논문에서 단재가 "31세인 1910년 블라디보스톡으로 가기 위해 북경 러시아 영사관에 잠깐 들렀던 사실"(36면)을 인정하였다.

39 『단재신채호전집』 1권, 독립기념관, 2007, 614면.

(라) 신라 진흥대왕은 신라 즁엽시ᄃᆡ에 이때 우리나라가 세 나라로 난우어 잇는 즁에 가장 약ᄒᆞᆫ 자가 신라라 더욱 밧그로 즁국, 일본 등 나라이 잇어 날로 신라를 침노ᄒᆞ더라 진흥대왕이 이에 깁히 ᄉᆡᆼ각하고 널리 꾀ᄒᆞ야 국션화랑(國仙花郎)의 도를 셰워 젼국ᄇᆡᆨ셩을 교육홀ᄉᆡ 용모가 엄슉ᄒᆞ고 도덕이 츌중ᄒᆞᆫ 쟈를 뽑아 화랑을 삼아 뛰고 춤추어 신톄를 단련ᄒᆞ며 토론ᄒᆞ고 연구ᄒᆞ야 학문을 셩취ᄒᆞ고 더욱 나라에 츙셩ᄒᆞ고 싸홈에 용감홈으로 화랑의 종지를 삼고……(1913.1.26)

단재는 「꿈하늘」에서 "신라 진흥대왕은 中古의 제일 이상가이라. 위로 단군의 宗統을 이으며 아래로 만세의 심원을 열어 화랑의 도를 세웠건만 그 글도 없어지고 그 도를 전한 이 없으니 어찌하면 그 영광을 다시 발휘할까"(141면)라고 하였다. 그는 또한 아래와 같이 기술했다.

(라 -1) 진흥왕이 선랑의 풍을 제창한 뒤로 화랑의 도가 크게 왕성하여 현상 량장과 충신 용사가 모다 '이'에서 나왔으므로 화랑세기에 이렇게 찬양하여 쓰이니라. 그러나 어찌 이뿐이리오. 국선 구감의 사실만 예로 보드래도 당시 풍속이 '이' 화랑의 도로 말미암아 돈후하였고, 사람들의 정신세계가 매우 용감하였다. 이리하여 '이' 훌륭한 사람들이 전국에 충만하였던 것이다.[40]

(라 -2) 三國遺事稱眞興大王 多尙仙事 始奉花郎 夫花郎 以戰死 爲榮 以敗退爲辱 有戰國武士之風 毫無道家祈求長生之臭味 何以花郎之設 爲仙事也 蓋此所爲仙 非道家之所謂仙 卽高句麗仙人之仙也 花郎者 卽眞興大王 效倣皀衣仙人之制 加減參酌 以成之 故三國史中 花郎 亦名爲仙郎或國仙也(『천고』 1, 29면)

(라 -1)은 「아방윤리경」, (라 -2)는 「고고편」의 일부로 모두 신채호의

40 김병민, 「고전 · 설화 · 역사를 문학적으로 윤색한 도덕경—신채호의 "아방윤리경"」, 『문학사상』, 1992.5, 341~342면.

글이다. 그는 진흥대왕이 만든 화랑의 제도를 높이 평가하였다. 윗글들은 신채호 사상의 대강을 잘 보여준다. (라-1)을 소개한 김병민에 따르면, 「아방윤리경」의 초고본은 1910년대 쓰인 것으로 보인다고 했다. 그렇다면 그것은 「몬데네크로 대왕 니꼴라쓰 니야기」(『권업신문』, 1913.1.26), 「꿈하늘」(1916) 전후로 쓰인 것으로 보인다. 이러한 사상은 이미 「동국고대선교고」(『대한매일신보』, 1910.3.11)에 드러나며, 「몬데네크로 대왕 니꼴라쓰 니야기」(『권업신문』, 1913.1.26)를 거쳐 「꿈하늘」(1916), 「고고편」(『천고』, 1921.1), 「조선상고사」·「조선상고문화사」(1930년대)와 연결된다. 그러므로 발칸의 역사와 관련된 위 3편의 글은 단재의 글이 분명하다.

2) 퇴계 언행과 그 저자

『권업신문』에는 퇴계와 관련된 글이 몇 편 있다. 그 가운데 가장 먼저 나온 것이 「국수주의와 해외동포」(1912.6.23)이다. 이 논설이 쓰인 시기 신채호라는 이름이 주필란에 있어 단재 글로 보아 전혀 무리가 없다.

> (가) 려항의 니야기를 드러볼지어다 퇴계션싱이니, 률곡션싱이니, 오성대감이니, 오리대감이니 ᄒᆞ야 그이의 셩명과 ᄉᆞ젹이 대강이라도 민간에 류젼된 본국 션빅는 오직 삼사빅년 이릐의 갓가운 이들뿐이라 삼국, 남북죠 고려시ᄃᆡ 갓흔 윗ᄃᆡ 인물은 몃기를 알지 못ᄒᆞ는도다(「국수주의와 해외동포」, 1912.6.23)

이미 단재는 「위인의 두각」(『대한매일신보』, 1909.11.28)에서 오리 이원익, 「철인의 면목」(『대한매일신보』, 1909.11.30)에서 퇴계 이황의 이야기를 소개하고 있다. 「이순신전」에는 이이와 관련된 이순신의 일화도 소개하고 있다.[41] 그리고 오성 이항복 이야기는 한음 이덕형과 더불어 민간에 널리 회자되고 있었다. 한편으론 '여항의 이야기'를 통해 「국수주의와 해외동포」가 단재의 글임을 파악할 수 있다. 어디 그뿐이랴.

(나) 퇴도언ᄒᆡᆼ록(退陶言行錄) ᄒᆞᆫ ᄎᆡᆨ이 모다 금갓고 옥갓흔 말이지만은 이 ᄎᆡᆨ에 젹히지 안코 려항에 유젼ᄒᆞ여 오ᄂᆞᆫ 션ᄉᆡᆼ의 ᄒᆡᆼ젹도 우리의 깁히 ᄉᆡᆨ여둘 것이 허다ᄒᆞ니 그 중 한 가지를 들리라 션ᄉᆡᆼ의 쇼년시ᄃᆡ에 일즉 모쳐에 려ᄒᆡᆼᄒᆞ더니 한 쥬막에 든즉 쥬인 ᄂᆡ외는 츌타ᄒᆞ고 업ᄂᆞᆫᄃᆡ 션ᄉᆡᆼ이 문에 들어가다가 문압헤 누워잇ᄂᆞᆫ 아ᄒᆡ를 몰으고 밟어 인ᄒᆞ야 졀명되엿더라(1913.2.9)

이 글은 「모범할 만한 인물의 모범할 만한 일로 퇴계 선생의 행적을 드노라」이다. 이것은 바로 여항에 전하여 오는 퇴계 선생의 이야기와 관련이 있다. 퇴계는 아이를 절명시킨 과실을 인정하고 주인의 보복을 기다린즉 주인은 "사람을 죽이고 도망하지 안하며 생명을 바쳐 그 과실을 사례코자 하니 이는 시속 사람이 아니라 하고 도리어 위로하여" 보냈다고 했다. 단재는 이황의 철인의 면목을 '耿介'에 두고 다음 일화를 소개하기도 했다.

(나－1) 李退溪(황)先生이 其所居의 隣에 一李樹가 有ᄒᆞᆫᄃᆡ 其技가 先生家의 墻內로 延ᄒᆞ야 離離紅熟ᄒᆞᆫ 其實 一個가 地에 落ᄒᆞ엿거날 先生이 兒子輩의 拾食ᄒᆞᆯ가 恐ᄒᆞ야 此를 將ᄒᆞ야 墻外로 投ᄒᆞ니 其志操의 耿介ᄒᆞᆷ이 如此ᄒᆞ더라(『대매』, 1909.11.30)

(나－1)은 「철인의 면목」으로 단재가 퇴계의 '耿介'를 높이 산 것이다. 두 일화는 퇴계의 인물됨을 높이 평한 것이다. 그러나 이것만으론 글의 저자가 단재라고 하기에 부족하다. 「모범할 만한 인물……」에는 이어 다음

41 장도빈은 「조선10대사상가전」(『산운 장도빈의 생애와 사상』, 산운학술문화재단, 1988, 133～145면)에서 이황을 보수주의자로, 이이를 현실주의자로 규정하였다. 그리고 이황에 있어서는 그 아내의 부덕한 일화를, 이이에 있어서는 그 서모의 부덕한 사실을 각각 소개했다.

과 같은 내용이 있다.

우리 대한의 ᄉᆞ쳔년 이ᄅᆡ로 국민의 덕셩을 뎨1긔에는 국션교로 졔조ᄒᆞ엿으며 뎨2긔에는 불교로 졔조ᄒᆞ엿으며 뎨3긔에는 유교로 졔조ᄒᆞ엿ᄂᆞ니 유교시ᄃᆡ에 와셔는 비록 츙실용감홈이 국션교시ᄃᆡ에 밋지 못ᄒᆞ며 장엄화려홈이 불교시ᄃᆡ에 밋지 못ᄒᆞ나 그러ᄒᆞ나 그 당초에 몃몃 션ᄉᆡᆼ의 진실엄졍ᄒᆞᆫ 교훈으로 그 긔초를 셰우지 안ᄒᆞ면 오ᄂᆞᆯᄭᅡ지 유교란 일홈이 잇으리오(1913.2.9)

단재는 고려 이전을 국선교, 즉 화랑의 중흥시대, 고려 초기를 유불의 성행으로 인한 화랑의 쇠퇴, 이조를 유교 시대로 규정지었다. 이에 대해서는 「고고편」(『천고』 1호)과 「조선역사상 일천년래 제일대사건」 등에 자세히 기술되어 있어 더 언급할 필요가 없겠다. 단재는 후자에서 '낭'은 달리 국선, 선랑, 풍류도, 풍월도를 지칭하는데, '新羅 以來 國風派의 重鎭이 되어' 사회사상계의 첫자리를 점령하였고, '불'은 삼국 말엽에 성행하였으며, '유'는 고려 광종 이후에 점차 성하여 사회사상에 영향을 끼치게 되었다고 지적했다. 특히 그는 "吾國 在古昔 亦嘗以快死爲榮 苟生爲辱 以致花郞之義勇 皀衣之忠烈 前後光映 而自麗末 朱學始入 明哲保身之訓 行而臨難者 而苟免爲得計(『천고』 1호, 42~43면)"라고 하였다. 그리고 「이해」에서는 원효와 의상의 불법시대, 정암과 퇴계의 유술시대를 거론하였다. 「모범할 만한 인물……」에는 이처럼 단재의 사상이 그대로 녹아 있다. 그리고 퇴계에 대한 언급은 「개인 신분상의 명예」(1912.12.29)에도 나온다.

력ᄉᆞ샹의 크다는 인물들도 혹 ᄋᆡ셕ᄒᆞᆫ 일이 잇더라 왕양명은 학문도 그갓치 놉흐며 ᄉᆞ업도 그갓치 장ᄒᆞᆫ 이라 그러나 그 큰 공을 일우워 젼국이 다 션ᄉᆡᆼ으로 대인으로 놉힌 후에는 명예를 닉기느라고 ᄌᆞ긔의 허물을 장찬ᄒᆞᆫ 흔젹이 덜어 잇어 초년시ᄃᆡ의 ○한 바갓치 시원ᄒᆞ고 쾌활ᄒᆞ지 못ᄒᆞ얏나니 오호라 이 뎜에는 퇴계션ᄉᆡᆼ이 참 우리의 스승이로다 일홈이 텬하에 가득ᄒᆞ야 우으로 님금이며 아ᄅᆡ로 ᄇᆡᆨ셩들이 다

공자쳐롬 넉이는 때라도 ᄌ기 허물이 잇는 줄 알면 곳 사과ᄒ기를 쥬져치 안ᄒ니라(「개인 신분상의 명예」, 1912.12.29)

퇴계는 사과하기를 주저치 않는 인물로 묘사되어 있다. 이것은 「모범할 만한 인물……」과 동일 선상에 있다. 퇴계는 "자기 허물을 알면 사과하기를 주저치 않는" 인물, 그것이야말로 '주막집 설화'에서 잘 드러나지 않는가. 퇴계는 자신의 과실로 인한 책임을 절대 회피치 않는 인물이었다. 그래서 단재는 "윤리수신으로 조광조 이황의 언행을 편찬하며"(「구서간행론」, 1908.12.20)라고 말했다. 그가 보기에 퇴계는 모범할 만한 인물이었다.

우리가 력ᄉ를 읽다가 을지문덕, ᄉ법명, 강감찬, 리슌신 그이들도 뎌 절벽 위에 셩명 식인 이와 한 가지ㅅ 사룸으로 싱각ᄒ는 이도 잇으리리만은 그러나 그이들은 결코 그런 이가 안이니라 불샹혼 사룸을 보면 돈을 주며 무도혼 도적을 보면 칼을 쎄니 그는 그의 졍에 못 니저 혼 일이오 그의 간 후에 한 길 비셕이며 두 길 동샹은 또 우리의 졍이라 디구가 혜성을 맛나던지 홍슈가 디구를 덥허 큰 이나 젹은 이나 모다 뜻을 한 가지 될 줄은 위인의 가슴에는 다 한번식 오고 가고 혼 싱각이니라.(1912.12.29)

단재가 을지문덕, 사법명, 강감찬, 이순신을 중시함은 그의 글들에 이미 드러난다. 그가 쓴 『을지문덕』이나 「이순신전」, 그리고 사법명에 대한 논의는 바로 그러한 사실들을 잘 보여준다. 사법명은 일반 사람들에게 생소한 인물이지만 단재가 특히 중시하는 인물로 「꿈하늘」에만도 9군데 나온다. 강감찬은 「꿈하늘」에서 18군데, 『을지문덕』·「이순신전」에 각각 한 군데 나온다. 그 외에도 「국한문의 경중」에 제시되었고, "강감찬 강민첨이 거란과 싸워 그들의 20만 대군을 쳐부수고"(「독사신론」, 59면), "을지문덕·강감찬 등 위인의 성명"(「조선사 정리에 대한 사의」) 등에 제시되었거니와 「강감찬과 加富爾」(『대한매일신보』, 1909.12.14)에서는 강감찬과 카부르를 비교하였으며, 「비재 한국영웅의 역사」에서는 "卽 姜邯贊·崔瑩 諸公은 六百年 內外의 人物이로되 其事跡이 荒落하며"(1909.12.14)라고 지적했다. 이런 점에서 볼 때 「개인 신분상의 명예」 역시 앞의 다른 글들과 더불어 단재의 글임이 분명하다.[42]

3) 우리 말글의 중요성

『권업신문』에는 이 시기 우리 말글과 관련된 두 편의 글이 있다. 그것은 「외국말을 배우는 이에게 고함」(1912.10.27), 「사람마다 국문을 알아야지」(1913.6.15)이다.

> 이왕 시디를 도라보면 우리 한국과 교통훈 나라가 오직 동양의 몃 나라뿐인 고로 우리의 빅우던 외국말이 즁국말 일본말 녀진말 몽고말 등 몃 죵류뿐이엇으나 ○○년 이릐로 동셔의 교통이 더욱 빈번호야 외국말 빅우는 이가 놀로 더호야 지금에 와셔는 만일 외국말 아는 쟈의 통계표를 꿈이면 동양 각 외국말 호는 이가 몃만 명 이상이 될지며 셔양 각 외국말 호는 이가 몃쳔 명 이상이 될지나 그 즁에 학문을 빅워 우리 동포에게 주신 이가 누구누구이며 기예를 빅워 우리 동포에게 주신 이가 누구누구인가(1912.10.27)

「외국말을 배우는 이에게 고함」의 저자는 우리가 배우던 말을 중국말, 일본말, 몽고말, 여진말 등으로 설명했다. 단재는 「論日本之有罪惡無功德」

42 장도빈은 1920년대 초 「조선10대사상가」, 「조선10대혁명가」를 쓴 것으로 알려져 있다. 그런데 두 글 모두 을지문덕, 사법명, 강감찬, 이순신의 이름은 빠져 있다. 이후 1957년에 발간된 『한국의 혼』에는 이 가운데 을지문덕, 강감찬, 이순신이 이름이 들어있지만, 여전히 사법명은 빠져 있다. 산운학술문화재단 편, 『산운 장도빈의 생애와 사상』(산운학술문화재단, 1988, 133~168면) 및 장도빈의 『한국의 혼』(경학사, 1998) 참조.

(『천고』, 1호)에서 일어, 중국자, 몽고자, 여진자 등을 들었으며, 「조선 고래의 문자와 시가의 변천」에서 몽고자, 만주자, 일어, 여진자, 거란자, 만주자, 西藏(파스파)字, 범자 등으로 구분하고, 범자－서장자－몽고자－만주자를 한 계통으로, 한자－거란자－여진자를 한 계통으로 보았다. 그리고 한글은 이두, 구결, 언문의 시대로 나뉘고, 이두에서 일본어로 옮아갔음을 밝혔다. 이는 단재가 문자 연구에 대한 조예가 깊었음을 보여준다. 한편 위의 글에는 다음 대목이 있다.

> (가) 쳔합소문은 당나라에 드러가셔 그 말을 빅우면서 산쳔풍토를 유심ᄒᆞ게 관찰ᄒᆞ야 후일 젼징의 준비를 ᄒᆞ얏ᄂᆞ니라 우리 둘ᄾᅢ 고향되ᄂᆞᆫ 이 나라의 니약이를 드를지어다 피터대뎨ᄂᆞᆫ 구쥬셔방에 유력ᄒᆞ야 그 말을 빅우면셔 빅공기예를 슈입ᄒᆞ야 루시아 뎨국 강대ᄒᆞᆫ 긔초를 셰우니라(1912.10.27)

장도빈이나 신채호는 모두 천개소문에 대해 많은 관심을 가졌었다. 그런데 위의 내용은 산운의 『천개소문실기』(『서울』 2, 1920.2)에는 그 자취를 찾기 힘드나 단재의 아랫글에 유사한 내용이 나온다.

> (가－1) 潛遊唐國에 窺伺敵隙하고 和連靺鞨에 累伐隣邦은 蓋蘇文之獨立也(1908.4.12)
>
> (가－2) 少年時에 支那에 遊覽ᄒᆞ야 李世民의 爲人을 窺ᄒᆞ며 英雄을 結納ᄒᆞ고 險阻艱難을 備嘗ᄒᆞ며 外國 文物風토를 察ᄒᆞᆷ은 大彼得과 如ᄒᆞ며[43]

(가－1)은 「여우인절교서」의 일부로 "당나라에 몰래 들어가 적의 틈을 몰래 살피다가 말갈과 화친하고 여러 차례 이웃 나라를 친 것은 합소문의 독립"이라는 말이다. 중국(당나라)에 몰래 들어가 적의 틈을 살피거나 또는

43 「독사신론」, 『단재신채호전집』 1권, 332면.

험한 형세와 어려움을 미리 알아보았다는 내용이다. 산천풍토를 관찰함은 곧 "문물풍토를 察함"이다. 천개소문의 그러한 행위를 피터대제에 비긴 것은 바로 단재이다. 비록 사물을 살피는 데, "그 말을 배우면서"라는 말이 들어갔지만 그것은 상황에 맞게 부연 설명한 것이다. 그러므로 이 독특한 비유는 저자의 단재 가능성을 확실히 해주는 것이다.

(가) 고국을 도라보니 쇼학교 아희들의 일어 빈우는 소리뿐이오 외양을 나오니 한인의 학교는 쇼학교도 몃기가 못 되니 희라 무엇을 바라리오 바랄 것은 외국말 아는 이가 스스로 끼닷는 것뿐이로다(1912.10.27)

(나) 아모 동리니 아모 촌이니 ᄒᆞ던 칭호를 티반 일본의 명ᄉᆞ로 곳쳐 명치뎡이라 쟝곡쳔뎡이라 ᄒᆞ며 리아모니 박아모니 ᄒᆞ던 사름이 왕왕 일인의 셩명을 ᄯᅡᆯ어 아젼이라 아등이라 ᄒᆞ며 졋 밋헤 아희들은 아비 어미란 말을 몰으고 오도상 후도상을 불으며 학교의 학도들은 가나다라를 더지고 이로하니를 외와 산쳔인물이 모다 녯날의 면목을 일는 이때인즉 파괴도 둘지오 건셜도 둘지오 오직 보젼(保全)이 급ᄒᆞ니 명졀휴가가 비록 심샹ᄒᆞᆫ 풍쇽이지만은 오히려 공부ᄌᆞ의 사랑ᄒᆞ던 곡삭(告朔)의 양이 될 만ᄒᆞ니라(1913.6.8)

(가)는 「외국말 배우는 이에게 고함」이요, (나)는 「음력명절과 한인」의 일부이다. 두 글 모두 우리의 말과 정신을 잃고 일본의 노예가 되어 가는 상황을 지적하고 있다. 특히 (나)에서 산천 인물이 모두 옛날의 면목을 잃는 것이야말로 단재가 「국수주의와 해외동포」에서 "까치내니 버드내니 뚝섬이니 딱섬이니 먹오리니 꼿뫼니 하야 본국말로 그 이름을 가진 땅은 오직 적은 물, 적은 산, 적은 섬 같은 것뿐이라 한라산, 지리산, 한강, 압록강 같은 큰 산 큰물은 본국말로 하던 이름을 다 잃었으며"(1912.6.23)라고 주장한 대목이 아닌가. 그것은 곧 국수주의 정신과 관련이 된다.

(다) 본국말은 조국졍신을 보젼ᄒᆞᄂᆞᆫᄃᆡ 뎨일 즁요ᄒᆞᆫ 쟈이어놀 외국말의 셰력에 놀마다 핍박을 밧아 고ᄅᆡ로 젼ᄒᆞ던 말에 업서진 말이 불지기수이며 본국글은 본국말로 조직ᄒᆞ야 본국사ᄅᆞᆷ이 알기 쉬우며 또 본국졍신을 발휘ᄒᆞ는 것이어늘 그 일홈을 언문이라 ᄒᆞ야 쳔ᄃᆡᄒᆞ얏도다(1912.6.23)

(라) 혹쟈ᄂᆞᆫ 말ᄒᆞ기를 나ᄂᆞᆫ 셔양글을 아ᄂᆞᆫ 사ᄅᆞᆷ이니 비록 대한 글을 몰나도 관계치 안타 ᄒᆞ나 이 엇지 어린 말이 안이뇨 잉글리 사ᄅᆞᆷ이 잉글리 글을 몰으고 프란츠 글만 알지면 이ᄂᆞᆫ 잉글리 사ᄅᆞᆷ의 슈치며 이딸리 사ᄅᆞᆷ이 이딸리 글은 몰으고 게르만 글만 알지면 이ᄂᆞᆫ 이딸리 사ᄅᆞᆷ의 슈치라 어ᄃᆡ 내 나라글은 몰으고 남의 글 아ᄂᆞᆫ 것으로 ᄌᆞ쪽하는 쟈 잇으리오(1913.6.15)

단재는 (다) 「국수주의와 해외동포」에서 우리 말글의 필요성과 중요성에 대해 언급했다. 그러한 논리는 (라) 「사람마다 국문을 알아야지」로 건너온다. 외국말을 배우는 이에게도 우리말의 중요성을 부각시킨 것이다.

어린 아히들은 아모쪼록 내 나라 말 내 나라 글 내 나라 력ᄉᆞ를 잘 ᄇᆡ우며 나이 만ᄒᆞᆫ 이라도 불가불 가나다라 수십 줄은 닉히며 본국 력ᄉᆞ 디지 두 ᄎᆡᆨ은 읽은 후에야 다른 말을 ᄇᆡ우던지 말던지 ᄒᆞᆯ 것이니라(「외국말……」, 1912.10.27)

이 글에는 국수를 지키기 위한 방법이 그대로 드러난다. 「음력명절과 한인」에서는 "적국의 세력은 물밀 듯하고 조국의 문물은 날로 여위어 나라만 없어질 뿐"이라고 통탄했다. 그러므로 3월 3일, 단오, 추석, 10월 3일 등의 음력 명절이라도 기억하자고 했던 것이다. 그것은 바로 국수의 보전에 해당된다.

(마) 유ᄃᆡ사ᄅᆞᆷ은 나라 망ᄒᆞᆫ 지가 수쳔 년이 되엿으되 오히려 저의 말과 저의 글을 보젼ᄒᆞ고 저의 풍쇽습관을 보젼ᄒᆞ야 어ᄃᆡ를 가던지 나ᄂᆞᆫ 유ᄃᆡ사ᄅᆞᆷ이로라 ᄒᆞ야 국적(國籍)은 곳쳐도 마옴은 곳치지 안ᄂᆞᆫᄃᆡ 하물며 ᄉᆞ쳔 년 국가를 가지고 오던 민족

으로 엇지 이갓치 비렬ᄒᆞ게 ᄉᆡᆼ각ᄒᆞ리오(1913.6.15)

(마－1) 猶太 復活의 原因은 그 金錢의 國旗뿐이 아니라 곳 言語 宗敎 文化 團結力 等의 武器로써 그 國旗를 保護하며 世界 到處에 行國을 삼아 가지고 다니던 民族이라. 元來 精神이 滅亡치 아니하얏스니 今日의 復活도 그리 稀貴할 것이 업거니와 朝鮮人은 自來 單調로 나아가는 사람이라(『전집』 6권, 580면)

「사람마다 국문은 알아야지」에서 유대 사람의 위대성을 강조하고 있다. 그들의 위대성은 국수주의에 있다. 단재는 「동포 사이의 사랑」에서는 유대인의 사랑을, 「발칸반도에 새로 흥하는 세 나라」에서는 유대인의 국수주의를 강조하였다. 그리고(마－1) 「문제없는 논문」에서도 유대인의 국수주의를 높이 평가했다. 이런 점에서 볼 때 윗글들은 단재의 글로 보는 것이 적합하다. 「국수주의와 해외동포」는 한편으로 「외국말을 배우는 이에게 고함」, 「음력 명절과 한인」, 「사람마다 국문을 알아야지」 등으로 연결되며, 언어 · 역사 · 민속 등 우리 것을 강조하고 있다. 그것들은 하나의 연속물을 형성하며 단재의 주장을 잘 드러낸다.

4) 국수주의 글의 저자

『권업신문』에는 국수주의 관련 글들이 많다. 단재는 「국수주의와 해외동포」에서도 국수주의에 대해 강조했다.

(가) 합소문이 아모리 큰 영웅이라 ᄒᆞ나 그 건츅ᄒᆞᆫ 쟝셩이 그의 손으로만 건츅ᄒᆞ지 못ᄒᆞ엿으리라 쳥천강의 수병도 을지문덕 혼자로는 못 늬이엿으리라 한산도의 왜적도 리츙무공 한아로는 못 꺽것으리라 모이지 안코 합ᄒᆞ지 안코 이 셰샹 사ᄅᆞᆷ이

다 각기 살랴 ᄒᆞ면 다른 큰 것은 고사ᄒᆞ고 조고마ᄒᆞᆫ 집 한아도 짓기가 어려우리라(1912.12.19)

(가 – 1) 乙支公의 麾下 一僕夫도 隋天子를 蛇蝎갓치 視하며 泉蓋씨의 廚下 一炊婢도 唐國皇帝를 狗彘갓치 罵하야 男男女女 老老少少가 個個 愛國血性으로 天地間에 特立ᄒᆞ야 國을 爲ᄒᆞ야 歌ᄒᆞ며 國을 爲ᄒᆞ야 哭ᄒᆞ며 國을 爲ᄒᆞ야 死ᄒᆞ되 邊境의 烽烟만 一起ᄒᆞ면 樵兒牧竪도 敵기心을 滿抱ᄒᆞ야 戰陣에 赴ᄒᆞᆫ 故로 巨虜를 克服ᄒᆞ야(1권, 628면)

(가)는 「권업회창립1주년기념」이요, (가 – 1)은 단재의 「국한문의 경중」(『대한매일신보』, 1908.3.18)이다. 논설 저자는 을지문덕과 천개소문이 전쟁에서 승리할 수 있었던 까닭을 일치단결된 애국심으로 설명하였는데, 그것은 단재 글에서도 마찬가지이다. 위 예문에서는 이순신을 추가하여 일치단결된 힘을 강조하였다.

(가) 누구는 와싱톤을 꿈꾸며 누구는 비스믹을 꿈꾸며 누구는 마신의를 꿈꾸며 누구는 웰링톤을 꿈꾸어 우리도 이 셰상에 한번 사ᄅᆞᆷ질 ᄒᆞ자ᄂᆞᆫ ᄉᆡᆼ각을 가진 이가 만ᄒᆞ니라(1912.12.19)

(가 – 2) 一身이 雖小나 善用之則 爲華盛頓 爲瑪志尼ᄒᆞ며…… 兄之不欲爲華盛頓瑪志尼…… 求爲華盛頓瑪志尼ᄒᆞ다가ᄂᆞᆫ 雖或不成ᄒᆞ더라도 可爲賢人이라(『전집』 6권, 514면)

(가) 「권업회창립1주년기념」에서 저자는 워싱턴, 비스마르크, 마치니를 위인으로 언급했다. 단재는 (가 – 2) 「여우인절교서」에서 워싱턴과 마치니를 언급했다. 그리고 「치밀한 생각 영원한 생각」에서 "슈단은 비사맥 같고", 「발칸반도에 새로 흥하는 세 나라」에서 "만일 비사맥씨 같은 이가 나서"라

고 하여 비스마르크를 언급하고 있다. 비스마르크는 『을지문덕』에서, 마치니는 『이태리건국삼걸전』에서 이미 언급이 되었던 사람들이다. 그리고 마치니는 「국수주의와 해외동포」에서 "대한민족 중에 단테와 마신의의 남이 왜 이리 더딘고"라고 한탄하였는데, 『권업신문』 소재 단재의 글에 자주 언급되어 있다.

(가)는 비교적 중후한 글이다. 이 글이 단재의 글로 보이는 것은 그 문체에도 있지만, 단재는 권업회의 창립 당시 서적부장으로, 그리고 신문부에서 부장 겸 주필로 중요한 직책을 수행했다. 그러므로 다른 누구보다 이 글을 쓰기에 적합한 사람이었다. 또한 이 글이 앞에서 단재의 글로 밝힌 「발칸반도에 새로 흥하는 세 나라」와 「개인 신분상의 명예」 사이에 위치하는 것으로 보아서도 이 글은 단재의 글이 확실하다.

> 우리나라 최근 신문의 시초ᄂᆞᆫ 서ᄌᆡ필씨의 독립신문이라 긔원 四千二ᄇᆡᆨ二십구년 병신에 창간되야 독립협회 긔관으로 얼마콤 독립ᄉᆞ샹을 고동ᄒᆞ다가 그 후에 뎨국신문으로 ᄀᆡ명ᄒᆞ엿고, ᄉᆞ쳔二ᄇᆡᆨ三십一년에 남궁억씨의 쥬장으로 황셩신문이 또 창간되야 이도 독립협회의 긔관으로 잇엇ᄂᆞᆫᄃᆡ 뎨국신문은 슌젼ᄒᆞᆫ 국문신문으로 발ᄒᆡᆼᄒᆞ야 하등샤회의 구람쟈를 七팔ᄇᆡᆨ 명이나 얻은 쟈이오 황셩신문은 즁국 ᄒᆞᆫᄌᆞ 반 석기ᄒᆞᆫ 국문신문으로 샹등샤회의 구람쟈를 수쳔 명이나 얻은 쟈이라 무슐(1898 : 인용자)녀붓허 을ᄉᆞ(1905 : 인용자)년ᄭᆞ지 무릇 七八년간에 한국ᄂᆡ의 한국인이 발ᄒᆡᆼᄒᆞᄂᆞᆫ 한국신문이라고ᄂᆞᆫ 단슌히 이 두 신문뿐이러니라(1913.2.16)

이 글은 「광무을사 이전의 본국 신문」이다. 저자는 독립신문을 최근 신문의 시초으로 들고 있다. 신채호는 「我國의 報紙」(『대한매일신보』, 1910.1.6)에서 "我國에는 報紙中에 官報가 最先 創始"하였다고 썼다. 그리고 "太황帝 甲申에 金玉均 等이 日人을 聘하야 漢城旬報를 刊하다가"가 나온다. 이미 신채호는 신문에 대한 관심으로 그러한 글을 쓴 것이다.

오호라 갑오 이후 십여 년 됴흔 시졀을 악ᄒᆞ게 보ᄂᆡ여 나라이 망ᄒᆞ고 ᄇᆡᆨ셩이 망ᄒᆞ는 참상을 얻엇다고 오늘에 입 든 자는 모다 당시 졍부를 꾸짓지만은 그러나 소위 문명식으로 ᄒᆞᆫ다는 신문들도 이러ᄒᆞ엿ᄂᆞ니 완악ᄒᆞᆫ 졍부야 무엇을 ᄎᆡᆨᄒᆞ리오 계묘년 후에 황셩신문은 ◯히 확장되야 지면도 널너지고 직졍도 나아졋으나 시긔가 이미 느즌 후이오 융ᄉᆞ년 이후에 니르러서는 더욱 곤판이 임의 기우러진 후라(1913.2.16)

저자는 계묘(1903)년 이후 『황성신문』의 사정이 나아졌다고 했다. 단재가 『황성신문』에 들어간 것이 1905년으로 알려져 있다. 글 가운데 "신문기자를 구비하게 둘 수 없어 편집실에는 논설기자 잡보기자 도합 두 사람만 있고 곧 외국신문도 사볼 수 없어 간신히 일본신문 한 장이 며칠만큼 왔나니 희라. 루소, 마치니의 이상이며 입센, 톨스토이의 문장으로도 문견이 좁고 신역이 번급하면 어찌 그 천품의 재주를 발휘할 수 있으리오"라고 하였다. 신문사의 기자수와 발간부수를 잘 알고 있는 것으로 보아 저자는 『황성신문』, 『제국신문』의 사정을 잘 아는 사람으로 보인다. 게다가 여기에 언급한 루소와 마치니, 톨스토이 등도 단재에 의해 많이 거론되던 인물들이다. 저자는 "프랑스의 혁명도 신문의 공이며 합중국의 독립도 신문의 공이며 이탈리아의 중흥이나 게르만의 발흥도 신문의 공이라는 말을 우리도 다만 신문을 귀중히 하는 신문기자의 입에서 나온 말로만 알았더니 오늘 중국혁명의 성공을 보건대 이 말이 과연 철판에 새겨둘 만한 공론인 줄을 깨닫겠도다"라 하여 신문의 역할과 기능을 분명히 하였는데, 그것은 "신문은 문명사업의 뎨일 기관"(『대한매일신보』, 1910.1.6)이거나 "近世 何國의 革命을 無論하고 반드시 그 思想을 鼓吹한 言論文字의 先導가 잇섯다"[44]는 단재의 논리가 그대로 들어 있다. 당시 언론에 관여한 사람으로 장도빈이 있었지만, 그는 1908년 이후에서야 비로소 『대한매일신보』에 관여한 것으로 보이고, 그러기에 광무을사 이전의 신문사 상황에 대해서는 제대로 알지 못했을 것

44 「신대한창간사」, 『신대한』, 1919.10.28.

이다. 게다가 같은 날 신문에 「단군 시대의 시」, 「사법명의 무공」 등이 실린 것으로 보아 위 작품은 단재의 글이 확실하다.

> 오호라 동명셩뎨는 빈주먹으로 니러나 한무뎨 당년에 군딕와 셰력으로 한국강산을 뒤덥허 발 한아 들여노을 곳이 업는 가운데셔 고구려 대국을 건셜ᄒᆞ야 우리의 긔업을 셰워 주엇으며 창희력ᄉᆞ는 진시황 당년에 젼국의 쇠끗을 죵ᄌᆞ업시 거둔 가운데셔 삼빅 근 텰토를 만들어 박랑ᄉᆞ즁에셔 수레를 치는 소릭에 산동에 뭇 영웅이 벌떼갓치 니러나 몃 만셰에 젼지무궁ᄒᆞ리라 ᄒᆞ던 진나라 황실이 삼세가 못되야 꺽구러지지 안엿는가(1913.3.30)

단재는 동명성제와 창해역사의 일을 무수히 언급하였다. "東明聖帝"는 「독사신론」에 3회, 「꿈하늘」에 2회, 「조선상고사」에 1회 등 단재의 글에서 여러 군데 나타나는데, 고구려를 수나라나 당나라처럼 하나의 독립적 주권 국가, 즉 천자의 나라로 자리매김하고자 하는 의도가 여실히 보이는 표현이다. 단재는 철퇴로 진시황을 거꾸러트린 창해역사에 대해 그 정신을 높이 평가하였다. 동명성제의 의기와 창해역사의 혁명성을 높이 평가한 「국권회복 대운동」은 비록 별보란에 실렸지만 단재의 글일 가능성이 크다. 창해역사는 「문제없는 논문」(『동아일보』, 1924.10.13)과 「차라리 괴물을 취하리라」 등에 간단히 나타나지만, 「조선상고문화사」에는 보다 상세히 설명되었다. 즉 "『史記에는 張良이 滄海 임금을 보고 力士를 請하야 博浪에서 秦始皇을 치다 하엿거늘 …… 鐵椎의 소리는 全支那를 흔들어 八年 風塵을 일윗슨즉 …… 이제 支那史로 보아도 滄海力士라는 네字의 별호와 博浪狙擊이라는 두어줄 事實뿐"[45]이라 서술하였다. 『천고』에서도 "滄海力士之椎秦皇"[46]이라 언급하였다. 이런 점에 비추어 볼 때, 윗글은 단재의 글이 분명하다.

---

45 신채호, 「조선상고문화사」, 『조선일보』, 1931.11.28.

46 大弓, 「謀殺前皇太子之奇聞」, 『천고』 1, 1921.1, 43면.

5) 기타 논설의 저자

「인도 지사의 운동」(1913.6.22)은 인도의 당시 독립운동과 국수주의 운동을 적은 글이다. 단재는 애국계몽기부터 식민지국가였던 인도에 대해 관심을 갖고 있었다. 그러한 모습은 「견문에 대한 잡다한 감회」(『천고』, 2호)에서도 드러난다. 세계에 대한 관심은 이미 「이십세기 신국민」(1910.2.22~3.3)에서 나타난다. 이런 점에서 단재의 글로 보인다.

「일년 벌어 하로에 없이 하여」(1912.10.20)는 젊은이들이 술집과 잡기판에서 돈을 날리는 것을 경계하는 글이다.

> (가) 긔자의 이 말이 곳 긔자의 말이 안이라……한 귀로 흘니지 말고 깁히 식이여 듯기를 바라는 바로라(1912.10.20)
>
> (나) 긔자왈 나의 ○말은 다만 녯날의 력ᄉᆞ를 말ᄒᆞ자는 것이 안이라……후ᄉᆞ사룸이 우리를 이갓치 비평ᄒᆞ지 안토록 바람이로라(1913.2.16)

(가) 「일년 벌어 하로에 없이 하여」는 위와 같이 글쓴이인 기자가 권유하는 것으로 매듭을 짓고 있으며, 그것은 (나) 「광무을사 이전의 본국 신문」의 마무리와 같다. 단재는 「동포 사이의 사랑」(1912.7.15), 「몬데네크로 대왕 니콜라쓰 니야기」(1913.1.26) 등에서도 '기자'라는 단어를 드러내어 글을 전개하였다. 그리고 이 글의 저자는 해외의 한국 청년들이 돈을 벌어 술집에 묻거나 골패, 야휘, 야바위 등의 잡기판에 날려 빈털터리가 되는 신세를 지적했다. 산운도 당시 블라디보스톡 한인의 가난 원인을 나중에 ① 일을 계속하지 않는다, ② 노동하여 금전을 벌면 낭비하여 술도 마시고 유흥구경도 간다, ③ 장구한 경영이 없이 눈앞의 일만 생각한다[47]라고 언급했다. 위 논

47 장도빈, 「암운 짙은 구한말」, 291면.

설에서 저자는 잡기를 강조하였는데, "잡기라는 것은 도적질보다도 더 괴악한 것이라 첫째는 잡기판에 단니면 흉악한 패류가 되야 그 몸이 망하며 둘재는 재산을 탕패하야 그 집이 망하며 셋재는 남의 자뎨를 모다 이 괴악한 노릇으로 유인하야 샤회가 망하나니"라 하여 잡기가 곧 개인, 집안, 사회의 망함과 직결된 것으로 설명했다. 여기에서 특히 셋째의 논리는 「일본의 삼대 충노」(1908.4.2), 「여우인절교서」(1908.4.12~14)에서 친일파가 사회, 또는 국가에 미치는 악영향을 논한 부분과 유사함이 발견되며, 이러한 논조와 문체로 볼 때 단재의 글로 보인다.

「외디에 나온 청년」(1912.11.3)은 한신, 나폴레옹, 크롬웰, 루소, 궁예, 주원장 등을 언급하였는데, 단재가 잘 언급하는 사람들로 보아 단재의 글로 보인다. 한신은 「국한문의 경중」(1908.3.19)에, 나폴레옹은 『을지문덕』(1908), 「일본의 삼대 충노」(1908.4.8), 「이날」(1912.8.29)에, 크롬웰은 「독사신론」(1909)에, 루소는 「대아와 소아」(1908.9.17)에, 궁예는 「꿈하늘」에, 주원장은 『을지문덕』, 「국한문의 경중」, 「국사의 일사」(1909.12.15) 등에 등장하는 등 무수한 작품에 그들의 이름이 언급된다.

한편 「권업회 각지회에 고하노라」(1912.9.29)는 특별한 색채가 없으며, 「애국당 공판사건의 판결선고가 이와 같이 되었도다」(1912.10.13)는 '반절'이라는 표현이 있는 것으로 보아 단재의 글이 아닐 가능성이 있다. 단재의 글에 언문, 또는 국문이라는 표현은 있지만, '반절'이란 표현은 발견되지 않는다. 그리고 1912년 10월 6일 발표된 「고 이준공 전기 간행 유족구휼 의연금모집회 취지서」에 단재의 이름이 빠진 것도 전후 글이 단재의 글이 아닐 가능성을 시사한다.

「중령동포에 바라노라」(1912.11.17), 「이만 농작지 인허된 일로」(1912.12.8), 「권업회 고본단에 응모하실 이에게 고함」(1912.12.15), 「단군기원 4246년 1월 1일에」(1913.1.5), 「아편 먹는 이를 경계하노라」(1913.3.2), 「러시아 황실 300년 기념 경축송」(1913.3.9)는 별다른 특색이 발견되지 않아 저자를 확정하기 어렵다.

「중국 근래의 일에 감동한 바」(1913.6.29), 「거짓」(1913.7.13)도 별다른 특징이 없다. 그러나 7월 13일에 나온 일본의 정보보고로 볼 때 단재의 글이 아닐까 추측된다.

동포들아 우리 션조 신라 태종대왕의 림죵홀 때의 ᄒᆞ신 말을 긔억ᄒᆞ지 못ᄒᆞᄂᆞᆫ가 「내가 죽거던 내 신톄를 바다물에 장ᄉᆞᄒᆞ여라 바다ᄂᆞᆫ 말을지라도 나의 혼은 살어 잇어 비와 물을 뿜어 일본 三도를 함몰식히리라 ᄒᆞ지 안ᄒᆞ얏ᄂᆞᆫ가……일본이 망ᄒᆞ여야 우리가 흥홀 것은 단군대황조끠셔 소지무리 노릐를 지으신 이후 지금ᄭᆞ지 무릇 四千여년 력ᄉᆞ 가온ᄃᆡ에 훈계ᄒᆞᆫ 바이니(1913.7.20)

단군대황조끠셔 틱빅산에셔 삼쳔도즁을 가라치실 때에 깃치신 교훈이 우리민족의 심리에 쥬ㅅᄃᆡ를 셰우며 우슈산에셔 소시무리를 토평ᄒᆞ실 때에 주신 노릐가 우리민족의 압길에 지남쇠를 지은지라(1912.11.10)

윗글 「내지 의병 소식에 대하여」(1913.7.20)에서 저자는 문무왕의 유언내용을 태종대왕이 한 것으로 썼다. 단재는 「꿈하늘」에서 "死後에 龍이 되여 日本을 屠戮하랴뎐 新羅 文武大王"이라 하지 않았던가. 그가 태종과 문무왕을 혼란스럽게 쓰고 있는 것은 사실이지만, 이것은 단재의 글이 아닐 가능성이 높은 것으로 보인다. 오히려 아랫글 「단군대황조 성탄절」을 볼 때 장도빈의 글이 아닐까 싶다. 왜냐하면 "소시무리('소지'는 '소시'의 오류) 노래"는 바로 "단군대황조끠셔……우슈산에서 소시무리를 토평하실 때에 쥬신 노래"(「단군대황조 성탄절」, 1912.11.10)이기 때문이다. 동일한 내용의 반복으로 보아 「단군대황조 성탄절」과 「내지 의병 소식에 대하여」는 모두 장도빈의 글로 추정된다.[48] 비록 단재의 글에서도 '소시모리'는 등장하지만, 노래와 관련된 구절은 아니기 때문이다.[49]

---

48 장도빈은 "나는 『권업신문』에 기고하여 발행 배부되었"(「암운 짙은 구한말」, 289면)다고 밝히고 있다. 그는 1912년 5월에 러시아 블라디보스톡 신한촌에 와서 1914년 봄 그곳을 떠났다. 그동안 일시적으로 논설을 쓴 것으로 보인다. 「단군대황조 성탄절」에서 단군과 관련된 기록 또는 주장들이 장도빈의 『국사』(1916)의 그것과 그대로 겹치거나 일치한다. 그리고 1912년 11월의 일본 정보문서도 장도빈을 주필로 제시한 것 등은 「단군대황조 성탄절」의 장도빈 저작설을 뒷받침한다.

5. 마무리

이제까지 단재의 『권업신문』 참여 기간과 더불어 1912년 10월 이후 논설 집필에 대해 간단히 살펴보았다. 단재는 기존 연구자들에 의해 알려진 것과는 달리 1912년 창간호부터 이듬해 7월경까지 『권업신문』에 참여한 것으로 보인다. 그는 신문에 줄곧 애국 계몽적인 논설을 발표하여 계몽활동에 앞장섰다. 그가 블라디보스톡에 머물렀던 기간 『권업신문』에 반일・반외세적 글을 계속하여 발표한 것으로 보인다.

『권업신문』에는 국권 상실을 통곡하고, 국권의 회복을 간절히 염원한 「이날」을 비롯하여 일본의 간악한 고문을 고발한 「일인의 간사한 수단」, 국수주의의 유지를 강조한 「국수주의와 해외동포」, 우리말글의 중요성을 강조한 「외국말 배우는 이에게 고함」, 「사람마다 국문은 알아야지」 등 수많은 단재의 글이 실려 있다. 단재는 애국계몽기 『대한매일신보』에서 보여주었던 강한 비판 정신과 매서운 필봉을 일제강점기 블라디보스톡의 『권업신문』에서 그대로 보여주고 있다.

이 신문에는 창간호부터 1913년 7월 이후 단재가 상해로 떠나기 전까지 수많은 그의 글이 실렸다. 우선 1912년 9월 8일까지 "주필 신채호"가 명시된 현존 논설 10편은 모두 단재의 글로 보인다. 그리고 9월 15일과 22일에 발표된 글도 단재의 글로 보인다. 22일의 글에 대해서는 백원보의 주장이 이미 있었고, 그렇다면 단재가 주필란에서 이름이 빠지고 곧바로 신문 집필을 그만둔 것이 아니라는 사실이 확인된다. 9월 15일의 글도 단재의 글로 보아 무리가 없다. 그 이후 10월 20일, 27일, 11월 3일, 24일과 12월 1일, 19일, 29일의 논설, 1913년 1월 26일, 2월 9일, 16일, 3월 30일, 6월 8일, 15일, 22

---

49 단재의 글로 판단되는 「第三回三一節普告同胞」에는 "檀君之斬素尸茂利 載諸神話 而自新羅以後 彼我之相聽 愈往愈亟齒拔齒償石來石往 玄海之波 無歲不赤 邊郡之烽 無日不驚 文武大王 臨死 猶發爲龍之呪"(『천고』 3호, 1921.3, 3면)이라 하여 '소시무리'를 언급하였다.

일 등의 논설도 단재의 글로 보인다.

그러나 논설, 또는 별보 일부에 대한 저자 논의로 『권업신문』에 대한 논의가 마무리된 것은 아니다. 이 신문에는 그 밖에도 다양한 글이 실려 있어 보다 심도 있는 논의가 요구된다. 『권업신문』은 일제 강점으로 인해 국내에서 일제에 대한 비판과 저항이 어렵던 시기 해외에서 간행된 신문으로 민족주의적이고 반일적인 노선을 추구했다. 그래서 당시 국내에서 저질러졌던 일제의 침략사가 매우 진솔하게 보도되어 있다. 앞으로 이 신문에 대해 보다 다양한 관심과 연구가 필요하다.

부록 –『권업신문』 논설 및 별보기사 목록 일부 (1912.5.5 창간호~1913.8.17 70호)

호수	날짜	논설(또는 별보) 제목	비고
4	1912.5.26	청년동포의게 바라ᄂᆞᆫ 바	1~3호 결호
7	1912.6.16	한가지식 ᄒᆞᆯ 일	5호 기서, 6호 결호
8	1912.6.23	국슈쥬의와 ᄒᆡ외동포	
9	1912.6.30	강동동포의 공익ᄉᆞ상	
13	1912.7.28	동포 사이의 사랑	10・11호 결호, 12호 기서
16	1912.8.18	일인의 간사ᄒᆞᆫ 슈단	14호 기서, 15호 원동보 번역
17	1912.8.25	치밀ᄒᆞᆫ ᄉᆡᆼ각=영원ᄒᆞᆫ ᄉᆡᆼ각	
18	1912.8.29	이날	
19	1912.9.1	우리 동포는 경제능력이 엇지 이리 박약ᄒᆞᆫ가	
20	1912.9.8	ᄐᆡ황뎨 만슈졀	
21	1912.9.15	남의 부형된 쟈의 ᄉᆡᆼ각ᄒᆞᆯ 일	
22	1912.9.22	공과 ᄉᆞ를 잘 분간ᄒᆞ여야 ᄒᆞᆯ 일	
23	1912.9.29	권업회 각지회에 고ᄒᆞ노라	
24	1912.10.6	별보-고 이쥰공 전기간행 유족구휼 의연금모집회 취지서	
25	1912.10.13	ᄋᆡ국당 공판ᄉᆞ건의 판결 션고가 이와 갓치 되얏도다	
26	1912.10.20	일년 벌어 하로에 업시ᄒᆞ여	
27	1912.10.27	외국말 ᄇᆡ우ᄂᆞᆫ 이에게 고ᄒᆞᆷ	
28	1912.11.3	외디에 나온 청년	
29	1912.11.10	단군대황죠 셩탄절	
30	1912.11.17	즁령동포에게 고ᄒᆞ노라	
31	1912.11.24	빨칸반도에 ᄉᆡ로 흥ᄒᆞᄂᆞᆫ 세 나라(上)	
32	1912.12.1	빨칸반도에 ᄉᆡ로 흥ᄒᆞᄂᆞᆫ 세 나라(下)	

33	1912.12.8	이만 농작디 인허된 일로	
34	1912.12.15	권업회고본단 응모ᄒᆞ실 이에게 고홈	
35	1912.12.19	권업회창립 일쥬년 긔렴	
36	1912.12.22	별보—권업회 고본단 모집취지셔	
37	1912.12.29	긔인 신분상의 명예	
38	1913.1.5	단군긔원 四千二百四十六년 一월 一일에	
40	1913.1.19	별보— 알료스끼금광 로동동포의 편지	39호 일본외교시보 역재,
41	1913.1.26	몬데네크로 대왕 니꼴라쓰의 니야기	
43	1913.2.9	모범홀만ᄒᆞᆫ 인물의 모범홀 만ᄒᆞᆫ 일로 퇴계선싱의 힝젹을 드노라	
44	1913.2.16	광무을ᄉᆞ 이젼의 본국 신문	
46	1913.3.2	아편 먹는 이를 경계ᄒᆞ노라	45호 『신한민보』 글 게재
47	1913.3.9	루시아황실 삼빅년 긔념일 경축숑	
50	1913.3.30	별보—국권회복의 대운동	48·49호 기서
60	1913.6.8	음력명절과 한인	51~53호 기서, 54~59호 결호
61	1913.6.15	사름마다 국문은 알어야지	
62	1913.6.22	인도 지ᄉᆞ의 운동	
63	1913.6.29	즁국근리의 일에 감동ᄒᆞᆫ 바	
65	1913.7.13	거즛	64호 기서
66	1913.7.20	니디 의병쇼식에 디ᄒᆞ야	
70	1913.8.17	로동ᄒᆞᄂᆞᆫ 동포에게 고ᄒᆞ노라	67호 기서, 68·69호 결호

『중화보』 논설 저자와 그 의미

1. 들어가는 말

단재가 중국신문에 논설을 썼다는 것은 널리 알려진 사실이다. 단재가 중국신문에 글을 썼다고 주장하는 사람은 많은데 정작 중국신문에 실린 글은 1편도 보고되지 않은 실정이다. 수많은 연구자들은 중국신문에서 단재의 논설이 발굴되기를 기대하고 있다. 그러므로 중국신문에서 단재의 논설을 발굴하는 것이 시급하고 중요한 과제로 떠오르는 것은 너무나 당연하다.

이전에도 몇몇 연구자에 의해 중국신문에서 단재의 논설을 찾으려는 시도가 있었다. 최옥산은 "단재가 논설을 실었다는 것은 그야말로 경탄해 마지않을 일"이라고 하면서도 "아쉬운 것은 많은 시도에도 불구하고 아직까지는 당시 『북경일보』에서 단재가 쓴 것으로 확인되는 논설이 발견되지 않았다는 점이다. 보다 면밀한 검토가 필요할 줄로 안다"고 언급했다.[1] 그리고 김삼웅은 "단재의 1차 북경시대와 1910년대 후반기 그의 사상과 철학, 국제정세 등을 이해하기 위해서는 『중화보』, 『북경일보』에 쓴 글을 찾아 연구, 분석하는 작업이 중요"하다고 언급했다.[2] 그것은 나아가 우리의 언론사, 독

---

1 최옥산, 「문학자 단재 신채호론」, 인하대 박사논문, 2003, 39면.

립운동사를 새롭게 조명해볼 중요한 단서가 되기 때문이다.

연구자들은 단재가 중국신문에 논설을 집필했다는 사실을 십분 인정하지만, 아직도 발굴 성과는 전무하다. 그래서 본고에서는 중국신문에 발표된 단재의 논설을 발굴하려고 한다. 그것은 단재 연구, 나아가 한중 근대 언론 연구를 위해서도 대단히 필요한 일이다.

2. '중화보'의 실체 – 『중화신보』 규명

일반적으로 단재가 『중화보』와 『북경일보』에 글을 쓴 것으로 알려졌다. 우선 그 주장의 근거에 대해 살펴보아야 한다. 단재가 중국신문에 글을 발표한 것은 여러 사람들이 증언하고 있다.

> 自己의 文章을 어떻게 自負하던지 北京서 賣文糊口하던 때 어느 報館에서 自己原稿中 尋常한 글자 한 字를 고쳤다고 極口怒罵하고는 投稿하기를 斷絶하였다.[3]
>
> 그것은 丹齋가 北京에 있을 때다. 當時의 中國은 大統領에 馮國璋・國務總理에 段祺瑞가 있어 治政할 때다. 中國에서 가장 權威 있는 中華報의 社說을 쓰고 生計를 해 나가던 때건만 誤字 一字를 내었다 하야 그날로 斷然 執筆을 拒絶하였다.[4]

차례대로 정인보, 신석우의 언급이다. 중국신문에 글을 쓴 것을 가장 먼저 언급한 사람은 바로 정인보이다. 정인보는 1913년 상해에서 신채호를 만나

---

2 김삼웅, 『단재신채호평전』, 시대와창, 2005, 199면.

3 정인보, 「단재와 사학」, 『동아일보』 1936.2.28; 하, 459면.

4 신석우, 「단재와 〈의〉자」, 『신동아』, 1936.4; 하, 465면.

교유하였으며, 이후 "上海서 故 羅喆 先生을 悼祭한 四言文 一篇을 보"[5]았다고 했다. 나철이 1916년 9월에 자결하였으니 그 이후 보았다는 얘기일 것이다. 정인보는 「단재와 사학」을 쓸 정도로 단재와 밀접한, 그리고 서로 잘 아는 사이였다. 그런 점에서 그의 진술은 신빙성을 지닌 것으로 판단된다. 또한 신석우는 다른 어떤 이보다 단재 글의 중국신문 게재 건에 대해 소상히 기술했다.

그런데 신석우의 글은 과연 신뢰할 만한가? 신석우와 신채호는 1913년 상해 동제사 활동에 참여하였고, 또한 1917년 7월 「대동단결선언」 발기에 참여하였다. 신석우는 1919년에 '상해고려교민친목회(上海高麗僑民親睦會)'를 조직하고 활동하였으며, 1919년 상해임시정부 창립 당시 경기도 대의원으로 활동하였다. 단재는 1914년부터 주로 북경에 거주하였으며, 1919년 2월 「대한독립선언서」에 서명하고, 이후 상해로 가서 4월 대한민국임시정부의 수립에 참여하여, 신석우와 함께 활동하였다. 신석우와 신채호의 친밀함은 1919년 상해에서 찍은 신채호, 신석우, 신규식 3인의 사진이 잘 말해준다.[6] 신석우는 스스로를 교분으로나 戚分으로나 신채호와 가장 가깝고, 그를 가장 많이 알고 있는 사람이라고 언명했다. 그는 1913년 이래로 단재와 같이 자주 활동을 하였기에 단재의 『중화보』 활동을 누구보다도 잘 알고 있었으리라 생각된다. 신석우는 "대통령에 풍국장, 국무총리에 段祺瑞가 있던" 때에 단재가 『중화보』에 활동했다고 기술했다. 최옥산에 따르면, "풍국장(1859~1919)은 1917년 7월 대리총통에 추대되었다가 1918년 10월에 皖係 군벌에 의해 물러나며, 환계군벌 수령 단기서는 풍국장이 대리총통으로 있는 기간 내내 국무총리직을 담당하였"으므로 "단재가 중국신문에 글을 실

---

5 단재신채호전집편찬위원회 편, 『단재신채호전집』 9, 독립기념관 한국독립운동사연구소, 2009, 292면.

6 신규식은 『한국혼』에서도 단재를 언급하였으며, 『아목루』에서는 단재에게 전하는 4편의 한시를 남기고 있다. 한편 홍명희는 '域內 단재의 知舊'로 신석우, 신백우, 변영만, 서세충, 문일평, 정인보, 최윤동, 한기악, 박돈서, 홍회식 등을 들었다. 「상해시대의 단재」(『조광』, 1936.4) 및 『단재전집』 하, 474면.

던 시기를 일단 1917년 7월부터 1918년 10월 사이로 볼 수 있다."[7] 이를 뒷받침해줄 신뢰할 만한 정보가 발견되었다.

> 又日을 期하야 新大韓 主筆 申采浩 先生을 訪問하다. 先生은 庚戌政變 後로 海外에 亡命하야 至今ᄭᅡ지 支那新聞社에 잇섯다.[8]

『혁신공보』 대표단은 1919년 12월 단재를 방문하였다. 그리고 단재로부터 논설 「우리의 유일 요구」를 받고 그에 관한 기사를 실었다. 이 기사에 단재가 "至今ᄭᅡ지 支那新聞社에 잇섯다"고 밝히고 있다. 그런데 '지금까지'라는 시점은 『신대한』 이전을 말하는 것으로 볼 수 있는데, 다른 한편으로 단재가 상해에 오기(1919년 3월) 이전을 뜻하는 것으로 볼 수 있다.[9] 왜냐하면 단재는 1919년 상해로 온 이후 임시정부 수립에 참여하여 평정관이 되고 7월에는 의정원 회의에서 전원위원장으로 활동하였지만, 8월에 임시정부와 인연을 끊고 10월에 『신대한』 발간에 참여했다. 이처럼 상해에 온 이후 바쁜 나날을 보냈다. 그러므로 이 문맥은 궁극적으로 '지금까지(1919년 3월 이전 북경에서) 중국신문사'에 있었던 것으로 볼 수 있다. 이것은 신석우의 증언과 통하며, 다른 한편으로 신석우 증언의 신빙성을 높여준다. 이들 증언을 종합해보면 1918년경 단재가 중국신문사에 있었던 것이 확실해진다.

그렇다면 '지나신문사', 또는 '북경 어느 보관'은 어느 신문을 의미하는가? 정인보와 신석우의 증언 가운데에서 일치하는 부분이 있다. 그것은 "尋常한 글자 한 字를 고쳤다고 極口怒罵하고는 投稿하기를 斷絶하였다" 및 "誤字 一字를 내었다 하야 그날로 斷然 執筆을 拒絶하였다"에서 드러난 것

7 최옥산, 「문학자 단재 신채호론」, 인하대 박사논문, 2003, 38면.

8 「대세의 회운–신대한 주필 신채호 선생」, 『혁신공보』 50호, 1919.12.25.

9 현순 목사의 전기에 따르면, 단재는 1919년 3월 25~6일경 만주에서 상해로 왔다. 단재는 1919년 2월(양력 3월?) 「대한독립선언서」에 서명하였는데, 아마도 1919년 2월 만주에 있었던 것으로 보인다. 그렇다면 단재가 북경에서 만주로 가기 이전, 즉 1919년 2월 이전 중국신문사에 있었다는 말이 된다.(「독립운동가자료–현순의 초기–3·1운동(1879~1919)」, https://search.i815.or.kr).

처럼 한 글자로 인해 투고 내지 집필을 거절하였다는 대목이다. 정인보의 증언보다 신석우의 증언이 구체적이란 점에서 '북경 어느 보관'은 『중화보』로 쉽게 설명된다. 그러한 것은 서세충의 글에서도 마찬가지이다.

> 北平에서 『중화보』에 논설을 썼던 것으로 단재의 才筆을 중국인에게 알리운 바 되어 同報는 '조선 사람 申丹齋의 논설로 말미암아 聲價가 높아졌었다' 한다.[10]
>
> 단재도 일찍 북경에서 중국 모신문사에 논문을 써서 보내고 그 논문으로 인하여 그 신문의 부수가 4, 5천부나 증가되어짐을 따라서 윤필료 다시 말하면 원고료가 예외로 후하였다. 다른 신문사에서도 그의 논문을 후한 원고료로 살려고 하였지만 그가 불허할 뿐만 아니라 그 쓰던 신문에도 글 몇 자를 고쳤다는 것을 잘못이라 하여 다시 투고치 아니하고 생활의 고초를 감수하였다.[11]

위 진술은 각각 서세충, 원세훈의 것이다. 서세충은 '『중화보』'라고 하여 그 신문명을 분명히 했다. 그가 같은 글에서 잡지 『天鼓』를 "『天鼓』"로 기록한 것으로 보아 『중화보』는 신문명이 된다. 원세훈은 '북경 모신문'이라 하였는데, 그것은 정인보의 '북경 어느 보관'과 일치한다. 그는 1919년 상해에 머물렀다는 점에서 임시정부에 참여했던 단재와 만났을 것으로 보인다.[12]

> 한편으로 북경에서 권위있는 신문 〈중화보(中華報)〉에 사설을 썼다. 당시 선생의 사설로 인하여 〈중화보〉 판매 부수가 증가하였다 한다. 선생은 이 원고로 생활을 유지하였으나, 그 후 글자를 한 자 틀리게 실었다 하여 단연 집필을 거절하였다. 그것은 대단한 글자가 아니라 '의(矣)'자라는 글자였는데도, 조선 사

---

10 서세충, 「단재의 천재와 凝滯 없는 성격」, 『신동아』, 1936.4; 하, 464면.

11 원세훈, 「단재 신채호」, 『삼천리』, 1936.4; 『별집』, 395면.

12 일본 측 문서에 따르면, 원세훈은 "1919년 5월 국민회(國民會)로부터 상해에 파견, 그해 7월 돌아왔다"고 되어 있다. 「주요 不逞 조선인(鮮人)에 대한 조사보고의 건」(『朝鮮獨立運動史』 36, 1921.12.10), 자료번호 : 9－PS0006－065(https://search.i815.or.kr).

람에 대한 모욕이라고 하여 분개하였다. 〈중화보〉 사장이 사과하러 왔으나 꾸짖어 돌려보냈다. 또 한번은 〈북경일보(北京日報)〉에 논설을 발표하였다. 그 3회째 연재 중에 원문을 두 자 교정하였다 하여 분노 다시 집필치 않았다.[13]

이 글은 단재의 생애와 활동을 처음 구체적으로 기술한 김영호 글의 일부이다. 김영호는 1918년 단재의 활동에서 "중화보 및 북경일보에 논설 발표"하였다고 언급했다. 김영호는 이후 『단재신채호전집』 하권 「단재연보」에서 "《中華報》에도 많은 논설을 집필……《북경일보(北京日報)》에 논설을 발표하던 중 3회째 연재 중에 원문 글자 두 자 교정하였다 하여 분노하여 다시는 글을 쓰지 않았음"이라 하여 단재가 『중화보』, 『북경일보』에 글을 연재한 사실을 일반화했다. 김영호의 주장 이후 단재전기 및 단재연구에서 이것은 확고부동한 사실로 자리매김하게 된다.[14]

그런데 단재의 옥사 당시 그를 추모하는 글에 『북경일보』를 언급한 사람은 전혀 없다. 김영호의 글을 살펴보면, 『중화보』 관련 내용은 신석우와 서세충의 글을 정리한 것으로 볼 수 있다. 그리고 『북경일보』 관련 부분은 원세훈의 내용을 잘못 정리한 것으로밖에 볼 수 없다. 그것은 '북경의 모신문'이 '북경일보'로, "글 몇 자를 고쳤다"는 것이 "3회째 연재 중에 원문을 두 자 교정"으로 바뀐 것으로 볼 수 있다. 그러나 이는 잘못으로 보인다. 원세훈의 글을 정인보의 글과 비교해보면 비록 어느 보관, 모신문사라고 하였지만 궁극적으로 신석우의 증언 내용과 다르지 않음을 확인할 수 있다. 그것은 '한 글자'가 '몇 자', 또는 '3회째 두 자'로 조금 과장 또는 윤색된 것이다.

13 김영호, 「단재의 생애와 활동」, 『나라사랑』 3, 1971, 78면. 본 연구자는 단재의 『북경일보』 글 게재와 관련하여 김영호 교수와 2010.5.25 통화를 하였다. 그러나 그는 어떤 자료를 보고 한 것 같은데 워낙 오래된 일이라 기억하지 못한다고 했다.

14 임중빈의 『선각자 단재 신채호』(충청출판사, 1986), 김삼웅의 『단재신채호평전』(시대의창, 2005) 등의 전기와 신용하의 『신채호의 사회사상 연구』(한길사, 1984), 김병민의 『신채호문학연구』(아침, 1988), 최옥산의 「문학자 단재 신채호론」(인하대 박사논문, 2003) 등의 연구서가 대표적이다.

그렇다면 『中華報』는 어떻게 인식할 것인가? 『중화보』에 대해 '중화일보', '중화시보'라는 주장이 있다.

> 한편으로는 북경의 중국인 신문인 중화일보(中華日報)에 집필하여 한·중(韓中)의 연합투쟁을 고취하였다.[15]

> 그의 言論活動은 繼續이 되여 金昌淑 등과 같이 〈天鼓〉라는 漢文新聞을 發刊하고 上海에서 發行되던 獨立新聞에서 댈볼을 들었으며 이후 北京으로 건너가 〈中華日報〉에 논설을 쓰기도 했다.[16]

> 그는 1915년에 제정 로씨야의 해삼위로부터 우리나라 북경에 옮겨와 력사를 연구하는 한편 문학창작사업에 종사하였다. 그는 우리나라의 신문에 론문들을 발표하였는데, 특히 《중화시보(中華時報)》의 가장 열정적인 투고자로 인정받았다.[17]

그러나 당시 '中華報'란 이름의 신문은 따로 존재하지 않으며, 그래서 '중화일보', '중화시보'가 논급된 것이다. 『중화보』(일명 중화일보)는 "1904년 2월 7일 창간되어 1906년 9월 29일 폐간되었다"[18]는 점에서, 『중화시보』는 香

---

15 류광렬, 『기자 반세기』, 서문당, 1968, 234면.

16 류자명, 「신채호」, 『독립기념관소장본』, 자료번호 3-011973-000, 『단재전집』 9권, 206면.

17 허룡구, 「걸출한 조선족 학자 신채호」, 『조선족 100년 사화』, 요령인민출판사, 1985, 241면.

18 최옥산은 『全國中文期刊聯合目錄』, 202면을 근거로 그렇게 주장(최옥산 논문, 38면)했으나, 이는 오류가 아닌가 한다. 『황성신문』 1909년 11월 24일 기사에는 "中華報 主筆 拘留 淸國 中華日報는 伊藤公 遭難에 對ᄒᆞ야 無禮ᄒᆞᆫ 言論을 게재ᄒᆞ얏다 ᄒᆞ야 主筆은 拘留되고 日報는 停刊되엿다더라"라는 기사가 있다. 이로 보아 1906년 9월 29일 이후 다시 발간되었다가 1909년 11월 24일 혹은 그 이후 폐간된 것이 아닌가 생각된다. 이 외에도 『중화일보』는 上海에서 발간된 것(1926~1928), (1932~1945), 波累(毛裏求斯)에서 발간된 것(1932~1969), 天津에서 발행된 것(1942~1948), 古晉(馬來西亞)에서 발간된 것(1945~2003), 臺南(臺灣)에서 발간된 것(1946~), 屯溪(安徽)에서 발간된 것(1946~1949), 臺北에서 발간된 것(1948~1949), 曼谷(泰國)에서 발간된 것(1960~) 등이 있다. 이상은 중국 국가도서관의 서지사항을 참고한 것임.

港에서 발간된 것(1939~19??)과 上海에서 발간된 것(1946~1949)이 있는데, 시기 및 장소로 볼 때 신석우가 말하는 『중화보』와는 거리가 있다. 『중화일보』, 『중화시보』도 단재와는 무관한 신문이다.

한편 비교적 가능성이 큰 것으로 상해에서 창간된 『중화신보』라는 신문에 주목할 필요가 있는데, 흥미로운 것은 1917년부터 이 신문의 북경판 주필이 단재가 영향을 받은 저명한 아나키스트 오치휘였다는 점이다. 이 신문이 단기서 정부에 항의했다는 명의로 폐간된 것이 앞에서 입증한 단재가 중국 권위지에 글을 실은 시간과도 맞아떨어진다. 따라서 혹시 『중화신보』가 『중화보』로 와전된 것이 아닌가 생각된다.[19]

최옥산은 북경판 『중화신보』에 주목을 하였다.[20] 물론 당시 『중화』라는 잡지도 있었으나 '報'는 신문을 일컫기 때문에 범위에서 벗어난다. 최옥산의 주장에서 눈에 띄는 점은 '중화보'가 '중화신보'라는 점이다. 그것을 와전이라 했는데, 한국에서는 『황성신문』을 황성보, 『제국신문』을 제국보라 했듯이 『중화일보』, 『중화신보』를 통상 중화보라고 했다.

政學會的張耀曾, 谷鐘秀等 在京創刊《中華新報》, 張自任社長, 聘請張季鸞任總編輯, 康心如爲經理, 周太玄,王光祈等任編輯, 對皖閥政府, 時予譏彈[21] 정학회의 張耀曾, 谷鐘秀 등은 북경에서 〈中華新報〉를 창간하였다. 張耀曾은 스스로 사장을 맡고 張季鸞을 총편집장으로 초빙했다. 그리고 康心如는 경리를,

19 최옥산, 앞의 논문, 38~39면.

20 그녀의 연구로 인해 『중화보』는 대체로 『중화신보』로 귀착되고 있다. 김삼웅, 「단재 신채호의 언론사상과 언론투쟁」, 『단재 신채호의 삶과 투쟁 그리고 현재적 의의』(한국언론재단 및 독립기념관 한국독립운동사연구소 주최 단재 신채호 순국 72주년 기념 심포지움 발표집, 2008.4.1, 58~59면); 윤병석, 『1910년대 국외항일운동』 1, 독립기념관 한국독립운동사연구소, 2009, 279면.

21 徐鑄成, 『報人張季鸞先生傳』, 新華書店, 1986, 61면.

周太玄과 王光祈는 편집장을 각각 담당했다. 그들은 晥(安徽省)系 군벌정부를 비판하고 규탄하는 일이 종종 있었다

비록 최옥산이 북경 『중화신보』, 즉 『북경중화신보』의 주필을 오치휘라고 잘못 말하였지만, '중화보'를 북경 『중화신보』로 간주한 것은 적실한 판단이다.[22] 『북경중화신보』는 1916년 9월 1일(?) 장요증·곡종수 등에 의해 창간되었다.[23] 이 신문은 단기서 정부의 흑막을 규탄 폭로함으로써 1917년 6월 4일부터 10월 8일, 1918년 9월 25일부터 1920년 12월 31일까지 발간 중지되었으며, 1921년 1월 1일 속간이 되어 1923년 12월 9일까지 발간된다. 여기에서 중요한 것은 이 신문은 단기서 정부의 흑막을 비판함으로써 '洛陽紙貴'가 되었고 더불어 국민의 사랑을 받았다는 사실이다.[24] 단재와 관련된 증언들도 단재의 논설로 말미암아 "聲價가 높아졌었다"(서세충), "중국민을 열광시키었다"(신석우), "발행부수가 4, 5천부나 증가되"(원세훈)었다는 언급을 볼 수 있다. 『중화신보』가 중국 국민들의 열렬한 호응을 받았다는 점에서도 일치한다.

22 이 신문은 상해 『중화신보』와 구분하기 위해 『북경중화신보』라 이름하였지만, 흔히 "북경《중화신보》"로 통했다.

23 1902년에도 북경에서 『중화신보』 발행계획이 있었다. 1902년 1월 28일 『황성신문』에 기사에는 "袁世凱氏가 今回 北京에셔 中華新報라 ᄒᆞᄂᆞᆫ 半官報新聞을 發刊코져 ᄒᆞ야 胡橘棻으로 ᄒᆞ야곰 計畫케 ᄒᆞᄂᆞᆫᄃᆡ ……"라 하였다. 신문이 발간이 성사되었는지 확인이 어렵지만 당시의 상황으로 발간 자체가 어려웠거나 발간되었다 하더라도 오래가지 못했을 것으로 판단된다.

24 서주성, 앞의 책, 60~67면.

3. 방법론 탐색—'矣'에 대한 접근

다른 나라 신문에서 그것도 필명으로 발표된 신문 사설에서 어떤 이의 글을 찾는다는 것은 그것 자체가 무리일 수 있다. 그러나 그렇다고 버려둘 수 없는 것이 현실이다. 있으면 있는 그대로, 없으면 없는 대로 밝히면 되는 것이다. 일단의 가능성은 『중화신보』를 통해서 얻은 셈이지만, 여전히 쉽지 않은 형편이다.

> 그 誤字란 것도 文意를 傷하는 誤字가 아니라 「矣」字였건만 朝鮮사람에 對한 優越感에서 나온 行動이라 하야 數次 馬車를 타고 謝罪 온 中華報 社長을 叱責하고도 永永 執筆치 않었다.

신석우는 단재 글을 찾는 데 하나의 실마리를 제시해 두었다. 그것은 "矣"자 한 글자이다. 만일 그 글자가 두 자 이상이라면 보다 가능성은 커지겠지만 달랑 한 글자이다. 그래도 없는 것보다 얼마나 값진 실마리이랴. 이러한 실마리를 통해 단재의 글을 찾아낸 사례가 있었다.

> 그런데 裵社長이 逝去하자 이를 弔하는 社說(筆者 某氏)을 大韓每日申報에 揭載하되題를 「如喪考妣」라 하였다. 이「如喪考妣」라 하는 文字는 古昔에 聖君堯帝가 도라간 때에 쓰든 文字라 하야 一般 讀者層에서의 質問과 非難이 不絶하였다. 同申報社에서는 이를 辯解하는 社說 三回를 連載하였으되 一般의 誤解는 조금도 풀리지 못하고 騷亂하였었다. 이 어려운 때를 當하야 丹齋는 問題의 社說에 對한 辯解文을 社說로 쓴 것이니 그의 長한 考證學的 筆鋒은 一般讀者의 懷疑를 氷解케 하였다. 靑年 丹齋는 이 論說 一篇으로 그의 深奧한 學識과 그 不世出의 文才를 世上에 알리게 된 것이였다.[25]

서세충에 따르면, 단재는 "如喪考妣"에 대한 변해문을 『대한매일신보』 사설에 썼다. 그것이 '考證學的 筆鋒'이라는 것인데, 달리 글쓰기의 방법론에 해당되는 셈이다. 이러한 준거들, 즉 발표지, 내용 및 방법을 통해 아랫글의 저자를 확인할 수 있다.

> 如喪考妣字ᄂᆞᆫ 古今 文人史家가 賢相의 喪에도 用ᄒᆞ며 哲人의 喪에도 用ᄒᆞ며 名將의 喪에도 用ᄒᆞ며 循吏의 喪에도 用ᄒᆞ얏스니 不可枚擧오 爲先 其壹貳를 擧컨ᄃᆡ 後漢書 段경傳에 聞경卒皆哀慟如考妣와 飮氷集 加富爾傳에 伊太利 獨立 大政治家 伯爵 加富爾卒 上自王 下至士大夫 如喪考妣가 是라 裵씨의 韓國同胞의 愛敬ᄒᆞᆫ 바 됨이 壹賢相 壹循吏에 不下ᄒᆞᆷ은 江湖諸君子의 公認ᄒᆞᆯ 비인즉 本報 云云이 實로 不可ᄒᆞᆷ이 無ᄒᆞ거날 惜乎라 彼魔報記者가 舜典 壹篇만 讀過ᄒᆞᆫ 村學究의 知識으로 得得히 自躍ᄒᆞ야 何等의 大機會나 得ᄒᆞᆫ 듯이 壹桴壹鼓로 本報를 無數히 侵辱ᄒᆞ며(『大韓每日申報』 1909. 6. 27)

이 글은 『대한매일신보』 논설 「惜乎라 禹龍澤氏의 國民 大韓 兩魔報의 鷹犬됨이여」이다. 서세충의 증언을 통해 무서명 논설인 윗글이 단재의 글로 입증될 수 있다. 서세충의 증언은 단재의 활동을 살피는 데 아주 중요한 실마리로 작용했다.

신석우는 "그 誤字란 것도 文意를 傷하는 誤字가 아니라 「矣」字였"다고 지적했다. '의' 자야말로 문미에 붙어 문장을 마무리하는 데 있어도 그만 없어도 그만인 글자이다. 그러나 신석우는 글의 제목마저 「丹齋와 '矣'字」라고 썼다. '矣'는 그만큼 인상적이며, "尋常한 글자 한 字를 고쳤다"(정인보), "글 몇 자를 고쳤다"(원세훈)보다 구체적이고 직접적이다. 이것은 충분히 유효성을 갖고 있으며, 이를 통해 단재 논설에 접근할 필요성이 있다.

25 서세충, 「단재의 천재와 凝滯 없는 성격」, 『단재신채호전집』 하, 464면.

更正 昨日時評 大可安念矣之矣字 誤排爲兩字 特此更正(「國會問題」, 1918.5.20)

이 구절은 1918년 5월 20일 「국회문제」라는 시평 뒤에 실려 있다. 이 시기 이 신문에 논설은 매우 띄엄띄엄 실렸고, 시평이 사설 또는 논설의 역할을 했다. 이것은 전날 시평에서 "大可安念矣"가 옳은데 그만 "大可安念一笑"로 두 글자를 잘못 배열하여 특별히 이를 고친다는 내용의 정정보도문이다. "크게 안심할 수 있다"는 한 글자의 오류로 인해 "크게 안심하고 한번 웃을 수 있다"(한문식 해석)로 바뀌었지만, 의미전달에 별다른 문제가 발생하지 않는다. 중국문으로 이해할 때, 후자는 '안심해도 되겠다' 정도로 의미 차이는 거의 발견되지 않는다. 그 원문은 아래와 같다.

據政府方面之辯解此次出兵條件以防敵爲目的以敵人東犯爲實行之日以作戰爲範圍以歐戰終了爲限期果如所云之簡單明瞭則國人大可安念一笑然而未易言也(「政府之辯明」, 1918.5.19)

이것은 5월 19일 실린 「정부의 변명」이라는 시평 일부이다. '矣'라는 글자를 '一笑'로 입력함으로써 문맥상 의미는 별 차이가 없지만 신문사는 정정보도문을 내었다. 그런데 공교롭게도 이 시기는 단재가 이 신문에 논설을 썼을 것으로 추정되는 시기이며, 게다가 그 내용이 일치한다는 측면에서 하나의 중요 근거로 작용할 여지가 충분하다. '의'를 '일소'로 고쳤다면 저자로서는 화낼 일은 당연하다. 문맥의 의미상 별 차이가 없는데도 불구하고 신문사에서 정정보도문을 내었다는 것은 달리 저자의 강력한 항의가 있었다는 말이 된다. 즉, 저자는 '矣'자로 인해 신문사에 강력하게 항의하였으며, 그래서 신문사는 정정보도문을 내어 사과를 한 셈이 된다. 신석우가 유독 '의'자의 문제를 언급한 것은 무엇 때문일까? 그것은 "여상고비"와 같은 맥락에서 이해할 수 있다. 신석우가 제목으로까지 내세운 것은 그만큼 인상적이고 강렬하게 인식했다는 반증일 것이다. 그런데 '의'자 논란이 된 글은 박의 「정부의 변명」이다.

4. 時評 기자 '博'의 글들

그것은 한 글자이기에 우연의 일치일 수도 있다. 그래서 그것만으로는 단정하기 어려운 것이 사실이다. 당시 앞에서 문제가 된 「國會問題」의 저자 '博'의 글은 그 글의 이전에도, 그리고 이후에도 적지 않게 발표되었다. 1917년 7월부터 1918년 10월까지 이 신문의 사설격인 '논설'과 '시평'란의 글을 살펴보면 아래와 같다.

연번	날짜	분류	저자	제목	비고
1	1917.11.13	時評	博	具體條件	6.3후 11.13
2	1917.11.14	時評	博	日本之滿足	
3	1917.11.15~18	論說	靜觀	動物政喻論	4회 연재
4	1917.11.23	時評	博	今後之大局	
5	1917.11.24~25	論說	靜觀	對於段總理辭職之感言	2회 연재
6	1917.11.28~29	論說	馥炎	政力原論	2회 연재
7	1917.12.1	時評	博	王內閣	
8	1917.12.3	時評	是	和平	
9	1917.12.9~10	論說	靜觀	戰與和	2회 연재
10	1917.12.25	論說	博	雲南起義紀念日感言	
11	1918.1.1	時評	是	新年祝語	
12	1918.1.7	時評	博	疫警	
13	1918.1.24	時評	博	尾崎質問	
14	1918.2.5	時評	博	特赦帝制犯	
15	1918.2.16	論說	靜觀	國人應有覺悟之一日	
16	1918.2.18	時評	是	兩法公布	
17	1918.2.19	時評	博	敢問	
18	1918.3.7	時評	博	可令元首卸責乎	
19	1918.3.24	時評	博	第三段內閣	
20	1918.3.28	時評	是	張敬堯督湘	
21	1918.4.8	時評	是	國會紀念	
22	1918.5.11	時評	博	哀語(一)	
23	1918.5.12	時評	博	哀語(二)・商界大風潮	

24	1918.5.13	時評	博/滄	哀話(三)/留東學生回國	
25	1918.5.14	時評	博	共同出兵可以已矣 ·留學生歸國	
26	1918.5.15	時評	博	請停戰	
27	1918.5.16	論說	靜觀	國家之眞詮	
28	1918.5.17	時評	博	條件簽字	
29	1918.5.18	時評	博	要求宣布	
30	1918.5.19	時評	博	政府之辨明	
31	1918.5.20	時評	博	國會問題	'矣'자 更正 보도
32	1918.5.21	時評	是	盍反省	
33	1918.5.22	時評	博	學界請願誌盛	
34	1918.5.23	論說	靜觀	讀王船山宋論第九卷第三篇 感言	
35	1918.5.24	時評	博	讀教育部布告	
36	1918.5.25	時評	協	歡迎日本議員團	
37	1918.5.26	時評	博	必要與活用	
38	1918.5.27	時評	博	亡種	
39	1918.5.28	時評	博	宜興人	
40	1918.5.29	論說	靜觀	黎伯之政府統治論	
41	1918.5.30	時評	博	借款	
42	1918.5.31	時評	博	軍事協定成立	
43	1918.6.1	時評	博	和戰非今日之問題	
44	1918.6.2	時評	博	一線之希望	
45	1918.6.3	時評	博	留學生問題	
46	1918.6.4	時評	博	徐又錚	
47	1918.6.5	論說	靜觀	韓非子說林四則今證	
48	1918.6.6	時評	博	不從命命則計之 ·袁世凱氏忌日	
49	1918.6.8	時評	博	姑言戰	
50	1918.6.9	時評	博	借款用途	
51	1918.6.10	時評	博	論陝亂	
52	1918.6.11	時評	博	三星期與二十年·嗚呼選擧	
53	1918.6.12	時評	博	國會解散日	
54	1918.6.13	時評	博	非誤解也有所不解也	
55	1918.6.16	時評	博	槍斃陸建章	
56	1918.6.17	時評	博	日本出兵	
57	1918.6.18	時評	博	再論陸建章案·兩星期	

58	1918.6.19	時評	博	道路之言	
59	1918.6.20	時評	博	借款政策	
60	1918.6.21	時評	博	政府之責任	
61	1918.6.22	時評		嗚呼舊議員・加速度之拍賣	
62	1918.6.23	時評		哀選政	
63	1918.6.25	時評		悲觀	
	1918.6.26	時評		誰之罪	
64	1918.6.27	時評	博	商人心理	
65	1918.6.28	時評	諟	吾不信	
66	1918.6.29	時評	博	斷送精光	
67	1918.6.30	時評	博	經略使・廣州文字獄	
68	1918.7.1	時評	是	去年今日	
69	1918.7.3	時評	博	權力與正義	
70	1918.7.4	時評	博	再論陜事	
71	1918.7.5	時評	博	誰管老百姓	
72	1918.7.7	時評	博	幣制墊款・一半	
73	1918.7.8	時評	是	借款尙可辯護乎	
74	1918.7.9	時評	博	轉求諸將軍	
75	1918.7.10	時評	博	三萬萬・問新議員	
76	1918.7.11	時評	博	賣之限度	
77	1918.7.12	時評	博	克復北京紀念日	
78	1918.7.14	時評	博	回頭是岸	
79	1918.7.15	時評	博	政府與報界	
80	1918.7.18	時評	博	出兵	
81	1918.7.19	時評	博	南北覺悟之好機	
82	1918.7.20	時評	博	陸榮廷魚電	
83	1918.7.23	時評	博	中國人之出兵觀	
84	1918.7.25	時評	博	論選擧	
85	1918.7.26	時評	博	論虹口事件	
86	1918.7.27	時評	博	美國借款方針・總統門題	
87	1918.7.28	時評	博	嗚呼中國之悲運	
88	1918.7.30	時評	博	眞受不了	
89	1918.7.31	時評	博	誤國至此	
90	1918.8.1	時評	博	滿洲里出兵	
91	1918.8.2	時評	誠	實行協約・督軍專制	
92	1918.8.4	時評	博	日美與遠東	
93	1918.8.5	時評	博	日本出兵宣言	

94	1918.8.9	時評	博	策略家之成績	
95	1918.8.11	時評	博	要新國會何用	
96	1918.8.12	時評	博	敬告新議員	
97	1918.8.15	時評	博	日本之都會暴動	
98	1918.8.16	時評	博	日本出兵	
99	1918.8.17	時評	博	政府之罪	
100	1918.8.18	時評	博	徐又錚	
101	1918.8.23	時評	博	尊重法律・少數	
102	1918.8.25	時評	博	讀吳將軍等馬電	
103	1918.8.30	時評	博	片面的理由	
104	1918.8.31	時評	博	吳佩孚儉電	
105	1918.9.4	時評	博	選擧總統	
106	1918.9.5	時評	博	祝徐世昌君	
107	1918.9.6	時評	翙	湯化龍	
108	1918.9.7	時評	博	大局之危機	
109	1918.9.10	代論		對於金券發行之痛言	疑問投稿
110	1918.9.11	時評	博	解決時局・體衈	
111	1918.9.12	時評	博	參觀起立	
112	1918.9.13	時評	博	論解決時局	
113	1918.9.14	時評	博	再爲東海一言	
114	1918.9.21	時評	博	再論解決時局	
115	1918.9.22	時評	博	日本政變感言	

『북경중화신보』는 현재 1916년 12월 1일(90호)부터 2월 1일(143호), 1917년 3월 11일(181호)부터 1917년 6월 3일(264호), 1917년 11월 13일(299호)부터 1918년 9월 24일(599호), 1921년 4월 1일(665호)부터 5월 31일(723호), 그리고 1923년 12월 9일(1605호)이 남아 있다. 1916.9.1~1916.11.30(1~89호), 1917.2.2~3.10(144~180호), 1917.10.9[26] ~11.12(265~298호), 1921.1.1~3.31(600~664호), 1921.6.1~1923.12.8(724~1604호)는 신문이 소실된 상태이며, 1917년 6월 4일부터 10월 8일까지, 1918년 9월 25일부터 1920년 12월 31일까지 휴간(사실상 정간)되었다. 그러므로 1917년 7월부터 1918년 10월까지 신문 현황은 실상 1917년 11

26 중국 쪽 자료는 10월 9일 속간했을 것으로 추정하나 연구자는 무창봉기가 있었던 쌍십절(10월 10일)에 속간되지 않았을까 추정한다. 그래도 이 논문에서는 중국 쪽 추정을 따랐다.

월 13일부터 1918년 9월 24일까지 해당된다. 이 시기의 『중화신보』의 논설 또는 시평은 위와 같다. 우선 저자의 필명으로 靜觀, 馥炎, 博, 是, 滄, 協, 諟, 滄, 誠, 翙 등을 확인할 수 있다. 靜觀은 胡政之(1889~1949)이며, 『중화신보』에 관여하여 일찍부터 논설을 발표했다.[27] 특히 그는 『북경중화신보』 총편집을 맡은 장계란과 막역한 사이였으며, 그런 인연으로 장계란과 함께 활동하지 않았나 추측된다. 장계란은 '少白'이란 필명으로 논설을 발표하였다. 복염 역시 일찍부터 논설을 발표해왔지만 누구인지 확인하기 어렵다. 한편 1917년 상반기 논설 저자로 夢公이 등장하는데, 이는 徐傅霖(1879~1958)의 필명[28]으로 보인다.

박의 글은 『북경중화신보』에 「悲蜀難」(1917.5.1)이 처음 나오고, 한동안 뜸하다가 1917년 11월 13일 두 번째 글 「具體條件」 이후 본격 등장한다. 그는 이 신문의 정간 직전인 1918년 9월 22일까지 논설 1회(1편), 시평 90회(101편 : 하루 2편 발표된 것이 모두 11차례) 등 총 91회에 걸쳐 102편의 글을 실은 아주 비중있는 인물이다.[29] 그리고 是는 7회이며, 나머지 滄, 協, 諟, 誠, 翙 등

27 "政之先生 每次歸館後 常以「靜觀」筆名 撰寫通信稿 文章觀察深刻……"(陳紀瀅, 『報人張季鸞』, 臺北 : 文友出版社, 1957, 66면).

28 "徐傅霖 字夢巖 邑人尊稱其爲"夢公" 廣東省和平縣下車鎭石含村人 生於1878年 前淸秀才 京師政法學堂畢業後 留學日本京都政法大學 ……曾創刊《中華新報》任主筆 ……"(「近代名人徐傅霖故居」, http://space.sznews.com/?10140441).

29 상해에서 발간된 『중화신보』에 '博'의 글이 17편 실려 있다. 「宣戰問題」(1917.8.1), 「良知之呻吟」(8.2), 「絶望」(8.3), 「帝孽世界」(8.4), 「段內閣之基礎」(8.5), 「嗚呼剝奪公權之國民」(8.6), 「中國人之大患」(8.7), 「論六日命令」(8.8), 「段內閣之成」(8.9), 「兵諫」(8.10), 「時局痛言」(8.11), 「協約國之輿論」(8.12), 「忠告政府黨」(8.13), 「今日宣戰」(8.14), 「對德奧宣戰」(8.15), 「雲南之宣言」(8.16), 「善戰後之惡政」(8.17) 등이다. 이 시기 『북경중화신보』는 정간 중(1917.6.4~10.8)이었으며, 따라서 『북경중화신보』 기자들이 상해 『중화신보』에서 활동한다. 이에 대해 「編輯部同人啓事」(『중화신보』, 1917.7.30)에서 "작년 본보를 창간했던 제 군자들이 서로 북상하여 일시에 사무 볼 인재가 부족한데 …… 지금 다행히 제 군자가 속속 남쪽으로 와서 동인으로 서로 도와 직무를 교환했다(去年本報創起諸君子紛紛北上一時社務乏人 …… 今幸諸君子續續南來經同人相懇交換職務)"라고 했다.
장계란은 『북경중화신보』 창간 시부터 少白이란 필명으로 글을 쓰다가 1917년 6월 3일 정간 이후 사라졌다가 『중화신보』에 1918년 1월 1일부터 '記者', '一葦' 등의 필명으로 신문 종간시인 1926년 1월까지 등장한다. 특히 博과 함께 활동을 했던 老龍은 1916년 11월 5일부터 1917년 5월 29일 『북경중화신보』에 등장하다가 1917년 7월 31일부터 1919년 7월 1일까지 『중화신보』에 등장한다. 馥炎은 1916년 12월 1일부터 1917년 11월 29일까지 『북경중화신보』에 등장하였으며, 1918년 3월부터 1921년 1월까지 『중화신보』에 활동을 한다. 한편 夢公은 1915년 10월 10일 창간

은 모두 1회 시평을 발표하였다. 博은 『중화신보』에 수많은 글을 발표하였다. 그가 누구인지 쉽게 파악되지 않지만, 신석우의 진술을 믿는다면 단재임이 분명하다.

5. 증언을 통해 본 博과 단재의 일치 유무

기존 증언들 가운데 가장 직접적이며 구체적인 것은 아무래도 신석우의 증언이다. 그의 진술 가운데 가장 결정적인 부분인 '矣'자 오자 논란은 『중화신보』 논설 「국회문제」와 아주 공교롭게도 일치한다. 그러나 그것으로 족하지 않다.

> 그 誤字란 것도 文意를 傷하는 誤字가 아니라 「矣」字였건만 朝鮮사람에 對한 優越感에서 나온 行動이라 하야 數次 馬車를 타고 謝罪 온 中華報 社長을 叱責하고도 永永 執筆치 않었다.
>
> 이로 因하야 中華報의 販賣部數가 急速度的으로 나려갔다는 것만으로도 丹齋의 社說이 얼마나 當時 中國民을 熱狂시키었다는 것도 추측할 수 있다.

부터 1916년 7월 9일까지 『중화신보』에 등장하다가 1917년 4월 11일, 14일 『북경중화신보』에 등장했으며, 墨蓀은 1916년 6월 9일부터 7월 2일까지 『중화신보』에 등장하다가 1916년 12월 4일부터 1917년 3월 27일까지 『북경중화신보』에 등장한다. 靜觀 역시 1917년 7월 24일에서 30일까지 『중화신보』에 활동하다가 1917년 11월 24일부터 1918년 6월 5일까지 『북경중화신보』에 등장한다. 두 신문의 기자 교류가 활발했으며, 특히 1917년 6월~10월 『북경중화신보』의 정간으로 老龍과 博이 잠시 동안 『중화신보』에 시평을 발표했다. 이 시기 장계란의 필명은 보이지 않으나 胡政之의 필명(靜觀)이 보이며, 당시 『중화신보』의 주필이 吳緗暉였다는 점에서 博과 張季鸞, 胡政之, 老龍 등의 관련성도 엿보인다. 이후 『중화신보』에 博의 글은 더 이상 나오지 않는다. 그는 1917년 10월 9일 『북경중화신보』가 다시 발간된 후 그 신문에 전념하다가 1918년 9월 25일 신문 정간과 더불어 신문사를 완전히 떠난 것으로 보이며, 1921년 4월 이후 『북경중화신보』(665~723호, 1605호)에 어떤 자취도 보이지 않는다.

그러고도 돈을 爲해서 執筆을 應諾한 것이 朝鮮사람들의 志操를 깨트린 것처럼 가끔 뉘친 丹齋였다. 丹齋에게 關한 것은 이 한 마디로 마친다. 그것은 이 짤막한 逸話가 그를 全的으로 表現하기 때문이다.[30]

위의 증언을 주의 깊게 살필 필요가 있다. 우선 신석우는 단재가 글을 쓴 시기가 "大統領에 馮國璋·國務總理에 段祺瑞가 있어 治政할 때", 즉 1917년 7월 1일부터 1918년 10월 10일 사이라고 했다. 박이 처음 글을 발표한 것은 1917년 5월 1일이지만, 나머지는 모두 1917년 8월 1일에서 1918년 9월 22일까지이다. 특히 논란이 되는 '의'자는 1918년 5월 19일 보도된 글이다. 그리고 '謝罪'라는 부분은 "경정기사"를 통해서도 어느 정도 실마리를 확인할 수 있다.

또한 단재가 『중화보』에 여러 편의 글을 발표했을 것이라는 정황이 여러 군데 포착된다. "단재의 才筆을 중국인에게 알리운 바 되어 同報는 조선 사람 申丹齋의 논설로 말미암아 聲價가 높아졌었다"(서세충)는 이야기나 단재의 사설이 당시 "中國民을 熱狂시키었다"(신석우)는 것으로 보아 단재는 오랫동안 사설을 발표하였을 가능성이 크다. 그래서 단재전집 「연보」에도 "《중화보》에 많은 논설을 집필"하였다고 한 것이다. 그리고 중국민을 열광시켰다는 언급에서 단재 논설이 중국민의 현실과 밀접한 내용들이었을 것이란 가정이 성립된다. 박의 글도 무려 1년 넘게 실려 있다. 그것은 달리 "지금까지 지나신문사에 있었다"는 보도를 어느 정도 해명해준다. 그리고 단재의 글이 중국인을 열광시켰다는 부분이다. 그것은 "洛陽紙貴"를 의미한다.

同年下半年 邵,張兩位幾乎同時入京, 分別任《申報》和《新聞報》的特派駐京記者. 他們所撰寫的"北京特約通訊", 文筆恣肆, 揭露繼袁竊國的段祺瑞軍閥政府的黑暗, 鞭撻入裏, 洛陽紙貴, 同爲國人所傳誦. 邵入京後, 創刊最早的通訊

30 신석우, 앞의 글, 하, 465면.

社－北京新聞編譯社, 張也兼任北京《中華新報》總編輯. 一九一七年在揭露段祺瑞政府與日方秘密簽訂參戰借內幕後, 張與北京新聞編譯社的何重勇(出面登記人)同被逮捕[31] 그해 하반기에는 邵漂萍과 張季鸞 두 사람이 각각 〈申報〉와 〈新聞報〉의 북경주재 특파기자로 거의 같은 시기에 북경에 들어왔다. 그들이 쓴 북경특약통신은 호방한 문필로 袁世凱의 매국 정책을 이어받는 段祺瑞 정부의 암흑한 내막을 투철하게 성찰 · 규탄을 함으로써 그들의 글은 洛陽紙貴로 국민들의 사랑을 받고 아주 널리 알려졌다. 邵漂萍은 중국에서 최초의 통신사인 북경신문편역사를 성립했으며, 張季鸞은 북경 〈中華新報〉의 총편집장을 겸임하였다. 1917년에 段祺瑞 정부가 일본과 비밀히 참전 · 차관(參戰借款) 협의를 체결했다는 내막을 폭로시키는 일로 인해서 張季鸞은 북경신문편역사의 何重勇(직접 등록자)과 함께 체포를 당했다

『중화신보』가 洛陽紙貴되었다는 표현은 장계란전기에서 찾을 수 있다. 장계란은 북경『중화신보』 창간 시 총편집장을 맡았던 사람이 아닌가. 그는 그 신문으로 인해 체포되기도 했다. 장계란이 쓴 북경특약통신(그 통신의 핵심적인 것은『북경중화신보』라 할 수 있을 것이다)은 洛陽紙貴를 가져왔다는 내용이다. 이것은 달리『중화신보』가 현실비판적인 기사로 인해 독자들의 애호를 많이 받았다는 사실을 말해준다. 서주성의 설명에 따르면, 그것은 장계란의 글 때문일 것이다. 그는 그러한 글로 인해『중화신보』가 당시 독자들에게 높은 관심과 인지도를 얻게 되었음을 언급했다. 비록 장계란이 총편집을 맡았지만 이 신문에 그가 많은 글을 쓴 것으로 보이지 않는다. 논설로 볼 때 '소백'으로 발표된 63편 정도이다. 물론 현재 남아있지 않은 89호까지 장계란의 수많은 논설이 실렸을 것은 분명하지만, '시평'란에 게재된 수많은 글이 '박'의 글이란 점을 주목해볼 필요가 있다. 달리 박의 글로『중화신보』는 독자들의 애호를 받았다는 말이 가능해진다. '박'은『중화신보』에 수많은 현실비판

31 徐鑄成,『報人張季鸞先生傳』, 北京 : 三聯書店, 1986, 66~67면.

시평들을 썼으며, 그로 인해 박, 또는 그의 글은 잘 알려지게 되었다는 말이다. 그것은 달리 신채호로 바꾸어 놓으면 충분한 설명에 이르게 된다. 이런 점에서 본다면 박과 단재는 일치를 위한 필요조건을 갖춘 셈이다. 그렇다면 충분조건도 갖춘 셈인가?

위의 설명에서 아직 제대로 설명할 수 없는 점이 있다. 그것은 먼저 단재가 '矣'로 인해 집필을 거부했다는 사실이다. 박은 '矣'자건 이후에도 여전히, 정간 직전인 9월 22일까지 71차례 글을 썼다. 그렇다면 '의'자 사건 이후 집필을 거절했다는 사실과 다르다. 그런데 기억에는 착각이 개입될 여지가 있다.[32] '집필 거절' 운운은 "지금까지 중국신문사에 있었다"라는 당시 기사를 설명하기 어렵다. 단재가 한 글자 때문에 격노했다면, 신문사에서 시비를 가려 충분히 사과함으로써 해결될 수도 있는 문제이다. '박'의 글과 관련해서 신문사에서는 "경정"보도를 했다. 경정 보도를 함으로써 신문사로서도 공식적이고 충분한 사과를 한 셈이다. 만일 단재가 『중화보』에 투고를 거절하고 다른 신문사로 갔다면 그것은 곧 『중화보』에 '집필을 응락한 것을 뉘우쳤다'는 말과 어긋난다. '矣'자 때문에 『중화보』 집필을 그만두었다면 다른 중국신문에도 일절 집필하지 않았을 것이다. 그런데 그것은 "지금까지 지나신문사에 있었다"는 『혁신공보』의 말과 어긋나며, 오히려 '矣'자 사건 이후에도 글을 썼을 여지를 남긴다. 그렇다면 그는 『중화보』에 계속해서 글을 썼을 가능성이 있다. 한편 여기에서 "돈을 爲해서 執筆을 應諾한 것이 朝鮮 사람들의 志操를 깨트린 것처럼" 생각했다는 문맥의 의미에 천착해볼 필요가 있다. 강조점은 돈 때문에 글을 쓴 사실에 있는 것이 아니라 "조선 사람들의 지

32 앞의 서세충의 진술에서도 "題를 「如喪考妣」라 하였다"고 하였지만, 그 제목은 「惜乎라 禹龍澤氏의 國民 大韓 兩魔報의 鷹犬됨이여」임을 확인할 수 있었다. 서세충에게는 '여상고비'에 대한 기억이 강렬했고, 그 나머지는 미약했기에 제목마저 그렇게 생각했을 가능성이 있다. 단재가 『중화보』에 강력하게 항의한 것은 확실한 사실로 보이며, 항의 와중에 '집필 거절' 운운했을 것이다. 메시지가 발신자에서 수신자로 전해질 경우 그 과정에서 오류가 개입될 여지가 있다. '矣'자의 경우 그만큼 강렬했다는 반증으로 보이며, 집필 거절 부분은 여전히 발신자－메시지－수신자라는 메시지 형성 및 전달 과정에서 오류가 개입되었을 가능성이 있다.

조"를 깨트린 데 있으며, 그것은 곧 글의 내용과 관계가 있으리라 상정해볼 수 있다. '박'은 중국인의 입장에서 중국 정부를 비판하고 일본의 간계를 여지없이 폭로했다. 그렇다면 박과 단재는 일치할 수 있는 여지가 충분하다. 그러나 보다 중요한 것은 '박'의 글을 분석함으로써 그것이 단재의 글임을 입증하는 일일 터이다. 그것은 가능성을 실재성으로 바꾸는 일이다.

6. 중국신문 기자로서의 정체성과 단재의 주체성

박의 글은 언뜻 보면 중국인으로서의 정체성을 가진 것으로 드러난다. 그런데 중국인과 중국신문 기자는 동일성과 차이성을 가질 수 있다. 달리 중국인으로서 중국신문 기자인 경우는 동일성 속에 묶일 수 있지만, 그가 중국인이 아니면서 중국신문 기자일 경우는 차이성이 내재할 수밖에 없다. 우리는 여기에서 한국신문 기자로서의 단재와 중국신문 기자로서의 단재를 고려할 필요가 있다. 이 역시 동일성과 차이성이 내재한다. 중국신문 기자 단재와 한국신문 기자 단재는 다를 수밖에 없다.

(가) 吾人固痛恨禍 首之不法 而尤嘆中國軍人之名譽 實被此輩喪盡 且足以斷送 中國而有餘也(1917.5.1.)

(나) 今日之中國 亦民主主義軍國主義之決斷也 中國之軍國主義家 竟假反對軍國主義之美名(1917.8.1)

(다) 尾崎行雄氏之攻擊林公使也 謂其目中只有段祺瑞並不見中國四萬萬人民……(1918.1.24)

(라) 日本輿論在今日已顯然反對出兵而獨勸我簽訂出兵細則者何耶而中國政府尙與日本交涉出兵者抑又何耶……自日本言已聞旣不出兵則無須勸我出兵

更無須交涉出兵細則使不然者則是交涉之目的不在出兵而眞在干與我國之軍事權矣(1918.5.14)

(마) 若俄國之黨爭中國固無干涉之意也……欲令日本出兵此與吾華人之所望者蓋適相反也言國民親善者其注意之(1918.5.26)

'박'이 중국신문 기자인 것은 알 수 있지만 그의 글을 통해 그가 과연 중국인인지 아닌지는 확인하기 어렵다. 중국인 같기도 하고 그렇지 않기도 하다는 말이다. 초기 시평에서 '박'은 객관적 제3자의 입장에서 시평을 기술하였다. 그래서 중국을 그냥 '중국'으로 표현하였다. 첫 글 (가) 「悲蜀難」(1917.5.1)에 '중국 군인의 명예', '중국'이나 (나) 「宣戰問題」(1917.8.1)에서 '금일의 중국' 등이 그러하다. 이것은 중국인 기자라면 충분히 '吾國', 또는 '我國'이란 표현이 가능하다. 그것은 (다) 「尾崎質問」(1918.1.24)의 '中國四萬萬人民'에서도 마찬가지이다. 이는 중국신문 기자이지만 중국인이 아닐 여지를 내포하고 있다. 그런데 기자의 정체성을 혼란스럽게 하는 글들이 있다. (라) 「共同出兵可以已矣」(1918.5.14), (마) 「必要與活用」(1918.5.26) 같은 글이다. (라)에서 '中國政府'와 '我國軍事權'이, (마)에서는 '中國'과 '吾華人'이 충돌을 일으킨다. 사실 후자로만 보면 중국인 기자의 글로 볼 여지를 충분히 갖춘 셈이다.

사실 상당수 '박'의 글은 객관적 입장을 유지하고 있으며, 그래서 기자의 국가정체성을 알기 어렵지만, 일부 글은 중국인으로서의 모습을 보여주고 있다. 곧 "我數萬萬無辜之男女"·"吾民"·"吾萬里神州"(1918.5.11), "我人民"·"我南北諸公"(1918.5.13), "我國家者"·"我共和民國"·"我國之軍事權"·"我國民"(1918.5.14), "我當局"(1918.5.19), "吾國靑年"·"吾四億國民者"·"吾國民"(1918.5.22), "吾等民國市民"·"我中國"(1918.7.23), "吾立國五千年之大民族"·"我朝野"(1918.7.28), "吾中國"(1918.8.1), "我政府"(1918.8.5), "吾國"(1918.8.16) 등이 그러하다. 물론 대부분의 '국민'이나 '당국', '중국'에는 '我'나 '吾'가 붙지 않았지만, 위와 같은 일부 표현이 문제가 된다. "中國四萬萬人民"과 "吾

四億國民者"가 병치되듯이, "吾等民國市民"・"我中國" 등이 나오는 시평의 제목이 「中國人之出兵觀」(1918.7.23)이다. 그것은 '박'의 또 다른 글 「日本出兵宣言」(1918.8.5), 「日本出兵」(1918.8.16)과 다를 바 없다.

> 우리는 학생 여러분들이 지금의 이러한 진취적 기상을 유지하고 학생만의 권위를 소중히 아끼기 바라며 호사의 기롱을 받아들이지 말며, 학업을 폐지하는 책망을 밟지 말고 학생의 분수를 항상 명심하고 구국의 정신을 담금질하면 어제의 행동은 우리 국민들을 각성시키는 신기원이 될 것이다. 우리 청년들이여, 이를 힘쓸지어다
>
> (吾人願學生諸君 保持此朝氣護惜此權威 勿受好事之譏 勿蹈廢學之誚 常顧念學生之本分而 時時淬勵此救國之精神則 昨日一擧將成爲國民覺醒之一新紀元 嗟我青年其勉之哉, 1918.5.22)

위의 문장에서 보면 '吾'(吾人, 吾國民)와 '我'(我青年)는 청유를 위해서 자연스럽게 들어간 것이다. 이것은 바로 중국신문 기자가 청년들에게 각성을 요구하는 글인데, 자연스럽게 '吾'와 '我'를 삽입하고 있다. 만일 이것들을 뺀다면 명령과 청유의 시평은 존재하기 어려울 것이다. 이 글의 앞부분에 나오는 "吾國青年", "吾四億國民者" 역시 그러한 맥락에서 읽을 필요가 있다. 중국인 기자라면 지극히 자연스러운 것이겠지만, 중국신문 기자라면 응당 이런 문체를 비켜가기 어려울 것이다.

과연 단재가 '我中國', 또는 '吾中國'과 같은 표현을 썼을까 하는 점은 여전히 난제이다. 그런데 『중화신보』는 중국인을 대상으로 하는 신문이었고, 그것은 우리 국민을 대상으로 하는 신문과는 다르다는 점을 인정할 수밖에 없다. 중국신문 기자로 있으면서 단재는 어떤 정체성을 가졌을까? 즉 정체성에 대한 문제가 제기될 수 있다. 중국인의 입장에 서지 않고 중국인을 설득할 마땅한 방법이 있었을까? 중국신문 기자가 중국인들에게 '……해야 한다', '……하자!'고 설득 및 청유하기 위해서 "우리(중국 국민들), 우리(4억

인민)"라는 문두 주어를 배제하기 어렵다. 그런데 단재는 한국인이었다. 단재는 당시 오랜 망명생활로 인해 생활고와 배고픔에서 벗어날 수 없었다.[33] 그가 중국신문 기자생활을 한 것도 따지고 보면 망명지에서 목숨을 연명하기 위한 방편이었을 것이다.[34]

박은 중국신문 기자로 글을 쓴 것이다. 단재가 중국신문 기자로 있었다면, 그는 중국신문 기자로서 글을 쓸 수밖에 없었다.

> 我兩國人 不可不親結 旣欲親結 不可不開心相見 我願此後朝鮮人 勿以謙卑圖皮面之交際 中國人 勿以古史之妄筆 據作正史而侮於相愛之地也[35]
>
> 夫吾朝鮮人 以無所比數之亡國遺民 乃有隣邦君子 大聲疾呼 願與爲之將伯 安得不距踊曲踊 相率以趨哉 然吾所恨者 吾兩國人 常自居以最親之友 而兩國國情 互相膈膜 是也[36]

1921년 단재는 잡지 『천고』의 주간을 맡았다. 이 잡지에 이석증이 재정 지원을 했다고 한다.[37] 단재는 「韓漢兩族之宜加親結」(『천고』, 1921.2)에서 "我兩國人" 및 "吾兩國人"이라고 표현했다. 그것은 달리 "我韓中(兩)國人" 및 "吾韓中(兩)國人"을 뜻한다. 이 잡지는 「창간사」에서 드러나듯 한중 양

33 류자명은 북경에서의 단재 생활에 대해 "경제적인 곤란으로 말미암아 그는 언제나 생활문제가 고민거리였다"라고 진술했다. 류자명, 「조선의 애국 역사학자 신채호」, 『세계사연구동태』, 1981.2 및 『단재신채호전집』 9, 독립기념관, 192면.

34 한편 단재는 동방무정부주의연맹 위체 사건으로 체포될 당시 "北京 前門內 安福 劉文祥"이라는 중국인으로 행세하였다. 단재가 언제부터 劉文祥으로 지냈는지 현재로선 확인하기 어렵다. 『중화신보』에는 劉文祥과 馬盤의 「兒童好奇本能與敎育」('婦女與家庭', 1923.8.7~8.12)이 실려 있는데, '婦女與家庭'란은 주로 투고글을 실었다. 당시 단재는 상해에 머물고 있었으며, 『가정잡지』를 발간하고 아동교육에 관심이 많았다는 점, 글이 고증으로 이뤄진 논문이며 「二十世紀新國民」의 구성과 같다는 점, 글의 일부가 「小兒敎養論」(『신동방』, 1935.10, 32~33면), 「惟眞理」(『대한매일신보』, 1910.1.7) 등의 내용과 일치한다는 점 등에서 유문상이 단재일 가능성이 있다.

35 震公, 「韓漢兩族之宜加親結」, 『天鼓』 2, 北京 : 天鼓社, 1921.2, 4면.

36 진공, 위의 글, 4면.

37 오장환, 『한국아나키즘운동사연구』, 국학자료원, 1998, 136면.

국인을 대상으로 발간한 잡지였다. 단재는 이 잡지에서 '우리(我,吾)'라는 표현 속에 중국인을 포함시켜 중국인에게 우호를 피력했다. 그것은 달리 독자에 따라 글쓰기가 달라질 수 있음을 여실히 보여준 예이다. 단재는 중국신문 기자로서 어떠한 글쓰기를 했을까? '박'의 글에 나타난 정체성의 혼란스러움이 단재의 모습을 보여주는 것은 아닐까?

단재가 "執筆을 應諾한 것이 朝鮮사람들의 志操를 깨트린 것처럼 가끔 뉘친" 것은 바로 자신의 글, 또는 글쓰기에 대한 반성적 모습을 말할 것이다. 1935년 단재는 일가친척의 보증을 통한 가출옥을 거부한 일이 있는데, 그것은 그 인사가 친일파였기 때문이다. 뉘우쳤다는 것은 돈 때문이 아니라 중국신문 기자로서 글을 썼던 사실, 궁극적으로 글의 내용 때문일 가능성이 크다. 달리 그가 중국신문에 글을 쓴 것은 '돈' 때문이었을 것이다. 그가 태어난 지 일 년밖에 되지 않은 아들과 부인을 귀국시킨 일이나 관음사 절에 들어간 일도 결국 돈이 없었기 때문이다. 그가 위체 사건에 연루된 것도 궁극적으로 "무정부주의 동방연맹의 주의 선전잡지 발간을 위한 자금" 때문이 아니었던가.[38] 그가 중국신문에 많은 글을 발표했다면, 상당수가 중국 현실과 관련된 글이었을 것이다.

7. 중국 문인들과 단재의 교유

단재가 중국에 머문 시기는 수감 기간 7년 9개월을 제외하면 15년에 조금 못 미칠 것이다. 그는 1910년 청도회담 이후 북경을 거쳐 러시아에 가서 머물다가 1913년 8월 다시 상해로 왔으며, 이후 1928년 5월 8일 체포될 때

38 「국제위체사기문제에 피고 신채호 답변」, 『동아일보』, 1929.2.12.

까지 줄곧 중국에서 생활했다. 그 시기 그는 수많은 중국 문인들을 만난 것으로 보인다. 특히 이석증, 오치휘, 이대조, 풍옥상, 노신, 주작인, 임병문 등과 교유하였던 것으로 알려져 있다. 그러한 교유를 엿볼 수 있는 글이 있다.

> 현재 상해에서 발간되는 월간 잡지 신생활 2월호에는 조선 민족의 진가를 전 세계에 소개하고저 조선 사람과 중국 사람의 발기로 상해에 「申采浩學社」가 설립되엿다고 하는데 이 긔관은 학술을 통하야 조선 민족의 진가를 전세계에 소개하는 동시에 조선과 중국 문화의 추진체가 되랴는 큰 목적으로서 설립되엿다고 한다. 동 학사는 世界社 대표 李石曾 중국 學典館 대표 楊家駱(본문에는 '楊衆駱'으로 오식 : 인용자) 상해 생물학연구소 대표 朱說(朱洗의 오식 : 인용자) 제씨의 후의로서 조선 관계의 귀중한 자료 六천여 권의 제공을 바더 세계사 중국학전관과 표리일체가 되어……조선측 대표는 鄭華岩 柳子明씨오 동사는 상해 愚園路 七四九街 五一호에 잇다.[39]

1946년 상해에 '신채호학사'를 설립하였는데, 중국 측 인물로 이석증, 양가락, 주세 제씨와 한국 측 인물로 정화암, 류자명 등이 발기하였다고 한다. 그런데 정화암이 집필에 참여했던 『한국아나키즘운동사』에서는 중국 측 인물로 이석증, 양가락, 朱洗 외에도 '오치휘'를 포함시켰는데[40] 정화암이 신채호학사에 직접 관여한 인물이라는 점에서 오치휘 포함설은 신빙성이 있는 것으로 보인다. 오치휘는 이석증과 함께 파리그룹 일원으로 활동하였으며, 이들은 1907년 세계사를 조직하고, 『신세기』를 창간하였고, 북경민국대학 한중 학생들의 흑기연맹 기관지 『동방잡지』(1925?) 발간에도 후원을 하는 등[41] 한국인의 독립활동을 지원했다. 또한 이석증은 단재가 『천고』(1921)를 발행할 때 재정지원을 했다고 한다. 오치휘는 양가락과도 친밀했던 것으로

39 「학술세계를 세계에 과시」, 『자유신문』, 1946.4.8.
40 조선무정부주의운동사편찬위원회 편, 『한국아나키즘운동사』, 형설출판사, 1978, 393면.
41 위의 책, 297면.

보이는데,[42] 그의 '신채호학사' 발기 참여는 사실로 보인다. 오치휘는 1916년 7월부터 상해 『중화신보』에 부단히 논설을 썼으며, 1917년 그 신문의 주필을 맡았다.

그렇다면 중국 지식인들이 왜 하필 신채호학사에 적극 협력한 것일까? 단재와 중국인의 교유는 주로 1920년대에 있었던 것으로 알려져 있는데, 사실 그때는 단재에게 중국과 관련한 이렇다 할 문필활동이 없었다. 『천고』의 창간과 국내 신문에의 투고가 대부분이었다. 그런데 하필 '조선학전관'을 꾸미면서 거기에 조선 민족의 진가를 전 세계에 전파하고자 하는 목적으로 '신채호학사'를 두었을까? 당시 『신생활』에 발표된 내용을 국내의 『자유신문』 외에도 『구국일보』, 『조선일보』, 『동아일보』, 심지어 미주의 『신한민보』도 전하였다. 『동아일보』에서는 "신채호의 송덕과 한중 문화에 끼친 업적을 기렴하기"(1946.4.9) 위해, 그리고 『조선일보』에서는 "中韓 문화에 끼친 업적과 그 공헌을 기념하기 위하여"(1946.4.8) 신채호학사를 설립하게 되었다고 설명했다. 이석증이나 오치휘, 양가락 등이 신채호학사의 설립에 협력한 것은 무슨 까닭인가?

이석증, 오치휘 등은 단재뿐만 아니라 이회영, 류자명 등 한국 아나키스트들과 광범위하게 교유하였으며, 거기에는 정화암도 당연히 포함되었을 것이다. 그러나 한국 근대의 인물로서 박은식이나 이회영, 또는 안중근 등이 아닌 신채호의 이름을 딴 학사(신채호학사)를 선택하게 된 데에는 단순히 류자명과 정화암의 작용이라고 하기는 어려울 것이다. 무엇보다 단재가 선택된 것은 그가 한중문화에 끼친 업적과 그 공헌이 크게 작용했다는 말이다. 신채호학사에 동참한 중국 쪽 인물 가운데 朱洗를 제외하면, 나머지는 신문·잡지의 발간 및 저술에 참여한 사람들이다. 단재가 아나키스트였기에, 단재와의 친밀도 때문에, 또는 정화암, 류자명 등 한국 쪽 관계자들과의 친

42 세계서국은 1946년 양가락이 쓰고 세계학원 중국학전관이 편한 『四庫全書學典』을 출판했는데, 책 앞에는 이석증의 「世界學典書例答問」과 오치휘, 채원배의 題辭가 있다.

밀도 때문에 그렇게 했으리라고 생각되지 않는다. 보다 중요한 무엇, 즉 단재가 한중문화에 끼친 업적을 그들이 알았기 때문일 것이란 이야기이다. 그런데 1920년대 이후 단재가 한중문화에 끼친 이렇다 할 업적은 드러나지 않는다. 다만 있다면 아나키즘 활동 정도이다. 그렇다면 그것 말고 보다 중요한 무엇이 있다는 말이다.

오치휘는 1916년 7월부터 상해 『중화신보』에 부단히 논설을 실었으며, 1917년 그 신문의 주필을 맡은 것으로 알려져 있다. 박은 1917년부터 1918년까지 북경 『중화신보』, 상해 『중화신보』에 수많은 글을 발표했다. 그가 북경 『중화신보』의 정간 중에 상해 『중화신보』에 글을 싣게 된 것도 노룡, 장계란뿐만 아니라 당시 주필이었던 오치휘의 도움도 컸을 것이다. 그것으로 인해 오치휘와 박은 더욱 잘 알게 되었을 것이다. 게다가 박의 글이 중국민에게 끼친 영향이 지대했음은 두말할 나위가 없다. 만일 박이 단재라면 단재의 才筆이 중국인에게 알려지게 되었다거나 『중화보』가 신단재의 논설로 성가가 높아졌다는 말이 모두 가능하게 된다. 그렇지 않다면 '신채호 학사' 설립을 합리적으로 설명할 방법이 막연할 따름이다. 곧 '한중문화에 끼친 단재의 업적'이란 근거 없는 허구에 불과하게 된다.

8. 마무리

한 사람이 잘못 말하기란 쉽다. 그러나 두 사람, 세 사람이 잘못 알기란 어렵다. 그리고 중요한 일에는 어딘가에 흔적이 남게 마련이다. 단재의 '중화보' 참여설은 정인보, 신석우, 서세충, 원세훈 등의 언급을 통해서, 그리고 당대의 『혁신공보』 기사를 통해서 어느 정도 확인된다. 비록 장계란이나 오치휘의 글에서 단재 관련 언급을 찾지는 못했지만 단재의 참여 자체가 부정될 수는 없다. 이석증이 단재가 주필로 있던 『천고』를 후원했다거나 이석증과 오치휘가 한중 학생들의 잡지 『동방잡지』를 후원했다는 사실, 그리고 1946년 그들을 포함하여 몇몇 중국 문인들이 신채호학사 설립에 참여하였다는 사실은 쉽게 설명이 되지 않는다. 비록 단재가 『천고』를 간행하면서 한중 우호를 외치긴 했지만 실상 남아있는 것으로 볼 때 그것은 극히 미미한 수준이다.[43] 그러나 '박'과 단재를 동일시했을 때, 단재와 오치휘, 이석증의 관련성도 드러나고 '신채호학사'에 관한 의문도 상당 부분 해소된다.

만일, 아니 정녕 단재가 북경 『중화보』에 글을 썼다면, 그것은 博일 가능성이 가장 크다. 博의 정체성 문제가 여전히 해명해야 할 과제로 남아있지만, 단재 주변 사람들의 모든 기억들을 재구해보면 더욱 그러하다. 1919년 단재는 상해로 가서 신석우를 만났을 때 북경 『중화보』에 글을 쓴 사실을 얘기했을 터이고, 또한 단재가 상해에 오기 전까지 북경에서 중국신문에 기자생활을 했다는 것을 『혁신공보』 기자들도 알고 있었다. 북경 모신문, 북경 중화보는 『북경중화신보』가 적실하며, 결국 『북경중화신보』에서 논설과 시평을 쓴 博이 신채호일 가능성이 가장 크다. 博이 쓴 상해 『中華新報』의 평론 17편과 『北京中華新報』의 논설 1편, 시평 101편에 대해 더욱 면밀한 조사와 연구가 필요하다. 이 글은 그러한 문제를 제기하는 차원에서 마무리하려고 한다. 이 논설들의 내용과 더불어 문체, 사상에 대한 검토가 이뤄져야 한다. 더욱 엄정하고 객관적인 연구를 통해서 '박'과 단재의 동일성 여부를 판가름할 필요가 있다. 이에 대한 차후 연구를 기대한다.

---

43 단재는 『천고』에서 「朝鮮獨立及東洋平和」(1921.1), 「韓漢兩族之宜加親結」(1921.2)를 싣고, 중국인 鍾樹의 「爭自由的雷音」(1921.1), 天涯恨人의 「論中國有設中韓親友會之必要」(1921.1)를 싣기는 했지만, 이로써 충분하지 않다. 『천고』 가 7호까지 나왔다고 하나 이는 부정확하며, 3호로 중지된 것이 확실하다. 일본 정보보고(「機密 제123호 北京 天津附近在住 朝鮮人의 狀況 報告書 進達의 件」 1925.3.20, 『朝鮮人에 대한 施政關係雜件 一般의 部(3)』 http://db.history.go.kr/front2010/srchservice/)에 따르면, 『천고』는 2, 3호 발간으로 중지되었다고 한다. 단재가 한중 친선을 위해 노력한 것은 사실이지만 현재로선 1910년대 중화보 논설 집필 사실 외에 한중 관련 새로운 사실을 찾기는 어렵다.

『중화보』 논설의 저자 보론

1. 들어가는 말

이 글은 「중국신문 소재 단재 논설의 발굴 연구」[1]에 대한 보론으로 쓰인다. 사실 그 글은 대단히 문제적임에도 불구하고 아직 새로운 연구가 선뜻 이어지지 못하고 있다. 그 이유는 자료 접근의 어려움, 단재 글과의 비교 분석의 어려움, 그리고 글 내용 가운데에서 논란 부분에 대한 해결의 어려움 등으로 요약된다. 그러한 어려움들은 해결해야 할 과제로 남아 있다.

본 연구자는 그 문제를 학계에 던져놓은 장본인으로서 사뭇 책임감을 느끼지 않을 수 없다. 그것은 난제 중 난제임이 분명한데, 그렇다고 그대로 방치해 둘 수도 없는 실정이다. 그래서 우선 지난번 발표에서 부족했던 부분들을 보완하는 입장에서 논의를 전개하려고 한다. 이전 글은 자족적 성격을 지니고 있지만, 제대로 논의되지 못한 부분들이 있다. 한 편의 글에서 만족할 만한 설명을 모두 해내기란 쉽지 않기 때문이다. 그래서 지난번 발표 이후 새롭게 모은 정보를 중심으로 글을 구성해 보려고 한다. 그리고 여전히

1 김주현, 「중국신문 소재 단재 논설의 발굴 연구」, 『중원문화연구』 15, 충북대 중원문화연구소, 2010.12.

논란이 될 수밖에 없는 부분들에 대해서 연구자의 석명을 보태려고 한다.

『중화보』 저자 문제는 여전히 연구자에게 남아 있는 짐이다. 그래서 이 논의를 내놓음으로써 새로운 연구들이 이어지길 바라는 마음이다. 논의가 활발히 이뤄지면 저자에 대한 논의가 마무리될 수 있을 것이다. 연구자는 모든 자료를 제시함으로써 문제 제기자로서의 책임을 다하려고 한다.

2. 기존 논의의 보완

1) 更正 보도

먼저 '경정' 보도에 관한 것이다. 글자 한두 자 틀리면 경정 보도를 내면 그만인데, '의'자 건은 정말 우연의 일치일 수도 있다. 경정 보도 실태를 본다면 '의'자 건이 단순한 것인지, 아니면 보다 중요한 문제였는지를 가늠해 볼 수 있을 것이다. 일반적으로 경정 보도는 오보나 내용 오류 등의 문제가 있을 경우 싣게 된다. 정확성과 신뢰를 위해 경정 보도를 내는 만큼 신문사로서는 신중할 수밖에 없다. 현재 남아있는 북경판 『중화신보』 전체를 통틀어 논설 시평에 관한 경정 보도는 2건밖에 없다.

> 前日卽不應贊成　今當國家之名譽地位瀕於危殆之時　天下事之至可痛心者誠莫過於此矣[2]
>
> 更正　昨報時評　瀕於危殆之時下有「乃國人猶無定見無方針任時勢之推移供

2　小白, 「失敗後之決心」, 『北京中華新報』, 1917.4.10.

他人之操縱」數語爲手民荒唐遺去特此更正[3]

소백의 「실패후의 결심」은 식자공의 오류로 인해 22자가 빠졌다. 아마 실수로 말미암아 한 행을 빠트린 것으로 보인다. 이는 사안으로 볼 때 매우 중대한 문제이다. 그래서 다음 날 경정 보도가 나왔다. 충분히 경정 보도가 나올 만한 것이다. 두 번째가 아래의 경우이다.

果如所云之簡單明瞭則國人大可安念一笑然而未易言也(「政府之辯明」, 1918.5.19)

更正　昨日時評　大可安念矣之矣字　誤排爲兩字　特此更正(「國會問題」, 1918.5.20)

사실 "大可安念一笑"이든 "大可安念矣"이든 내용 전달에는 별 문제가 없다. 이 신문의 논설에는 오자 탈자도 적지 않으며, 심지어 논설 제목에도 오자가 있었지만 따로 경정 보도를 내지 않았다. 그런 것에 대해 일일이 신경을 쓰지 않았던 것이다. 경정 보도를 냈다는 것은 특별하고 예외적인 일이다. 특히 글자 하나 때문에 경정 보도를 냈다는 것은 달리 사태의 심각성을 보여준다.

중국 문장으로 볼 때 "大可安念一笑"나 "大可安念矣"는 거의 차이가 없다. 그대로 둔다 하여 전혀 문제가 될 게 없다는 말이다. 그러나 그것을 한문 문장으로 볼 때 "大可安念一笑"는 어색한 문장이 된다. 식자공의 단순한 오류가 아니라 문장을 희화화(一笑)해버린 것으로 충분히 오해할 소지가 있는 대목이다. 그것은 이 기사를 중국인이 아닌 한문 소양을 지닌 타국인이 썼을 가능성을 시사한다.

신문사에서는 신문의 신뢰성을 떨어트린다는 이유로 오히려 경정 보도를

3　小白, 「中原日報案」, 『北京中華新報』, 1917.4.11.

꺼리기 마련이다. 그런데 「정부의 변명」의 오식으로 신문사에서 적지 않는 문제, 즉 저자의 강력 항의가 있었다는 것을 여실히 보여준다. 그래서 어쩔 수 없이 경정 보도를 낸 것이다. 결코 그것은 간단한 문제가 아니다. 그런데 단재는 한문학적 소양이 깊었던 사람이며, 그가 '의'자 논란의 중심에 있다. 그라면 당연 '矣'로 썼을 것이다.

2) 중화보

다음으로 "중화보"를 『중화신보』로 볼 수 있느냐 하는 문제이다. 앞서 언급했듯이 『황성신문』을 황성보로, 그리고 『국민신보』를 국민보, 『대한신문』을 대한보로 일컬었다. 그런 측면에서 "중화"는 신문명이 되고, '중화시보', '중화일보', '중화신보'는 모두 '중화보'로 통칭되며, 당시 가장 적합한 것이 『중화신보』라는 것이다. 그런데 '중화'가 '중국'을 의미할 수 있고, 그렇다면 중국의 어떤 신문을 의미할 수도 있지 않은가 반문할 수 있다. 우리나라 신문에 대해 설사 그렇게 표현했더라도 과연 『중화신보』를 "중화보"라고 표현했겠는가 하는 문제가 남는다.

○鄭家屯交涉事件之葛藤. 中日兵士在鄭家屯一節, 已詳誌各報. 玆聞此事件, 現正在嚴重交涉之中, 據中華報所載稱, 日本當局, 對於此事, 頗願和平了結, 各節不過官式文章, 未足深信也.[4]

昨到日本外務部 會見其政務局局長 小池氏遽其談 及 日本政府 對於鄭家屯事件 力主和平完結 不致有意外問題發生……[5]

4 김정규, 『龍淵 金鼎奎 日記(下)』, 독립기념관 한국독립운동사연구소, 1994, 367면.

위 내용은 김정규 일기 13권에 나오는 것이다. 일기가 쓰인 날짜가 1916년 8월 25일(양력 9월 22일)이다. 뒷부분은 "「중화보(中華報)」에 실린 보도에 따르면, '일본 당국은 이 사건에 대해 자못 평화적으로 마무리 짓기를 원한다'고 했는데, 각 문장들은 의례적 수사에 불과하여 깊이 믿을 것은 못된다"라는 문장이다. 아래 내용은 『중화신보』 1916년 8월 24일자 「정가둔안근신」이라는 기사이다. "日本當局, 對於此事, 頗願和平了結"에 관한 내용은 "日本政府 對於鄭家屯事件 力主和平完結 不致有意外問題發生"이나 "鄭家屯中日兵隊衝突事件 可望和平了結"(「林權助與英報訪員之談話」, 1916.8.27)처럼 나오는데, 이 밖에도 논설 「和平解決乃眞解決」(1916.8.27), 「和平解決一」·「和平解決二」(1916.9.2) 등에 서술되어 있다. 그런데 "美其名曰 和平解決 其實無形中損失之主權已不知其幾許也"(「和平解決一」, 1916.9.2)이라 한 것을 보면, 곧 평화해결이란 말이 "各節不過官式文章, 未足深信也"라는 것을 말해준다. 이를 두고 김정규는 "據中華報所載稱"이라고 하였던 것이다.[6] 그러므로 "중화보"가 『중화신보』를 지칭하고 있음을 당대 김정규의 일기를 통해서도 확인할 수 있는 것이다.

中國에서 가장 權威 있는 中華報의 社說을 쓰고 生計를 해 나가던 때건만 誤字 一字(「矣」字 : 인용자)를 내었다 하야 그날로 斷然 執筆을 拒絶하였다.[7]

---

5 「鄭家屯案近訊」, 『중화신보』, 1916.8.24

6 정가둔 사건은 일본 군대와 중국 군대가 정가둔에서 충돌하여 일본 병사 6명, 중국 병사 4명 등이 사망한 사건이다. 이 문제의 해결을 위해 중일 양국은 교섭을 하였다. 일본 정부는 林權助 주중 공사를 통해 이 사건에 대해 "可望和平了結"과 "日本政府絶無藉此事以行其侵略政策之意"를 밝혔지만, 곧 그 태도를 바꾸어 중국의 滿蒙에 대한 침략을 본격화한다. 중화신보 기자들은 그러한 일본의 저의를 잘 간파하고 있었다.
한편 김정규는 정가둔 사건에 대해 4회(1916.8.7, 8.16, 8.25, 8.27)에 걸쳐 기록하였는데, 전 2회는 『연변실보』, 세 번째가 『중화보』, 마지막이 북경통신 및 內外要門이다. 참고로 김정규 일기 13권(1915.9.6~1919.8.29)에는 인용한 소식들의 출처를 자세히 밝혔는데, 延邊實報 10회, 北京通信 6회, 英京電 5회, 上海通信 4회, 美國桑港電 2회, 北京特約通信 2회, 北京函 2회, 東京電 2회, 巴黎電 2회, 北京電 1회, 中華報 1회, 天津日報 1회 등이 그러하다. 이를 통해서도 '중화보'가 『중화신보』를 지칭하고 있음을 알 수 있다.

7 신석우, 「단재와 〈의〉자」, 『신동아』, 1936.4; 전집 하, 465면. 여기에서 잠깐 신석우, 신규식과

更正　昨日時評　大可安念矣之'矣'字　誤排爲兩字　特此更正(「國會問題」, 1918.5.20)

그렇다면 '중화보 사설에 오자(矣) 한 자'는 "大可安念矣之矣字"와 그대로 맞아떨어진다. 그것은 곧 "大可安念矣"를 "大可安念一笑"로 오식한 「政府之辯明」(『중화신보』, 1918.5.19)을 말한다. 신석우는 1917년 단재와 더불어 「대동단결선언」에 서명을 했고, 또한 1919년 임시정부 활동을 함께 했다는 점에서 그의 말은 신뢰성을 담지한 것으로 볼 수 있다. 그의 글에서 "권위 있는 중화보"는 『중화신보』를 지칭할 수 있고, 오자인 '矣'자는 경정 보도에서 언급한 것과 똑같다. 이것을 우연의 일치라고 보기엔 그 정황이 너무 맞아떨어진다. 우연의 일치라면 천재일우의 일치임에 틀림없다.

한편 단재가 북경에서 신문사에 적을 두고 있었음은 지우들의 회고담뿐만 아니라 당시의 기사를 통해서도 알 수 있다. 당시 신문에서도 그러한 사실이 보도되어 있다.

북평에 건너가서도 조고계에 적을 두엇든 일이 잇엇으며[8]

단재가 북경에서 '조고계'에 몸담고 있었던 적이 있다는 말이다. 조고계란 문필에 종사하는 계층을 일컫지만, 주로 신문 잡지 기자들의 세계를 말한다. 이 역시 단재가 북경에서 신문사에 있었음을 알려주는 표지이다. 단재는 북경에서 신문사에 있었으며, 그 신문사는 중화보, 즉 『중화신보』였고, 거기에 논설을 썼던 것이다.

단재의 관계를 살피기로 한다. 이들은 모두 신숙주(고령 신씨 제8대)의 자손들이다. 문충공 신숙주는 여덟 아들이 있었는데, 신채호는 넷째 아들 瀞(고천군파)의 17대(고령신씨 26대)손이며, 신석우 및 신규식은 다섯째 아들 浚(소안공파)의 15대(고령 신씨 24대) 및 16대(고령 신씨 25대)손이다. 그러므로 신규식은 단재의 아버지, 신석우는 할아버지 항렬이며, 이들은 한 집안으로 그 관계는 매우 친밀하고 돈독했던 것이다.

8 「단재 신채호 뇌일혈로 의식불명」, 『동아일보』, 1936.2.19.

3) 동제사

단재가 중국신문사에 참여하려면 그 신문사와 어떤 인연이 필요하다. 우리나라 신문도 아니고 외국신문인 이상 더욱 그러하다. 단재는 국내에서 『황성신문』 사장 장지연과의 인연으로 『황성신문』에 논설을 썼으며, 또한 양기탁의 천거로 『대한매일신보』에 주필을 맡았다는 사실은 널리 알려져 있다. 당시 양기탁은 총무로서 신문사의 일을 총괄하고 있었다. 단재가 중국신문에 논설을 썼다면 그 신문사의 주요 인물과 인연이 있었을 것이다. 지난번 논의에서 상해 『중화신보』의 사장 오치휘와의 인연은 아나키즘이나 '신채호학사'를 통해서 어느 정도 드러났다. 그러나 북경중화신보사와의 관련성은 밝히지 못했다. 『북경중화신보』의 사장은 張耀曾, 총편집장은 張季鸞이었다.

그러자 차차 中國으로 亡命해서 오는 韓國 사람의 同志들이 날로 많아짐을 보시고 드디어 同濟社를 組織하여 光復運動의 中心機構로 하고저 發起하셨다. 當時 同濟社의 中心人物로는 先生을 除하고 朴殷植, 金奎植, 申采浩, 文一平, 朴贊翊, 申建植, 鄭桓範, 金容俊, 閔忠植, 尹潽善, 李贊永, 李光, 申錫雨, 卞榮晩, 그리고 著著 等이었고 同濟社의 會員이 三百餘名에 달했다.

歐美 各地에도 分社를 設置하고 한때는 大端하였었다. 以上 同濟社 以外로 先生께서는 韓國과 中國의 革命志士를 서로 連結하고 兩國民間의 友誼를 增進시키기 爲하여 新亞同濟社를 組織할 것을 發起하셨고 거기에 參加한 분들은 中國 國民黨의 先進들이었다. 즉 당시 社會에서 이름이 잘 알려진 분으로 宋漁父, 陳英士, 胡漢民, 戴季陶, 廖仲凱, 陶魯, 徐謙, 張溥泉, 屈映光, 吳鐵城, 殷汝驪, 張季鸞, 胡霖, 柏文蔚, 呂天民, 唐紹儀, 唐露園, 黃介民, 楊春時, 陳果夫, 張靜江 等 諸先生이 參加했었다. 또한 先生께서는 世界中國學生會에 加入하시어 李登輝, 唐文治, 王培蓀, 金日章, 朱家驊 等 諸先生과도 서로 사귀시었다. 또한 張靜江, 陳果夫氏들과 더불어 南社에 加入하셨다. 또한 張季鸞, 胡政之, 葉

楚偘, 史量才 等 諸氏와 共同으로 韓國의 歷史와 文化를 硏究하고 韓國革命을 宣傳하시고 韓國痛史, 李舜臣傳, 安重根傳 等 書籍을 出版하시었고 또한 雜誌를 發刊하시고 震檀報를 出版하시어 韓國革命의 對外的 宣傳을 하셨다.[9]

신규식은 단재와 동갑내기였으며, 일찍이 단재와 더불어 고향에 문동학원을 개설하여 교육사업을 하였다. 그는 1905년 을사늑약에 항거해 음독하여 오른쪽 눈의 신경이 손상되었으며, 1911년 중국으로 망명하여 무창혁명에 참여하기도 했다. 그는 상해에 머물면서 1913년 블라디보스톡에 있던 단재를 상해로 불러들였다. 단재는 신규식의 초청으로 블라디보스톡에서의 생활을 청산하고 상해로 갔다. 단재가 상해에 도착한 것은 음력 7월 18일(양력 8월 19일)이었다.[10] 당시 신규식은 "상해 조선인의 주인격"[11]이었으며, 또한 상해로 간 단재는 신규식의 집에 기거하였다. 그는 '동제사'에 가입하였으며, '신아동제사'에도 참여했을 것으로 보인다. '신아동제사'는 1912년 말~1913년 초 상해에 한중 혁명동지들이 조직한 비밀결사였다고 한다.

'신아동제사'의 참여 인물 가운데 『북경중화신보』와 관련하여 특히 눈에 띄는 인물로 張季鸞, 胡霖(=胡政之)을 들 수 있다. 전자는 중화신보 주필로, 후자는 논설진으로 참여하였기 때문이다. 특히 위 예문에서 "張季鸞, 胡政之, 葉楚偘, 史量才 等 諸氏와 共同으로 韓國의 歷史와 文化를 硏究하고 韓國革命을 宣傳하시고"라는 부분은 주목할 만하다. 이것은 훗날 '조선학전관', '신채호학사'와 그 맥이 닿아 있기 때문이다. 신규식은 '南社'에 가입하여 중국 문인들과 적극적으로 어울렸다. 한국 망명지사들은 '신아동제사'를 통해 중국 지사들과 소통하고 교유했다. 단재는 1913년부터 상해에서 신규식을 통해 장계란, 호정지, 사량재 등 중국의 문인 지사들을 만났을 것으로 보인다. 장계란은 1916년 9월 『북경중화신보』를 창간하였는데, 이후 그

9 민필호, 「예관 신규식선생 전기」, 『한국혼』, 보신각, 1971, 128~129면.
10 정원택, 『지산외유일지』, 탐구당, 1983, 76면.
11 홍명희, 「상해시대의 단재」, 『단재신채호전집』 9, 308면.

는 단재를 신문사 필진으로 끌어들였을 가능성이 충분하다. 장계란은 조소앙, 조용주 등과 더불어 '亞細亞 反日大同黨'의 발기에도 참여하는 등 한국 지사들과 널리 교제한 것으로 보인다.[12] 한편 호정지는 신규식의 『한국혼』 '서문'(1922)을 쓰기도 했는데, 그는 장계란과 더불어 일생 동안 정력을 바쳐 신문계에 이바지하기로 맹세하고, 우리나라 독립운동에 협조했다고 한다. 그는 靜觀이란 필명으로 활동하였는데, 1917년 7월 24일부터 30일까지 상해 『중화신보』에 논설을 쓰다가 1917년 11월 24일부터 1918년 6월 5일까지 『북경중화신보』에 등장하는데, 활동시기가 博과 겹친다.[13]

단재는 장계란, 호정지 등과 교유했을 것이며, 그렇다면 『북경중화신보』 및 상해 『중화신보』에도 활동 기반이 마련되었을 것이다. 특히 중화신보사는 망명 지사의 참여에 대해 개방적이었던 것으로 보인다.[14] 장계란과 호정지를 통해 단재와 『북경중화신보』, 『중화신보』의 연결고리는 더욱 분명히 드러난다. 이들 사이에 중개역할을 한 사람은 신규식이다. 그리고 『중화신보』 참여의 경우 주필이었던 오치휘의 역할이 컸을 것이다.

---

12 조소앙 「연보」 1913년항에 따르면, 조소앙과 조용주는 중국 측 인사 국민당 원로 張博泉, 大同黨 發起人 黃覺, 大公報 總主筆 張季鸞, 國民黨 組織副長 陳果夫 등과 더불어 '亞細亞 反日大同黨'을 발기하였으며, 1916년에는 '大同黨'의 결성을 추진했다고 한다. 「연보」, 『素昻先生文集(下)』, 횃불사, 1979, 487~489면.

13 신규식의 『한국혼』 '서문'에는 "胡君西蜀文士 曾與中國著名評論家張季鸞君 共誓不仕而其一生精力供獻于新聞界, 張胡兩君曾協助我國獨立運動頗力焉)"라고 호정지가 소개되었다. 『통언』(일명 『한국혼』)은 1914년에 신규식이 집필한 것으로 1920년부터 『진단』에 발표되었으며, 1939년 중국 중경에서 초판이, 1955년 자유중국 臺北에서 睨觀先生紀念會에 의해 增訂 再版이 발간되었다.

14 조동호 역시 1917년말에 상해 중화신보사의 평기자로 취직을 했다 한다. 그는 1919년 일본 문서에도 '상해 중화신보 기자'로 소개되어 있다. 이현희, 『애국지사 조동호평전』, 솔과학, 2007, 97면; 국회도서관, 『韓國民族運動史料』(三・一運動篇 其三), 1979, 238면. 한편 『중화신보』는 「韓國總理之訃音」・「韓總理逝世」(1922.9.27), 「韓總理逝世續聞」(9.28), 「韓總理逝世三誌」(9.29), 「韓國申總理今日安葬」(10.3), 「申奎植君殯葬記」(10.4) 등 신규식의 서거 및 장례 관련 기사를 국가 원수에 못잖게 대단히 비중 있게 실었다. 그리고 신규식에게는 중국인 지인이 많(於中國人中 知交亦多)으며, 그의 장례식에 30여 명의 중국 인사들이 참여했다고 보도했다. 신규식은 중국 정관계, 언론계 인사 등과 활발한 교유를 하였으며, 한중 인적 교류에도 노력했다.

4) 거주지 문제

『중화신보』 집필과 관련해 단재의 행적을 살펴볼 필요가 있다. 박은 1917년 8월 상해 『중화신보』에 글을 썼고, 1917년 11월부터 1918년 9월까지 지속적으로 『북경중화신보』에 글을 썼다. 박이 단재라면 1917년 8월에는 상해에, 11월 이후에는 북경에 머물러야 한다. 1917～1918년 단재의 거주지를 알려주는 문서와 글들이 있다.

(가) 상해 및 하와이 지방에 재류(在留)하는 배일(排日) 조선인 중 13명이나 연명(連名)하여 '대동단결선언'이라는 제목의 소책자를 인쇄하고 당 지방에서 이를 배부하여 왔다. 그 문의(文意)의 대체(大體)와 연명자는 다음과 같다.

(…중략…)

박용만・박은식・신채호・조은용・홍위(「朝鮮人 近狀에 關한 報告의 件」(1917.10.8) 『不逞團關係雜件－朝鮮人의 部』－在西比利亞(6)[15]

(나) 신채호 주소 上海(「露支領地方 排日鮮人의 狀況」(1918.4.5) 『不逞團關係雜件 — 朝鮮人의 部』 — 在滿의 部(6)

(다) 신채호 현주소 吉林 上海(「在滿排日韓人 首領者 姓名」(1918.8.7) 『不逞團關係雜件－朝鮮人의 部』－在滿의 部(7)[16]

(라) (1918년) 五月 二十日(양력 6월 26일) 碧初와 同伴하여 普陀菴으로 가서 丹齋 申采浩氏를 訪問하니 丹齋 先生이 암자에서 《朝鮮史草》를 편집하는 중이었다.[17]

---

15 「朝鮮人 近狀에 關한 報告의 件」(『韓國獨立運動史』 36, 1917.10.8), 『단재신채호전집』 (8), 독립기념관, 2008, 486～487면.

16 (나), (다) 역시 『단재신채호전집』 (8)(독립기념관, 2008)의 내용을 가져온 것으로, 차례로 492면, 496면에 근거한다.

17 정원택, 『志山外遊日誌』, 탐구당, 1983, 147면.

(마) 丹齋의 寓居하든 石燈庵 엽채 炕우에 단둘이 부터 앉어서 肝膽을 吐露하고 古今을 議論하든 것이 마치 어제런듯 생각나는데 近 二十年 서로 만나지 못한 끝에 生離가 死別이 되었읍니다.[18]

(바) 著者가 年前에 北京 順治門內 石燈庵에 寓居할 때 一個의 東蒙 古僧을 만나 東西南北을 가리키며 蒙古말에 무엇이냐 물은즉[19]

(가)~(다)는 일제 당국에서 만든 정보보고이다. 일제 정보당국은 「대동단결선언」 작성 당시 단재가 상해에 머물고 있었던 것으로 파악(가)했다. 「대동단결선언」은 (가) 문서보다 2달여 앞서 작성되었다. 조소앙은 "동지들과 더불어 독립획득에는 무엇보다 대동단결이 필요하다는 취지하"에 선언서를 만들었다고 했다.[20] 여기에는 신규식(申檉)·박은식·신채호·박용만·윤세복·조소앙·신석우(申獻民) 등 14명이 연서를 했다. 선언서의 내용이나 비중, 그리고 인물들의 역할 면에서 볼 때 단재는 선언서 작성에 직접 관여했을 것으로 보인다.[21] 그러므로 1917년 8월 무렵 단재가 상해에 머물렀을 것으로 보는 것은 큰 무리가 없다. 단재는 1914년부터 대개 북경에 체류했다.[22] 그러면서도 상해나 만주, 국내를 넘나들었다.

그런데 일본의 정보 (나)와 (다)에서는 단재가 1918년 무렵에도 상해에 있었던 것으로 나와 있다. 그것은 (라) 문서와 상치된다. 정원택은 1918년 6월 26일 홍명희와 함께 북경에 있는 단재의 우거를 방문한 것으로 언급했는데, 이는 홍명희의 글 (마)에서도 언급되었다. 그렇다면 무엇이 문제인가?

---

18 홍명희, 「上海時代의 丹齋」, 『조광』, 1936.4, 『단재전집』 9권, 82면.

19 신채호, 「吏讀文名詞解釋」, 『동아일보』, 1924.10.27.

20 조소앙, 「3.1운동과 나」, 『소앙선생문집』(하), 삼균학회, 1979, 67면.

21 조동걸은 조소앙이 "내용의 중대성과 제언의 절차 등을 고려하면 신규식·박은식·신채호 등 선배의 협의 내용"을 취합하여 「대동단결선언」을 작성했을 가능성이 짙다고 말했는데 이는 타당성이 크다(조동걸, 「임시정부 수립을 위한 1917년의 「대동단결선언」」, 『한국학논총』 9, 국민대 한국학연구소, 1987, 132면).

22 단재는 제4회 공판 심문에서 "내가 三十五歲 때부터는 大概 北京에 있었소"(『동앙일보』, 1929.10.7)라고 했다. 이는 1914년이 되는데, 그해 단재가 봉천성 회인현에서 동창학교 교사를 하는가 하면 남북만주 일대를 답사하고, 북경으로 온 이후 지속적으로 머물렀다.

그런데 자세히 보면 1918년 8월에는 일제 정보당국도 단재의 주소를 제대로 파악하지 못한 것으로 보인다. 그래서 주소를 "길림"을 썼다가 지우고 상해로 썼다. 그리고 1918년 4월 관동도독부 육군참모부에서 만든 (나) 문서에 단재는 상해에 거주하는 것으로 되어 있다. 그런데 이 문서에는 당시 상해 및 북경에 머물고 있던 다른 사람에 대한 정보는 하나도 없다. 이로 보아 그 문서가 상해 북경 등지에서 직접 조사하여 만든 것이 아니라는 사실을 알 수 있다. 그렇다면 1918년 단재의 주소는 (가) 문서를 바탕으로 기록되었을 것이다. 1917년 10월 일제 당국은 단재가 「대동단결선언」에 참여한 것으로 인해 상해에 머문 것으로 인식했고, 이후에도 별다른 확인 없이 단재의 주소를 그대로 표기한 것으로 보인다.

정원택은 1918년 북경에 도착한 홍명희와 더불어 단재의 우거인 보타암에 방문하였다고 했다. 그러나 당시를 회고하면서 홍명희는 석등암이라고 기술하였다. 여기에서 정원택과 홍명희의 진술이 엇갈린다. 어느 진술이 적합한가? 혹시 둘 중 누군가가 잘못 안 것은 아닐까? 다행히 단재의 기록에서도 '석등암'에 대한 언급이 있다. 그러나 단재는 석등암에 우거하던 시기를 "年前"이라고 표기하여 언제인지를 구체적으로 밝히지 않았다. 이 구절을 통해 임중빈은 단재가 1923년에 석등암에 우거했다고 기술했다. 그러나 '년전'은 '수년 전', '몇 해 전'을 뜻하는 말로 여기에서는 1918년 무렵을 말한다.[23] 그렇다면 1918년 단재가 홍명희를 만나 고금을 의론하던 장소는 바로 석등암이었다는 사실을 확인할 수 있다. 정원택이 "보타암"이라고 한 것은 그것이 "석등암"의 다른 이름이었거나, 또는 암자 이름을 착각한 것으로

23 임중빈은 1923년 단재 「연보」(『단재전집』 하, 형설출판사, 1977, 502면)에 "北京 順治門內 石燈庵 寓居"라고 적고 있다. 그러나 그것은 "年前"을 "前年", 즉 작년으로 오해하였기 때문이다. 단재에게 "年前"은 여러 해 전, 몇 해 전이란 다소 모호한 의미를 갖고 있다. 그는 「조선상고사」에서 "年前 金澤榮의 歷史輯略과 張志淵의 大韓疆域考에 神功女主 十八年에 新羅征服과 垂仁主 二年에 任那府 設置 等을 모다 日本書紀에서 採入하야 그 宏博을 자랑하엿으나"라고 하였는데, 『역사집략』(1905), 『대한강역고』(1903)를 지칭하는 것을 보면 십여 년 전도 "年前"으로 표기한 것을 볼 수 있다.

보인다. 단재는 1918년 석등암에서 머물렀다. 그런데 단재는 석등암이 "北京 順治門內"에 있었다고 했다. '순치문'은 달리 '宣武門'을 일컫는다.[24] 단재는 당시 선무문 안 석등암에 우거했던 것이다.[25] 그런데 당시 중화신보사는 "北京 宣武門內 絨線胡同 口內路南"[26]에 있었다. 바로 단재가 우거하던 근처에 중화신보사가 있었고, 단재는 1918년 그곳에서 살았다.

그렇다면 (다) 문서에서 단재 거주지가 길림과 상해로 혼란스럽게 표기된 까닭은 무엇인가? 잘못 기록해서 곧바로 수정했을 수도 있다. 그러나 그 시기 단재가 길림에 다녀간 사실이 일본 정보망에 잡혔지만, 그가 어디 있는지 정확히 알 수 없어 이전에 머물던 상해로 돌아갔으리라 생각해 그렇게 표기했을 가능성이 여전히 크다.[27] 정원택의 진술을 통해 그 시기 단재는 북경에 칩거하였으며, 그래서 그의 주거지가 제대로 드러나지 않았을 것이다. 당시 일본의 정보는 만주나 연해주에 비해 상해와 북경 쪽에 취약했거나, 또는 그곳에 대해 그렇게 주의를 기울이지 않았던 것으로 보인다. 1917년 8월 당시 단재는 상해에, 그리고 1918년 무렵에 북경에, 그것도 중화신보사가 가까운 석등암에 우거하였다. 그러므로 단재는 『중화신보』, 『북경중화신보』에 충분히 참여할 수 있었다. 그리고 신석우는 1917년 7월 단재와 더불어 「대동단결선언」에 참여했고, 1919년 4월부터 상해임시정부에도 함께 활동하였기에 단재의 중국신문 집필 사실 및 그 시기를 그 어느 누구보다 정확하게 알았을 것이다.

---

24 명나라 시대에 건축되었고, 처음 이름은 順城門이었다. 원래는 順承門이라 칭했으나 順治門은 와전이다. 正統4(1439)년에 宣武門으로 개칭되었다. 互動百科 http://www.hudong.com/

25 연구자는 2011년 여름 宣武門 內에 있는 석등호동(北京 西城區 石燈胡同)을 방문했지만, 암자의 모습은 확인할 수 없었고, 다만 골목 이름만 남아 있었다.

26 "本館設在北京宣武門內絨線胡同口內路南 (電話南局一六九二) 發行分所南柳巷永興寺內" (『北京中華新報』, 1916.12.1, 1면)

27 1917년 8월 하순부터 10월 초순(10.9 북경중화신보 재발간)까지 단재의 활동이 제대로 잡히지 않는다. 홍명희는 "林蚩正氏가 마터 길른 丹齋의 姪女를 出嫁시키랴고 할 때 丹齋는 北京서 기별을 듣고 林氏가 姪女를 賣喫한다고 憤怒하야 路資를 變通하야 가지고 姪女를 다릴러 들어갓"(「上海時代의 丹齋」, 82면)었다고 했다. 아마도 그 시점이 1917년 9월 무렵이 아니었을까 추측해본다. 꼭 그일 아니더라도 길림을 방문할 사정은 충분히 있었을 것이다.

3. 문체론적 접근

무엇보다 박과 단재의 동일성을 주장하기 위해서는 두 글의 문체적 동일성이 담보되어야 한다. 그러므로 두 저자 글의 문체를 비교 분석하는 것이 필요하다. 여기에서는 주로 단재가 애호하는 표현들이 박의 글에 그대로 나타나는가를 살펴보려고 한다. 박과 단재의 글에서 동일한 표현의 유무를 논하는 것에 그치는 것이 아니라 그러한 표현의 빈도까지 추출해 볼 것이다. 편의상 조사, 부사, 동사, 명사, 감탄사 등으로 나눠 살펴볼 것이다. 당시 중화신보에 글을 실던 다른 필자들과의 비교 검증도 필요하겠지만, 이에 대해서는 오랜 기간의 노력이 필요하다. 여기에서는 다만 박과 단재로 비교 대상을 한정하여 논의하기로 한다. 애용하는 표현 한두 개를 갖고 단재의 글로 규정하기는 어렵다. 그러므로 전반적으로 봐야 한다. 두 글에서 단어 사용의 분포, 빈도를 살펴보면 두 저자의 동일성에 좀 더 다가설 수 있을 것이다. 단재가 애호하는 표현이 여럿인 경우 그만큼 단재의 글일 가능성은 커진다. 여기에서는 문형이나 문체, 어휘에서 동일한 점들을 살펴보기로 한다.

1) 조사

우선 조사를 살펴보기로 한다.[28] 일반적으로 조사 내지 어조사는 문두와 문중, 그리고 문미에서 사용되는데, 문미에 사용되는 경우는 종결사라고도 한다. 특히 논란이 된 '矣'자는 조사로서, 어미어조사 또는 종

---

28 한문은 그 쓰임새에 따라 다양한 문법적 활용이 가능하다. 그래서 문법적 분류는 분명하지 않다. 여기에서 부사 동사 등의 항목은 우리말로 번역했을 때 귀속될 수 있는 품사로 치환해 분류한 것이다. 좀 막연한 감이 있겠지만, 논의의 편의를 위해 범주화한 것이다.

결사라고 할 수 있다.

果如所云之簡單明瞭則 國人大可安念矣 然而 未易言也(「政府之辨明」, 1918. 5.19)[29]

이 문장은 박의 원래 글의 모습이다. 앞에서 언급한 것처럼 '矣' 한 글자를 '一笑'로 오식해서 문제가 되었던 것이다. '矣'는 감탄이나 명령, 의문이나 단정 등 다양한 의미를 지닌다. 여기에서는 '…… 할 것이다', 또는 '…… 할 수 있다'는 추측을 나타내는 단정적 어사이다. 그리고 문장의 종결을 뜻하며, 뒤에 '然而'와 이어져 역접의 관계를 형성한다. 박의 글에서 위의 문형과 가장 가까운 맥락의 문장들을 살펴보기로 한다.

人民至此苦痛極矣 然而政府對此初無救濟之策(「段內閣之成績」, 1917.8.9)

此當爲政府最大快意之事矣 然而奇危奇險尾大不掉之局面固依然如故也(「眞受不了」, 1918.7.31)

解決時局之要義昨已言之矣 然而猶未盡也(「再爲東海一言」, 1918.9.14)

이것들은 「정부의 변명」처럼 단정의 의미로 쓰였고, 이어 '然而'가 나온다. 박의 글 119편 가운데 7군데에서 동일한 문형이 나오는데, 달리 보면 박이 '大可安念矣'를 고집할 수밖에 없었던 까닭을 살필 수 있다. 그는 '矣'로써 문장을 단정형으로 마무리하고 '然而'로 나아가는 기술방법을 택했다. 또 다른 4군데에서는 '也'로 마무리하고 '然而'를 쓰기도 했다. 박으로 볼 때 "…… 大可安念一笑 然而 ……"로 되면 자신의 문법과는 다른 우스운 문장이 된다. 그렇기 때문에 강력 항의했다는 사실을 알 수 있다. 그렇다면 단재의 용례에서는 과연 이러한 사례들을 찾을 수 있는가?

---

29 이 장에서 『중화신보』 글은 비교의 편의를 위해 고딕체로 표기하기로 한다.

總督 設而疆土汚矣 然而 我朝鮮之血族 猶未汚也[30]

閉關獨尊之心習 亦不存於機微之際者 亦久矣 然而 對我朝鮮 尙有因襲的文字之沿用者 豈不誤哉[31]

위 두 용례는 단재의 한문체 글[32]에 나타나는 것이다. 앞의 용례와 조금도 다르지 않음을 느낄 수 있다. '然而'라는 접속사 역시 단재가 아주 많이 사용하는 것으로 나타난다.[33] 이 역시 용례로써 박과 단재의 동일성을 보여주는 것이다. '矣'의 용법은 '…… 矣라'로 쓰이는 감탄, '…… 矣라, …… 矣로다'로 쓰인 한정이나 단정, 그리고 '何 …… 矣리오'로 쓰이는 의문형 등이 있다. 감탄의 어조가 강한 감탄형은 久矣, 極矣, 盛矣, 甚矣, 已矣 등등이 있다.

甚矣 今日權勢家之不足與言政治也(「論選擧」, 1918.7.25)

甚矣 人性之簿弱也(『普專親睦會報』 9, 1907.11.15)

30 大弓, 「謀殺前皇太子之奇聞」, 『天鼓』 1, 1921.1, 45면.

31 震公, 「韓漢兩族之宜加親結」, 『天鼓』 2, 1921.2, 2면.

32 단재가 한문으로 쓴 글을 말하며, 여기에는 다음 글이 포함된다. 「愚公移山論」(申采浩, 『普專親睦會報』 9, 1907.11.15), 「夢見諸葛亮序」(申采浩, 『夢見諸葛亮』, 광학서포, 1908), 「古今光復記」(丹生, 『香江雜誌』 1, 1913.12), 「天鼓創刊辭」(編輯人), 「祝大朝鮮軍政署之大破倭兵」 · 「大韓獨立軍破倭露佈」 · 「謀殺前皇太子之奇聞」 · 「軍政署布告戰況」(大弓), 「朝鮮獨立及東洋平和」(震公), 「倭所謂親善者如是」(折肱生), 「論日本之有罪惡而無功德」(鐵椎, 以上 『天鼓』 1, 1921.1), 「韓漢兩族之宜加親結」 · 「朝鮮古代之社會主義」(震公), 「對於古魯巴特金之死之感想」(南溟), 「萬里長城」(神志), 「見聞雜感」(大弓), 「最近一朔內獨立運動之進行」(鐵椎, 以上 『天鼓』 2, 1921.2), 「第三回三一節普告同胞」(大弓, 『天鼓』 3, 1921.3), 「考古篇」(神志, 『天鼓』 1~3, 1921.1~3) 등 총 18편이다. 필명으로 발표된 작품에 대해서는 이미 다른 지면(「신채호의 자료 발굴 및 원전 확정 연구-『天鼓』를 중심으로」, 『어문학』 93, 한국어문학회, 2006.9)을 통해 저자확정을 하였으므로 단재의 글에 포함시켰다.

33 박의 119편 논설에서 26군데, 단재의 한문체 글에서 4군데, 단재 논설 4군데, 독사신론에 2군데 나온다. 여기에서 '단재 논설편'이라 함은 단재의 기명 논설 및 단재의 작품이 확실한 논설 또는 '담총'란 작품을 말한다. 주로 『단재신채호전집』 제6권 논설 · 사론편에 실린 작품을 중심으로 했다. 검심의 「進化와 退化」(『대매』, 1910.1.8) 2회와 「近今國文小說著者……」(『대매』, 1908.7.8) 1회, 그리고 무서명이지만 저자 확정된 「惜乎라 禹龍澤氏……」(『대매』, 1909.6.27) 각 1회 등 총 4회에 '然而'가 사용되었다.

已矣 諸公位高矣 金已多矣(「轉求諸將軍」, 1918.7.9)

國家눈 已矣라 項羽彭城에 天下事ㅣ 去ᄒᆞ고 張巡睢陽에 將士皆病ᄒᆞ야 四面에 楚歌聲이오 榻外에 他人睡라 已矣 今日이여 何嗟及矣리오.[34]

단재는 '甚矣'를 동일한 문형에서 쓰고 있다. 이것은 문두, 문중, 문미 등 다양하게 사용되었으며, 박의 글에 4군데, 단재 한문체 글에서도 3군데 나온다. 특히 위 예문은 어두에 사용하는 용례로 그 사용이 유사하다. 그리고 '已矣'는 잘 쓰이지 않는 표현인데, 박의 글과 단3재의 글에 공통적으로 등장한다. 이 외에도 久矣, 極矣 등 동사, 부사, 형용사와 결합한 감탄어가 박의 글과 단재의 글에 많이 등장한다.

다음으로 단재의 특성을 잘 보여주는 글자가 '哉'가 아닌가 생각된다. 이 부분을 좀 더 면밀히 보기로 한다. 단재에게 '哉'는 '豈…… 哉아, 豈…… 哉오'로 쓰이는 설의형, '…… 哉라, …… 哉로다'로 쓰이는 감탄형, '…… 哉어다'로 쓰이는 명령형 등이 있다.

若今日者不許報界聞知而偏責報界不錯推其結果必責備日至動輒得咎勢非出白紙不可世豈有此等片面的取締方法哉(「政府與報界」, 1918.7.15)

抑豈非吾人之深痛哉[35]

以兄之高明慷慨로 豈其入壹進會者哉아[36]

豈不異哉(「段內閣之成績」, 1917.8.9) 豈不痛哉(「國會解散日」, 1918.6.12)

豈不誤哉[37] 豈不哀哉 豈不哀哉[38]

---

34 「保種保國이 元非二件」, 『大韓每日申報』, 1907.12.3.

35 編輯人, 「天鼓創刊辭」, 『天鼓』 1, 1921.1, 4면.

36 錦頮山人, 「與友人絶交書」, 『大韓每日申報』, 1908.4.14.

37 震公, 「韓漢兩族之宜加親結」, 『天鼓』 2, 1921.2, 2면.

38 志神, 「考古篇」, 『天鼓』 1, 1921.1, 24면.

'豈……哉'의 용법은 설의 내지 반문으로 박의 글과 단재의 글에 모두 등장하고 있다. "어찌 이러한 일방적인 단속이 있겠는가?"는 "또한 우리들의 몹시 아파함이 아니겠는가?", "어찌 일진회에 들어간단 말인가?"와 마찬가지로 일종의 설의법이다. 그리고 박은 "豈不異哉, 豈不痛哉"를 썼는데, 그것은 단재가 "豈不誤哉 豈不哀哉 豈不哀哉"라고 한 맥락과 다르지 않다. 이처럼 서로 같거나 유사한 표현들이 적지 않다.

> 彼自命爲當局者 方視中國爲一黨之私産 倒行逆施而不顧也 哀哉(「絶望」, 1917.8.3)
> 統監府의 命令이나 說ᄒᆞ며 日憲兵의 勢力이나 仰ᄒᆞ니 哀哉로다.[39]

> 吾人固以陸死爲快者然民國軍法非爲陸建章設陸雖可殺而殺之失其道矣惜哉(「再論陸建章案」, 1918.6.18)
> 後世國民이 幾乎 相忘의 域에 置ᄒᆞ니 惜哉라[40]

다음으로는 '……哉라, ……哉로다'로 쓰이는 감탄형 어구이다. '哀哉'는 박에게 있어 문중, 문미에 쓰이는데, 그것은 단재에게도 마찬가지이다. 특히 관심을 끄는 것은 문미형이다. 박의 글에서 1917년 8월 3일, 1918년 6월 29일 두 군데에 걸쳐 문미, 그것도 글의 맨 마지막에 위치하고 있다. 단재는 「屛門軍과 大統領」(『大韓每日申報』, 1909.12.16)에서 똑같은 사용법을 보여준다. 그리고 '惜哉'도 마찬가지이다. 박은 글의 마지막에서 이를 사용하였는데, 단재도 「悲哉 韓國英雄의 歷々」(『大韓每日申報』, 1909.12.14)에서 글을 '惜哉'로 마무리하고 있다. 단재가 특히 감탄어를 많이 사용한 것은 그의 문체가 감성적, 직설적, 설유적이기 때문이다. 단재는 자신의 감정을 문장에 직접 노출시켜 독자와의 공감을 구하였다.

---

39 劍心, 「屛門軍과 大統領」, 『大韓每日申報』, 1909.12.16.

40 劍心, 「悲哉 韓國英雄의 歷々」, 『大韓每日申報』, 1909.12.14.

嗟我青年其勉之哉(「學界請願誌盛」, 1918.5.22)
嗟爾愛國同胞아 爾惟求爲三傑哉어다.[41]
嗟我國民이여 今日부터 大希望으로 大進步하야 大國民을 作할지니라.[42]

위의 문장은 청유 내지 명령형의 문장으로, 독자에게 권면하는 내용이다. "嗟 我青年"의 형태는 "嗟 我國民이여"에도 드러난다. 그리고 '…… 힘쓸지어다(其勉之哉)'의 형태는 "惟求爲三傑哉어다", "大國民을 作할지니라" 등과 같은 효유, 권면의 형태로 등장하는 것이다. 단재의 문장이 더욱 힘있게 느껴지는 것은 이러한 데 있다. 독자로 하여금 행동화로 나아가도록 적극 권면하기 때문이다.

知倒行逆施之不足得外援 而速能翻然變計也已(「協約國之輿論」, 1917.8.12)
及列强之悟解如何 今玆所論 殆不過紙上之一空論也已[43]

噫可慨已(「讀教育部布告」, 1918.5.24) 可傷也已(「袁世凱氏忌日」, 1918.6.6)
可哀也已(「論陝亂」, 1918.6.10)
其滅絶至此 吁可慨也已[44]

박이나 단재의 글에는 이 외에도 而已, 也已 등의 독특하고도 빈번한 사용을 볼 수 있다.[45] 박은 자신의 감정을 드러내기 위해 '可慨已, 可傷也已' 등을 사용하였는데, 이는 단재의 '可慨也已' 방식과 다를 바 없다. 이처럼 조사의 사용에서 단재와 박은 매우 일치하고 있다.

---

41 申采浩, 『伊太利建國三傑傳』, 광학서포, 1907, 94면.
42 申采浩, 「大韓의 希望」, 『大韓協會會報』 1, 1908.4, 17면.
43 震公, 「朝鮮獨立及東洋平和」, 『天鼓』 1, 1921.1, 10면.
44 神志, 「考古篇」, 『天鼓』 1, 1921.1, 26면.
45 而已는 박의 글에서 32회, 단재 한문체 글에 23회 나오며, 也已는 각각 3회, 4회 나온다.

2) 부사

단재는 '寧'이나 '忍' 등을 즐겨 사용하는데, 박도 마찬가지이다. 이들 표현은 양보 내지 설의적 표현으로서 그 의미를 갖는다. 또한 '則'은 박의 글에서는 그 수효가 243개(細則 4개 제외)나 되고, 단재의 한문체 글에서도 197개나 되는 등 과다하리만큼 많이 사용되었다. 그들이 지나치게 애용하고 있다는 사실을 알 수 있다. 그리고 果然, 雖然, 然而, 然則, 甚至, 至於, 無他, 不得已, 不得不, 不可不, 於是乎, 須臾 등이 많이 등장한다. 이 가운데에서 몇 가지 용례만 살피기로 한다.

(가) 其勢力大者 則宰制中央割據一省 其小者 則盤據城邑 轉爲流寇(「良知之呻吟」, 1917.8.2)

兵少則不足以禦敵 兵多則民愈少 力愈困 而不可以爲國[46]

小則 一村一落도 渙散이면 不聚ᄒᆞ며 大則 一都一읍도 渙散이면 不立ᄒᆞᄂᆞ니[47]

(나) 不欲治國則己苟欲治之則於此治國根本之道不可不速求之而速爲之也(「權力與正義」, 1918.7.3)

不覺悟則己 旣已覺悟 則固將推枕而起 欠伸而作 開戶而呼吸 下堂而行走[48]

一身이 雖小나 善用之 則爲華盛頓 爲瑪志尼ᄒᆞ며 不善用之 則爲宋秉畯爲리容九ᄒᆞᄂᆞ니[49]

'則'은 '이다'(……者 則……)처럼 서술형으로 사용되지만, 그 밖에도 '만

46 震公, 「朝鮮古代之社會主義」, 『天鼓』 2, 1921.2, 10면.
47 「心團然後에 體團」, 『大韓每日申報』, 1907.11.14.
48 大弓, 「第三回三一節普告同胞」, 『天鼓』 3, 1921.3, 3면.
49 錦頰山人, 「與友人絶交書」, 『大韓每日申報』, 1908.4.14.

일……라면, ……하면' '……할 때에는, ……의 경우에는' 등 가정, 또는 조건형으로 사용된다. 위의 문장들은 두 개의 則이 사용되어 전후가 서로 대칭형을 이루고 있다. 특히 "其勢力大者 則宰制中央割據一省"은 아래의 두 문장보다 좀 더 규범적인 문장으로 썼지만, 아래 두 문장과 다를 바 없다. 다만 보다 공식적인 문장으로 이뤄졌는데, 그것은 "夫餘族之美術的天才者則必殘破之無遺"처럼 단재 글에서도 적지 않게 등장한다. 특히 아래(나)의 경우는 "不欲治國則已 苟欲治之則……"과 아래의 "不覺悟則已 旣已覺悟則……"은 매우 일치한 모습을 보이고 있다.

則의 용법으로 '……의 경우에는'으로 쓰이는 것이 있다. 박의 글에 "督軍則任命北洋之心腹"(1917.8.9), "做官則做官已耳"(1917.8.10), "人則步驟井然我則手足無措"(1918.7.28), "今日憤慨之人則彼時稱快之輩也"(1918.8.30) 등으로 나타나는데, 그것은 단재 글에 "如多飮酒故官名「酒多」則「伊飡」何不解曰善飯 百家濟 故國名「百濟」則溫祚以前之伯濟", "摩西則不然", "支那則當初부터 新羅의 興國됨이 아니라", "新羅則 上下가 合德ᄒᆞ며"에서 여실히 보인다. 그리고 박의 글에는 "異已則黜 同黨則用 守法則不容 犯法則必賞"(1917.8.8)처럼 '則'이 연속적으로 사용되는데, 단재의 글에서도 "夫隋來則禦隋 唐來則禦唐 契丹來則禦契丹 女眞來則禦女眞 倭來則禦倭"처럼 사용되었다.

去年今日在北京巷戰之共和軍今則奔走湘南方與同屬共和派之湘桂軍相戰(「克復北京紀念日」, 1918.7.12)

舊是中國殷朝之領土 今則時移事變已非舊樣而獨有白衣之人 尙帶殷朝之物色也[50]

今則我國之慘狀 視諸四溟當時 又不啻倍蓰千萬矣[51]

50 震公, 「韓漢兩族之宜加親結」, 『天鼓』 2, 1921.2, 2~3면.

51 大弓, 「見聞雜感」, 『天鼓』 2, 1921.2, 27면.

한편 박과 단재 모두 '지금에는'을 뜻하는 단어로 "今則"을 사용하고 있다. 그냥 '지금인즉'의 의미이지만, 간단히 '지금은'으로 표현할 수 있다. 박의 글에 4군데, 단재 한문체에 2군데 등장한다.

雖然 宣戰者 國家一種嚴肅之事實也(「今日宣戰」, 1917.8.14)

雖然 日本之所得於此兩役者 又何其奢也[52]

雖然이나 諸侯 受封의 地가 百里에 不滿흠은 東國 古代의 通例라.[53]

박은 '雖然'을 문두에 자주 사용하였다. 그것은 박의 글에 16군데, 단재 논설편에 11군데 나타난다.[54] 단재는 「독사신론」에서도 9군데에 걸쳐 '雖然이나'를 썼는데, '雖然'에 우리말 토씨를 넣은 것이다. 박과 단재 모두 높은 사용 빈도수를 보여준다. 이 밖에도 박의 글에는 果然이 1회, 단재 한문체에서 1회, 「독사신론」에서 10회를 보이며, 然而는 박의 글에 26회, 단재 한문체 4회, 「독사신론」에 2회의 용례를 보여주고 있다.

民厭戰商厭戰將帥厭戰各名流厭戰甚至政府亦傾向於厭戰是厭戰者已成全國之公意矣(「一線之希望」, 1918.6.2)

如漢城之每日申報 甚至僞造獨立軍首領金佐鎭等之被殺 以眩耳目[55]

甚至는 '심지어'를 뜻하며, 박과 단재가 동일하게 선호하고 있다. 박의

---

52 鐵椎, 「論日本之有罪惡而無功德」, 『天鼓』 1, 1921.1, 22면.

53 一片丹生, 「讀史新論」, 『大韓每日申報』, 1908.9.15.

54 신채호의 「歷史와 愛國心의 關係」(『대한협회회보』, 1908.6) · 「대아와 소아」(『대한협회회보』, 1908.8), 금협산인의 「與友人絶交書」(『대매』, 1907.12.3), 검심의 「近日 小說家의 趨勢……」(『대매』, 1909.12.2) 각 1회 모두 4회, 무서명 저자확정 작품 「滿洲問題에 就ᄒᆞ야 再論흠」(『대매』, 1910.1.19~22) · 「國民 大韓 兩魔頭上 各一棒」(『대매』, 1909.5.23) 각 2회, 「保種 保國이 元非二件」(『대매』, 1909.12.16) · 「警告儒林同胞」」(『대매』, 1908.1.16) · 「東洋伊太利」(『대매』, 1908.1.29) 각 1회 등 7회로 모두 11회 사용되었다. 그 밖에도 「韓日合併論者에게 告흠」(『대매』, 1909.1.6) · 「가족교육의 전도」(『대매』, 1908.6.11)에서 각 1회 등 2회가 나온다.

55 大弓, 「大韓獨立軍破倭露佈」, 『天鼓』 1, 1921.1, 40면.

글에 6회, 한문체 3회(심지어 1회 포함) 등장한다.

> 時局破裂 陷中國於今日者 無他 對德宣戰案 是也(「宣戰問題」, 1917.8.1)
>
> 甚於伊藤寺內者 無他 伊藤寺內 非朝鮮人也[56]

> 此無他奮商人飯碗而已(「商界大風潮」, 1918.5.12)
>
> 此는 無他라 地氣의 溫度가 日升홈으로 彼鳥의 飛가 日高홈이라[57]

박은 '無他'를 13회 사용하였다. 한문체에 2회, 그리고 "無他라" 하여 「독사신론」에 1회, 단재 논설에 11회에 걸쳐 등장한다. '다름 아니라'라는 뜻으로 단재가 애용하는 표현이다.

> 謂其爲不得已歟則南方雖倡言護法而政府亦固以立憲相標榜也(「雲南起義紀念日感言」, 1917.12.25)
>
> 政府之辯明主戰也謂爲不得已換言之則得已之時卽不主戰也(「請停戰」, 1918.5.15)

> 又有不得已於言者 抽象的言論文字 不足以應用於今日兩民族切實提携之際者也[58]
>
> 實로 不得已에 出홈이니라. 不得已라 ᄒᆞ면 不知者ᄂᆞᆫ 必曰 裴公은 本社 故主오[59]

---

56 大弓, 「謀殺前皇太子之奇聞」, 『天鼓』 1, 1921.1, 45면.

57 劍心, 「哲人의 面目」, 『大韓每日申報』, 1909.11.30. 이 외에도 신채호의 「歷史와 愛國心의 關係」(『대한협회회보』, 1908.5), 금협산인의 「여우인절교서」(『대매』, 1908.4.12), 검심의 「姜邯贊과 加富爾」(『대매』, 1909.12.14) · 「竊盜者의 國家主義」(『대매』, 1909.12.16) · 「古代의 人物」(『대매』, 1910.1.6) · 「東洋革命史의 缺點」(『대매』, 1910.1.20) 등에 각 1회씩 6회, 무서명 저자확정 작품 「國漢文의 輕重」(『대매』, 1908.3.18) · 「日本의 三大忠奴」(『대매』, 1908.4.2) · 「舊書刊行論」(『대매』, 1908.12.19) · 「滿洲問題에 就하야……」(『대매』, 1910.1.22) 등에 각 1회씩 4회, 총 11회에 걸쳐 '無他라'가 사용되었다. 이 밖에도 단재전집에는 「新暖書感」(1910.2.16) 2회, 「人生은 目的을 確定홈이 可홈」(『대매』, 1909.7.10) · 「身家國 觀念의 變遷」(『대매』, 1909.7.15) 각 1회 등 4회가 더 있다.

58 震公, 「韓漢兩族之宜加親結」, 『天鼓』 2, 1921.2, 5면.

59 「國民 大韓 兩魔頭上 各一棒」, 『大韓每日申報』, 1909.5.23. 이 밖에도 무서명 저자확정 작품 「國民 大韓 兩魔頭上 各一棒」에 2회 및 「心團然後에 體團」(『대매』, 1907.11.14) · 「國粹保全

박의 글에 不得已는 7회, 단재 한문체 1회, 「독사신론」에 2회, 논설에 5회 걸쳐 등장한다. 이 밖에도 不得不은 박 4회, 단재 한문체 1회, 「독사신론」 5회, 不可不은 박 5회, 한문체 8회, 「독사신론」 1회 등장한다.

實力助之而駐在國之政變於是乎興假令世有如是之公使者尾崎氏又將何以評之乎(「尾崎質問」, 1918.1.24)

爲奴隷牛馬於富人 而無以自立 於是乎 爲之田制 而求均其產業 何以有軍制乎?[60]

必也 其中에 恆常 主動力되는 特別種族이 有ᄒᆞ여야 於是乎 其國家가 國家될지니[61]

단재가 잘 쓰는 표현으로 於是乎가 있는데, 박은 1회, 한문체 8회, 「독사신론」 12회가 등장한다. 이 밖에도 須臾가 박의 글과 단재 한문체에 각각 1회씩 사용되었다.

3) 동사

동사에 관해서는 여러 가지 있지만 몇 개의 특이 글자에 대해 살피고자 한다. 특히 박과 단재의 글에 두드러지고 인상적인 표현들로 觀, 試, 譬如, 質言, 未知, 附庸, 破壞 등이 있다.

說」(『대매』, 1908.8.12)에 각 1회 등 총 5회에 걸쳐 '不得已'가 사용되었다. 그리고 그 밖에도 전집에서 「德智體 三育에 體育이 最急」(『대매』, 1908.2.9), 「新暖書感」(『대매』, 1910.2.16)에 각 1회 등이 나온다.

60 震公, 「朝鮮古代之社會主義」, 『天鼓』 2, 1921.2, 10면.

61 一片丹生, 「讀史新論」, 『大韓每日申報』, 1908.8.27.

觀近日天津會議之狀武人政治之弱點實已完全暴露(「策略家之成績」, 1918.8.9)

且觀其國人思想之潮流 每視歐洲而爲進退 尼采 尊於歐洲[62]

近日 小說家의 趨勢를 觀ᄒᆞ건ᄃᆡ[63]

마지막 예문에서 보듯이 단재는 '……를 관하건대'로 하여 많이 썼다. 즉 '……에 대해 보건대'라는 의미인데, 이러한 표현은 논설에서도 적지 않다. 박의 글에 21군데, 단재 한문체에 15군데, 「독사신론」에도 5군데 나타나는 빈도수가 높은 표현이다.

試問中國之大 派別之多 安有人焉(「段內閣之基礎」, 1917.8.5)

試問居亞洲而禍亞洲者 有先於倭者耶[64]

試看此番議員良於何在(「嗚呼選擧」, 1918.6.11)

試看ᄒᆞ라. 彼六大强國이 揚揚ᄒᆞᆫ 意氣로 宇宙에 橫行ᄒᆞᆷ은 何故오.[65]

'試問'은 박의 글에 2군데, 단재 한문체에 1군데 나타나며, 그것은 '試問하건대'의 의미로 단재 논설에 2군데 나온다.[66] 그리고 두 번째 예문에서 '試看'은 한글로 "試看하라"가 되는데, 박의 글에 두 군데, 단재 논설에 6군데 나온다. 이 밖에도 박의 글에는 "試一攷" "試一察", "試一回顧" "試觀" 등이 나타나고, 단재의 글에서는 "試思하라"가 여러 군데 나타난다.

---

62 鐵椎, 「論日本之有罪惡而無功德」, 『天鼓』 1, 1921.1, 20면.

63 劍心, 「近日 小家說의 趨勢를 觀ᄒᆞ건ᄃᆡ」, 『大韓每日申報』, 1909.12.2.

64 編輯人, 「天鼓創刊辭」, 『天鼓』 1, 1921.1, 2면.

65 「二十世紀新國民」, 『大韓每日申報』, 1910.2.26. 이 외에도 검심, 「專心致志……」(『대매』, 1909.12.9) 1회, 무기명 저자확정 작품 「이십세기 신국민」 3회가 더 사용되어 모두 5회에 걸쳐 '試看하라'가 사용되었다.

66 「二十世紀新國民」(『대매』1910.2.22~3.3)에 2회 사용.

譬如病夫今方消耗其最後之生活力以坐待死期之來哀哉(「和戰非今日之問題」, 1918.6.1)

譬如一家中落子弟不肖日以斷送產業爲事然賣衣物可也(「賣之限度」, 1918.7.11)

譬如孩提之童 徒知已之有父 而不知隣人之有父[67]

譬如羣盲 終夜亂模 竟不得本物所在 可慨也[68]

'譬如'는 박의 글에 3군데, 단재 한문체에 2군데(이 외에도 譬則 하나) 나타난다. 이것은 '譬컨딕'로 읽히며, 단재 논설에 6군데 나타난다.[69]

今日之事要爲證明共和派建設之失敗質言之則雲南前年起義之目的蓋至是絲毫未達而今後猶無從保其必達也(「雲南起義紀念日感言」, 1917.12.25)

國性이 國粹를 待ᄒᆞ야 保ᄒᆞ며 國魂이 國粹를 得ᄒᆞ야 立ᄒᆞ나니 質言ᄒᆞ면 盖我가 我를 尊ᄒᆞ며 我가 我를 愛ᄒᆞᄂᆞᆫ 心이 國粹를 因ᄒᆞ야 生ᄒᆞᄂᆞᆫ비라.[70]

'質言'은 '사실을 있는 그대로 말하다'는 의미로 박의 글에 6군데, 단재 논설에 2군데 나온다. 「대동제국사서언」에도 "世界民族의 大勢를 觀察치 못ᄒᆞᄂᆞᆫ 者면 國史를 著치 못할 지니, 質言ᄒᆞ면 通才碩儒인 然後에 可히 國史를 著할지라"고 하여 나온다.[71]

---

67 南溟, 「對於古魯巴特金之死之感想」, 『天鼓』 2, 1921.2, 17면.

68 神志, 「萬里長城」, 『天鼓』 2, 1921.2, 20면.

69 신채호의 「大韓의 希望」(『대한협회회보』, 1908.4)·「文法의 宜統一」(『기호흥학회월보, 1908.8)·「朝鮮民族의 全盛時代」(『삼천리』, 1935.1), 검심의 「近日 小說家의 趨勢……」(『대매』, 1909.12.28)·「泰西人 埃亞哥 曰」(『대매』, 1909.12.7) 등에 각 1회씩 5회, 저자 확정작 「心團然後에 體團」(『대매』, 1907.11.4) 1회 등 6회에 걸쳐 사용되었다. 이 외에도 단재전집에 「英雄과 世界」(『대매』, 1908.1.4)·「東洋主義批評」(『대매』, 1908.7.8) 각 1회씩 2회가 사용되었다.

70 劍心, 「國粹」, 『大韓每日申報』, 1910.1.13. 이 외에도 '質言'은 「二十世紀新國民」(『대매』, 1910.2.22~3.3)에 1회 사용되었다.

71 「무애산고」(1915), 『단재신채호전집』 3, 독립기념관, 343면.

未知議員諸氏對此感想又奚如耳(「體卹」, 1918.9.11)

未知篇尾結論將在何日[72]

未知케라 將來 韓國에 眼孔 偉大흔 風雲兒가 幾個ᄂ 出來홀는지.[73]

문두의 '未知'는 '未知케라'로 번역되며, 박의 글과 단재 한문체에 각각 1군데, 단재 논설에 4군데 나온다.

使將來中日兩國眞成爲兄弟友善之邦初不必下有害無益之工夫以望吾國附庸於日本此亦論寺內政策所感之端也(「日本政變感言」, 1918.9.22)

檀君與神武爲兄弟 塗改故典 則新羅於日本爲附庸 齊書郢說 旣爲耳目之所熟習[74]

堂堂 大朝鮮을 他國의 一附庸屬國으로 反認홈으로 奴性이 充滿ᄒ야 奴境에 長陷ᄒ얏거늘[75]

원래 '부용'이란 작은 나라가 큰 나라에 종속되어 지내는 것을 의미하지만, 여기에서는 단순히 종속되어 사는 것을 의미한다. 박은 자신의 글에서 '부용'이란 표현을 썼는데, 단재 역시 위의 예문뿐만 아니라 『을지문덕』에서도 "隋에 附庸國되기만 是甘ᄒ는도다"라고 썼다. 이 밖에도 破壞가 박의 글에 7군데, 단재 한문체 10군데, 단재 논설에 무수히 나타난다.

---

72 大弓, 「第三回三一節普告同胞」, 『天鼓』 3, 1921.3, 4면.

73 「韓國과 滿洲」, 『大韓每日申報』, 1908.7.25. 이 외에도 단재의 「여우인절교서」(『대매』, 1908.4.12) 1회 나온다. 이 밖에도 단재전집에는 「今日大韓國民의 目的地」(『대매』, 1908.5.24), 「韓國民族地理上發展」(『대매』, 1910.2.20) 각 1회씩 2회가 있다.

74 編輯人, 「天鼓創刊辭」, 『天鼓』 1, 1921.1, 23면.

75 「國漢文의 輕重」, 『大韓每日申報』, 1908.3.18.

4) 명사

박은 人民, 民衆이란 어휘를 선호하고, 京畿, 近畿, 神州 등의 표현을 썼으며, 奴隷, 載 등의 단어도 쓰고 있다. 그것은 단재의 글에서도 빈도수가 높은 어휘들이다.

> 豈以爲人民之苦痛 尙未臻極頂乎(「良知之呻吟」, 1917.8.2)
> 竟擧其三千里疆土 二千萬人民 犧牲於此四字之下而後乃已[76]

'인민'은 백성을 뜻하는 의미로 사용되었으며, 박의 글에 52군데, 단재 한문체 17군데, 「독사신론」에 13군데 사용되었다.

> 無辜民衆勢將隨此國會問題而俱盡矣(「國會問題」, 1918.5.20)
> 一軍官 失手槍聲 卒發兵 卒聞之 以爲民衆之攻擊 遂向衆中射之 出死傷者五十人[77]

박은 '인민'과 더불어 '민중'이라는 단어를 사용하고 있다. 박과 단재 한문체에 각각 두 군데 등장한다. 단재는 1908년 「대한의 희망」에서 "民衆의 希望으로 國家가 創有하며"라 하여 민중을 썼다. 이후 「대동제국사서언」에 "民衆은 幾個 專制 惡魔에 任ᄒᆞ야"라는 표현이 등장하는데, 그에게 민중이란 단어는 1910년대에 본격적으로 사용된 듯하다.

> 豈眞從此聽外人之宰割束縛甘心準備作永劫之奴隷乎(「嗚呼中國之悲運」,

76 折肱生, 「倭所謂親善者如是」, 『天鼓』 1, 1921.1, 13면.
77 大弓, 「見聞雜感」, 『天鼓』 2, 1921.2, 26면.

1918.7.28)

環三千里 爲之穽 驅二千萬 爲之奴隷 日加以鞭捶毒刃者 非倭奴耶?[78]

'노예'라는 표현은 단재가 많이 사용하였는데, 박의 글에서도 한 군데 나타난다.

鼠疫爲人類之大敵 今京畿數百里外 竟發現此疫(「疫警」, 1918.1.7)

我近畿將士若第十六旅若第八師若第三師莫不奮勇效死用平大難(「克復北京紀念日」, 1918.7.12)

박의 글에 '京畿'라는 표현은 5군데 나타난다. 이는 우리나라 사람들이 자주 쓰는 표현이다. 그리고 박은 '近畿'라는 표현을 썼다. 이는 '서울 인근 지역'을 뜻하는 말로, 단재 역시 "玄麟이 僧軍 三百을 率ᄒᆞ고 擊賊次로 近畿에 留ᄒᆞᆫ 바"(「최도통전」, 『대매』, 1910.5.13), "近畿 각 봉화대를 엄습하여"(「一耳僧」, 『룡과 룡의 대격전』, 98면) 등에서 '近畿'라는 표현을 썼다.

<u>吾萬里神州</u>將變爲白茫茫一片荒土(「哀語(一)」, 1918.5.11)

又繼與四方之强寇 戰 櫛風沐雨 不遑寧居 以玆神州 遺我子孫者 而後人不肖忘厥先模[79]

"吾萬里神州"는 중국을 뜻하는 말이다. 단재의 글에서도 '신주'가 사용된 것을 볼 수 있다. 그리고 단재는 "韓國 四千載 歷史上"(『大韓每日申報』, 1908.7.25), "四千載 國家"(『大韓每日申報』, 1909.6.27)에서 年 대신 載를 많이 썼는데, 博도 "五千載之血祀"(1918.5.13)라 하여 그렇게 썼다.

---

78 震公, 「韓漢兩族之宜加親結」, 『天鼓』 2, 1921.2, 2면.

79 大弓, 「第三回三一節普告同胞」, 『天鼓』 3, 1921.3, 3면.

5) 감탄사 기타

기타 嗚呼, 果何, 奈何, 至此, 是也, 於是, 如是, 未之有也 등을 살펴보면 아래와 같다.

> 嗚呼 中國本一不可思議之國也(「帝孽世界」, 1917.8.4)
> 嗚呼爲此言者 徒知一十 不知二五者也[80]
> 嗚呼라, 我 檀君時代가 果然 太古 鴻荒 不可思議의 時代인가.[81]

단재는 감탄사 "嗚呼(라)"를 많이 쓰고 있다. 그것은 박의 글에 12군데, 단재 한문체 8군데, 「독사신론」에 20군데 나온다. 단재는 이처럼 자신의 감정을 문장에 그대로 표출하였는데 박도 마찬가지이다.

> 時局破裂 陷中國於今日者 無他 對德宣戰案 是也(「宣戰問題」, 1917.8.1)
> 凡萬餘里 世所謂萬里長城 是也[82]

'是也'는 강조 용법이다. 박의 글에 14군데, 단재 한문체 24군데, 「독사신론」에 3군데 나타난다.

> 矛盾至此 奇幻至此 不知民主主義之各友邦 其亦稍有所覺悟乎 否乎(「宣戰問題」, 1917.8.1)
> 其滅絶至此 吁可慨也已[83]

80 震公, 「朝鮮獨立及東洋平和」, 『天鼓』 1, 1921.1, 9면.
81 一片丹生, 「讀史新論」, 『大韓每日申報』, 1908.9.2.
82 神志, 「萬里長城」, 『天鼓』 2, 1921.2, 20면.
83 神志, 「考古篇」, 『天鼓』 1, 1921.1, 26면.

'至此'는 여기에 이르다, 이 지경에 이르다는 의미이다. 박의 글에 25군데, 단재 한문체에 7군데 등장한다.

> 苟能如是而謂中國人猶不誠心願與日本携提者未之有也(「日本政變感言」, 1918.9.22)
>
> 皆由次序而漸進 而以孩提之齡 行大人之事者 未之有也[84]

"未之有也"는 있지 않다, 없다는 뜻으로 박의 글에 3군데, 한문체에 5군데 나온다. 동일한 구절이 여러 군데 나타남을 확인할 수 있다. 이를 통해 문체상 동일성을 여실히 볼 수 있다.

4. 쟁점 해명－박과 단재

1) 일본에 대한 태도－차관, 군사협정, 친선 문제

박의 일본에 대한 태도는 크게 3가지 측면에서 고찰할 수 있다. 차관과 군사협정, 그리고 친선 문제 등이다.

> 借款愈多而民命愈殆華人之負擔日增而其幸福則日減日本雖以貸款之故與吾國政治上發生種種關係而華人則除此利率極高之債務而外他毫無所得也 차관이 늘어날수록 국민들이 더 위태로워지고, 중국 사람들의 부담이 날로 많아

84 南溟, 「對於古魯巴特金之死之感想」, 『天鼓』 2, 1921.2, 18면.

질수록 행복이 날로 줄어들게 될 것이다. 일본은 차관 때문에 정치에 있어 우리나라와 각종 관계를 맺게 되었지만 국민의 입장에서 높은 이자의 채무밖에 아무 것도 얻은 것이 없다(「非誤解也有所不解也」, 1918.6.13)

中國財政將因此借款政策而沉淪於永刦矣此誠吾民所疾首痛心而拜鄰邦之賜者也 중국 재정은 장차 이 차관 정책 때문에 영원히 궁지에 빠지게 될 것이다. 우리 백성들이 골머리를 앓고 마음 아파하게 된 것이 다 鄰邦 덕분이다(「借款政策」, 1918.6.20)

至其借款政策蔑視我人民之反對供給我官場之揮霍取我無數之利權貽我無窮之担負 차관 정책에 대해서는 우리나라 국민들의 반대를 무시하고 관리들에게 주어 돈을 흥청망청 써버리게 했다. 우리나라의 수많은 권리를 빼앗고 크나큰 부담만 남겨주었다(「日本政變感言」, 1918.9.22)

박은 차관이 국민들에게 미치는 영향을 정확하게 꿰뚫고 있다. 곧 차관이 국민들에게 채무 부담만 가중시켰다는 것이다. 그래서 "골머리를 앓고 마음 아파하게 된 것이 다 鄰邦 덕분"이라 했다.

日本輿論在今日已顯然反對出兵而獨勸我簽訂出兵細則者何耶而中國政府尙與日本交涉出兵者抑又何耶……自日本言已聞旣不出兵則無須勸我出兵更無須交涉出兵細則使不然者則是交涉之目的不在出兵而眞在干與我國之軍事權矣……今者擧國反對風潮急緊爲當局計惟有對日本開誠協商將出兵交涉全體中止日本原不出兵以情理言當然不能强我以彼所不爲之事……日本苟眞言親善者吾信其必能諒政府及我國民之苦衷而有以轉圜之也 일본 여론은 금일 분명히 출병을 반대하였는데 왜 하필 우리에게 출병세칙을 서명하도록 권하는 것일까? 또는 중국 정부는 왜 여전히 출병에 관해서 일본과 교섭하고 있을까?……출병하지 않겠다고 한 일본은 우리나라에 출병을 권할 필요가 없고

출병 세칙에 관해서 교섭할 필요가 더더욱 없다. 그렇지 않으면 교섭의 목적이 출병에 있는 것이 아니라, 우리나라 군사권을 간여하는 데 있을 것이다…… 지금은 전국에서 반대의 풍조가 대단한데 당국에서는 일본과 성의 있는 협상을 개최하고 모든 출병 교섭을 중지시키도록 시도해야 한다. 일본은 출병하지 않기 때문에 이치대로 저들이 원하지 않는 일을 우리나라에 강요하지 말아야 한다…… 일본의 친선이란 말이 진담이라면 우리 정부와 국민의 고충을 이해하고 우리의 간언을 받아들여야 한다 (「共同出兵可以已矣」, 1918.5.14)

我政府速息內爭以與我鄰邦同等之宗旨竭盡棉薄共同對敵中日同盡力於聯軍大團體之下不必特言結合而友誼必日進一日也 우리 정부는 속히 內爭을 종식시키며 우리의 鄰邦과 같은 취지를 가지고 공동으로 대적하기 위해 힘써야 한다. 중일은 聯軍이란 단체 밑에서 협력하게 되면 특별히 결합 따위 말을 하지 않아도 그 우의가 날로 증진될 것이다(「日本出兵宣言」, 1918.8.5)

박은 중일군사협정의 문제를 지적했다. 일본의 출병 권유는 중국의 군사권 참견에 있고, 당국에서는 출병교섭을 중지해야 하며, 일본이 진실로 친선을 말한다면 중국의 고충을 이해하고 간언을 받아들여야 할 것이라 했다. 그리고 다음 예문에서 “중일은 聯軍이란 단체 밑에서 협력하게 되면 특별히 結合하자고 하지 않아도 그 우의가 날로 증진될 것”이라 언급했다. 또한 중일군이 연대하면 되지, 특별히 결합하자고 할 필요가 없다는 것이다.

換言之卽亟亟欲令日本出兵此與吾華人之所望者蓋適相反也言國民親善者其注意之 바꿔 말하자면 일본이 속히 출병하도록 독촉하는 것이다. 이것은 중국인들이 원하는 바와 어쩌면 정반대이다. 국민 친선을 말하는 사람은 이를 주의해야 한다(「必要與活用」, 1918.5.26)

中日親善不能無代價換言之中國之利權與富源不能不爲日本開放此理也吾人亦承認之然有三種不能不反對第一侵害國家之獨立者如因借款而監督財政第二其利權爲立國之要素者第三壟斷全國或壟斷永久者蓋吾人所付之代價須以不害吾國民之生存爲限過此以上若日本求之是爲侵略若當局許之是爲賣國吾國民大多數誓萬萬不能承認也 중일 친선이란 게 대가를 치르지 않을 수 없다. 바꿔 말하면 중국의 이권와 富源을 일본에 개방할 수밖에 없다. 이러한 이치는 우리 역시 인정하겠다. 그러나 아래 세 가지의 일을 반대하지 않으면 안 된다. 첫째, 국가의 독립을 침해하는 것. 차관으로 인해 재정을 감독하는 것은 그 예이다. 둘째, 그 이권이 입국의 요소가 되는 것. 세째, 전국을 농단하거나 영원히 농단하는 것. 요컨대 우리들이 치르는 대가가 우리 국민들이 생존하는 데 피해를 주지 않는다는 것을 한계로 해야 된다. 이 한계를 넘어 일본이 요구하면 그것은 일본이 침략하는 것이 되고, 당국이 그것을 허용하면 매국하는 짓이 된다. 우리의 대다수 국민들은 절대로 승인하지 않을 것이다(「賣之限度」, 1918.7.11)

吾人願致意新內閣望注重國民親善爲中日外交上另闢一新紀元日本之於我也須重視吾國民之正當權利須順從民主主義之世界的潮流勿食小利勿弄細術勿深入吾國之政爭勿使用奇險之陰謀苟能如是而謂中國人猶不誠心願與日本携提者未之有也歐戰四年之結果民族自治主義已將得最終之勝利吾人願日本政治家順應時勢痛徹覺悟使將來中日兩國眞成爲兄弟友善之邦初不必下有害無益之工夫以望吾國附庸於日本 우리는 새 내각이 국민의 친선을 중시하여 중일 외교 신기원의 장막을 열기 바란다. 일본은 우리에게 있어 우리 국민의 정당한 권리를 중시하고 민주주의의 세계적 조류를 따라야 한다. 그리고 작은 이익을 구하거나 잔꾀를 부리지 말고, 우리나라 정치 분쟁에 참견하거나 흉악한 음모를 꾀하지 말아야 한다. 진실로 이와 같이 하면 중국인이 오히려 성심으로 일본과 제휴를 원하지 않는 자 없다 할 것이다. 세계 1차 대전 4년의 결과 민족자치주의가 최종의 승리를 거두게 될 것이다. 우리는 일본의 정치가가 이러한 시대의 흐름에 순응하여 철저히 깨닫고, 장래 중일 양국이 진정한 우방이 되기를 바란다. 애초에 일본은 우리나라를 종속시키려고 백해무익한 헛수고를 할 필요가 없다(「日本政變感言」, 1918.9.22)

박은 일본이 말하는 중일 친선의 허상을 정확히 인식하였다. 출병과 친선은 상반된다는 것, 그리고 무엇보다 중일 친선은 중국인들도 바라는 바이며, 친선의 도리는 '互助'에 있다(夫中日親善華人所深願也親善之道在於互助, 「非誤解也有所不解也」, 『중화신보』, 1918.6.13)고 했다. 여기에서 '호조'에 주목할 필요가 있다. 단재는 「韓漢兩族之宜加親結」(『천고』 2, 1921.2)에서 "兩國人親愛互助之跡"·"互助之道", 「第三回三一節普告同胞」(『천고』 3, 1921.3)에서 "而有此正義人道平等互助無抵抗等之亂唱"이라 하여 '互助'를 내세웠다. 그런데 그것의 의미는 크로포트킨이 "생물계의 호조(상호부조)의 뜻을 널리 밝혀서 다윈의 생존경쟁설과 더불어 싸웠다(彰明生物界互助之義 以與達爾文之生存競爭說宣戰)"[85]라는 대목에 여실히 드러난다. 박은 중일 친선의 도리로 '호조'를 내세웠는데, 그것은 단재가 한중 관계에서 '호조'를 강조한 것과 같은 맥락이다. 단재는 생존경쟁설에서 상호부조설로, 아나키즘으로 나아갔다.[86]

그리고 박은 중국이 독립 침해, 재정 감독, 이권 침탈, 전국 농단을 반대해야 한다고 했다. 이러한 한계를 넘으면 일본은 침략자가 되고, 당국이 그것을 받아들이면 매국하는 짓이 된다는 것이다. 마지막 글에서는 국민이 마땅히 가져야 할 정당한 권리를 중요시하고, 민주주의 세계의 흐름을 따르며, 작은 이익을 구하거나 잔꾀를 부리지 말고, 중국의 정치분쟁에 참견하거나 흉악한 음모를 꾀하지 말 것을 주문했다. 특히 그는 일본이 "우리나라를 종속시키려고 백해무익한 헛수고를 할 필요가 없다"고 했다. 차관을 통해 이

85 南溟, 「對於古魯巴特金之死之感想」, 『天鼓』 2, 1921.2, 18면.

86 단재의 글에서 크로포트킨에 대한 언급은 「對於古魯巴特金之死之感想」과 더불어 「도덕」, 「단아잡감록」, 「낭객의 신년만필」에 나온다. 김병민은 단재가 「도덕」을 1910년대 후반기, 「단아잡감록」을 1920년대 초기에 쓴 것으로 추정했다. 「非誤解也有所不解也」(『중화신보』, 1918.6.13)에서도 아나키즘의 모습을 엿볼 수 있으며, 박을 단재로 볼 때 사상의 흐름이 보다 선명히 드러난다.

권침탈로, 나아가 국권침탈로 가는 모습을 그대로 보여주고 있다. 이러한 모습은 단재의 인식과 다를 바 없다.

則中日親善之實際 將有異於韓日親善乎? 雖然 彼日本 得寸進尺 擴張其權力於山東 其心 將不有全省 不止也 小題大做 出兵於滿洲各地 其意將不盡有三省不已也 今日 結軍事同盟 明日 締鐵路密約 又明日 要求採炭採鐵等權 其勢 將欲盡有中華全國之利益 而無厭也 秦求無已 楚氛日深 吾恐中日親善之今文 將無以異於韓日親善之古文也[87] 그렇다면 중일 친선의 실제는 장차 한일 친선과 다를 것인가? 그러나 저들 일본은 한 마디를 얻으면 한 자를 나아가 그 권력을 산동까지 확장하여 장차 모든 성을 가지지 않으면 그치지 않는다. 별것 아닌 것을 큰 명분으로 삼아 만주 각지에 출병하니 그 뜻은 장차 세 성을 다 차지하지 않으면 그치지 않을 것이다. 금일 군사동맹을 맺고 내일 철로밀약을 체결하고 또 그 다음날은 채탄 채철의 권리를 요구하는 등 그 기세는 장차 중화 전국의 이익을 모두 차지하지 않고는 만족하지 않을 것이다. 진나라의 욕심이 그침이 없으니 초나라의 재앙이 날로 심해진다. 나는 중일 친선이라는 지금의 문자가 장차 한일 친선이라는 옛 문자와 다르지 않을 것이란 사실을 우려한다.

단재는 일본이 말하는 중일 친선이 이전의 한일 친선과 다르지 않음을 우려하였다. 일본은 군사동맹을 통해 권력을 확장할 뿐만 아니라 철로・채탄・채철 등 중국의 모든 이권을 침탈하고도 만족하지 않는다는 것이다. 그것은 바로 계몽기 단재의 논설을 떠올린다.

一親日而五條가 立矣며 再親日而七約이 定矣오 三親日而軍隊가 解散矣며 四親日而韓國니 殖民案이 出矣오 電線鋉道도 亦以親日而許之矣며 森林鑛山

87 折肱生, 「倭所謂親善者如是」, 『天鼓』 1, 1921.1, 13면. 이하 『天鼓』의 번역은 『단재전집』 6권(최광식 편)의 번역을 참조했음.

도 亦以親日而讓之矣니 吾見其眞親日也어니와 未見其眞排日也로니 未知케라 彼輩가 待我四千載 國家永亡之時와 二千萬人 淨死之後ᄒᆞ야 起塚中之枯骨ᄒᆞ며 驅天上之鬼卒ᄒᆞ야 以行渠等之所謂排日者乎아.[88]

今日一親善 而國權去 明日一親善 而國民奴 爲韓人者 日奔走竭蹶以盡其親善之職 而日人之所以責其親善者 亦無厭 竟擧其三千里疆土 二千萬人民 犧牲於此四字之下而後乃已 此日人之始終以韓日親善 誘我韓人 而竟呑我韓國者也[89] 금일 한번 친선함으로써 국권이 사라지고, 내일 한번 친선함으로써 국민이 노예가 되었다. 한국 사람은 매일 분주하여 지쳐 쓰러질 때까지 친선의 직무를 다하여도 일본인은 역시 시종 친선을 독촉하는 것을 그치질 않아 삼천리 강토와 이천만 인민을 들어 이 네 글자 아래 희생시킨 후에야 그치게 된다. 이것이 일인이 시종 한일 친선으로 한인을 속이고 마침내 우리 한국을 병탄한 것이다

단재는 친일의 결과, 한일 친선의 결과를 여실히 목도했다. 그에게 일본 제국주의는 이미 경험한 실체였다. 일본은 한일 친선을 내세워 결국 한국을 병탄하고 말았던 것이다. 일본이 친선을 내세우고 잔꾀를 부려 중국을 병탄하려는 수고를 할 필요가 없다는 박의 지적도 단재의 생각과 일치한다.

彼又欲以所施於吾國者 施諸中國 累結密約攘有利權 派遣策士 離間南北 今又無名出師 蹂躪東省 草菅人命 無惡不作 試問居亞洲而禍亞洲者 有先於倭者耶 嗟夫 我亞黃族不下四五百兆 而彼欲以區區數千萬之衆 壟斷全亞 躪蹂隣邦 無視民族之自決 力抗世界之潮流 以圖蒙古帝國之重現於今日 其志可謂奢矣[90] 또한 그들은 우리에게 했던 짓을 중국에게도 하려고 여러 번 밀약을 맺어 이

88 錦頰山人,「與友人絶交書」,『大韓每日申報』, 1908.4.14.
89 折肱生,「倭所謂親善者如是」,『天鼓』1, 1921.1, 12~13면.
90 編輯人,「天鼓創刊辭」, 2면.

권을 훔치고 책사를 파견하여 남북을 이간질하더니 지금 또 명분 없이 군대를 내어 東省을 유린하고 인명을 가볍게 여겨 행하지 않는 악이 없으니, 아시아에 살면서 아시아에 화를 끼치는 놈들이 누구냐고 물어본다면 왜보다 앞서는 자가 있겠는가? 아아! 우리 아시아의 황족들은 적어도 4・500조 이상인데 저들은 수천만밖에 안 되는 무리로 전 아시아를 농단하고 이웃 나라를 유린하고 민족의 자결을 무시하고 세계의 조류를 억지로 막아 과거의 몽고제국을 오늘날 다시 되살리려고 하니 오만하다 하겠다.

1921년 1월 단재는 『천고』를 창간하면서 위와 같이 썼다. 일본이 한국에서 했던 짓을 다시 중국에서 하려 한다는 것이다. 일본은 친선을 핑계로 이권을 침탈하고 성을 유린하였다. 박이 말했던 "第三壟斷全國或壟斷永久者"는 단재의 "壟斷全亞 躪蹂隣邦"과 연결된다. 박의 논설에서 보여주는 대일본관은 단재의 대일본관과 여지없이 닮아 있다. 그것은 달리 박이 단재임을 말해주는 징표가 아니겠는가?

2) 만주 문제에 대한 입장

박의 글에는 만주 문제와 관련된 구절이 있는데, 한번 음미해볼 만하다.

滿洲里中國領土也吾國之視吾邊防當然切於他國何則感自衛之必要故也 만주리는 중국의 영토이다. 우리나라는 우리 국경을 수비하는 것이 당연하다. 다른 나라에 침략을 당하면 自衛할 필요를 느끼는 까닭이다(「日本出兵」, 1918.8.16)

日本突出兵於滿洲里京外震駭然推原其故何莫非政府之咎 …… 夫日本所惟

一藉口者卽我邊防之薄弱而國境千里處處須防僅賴黑省之力當然不能敷用是日本所引爲出兵之理由者何嘗盡屬虛誣 일본은 갑자기 만주리에 출병했다. 京外에서 이로 인해 놀랐다. 그 이유를 따져보면 어찌 정부의 허물이 아니겠는가?……일본이 핑계로 삼는 것은 우리나라 국경 수비가 박약하다는 것이다. 천리의 국경은 곳곳에서 방비가 필요하기 때문에 흑룡강성의 힘만으로는 당연히 담당하지 못한다. 이것은 바로 일본이 출병의 이유로 삼는 것인데 어찌 전부 헛소리라 하겠는가? (「政府之罪－負國家 並負疆吏」, 1918.8.17)

위의 글에서 만주리를 둘러싼 러시아 일본 등의 치열한 각축전을 보여준다. 그 지역은 러시아의 동진과 일본의 대륙 진출의 이해관계가 얽혀 뜨거운 감자로 떠오른다. 일본은 중일군사협정을 빌미로 그 지역에서 군사적 입지를 공고히 하려고 한다. 여기에서 얼핏 보면 만주가 중국 영토라는 말인 듯싶다. 그러나 만주와 만주리는 다르다. 만주리는 현재 중국 내몽고 자치구 呼倫貝爾에 있다.[91] 애국계몽기 단재는 만주에 대한 논설을 연속으로 3편 썼다.

自後로 韓國民族의 旗幟가 此間에 不見홈이 今已 累百年이오 已往에 滿淸先祖되는 金俊이 本是 韓人으로 此에 入하야 新殖民地를 開拓ᄒᆞ고 當時에 支那를 幷吞ᄒᆞ야 大金國을 建設ᄒᆞ고 今日에 至ᄒᆞ야 滿淸 朝廷이 되얏스나 其言語가 韓國과 異ᄒᆞ며 風俗이 韓國과 異ᄒᆞ야 居然 兩民族의 觀念이 有ᄒᆞ도다.

然이나 挽近 數拾年來로 滿淸의 勸力도 全墮ᄒᆞ야 俄國人이 染指ᄒᆞ다가 不成ᄒᆞ고 而今에는 日本勢力圈內에 入ᄒᆞ얏도다.(「한국과 만주」)

단재는 "千載 以前 滿洲는 前段의 已言홈과 如히 勿論 韓國의 所有어니

91 네이버 백과사전에 따르면, 그것은 하얼빈에서 출발하는 빈저우철도[濱洲鐵道]의 종점이며, 서·북쪽은 러시아와 경계를 이루고 있으며, 남쪽에는 다라이호[達賚湖]가 있다.

와 渤海 滅亡훈 以來의 韓國은 何故로 如此히 劣退ᄒᆞ엿나뇨"(「만주문제에 대해 재론함」)라고 탄식했다. 만주는 엄연히 오래 전 우리 민족의 발상지였다는 것이다. 그러나 역사적으로 그곳에서 우리 민족의 기치가 사라진지 누백년이 되었으며, 金俊이 한국인으로서 만청을 건설하고 그 언어가 달라져 만주족과 한민족이 다르다는 관념이 있다고 했다. 그리고 지금에는 만주가 일본 세력권 내에 들어갔다고 했다.

俄黨戰事逼迫我境政府遂有滿洲里出兵之決議此不得已之事也 俄黨 戰事가 우리나라 국경으로 핍박해왔다. 그리하여 정부는 만주리로 출병하는 결의를 하게 되었는데, 이는 부득이한 일이다(「滿洲里出兵」, 1918.8.1)

過激派對我實無敵性且其意正恐牽動日本出兵與彼不利故誓約不侵吾土地是以我國雖駐兵設防 …… 日本軍閥爲功名心所驅大倡日本之自衛以決行出兵之擧其實目前形勢去日本自衛之必要尙遠揣日政府之意大抵過重視活用中日軍事協定之效果且欲藉詞達其自主的大出兵之計畫然據吾人觀之日政府此種政策顯然增俄國過激派之反感且徒滋我民之疑慮 …… 吾人願日本國民精察事實冷靜考求一爲日本籌遠大成功之計也 과격파가 실제로 우리나라에 대한 敵性이 없다. 더군다나 그 뜻은 바로 일본 출병을 부추겨 저들에게 불리하게 될까 두려워 우리나라 땅을 침범하지 않겠다고 약속했다. 그래서 우리나라가 비록 군대를 주둔시켜 방비하지만 …… 일본 군벌은 공명심을 위해 일본의 자위를 크게 부르짖고 출병의 거사를 단행했다. 사실 지금의 형세로는 일본이 자위할 필요가 거의 없다. 일본 정부의 뜻을 따져보니 대개 중일군사협정의 효과를 충분히 활용하기 위해서인 것 같다. 그리고 이(협정)를 빌미삼아 자주적 대출병의 계획을 달성하려는 것 같다. 그러나 우리들이 보기에 일본 정부의 이러한 정책은 확실히 러시아 과격파의 반감을 사고, 우리 국민의 우려를 증대시킬 것이다 …… 우리들은 일본 국민들이 사실을 꼼꼼히 검토해보고 냉정하게 일본을 위한 성공책을 도모하길 바란다(「日本出兵」, 1918.8.16)

러시아 공산당의 전투가 중국 국경으로 핍박해오자 중국 정부는 만주리 출병을 의결하게 된다. 그러나 앞의 글(「政府之罪－負國家 並負疆吏」)에서 보듯 일본은 갑자기 만주리에 출병하여 중국을 놀라게 한다. 박은 중일군사협정을 빌미로 한 일본 출병의 속셈을 파악하고, 일본 국민들에게 성공책을 도모하길 바란다고 하였다. 얼핏 일본에 대한 우의적인 태도를 보이는 것으로 보인다. 그러나 그것을 표면적으로 이해해선 곤란하다. 그것은 「借款政策」에서 "鄰邦 덕분"이라는 표현만 생각하고 차관으로 인해 "골머리를 앓고 마음 아파하게" 된 것을 제대로 읽지 않은 형국이 된다.

嗚呼라 日本이 此死力으로 得하고 死力으로 守하던 滿洲를 一朝輕擲하기 甚惜하나 其亦 無何하리로다.

又設或 何等變潮가 起ᄒᆞ야 此問題를 得撤ᄒᆞᆫ다 ᄒᆞ더라도 畢竟 日本이 列强에 對ᄒᆞ야 何等 相當의 代價를 不出ᄒᆞ면 不可ᄒᆞᆯ진뎌.

嗚乎라 日本의 大政治家 大外交家 伊藤公도 旣逝ᄒᆞ고 又 此大問題가 平地에 突起하니 彼 日本人은 將次 何策을 執코져 하는지.

日本人이여 世界는 世界人의 世界라 日本의 獨步를 不許하나니 眞正ᄒᆞᆫ 東洋平和의 策을 執하야 日本의 地位를 鞏固하며 東洋의 幸福을 維持ᄒᆞᆷ이 엇지 上策이 아닌가.[92]

이 글에서 얼핏 단재가 일본에 대해 우호적인 자세를 견지한 것처럼 보인

92 「만주와 일본」, 『大韓每日申報』, 1910.1.12. 이 글은 이전의 「한국과 만주」(『大韓每日申報』, 1908.7.25), 그리고 이후의 「滿洲問題에 就ᄒᆞ야再論ᄒᆞᆷ」(『大韓每日申報』, 1910.1.19~22)과 연속적인 글이라는 점, 그리고 "滿洲와 日本이라題ᄒᆞ고本報에 已論ᄒᆞᆫ 비 有ᄒᆞ거니와 玆에 更히 滿洲의 過去 現在 及 未來에 就ᄒᆞ야略論코ᄌᆞ ᄒᆞ노니"(「滿洲問題에 就ᄒᆞ야再論ᄒᆞᆷ」, 『大韓每日申報』, 1910.1.19~22)라 언급하는 점, "逐鹿을 爭ᄒᆞ야"(1.12), "滿洲의 大鹿"(1.19), "小島國 日本"(1.12), "小島國" 등 만주를 鹿으로, 일본을 小島國으로 동일하게 비유한 점, 마지막으로 "…… (이)로다", "하리오", "…… 아닌가" 등의 서술어가 같은 점 등으로 볼 때 「만주와 일본」(『大韓每日申報』, 1910.1.12)은 단재의 글이 맞다. 형설출판 단재전집(『별집』)에도 그러한 연유로 해서 위 세 편을 나란히 실은 것으로 보인다.

다. 그는 "대정치가 대외교가라 하던 이토(이토 히로부미) 공도 죽었는데, 일본은 어떤 방책을 쓰고자 하는지? 오히려 일본은 동양평화의 방책을 써서 동양의 행복을 유지하는 것이 상책이 아닌가?"라고 말했다. 앞부분에서는 너희가 그렇게 자랑하던 이토 히로부미도 죽었다는 비아냥이, 뒷부분에서는 동양평화를 추구하라는 깨우침이 들어 있다. 박은 일본 국민들에게 사실을 꼼꼼히 검토해보고 냉정하게 일본을 위한 성공책을 찾기를 권유하였다. 단재는 일본인들에게 "眞正흔 東洋平和의 策을 執하야 日本의 地位를 鞏固하며 東洋의 幸福을 維持"할 것을 권고했다. 박의 '평화 추구를 통한 성공책'과 단재의 '동양 평화라는 상책'은 만주 문제에 대한 동일한 해법의 제시이다.

故倭之出兵西比利亞 非列强之所欲也 伸張其力於滿洲 尤非列强之所欲也 然不許倭國之此種行爲 無以禁過激派之東進 過激派之東進 尤列强之所不欲也 兩害相衡 當取其輕 此列强所以雖畏惡倭 而不得不默許倭也……區區日本 其奚能爲 若過激派之自體 旣本無以成功之理 則又徒長日本之野心 以擾亂東方也 不寧維是 且或因此 觸動黃種各族憚惡軍閥資産之惡感 進與過激派聯絡 以作革命之導火線 亦未可知 然則列强之信賴日本 實無有是處[93] 따라서 왜가 시베리아로 출병하는 것은 열강이 바라던 바가 아니며, 그 힘을 만주로 뻗치는 것도 열강이 바라던 바가 아니다. 그러나 왜의 그러한 행위를 막는다면 과격파가 동진하는 것을 막지 못하게 되는데, 과격파가 동진하는 것은 열강들이 더욱 바라지 않는 것이다. 해로움이 상충할 때에는 당연히 가벼운 것을 취하니 이것이 열강들이 비록 왜를 두려워하고 미워하면서도 왜를 묵허할 수밖에 없는 이유이다……일본이 어찌 이것을 할 수 있겠는가. 만약 과격파 자체가 본디 성공할 이치가 없는 것이라면 단지 일본의 야심만 키워주게 되어 동방을 어지럽게 할 것이다. 이것이 불편하지만 혹 이로 인하여 황인종 각 민족의 군벌과 자산계급에 대한 악감정을 자극하고 나아가 과격파와 연락하여 혁명의

93 震公, 「朝鮮獨立及東洋平和」, 『天鼓』 1, 1921.1, 9~10면. 해석은 단재전집(6)을 참조.

도화선이 될지도 역시 알 수 없다. 그러므로 열강이 일본을 신뢰하는 것은 실로 옳은 것이 아니다

아울러 단재는 일본의 시베리아 진출에 대해 극히 우려를 표명했다. 서구 열강들은 러시아 볼세비키의 동진도 일본의 시베리아 진출도 모두 바라지 않지만, 러시아의 동진을 막기 위해 일본의 출병을 묵허하고 있다고 하였다. 그는 그것이 오히려 일본의 야심만 키워주어 동방을 어지럽게 할 뿐이며, 열강이 일본을 신뢰하는 것은 옳은 것이 아니라고 강조하였다. 단재는 애국계몽기부터 일본의 만주 진출의 야심과 속셈을 정확히 꿰뚫고 있었다. 그래서 일본 국민들에게는 사태를 정확히 인식하고 군사적인 도발을 그치고 행복을 유지할 것을, 열강들에게는 일본의 야욕을 정확히 파악할 것을 주문했다. 박의 시평「滿洲里出兵」(1918.8.1),「日本出兵」(1918.8.16),「政府之罪一負國家 並負疆吏」(1918.8.17)는 만주리를 둘러싸고 일어나는 중국과 일본, 러시아의 세력 각축전을 다루고 있다. 단재는 이미「한국과 만주」(1908.7.25),「만주와 일본」(1910.1.2),「만주문제에 취하야 재론함」(1910.1.19~22)에서 만주의 과거와 현재에 대해 심도 있게 분석하였다. 아울러「조선독립 및 동양평화」(1921.1)에서도 극동에서 러시아와 일본의 각축전을 그렸다. 박과 단재의 글들에서 만주 지역에 대한 공통된 시대인식을 읽을 수 있다.

3) 기타 소아교육의 문제

단재는 일제 당국에 체포될 당시 중국인 劉文祥으로 활동했다고 한다. 단재가 1923년 상해에 머물 당시 유문상과 마반의 이름으로 발표된 글이 있다.『중화신보』전체에 걸쳐 1편 실려 있다.

破壞的好奇 兒童因爲見了一樣東西. 就要去細細的觀察. 曉得他的內容. 所以先知道外部的形狀一定不滿足. 還要知道裏面的構造. 那就不得不把東西破壞. 才能得到個結果……成人不明白這個道理 因此罵他打傕. 那是大錯. 因爲這種破壞好奇於教育上有重大的價値.[94] 파괴적 호기심 아동은 어떤 물건을 보면 세세히 관찰하고 그것의 내용을 깨닫는데, 우선 외부의 형상을 아는 것으로 만족하지 못하고 도리어 이면의 구조를 알려고 한다. 그러면 부득불 물건을 부수고 나서야 비로소 그 결과를 얻는다. 어른들은 이러한 이치를 잘 알지 못하고 이로 인해 아이들을 꾸짖거나 때려 다그치는데 이는 큰 잘못이다. 왜냐하면 그러한 파괴적 호기심은 교육상에 있어서 중대한 가치가 있기 때문이다

求知 兒童因爲腦中印象 觀金(念의 오식인 듯)很少 抽象的觀念也少 所以對於各種事物不絶的有許多問題出來 這種問題做父母的或做教師的 自當奬勵他 並且應該常常適合他的需要 滿足他的求知 以保存他的好問精神[95] 구지 아동은 머릿속에서 인상 관념이 적고 추상적인 관념도 적기 때문에 각종 사물에 대해 끊임없이 많은 질문을 던지는데, 부모 된 사람 또는 교사 된 사람은 마땅히 이러한 질문을 장려하고 또한 항상 그의 수요를 잘 맞춰 그의 구지를 만족시켜 그의 잘 묻는 정신을 보존하게 해야 한다

유문상과 마반은 아이들의 시험정신과 더불어 질문을 통해 지식을 구하는 태도를 언급했다. 아이들은 호기심을 보이고 그것의 만족을 위해 끊임없이 질문하거나 사물을 파괴하기도 한다는 것이다. 그는 그러한 파괴적 호기심을 높이 평가했다.

어린 아해의 놀고 희롱하난 일이 가장 주의할지니 엇지 함이뇨. 아해가 처음으로 세상에 나매 보고 듯난 것이 모다 신긔한지라. 그 지각이 나난대로 차

94 劉文祥・馬盤,「兒童好奇本能與教育」,『중화신보』, 1923.8.8.
95 위의 글,『중화신보』, 1923.8.10.

> 차 인도하여 맛당이 지혜와 덕과 몸의 기르난 법을 붓처서 가라칠지니 대저 사람이 나매 먼저 보고 듯난 것이 반드시 뢰에 박키난지라. 부모된 자가 아모조록 올코 리하도록 인도하며
>
> 어린 아해가 신긔한 물건을 보면 엇지 못하여서난 엇고저 하고 어든 후에난 반드시 깨고 부시여서 그 물건의 속을 보고저 함은 레정이니……[96]

단재는 아이들의 호기적 본능에 대해 주의했다. 유문상은 "好奇本能의 意義와 教育上의 價値와 主意"에서 "호기적 본능을 이용하지 않고서는 좋은 교육을 할 수 없다(不能利用好奇的本 便不是良好教育)"라고 하며 아이 교육에 있어서 호기적 본능의 가치를 높이 평가했다. 특히 부모나 교사가 되어 마땅히 질문하는 것을 장려하고, 또한 항상 그의 수요를 잘 맞춰 그의 구지를 만족시켜줄 것을 강조했는데, 그것은 단재가 "대저 사람이 나매 먼저 보고 듯난 것이 반드시 뢰에 박키난지라. 부모된 자가 아모조록 올코 리하도록 인도하며"라는 대목과 유사하다. 또한 아이가 어떤 물건을 보면 "외부의 형상을 아는 것으로 만족하지 못하고 도리어 속 구조를 알려고 한다. 그러면 부득불 물건을 부수고 나서야 비로소 그 결과를 얻는다"는 부분은 단재가 "아해가 신긔한 물건을 보면 엇지 못하여서난 엇고저 하고 어든 후에난 반드시 깨고 부시여서 그 물건의 속을 보고저 함은 레정"이라는 부분과 일치한다 박은 파괴의 교육적 가치에 대해 주목하였는데, 단재 역시 파괴가 지니는 가치에 대해 일찍부터 주목하였다. 그는 계몽기에 이미 "破壞가 無ᄒᆞ면 建設이 無ᄒᆞ나니 舊學說이 不破壞ᄒᆞ면 新學說이 不建設될지며 舊思想이 不破壞ᄒᆞ면 新思想이 不建設될지며 舊習俗 舊制度가 不破壞ᄒᆞ면 新習俗 新制度가 不建設될지라"(『大韓每日申報』, 1910.1.7)라고 언명했다.

1935년 『신동방』 4월호에 「性質에 ᄯᅡ라 兒孩들을 가라칠 일」이, 10월호에 「小兒教養論」이 신채호의 이름으로 실려 있다. 그런데 "이 두 편의 글이

---

96 신채호, 「소아교양론」, 『신동방』, 1935.10, 32～33면.

『신동방』에 실리게 되는 경위에 대해서는 현재 알 수 없다."[97] 아마도 신채호 수감 후 박용태가 갖고 있던 원고 일부가 국내에 들어와 실린 것으로 보인다.[98] 단재가 1908년 『가정잡지』를 주간하면서 가정과 아이 교육에 관심을 기울인 점을 감안하면 두 편은 단재의 글이 확실하다. 그렇다면 두 가지 의문이 남는다. 하나는 두 편밖에 없었는가 하는 점이다. 『신동방』 1935년 부분은 현재 4월호와 10월호만 남아 있고, 나머지 호수를 확인할 수 없다. 아마도 이 두 편 외에도 5월과 9월 사이, 또는 11월 이후에 더 실렸을 가능성이 있다. 다음으로 단재가 위 두 편처럼 글을 각 편으로 써 놓았는가 하는 점이다. 어쩌면 긴 글을 부분으로 나눠 『신동방』에 실었을 가능성이 있다.

유문상의 글과 단재의 글은 전혀 무관할 수 있다. 왜냐하면 유문상과 마반은 「總論」에서 "우리는 교육을 연구하는 사람들로 부득불 아동학을 주요 부분으로 하고 있다(我們硏究教育的人 不得不以兒童學爲主要部分)"고 했기 때문이다.[99] 그리고 글은 이전보다 상당히 백화체에 닿아 있다. 그러나 그러한 문체는 마반과 관련이 되어 있을 수 있고, 여전히 단재의 가능성은 남아있다고 하겠다. 그것은 무엇보다 두 글이 상당한 일치점을 갖고 있다는 점 때문이다. 어쩌면 이름과 글 내용의 일치가 단순한 착시일 수도 있다. 유문상이 단재일지라도 저자가 유문상 한 사람이 아니기 때문에 이것을 단재의 글이라 잘라 말하기는 어렵다. 다만 유문상이 단재라면 『신동방』에 더 실렸거나 또는 남겼을 것으로 보이는 단재의 아동 교육 관련 글의 모습을 확인할 수 있다.

---

97 김삼웅, 「해제－단재신채호전집 제6권 논설・사론」, 『단재신채호전집』 6, 독립기념관, V면.

98 이를 추정할 수 있는 것이 신채호 수감 후 신채호의 원고를 박용태가 갖고 있었던 것으로 알려지고 있으며, 실제로 단재의 「만리장성이 뉘 것이냐」가 박용태의 이름으로 『조선일보』(1932.12.9～14)에 실리기도 했다. 그리고 일부는 나중에 북한으로 넘어가 『룡과 룡의 대격전』(조선문학예술총동맹출판사, 1966)에 실린다.

99 劉文祥・馬盤, 앞의 글, 『중화신보』, 1923.8.8.

5. 마무리

이전 논의보다 본질에 많이 다가섰지만 여전히 부족함을 느끼지 않을 수 없다. 본 연구자는 단재가 '박'이라는 필명으로 '의'가 논란이 된 「정부의 변명」(1918.4.19)까지 글을 쓴 것은 아닐까, 이후 다른 사람이 같은 필명으로 계속하여 글을 발표한 것은 아닐까, 그리고 상해 『중화신보』에 글은 무엇이란 말인가, 과연 단재는 『중화신보』에 글을 쓰기는 썼던 것일까 등 여러 의문에 휩싸였다. 그것은 논리의 정당화를 위한 끊임없는 고뇌였다. 그런데 연구해 들어갈수록 상해 『중화신보』와 『북경중화신보』의 논설에서 '의'(1918.5.19)자 이전과 이후 박의 글이 조금도 다르지 않다는 사실을 확인했다. 그러면 그것은 한 사람이 지속적으로 글을 발표하였다는 것인데, 그 문체로나 저자의 현실 인식의 측면에서 단재의 글과 다르지 않다는 사실이 연구자를 더욱 당혹하게 했다. 그것은 단재 연구에서 가장 힘든 부분이기도 했다. 그래서 민족주의자로서의 단재가 아니라 중국신문 기자로서의 단재를 살펴보기로 했다. 단재는 중국신문 기자로 활동했던 것은 사실이며, 중국에서 중국옷을 입고, 심지어 중국 이름을 사용하며 중국인으로 위장하여 살기도 했지 않은가.

중국신문사에서 단재의 역할은 제한적일 수밖에 없으며, 그는 중국, 또는 중국신문사의 입장으로부터 자유롭지 못했을 것이다. 정인보가 '賣文'이라고 표현한 것도 그러한 측면을 언급한 것이다. 그렇다면 신채호와 劉文祥이 다르듯, 한국인 단재와 중국신문 기자 단재는 다를 수밖에 없다. 1918년 단재는 이국땅에서 호구지책으로 신문기자를 할 수밖에 없었다. 그런데 중국은 10여 년 전 한국과 마찬가지로 일본 제국주의 세력이 호시탐탐 침략의 기회를 노리고 있었다. 일본은 우리의 적이자 중국의 적이기도 했다. 단재는 애국계몽기 우리 국민들에게 끊임없이 계몽과 각성을 촉구했듯 중국 국민에게도 일본에 대한 경각심과 더불어 국가 존망의 위기에 대한 경종을 울리려 했을 것이다. 그가 1921년 『천고』에서 한중 양국 사람들이 힘을 다해 공동의 적과 최후의 혈전을 벌일 것을 잠시도 잊지 말자고 주문한 것도 그러한 맥락이다. 그는 1927년 동방무정부주의연맹에 가입하여 제국주의의 타도와 식민지 무산민중들의 생존 쟁취를 위한 공동 투쟁에 동참하였다. 이러한 단재의 노선에서 볼 때, 중국신문에 중국정부의 간계와 일본의 야욕을 끊임없이 제기하여 중국민들을 각성시켰을 것이란 점은 생각하고도 남음이 있다.[100]

가능성은 여전히 남아 있다. 연구자는 『중화신보』에 관여했던 오치휘, 장계란의 저서를 뒤졌지만 아직 단재 관련 기록을 찾지 못했다.[101] 그러나 그들 외에도 많은 사람들이 관여했고, 그들을 통해 단재와 관련된 기록을 찾는다면 중요한 단서가 나올 수 있다. 그리고 단재의 공판기록, 심문기록이 일본 당국에 의해 불태워지지 않았다면 요령성당안관에 남아 있을 것이다.[102] 그러한 기록들에서 단재의 『중화보』 관련 사실에 대한 언급이 있지 않을까 하는 일말의 희망을 갖고 있다. 그러나 현재 그러한 것들을 확인하기에 연구자의 역량으로는 벅차다. 그래서 무거운 마음으로 이 글을 마무리한다. 혹여라도 그러한 가능성에 대한 기대와 실현을 위한 노력을 접지는 않겠다. 이제 남은 과제는 후일을 기약해야 될 것 같다.

---

100 김삼웅은 단재가 『중화보』에 글을 쓴 첫 번째 목적을 "중국인들에게 일제의 침략주의와 야만성을 폭로하여 한・중 두 나라가 공동 대응하도록 하는 독립운동의 방편"(『단재신채호평전』, 시대의창, 2005, 198면)으로 설명했다. 여기에서 "중국인들에게 일제의 침략주의와 야만성을 폭로하여"라는 부분은 상당한 일리가 있다. 다만 중화보가 중국 국민들을 독자 대상으로 발간했다는 점에서 "한・중 두 나라가 공동 대응하도록 하는 독립운동의 방편"이라는 부분은 그리 적절치 못한 것으로 보인다. 그러한 부분이 가장 잘 드러나는 것이 한・중 양 국민을 대상으로 하여 발간한 잡지 『천고』(1921)이다.

101 국내에서 찾아 읽을 수 있는 글로 『吳稚暉先生全集』(18권, 臺北 : 中國國民黨中央委員會黨史史料編纂委員會, 1969), 『吳稚暉先生文粹』(2권, 台北 : 華文書局, 1968), 『李石曾先生文集』(2권, 臺北 : 中國國民黨中央委員會黨史委員會, 1980), 「季鸞文存」(『중국학술총서－제1편;98』(서울 : 韓美書籍, 2002) 등이다. 이들 저서에서는 단재의 활동이 기술되어 있지 않다.

102 마지막 여순형무소장(1943.4～1945.8)이었던 田子仁郎은 일본이 투항하기 직전 감옥에 관한 중요 문건과 서류들을 불살랐다고 한다. 다행히도 그때 서류가 불타지 않고 남았다면 그 문서들은 성 기록 문서보관소인 요령성당안관에 보관되어 있을 것이다.

『신대한』 논설 저자와 그 의미

1. 들어가는 말

『신대한』은 1919년 10월 28일 상해에서 발간된 신문이다. 이 신문은 『독립신문』과 더불어 3 · 1운동 이후 해외에서 언론을 통한 독립운동을 선도한 신문이다. 그런데 이 신문에 대한 논의는 그렇게 활발하지 못했다.[1] 그것은 우선 호수가 많지 않다는 데 있다. 이전까지 『신대한』 신문은 일본 외무성 사료관에 1호, 17호, 18호 등 3호만이 소장되어 있었다. 중요한 자료임에도 불구하고 자료에 대한 접근이 어려웠다. 그래서 대부분의 연구자들은 독립활동의 일환으로 간단히 언급하는 정도에 그쳤을 뿐 본격적인 논의에 이르지 못했다. 그러나 자료의 희소성과 접근의 어려움만 탓할 수는 없다. 다행히 그 자료들은 본 연구자에 의해 『단재신채호전집』 '제5권 신문 잡지'편에 실림으로써 보다 수월하게 볼 수 있게 되었다.

그런데 최근 자료 발굴에 중요한 성과가 있었다. 2009년 5월 진관사 칠성

1 단재의 신대한 활동과 관련한 언급 및 논의로는 아래의 것들이 있다. 임중빈, 『선각자 단재 신채호』, 형설출판사, 1986; 이호룡, 『한국의 아나키즘』, 지식산업사, 2002; 최기영, 「일제 강점기 신채호의 언론활동」, 『식민지시기 민족지성과 문화운동』, 한울아카데미, 2003; 김삼웅, 『단재신채호평전』, 시대의창, 2005.

각을 해체 복원하는 과정에서 뜻하지 않은 자료가 발굴된 것이다. 독립신문, 신대한 조선독립신문, 자유신종보 등 여러 자료가 발견되었으며, 특히 관심을 끄는 것은 그 가운데 『신대한』 1, 2, 3호가 있었다는 사실이다. 2호, 3호는 거의 90년 만에 세상에 얼굴을 드러낸 것이다. 이로 인해 『신대한』은 이제까지 총 5호가 남아있다. 발굴 이후 자료에 대한 연구가 이뤄졌지만, 아직 유물의 보존처리로 인해 자료의 일반 공개가 미뤄지고 있다. 그로 인해 연구 역시 지지부진인 상황이다.

이 논의에서는 『신대한』 신문을 대상으로 신채호의 자료 발굴에 나서려고 한다. 신채호는 이 신문의 주필이었으므로, 논설을 대상으로 자료를 발굴 소개하고, 또한 그것이 지니는 가치 내지 의미를 규명하려고 한다.

2. 『신대한』 발행과 주필 신채호

『신대한』 신문은 1919년 10월 28일 창간호가 발간되었다. 이 신문의 형성과정에 대해서는 이광수는 아래와 같이 진술했다.

> 그때에 내가 丹齋를 만난 主要한 理由는 李承晩 博士를 支持함이 大義에 合하다는 것을 說伏하여 丹齋로 하여곰 내가 主幹하던 ○○(독립 : 인용자)신문의 主筆로 모시려 함이었다. 그러나 나는 丹齋를 說伏하기에 成功하지 못하였다. 그 結果로 丹齋 ○○○(신대한 : 인용자)이라도 李博士를 首班으로 하는 ○○를 否認하는 新聞을 發行하게 되었는데[2]

2 이광수, 「탈출 도중의 단재 인상」, 『조광』, 1936.4, 211~212면.

이광수는 신채호가 『신대한』 신문을 발행하였다고 했다. 그는 단재를 『독립신문』 주필로 모시고자 하였으나 실패했다고 전했다. 단재가 『독립신문』 주필에 응하지 않은 것은 임시정부와의 노선 갈등 때문이다. 단재는 1919년 4월 임시정부에 참여하여 평정관, 의정원 의원으로 활동했으나 이승만이 국무총리로 천거되자 이를 강력히 반대하였다. 그러다가 8월에 이승만이 통합 임시정부 대통령에 선출되자 임시정부와 결별하고, 『신대한』을 창간하기에 이른다.

> 새로 發行할 計劃인 上海 新大韓新報는 이때까지 發行한 [獨立]新聞側으로부터 種種의 妨害를 받고 있었는데 요즘 十月 十七日 第一號를 發行하게 되었다. 우리 諜報者로 使用한 方孝相은 그 監督을 責任하였다. 該新聞社는 現在의 所謂 臨時政府와 意見을 달리하는 一派의 計劃으로 當初는 人氣를 얻기 위해 多少 激越한 論을 했으나 드디어는 自治의 主張을 하게 된 것이라고 말한다.[3]

> 오래 渴望하던 韓字新聞 「新大韓」報는 十月 二十八日에 創刊號를 某地方에서 發刊하다 紙面의 廣大와 言論의 壯快함이 同紙의 特色인 듯하다(『독립신문』, 1919.11.1)

『신대한』은 우여곡절 끝에 10월 28일 창간호를 내게 된다. 『독립신문』은 『신대한』의 출간 사실을 보도했다. 『독립신문』은 1919년 8월 21일(창간 당시 제목은 『독립』이었으나 22호(1919.10.25)부터 『독립신문』으로 변경) 창간되어 발행 중인 상황이었다. 『신대한』 신문은 시작부터 어려움이 있었다. 『독립신문』 측으로부터 회유를 받았을 뿐만 아니라 일본의 첩자까지 끼어들었다. 내외부적으로 문제를 안고 출발한 셈이다.

---

3 조선군참모부, 「상해방면의 상황」(1919.10.28), 『한국민족운동사료』 삼일운동 기이, 국회도서관, 1978, 484면.

『신대한』 측은 "임정과 의견을 달리하는 일파"로 인식되었으며, "다소 격월한 논"을 펼쳤다. 당시 또 다른 일본의 정보는 "새롭게 신채호(申采浩)를 주필로 하는 "신대한"이라는 신문을 발간하게 되었다"[4]고 보고했다. 단재는 『신대한』 주필로서 장쾌하고 매서운 필봉을 날렸다. 그의 「新大韓創刊辭」는 국내외 동포들에게 커다란 반향을 일으켰다.

『신대한』은 상해 지역 사람들만을 대상으로 한 것이 아니라 국내 및 해외 동포를 대상으로 하여 발간된 것이다. 그래서 창간사에서 "簡單히 本報 出現의 因緣을 들어 海內外 讀者 同胞에게 告하노라"라고 했다. 상해에서 발간된 『신대한』은 국내를 비롯하여 중국 각지, 노령, 심지어 미주 지역까지 전달되었다.

3.『신대한』 논설과 단재 신채호

『신대한』의 출현은 당시 상해임시정부(이하 '임시정부'로 약칭)의 복잡한 구조 및 노선과 관련이 있다. 『독립신문』은 신채호의 판단처럼 주의주장이 유약했을 뿐만 아니라 많은 부분에서 타협적인 노선을 견지하였다. 특히 이승만의 위임통치에 대해 모호한 자세로 일관한다. 강고한 성격의 단재는 그런 것을 그냥 묵과할 수 없었다. 그는 신규식 등의 자금 지원으로 『독립신문』과는 다른 강한 논조의 신문을 내게 된다.

이 신문에서 단재는 주필, 또는 주간으로서의 역할을 하였다. 현재 이 신문에는 「新大韓創刊辭」(이하 「창간사」), 「外交問題에 對하야」, 「元兇 寺內

4 「대정 9년(1920년) 6월 조선총독부 경무국장 발신 외무차관 앞 통보 요지 : 상해 임시정부와 조선 안의 연락기관 및 선전의 건」.
출처 : 한국독립운동사정보시스템 https://search.i815.or.kr

正毅의 死」, 「輿論을 製造할 일」, 「新舊人物의 代謝」 등 5편의 논설이 실려 있다. 이 신문의 논설들은 당연히 단재가 집필한 것으로 볼 수 있다. 물론 주필이라 해서 무조건 모든 논설을 썼다고 하는 것은 곤란하다. 주필에게 유고가 생기거나, 또는 논제에 따라서 다른 누군가가 대신 쓸 수도 있기 때문이다. 이처럼 특별한 경우가 아니고서는 대부분의 논설을 주필이 직접 썼다. 그래도 저자를 좀 더 확실히 하기 위해서 논설의 내용에 주의를 기울일 필요가 있다. 여기에서 논설 작품과 주필 단재의 작품을 비교해보는 것은 유용한 방법이다.

(가) 다만 大義로써 同胞를 奮勵하야 「第一 獨立을 못하거던 차라리 死하리라는 決心을 革固케 하며 第二 敵에 對한 破壞의 反面이 곳 獨立建設의 터이라」는 理解를 명확케 하야 理想의 國家보다 先히 理想의 獨立軍을 製造할 主義를 가지고 本報가 出現하엿노라.(1919.10.28)[5]

『신대한』은 내외정세의 보도, 민족주의적 투쟁, 독립국가 건설을 위한 파괴 등을 기치로 창간되었다. 곧 독립정신의 앙양을 위해 『신대한』이 출현한 것이다. (가) 「창간사」에서 논설 저자는 "破壞의 反面이 곳 獨立建設의 터"라고 강조했다. 이는 파괴를 통한 건설을 강조한 단재의 논지가 그대로 드러난다.

(가-1) 瑪志尼ᄂᆞᆫ 破壞를 不憚ᄒᆞ나 然이나 以爲호ᄃᆡ 「破壞란 者ᄂᆞᆫ 建設ᄒᆞ려고 破壞홈이오 破壞만 ᄒᆞ려고 破壞홈은 아니라 萬一에 破壞만 有홀진ᄃᆡ 破壞가 亦何利리오」[6]

(가-2) 破壞ᄒᆞ라 云하며 破壞ᄒᆞ라 云홈은 善惡을 勿論ᄒᆞ고 壹切 破壞ᄒᆞ라

5 여기에서는 『신대한』 논설을 다른 글과 구분하기 위하여 고딕체로 하였으며, 밑줄은 강조를 위해 인용자가 함. 이하 동일.

6 신채호 역, 『이태리건국삼걸전』, 휘문관, 1908, 13면.

홈이 아니라 惡者를 破壞호야 善者를 保全호라 홈이며 美醜를 不辨호고 壹切 破壞호라 홈이 아니라 醜者를 破壞호야 美者를 保全호라 홈이어늘 或者는 國家에 傳來호던 習慣은 壹切 黑白莠良을 不問호고 壹切 破壞를 때호니 嗚呼라 其誤矣로다.(「국수보전설」, 『大韓每日申報』(이하 『대매』), 1908.8.12)

(가-3) 大抵 破壞가 無호면 建設이 無호나니 舊學說이 不破壞호면 新學說이 不建設될지며 舊思想이 不破壞호면 新思想이 不建設될지며 舊習俗 舊制度가 不破壞호면 新習俗 新制度가 不建設될지라(「惟眞理」, 『대매』, 1910.1.7)

(가-4) 혁명의 길은 파괴부터 개척할지니라. 그러나 파괴만 하려고 파괴하는 것이 아니라 건설하려고 파괴하는 것이니 만일 건설할 줄을 모르면 파괴할 줄도 모를지며, 파괴할 줄 모르면 건설할 줄도 모르니라……그런즉 파괴적 정신이 건설적 주장이라, 나아가면 파괴의 칼이 되고 들어오면 건설의 기가 될지니(「조선혁명선언」)

(가-5) 彼等 野獸들이 아모리 악을 쓴들, 아모리 요망을 피운들 이믜 모든 것을 否認한, 모든 破壞하랴는 大界를 울니는 革命의 북소리가 엇지 遽然히 까닭업시 멋칠소냐……彼等의 勢力은 우리 多大數 民衆의 否認하며 破壞하는 날이 곳 彼等이 그 存在를 일른 날이며 彼等의 存在를 일른 날이 곳 우리 民衆이 熱望하는 自由平等의 生存을 어더 無產階級의 眞正한 解放을 일우는 날이다.[7]

단재는 (가-1) 『이태리건국삼걸전』(1908)에서 파괴가 곧 건설이라는 마치니의 말을 번역 소개했다. 파괴에 대한 긍정적 인식은 (가-2) 「국수보전설」(1908), (가-3) 「유진리」(1910)를 거쳐 「창간사」(1919), (가-4) 「조선혁명선언」(1923), (가-5) 「선언」(1928?)으로 이어진다. 그는 '파괴가 곧 건설'이라 하여 파괴를 통한 건설을 강조하였는데, 이는 곧 아나키즘의 일단을 보여준다. 실상 「조선혁명선언」에서 「선언」에 이르는 사상의 흐름은 파괴를 통한 혁명을 주장하는 아나키즘 사상을 잘 보여준다.

7 신채호, 「선언」, 김병민 편, 『신채호문학유고선집』, 연변대학출판사, 1994, 192~193면.

아울러 「창간사」에서 "칼이 되야 獨立軍의 뒤를 따라 仇敵을 掃滅치 못하고 붓이 되야 다만 理想으로 紙上에 그리게 됨을 우노라"(1919.10.28)라고 하였다. 그것은 단재가 「1월 28일」에서 "열 해를 갈고 나니 / 칼날은 푸르다마는 / …… / 푸른 날이 쓸데없으니 / 칼아 나는 너를 위하여 우노라"[8]라고 한 것과 같은 형국이다. 그리고 "越王 句踐의 十年 生聚"는 단재의 글이 무수히 등장하는 내용이다. 「창간사」는 단재의 사상이 여지없이 드러난 글이다. 뒤에서 살펴보겠지만, 「창간사」를 단재가 집필했음은 이광수의 글에서도 드러난다. 단재는 창간호에서 '파괴'를 주장하고 있다. 이것은 단재가 일관되게 지녀온 사상이지만, 『독립신문』 측으로부터 공격의 빌미가 된다.

(나) 新羅가 亡하고 高麗가 代하야 强敵인 迭興을 當하매 外交問題의 複雜이 이때에 最甚하엿는데 이때 國論을 支配한 者는 郎佛儒 三家라 郎儒兩家는 매양 外交에 對하야 强勁論을 唱한 故로 契丹이 入寇하매 郎徒 李知白이 主戰하며 渤海가 中興하매 佛徒 郭元이 主援하고 儒徒는 매양 柔弱論의 中心이 된 故로 崔承老 皇甫兪義等은 外寇에 對하야 卑辭乞和로 上策을 삼으며 金富軾 三國史記는 오직 孟子의 樂天主義를 謳歌한 것 뿐이로다.

밋 高宗元宗의 時代에 蒙古가 北方에서 勃興하야 歐亞 兩大陸에 橫行하매 高麗가 全國을 들어 抗戰한지 六十年에 할 수 업시 城下의 盟을 結하니 이에 郎佛兩家의 强勁派는 거의 退隱하고 儒徒가 國命을 잡어 祖先의 史蹟도 그 苟安政策에 符合되는 者만 收拾하며 卑劣의 思想을 傳播하야 後人에게 難治의 遺傳病을 주엇도다. 麗朝 末日에 虎頭宰相 崔瑩이 그 炯炯한 隻眼을 들어 國家의 前途를 걱정하야 이미 南으로 倭를 斥逐하고 다시 北으로 新興한 明國의 驕傲을 썩거 國民의 精神을 振興하랴다가 百年 痼疾의 人民이 그 治療를 聽치 안하야 應從하는 者가 오직 佛徒 玄麟 등 幾人뿐이오 그 以外는 비록 圃隱 갓흔 偉人으로도 이를 贊成치 안하야 北伐의 壯擧가 드대어 蹉跌하고 儒家의 外交政策을 中心으로 한 李

8 신채호, 『룡과 룡의 대격전』, 조선문학예술총동맹출판사, 1966, 229~230면.

朝가 代興하엿도다.(1919.11.3)

이것은 「外交問題에 對하야」라는 제2호 논설이다. 이 논설의 서두에서 "發刊 第二號에 곳 外交問題를 討論함은 執筆者의 本意가 안니로다 그러나 獨立運動의 半部分은 거의 外來의 影響을 바든 者이며 目下 海外에 活動하는 人物들은 十의 六七이나 本問題로 根據삼나니 朝鮮 近世 累百年 外交史에 無限傷心의 淚를 나린 者로도 할일업시 「外交問題에 對하야」란 本論에 着筆하노라"라고 하여 글을 쓴 동기를 서술하였다. 자신 스스로 외교문제에 대해 전혀 거론하고 싶지 않지만, 이 글을 쓰게 되었다는 것이다. '외교문제'가 여러 사람들 사이에서 논란이 되기에 어쩔 수 없이 쓰게 된 것으로 보인다. 그것은 '目下 海外에 活動하는 人物들은 十의 六七이나 本問題로 根據'로 삼기 때문에 달리 어떻게 할 도리 없이 쓰게 되었다는 말이 아닌가.[9] 그는 조선 근세 외교사가에 무한히 상심하여 눈물을 흘렸다고 고백했다. 그리고 외교문제를 거론하면서 '낭불유' 사상의 전개와 유교에 대한 비판, 호두재상 최영과 승려 현린을 언급하였다.

(나－1) 惟此主義를 講훈 故로 三國 戰爭時代에 在ᄒᆞ야 國憂에 心을 繫ᄒᆞ며 國難에 身을 捐훈 僧徒가 史冊에 累現ᄒᆞ얏스니 新羅에 圓光禪師가 恒常 用兵勝敗의 利鈍을 研究ᄒᆞ며 貴山 箒項의 忠節을 勉勵ᄒᆞ고 高句麗에는 隋양帝 入寇時에 乙支文德과 同事ᄒᆞ야 有功훈 七僧이 有ᄒᆞ며 其外 獻身救國훈 僧侶를

9 당시 상황은 『독립신문』을 통해서도 엿볼 수 있다. "李大統領과 金學務總長은 美國에서 外交에 執掌하는 中이오"(「六頭領의 聚會」, 『독립신문』, 1919.10.28), "此際를 當하야 我國民이 더욱 結束하야 獨立의 意思를 確固하고 獨立이 唯一한 民族的 要求임을 發表하야 써 一邊 政府를 後援하며 一邊 世界의 輿論를 喚起하면 비로소 國際聯盟이 我等의 目的을 達할 機會되기에 충분할지라"(「獨立完成時機」, 1919.11.1) 등을 보면 당시 임시정부 및 『독립신문』은 국제연맹에 여론 호소를 통해 독립을 이룰 수 있다고 믿고 그렇게 보도했다. 이에 대해 단재는 「외교문제에 대하야」를 쓸 수밖에 없었고, 거기에서 "이제 事實에 違反되는 言論을 妄發하야 苟且히 目前의 同情을 사랴 하는도다. 莊周氏 有言호대 「由筌得魚得魚忘筌」이라 하니 外交君子여 外交의 魚를 위하야 大韓의 筌을 망치 말지어다"라고 통박했다.

壹壹히 指數키 難ᄒᆞ고 又其僧侶 以外의 忠義慷慨者流도 太半 佛學의 感化를 受ᄒᆞᆫ 者며 高麗에 至ᄒᆞ야 崔瑀父子 專權時代에 八百僧人이 團結ᄒᆞ야 賊臣을 誅ᄒᆞ야 國民을 救코ᄌᆞ ᄒᆞ다가 事가 不成ᄒᆞ야 병首就死하얏스나 其凜凜ᄒᆞᆫ 義烈은 至今 讀者의 髮을 立케 ᄒᆞ며 都統 崔瑩이 北伐를 謀ᄒᆞᆯ 時에 僧 玄麟이 此를 贊成ᄒᆞ야 八道僧軍을 團練ᄒᆞ다가 朝家革命의 運을 當ᄒᆞ여 崔公과 同死ᄒᆞ믹 其英名이 青史를 光ᄒᆞ얏고 本朝에 入ᄒᆞ야는 休靜〔西山大師〕 松雲〔四溟堂〕諸公이 有ᄒᆞ야 壬辰變 初에 義聲이 霄漢을 震ᄒᆞ며 亂後 使倭에 辯才가 河海를 傾ᄒᆞ야 壹般 僧俗界의 壹致尊慕ᄒᆞᆫ ᄇᆡ 되얏스니 以上 所列이 大畧만 語ᄒᆞᆷ이나 大抵 佛氏의 徒로 國家主義에 熱騰ᄒᆞᆫ 者ᄂᆞᆫ 惟獨 韓國僧의 特色이니 此特色은 尤是 韓衆승의 壹心護持ᄒᆞᆯ ᄇᆡ 아닌가[10]

(나 – 2) 崔瑩이 又曰 今 西僧統攝 玄麟이 僧軍 三百을 率ᄒᆞ고 擊賊次로 近畿에 留ᄒᆞᆫ 바 此人이 甚大胆이오 謀略에 又善ᄒᆞ니 召問ᄒᆞᆷ이 可ᄒᆞ다 ᄒᆞᆫᄃᆡ 世雲이 許諾ᄒᆞ고 君命으로 玄麟을 招ᄒᆞ다.[11]

(나 – 3) 「白首老將으로 壯心은 늙지 안하야 李太祖를 보내여 遼東을 치게 하며 高句麗 僧軍制度를 본받어 중을 뽑아 教鍊하던 崔瑩 將軍의 팔을 드던 花園이 어대이냐?」

「네가 歷史 속에 잇는 것을 어려히 생각한다만은 다만 한가지 ᄯᅩ 잇다. 高麗 崔瑩傳에 崔瑩이 明太祖 朱元璋과 싸우랴 할새 써하되 高句麗가 僧軍 三萬으로 唐兵 百萬을 ᄭᆡ칫스나 이졔도 僧軍을 뽑으리라 하얏는대 그 일은바 高句麗 僧軍은 곳 先人軍이니 마치 新羅의 花郎 갓흔 것이라. 그 婚姻을 멀니하고 家事를 돌보지 안함이 僧과 갓흔 고로 古代에도 혹 그 일흠을 僧軍이라고도 하며 崔瑩은 더욱 先人이나 花郎의 制度를 恢復할 수 업서 僧으로 대신하랴 하며 참말로 僧家의 僧을 뽑음이나 만일 崔瑩이 죽지 안코 高麗가 망치 안하얏더면 님의 세우신 花郎의 道가 五百 年前에 발서 中興하얏스리라.[12]

10 「편고승려동포」, 『대한매일신보』, 1908.12.13.
11 금협산인, 「동국거걸 최도통」, 『대한매일신보』, 1910.5.13.
12 신채호, 「꿈하늘」, 김병민 편, 『신채호문학유고선집』, 연변대학출판사, 1994, 65면.

(나 - 4) 按高麗史崔瑩傳 崔瑩曰「唐以大兵三十萬來侵 高麗以僧軍擊破之」 海東繹史 引高麗圖經曰「高麗之破契丹 卽僧軍之力」據此 則僧軍之啓 始自三國 迄于麗朝. 可達千年 其歷史 舊矣 蓋蘇文之與唐戰 姜邯贊之與遼角 皆賴其力 以成功 其功烈 可謂偉矣 然遍觀高句麗及唐征戰之故事 竟不見僧軍二字 而反見於崔瑩傳 歷覽高麗破遼之實錄 亦一語不及僧軍 而獨載於高麗圖經 可見金鄭兩史之魯莽也……皂衣之德 其盛矣乎 蓋蘇文之以是破唐 姜邯贊之以是破契丹 此則對外之功也 然按高句麗史 次大王 暴厲專制 椽那(地名)皂衣明臨答夫 卽起而討殺之 其對內革命之烈 亦不可沒矣 李朝以來 皂衣之號 僧軍之名 一切皆革 而單稱曰在家僧 降之最賤階級 有苦役而無名譽 故皆逃避不存 唯關北一隅 保守最久 至於李朝末葉 尙有其名 及國亡前後 亦皆諱匿不見 余嘗從該道友人 求問在家僧之歷史 而無有知者 數千年國史之精華 其滅絶至此 吁可慨也已[13]

(나 - 1)「편고승려동포」(1908)는「경고유림동포」(1908.1.16)와 대응하는 글이다. 단재는 이 글에서 호국불교의 역사적 사례를 제시하고 바람직한 불교의 방향을 제시했다. 단재는 이미 애국계몽기부터 불교의 국가주의적 성격을 강조했던 것이다. 그리고(나 - 2)에서 호두재상 최영의 북벌에 참여한 승려 현린의 이야기야말로「최영전」의 골간을 이루지 않던가. 비록 일제 강점 직전 시대적 격변으로 인해 '상편'만 연재하고 말았지만,「최영전」에는 단재의 국가주의 불교 정신이 오롯이 새겨져 있다. 그러한 호국불교의 성격은(나 - 3)「꿈하늘」(1916년)에도 언급되었다. 그리고 단재는 1921년『천고』「고고편」에서 '僧軍'의 개념 및 역사에 대해 보다 자세히 기술하였다.

「外交問題에 對하야」는 '낭불유'의 사상적 전개를 통해 주체성의 확립을 강조했다. 그리고 유약하고 사대적인 유가들의 외교론을 질타했다. 곧 "우리 民族의 固有한 特質을 들어 列國에 表示하야 內로 自立의 精神을 確

13 지신,「고고편」,『천고』창간호, 천고사, 1921.1, 25~26면.

立하며 外로 獨立의 論據를 公布함이 可하"다고 했다. 그러한 사상과 정신은 「최영전」, 「꿈하늘」, 「고고편」 등 단재의 작품에 지속적으로 나타난다. 이 논설 역시 영락없이 단재의 글이다. 단재는 쓰고 싶지 않은 글을 쓰면서 '유약한 외교', '몰주체적 외교'에 대한 비판을 통해 주체의식을 일깨우고 있다. 제목에서 보면 외교론을 옹호하는 것처럼 보이지만 오히려 외교론을 통박한 것이다. 마치 성동격서와 같은 풍자이다. 그는 "外交는 獨立運動의 一部分"이라 하였으며, 사대적 외교에 맞서 강하고 주체적인 외교를 강조했다.

제3호 논설은 「元兇 寺內正毅의 死」이다. 데라우치는 헌병과 경찰을 동원하여 한국의 국권을 빼앗았고 강점기 초대 조선총독으로 무단 식민정책을 폈다.

> (다) 寺內는 合倂 十年 總督으로 千百萬罪惡을 골나가며 다 지어 無數한 志士를 惡刑하며 義士를 暴殺하며 雜稅을 增加하며 日人의 移植을 獎勵하며 古蹟을 破壞하며 國寶를 盜竊하며 國語와 國文의 敎育을 沮戱하며 高等知識과 新文明의 輸入을 嚴禁하며 無罪한 人民을 暴徒(彼의 義兵에 加하는 稱)의 干連者라하야 그 肢體를 割斷하며 多少의 靑年을 浮浪者(彼의 不平黨에 加하는 稱)檢擧에 藉托하야 刑辱을 施하며 鴉片專賣國을 設하야 暗中에 國人의 鴉片吸用을 獎勸하야 人種을 病드리며 病院에 毒菌을 密播케 하야 受診者의 身體를 害하게 하며 警察과 憲兵을 排置하야 全國人으로 하여금 手足을 마음대로 못 놀니게 하며 師團의 兵力을 增加하야 三千里 全幅 二千萬人이 숨소래도 못 크게 하야 大魔王의 勢力을 發揮하다가 이제야 地獄에 向하야 審判의 罰을 밧난 길노 갓도다 (1919.11.12)

저자는 寺內가 伊藤과 더불어 한일합병책을 만듦으로 말미암아 일본의 禍根이자 禍胎가 되었다고 주장했다. 그는 일제 강점 10년 동안 일제가 저지른 지사들에 대한 고문과 가해, 국어와 국문의 방해, 각종 수탈과 절취, 무단통치

등 일제의 야만적인 식민정책을 낱낱이 폭로했다. 그리고 데라우치가 寺內의 죽음으로 인해 "八道蒼生의 憤怒는 모다 日本으로 도라"가게 되었다고 했다.

(다－1) 苛政重稅로 우리의 人民을 困若케 하엿지마는 그 改正도 要求하지 아니하며 濫刑虐殺로 우리의 志士를 屠戮하엿지마는 그 悔悟를 要求하지 아니하며 高等敎育을 制限하야 우리의 知識을 愚昧케 하고 小學學校科에ᄭᅡ지 우리의 國語와 國史를 禁止하야 우리의 魂을 밧고랴 하엿지마는 그 改良을 要求하지도 아니하며 玉塔이나 磁器나 石品이나 舊代 書籍 갓흔 우리의 國寶를 無數히 盜去하엿지마는 그 返還도 아직 要求치 아니하며 自治나 參政權도 要求하지 아니하며 文武官吏의 任用도 要求하지 아니하노라 그러면 우리의 要求는 무엇이뇨? 오직 하나 곳 合併取消의 第一義되는 總督府의 撤廢ᄲᅮᆫ이니라 (1919.12.25)

(다－2) 强盜 日本이 憲兵政治, 警察政治를 勵行하야 우리 民族이 寸步의 行動도 任意로 못하고 言論·出版·結社·集會의 一切 自由가 없어 苦痛과 憤恨이 있으면 벙어리의 가슴이나 만질 뿐이오 幸福과 自由의 世界에는 눈뜬 소경이 되고 子女가 나면 「日語를 國語라 日文 國文이라」 奴隷養成所－學校로 보내고 朝鮮 사람으로 或 朝鮮歷史를 읽게 된다 하면 「檀君을 誣하야 素盞嗚尊의 兄弟」라 하며 「三韓時代 漢江 以南을 日本 領地」라 한 日本놈들의 적은 대로 읽게 되며 新聞이나 雜誌를 본다 하면 强盜政治를 讚美하는 半日本化한 奴隸的 文字뿐이며 똑똑한 子弟가 난다 하면 環境의 壓迫에서 厭世 絶望의 墮落者가 되거나 그렇지 않으면 「陰謀事件」의 名稱下에 監獄에 拘留되야 周牢·枷鎖·단금질·챗직질·電氣질, 바늘로 손톱 밑·발톱 밑을 쑤시는, 手足을 달아매는, 콧구멍에 물 붓는, 生殖器에 심지를 박는 모든 惡刑 곧 野蠻 專制國의 刑律辭典에도 없는 가진 惡刑을 다 당하고 죽거나 僥倖히 살아서 獄門에 나온대야 평생 不具者가 될 뿐이라 그렇지 않을지라도 發明 創作의 本能은 生活의 困難에서 斷絶하며 進取 活潑의 氣像은 境遇의 壓迫에서 消滅되야

「찍도 짹도」 못하게 各方面의 束縛, 鞭笞, 驅迫, 壓制를 받아 環海 三千餘里가 一個 大監獄이 되야[14]

단재는 거의 같은 시기 나온 (다 – 1) 「우리의 유일 요구」(1919)에서 지사의 살육, 국어와 국사의 금지, 국보의 절도 등 일본이 한국에 저지른 온갖 죄악상을 열거하였다. 그리고 그러한 내용은 「조선혁명선언」에서 더욱 구체적으로 명시된다. 그것은 「조선혁명선언」에서 제시하듯 "强盜 日本이 우리의 國號를 없애며 우리의 政權을 빼앗으며, 우리 生存에 必要한 條件을 다 박탈"해간 형국이다.

한편 제3호 논설 「元兇 寺內正毅의 死」에는 "向者에 만일 滄海力士나 安重根 第二가 잇서 寺內의 머리를 끈어 二千萬의 眼前에 던져더면"(1919.11.12)이라는 구절이 나온다. 단재는 「꿈하늘」에서 "强者를 制裁함에는 暗殺이 唯一神聖으로 깨다른 密友 紐由, 黃昌, 安重根"이라고 하였는가 하면, 「謀殺前皇太子之奇聞」에서는 "如黃昌之刺百濟王 杜魯之殺高句麗王 滄海力士之椎秦皇 安重根之射伊藤 皆爲此也"이라 하였다.[15] 「元兇 寺內正毅의 死」에서 보여주는 의식은 「꿈하늘」뿐만 아니라 「謀殺前皇太子之奇聞」, 「조선혁명선언」의 정신으로 이어진다. 그러므로 「元兇 寺內正毅의 死」는 일본 식민정책에 대한 통렬한 비판을 드러낸 작품으로 단재의 저작으로 보아 무리가 없다.

한편 제17호의 논설은 「여론을 제조할 일」이다.

(라) 그 原由를 말하자면 自來 我國 社會의 敎育이 個人의 覺醒에 置重치 안코 指導者의 服從으로 美德을 삼음으로 一學校가 創建되면 그 校內의 學生들은 곳 某先生의 臣僕이며 一團體가 組織되면 그 團中의 人員들은 곳 某紳士의 從卒이

14 「조선혁명선언」, 『약산과 의열단』(박태원), 109면.

15 대궁, 「謀殺前皇太子之奇聞」, 『천고』 창간호, 천고사, 1921.1, 25~26면.

며 甚至於 速刷石版刷의 新聞 一張이 난다 하여도 時事의 報道나 民智의 啓發을 目的함보다 一二 自然人의 勢力을 擴張식힐 責任이 더 만하엿슴으로 그 結果가 엇던 問題에던지 各地方 同胞의 論調가 매양 該地方 有力者의 馬首를 쌀어 左右함으로 各地에 公通한 一大 公共의 輿論을 볼 수 업슴이며 或 一地方에 兩岐異의 言論이 잇슴은 또한 當地에 並峙한 有力者가 잇는 ㅅ닭이오 問題에 대한 利害의 標準에서 나오는 者는 도리어 적음이라.(1920.1.20)

(라-1) 時代와 境遇가 갓지 안함으로 그들의 感情의 衝動도 갓지 안하야 그 利害標準의 大小廣狹은 잇슬망정 利害는 利害이다. 그의 弟子들도 本師의 精義를 잘 理解하야 自家의 利를 求함으로 中國의 釋迦가 印度와 달으며 日本의 孔子가 中國과 달으며 맑쓰도 가카우쓰키의 맑쓰와 레닌의 맑쓰와 中國이나 日本의 맑쓰가 다 달음이다. 우리 朝鮮사람은 매양 利害 以外에서 眞理를 차지랴 함으로 釋迦가 들어오면 朝鮮의 釋迦가 되지 안코 釋迦의 朝鮮이 되며 孔子가 들어오면 朝鮮의 孔子가 되지 안코 孔子의 朝鮮이 되며 무삼 主義가 들어와도 朝鮮의 主義가 되지 안코 主義의 朝鮮이 되랴 한다. 그리하야 道德과 主義를 爲하는 朝鮮은 잇고 朝鮮을 爲하는 道德과 主義는 업다. 아! 이것이 朝鮮의 特色이냐. 特色이라면 特色이나 奴隷의 特色이다. 나는 朝鮮의 道德과 朝鮮의 主義를 爲하야 哭하랴 한다.[16]

제17호 논설(라) 「輿論을 製造할 일」에서 저자는 여론을 제조하려면 '이해의 표준'이 필요하다고 역설하였다. 저자는 우리 사회가 지도자, 유력자에 대한 복종을 미덕으로 삼아 공공의 여론을 볼 수 없다고 했다. 달리 공공여론의 부재가 언론이 '이해의 표준'에 기인하지 않기 때문이라는 지적이다. 여기에서 언론이 유력자에 의해 좌지우지되면 언론의 공공성을 해치며, 따라서 언론은 이해의 표준에 따라야 한다는 권고가 들어 있다. 이것은 한

16 신채호, 「낭객의 신년만필」, 『동아일보』, 1925.1.2.

편으론 당시 언론, 특히 『독립신문』을 겨냥한 측면이 있다. 왜냐하면 "各地의 新聞들이나 流俗에 趨附치 안는 獨立的 論調를 가지"(1920.1.20)라고 하였기 때문이다.[17] 그리고 그는 "一般 靑年들이 個人에 對한 依仰보다 自覺을 重하며 特立을 愛하야 매양 一問題를 맛나거던 靜肅한 頭腦로써 그 利害를 判斷하야 公衆의 表率이 되"(1920.1.20)기를 바랐다.

단재는 「낭객의 신년만필」에서 이해의 표준 문제를 언급했다. 신채호는 이해의 표준 이외에서 진리를 찾으려 함으로 조선에 무슨 주의가 들어와도 조선의 주의가 되지 않고 주의의 조선이 되려 하는 현실을 비판했다. 그래서 그는 "道德과 主義가 人類의 利害의 標準에서 생기었다 하면 우리가 害를 避하고 利만 取함이 可할" 것이라 설명했다.[18] 여론을 제조하려면 언론이 이해의 표준에서 나와야 한다는 것은 궁극적으로 『독립신문』의 언론적 공공성을 강조한 것이다. 이 논설에는 단재의 주장이 그대로 들어 있어 단재의 작품으로 볼 수 있다.

마지막으로 제18호 논설 「新舊人物의 代謝」에서 저자는 "思想界의 新運動 잇던 時期"를 다섯 시기로 나누어 설명하였다. 그런데 특히 관심을 끄는 것은 정조 시기를 내세우면서 '정전제'을 높이 평가한 부분이다.

> (마) 或 井田을 恢復하야 貧富平均을 夢하며 或 人才拔擢에 注重하야 階級打破를 叫하며 或 故疆의 割棄를 痛하야 鴨江 以北에 淚를 灑하며 或 儒敎의 專制를 憤하야 異敎와 新說의 輸入을 潛主하엿는데 柳반溪·李星湖·朴燕巖·洪湛軒·李修山·安順庵 等이 그 가운데 가장 傑出한 者라(1919.1.23)

---

17 이 시기 『독립신문』의 논설란에는 「선언서」(1920.1.1), 「우리 國民이 斷定코 實行할 六大事」(안창호 연설, 1.8~10), 「대한민국 이년 新元의 나의 비름」(안창호, 1.13), 「戰爭의 年」(1.17), 「六大事」(1.22) 등이 실렸다. 그런데 「선언서」를 제외하면 안창호의 연설과 안창호의 글, 그리고 안창호에 대한 찬사와 안창호 주장에 대한 해제로 논설이 꾸며졌다. 달리 '안창호 일색'이었다는 말이다. 게다가 「呂運亨氏 一行 渡日日記」가 1920년 1월 1일, 11일, 17일에 지속적으로 실렸다. 그런 상황에서 "各地의 新聞들이나 流俗에 趨附치 안는 獨立的 論調를 가지"라고 하는 쓴말이 나온 것이다.

18 신채호, 앞의 글.

(마 – 1) 茶山반溪의 碩學으로도 井田鄕約의 道는 論述ᄒᆞ얏스나 此를 硏究홈은 未暇ᄒᆞ야 此等 歷史的 制度를 荊蓧中에 久埋ᄒᆞ얏도다.

(마 – 2) 一時學者 爭倡井田之說 思以救其弊 如韓久庵 柳磻溪 李星湖 丁茶山 朴燕巖 諸公 其等身之著作 太半爲考究井田之制 可謂勤矣[19]

논설 저자는 정전제에 대해 언급하였고, 계급타파, 빈부평균의 주의를 기울인 선조들에 대해 언급하였다. 단재는 이미 「한국자치제약사」(『대매』, 1909.7.3)에서 "茶山반溪의 碩學으로도 井田鄕約의 道는 論述ᄒᆞ얏"다고 언급하였다. 이러한 주장은 「新舊人物의 代謝」에서 다시 언급이 되었으며, 그리고 「조선 고대의 사회주의」(1921)에서 보다 자세히 제시된다. 이후 「조선상고사」에도 그대로 등장한다. 단재는 반계 류형원, 성호 이익, 다산 정약용, 연암 박지원 등의 사상운동을 높이 평가했다. 그리고 "故疆의 割棄를 痛하야 鴨江 以北에 淚를 灑"한 부분은 柳반溪의 『반계수록』, 『발해고』, 한백겸의 「동국지리설」, 정약용의 『강역고』, 한진서의 『지리지』, 한치윤의 『해동역사』, 李修山의 『수산집』, 安順庵의 『동사강목』 등의 언급을 통해서 보다 분명히 드러난다.[20] 뿐만 아니라 그는 김옥균의 갑신정변도 높이 평가하였다.

(마) 甲申政變의 前後로 一時期를 잡을지니 海禁이 開하야 文明의 消息이 微傳하며 淸兵이 皇城에 入據하야 內政干涉의 恥辱이 至하매 金玉均等이 內로 執政者의 昏暴를 怒하며 外로 强隣의 壓迫을 痛하야 一擧하야 舊黨을 芟夷하고 新政을 樹立하랴다가 不成하고 敗하엿도다 비록 當時의 擧動이 좀 輕疎하고 流傳한 思潮도 그리 深遠치는 못하나 春雷의 一震이 또한 百年의 寂寞을 破한지라……甲申時代의 諸公은 곳 政治의 革新을 冒險으로 試하엿스니 이것이 一進

19 진공, 「朝鮮古代之社會主義」, 『천고』 2, 천고사, 1921.2, 9면.

20 신채호, 「조선상고사총론」, 『신채호 역사논설집』, 현대시학사, 1995, 71~72면.

步이오 甲申의 革新運動은 政府內面에서 行하랴 하엿스나……甲申乙巳 以後의 志士들은 社會敎育의 普及을 叫하엿스니 이것이 또 一進步라 그러나 그 區區한 進步는 곳 外來風潮의 刺激에서 나온 現象이오 自體의 作用은 안이라 그 人物들로 보면 甲申政變의 主腦者들은 正宗朝 時代의 諸君子에 比하야 그 堅苦한 志操와 深遠한 理想과 篤實한 學問과 浩瀚한 文章이 다 不及이오 나흔 것은 오즉 日本서 輸入한 아즉 組織的 안인 立憲의 思想쑨이며(1920.1.23)

(마-1) 甲申의 老革命黨들은 甲辰 乙巳의 社會를 支配할 精神이 업섯스며 庚戌 前後에 老志士들은 三一運動 以後의 社會를 指導할 만한 先見과 實行이 업서 他人의 劍을 기다릴 것 업시 발서 自劍自殺한 人物들이니 이는 四十 以上을 爲하야 慚愧할 바어니와(『독립신문』, 1923.9.19)

단재는 「월왕 구천 살인」(『독립신문』, 1923.12.5)에서 김옥균의 거사를 '甲申革命'이라 하였으며, "만일 金玉均의 當時 革命方略이나 또 다른 무엇을 잘못하엿다 하면 몰을지나 그 革命을 不可라 함은 참 不可하"다고 했다. 「신구인물의 대사」에서는 김옥균의 거사를 '정치의 혁신', '혁신운동' 등으로 평가하였는데, 이는 단재의 사상을 여실히 보여주는 것이다. 그는 "甲申政變以前 不知朝鮮有維新黨也"[21]이라 하였는데, 갑신정변의 의의를 높이 평가한 것이다. 다만 그 방략이나 정신이 외래사조의 자극이며 자체 작용이 아니라는 한계를 지적했다. 그것은 갑신 을사 시기의 사회를 지배할 정신이 없었기 때문이라는 것이다.

그러므로 「신구인물의 대사」 역시 단재의 저작이다. 이 글에서는 "獨立運動 以後가 곳 第(五)의 新時期가" 됨을 지적하고, 당시 젊은이들에게 "熱烈하게 勇敢하게 篤實하게 進步하야 獨立을" 찾을 것을 권유했다. 사실 이 글에 이어 제5기 3·1운동의 의미를 서술하고, 신인물에게 당부하는 말을

21 진공, 「韓漢兩族之宜加親結」, 『천고』 2호, 1921.2, 4~5면.

할 예정이었으나 신문의 정간으로 인해 중단된 것으로 보인다. 그리고 1여 년 후인 1921년 3월에 단재는 "然則是日(卽三月一日) 卽我國獨立史之開卷第一章 而 釰光閃閃 砲聲隆隆 下馬聽賊 上馬飮血 其次第宜有之篇法章法也"[22]이라 하여 3・1운동을 높이 평가하였지만, 1923년 1월에 나온 「조선혁명선언」에서는 3・1운동의 만세소리에 민중적 일치의 의기가 瞥現하였지 폭력의 중심을 가지지 못"하였음을 한계로 지적했다.

단재는 주필로서 언론 계몽활동을 폈다. 앞서 제시한 논설들은 단재의 사상이 깊이 체화되어 있음을 엿볼 수 있다. 현재 남아 있는 신문은 비록 5호에 불과하지만 그가 주필로서 계몽활동을 폈음은 여실히 확인할 수 있다. 그는 「창간사」에서 신문의 사명을 포고하지 않았던가. 단재는 앞서 살핀 것처럼 논설을 통해 자신의 주의나 주장을 국내외 동포들에게 전달하고 독립을 향해 매진해 갈 것을 다짐했다.

4. 『신대한』 논설의 의미

『신대한』은 무엇보다 언론이 정직 통쾌하여 적지 않은 사람들로부터 주목과 더불어 지지를 받았다. 그런데 임시정부 측은 이 신문을 달갑지 않게 여겨 백방으로 창간을 막으려 했다.

(가) 작일 원동 등국 우정국의 일부인을 마즌 인쇄물 한 장이 본샤에 도착하엿는데 이는 국한문 五호 활자로 면목이 식롭고 긔사가 쟝졀쾌졀한 『신대한』이란 신문 창간호(대한민국 元年 十月 二十八日호)더라. 이 신문의 발힝소

22 대궁, 「第三回三一節普告同胞」, 『천고』 3호, 1921.2, 4면.

와 발힝쟈는 아직 알 수 업스나 그 챵간사의 한 구절인 "태평양은 륙디가 될지라도 우리가 일본은 닛지 말자. 二千만의 해골은 태빅산갈히 쌓일지라도 일본과 싸호자."는 정신을 가지고 츌현하엿더라……이에 본보는 『신대한』 신문의 쏙 바른 쥬의졍신을 하례하며 동시에 『신대한』의 건강댱수를 츅복하노라[23]

(나) 더욱이 원통한 것은 '신대한(新大韓)' 신문이 신채호(申采浩)씨가 주간하는 것이기 때문에 "언론이 매우 정직하고 통쾌하여 정부의 일에 대해 풍자하고, 또한 주의박약(主義薄弱)한 논조(論調)같지 않다"는 설명에 대하여 이를 용서 없이 게재하였다는 것이다. 그들은 이 신문을 눈에 가시처럼 생각하여 백방으로 이를 방해, 폐간시키고 자기의 기관지 소위 독립신문만을 존재하게 하려고 한다.(1920.2.5)[24]

『신대한』 신문이 발간되자 이 신문은 국내외 동포들로부터 좋은 반응을 얻었다. 특히 미국에서 발행된 『신한민보』의 기자는 『신대한』에 대해 '장절쾌절'하다고 하여 찬사를 아끼지 않고, 심지어 「창간사」의 일부를 싣기도 했다. 이러한 반응은 일본의 정보보고(나)에 포함된 어떤 독립운동가(불령선인)의 편지(1919.12.25)에서도 마찬가지이다. 신채호의 논설들은 주의 박약한 독립신문에 비해 동포들에게 상당히 호의적으로 받아들여졌음을 알 수 있다.

이광수는 단재를 설득하여 『독립신문』 주필로 모셔가려 했지만 실패하였다고 했다. 단재는 『독립신문』 주필을 거부하고 『신대한』을 통해서 새로운 노선을 천명했다. 그러자 『독립신문』 주필 이광수는 『신대한』을 비판하게 되는데, 이로 인해 두 신문 사이의 알력이 더욱 커지게 된다.

---

23 「'新大韓' 신문이 출현」, 『신한민보』, 1919.11.25.

24 「高警 제2305호－上海居住排日鮮人の書信」, 『朝鮮獨立運動』 2, 1920.2.5(출처 : 한국독립운동사정보시스템 https://search.i815.or.kr) 및 『한국민족운동사료』 삼일운동 기이, 국회도서관, 1978, 711면.

「第一 獨立을 못하거던 차라리 死하리라는 決心을 革固케하며 第二 敵에 對한 破壞의 反面이 곳 獨立建設의 터이라」는 理解를 명확케 하야 理想의 國家보다 先히 理想의 獨立軍을 製造할 主義를 가지고 本報가 出現하엿노라.(『신대한』, 1919.10.28)

建設보다 破壞는 容易하고 和合케 하는 것보다 離間케 함은 容易하나니 父祖가 數十年間의 努力으로 成한 家産을 그 子가 一旦에 蕩盡하며 偉人의 一生心血을 다하야 엇은 和合을 奸人의 三寸舌로 能히 破壞하는 것이라.(『독립신문』, 1919.11.27)

이광수는 「군자와 소인」을 써서 「신대한창간사」를 비난하고 나섰다. 그는 "世上에 더러운 것을 집어내랴면 無限히 만코 우리 獨立運動에 參與하는 사람 中에도 또는 獨立運動에 參與하는 欠을 집어 내랴면 無限히 만흘지라"라고 전제하고, 『신대한』을 염두에 두고 "그러나 世上에는 그와 反面에 조흔 일도 無限히 만흘지니 웨 구태어 조흔 것은 다 내어바리고 조치 못한 것만 차즈며 사람들의 功績과 善行은 못 본 체하고 萬人이 다 免치 못할 欠點만 摘出하야 世上을 騷擾케 하나뇨"라고 반문하였다. 한마디로 『신대한』 측을 소인배로 규정한 것이다. 그리고 파괴를 주장하는 『신대한』의 논리도 비판하였다. 단재는 「창간사」에서 "파괴의 반면이 독립건설의 터"라고 하여 파괴를 통한 건설을 주장하였다. 그는 당시 신문들이 "破壞建設의 次序를 顚倒하야 國民의 心理를 弱하게 하"였다고 비판했는데, 이광수는 파괴란 곧 화합을 깨는 일로 규정하였다. 그리고 『독립신문』 측은 계속하여 「절대독립」(1919.12.2), 「신뢰하라 용서하라」(1919.12.25) 등의 논설을 통해 『신대한』 측을 비난했다.[25]

25 이에 대해서는 최기영의 「1910 · 1920년대 노령과 중국에서의 신채호의 언론활동」(『식민지 시기 민족지성과 문화운동』, 한울아카데미, 2003)을 참고할 만하다.

그 後에 丹齋가 ○○○이라는 新聞에 ○○運動의 現在에 對하야 否認하는 論을 쓴 데 對하야 나는 正面으로 그를 駁論하지 아니치 못할 處地에 있어서 이렇게 數次 論戰이 있은 後에는 고만 丹齋와 나와의 私的 交分조차 끊어지고 말었다.[26]

이광수는 단재에 대한 몇 차례의 논전으로 인해 그와의 교분이 끊어졌다고 고백했다. 그는 『독립신문』 주필로 『신대한』을 비판하는 데 앞장섰다. 「군자와 소인」을 위시하여 수차 단재를 겨냥하여 직접적인 비판을 서슴지 않았던 것이다.

한편 이러한 상황에서 임시정부 총리 이동휘는 두 신문의 화해를 위해 노력했다.

四日 李國務總理는 新大韓 及 本社 兩新聞記者를 一品香菜館으로 招待하엿는데 參席한 이는 主人側으로 國務總理 其他 各總長과 學外 兩 次長을 除한 各部次長 其他 政府職員과 主賓側으로 新大韓新聞社 編輯長 金枓奉氏 外 九人과 本社에서는 社長 李光洙氏外 七人인데 主賓을 合하여 三十餘人이라 晩 六時에 食卓에 就하여 同 九時에 歡喜中에서 宴을 畢하엿는데 總理는 兩新聞의 過去의 功績을 謝하고 互相協議하여 우리 獨立運動事業에 對하여는 同一한 步調를 取하며 將來에 對하여도 더욱 用力하기를 바란다고 熱烈히 말씀하다[27]

신채호의 신대한은 민간신문으로서 임시정부 및 그 기관지인 독립신문의 주의주장이 너무나 유약하다고 하며 이를 편달하는 것을 목적으로 발기했는데, 그것이 뜻밖에 최근 임시정부 및 독립신문측의 주장이 매우 과격하게 되어 오늘날에 있어서는 오히려 양립의 필요가 생겨 양자 회동론을 주창하기에 이르렀다.[28]

26 이광수, 「탈출 도중의 단재 인상」, 『조광』, 1936.4, 211~212면.
27 「李國務總理의 兩新聞記者招待」, 『獨立新聞』, 1920.1.8.
28 「機密公 제22호－上海 鮮人의 近情에 관한 件」, 1920.3.3, 6면(출처 : 국사편찬위원회 한국사

『독립신문』과 『신대한』의 양자 회동은 당시 총리였던 이동휘가 주선하였으며, 여기에 임시정부 요인들과 두 신문사 사원들이 참여한다. 이동휘는 두 신문이 서로 협의하여 독립운동에 동일한 보조를 취하기를 당부했다. 여론이 분열되는 것이 바람직하지 않다고 여겼기 때문이다. 이 회동은 당시 대단히 주목받는 사건으로 『독립신문』에도 상세히 보도되었고, 또한 일본의 정보에도 그대로 드러난다. 이동휘의 화해 노력에도 불구하고 임시정부와 『신대한』의 알력은 계속된다.

> 上海在留 不逞鮮人의 機關紙인 [獨立] [新大韓] 두 新聞의 軋轢으로 國民大會를 開催한 結果, 新大韓 發行이 禁止되지 않기 때문에 獨立側은 가만히 姦策을 돌리고 新大韓의 印刷所에 秘密히 交涉하여 朝鮮人은 日本人이라면 排日을 決行하는 當工場에서 이것을 印刷하기 어렵다는 口實下에 印刷를 拒絶시킴에 따라 新大韓은 그 後 休刊을 않을 수 없게 되었다.(1920.2.18)[29]

> 신채호 : 상해로 와서 스스로 신문 「신대한」을 일시 발행하고 이광수 「독립신문」과 의견의 고집(원문에는 확집)이 있어 이동휘, 안창호 등이 여러 번 조정하여 신의 의견은 소위 구사상으로 청년 무리의 의견과 서로 받아들이지 못하여 다수의 반대를 받아 결국 그 발행을 중지하기에 이르렀다고 한다.[30]

『신대한』은 인쇄소의 발행거부로 인해 파국을 맞는다. "日本人이라면 排日을 決行하는 當工場" 운운하는 대목에서 『독립신문』 측이 어쩌면 방효상의 존재를 파악한 것이 아닌가 하는 생각이 든다. 또는 그것은 단순히 『독립신문』 측의 간책으로 인한 것일 수도 있다. 그래서 신규식 측은 『신대

데이터베이스 http://db.history.go.kr).

29 『한국민족운동사료』 삼일운동 기이, 국회도서관, 1978, 783면.

30 「機密 제42호-重要한 排日派 鮮人의 略歷 送附의 件」(1920.3.15), 17면. [출처 : 국사편찬위원회 한국사데이터베이스 http://db.history.go.kr]

한』이 "反對新聞 때문에 休刊하기에 이른 것은 畢竟 敎唆하는 者가 있기 때문"이라고 생각하였으며, 그 교사자로 안창호를 지목하였다. 그들 가운데에는 임시정부를 비난하는 자도 많아졌으며, 심지어 2월 초부터 임시정부 파괴운동을 개시한 자도 있었다고 한다.[31] 여하튼 인쇄소의 인쇄 거부로 인해 『신대한』은 정간되었으며, 이후 다시 발간되지 못했다. 일제의 문서로 볼 때, 『신대한』은 18호로 발간으로 종간된 것으로 보인다. 『신대한』은 19호부터 더 이상 일본 정보보고에 등장하지 않는다. 설령 더 발간되었다 하더라도 1월 말, 20호 이내에서 종간되었을 것으로 보인다.[32]

『신대한』은 『독립신문』과는 달리 독립에 있어서 강경노선을 채택하였으며, 이로 인해 두 신문사 간 알력은 커졌다. 그러나 청년들과 의견 충돌로 다수의 반대를 받아 폐간되었다는 일본 정보를 그대로 수용하기는 어려울 듯하다. 당시 『신대한』 신문에 거는 기대는 컸고, 오히려 상당수 사람들은 그 신문이 계속 발간되기를 바랐다. 『신한민보』에서는 『신대한』을 기다리는 독자들에게 "원동으로부터 오던 신대한은 발셔 뎡간되엿슴으로 여러분에게 보닉지 못하엿나이다 어느 날 다시 츌간될난지난 알지 못하오나 다시 츌간되여 본사에 오기만 하오면 곳 보닉려 하나이다"[33]라고 안내 보도를 실을 정도였다. 이는 달리 『신대한』의 논설들이 다수 독자들에게 커다란 반향을 일으켰음을 보여주는 실례라 하겠다. 그러나 『신대한』의 강경노선은 임시정부와 공존하기 어려웠고, 결국 이로 인해 폐간되기에 이른다. 1920년 내부의 분열과 신문 폐간에 상심한 단재는 상해를 떠나 북경으로 돌아와 보합단 조직에 참여하고, 1921년에는 『천고』 발간에 몰두하게 된다.

---

31 「高警 제2305호－國外情報(在間島派遣員 報告要旨)」(1920.2.19). [출처 : 한국독립운동사 정보시스템 https://search.i815.or.kr]

32 17호의 발간일이 1월 20일이고 18호가 1월 23일이니 1월 말까지 발간되었다 하더라도 20호 정도이다. 한편, 연시중은 김두봉이 "신채호가 주필로 있던 순한문 신문인 『신대한신문』의 편집을 맡아 일하다가 신문발행이 16호로 중단되자 김규식 등의 신한청년당에 가담했다"라고 하여 『신대한』이 16호로 중단된 것으로 설명했는데, 이는 사실과 다르다. 연시중, 『한국 정당정치실록』 1권, 지와사랑, 2001, 82면 참조.

33 「신대한 구람하시던 여러분의게」, 『신한민보』, 1920.6.25.

5. 마무리

이제까지 단재가 주필로 있었던『신대한』의 논설들을 살펴보았다. 신채호는 논설들을 통해 자신의 사상과 주의를 적극 천명하였다.『신대한』에 실린 5편의 논설은 단재의 사상을 잘 보여주는 것들이다. 그래서 모두 단재의 글로 보아도 무방할 것이다. 단재는 주필로서 논설을 통해 적극적인 독립투쟁에 나설 것을 강조했다. 그의 논설은 강고했으며, 또한 일체의 타협도 거부함으로써 대내외에 많은 지지를 받았다. 그의 논설들은 독립운동 형성에도 적지 않은 영향을 미친 것으로 보인다.

『신대한』 신문은 해외로, 그리고 국내로도 전해진다. 1920년 국내에서 류년수 등은『신대한』 1, 2, 3호를 100여 부,『혁신공보』 100여 부를 서울 시내에 배포하다가 발각되기도 한다.[34] 이들 신문에 모두 단재의 사설이 실려 있는데, 제1호에는 "太平洋은 陸地가 될지라도 우리가 日本은 잇지마자 三千萬의 骸骨을 太白山갓치 싸흘지라도 日本과 싸호자"라고 하여 일본과의 독립혈전을 포고했으며, 제2호에서는 호국불교와 주체적 외교, 강한 외교를 부르짖었다. 그리고 단재는『혁신공보』 50호 논설에서「우리의 유일 요구」로 "合併取消의 第一義되는 總督府의 撤廢뿐"이라고 강조하였다. 이러한 그의 논설은 독립운동에 커다란 영향을 준 것으로 보인다. 특히 국내 승려들의 독립운동에도 영향을 준 것으로 보인다. 의용승군의「선언서」(1920)에서 단재의 사상을 적극 수용하고 있으며, 또한 독립운동을 고취하기 위해 배포했던 신문들, 특히『신대한』 1, 2, 3호가 진관사에서 발견되었다는 사실은 그러한 영향력을 증명해주고도 남음이 있다.

단재는『신대한』 신문을 통해서 끊임없이 독립투쟁을 선도하고 투쟁의지를 대내외에 천명하는 등 주필로서 언론 계몽활동을 펼쳤다. 그리고 임시

34 「高警 第3728號 —㊙不隱印刷物配布者及獨立運動資金募集者檢擧の件(1920.2.13)」, 735면.

정부의 참여와 더불어 대동청년단 단장(1919), 대한독립청년단 단장(1919), 신대한동맹단 부단장(1919), 보합단 참여(1920) 등 실질적인 독립운동에 나섰다. 진관사에서 발견된 『신대한』 제1, 2, 3호의 자료발굴은 단재의 그러한 활동을 좀 더 세밀히 밝힐 수 있는 근거들을 제공했다는 점에서 그 의미가 크다. 특히 이번 발굴은 단재의 새 자료들을 제공함은 물론이고, 단재 활동의 새로운 측면들을 파악할 수 있게 해주었다는 점에서 매우 가치 있는 일이라 하겠다.

『독립신문』(상해판) 논설 저자와 그 의미

1. 들어가는 말

상해판 『독립신문』은 임시정부 기관지로 1919년 8월 21일 창간되었다. 창간 당시에는 『독립』이었으나 제22호(1919.10.25)부터 『독립신문』으로 제호가 바뀌었다. 이 신문은 1928년까지 발간된 것으로 알려져 있으나 현재 198호(1926.11.30)까지 남아 있다.[1] 1969년 중앙문화사에서 영인본이 나왔고, 1987년 독립기념관에서 다시 나왔고, 2005년 국사편찬위원회에서 이전보다 상당히 많이 보완된 영인본이 나왔다.[2] 그러나 이제까지 이에 대한 문학

---

1 주요한은 1928년까지 발행되었다고 기술하였다(주요한, 『도산안창호전서』 상, 범양사출판부, 1990, 212면). 그러나 독립운동사편찬위원회에서 편한 『독립운동사자료집』 8(독립유공자사업기금운용위원회, 1974, 12면)에는 "198호에까지 이르렀다"고 하였으며, 최기영 역시 「상해판 독립신문의 발간과 운영」(『대한민국임시정부 수립 80주년 기념논문집』 하, 국가보훈처, 1999, 281면)에서 "1926년 말까지 총 198호가 간행되었던 것"이라고 하였다.

2 이전 영인본(국학자료원, 2004년 발간 기준)에는 189호(1925.11.11)까지 실려 있다. 이 가운데 40, 125, 126, 177, 178, 179, 180, 181, 182, 186, 187, 188호 등 총 12호가 결호이며, 185호의 일부, 189호의 한 장이 누락되어 있다. 그러나 최근 국사편찬위원회에서는 198호까지 싣고 이전 영인본에서 빠져 있던 126, 181, 182, 187, 188호를 추가했으며, 그리고 192~194호, 196~198호, 호외 5호, 기타 중문판 『독립신문』 5호를 보완하였다. 또한 현재 결호인 177~180호, 195호 등 5호가 개인 소장중인 것으로 알려져 있다. 그러므로 현재의 총 198호 중 소재가 확인되지 않고 있는 호는 4호(40, 125, 190, 191호)이다.

적 연구는 많지 않다.[3]

이 글은 단재의 자료 발굴 및 원전 확정 작업의 일환으로 쓰인다. 이제까지 단재의 연보를 비롯한 그 어떤 연구에서도 단재가 상해판 『독립신문』 참여했다는 기록은 없다. 그는 임시정부의 『독립신문』에 맞서 『신대한』을 창간한 것으로 알려져 있다. 그런 그가 과연 『독립신문』에 글을 발표하였는가? 이 글은 일차적으로 『독립신문』 소재 단재의 글을 찾고, 그것의 의미를 부여해 보려고 한다. 그리하여 단재의 활동과 작품 서지를 보다 온전하게 마련하고자 한다.

2. 상해판 『독립신문』과 신채호

『독립신문』 설립 시 사장 겸 주필은 이광수, 영업부장 이영렬, 출판부장 주요한이 맡았으며, 기자로 조동호, 차이석 등이 활동했다. 이광수는 이 신문의 주필로 신채호를 초빙하려던 시도가 있었다고 말했다.

> 그때에 내가 丹齋를 만난 主要한 理由는 李承晩 博士를 支持함이 大義에 合하다는 것을 說伏하여 丹齋로 하여곰 내가 主幹하던 ○○(독립 : 인용자)신문의 主筆로 모시려 함이었다. 그러나 나는 丹齋를 說伏하기에 成功하지 못하였다. 그 結果로 丹齋 ○○○(신대한 : 인용자)이라도 李博士를 首班으로 하는

3 임형택, 「자료 소개 : 항일민족시－상해 "독립신문" 소재」, 『대동문화연구』 14, 성대 대동문화연구원, 1981, 155~221면; 이청원, 『한국민족문학사론』, 원광대 출판국, 1982; 이연복, 「대한민국임시정부와 사회문화활동」, 『사학연구』 37, 한국사학회, 1983.12, 195~228면; 조두섭, 「1920년대 한국 민족주의시 연구1－상해 독립신문파 시인을 중심으로」, 『어문학』 50, 한국어문학회. 1989.5, 279~299면; 이동순, 「상해판 "독립신문" 수록 시작품 분석」, 『민족시의 정신사』, 창작과비평사, 1996, 121~164면.

○○를 否認하는 新聞을 發行하게 되었는데 그것은 나중 일이어니와 그보다 먼저 ○○○○을 조직할 때에도 丹齋는 李博士의 首班을 反對하야 一座의 威脅 挽留도 듣지 아니하고

『나를 죽이구랴?』

하고 벌떡 일어나서 悠悠히 會場에서 나가 버리고 말았다. 그것은 己未年 四月 十日 그 前날 卽 九日부터 滿二十四時間 不眠不休로 討議한 ○○○○ 成立의 날이었었다.[4]

이광수는 단재가 어찌하여 『독립신문』을 맡지 않고 『신대한』을 발간하게 되었는지를 설명해준다. 단재는 한성정부의 평정관으로, 임시의정원에서 충청도 대표의원으로 선임되었으며, 임시정부의 수반 선출시 이승만을 반대하였다. 그는 임시정부에서 전원위원회위원장 겸 충청도의원으로 선임되었지만, 이승만이 통합임시정부 대통령으로 선출되자 제6회 회기중(1919.8.18~9.17)에 사퇴하였다.[5] 그 무렵 『독립신문』이 창간된다. 그리고 이광수에 따르면, 단재는 『독립신문』 주필을 거절하고, 같은 해 10월 28일 『신대한』을 창간하였다. 이광수가 단재를 『독립신문』 주필로 모시려 했던 시기는 8월 21일에서 10월 17일 사이가 될 것이다.[6] "상해 『신대한』 신문은 지금까지 발행되고 있는 『독립신문』측에서 여러 방해를 받아왔지만, 10월 17일 제1호를 발행하게 되고"[7]라는 일본 측 기록으로 볼 때 그것은 신빙성을 더한다. 단재는 『신대한』을 발간함으로써 『독립신문』과 연을 끊고, 임시

4 이광수, 「탈출 도중의 단재 인상」, 『조광』, 1936.4, 211면.

5 이연복, 「대한민국임시정부와 단재」, 『단재 신채호선생 순국 50주년 추모논총』, 형설출판사, 1986, 355면.

6 단재전집 연보에는 1921년에 "상해임시정부 독립신문사측에서 이광수를 북경으로 파견하여 선생에게 주필이 되어줄 것을 권유하였"(하, 510면)다고 기록하였으나, 이것은 1919년이 맞다. 왜냐하면 단재는 『독립신문』 측의 제의를 물리치고 『신대한』을 창간했기 때문에 이광수의 권유는 『신대한』 창간 이전에 있었던 일이 된다. 한편 이광수는 1921년 2월경 독립신문사를 사임하고 귀국하였다.

7 조선군참모부, 『조특보』 62, 1919.10.17; 최홍규, 『신채호의 민족주의 사상』, 형설출판사, 1983, 161면 재인용.

정부의 반대노선을 걷게 된다.

> 『독립』과 『신대한』 신문의 알력 때문에 국민대회를 연 결과 『신대한』을 발행 금지하지 못하여 『독립』측은 암암리에 간책을 써서, 『신대한』의 인쇄소에 비밀 교섭하여 (이들) 조선인은 일본인이므로, 배일을 결행하는 당 공장에서 이를 인쇄할 수 없다는 구실을 만들게 하여 인쇄를 거절케 함으로써 『신대한』은 그 후 휴간할 수밖에 없었다.[8]

휴간에 들어간 『신대한』은 더 이상 발행되지 못한 것으로 보인다.[9] 『신대한』 사건 이후 신채호는 상해를 떠나 북경으로 가게 된다. 이후 단재는 1920년 4월 '제2회 보합단' 조직에 참여하였으며, 9월에는 군사통일촉성회에 참여한다. 또한 1921년 1월에는 『천고』를 창간하였으며, 4월에는 박용만, 신숙 등과 함께 군사통일준비회를 개최하고, 이승만을 성토하는 「성토문」(1921.4.19)을 작성하였다.

신채호는 1922년 12월경에 약산 김원봉을 따라 상해에 가서 1923년 1월에 「조선혁명선언」을 탈고하였다.[10] 1923년 류자명은 단재가 이 선언문을 작성하고 곧 북경으로 돌아간 것으로 설명했다.[11] 그리고 임중빈은 1923년 5월에 단재가 상해에서 북경으로 돌아왔다고 기술했다.[12] 그러나 1923년 1월 3일부터 6월 7일까지 상해에서 국민대표회의가 열렸는데, 그가 도중에 북경으로 갔을 리는 없다. 그것은 일본 측 문서 "전 가정부(임시정부 : 인용자) 학무총장 김규식, 신채호, 김두봉 ○○○ 등도 머지않아 상해를 떠나 노령 연해주 방면으로 향할 것이라는 이야기가 있"(「경비제1708호」, 1923.5.24)다는 내용으로 보

---

8 최홍규, 앞의 책, 164면 재인용.

9 현재 일본외무성 사료관에는 『신대한』이 3호(1, 17, 18호) 남아 있다.

10 박태원, 『약산과 의열단』, 백양당, 1947, 105~108면.

11 류자명은 "義烈團宣言發表後 先生仍回北京 專心于歷史著作"(「조선 애국사학가 신채호」, 『세계사동태』, 1981.2, 34면)이라 기술했다.

12 임중빈, 『선각자 단재 신채호』, 충청출판사, 1986, 275~276면.

아도 알 수 있다. 당시 신채호는 창조파로 분류되었는데,[13] 임시정부 의사록이나 창조파 비밀회의 참여자 39인(고경 제2177호, 『독립신문』, 1923.6.13)의 명단에는 이름이 없다. 그것은 단재가 특별한 지위를 갖고 참여한 것은 아니었기 때문일 것이다. 단재는 창조파 비밀회의(『독립신문』, 1923.6.13)에서 고문으로 추대되기도 했다.[14] 김영호는 개조파와 창조파의 분열로 임정에서 창조파에 대한 탄압과 체포령이 있었으며, 이를 피해 단재가 북경으로 돌아간 것으로 기술했다.[15] 임정의 국무령포고 제3호는 1923년 6월 6일 내려졌으며, 같은 날 내무부령 1호가 김구에 의해 발표된다. 그러나 포고령의 주된 대상은 윤해와 신숙 등의 창조파였다. 그리고 그들은 8월 20일 상해를 떠나 30일에 블라디보스톡에 도착했다.[16] 그것은 『독립신문』의 "멧날前 同一派의 尹海, 元世勳, 申肅 等 三十餘人이 某船便으로써 海參威를 向하야 出發하엿는대 金奎植 都寅權 等도 따라 갓다더라"(1923.9.1)라는 보도내용을 통해서도 알 수 있다. 여기에 신채호는 동행을 하지 않았다.

이후 단재의 종적이 분명한 것은 1924년 3월 이후이다. 류자명은 신채호가 북경에 돌아온 후 경제적인 궁핍으로 절에 들어갔다고 하였는데, 최홍규에 따르면, 단재가 절에 들어간 시기는 1924년 3월 10일이다. 류자명은 단재가 선언문을 작성(1923.1)하고 곧 북경으로 돌아갔다고 하나 그것은 일본쪽 문서로 보아도 사실이 아니다. 그리고 국민대표회의를 남겨두고 홀로 북경으로 떠났을 리 없다. 게다가 1923년 6월에는 상해에서 의열단 총회가 있었다. 의열단 선언문을 기초한 단재가 그 회의를 두고 상해를 떠나지는 않았을 것으로 보인다. 그는 1922년 봄에 가족들을 국내로 귀국시켰기 때문에 북경에 빨리 돌아가야 할 아무런 이유도 없었다. 그러므로 창조파가 상해를

---

13 조철행, 「국민대표회의(1921~23) 연구—개조파 · 창조파의 민족해방운동론을 중심으로」, 『사총』 44, 역사학연구회, 1995, 147~177면.

14 국민대표회의, 『선포문 · 헌법 · 기관조직 · 부결의안』, 1923.6.7. 자세한 것은 조철행, 위의 글, 160면, 주 57번 참조.

15 김영호, 「단재의 생애와 사상」, 『나라사랑』 3, 1971.7, 35면.

16 신숙, 『나의 일생』, 일신사, 1963, 81면.

떠난 이후에도 얼마간 더 상해에 머물렀던 것으로 보인다. 1923년 10월 그의 내면을 보여주는 「계해 10월 초 2일」이라는 한시가 있는데, 망명지에서의 어려운 삶속에서도 자유를 구가하는 정신을 보여주고 있다. 그런 내용으로 볼 때 북경에서 쓰이지 않았을 것으로 보인다. 아마도 단재는 상해에 머물다가 1923년 말이나 1924년 초에 북경으로 가지 않았나 하는 생각이 든다.[17]

단재가 언제까지 상해에 머물렀는가 하는 문제는 『독립신문』 참여와 직접적인 관련이 없을 수도 있다. 다만 단재가 상해에 머물렀다면 『독립신문』 참여 가능성은 한층 커진다. 왜냐하면 상해와 북경은 상당한 거리가 있기 때문이다. 그러나 다른 한편으로 1924년 10월부터 본격적으로 단재가 국내 『동아일보』, 『조선일보』, 『시대일보』 등에 글을 발표한 것으로 보아 설혹 북경에 있었더라도 『독립신문』에 글을 싣는 것은 크게 문제가 되지 않았을 것으로 보인다.

보다 중요한 것은 그가 배척했던 신문에 글을 실을 수 있었을까 하는 문제이다. 그런데 1921년 2월경에 이광수가, 그리고 6월 정간 때에는 이영렬, 주요한 등 창간인사들이 『독립신문』을 떠났다. 1921년 8월 속간부터는 김승학이 신문을 맡아 윤해를 주필로 초빙하였고, 또한 1922년 7월 22일 중문판을 간행하면서 박은식이 주필을 맡게 되었다. 초창기와는 다른 커다란 변화가 있었던 것이다.[18] 『신대한』, 『천고』 등이 모두 문을 닫게 되면서 단재는 글을 발표할 마땅한 매체를 갖지 못했다. 박은식과 교분이 깊었던 단재로선 변화된 『독립신문』에 충분히 글을 실을 수 있는 여지가 생긴 셈이다.

---

17 최옥산은 "이해(1923년) 말부터 鼓樓大街附近의 大黑湖胡同(現 西城區 新街口地區 大黑湖胡同)에 거주하면서 저술활동에 몰두함"(「문학자 단재 신채호론」, 인하대 박사논문, 2003, 155면)이라 지적하였는데, 충분히 설득력이 있다.

18 최기영, 「상해판 "독립신문"의 발간과 운영」, 『대한민국임시정부 수립 80주년 기념논문집』 하, 국가보훈처, 1999, 381~405면.

3. 상해판 『독립신문』 소재 신채호의 작품 발굴

신채호가 『독립신문』의 주필이나 기자로 활동하지 않았다는 것은 분명한 사실이다. 당시 『독립신문』은 투고를 중요하게 여겨, 투고에 대한 안내를 자주 하고 있다. 그리고 기자의 필명이 아닌 글들이 다수 있는 것으로 보아 『독립신문』은 투고된 글들을 광범위하게 게재한 것으로 보인다. 연구자는 무엇보다 震公의 세 편의 글(「今日에 또 避亂할 十勝地를 찻는 사람들」, 『독립신문』 163호, 1923.9.1; 「四十 以上은 盡殺?」, 『독립신문』 164호, 1923.9.19; 「越王 句踐 殺人」, 『독립신문』 167호, 1923.12.5)에 주목을 하였다.[19] 그것은 무엇보다 단재의 필명으로 발표된 작품들일뿐더러 몇 가지 단재 글의 특징을 오롯이 갖고 있기 때문이다.

1) 진공—호, 또는 필명의 문제

세 편의 글은 모두 震公의 글이다. 진공은 震檀의 사람이란 뜻이며, 단재는 그러한 필명으로 이미 『천고』에 글을 발표한 이력이 있다.[20] 그는 1921년 북경에서 창간한 『천고』에 여러 필명(또는 호)으로 글을 발표하였는데, '진공'도 그 가운데 하나이다. 진공의 이름으로 발표된 글은 다음과 같다.

『천고』 1호—「朝鮮獨立及東洋平和」

19 이하 본문에서는 「금일에 또 피란할 십승지를 찾는 사람들」, 「사십 이상은 진살?」, 「월왕 구천 살인」으로 표기함.

20 김주현, 「신채호의 자료 발굴 및 원전 확정 연구—"천고"를 중심으로」, 『어문학』 93, 한국어문학회, 2006.9.

『천고』 2호-「韓漢兩族之宜加親結」, 「古朝鮮之社會主義」

이것들은 이미 밝힌 것처럼, 한국(진단)과 중국이 서로 관련된 내용이다. 단재전집간행위원회는 『천고』 1호를 구득하여 그 내용 가운데 진공의 「朝鮮獨立及東洋平和」를 단재전집에 포괄시키는 데 주저하지 않았다. 최광식도 "「조선의 독립과 동양평화」는 震公이 쓴 것으로 이 글들도 신채호가 쓴 것"[21]이라 하였으며, 이호룡 역시 "震公은 신채호의 필명으로 사료된다"[22]고 주장했다. 그들은 진공을 단재의 필명으로 간주했다는 말이다. 이 논설들은 단재의 문체나 사상을 잘 보여준다.

진공의 이름으로 발표된 『독립신문』 글과 『천고』의 글은 2년여 차이밖에 나지 않는다. 그리고 당시 다른 사람의 필명에서 진공이란 호는 좀처럼 발견되지 않는다. 비록 실린 지면은 다를지라도 동일한 호로 인해 단재의 저자 가능성을 높여준다.

2) 나이-집필자 정보

세 편의 글 가운데에서 저자에 관한 정보를 담고 있는 내용은 아래와 같다.

> 만일 一場의 戱論이 實際化하야 四十 以上을 懲老刑에 處한다 하면 「四十을 老年이라함은 즉 抑寃하지만」 執筆者도 二十年 前의 二十歲 靑年이라 그때에 가젓던 心理로 今日 靑年의 陣中에 參加하야 先鋒됨을 辭讓하지 아니하리라(『독립신문』, 1923.9.19)[23]

21 최광식, 「"천고" 고고편에 보이는 신채호의 고대사 인식」, 『단재 신채호의 천고』, 아연출판부, 2004, 25면.

22 이호룡, 『한국의 아나키즘』, 지식산업사, 2001, 155면, 주 207번.

위 내용을 통해 저자의 연령대를 추적할 수 있다. 그것은 "집필자도 20년 전의 20세 청년"이라는 대목으로, 저자가 40대라는 말이다. 저자는 을사늑약을 "20년전의 昔日"로 설명하였지만 "망국이 발서 10여년"이라 하였다. 단재는 1880년에 태어났다. 그는 「대아와 소아」에서 "余가 人間에 旅行호지 二十餘年에……"(『대한매일신보』, 1908.9.17)라고 말했다. 글을 쓰던 당시가 28세여서 '이십여 년'이라고 했던 것이다. 그리고 그는 1922년에 쓴 「추야술회」에서 "이역 방랑 십 년이라 수염에 서리 치고(殊方十載霜侵鬢)"라고 했다. 물론 시이긴 하지만 12년을 그냥 10년으로 표현했다. 위의 글이 나온 시기가 1923년이니 단재 나이 44세(만 42세 9개월)가 된다. 그러므로 단재의 나이와 별반 다르지 않다.

> 以上의 이러케 한 말을 보면 執筆者다려 너는 避亂人군이 아니냐? 反問하는 이 잇스리라 그러나 이 글은 自身의 前面을 가리우고 他人의 缺點을 드러내이랴 함이 아니라 謬誤된 社會思想을 較正하야 避亂의 보짐을 버서노코 討賊 平亂의 칼을 잡자 함이니라(1923.9.1)

저자는 잘못된 사회사상을 교정하여 토적 평란의 칼을 잡자는 것이 글의 의도라고 말하였다. 계몽가로서의 글쓰기와 더불어 일본을 물리치길 바라는(男兒二十未平敵/賊) '남이'다운 기개가 들어 있다. 남이의 시는 「이순신전」, 「천희당시화」, 「백세 노승의 미인담」 등 단재의 여러 글에 언급되어 있다. 한편 이 구절은 "理想의 獨立軍을 製造할 主義"(「신대한창간사」, 『신대한』, 1919.10.28)이나 "亂을 討平할 인물은 만히 나지 안코, 亂을 避하는 人士만 잇스면 그 亂은 救하지 못할 것이니, 우리가 모다 避難心理의 大賊을 討滅하여야 할 것"(「낭객의 신년만필」, 『동아일보』, 1925.1.2)이라는 단재의 말과 그대

23 『독립신문』 소재 글은 다른 글과 구별하기 위해 고딕체로 하였으며, 밑줄은 강조를 위해 인용자가 함. 이하 동일.

로 닿아 있다. 단재는 전자에서 "칼이 되야 獨立軍의 뒤를 따라 仇敵을 掃滅치 못하고 붓이 되야 다만 理想으로 紙上에 그리게 됨을 우노라"라고 하여 자신의 심경을 말하지 않았던가. 비록 구체적이지는 않지만 집필자에 대한 정보로부터 단재의 가능성을 조금 엿볼 수 있다. 그러나 보다 중요한 것은 문체와 사상의 측면이다.

3) 내용—문체 및 사상

여기에서는 세 편의 글을 각각 내용적인 측면에서 살펴보기로 한다. 먼저 「금일에 또 피란할 십승지를 찾는 사람들」(『독립신문』 163호, 1923.9.1)이다.

> (가) 그러나 內地의 文士 社會를 도라보아라 붓때를 들면 「쌔하야니」 「쌔쌀가니」 하는 形容詞를 만히 셕거 敵人의 눈에 거슬니지 아니할만한 新詩나 지으며 단꿈이니 향내나는 입살이니 하는 戀愛小說이나 짓고 警犬에게 물닐가 監獄所의 콩밥을 먹을가 겁냄인지 亡國 哀痛의 눈물로 나오는 글줄은 하나도 업스니 이것이 避亂ㅅ군이 아니고 무엇이냐 (1923.9.1)

윗글에서 저자는 당시의 문사 사회를 비판하였다. 당시 문인들이 연애소설만 쓰고 있으니 피난꾼이라는 얘기이다. 단재는 「낭객의 신년만필」에서 중국을 예로 들어 "戀愛에 關한 小說을 잘 지으면, 어엽분 女學生이 그 뒤를 딸아 無限한 艶福을 누리게 됨으로, 革命이나 다른 運動가치 逮囚와 砲殺의 危險은 업고, 名譽와 安樂을 어드며, 戀愛의 단꿈을 이루게 됨으로, 文藝의 作者가 만허질사록 革命黨이 적어지며, 文藝品의 讀者가 만흘사록 運動家가 업서진다"(『동아일보』, 1925.1.2)라고 하였다. 그리고 1923년경에 쓴 「문예계 청년에 참고를 구함」에서는 "향내나는 落花巖의 艶蹟"[24]에 대해 언급하였다. 그에게 "戀愛小說은 살이 녹도록, 뼈가 저리도록, 男女 學生이 두 입을 마조 물고 요런 滋味가 잇느냐고 불우는 謳歌"(『유고선집』, 188면)였던 것이다. 그래서 그는 "저 亡國祭를 지낸 戀愛文壇에 女學生의 단 입살을 빠는 청년들이 제 세상을 자랑하지 안합닛가"(『유고선집』, 123면)라 했다. 당시 소설이 현실을 외면하고 사랑타령에 빠져 있음을 비판하였던 것이다.

(가 - 1) 近日에 戀愛文藝의 醉心한 이가 이와 彷彿하지 안할가? 或曰 이것이 무삼 말이냐? 鄭은 썩은 漢詩의 詩人이요, 近日의 文藝派는 새파란 新詩 新文을 가진 者니 엇지 서로 비기리오? 하나 나는 現實을 逃避하는 꼴이 彼此 一般이라 함이로라 일터면 漢江의 鐵橋가 現實이 안이냐? 仁川의 米豆가 現實이 안이냐? 經濟의 恐慌이 現實이 안이냐? 商工 各界의 簫條가 現實이 안이냐? 多數 農民의 西北間道 移住가 現實이 안이냐? 萬般 危急의 現實이 鄭氏 一家의 難産症보다 더하거늘 이를 바리고 俗文藝 속에서 金剛山을 차지랴 하니 또한 可憐하도다(유고선집, 176면)

신시와 연애소설에 대한 비판은 단재의 글에서 잘 드러난다. 단재는 그것을 연애문예라고 칭했다. 당시 문예파는 신시, 신산문을 가지긴 했지만, 그들은 과거 정수동처럼 현실 도피의 문학을 추구한다는 것이다.

(나) 數年 前ᄭ지 軍人을 배와 獨立戰爭에 나아가겟노라든 學生들은 거의 다 어대로 가고 文學이나 哲學이나 工夫하야 博士 學士의 牒紙를 엇어 無災 無害하게 名譽잇는 人物이 되야 安穩한 生活을 하려 하니 이것도 避亂ㅅ군이 아니냐…… 貧富平等이 天下의 公道이지만 軍監 大砲의 武裝을 뒤에 두고 資本的 帝國主義의 몽둥이로 全國 同胞의 生活을 威嚇하는 敵國 日本을 排斥함에는 엄두만 안날

24 김병민 편, 『신채호문학유고선집』, 한국문화사, 1994, 176면. 이하 이 책의 인용은 인용 구절 뒤 괄호 속에 유고선집, 면수만 기입.

쁜 아니라 긋 생각도 아니하고 國內 同胞의 共食主義만 唱道하니 이것도 避亂人군이 아니냐(1923.9.1)

(나-1) 十年 前에 돌아단이든 志士는 모다 愛國者러니 今日은 모다 共產黨이며 十年前에 빅우랴든 靑年은 거의 兵學이러니 今日은 거의 文學이로다. (『유고선집』, 177면)

(나-2) 이는 군함·대포·부자유·불평등·생활곤란·경제압박 모든 目下의 현실을 대적하지 못하여 도피하여 이상적 武陵桃源의 생활을 찾음이니 무슨 괴물이 되리오.[25]

(나)에서 저자는 일본 치하에서 일본에 대적치 못하는 사람들과 공산주의(공식주의는 공산주의의 오식)를 창도하는 사람들을 비판하였다. 그러한 비판은 신채호의 글인 (나-1)와 (나-2)에도 나타난다. 단재는 당시 지사들이 모두 공산당이 되고, 병학을 버리고 문학을 추구하는 모습을 비판했다. 그것은 수년 전까지 '군인을 배우'다가 오늘날 '문학·철학'을 추구하는 세태이다. 그리고 현실을 도피하여 무릉도원을 찾는 자 역시 십승지를 찾는 피란꾼이다. 그래서 그는 "政治的 經濟的 現實의 苦痛에서 逃脫하야 新詩新小說의 避難 生涯로 一生을 마추랴는 新靑年의 心理야 참말 哀惜할 만하다"(『동아일보』, 1925.1.2)라고 하였다. 그가 보기에 신시·신소설로 피난 생애를 삼는 "신청년도 도로 구청년"이었던 것이다.

(나-3) 避難의 心理니 왼 朝鮮 사람이야 다 죽던말던 나 한 몸 한 家族이나 살면 고만이라고 鄭堪錄의 十勝地를 차저단이는 癡人은 今日에 거의 絶種되엿겟지만 그러나 그 心理는 依舊하다 不平等한 이 世界를 한번 뒤집어 모든 동포가 더 幸福을 누리자는 心理가 안이오 오즉 한 몸 한 집을 살자는 생각으

25 신채호, 「차라리 괴물을 취하리라」, 김주현 편, 『백세 노승의 미인담(외)』, 범우사, 2004, 316면.

로 차저가면 各科學의 知識을 엇는 中學校大學校……모든 學校도 鄭堪錄의 靑鶴洞이며 詩와 小說을 짓는 文壇이나 論說 記事 等을 編輯하는 新聞社도 鄭堪錄의 鐵甕城이다(『동아일보』, 1925.1.2)

이 글에서 "십승지를 찾아다니는 치인"이야 말로 제목으로 제시된 「금일에 또 피란할 십승지를 찾는 사람들」과 똑 같다. 이것은 둘 중 하나이다. 『독립신문』의 글이 신채호의 글이거나, 또는 신채호가 그 글을 거의 그대로 베낀 것이다. 그렇다면 어느 쪽인가?

다음으로 「사십 이상은 진살?」(『독립신문』 164호, 1923.9.19)이라는 글이다.

(다) 當時에 아즉 어미배에 들어가지도 못하엿던 「검둥」이나 게오 말 배우고 거름 빅우던 「신동」이들이 발서 二十歲 或 二十餘 歲의 靑年들이 되야 今日에 「四十 以上은 다 죽이여야 하겟다」 불우지저 隱然히 二十年 前의 四十 以上 人物들을 위하야 「분푸리」를 하는 듯하도다 少年思想이 老年과 衝突됨은 社會進步의 象徵이오 可賀할 일이니……그 內容의 意味는 天壤의 懸殊가 잇나니 대개 二十年 前에는 國權을 일흔 奴隷의 恥辱을 처음 當하매 社會上 政治上 各方面에 모든 權利를 더 가저 辱國 亡國의 責任이 더 만흔 四十 以上 人物이야 죽어야 맛당하다 함이니 故로 前者는 憤怒의 意味에서 나온 말이오 今日에는 世界大戰 以後 道德 習慣 等 모든 것이 모두 變遷하야 新時代를 맛는 날에 한 살이라도 더 먹어 頭腦가 더 頑腐한 사람이야 죽지 아니하면 어대 쓰겟느냐 함이니 故로 後者는 嫉視의 意味에서 나온 말이라 兩說 間의 差異가 이갓치 甚함으로 假令 二十年 前의 四十 以上은 國事에 죽어서 謝罪하면 靑年의 憤怒가 變하야 崇拜가 되려니와 今日의 四十 以上은 思想界에 죽어서 退步한다 할지라도 靑年의 嫉惡가 變하야 回笑가 될 쁜이니 그럼으로 二十年 前의 四十 以上보다 今日의 四十 以上이 더 難堪한 地位에 處하엿도다

(다-1) 「四十 以上은 다 죽이여야 되겟다」는 소리가 新靑年의 입에 오르나린

지 오래이다 멧마듸 條理 업는 演說로 一時에 先生의 尊稱을 어든 二十年 前의 舊靑年 四十 以上들은 마치 價値 업는 物件이 意外의 時勢로 暴騰하다가 그 時勢가 지나가면 다시 暴落하듯시 아조 時勢를 일코 죽은 사람들이니 더 죽일 것도 업거니와 三十 以下의 新靑年들은 산 것이 무엇이냐?(『동아일보』, 1925.1.2)

『독립신문』 윗글의 제목은 「四十 以上은 盡殺」이다. 그것은 단재의 아랫글에서 "40 이상은 다 죽이어야 되겠다"로 그 논지가 똑 같다. 윗글에서 저자는 "발서 거의 二十年 前의 昔日이 되엿도다 乙巳條約이 締結되야 四千年 故國의 넘어가는 소리에 一般 社會의 心理가 震動되야 「人은 老를 用」한다 하던 習慣語만 唾棄될 섇 아니라 곳 「四十 以上은 다 죽이여야 하겟다」는 소리가 一部 激暴한 靑年의 舌頭에 流行되여섯다"로 서두를 언급했다. 거의 20년 전에도 동일한 상황이 있었으며, 저자는 그때 20대였던 것이다. 그러나 그는 20년 전의 상황이 지금과 많이 다름을 지적했다.

(라) 雜誌로 말하면 「人乃▲」 下의 開闢이 겨오 그 壽命을 오래 維持하며 文藝로 말하면 「無情」「開拓者」가 아즉ᄭᅡ지 第一指를 屈하게 되며 「環境의 適應」이라 하면 適應이 過하야 屈服의 奴隷가 되며 「世界의 大勢」라 하면 大勢에 飄揚하야 自家의 立脚地를 忘失하는도다 嗟乎라 四十 以上의 社會가 참말 腐敗하엿지마는 四十 以下의 社會도 ᄯᅩ한 그 空氣 中에서 자라난 故로 비록 春夏秋冬의 氣候를 ᄯᅡ라 所着한 衣服이 다름과 갓치 內外 時勢의 變遷됨을 因하야 口頭에 쓰는 名詞와 手中에 가진 冊子는 다를지나 內容의 垢汚는 거의 一般이라 함보다 더 尤甚할지도 모를지니 만일 四十 以上을 다 죽이고 四十 以下로 代한다 하면 所謂 「以暴易暴」가 아닐가(1923.9.19)

(라-1) 不過 五六年前이지만 그ᄯᅢ는 朝鮮 全幅 안에 돌아단이는 新聞이 總督府 機關紙인 每日申報 한아섇이엇고 雜誌는 崔南善의 幹하는 靑春이 잇슬섇이오 操觚界가 寂廖하야 知名하는 人士를 치자면 二三指를 屈하게 될 섇이

엿섯다 五六年來에는 壽命이 짤으나기나 各種의 雜誌가 産出한 中 至今까지 維持하여 오는 雜誌도 잇스며 新聞이 또한 二三種이 되니 이를 가지고 남에게 比較할 수 업지만 다만 自家의 今昔을 對照하야 보면 半島文運이 거의 黑雲을 헤치고 돗아오는 달과 갓다 할 수 잇다.(『유고선집』, 174면)

저자는 『개벽』과 『매일신문』을 언급하였다. 그리고 문예로 말하면 『무정』 『개척자』를 "第一指를 屈하게" 된다고 하였는데, 이는 문예계에 알려진 인사로 치자면 "二三指를 屈하게 될 뿐이엿섯다"와 같은 용법이다. 단재는 「독사신론」에서 "泉蓋蘇文은 我東 四千載 以來로 第壹指를 可屈흘 英雄이라"(『대매』, 1908.11.18), 「천희당시화」에서도 "百餘年來 政治界에 第一指를 可屈흘지니"(『대매』, 1909.11.26)라는 표현을 썼다. 그리고 구청년과 신청년이 "口頭에 쓰는 名詞와 手中에 가진 冊子는 다를지나 內容의 垢汚는 거의 一般이라"고 하였다. 구청년을 죽이고 신청년을 대신하는 것은 以暴易暴하는 것이다. 이포역포는 『사기』의 백이열전에 나오는 것으로 난폭한 임금을 제거하기 위해 난폭한 수단을 사용함, 또는 악한 자를 또 다른 악한 자로 바꿈이라는 뜻으로, 단재는 「선언」에서 "民衆이 往往 그 掠奪에 견딜 수 업서 反抗的 革命을 行한 때도 만핫지만, 마참내 幾個 狡猾漢에게 속아 다시 그 强盜的 支配者의 地位를 許與하야 「以暴易暴」의 現象으로써 歷史는 繰返하고 말엇섯다"(유고선집, 191~192면)라고 쓰고 있다. 동일한 맥락에서 꺽쇠까지 그대로 쓰고 있다. 그리고 예배당의 찬미와 무쇠주먹·돌근육의 狂歌로 생활하던 구청년의 거동과 정치적·경제적 현실의 고통에서 逃脫하여 신시·신소설의 피난생애로 일생을 마치려는 신청년의 태도가 다를 바 없다고 했다. 단재가 보기에 "신청년도 도로 구청년"이었던 것이다. 그러므로 두 내용은 밀접한 상관관계를 띠고 있다. 제목에서부터 그 내용에 이르기까지 동일한 인식의 저변에 놓여 있다.

마지막으로 「월왕 구천 살인」(『독립신문』 167호, 1923.12.5)이다. 이 글에서 저자는 월왕 구천에 대해 세 문맥에서 사용하고 있다.

이 판에 二千年 前 左氏의 國語를 들고 안저 越王 句踐의 十年 生聚 十年 敎訓을 노래하는 이가 만으니 아- 이것이 越王 句踐에 사람을 죽임이 아닌가 (1923.12.5)

今日에야 더 말할 것이 잇느냐 삿삿이 누비질하며 골고로 빨아먹는 異族의 專制政治를 破壞치 못하고야 生聚가 무엇이며? 敎訓이 무엇이냐? 越王 句踐이 今日에 再生한다 할지라도 이·갓흔 사람 죽이는 소리는 안이하리라 하노라 (1923.12.5)

故로 社會의 죽은 靈魂을 喚起하야 輿論의 무딘 鋒鋩을 淬磨하야 數十年來 準備論에 날신 묵은 假越王 句踐부터 殺盡함이 今日의 第一義라 하노라 (1923.12.5)

이미 단재는 『을지문덕』에서 "又或慘憺荊棘에 日暮道遠ᄒᆞ야 會稽의 恥룰 不得不 暫忍홀 境遇이면 日日 臥薪ᄒᆞ며 時時 嘗胆ᄒᆞ야"라 하여 월왕 구천의 와신상담하는 내용을 언급하였다. 그러면 그 구체적 내용은 무엇인가. 단재는 그 이야기마저 다음과 같이 자세히 언급하였다.

월왕 구천은 거금 수천년 전 중국 절강성 남편에 있던 월나라 임금이라 오왕 부차에게 패하여 군사가 겨우 오천 명만 남았더라. 구천이 생각건대 약하고 적은 월나라로 강하고 큰 오나라를 당하려면 부득불 특별 기이한 법이 있어야 할지라. 이에 구별을 적게 하고 실업을 장려하여 나라를 부케 하며 아들 많이 난 자를 상 주며 늦게 혼인하는 자를 벌하여 백성의 번식함을 꾀하며 충의 용감의 도와 검법진법 같은 것을 가르쳐 무릇 생취한 지 십 년 교육한 지 십년 도합 이십 년만에 한번 싸워 오나라를 멸함이며(『권업신문』, 1913.1.26)

단재는 「몬데네크로 대왕 니꼴라쓰의 이야기」에서 월왕 구천의 이야기를 자세히 적고 있다.[26] 『독립신문』 저자가 말한 "十年 生聚 十年 教訓"은 단재의 글에서 "생취한 지 십 년 교육한 지 십 년"으로 그대로 나타난다. 월왕 구천에 대한 평가는 『신대한』에서도 엿보인다. 거기에서 그는 "尺土의 所有가 업슨즉 越王 句踐의 十年 生聚도 꿈이 될 뿐이며(『신대한』, 1919.10.28)"라고 말했다. 또한 「조선상고사」에서도 "옛적에 월왕 구천이 范蠡를 얻어 십 년 생취하며 십 년 교육하여 오를 멸하였으니 君이 범여가 되어 짐을 도와 구천을 만듦이 어떠하뇨"(「조선상고사」, 전집 상, 315~316면)[27]라고 하여 같은 맥락에서 썼다. 이처럼 단재는 월왕의 고사를 여러 군데 인용하였다. 바로 여기에서 '假越王 句踐'의 진살 의도가 드러난다. 그것은 현실 상황에서 월왕과 같은 준비론은 더 이상 필요가 없으며, 민중 직접 투쟁으로 나가야 한다는 것이다.

(마) 京釜鐵道 京義鐵道가 三千里 홀쭉한 疆土의 복판을 쎄여 둘우며 土地稅 家屋稅 其他 各種 雜稅가 二千萬 가난한 백셩의 피를 쪽쪽 빨아가며 東洋拓植會社가 全國 土地 文券을 잡는 大典當國이 되며 朝鮮銀行 第一銀行 十八銀行 等이 國內 송사리 갓흔 小地主 小財産家 小商業家의 金錢을 呼吸하는 고래 목구녕이 되며 京城 及 各地方의 警察署 監獄所가 無形한 몽치로 一般 青年 男女의 頭腦를 몽치질하는 巨魔가 되야 (1923.12.5)

(마－1) 經濟의 生命인 山川 川澤 鐵道 鑛山 漁場……乃至 小工業 原料까지 다 빼앗아 一切의 生産機能을 칼로 베이며 도끼로 끊고 土地稅・家屋稅・人口稅・家畜稅・百一稅・地方稅・酒草稅・肥料稅・種子稅・營業稅・潔淸稅・所得稅……其他 各種 雜稅가 逐日 增加하여 血液은 있는 대로 다 빨아가고, 如干 商業家들은 日本의 製造品을 朝鮮人에게 媒介하는 中間人이 되어 차

26 이에 대한 자세한 논의는 김주현, 「신채호의 작품 발굴 및 원전 확정을 위한 연구－"권업신문"을 중심으로」, 『우리말글』 39, 우리말글학회, 2007.3, 269~308면 참조.

27 여기에서 전집은 『개정판 단재신채호전집』(형설출판사, 1995)을 의미하며, 이하 동일.

차 資本 集中의 原則下에서 滅亡할 뿐이오.(전집 하, 35면)

저자는 토지세 · 가옥세 · 기타 잡세로 인해 고통받고, 지주 · 재산가 · 상업가마저 일본에 흡입되는 조선의 현실을 그렸다. 그것은 "토지세 · 가옥세 · 인구세 …… 기타 각종 잡세가 …… 혈액은 있는 대로 다 빨아가고, 여간 상업가들은 …… 자본 집중의 원칙 하에서 멸망"하는 현실인 것이다. 단재는 "소수의 소상업가들은 선진국 생산품의 수입을 소개하는 중간에서 떨어지는 밥풀을 주워 먹게 되고, 경찰들과 군대가 끊임없이 위압을 주는" (하, 28면) 현실을 언급하였다. 그래서 "環海 三千餘里가 1個 大監獄이 되" (하, 36면)고 만 것이다.

年前에 엇던 紳士가 甲申革命에 對한 批評을 들은즉 「當時 金玉均이 만일 急激한 手段을 取치 안코 溫和하게 學校를 設立하고 敎育을 鼓吹하야 民智를 啓發하엿더면 돌이어 順利하게 改革이 되여스리라」 한다 이 엇지 癡人의 말이 안이냐? …… 一大 革命이 업시야 엇지 新敎育을 行하리오 만일 金玉均의 當時 革命 方略을 잘못하엿다 하면 몰을지나 그 革命을 不可라 함은 참 不可하니라(1923. 12.5)

저자는 김옥균 거사의 당위성과 혁명의 필연성에 대해 논의하였다. 단재는 「연개소문의 사년」과 「지동설의 효력」이라는 유고에서 김옥균에 대해 긍정적으로 평가하였다. 둘 모두 1910년대 후반 20년대 초에 쓰였을 것으로 보인다. 전자에서 "말하자면 연개소문과 남생의 부자를 근세 인물에서 찾자면, 연개소문은 홍경래 김옥균 대원군 3인의 정신과 수완을 합하여 1인 됨과 같"[28]다고 하였으며, 후자에서는 김옥균이 박영효가 가져온 지구의를 보고 "중국을 높히는 것이 올타 하는 사상에 속박되여 국가독립을 불을 일

28 정해렴 편, 『신채호 역사논설집』, 현대실학사, 1995, 180면.

은 꿈도 꾸지 못하엿다가 박씨의 말에 크게 깨닷고 무릅을 치고 닐엇더라. 이 끗헤 갑신정변이 폭발되엿더라(유고선집, 162면)"라고 하였던 것이다. 그러나 보다 직접적인 것은 『신대한』 논설에 잘 나타난다.

> 甲申政變의 前後로 一時期를 잡을지니 海禁이 開하야 文明의 消息이 微傳하며 淸兵이 皇城에 入遽하야 內政干涉의 恥辱이 至하매 金玉均 等이 內로 執政者의 昏暴를 怒하며 外로 强隣의 壓迫을 痛하야 一擧하야 舊黨을 芟夷하고 新政을 樹立하랴다가 不成하고 敗하엿도다 비록 當時의 擧動이 좀 輕疎하고 遺傳한 思潮도 그리 深遠치는 못하나 春雷의 一震이 쏘한 百年의 寂寞을 破한지라
> (『신대한』, 1921.1.23)

단재는 『신대한』의 논설에서 갑신정변에 대해 높이 평가하였다. 그래서 "甲申의 革新運動"이라 했다. 그리고 「조선혁명선언」에서는 "甲申政變은 特殊勢力이 特殊勢力과 싸우던 宮中 一時의 活劇이 될 뿐"(전집 하, 42면)이라 하여 그 한계를 지적했다.

> 血戰 破壞가 「社會是」가 되야 이박게는 言論이 업고 이박게는 行動이 업게 되는 날이면 <u>十三歲의 小兒도 黃昌 갓흔 花郞이 되며</u> 中村의 處子도 짠닥크 갓흔 奇女가 되며 萬姓의 <u>簞食壺漿이 血戰之士를 迎送하게 되리니</u> (1923.12.5)

단재는 여러 글에서 황창을 높이 평가하였다. 그것은 그가 13세의 나이로 백제왕을 암살하는 대범함을 보였기 때문이다. 그는 「꿈하늘」에서 "强者를 制裁함에는 暗殺을 唯一 神聖으로 깨달은 密友, 紐由, 黃昌, 安重根"(유고선집, 60면)이라고 했다. 그뿐만 아니다.

> 13세의 黃郞이 市中에서 百濟大王을 죽이며(『유고선집』, 156면)—1910년대 후반기

황창은 13세 암살당의 首魁가 되얏도다(『유고선집』, 165면)－1920년대 초기

黃昌刺百濟王(『천고』 1, 1921.1, 43면)

황창에 대해서는 언급된 맥락이 모두 비슷하다. 그것은 그가 13세의 나이로 암살에 나섰다는 것이다. 뿐만 아니라 1923년 1월에 쓰인 「조선혁명선언」에서 단재는 "〈簞食壺漿以迎王師〉가 혁명사의 유일미담이 되었"다고 언급하였다. 동일한 맥락에서 '簞食壺漿'을 쓴 것이다. 월왕을 모두 죽여야 한다는 것은 바로 준비론의 허상을 깨자는 주장이다. 단재는 10년 생취 10년 교육과 같은 월왕의 준비론이 더 이상 독립의 방식으로 적당하지 않음을 지적했다. 이러한 내용은 3·1운동 이후 그가 암살과 같은 적극적인 방법을 통해 일제에 대응할 것을 촉구한 사실과 관계가 있다. 「조선혁명선언」도 그러한 배경 속에서 나온 것이다.

4) 또 다른 가능성－「금강산」의 존재

위의 설명만으로는 단재의 『독립신문』 관여에 대한 충분한 설명이 되지 못할 수도 있다. 또 하나 분명한 증거가 있다. 그것은 『독립신문』 166호(1923.11.10)에 실린 「꿈에 金剛山을 보고」라는 시조이다. 이것은 앞의 글들 사이에 실려 있다. 다만 무서명으로 실려 있어 누구의 작품인지 논단하기 어렵다.

金剛山 조타 마러/丹楓만 덥헛더라

丹楓의 입새입새/秋景만 그리더라

차라리 蒙古의 大沙漠에/大風이 죠흘가 하노라

그런데 이 시조는 단재의 유고로 「고려영」, 「추야술회」 등과 더불어 『조광』 166호(1936.4)에 실려 있다. 그것의 제목은 「金剛山(時調)」이며 그 내용은 아래와 같다.[29]

金剛山 좋다 마라 丹楓만 피었더라
丹楓의 닢새닢새 秋色만 자랑터라
차라리 蒙古 大沙漠에 大風을 반기리라

위의 사실을 놓고 두 가지 추측을 해볼 수 있다. 하나는 단재가 『독립신문』에 발표된 누군가의 시조를 다시 쓴 것, 다른 하나는 단재가 『독립신문』에 발표하고 이후 조금 손을 보았을 것이라는 것이다. 만일 전자라면 다른 앞의 글들도 그런 혐의에서 자유로울 수는 없다. 그런데 『조광』에는 안재홍, 이광수, 홍명희, 이극로, 이윤재, 박자혜 등의 회고 내지 추도문이 실려 있다. 또한 여기에는 단재가 홍벽초에게 보낸 서신도 함께 실려 있다. 편집자들은 위 시조는 단재의 유고가 분명하며, 단재의 작품으로 인정하였기 때문에 실었던 것이다. 그리고 「금강산」은 제목을 간단히 딴 것으로 보인다. 이러한 사실은 "신채호에게는 적지 않은 시조들과 약간의 자유시, 한시들도 있다. 례컨대 《새벽의 별》, 《고려영》, 《큰 바람》, 《감회》, 《꿈에 금강산에 놀고》, 《청루수》, 《나비를 보고》 등 시편들엔 조국 멀리 떠난 애국지사의 절절한 심정이며, 이국땅에서 겪게 되는 각양한 정신적 체험, 애국의 정서가 소용돌이치고 있다"[30]라는 주룡걸의 진술도 뒷받침하고 있다. 아마도 「꿈에

---

29 이에 대해 이동순은 아래와 같이 언급했다. 앞의 책, 157면, 주 45번.
"『독립신문』 제166호(1923.11.10)에 발표되어 있는 시조 「꿈에 금강산을 보고」는 무기명 작품이다. 그러나 『단재신채호전집』 개정판 하권 403면에는 이것이 단재의 작품으로 수록되어 있다. 제목은 「금강산」으로 되어 있고, 작품의 표기도 부분적으로 『독립신문』의 것과 약간의 차이가 있다. 이 작품이 어떻게 하여 단재의 작품이 되었는지 확인할 수 없으나, 전집 중의 '초판해제'를 보면 한용운과 신백우가 단재유고집을 편찬하려고 진작부터 준비해오던 자료뭉치 속에 이 작품이 이미 포함되어 있었으니, 앞의 두 편찬자에 의해 이미 확인된 것으로 볼 수 있다."

30 주룡걸, 「탁월한 작가 신채호의 문학에 대하여 – 최근에 발굴된 그의 창작 유고를 중심으로」,

금강산에 놀고」는 북한에 유고로 남아 있는 것으로 보인다.[31] 그러면 단재가 자신의 작품을 손을 본 것일까, 아니면 남의 작품을 가져온 것일까?

> 一友人이 일즉 其著ᄒᆞᆫ 바 愛國吟 丈夫吟 各一首를 余에 誦傳ᄒᆞᄂᆞᆫᄃᆡ 國語로 爲主ᄒᆞ고 漢子ᄂᆞᆫ 若干 助入ᄒᆞ야 老嫗도 加解라. 余ㅣ 此를 愛ᄒᆞ야 左에 錄ᄒᆞ노라…… 丈夫吟曰 長劍을 놉히들고, 宇宙間에 徘徊ᄒᆞ니, 萬古興亡은 胸中에 歷歷ᄒᆞ고 六大部州ᄂᆞᆫ 眼中에 恢恢ᄒᆞ다, 아마도 丈夫의 得意秋ᄂᆞᆫ 이ᄯᅢ인 듯(1909.11.16)

위 내용은 단재의 「천희당시화」의 일부이다. 단재는 1908년 12월 3일 『대한매일신보』 사조란에 실렸던 「장부음」을 자신의 글에 소개하였다. 그는 그것을 인용하며 "一友人이 일즉 其著ᄒᆞᆫ" 것이라고 밝혔다. 그러나 그 내용은 전반부는 같지만 후반부는 원래 "六大部州ᄂᆞᆫ 眼下에 平平ᄒᆞ다, 아마도 大丈夫 大事業은 이 時代인가"였다. 특히 마지막 행은 조금 변화를 겪었다. 아마도 제대로 기억을 못해 그렇게 옮겼거나, 또는 단재가 나중에 손을 본 것이 아닐까 싶다. 단재가 가져온 시는 이처럼 소재를 분명히 밝혔다. 만일 「꿈에 금강산을 보고」를 가져왔다면 "『독립신문』에 실린 시조인데"라는 설명을 남겼을 것이다. 이것은 바로 단재의 시조라는 것을 말해주며, 이후에 손을 보았기 때문에 조금의 차이가 발생한 것이다.[32]

『문학신문』, 1964.10.20, 3면.

31 한편 『조선문학』(1964.12, 106~109면)에는 신채호의 작품으로 소설 「꿈하늘」과 더불어 「매암의 노래」, 「너의 것」, 「61일 계단의 회고」, 「나비를 보고」, 「새벽의 별」, 「고려영」, 「임술년 가을에 읊노라」, 「계해년 10월 초이일에」 등 8편의 시가 소개되었는데, 이 가운데 2편(1편은 「추야술회」 번역)은 『조광』(1936.4)에 실렸던 것이다.

32 심훈은 「단재와 우당」(『동아일보』, 1936.3.12)에서 "金剛山 丹楓 구경보다도 蒙古砂漠風에 胸襟을 펼치고 싶다고 한 만치 氣骨이 凜凜한 ××家로 알엇던 것"이라 했다. 그의 글이 발표된 시점은 국내 「금강산」의 발표(1936.4) 이전이다. 당시 심훈은 이미 단재의 「금강산」이라는 시조를 알고 있었으며, 그것은 달리 「꿈에 금강산을 보고」가 단재 저작일 가능성을 더욱 확실히 보여준다. 단재는 이후 「룡과 룡의 대격전」에서도 "蒙古의 沙漠에는 大風이 넌다"라고 언급했다.

4. 상해판 『독립신문』 소재 글의 위치 및 의의

단재는 고증에 철저했고, 한 글자 한 획에도 주의를 기울였다. 신석우는 중국신문사에서 글에 '矣'자 한 글자를 오자를 내었다고 하여 단재가 집필을 거절하였다고 했다.[33] 그리고 단재는 '如喪考妣'를 고증하여 문재를 드러내었다.[34] 이러한 고증정신은 「만리장성」, 「『삼국사기』 중 동서 양자 상환 고증」, 「『삼국지』 동이열전 교정」, 「연개소문의 사년」 등에서 여지없이 드러난다. 그처럼 사실과 고증에 엄격한 사람이 남의 글을 까닭없이 전용할 리는 없다. 남의 글을 가져올 때는 분명히 그 근거를 밝히되, 자신의 글처럼 쓰지는 않았다는 말이다.[35]

단재는 이미 발표했던 글을 다시 자신의 글에 가져온 경우는 허다하다. 그는 『천고』 2호에 실었던 「만리장성」을 정리하여 이후 「조선상고사」와 「조선 민족의 전성시대」(『삼천리』, 1935.1)에 다시 실었다. 또한 『천고』에 실었던 「고고편」(1호, 3호)을 「조선상고사」, 「조선상고문화사」, 그리고 「전후삼한고」에 수용하였다. 그리고 진공으로 발표된 『천고』의 「韓漢兩族之宜加親結」과 「고조선의 사회주의」의 일부 내용이 「조선상고사」에 그대로 편입되고 있다. 그것들은 「조선상고사」 등의 역사서술에 활용되어 사론 전개에 중요한 역할을 했다.

앞서 제시한 글들은 단재의 글과 서로 연결되어 있다. 그것을 도표화하면 다음과 같다.

---

33 신석우, 「단재와 〈矣〉자」, 『신동아』, 1936.4; 『단재전집』 하, 465면.

34 서세충, 「단재의 천재와 凝滯 없는 성격」, 『신동아』, 1936.4; 『단재전집』 하, 463면.

35 변영만은 「단재전」에서 단재가 "절대 베껴 쓰는 일이 없다(絶不鈔寫)"라고 말했다. 전집 하, 452면.

개별 작품	「낭객의 신년만필」(1925.1.2)
「이해」(1919?)	1. 도덕과 주의의 표준
〃	2. 이해와 권형
X	3. 병을 따라 약을 쓰자
X	4. 유산자보다 나은 무산자의 존재를 잊지 마라
「四十 以上은 盡殺?」(1923)	5. 신청년도 도로 구청년이다.
「今日에 또 避亂할 十勝地를 챳는 사람들」(1923)	6. 통척할 사회의 양대 악마
「문예계 청년에게 참고를 구함」(1923)	7. 문예운동의 폐해
〃	8. 예술주의 문예와 인도주의 문예에 어떤 것이 옳은가

단재는 1925년 『동아일보』에 「낭객의 신년만필」을 발표하였다. 그런데 이 글은 그의 유고나 앞서 발표된 글을 종합한 성격을 띠고 있다. 앞서 제시한 세 편 중 2편은 바로 「낭객의 신년만필」과 닿아 있다. 「낭객의 신년만필」의 5장은 「사십 이상은 진살?」(1923), 그리고 6장과 7장은 「금일에 또 피란할 십승지를 찾는 사람들」(1923)에서 상당 부분 가져왔다. 그 밖에도 「낭객의 신년만필」에는 유고로 남아 있는 「이해」나 「문예계 청년에게 참고를 구함」의 많은 부분이 들어 있다.

그의 유고는 신문 발표 글과 밀접한 관련을 갖고 있다. 「문제없는 논문」에 나오는 '떡장사 이야기'는 「차라리 괴물을 취하리라」에도 그대로 나온다. 그것은 바로 신문에 발표된 글과 유고 사이의 친밀성을 거듭 보여준다.

> 「발칸반도에 새로 홍하는 세 나라」(『권업신문』, 1913.1.13)→진공, 「월왕 구천 살인」(『독립신문』 167호, 1923.12.5)

뿐만 아니라 「월왕 구천 살인」은 「발칸반도에 새로 홍하는 세 나라」와 관련이 있다. 그리고 후자는 외교와 준비의 미몽을 버리자는 「조선혁명선언」

의 주장과 닿아 있다. 단재는 「조선혁명선언」에서 이승만의 외교론과 안창호의 준비론을 모두 배격했다. 이처럼 단재의 글들은 전후 서로 밀접한 관련을 지니고 있다. 그의 글들은 자신의 글안에서 끊임없이 호환되고 있는 것이다.

그러면 위의 글들이 갖는 의미에 대해 간략히 살펴보기로 한다.

(가) 엇지하면 倭를 물닐가 하는 滿腔 熱血을 품은 者는 누구인지 볼 수 업고 政府를 保守한다 政府를 改造한다 政府를 創造한다 하고 上海 北京 等地로 도라단니는 이도 避亂ㅅ군이 아니냐(1923.9.1)

(나) 十年 西北間島에서 모든 風霜을 다 격근 獨立軍들은 총 한 자루가 目的이라 총이 잇스면 江 건너가는 날이라 하더니 及其 총자루나 생긴 뒤에는 총을 더 작만한다 勢力을 더 확장한다 準備를 더한다 무엇한다 하며 총을 둘너대이여 동무의 獨立軍을 쏘아죽이는 「쇠가 쇠 먹는」 殺風景은 낼지언졍 江을 건너가 倭와 決戰할 意氣는 뒤ㅅ공문이에 빼여 노코 단이니 말하자만 獨立軍도 쏘한 避亂ㅅ군이 아니냐(1923.9.1)

(다) 噫라 此等說이 곳 血戰破壞를 反對하야 人心을 迷惑하야 革命運動을 緩慢케 하는 邪論이라 만일 「獨立萬歲」소리 난 以來로 輿論이 一致하게 血戰 破壞에만 傾注하야 왓으면 卽 萬元이 생기나 十萬元이 생기나 二十萬元 或 三十萬元이 생긴다 할지라도 이 金錢이 거의 排倭의 劍이 되며 殺倭의 銃이 되야 革命的 獨立運動의 第一幕이 열니어슬지어늘 이제 上海 北京 西北間島 及 露領 美領 各地에서 運動된 多少 金錢이 蠻蜀의 是非에 消耗되거나 賢人의 僉議에 虛費될 뿐엿나니 이 엇지 섯불은 統一論이나 턱업는 準備論이나 야릇한 法統論 等의 作孼이 안이냐(1923.12.5)

단재는 일반적으로 국민대표회의에서 창조파로 분류되고 있다. 그러나 위의 글들을 토대로 그는 창조파와도 일정 정도 거리를 두고 있음을 발견할 수 있다. 그는 정부옹호파, 창조파와 개조파를 동시에 비판하였다. 그들을 정부를 보수한다, 개조한다, 창조한다 하며 돌아다니는 인물들로 설명했다. 그는 또한 "創政府 改政府가 惟一한 時局 研究가 되고 間間 匿名의 速刷刊이 一種의 思想 表示가 된" 상해 현실을 비판하였다. 그리고 내부분열로 골육상쟁을 벌이는 독립군의 실태를 비판했다. 1921년 6월 26일에는 소련의 자유시에서에서 고려혁명군정의회와 한인군사위원회 간의 군권 투쟁으로 인해 엄청난 동족상잔(일명 흑하사변)이 일어났다. 신숙 역시 "독립단체가 簇生하여 각기 무장을 정비하여 지역을 할거하고 동족 간에 총검으로 상대하는 참극을 연출"[36]했다고 언급했다. 이것은 독립운동사에 가장 비극적인 사건 가운데 하나였다. 단재는 그 사건을 '쇠가 쇠를 먹는' 살풍경으로 묘사했다. 단재는 「꿈하늘」에서도 오른손과 왼손(同根各枝)의 싸움을 "쇠가 쇠를 먹고 살이 살을 먹는단 말이냐"고 반문했으며, 「백세 노승의 미인담」에서 동족을 피검하는 상황을 "쇠가 쇠를 먹는다"고 표현하였다. 동족 간의 다툼을 극히 경계하며, 염오했던 것이다. 게다가 통일론, 준비론, 법통론 등에 대해서도 비판하였다.

그러면 그의 주장의 핵심은 무엇인가. 그것은 토적 평란의 칼을 잡는 것, "開山 大斧를 가저 各社會 各個人의 頭腦를 쪼개고 革命血을 부어주"는 것이며, 준비론자와 같은 가짜 월왕을 없애고 "혈전 파괴의 길"로 나아가는 것이다. 사실 1913년만 하더라도 단재는 월왕 구천에 대해 높이 평가했다. 그래서 "내가 역사를 읽다가 적고 약하고 위태롭고 곤란한 가운데 처하여 능히 그것을 잊으며 그것을 헤치고 앞으로 나아가서 자기 한 사람의 가슴 속에 건설한 이상국을 마침내 억만 사람의 눈밑에 보히게 한 이를 구하건데 우리나라에는 신라 진흥대왕 하나가 있고 중국에는 월왕 구천 하나 있고, 서양에는 스파르타 리쿨카스 하나 있더라(1913.1.26)"라고 말했었다. 그러나

36 신숙, 앞의 책, 58면.

망국 10여 년을 보내면서 준비론의 허구성을 인식하였고, 그리하여 월왕 구천의 주의를 버릴 것을 주장했다. 월왕 구천의 입장에서 독립은 20년씩이나 걸리는 일일 수밖에 없다.

> 이에 「今日 今時로 곧 日本과 戰爭한다는 것은 妄發이다. 총도 장만하고 돈도 장만하고 大砲도 장만하고 將官이나 士卒감까지라도 다 장만한 뒤에야 日本과 戰爭한다」함이니, 이것이 이른바 準備論 곧 獨立戰爭을 準備하자 함이다.

> 庚戌 以後 各志士들이 或 西・北間島의 森林을 더듬으며, 或 西北利亞의 찬 바람에 배부르며, 或 南・北京으로 돌아다니며, 或 美洲나 「하와이」로 돌아가며, 或 京鄕에 出沒하여 十餘星霜 內外 各地에서 목이 터질 만치 準備! 準備!를 불렀지만, 그 소득이 몇 개 不完全한 學校와 實力없는 會뿐이었었다.

위의 내용들은 「조선혁명선언」의 일부이다. 단재는 이 글에서 민중 직접혁명을 주창하고 나섰다. 창조론과 개조론을 모두 비판할 수 있었던 것은 그가 이 시기 창조론이나 개조론 어디에도 가담하지 않고 민중직접혁명의 노선을 지향했기 때문일 것이다. 그가 파괴를 주창한 것은 「신대한창간사」에서 잘 드러난다. 그는 거기에서 "파괴의 반면이 독립건설의 터"라 하였으며, 「조선혁명선언」에서 "건설하려고 파괴하는 것"이며 "정신상에서는 파괴가 곧 건설"이라 주장했다. 그래서 그는 "「外交」「準備」 等의 迷夢을 버리고 民衆 直接革命의 手段을 取함을 宣言"하였다. 그러한 노선은 「월왕 구천 살인」처럼 혈전 파괴의 길로, 나아가 「선언」(1928년 무렵)처럼 세계무산혁명과 동방 무산민중의 생존으로 이어진다.

> 붓대를 들면 「쌔하아니」, 「쌔빨가니」 하는 形容詞를 만히 셕거 敵人의 눈에 거슬니지 아니할만한 新詩나 지으며 단숨이니 향내나는 입살이니 하는 戀愛小說이나 짓고 警犬에게 물닐가 監獄所의 콩밥을 먹을가 겁냄인지 亡國 哀痛의 눈물로 나

오는 글줄은 하나도 업스니(1923.9.1)

雜誌로 말하면 「人乃▲」 下의 開闢이 겨오 그 壽命을 오래 維持하며 文藝로 말하면 「無情」「開拓者」가 아즉ᄭᆞ지 第一指를 屈하게 되며(1923.9.19)

문예에 관한 입장은 비슷한 시기에 쓰인 것으로 보이는 「문예계 청년에게 참고를 구함」에 잘 나타나 있다. 단재는 1921년 『천고』에서 "문예를 주창하는 사람은 다만 인도 정의 자유 박애 등 그럴듯하지만 배부르지 않는 신명사와 '공허하고 화려한' 이상국을 붓끝 혀끝에서 건설하고 굳센 주먹과 붉은 피로 맞붙어 싸우는 것을 생각지 않으면, 곧 나라는 망하고 영원히 사라져 약한 나라는 다시 일어설 수 없다"라 하여 전투적 문예관을 드러냈다. 비록 『독립신문』에 실린 글은 단재의 문예관을 간단히 보여주지만, 「낭객의 신년만필」에서 보다 자세하고 구체적으로 보여준다.

5. 마무리

아직까지 단재 신채호가 상해판 『독립신문』에 참여한 사실은 제대로 밝혀지지 않았다. 본고는 상해판 『독립신문』에 실린 진공의 글을 필명, 문체, 사상 및 내용 등의 측면에서 검토하여 단재의 글로 규명하였다. 단재는 1919년에는 『신대한』을, 1921년에는 『천고』를 발간하였다. 1922년에는 재정적인 어려움 등으로 인해 가족들을 귀국시키고, 그해 연말 의열단의 요청으로 상해에 갔다. 그곳에서 1923년 1월 「조선혁명선언」을 마무리하였고, 아마도 그해 연말까지 머물렀던 것으로 보인다. 그가 『독립신문』에 글을 실은 것은 마땅히 글을 실을 곳이 없었고, 또한 『독립신문』의 필진이나 논조에 변화가 있었기 때문으로 풀이된다.

특히 그는 국민대표회의를 거치면서 당시 시국 상황에 대한 발화의 필요성을 절감한 것으로 보인다. 올바른 독립 방법이나 현실에 대한 태도를 전달할 필요가 있었을 것이다. 이미 그러한 것들을 「조선혁명선언」을 통해 대내외적으로 천명한 바 있다. 그는 잠시 동안 『독립신문』에 글을 실었지만 그 신문의 사정도 어려워졌다. 그래서 1924년 10월 이후에는 국내에 있는 『동아일보』 등에 글을 발표하였다. 그는 『독립신문』에 썼던 글들을 수렴하여 「낭객의 신년만필」을 발표했다. 국내에 있는 동포에게도 그러한 내용들을 전달하고 싶었던 것으로 보인다.

그는 상해에 머무르며 국민대표회의 활동에도 참여하였다. 국민대표회의 결렬 이후 그는 창조파와는 행동을 달리하였는데, 그것은 그중 상당수가 공산주의에 경도되었기 때문으로 보인다. 그는 『독립신문』을 통해 창조론과 개조론을 동시에 비판하였다. 특히 이들 글에서 준비론자들과 공산주의자, 독립운동가들의 분열을 강하게 비판하였다.

망명 후 단재는 「꿈하늘」(1916) ― 「신대창간사」(1919.10.28) ― 「조선혁명선언」(1923.1) ― 「금일에 십승지를 찾는 사람들」(1923.9.1) · 「월왕 구천 살인」(1923.12.5) ― 「선언」(1928?) 등을 썼는데, 이 글들은 무정부주의적 흐름을 잘 보여준다. 그는 이미 「꿈하늘」에서 외교론과 준비론을 질타했으며, 이후 노예사상, 피난사상을 비판하면서 암살, 파괴, 폭동 등을 통한 민중직접혁명론을 제기하였다.

단재는 1921년 『천고』에서 문학인 실천론을 강하게 피력했으며, 「조선혁명선언」에서는 노예적 문화사상의 타파를 주장했다. 그는 1923년 「문예계 청년에 참고를 구함」, 「금일에 십승지를 찾는 사람들」(1923.9.1), 「사십 이상은 진살?」(1923.9.19) 등과 「낭객의 신년만필」(1925.1.2)에서도 단편적인 문학론을 전개했다. 이들 글에서 그는 현실 도피의 연애문학이 아니라 조선의 현실을 그리는 문학을 강조했다. 이처럼 상해판 『독립신문』 소재 단재의 글은 비록 몇 편 안 되지만, 단재의 시국관을 비롯하여 사상 및 문학관을 잘 보여주는 중요한 글들이다.

부기

이 논문은 2007년 6월 15일 현대문학회 발표대회에서 발표되었다. 그런데 그해 8월 중순 인터넷을 검색하다가 단재문화예술제전추진위원회에서 『단재 신채호』를 발간했다는 소식을 접하고, 연락을 하여 8월 16일 『단재 신채호』라는 책을 입수하였다. 2006년 12월 29일 발간된 이 책에는 상해판 『독립신문』의 진공의 글 3편, 기타 논설 3편의 영인되어 있고, 다음과 같은 박정규의 해설이 실려 있었다.

> 단재가 상해판 〈독립신문〉에 논설이 실리고 제작에 직접 참여한 자료들이 나타났다. 1923년 9월 1일자 〈독립신문〉(제163호)부터 그해 12월 5일자 〈독립신문〉(제167호)까지 3개월 동안 5호를 발간하는 데는 깊이 간여한 증거가 나타나고 있다. 제163호에서는 제호 바로 옆에 '금일에도 또 피난할 십승지를 찾는 사람들'이라는 논설이 진공(震公)이라는 필명으로 게재되어 있다. 진공은 신채호의 필명으로 "천고" 등의 논설에 많이 사용된 필명이다.
>
> 또 다른 호의 논설에도 같은 필명이 나타나고 있고, 단재의 시조 '금강산' '본국홍수' 등의 다듬어지지 않은 원형시조가 실리고 있다. 이러한 점은 편집제작에도 직접 간여한 것으로 보인다. 1923년 1월부터 5월까지 상해에서 임시정부의 진로를 놓고 개최된 국민대표회의에 단재도 적극 참여하였으나 이제까지의 기록에는 상해판 〈독립신문〉에 단재가 기고하였거나 제작에 참여한 사실은 언급된 바가 없었다.[37]

---

37 박정규, 「상해판 독립신문과 단재」, 『단재 신채호』, 단재문화예술제전추진위원회, 2006, 268면.

그래서 연구자의 논문은 박정규의 주장을 보다 분명히 밝힌 글이 되었다. 그의 주장에서 「본국홍수」는 1921년 9월 19일(164호) '新調' 란에 실린 「國內水災의 消息」을 지칭한 것으로 보인다. 이는 상당히 일리가 있는 주장이다. 안함광은 「신채호와 그의 문학」에서 "시가 작품《새벽의 별》,《너의 것》,《고려영》,《매암의 노래》,《청루수》,《나비를 보고》,《본국 홍수》…… 등이 있"(『조선문학』 210, 1965.2, 112면)다고 했다. 지금 유고를 확인할 수 없지만, 내용으로 볼 때 「國內水災의 消息」은 단재의 「본국홍수」일 것으로 보인다. 그렇다면 단재는 163, 164, 166, 167호에 글을 실은 것이 된다. 그런데 박정규는 단재가 '진공'이라는 호로 글을 세 편 실었고, 또한 무기명으로 두 편의 시조를 실었기 때문에 신문의 편집과 제작에 참여한 것으로 생각하였고, 그래서 「敵地災變에 對하야」(1923.9.19, 164호), 「敵의 罪惡」(1923.10.13, 165호), 「開天節紀念」(1923.11.10, 166호) 등 무서명 논설 세 편도 단재의 글로 보았다.

그러나 연구자는 단재가 신문의 제작 편집에 간여하였다는 주장에 대해서는 보다 신중할 필요가 있다고 생각한다. 왜냐하면 무기명 시조로 보아 그럴 여지가 없지 않지만, 「금일에 또 피란할 십승지를 찾는 사람들」은 1면 논설란에 필명과 더불어 실렸고, 나머지 두 편의 글은 각각 4면 1~3단, 4면 5~6단에 필명과 더불어 실렸기 때문이다. 통상 논설은 주필이 썼다는 사실을 감안할 때, 신채호가 잠시라도 『독립신문』의 주필을 맡았다면 「敵地災變에 對하야」, 「敵의 罪惡」, 「開天節紀念」 등은 논설란에 무서명으로 실리는 것이 맞지만, 무서명 논설 「敵地災變에 對하야」가 실린 날에 필명 진공의 「사십 이상은 진살?」이 4면에 실린 점, 그리고 「월왕 구천 살인」이 4면에 '진공'이라는 필명으로 실린 점은 설명하기 어렵다. 이에 대해서는 앞으로 보다 심도 있는 논의가 필요하다.

『천고』 논설 저자와 그 의미

1. 들어가는 말

『천고』는 1921년 북경에서 발간된 잡지이다. 최상철은 이 잡지가 7호까지 발행되었다고 하지만 확실하지 않다.[1] 현재 실체가 확인되는 것은 창간호를 비롯하여 2호, 3호에 불과하다. 단재신채호선생기념사업회(이하 단재사업회)는 『천고』 1호를 입수하여 단재의 글로 추정되는 작품을 『개정판 단재신채호전집 별집』(이하 단재전집)에 실었다. 『천고』 2호는 2000년 6월 김삼웅에 의해 국내에 소개된 것으로 알려져 있다.[2] 그러나 1998년 3월 경북대학교 연중당문고에는 『천고』 1호와 2호가 이미 존재했다. 연중당문고의 기증자였던 박성봉은 김삼웅보다 먼저 그 자료를 입수한 것으로 보인다. 그리고 3호는 현재 북경대 도서관에 있으며, 최광식에 의해 목차와 「고고편」이 번역 소개되었다.[3]

『천고』는 학계에 제대로 알려지지도 않았고, 또한 입수하기가 어려웠다. 그리고 설혹 입수하였더라도 한문으로 발간되어 본격적인 연구가 쉽지 않

1 최상철, 『중국조선족 언론사』, 경남대 출판부, 1996, 58면.
2 김삼웅, 「'천고' 제2호 엔벤서 첫 발굴」, 『대한매일』, 2000.6.28.
3 최광식 역주, 『단재 신채호의 천고』, 아연출판부, 2004.

았던 것이다.[4] 다행히 최광식에 의해 천고 1·2호와 3호 일부가 번역 소개되었으며, 3호 전체가 본 연구자에 의해 모두 소개됨으로써 연구는 보다 수월하게 되었다.

아직까지 『천고』 소재 글에 대해 저자조차 제대로 규명되지 못했다. 단재사업회는 충분한 검증을 거치지 않고 『천고』 1호에서 아관, 철퇴, 진공, 절광생, 지신 등의 글을 단재전집에 실었다. 최광식은 『천고』 1~3호에서 대궁, 진공, 지신, 남명, 신지, 진생 등을 신채호의 필명(또는 호)으로 규정했다. 본고에서는 『천고』 소재 글들의 저자규명에 나설 것이다. 궁극적으로 『천고』(1~3)에서 신채호의 작품을 발굴하여 원전을 확정하고 그것이 갖는 의미를 추구할 것이다.

2. 『천고』 발행에 참여한 인물

『천고』 발행에 참여한 인물은 누구인가. 이 문제는 『천고』의 저자 규명을 위해서 대단히 중요하며, 선결되어야 할 문제이다. 일찍이 단재와 더불어 『천고』를 발간한 김창숙은 1927년 체포되었는데, 그의 예심 결정 내용에 『천고』의 발간과 관련한 내용이 들어 있다.

> 피고(김창숙 : 인용자)는……대정 십년(1921년) 음 일월에 무대를 북경(北京)으로 하고 동년 칠월부터 동지 신채호(申采浩) 김정묵(金正默) 박순병(朴純秉) 등으로부터 텬고(天鼓)란 순한문 월간잡지를 발행하얏다는데[5]

4 『천고』 창간호는 1993년 윤병석에 의해 『한국독립운동사자료집 : 중국편』(한국정신문화연구원)에 실림으로써 대중적으로 소개가 되었다. 그리고 『천고』 1, 2호는 최광식에 의해 번역되었다.

5 「海外風塵十個星霜, 重大事件엔 全部加擔 文筆로 軍事로 多角의 活動, 金昌淑 等 公判廻附」,

김창숙은 자신의 글에서도 "단재는 박숭병과 함께 잡지 「천고」를 운영하고 있었는데 나에게 같이 일하자고 요청하였다. 나는 본시 신문이나 잡지를 편찬하는 일에 익숙하지 못해서 매사를 단재와 상의하여 처리하였다"[6] 고 언급했다. 그가 1921년 북경에서 신채호, 김정묵, 박순(숭)병과 더불어 『천고』의 발행에 참여했다는 것이다. 단재가 그때 박숭병과 함께 『천고』를 발행했다는 말은 류자명의 진술에도 나온다.

> 1921年春再出國 到達北京. 那時丹齋先生在北京, 熱心從事歷史著作. 著作工作由朴崇秉支持和協助, 丹齋先生就住在他的家里, 住食和著述所需的費用, 都由朴負擔. 丹齋先生還發行讀文刊物《天鼓》.[7]

단재는 박숭병의 도움으로 『천고』를 발행했으며, 여기에 김창숙도 참여한 것으로 보인다. 이 밖에도 『천고』에는 많은 사람이 참여한 것으로 보인다.

> 이같은 배경에서 유림은 북경으로 내려갔다. 앞뒤 사정을 가늠해 볼 때 그 시기는 20년 말로 추정된다. 이제 28세의 청년인 그는 북경에서 독립운동의 대선배인 신채호 · 김창숙 · 김정묵 · 남형우 등과 더불어 순 한문의 월간지 「천고」를 펴내는 데 한몫 거들었다.[8]

류림과 김정묵, 남형우도 『천고』에 참여한 것으로 알려져 있다. 단재가 『천고』의 편집을 책임진 것은 분명하며, 또한 류림과 단재의 관계로 볼 때 류림의 참여 가능성은 큰 것으로 보인다.[9] 다만 이들이 언제부터 『천고』 발

『동아일보』, 1928.8.8.

6 심산사상연구회 편, 『김창숙』, 한길사, 1981, 220면.

7 류자명, 「조선 애국사학가 신채호」, 『관내지구조선인반일독립운동자료회편』, 요녕민족출판사, 1987, 1374면.

8 김재명, 「유림 선생의 우국혼」, 『단주 유림』, 단주유림선생기념사업회, 1991, 194면.

9 김창숙은 류림의 묘문에서 "申采浩何如人, 君曰丹齋, 天下士, 寔吾師也"라고 썼다. 심산이

행에 참여했는지는 알 수 없다. 현재 3호까지 확인될 뿐이며, 그 이후 부분에 대해서는 전혀 알 수 없는 실정이다. 어쩌면 3호가 『천고』 발행의 전체일 가능성이 있다.[10]

3. 『천고』의 글과 저자

1) 지신(志神), 신지(神志)의 문제

『천고』에서 중요한 것은 역사 연구에 관한 글이다. 여기에는 창간호에 '志神'의 「考古篇」, 2호에 '神志'의 「만리장성」, 3호에 '神志'의 「考古編」이 속한다. 그러면 이들이 먼저 한 인물인가 아닌가를 검토할 필요가 있다. 2호와 3호의 신지는 같은 인물이지만, 창간호에는 지신으로 나오기 때문이다. 그런데 이 문제는 간단히 해결이 된다. 창간호에서 「고고편」은 引言 ― 一 僧軍 ― 二 花郎(未完)인데 3호에서는 三 辰王 ― 四 蘇塗(未完)으로 이어지기 때문이다. 게다가 3호 「고고편」에는 "續第一號"라고 하여 동일한 필자의 이어지는 글임을 분명히 하고 있다. 그렇다면 두 가지가 분명해진다. 우선 지신은 신지와 같은 인물이며, '지신'이 '신지'의 오식이거나 지신으로 했다가 2호부터 신지로 바꾸었다는 사실이다. 다음으로 신지는 계속하여 「고고편」에 역사연구를 실었다는 점이다.

류림에게 "신채호가 어떤 사람이냐?" 라고 물으니 류림은 "단재는 천하의 선비요, 바로 나의 스승이다"고 했다는 것이다.

10 1925년 3월 20일 만들어진 일본 정보보고 「機密 제123호 北京 天津附近在住 朝鮮人의 狀況報告書 進達의 件」(『朝鮮人에 대한 施政關係雜件 一般의 部』(3)), 80면에 따르면, 『천고』는 2, 3호 발간으로 중지되었다고 한다. http://db.history.go.kr/front2010/srchservice/

처음 이 글을 입수한 단재사업회는 서슴없이 그것을 단재의 전집에 포함시켰다. 그리고 『천고』에 대해 본격적인 연구를 한 최광식도 아래와 같이 주장했다.

「고고편」은 지신이 쓴 것으로 신채호가 쓴 것이 확실하다.[11]

「만리장성」은 신지가 쓴 것으로 되어 있는데 신채호가 쓴 것이 확실하며, 만리장성의 역사를 이야기하고 있다.(최광식, 28면)

그러나 「만리장성」을 놓고 볼 때 문제는 그리 간단하지 않다. 거의 같은 내용인 「만리장성이 뉘 것이냐」가 박용태의 이름으로 『조선일보』(1932.12.9~14)에 실려 있기 때문이다. 또한 내용의 일부가 「조선상고문화사」(조선일보』, 1931.10.15~12.3, 1932.5.27~5.31)에 실렸으며, 「조선 민족의 전성시대」(『삼천리』 7-1, 1935.1)에는 조금 보완되어 실려 있다. 여기에서 두 가지 가능성이 제기된다. 우선 단재사업회처럼 「만리장성」과 「만리장성이 뉘 것이냐?」 모두 단재의 글인데, 후자가 "무슨 이유에서인지 원고 등 소지품의 보관자인 천진 박용태의 명의로 발표"[12]된 것으로 보는 입장이다. 다음으로 신지의 글만 단재의 것일 가능성, 또는 두 글 모두 박용태의 글일 가능성이다. 「조선상고문화사」나 「조선 민족의 전성시대」는 모두 신채호의 이름으로 발표되었으니 문제가 되지 않는다.

『천고』의 창간호와 제3호에 신지의 「고고편」이 실려 있다. 이것들은 '승군', '화랑', '진왕', '소도'에 관한 것이다.

승군에 대한 본격적인 논의가 『천고』 「고고편」에서 처음으로 이루어졌는데

11 최광식, 「"천고" 고고편에 보이는 신채호의 고대사 인식」, 『단재 신채호의 천고』, 아연출판부, 2004, 25면. 이하 같은 글은 인용구절 뒤 괄호 속에 최광식, 면수만 언급.

12 단재신채호선생기념사업회 편, 『개정판 단재신채호전집 별집』, 형설출판사, 1998, 46면. 이하 이 전집의 인용은 인용구절 뒤 괄호 속에 상권은 상, 중권은 중, 하권은 하, 『별집』은 『별집』, 면수만 기록.

그동안 섭렵한 문헌을 바탕으로 통시적 검토를 행하였다. 『고려사』「최영전」과 『고려도경』 등을 이용하여 승군의 존재를 주목하고 고구려의 조의선인과 연결시켰는데 이러한 내용은 「조선상고문화사」와 「조선상고사」에 이어지고 있다.(최광식, 43면)

'승군' 부분의 첫머리는 "按高麗史崔瑩傳 崔瑩曰「唐以大兵三十萬來侵高麗以僧軍擊破之"[13]라 했다. 상편으로 끝난 「최도통전」에서 단재는 "崔瑩이 又曰 西僧統攝 玄麟이 僧軍 三百을 率ᄒᆞ고 擊賊次로 近畿에 留ᄒᆞᆫ 바"[14]라 하여 '현린'과 '승군'에 대해 언급하였다. 만일 「최영전」 하편이 쓰였다면 거기에 현린의 전투 사실이 실렸을 것이다. 단재는 「꿈하늘」에서도 여러 군데 '승군'에 대해 언급하였다.

> 네가 역사 속에 있는 것을 어렵게 생각한다마는 다만 한 가지 또 있다. 고려 최영전에 최영이 명태조 朱元璋과 싸우려 할새, 고구려가 승군 삼만으로 당병 백만을 깨쳤으나, 이제도 승군을 뽑으리라 하였는데, 그 이른바 고구려 승군은 곧 先人軍이니, 마치 신라의 화랑도 같은 것이라.[15]

「꿈하늘」에는 고구려의 선인군과 신라의 화랑, 고려의 승군 등이 제시되었다. 그것은 「조선상고사」(상, 49~50면, 62면), 「조선상고문화사」(상, 371~373면, 383~387면) 등의 논의로 이어진다. 이처럼 '승군'과 화랑은 단재의 저술에서 일찍부터 등장한다. 그러므로 "처음 본격적으로 논의"되었다는 최광식의 주장은 합당하지 않다. 그리고 '진왕', '소도' 역시 「꿈하늘」에서 논의되고 있다.

---

13 『천고』 1권 1호, 천고사, 1921.1, 25면; 이하 이 책의 인용은 인용 구절 뒤 괄호 속에 1호, 2호(1921.2.1), 또는 3호(1921.3.1)와 면수만 기록. 그리고 이하 3장에서 『천고』 내용을 별도 단락에서 인용 시 다른 글과 구분하기 위해 고딕체로 표시함.

14 금협산인, 「동국거걸 최도통」, 『대한매일신보』, 1910.5.13. 이하 이 신문의 인용은 『대한매일신보』, 날짜만 기록.

15 김주현 편, 『백세 노승의 미인담(외)』, 범우, 2004, 185면. 이하 이 책의 인용은 괄호 속에 면수만 기록.

仙人先人 其義 實同也 僧軍 實皀衣仙人之別名(1호, 26면)

卽眞興大王 效倣皀衣仙人之制 加減參酌以成之 故三國史中花郎 亦名爲先郎或國仙也(1호, 29면)

조의, 선인, 화랑, 소도 등은 「꿈하늘」의 핵심어로 제시된다. 소도는 또한 「조선상고사」(전집 상, 77~80면)에서 자세히 논의되었다. 그리고 '진왕' 부분은 아래와 같다.

辰音臣 其義大也 辰王卽大王也……各部長官 稱之曰遣智 而其首位之長官特以臣遣智 稱之(按三韓傳云「其最大者加優呼爲臣雲遣智」然雲字衍文也卽下文 臣雲新」國之「雲」字誤複在此也) 三也(3호, 19면)

〔二〕 馬韓傳에 『臣智 或加優呼爲臣雲遣支』라 하였으나, 「臣」의 音은 「신」이니 臣蘇塗・臣濆活 등의 「臣」과 辰韓・辰王 등 「辰」과 같이 모두 「太」의 義요, 「遣支」는 「크치」라 그 義가 大兄이니 「신크치」는 太大兄인즉, 臣雲遣支의 「雲」자는 곧 下文 臣雲新國의 「雲」자를 疊寫하여 「臣遣支」를 「臣雲遣支」라 한 것이며(중, 71면)

두 글의 관련성은 매우 밀접한데, 이는 저자의 동일성을 보여주는 대목이다. 이 밖에도 신지의 글에는 단재가 즐겨 쓰는 것으로 "於是乎"(3호, 15면)나 "如百濟沙法名之爲辟中王之類"(3호, 20면) 같은 표현이 나온다. '어시호'는 「문법을 의통일」(『대한매일신보』, 1908.11.7), 「독사신론」(상, 480면), 「최도통전」(중, 424, 425, 431면), 『을지문덕』(9면) 등 단재 글에 아주 광범위하게 나타난다. 그리고 '사법명' 역시 『권업신문』(1913.10.5, 3면)을 비롯하여 「꿈하늘」(모두 9군데), 「조선상고사」(상, 43면)에 걸쳐 폭넓게 나타난다. 이를 통해 신지가 곧 단재이며, 「고고편」은 의심할 나위 없이 단재의 글임을 알 수 있다. 그렇다면 「만리장성」의 경우는 어떤가?

(가) 知長城者 可以與言古朝鮮之一斑矣. 作萬里長城考. 高句麗蓋蘇文 自扶餘 築長城 南至海 凡千餘里 此國史上城之最長者也(2호, 20면)

(가-1) 〈萬里長城考〉를 據하면『高句麗 淵蓋蘇文이 夫餘로부터 長城을 築하여 南으로 海에 至하여 무릇 千餘里라』하였으니, 이는 國史上의 城의 最長者라 할지라.(『별집』, 35면)

(가-2) 高句麗 蓋蘇文이 가로되「自扶餘로 築長城하여 南至海하니 長千餘里라」(此國史上之最長城) 하였고(중, 141면)

(가)는 신지의 글이며, (가-1)「만리장성이 뉘 것이냐?」는 박용태, (가-2)「조선 민족의 전성시대」는 신채호의 글이다. 그런데 여기에 하나의 가능성이 발견된다. (가)에는 "장성을 아는 자는 고조선의 일반을 안다고 할 수 있어 〈만리장성고〉를 짓는다"로 되어 있다. 그런데 (가-1)의 "〈만리장성고〉에 의하면"이라는 구절은 (가)를 잘못 가져온 것이다. (가-1)의 나머지 부분은 (가)를 당시 문체인 국한문으로 옮겨온 것에 불과하다. (가-2) 역시 (가)를 그대로 가져온 것이다.

(나) 李栗谷 以爲太遠 而改二千餘里 以爲千餘里 丁茶山 又二千餘里 爲正 而證滿潘汗之在大同江以南 嗚呼何其不考之甚也. 高句麗盛時 嘗據有奉天(2호, 22~23면)

(나-1) 李栗谷은 此를 太遠하다 하며 二千里를 改하여 千餘里라 하고, 丁茶山은 二千餘里라 하며 滿潘汗이 大同 以南에 在하다 證明하였으니, 嗚呼라. 이 어찌 盲目痴輩의 大誤가 아니냐?

檀祖의 三萬里 舊疆이 奉·吉·黑 三省과 內·外蒙古와 支那 黃河 以北의 大版圖이던 上古는 勿說하고 高句麗 盛時에도 오히려 奉天을 根據하고(『별집』, 42면)

(나-2) 李栗谷은 太遠하게 二千餘里를 一千餘里로 改하고, 丁茶山은 太近

하게 二千餘里로 正하다 하여, 滿潘汗이 大洞江 以南에 在하다고 妄證하였으니, 嗚呼라. 어찌 그리 偏見의 考執을 傳하였는가. 高句麗 當時 항상 奉天을 割據하고……(중, 144면)

(나), (나 – 1) 그리고 (나 – 2)의 차이는 율곡에 대한 평가 부분에 있다. 신지는 '제대로 고찰하지 않음'을 비판했고, 박용태는 "盲目痴輩의 大誤"로 규정했다. 심지어 박용태는 "直隸 南一部의 山東 東北部를 弄絡함이어늘, 丁茶山輩의 野說은 그 果然 무엇을 憑據하여 證明함이냐(『별집』, 42면)"라 하여 다산마저 '丁茶山輩'라 비난하였다. (나 – 2)에서 단재는 다만 '편견의 고집' 정도로 비판하였다. 이를 통해 박용태는 신지의 글을 가져오면서 자신의 평가를 보태고 있음을 알 수 있다. 이들의 차이는 집필 의도에서 보다 구체적으로 드러난다.

(다) 然今旣的考朝鮮國境之所至 且知燕趙秦長城之築 不但因匈奴而起焉 則數百年兩族之關係 口頭 雖不能明言 亦可了悟之一半於心頭也 此長城考證之有裨於東洋古史者 大矣(2호, 25면)

(다 – 1) 그러나 萬里長城이 우리 檀族의 興은 아울러 文化消息의 强大로 深切한 關係가 有함으로 이제 確實한 考證을 들어 長城이 秦皇의 創築이 아니며 滿族의 所有도 아닌 것을 證言코자 하노라.(『별집』, 36면)

다시 말하면 萬里長城 그 地帶가 朝鮮의 本土이었으니 寇賊 卽 漢族侵掠을 防禦키 爲하여 扶餘族의 築한 바 長城이 元祖가 될 것을 肯定할 수 있다.(『별집』, 42면)

萬里長城의 旣述한 考證은 다만 支那史로 參考할 뿐이니, 비록 明白한 證據로 長城이 檀族 卽 朝鮮 古代의 遺物로서 漢族의 所有로 變하였다 함은 아직 주저하겠으나, 一步를 進하여 各 古記 等 史籍을 採廣하고 遺物 所在地의 撤底한 古蹟探查를 實行하여 萬里長城의 主人을 發見할 날이 臨하기를 바라는

바이다.(『별집』, 46면)

(다－2) 萬里長城을 硏究함에 在하여 朝鮮 古疆이 얼마나 크며, 朝鮮의 强盛함이 어떤 範圍까지 發展되었던 것을 半의 半을 알아낼 수 있으며, 萬里長城이 東洋史 硏究上에 在하여 實로 偉大한 實物의 參考됨을 확신하리라 하노라.(중, 148면)

신지는 “그러므로 지금 조선 국경의 다다른 바를 고찰하고 또한 연·조·진의 장성 건축이 비단 흉노 때문에 일어난 것이 아니라는 것을 알면 수백 년 양족의 관계가 비록 구두로 명쾌하게 말하기 어려우나 마음속에는 반쯤 깨달을 수 있다. 이 장성을 고증하여 보면 동양 고사자에게 유익한 것이 크다”라고 하였다. 그러나 박용태는 만리장성이 만족의 창축함이 아님을 증명한다고 했으며, 또한 만리장성의 지대가 조선의 본토이며 부여족이 건축했음을, 마지막으로 만리장성의 주인을 발견할 날이 올 것으로 설명했다. 신지의 의 내용을 자기 맘대로 해석하고 있다. 그러면서도 “旣述한 考證은 다만 支那史로 參考할 뿐”이라 하여 마치 자신이 쓴 것처럼 말하고 있다. 그러나 단재는 (다－2)에서 조선 고토의 크기와 강성함을 알게 될 것이라 했다. 박용태는 신지의 「만리장성」을 그대로 베끼고 자신의 견해를 첨가했다.

「만리장성」에는 “以紀年兒覽西郭雜錄 等書 觀之慕容廆之寇夫餘 李勣之入平壤 朝鮮古史 皆灰燼於其一炬之下(2호, 22면)”라는 예문이 있다. 단재는 「조선 민족의 전성시대」에서 “『紀年兒覽』, 『西郭雜錄』 等書로 보건대, 慕容廆의 夫餘 侵入과 李勣의 平壤 入寇가 朝鮮古史를 一炬에 灰燼하였다 하였고”(중, 143면)라 썼는데, 이는 「구서 수집의 필요」(『대한매일신보』, 1908.6.14, 논설)에도 나오는 내용이다. 그는 이 밖에도 「조선상고사」(상, 48면), 「조선상고문화사」(상, 378·388면) 등에서 『서곽잡록』을 언급하고 있다. 이런 점을 종합해 보면, 「만리장성」은 곧 단재의 글임을 알 수 있다. 단재는 그것을 보완하여 「조선 민족의 전성시대」(『삼천리』 7－1, 1935.1)를 썼던 것이다.

그렇다면 단재는 왜 ‘신지’라는 필명을 쓴 것일까? 「만리장성」에 “嗚呼

使其間有神誌高興之倫 記其顚末 其野心之君主 辣腕之將相 忠義慷慨之將士(2호, 24~25면)"라고 하여 '신지'가 언급되어 있다. 단재는 「꿈하늘」에서도 "역사에 익으신 神誌先人 李文眞, 高興, 鄭知常"(177면)이라 하여 그를 언급하였다.

> 神誌는 先輩들이 壇君의 士官이라 하니, 字意로 보면 神誌는 「神의 적음」인 즉 대개 後人이 壇君때에 歷史를 尊重히 여겨 그 歷史를 〈神誌〉라 이름하고, 이에 歷史 지은 이까지 그 이름을 神誌라 함이라. 上古에는 매양 그 사람의 才調나 事業으로 곧 그 사람의 이름을 지은 일이 많으니, 神誌가 사람 이름 되는 동시에 글 이름이라 봄도 무방하도다.(상, 387면)

단재가 필명을 신지로 한 것은 신지가 사관의 이름이지만, 동시에 글 이름이기 때문이다. 그는 고사연구와 관련된 글에 신지를 썼다. 그런데 고대 사관인 神誌는 기휘하는 이름이었기에 동일하게 쓸 수 없어 말씀언(言)을 빼고 음가만 따라서 神志로 썼던 것으로 보인다.

그렇다면 『천고』에 「만리장성」을 발표하고, 다시 『삼천리』에 「조선 민족의 전성시대」를 발표한 까닭은 무엇일까? 「만리장성이 뉘 것이냐?」(1932)는 박용태가 단재의 글을 수용하여 쓴 것인데 일부 내용만 다를 뿐 거의 그대로이다. 그리고 「조선 민족의 전성시대」(1935)는 단재가 집필한 것이다. 단재의 글은 박용태에 의해 왜곡되고, 또한 집필 의도마저 훼손되었다. 한 글자에도 세심한 주의를 기울이는 단재가 그러한 상황을 두고 볼 수 없어 「조선 민족의 전성시대」를 발표했을 수 있다. 이전 『천고』에 발표한 것은 중국에서 한문으로 발행되었기에 제약이 많았다. 중국인 독자도 염두에 두어야 했기에 주체성을 강하게 내세울 수 없었을 것이다. 그는 우리나라 독자에게 우리 옛 강토를 제대로 알리고, 또한 민족 주체성을 깨우치고 싶어 했다. 그래서 이전의 「만리장성」을 보다 주체적인 입장에서 정리하여 발표했을 것으로 보인다.

2) 진공(震公)의 문제

'진공'의 글 역시 처음부터 단재전집에 실렸으며, 최광식, 조동걸, 이호룡도 단재의 저술로 보고 있다.

(가) 「조선의 독립과 동양평화」는 진공이 쓴 것으로 이 글들도 신채호가 쓴 것이다.(최광식, 25면)

(나) 震公은 신채호의 필명으로 사료된다.[16]

(가)는 최광식, (나)는 이호룡의 주장이다. 조동걸 역시 "震公(신채호－필자)"로 규정하고 「朝鮮古代之社會主義」를 단재의 글에 귀속시켰다.[17] 진공은 1호와 2호에 걸쳐 3편의 글이 실려 있다. 1호에 실린 「朝鮮獨立及東洋平和」에는 별다른 특징이 없지만, 2호의 두 편 글은 서로 관련이 있다.

朝鮮古記 載「檀君 遺子夫婁 見禹於塗山」 吳越春秋 稱「玄夷蒼水使者 被赤繡衣 來見禹於塗山 敎以五行治水法」 而其下文 禹稱「州愼之德 不可忘」(吳越春秋文煩 故略撮其意)(2호, 1면)

夏禹受州愼之書始得通水之理旣又謂「州愼之德不可忘立井田一度衡」(參照第一項 「韓漢兩族宜尤加親結」之論文) 由此觀之又似朝鮮之井田先劃而夏禹之井田不過模而行之也(2호, 8면)

두 글 「韓漢兩族之宜加親結」, 「朝鮮古代之社會主義」은 제목이 서로

16 이호룡, 『한국의 아나키즘』, 지식산업사, 2001, 155면, 주 207번. 이하 이 책의 인용은 이호룡, 면수만 기록.

17 조동걸, 「단재 신채호의 삶과 유훈」, 『한국근현대사의 이상과 형상』, 푸른역사, 2001, 314~315면. 한편, 「朝鮮古代之社會主義」는 본문 제목이며, 제목에서는 「古朝鮮之社會主義」이다. 이 글에서는 전자를 쓰기로 한다.

다르지만, 모두 하우씨의 정전제에 대해 언급하고 있다. 진공은 하우의 정전제(원문에는 오행치수법으로 쓰고 있다)가 주신으로부터 온 것으로 설명하였다. 그리고 그는 주신을 조선으로 해석하여 "조선이 정전을 먼저하고 하우의 정전은 그것을 모방한 것에 불과"하다고 주장했다. 이러한 주장은 「조선상고사」에 더욱 분명히 제시되어 있다.

> 어느 民族이고 그 原始共產制가 있었음은 今日 社會學者들의 公認하는 바인즉, 支那도 그 太古에 均田制度가 있었을 것은 물론이어니와, 그러나 彼等(有若・孟軻 等)이 주장한 井田制는, 당시 朝鮮의 均田制를 目擊 혹 傳聞하여 이를 模倣하려 한 것이요, 彼等의 自한 바와 같이 自家의 故籍에서 根據한 것은 아니다.(상, 151면)
>
> 趙曄의 〈吳越春秋〉에는 「夏禹의 井田이 朝鮮(本文의 「州愼」)의 것을 倣行한 것」이라 하였으니, 이는 公正한 自白이니라.(상, 152면)

「조선상고사」에서 단재는 중국의 정전제가 조선의 균전제를 모방한 것이라 결론짓고 있다. 그것은 『오월춘추』의 기록에 입각해서 풀이한 것이다. 진공은 「조선 고대의 사회주의」에서 우리나라 고대에 사회주의가 있었음을 주장했고, 또한 하우의 정전제는 조선의 균전제를 모방한 것이라고 하였는데, 이는 단재의 「조선상고사」 주장과 동일하다. 이는 같은 저자일 가능성을 말해준다.

> 我國先儒張維氏 嘗論之 曰「司馬遷 不讀尙書者也 尙書 卽明載箕子之言 曰我罔爲臣僕 安得受周之封爵 如微子也 漢書 但言箕子避地朝鮮 不言受周封爵 此班固之所以勝於馬遷也」 然此說 單辨箕子 而不及於朝鮮當日之狀況 是可惜也 檀君立國 (中國唐堯同時) 傳之於孫 至於二千年之久 (中國漢初) 始分東北卒本三夫餘 (卒本後爲高句麗) 及新羅百濟等 安有片土 以讓周家之擅封也 故箕子之東來 亦如衛滿之受地於王準 溫祚之受爵於馬韓而已也 安得受周封也 (2호, 3면)

또한 「조선 고대의 사회주의」에서는 장유가 사마천을 비판한 대목을 아주 상세하고 적고 있다. 동일한 내용이 「조선상고사」에 나타나고 있다.

> 昔者에 張維가 〈史記〉의 『武王……乃封箕子於朝鮮』을 辨正할새 (第一) 尙書의 『我罔爲臣僕』을 들어 箕子－이미 남의 臣僕이 되지 아니할 줄로 自誓하였은즉 武王의 封爵을 받을 리가 없다는 前提를 세우며 (第二) 漢書의 『箕子避地于朝鮮』을 들어 班固는 〈史記〉 지은 司馬遷보다 忠實하며 精密한 歷史家로서, 遷史에 쓴 바 箕子封爵說을 빼었은즉 封爵은 사실이 아니라고 斷言을 내리었으니(상, 57면)

단재는 「조선상고사」에서도 장유가 반고를 들어 사마천의 『사기』를 부정한 내용을 적고 있다. 그것은 곧 기자조선을 부정한 내용이기에 단재로선 중요한 대목이 아닐 수 없다. 그는 그것을 역사 변정 방법으로 중요하게 내세웠으며, 또한 「조선상고문화사」에서도 "本朝 張谿谷이 班固를 引證하여 司馬遷을 論責하니 그 所見이 至當하다"(상, 410면)라고 언급하였다. 이것은 진공이 단재임을 충분히 입증하고도 남음이 있다. 진공은 '진단(조선) 사람'이라는 뜻이다. 진공의 글은 「조선독립과 동양평화」, 「韓漢兩族之宜加親結」, 「고조선의 사회주의」 등으로 진단에 관한 글이다. 단재는 지나(중국)를 염두에 두고 스스로를 진공으로 표현한 것으로 보인다.

그런데 하나의 문제가 발생한다. 『천고』 3호에는 진공과 비슷한 '진생(震生)'의 「獨立運動中一大快報」라는 글이 실려 있다. 최광식은 "「독립운동 중의 일대 쾌보」는 진생이 필자로 되어 있어 신채호가 쓴 것이 확실하다"(최광식, 29면)고 지적했다. 그는 진공=진생으로 본 것인데, 구체적인 근거 없이 다만 '진생으로 되어 있'기 때문이라 했다. 「독립운동 중의 일대 쾌보」는 독립지사 양근환이 민원식을 주살한 내용이다. 그런데 단재가 이 글을 썼다고 단정할 근거가 현재로선 없으며, 문체적 유사성도 잘 드러나지 않는다. 그리고 단재가 이 글을 꼭 써야 할 이유도 없다. 진공과 진생은 다른 필명이다. 만일 같은 사람이라면 창간호와 2호에 사용했던 필명을 굳이 한 글자를 고칠 이유가 없다. 아마도 최광식이 이 글에 대해 충분히 검토하지 못하고 성급히 내린 결론이 아닐까 싶다.

3) 대궁(大弓)의 문제

단재사업회는 대궁의 글을 배제함으로 대궁이 신채호가 아님을 보여주었다. 그러나 최광식은 "대궁이 쓴 것으로 되어 있는데 신채호가 쓴 것"(최광식, 27면)이라 하였다. 대궁은 『천고』 1호 「祝大朝鮮軍政署之大破倭兵」, 「大韓獨立軍破倭露佈」, 「謨殺前大子之奇聞」 「軍政署佈告戰況」, 2호 「見聞雜感」, 그리고 3호 「第三回三一節普告同胞」 등 가장 많은 글을 싣고 있어서 주목된다. 최광식은 대궁을 신채호의 필명으로 간주하였지만, 구체적인 논거를 밝히지 않았다.

> 大弓曰 余友肖民 爲此文示余 其於姜公死事之顚末 亦略盡之矣……吾國 在古昔 亦嘗以快死 爲榮 苟生 爲辱 以致花郎之義勇 皀衣之忠烈 前後輝映 而自麗末朱學始入 明哲保身之訓 行而臨難者 以苟免爲得計……今吾人 當踴躍慶賀姜公之死 而區區世俗哀痛之例辭 非所當述也 未知肖民 以爲何如(1호, 42~43면)

초민의 글 「悼姜宇奎先生」의 끝부분에는 대궁의 평이 붙어 있다. 이에 대해서는 마지막 부분에서 자세히 논의하기로 한다. 그리고 여기에 '화랑', '조의' 등의 내용이 나온다. 옛날에는 장쾌한 죽음을 영광으로 삼아 화랑의 의용과 조의의 충열이 빛났는데, 주자학이 들어와 명철보신의 가르침으로 행하며 난에 임하는 자는 오로지 피하는 것을 계책으로 삼았다고 했다. 단재는 「고고편」에서 "고려가 초기에 유불이 함께 번성하였으며 화랑이 쇠했다(高麗之 初儒佛併燔 花郎之衰)"(1호, 29면)고 하였으며, 화랑과 불가의 무사적 유풍을 강조했다. 그는 또한 나라를 위해 젊은 목숨을 바친 사다함, 관창, 김영윤 등을 높이 평가했다. 이러한 내용은 "이조 500년간에는 유교 윤리가 弘布된 까닭에 또 사회 문약이 극도에 달한 까닭에"(「예언가가 본 무진」, 325면), "이조 이래로 유교를 尊尚하매 서적은 사서오경이나 그렇지 않으면 사서오경을 되풀이한 것뿐이며, 心性理氣의 강론뿐"(313면)이라고 비판한 「차차리 괴물을 취하리라」나 「조선상고사」 "後世에 佛·儒 兩教가 互盛하면서 「수두」의 教가 衰退하고"(상, 79면)와 연결된다.

嗟乎 麥秀黍離 微子 有朝周之恨 烏頭馬角 燕丹 無脫秦之期(1호, 44면)

위의 글은 사마천의 『사기』와 관련이 있다. 단재는 「맥수가」 부분을 「천희당시화」(1909.11.13)와 「독사신론」(1908.9.10) "亡國逋臣이 壹死가 尙遲하여 麥穗悲歌에 涙雨가 未霽흔딕"에서 언급하였다. 대궁은 '맥수서리'나 '오두마각'을 통해 망국의 슬픔을 그렸는데, 여기에 조선의 황태자를 조국을 떠나 방황하는 미자나 적국에 연금된 연나라 태자 단에 비긴 놀라운 비유가 들어있다. 곧 일황을 포악한 진시황처럼 형가나 창해역사와 같은 이에 의해 처단되어야 할 대상으로, 그리고 포악한 일제를 진나라처럼 곧 망할 국가로 간주한 것이다. 태자 단과 진시황, 그리고 창해역사의 진시황 처단에 대해서는 「조선상고문화사」(상, 444~448면)에 자세히 기술되었다.

如黃昌之刺百濟王 杜魯之殺高句麗王 滄海力士之椎秦皇 安重根之射伊藤 皆爲此也(1호, 43면)

대궁은 황창과 두노, 창해역사, 안중근을 공적 원수(公仇)의 처단자로 내세우고 있다. 단재는 「꿈하늘」에서 "강자를 제재함에는 암살을 유일 신성으로 깨달은 密友의 紐由, 黃昌, 安重根"(178면)이라고 말하지 않았던가? 그리고 「조선상고사」에서 모본왕이 교만이 심해지고, 백성의 목숨을 가벼이 여기자 "杜魯가 이에 칼을 품었다가 왕을 찔러 죽이었다"(상, 157면)고 쓰고 있다. 대궁의 역사의식이 단재와 같음을 여실히 보여준다.

뿐만 아니라 대궁의 「견문잡감」 "於是乎「殺人ㅡ」「暴虐ㅡ」「放槍ㅡ」之聲 遍傳於巴黎市中"(2호, 26면)에서 '어시호'라는 표현이 등장한다. 그리고 「第三回三一節普告同胞」에는 "虎頭宰相 白首 不忘鎭海之策"(3호, 3면)이라는 문장이 나온다. '호두재상'은 「동국거걸 최영」, 「조선상고사」 "太宗이 虎頭宰相 崔瑩의 北伐軍中에 叛하여"(상, 41면)나 「조선상고문화사」 "虎頭宰相 崔瑩도〈秘錄〉의 奇驗을 놀래었으며"(상, 391면)에 공통적으로 나타난다. 단재는 최영전을 짓기도 했는데, 최영을 다시 언급하고 있다.

> 試遡東國通鑑五十卷之記錄 有如是日之役之壯快者乎 然則是日之役 即爲之五千年以來第一件大事可也(3호, 2면)

『동국통감』 50권은 최영에 대한 기록을 말한다. 단재가 최영의 북벌을 대단히 높이 평가하였음은 「최도통전」에서 볼 수 있는데, 이 글에서는 "五千年以來第一件大事"라 규정하였다.

신채호는 『천고』를 책임 편집하였다. 대궁의 글은 1~3호까지 모두 실렸다. 이 잡지에 가장 많은 글이 실렸고, 그것은 잡지에서 그의 역할 역시 컸음을 말해준다. 「掉姜宇奎先生」에서는 "大弓曰 余友肖民 爲此文 示余"(1호, 42면)라고 하여 대궁의 평을 달고 있다. 이것은 편집자적 논평에 해당이 되는데, 대궁이 잡지의 편집자였음을 말해준다. 한편 「軍政署佈告戰況」은 대궁이 쓴 것으로 목차에 나와 있지만, "북간도에서 온 편지(北墾來信)"를 "대궁이 번역"(大弓譯)한 것이다.

> 我獨立軍破倭顚末 已爲略述 而今據軍政署所布告延邊一帶戰鬪狀況 略有異同 可資讀者之參考 故譯之如下(1호, 46면)

"我獨立軍破倭顚末"은 앞서 실린 대궁의 글「大韓獨立軍破倭露佈」를 뜻한다. 저자는 그 글을 쓰고 또한 북간도에서 온 편지를 독자들이 참고할 수 있도록 번역하고 있음을 밝힌 것이다. 그러한 것은「見聞雜感」도 마찬가지이다. 편집자가 다양한 견문에 대한 소회를 쓴 것이다. 이는 곧 편집자였던 단재의 모습을 더욱 여실히 보여준다. 신채호는 "太古에 支那人이 우리를 夷라 함은 東方의 大弓멘 사람이라 하야 東夷라 함이니, 夷字가 大弓을 合한 자"[18]라 하였는데, 大弓은 夷의 파자로 볼 수 있다. 震公이나 大弓은 바로 한국인을 지칭하는 필명으로 사용했음을 알 수 있다.

4) 철퇴(鐵椎)의 문제

철퇴(鐵椎)[19]의 글은 창간호와 2호에 각각 한 편이 실려 있다. 단재사업회는 철퇴의 글을 신채호의 글로 간주하였지만, 최광식은 "鐵推가…… 누구인지는 알 수 없다"(최광식, 25면)고 지적했다. 이 글이 과연 누구의 글인지는 좀더 구체적인 분석이 필요하다.

(가) 辰韓馬韓之祭天壇 皆稱蘇塗 而日本人 稱壇塔 亦曰蘇塗 百濟之王仁 渡而日本 始有文字(1호, 19면)

---

18 신채호,「조선상고문화사」,『조선일보』, 1931.10.31.

19 '鐵椎'의 한문 음가는 '철추'이다. 그러나 여기에서는 '철퇴'로 표기한다. 그 이유는 '椎'는 '槌'와 같은 글자이며, '철퇴'라 할 땐 '鐵槌'를 쓰는 것이 일반적이겠지만 '鐵椎'로 쓴 경우를 볼 수 있다.「鐵椎歌」(『대한매일신보』, 1910.3.25)를 한글판에서는「텰퇴가」(『대한매일신보(한글판)』, 1910.3.25)로 쓰고 있으며, 단재의 글이 확실한「국권회복의 대운동」(『권업신문』, 1913.3.30)에는 "창히력亽눈 진시황 당년에 젼국의 쇠끗을 좋주업시 거둔 가운데셔 삼빅근 텰토를 만들어", "박랑亽 텰토 소릐눈 넉넉하도다"라고 하여 "鐵椎"를 "텰토"로 쓰고 있으며,「一目大王의 鐵椎」에서 역시 "鐵椎"를 "철토"로 쓰고 있다. 그래서 북한에서 단재의 유고「一目大王의 鐵椎」를「일목 대왕의 철퇴」로 불렀다. '鐵椎'는 '쇠몽치'(「조선상고사」)를 뜻하며, 우리 음가로 부를 때는 '철퇴'가 적합하여 그렇게 표기하기로 한다.

(나) 日本謂塔及祭壇 塔蘇塗倍 蘇塗倍者意我國古代壇塔之稱 而流傳於日本者也(3호, 21면)

(가)는 철퇴의 「論日本之有罪惡而無功德」이다. 거의 같은 내용인 (나)는 '신지'의 「고고편」의 일부이다. 이를 통해 철퇴와 신지가 동일 인물일 가능성을 엿볼 수 있다. 그리고 신채호는 「꿈하늘」에서 "一葦로 大海를 건너 島國蠻種을 개화시킨 慧慈禪師, 王仁 박사"(178면)라고 하였는데, 이는 "백제의 왕인이 일본에 건너가서 비로소 문자가 있게 되었다"는 위 내용과 같은 맥락이다. 또한 이 글에는 신채호의 이전 글과 동일한 내용이 여러 군데 눈에 띈다.

太陽을 崇拜함은 上古의 野蠻時代의 事라(『대한매일신보』, 1910.4.3)

崇拜太陽 用諸徽章 上古野蠻之習也(2호, 19면)

『대한매일신보』에 나온 단재의 주장이 그대로 철퇴의 글에 나온다. 어디 그것뿐이랴?

且我國 在壬辰役以前 儒佛各界 正值勃興 程朱之學 有李退溪 陽明之派 有盧蘇齊 理學之雄 有徐花潭 經世之材 有李栗谷 鄭竹島 唱忠臣不事二君之非 而其年代 先乎黃梨州之原君 鄭介淸 排東漢節義之弊 而其哲論 直抉東亞數千年之錮疾 普雨惟靜之禪學 可以上紹元曉之統 「釰稧」「兩班殺戮稧」之秘密團體 殆有階級戰爭之觀 其他如韓石峯之筆 柳宙雲之畵 鄭平九之飛機 海印寺之不朽木鑄字 李長孫之鐵砲 世宗朝之國文制作……而往古文獻 亦皆灰燼於兵火之中 方長之文化 旣橫被摧殘 歷代典章 亦至無可徵信 此其倭奴破壞之罪 不惟韓人之所憤恨 抑亦全世人類之所當深惡 而痛絶者也 (1호, 21면)

이 내용은 단재가 앞서 발표한 다양한 글들을 집성해 놓은 것과 같다. 그는

「꿈하늘」에서 "일방의 教門에 통달하여 조선의 빛을 보탠 불학의 元曉, 義湘, 유학의 晦齊, 退溪 …… 歸歸來來詩로 물질 불멸의 원리를 말한 花潭 徐敬德, 폭군은 베어도 가하다 하여 忠臣不事二君의 奴說을 반대한 竹島 鄭汝立, 鐵鑄字 발명한 바치, 비행기 시조 鄭平九"(178~179면)라고 하여 우리 역사에서 중요한 인물들을 들고 있는데, 그것은 위 내용과 다르지 않다. 그리고 유주운의 그림은 『대한매일신보』(1909.11.26)에, 검계와 양반살육계는 「낭객의 신년만필」 "그 貴賤의 階級이 存在함으로 未久에 다시 그 罅隙이 爆裂하야 少年稧 劍稧 兩班殺戮稧等 秘密革命團體가 紛起하더니"(『동아일보』, 1925.1.2)에 그대로 제시된다. 철퇴는 임진난의 병화로 방장한 문화가 피폐되고 역대 전적과 문장이 사라지고 말았음을 한탄하였는데, 그러한 내용은 「꿈하늘」 "이조 태종이 즉위 후에 고대의 비사・비록 등을 많이 燒火하며, 그 餘存한 것도 민간에 全布함을 불허하고, 오직 內閣에 장치하였다가 임진란에 다 소멸하매, 이로부터 조선 고문헌이 아주 沒字碑가 되니라"(275면)에 제시되고 있다. 이 밖에도 이두가 일본에 전해져 일본의 가타가나가 되었다는 주장은 「조선 고래의 문자와 시가의 변천」(『동아일보』, 1924.1.1)에로 연결된다. 그러므로 철퇴의 「論日本之有罪惡而無功德」와 「最近一朔內獨立運動之進行」는 단재의 글이 분명하다.

그렇다면 왜 '철퇴'인가. 우리는 이 글에서 단재의 혁명정신을 읽을 수 있다. 단재는 「일목대왕의 철퇴」에서도 철퇴를 내세웠고, 또한 「조선상고문화사」에서도 창해역사의 철퇴(상 447・448면)를 언급하였다. 철퇴나 대궁의 이름으로 발표된 글은 일제와 관련되어 있다. 철퇴와 대궁은 폭압적 전제자에 맞설 수 있는 신성한 무기이다. 단재는 혁명정신을 지녔던 형가나 창해역사에 대해 높이 평가하였는데, 대궁과 철퇴는 악을 징치하고 혁명을 이끌 도구로 인식하였기에 그것을 필명으로 사용한 것이다.

5) 아관(我觀)의 경우

단재전집에는 아관의 작품이 포함되어 있다. 최광식은 "아관이……누구인지는 알 수 없다"(최광식, 25면)하였지만, 이호룡은 "我觀은 신채호의 필명으로 사료된다"(이호룡, 155면 주 206번)고 주장하였다. 논자에 따라 글의 저자가 달리 규정되는 까닭은 무엇인가? 아관의 글은 창간호에 두 편이 실려 있는데, 그중「北間島戰亂彙報」는 여러 신문의 내용을 종합한 것으로 이렇다 할 특징이 없다. 문체적 특징이 조금이나마 드러나는 글이「日本帝國主義之末運將至」인데, 여기에도 단재의 문체나 사상이 별로 발견되지 않는다. 단재가 즐겨 쓰는 '노예의 근성'("日本國民本豊富奴隷之根性" 1호, 16면)이라는 표현이 있긴 하지만, 이것만으로 단재의 작품으로 간주하기는 어렵다.

무엇보다 '我觀'이라는 필명에 주목을 할 필요가 있다. 이것은 '내가 보기에는', '내 생각으로는'이라는 '나의 관점'을 뜻하는 말로 호(또는 필명)로 잘 사용되지 않는 표현이다. 그런데 1926년에 '아관'이라는 단어가 나타난다. 그것은 의열단원이었던 김지섭의「九思詩」에서이다. 1922년 의열단에 가입한 김지섭은 1924년 1월 5일 二重橋에 폭탄을 던지고 체포되어 같은 해 11월 무기징역을 언도받고 복역한다. 그는 1926년 1월 千葉刑務所에서「九思詩」를 써서 아관이란 이름으로 아우에게 보낸다. 여기에서 '아관'은 작품명보다 필명으로 쓴 것으로 보인다.[20]

---

20 『추강일고』(1984)에는 작품집의 제목으로 아관을 쓰고 있다. 그리고 약력 소개에도 "九思詩(我觀)를 送稿"(208면)라 쓰고 있다. 구사시의 제목은「有九思」이며, 故國·故鄕·同胞·同志·家·弟·妻·子·自에 대한 생각(思)을 적은 시이다. 이것은 입옥 2주년(1926년)을 맞아 감옥에서 가족한테 보낸 것이다. 김지섭의 유고는 아들 재휴가 보관하다가 1984년 독립기념관에 기증하였다고 한다.「유구사」 원본을 보려고 2006년 6월 10일 독립기념관에 갔지만, 거기에 남아 있는 것은『추강일고』에 영인된 자료로 책으로 만들기 위해 누군가 추강의 원고를 베낀 것이었다. 몇몇 편지는 남아있었지만「유구사」 친필 원고는 없었다. 그런데「유구사」란 제목 아래 '思故國', '思故鄕' 등 9개의 부제가 있는 것으로 보아 '아관'은 시 제목이 아니라 필명으로 쓰였을 가능성이 큰 것으로 보인다.

김지섭은 3·1운동 후 망명하여 1919년 4월에 상해에 있었고, 그 이후 주로 북경에서 활동하였고, 1921년 가을경에 고려공산당원이 되었으며, 1922년에 상해에 있는 의열단에 가입한 것으로 알려져 있다.[21] 1921년 『천고』가 발간될 무렵 김지섭은 북경에 있었던 것으로 보인다. 『천고』에 게재된 시 가운데 저자를 추정해볼 수 있는 필명으로 심산(김창숙)과 추강이 있다. 김지섭은 당시 '추강'이라는 호를 사용하였는데, 『천고』에는 秋崗의 「축천고」가 실려 있다.[22]

> 乃民心厭亂 反動愈急 俄皇尼古拉第二及皇族 一夜之間 慘遭刺客之毒刃 根深蒂固帝國主義之大俄帝國推翻凈盡 不過殘留歷史上過渡時代之一遺夢而已(1호, 14면)

이것은 러시아 황제 니콜라이 2세와 가족이 하룻밤 사이 자객의 칼을 맞아 견고하던 러시아 제국이 뒤집어졌다는 내용이다. 사실 니콜라이는 1917년 3월 15일 퇴위하고, 10월혁명 뒤 시베리아로 이송되는 도중 소비에트 당국에 의해 1918년 7월 16일 가족들과 함께 살해당한 것으로 알려졌다. 그러나 아관은 러시아 황제의 피살로 인해 러시아가 붕괴되었다고 보았다. 결국 황제가 죽으면 모든 것은 끝나고 만다. 그는 일본 제국주의도 곧 끝나리라 보았다. 추강은 1923년 말에 일본 제국의회 고관들을 암살하기 위해 폭탄을 갖고 동경에 들어갔지만 여의치 않자 일본 궁성에 폭탄을 던지려다 불발로 인해 거사에 실패하고 만다. 그렇다면 필명이나 내용적인 측면에서 '아관'은 김지섭이 아닐까. 『천고』에는 류림도 관여한 것으로 알려져 있는데, 류림과 추강은 같은 안동 출신이라 잘 아는 사이였을 것으로 추측된다. 그 밖

21 김용달, 「추강 김지섭 의사의 생애와 독립운동」, 『항일독립투사 추강 김지섭 의사 추모학술강연회』, 한빛, 2001, 17～18면.

22 당시 『독립신문』(1924.2.2), 『동아일보』(1928.2.26)에서는 김지섭의 호를 '秋岡'으로, 『중외일보』(1928.2.27)에서는 '秋崗'으로 쓰고 있는데, 호에서 이 두 글자는 거의 같이 사용된다.

에도 성주의 김창숙이나 신채호와 절친했던 홍명희로 인해 추강은 쉽게 『천고』와의 인연을 가졌을 것으로 보인다.[23]

김지섭의 「舟中」이라는 시가 『독립신문』(1924.1.19)에 실렸는데, 그것은 그가 일본 제국의회 고관을 암살하기 위해 일본으로 가던 배안에서 지어 어떤 친구에게 보낸 것이다.[24] 그 시 가운데 "張椎荊劍胸藏久"라는 구절이 있다. 이것은 류자명의 설명[25]을 빌지 않더라도 추강이 '장량의 철퇴와 형경의 칼을 가슴에 품은 지 오래'라는 것을 알 수 있다. 그것은 일황을 살해하리라는 생각을 품은 지 오래였음을 뜻한다. 그는 폭탄의 불발로 인해 장량의 철퇴나 형가의 검처럼 일황 처단에 실패하고 감옥에서 죽음을 맞는다.

김지섭이 『천고』 1호에 글을 실었을 것이라는 점은 시사하는 바가 크다. 그는 또한 1926년에 아관이라는 명칭을 쓰고 있다. 그런 점에서 아관은 김지섭의 필명으로 보인다. 다만 산문과 시에서 이름이 다른 것은 당시 다른 사람들도 시나 산문을 쓰고 있지만 필명을 직접 드러내지 않았고, 또한 단재도 다양한 이름으로 산문을 실었다는 점을 상기해볼 필요가 있다. 그것은 이 잡지에 수많은 사람들이 참여한 것으로 보일 필요가 있었고, 또한 익명성을 최대한 보장하기 위한 장치로 풀이된다. 다른 사람들도 시나 산문을 같이 실었을 것으로 보이나 같은 필명은 발견이 되지 않고 있다는 점에서 의도적으로 그렇게 한 것으로 보인다. 단재도 한두 편의 시를 썼을 것으로 보이지만 전혀 드러나지 않는 것은 산문과 시에서 각기 다른 필명을 사용한 까닭으로 보인다.

---

23 1910년 강제 합병이 이뤄지자 홍명희의 부친 홍범식은 추강에게 유서를 맡기고 목을 매 자살한다. 홍범식의 죽음은 추강이 독립운동에 투신하는 직접적인 계기가 된 것으로 보인다.

24 『독립신문』에 '某友人'으로 표현하였는데, 추강이 동경지방법원에서 무기징역을 언도 받은 뒤에 "상해 윤자영을 궁금히 여겼다"는 대목으로 보아 윤자영이 아니었을까 추정된다.

25 『한국독립운동사료총서14—유자명 수기, 한 혁명자의 회억록』, 독립기념관 한국독립운동연구소, 1999, 139~140면.

6) 남명(南溟)의 경우

『천고』 2호에는 남명의 「對於古魯巴特金之死之感想」이 실려 있다. 최광식은 남명을 "누구인지 확실하지 않으나 내용을 보면 신채호가 틀림없다"(최광식, 26~27면)고 지적했다.

> 이 글은 단기 4254년 1월 29일 밤 등불 아래에서 썼다고 되어 있어 단재 신채호의 글임에 분명하다. 『천고』는 매달 1일자 발행으로 되어 있으므로 다른 사람에게 원고청탁을 하여 글을 받을 시간이 없었을 것이다. 왜냐하면 원고청탁을 하고, 원고를 받고, 편집을 하는 데 많은 시간이 걸렸을 것이기 때문이다. 크로포트킨이 사망한 날이 1월 28일이며, 신채호가 사망기사를 본 것은 1월 29일인 것이다.(최광식, 27면 주13번)

이것은 최광식이 남명을 신채호의 필명으로 간주하는 근거이다. 그러나 그의 정보는 여러 군데 오류를 내포하고 있다. 먼저 그는 크로포트킨의 사망일을 1월 28일로 보고 있는데, 이는 잘못된 것이다. 크로포트킨이 죽은 것은 1921년 2월 8일이다. 그렇다면 이러한 오류는 어디에서 온 것인가? 그것은 「對於古魯巴特金之死之感想」이 1월 29일 쓰여졌으니 크로포트킨의 사망일은 그 이전이라는 생각 때문에 2월 8일을 1월 28일로 착각한 것이다. 『천고』 2호의 발행을 2월 1일로 간주한 셈인데 어떻게 2월 8일 벌어진 일이 『천고』 2호에 실릴 수 있다는 말인가? 오히려 발행일 2월 1일은 음력을 말하며, 양력으로는 3월 10일이고, 글을 쓴 1월 29일은 3월 8일에 해당된다는 것을 알 수 있다. 본문 가운데 "이로 인해 체질이 날로 쇠약해져 지난 달 세상을 떠났다"(因此體質日衰 於前月逝世, 『천고』 2호, 16면)라는 내용은 이러한 사항을 보다 잘 말해준다. 그러나 최광식의 언급 가운데 "원고청탁을 하여 글을 받을 시간"이 없었을 것이란 말은 여전히 유효하다. 글을 쓴 시간이 1월 29일이고 발간일이 2일 후인 음력 2월 1일이다. 『천고』와 무관한 사람이라면 그 시간에 써서 2호에 글을 싣기 어렵다.

이호룡 역시 "南溟은 신채호의 필명으로 사료된다"(이호룡, 156면, 주 209번)고 주장했지만 특별히 논거를 제시하진 않았다. 최옥산도 이것을 단재의 글로 기정사실화하면서 "이 발견은 단재의 사상행보를 파악하는 데 중요한 의미가 있"다고 평가했고,[26] 최근 김종학 역시 같은 주장을 폈다.

> 하지만 남명은 신채호의 필명으로 추측되는데, 그 이유는 '공자를 존숭하는 자는 공자 이외에 다른 사람이 있다는 것을 알지 못하며, 예수를 숭배하는 자는 예수 이외에 다른 사람이 있다는 것을 알지 못한다'라는 구절이 1925년도 1월 5일자 『동아일보』에 게재된 「낭객의 신년만필」에서도 발견되기 때문이다.[27]

위의 대목은 "尊孔子者 不知孔子以外 有第二人 拜耶蘇教者 不知耶蘇教以外 有第二人"(2호, 17면)이라는 구절이다. 남명은 공자를 받드는 이는 공자만 제일인 줄 알고 예수를 숭배하는 자는 예수만 알아서 하나만 알고 둘은 모르는 세태를 비판하였다. 그리하여 그는 "자가의 일정한 주장이 없다"(而不敢有自家一定之主張, 2호, 17면)고 주장했다. 김종학이 유사하다고 내세운 대목은 아래의 내용이다.

> 우리 조선 사람은 매양 이해 이외에서 진리를 찾으려 하므로, 석가가 들어오면 조선의 석가가 되지 않고, 석가의 조선이 되며, 공자가 들어오면 조선의 공자가 되지 않고 공자의 조선이 되며, 무슨 주의가 들어와도 조선의 주의가 되지 않고 주의의 조선이 되려 한다. 그리하여 도덕과 주의를 위하는 조선은 있고, 조선을 위하는 도덕과 주의는 없다.(285면)

---

26 최옥산, 「문학자 단재 신채호론」, 인하대 박사논문, 2003, 24면.

27 김종학, 「단재 신채호의 아나키즘의 정치사상적 의미」, 서울대 석사논문, 2006, 17면.

이 내용은 "염불 시대에는 전 사회가 석가가 되고 유교 시대에는 전 사회가 공자가 되던 조선이라"(「문제없는 논문」, 308면)에도 나타나지만, 단재가 그 이전 '담총'란 "佛教가 入하매 韓國的 佛教가 되지 못하고 佛教的 韓國이 되며, 儒教가 入하매 韓國的 儒教가 되지 못하고 儒教的 韓國이 되야"(『대한매일신보』, 1909.12.22)에서 쓴 내용이다. 남명의 글과 단재의 글 사이에 유사성이 존재하지만, 그것만으로 동일 저자로 규정하기에는 불충분하다. 남명은 자가의 일정한 주장이 없다는 논지를 폈지만, 단재는 조선을 위하는 도덕과 주의가 없다고 주장했다. 남명의 주장은 단재처럼 직접적이거나 구체적이지 않다. 물론 그것은 『천고』가 중국인들도 독자로 삼았으니 조선의 경우를 특수화하여 쓰기는 어려웠을 것이라는 점을 상정할 수 있다.

또한 단재는 「惟眞理」에서 "吾人은 공자로 선생을 作할까 耶蘇로 선생을 作할까"(『대한매일신보』, 1910.1.7)와 「이해」에서 "무릇 國仇된 以上에는 비록 孔子 耶蘇라도 이를 聖人으로 보지 않고"[28]라 하여 공자와 예수를 언급하였다.

> 鄭汝立(宣祖時 人) 唱忠臣不事二君之非 而赤其族(2호, 16면. 밑줄 – 인용자, 이하 동일)

단재는 「꿈하늘」에서 "忠臣不事二君의 奴說을 반대한 竹島 鄭汝立"(179면), "竹島 선생 鄭汝立이 구월산에 들어가 단군께 祭하고 시대의 악착한 풍기를 고치려 하여 '충신불사이군'이 성인의 말이 아니라고 외쳤나니"(182면)라고 썼고, 또한 「예언가가 본 무진」에서 "'충신불사이군'의 전제 논리를 반대한 정여립뿐"(325면)이라고 했다. 그리고 앞의 「論日本之有罪惡而無功德」에서 "鄭竹島 唱忠臣不事二君之非"(1호, 21면)라 그대로 언급했고, 「조선상고사」 '총론'에서도 "「忠臣은 二君을 不事하며 烈女는 二夫를 不更한다」의 儒家 倫理觀을 一筆에 抹殺하여"(상, 71면)라 하여 정여립

28 김병민 편, 『신채호문학유고선집』, 한국문화사, 1995, 142면. 이하 유고선집, 면수 기록.

을 거론했다.

(가) 彭明生物界互助之義 達爾文之生存競爭說 宣戰(2호, 18면)

(나) 구로파트켄의 互相扶助說보다 따윈의 生存競爭說을 더 輸入하여 道德의 制限을 定할지니라(유고선집, 155면)

(다) 엇지하면 루소 뽈트로 政治를 講演하며 빠곤과 쿠로파트킨으로 道德을 論述하야 우리 靑年의 頭腦를 씨슬는지(유고선집, 164면)

(라) 아아, 크로포트킨의 「청년에게 고하노라」란 논문의 세례를 받자! 이 글이 가장 병에 맞는 약방이 될까 한다.(290면)

(가) 『천고』에서 나온 크로포트킨의 '상호부조설'과 다윈의 '생존경쟁설'은 (나) 「도덕」에 그대로 나오고, 또한 크로포트킨은 (다) 「단아잡감록」에도 나온다. 이 자료를 발굴한 김병민은 「도덕」의 창작 시기를 1910년 후반기 경으로 추정하고 있다. 만일 「도덕」이 1910년대 후반에 나왔다면, 「對於古魯巴特金之死之感想」의 단재 저작 가능성은 대단히 높다. 게다가 다윈에 대해서는 "達賓"(「대아와 소아」, 『대한매일신보』, 1908.9.17), "따윈의 物競論"(「정육과 애국」, 유고선집, 147), 그리고 "따윈"(「조선의 지사」, 유고선집, 171면)에 언급되었다. 그리고 (라)는 「낭객의 신년만필」(1925.1.2)인데, (다) 「단아잡감록」과 연결이 자연스럽다. 그러한 자연스러움은 (가) 「對於古魯巴特金之死之感想」과 (라) 사이에도 존재한다.

時而尊君 則秦始皇之暴 神聖可萬世 而路易十四之侍臣……忽上斷頭之臺 擧國人民 渴飮革命之血 而莫知止(2호, 17호)

루이 14세는 "路易 十四는 法國의 梟君"(『대한매일신보』, 1909.12.10)이나 "路易의 殘暴"(「대한의 희망」, 하, 65면)에서 언급된다. 그리고 진시황은 무수히 언급되고, 레닌 역시 단재의 글에 여러 군데 언급된다. 「對於古魯巴特金

之死之感想」에 제시된 인물 가운데 이존오를 제외하면 나머지는 단재의 글에 적어도 두 번 이상 언급되었다. 이존오는 현재까지 알려진 단재 글에는 보이지 않지만, 단재가 지었다고 하는 『조선사색당쟁사』에 충분히 언급되었을 것으로 보인다.

(가) 夫古魯巴特金 以無政府主義 始終之人也(2호, 16면)

(나) 故其一般懷抱政見 以圖將來之建設者 常隨世界大勢 以爲轉移 而不敢有自家一定之主張 十年以前 以君主立憲 爲歸 而其以外 皆異端邪說也 大戰以後以民國共和 爲主 以其以外 皆逾論僻見也(2호, 17면)

(다) 終其身 以出入水火 爲其天職 擧世非之 而獨行不已 其心 可謂苦矣 年旣八旬 精力旣憊 而惡衣菲食 自處儉約 辭政府之厚祿 而不受 發揮其平民之本色其志 可謂堅矣 若古氏者 其眞獨立特行之士 而不與世推移者歟?(2호, 18면)

남명은 (가)에서 크로포트킨이 시종 무정부주의로 일관했다는 점을 높이 평가했다. (다)에서 크로포트킨은 모든 사람들이 비난해도 독행을 그치지 않았고, 또한 스스로 검약에 처해 나라의 후한 녹도 받지 않고 평민의 본색을 발휘했는데, 그 뜻이 견고했다고 했다. 그래서 그 같은 자는 진실로 독립특행한 선비로 세상의 추이와 더불지 않은 자 아닌가 묻고 있다. 남명이 정여립을 내세운 것도 그러한 맥락이다. 단재는 「조선상고사」에서 정여립이 유가 윤리관을 파괴하고, 공자와 주희의 춘추필법을 반대한 "突飛的 革命的 學者"(상, 72면)라고 높이 평가했다. 단재에게 있어서 정여립이야말로 독립특행한 선비였던 것이다. 또한 남명은 크로포트킨의 '견지'를 높이 평가한 반면, 조선의 선비들의 '전이'를 (나)처럼 비판했다. 그들은 세계의 대세에 따라 움직이며, 자기의 일정한 주장이 없다는 것이다. 그들은 10년 이전에는 군주입헌(제)을 외치고 나머지는 모두 이단사설로 몰다가 대전(1914) 이후에는 국민공화(제)를 주로 하여 나머지를 잘못된 견해로 간주했다는 것이다. 이러한 주장은 단재의 「차라리 괴물을 취하리라」, 「조선의 지사」 등에서 보여주는 것과 다르지 않다.

> 世界大戰(1914) 以後 主義란 名詞가 널리 流行되야 朝鮮의 志士도 할일없이 그 活用하기에 便宜한 多主義 곳 無主義의 主義를 바리고 一個의 主義를 信奉하게 되얏다 共産主義者 無政府主義者 等에 대하야 民族主義者 國家主義者 等의 區別까지 생기며 志士란 名詞가 〈主義者〉로 박구기에 일을엇다……朝鮮의 志士들은 露領에 들어서는 날에 民族主義 抛棄의 宣言에 奔忙한다 이로부터 朝鮮의 志士도 多主義가 업서지고 唯一의 主義를 가지게 될 것인가 그러나 이를 惟一의 主義를 가지랴는 朕兆라는 이보다 境遇를 쌀아 主義가 善變하리라는 預言이다. 즉 朝鮮의 孔子는 耶蘇도 될 수 잇고 朝鮮의 빠고닝은 카이제루도 될 수 잇고 朝鮮의 레닌은 遠世凱도 될 수 잇다는 預言이다(유고선집, 170면)

이 글에서 단재는 조선의 지사가 주의자로 바뀌었다는 점을 비판했다. 지사는 '견지'자이지만, 주의자는 '전이'자가 된다. 단재는 조선의 지사들이 "남의 눈치를 보아가며 시세를 보아 값나가는 대로 出售"(유고선집, 170면)한다고 했다. 그들이 '견지'하지 않고 '선변'하는 잘못된 양태를 비판한 것이다. 이를 통해 남명의 글과 단재 글 사이의 공통성을 선연히 볼 수 있다. 그러한 공통성은 남명이 신채호일 가능성을 높여준다. 그렇다면 "余之懶讀新聞至此乎?…… 近日 亦不知古魯巴之有何病 及其死於何日也?"는 어떻게 이해할 것인가? 단재는 언론인이었고, 끊임없이 신문기사를 보았다는 것은 『천고』에서도 알 수 있는 바이다. 『천고』 2호만 하더라도 『國報』, 『益世報』, 『晨報』 등의 신문과 『新潮』 등의 잡지를 본 것으로 드러난다. 그런 그가 한 달이 넘도록 크로포트킨의 사망 소식을 못 접했다는 것은 쉽사리 이해가 가지 않는다. 그런데 크로포트킨이 사망한 날 2월 8일은 음력 1월 1일이다. 중국에서는 이 기간 춘절 연휴로 1주일 정도 모든 신문이 휴간되었다. 그리고 신문이 14일 전후 발간되었는데, 당시 북경에서 나온 『신보』, 『경보』, 『익세보』 등 대부분 신문이 크로포트킨의 사망소식을 제대로 다루지 않았다. 다만 천진에서 발간된 『익세보』에 「克魯泡特金逝世」(1921.2.15)가 간단히 언급되었을 뿐이다. 그런 점에서 단재는 크로포트킨의 사망소식을 제대로 알지 못했을 가능성이 있다. 그리고 아침(1921.3.8, 음력 1.29)에 온 신문 기사 「古魯巴特金之身後餘聞」을 보고 글을 썼다는 사실도 신문을 꼼꼼히 챙겨보는 단재로서는 가능한 일이다.

다만 '南溟'을 필명으로 썼다는 점은 석연치 않다. 그가 조식의 호(南冥)와의 차별성을 위해 南溟이라 했을지라도 얼른 이해가 되지 않는다. 당호 '천희당'이나 '신지'도 호만 놓고 보면 마찬가지이다. 「對於古魯巴特金之死之感想」에 나타난 논조와 주장이 단재의 글에서 발견되고, 또한 이 글에 당시 조선에 대한 비판적 인식과 더불어 노회한 사상가의 사유가 엿보인다. 그리고 "其所著之書 吾只得見其日譯漢譯之斷片的文字而已"라는 구절도 신빙성을 더해준다. 그는 스스로 "황성신문사에 있을 때에 幸德秋水의 『장광설』을 읽"(『조선일보』, 1928.12.28)었으며, 중국 아나키스트 劉思復의 논설들을 탐독하였다고 한다.[29] 「對於古魯巴特金之死之感想」을 전후하여 단재의 글에 크로포트킨에 대한 내용이 적지 않은 것으로 보아 남명은 단재일 가능성이 크다. 단재는 당시 주간(편집책임)이었기에 최종 원고를 넘기면서 자신의 글을 끼워 넣는 것으로 보인다. 「도덕」의 창작 시기를 1910년대 후반기로 가정할 때, 단재의 아나키즘 사상은 「도덕」 ― 「對於古魯巴特金之死之感想」 ― 「조선혁명선언」 ― 「낭객의 신년만필」로 전개된 것이다.

7) 절굉생(折肱生)의 문제

절굉생의 「倭所謂親善者如是」이 단재전집에 포함되어 있다. 최광식은

29 조선무정부주의운동사편찬위원회 편, 『한국아나키즘운동사』, 형설출판사, 1978, 142면.

절굉생이 누구인지 알 수 없다고 지적했다. 아마도 다음과 같은 내용 때문에 『단재전집』에 포함되었을 것으로 보인다.

(가) 攘奪我郵電 而曰不如是 韓日不能親善也 侵佔我林鑛 而曰不如是 韓日不能親善也 撤廢我外交 而曰不如是 韓日不能親善也 壓制我言論 而曰不如是 韓日不能親善也……今日一親善 而國權去 明日一親善 而國民奴……此日人之始終以韓日親善 誘我韓人 而竟呑我韓國者也(1호, 12~13면)

(가-1) (一) 親日而五條가 立矣며 (二)親日而七約이 定矣며 (三) 親日而軍隊가 解散矣며 (四) 韓國內 植民案이 出矣요, 電線鐵道도 亦以 親日而許之矣며, 森林鑛山도 亦以 親日而讓之矣니(상, 60면)

(가)는 절굉생의 글이고, (가-1)은 단재의 「여우인절교서」이다. 이 글의 공통점은 문체에서 드러난다. '친선'과 '친일'이라는 글자 차이를 제외하면 내용적 측면에서 매우 흡사하다. 일본은 친선을 핑계로 우편·전화·삼림·광산을 빼앗았고, 심지어는 외교를 철폐하고, 언론을 빼앗았다. 그래서 금일의 친선에 국권을 빼앗기고, 내일의 친선에 국민이 노예되는 등 일인이 친선으로 한인을 유혹하여 종국에 한국을 병탄하였다는 것이다. 그것은 친일로 인해 5조약과 7조약이 맺어지고, 군대가 해산되고, 식민안이 나오고, 전선·철도·삼림·광산도 일본에 넘어갔다는 것(가-1)과 동일한 논지이다.

(나) 新羅 與日本爲仇 無歲不被其寇患 而獨百濟 與日本修和好 信使往來不絶 然日本此時 尙蠻昧孤陋 無文化之可言 故百濟 以文字衣服宮室飮食典章制度等 敎化日本 日本雖謂百濟之所卵育可也 及百濟之亡也 日本陽託來救 陰實發兵 占據百濟郡縣 故百濟名將夫餘福信 前旣與羅唐二國 爲敵 後又與日本 爲難 腹背受寇 情見勢絀 崎嶇百戰 功竟不成 自是三韓之民 痛惡日本凶詐 絶其互市 不相往來 新羅太宗中宗兩代 大擧征倭 其奸萌 逮高麗之末 辛旽執政 主張和倭 朽

棄戰艦 被倭窺悉內政 連歲入寇 經崔瑩鄭地等諸名將 百戰創之 然後 國內始安(1호, 11면)

(나－1) 百濟는 日本의 與國이요, 新羅는 日本의 讎國이라. 故로 古代史를 閱하매 幾乎一歲一度의 倭寇가 有하였고, 百濟는 彼와 通信이 頻頻하였으니……日本이 大國을 旣成한 後에도 百濟를 侵함이 無함은 何故오. 曰 日本의 頂踵毛髮이 다 百濟에서 出한 故라, 文字도 百濟에서 輸入하며 美術도 百濟에서 輸入하였을 뿐더러 又其人種이 多是 百濟人으로 組織된 바라……是以로 新羅 太宗大王이 百濟를 圖코자 하매 爲先 輕兵으로 大阪에 直入하여 其巢穴을 覆하고 城下 盟을 結한 後에 南方(卽 百濟)에 至하였으니(상, 494~495면)

蓋 彼가 文化 兵法 商工 等藝를 다 百濟에서 學得하매 自然 其驅役을 受함은 古代 未開野人의 常例가 然하니라. 後來 百濟가 將亡에 王子 福信이 日本에 入質하여 其救兵을 請한 時에 至하여……(상, 497면)

삼국과 일본의 관계는 (나－1) 「독사신론」에도 나온다. 일본은 백제와의 관계가 긴밀하였으나 신라와는 원수국이었으며, 또한 백제로부터 많은 것을 배워갔다는 것이다. 그러나 이것만으로 같은 저자로 규정하기는 어렵다. 왜냐하면 그러한 주장은 일반적이기 때문이다. 다음으로 백제 복신이 동일하게 나온다. 여기에는 일본에 맞서 싸운 백제 복신과 신라의 태종·중종, 그리고 여말의 최영·정지 등이 언급된다. 복신, 태종, 최영 등은 단재가 자주 언급하는 인물이다.

일본과 대적한 이 중에, 족히 우리 나라 민족의 명예를 대표할 만한 거룩한 인물을 구하건대, 고대에는 두 사람이니, 첫째는 고구려 廣開土大王이요, 둘째는 신라 太宗王이요, 근대에는 세 사람이니, 첫째는 金方慶이요, 둘째는 鄭地요, 셋째는 李舜臣이니, 모두 다섯 사람이라.(49~50면)

단재는 「이순신전」에서 태종, 정지 등을 언급하였다. 그리고 복신의 경우는 「조선상고사」에서 "福信의 雄略이 능히 구구한 孤城으로 몇백 배나 되는 두 적국을 이기고"(상, 154, 174, 221, 260, 355면) 등에서 무수히 제시되며, 「꿈하늘」에서도 "福信은 만고의 명장으로 망국 말엽에 쌍수로 하늘을 받들던 백제 부여의 福信"(161면)이라 하여 강조된다. 태종, 정지만으로 이 글을 단재의 글로 규정하기엔 무리가 있지만 '복신'을 강조하는 것은 단재의 글일 가능성을 높여준다. 게다가 여기에는 더욱 중요한 구절이 숨어 있다. 그것은 신라 태종, 중종이란 표현이다. 단재는 다른 글에서 태종무열왕과 문무왕을 언급하고 있다.

> 戰退唐兵에 盡收麗濟故地하고 進逼大阪에 至受城之下盟은 文武王之獨立也라"(『대한매일신보』, 1908.4.11)

태종대왕이 大阪에 직접 들어갔다는 내용은 「이순신전」 "大阪 薩摩의 諸島를 進逼하여 新羅太宗大王의 白馬塚을 再築함도 可하거늘"(중, 361면)에도 나온다. 그런데 「여우인절교서」에는 동일한 내용을 두고 위처럼 다르다. 오사카를 친 것이 한 군데는 태종왕으로, 다른 곳에서는 문무왕으로 제시된다. 아마도 단재는 태종왕에 이어 문무왕도 일본을 정벌한 것으로 본 듯하다. 그것은 "사후에 용이 되어 일본을 屠戮하려던 신라 文武大王"(178면)에서도 드러난다. 그러면 「倭所謂親善者如是」의 구절 "太宗中宗兩代大擧征倭"에서 중종이 문무왕이 옳다면 이 글은 여지없이 단재의 글이 되고 만다. 신라왕 가운데 중종이라는 묘호는 어떤 사서에도 찾기 어렵다. 그런데 단재는 「조선상고사」에서 "新羅는 이때에 太宗(金春秋)의 喪事 있음에도 불구하고 그 新王 — 中宗文武王(法敏)이 金庾信 金仁問 金陽圖 등 九將軍으로 하여금 全國兵을 總發하는 동시에"(상, 347~348면)라 썼다. 그는 태종의 뒤를 이은 문무왕이 신라 통일의 위업을 달성하는 부분을 그렇게 적었다. 분명히 문무왕을 '중종'이라고 표기하였다. 이것이야말로 「倭所謂親善

者如是」이 단재의 글임을 입증해주는 확실한 표지인 것이다.

'절굉'이란 『좌전』의 "팔뚝이 세 번 부러지면 좋은 의사가 된다(三折肱知爲良醫)"에서 온 말이다. 「倭所謂親善者如是」에는 일본으로부터 갖은 침탈로 인해 신고와 간난을 겪었음이 열거되었다. 단재는 일본의 침탈로 인해 우리나라가 온갖 신고를 겪으면서 일본의 야심을 제대로 간파했다. 그리고 일본은 겉으로는 친선을 내세우지만, 궁극적으로 중국도 침탈하고 말 것이니 주의해야 한다고 역설했다. 일본으로부터 온갖 고난과 신고를 겪고 나서 깨달음을 얻었다는 의미로 절굉생이라는 필명을 가져온 것이 아닌가 생각된다.

8) 초민(肖民), 신인(新人), 동루(同淚), 종수(種樹), 천애한인(天涯恨人), 세안(世眼), 반면생(半面生), 극공(克公), 완생(浣生), 일민(一民), 이계(耳溪) 등의 경우

앞에서 논의한 필명 외에도 무수한 필명의 산문 저자들이 있다. 초민은 「掉姜宇奎先生」, 「內國時聞」, 「海外消息」 등의 글을 썼다. 최광식은 초민이 누구인지 확실히 모르겠다고 했다. 초민이 여러 편의 글을 싣고 있는 것으로 보아 『천고』와 긴밀히 관련된 인물일 것으로 추측된다. 글의 내용 중에 "大弓曰 余友肖民 爲此文 示余"라는 구절이 있는데, 이를 통해 초민이 대궁, 즉 단재의 벗인 것을 알 수 있다. 아마도 당시 『천고』 발행에 참여한 인물 중 하나일 것으로 보이는데, 보다 상세한 고증이 필요하다. 一民은 「二月以後獨立運動之進行」, 「和龍縣居留同胞被禍一覽表」 등 2편의 글을 실었다. 그것이 신규식의 필명이기는 하지만, 다른 사람일 가능성도 있어 여전히 고증이 요구된다.

다음으로 신인, 동루, 세안, 반면생, 완생, 극공 등의 인물도 누구인지 자세하지 않다. 다만 신채호는 아닐 것으로 보인다. 최광식은 극공을 이극로

일 것으로 추측하였다. 천애한인과 종수는 중국인으로 『천고』에 글을 기고한 사람이다. '천애한인'은 진공이 그 글을 보고 눈물을 흘렸다고 하였는데, 당시 중국 명사이거나 단재의 중국 지기 가운데 하나였을 것으로 추정된다. 그리고 "「임진왜란 인물의 하나」는 이계가 필자로 되어 있는데, 이는 홍양호의 『이계집』에서 발췌한 내용"(최광식, 29면)이다. 단재는 「독사신론」과 「국사의 일사」에서 홍양호의 글을 소개하였는데, 이것은 단재가 『이계집』에서 가져온 것으로 풀이된다.

9) 본사동인, 편집인, 기자 등의 경우

필명 말고도 『천고』에는 본사동인, 편집인, 기자 등이 저자로 소개되어 있다. 그들의 실체도 규명이 필요하다. 심훈은 아래와 같이 말했다.

> 그때 마침 〈천고〉라는 잡지를 주간하였었는데, 희미한 등하에서 모필로 붉은 정간을 친 원고지에다가 철야 집필하는 것을 목도하였다. 그 창간사인 듯 『천고, 천고여. 한 번 치매 무슨 소리가 나고, 두 번 뚜드리매 어디가 울린다』는 의미의 글인 듯이 몽롱하게 기억되는데, 한 구절 쓰고는 소리 높여 읊고, 몇 줄 또 써 내려가다가는 붓을 멈추고 무릎을 치며, 위연히 탄식하는 것이 마치 글에 실진한 사람같이 보였다.[30]

『천고』의 첫머리에는 「天鼓新年新刊祝」이 실려있는데, 단재전집은 이를 신채호의 글로 간주하여 싣고 있다. 그런데 그 근거가 심훈의 글 '한번 치매 무슨 소리가 나고 두 번 뚜드리매……'라는 부분이다. 그것은 "一鼓 聲

---

30 심훈, 「단재와 우당」, 『개정판 단재신채호전집(별집)』, 형설출판사, 1998, 411면.

如雷 再鼓 氣如山 三鼓四鼓 義士如雲……"(1호, 1면)이라는 대목을 뜻한다. "한번 두드리매 그 소리가 우레같고, 두번 두드리매 기운이 산과 같고, 세번 네번 두드리매 의사가 구름같이 모여들고"라는 뜻으로 『천고』 발간의 뜻이 담겨 있다. 그런데 「天鼓新年新刊祝」은 '본사원 일동'의 글이다. 그것은 祝一 祝二 祝三으로 구성되어 있으며, 위 내용은 祝三에 해당된다. 단재사업회는 세 가지 모두를 단재의 글로 보았다. 본사원 일동을 대표해 단재가 쓴 것으로 간주한 셈이다. 그러나 '일동'이라는 표현을 볼 때 한 명 이상이 썼을 가능성이 있고, 그렇다면 축1, 2, 3의 저자가 다를 수 있다. 확실한 것은 그 세 번째 글인 「축3」이 단재에 의해 쓰였다는 사실이다.

다음으로 '편집인'이 쓴 「天鼓創刊辭」이다. 이것은 『천고』 발간의 이유를 네 가지로 적시하였는데 글의 내용이 대단히 주체적이고, 그 어조가 강렬하고 격정적이다. 이 역시 편집 책임을 맡은 신채호의 글로 보인다. 이미 단재가 편집은 맡았음은 '대궁'이라는 호에서도 드러난다. 그리고 심훈은 단재가 "『천고』라는 잡지를 주간"하였다고 말하지 않았던가.

> (가) 圖書編著 專摘叔季之弱點 以斷我國性之卑弱 縮短年代 則檀君與神武爲兄弟 塗改故典 則新羅於日本爲附庸(1호, 3면)
>
> (나) 況 日史의 出흔 바를 盲信흘진딕, 卽 彼輩 近日 筆端이 愈出愈怪흐야 檀君이 素잔嗚尊의 弟라 흐며, 高麗는 元來 日本 屬國이라 흐야, 魔談狐說이 紛紛雪墮흐니(「독사신론」, 『대매』, 1908.11.11)
>
> (다) 子女가 나면, 「日語를 國語라, 日文을 國文이라」하는 奴隷養成所 ―學校로 보내고, 朝鮮 사람으로 혹 朝鮮史를 읽게 된다 하면 「단군을 誣하여 素戔嗚尊의 兄弟」라 하며 「三韓時代 漢江 以南을 日本 領地」라 한 日本놈들의 적은 대로 읽게 되며(하, 35~36면)

「천고창간사」에는 주체적 역사의식을 잘 보여준다. 우선 (가)는 일본의 잘못된 역사의식을 꼬집고 있다. 단재는 「독사신론」에서 일본의 잘못된 역사의식을 꾸짖었다. 그는 이미 애국계몽기부터 "日本에셔는 史學을 修홀시 針갓치 小흔 美事를 棒又치 大케 光飾ᄒ고 無흔 美事를 有흔드시 記"(「양국 사학의 반비례」, 『대매』, 1909.1.19)한다고 했다. 그리고 "新羅於日本爲附庸"은 "日本女皇 卑彌呼(卽 彼史 所謂 神功皇后)가 新羅를 侵犯흔 事", "卑彌呼의 來侵과 新羅의 屈服"(「독사신론」, 『대매』, 1908.11.11)을 언급한 것으로 보이는데, 그는 "神功皇后의 侵疆事는 日本 近史의 自唱自和"(「동양이태리」, 『대매』, 1909.1.29)라고 비난했다. 다만 '素戔嗚尊'과 '神武', 그리고 '신라'와 '고려'·'삼한시대'의 차이는 독자를 고려한 차이로 보인다. 『천고』가 중국인들도 대상으로 하였다는 점에서 그들이 쉽게 이해하도록, 그리고 더 구체적으로 하기 위해 그렇게 한 것으로 보인다.[31] 그러므로 「천고창간사」는 「독사신론」(1908), 「조선혁명선언」(1923)과 맥을 같이하는 글이다. 또한 이 글에는 "古者 中華人之傳述朝鮮者 始自司馬遷班固 然其地理不出於浿水以北 此乃朝鮮之一隅 而非其全部也"라는 구절이 있는데, 그것은 진공의 「韓漢兩族之宜加親結」과 닿아 있다. 그리고 "彼又欲以所施於吾國者 施諸中國 累結密約 攘有利權……"은 절굉생의 「倭所謂親善者如是」와 직결된다. 말하자면 모두 한 저자의 글로 내용상 서로 연결되어 쓰인 글이라는 말이다.[32]

일본이나 중국의 잘못된 역사의식을 준열히 나무란 것은 단재의 정론 의식의 소산이다. 이 글의 마지막에는 "天鼓乎天鼓乎 將爲雲爲雨 以滌穢德之腥膻歟. 將爲鬼爲厲 以咒敵運之將終歟 將爲刀鋾爲槍砲 掃蕩寇氛歟 將爲炸彈爲匕首 震驚賊人歟……天鼓乎天鼓乎 汝鼓我舞 作我同胞 執彼凶

31 단재는 "日本人은 其始主 神武로 紀元"(「대동제국사서언」)한다고 썼다. 우리의 역사가 단군에 기원하기 때문에 단군과 신무를 대비한 것으로 보인다.

32 여기에서 또 하나 고려해볼 것이 있다. 단재가 『천고』를 책임 편집, 또는 주간을 했다면 그가 「창간사」를 쓰는 것은 지극히 당연하다. 단재는 『가정잡지』(1908)의 편집 겸 발행인으로서 첫 글인 「시해 축사」와 논설 「우리 잡지를 이어 발간ᄒ는 일로 보시는 이에게 고ᄒ는 말솜」을 썼으며, 『신대한』 주필을 맡으면서도 「신대한창간사」를 썼던 것이다. 그리고 발행 이유를 『신대한』 3가지, 『천고』 4가지로 천명하고 나섰다. 특히 「신대한창간사」와 「천고창간사」는 내용이나 형식 면에서 겹치는 것이 적지 않다.

殘 還我山河 天鼓乎天鼓乎 乃奮乃勉 毋忘乃職"(1호, 4면)이라 노래하고 있다. 이것은 앞의 「천고신년신간축」의 내용과 그대로 연결되고, 심훈의 "창간사인 듯"이라는 말과 상관이 있다. 창간사의 내용을 요약하여 「신간축」을 쓴 것으로 보인다. 이 글에는 하늘의 북소리가 동포들을 일깨우고 저 흉포한 적을 물리쳐 우리의 강토가 회복되기를 바라는 간절한 마음이 담겨 있다.

이 밖에도 『천고』에는 '기자'의 많은 글이 실려 있다. 1호에는 없지만 2호에 '일기자'로, 3호에는 '기자'로 되어 있는데, 기자는 주로 상황에 대한 소개 및 설명의 객관적인 글을 썼다. 『천고』에 참여한 인물들이 쓴 것으로 보이지만, 각각의 기자가 누구인지 구체적으로 파악하기는 어렵다.

4. 『천고』 소재 신채호 글이 갖는 의미

1) 주체적 역사의식의 정립

『천고』의 발간의도는 「천고창간사」에 잘 드러나 있다. 그것은 크게 4가지로 요약이 되는데, 첫째 일본의 죄를 성토하고 중국에 순치의 관계를 일깨워 같은 배를 탄 위급의 상황에서 한국을 구제하는 것, 둘째 일본의 학정과 우리의 거센 항거를 내외 인민들에게 알리는 것이다. 『천고』는 대외적으로 한중관계 개선 및 일제로부터의 독립 쟁취를 목표로 삼았다. 그러므로 민족주의 의식을 바탕으로 준열한 투쟁의식을 보여준다. 단재의 민족주의 의식은 역사 언어 문화 지리 등 다방면에 걸쳐 나타나는데, 그는 일찍이 그것을 '국수'로 규정했다.[33] 국수 가운데에서도 단재는 철저한 역사의식을 강조했다.

圖書編著 專摘叔季之弱點 以斷我國性之卑弱 縮短年代 則檀君與神武爲兄弟 塗改古典 則新羅於日本爲附庸 齊書郢說 旣爲耳目之所熟習 中西學者 亦或信之爲正史 旁推曲引以辨其誣 訂誤正謬 以返其眞 昭日星於長夜 息邪說於方熾 又豈吾人所得已哉 此天鼓之第三義也(1호, 3면)

『천고』 발간의 셋째 의의는 역사의 변정과 관련이 있다. 옛날에는 역사가 중국에 의해 도회되었는데, 당시에는 일본에 의해 왜곡되었다. 그래서 한국을 잘 모르는 서양사람이나 중국인들은 일본에 의해 왜곡된 역사를 정사로 믿게 된다. 『천고』의 세 번째 발간 의의는 사설(邪說)을 종식시키고 역사적 정론을 펴는 것이다.

不必遠引 卽擧最近之一例 卽北京大學所刊行 『新潮』 雜誌中 有白話詩一首 題曰 「鴨綠江以東」 其首句卽曰 「鴨綠江以東不是殷家的舊土了」 第二句 又曰 「江之東是尙白的」 夫「殷」者 中國過去之朝名也 「尙白」者 殷朝之色尙白也 其意盖曰 鴨綠以東 舊是中國殷朝之領土 今則時移事變已 非舊樣而獨有白衣之人 尙帶殷朝之物色也 其以鴨江以東爲殷舊土者 果何據?……若曰 「鴨江以東爲殷舊土者 單因箕子來王而云然 非以周封之有無也」 則近世西洋諸國 往往有以甲國之民 選乙國之王族 而戴之者 此又何解 若以「尙白」爲殷俗之遺 則夫餘卽檀君之故京 而此亦白衣(見上) 此又何說?(2호, 3~4면)

단재는 이 글에서 『신조』에 실린 시의 내용이 역사를 오도하였음을 지적하였다. 「압록강 이동」의 내용은 사마천의 『사기』를 준거로 하여 기자가 다

33 단재는 「국수」에서 "國粹란 者는 自國의 傳來 宗教 風俗 言語 歷史 習慣上 一切 純美한 遺範을 指稱한 것이라. 國性이 國粹를 待하야 保하며, 國魂이 國粹를 得하야 立."(『대한매일신보』, 1910.1.13)한다고 설명했다. 그는 앞서 「국수보전설」(『대한매일신보』, 1908.8.12)에서 국수보전을 주장했다. 그리고 유고 「정육과 애국」에서도 "애국하는 자는 국수를 중히 알며 국수를 중히 아는 국민은 반드시 그 나라를 사랑"(유고, 148면)한다고 강조하였다. 이처럼 단재의 민족주의는 국수정신으로부터 비롯된다.

스린 땅을 은의 영토로 인식한 결과이다. 단재는 반고의 역사서를 토대로 압록강 동쪽이 옛날 은의 영토였다는 설을 비판하였다. 단재는 장유의 논의를 수용하여 기자조선설을 반박하였다. 이것은 사마천에 대한 비판이지만, 궁극적으로 중국인들의 잘못된 역사의식을 변정하려는 것이다. 이처럼 『천고』는 역사 바로 세우기라는 의도도 있었는데, 단재는 그것을 「조선상고사」, 「조선상고문화사」에서 역사 변정의 방법으로 제시하였다. 「고고편」은 역사 서술의 토대가 되었으며, 단재는 이후 자주적이고 주체적인 역사연구로 나아가게 된다. 그는 역사 바로 세우기를 통해 민족사적 정통성을 수립하려 하였다. 그의 비판은 당대의 지식인에 대해서도 행해졌다.

> 如黃遵憲梁啓超氏者 不以爲三韓漢學 大遜日本 則以爲朝鮮本無獨立之國文(此見梁氏著國性篇) 何其誤也 至於我國 數百年來 全國學者 專尙儒術 幾至於論文字則先漢文而後國文 主學問 則尊經學而黜國學 宜乎知中華者 無如我國(2호, 5면)

황준헌과 양계초는 당시 중국에서 문명을 드날린 사람들이다. 단재는 "황준헌 양계초는 삼한의 한학이 일본보다 크게 못하다고 여기지는 않았지만 그러나 조선은 본래 독립된 국문이 없다고 여겼다"고 했다. 그리고 그러한 오류가 우리 학자들이 한문을 우선시하면서 국문을 뒤로하고, 경학을 존숭하면서 국학을 멀리한 데서 빚어진 것으로 보았다. 특히 양계초의 「국성편」(1912)을 거론하며 황준헌과 양계초의 잘못된 조선관을 비판하는 동시에 우리 선조들의 몰주체적 정신을 비판하였다.

마지막 의의는 진실을 포폄하고 선악을 전도시키는 현실에서 대의를 밝히는 것이다. 이러한 의의는 「천고축간송 3」이나 「창간사」의 마지막 부분에 잘 집약되어 있다. 궁극적으로 『천고』의 목적은 흉악한 무리들을 물리치고 조선의 광복 및 독립을 회복하는 것이다. 단재는 주체적 역사의식과 준열한 현실인식을 통해 외세에 맞서고, 나아가 자주독립을 이룩하기 위해 강한 민족적 주체 형성을 부르짖었다.

2) 국문에 대한 자긍과 문학인 실천론

1920년대 단재는 역사 연구에 몰두하였다. 동시에 우리 문자에 대한 연구도 상당히 진척시킨다. 단재의 국문에 대한 연구는 역사연구의 부산물로 얻어진 성격도 있지만, 역사연구를 위한 토대로서의 의미가 있다. 그는 이 시기에 이르면, 「국문의 기원」과 다른 주장을 하게 된다.

> (가) 日本向來 有文明之可述者乎? 自言假名(卽 日文) 爲其所自創 然是實依倣高句麗新羅之吏讀文 而爲之者也 朝鮮考高句麗史新羅史中人名地名及三國遺事詩歌 皆假借漢字之音 記述本國之言 所謂吏讀文 是也 日本假名卽本於此 然吏讀文改良 而爲今日之韓文 假名保守舊式 無所變通 旣無字母之分 又無排比之能 是不過野蠻之木契也(1호, 18~19면)
>
> (나) 又三國之末 佛教全盛 該教之人 多主史事 凡國中所有之名詞 皆改從佛典文字 王名「毗處」改爲「炤智」 地名「伽瑟」改爲「迦葉」 國名「狗耶」改爲「伽瑟」 官名「耨薩」改爲「舍利」「皆骨」之山變爲「金剛」「所勿」之縣變爲「僧邑」 以九韓之山河 爲五天之靈地 歷代之君臣將相 爲文佛之化身 故震壇二字 又從其音 以變改之 而爲震旦 嗟乎震壇字 一音一義 猶是臣蘇塗之舊也 震旦者音義俱非 去之已遠矣 吏讀文 雖不若今日國文之美 然使當日讀史者 留意於此 本國古事 當不至若此紊亂(3호, 21면)

단재는 애국계몽기 「국문의 기원」에서 국문을 요의가 창제했으며, 그것은 이미 단군 시대부터 있었다고 주장하였다. 그런데 윗글에 이르러 '이두문'에 대해 언급하고 있다. 그것은 고구려사, 신라사의 인명·지명, 『삼국유사』의 시가 연구를 통해 얻어진 것이다. 그래서 (가)처럼 "조선은 고구려사·신라사의 인명·지명과 『삼국유사』의 시가를 살펴보면 모두 한자의 음을 빌려 본국의 말을 기술하였으니 소위 이두문자가 이것"이라 주장했다.

일본의 가타가나는 이두문을 모방해서 만든 것이며, 또한 이두문에 근본을 두고 있다고 했다. 그리고 이두문이 개량되어 한글(韓文)이 되었다는 것이다. 이두에 대한 그의 연구는 (나) 「고고편」에 여실히 나타난다. 여기에는 단재의 언어 연구 성과가 제시되었는데, 이것은 이후 역사 연구의 토대가 된다. 그의 주장에는 우리의 독립된 글자, 즉 국문에 대한 자긍심이 나타나 있다.

이것은 조선에 독립문자가 없다는 중국 지식인의 오해에 대한 반증이자 동시에 일본 문자는 우리의 아류에 불과할 뿐이라는 문화적 우월감에 대한 표현이다. 국문 요의 창제설은 사라졌지만 그는 여전히 "文字도 卽 我國으로부터 (일본에) 移去홈"(『대한매일신보』, 1909.12.29 담총란)이라는 입장을 유지하고 있다. 그는 다른 한편으로 국가의 번성은 국문과 매우 밀접하다는 인식을 가졌다.

夫龜玆之種 未嘗無如鳩羅摩什之精通佛典矣 契丹之孫 未嘗無如耶律楚材之賢明制作矣 蒙古之興畏兀兒之文字 創矣 女眞之盛 能以女眞字 作爲詩歌者朋興矣(1호, 20면)

단재는 몽고와 여진이 번성했던 까닭으로 문자의 창조와 시가 창작의 흥함을 들었다. 국어와 국문학이 국가의 번성과 관련이 있다는 말이다. 이러한 그의 입장은 이미 「천희당시화」의 '시도와 국가의 관계'에서 충분히 논의되었다. 『천고』에서는 나아가 문학의 사명과 문학인의 실천을 강조하고 있다.

主唱文藝者 若但以人道正義自由博愛等 耳食難飽之新名詞 建設「空華的」理想國於筆端舌端 而不思以鐵拳赤血 與敵搏戰 則亡國 可以永滅而弱國無以再振也 嗟呼 莫謂世界之曙光 已張 而軍國之惡魔 可以人道服也(2호, 6면)

吾輩今日所當力鬪而廓淸之者 只有一事 卽文藝運動之苟安論 是也 夫各國革命之起 無不有文藝家以爲之先鋒 如盧梭福祿特之於法國 但丁瑪志尼之於伊太利 皆其類也 現露西亞之大革命 亦賴其文學鼓吹之力者 爲多(3호, 4면)

단재는 "문예를 주창하는 사람은 다만 인도 정의 자유 박애 등 그럴듯하지만 배부르지 않는 신명사와 '공허하고 화려한' 이상국을 붓끝 혀끝에서 건설하고 굳센 주먹과 붉은 피로 맞붙어 싸우는 것을 생각지 않으면 곧 나라는 망하고 영원히 사라져 약한 나라는 다시 일어설 수 없다"고 주장했다. 이것은 달리 문예를 주창하는 자는 적과 더불어 온몸으로 싸워야 한다는 것으로 매우 전투적인 문예관을 보여준다. 그러한 입장은 두번째 예문에서도 잘 드러난다. 그는 "무릇 각국의 혁명이 일어남에 문예가가 선봉이 되지 않음이 없었는데, 프랑스에서 루소와 볼테르가, 이태리에서 단테와 마치니가 다 그런 류이며, 현재 러시아의 대혁명도 문학이 고취하는 힘에 의뢰하는 것이 많다"고 역설했다. 그는 정의, 인도, 평등, 상호부조, 무저항 등이나 어지러이 외치는 문예운동의 구안론은 힘써 피하고 일소해야 한다고 주장했다. 단재는 이 글들을 통해 문학의 사명과 문학인의 실천을 강조하였다. 그는 "일본을 배척하지 않고 독립을 얻을 수 있다고 생각하는 자는 난적이다" (以爲不必斥倭而可得獨立者亂賊也. 3호, 5면)라고 규정했다. 지식인, 특히 문학인이 적극적으로 반일 및 배일 운동의 선봉에 설 것을 강조한 것이다.

> 子女가 나면, 「日語를 國語라, 日文을 國文이라」하는 奴隷養成所ㅡ學校로 보내고, 朝鮮 사람으로 혹 朝鮮史를 읽게 된다 하면 「단군을 誣하여 素戔嗚尊의 兄弟」라 하며 「三韓時代 漢江 以南을 日本 領地」라 한 日本놈들의 적은 대로 읽게 되며, 新聞이나 雜誌를 본다 하면 强盜政治를 讚美하는 半日本化한 奴隷的 文字뿐이며……(하, 35~36면)
>
> 第五는 奴隷的 文化思想을 破壞하자 함이다. 왜? 遺來하던 文化思想의 宗敎·倫理·文學·美術·風俗·習慣 그 어느 무엇이 强者가 製造하여 强者를 擁護하는 것이 아니더냐? 强者의 娛樂에 供給하던 諸具가 아니더냐? 一般民衆을 奴隷化하던 痲醉劑가 아니더냐? 小數階級은 强者가 되고 多數民衆은 도리어 弱者가 되어 不義의 壓制를 反抗치 못함은 전혀 奴隷的 文化思想의 束縛을 받은 까닭이니, 만일 民衆的 文化를 提唱하여 그 束縛의 鐵鎖를 끊지 아니

하면, 一般民衆은 權利思想이 薄弱하며 自由向上의 興味가 缺乏하여 奴隸의 運命 속에서 輪廻할 뿐이다. 그러므로 民衆文化를 提唱하기 위하여 奴隸的 文化思想을 破壞함이니라.(하, 44~45면)

이것은 의열단선언문, 즉 「조선혁명선언」의 일부이다. 1923년 1월 단재는 류자명의 부탁으로 의열단선언문을 기초하였다. 그런데 이 선언문에는 단재가 『천고』에서 보여준 의식이 그대로 이어진다. 먼저 "연대를 단축하여 단군을 신무와 형제라 하고 고전을 고쳐 신라가 일본의 부용국(곧 식민지)이었다(縮短年代 則檀君與神武爲兄弟 塗改故典 則新羅於日本爲附庸, 1호, 3면)"고 하는 것은 "「단군을 誣하여 素戔嗚尊의 兄弟」라 하며 「三韓時代 漢江 以南을 日本 領地」라"고 한 것과 마찬가지이다. 그리고 그는 자유 인도 박애 등만 외치는 노예적 문화사상의 타파를 주장한다.

『천고』에 드러난 문학인 실천론은 단재의 의열단(1923) 및 다물단(1924) 참여의 실질적 계기를 보여준다. 게다가 단재는 1910년대에 이미 단편적인 언급이나 저서를 통해 아나키즘에 대해 알고 있었다. 그러므로 "나는 무정부주의에 대해 아직 강구하지 못해서 그 역사의 전말도 제대로 열람하지 못했다(余非唯無政府主義之未究 卽其歷史之顚末 未及詳覽也)"(2호, 16면)는 것은 겸양의 표현으로 보인다. 그는 당시만 하더라도 적극적 무정부주의자는 아니었던 것으로 보인다. 그래서 "무정부주의는 내가 강구하는 바가 아니다(無政府主義 非吾所講究也)"(2호, 16면)라고 말했다. 그런데 단재는 의열단선언문을 집필하면서 명실상부한 아나키스트 혁명가로 거듭난다. 마침내 그는 아나키즘을 단순히 지식 수용의 차원을 넘어 실천적 행동양식으로 받아들인 것이다. 그러한 변화의 일단은 『신대한』에서 어느 정도 엿보인다. 단재는 「창간사」에서 "敵에 對한 破壞의 反面이 獨立建設의 터"(『신대한』, 1919.10.28)라 하여 파괴주의를 내세웠다. 그는 문학적 계몽에서 실천론으로, 민족주의에서 혁명적 아나키스트로 나아가게 된 것이다.

5. 마무리

단재는 『천고』에 수많은 호, 또는 필명으로 글을 썼다. 먼저 신지라는 이름으로 우리나라 고대 역사를 연구했으며, 진공으로 한중 관련 글을 실었다. 또한 철퇴와 대궁이라는 혁명적 무기의 이름을 빌려 일본 제국주의를 비판하는 글을 싣고, 절굉생 또는 남명의 이름으로도 글을 발표한 것으로 보인다. 『천고』 1호에서 3호까지 중요한 대부분의 글은 단재가 집필했다(『천고』(1~3호)에 실린 산문 전체 목차와 저자는 뒷면의 표 참조). 『천고』의 글은 『신대한』과 더불어 애국계몽기의 민족주의에서 1910년대 후반 아나키즘적 혁명사상으로 변화되는 계기성을 보여준다는 점에서 큰 의미가 있다. 뿐만 아니라 초창기 역사 및 언어 연구의 상황도 잘 드러난다.

『천고』에 산문을 발표한 아관은 김지섭일 것으로 추정되지만, 초민, 신인, 동루, 종수, 천애한인, 세안, 반면생, 완생, 일민, 극공 등은 누구인지 자세히 알 수 없다. 이 가운데 종수와 천애한인은 중국인이다. 그리고 1~3호 가운데에서도 기자(또는 一記者)로 표기된 8편(2호 3편, 3호 5편)은 저자 확인이 어려운 실정이다. 이 밖에 1~3호 운문 저자는 이 글에서 논외로 했다. 「축천고」, 「천고송」 등의 제목으로 천고 1호에 15편, 2호 8편, 3호 8편 등 여러 편의 운문(경구 포함)이 실려 있다. 저자로는 1호에 瘦可, 黃延詢, 漢甫, 心山, 究極, 霽雲, 鳳陽山人, 聾夫, 浮萍草, 愚夫, 林之山, 功山武士, 秋崗, 任夫, 石堂 金海秋, 2호에 白醉, 霽海, 孟泉, 浣史, 克和, 春臺, 念堂, 石竹, 3호에 鳳遠, 韋北海, 臨淸道人, 崔黃初, 夢湖, 淑陽愚士, 混世魔王, 葵槿 등 다양하며, 한 명도 동일한 필명을 사용하지 않았다. 이들 가운데 심산과 추강은 어느 정도 실체가 파악되지만, 본명으로 보이는 황정순, 임지산, 김해추, 최황초를 비롯하여 나머지 필자는 누구인지 파악하기 어렵다. 이들의 한시 가운데에도 신채호의 작품이 있을 것으로 추정된다. 이들 전반에 대해서 여전히 상세한 고증이 요구된다.

이 글은 단재의 작품을 밝히는 데 초점을 두었기 때문에 다른 참여자의 글을 밝히는 데는 한계가 있을 수밖에 없다. 앞으로 북한에 있는 단재의 유고들이 소개되면 단재의 원전확정 작업은 한층 활기를 띠게 될 것으로 보인다.

부록-『천고』 논설 및 기사 전체 목록

호수	저자	제목	비고
1	本社員一同	天鼓新年新刊祝	
1	編輯人	天鼓創刊辭	
1	大弓	祝大朝鮮軍政署之大破倭兵	
1	震公	朝鮮獨立及東洋平和	
1	折肱生	倭所謂親善者如是	
1	我觀	日本帝國主義之末運將至	
1	鐵椎	論日本之有罪惡而無功德	
1	新人	天鼓與新年	
1	志神	考古篇	
1	同淚	波蘭光復之略史	
1	種樹	華友寄送之兩大著 -爭自由的雷音	
1	天涯恨人	- 論中國有設中韓親友會 之必要	
1	大弓	大韓獨立軍破倭露佈	
1	肖民	悼姜宇奎先生	
1	大弓	謀殺前皇太子之奇聞	
1	大弓	軍政署佈告戰況	본문 제목은 '戰況'이 아닌 '戰情'
1		兩大戰詳報	當地來函, 무서명
1	我觀	北間島戰亂彙報	
1	肖民	內國時聞	
1	世眼	海外雜俎	
2	震公	韓漢兩族之宜加親結	
2	震公	古朝鮮之社會主義	본문 제목은 「朝鮮古代之社會主義」임

2	半面生	臚陳日軍殘暴之公文	
2	南溟	對於古魯巴特金之死之感視	본몬 제목은 '感視' 아닌 '感想'
2	神志	萬里長城	
2	大弓	見聞雜感	
2	一記者	兩島血戰之鱗爪	
2	一記者	倭奴之勾結馬賊	
2	鐵椎	最近一朔內獨立運動之進行	
2	一記者	琿春事件之彙報	
2	肖民	海外消息	
3	大弓	第三回三一節普告同胞	
3	記者	各地第三回三一節紀念	
3	震生	獨立運動中一大快報	
3	克公	獨立宣言首領之近況	
3		馬克齊君之公函	公函, 무서명
3	浣生	祈戰死	
3	神志	考古編	續第一號
3	耳溪	壬辰倭亂人物之一	
3	一民	二月以後獨立運動之進行	
3	一民	和龍縣居留同胞被禍一覽表	
3	記者	琿春事件之彙報	
3	記者	中美俄三國與日本關係	
3	記者	日本之時局	
3	記者	世界特聞	

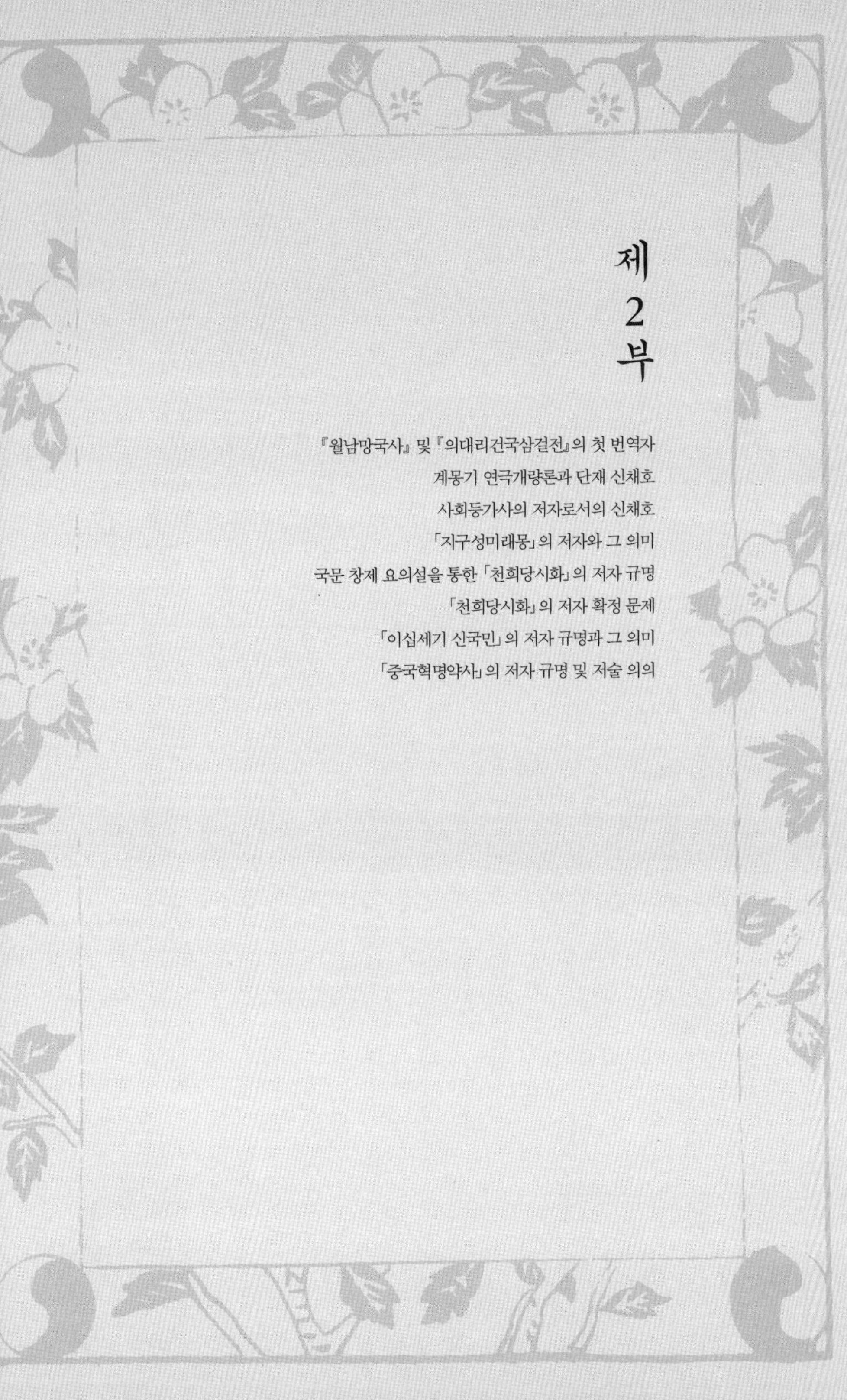

제 2 부

『월남망국사』 및 『의대리건국삼걸전』의 첫 번역자
계몽기 연극개량론과 단재 신채호
사회등가사의 저자로서의 신채호
「지구성미래몽」의 저자와 그 의미
국문 창제 요의설을 통한 「천희당시화」의 저자 규명
「천희당시화」의 저자 확정 문제
「이십세기 신국민」의 저자 규명과 그 의미
「중국혁명약사」의 저자 규명 및 저술 의의

『월남망국사』 및 『의대리건국삼걸전』의 첫 번역자

1. 들어가는 말

이 글은 근대계몽기 문학에서 아주 중요한 위치를 차지하고 있는 『월남망국사』와 『이태리건국삼걸전』의 첫 번역자를 밝히기 위해 쓰인다. 이것은 다른 한편으론 『황성신문』의 활동을 보다 분명히 밝히는 계기가 될 것이다.

국내에 번역된 두 작품은 모두 양계초의 저술을 토대로 하고 있다. 계몽기 두 작품의 번역 상황을 살펴보면 아래와 같다.

무서명, 「讀越南亡國史」(『황성신문』 〈논설〉란, 1906.8.28~1906.9.5) 7회 연재[1]

현　채, 『越南亡國史』, 보성관, 1906.11. 재판 : 1907.5.27.

『幼年必讀釋義』(일한도서주식회사, 1907.7) 재수록

쥬시경, 『월남망국ᄉᆞ』, 박문셔관, 1907.11.30. 재판 : 1908.3.12. 삼판 : 1908.6.15.

1　정확히 말하면 『월남망국사』는 1906년 8월 28부터 9월 3일까지 6회에 걸쳐 번역되었고, 1906년 9월 5일(7회)은 번역자의 감상평이 실렸다. 그런데 최박광은 "1906년 8월 28부터 31일까지 4일간과, 9월 3일, 5일까지의 연재한 평과 내용"이라고 설명하였는데, 이는 잘못이다. 그리고 정환국은 "1906.8.28~1906.9.5(8회 연재)"라고 설명하였으나, 이도 잘못이다. 아마도 이 기간 중에 신문이 매일 발간된 것으로 추정한 결과로 보인다. 9월 2일은 일요일로 신문이 휴간했으며, 9월 4일 화요일 역시 무슨 일인지 신문이 휴간되었다.

리샹익,『월남망국ᄉ』, ?, 1907.12.22.

무서명,「讀意大利建國三傑傳」(『황성신문』〈논설〉란, 1906.12.18~28일) 10회 연재

신채호,『伊太利建國三傑傳』, 광학서포, 1907.10.25.

쥬시경,『의태리국삼걸젼』, 박문셔관, 1908.6.13.[2]

두 작품은 처음『황성신문』에 번역 소개되었다. 그것도 잡보나 기고란이 아닌 논설란에 실려 있다. 우선 이 점에 중시하여 번역저자를 찾기로 한다.

2.『황성신문』의 논설기자라는 관점

두 작품 모두 번역 마지막 회에 번역자의 감상이 실려 있다. 그것은 아래와 같다.

記者ᄂᆞᆫ 今且抆淚放聲而告之어니와 諸君子ᄂᆞᆫ 勁氣而勇進ᄒᆞ며 留心而警惕ᄒᆞ고 其毋徒抆淚放聲而讀之哉어다(『황성』, 1906.9.5)[3]

記者ㅣ曰……譯述意大利之三傑ᄒᆞ야 以告我二千萬兄弟ᄒᆞ노니 奮起哉어다

2 번역자가 표지와 권말 刊記에 "쥬시경"으로 표기되었지만, 권두 1면에는 "리현셕 번역"으로 되어 있음이 정승철의 연구에서 지적되었다. 한편 이 책의 겉표지에는 "이태리건국삼걸젼"으로, 권두에는『의태리국삼걸젼』으로 되어 있다. 정승철,「純國文 "이태리건국삼걸젼"(1908)에 대하여」,『어문연구』132, 어문교육연구회, 2006.12, 38면.

3 「독월남망국사」,『황성신문』, 1906.9.5. 이하『황성신문』,『대한매일신보』의 인용은 각각 인용 구절 뒤 괄호 속에 황성 / 대매 및 게재일을 기입함. 또한 이해의 편의를 위해「독월남망국사」,「독의대리건국삼걸전」의 경우 고딕체로 하며, 중요 부분은 밑줄로 처리함.

我二千萬傑이여 勉勵哉어다 我二千萬傑이여(『황성』, 1906.12.28)

『황성신문』 논설란에 기자가 번역했다는 것은 곧 『황성신문』 논설기자가 번역을 했다는 말이 된다. 흔히 『황성신문』 논설기자, 즉 주필로 언급되는 사람은 장지연, 류근, 신채호, 박은식 등이다. 1906년에서 7년 전후의 『황성신문』 논설 주필을 살펴보자.

장지연 1902.8.31~1906.2.16 『황성신문』 사장 겸 주필, 「시일야방성대곡」(1906.11.20) 사건으로 일본 경찰에 연행, 다음해 1월 24일 석방. 이로 인해 1905.11.21~1906.2.11 신문 정간. 1906.2.16일 『황성신문』 사장직 사면.

류 근 1907.9.17~1910.6.11 『황성신문』 사장(주필 역할도 했을 것으로 보임)

박은식 1904.7.18~1907.11.5 『대한매일신보』 주필, 1908.4~1910.8(또는 9월?) 『황성신문』 주필.[4]

본 연구자는 이 시기 주필이 단재 신채호였음을 밝힌 바 있다.[5] 추가적으로 몇 가지 전거를 통해 살펴보도록 한다.

단직션싱은 광무 말년 융희 초년 그 으름에 잇서 황셩 신문 주필을 지너엿고 국한문을 잘 활용하난 문쟝으로 문명을 ○○○ 당세를 울렷더니라[6]

光武隆熙의 代에 皇城新聞 大韓每日申報 等에 발표한 論評과 史論 傳記 등

4 박은식의 『황성신문』 퇴사일자는 분명하지 않다. 대개 『황성신문』이 『한성신문』으로 개제한 1910년 8월 30일경 퇴사하지 않았나 싶다. 『황성신문』에는 1910년 8월 27일까지 논설이 실리고, 8월 29일자는 호외가 발간되었으며, 8월 30일부터 『한성신문』으로 개제하여 9월 14일까지 발간된다. 그런데 『한성신문』으로 개제된 후 9월 14일 마지막 날 한 번 정간을 알리는 논설만 게재될 뿐 논설은 더 이상 실리지 않고 있다. 설혹 박은식이 9월까지 신문사에 남아있었더라도 그의 역할은 거의 없었을 것으로 보인다.

5 김주현, 「『황성신문』 논설과 단재신채호」, 『어문학』 101, 한국어문학회, 2008.9.

6 홍언, 「고 단재 신치호 션싱을 조상함」, 『신한민보』, 1936.3.26.

이 펵은 많으되……[7]

여기에서 광무 말년은 광무 10년(1906)이거나 광무 11년(1907년), 그리고 융희 초년은 융희 1년(1907)을 의미할 것으로 보인다. 광무 말년과 융희 초년이 같은 해(1907)라는 점에서 그냥 1906년~1907년 정도를 의미하는 것이 아닌가 한다. 그러한 해석은 "二十七八歲때부터 皇城新聞 大韓每日申報等 主筆"(『조선일보』, 신영우, 1931.12.30)이라는 신영우의 진술이 더욱 분명히 해주고 있다. 그는 1931년 당시 단재의 나이를 52세로 말하였는데, 그렇다면 27·28세는 곧 1906·1907년이 된다. 단재는 1928년 법정에서 "황성신문사에 있을 때 行德秋水의 무정부주의 長廣舌을 읽"(『조선일보』, 1928.12.28)었다고 진술했다. 신채호는 1906년경『황성신문』주필을 시작하여 적어도 1907년 9월 말경까지는 활동한 것으로 보인다. 신채호가『황성신문』을 그만둔 시기는 마루야마[丸山重俊]가 1907년 11월 6일 작성한「警秘第十七號」"皇城新聞ニ主筆記者タル申采浩ハ有名ナル能文家ナルヲ以テ同人カ朴殷植ニ代ツテ每日申報社ニ筆ヲ執ルコトゝナリ本日ヨリ同社ニ出務セリ"에 여실히 드러난다. 그러나 단재가 그 시기 주필이었다고 해서 모든 논설을 썼다고 장담할 수는 없다. 당시의 신문사 형편을 살펴보자.

> 황성신문사의 사무실에 들어가 보면 한심한 일이 하나 둘이 아니라. 수삼명의 사무원들은 아무 일도 아니하고 누어서 월급만 먹지만은 이들이 모두 독립협회의 옛날 친구인 고로……신문기자를 구비하게 둘 수 없어 편집실에는 논설기자 잡보기자도 한두 사람만 있고 곧 외국신문도 사볼 수 없어 간신히 일본신문 한 장이 며칠만큼 왔나니……(「광무을사 이전의 본국 신문」,『권업신문』, 1913.2.16)

이것은『독립신문』,『황성신문』등의 상황에 대해 가장 먼저 진술해준 글

7 안재홍,「申丹齋學說私觀」,『조광』, 1936.4.

이라는 점에서 의미가 있다. 이 글의 앞부분에서는 『황성신문』의 창간 시기, 언어 및 독자수를, 그리고 인용문에서는 경영 상태, 기자 상황 및 지면 내용을, 이후 부분에서는 1903년 이후 변화상 및 기자의 비평 이유를 들고 있다. 광무 을사 이전의 상황이긴 하지만 『황성신문』의 실태를 비교적 소상히 기술해주고 있다.[8] 여기에서 신문사 내부는 사무실에 수삼 명의 사무원과 편집실의 논설, 잡보 기자 한두 명으로 구성되었음을 알 수 있다.[9] 당시 신문사에 논설기자는 1명이 있었는데, 이는 『대한매일신보』(국한문판)의 경우도 마찬가지였다.

『황성신문』의 논설기자는 단재 신채호였으며, 그가 역사전기를 번역했을 가능성이 가장 높다. 아울러 『이태리건국삼걸전』의 교열을 장지연이 맡았는데, 그가 『황성신문』의 사장 및 주필이었다는 점에서 단재와 『황성신문』과의 인연을 엿보게 한다. 한편 신영우는 단재의 "初期의 愛讀物로 飮氷室文集이 그 中心이얏섯다"(『조선일보』, 1931.6.12)라고 하였는데, 이 시기 단재는 양계초의 『음빙실문집』을 열독하였음을 알 수 있다. 「독월남망국사」, 「독의대리건국삼걸전」은 모두 양계초의 저작을 번역대상으로 삼았다는 점, 그리고 이들의 발표매체가 『황성신문』 논설란이었다는 점에서 단재의 번역 가능성은 무엇보다 크다.

---

8 이 논설 역시 신채호에 의해 쓰인 것임은 앞선 논문에서 밝힌 바 있다.

9 이러한 상황은 1907년 2월 19일 「사고」를 보면 보다 여실하다. 2월 16일 이전 황성신문사 임원은 사장 : 장지연, 부사장 : 김상연, 총무원 : 남궁훈, 회계 : 김시영, 사원 : 성낙영 · 김재완 등이다. 그런데 2월 17일 총회에서 장지연, 김상연, 김시영 등은 사면하고, 사장 남궁훈, 총무 성낙영, 회계 김재완이 각각 추천되었다. 「시일야방성대곡」으로 인한 신문 정간의 책임을 지고 임원진이 사면함에 따라 새로운 임원진이 구성된 것이다. 그런데 여기에서 중요한 논설기자에 대한 언급이 전혀 없다. 한편 1908년 일제가 조사한 「각회사 조사」에 따르면, 황성신문사는 사장 · 발행 · 편집 · 기자 : 류근, 회계 김재완, 탐보 : 성선경 · 현석구, 사무원 : 최상집 · 김태선 · 정완구, 인쇄 : 김병주, 채자 : 류구용 등 9명이 나온다.

3. 『伊太利建國三傑傳』과의 비교를 통한 「독의대리건국삼걸전」의 번역자

단재의 가능성을 보다 확실히 밝혀보기 위해 「독의대리건국삼걸전」(이하 「독의대리전」)과 『이태리건국삼걸전』(이하 『이태리전』)을 비교해볼 필요가 있다. 기존 연구에서 이들은 별개의 텍스트로 인식되었으며, 아직까지 두 텍스트의 직접적인 관련성을 언급한 논의는 나오지 않았다. 그러나 동일한 텍스트를 번역했다는 점에서 여전히 관련 가능성은 있으며, 단재가 『황성신문』 주필이었다는 점에서 더욱 그러하다. 번역자의 입장에서 본다면, 「독의대리전」의 저자는 동일한 원전을 대상으로 번역한 신채호, 주시경, 또는 제3자로 가정해볼 수 있다. 전자(신채호, 주시경)의 입장에서 우선 「독의대리전」과 이후 나온 번역판의 상관성을 살펴볼 필요가 있다. 만약 이들의 텍스트와 무관하다면 제3자가 번역했을 가능성이 있다. 기존 연구자들은 대체로 후자의 입장에 서 있는데, 먼저 상관성의 유무를 통해 이를 확정해보기로 한다.

1) 발간 논평에 나타난 단일 저자 가능성

『이태리건국삼걸전』은 1907년 10월 25일 발간되었다. 이 책이 발간된 후 『황성신문』에는 「독이태리삼걸전유감」이라는 논설이 실렸다. 이 논설의 서두는 아래와 같다.

> 西洋伊太利三傑傳의 事는 曾往에도 本報에 屢記홈 바어니와 今에 其全文의 刊行홈을 見ᄒᆞ고 擊案長叫홈을 不勝ᄒᆞ야 一論을 述ᄒᆞ노라.(『황성』, 1907.11.16)

윗글에서 "본보에도 누기한 바"라는 설명은 『황성신문』 1906년 12월 18일부터 28일까지 총 10회에 걸쳐 연재된 「독의대리전」을 말한다. "증왕"은 11개월 이전을 일컫는다. 『황성신문』에 여러 차례 기술되었던 것이 10개월이 지나 단행본으로 간행되었던 것이다. 그래서 『황성신문』 기자는 "증왕에도 본보에 누기하였지만 지금 그 전문을 간행함을 보고"라고 했다. 의도적으로 「독의대리전」과 『이태리전』을 연결시키고 있다. 여기에서 두 가지 해석이 가능하다. 먼저 "曾往에도 本報에 屢記혼 바이어니와(내용이 지나치게 축약되어 소략하기 때문에) 今에 其全文의 刊行"하였다는 것이다. 전자는 발췌 번역이었지만 후자는 전문 번역이라는 점을 내세우고 있다. 다음으로 저자에 대한 언급이 전혀 없다는 사실이다. 사실을 채워 넣으면 "曾往에도(본보 논설기자에 의해) 本報에 屢記혼 바이어니와 今에 (신채호에 의해) 其全文의 刊行"함이 된다. 신채호에 의해 『이태리전』이 나온 것은 기지의 사실이다. 만일 역자가 다르다면 『이태리전』의 번역자를 밝혀주는 것이 이전 번역자나 신채호 모두에게 예의일 것이다. 그러나 이를 구태여 밝히지 않았다는 것은 번역자가 동일인일 가능성을 보여준 것이 아니겠는가. 전자는 발췌 번역이고, 후자는 거의 전문 번역이다. 『황성신문』 기자는 「독의대리전」의 번역자를 "본보 기자가 본보에 누기한"이라고 밝히지 않은 것은 두 번역자의 동일성을 말해줌이 아닐까. 두 텍스트는 증왕에도 / 지금에, 발췌 번역 / 전문 번역이라는 차이가 자리하고 있다.

2) 책의 서발문에 나타난 관련성

발간 비평에 대한 설명은 하나의 가정에 지나지 않는다. 그 반대의 가능성은 여전히 있고, 그렇기 때문에 가정으로 삼기에는 가능할지 몰라도 근거로 삼기는 어렵다. 그렇다면 보다 본격적으로 저자를 확인하는 것은 책의 내용에 의지해야 한다. 무엇보다 「독의대리전」은 순전한 번역이기에 번역자를 파악할 여지는 좁다. 그런데 「독의대리전」의 번역 말미에는 "기자 왈……"이라는 발문 비평이 있다. 그리고 『이태리전』에서도 서론과 결론 부분에서 단재는 "무애생이 왈……"이라 하여 자신의 번역의도와 속내를 드러내고 있다. 이러한 서발비평에는 번역저자의 사상과 정신이 오롯이 드러난다. 그렇다면 이 부분의 동일성, 또는 차이를 통해서 번역자에 다가설 수 있다.

> 記者ㅣ曰 有意大利之艱ᄒᆞ고 無如三傑其人者ᄒᆞ면 其國之前途를 其可復問乎아 余讀此三傑傳ᄒᆞ다가 掩卷而踊躍者ㅣ屢也로니(『황성』, 1906.12.28)

> 無涯生이 曰 吾讀伊太利三傑傳ᄒᆞ다가 吾身이 若聳ᄒᆞ며 吾腦가 若刺ᄒᆞ니 吾其歌之也ㅣ 可乎아 吾其哭之也ㅣ 可乎아 舞之也ㅣ 可乎아 躍之也ㅣ 可乎아 吁彼三傑여 斯果何人哉며 斯果何人哉오[10](『이태리전』, 92~93면)

기자의 발문비평과 단재의 발문비평이다. "余讀此三傑傳ᄒᆞ다가"와 "吾讀伊太利三傑傳ᄒᆞ다가"는 같은 형태를 취하고 있다. 그리고 "掩卷而踊躍者ㅣ屢也"라는 말과 "吾身이 若聳ᄒᆞ며 吾腦가 若刺ᄒᆞ니 吾其歌之也ㅣ 可乎아 吾其哭之也ㅣ 可乎아 舞之也ㅣ 可乎아 躍之也ㅣ 可乎아"는 모두 작품을 읽은 후 감상을 적은 것인데, 전자에 비해 후자가 더욱 자세하고 솔직하다. 그리고 "有意大利之艱ᄒᆞ고 無如三傑其人者ᄒᆞ면 其國之前途를 其可復問乎아"라는 말 대신에 "向無三傑其人者러면 羅馬古都에 黃塵이 極目ᄒᆞ고 白骨이 滿地ᄒᆞ야 自家山河ᄂᆞᆫ 斷送他人之手中ᄒᆞ고 今日世界上에 無復伊太利三字ᄒᆞ리니 苟無愛國男兒면 誰與爲國이리오"라고 적었다. 보다

10 신채호 역, 『이태리건국삼걸전』, 광학서포, 1907, 92~93면. 이하 이 책의 인용은 이태리전, 면수만 기입.

자세히 적었을 뿐 상황에 대한 인식은 동궤에 놓여 있음을 볼 수 있다.

> 彼意大利之爲意大利도 豈但此三傑之力而已哉아 蓋當日意大利民族에 主教育暴動者는 人人이 皆 瑪志尼加里波的也오 主外交政策者는 人人이 皆 加富爾也니 彼三傑者는 特其民族中代表者三人耳라 不然이면 雖三傑이나 將奈何오(『황성』, 1906.12.28)
>
> 雖然이나 伊太利之建國이 又豈但三傑之功哉아 瑪志尼黨中에 無名之瑪志尼가 當不知幾千幾百人이며 加里波的麾下에 無名之加里波的가 當不知幾千幾百人이며 加富爾幕裡에 無名之加富爾가 當不知幾千幾百人이라 若三傑者는 不過伊太利全國民中에 其代表者三人而已니 全國이 倀倀ᄒᆞ야 不痛不癢ᄒᆞ면 雖有三傑이나 亦何能爲리오(『이태리전』, 93~94면)

그런데 위의 구절에서 두 글 저자의 인식이 동일하다는 것을 알 수 있다. "彼意大利之爲意大利도 豈但此三傑之力而已哉아"라는 질문과 "伊太利之建國이 又豈但三傑之功哉아"는 같은 질문이다. 이 부분은 양계초의 원전에는 없는 번역자의 진술이다. 특히 질문의 뒷부분은 문형마저 거의 같지 않은가. 그리고 이에 대한 답은 저자의 세계관을 드러낸다. "蓋當日意大利民族에 主教育暴動者는 人人이 皆 瑪志尼加里波的也오 主外交政策者는 人人이 皆 加富爾也"는 "瑪志尼黨中에 無名之瑪志尼가 當不知幾千幾百人이며 加里波的麾下에 無名之加里波的가 當不知幾千幾百人이며 加富爾幕裡에 無名之加富爾가 當不知幾千幾百人이라"라는 구절과 일치한다. 그래서 내린 결론은 "彼三傑者는 特其民族中代表者三人耳라 不然이면 雖三傑이나 將奈何오"이며, "若三傑者는 不過伊太利全國民中에 其代表者三人而已니 全國이 倀倀ᄒᆞ야 不痛不癢ᄒᆞ면 雖有三傑이나 亦何能爲리오"이다. 이것은 그대로 베낀 것이나 동일인에 의한 글이라는 것을 말해준다. 그렇다면 이것이야말로 확실히 두 글의 저자가 모두 단재라는 말이 아닌가. 단재는 혁명사업에 있어서 상하 일체를 중시했다. 그래서 "乙支公의

麾下 一僕夫도 隋天子를 蛇蝎갓치 視하며 泉蓋씨의 廚下 一炊婢도 唐國皇帝를 狗彘갓치 罵하야 男男女女 老老少少가 個個 愛國血性으로 天地間에 特立ᄒᆞ야" 승리를 거뒀다는 것이다. 「독의대리전」과 『이태리전』을 보는 입장이 일치하며, 그것은 을지문덕과 천개소문의 승리를 보는 단재의 입장과 그대로 일치한다.

> 譯述意大利之三傑ᄒᆞ야 以告我二千萬兄弟ᄒᆞ노니 奮起哉어다 我二千萬傑이여 勉勵哉어다 我二千萬傑이여(『황성』, 1906.12.28)
>
> 讀我伊太利之三傑傳者여 毋恤禍福ᄒᆞ며 毋願榮辱ᄒᆞ고 惟以血誠으로 頂天而立ᄒᆞ면 將來 此國을 由君得救ᄒᆞ리니 是所望於讀者也로다.(『이태리전』, 94면)

마지막으로 『의대리건국삼걸전』을 역술한 뜻은 이천만 형제가 분기하고 힘써서 이천만 영웅이 되기를 바라는 마음에 있다. 단재는 『이태리전』의 '결론'에서 화복을 근심하지 말고 영욕을 돌아보지 말고 오로지 혈성으로 홀로 우뚝 서면 장래 이 나라를 구할 수 있을 것이니 이것이 독자에게 바라는 바라고 하였다. 이천만 형제가 '奮起'하고, '勉勵'하는 것은 달리 "惟以血誠으로 頂天而立ᄒᆞ"여 "此國을 由君得救ᄒᆞ"라는 것과 마찬가지이다. 표현이 조금 차이가 있지만 그 의도면에서 조금도 다르지 않다. 그러나 이것으로 번역자를 확정하기는 어렵다고 할 수 있다. 특히 "이태리 민족 중 대표자 3인" 부분은 그대로 일치하지만 나머지 부분은 달리 보면 조금의 거리도 느껴져 이것만으로 동일 번역자를 논하기에는 부족한 측면이 있기 때문이다. 그러면 번역 문체의 일치, 또는 불일치를 통해 번역자를 가늠해볼 필요가 있다.

3) 본문 번역문체와의 관련성

본문의 문체는 원문을 번역한 것으로 번역자의 문체가 잘 드러난다. 번역이란 것은 번역자에 따라 그 문체가 다르기 마련이다. 그러므로 그 문체의 이질성과 동질성을 통해 저자의 동일성 유무를 판단할 수 있다. 아마도 이전 연구자들은 두 글 사이의 문체에 대해서는 그리 관심을 갖지 못했던 것 같다. 제목에서 우선 「독의대리전」와 『이태리전』이 다르고, '목차'에서도 전자에는 '之', '及'이 사용되나 후자에는 없기 때문에 외연적으로 보면 다른 번역 문체로 보인다. 그러나 문체의 변화 가능성을 염두에 두고 두 작품의 문체를 살필 필요가 있다.

(가) 吾其無國之民이니 吾其服國喪ᄒᆞ야 以終吾年호리라 ᄒᆞ니 蓋掩涙歡場ᄒᆞ고 悲歌牖下ᄂᆞᆫ 多情多恨之英雄이 大率然矣로다(『황성』, 1906.12.19)

(가-1) 吾其無國之民이니 國喪을 服ᄒᆞ야 以終吾年ᄒᆞ리라 ᄒᆞ더라 歡場에 掩涙ᄒᆞ고 牖下에 悲歌홈은 多情多恨의 英雄이 大率然矣로다(『이태리전』, 7면)

이것은 무작위로 뽑은, 그렇지만 서로 상관성이 깊은 내용들이다. 이것을 바탕으로 하여 문체를 살피려고 한다. "吾其無國之民……以終吾年호리라"는 마치니의 말이다. 그것은 단재의 『이태리전』에서도 동일하게 나타난다. 위의 내용을 가지고 단재의 문체관과 결부시켜 분석해보기로 한다. 단재는 "學而時習之不亦悅乎"의 국한문체 표현법으로 (ㄱ) 한문문법에 국문토만 더하는 것, (ㄴ) 국문 문세(文勢)로 내려가다가 돌연 한문문법을 사용하는 것, (ㄷ) 한문 문세로 내려가다가 돌연 국문 문법을 사용하는 것 등 3가지를 들고, (ㄱ)에 "學而時習之면 不亦悅乎아"를, (ㄴ)에 "學하여 此를 時習하면 不亦悅乎아"를 예로 들었다.[11] (ㄷ)의 예는 들지 않았지만, 본문에 비추어 보면 "學而時習之면 또한 悅하지 않은가" 정도일 것이다. 이 세 가지를 참조하여 단락을 살펴볼 것이다.

"吾其無國之民이니 吾其服國喪ᄒᆞ야 以終吾年호리라"는 (ㄱ)형으로 한문 문장에 국문토만 단 정도이다. 사실 「독의대리전」은 전반적으로 한문 문법에 국문토만 다는 정도이다. 이러한 형태는 『이태리전』에도 그대로 일치한다. (가-1)에서 (가)와 거의 일치하는 것은 "吾其無國之民이니", "以終吾年ᄒᆞ리라", "多情多恨의 英雄이 大率然矣로다" 등이다. 여기에서 "多情多恨의 英雄"은 "多情多恨之英雄"에서 '之'를 한글 '의'로 바꾼 정도이다. 이러한 것은 '及'을 '과(와)'로 바꾼 것에도 있다. 그리고 나머지는 한문 문법을 국문 문세로 바꾼 것이다. 즉, 吾其服國喪ᄒᆞ야→國喪을 服ᄒᆞ야, 蓋掩涙歡場ᄒᆞ고→歡場에 掩涙ᄒᆞ고, 悲歌牖下ᄂᆞᆫ→牖下에 悲歌홈은 등은 모두 토마저 일치하는 동일한 번역이다. 그러면 (ㄱ)형 문장들을 더 살펴보자.

(나) 噫嘻라 偉人偉人이여 雲中鶴耶아 朝陽鳳耶아 雖欲學之나 烏從而學之리오(『황성』, 1906.12.22)

噫噫라 偉人偉人이여 雲中鶴耶아 朝陽鳳耶아 雖欲學之나 烏從而學之리오(『이태리전』, 27~28면)

(다) 彼加富爾가 去將何適고(『황성』, 1906.12.21)

加富爾가 去將何適고(『이태리전』, 17면)

(라) 黨體가 旣立에 應者ㅣ 如響ᄒᆞ야 自學生而學生ᄒᆞ며 自靑年而靑年ᄒᆞ야 其結合之速力이 幾爲前古之所未有라(『황성』, 1906.12.20)

黨體가 旣立에 應者가 如響ᄒᆞ야 自學生而學生ᄒᆞ고 自靑年而靑年ᄒᆞ니 其結合의 速力이 前古에 未曾有러라(『이태리전』, 16면)

11 신채호, 「문법을 의통일」, 『기호흥학회월보』 5, 1908.12.

(마) 加將軍이 乃長歎曰已矣乎라 吾其爲「卞菩列拉」島之一老農乎ㄴ져(『황성』, 1906.12.27)

加里波的ㅣ乃長歎曰已矣乎라 吾가 卞菩列拉島의 一老農이나 復作홀진져(『이태리전』, 65면)

(나)는 두 가지 번역이 똑같다. 토씨까지 일치한다는 것은 다음 경우 가운데 하나이다. 첫째 동일인의 번역, 둘째 다른 사람이 베낀 경우, 셋째 우연의 일치 등이다. 그런데 세 번째 것은 그런 횟수가 많아질수록 가능성은 희박해진다. (다) 역시 '彼' 한 글자만 빠지고 나머지는 똑같다. (라) 역시 "黨體가 旣立에 應者ㅣ 如響ᄒᆞ야", "其結合之速力이 幾爲前古之所未有라"는 거의 일치한다. (마)에서는 "加將軍이 乃長歎曰已矣乎라"는 일치하고, "一老農乎ㄴ져"는 "一老農이나 復作홀진져"로 '…… ㄴ져'가 그대로 일치한다.

(바) 先是에 瑪志尼가 以愛國熱血之所湧으로 乃投入「加波拿里」黨ᄒᆞ더니 旣而오 察其內情ᄒᆞᆫ즉 此黨之人은 血氣有餘ᄒᆞᄂᆞ 道心이 不足ᄒᆞ야(『황성』, 1906.12.19)

先是에 瑪志尼가 愛國熱血의 所激에 同類相求의 意思로 加波拿里黨에 投入ᄒᆞ더니 旣而오 其內情을 察ᄒᆞᆫ즉 血氣ᄂᆞᆫ 有餘ᄒᆞ나 道心이 不足ᄒᆞ야(『이태리전』, 9면)

"先是에 瑪志尼가……(으)로 …… ᄒᆞ더니 旣而오 …… ᄒᆞᆫ즉 血氣……ᄒᆞᄂᆞ 道心이 不足ᄒᆞ야"는 그대로 일치한다. 문장형성에서 중요한 조사, 접속사, 서술어는 사람에 따라 상당한 차이를 노정한다. 특히 한문 번역에서 이 정도의 동일성만으로도 우연의 일치 가능성은 거의 사라진다.

(사) 瑪志尼以爲호ᄃᆡ 欲成大事者ᄂᆞᆫ 當先實成敗利鈍於度外ᄒᆞ야 今日不成이어던 期以明日ᄒᆞ며 今年不成이어던 期以來年ᄒᆞ야 如是而至於十年二十年百年數百年도 吾不辭也오 及身不成이어던 期之於子ᄒᆞ며 子猶不成이어던 期之於孫ᄒᆞ야 如是而至於曾孫玄孫來孫도 吾不辭也오 吾力不成이어던 期諸吾友ᄒᆞ고 吾

友不成이어던 期諸吾友之友ᄒᆞ야 如是而至於吾黨或他黨도 吾不辭也니 惟求行吾志ᄒᆞ고 貫徹吾主義而已라 非有此等氣魄과 此等識想者ᄂᆞᆫ 不足以言革命이오 不足以言天下事라(『황성』, 1906.12.19)

(사 - 1) 瑪志尼ᄂᆞᆫ 以爲호ᄃᆡ 大事를 成코ᄌᆞ ᄒᆞᄂᆞᆫ 者ᄂᆞᆫ 利害成敗ᄂᆞᆫ 度外에 寘ᄒᆞ야 今日不成커던 期以明日ᄒᆞ며 今年不成커던 期以明年ᄒᆞ야 或十年二十年百年數百年ᄭᅡ지 至흠도 可也오 及身不成이어던 期之於子ᄒᆞ며 子猶不成이어던 期之於孫ᄒᆞ야 或曾孫玄孫來孫ᄭᅡ지 至흠도 可也오 吾力이 不成이어던 期諸吾友ᄒᆞ며 吾友不成이어던 期諸吾友之友ᄒᆞ고 吾黨不成이어던 期諸他黨도 可也라 惟吾志를 行ᄒᆞ고 吾主義를 貫徹홀 而已니 此等識想과 此等氣魄이 不有ᄒᆞᆫ 者ᄂᆞᆫ 革命을 不足與言이며 天下事를 不足與言이오(『이태리전』, 10면)

(사)에서 (사 - 1)로의 이동은 문체변화를 보여준다. (사)가 (ㄱ)형 문체라면, (사 - 1)은 국문 문세로 상당히 나아온 문체이다. "瑪志尼以爲호ᄃᆡ 欲成大事者ᄂᆞᆫ 當先寘成敗利鈍於度外ᄒᆞ야"까지 문체에 상당한 변화가 왔다. 그러나 중간 부분 "今日不成이어던 期以明日ᄒᆞ며⋯⋯如是而至於吾黨或他黨도 吾不辭也니"까지는 '吾不辭也'를 '可也'로 바꾼 것을 제외하면 거의 그대로이다. 그리고 마지막 부분 "惟求行吾志ᄒᆞ고⋯⋯不足以言天下事라"는 다시 국문식 문세로 변화해왔다. 순전히 한문식 문체에서 국문식 문체로 이동하여 쓴 모습이 역력하다. 여기에서 두 글이 단재의 글일 가능성을 보여주는 글자가 있다. 양계초의 원문 "先置成敗利鈍於度外"를 「독의대리전」 저자는 "先寘成敗利鈍於度外"로 표현하였다. 곧 置를 寘로 쓴 것이다. 그런데 단재는 "利害成敗ᄂᆞᆫ 度外에 寘ᄒᆞ야"로 썼다.[12] 「독의대리전」과 『이태리전』의 저자 일치 가능성을 현저히 보여주는 것이다. 당시 이

12 이 밖에도 "自處置也"(『의대리건국삼걸전』, 7면)를 "自處寘也"(『이태리건국삼걸전』, 13면)로, "一旦投閑置散於故鄕萬里之外"(『의대리건국삼걸전』, 14면)를 "一朝 萬里他鄕에 投閑寘散ᄒᆞ야"(『이태리건국삼걸전』, 24면)로 쓰고 있다. 「독의대리건국삼걸전」(『황성』, 1906.12.22)에서는 "一朝에 投閒置散於故鄕萬里之外"로 썼다. 한편 단재는 「대한의 희망」에서도 "千金財産을 此에 寘하고"(『대한협회회보』 1, 1908.4, 17면)라 하여 '寘'를 썼다.

구절을 "(于)先 成敗利鈍은 度外에 置ᄒᆞ야"로 읽는 것이 일반적이었을 것이고, 『의태리국삼걸전』에서도 "몬저 그 셩패와 득실을 헤아리지 안이ᄒᆞ는"(10면)이라 번역했다.

(아) 自是로 瑪志尼之事業은 已終ᄒᆞ고 加富爾之事業이 方始ᄒᆞ니 咄哉라 我絶代佳人瑪志尼가 遂終焉而已乎아 曰然也라 以精神論則瑪志尼之事業이 無始無終ᄒᆞ야 雖謂其至今存焉也이라도 可也어니와 以形質論則意大利建國三傑傳에 自此章以後로ᄂᆞᆫ 無復有瑪志尼出現之舞臺故로 曰終也니라(『황성』, 1906.12.25)

(아-1) 自是로 瑪志尼의 事業은 已終ᄒᆞ고 加富爾의 事業이 方始ᄒᆞ니 咄哉라 我絶代佳人 瑪志尼가 其遂終焉而已乎아 曰然也라 精神으로 論ᄒᆞ면 瑪志尼之事業이 無始無終ᄒᆞ야 至今尙存也라 홈도 可커니와 形質로 論ᄒᆞ면 卽伊太利建國三傑傳 第八節 以後로난 瑪志尼出現의 舞臺가 更無ᄒᆞ니 故로 曰終也니라(『이태리전』, 42면)

첫 문장 "自是로 瑪志尼之事業은 已終ᄒᆞ고 加富爾之事業이 方始ᄒᆞ니 咄哉라 我絶代佳人瑪志尼가 遂終焉而已乎아 曰然也라"까지는 대개 일치한다. 여기에서 대원칙은 '之'(瑪志尼之事業, 加富爾之事業)를 '의'로 바꾼 곳이 두 군데이며, "遂終焉而已乎"에 '其'가 추가된 것 말고는 그대로 일치한다. 그리고 "以精神論則 瑪志尼之事業이 無始無終ᄒᆞ야 雖謂其至今存焉也이라도 可也어니와 以形質論則意大利建國三傑傳에 自此章以後로난 無復有瑪志尼出現之舞臺故로 曰終也니라"를 두고 보면 "精神으로 論ᄒᆞ면"은 국문 문세로, "瑪志尼之事業이 無始無終ᄒᆞ야"는 그대로이다. 사실 "瑪志尼之事業"은 "瑪志尼의 事業"이라고 표현해야 하는데, 제대로 고쳐지지 못한 것이다. 그리고 "雖謂其至今存焉也이라도 可也어니와"는 "至今尙存也라 홈도 可커니와"로, "以形質論則"은 "形質로 論ᄒᆞ면"으로, "無復有瑪志尼出現之舞臺故로"는 "瑪志尼 出現의 舞臺가 更無ᄒᆞ니 故로"로 변화했다. 우리의 문체에 보다 접근시키기 위해 애쓴 모습이 드러난다. 이처럼 조사, 서술어, 접속어 등의 일치를 통해 단일 저자의 가능성을 밀접히 보여준다. 이제 한 단락을 원문과 비교 대조함으로써 중언부언의 논의를 마무리하려고 한다.

(자) 將軍必以此相脅者 余雖拋千百王冠以爭之 亦所不辭 我父既以是誓於我民 父之誓言 卽余之誓言也 將軍必欲戰乎 撒國雖小 余振臂一呼 集我老弱 峙戰芟糧蜂蠆有毒 將軍敢謂取數百萬撒的尼亞人民如縛鷄乎 余以是死 榮莫甚焉 將軍乎 余家有死王 無降王 將軍其圖之[13](25~26면)

(자-1) 將軍이 必欲以此相脅인된 余雖拋千百王冠以爭之라도 所不辭라 我父가 既以是誓於我民ᄒᆞ니 我父之誓言이 卽余之誓言也니라 將軍이 必欲戰乎아 余振臂一呼ᄒᆞ야 集我老弱ᄒᆞ리니 蜂蠆도 有毒이어ᄂᆞᆯ 將軍이 敢謂取此數百萬撒的尼亞人民을 如縛鷄乎아 余以是死면 榮莫大焉이니 將軍乎여 余家에 有死王이오 無降王이니라(『황성』, 1906.12.25)

(자-2) 將軍이 必以此相脅인던 余雖王冠을 拋擲ᄒᆞ더라도 不敢聞命이로라 我父가 以此로 誓於民ᄒᆞ니 父之誓言이 卽余之誓言也니라 將軍이 必欲戰乎아 撒國이 雖小나 余가 振臂一呼ᄒᆞ야 集我老弱ᄒᆞ리니 此數百萬撒國人을 將軍이 其將如縛鷄乎아 將軍乎여 余以是死ᄒᆞ면 榮莫甚焉이니라 將軍乎여 吾家에는 有死王이오 無降王이니 將軍乎여 其圖之ᄒᆞ라(『이태리전』, 44면)

(자-3) 장군이 이로써 서로 협박ᄒᆞ는 쟈는 내가 비록 쳔빅번 왕의 관으로써 싸홀지라도 ᄯᅩᄒᆞᆫ ᄉᆞ양할 바 안이니 내 부왕이 임의 이로 내 ᄇᆡᆨ셩에게 ᄆᆡᆼ셔ᄒᆞ신지라 부왕의 ᄆᆡᆼ셔ᄒᆞᆫ 말이 곳 내게 ᄆᆡᆼ셔ᄒᆞ신 말이라 장군이 곳 싸호고자ᄒᆞ나냐 살국이 비록 적으나 내가 팔을 ᄲᅥᆯ쳐 한번 불러 우리 로약을 모아 싸홀시량을 싸매 벌과 개미도 독이 잇는지라 쟝군이 감히 슈빅만 살뎍니아 인민을 취ᄒᆞ여 한 닭을 묵기와 ᄀᆞ티 일으겟ᄂᆞ뇨 내가 이로 죽는 것이 영화됨이 클지

13 양계초, 「意大利建國三傑傳」, 『음빙실합집』 6권, 중화서국, 1989, 25~26면. 이하 이 책의 인용 시 괄호 속에 意大利, 면수만 기입.

니 장군아 우리 집에 죽은 왕이 잇고 항복ᄒᆞ는 왕은 업ᄂᆞ니 쟝군은 그 ᄉᆡᆼ각홀 지어다[14]

(자)는 양계초의 원문이며, (자 - 1)은 「독의대리전」, (자 - 2)는 『이태리전』, (자 - 3)은 『의태리국삼걸전』(주시경)이다. (자 - 1)은 원문과의 차이는 극히 미미한 원문에 충실한 번역이다. "撒國雖小", "峙戰芟糧"과 "將軍其圖之"를 번역에서 뺐다. (자 - 2)는 원문과 비교하면, "峙戰芟糧蜂蠆有毒"를 뺐고, "將軍乎여"(첫번째) 하나를 추가했고, "將軍"을 "將軍乎여"(마지막)로 썼다. (자 - 1)과 비교하면, "撒國이 雖小ㅣ나"와 "將軍乎여"(첫번째), "將軍乎여 其圖之ᄒᆞ라"를 추가했고, "蜂蠆도 有毒이어ᄂᆞᆯ"를 뺐다. 그러한 차이에도 불구하고 동일인에 의한 번역이라는 것은 번역문체가 너무나 같다는 것이다.

(자 - 1)의 문체에서 "…이…인ᄃᆡᆫ…(ᄒᆞ더)라도…(이로)라…가…ᄒᆞ니…이…니라…이…아…ᄒᆞ야…ᄒᆞ리니…(도…이어ᄂᆞᆯ)…이…을…아…면…이니(라)…여…에…이오…이니(라)"를 살펴보면 알 수 있다. 한문 번역문체가 이 정도로 일치한 것은 베끼거나 동일 번역자가 아니고는 거의 불가능하다. 만약 베끼었다면 단재는 다른 사람의 문체를 베끼었다는 말이 된다.

그러나 단재는 '결론'에서 베낀(번역한) 부분은 "新史氏曰"이라 하여 자신과 남의 말을 분명히 나누고 있다. 그렇다면 저자에 대한 더 이상의 의심이나 의혹은 무의미할 것이다. 왜냐하면 단재가 남의 글을 함부로 베낄 리는 만무하기 때문이다. 단재는 「독의대리전」에서 발췌 번역을 하였다가 『이태리전』에서 전문 번역을 한 것이다. 물론 후자에서도 그대로 번역했다는 말이 아니다. 어떤 부분은 첨삭이 가해졌다. 이에 대해서는 이미 성현자의 논문에 소상히 밝혀져 있다.[15]

14 주시경 역, 『의태리국삼걸전』, 박문서관, 1906, 53~54면.

15 성현자, 「단재(丹齋) 신채호의 역사전기소설연구 - "이태리건국삼걸전"과의 비교를 중심으로」, 『동방문학비교연구총서』 3, 한국동방문학비교연구회, 1997.

4. 「독의대리건국삼걸전」의 저자를 통해 본 「독월남망국사」의 번역자

「독월남망국사」(이하 「독망국사」)는 「독의대리전」보다는 3개월여 앞선 1906년 8월 28일부터 9월 5일까지 같은 『황성신문』 논설란에 실렸다. 「독망국사」는 여러 가지 점에서 「독의대리전」과 공통성을 지녔다. 그 저자를 밝히기 전에 일단 외면적인 요소로 보면 1) 제목이 유사하다는 점, 2) 같은 신문, 같은 란에 실린 점, 3) 모두 양계초의 저작이라는 점 등이다. 이 정도만 하더라도 같은 사람이 번역했을 가능성을 어느 정도 예상해볼 수 있다.

1) 서발문에 나타난 관련성

그러나 그러한 3요소만으로 동일인의 번역이라 할 수는 없다. 왜냐하면 이런 것들이 필요조건이라면 실제 내용 및 문체라는 충분조건도 갖춰야 하기 때문이다. 후자를 검토하기 위해 먼저 「독월남망국사」의 발문이라고 할 감상평을 살피고, 이어 본문 내용의 문체 검토를 하고자 한다.

> 嗚呼라 亡國之恨이 自古何限이리오만은 豈有如越南之慘酷者乎아(『황성』,1906.8.28)
> 嗚呼라 天下之盛德이 孰有過於愛國者乎아(『황성』, 1906.12.18)
> 偉哉라 愛國者며, 壯哉라 애국자여 愛國者가……(『이태리전』, 1면)
> 非夫라 我韓數百年來 對外의 歷史여 東方에 一流寇만……(『을지문덕』, 1면)
> 嗚呼라 嶋國殊種이 代代 韓國의 血敵이 되야……(『이순신전』, 『대매』, 1908.5.2)

「독망국사」는 역자의 간단한 '서'와 월남망국사(월남 망국 원인과 사실, 국망시 지사소전, 프랑스인이 월남인을 困弱愚瞽하는 정상) 역자평 등으로 구성되어 있다. 그러므로 '서' 부분은 번역자의 글로서 감탄사로 시작하고 있는데, 이는 단재가 쓴 세 편의 전기 서문과 같은 형태이다. 그리고 이것은 축쇄역인데, 원문에 없는 감탄어구 등이 번역문 여러 군데 노출되어 있다. 우선 "嗚呼라 亡國之恨이"로 시작하고 있다. 그것은 바로 아래에 제시한 「독의대리전」과 별반 다르지 않다. 「독의대리전」에서도 원문에 없는 '嗚呼라'를 넣고 있다. 그리고 『이태리전』에서는 다시 '偉哉라'로 바뀌고 있다. 번역자의 독특성이 드러나는 부분이다. 그리고 동일한 것이 위에 보듯 「이순신전」에 나타난다. 「독망국사」의 첫 구절과 유사한 문형이 "嗚呼라 記者가 亦豈好辯者哉아"(「국한문의 경중」, 『별집』, 73면)이나 "嗚呼라 李忠武公 一人의 死는 豈但李忠武公 一人의 死리오(「이순신전」, 중 385면)" 등 단재의 글 여러 군데 드러난다.

> 況今世界列强에 施此慘毒者ㅣ 不唯一法蘭西오 耽耽餓虎가 擧世皆是니 彼昏夢而不覺者ᄂᆞᆫ 免魚肉之患이나 其可得歟아(『황성』, 1906.9.5)
>
> 我靑邱江山이 何如是寂寞이며 我三韓民族이 何如是委靡오 今日而無三傑ᄒᆞ고 明日而無三傑ᄒᆞ야 如是幾十年而無一人作者ᄒᆞ면 我二千萬兄弟ᄂᆞᆫ 皆將陳列於枯魚肆者也로다(『황성』, 1906.12.28)

두 작품 모두 발문 감상평에 당시 상황을 "魚肉之患", "陳列於枯魚肆者"라고 하였다. 궁극적으로 어육이 되고 말리라는 것이다. 그리고 「독망국사」에서는 "耽耽餓虎"를 언급하였는데, 단재는 『이태리전』에서 "虎吻耽耽"(3면)이라 하여 동일 비유를 사용하였다.

> 毋如英豪會民의 導虎爲倀ᄒᆞ며 毋如三省會民의 飛蛾赴火ᄒᆞ고 惟以血誠으로 立於天地ᄒᆞ야 一個腔腸이 百轉不虧하고 尺蠖之屈로 以求其伸호ᄃᆡ 眼中에 知有同胞而已며 胸中에 知有祖國而已오 幷不知其他ᄒᆞ면 今此列邦이 孰敢侮子리오……差我全國同胞여 不知今日之爲何日則已이어니와 苟知今日之爲何日인

된 庶亦諒記者之苦心乎아 記者는 今且抆淚放聲而告之어니와 諸君子는 勁氣而勇進ᄒᆞ며 留心而警惕ᄒᆞ고 其毋徒抆淚放聲而讀之哉어다(『황성』, 1906.9.5)

嗟爾愛國同胞아 爾惟求爲三傑哉어다……讀我伊太利之三傑傳者여 毋恤禍福ᄒᆞ며 毋願榮辱ᄒᆞ고 惟以血誠으로 頂天而立ᄒᆞ면 將來 此國을 由君得救ᄒᆞ리니 是所望於讀者也로다.(『이태리전』, 94면)

이것은 모두 저자의 당부이다. 그런데 비슷한 문형이 드러난다. 그것은 우선 '毋'의 문형으로 경계를 삼고, 그다음 '惟'의 문장으로 권유한 것이다. "毋如英豪會民의 導虎爲倀ᄒᆞ며 毋如三省會民의 飛蛾赴火ᄒᆞ고"와 "毋恤禍福ᄒᆞ며 毋願榮辱ᄒᆞ고"이 그러한 것이다. 다음으로 "惟以血誠으로 立於天地ᄒᆞ야"와 "惟以血誠으로 頂天而立ᄒᆞ면"의 동어 반복이다. 이 역시 같은 저자일 가능성을 보여준다. 그리고 "嗟我全國同胞여……其毋徒抆淚放聲而讀之哉어다"라는 문형 역시 "嗟爾愛國同胞아 爾惟求爲三傑哉어다"에서 그대로 드러난다. 단재는 "嗟我國民이여"(「대한의 희망」), "嗟我全國十三道有情衆生아"(「역사와 애국심의 관계」)이라는 표현을 쓰고 있는데, 모두 호격을 통해 독자 대상을 분명히 호명하고 그들에게 경계를 삼고자 했다.

今此越南之慘狀은 述史者ㅣ 必不能一筆而盡擧之어늘 記者ㅣ 于此에 又不免刪煩而撮要ᄒᆞ야 其至慘至苦之狀이 時或有遺漏者ᄒᆞ니 然則 越南之悲境은 尙未殫其十分之一也로다(『황성』, 1906.9.5)

또 하나 위 구문에는 "述史者"라 하여 역사 기술자의 입장을 보여준다. 그것은 단순히 기자로서의 글쓰기를 넘어서는 지점이다. 『월남망국사』의 번역도 사실은 그러한 차원에 있다. 역사 기술자의 입장은 당시 단재의 모습을 잘 대변해준다. 단재는 "歷史의 筆을 執한 者 必也 其國의 主人되는 一種族을 先 發現하여", "甚矣哉라 我國史家의 蔑識이여"(「독사신론」, 상, 472 · 481면), "大家의 史筆로 英雄의 眞面目을 寫傳ᄒᆞ며"(『을지문덕』, 4면),

"史家執筆者"(「여우인절교서」, 하, 61면) 등에서 역사기술자로서의 모습을 보여주었다. 그가 『을지문덕』을 기술하고, 「독사신론」 남긴 것은 결국 역사가로서의 모습이다. 게다가 그는 「여우인절교서」에서도 후세 사가의 역사적 평가를 중시하지 않았던가.

2) 본문 번역문체와의 관련성

「독망국사」는 "記者ㅣ 于此에 又不免刪煩而撮要ᄒᆞ야"라는 언급처럼 번잡한 것을 잘라내고 그 요점만을 뽑아 번역한 것이다. 본문을 발췌하여 옮겼기에 본문은 상당히 축약되었으며, 또한 부분적으로 번역자의 문체로 새롭게 탄생되었다. 그러면 양계초의 『월남망국사』와 「독망국사」를 비교해보자.

一見法人 便戰戰慄慄 汗出如雨[16](3면)

一見法人에 便戰戰慄慄히 汗出如雨ᄒᆞ니 鄙夫鄙夫여 (『황성』, 1906.8.28)

禁南人往來 絶音間(『越南』, 4면)

禁南人往來ᄒᆞ야 絶其音間ᄒᆞ니 嗚乎哀哉라 越南之事여(『황성』, 1906.8.29)

法人却極力下毒手 縻他妻眷 連累他鄕旅 發掘他墳墓……可憐死者屍骸 而生者當得何罪(『越南』, 12면)

奈之何極力行毒ᄒᆞ야 縻其妻眷ᄒᆞ며 囚其鄕旅ᄒᆞ고 發掘其墳墓ᄒᆞ니 悲夫라 死者도 屍碎커던 生者ᄂᆞᆫ 當得何罪며(『황성』, 1906.8.30)

16 양계초, 「越南亡國史」, 『음빙실합집』 6권, 중화서국, 1989, 3면. 이하 이 책을 인용 시 괄호 속에 越南, 면수만 기입.

번역자가 원문을 번역한 후 새롭게 자신의 문장을 첨가하는 것을 1형이라고 간주하기로 한다. 번역자는 원문에 없던 구절을 문중에 새롭게 첨가하여 의미를 형성하고 있다. 번역자는 이처럼 자신의 감정을 표출하는 청유, 감탄형의 문장으로 서술하였다.

> 彼法人於國未定時 勸諭出首免罪文 千口萬口 汝今日視法人何如 汝尙信法人否否……(『越南』, 13면)
>
> 且其亂局未定之前에는 千口萬舌로 降者는 存賞이라 ᄒᆞ더니 旣降之後에는 旋卽殺之ᄒᆞ니 嗚乎慘哉라 何其酷哉오(『황성』, 1906.8.30)

> 籍沒其家産 堀廢其墳墓 父母兄弟妻子嚴囚俟擬……(『越南』, 22면)
>
> 籍沒其家産ᄒᆞ며 堀廢其墳墓ᄒᆞ니 慘哉毒哉라 何其巧也오(『황성』, 1906.9.3)

원문을 번역하면서 번역자의 감정과 평가를 덧붙이는 방식은 제2형이라 이름하기로 한다. 이러한 덧달기의 방식은 작가가 느낀 감정을 전달하고 나서 다시 독자에게 묻는 방식을 취하고 있다. 특히 감탄형은 이중 감탄의 방식을 보여주는데, 단재의 글에서 嗚乎哀哉라(「대아와 소아」), 嗚乎慘哉라(「일본의 삼대 충노」) 嗚乎라 壯哉라(「이순신전」), 嗚乎偉大하다(「최도통전」), 嗟乎惜夫라 · 嗚乎德矣라(『을지문덕』) 등에서 흔히 보이는 것들이다.

> 於南人眞如霧裏看天也 豈不可笑呢(『越南』, 23면)
>
> 越人은 只是霧裏看天也니 悲夫라(『황성』, 1906.9.3)

마지막으로 이것은 문형을 조금 바꾸어 독자에게 의견을 묻고 있는 것이 아니라 번역자가 스스로 평가하는 것을 3형식으로 규정하기로 한다. 이것들은 마치 번역자가 자신의 울읍, 애호, 찬탄, 경악 등의 감정을 문중에 투사시켜 번역한 것이다. 단재는 다른 번역, 창작에서도 이러한 모습을 드러낸다.

여기에서 우선 '悲夫라'의 표현에 주목해볼 필요가 있다. 번역자가 특히 '悲夫라'라는 표현을 즐겨 쓰고 있다. 이것은 감상평 "悲夫라 非我哀汝면 汝將哀我오"(『황성』, 1906.9.5)에서도 드러난다. 그러면 이러한 표현들이 단재의 글에서 어떻게 드러나는지 파악해보기로 한다.

> 波蘭 二字가 世界史에 永沒케 되었으니 非夫라 彼는 自滅이로다(『대매』, 1910.2.22)
>
> 金錢만 得홀진뒤 명예도 不顧ᄒᆞ야 一種 拜金國을 成ᄒᆞ얏스니 悲夫라(『대매』, 1909.12.17)

이것들은 문중, 문미에서 작가의 감회를 드러낸 것이다.[17] 단재는 즐겨 이 표현을 썼다. 그것은 『을지문덕』, 「대아와 소아」, '담총'란의 글에 부지기수로 등장한다.

> (第六)事則加富爾內治第一危難之問題(『意大利』, 27면)
>
> 但其第六者ᄂᆞᆫ 危乎難哉로다(『황성』, 1906.12.25)

> 而意之所以僅如此也　此吾所以不得不重爲意大利人悲也　雖然加富爾……(『意大利』, 51면)
>
> 意之所以僅如此也니 豈不惜哉아 雖然이나 加富爾……(『황성』, 1906.12.28)

위의 예문은 『意大利建國三傑傳』(이하 『의대리전』)과 「독의대리전」의 비교이다. 첫째, 둘째 예문은 3형이 나타난다. 그러면 좀 더 직접적으로 『의대리전』과 『이태리전』의 비교를 통해 살펴보자.

---

17 한편으로 문두에 "悲夫라"가 나타나는 것으로 "非夫라 時代의 結習이 恒常 好男兒를 束縛하여……"(「이순신전」, 전집 중, 359면), "非夫라 此地球上 人類의 大略 統計가……"(「대아와 소아」, 전집 하, 87면) 등이 있다.

無所告訴 今也國不知何在 家不知何附(『意大利』, 6면)

無所告訴ᄒᆞ니 <u>哀哉라 伊太利人이여</u> 國何在며 家何在며(11면)

이것은 1형이다. 서술자는 자신의 감정을 드러내고, 한편 독자의 호응을 이끌고 있다.

此亦革命家達士里阿所當瞑於九原 而大詩人但丁所當且感且泣而始願不及者矣 嗚呼誰實爲之而克有此(『意大利』, 3면)

大詩人 但丁과 革命歌 達士里阿의 靈魂이 有知ᄒᆞ면 當喜出望外ᄒᆞ야 黃泉下에셔 蹈舞ᄒᆞᆯ지니 <u>嗚呼偉哉라 伊誰之功고</u>(5면)

이것은 제2형과 3형이 결합된 모습을 보이고 있다. '嗚呼' 다음에 '偉哉라'를 추가했으며, "誰實爲之而克有此"를 "伊誰之功고"로 조금 변형하여 해석하였다. 여기에서 "오호 위재라"는 "嗚呼 慘哉라", "嗚呼 壯哉라", "嗚呼 哀哉라"처럼 이중 감탄형으로 사용된 것이다. 비슷한 문형을 단재의 글 "嗚呼 奇哉라 乙支文德의 外交手腕이여"(『을지문덕』), "嗚呼 인哉라 國을 愛ᄒᆞᄂᆞᆫ 者ᄂᆞᆫ 民을 必愛ᄒᆞᄂᆞᆫ도다"(「이순신전」)에서도 볼 수 있다.

公敵暴軍 絶其跡於我國土以後 我輩決不得釋兵而嬉也(『意大利』, 54면)

公敵의 暴軍이 我國土에 絶跡ᄒᆞᆫ 然後에야 可ᄒᆞ니라 嗚呼라 我輩 今日에 豈可釋兵而退哉아(88면)

이것은 제1형이다.[18] 특히 아래의 문형을 통해 '오호라' 다음에 '豈……

18 한편 "嗚呼라"가 문두에 붙는 것은 이 작품에서 "歷觀古今中外正史小說所紀載英雄患難之事"(15면)가 "嗚呼라 古今東西正史小說을 歷觀컨ᄃᆡ 患難經歷ᄒᆞᆫ 英雄의(27면)"으로, "今請更與諸君突入奧陳 啜數百年公敵之血 衎衎其醉猗"(22면)가 "嗚呼라 我輩의 快腔子여 彼奧人

乎(哉)'의 문형이 보이는데, 그것은 "嗚呼라 亡國之恨이…… 豈有如越南之慘酷者乎아"(『황성』, 1906.8.28)와 비슷하며, 또한 "意之所以僅如此也니 豈不惜哉아"(『황성』, 1906.12.28)와도 닮아 있다. 계속하여 동일한 표현의 반복을 좀더 살펴보기로 한다.

英威偉烈 實令人心心口口欽仰(『越南』, 2면)

英威偉烈이 千載의 欽仰이오(『황성』, 1906.8.28)

嗚呼 越南人三十年間 干戈了(『越南』, 11면)

嗚乎라 安南人이 三十年來로 干戈旣了에(『황성』, 1906.8.30)

단재는 "我四千載神聖歷史", "四千載神聖歷史上"(『을지문덕』), "數千載 閉門頑夢ᄒᆞ던 兄弟"(「세계삼괴물서」), "千載難得의 好機 · 千載遺恨 · 千載一時의 機"(「최도통전」), "四千載第一偉人乙支文德", "殊方十載霜侵鬢"(「추야술회」) 등에서 "載"를, 그리고 "最近 數十年來에", "몇십백년래"(『별집』, 74면), "수백년래"(상, 420면), "조선 역사상 1천 년래 제1대 사건" 등에서 '年來'라는 표현을 즐겨 썼다. 단재 글의 특성은 아래에서 보다 명확해진다.

此ᄂᆞᆫ 不過是 一寸之良心이 發現於一時者耳라(『황성』, 1906.9.5)

曰公 曰將 曰將 曰相이 不過是 一修羅場에 立하여(「이순신전」)

彼日本이 近日에 韓國보다 勝한 것은 不過是 歐化輸入에 先鞭을 着한 故라(「無諸已而後非諸人」)

之血을 吸吸大ᄒᆞ리로다"(39면)로 번역되는 데서도 드러난다. 그것은 앞에서 본 것처럼 『의대리전』의 서언 "天下之盛德大業 孰有過於愛國者乎"가 「독의대리전」에서 "嗚呼라 天下之盛德이 孰有過於愛國者乎아"로 건너온 것과 마찬가지이다.

'불과시'는 「이순신전」만도 3군데 이상, 「최도통전」, 「역사와 애국심의 관계」 등에서 1회 이상이 사용되었으며, 그 밖에도 사용 빈도수가 적지 않다.

> 是不如禽獸者也니 噫噫라 如斯人類야 將何以生存於斯世리오(『황성』, 1906.9.5)
>
> 國中에 號令함은 傑男越과 如ᄒᆞ니 噫噫라 泉蓋公은 卽 我廣開土王의 肖孫이며 (「독사신론」)
>
> 如吾蔑劣이 何足有爲오 할지나 噫噫라 此又誤解也로다(「여우인절교서」)

단재의 애국전기들은 대체적으로 작가의 개입으로 인한 감정 노출이 잦다. 이에 대해서는 기존 논의에서도 충분히 언급이 되었다. 그것은 아래의 글들을 보면 보다 명백해진다.

> (가) 果也 負且乘 致寇至 嗣德十五年 法人以重兵厚集於西貢 要越南講盟 越國君欽差大臣往會 越大臣奉國章如西貢 法人以兵劫盟 使紀盟詞曰 越南國君臣順情願大法國保護 乞以六省爲讓地 押圖章訖 又定約章 有越南旣願大法國保護 不得更與他外國交涉一條 是爲法人取越南之嚆矢(『越南』, 3면)
>
> (가-1) 果然嗣德十五年에 法人이 重兵으로 西貢에 壓ᄒᆞ고 越南의 講盟을 來要ᄒᆞ거날 越國欽差大臣이 奉國章往西貢ᄒᆞᆫ즉 法人이 以兵劫盟ᄒᆞ고 盟詞를 記ᄒᆞ야曰 越君臣이 大法國保護를 情願ᄒᆞ야 六省을 讓ᄒᆞ노라 ᄒᆞ고 圖章을 押訖에 約章을 又定ᄒᆞᆯᄉᆡ 其中一條에 有曰 越南이 旣願 大法國保護ᄒᆞ니 外國交涉은 不得更與라 ᄒᆞ얏스니 越事至此에 付之一哭而已로다(『황성』, 1906.8.28)
>
> (가-2) 果然嗣德十五年에 至ᄒᆞ야 法人이 重兵을 西貢에 厚集ᄒᆞ고 越南을 要ᄒᆞ야 講盟코자, ᄒᆞ거ᄂᆞᆯ 越君이 往會케, ᄒᆞ니 越大臣이 國章을 奉ᄒᆞ고 西貢에 如ᄒᆞ니 法人이 兵으로, 써 劫盟ᄒᆞ야 曰越南國君臣이 情愿으로 大法國保護ᄅᆞᆯ 受ᄒᆞ고 六省으로, 써 讓地ᄅᆞᆯ 作ᄒᆞᆫ다 ᄒᆞ야 圖章을 押ᄒᆞᆫ 後에 ᄯᅩ 約章을 定ᄒᆞ야 曰, 越南이, 이믜 大法國保護ᄅᆞᆯ 自願ᄒᆞ얏스니, 다시 他外國과 交涉지, 못ᄒᆞ리라 ᄒᆞ니 此一條가, 곳 法人이 越南을 取ᄒᆞᄂᆞᆫ 第二法이오.(18면)

(가) 양계초의 구문에 대한 해석에서 (가 - 1) 단재의 번역과 (가 - 2)현채의 번역은 차이를 노정한다. 현채 역시 국한문체로 『월남망국사』를 번역했지만, 「독망국사」와는 다른 문체를 쓰고 있다. 그리고 "是爲法人取越南之嚆矢"를 해석하면서 현채는 "法人이 越南을 取ᄒᆞ는 第二法이오"라고 하였는데, 「독망국사」 번역자는 "越事至此에 付之一哭而已로다"라고 하였다. 주관적 감정이입의 번역으로 단재의 모습이 여실히 드러난다.

여기에 보태어 하나 더 살피려고 한다. 현채나 주시경의 『월남망국사』에는 「滅國新法論」이 첨부되어 있다. 그런데 「독의대리전」가 연재된 데 이어 「斯巴達小志」(1907.4.5~16), 「滅國新法論」(1907.5.1~4)이 번역된다.

(나) 好望角之英商某 攫而獲巨萬之利 於是錐刀之徒 相率麕至[19]

(나 - 1) 好望角의 某英商이 鉅萬貲財를 得ᄒᆞ니 이에 錐刀之徒가 相率麕至ᄒᆞ야(현채, 75면)

(나 - 2) 好望角之英商 某가 攫而獲巨萬之利하니 於是에 牟利之徒가 相率麕至하야(『황성』, 1907.5.3)

(나 - 3) 호망각에 잇는 엇던 영 쟝ᄉᆞ가 루만 직산을 엇더니(주시경, 70면)

(나 - 4) 누가 만직물을 어드니 이에 히망각에 잇든 구라파 사롬들이 벌의 쎄가치 모혀 드러와 사니(이상익, 53~54면)

여기에서 "錐刀之徒"를 해석하는 모습은 사람마다 다르다. 현채는 "錐刀之徒"로 썼고, 『황성신문』은 "牟利之徒"로 하였으며, 주시경은 번역에서 배제했고, 이상익은 "벌떼"로 해석했다. 해석이 어려운 만큼 해석자에 따라 다양한 편차를 보여주고 있다. "錐刀之徒"의 일반적 의미는 '작은 이익을 좇는 무리'를 뜻하며 그래도 위 번역에서는 『황성신문』 번역이 원 의미에 가장 가깝다고 할 수 있다. 그런데 단재는 연극 개량 관련 논설 3편에

---

19 양계초, 「滅國新法論」, 『飮氷室文集』 6(飮氷室合集 1, 중화서국, 중국 : 북경, 2003), 37면.

서 '牟利'하는 사람들에 대해 언급하였다.[20] 이것은 한편으로 「독망국사」에서 「멸국신법론」으로 이어지는 단재 글의 특성을 보여주기도 하지만, 또 한편으론 계몽기 다른 번역자와 단재의 번역이 차이가 있음을 잘 보여준다.

5. 마무리

위에서 든 근거는 지극히 일부에 지나지 않는다. 그리고 연구자가 증명을 잘하고 못하고에 따라 결론이 바뀌지는 않는다. 즉 두 작품의 번역자는 이미 존재한다는 사실이다. 다만 이 글은 『월남망국사』, 『의대리건국삼걸전』의 번역저자가 단재임을 밝히고자 하는 의도에서 진행되었다. 작품을 들여다 볼수록 단재 글의 특성들은 확연히 드러난다. 단재는 계몽기 매우 중요한 작품들을 앞서서 번역 소개하였다. 『대한매일신보』에서는 「파란말년사」(1905.10.20~12.10), 「이태리국아마치전」(1905.12.14~21) 등을 번역 소개하여 애국 계몽에 나선다. 단재는 『황성신문』에서 「독월남망국사」, 「독의대리건국삼걸전」뿐만 아니라 양계초의 저작인 「斯巴達小志」(1907.4.5~16), 「滅國新法論」(1907.5.1~4) 등도 번역하여 계몽운동에 앞장섰다. 이들 작품들은 계몽기 국민들에게 지대한 영향을 미친다.

『월남망국사』의 번역 소개는 국채보상운동에 지대한 영향을 미쳤고, 『이태리건국삼걸전』 역시 계몽운동, 독립운동에 기여하였다. 그런 점에서 단재의 「독월남망국사」, 「독의대리건국삼걸전」은 매우 중요했다고 볼 수 있다. 특히 『월남망국사』는 현채의 번역이 6개월 만에 재판이 나오고, 이어 2개월 후엔 『幼年必讀釋義』(일한도서주식회사, 1907.7)에 수록되었으며, 주시

20 김주현, 「계몽기 연극개량론과 단재 신채호」, 『어문학』 103, 한국어문학회, 2009.3, 357면 참조

경본은 3개월마다 재판, 3판이 발간되는 것을 보면 알 수 있다. 이러한 이유로 『월남망국사』는 1909년 5월 5일에, 『이태리건국삼걸전』은 1910년 11월 16일에 일제 당국에 의해 발매 및 반포가 금지된다. 이 두 저서가 근대 계몽기 한국인들에게 미친 영향이 지대했기 때문이다. 한편, 이번 연구를 통해 단재의 『황성신문』 활동을 확증할 수 있었고, 또한 단재의 여타 자료를 규명할 수 있는 준거를 확보하게 되었다.

또한 이 자료들은 단재의 문체 변화과정 고증할 수 있는 중요한 자료로 평가된다. 단재는 「독망국사」에서 "… ᄒᆞ거든", "…커든", "…런덜", "…로ᄃᆡ", "… ᄒᆞ거날", "…이언만", "…언만은", "…이어ᄂᆞᆯ", "… ᄒᆞᆫᄃᆡ", "…하더니", "… ᄒᆞ리니", "… ᄒᆞ야", "… ᄒᆞ나니", "… ᄒᆞᆯ식", "…하고" 등의 연결어미와 "…고", "…아", "…리오", "…로다", "…도다", "…라/이라", "…더라", "…니라" 같은 종결어미 등 다양한 문체를 실험하였다. 이것은 언문일치에 한발 다가선 표현들이다. 단재는 비록 한문을 번역하면서도 접속어, 종결어 등을 통해 우리말 표현에 가까운 문체를 썼다. 언문일치에 접근한 단재 문체는 한글 문체의 형성이라는 차원에서도 숙고할 만한 대상이 된다. 단재는 번역에서 한글 문체에 주의를 기울였다. 이러한 것들이 전체적으로 검토될 때 단재의 문체와 그의 문학, 나아가 근대 언론 및 계몽 운동이 제대로 밝혀질 것이다.

계몽기 연극개량론과 단재 신채호

1. 들어가는 말

가. 警告律社觀者(『황성신문』, 1906.4.18)

나. 詔勅已下而協律社何不革罷(『황성신문』, 1906.4.30)

다. 近今國文小說著者의 注意(『대한매일신보』, 1908.7.8) - 단재전집

라. 劇界改良論(『대한매일신보』, 1908.7.12)

마. 演劇界之李人稙(『대한매일신보』, 1908.11.8)

바. 天喜堂詩話(『대한매일신보』, 1909.11.9~12.4) - 단재전집

사. 小說家의 趨勢(『대한매일신보』, 1909.12.2) - 단재전집[1]

이 글에서 집중 논의 대상은 (가)(나)(라)(마)로, 연극개량론과 관련하여 대단히 중요한 논설들이다. 특히 이 논설들은 "근대극 형성 과정에서 중요한 변수로 작용했다는 점"[2]에서 보다 심도 있는 논의가 필요하다. 위에서 저

1 논의의 편의를 위해 이하에서 (가)……(사)로 쓰거나, 또는 (가)는 「율사관자」, (나)는 「협률혁파」, (다)는 「소설저자」, (라)는 「극개량론」, (마)는 「이인직론」, (사)는 「소설추세」로 약칭하기로 한다.

2 김재석, 「개화기 연극 개량론의 성격」, 『인문과학』, 경북대학교 인문과학연구소, 2001.12, 38면.

자가 확정된 글은 (바)와 (사)이다.[3] 그리고 (다)의 경우 단재전집간행위원들은 단재의 글로 인식하고 단재전집에 실어 이미 많은 논자들의 논의가 있었다. 그런데 아직까지 저자확정이 제대로 이뤄지지 않았다는 점에서 일단 저자 미정의 글로 논의하기로 한다.[4] 이것은 (가) · (나)와 (라) 사이에 가교적 역할을 하고 있다.

단재는 1907년 11월 6일부터 1910년 5월 망명 이전까지 『대한매일신보』의 주필로 참여했다.[5] 단재전집간행위원회는 『대한매일신보』의 수많은 무서명 논설들을 단재전집에 넣었지만 (라)와 (마)는 전집에 포함시키지 않았다. 단재가 연극과 관련한 글을 썼겠느냐 하는 선입견이 작용한 것으로 보인다. 이는 연구자들도 마찬가지이다. (라)와 (마)는 단재가 주필을 맡고 있던 시기 발표된 논설이며, 당시 대부분의 논설이 주필에 의해 쓰였다는 측면에서 단재의 글일 가능성이 아주 높다. 그러나 아직까지 그것에 관한 논의가 없었다는 것은 작지 않은 문제이다.[6]

---

3 임형택, 「'담총'의 사상과 그 작자」, 『신채호의 사상과 민족독립운동』, 형설출판사, 1986; 김주현, 「국문 창제 요의설(了義說)을 통한 '천희당시화'의 저자 규명」, 『어문학』 87, 한국어문학회, 2005.3; 김주현, 「'천희당시화'의 저자 문제」, 『우리말글』 33, 우리말글학회, 2005.4.

4 단재전집간행위원들은 (다)를 진작부터 단재의 글로 간주하고 『전집』 보유편(1975)에 포함시켰다. 그들이 이 글을 전집에 포함시킨 의도는 편집에서 잘 드러나 있다. '평론' 부분에 (다)와 「문예계 청년에게 참고를 구함」, 「낭객의 신년만필」을 실었는데, 여기에서 이들 글의 유사성이 여실하다. '소설 저자'나 '문예계 청년'은 등가이며, '주의'와 '참고를 구함' 역시 마찬가지이다. 그리고 내용면에서 앞의 두 글은 음란 및 연애문학을, 뒤의 두 글은 예술주의 문예비판을 공통적으로 하고 있다. 이 외에도 단재가 「천희당시화」, 「조선 고래의 문자와 시가의 변천」을 썼다는 사실은 부단히 문학 장르에 관심을 가졌다는 것을 보여준다.

5 자세한 것은 김주현, 「단재 신채호의 자료 발굴 및 원전 확정 연구 – "대한매일신보" 소재 작품을 중심으로」(『한국현대문학연구』 20, 한국현대문학회, 2006.12)를 참조.

6 이와 관련하여 권오만은 단재의 문학론으로 『대한매일신보』에 "몇 편의 연극론이 있다"는 매우 괄목할 만한 주장을 하였지만 이후 실질적인 논의를 보여주지 않았다(『개화기시가연구』, 새문사, 1989, 272면). 이상우는 "민족주의 신문(인용자 : 『대한매일신보』, 『황성신문』)의 연극개량론 배후에는 신채호의 「을지문덕」, 「동국거걸 최도통(최영)」과 장지연의 「애국부인전」, 박은식의 「서사건국지」, 「천개소문전」이라는 역사전기소설들이 버티고 있었다"(430면), "1900년대 후반의 연극개량 논의는 결국 이인직 대 신채호, 박은식, 장지연 등이 벌인 정치담론 대결"(445면)이라고 하였는데, 이는 저자에 한발 나아가고 있다(「근대계몽기 연극개량론과 서사문학에 나타난 국민국가 인식」, 『어문논집』 54, 민족어문학회, 2006, 415~452면). 그러나 그가 언급한 개량 논설과 장지연은 무관하며, 개별 글에 대한 저자 확정이

최근 단재의 『황성신문』 활동이 비교적 소상히 밝혀지고 있다.[7] 단재는 1905년 6~7월경에 『황성신문』에 입사하여 적어도 1907년 9월 말경까지는 근무했던 것으로 보인다. 그런 측면에서 (가), (나) 역시 단재 저술 가능성의 자장 안에 들어 있다. 단재가 주필을 맡았던 시기 발표된 논설이라고 해서 단재의 글이라고 단정할 수는 없다. 주필 유고 시 다른 사람에 의해서도 논설이 집필되었기 때문이다. 다만 그 가능성이 크다는 것인데, 그럴 경우 글의 내용과 문체, 사상에 대한 심층적인 분석을 통해 저자에 접근할 필요가 있다. 여기에서는 위의 글들에 대한 단재의 저자 가능성을 타진하고 그 의미를 정리해보기로 한다.

2. 글의 내적 논리와 단재 사상

1) "桑濮"문예론(가-나-다)

(가) 夫哀怨之音은 元來 亡國之遺風이요 淫蕩之戲는 乃是誤人之捷徑이라 由是而心志搖漾之少年과 腔腸軟弱之女子가 魂迷於淫說雜戲之場ᄒᆞ야 褰裳踰墻之風과 待月窺花之習이 有不期然而自然之勢矣니 豈不慨歎處乎아

(나) 所謂協律社하야는 只出於桑濮男女의 淫靡泆蕩之風ᄒᆞ야 使年少男女로 足以蕩性冶神而已則 其汚亂風化하며 妨害治安이 固何如哉아

이뤄지지 않아 좀 막연하다.

7 박정규, 「국내에서의 신채호 연보와 쓴 글에 대한 고찰」, 『단재신채호연구의 재조명』, 단재문화예술추진위원회, 2006; 김주현, 「황성신문 논설과 단재 신채호」, 『어문학』 101, 한국어문학회, 2008.9.

(다) 韓國에 傳來ᄒᆞᆫ 小說이 太半桑間박上의 淫談과 崇佛乞福의 怪話라

(가)에서 "夫哀怨之音은 元來 亡國之遺風"이라는 것은 『예기』 「악기편」의 구절 "鄭衛之音 亂世之音也……桑間濮上之音 亡國之音也"에 연유한다.[8] 곧 『시경』 국풍편의 '정풍'과 '위풍'은 "怨以怒"하는 난세음악이며, '상간복상'(구체적으로 「桑中」)은 "哀以思"하는 망국지음이라는 것이다. (가)의 내용이 『시경』에 근거를 두고 있음은 "淫蕩之戱, 또는 淫說", "褰裳踰墻之風"에서 더욱 분명해진다. 전자 "淫蕩·淫說"은 「桑中」(鄘風)과 관련이 있고, 후자에서 "褰裳"은 「褰裳」(鄭風), "踰墻"은 「將仲子」(정풍)와 각각 관련이 있다. 특히 전자는 (나) "只出於桑濮男女의 淫靡泆蕩之風"에서 보다 잘 드러난다. "桑濮……風"이야말로 「상중」처럼 "桑間濮上之音"이며, 곧 亡國之音이라는 것이다. 애원지음은 정위지음(「건상」 등)과 상복지음(「상중」 등) 부류를 일컫는다. (가)와 (나)는 『시경』을 통해 이룩된 감상안으로 당시의 연극을 비판한 것이다. 그리고 동일한 논리가 (다)에도 그대로 나타난다. (다)의 저자는 우리의 전래 소설을 "太半桑間박上의 淫談"[9]이라고 평가했다. (가)와 (나)는 자연스레 연결되며, 또한 (다)로 이어지는 것은 전혀 우연이 아니다. '桑濮' 문예를 통해 (가), (나), (다)의 동일 저자 가능성을 보여준다. 단재는 당시 『시경』을 읽었음은 두말할 나위가 없다.[10]

---

8 『예기』 「악기」에는 "鄭衛之音, 亂世之音也, 比於慢矣. 桑間濮上之音, 亡國之音也, 其政散, 其民流, 誣上行私而不可止也"라는 구절이 있다. 우수진은 이 구절을 「악기」만 관련지어 설명했다(「개화기 연극개량의 국민화를 위한 감화기제 연구」, 『한국극예술연구』 19, 한국극예술학회, 2004.4). 그러나 이것은 『시경』을 공부하는 사람들에게는 필수적인 구절이며, 『시경』의 평석(「桑中」의 주해)에 실려 있음은 당연하다(朱守亮, 『詩經評釋』 上, 學生書局, 1984, 158면).

9 형설출판사판 『단재전집』에서 이것을 "太半桑間溥上의 淫談"로 변개 오식을 하였다. '間'은 '園'으로 오식하였고, '박'은 한자로 바꾸면서 어의에 다가가려고 했다. "박"은 식자공이 '濮(복)'字를 찾지 못해 한글로 잘못 넣은 것이다. 아마도 '濮'이 樸 撲 璞 墣 등 '박'자와 비슷해서 그런 것으로 보인다.

10 「畿湖興學會는 何由로 起하였는가」(『기호흥학회월보』 1, 1908.8)에는 "我가 詩三百을 學하였건만…… 我가 二十一史를 學하였건만……"이라는 구절이 나온다. 단재는 『시경』 더불어 '二十一史'를 공부하였다는 말인데, 二十一史 중에서 가장 앞서고도 중요한 사마천의 『사기』

2) 문예계 "牟理"배론(나-다-마)

(나) 所謂協律社者는 一二挾雜輩ㅣ 爲謀利起見ᄒᆞ야 與日人으로 符同設立者라 ᄒᆞ니

(다) 然而 近今 新小說이라 云ᄒᆞ는 者ㅣ 出刊이 稀罕ᄒᆞᆯ ᄲᅮᆫ더러 又 其刊出者를 觀ᄒᆞᆫ즉 只是壹時牟利的으로 艸艸 撰出ᄒᆞ야

(마) 此도 不爲ᄒᆞ고 只是牟利的起見으로 爲妾辨護의 「鬼의 聲」과 如ᄒᆞᆫ 小說을 著ᄒᆞ야

(나)의 저자는 한두 협잡배가 "謀利起見"하여 일인[11]과 더불어 협률사를 설립했다고 하였다. 모리란 무엇인가? 그것은 공익을 돌보지 않고 부정하게 자신의 이익(利益)만을 꾀하는 것을 일컫지 않던가? 김용제 등은 잇속만 꾀하려는 모리배라는 것이다. 그런데 같은 표현이 「소설저자」에도 그대로 나타난다. 신소설 출간자들이 "一時 牟利的으로" 대충 써서 펴낸다는 것이다. (마)에서는 더 구체적으로 이인직이 "牟利的 起見"으로 「귀의 성」과 같은 소설을 썼다고 했다. (다)가 일반론이라면, (마)는 구체론이다. 저자는 각각 협률사 설립자, 신소설 찬출자, 그리고 이인직을 모리배로 규정하였다. 그 논리와 문체에서 이들 글의 동일 저자 가능성이 드러난다.

를 공부했음은 자명한 사실이다. 그는 또한 「대한의 희망」에서 "彷徨問路하난 同胞들이 其甘言을 迷信하야 褰裳往從하난 日이면 荊棘中으로 向할난지"라 하여 "건상"을 언급하고 있다.

11 협잡배는 구체적으로 김용제·최상돈·고희준을, 日人은 加藤을 일컬음(『대한매일신보』, 1906.3.16, 1906.5.3 참조).

3) 감정"陶鑄"론 (라-마-바)

(라) 大抵 壹場에 悲극을 演ᄒᆞ야 英雄豪傑의 淋漓壯快ᄒᆞᆫ 往蹟을 觀ᄒᆞ면 비록 庸夫懦兒라도 此에서 感興ᄒᆞᆯ지며 忠臣烈士의 凄凉貞烈ᄒᆞᆫ 遺標ᄅᆞᆯ 觀ᄒᆞ면 비록 蠢奴劣僕이라도 此에서 奮起ᄒᆞᆯ지니……然이나 今後에 苟或 극界改良에 留意ᄒᆞᄂᆞᆫ 者ㅣ 有ᄒᆞ거던 惟彼悲극에 從事하야 國民의 心理와 感情을 陶鑄ᄒᆞᆯ지어다

(마) 嗚呼라 演劇의 改良은 吾輩도 曾往의 絶叫ᄒᆞᆫ 비라 此ᄅᆞᆯ 改良ᄒᆞ여야 國民의 純粹ᄒᆞᆫ 德性을 陶鑄ᄒᆞᆯ지며 此를 改良ᄒᆞ여야 國民의 高尙ᄒᆞᆫ 感情을 鼓吹ᄒᆞᆯ지라

(마)에서는 "演劇의 改良은 吾輩도 曾往의 絶叫ᄒᆞᆫ 비"라고 전제했다. 저자는 이미 '연극개량론'을 제기했었다는 말이다. 그렇다면 그 글은 우선 (라)를 염두에 두게 된다. (라)에서 저자는 연극개량의 방법까지 제시하며 연극개량을 외쳤다. 여기에 동일한 논리가 내재해 있다. 연극이 (라) "國民의 心理와 感情을 陶鑄"한다는 것은 (마) "此(연극)ᄅᆞᆯ 改良ᄒᆞ여야 國民의 純粹ᄒᆞᆫ 德性을 陶鑄"할 것이라는 논리와 그대로 일치한다. 이것은 여지없이 한 저자에 의해 쓰인 논설이라는 것을 입증한다. 이러한 문학 '陶鑄' 론은 신채호의 (바) 「천희당시화」에서도 제기되었다.

(바) 此로 社會의 公德을 陶鑄ᄒᆞᆯ짜 必不能이며 此로 軍國民의 感情을 製造ᄒᆞᆯ짜 必不能이로다.(1909.11.25)

大抵 변士의 舌과 俠士의 劍과 政客의 手腕과 詩人의 筆端이 其效用의 遲速은 異ᄒᆞ나 世界를 陶鑄ᄒᆞᄂᆞᆫ 能力은 一이라(1909.12.4)

(바)에서는 모두 두 군데에 걸쳐 '도주(陶鑄)' 론이 나온다. 전자는 시가로

사회의 공덕을 도주하고, 국민의 감정을 제조할 수 있다는 전제를 갖고 있다. 그래서 후자처럼 시(시인의 필단)가 세계를 도주하는 능력이 있다고 결론지었다. 그것은 "詩歌는 人의 感情을 陶融"하기 때문이다. (라)와 (마)는 같은 저자가 쓴 글이 분명하며, (바)의 논지와 동일하다. 뿐만 아니라 (다)에서 저자는 "其薰陶浸染의 旣久에 自然 其德性도 感化를 被ᄒᆞ리니"라고 하여 이미 도주감염론을 제기하였다. 이것은 양계초의 薰浸刺提론과 비슷하면서도 차이가 있다. 도주하여 감화하는 문학론은 궁극적으로 (다), (라), (마), 그리고 (바)를 연결한다. 그러므로 (바)의 저자인 신채호가 (다), (라), (마)의 저자일 가능성이 한층 확실해진다.[12]

4) "瑩潔"한 문예론 (다-라)

> (다) 小說冊子는……悲悽ᄒᆞᆫ 事를 讀ᄒᆞ미 淚의 滂타를 不覺ᄒᆞ며 壯快ᄒᆞᆫ 事를 讀ᄒᆞ미 氣의 噴湧을 不禁ᄒᆞ고 其薰陶浸染의 旣久에 自然 其德性도 感化를 被ᄒᆞ리니……奇妙瑩潔ᄒᆞᆫ 新小說만 多出ᄒᆞ면 舊小說은 自然 絶跡退藏ᄒᆞᆯ지어놀
>
> (라) 大抵 壹場에 悲극을 演ᄒᆞ야 英雄豪傑의 淋漓壯快ᄒᆞᆫ 往蹟을 觀ᄒᆞ면 비록 庸夫懦兒라도 此에셔 感興ᄒᆞᆯ지며 忠臣烈士의 凄凉貞烈ᄒᆞᆫ 遺標를 觀ᄒᆞ면……今 假令 成忠階伯朴提上 諸公을 演ᄒᆞ면 其瑩潔ᄒᆞᆫ 狀態가 腦에 印하며

(다)에서는 "婦孺走卒의 酷嗜하는" 까닭에 소설로부터 쉽게 감화를 받는다고 지적했다. "心性事物의 奧理를 談ᄒᆞ며 古今興亡의 歷史를 說ᄒᆞᆷ에

---

12 단재는 "社會가 腐敗하니 此도 不可不 言論을 陶鑄ᄒᆞᆯ지며"(「言論之難」, 1908.3.26), "今日 民族主義로 全國의 頑夢을 喚醒하며 國家觀念으로 靑年의 新腦를 陶鑄하며"(「독사신론」, 1908.8.27), "敎科書는 靑年을 指導ᄒᆞᄂᆞᆫ 筏業이며 國民을 陶鑄ᄒᆞᄂᆞᆫ 器械라"(「敎科書의 妄發한 句語」, 1908.10.27)라 하여 도주론을 문학뿐만 아니라 언론, 역사, 서적(교과서)까지 확대하여 쓰고 있다.

는 其傍에서 環聽할 者ㅣ 幾個 有文識者에 不過"하지만 소설은 백인이면 백인, 천인이면 천인 모두 감화받기 좋다는 것이다. 그러므로 "奇妙瑩潔훈 新小說"을 많이 써야 한다고 강조했다. 그러면 기묘형결한 신소설이란 무엇인가. 그것은 '음담과 괴화'인 구소설과 대척적인 지점에 있으며, 그래서 기묘는 괴화와, 형결은 음담과 상반된다. 그것은 "悲悽한 事", "壯快한 事"와 관련이 있다.

(라)에서 비극이 "人物을 陶鑄ᄒᆞᄂᆞᆫ 能力이 歷史보다 突過"하다고 주장했다. 역사는 "如何훈 偉人을 傳ᄒᆞ던지 但只 其言行과 事實을 記록"할 뿐이지만, 成忠, 階伯, 朴提上 등을 공연하면 瑩潔훈 狀態가 뇌수에 새겨진다는 것이다. 성충 등의 이야기야말로 "英雄豪傑의 淋漓壯快훈 往蹟"과 "忠臣烈士의 凄涼貞烈훈 遺標"가 아닌가. 비극이 역사보다 감화에 월등한 까닭은 "悲悽한 事를 讀함에 淚의 滂沱를 不覺하며 壯快한 事를 讀함에 氣의 噴湧을 不禁"하며, "千古 以上의 人物이라도 其容顔을 接ᄒᆞᄂᆞᆫ 듯 咳唾를 聽ᄒᆞᄂᆞᆫ 듯"하기 때문이다. 그것은 곧 형결성을 뜻하며, 문학의 사실성(리얼리티와 생동감) 및 카타르시스와 관련이 있다. 또한 소설이 (다) "婦孺走卒의 酷嗜하는" 것은 (사) "目不식丁의 勞動者라도……嗜讀"하는 것과 다르지 않다. 그것은 결국 같은 사람의 글임을 확인해주는 논지이다.[13]

13 아울러 기묘한 문학에 대한 답은 (마) "羅賓孫漂流記와 如훈 奇文"에서 찾을 수 있다. 『로빈슨표류기』의 원제가 "The Life and Strange Surprising Adventures of Robinson Crusoe of York"라는 점에서 기문은 "이상하고 놀라운"이라는 의미일 것이다. 그것은 알레고리 또는 공상 문학에 가깝다. 단재는 『을지문덕』, 「최도통전」, 「이순신전」 등의 형결한 문학을 하다가 이후 「꿈하늘」, 「룡과 룡의 대격전」과 같은 기묘한 문학을 보여주었는데, (다)에서 이미 그러한 양극을 내포하고 있다고 해도 과언이 아니다.

5) 연극폐해 혁파론(가-라)

(가) 居官者ᄂᆞᆫ 當思其何以忠君이며 何以愛民이오 爲商者ᄂᆞᆫ 當思其何以殖産이며 何以興業이오 老成之人은 當撙節財用ᄒᆞ야 公益上 當然ᄒᆞᆫ 事業을 成立ᄒᆞᆯ 것이오 聰俊子弟ᄂᆞᆫ 惟晷刻是競ᄒᆞ야 身分上 必要한 學問을 請求ᄒᆞᆯ 것이어ᄂᆞᆯ 不此之爲ᄒᆞ고 浪費金錢ᄒᆞ며 虛擲光陰ᄒᆞ니……蔽一言ᄒᆞ고 使博浪一椎로 猛擊律社而粉碎之면 天地間 第一快事로ᄃᆡ 東望滄海에 力士已去ᄒᆞ니 奈何奈何

(라) 學問에 留意ᄒᆞ던 者ㅣ 此에 往하면 其學問을 棄ᄒᆞ며 實業에 留意ᄒᆞ던 者ㅣ 此에 往ᄒᆞ면 其實業을 棄ᄒᆞ야 無數人才를 皆此에셔 壞了케 ᄒᆞ니 嗚呼라 韓國의 現今 所謂 劇場은 壹切 無疑打破ᄒᆞᆯ 者이어니와

두 예문 모두 연극의 폐해를 지적하고 있다. 이미 (가)에 대해 1) 예문에서 "心志搖漾之少年과 腔腸軟弱之女子"를 혼미케 한다고 비판하였었다. 그것은 (나)의 1) 예문에서 "使年少男女로 足以蕩性冶神而已則…… 撤罷가 道理當然"이라는 구문과 그대로 통한다. 그런데 (가)는 계속하여 관료, 상인, 노소할 것 없이 금전과 시간을 낭비케 하니 협률사를 박랑일퇴로 부숴버리면 좋겠다고 했다.[14] 그러한 주장은 (라)에서 그대로 나타난다. 연극이 학문

14 이 구절은 『사기』 「장량전」의 "東見滄海君 得力士 爲鐵椎 重百二十斤 秦皇帝東遊 良與客狙擊秦皇帝博浪沙中 誤中副車"(사마천, 『史記』 7, 「留侯世家」 제25, 명치서원, 1982, 1040면) 구절을 통해 형성된 것이다. 이 내용을 홍만종은 『순오지』에 그대로 적고 있다(홍만종, 「순오지」, 『홍만종전집』 상, 태학사, 1980, 24면). 단재는 이 구절을 "『史記』에는 張良이 滄海 임금을 보고 力士를 請하여 博浪에서 秦始皇을 치다 하였거늘 …… 鐵椎의 소리는 全支那를 흔들어 八年風塵을 이루었은즉 …… 이제 支那史로 보아도 滄海力士라는 네 字의 別號와 博浪狙擊이라는 두어 줄 事實뿐이니 …… "(상, 447면)라고 옮겼다. "東望滄海에 力士已去"라는 내용은 바로 이러한 사실에 근거하여 쓰였다. 박랑일퇴(椎=槌)로 협률사를 격퇴하고 싶지만 창해역사가 이미 죽어서 어찌할 수 없다는 것이다. 『사기』나 『순오지』를 직접 보고 쓴 글로 단재 글일 가능성을 높여준다. 한편 단재는 「고물진열소관 고려자기유감」(『대매』, 1910.3.25), 「국권회복대운동」(『권업신문』, 1913.3.30), 「문제없는 논문」, 「차라리 괴물을 취하리라」, 「謀

에 유의하던 자, 실업에 유의하던 자 등 무수 인재를 파괴한다는 것이다. 연극의 폐해를 구체적으로 적시하며 혁파를 주장했다는 점에서 일치한다. 두 글 모두 협률사 연극을 두고 같은 주장을 펴고 있다는 점은 전혀 우연이라고 하기는 어려울 것이다.

6) "委靡淫蕩"한 문에 진단(다-라, 바-사)

(다) 近今 新小說이라 云ᄒᆞᄂᆞᆫ 者ㅣ 出刊이 稀罕ᄒᆞᆯ ᄲᅮᆫ더러 又 其刊出者를 觀ᄒᆞᆫ즉 只是壹時牟利的으로 艸艸 撰出ᄒᆞ야 舊小說에 比하믹 便是 百步 五十步의 間이라

(라) 記者가……韓國의 劇界를 觀ᄒᆞᆫ즉 只是協律社 團成社 等의 劇場을 設ᄒᆞ야 許多 淫蕩의 演戱로……

(바) 余가 近世 我國에 流行ᄒᆞᄂᆞᆫ 詩歌를 觀ᄒᆞ건ᄃᆡ 太半 流靡淫蕩ᄒᆞ야 風俗의 腐敗만 釀ᄒᆞᆯ지니[15](1909.11.11.)

(사) 近日 小說家의 趨勢를 觀ᄒᆞ건ᄃᆡ 人으로 ᄒᆞ여금 大驚을 喫ᄒᆞᆯ 者ㅣ 不一이로다 此小說도 誨淫小說이오 彼 小說도 誨淫小說이라

여기에서 '관(觀 또는 覩)한즉'(다, 라)과 '관하건대'(사, 바)는 사적 통찰을 통한 진단이 들어 있다. (다)에서 저자(余)는 한국의 전래 소설이 거의 음담과 괴화이며, "近今 新小說 …… 刊出者를 觀ᄒᆞᆫ즉" 신소설 역시 마찬가지라

殺前皇太子之奇文」(『천고』(1921.1) 등에서 창해역사의 이야기를 적었다.

15 단재는 『을지문덕』에서 "委靡退縮"(3면)과 "柔弱萎靡"(78면), (다)에서 "委靡淫蕩"을 썼다. 여기에서 "委"는 "萎"와 같은 의미이지만, 단재가 혼용해서 썼는지 식자공의 오류인지는 분명하지 않다. "流靡淫蕩"은 "萎靡淫蕩"의 오식이 분명하며, 단재가 "萎" 또는 "委"를 갈겨써서 식자공이 잘못 이해하고 "流"를 넣은 것이다.

고 진단했다. 그리고 현재의 "委(=萎)靡淫蕩的 小說" 대신 "奇妙瑩潔한 新小說"을 많이 써야 한다고 강조했다. (라)에서 "記者가…… 韓國의 劇界를 觀훈즉…… 許多 淫蕩의 演戱"로 흐르고 있음을 통탄해했다. 전래 연극에 대한 그의 인식은 (마) "韓國 幾百年來로 春香歌 沈淸歌 興夫歌 華容道 等의 淫蕩的 황怪的 演劇"에서 더욱 분명해진다. 소설계를 '觀'하는 시각과 극계를 '觀'하는 시선이 동일하다. 구소설과 신소설이 음담과 괴화로, 전래 연극과 근래 연극은 음탕의 연희로 이뤄졌다는 관점에서 동일하다. 그래서 연극개량을 주장했다.

단재는 (바) "余가 近世 我國에 流行ᄒᆞᄂᆞᆫ 詩歌를 觀ᄒᆞ건ᄃᆡ" 근세 시가가 "流(萎)靡淫蕩"하다고 하였다.[16] "古代에ᄂᆞᆫ 儒賢長者가 皆 國詩와 鄕歌를 喜ᄒᆞ야 典重活潑ᄒᆞᆫ 著作이 多ᄒᆞ"였지만, "邇來 百餘年間…… 詩歌ᄂᆞᆫ 愈愈히 淫靡의 方에 趨ᄒᆞ"(1909.12.2)였다는 것이다. 그래서 그는 "其國의 文弱을 回ᄒᆞ야 强武에 入코ᄌᆞ ᄒᆞᆯ진ᄃᆡ" 국시부터 개량해야 한다고 외쳤다. 이처럼 소설계, 극계, 시가계를 진단하고 처방하는 모습은 전혀 다르지 않다. 현재 문예계 전반이 위미음탕하기 때문에 개량이 필요하다는 것이다. 그것을 전개한 사람은 신채호이다. 결론적으로 단재가 (가 – 사)를 직접 썼던 것이다.

7) 문체 기타

위의 결론이 조금 성급해 보일 수 있다. 이 절에서는 미진한 부분을 보완하려고 한다.

16 한편 동일한 문체가 단재의 글에서 "余가 現今 各學校 教科用의 歷史를 觀ᄒᆞ건ᄃᆡ"(「독사신론」, 1908.8.27), "乃者 現今社會를 觀ᄒᆞ건ᄃᆡ"(「성력과 공업」, 1908.7)처럼 나타난다.

(가) 嗚乎同胞여 試一思之어다

(가－1) 讀者는 試掩卷一思하라(중, 193면)

(바) 試思ᄒᆞ라 我國에 流行하는 詩가 果然 如何한 詩이뇨

(바－1) 試思ᄒᆞ라 今日 我韓國이 이 可爲의 道가 有타 할까(1908.4)

"試一思之어다"는 명령형 문장이다. 단재는 『이태리건국삼걸전』을 번역(가－1)하면서 "試……一思하라"라는 표현을 썼다. 그리고 (바)의 "試思ᄒᆞ라"라는 명령형 문장은 (바－1) 「대한의 희망」 외에도 단재 글에서 흔히 발견된다. 그러면 이들 문장은 다른 표현인가? '……之어다'는 "兄其靜神淸慮以聽之어다"(「여우인절교서」(1908.4.12~14)에서 발견되는데, '……ㄹ지어다'와 같은 표현으로 단재의 글에서 사용 빈도수가 높다. 「여우인절교서」는 신채호의 『대한매일신보』 소재 다른 글보다도 한문체에 가깝다. 『황성신문』의 논설은 『대한매일신보』와 같은 국한문체이지만, 그러나 전자가 훨씬 한문체에 가깝다. 두 신문에서 단재의 문체 차이는 「언론시대」(『황성』, 1907.8.6~7)와 「언론지난」(『대매』, 1908.3.26~27)을 비교해보아도 여실히 드러난다.[17]

(나) 所謂協律社者ᄂᆞᆫ …… 直接間接으로 不可一一枚述이니

(나－1) 「如喪考妣」字는 …… 胥吏의 喪에도 用하였으니 不可枚擧요(121면)

(나)에서 협률사의 괴란풍속 및 치안방해 행위는 일일이 설명할 수 없다

17 (가)의 "環顧 三千里에"에서 '환고'라는 표현이 단재의 『이태리건국삼걸전』 "環顧全球에……"(중, 184면), 「대한의 희망」 "目下 八域을 環顧하건대"(하, 69면)에 나온다. 게다가 (다)의 "歷史를 說홈에는 其傍에서 環聽할 者"에서 '환청'"은 단재의 「역사와 애국심의 관계」 "遺恥를 痛論ᄒᆞ면 環聽이 雨泣ᄒᆞ야"(하, 75면)에서 사용되고 있다. 전자는 그래도 조금 흔하지만 후자는 용례가 극히 희박하다. 그리고 (가)"惟晷刻是兢"와 (나)"此豈可晷刻而容置者乎"에 '구각'이 같이 쓰였으며, (나)의 "冶遊於淫佚之場"과 (사)의 "冶遊容態"에서 '야유'가 같이 쓰였다.

하였는데, 단재는 (나 - 1) 「惜乎라 禹龍澤氏의 國民大韓兩魔報의 鷹犬됨이여」(1909.6.27)에서 "如喪考妣"의 다양한 용례는 일일이 거론하기 어렵다고 말했다. (나 - 1)에서는 단재의 고증적 글쓰기의 모습이 여실히 드러나는데, 그것은 (나)에서도 마찬가지이다.

(나) 爲司法警察官吏者ㅣ 固當嚴禁痛革뿐더러

(다) 其傍에서 環聽할 者ㅣ 幾個 有文識者에 不過홀 뿐더러/近今 新小說이라 云ᄒᆞᄂᆞᆫ 者ㅣ 出刊이 稀罕홀 뿐더러

(라) 學問에 留意ᄒᆞ던 者ㅣ 此에 往하면 其學問을 棄ᄒᆞ며 實業에 留意ᄒᆞ던 者ㅣ 此에 往ᄒᆞ면 其實業을 棄ᄒᆞ야

(사) 目不식丁의 勞動者라도 小說을 能讀치 못홀 者ㅣ 無ᄒᆞ며 又 嗜讀지 아니홀 者ㅣ 無홈으로

위 구절들은 모두 '……者ㅣ'로 형성된 것들이다. 이런 용례는 적지 않은데, 그 수만 보더라도 2회(나), 4회(다), 3회(라), 7회(바), 4회(사) 등이다. 다만 '……者ㅣ'를 썼다고 해서 같은 저자로 보는 것은 무리이다. 왜냐하면 당시에 주격조사 'ㅣ'는 드물지 않게 사용되었기 때문이다. 그러나 사용면에서 얼마만큼 동질적인가에 따라 동일 저자 유무를 판단할 수 있다. 첫 모둠에서 (나)와 (다)는 '……자ㅣ……뿐더러'가, 두 번째 모둠에서는 반복하는 구조가 거의 비슷하다. 뿐만 아니라 (가) "其所謂協律社者", (나) "所謂協律社者", (다) "近今 新小說이라 云ᄒᆞᄂᆞᆫ 者" 역시 동일한 조어방식이며, (나) "爲司法警察官吏者", (라) "극界改良에 留意ᄒᆞᄂᆞᆫ 者", (사) "小說家된 者" 역시 같은 조어방식이다.

(다) 舊小說에 比하미 便是 百步 五十步의 間이라

(다 - 1) 愚人狂人의 蠻蜀是非는 五十步 百步之間이라(54면)

(다)에서 저자는 신소설과 구소설이 음담과 괴화라는 점에서 오십보백보라고 하였다. 신채호는(다 - 1) 「보종보국이 원비이건」(1907.12.3)에서 나라가 망해도 인종이 유지될 줄로 생각하는 '愚人'과, 인종 유지 이외에 보국책이 있는 줄로 오해하는 '狂人'의 보국보종론은 결국 차이가 없다 했다. 두 예문은 『맹자』의 '五十步百步' 비유처럼 부정적인 의미로 사용되었으며, 모두 적절하게 사용된 비유라는 점에서 같은 저자의 가능성을 보여준다.[18]

(라) 且悲극의 功效를 贊道ᄒᆞ야 云하되 人物을 陶鑄ᄒᆞᆫ는 能力이 歷史보다 突過ᄒᆞᆫ다 ᄒᆞ얏스니

(라 - 1) 그 戰役의 結果가 朝鮮 社會에 影響을 끼침은…西京 戰役 以後 高麗 對 蒙古의 六十年 戰役보다 몇 갑절이나 突過하였으며[19]

(라)에서는 용례가 대단히 희귀한 "突過"라는 표현을 썼다. 이 단어는(라 - 1)처럼 거의 같은 비교 문맥에서 사용되고 있다. 물론 「도덕」에서도 "近日에 沒覺人士들이 文化主義니 하는 亡想을 가져 그 論調가 너무 突過함을 보매"라고 나오는데, 이는 동일 저자가 아니고는 도저히 발견하기 어려운 표현이다.

(마) 嗟乎怪哉라/嗟乎異哉라

(마 - 1) 嗟乎惜夫라(을지문덕, 2면)

---

18 여기에서 (다)와 「국문연구회 위원 제씨에게 권고함」의 문체적 동질성을 살필 필요가 있다. 후자는 (다)보다 4개월여 후에 나왔으며, 이미 저자확정이 이뤄졌다. 문체적 동질성을 가장 잘 보여주는 것이 문장의 종결어미인데, "……인가"(할 배인가/何件인가), "……도다"(誠然하도다/虛度하는도다),……라(怪話라 · 間이라/無關한 事라), "……로다"(云할지로다/不足論也로다), "……할지어늘……하리오"(할지어늘……行하리오/할지어늘……者ㅣ리오 · 奚異하리오), "……하노라"(警하노라/望하노라 : 「소설저자」/「국문연구회」) 등 두 글의 종결어미 대부분이 일치한다. 다만 대등한 짝이 없는 것은 (다)의 "難할지오", "함이니라"와 후자의 "甚하뇨"밖에 없다. (다)는 '경고'하는 글이며, 「국문……권고함」은 권고하는 글이다. 이를 통해 「소설저자」의 저자가 단재라는 것은 더 이상 논란의 여지가 없다.

19 『개정판단재신채호전집』 중, 형설출판사, 1977, 103~104면.

단재는 "嗟乎라"라는 표현을 자주 사용했고, 또한 이중적 감탄사로 "嗟乎 惜夫라"라는 표현을 썼다. 똑같은 표현은 아니지만, 비슷한 이중 감탄의 용례를 단재의 글에서 발견할 수 있다. 마지막으로 단재가 흔히 쓰는 감탄사의 예를 볼 수 있다.

(가) 恬然若不聞而不知ᄒᆞ니 噫 彼創設者之人面獸心은 言之醜也라

(다) 足히 新思想을 輸入ᄒᆞᆯ 者ㅣ 無ᄒᆞ니 噫라 余가 此를 慨ᄒᆞ여 管見을 陳ᄒᆞ야 小說著者에게 警ᄒᆞ노라

(마) 卽該씨가 演劇視察次로 日本에 渡往ᄒᆞ얏다 하니 噫라 其魔術이 愈長ᄒᆞ야

(바) 手中의 쥬盃를 擲下ᄒᆞ엿다 云ᄒᆞ니 噫라 彼 朴氏가 萬一 五條約 以前에 此等歌를 早聞ᄒᆞ엿스면 민忠正의 넉을 隨ᄒᆞ엿슬는지(1909.11.9.)

(가)~(사) 가운데 모두 네 글에서 "噫라"(噫 포함)가 나타난다. 이것은 단재의 글에서만 나오는 예는 아니다. 장지연, 박은식, 최남선 등 무수한 사람이 사용하였다. 그런데 이들 대부분은 그것을 문두 감탄사로 두고 있는데, 위의 용례에서는 '…… 하니 噫라'라 하여 문중에 감탄어사를 둔 동일한 표현이 반복된다. 단재는 「문법을 의통일」, 「역사와 애국심의 관계」 등 무수한 글에서 이처럼 문장 가운데 '…… 하니 噫라'라고 썼는데, 이 역시 같은 저자의 가능성을 보여주는 예라 할 수 있다. 이 밖에도 단재가 즐겨 쓰는 "雖然이나"(라, 바, 사), "然이나"(라, 바), "乃者"(나, 라) 등의 사용이나 수미상관법(「율사관자」), 또는 동일 구문의 반복 변형(「이인직론」)을 통한 의미의 강조 등도 나타난다.[20]

20 단재는 1907년 11월 6일부터 1910년 망명 때까지 『대한매일신보』에 주필을 했다. 「소설저자」(1908.7.8), 「극개량론」(1908.7.12)을 전후해 「구서모집의 필요」(7.14~16), 「한국과 만주」(7.25), 「허다고인지죄악심판」(8.8), 「국수보전설」(8.12), 「대아와 소아」(9.16) 등은 단재의 글로 확정 또는 인정되고 있으며, 이 외에도 「사상계의 노성을 快祛함이 불가」(7.15)가 단재의 글이다. 「연극계의 이인직」(1908.11.8) 전후로는 「문법을 의통일」(11.7)과 「국문연구회 위원 제씨에게 권고함」(11.14), 「구서간행론」(12.18~20)이 단재의 글이다. 이를 통해 단재가 꾸준

3. 연극개량론 형성의 전후

앞서 제시한 글들이 모두 단재의 글이라는 것은 논란의 여지가 있을 수 없다. 여기에서는 이를 토대로 단재의 연극개량론 형성 전후를 살펴보기로 한다. 1906년 김용제 등은 일본인과 손을 잡고 연극장을 개설하였다. 협률사는 새롭게 개설되어 음란한 연희를 공연한다. 단재는 먼저 「율사관자」를 통해서 관람자에게 경고를 했다. 그리고 다음날(4.19) 이필지의 상소를 게재하고, 25일에는 「혁파율사」, 27일에는 「훈파율사」를 실었다. 그러나 여전히 협률사는 혁파되지 않고 공연을 계속했다.

(나) 各以其國之 由來風俗으로 其忠臣烈婦의 毅節卓行이 可以爲模範萬世者나 或 其艸昧故代에 奇聞異蹟之 可以垂示後民者를 像型推演ᄒᆞ며 唱導歌謠ᄒᆞ야 以示國民이 不無其例어니와

단재는 극계의 폐단에 대해 깊은 우려를 했다. 협률사 개설자들이 오직 잇속에만 혈안이 되어 음란한 연극을 지속하자 단재는 의절탁행이나 기문이적을 연희하는 것이 마땅하다며 그들을 준열히 꾸짖었다. 그것은 (가)淫蕩之戲 관람자 경고－(나)依舊不撤하는 개설자 재경고－(라)許多 淫蕩의 演戲 비판으로 이어진다.

연희개량이라는 어사가 직접 등장한 것은 1907년 『만세보』를 통해서이

히 붓을 잡고 논설을 썼음을 확인할 수 있으며, 이것들 외에도 더 있을 것으로 추정된다. 한편 본 연구자에 의해 『황성신문』의 논설 「단연보국채」(1907.2.25), 「신문조례에 대한 감념」(7.12), 「언론시대」(8.6~7), 「보종책」(9.18」 등이 단재의 글로 밝혀졌다. 권오만은 일찍이 「湖南鐵道」(1907.1.12), 「喚起二千萬民ᄒᆞ야 築八萬二千里之獨立城」(1907.2.16), 「聽布穀」(1907.4.27), 「漫筆感興」(1907.5.11), 「衆老人의 廳蛙劇談」(1907.6.15), 「答吞炭生」(1907.7.1), 「大呼國魂」(1907.7.31) 등을, 박정규는 「春雨霏霏」(1906.2.14), 「喜雨歌」(1906. 6.30), 「熱心」(1907.6.27) 등을 단재의 글로 주장했다. 단재 글이 지속적으로 발굴될 필요가 있으며, 이에 대한 자세한 연구가 요구된다.

다. 이상필, 곽한승, 곽한영에 의해 주도된 연희개량은 타령을 연습시켜 『춘향가』부터 개량하려 했다는 점에서 근대적 연극개량과는 거리가 있다.[21] 그런데 만세보의 기자는 『춘향가』가 성황리에 공연되었다고 찬사를 아끼지 않았다.[22] 이것은 당시 만세보의 총무 겸 주필이었던 이인직의 글이거나, 또는 그의 입장을 대변하는 글임에 틀림없다.

> 金相天 朴晶東 李人稙 三氏가 西門너 官人俱樂部의 演劇場을 設施할 次로 現今準備中이라더라(『대매』, 1908.7.10)
>
> 今後에 苟或 극界改良에 留意ᄒᆞᄂᆞᆫ 者ㅣ 有ᄒᆞ거던 惟彼悲극에 從事하야 國民의 心理와 感情을 陶鑄ᄒᆞᆯ지어다(『대매』, 1908.7.12)

단재는 1908년 7월 10일경 이인직 등이 연극장을 개설하려고 한다는 소식을 접했다. 이미 협률사, 단성사 등의 폐단을 보아온 단재로서는 사실상 이인직이 주도하는 연극장 설시를 우려하지 않을 수 없었다. 이인직은 1907년 7월 18일부터 친일지 『대한신문』의 사장을 맡고 있었다. 단재는 「爲國民大韓兩新聞招魂」(『대매』, 1907.12.17), 「大韓新聞魔報記者아 一覽」(12.18~22)에서 『대한신문』에 대해 강도 높게 비판하였으며,[23] 「여우인절교서」(『대매』, 1908.4.14)에서도 "國民大韓 兩魔報"라고 하였다. 『국민신보』는 일진회의 기관지이며, 『대한신문』은 친일 이완용 내각의 기관지로 모두 적극적인 친일신문이었다. 그는 1908년 「일본의 삼대 충노」(1908.4.2)를 써서 송병준, 조중응, 신기선 등을 비판했다. 당시 단재는 항일비밀결사인 신민회에 가입(1907)한 상태였으며, 그에게 친일파는 척결해야 할 대상이었던 것이다.

---

21 「연희개량」, 『만세보』 1907.5.21.

22 「演劇奇觀」, 『만세보』 1907.5.30.

23 이 두 편의 글은 모두 표면적으로는 베델(本記者는 白面黃髮, 英人)을 저자로 내세우고 있지만, 「國民魔報記者야」(1909.5.21~22), 「國民大韓 兩魔頭上 各一棒」(5.23), 「惜乎라 우용탁씨의 國民大韓兩魔報의 鷹犬됨이여」(6.27) 등의 논설과 계열을 형성하고 있으며, 단재의 문체와 사상이 다른 어떤 글보다 잘 나타난 단재의 글이다.

단재는 「극개량론」에 4일 앞서 「소설저자」를 발표했다. 거기에서 그는 "近今 新小說 刊出者가 只是 一時 牟利的으로 艸艸 撰出하여"라고 비난했다. "국민의 혼"이어야 할 신소설이 위미음탕하여 인심 풍속을 흐리게 했기 때문이다. 그 비난의 중심에 "第壹等 小說家로 自命"하는 이인직이 있었음은 두말할 나위가 없다. 단재는 이후 이인직을 "只是牟利的起見으로 爲妄辨護의 「鬼의 聲」과 如혼 小說을 著ᄒᆞ"였다고 표현하지 않았던가.[24] 단재가 문예계에 대해 개량을 직접 운위하고 나선 것은 「論學校用歌」(1908.7.11)부터이다. 그는 이 글에서 당시 가곡이 "한字를 多用하고 國字로 補助ᄒᆞ며 俗語는 抹殺ᄒᆞ고 雅語만 趨重하야 畢竟 其意가 晦甚홈에 至ᄒᆞ니……不可不 汲汲 改良홀 者"(1908.7.11)라고 주장했다.[25] 그에게 소설이나 가사 역시 개량의 대상이었던 것이다.

다음 날(7.12) 단재는 이인직의 연극장 개설에 때맞춰 전면에 연극개량론을 제시했다. 그의 의도는 "今後에 苟或 극界改良에 留意ᄒᆞ는 者ㅣ 有ᄒᆞ거던 惟彼悲극에 從事하야"에서 더욱 분명해진다.

> (라) 大抵 壹場에 悲극을 演ᄒᆞ야 英雄豪傑의 淋漓壯快혼 往蹟을 觀ᄒᆞ면 비록 庸夫懦兒라도 此에셔 感興홀지며 忠臣烈士의 凄凉貞烈혼 遺標를 觀ᄒᆞ면 비록 蠢奴劣僕이라도 此에셔 奮起홀지니……假令 成忠 階伯 朴提上 諸公을

---

24 「혈의 누」는 1907년 3월과 1908년 3월에 광학서포에서 초판과 재판이, 「귀의 성」은 1907.10.3 광학서포에서 상편, 1908.7.25 중앙서관에서 하편이 발행되었다. 강현조는 1907년 5월경 중앙서관에서 상편이 발행되었을 것으로 추정했다(「'귀의 성' 판본 연구」, 『현대소설연구』 35, 한국현대소설학회, 2007).

25 권오만은 일찍이 이것을 단재의 글로 주장했다(앞의 책, 272면). 그의 언급처럼 "歌의 人을 感홈이 其亦深哉", "歌란 者는 人을 感情을 刺ᄒᆞ며 義氣를 鼓ᄒᆞ야 興起 奮發케 ᄒᆞ는 者" 등은 「천희당시화」의 시가관과 일치하며, 또한 그 내용은 「천희당시화」 "詩歌는 人의 感情을 陶融홈으로 目的ᄒᆞ나니 宜乎 國字를 多用ᄒᆞ고 國語로 成句ᄒᆞ야 婦人幼兒도 一讀에 皆曉ᄒᆞ도록 注意ᄒᆞ여야 國民智識 普及에 效力이 乃有홀지어날, 近日에 各學校用歌를 聞혼즉 漢字를 雜用홈이 太多ᄒᆞ야 唱ᄒᆞ는 學童이 其趣味를 不悟ᄒᆞ며, 聽ᄒᆞ는 行人이 其語意를 不知ᄒᆞ니, 是가 何等効益이 有ᄒᆞ리오"(1909.11.16)에 그대로 제시된다. 이런 점을 통해 볼 때 「논학교용가」는 단재의 글이다.

演ᄒᆞ면 其瑩潔ᄒᆞᆫ 狀態가 腦에 印하며 崔瑩 尹관 鄭夢周 諸賢을 演ᄒᆞ면 其忠壯ᄒᆞᆫ 實跡이 眼에 照ᄒᆞ야 畢竟 心往神移ᄒᆞ야 高尙 純潔ᄒᆞᆫ 心思가 自生ᄒᆞᆯ지니 所以로 극을 可貴라 ᄒᆞᆷ이어ᄂᆞᆯ

단재는 협률사 비판에서 "其忠臣烈婦의 毅節卓行", "奇聞異蹟" 등을 통한 연극 개량 의견을 표시했다. 또한 그는 「소설저자」에서 "悲悽한 事" "壯快한 事"를 그려낼 것을 권하며, "委靡淫蕩的 小說이 多하면 其國民도 此의 感化를 受할지며 俠情慷慨的 小說이 多하면 其國民이 此의 感化를 受할"(1908.7.8) 것이라고 주장했다.[26] 그런데 그러한 인식은 「극개량론」에서 더욱 구체화된다. 여기에서 그는 "英雄豪傑의 淋漓壯快ᄒᆞᆫ 往蹟"과 "忠臣烈士의 凄涼貞烈ᄒᆞᆫ 遺標"를 제시했다. 충신열부의 의절탁행은 영웅호걸의 임리장쾌한 행적, 충신열사의 처량정렬한 유표와 일치한다. 단재는 연극개량론에서 成忠 階伯 朴提上 崔瑩 尹관 鄭夢周 등의 행적이나 유표를 연출해야 한다고 주장했다.

李人稙 朴晶東 兩氏가 官人俱樂部의 演劇場을 設施ᄒᆞᆫ다ᄂᆞᆫ 說은 本報의 已爲報道ᄒᆞ얏거니와 昨日의 희場 設施ᄒᆞᆯ 請願을 警視廳이 承認ᄒᆞ얏다더라(『대매』, 1908.7.21)

大韓新聞社長 李人稙氏가 我國演劇을 改良ᄒᆞ기 위하야 新演劇을 夜珠峴 前協律社에 創設ᄒᆞ고 재작일붓터 開場ᄒᆞ얏ᄂᆞᆫᄃᆡ 銀世界라 題한 小說로…… 其經費를 補助키 위ᄒᆞ야…… 我國에 固有ᄒᆞ던 各種 演藝를 設行ᄒᆞᆫ다더라(『황성』, 1908.7.28)

---

26 「허다고인지죄악비판」에서 "史筆이 强하여야 民族이 强하며 史筆이 武하여야 民族이 武하는 배이어늘"(1908.8.8.)이라고 했고, 1년 뒤엔 "其書籍이 腐敗하면 一國民을 腐敗케 함이며 書籍이 卑劣하면 一國民을 卑劣케 함이며 書籍이 無精神하면 一國民을 無精神케 함이며 書籍이 無主旨하면 一國民을 無主旨케 함이니"(1909.7.9)이라고 했다. 그것은 이미 도주론에서 보여준 것처럼 언론, 연극, 역사, 교과서, 시 등 광범하다. 단재는 궁극적으로 개량을 통한 국민 도주론은 문학(연극, 소설, 시)과 역사, 서적으로 확대된 것이다.

1908년 7월 20일에 연극장이 설시 승인이 났으며, 7월 26일부터 연극을 공연하기에 이른다. 그래서 단재는 "李人稙氏가 圓覺社를 設ᄒᆞ고 演劇을 改良ᄒᆞᆫ다 ᄒᆞ기에 耳를 傾ᄒᆞ"였지만, 春香歌, 興夫歌, 華容道打令 등 "奇怪황誕淫蕩的의 演劇"만 공연하였다. 원각사의 초기 공연은 이상필 등의 광무대처럼, 전통적 연희를 개량하는 수준에서 크게 벗어나지 못했다. 비록 춘향가 등의 "고유 연예 설행"이 「은세계」와 같은 신연극 공연을 위한 재원 마련의 차원이었다지만 오히려 전자가 주가 된 형국이었다. 게다가 더욱 개탄스러운 것은 고관대작들이 연극을 관람하고 풍기를 흐리는 일이었다.[27] 그래서 그는 이인직이 부재중일지라도 원각사 공연을 질타하지 않을 수 없었다.[28]

(마) 今日 演劇에는 東國 先民의 愚溫達 乙支文德을 仰瞻ᄒᆞᆯᄶᅡ ᄒᆞ더니 嗟乎異哉라 依舊是月梅의 罵女聲만 尼喃ᄒᆞ며 明日演劇에는 泰西近代의 華盛頓拿破倫을 快覩ᄒᆞᆯᄶᅡ하더니

嗟乎怪哉라 依舊是 놀보의 妬弟語만 爛漫ᄒᆞ며 然則又明日에나 忠臣義婦 或快男烈俠의 歷史를 壹聞ᄒᆞᆯᄶᅡ 新世界 冒險的人物을 壹見ᄒᆞᆯᄶᅡᄒᆞ더니……羅賓孫漂流記와 如ᄒᆞᆫ 奇文을 譯ᄒᆞ야 國民의 冒險心을 鼓발ᄒᆞᆷ도 可ᄒᆞ며 若安貞德救國傳과 如ᄒᆞᆫ 壹小史를 著ᄒᆞ야 國民의 愛國性을 鑄造ᄒᆞᆷ도 可ᄒᆞ거날

단재가 제기했던 연극개량은 원각사 공연에서 전혀 이뤄지지 않았다. 그는 온달, 을지문덕, 워싱턴, 나폴레옹, 잔다르크 등의 "忠臣義婦 或 快男烈俠의 歷史", 로빈슨표류기와 같은 "新世界冒險的人物" 등의 연극을 기대했다. 그것은 「협률혁파」에서 제시한 "忠臣烈婦의 毅節卓行", "奇聞異蹟"

27 당시 원각사를 관람한 사람으로 송병준(1908.8.11 : 『대매』 기사날짜), 오일영(9.16), 윤덕영·민병석·송병준·조민희(9.19), 각부대신·이준용·민영휘·한창수(10.11), 송병준·조중응·각부차관 일동·통감부 고등관 수십명(10.18), 총리 이하 각부대신 및 그 권속(10.23) 등 부지기수였다.

28 이인직은 1908년 8월 3일 도일하였다가 1909년 5월 12일 귀국한다(관련기사 : 『대매』 1908.8.5, 1909.5.14).

과 그대로 일치하며, 또한 「소설저자」에서 말한 "기묘형결한" 문학인 셈이다. 단재는 애국계몽을 통한 민족 독립국가 건설을 가장 시급한 과제로 인식했기 때문에 그의 개량론은 주로 실제 역사 속의 인물전기가 중심이 되었으며, 그래서 소재적인 측면에서 무척 제한되어 있었다.

(마)의 한글판 제목은 「연극장의 독갑이」인데, 이인직을 도깨비, 즉 마귀 같은 존재로 규정한 것이다. 단재가 신문에 실제 이름을 거론하며 공격한 예는 많지 않은데, 송병준, 조중응, 신기선, 이인직, 우용탁, 이완용 정도이다. 이인직은 신문뿐만 아니라 소설, 그리고 연극을 통해서도 나쁜 영향을 미쳤다. 특히 원각사는 송병준, 조중응 등의 고관이 몰려드는 복마전과 다를 바 없었다. 단재는 격노하여 "又何樣禍坑을 造ᄒᆞ야 同胞에게 流毒코ᄌᆞ ᄒᆞ는지"라고 우려했다. 그리고 『대한신문』에 대한 단재의 비판은 이인직의 귀국 후에도 「國民魔報記者야」(1909.5.21~22), 「國民大韓 兩魔頭上 各一棒」(5.23) 등에서 이어진다.

단재의 개량론은 「천희당시화」에서 절정을 이룬다.

> (바) 故로 强武ᄒᆞᆫ 國民은 其詩부터 强武ᄒᆞ며 文弱ᄒᆞᆫ 國民은 其詩부터 文弱ᄒᆞ나니 一國의 盛衰治亂은 大抵 其國詩에셔 可驗ᄒᆞᆯ지오 又 其國의 文弱을 回ᄒᆞ야 强武에 入코ᄌᆞ ᄒᆞᆯ진ᄃᆡ 不可不 其文弱ᄒᆞᆫ 國詩부터 改良ᄒᆞᆯ지라(1909.11.11)
>
> 故로 余는 嘗言호ᄃᆡ 「詩가 盛ᄒᆞ면 國도 亦盛ᄒᆞ며 詩가 衰ᄒᆞ면 國도 亦衰ᄒᆞ며, 詩가 存ᄒᆞ면 國도 亦存ᄒᆞ며, 詩가 亾ᄒᆞ면 國도 亦亾ᄒᆞᆫ다(1909.11.23)
>
> 是以로 其詩가 武烈ᄒᆞ면 全國이 武烈ᄒᆞᆯ지며 其詩가 淫蕩ᄒᆞ면 全國이 淫蕩ᄒᆞᆯ지며 其詩가 雄建ᄒᆞ면 全國이 雄建ᄒᆞᆯ지며, 其詩가 柔弱ᄒᆞ면 全國이 柔弱ᄒᆞᆯ지며 其他 勇悍猖狂 猛奮纖劣 或善 或惡 或美 或醜가 無非詩歌의 支配力을 受ᄒᆞ는 바인ᄃᆡ 試思ᄒᆞ라(1909.11.24)

이 글에 詩道와 국가, 또는 국민의 관계가 제대로 드러난다. 단재는 우리의 시가 대부분 위미음탕하여 풍속의 부패를 가져온다고 여겨 국시 개량을 외쳤다. 그는 "余는 嘗謂호딕", "余는 嘗言호딕" 등의 표현을 썼는데, 이제까지의 문학에 대한 입장을 「천희당시화」에서 정리하였다. 앞에서 언급한 「논학교용가」에서의 가곡개량에 대한 의견뿐만 아니라 소설 및 연극 개량론도 종합되기에 이른다. 그러므로 「천희당시화」는 단순한 시가개량론이 아니라 단재의 문학론을 담고 있다. 그는 국가의 무열 / 음탕, 웅건 / 유약은 모두 시와 관계가 있다고 하여 시와 국가의 흥망을 비례 관계로 파악했다.

> (사) 小說이 國民을 强훈 데로 導ᄒ면 國民이 强ᄒ며 小說이 國民을 弱훈 데로 導ᄒ면 國民이 弱ᄒ며 正훈 데로 導ᄒ면 正ᄒ며 邪훈 데로 導ᄒ면 邪ᄒ나니 小說家된 者ㅣ 맛당히 自愼홀 빅어날 近日 小說家들은 誨淫으로 主旨를 숨으니 이 사회가 장ᄎᆞᆺ 엇지되리오 近間 大韓新聞의 揭지된 漢江船을 讀ᄒ믹 더욱 聲을 失ᄒ며 長吁홀 빅로다.

단재는 「소설추세」에서 자신의 소설관을 피력했다. 그것은 "小說이 國民을 强훈 데로 導ᄒ면 國民이 强ᄒ며 小說이 國民을 弱훈 데로 導ᄒ면 國民이 弱ᄒ며 正훈 데로 導ᄒ면 正ᄒ며 邪훈 데로 導ᄒ면 邪ᄒ나니" 고로 소설은 국민의 나침반이라는 얘기이다. 시화에서 주장한 내용을 다시 한 번 강조한 셈이다. 뿐만 아니라 『대한신문』 및 이인직에 대한 비판도 계속된다. 이 글에서 그는 "漢江船은 明白히 淫을 論홈으로 譬컨딕 刀槍으로 人을 殺홈"과 같다고 했다. 「한강선」의 저자는 이인직이 확연하다.[29] 『대한신

29 이에 대해서는 이상경의 논의도 있었다(「"은세계" 재론—이인직연구(1)」, 『민족문학사연구』 5, 민족문학사학회, 1994). 대한신문사에서는 "本報는 人心世態를 活畵ᄒ는 新小說을 每日 連載홀터이온딕 小說作者는 「血의 淚」와 「鬼의 聲」을 著作ᄒ던 人氏"(「대한신문사 고백」, 『황성』, 1907.7.16)라고 밝혔다. 이인직은 『국민신보』에 「백로주」, 『만세보』에 「혈의 누」와 「귀의 성」, 『매일신문』에 「모란봉」을 연재하였으며, 또한 「치악산」, 「은세계」 등을 쓴, 당대 제일등 소설가로 자칭하는 소설가였다. 단재는 「소설추세」에서 "漢江船은…… 他 許多小說家는……"이라 하여 「한강선」의 저자를 내세워 비난하였다.
『대한신문』에 실린 「江上船」(1907.9.7～?)은 "리국초", 즉 이인직의 소설이다. 내용 중에 "강상에 마을집은 적적ᄒ고 뇨뇨ᄒ야 세상사람이 다 죽은 듯 자는 듯ᄒ딕 빅 나드리에 사람은 업고 비인 빅만 믹엿더라"라는 내용으로 보아 강(용산강) 마을(강상촌)과 배를 중심으로 일어난 이야기이다.

문』은 한글판 창간호(1907.9.7)만 남아있지만, 이인직의 소설을 게재하겠다고 공언했던 터이다. 그러므로 『대한신문』과 원각사, 그리고 음탕연희와 誨淫小說의 논란 중심에 이인직이 자리해 있다.

4. 마무리

앞에서 살펴본 것처럼 연극개량론은 (가), (나)의 논설과 (다)에서 제기한 논리가 습합된 논설이다. 그리고 (다)와 (라)의 논지는 (바)로 심화 확대된다. 마지막으로 (바)는 여전히 (사)에도 영향을 미친다. 그것을 간단히 도식화해 보면 다음과 같다.

임화는 『신문학사』에서 이인직의 소설 『白露州江上村』을 "미완"이라 언급하였다. 전광용 교수는 의아심을 가지면서도 한 작품으로 보고 있다. 그러나 본 연구자는 『백로주』와 『강상선』의 오식으로 본다. 제목이 그렇게 길 리가 없고, 또한 매일신보(1916.11.28)에는 「白蘆州」로만 언급되어 있기 때문이다. 이인직은 『국민신보』에 1906년 2월 6일부터 주필로 있으면서 「백로주」를 연재했고, 만세보가 창간(1906.6.17)되면서 그만두었다. 그리고 1907년 9월 7일 『대한신문』 국문보 창간과 더불어 「강상선」을 연재하였다. 최찬식이 필사본에 「白鷺州江上村」으로 썼다는 것으로 보아 「백로주」와 「강상선」 역시 「혈의 누」와 「모란봉」처럼 상하편의 형식이었을 가능성이 있다.
또한 이상경은 「한강선」은 1909년에 실린 것으로 이해했다. 그런데 단재가 언급한 「한강선」은 「강상선」이었을 가능성이 있다. 왜냐하면 「강상선」에서 강은 용산강으로, 곧 한강이기 때문에 단재가 제목을 혼동했을 수 있다. 이인직은 1908년 9월 3일 도일하여 1909년 5월 12일 귀국했기 때문에 1909년 5월 이전에 「한강선」을 발표할 수 없었을 것으로 보이며, 그렇다면 귀국 이후(5월 중순 이후)에나 발표했다는 것이 된다. 다른 작품의 연재(「혈의 누」(1906.7.22~10.10, 50회), 「귀의 성」(1906.10.14~1907.5.31, 139회), 「모란봉」(1913.2.5~6.3, 65회 미완)) 횟수를 볼 때, 「강상선」은 1908년 초에도 연재되었을 것이며, 당시 단재는 『대한신문』과의 논전으로 그것을 열심히 읽었을 것이다. 단재는 이인직이 귀국한 1909년 5월 이후에도 대한신문사와 두 번이나 논전을 벌였다. 「한강선」이 「강상선」과 같은 작품이 아니라면, 「한강선」은 1908년 「강상선」 이후, 또는 1909년 5월 이후 연재되었을 터인데, 그 가능성보다는 동일 작품일 가능성이 커보인다. 그리고 "李人稙氏가 編述훈 蜀魂聲을 演劇홀 次로 警視廳에 請認하얏다"(『황성』, 1909.7.8)라는 내용으로 보아 그는 1909년 토쿠토미 로카[德富蘆花]의 『不如歸』를 번안한 것으로 보인다.

1차 장르 내 논지 심화－장르개량론 (가 → 나, 라 → 마, 다 → 사, 「논학교용가」 → 바)

2차 장르 간 전이 수렴－문예개량론으로 확대(가 · 나 + 다 → 라, 다 + (논학교용가) + 라 → 바, 바 → 사)

(가)는 (나), (라)는 (마), (다)는 (사)와 각각 짝을 이루고 있다. 그리고 이 글에서 제대로 다루진 않았지만, 「논학교용가」 역시 「천희당시화」의 근간이 된다는 점에서 대단히 중요하다. 그것은 (다), (라)와 더불어 문예계 전반에 걸친 개량론을 보여준다.

(가)에서는 관람자에게 경고 및 효유하였지만, (나)는 제작자인 김용제, 최상돈, 고희준, 加藤 등을 직접 비판하였다. (라)는 연극개량에 대한 일반론이며, (마)는 구체론이다. 특히 (마)는 이인직을 겨냥함으로써 그 비판의 강도가 세다. (다)는 소설 개량 일반론이며, (사)는 구체론으로 「한강선」을 겨냥하고 있다. 그리고 「논학교용가」는 「천희당시화」에 포섭 용해된다. 그래서 단재의 개량론은 (다) 소설 / (라, 마) 연극 / (바) 시가로 이어지며, 문예계 전반의 개량론으로 확대되고 있음을 확인할 수 있다. 이것은 한편으로 진화되는 구조를 가졌는데, (가 · 나)의 연극비판론은 (다)의 소설 개량 및 「논학교용가」의 가사개량론과 더불어 (라 · 마)의 연극개량론을 형성하고 있고, 다시 시가개량론(바)으로 나아가고 있음을 볼 수 있다. 단재의 문예개량론은 이처럼 전이 확산되는 구조를 지니고 있다.

본고에서는 단재의 연극 관련 논설을 밝혀냄으로써 그의 『황성신문』 활동을 좀 더 구체적으로 알 수 있었다. 그리고 그의 연극개량론과 더불어 문예개량론의 실상을 자세히 파악할 수 있었다.

사회등가사 저자로서의 신채호

1. 들어가는 말

『대한매일신보』에는 600여 편의 사회등가사가 실려 있다. 이 가운데에는 가사의 저자가 직접 드러난 경우도 있지만, 대부분이 무서명으로 작가가 알려져 있지 않다. 이 가사에 대해서는 여러 연구자의 논의가 있었지만, 아직 그 저자를 뚜렷하게 밝힌 경우는 없었다. 본고에서는 사회등가사의 저자에 대해 주목해보려고 한다.

임중빈은 단재전집 '연보'에 "1908년 『대한매일신보』에 …… 〈詞藻〉와 〈社會燈〉 欄에 정치풍자의 譚詩類를 계속 집필"(하, 497면)하였다고 밝혔다. 그는 "社會批判的 音階가 높은 亡命前의 詩歌로 同紙에서 단재의 작품으로 고증될 수 있는 작품 또한 「詞藻」類와 譚詩類의 「社會燈歌辭」 및 「談叢」欄 등 상당수에 달한다"[1]고 했다. 그는 단재가 사회등가사를 창작했음을 분명히 하였지만, '담총'란의 글들을 전집에 수록한 것과 달리 사회등가사는 한 편도 수록하지 않았다. 그것은 담총란은 '검심'이라는 호가 분명하고 작품수도 적지만, '사회등가사'는 방대할 뿐만 아니라 구체적 근거를 찾

1 임중빈, 「민중혁명문학의 근대적 형성」, 『단재신채호전집(별집)』, 형설출판사, 1977, 552면.

아내지는 못했기 때문으로 풀이된다. 적지 않은 작품을 찾아냈으나 논란을 피하기 위해 싣지 않았을 것으로 보인다. 그리고 김학동은 사회등가사의 내용이 논설이나 시평과 같다는 점에서 『대한매일신보』 논설진이 썼을 것으로 추정하였다. 개화기 시가 연구자들은 한결같이 논설진을 사회등가사의 저자로 지목하였다.[2] 그들 가운데 가장 직접적이고 구체적인 성과를 남긴 사람은 권오만이다.

> 아마도 오늘날 전해지고 있는 610여 편의 '사회등' 가사 중 다수의 작품들이 그에 의하여 쓰여졌으리라고 보아 무방할 것이다. 이런 의미에서 申采浩는 '사회등'가사의 전개과정에 지대한 영향을 미친 작가라고 할 수 있다.[3]

개화기 사회등가사 전체를 실증적으로 검토한 권오만은 신채호가 "사회등가사의 작가 중 가장 중요한 작가"(382면)이며, "사회등가사를 형성, 전개한 문학인으로도 새롭게 조명되어야 할 것"(380면)이라 주장했다. 그의 주장 이후 20여 년의 세월이 흘렀지만 아직 이렇다 할 연구 성과는 없는 실정이다. 여전히 그의 연구에서 일보도 나아가지 못하고 있다.

사회등가사의 저자를 밝히는 일이 중요함에도 불구하고 연구자들은 섣불리 연구에 나서지 않고 있다. 그것은 무엇보다 텍스트 해독에 어려움이 있고, 무시명의 작품에 대해 작가를 밝히기가 쉽지 않기 때문이다. 또 한편으로 사회등가사 역시 당시 논설처럼 신문사의 입장을 대변하는 공론에 가

---

2 김학동은 "『대한매일신보』 〈사회등〉난의 가사들은 그 몇 편의 기고를 제외하고 모두 동 신문사의 논설진에 의해 쓰여진 것"(158면)이라 했다. 그에 따르면 사회등가사 집필자로 신채호, 박은식, 양기탁 등을 들 수 있다. 박은식은 1907년 11월 5일 대한매일신보사를 떠났다는 점에서 논외로 할 수 있을 것 같다. 그리고 박을수는 박은식, 신채호, 양기탁, 장도빈, 안창호 등을 들었는데, 여기에서 박은식과 안창호도 배제의 대상이 된다. 김영철 역시 "신문의 제작과 편집을 맡거나 통신원(기자)으로 활약하던 저널리스트 계층"으로 저자를 규정했다.
김학동, 『한국 개화기 시가 연구』, 시문학사, 1981, 82면; 박을수, 『한국개화기저항시가연구』, 성문각, 1985, 63면; 김영철, 『한국 개화기 시가 연구』, 새문사, 2004, 81면.

3 권오만, 『개화기시가연구』, 새문사, 1989, 375면.

까운데, 굳이 작가를 밝힐 필요가 있겠는가 하는 생각들도 작용하고 있다. 강명관은 "이 작품군의 다양한 목소리가 특정한 작자 개인의 사유에 귀속되는 것이 아니라, 이 시대를 지배했던 계몽적 열정, 계몽담론으로부터 걷잡을 수 없이 분출된 것이기에 작자의 확인 자체가 쓸데없는 일"이라고 하였는데, 여기서 그러한 모습을 발견할 수 있다.[4]

이는 아주 그럴듯해 보이지만 달리 보면 저자 논의 회피를 정당화시키는 무책임한 말이라고 할 수 있다. 동일한 『대한매일신보』에서 박은식과 신채호 논설의 목소리가 각기 다르며, 또한 서술방법에도 차이가 있다. 모두 계몽적인 목소리를 지니고 있다 하여 그 개성이 무시될 수 없다. 저자가 다르면 글의 주지나 논조도 다르게 마련이다. 설혹 계몽이라는 공론 속에 들어있다 하더라도 개별 저자의 차이를 인정할 때 그 논의는 보다 심도 있고, 생산적이 될 것이다. 우리가 공론적 특성을 강조하다 보면 개성을 무시하게 된다. 작가는 그런 차이 속에 존재하기 때문에 오히려 저자 연구가 필요한 것이다.

사회등가사는 애국계몽기 문학의 한 흐름이었다고 할 정도로 양적으로도 많고, 또한 당대 사회나 문학에 미친 영향도 지대하다.[5] 그런 측면에서 사회등가사의 저자 연구는 뒤늦은 감이 있다. 물론 기존 연구자들이 저자 연구를 시도하지 않은 가장 큰 이유는 그러한 논의가 얼마만큼의 정확성을 담보해낼 수 있는가 하는 점 때문일 것이다. 그러나 이전의 성과를 용인하는 것으로 만족하면 논의는 더 나아갈 수 없으며, 설령 오류가 따르더라도 모험이 필요하다.

본고에서는 이전 연구 성과를 토대로 사회등가사의 저자에 대해 궁구해 보고자 한다. 특히 사회등가사 형성에 가장 큰 역할을 했던 단재의 사회등

---

4 강명관, 「해제」, 『근대계몽기시가자료집』 ③, 성균관대 대동문화연구원, 2000, 437면.

5 그러한 까닭에 사회등가사는 일찍부터 자료집에 포함되어 간행되었다.
최해청 편, 『대한매일신보발췌록』, 청구대 출판부, 1958; 김근수 편, 『한국개화기시가집』, 태학사, 1985; 강영관 · 고미숙 편, 『근대계몽기시가자료집』(총3권), 성균관대 대동문화연구원, 2000; 민찬 · 장성남 편, 『대한매일신보의 시가』(총2권), 형설출판사, 2001; 김학동 편, 『개화기시가집』(총4권), 새문사, 2009.

가사를 추적해볼 것이다. 그것은 무서명 논설의 저자를 밝혀낸 이전 연구자들의 수고를 감수하며, 그들의 성과를 확산시키는 작업이 될 것이다.

2. 시론 시평 기자로서의 신채호

『대한매일신보』에서 단재의 직책은 논설기자, 즉 주필이었다. 당시 논설 쓰는 사람을 주필이나 기자로 불렀으며, 단재는 스스로를 기자라 일컬었다. 1908년 일본 문서 「각회사 조사」에 따르면, 『황성신문』의 기자는 류근이었는데, 그는 사장이자 발행 편집까지 도맡아 한 것으로 드러나 있다. 즉 사장 겸 발행 편집인이자 주필이었던 셈이다. 그것은 『황성신문』에 논설기자 1명을 두고 있었다는 말이다. 『대한매일신보』 역시 그러하여, 주필로 신채호를 두고 있었다.[6] 그런데 기존 연구에서 신문사의 논설진이 사회등가사를 썼다고 추정 또는 단정한 까닭은 무엇인가? 그것은 내용적인 유사성에 기인한다. 논설이 시론의 성격을 지녔다면 사회등가사는 시평의 성격을 지녔다. 그래서 한글판에서는 후자를 '시사평론'이라고 칭했던 것이다. 그런데 변영만에 따르면, 단재는 시평의 저자이기도 하다.

> 그 所作 漢詩文의 程度를 말하면 決코 金滄江(澤榮) 李修堂(南珪) 李寧齋(建昌) 黃梅泉(玹) 流의 雄麗 嚴密 或은 纖刻의 蹊徑에는 드러가지 못하얏스나 君一流의 滉漾 浩蕩 幻怪의 境地가 따로 開拓되여잇고 同時에 그 所吟『國詩』인즉 屈子九歌의 亞流이며 至於邦 漢文으로 交作한 <u>時論時評</u> 史譚 等에 至하야

---

6 일본 문서에 따르면, 『제국신문』은 이해조, 박승옥, 장환선 등 3명의 기자를 둔 것으로 소개되어 있다. 이는 그들 각자의 집필 역할이 달랐기 때문에 그렇게 한 것으로 보인다.

는 벌서 謝世한 三大巨星인 嵩陽山人(張志淵) 石儂山人(柳瑾) 太白狂奴(朴殷植)로는 그 肩背일 바 到底히 바라보지 못할 것이다.[7]

변영만은 단재가 국한문(邦漢文)으로 시론시평을 썼다고 기술했다. 변영만과 신채호는 성균관 시절 이남규에게 동문 수학하였으며, 이후 내왕이 아주 빈번했다. 단재가 살던 삼청동 집은 변영만이 살던 맹현 집과 걸어서 10분 거리에 있었고, 신채호는 신문사 업무가 끝나면 무시로 들렀다고 한다. 변영만은 단재의 『황성신문』 및 『대한매일신보』 시절을 누구보다도 잘 아는 사람이었다.[8] 그런 그가 신채호가 시론 시평을 썼다고 한 것은 의미심장하다. 물론 논설을 두고 "시론시평"이라 할 수도 있지만, 굳이 시평을 추가한 것은 시사평론, 즉 사회등가사의 창작을 언급했을 가능성이 크다.

그렇다면 효과적인 논의를 위해 사회등가사에서 당시 논설기자였던 단재의 모습을 찾는 것이 필요하다. 권오만은 "본사책임"(「필봉무사」, 1908.12.15)과 "보관사무"(「연초요」, 1908.12.25)를 들어 이들 작품의 작가가 "사내인"임을 강조했다. 그런데 더욱 분명한 표지가 있다. 사회등가사에 '기자'가 등장한다는 점이다. 당시 『황성신문』 "기자 : 유근"[9]처럼 기자란 일반적으로 논설기자를 칭했다.

---

7 薊篁生, 「신단재의 윤곽」, 『조선일보』, 1931.6.12.

8 변영로는 "하여간 兄님(변영만 : 인용자)과 丹齋는 더할 나위 없이 친하였었다. 막역한 사이었다. 수어지교(水魚之交)랄가, 관포지교(管鮑之交)랄가이였던 것이다"(변영로, 「신채호론」, 『사조』, 1958.10, 72면)라고 언급했다. 당시 그들의 관계는 단재가 변영만의 『세계삼괴물』에 서문(「세계삼괴물서」, 1908.3.1)을 써주고, 변영만이 단재의 『을지문덕』에 서문(「서」, 1908.4.21)을 써준 데에서도 드러난다. 변영만은 이후 「단재전」을 지었으며, 단재의 사후 시를 지어 단재를 애도했다.

9 류근은 1907년 9월 22일부터 사장・발행・편집을 맡았으며, 기자로도 활동했다. 신문사에는 기자 외에도 회계, 탐보원, 사무원, 인쇄 담당, 채자 담당 등의 인원이 있었다. 1908년 4월 박은식이 『황성신문』에 다시 들어감으로써 기자는 1명 더 보충이 되었다. 1908년 당시 『제국신문』은 이해조, 박승옥, 장환선 등 기자가 3명이 있었지만 이들의 역할은 각각 달랐던 것으로 보인다. 이현종, 「구한말 정치 학회 회사 언론단체 조사자료」, 『아세아학보』 제2집, 아세아학술연구회, 1966.10, 102면.

諸君들아 諸君들아 韓國문明 ᄒᆞ기로니 於余記者 何益이며 韓國敗亡 ᄒᆞᆯ지라도 亦於記者 無損인대 衆口毁謗 不關ᄒᆞ고 熱心勸告 ᄒᆞᄂᆞᆫ것이 爲英乎아 爲韓乎아 諸君三思 ᄒᆞᆯ지어다(「猛鞭光陰」, 1908.10.15)

閭巷風聞 採探ᄒᆞᆫ즉 新舊政府 某某人이 本記者를 仇視ᄒᆞ야 乖當言論 잇다ᄒᆞ니 攻擊諸公 ᄒᆞᄂᆞᆫ것도 爲諸公而 攻擊이오(「含笑受怨」, 1908.11.17)

사회등가사에는 '기자'라는 표현이 위 두 작품과 더불어 「舊面新話」(1909.11.9)에도 등장한다. 『대한매일신보』 논설에는 '기자'라는 표현이 적잖이 등장한다. 단재는 논설에서 기자라고 하여 자신을 직접 드러내기도 했다.[10] 그런데 가사의 저자 역시 은연중 자신이 기자임을 드러낸 것이다.

편집부 국한문판 논설 : 신채호, 편집 : 양기탁, 시사평론 : 이장훈, 외보번역 : 양인택
한글판 논설번역 : 김연창, 편집 : 양기탁, 잡보외보번역 : 유치겸
영문판 논설번역 : 정태제, 편집 : 만함, 잡보외보번역 : 이표, 황희성
서무회계부 회계 : 임치정, 지방접수 : 권중국 · 황문수, 경성접수 : 백윤덕 · 김영환, 광고접수 및 국채보상접수 : 최종악
발송부 배달장 : 최성환, 발송분장 : 김덕재, 박성두, 김강이
탐방자 : 성선경, 이만직, 이호근 ······「『대한매일신보』의 현황」(1908.5.27)

당시 『대한매일신보』에서 기자라는 말을 아무나 쓰지 않았음은 황희성이 "본인은 본사 사원"이라고 밝힌 글[11]에서도 확인된다. 일본정보에 따르면,

10 단재의 글에 '記者'가 등장하는 것은 「보종보국이 원비이건」, 「국한문의 경중」, 「여우인절교서」, 「한국과 만주」, 「문법을 의통일」, 「동양이태리」, 「국민 대한 양마두상 각일봉」, 「석호라 우용탁씨의 국민 대한 양마보의 응견됨이여」, 「서적계 일평」 등 부지기수이다.

11 「광고」, 1908.3.17.

1908년 당시 황희성은 "잡보외보 번역"을 맡았는데, 그런 역할만으로 기자라고 하지 않았다는 뜻이다. 뿐만 아니라 이교담도 『대한매일신보』 기사에서 "본사 사원"으로 기술되어 있다.[12] 『대한매일신보』에서 기자라는 말은 일반적으로 논설기자를 지칭했다. 그런 점에서 기자가 사회등가사를 썼다는 것은 당연히 논설기자가 썼다는 말이다. 당시 엄연히 논설기자는 신채호였다.[13] 이것은 신채호가 사회등가사도 썼음을 의미한다.

그런데 여기에 또 하나 고려할 대상이 있다. 바로 이장훈이란 존재이다. 일본 정보에 따르면, 그는 시사평론을 쓴 것으로 되어 있다. 이장훈은 「대한매일신보에 관한 건」(1907.1.18)에 양기탁(총무), 박은식에 이어 이름이 나오고, 만함에 이어 1910년 6월 14일부터 『대한매일신보』 사장이 된다. 그 기록대로라면 신문사에서 상당한 역할을 했으리란 추정이 가능하다. 그런데 그는 1908년 「각회사 조사」에 이름이 빠져 있다.[14] 그것은 1908년 어느 시점에 『대한매일신보』를 떠났다는 것을 말해준다.[15] 그것은 이장훈과 사회

---

12 「李氏被捉」 『대한매일신보』, 1910.1.13.

13 일본통감부 문서에는 『대한매일신보』 기자로 양기탁과 변일도 언급되고 있다. 그러나 양기탁은 공판(1908)에서 대한매일신보사의 주필이 신채호라고 했다. 신채호는 여러 논설에서 스스로를 기자라고 언급했다.

14 이현종, 「구한말 정치 · 사회 · 학회 · 회사 · 언론단체조사자료」, 『아세아학보』 2, 1966, 101면. 한편 「각회사 조사」가 쓰인 시기는 구체적으로 밝혀져 있지 않다. '대한매일신보사' 부분만 본다면 사장이 만함으로 되어 있어 1908년 5월 27일 이후 작성된 것이 분명하다. 그리고 '현황'에는 없던 장달선이 한문편집을 하고, 탐방자(탐보원)로 이호근이 사라지고 대신 변영헌이 등장한다는 점에서 '현황'이 만들어진 시기(1908.5.27)와 상당한 시간적 간극이 있었던 것을 알 수 있다. 연구자는 「각회사 조사」가 1908년 10월에서 12월 사이에 작성되었을 것으로 본다. 왜냐하면 거기에 기호학회 김윤식 회장(1908.9.27부터), 대한중앙학회 이도재 회장(1908.9.20부터), 대동회 폐지(1908.10.7 해산), 기호흥학회월보(창간호 1908.9.25 발행) 등의 내용이 들어 있기 때문이다. 특히 동양애국부인회도 나오는데, 이 부인회는 1908년 10월 26일 "통상총회를 開하고 제반 사항을 협의"(『황성신문』, 1908.10.27)한 내용이 실린 것으로 보아 그 이후 작성된 것으로 볼 수 있다.

15 이장훈은 1908년 9월 27일 김광제와 더불어 서적종람소 설치(『황성신문』, 1908.9.22)에 대해 협의하고, 10월 발기취지문을 발표(『황성신문』, 1908.10.6)하였다. 그리고 본격적인 일을 시작한 것으로 보인다. 이장훈이 서적종람소 일에 몰두했다는 것은 달리 그 시기 『대한매일신보』를 벗어나 있었다는 것을 말해준다. 한편 1909년 11월 30일에는 "漢城新報 社員 李斗淵 李章薰 兩氏는 三昨日 下午 十時에 洞口內 團成社에셔 該雇人과 何事件을 因홈인지 一場風波가 起ᄒᆞ얏다더라"라는 기사가 『황성신문』에 실리는데, 이 시기 『한성신보』에 관여한

등가사가 별 관련이 없음을 보여주는 표지이다.

> 이러한 고심 끝에 찾아 낸 것이 4・4조를 기본 율격으로 하고, 분연체, 반복구를 활용하는 '사회등' 가사의 창안이다. 《대한매일신보》이 고심 끝에 창안한 이 '사회등' 가사를 처음 선보인 것은 1907년 12월 18일이다. 이 날짜에 발행된 《대한매일신보》 제689호는 〈聞一知十〉이란 제목을 단 다음 작품을 게재하고 있는 것이다.[16]

권오만은 사회등가사의 시발을 「문일지십」(1907.12.18)으로 보았다. 그의 지적처럼 이미 1907년 12월 10일부터 문미에 "웬일이오", 11일 "제격이오", 13일 "競爭이여" 등의 반복구 활용, 4・4조 분연체 형식 등 사회등가사의 실현태를 보여주고 있다. 이는 사회등가사가 이장훈과 무관하게 이뤄졌을 것이란 점을 가정할 수 있는 근거이다. 만일 이장훈이 이 가사를 선호했다면 1907년 재직 당시부터 가사의 실험은 가능한 일이었다. 오히려 이 실험은 단재의 입사 이후 이룩된 성과라는 측면에서 단재와 무관하지 않음을 보여준다. 단재가 1907년 11월 6일 입사하여 신문에 변화를 가져오게 되었는데, 그 가운데 하나가 시사만평이 율문화를 지향했다는 점이다. 그런 점에서 사회등가사의 실험과 전개는 단재와 밀접하다.

단재는 1910년 5월 하순 『대한매일신보』를 완전히 떠난다. 그런데 1910년 5월 이후 사회등가사는 커다란 변화를 보인다.[17] 1910년 5월 15일부터 5

것이 아닌가 의심된다. 1910년 6월 14일 이장훈은 「사설」을 직접 쓰고 발행 겸 편집인이 된다. 이날 잡보란에서 오광덕은 "본보를 창립훈지 수년만에 간신히 이쳔 쟝 신문도 풀지 못ᄒ다가 일년 동안에 만여 쟝을 구람케 ᄒ던 긔쟈 리쟝훈씨가 또 집필ᄒ엿스니"(『대한매일신보』 한글판)라 하였다. 이 기사 바로 옆(국한문판)에 『대한매일신보』 퇴사를 알리는 양기탁의 광고가 실려 있다. "또 집필ᄒ엿스니"라는 표현으로 보아, 이때 이장훈이 『대한매일신보』로 돌아와 발행 겸 주필을 맡은 것으로 보인다.

16 권오만, 앞의 책, 372면.

17 한편 단재의 부재로 인해 사회등가사가 현격히 위축되었음을 확인할 수 있다. 1910년 4월 8일 단재는 안창호, 김지간과 더불어 소금배로 중국 망명을 기도하였는데, 그는 도중에 배멀미로 인해 망명을 유보하고 4월 18일쯤 서울로 다시 돌아왔으며, 5월 말경까지 신문에 계속

월 31일까지 사회등가사가 1편도 실리지 않았으며, 6월 1일부터 이전처럼 사회등가사가 실리지만, 그 이전 것과는 많이 다르다. 우선 외적인 측면에서 길이가 짧아졌다. 전체 길이도 짧아졌지만 한 연의 길이도 무척 짧아지게 된다. 다음으로 문학성이 떨어진다. 1910년 5월 이전 사회등가사들은 비교적 낭송이나 창에 적합하도록 리듬감이 살아있어 시가로서의 미적 가치가 있었지만, 6월 이후 사회등가사는 그러한 리듬감이 현저히 줄어들며 단지 글자수 맞추기에 급급한 모습을 보인다. 마지막으로 이전 작품들이 갖고 있던 비판적 강도가 현저히 떨어졌다. 그것은 이전의 '시사평론'란이 6월 3일부터 '시사단평'란으로 바뀐 것과 무관하지 않다.[18] 이는 신채호의 사퇴로 인해 사회등가사가 형식만 간신히 유지한 채 의미를 상실했다는 것을 말해준다. 만약 이장훈이 『대한매일신보』 재직 시절 초창기(1907.12~1908년 중반) 사회등가사를 주도했다면, 주필로 복귀한 1910년 6월 중순 이후에도 이

집필을 한다. 그것은 박정규의 지적(박정규, 「"대한매일신보"의 참여인물과 행동」, 한국언론사연구회 편, 『대한매일신보 연구』, 커뮤니케이션북스, 2004, 82~83면)처럼 '가옥문서 분실 광고'(『대매』, 1910.4.19)를 통해 알 수 있다. 당시 '담총'란의 글은 4월 7일로 완전히 종료되고, 「최도통전」은 4월 8일과 9일에 이어 12일까지 실리다가 22일에야 다시 게재된다. 그것은 그가 신문사에 주고 간 원고가 12일까지 실렸고, 이후 서울에 돌아와서 22일부터 다시 실은 것으로 볼 수 있다. 이 시기 사회등가사는 4월 9일과 10일 실렸는데, 12일에는 至樂生의 「我의 樂」, 13일 「國魂」, 14일 「社會燈」, 17일 尋芳客의 「四字言志」, 19일 感春生의 「賞春」, 20일 「山上顯聖」 등이 게재된다. 4월 11일과 18일 휴간일은 제외하고, 4월 13일과 16일에는 아예 가사가 실리지도 않았다. 특히 16일에는 「유행병 예방약 특별대광고」가 사회등가사 자리를 대신하게 된다. 단재가 신문사를 비운 10일 사이 3편의 투고작이 실렸다는 것은 그만큼 공백이 컸음을 반증해준다. 게다가 이 기간 무서명 가사의 질적 수준도 이전에 비해 떨어진다. 그것은 사회등가사의 창작에 있어 단재의 비중이나 역할이 대단히 컸음을 알 수 있다.

18 단재의 「최도통전」은 국한문판에 실렸던 제8장이 생략된 채 한글판 『대한매일신보』에는 1910년 5월 26일 "상편종"으로 끝나고 더 이상 실리지 않는다. 단재가 이 무렵 망명길에 오른 것으로 보인다. 5월 14일 사회등가사가 실리고 5월말까지 가사가 실리지 않는다. 5월 22일과 24일에 시사평론란이 있지만 가사는 아니다. 그러다가 6월 1일과 2일 시사평론란에 사회등가사가 실리지만, 6월 3일부터 '시사단평'란으로 이름이 바뀌고, 6월 4일부터 계속하여 사회등가사가 실리나 이전 것과는 차이를 보인다. 한글판의 '시사평론'란은 1907년 5월부터 있었던 것으로 보이지만(1907년 5월 23일 창간호에는 시사평론란이 없지만 29호(7.29)부터 계속하여 있다. 현재 2호부터 28호가 없어 제대로 확인이 어렵지만, 2호나 3호부터 있었을 것으로 추정된다), 3년씩이나 유지되어온 난의 이름이 1910년 6월 3일 갑자기 바뀌게 된 것도 단재를 비롯한 민족지사의 퇴사와 관련이 있을 것으로 생각된다.

전의 특성들을 유지해야 옳다. 설혹 비판적 강도는 유지하지 못하더라도 작품의 길이나 예술성은 어느 정도 유지했을 것이다. 그런데 그러한 특성들이 유지되지 못했다는 것은 한편으론 이장훈과 사회등가사의 무관함을 말해준다. 사회등가사의 창작에는 고도의 언어 감각과 기술이 필요하다. 단재는 충분한 시적 재능을 갖고 있었다.

당시 국한문판과 한글판은 편제에 있어서 조금 다르다. 국한문판에는 '시사평론'란이 없다. 그러한 기능을 사회등가사가 맡았다. 그러므로 사회등가사와 이장훈의 '시사평론'을 직접 연결시키는 것은 무리가 있을 수 있다. 오히려 당시 잡보란에서는 다양한 기사들이 실렸는데, 이에 대한 비중도 컸다. 국한문판에 '잡보' 담당자에 대한 언급이 없는 것으로 보아 이장훈은 잡보를 맡았을 가능성이 크다.[19] 한글판, 영문판을 보면 '잡보' 담당자가 제시되었는데, 국한문판이 그렇지 않다는 것이 오히려 이상하다. 그러므로 이장훈과 사회등가사를 연결시키기는 어렵고, 오히려 잡보란을 담당했을 것으로 보인다. 사회등가사는 1908년 1909년 가장 많이 발표되었으며,[20] 그

19 박정규는 "당시 국한문판의 시사평론은 가사체나 운율을 부쳐 소리 내어 읽을 때 독자들에게 큰 감명을 주던 고정란이었다. 항일적인 내용의 가사나 시가 형식의 기사를 담당하였지만, 결국에는 일제의 침략에 맞서지 않고 오히려 그들의 앞잡이 노릇을 하였다"(앞의 글, 86면)고 하여 이장훈의 사회등가사 집필을 기정 사실화하였다. 그러나 연구자가 보기에 1908년 당시 사회등가사가 실린 2면은 '잡보'란이었으며, 사회등가사는 그 속에 포함되어 있었다. 오히려 잡보란의 비중이 컸지만, 일본쪽에서 보기에 시사평론이 민족주의 성향이 강했기에 잡보란에 대한 내유로 시사평론이라 했을 것이다. 사회등가사는 반일, 반정부적인 색채가 매우 강한데, 이장훈이 그런 시가를 쓰다가 1910년대 들어 부일협력의 길로 갔으리란 것은 앞뒤가 맞지 않는다. 그리고 이장훈의 남은 글로 보아도 그가 예술적 완성도가 뛰어난 시가를 쓰긴 어려웠을 것으로 보인다. 비록 이장훈이 시사평론을 쓴 것으로 보았지만, 정작 그는 잡보란을 담당했을 것으로 보인다.

20 사회등가사의 작품수는 다음과 같다. 1907년 12월(5편), 1908년 1월(22편), 2월(20편), 3월(13편), 4월(15편), 5월(17편), 6월(24편), 7월(26편), 8월(22편), 9월(13편), 10월(24편), 11월(23편), 12월(25편), 1909년 1월(22편), 2월(23편), 3월(25편), 4월(24편), 5월(24편), 6월(25편), 7월(18편), 8월(22편), 9월(20편), 10월(22편), 11월(8편), 12월(8편), 1910년 1월(12편), 2월(15편), 3월(17편), 4월(20편), 5월(9편), 6월(20편), 7월(26편), 8월(9편) 등 총 618편이다. 연도별로 보면 1907년 5편, 1908년 244편, 1909년 241편, 1910년 128편이다. 이 시기 작품수를 김학동은 620편(621편이지만 「世界漫遊」(1910.2.27)를 3월 27일에도 넣어 1편 중복 오류)으로 간주하였지만, 본 연구자는 「勸告青年」(1908.7.11)을 넣고, 「사회등」(1909.12.22)·「사회등」(1910.1.18)·「希望訣」(1910.5.13)을 뺐기 때문에 차이가 있다. 권오만은 "610여 편"이라고 하였으며, 작품수는

때 작품이 비판적 강도 및 예술성도 뛰어나다. 그것은 사회등가사의 비판 강도와 미적 가치가 비례했다는 말이다. 1910년 5월 신문사 경영권이 통감부에 넘어감에 따라 신채호, 양기탁, 임치정 등 민족지사들은 신문사를 떠나고, 이장훈은 일본에 협력하여 2개월 여간 발행 및 편집인을 맡게 된다. 사회등가사는 단재의 재직 기간 중에 가장 활발히 창작되었으며, 그 예술성도 높았다. 이러한 사실들은 궁극적으로 단재의 사회등가사 창작을 여실히 말해준다.

3. 신채호의 사회등가사 논의를 위한 전제

단재의 시가를 통해 그의 사회등가사 창작 가능성을 검토해보기로 한다. 단재는 『황성신문』과 『대한매일신보』에서 논설을 집필하였다. 그런데 논설 가운데 시가가 삽입된 경우가 허다하다. 우선 논의의 초점화를 위해 사회등가사가 나올 무렵 논설 가운데 포함된 시가를 선별하여 그 특징을 분석하기로 한다.

(가) 獨立兮 獨立兮여 / 大韓帝國 獨立이라
二千萬 同胞兄弟ㅣ / 獨立心을 忘치마오
此心만 一忘ᄒᆞ면 / 獨立城이 遂傾이오
此城만 一傾ᄒᆞ면 / 我韓人民將何處오

연구자마다 조금 차이가 날 수 있다. 한편 이 가운데 기명으로 발표된 작품 수는 1908년 2월(5편), 3월(4편), 9월(1편), 11월(1편), 1909년 1월(1편), 2월(6편), 3월(8편), 6월(5편), 8월(7편), 9월(4편), 10월(6편), 11월(1편), 12월(3편), 1910년 1월(1편), 2월(4편), 3월(3편), 4월(5편), 5월(2편) 등 총 70편, 기타 대구동요 1편(「重陽打鈴」)이며 나머지 547편은 무서명 작품이다. 김학동, 「대한매일신보의 시가 유형에 관한 연구」, 『대한매일신보연구』, 서강대 출판부, 1986, 158~162면 참조

東海水에 覆沒흔달 / 獨立心을 豈忘ᄒ며
萬里外에 漂泊흔달 / 獨立心을 이질손가
此心만 勿忘ᄒ면 / 風雨霜雪 交拍ᄒ나
必有一日 陽春이오 / 此心만 勿忘ᄒ면
刀鋸鼎鑊 在前ᄒ되 / 必有一線 生路이니
二千萬 同胞兄弟ㅣ / 貪食에도 勿忘ᄒ며
二千萬 同胞兄弟ㅣ / 顚沛에도 勿忘ᄒ오
同胞兄弟 二千萬아 / 獨立二字 勿忘ᄒ오.(『황성』, 1907.2.16)

(나) 一　獨立ᄒ게 獨立ᄒ게 / 어셔어셔 獨立ᄒ게
二　自由ᄒ게 自由ᄒ게 / 어셔어셔 自由ᄒ게
三　흐르는이 물결이오 / 밧분것이 歲月이라
四　눈물콧물 씻지마자 / 륭희二年 발셔왓네
五　檀君始祖 子孫으로 / 이國家롤 이질손가
六　太祖皇帝 臣民으로 / 이朝廷을 이질손가
七　二千萬입 壽를불네 / 太皇帝ᄭᅴ 進上ᄒ며
八　四千萬손 福을빌어 / 太皇帝ᄭᅴ 奉獻ᄒ고
九　二千萬人 一心되야 / 大韓國權 恢復ᄒ게
十　반갑도다 융희二年 / 새精神이 나는고나
拾一 식精神 식사람에 / 식事業만 잘흘지면
拾二 强暴흔者 잇더라도 / 제가엇지 侵犯ᄒ며
拾三 無禮흔者 잇더라도 / 제가엇지 侮辱흘가
拾四 식히되는 오늘날에 / 식사람이 어셔되셰
拾五 어셔되셰 어셔되셰
拾六 어셔獨立 어셔自由
拾七 獨立萬歲 自由萬歲 / 大韓帝國 万万歲(『대매』, 1908.1.1)

(다) 魂兮歸來些 / 金飇颯颯銀漢晶兮 / 桂子丹兮蕉黃 / 瓊酯玉醪芬盈兮
魂兮歸來些 / 榛莽雜穢難久居兮/ 虎豺兮咆哮 / 魑魅兮揶揄
魂兮歸來些 / 秋艸離離露漙漙兮 / 弧蛩兮隻靨 / 相依兮欄之干兮
魂兮歸來些 / 蒹葭兮蒼蒼/故人兮在此 / 與君期兮漢之央兮
魂兮歸來些 / 月明露白澄淸光兮 / 金神按節駕前驅兮 / 笙歌醉舞熙穰穰兮
魂兮歸來些 / 丹芝兮瑤艸 / 鞭霆馭風紛颺拉兮 / 魂兮歸來些(『황성』, 1907.9.22)

(라) 魂아魂아 歸來ᄒᆞ소 嗟이國民 新報魂아 / 이亦檀君 箕子子孫으로 何處에셔 魔惑들여 이ᄌᆞᆺ치 妄跳ᄒᆞ나
魂아魂아 歸來ᄒᆞ라 嗟彼大韓 新聞魂아 / 이亦新羅 高麗種族으로 何時부터 失眞ᄒᆞ야 이ᄌᆞᆺ치 狂叫ᄒᆞ나
其名曰 國民報며 其名曰 大韓報니 일흠은 조타만은 네魂은 어대가고 남의 혼에 논단말가
흔아歸來, 흔아歸來, 國民大韓 兩報魂아 今日에도 不歸ᄒᆞ며 明日에도 不歸ᄒᆞ야 明日來日 지내다가 波旬撒但 魔鬼獄에 一去ᄒᆞ면 不復來니
흔아歸來, 흔아歸來, 國民大韓 兩報魂아 今年에도 不歸ᄒᆞ며 明年에도 不歸ᄒᆞ야 明年後年 不歸타가 虎狼夜叉 蝮類窟에 一墮ᄒᆞ면 難再起來니
ᄉᆞ롬마다 魂잇건만 魂일흔 國民報아 사람마다 魂잇건만 魂일흔 大韓報아 日俄戰爭 大砲聲에 魂낫던가 光武九年 五條約에 魂낫던가
往者ᄂᆞᆫ 不可諫이어니와 來者ᄂᆞᆫ 猶可追니 나간魂을 다시찻고 일흔魂을 다시 불너 萬萬歲 大韓國에 大韓國民 되야보게 大韓報야 國民報야(『대매』, 1907.12.17)

차례대로 (가)는 「喚起二千萬民ᄒᆞ야 築八萬二千里之獨立城」(1907.2.15~16)에 실린 가사(「독립가」)이며, (나)는 「新年頌祝」(1908.1.1)에 들어 있는 가사(「독립자유가」)이다. 전자는 독립을 노래했고, 후자는 독립과 자유를 노래했다. 논설의 중간, 또는 마무리에서 자신의 주장을 집약해 가사로 표현했다

는 점에서 단재 시가의 특징이 드러난다. 그리고 (다) 「招帝國新聞魂」(1907.9.22)에 포함된 가사(「초혼가①」)이며, (라) 「爲國民大韓兩新聞招魂」(1907.12.17)에 포함된 가사(「초혼가②」)이다. 이 작품들을 단재가 썼음은 두말할 나위가 없다.[21] 이것들은 송옥의 「초혼」을 변용하여 썼는데, 서로 대응을 이루고 있다.

위 작품들을 통해 몇 가지 사실을 확인할 수 있다. 시적 표현에 능했던 단재는 논설을 쓰면서 글의 내용을 압축하여 가사로 첨부했다. 그는 논설의 마무리로 시적 형태를 빌려 왔다. 당시 『황성신문』, 『대한매일신보』의 다른 논설에서도 이러한 특성들이 드러나는데, 이것은 다른 기자에게서는 찾아보기 어려운 단재 특유의 모습이다.

그리고 이 작품들 가운데 일부는 4·4조 분연체를 보여준다. 분연체의 가능성은 「초혼가 ①」, 「초혼가 ②」에서도 드러나며, 특히 「독립자유가」에서 더욱 여실히 나타난다. 이 밖에도 『황성신문』에는 운문체로 쓰인 단재의

---

21 위 작품에 대한 저자 논의는 이미 있었다. 권오만은 「喚起二千萬民ᄒᆞ야 築八萬二千里之獨立城」, 「新年頌祝」, 그리고 「爲國民大韓兩新聞招魂」을 단재의 작품으로 규정했으며, 박정규는 이들 세 작품 및 「招帝國新聞魂」을 단재의 작품에 포함시켰다. 「爲國民大韓兩新聞招魂」은 마치 베델이 쓴 것처럼 위장하고 있지만, 단재임은 그 문체에서도 확연하다. 『대한매일신보』에서는 이에 앞서 「吐國民新報」(1907.9.10~12)를 싣기도 하였다. 「爲國民大韓兩新聞招魂」에서는 「吐國民新報」처럼 저자가 베델인 양("本記者는 歐州人也", "白面黃髮者") 썼다. 그리고 "本記者 向者에도 驅魔劒을 一磨ᄒᆞ야 國民報ᄅᆞᆯ 聲討ᄒᆞ엿ᄉᆞ"라고 하여 자신이 「吐國民新報」도 쓴 것처럼 언급했다 이것은 두 글의 저자가 베델이거나 또는 두 글이 동일인에 의해 쓰였을 가능성을 제기한다. 그러나 내용을 보면 이 두 가정 모두 오류임이 드러난다. 왜냐하면 베델에 의해 쓰였을 가능성은 거의 없다. 다른 여러 글에서도 베델임을 일부러 드러낸 글이 적지 않은데, 이는 저자를 베델로 자처함으로써 탄압 및 비난의 예각을 피해 가고자 함이었다. 다음으로 한 저자에 의해 쓰이지 않았음도 분명한데, 「爲國民大韓兩新聞招魂」은 훨씬 격정적이고 감성적, 웅변적이다. 「吐國民新報」는 박은식이, 「爲國民大韓兩新聞招魂」은 신채호가 썼을 것으로 보인다. 그러므로 "本記者 向者에도 …… 國民報ᄅᆞᆯ 聲討ᄒᆞ엿ᄉᆞ"라고 한 것은 두 글 모두 베델이 썼음을 드러내고자 하는 조치로 풀이된다. 그렇게 함으로써 비난의 예각을 피하고자 했을 것이다. 『대한매일신보』를 자세히 검토한 권오만은 "그가 이 신문(『대한매일신보』)에 입사하여 처음 발표한 논설로 보이는 「爲國民大韓兩新聞招魂」"이라 하여 이 논설을 단재의 글로 규정했다. 한편 단재는 위에서 든 두 논설 「國民大韓兩魔頭上各一棒」, 「惜乎라 우용탁씨의 國民大韓兩魔報의 鷹犬됨이여」 이외에도 「여우인절교서」에서 "吾兄 近日에 購覽 國民大韓 兩 魔報하더니"(『大韓每日申報』, 1908.4.14)라 하여 『국민신보』, 『대한신문』을 魔報라고 규정했다.

논설로 「춘우비비」, 「희우가」, 「혈벽벽죽기기」, 「청포곡」 등 다양하게 있는데, 「초혼가 ①」와 같은 한문체 가사를 제외하면 국한문체는 주로 4・4조의 가사체로 이뤄져 있다. 「독립가」와 「독립자유가」, 「청포곡」, 「초혼가 ②」 등이 모두 그러하다. 이것들은 이미 사회등가사의 특성들을 오롯이 지니고 있다. 세 번째로는 내용의 구성에서 단재의 특성을 보여준다. 「독립가」, 「독립자유가」에서는 마지막 결사가 효유와 권면으로 이뤄졌다. 그것은 논설의 연장선상에 있다.

한편 「초혼가」의 밑줄 친 부분에서 보듯 문맥의 연결이 매끄럽지 못한 곳이 발견된다. 정인보는 "닥치는 대로 집어 쓰는 것도 만하 逐條尋究하면 가다가 거친 듯한 句語도 없지 아니하되 再次 朗誦하야 보면 앗가 거친 듯하게 알던 그 句節의 所在를 어느덧 잊어 바리게 되니 이는 그 一氣呵成의 聲節이 波濤같이 滔滔히 나려"[22] 온다 하였는데, 바로 이러한 부분을 두고 말한 것이다. 그것은 시적 비유 즉, 「초혼가」와 현실적 풍자라는 두 개의 목소리가 병치되면서 발생한다. 말하자면 논설과 가사가 제대로 분리되지 않았기 때문이다. 이 외에도 고려해야 할 작품들이 있다.

> 坐時에도 독ㄷ/立時에도 독독/有事時에도 독ㄷ/無事時에도 독ㄷ/纔幾時에 딩딩
> 寤時에도 독독/寐時에도 독독/有思時에도 독독/無思時에도 독ㄷ/纔幾時에 딩딩(「姑息과 時計」, 『황성신문』, 1907.2.11)

여기에서 '독독'은 시계의 '똑딱' 소리를 의미하는데, 의성어 반복을 통해 리듬을 형성하였다. 동일한 형상원리가 단재의 「매암의 노래」에도 나타난다. 그리고 단재가 주필로 있던 시기 『황성신문』에는 "喜雨兮 喜雨兮 光武十年六月廿八日之喜雨兮여"(「喜雨歌」, 1906.6.30)와 "布穀鳥야 布穀鳥야 純實훈 布穀鳥야"(「聽布穀」, 1907.4.27)가 실리는데, 동일한 방식의 작품이 단재

---

22 정인보, 「단재와 사학」, 『동아일보』, 1936.2.28.

의 주필 재직 기간 『황성신문』의 논설과 『대한매일신보』의 사회등가사에 연속적으로 실리고 있다. 이 작품들의 동일한 형상화 원리를 통해서 사회등가사의 저자에 접근해갈 것이다. 단재가 시가 창작을 즐겨 했음은 「꿈하늘」에 여지없이 드러난다. 그 작품에는 「무궁화가」, 「무궁화답가」, 「태백산시조」, 「땅웅이가」, 「칼부름가」, 「옥동자가」, 「하늘가」, 「가갸거겨노래」, 최영 시조 등 무수한 시가들이 등장한다. 특히 「가갸거겨노래」에서는 단재 가사의 특성을 엿볼 수 있다. 그것은 바로 두운을 연결해서 지은 노래의 특성을 보여준다. 바로 이러한 동일선상에 「문일지십가」(1907.12.18)가 놓여 있다.

4. 단재 창작 사회등가사 규명

1) 축사경 계열

신채호는 「역사와 애국심의 관계」에서 아래와 같이 말했다.

> 비록 釋迦氏의 眞言을 呪ᄒᆞ야 鬼其速出ᄒᆞ라 鬼其速出ᄒᆞ라 喝ᄒᆞᆯ지라도 邪崇가 已深이라 可療의 術이 無ᄒᆞᆯ지며(「역사와 애국심의 관계」, 1908.6)

위에서 석가의 진언이란 무엇인가? 그것은 뒤의 "鬼其速出ᄒᆞ라 鬼其速出ᄒᆞ라 喝"에서 답을 구할 수 있다. 바로 逐邪하는 진언인 것이다. 단재는 「룡과 룡의 대격전」에서도 드래곤을 쫓기 위해 "西天佛祖 釋迦如來를 불너 온갖 呪文, 온갖 眞言을 다 읽"는다. 그것은 자신의 글에서 축사하는 내용을 적은 것이다. 그는 「國民大韓兩魔頭上各一棒」에서 "吾輩가 又何必

牛渚의 犀를 燃ᄒᆞ야 其怪狀을 燭ᄒᆞ리오만은 但彼亦 人類로셔 魔劫에 久沉ᄒᆞᆷ을 是哀ᄒᆞ야 不得已 壹棒壹喝을 施ᄒᆞᄂᆞᆫ" 축사의식을 했다.

> 今記者의 筆劒이 雖銳ᄒᆞ니 爾可憐餓鬼의 頭上에 遽可ᄒᆞᆷ을 不忍ᄒᆞ노니 兩魔乎여 速退ᄒᆞ라
>
> 況今 六洲大局에 龍戰이 正酣ᄒᆞ고 半島 全幅에 鷄鳴이 將近ᄒᆞ야 吾儕의 筆鋒을 試ᄒᆞᆯ 舞臺가 多多ᄒᆞ니 奚暇에 與爾閒交鋒하리오 兩마乎여 速退ᄒᆞ라 急急如律令(『大韓每日申報』, 1909.5.23)

윗글 「國民大韓兩魔頭上各一棒」은 「爲國民大韓兩新聞招魂」(『대매』, 1907.12.17)에서 이어지며, 또한 「惜乎라 禹龍澤氏의 國民大韓兩魔報의 鷹犬됨이여」(『대매』, 1909.6.27)와 연결된다. 후자는 이미 서세충의 증언에 의해 단재의 글로 입증이 되었다. 윗글은 「爲國民大韓兩新聞招魂」과 사상 및 문체가 동일하며, 특히 「惜乎라 禹龍澤氏의 國民大韓兩魔報의 鷹犬됨이여」와 직결되어 있어 단재의 글로 간주하는 데 전혀 무리가 없다. 이 작품은 축사의 측면에서는 「역사와 애국심의 관계」와 동일하며, 한편으로 "大韓 全國內에 現存ᄒᆞᆫ 魔類가 許多ᄒᆞ야"라는 내용은 "目下 八域을 環顧하건ᄃᆡ 顒顒 希望이 遠近 一般인ᄃᆡ 不幸 魔類가 縱橫하야"(「대한의 희망」, 1908.4)와 그 인식의 측면에서 동일하다. 단재가 위의 글에서 보여준 "급급여율령"은 축사의 진언으로 쓰인 것이다. 이것은 매우 드문 용례[23]이지만, 사회등가사에서 보다 여실히 나타난다.

> 針도노코 藥도쓰고 治療方法 다힛건만 뎌病氣를 不療ᄒᆞ고 邪鬼들만 跳踉ᄒᆞ

23 『동문선』 151권 가운데 이규보의 「呪鼠文」(56권)에서 "速去速去 急急如律令"이라 하여 하나의 용례를 확인할 수 있다(『국역동문선』 V, 민족문화추진회, 1982, 725면). 그리고 고전번역원의 원문 검색에서는 '韓國文集叢刊'에서 16개, 『五洲衍文長箋散稿』에서 7개(唵急急如律令娑婆訶 제외)의 용례를 확인할 수 있다.

니 朱砂符的 東桃枝에 判數를 불너드려 逐邪經을 닑은후에 외인식긔 쏘아닉여 許多邪鬼 묵거닉셰

(…중략…)

白馬將軍 請坐ᄒᆞ야 邪鬼甁을 드려노코 捉鬼使者 號令ᄒᆞ야 許多邪物 묵거다가 壺裏乾坤 着鎖ᄒᆞ고 鐵網으로 옹동그려 십字街로 餞送ᄒᆞ야 速去千里 물니쳐라 唵急急如律令娑婆(「逐邪經」, 1909.8.5)

悲風凄雨 慘담ᄒᆞᆫ딕 는딕업는 餓鬼들이 左侵右横 달녀들어 興禍造邪 쏘부리니 厠間料理 차려다가 一飽食을 식인後에 逐邪呪를 닑어가며 一一退送 ᄒᆞ여볼싸

(…중략…)

이런아鬼 져런아鬼 次例次例 張口ᄒᆞ고 黃金料理 이珍羞를 빅써기가 터지도록 ᄆᆞ음딕로 잔득먹고 東三島로 귀양가셔 與之偕亾 ᄒᆞ고지고 急急如律令娑婆아(「餓鬼退送」, 1910.1.30)

위의 것은 이름조차 「축사경」으로 제시되며, 아래 것은 「아귀퇴송」으로 역시 축사의 내용이다. 그런데 단재가 「역사와 애국심의 관계」에서 지적한 "석가씨의 진언"이 "옴급급여율령사바하(唵急急如律令娑婆訶)", 또는 "急急如律令娑婆아"임을 알 수 있다. 위의 두 작품은 바로 「國民大韓兩魔頭上各一棒」과 연결되며, 단재의 글로 보아도 좋을 것이다. 특히 "速去千里 唵急急如律令娑婆"는 바로 『옥추경』의 주문이기도 하다. 단재는 「세계삼괴물서」에서도 "玉樞를 三復ᄒᆞ야도 猶逼하며"라 하여 『옥추경』을 언급하였다.[24] 그것은 사귀를 쫓는 가장 중요한 경문 가운데 하나이다. 단재는 『옥추경』을 비롯하여 다양한 축사경을 알고 있었던 것으로 보인다. 그곳에는 "急急如律令"과 같은 도교 주문이나 "急急如律令娑婆訶", "唵急急如律令娑婆訶"와 같은 "석가씨의 진언"이 들어 있다.[25] 그런데 사회등가사에 위와

24 신채호, 「世界三怪物序」, 단재전집 하, 405면.

같은 축사의 가사는 적지 않다.

사회등가사에는 "逐邪呪"(1910.1.5, 30), "逐邪經(1909.8.5, 10.10)" 등이 나오는데, 이는 마귀, 또는 사악한 존재를 축출하는 주술이나 경문을 뜻한다. 이외에도 "급급여율령사바하"가 등장하는 작품으로 「勸告各團會」(1909.1.31), 「放杖問星」(1909.4.3)이 있다. 전자는 "私慾雜念 速去千里 急急如律令娑婆訶"라는 구절에서 보듯 축사적인 내용이라기보다 일반적인 주문으로 사용한 것이라 할 수 있고, 후자에서 "急急如律令娑婆訶"라는 구절은 빨리 축원이 이뤄지길 바라는 소망을 담고 있다. 이러한 작품들은 축사, 또는 기원이라는 뜻을 담고 있으며, "급급여율령사바하"는 일종의 주문이나 진언으로 활용된 것이다.[26] 그리고 단재는 「구미호와 오제」에서도 태화선인이 구미호를 물리치기 위해 "嚴肅하게 衣冠을 바로잡고 呪文을 三六五回 또 외웠다"[27]고 하였다. 축사 의식에서는 주문을 암송하는 것이 필수적이다. 이들 작품들은 모두 주문, 또는 진언의 측면에서 서로 일치점을 보이고 있으며, 그래서 동일 작가로 볼 수 있고, 그 작자는 단재가 명확한 것으로 보인다.

다음으로 위와 같은 진언은 없지만 축사의식을 보여주는 작품이 있다.

「掃淸魔鬼」(1909.4.7) ····· 魔鬼輩를 壹號令에 묵거내고

「倀頭壹斧」(1909.6.18) ····· 妖怪ᄒᆞ다 져 챵鬼야……이 독긔를 밧어보라

「掃魔一劍」(1909.6.20) ····· 掃魔劒을 쎄여 들고……國民大韓 兩魔頭에 壹次

---

25 "唵急急如律令娑婆訶"라는 주문은 「筆占辨證說」(『오주연문장전산고』)에 나오는데, 그것이 "卜筮"와 관련된 주문임을 알 수 있다. 일반적으로 逐邪經文인 「奇門神將篇」, 「大逐邪」, 「不淨經」, 「邪鬼文」, 「玉匣寶經」, 「逐鬼文」, 「逐鬼逐邪經」, 「八陣圖」, 「太乙保身經」 등에 "急急如律令"이 보이며, 또한 「不淨經」, 「玉匣經」, 「玉樞經」, 「太乙保身經」 등은 경우에 따라 "急急如律令娑婆訶", 또는 "唵急急如律令娑婆訶"와 같은 주문이 나타난다. 안상경·이창식, 『忠北의 巫歌·巫經』, 충북학연구소, 2002.

26 한편 『춘향가』에서도 "'이 몹슬 귀신더라, 나을 자바 갈나거든 조르지나 말염무나. 唵急急如律令娑婆쐬' 진언 치고 안자슬 쌔"(이가원 주석, 『춘향전』, 정음사, 1984, 238면)라고 하였다. 이 역시 불교 진언을 통한 축사의식을 보여준다.

27 「九尾狐와 五帝」, 단재전집 하, 360면.

下手 ᄒᆞ여보고

「喝退小魔」(1909.8.29) …… 速退하라 小魔鬼야

「掃淸魔鬼」는 마귀를 묶어내어 퇴송시키는 「逐邪經」의 첫연과 닿아있고, 「俵頭壹斧」, 「掃魔一劍」은 마귀에게 도끼와 검으로 위협하여 축사하는 것으로 「國民大韓兩魔頭上各一棒」과 닿아있다. 그것은 마귀를 쫓아내는 의식이다. 단재는 마귀를 축출하는 데 '斬魔經'의 방법을 소개하기도 했다.[28] 「國民大韓兩魔頭上各一棒」에서 筆劍, 筆鋒, 棒으로 축사하는 의식은 「掃魔一劍」에서 "國民大韓 兩魔頭에 壹次下手 ᄒᆞ여보고"로 그대로 이어진다. 그리고 「喝退小魔」에서 "速退하라 小魔鬼야"는 「역사와 애국심의 관계」의 "鬼其速出ᄒᆞ라 鬼其速出ᄒᆞ라 喝"하는 것이나 「國民大韓兩魔頭上各一棒」에서 "兩마乎여 速退ᄒᆞ라"는 내용과 다를 바 없다.

楚覇王의 拔山力과 夏禹氏의 開山斧로 朱亥袖腕 高撤하고 滄海力士 雄膽으로 左衝右突 勇進ᄒᆞ야 韓國界에 頑固輩를 壹並斫破 ᄒᆞ여볼까(「大斧破頑」, 1908.9.23)

政府中에 드러가셔 皇室有權 忠臣인톄 俄人得勢 俄黨인톄 日人執柄 日黨인톄 改頭換面 依附ᄒᆞ야 欺君罔上 爲主ᄒᆞ고 貪虐生靈 專事ᄒᆞᄂᆞᆫ 亡國奴와 賣國賊을 壹大几에 묵거 넛코

각地方에 ᄂᆞ려가셔 外國人을 符同ᄒᆞ야 公有物과 民有地를 擅自賣喫 ᄒᆞᄂᆞᆫ者와 ㄱ明模範 藉托ᄒᆞ고 浚民膏澤 汨沒ᄒᆞ야 催亡手段 잘부리ᄂᆞᆫ 觀察使와 守令들을 壹大几에 묵거 넛코(「博覽會出品」, 1909.3.30)

奇怪ᄒᆞ고 妖惡ᄒᆞ다 大韓新聞 뎌창報가 狂悖無理 筆端으로 本報館에 對ᄒᆞ여

28 「神仙의 頭를 斬하여」, 단재전집 『별집』, 326면.

셔 妄加論駁 種種키에 或罵或論 ᄒᆞ엿건만 妖孽惡習 不悛ᄒᆞ고 鳳鳴學校 事件으로 又加論駁ᄒᆞ엿스니 壹大斧를 놉히들고 彼惡腦를 破碎ᄒᆞᆯᄶᅡ(「假頭一斧」, 1909.6.18)

한편 동일한 축사의식이 위 세 작품에 나타나 있다. 그것은 완고배, 친일단체를 도끼로 쳐서 부숴보고자 하거나(「大斧破頑」, 「假頭一斧」), 또는 아예 매국노 망국노를 묶어내어 수출하고자 하는 의식(「博覽會出品」)으로 나타난다. 이것들은 일종의 축사의식을 보여주는 것이다. 그리고 아래 작품은 마귀를 대령시키고, 이어 마귀를 물리치는 의식이 나오는 작품이다.

「精靈不昧」(1908.1.16) ····· 져 창귀를 待命ᄒᆞ여라

이 작품은 민충정공이 좌정하고 평양 병정 김봉학을 데리고 "창鬼가 滿廷ᄒᆞ야 國事가 日非ᄒᆞ니 一一히 調査ᄒᆞ야 星火擧行ᄒᆞ"는 것이다. 각종 사악한 죄를 지은 창귀들을 대령시키고 "退待下令"하라고 선고한다.[29] 이 작품에서 화자는 창귀를 대령시켜 직접 형을 가하거나 지옥으로 보내라고 명한다. 그러한 것은 "엇던獄門 열고보니 賣國求榮 奸賊輩를 冶爐中에 묵거넛코 鐵工場의 쇠녹이듯 無數鬼卒 쳬번ᄒᆞ야 이리불고 뎌리불제 綻膚裂骨 凶慘ᄒᆞ니 韓國內의 某某奸賊 死後不免 此獄이오"(「地獄慘景」, 1908.12.20)와 같은 것이다. 이 역시 「꿈하늘」에서 매국노 망국적을 가두는 무수한 지옥과 긴밀히 연관되어 있다. 특히 "冶爐中에 묵거넛코 鐵工場의 쇠녹이듯"하는

29 이러한 모습은 「사회등」(1910.1.25~28)에도 나타난다. 여기에서는 붓, 벼루, 먹, 종이 등 문방사우를 대령시켜 산림에 은거하는 완고귀, 향곡의 수전노, 천운만 의지하는 오괴귀 등을 역력히 그려낸(1월 25일) 후, 그들을 대령시켜 각각 頂門一鍼, 墨刑, 頭腦破碎 등의 형을 가한다(1월 27일). 그리고 28일에는 捉鬼대장 불러들여 각종 협잡귀, 媚外鬼, 요망귀 등 "此귀彼귀 한모탕에 치곡치곡 옹똥구려 十八層幽獄으로" 보내라고 명한다. 이 작품을 강명관·고미숙은 사회등가사에 포함시켰으나 김학동, 민찬·장성남은 배제시켰다. 4·4조의 운율이 제대로 지켜지지 않았기에 연구자도 배제했다. 여러 측면에서 「정령불매」와 아주 유사한데, 지문과 대화라는 극적 형식을 취하다 보니 운율이 제대로 지켜지지 않은 것으로 보인다.

것은 국적을 처치하는 야릇지옥(冶爐地獄, 「꿈하늘」)이 아니던가. 이 작품들은 축사, 또는 축귀의 모습을 보여주는 것으로 사회등가사에서 하나의 계열을 형성하고 있으며, 모두 단재의 작품으로 볼 수 있다.

2) 초혼가 계열

단재는 「역사와 애국심의 관계」에서 '초혼가'에 대해 언급하였다. 초혼가는 단재가 이미 이전부터 언급하던 노래였다.

> 爲先 招魂歌를 作ᄒᆞ야 爾의 已失ᄒᆞᆫ 魂을 復還케 하라 하노라(「爲國民大韓兩新聞招魂」, 1907.12.17)
>
> 비록 宋玉의 招魂歌를 製ᄒᆞ야 魂兮歸來ᄒᆞ라 魂兮歸來ᄒᆞ라 할지라도 精靈이 已散이라 可還의 方이 無ᄒᆞᆯ지니(「역사와 애국심의 관계」, 1908.7)

「초혼가」는 단재가 즐겨 활용한 형태이다. 그것은 앞서 언급한 「招帝國新聞魂」, 「爲國民大韓兩新聞招魂」에서 잘 드러난다. 단재의 논설에서 초혼가 형식은 몇 편이 된다. 「정신과 감각」(『황성신문』, 1907.2.6~7)도 마찬가지이다. 단재는 논설뿐만 아니라 시가에서도 송옥의 초혼가의 형식을 빌려 여러 작품을 썼다.[30]

---

30 「招魂」의 저자로 宋玉 외에도 屈原이 언급된다. 굴원은 「大招」의 저자로도 언급되지만, 그것은 景差의 작품이라는 설도 있다. 누구의 작품인지 논란이 되나 이들 작품이 초혼가의 원형이 됨은 분명한 사실이다. 그리고 이러한 초혼가가 무속과 관련이 깊다는 주장은 주목을 요한다(김인호, 『초사와 무속』, 신아사, 2001). 왜냐하면 '초혼가 계열'은 앞의 '축사경 계열'과 서로 연관이 되기 때문이다. 또한, 흥미로운 것은 변영만이 단재를 위하여 「초혼가」를 지었다는 사실이다. 그는 「초혼」의 형식을 빌려 「초혼가」를 지어 「단재전」에 넣었다.

汨羅水로 슐을빗고 首陽薇로 안주ᄒᆞ야 忠臣烈士 招魂ᄒᆞᆫ다 晋洲妓生 論介식혀 술을 붓고 平壤妓生 桂月香이 식혀 勸酒歌을 부르니 잡으시오 잡으시오 이 술ᄒᆞᆫ잔 잡으시오

第一盃ᄂᆞᆫ 向日花가 피엿스니 一片丹忠 빗치ᄂᆞᆫ다 異域酷刑 不畏ᄒᆞ고 罵不絶口 秋霜ᄀᆞᆺ다 續斷無他 뎌貞忠이 竟至身死 ᄒᆞ얏고나 朴堤上시끠 드리고

第二盃ᄂᆞᆫ 國亡君辱 ᄒᆞᄂᆞᆫ日에 죽지안코 무엇ᄒᆞᆯ가 向北屈膝 深恥ᄒᆞ야 一椎下에 孤節이라 善竹橋에 나문피ᄂᆞᆫ 至今ᄭᆞ지 斑斑ᄒᆞ다 鄭浦隱끠 드리고(「古今忠魂」, 1908.3.20)

사실 '축사가'와 초혼가는 어떤 부분 겹친다. 초혼을 하여 축사하는 가사가 그런 것이다. 초혼이란 죽은 영혼을 부르는 것을 말한다. 단재는 초혼의 형식을 즐겨 사용하였는데, 이것은 '請神'이라는 점에서 무속과 관련이 있다. 그리고 巫의 儀式을 보여준다는 점에서 앞의 축사경 계열과 닿아 있다. 사실 「許多古人之罪惡審判」(1908.8.8), 「꿈하늘」도 그러한 경우이다. 위 작품에서 저자는 박제상, 정몽주에서 민영환, 이준에 이르기까지 충신열사의 혼을 불러내어 잔을 올린다. 이 작품에 나오는 박제상, 정몽주, 이순신, 민영환 등 9명의 인물은 단재가 대단히 존경했던 인물들이다. 단재는 그들의 丹心을 높이 샀다. 그런 점에서 「고금충혼」은 단재의 의식과 사상의 지향을 잘 보여주는 작품이다. 그러한 것은 「忠魂訴恨」(1908.4.14)에서도 마찬가지이다.

金庾信이 왓ᄂᆞ냐 中岳山 石窟中에 爲國禱天 忠心으로 軍用鐵道 荒蕪地에 失巢彷徨 呼哭ᄒᆞᄂᆞᆫ 許多蒼生 愛隣ᄒᆞ니 同胞救濟 責任커다(「英雄會議」, 1908.2.21)

再昨日은 奬忠壇 招魂祭라 滿天花開 霏霏한ᄃᆡ 忠魂義魄 來任ᄒᆞᆫ듯 日沉沉兮 雲冥冥ᄒᆞ니 戰亡士卒 울음운다(「忠魂訴恨」, 1908.4.14)

宇宙간의 뎌歲月은 流水깃치 無情ᄒᆞ야 前대英雄 ᄒᆞᆫ번가미 半島江山 寂寂ᄒᆞ다 兩眼淚로 술을빗고 壹炷心香 불케노코 崇拜壇에 올나셔셔 前古英雄 請坐ᄒᆞ야 紀念祭나 지닉보세(「英雄記念祭」, 1909.7.31)

「영웅회의」에는 단군, 을지문덕, 유금필, 이존오, 김덕령, 이순신, 곽재우, 박제상 등 외적으로부터 나라를 지킨 영웅들이 나온다. 곽재우와 김덕령은 『을지문덕』에도 언급된 인물이다. 「영웅기념제」에는 이충무, 조중봉, 사명당, 이제독(이여송) 등이 등장한다. 그리고 「충혼소한」에는 "초혼제"라는 표현과 더불어 전망 사졸의 충혼의백이 등장한다. 각종 사졸들이 홍계훈, 이경직 및 자신의 충정을 드러내고, 또한 뜻을 이루지 못하고 죽은 슬픔을 토로하였다. 이들 작품들은 역사 속의 인물을 초혼의 형식으로 불러내어 노래했다는 점에서 초혼가, 또는 그와 유사한 형태라고 할 수 있다.

한편 「영웅회의」에서 김유신의 중악산 기도에 대해 나오는데, 「東國古代仙敎考」(『大韓每日申報』 1910.3.11)에는 "金庾信은 國仙이로딕 中岳에 入ᄒᆞ야 國을 爲히 祈禱ᄒᆞ고", "妙香山에는 檀君窟이 有ᄒᆞ며 錦繡山에는 東明王의 麒麟窟이 有ᄒᆞ며 石多山에는 乙支文德窟이 有하며 中岳山에는 金庾信窟이 有ᄒᆞ니"라는 구절이 있다. 고대 영웅과 관련하여 단재의 작품임을 보여주는 또 하나의 가사가 있다.

패西 風水子가 天下名산 遊覽코ᄌᆞ 四方으로 雲行타가 白頭山 上上峰에 飄然登臨ᄒᆞ야 山川氣像을 遙望ᄒᆞ고 喟然歎曰 韓國도 從古로 英雄豪傑이 倍出ᄒᆞ야 乙支문德은 石多山에 生焉하고 金庾信은 中岳山에 生焉하고 姜邯贊은 松岳山에 生焉하고 김德齡은 無等山에 生焉ᄒᆞ엿스니 山氣地靈은 萬古不變이라 人傑之繼出도 奚獨專美於古리오 今亦不無其人이로다(「人傑地靈」, 1908.4.4)[31]

31 이 부분은 가사의 서두이고, 총 9연 가운데에서 본 가사는 2~9연에 해당된다. 이런 이유로 인해 민찬 · 장성남은 『대한매일신보의 시가』에서 이 가사를 배제시켰다. 그러나 강명관 · 고미숙, 김학동의 자료집에는 실려 있다. 김학동은 특별히 "이 작품의 국한문판은 4 · 4조의

위의 구절에서 "乙支문德은 石多山에 生焉하고"라는 구절은 주목을 요한다. 본문에서 '石多山' 가운데 중간의 '多'가 지나치게 흐린데, 한글판에서는 "을지문덕은 셕대산에셔 나고"라고 잘못 옮겼다. 한글판 기자도 '석다산'의 실체를 잘 모르고 있었다는 말이다. 이러한 실수는 『매천야록』에도 나온다.[32] 단재는 앞서 「國漢文의 輕重」(『大韓每日申報』, 1908.3.19)에서 "平壤 石多山(乙支文德의 産出地)"이라 언급하기도 했다. 그렇다면 당시 을지문덕의 출생지와 관련한 내용은 어디에서 비롯되는가? 을지문덕 출생지 석다산 운운은 『동국명장전』에 나오는 내용이다.[33] 단재는 『을지문덕』(1908.5.30)에서 "乙支文德은 平壤石多山人이라 東國名將傳"(64면)을 언급했다. 단재는 『東國名將傳』에서 본 내용을 「國漢文의 輕重」, 「人傑地靈」뿐만 아니라 『을지문덕』, 「東國古代仙敎考」에 언급한 것이다. 이것은 그야말로 단재 글의 편린들을 보여주는 실례이다.

3) 시절 감회 노래

단재는 『황성신문』에 주필로 있으면서 적지 않은 시절 감회를 발표했다. 기후나 절기, 또는 동식물 등 자연 대상에 대한 감상과 회포를 적은 것이다. 대표적인 것이 아래와 같은 것들이다.

음수율이 잘 지켜져 있지 않지만, 국문판에서는 그것이 잘 지켜져 있다"라고 하여 가사 포함 이유를 분명히 했다(『개화기시사집』 2, 새문사, 2009, 213면). 한편 이 가사에는 제2연 "妙香山을 바라보니 錦峯繡峙는 淑氣崢嶸이라 叢桂山中에 弓弓乙乙이라 兩南風塵에 名價播傳ᄒᆞ니 布展方策ᄒᆞ야 救濟蒼生 ᄒᆞ리로다"라고 하여 동학혁명에 높은 의미를 부여하고 있다. 단재는 「천희당시화」를 비롯하여 수많은 글에서 동학혁명에 대해 높이 평가했다.

32 『매천야록』에는 "平壤 石多山(乙支文德의 産出地)"을 "平壤多石山, 乙支文德降生處"로 잘못 옮겼다. 이는 글을 옮긴 황현이나 편찬자 김택영, 또는 출판사의 식자공의 오류일 것이다. 이들에게 석다산의 존재는 낯설었다는 것을 의미한다.

33 1907년 7월에 발행된 「을지문덕」(『동국명장전』)에는 "乙支文德 平壤 石多山人也"로 시작된다. 홍양호, 『동국명장전』, 탑인사, 1907, 13면.

春雨霏霏ᄒᆞ니 春風絲絲로다 錦帳佳人春困重ᄒᆞ야 綺羅裏春情黯黮ᄒᆞ고 華堂貴骨春夢酣ᄒᆞ야 笙歌中春魂朦朧이라 那得一聲春雷震轟轟ᄒᆞ야 驚破了桃源春睡ᄒᆞ고 提携並進於太和光明之界홀가 問爾東風아(「春雨霏霏」, 『황성』, 1906.2.24)

喜雨兮 喜雨兮여 光武十年六月廿八日之喜雨兮여 萬物이 皆回蘇오 下民이 皆起舞라(「喜雨歌」, 『황성』, 1906.6.30)

喜雨歟아 愁雨歟아 嗟我二千萬同胞여 斯雨가 果何雨며/甘雨歟아 苦雨歟아 嗟我二千萬同胞여 斯雨가 果何雨오(「聽雨書懷」, 『황성』, 1907.8.10)

이것들은 모두 비에 대한 감상을 적은 내용들이다. 이른 시기일수록 한시 표현에 가까우며, 7언절구와 산문이 뒤섞여 작품을 이루고 있다. 그런데 이후로 올수록 가사의 율격에 근접하고 있음을 확인할 수 있다. 이러한 형식과 내용의 작품들이 『대한매일신보』 사회등가사에도 나타나고 있다.

雨비비ᄒᆞ니 白雲深處 杳難尋ᄒᆞᆫ데 望裏青山 隱蹇ᄒᆞ다 白石爛爛 南山下에 扣角歌가 ᄯᅳᆺ이깁다 回首塵世 蹢져ᄒᆞ니 隱君子가 잠드럿나

(…중략…)

雨비비ᄒᆞ니 撤彼桑土 陰雨備ᄂᆞᆫ 何以人而不如鴟아 國家藩屛 已壞ᄒᆞ니 强壯力이 어셔놀가 防禦之策 全沒ᄒᆞᆫ데 干城之材 잠드럿나(「雨中夢事」, 1908.3.1)

雨紛紛ᄒᆞ니 楡柳新火 日暮時에 青烟散入 貴人家라 富貴花가 爛漫터니 扶桑東風 吹到處에 離披春色 欲盡ᄒᆞ야 夜來雨聲에 多少愁라 七大臣의 斷魂이오

(…중략…)

雨紛紛ᄒᆞ니 落日青山에 泣貞忠하야 萬井閭閻이 皆禁火라 危如壹髮 此局勢에 痛忿思想 益切ᄒᆞ야 一竿紅日 賣花聲에 輪囷熱血 滿空ᄒᆞ니 忠義士의 斷魂이오(「清明細雨」, 1908.4.8)

喜雨來 喜雨來ᄒᆞ니 飛龍在天 雲行ᄒᆞ야 治水神權 方施로다 壹望田疇 龜坼愁가 甘霈中에 掃去ᄒᆞ니 鄙陋官人 뎌心腸도 이와ᄀᆞᆺ치 洗滌ᄒᆞᆯᄶᅡ

喜雨來 喜雨來ᄒᆞ니 何來豐隆 助功하야 雲氣彌腔 醞釀인고 中谷有퇴 愁乾터니 滿地繁陰 更敷로다 貧弱ᄒᆞ다 우리人生 이와ᄀᆞᆺ치 扶起ᄒᆞᆯᄶᅡ(「聽雨有感」, 1908.6.9)

위의 것들은 모두 비를 대상으로 형상화된 것들이다. “우비비하니”, “우분분하니” 등으로 가사가 시작되고 있는데, 이는 단재의 시적 형상화 모습을 그대로 보여준다. 그러한 것은 제국신문 초혼가가 대한신문 국민신보 초혼가로 바뀌는 모습, 그리고 독립가가 독립자유가로 바뀌는 모습에서도 역력히 드러난다. 또 하나는 새에 대한 감상을 적은 것이다.

草堂에 困한 春夢, 輾轉曉枕 언뜻ᄭᆡ니 窓밧께 져啼鳥야 布穀鳥가 이아닌가

布穀鳥야 布穀鳥야 有心ᄒᆞᆫ 布穀鳥야 多情ᄒᆞᆫ 布穀鳥야 去年今日 此時節에 네가ᄂᆡ쑴 놀ᄂᆡ더니 今年今日 此時頃에 네가ᄂᆡ쑴 ᄯᅩ놀ᄂᆡ나

(…중략…)

누구ᄂᆞᆫ 勤捷ᄒᆞᆫ가 怠者어든 當勤ᄒᆞ고 勤者어든 尤勤ᄒᆞ라고 布穀布穀

누구ᄂᆞᆫ 貧苦ᄒᆞ며 누구ᄂᆞᆫ 富饒ᄒᆞᆫ가 貧者는 求富ᄒᆞ고 富者는 益富ᄒᆞ라고 布穀布穀(「聽布穀」, 1907.4.27)

滿山風雨 暴亂中에 無枝無葉 壹古木이 惟餘半腹 孤立이라 噫彼沒覺 啄木鳥가 依其木而作巢하고 依其巢而安身인ᄃᆡ 탁木丁丁 不已로다

啄木鳥야 啄木鳥야 萬疊山中 뎌虎豹ᄂᆞᆫ 雖云暴悍 ᄒᆞᆯ지라도 遺子谷을 有意ᄒᆞ야 念念不忘 回顧커든 爾巢木을 爾탁ᄒᆞ니 是何心腸 可痛일세(「責啄木」, 1908.9.27)

위의 것은 「청포곡」으로 『황성신문』에 실린 작품이다. 권오만은 일찌감

치 이 작품을 단재의 작품으로 추정했다. 단재 특유의 운문에 가까운 논설이기 때문이다. 말이 논설이지 뻐꾸기에 대한 회포와 감상을 적은 것이다. 우리는 여기에서 두 가지 사실을 확인할 수 있다. 하나는 "뻐꾹새[布穀鳥]야 뻐꾹새야"하는 문두 반복이 그것이고, 또 다른 하나는 문미에서 '뻐꾹[布穀] 뻐꾹'과 같은 의성어의 반복이다. 단재의 「매암의 노래」는 문미에 "매암매암"이 붙어있어 「청포곡」과의 상관성을 보다 여실히 보여준다. 그런데 「責啄木」은 문두에 "따짜굴(啄木鳥)아 따짜굴아"라 하여 「청포곡」과 같은 모습을 보인다. 뿐만 아니라 봄에 창밖의 뻐꾹새를 만난 상황과 여름에 고목에서 딱따구리를 만난 것이 시적 상황으로 제시되고 있으며, 또한 "탁목정정"과 같은 의성어가 그대로 나타나 있다. 이는 이 가사가 단재의 작품임을 보여주는 징표들이다.

4) 친일 단체 비판

단재는 "준열한 필봉"[34]으로 당대 현실을 해부하는가 하면, 일진회와 국민・대한 두 신문을 비판했다. 그의 웅렬한 필치, 매서운 필봉은 당대 매국적, 망국노를 향해 직접적으로 내리꽂혔다. 변영만은 1911년에 쓴 자신의 글에서 단재가 "오만하여 기롱하고 꾸짖는 것이 때때로 일상적인 정감을 넘어 한계를 벗어나 조금도 교양이 없는 듯한 사람 같았다(惟兀傲譏罵時且越於常情離於區蓋一似無養者)"라고 했다.[35] 단재는 자신에게 편의를 봐준, 동향 선배이자 유림의 원로이기도 했던 신기선조차 일본의 충노로 몰아붙였고, 또한 「여우인절교서」를 통해 "一進會者는 皆當三復此書"라고 하여 일진

34 신영우, 「조선의 역사대가 단재 옥중회견기」, 『조선일보』, 1931.12.19.

35 변영만, 「丹齋傳」, 『산강재문초』, 용계서당, 1957, 91면 및 『단재신채호전집』 9권, 336~341면.

회에 대한 비판과 경고를 서슴지 않았다. 단재의 직필은 그 누구보다 강고하였으며, 그 필봉은 매서웠던 것이다.

> 彼輩曰 壹進之會員은 日盛ᄒᆞ고 義兵之徒黨은 日滅ᄒᆞ여야 生靈을 可保오 國權을 可迴라 ᄒᆞ니 嗚呼라 義兵이 非無害也로대 其害ᄂᆞᆫ 只是 外部之生命財産也어니와 一進之害ᄂᆞᆫ 卽是 內部之精神也니 精神旣死라 將何以回國權於已墜乎아 此吾所以太息也 彼輩曰 眞親日者가 乃能眞排日이라 ᄒᆞ니 盖其意ᄂᆞᆫ 謂以外面之親日로 潛行內面之排日이라 홈이나 一親日而五條가 立矣며 再親日而七約이 定矣오 三親日而軍隊가 解散矣며 四親日而韓國니 殖民案이 出矣오 電線鋉道도 亦以親日而許之矣며 森林鑛山도 亦以親日而讓之矣니 吾見其眞親日也어니와 未見其眞排日也로니 未知케라 彼輩가 待我四千載 國家永亡之時와 二千萬人 淨死之後ᄒᆞ야 起塚中之枯骨ᄒᆞ며 驅天上之鬼卒ᄒᆞ야 以行渠等之所謂排日者乎아 此吾所以痛哭也오(『大韓每日申報』 1908.4.14)

단재는 일진회원, 그리고 정부대신들을 공격했다. 그는 "文章이 雄暢하야 所欲을 죄다 表現하야 노코야 마"[36]는 강고한 성격이었다. 논설에서 단재는 친일단체에 대해 가장 직설적으로 강도 높게 비판했다. 그러한 모습은 가사에도 나타난다. 시가에 탁월했던 단재로서는 논설보다 가사로 비판 풍자하기가 보다 수월했을 것이다. 특히 그는 일진회가 친일단체로 전락된 것을 한탄했다.

> 第壹派ᄂᆞᆫ 奸肚凶腸 養成ᄒᆞ야 全國興亡 不顧ᄒᆞ고 壹身名利 圖得홀제 埋頭沒身 獻諂ᄒᆞ야 擧壹國而 讓與로다 매國大臣 네아닌가
>
> 第貳派ᄂᆞᆫ 風聲鶴唳 聚合ᄒᆞ야 壹唱百諾 濟惡이라 外人의게 獻身ᄒᆞ니 外韓內日 分明ᄒᆞ다 渠亦同國 人種으로 安忍爲之 此事런고 壹進會 네아닌가(「歷數人物」, 1908.5.7)

36 薊篁生(변영만), 「신단재의 윤곽」, 『조선일보』, 1931.6.12.

韓國同胞 許多中에 極悲極惡 第壹이라 此等人物 누구런고 壹進會가 네로고나 私情업는 이筆鋒이 無數論駁 힛거니와 近日情形 드러본즉 凶談之勢 稍息ᄒᆞ고 悔歎者가 만타ᄒᆞ니 大慈大悲 筆端으로 壹次開導ᄒᆞ리로다(「一進會야」, 1909.2.17)

壹進會야 壹進會야 네아모리 無知ᄒᆞᆫ들 뎌豚犬을 못보ᄂᆞ냐 져의門戶 굿게직혀 他人家의 豚犬들이 졔집안을 犯ᄒᆞ며ᄂᆞᆫ 互相噬逐 ᄒᆞᆫ것마ᄂᆞᆫ 너의心腸 엇더킬늬 졔家屋을 通거리치 讓與他人 불狂ᄒᆞ니 네가비록 人形이나 뎌豚犬만 못ᄒᆞ도다

壹進會야 壹進會야 네아모리 無知ᄒᆞᆫ들 뎌烏鵲을 못보나냐 搆木爲巢 식기칠제 鴟梟들이 侵奪ᄒᆞ면 無數烏鵲 成群ᄒᆞ야 悲鳴怒喙 相救어던 네心腸은 엇더킬늬 他人에게 鷹犬되여 謀害同胞 奔走하니 네가비록 人生이나 뎌烏鵲만 못ᄒᆞ도다(「可謂人乎」, 1909.4.6)

단재는 「일본의 삼대 충노」 이후 일진회에 대한 비판을 더욱 자주했다. 일진회에 대한 비판은 논설보다 사회등가사에 많이 나타난다. 단재는 특유의 리듬감을 언어에 실어 직설적으로, 또는 비유적으로 일진회를 비판, 풍자했던 것으로 보인다. 그들을 "極悲極惡"하며, "豚犬" "烏鵲"만도 못한 존재로 힐난한 것이다.

한편 단재는 『국민신보』, 『대한신문』을 '魔報'라 규정하였다. 「여우인절교서」(『대매』, 1908.4.14)에서도 "國民大韓 兩魔報"라고 비판하였다.

魔報記者 韓셕振은 宋秉畯의 指囑 밧어 牛溲馬勃 荒唐說노 人民耳目 眩亂터니 陰險ᄒᆞᆯ ᄉᆞ 宋秉畯이 閔忠臣家 內庭事로 搆陷不測 揭布코져 再三督促 ᄒᆞᄂᆞᆫ事에 絶力反對 ᄒᆞ다가셔 社長遞免 되엿다니 그良心이 可賀로다

大韓新聞 뎌記者ᄂᆞᆫ 네아모리 卑劣ᄒᆞ야 無腦政府 機關인들 觀光團의 奇怪行動 極力贊成 ᄒᆞᆯ쁜더러 壹般輿論 無視ᄒᆞ고 正大報筆 論駁ᄒᆞ니 跖之狗의 吠堯

로다 不足掛論 ᄒᆞ거니와 爾亦韓人 이것마는 그心腸이 可痛일세(「編餘漫筆」, 1909.4.9)

大韓新聞 더記者가 魔窟中에 墮落ᄒᆞ야 政府機關 되는줄은 壹般共知 하지만은 近日政界 對ᄒᆞ야셔 一篇論說 張皇ᄒᆞ야 總內兩相 더功名을 極口贊揚 ᄒᆞ얏는딕 連紙累編 怪鬼說이 目不忍見 ᄒᆞ깃고나(「魔報鬼說」, 1909.7.21)

단재는 『대한매일신보』에 「爲國民大韓兩新聞招魂」, 「國民大韓兩魔頭上各一棒」, 「惜乎라 禹龍澤氏의 國民大韓兩魔報의 鷹犬됨이여」 등을 통해 『국민신보』, 『대한신문』을 강하게 공격하였다. 이들 신문이 직접 친일행위를 하거나 또는 그러한 행위를 두둔하였기에 비판했던 것이다. 『국민신보』는 친일단체였던 일진회의 기관지였으며, 『대한신문』은 이완용 내각의 기관지로 이인직이 사장으로 있으면서 각종 친일적 행위를 했던 것이다. 이들은 단재 논설과 연장선상에 있으며, 단재의 작품들로 보인다.

5) 인물 비판 기타

단재는 「일본의 삼대 충노」에서 송병준, 조중응, 신기선 등 직접 3인의 이름을 거명하여 그들의 죄악상을 열거하였다. 사실 공적 신문에서 직접 이름을 거명하여 비난하기는 쉽지 않았을 것이다. 그런데 단재는 그렇지 않았다.[37] 변영만은 단재가 "간사하고 조잔한 무리를 한번 보면 얼굴에 노한 빛

37 단재가 직접 이름을 거론하며 비판한 예는 「독사신론」에도 있다. 단재는 거기에서 김춘추를 비판하였으며, 이후 역사가 김부식을 자주 거론하여 비판하였다. 이러한 것은 역사의식의 발로인데, 이미 초창기 논설 「대한의 희망」, 「역사와 애국심의 관계」, 「대아와 소아」, 전기 『을지문덕』, 「이순신전」, 「최도통전」 등에서도 단재의 강한 역사의식을 엿볼 수 있다.

을 띠게 되고, 생각이 맞지 않으면 연장자로서 德望 있는 사람이라도 멸시하듯 하였고, 이로 인해 매양 원망을 불러들였다(一見壬細之徒怒形於色意有未合雖長德蔑如也以是每府怨)"라고 했다.[38]

第壹忠奴 宋秉畯은 壹進會룰 組織하야 五條約時 宣言書로 一等 功臣을 奄作ᄒᆞ고, 其手下 親兵 四十萬으로 日本에 諂附ᄒᆞ야 自衛團 討伐隊로 全國을 騷擾케 ᄒᆞ며(「日本의 三大忠奴」, 『大韓每日申報』, 1908.4.2)

단재는 「일본의 삼대 충노」에서 일진회 조직, 5조약 선언서 작성, 일본 아부 등을 들어 송병준을 비판하였다. 그런데 이후 송병준을 직접 비판한 사회등가사가 있다.

宋秉畯아 말드러라 無賴輩룰 嘯聚ᄒᆞ야 壹進會를 組織ᄒᆞᆯ 제 狂言妄說 做出ᄒᆞ고 許多良民 모라다가 魔窟中에 陷落ᄒᆞ니 너의罪가 ᄒᆞᆫ가지오

宋秉畯아 말드러라 네가비록 賤種이나 한國臣民 分明ᄒᆞ고 偏被國恩 하엿거던 他人奴隷 甘作ᄒᆞ야 宣言書를 發布ᄒᆞ니 너의罪가 두가지오

(…중략…)

大逆不道 宋秉畯아 壹代妖孼 宋秉畯아 罪惡貫盈 宋秉畯아 史家筆鋒 森嚴ᄒᆞ고 烈士舌斧 沸騰이라 네아모리 鐵身인들 三尺王章 免ᄒᆞᆯ소냐(「宋秉畯아」, 1909.2.21)

"일진회를 조직", "사가필봉 삼엄" 등의 내용적 측면이나 강렬하게 꾸짖는 비판의 강도를 볼 때 「일본의 삼대 충노」와 다를 바 없는 것으로 단재의 창작으로 보인다. 단재는 송병준뿐만 아니라 이인직도 직접 비판하기를 마지않았다. 그는 「극계개량론」(1908.7.12), 「연극계의 이인직」(1908.11.8), 「近

38 변영만, 「丹齋傳」, 91면 및 『단재신채호전집』 9권, 336~341면.

日 小家說의 趨勢를 觀ᄒᆞ건ᄃᆡ」(『大韓每日申報』 1909.12.2) 등에서 연속적으로 이인직에 대해 비판하였다. 특히 그는 이인직의 연극개량운동을 비판하고, 또한 「귀의 성」, 「漢江船」(‘강상선’으로 보임 : 인용자) 등의 소설에 대해서도 강도 높게 비판하였다.

> 吾輩가 此壹節을 推ᄒᆞ야 李人稙氏의 五臟을 洞見ᄒᆞᄂᆞᆫ 바니 彼가 演劇改良의 名을 借ᄒᆞ야 此等孼業造出홈을 又何足怪며 又何足怪리오만은 今也에 又壹可驚홀 事ᄂᆞᆫ 卽 該씨가 演劇視察次로 日本에 渡往ᄒᆞ얏다 하니 噫라 其魔術이 愈長ᄒᆞ야 益益히 其奇怪황誕淫蕩的의 演劇으로 國民의 心志를 蕩ᄒᆞ면 其害가 豈小홀ᄭᆞ(「演劇界之李人稙」, 1908.11.8)

> 小說이라 ᄒᆞᄂᆞᆫ것은 政治風俗 家庭間에 腐敗習慣 改良하고 문明思想 鼓吹後에 完全ᄒᆞ다 홀지어날 <u>爲妄辯護</u> 張皇ᄒᆞ야 虛妄事와 淫險說로 料量未定 婦孺輩를 眩惑精神 滋甚ᄒᆞ니 書籍界의 妖怪物은 鬼의聲이 第壹일세(「四大妖物」, 1909.3.14)

> 李人植君 드러보소 演劇改良 ᄒᆞᆫ다ᄒᆞ고 日本ᄭᆞ지 건너가셔 여러달을 留連타가 近日에야 왓다ᄒᆞ니 무슴演劇 ᄇᆡ와왓나 演劇改良 고만두오 東奔西走 出沒ᄒᆞᄂᆞᆫ 君의形狀 볼작시면 演劇보다 滋味잇네 君의事도 可嘆이오(「一筆漫弄」, 1909.5.20)

단재는 “嗚呼라 李人稙氏여 君의 口를 依하면 改良이 已久ᄒᆞ나 衆人의 眼으로 看ᄒᆞ면 改良이 都無ᄒᆞ니 嗚呼라 李人稙氏여”(1908.11.8)라고 했다. 그리고 “只是牟利的起見으로 <u>爲妄辨護</u>의 「鬼의 聲」과 如ᄒᆞᆫ 小說을 著ᄒᆞ야 社會上의 道德만 破壞ᄒᆞ며 讀者 諸君을 媚倒ᄒᆞ고 冊價 幾百圜으로 其下箸費만 充ᄒᆞ얏도다”(1908.11.8)라고 했다. 「사대요물」의 저자도 「귀의 성」을 “<u>爲妄辯護</u>”라고 비판했는데, 이를 통해 그가 단재임을 여실히 알 수 있다.

그리고 "演劇改良의 名을 借ᄒᆞ야 此等孼業造出홈을 又何足怪며 又何足怪리오만은 今也에 又豈可驚홀 事ᄂᆞᆫ 卽該씨가 演劇視察次로 日本에 渡往ᄒᆞ얏다"라는 내용과 「一筆漫弄」(1909.5.20)의 내용이 연결됨을 알 수 있다.

다음으로 단재는 국수주의에 대해 높이 평가했다.

三國 以後로ᄂᆞᆫ 幾乎 家家에 ᄒᆞᆫ문을 儲ᄒᆞ며 人人이 ᄒᆞᆫ문을 讀ᄒᆞ야 ᄒᆞᆫ官威儀로 國粹를 埋沒ᄒᆞ며 ᄒᆞᆫ土風敎에 國魂을 輪送하야 言必稱 大宋大明大淸이라 ᄒᆞ고 堂堂 大朝鮮을 他國의 一附庸屬國으로 反認홈으로 奴性이 充滿ᄒᆞ야 奴境에 長陷ᄒᆞ얏거ᄂᆞᆯ……聖哉라 麗太祖ㅣ 云ᄒᆞᄉᆞ되 我國風氣가 漢土와 逈異ᄒᆞ니 華風을 苟同홈이 不可라 ᄒᆞ심은 國粹保存의 大主義이시거ᄂᆞᆯ 幾百年 庸奴拙婢가 此家事를 誤하야 小國二字로 自卑ᄒᆞ얏도다(『大韓每日申報』 1908.3.18~19)

金子童아 玉子童아 古今逆賊 試觀ᄒᆞ라 無識ᄒᆞᆫ놈 別無하니 奴隸學은 비지말고 國粹主義 提倡ᄒᆞ야 全國師範 되여볼까 어화둥둥 내아돌(「冤婦弄子」, 1908.9.26)

되나니라 되나니라 各種學問 硏究하야 古今東西 모던歷史 燎然貫徹 훌쁜더러 國粹主義 培養ᄒᆞ고 附外性質 消却ᄒᆞ야 國內青年 敎育식여 指揮服從 ᄒᆞᄂᆞᆫ 것도 心志磊確 ᄒᆞᆫ然後에 全國師範 되나니라(「最畏惟心」, 1909.4.1)

국수, 또는 국수주의에 대한 강조는 「국한문의 경중」(『大韓每日申報』, 1908.3.17, 18, 19), 「천희당시화」, 「꿈하늘」, 「이해」, 「정육과 애국」 등 단재 작품에 줄기차게 이어져 왔다. 국수주의 제창, 국수주의 배양은 그런 맥락에 닿아 있다. 위 가사에는 국혼을 중시하고 노예정신의 폐지와 국수주의를 강조해온 단재의 사상이 여실히 들어있다. 이것 말고도 단재의 흔적을 보이는 가사들이 적지 않다.

5. 단재와 사회등가사

단재는『황성신문』시절 논설에 시가를 첨부하기 시작했으며, 운문에 가까운 논설을 집필하기도 했다.『대한매일신보』입사 초기「爲國民大韓兩新聞招魂」(1907.12.17),「新年頌祝」(1908.1.1)에도 그러한 모습이 나타난다. 그러나 1907년 12월 중순부터『대한매일신보』는 시사논설과 시평가사로 그 기능이 분화된다. 논설은 시사문제에 대해 논하는 산문으로, 사회등가사는 시대사회에 대해 비판하고 풍자하는 가사로 자리하게 된다. 단재에게 있어서 이전에는 논설과 시가가 중첩되는 양상을 보여주었는데,『대한매일신보』에 사회등가사가 형성되면서 논설과 시가의 기능은 분리된다. 1907년 12월 18일 이후에는 시가형식의 논설이 거의 사라졌는데, 그것은 시론인 논설과 시평인 사회등가사가 분리되었기 때문이다.

> 本報愛讀 僉君子ㄴ 新年歲拜 바드시오 百福이 鼎臻ᄒᆞ고 萬事가 泰通ᄒᆞ오 愛國誠이 懇切ᄒᆞ사 購覽이 日增ᄒᆞ니 新聞事業 ᄉᆡ롭도다(「新年新語」, 1908.1.1)

이것은「신년신어」이다. 단재는「신년송축」이라는 논설을 통해 "聽ᄒᆞᆯ지어다 聽ᄒᆞᆯ지어다 頭를 擧ᄒᆞ고 耳를 傾ᄒᆞ야 此新年 頌祝을 聽ᄒᆞᆯ지어다"라고 말하며 독립과 자유를 노래했다. 그는 또한 신문사를 대변하여 독자들에게 신년인사를 전했다. 그런데 가사는 논설과는 다른 지향성을 갖고 있다. 가사는 비록 4·4조라는 정제된 언어를 통해 표현되는 것이지만, 독자의 계몽에 보다 적합한 장르였다. 따라서『황성신문』에서 보였던 단재의 논설과 시가의 혼효 및 중첩현상이『대한매일신보』에 사회등가사란이 생기면서 분리된 것이다.

> ᄉᆞ랑홉다 讀者諸公 一面之分 업셧스되 心肝ᄭᅡ지 相照ᄒᆞ고 千里之遠 격히스

되 朝暮간에 相遇로다 源源相繼 뎌信息이 五日간을 相阻ᄒᆞ니 記者讀者 兩方간에 동동往來 ᄒᆞᄂᆞᆫ懷抱 一日不見 如三秋兮 彼我之別 다를손가(「舊面新話」, 1909.11.9)

기자는 5일 동안 소식이 막혔음을 말하였는데, 이는 이전 작품 「漢城記者아」(1909.11.3)가 실린 후 4일부터 8일까지 가사가 실리지 않았음을 일컬은 것이다. "記者讀者 兩方간에 동동往來 ᄒᆞᄂᆞᆫ懷抱 一日不見 如三秋兮"라 하여 가사가 독자들과 소통 속에서 전개되었음을 말하였다. 그러면서도 이 가사의 3연에서 "豺狼躑촉 이時代에 千辛萬苦 무릅쓰고 一枝筆을 쎄여들제 斷斷不變 이目的은 韓國前途 ᄲᅮᆫ이오니 아모됴록 奮發ᄒᆞ야 新思想을 振作ᄒᆞ오"라고 하여 독자들에게 분발을 촉구하였다.

가사는 논설과는 다른 형식으로 독자와의 만남을 추구할 수 있었다. 가사는 여느 시가처럼 자신의 감정을 효과적으로 전할 수 있는 장르였다. 딱딱한 논설보다 독자에게 쉽게 다가설 수 있고, 또한 독자와 직접 소통할 수 있었다. 70편에 이르는 기명 투고 작품은 그러한 소통이 가능했다는 것을 말해준다. 단재는 당시 논설 이외에도 애국전기, 역사, 시화 등을 통해서도 계몽운동을 폈지만, 가사를 통해 내면까지 스스럼없이 드러내면서 독자를 만날 수 있었다.

風雲起處 感慨多오 筆舌下에 英雄少라 筆舌로써 生涯홈이 나의志願 아니언만 이時勢가 나를모라 區區瑣瑣 筆硯間에 허多歲月 다보넌다 遺憾만흔 붓긋흐로 滿腔熱情 盡傾ᄒᆞ야 同胞의게 告힛스나 일운것은 別노업고 當ᄒᆞᆫ것은 傷心ᄒᆞ다(「覽報漫評」, 1910.5.1)

위의 내용에서 단재의 내면은 그대로 드러난다. 단재는 이전에도 "閭巷風聞 採探ᄒᆞᆫ즉 新舊政府 某某人이 本記者를 仇視ᄒᆞ야 乖當言論 잇다ᄒᆞ니 攻擊諸公 ᄒᆞᄂᆞᆫ것도 爲諸公而 攻擊이오"(1908.11.17, 26면)라 하여 자신을 변호하기도 했다. 1910년 5월초는 단재가 망명을 떠나기 얼마 전이다. 그는 5월 말경 망명을 떠난 것으로 보인다. 그는 "遺憾만흔 붓끗ᄒᆞ로 滿腔熱情 盡傾ᄒᆞ야 同胞의게 告ᄒᆞ엿스나 일운것은 別노업고 當ᄒᆞᆫ것은 傷心ᄒᆞ다"라고 하여 자신의 소회를 드러내었다. 앞에서 변영만이 지적했던 것처럼, 단재는 다른 사람들을 강하게 비판하여 매양 원망을 불러들였다. 단재는 자신의 계몽 정신이 제대로 전달되지 않음에 가슴 아파했던 것으로 보인다. 이 가사가 나온 후 단재 망명까지 9편의 작품이 실리는데 3편의 기명 작품을 제외하면 6편이 더 실린 셈이다. 그것은 단재가 신문일에 집중하지 못하면서 그만큼 사회등가사가 흔들렸다는 것을 말해준다.

단재는 자신의 감정을 드러내거나 세태를 비판 풍자하는 데도 가사형식을 택하였다. 그는 이미 1907년 12월 10일 「問諸靑山」부터 가사형식을 실험하였는데, 그때 실험한 작품은 『춘향가』와 밀접하다. 『춘향가』에 수없이 등장하는 "웬일이오"라는 구절을 문미에 반복적으로 사용하였다. 그리고 「聞一知十」(1908.12.18), 「歲暮八歎」(1908.12.24)으로 이어진다.[39] 사회등가사는 독자와 교호 속에서 존재했다. 단재는 자신의 정서를 사회등가사를 통해 표현했다. 단재가 대한매일신보사를 떠난 이후에 가사는 다시 실리지만, 이전 가사에 비해 미적인 측면에서 훨씬 후퇴하게 된다. 그것은 그만큼 단재의 역할이 컸다는 것을 말해준다.

---

39 단재의 『춘향가』 수용과 관련해서는 연구자가 「'디구셩미릭몽'의 저자와 그 의미」(제38회 한국현대소설학회 학술대회, 2011.5.28)에서 충분히 언급했다. 1907년 12월 10일 「問諸靑山」은 "웬일이오"를 후렴처럼 문미에 반복시키고 있는데, 『춘향가』에서는 "웬 일이오"만 하더라도 7회(물론 변형태인 "웬일인고", "웬일이냐", 그리고 연결태인 "웬일이며" 등을 포함하면 19회)나 나온다. 그리고 첫 사회등가사로 평가받는 「문일지십」(1907.12.18)에서는 『춘향가』의 「십장가」를 수용한 데다가 "九曲肝腸", "什生九死"를 그대로 차용하였으며, 문미 반복으로 "됴흘시고"(『춘향가』 2회 사용), "壯할시고"(『춘향가』 1회 사용)를 사용하였다. 두 번째 작품 「歲暮八嘆」(1907.12.24)에서는 「자탄가」, 「십장가」의 "애고애고 이내신세"(『춘향가』에서는 "애고애고 내신세야"로 2회 반복)라는 후렴을 차용하였으며, 네 번째 작품 「頑固點考」(1907.12.29)에서는 『춘향가』의 기생점고식을 수용하였다. 이는 초기 사회등가사에서 『춘향가』의 직접적 영향을 보여주는 예이기도 하지만, 또 한편으로 단재의 사회등가사 창작을 보다 확실히 보여주는 증표이기도 하다.

6. 마무리

『대한매일신보』 사회등가사는 단재가 그 신문사에 근무한 1907년 11월 6일부터 그의 이름이 신문에서 완전히 사라진 1910년 5월 26일까지 492편 가량의 무서명 사회등가사가 실렸다. 그리고 1910년 5월 단재가 떠난 이후 한 동안 사회등가사 연재가 중지되었다가 1910년 6월 1일부터 1910년 8월 28일 종간호까지 55편가량의 가사가 더 실린다. 그러나 이 작품들은 이전 가사보다 길이도 짧을 뿐더러 비판 강도나 미적 가치도 현저히 떨어진다.

사회등가사를 논의한 기존 연구자들은 사회등가사의 저자가 "논설진"이라는 것을 기정사실화하였으며, 그리고 단재의 창작이 적지 않음을 밝혔다. 그러나 사회등가사의 작품수가 너무 많고, 구체적인 실증을 찾지 못해 작품 발굴에는 성과를 얻지 못했다. 본고는 사회등가사가 실린 지면부터 시작하여 사회등가사와 단재 글의 주지, 사상, 문체 등을 비교함으로써 작품 발굴에 나섰다.

사실 여기 언급한 작품은 단재가 쓴 가사의 일부에 지나지 않는다. 이 밖에도 무수한 가사들이 있을 것이다. 본고에서는 우선 단재 문학의 특성이 더욱 분명하게 드러난 몇 편만을 발굴해 제시하였다. 생각건대 임중빈도 적지 않은 작품을 찾고서도 직접적인 근거를 대기 어려워 전집에 포함시키지 않은 것으로 보인다. 그로 인해 전집이 논란에 휩싸이는 것을 우려한 때문일 것이다. 그러나 논란은 제기함으로써 오히려 새로운 가능성을 연다는 측면에서 이 논의를 전개했다. 앞으로 이에 대해 보다 심도 있는 논의를 기대한다.

「지구성미래몽」의 저자와 그 의미

1. 들어가는 말

「지구성미래몽」[1]은 1909년 7월 15일부터 8월 10일까지 총 19회에 걸쳐 『대한매일신보』 한글판에 연재된 소설이다. 신문에 연재되었고, 무서명의 작품이기 때문에 제대로 주목받지 못했지만, 충분히 논의할 가치가 있는 작품이다. 이 작품은 주로 작품의 형식, 또는 주지와 관련해 논의되었다.[2] 최근 개화기 문학선집에 실림으로써 그 중요성이 인식되고 있다.[3]

이 작품의 저자와 관련해 신재홍은 "언론계에 종사한 인물"[4]로, 심재숙은 박은식, 신채호, 최익, 장달선, 황희성 등 『대한매일신보』 필진 가운데 한 사람일 것으로 추정했다.[5] 그리고 김영민은 "단정할 만한 확실한 근거는

1 원문 제목은 「디구셩미릭몽」이며, 한문으로 '地球星未來夢'이다. 이하 본문에서는 제목을 오늘날의 표기 방식인 「지구성미래몽」으로 썼다.

2 이 작품은 송민호에 의해 논의된 이래, 최근에는 서은경, 황재문에 의해 집중 논의된 바 있다. 송민호, 『한국 개화기 소설의 사적 연구』, 일지사, 1975; 서은경, 「근대서사 양식의 변모와 「디구셩미릭몽」의 의미연구」, 『현대소설연구』 26, 한국현대소설학회, 2005; 황재문, 「애국계몽기 몽유록과 힘의 윤리」, 『규장각』 35, 서울대 규장각, 2009.12.

3 김영민 외편, 『근대계몽기 단형 서사문학 자료전집』, 소명출판, 2003; 권영민, 『풍자 우화 그리고 계몽담론』, 서울대 출판부, 2008.

4 신재홍, 『한국몽유소설연구』, 계명문화사, 1994, 212면.

5 심재숙, 「근대계몽기 신작 고소설의 현실대응양상 연구」, 고려대 박사논문, 2000.8, 187면.

아직 발견한 바 없"다고 전제하였지만, 이 작품이 "단재의 작품일 가능성이 확실히 존재한다"고 하여 진일보된 입장을 피력했다.[6] 그러나 여전히 저자가 확정되지 않은 작품으로 남아 있다. 무서명이기 때문에 작가에 대해 논의하기 어렵다는 측면에서 충분히 공감이 간다. 그러나 저자 논의가 생략되었다는 것은 논의의 한계를 드러내는 것이기도 하다. 작품의 주지에 대한 논의이든, 형식에 대한 논의이든 일차적으로 저자가 제대로 밝혀져야지만 그 논의가 제대로 의미를 획득하기 때문이다.

이 논의에서는 「지구성미래몽」의 저자 규명을 통해 작품의 의미에 다가서고자 한다. 무서명이기에 저자 논의에 어려움이 따르지만, 그렇다고 언제까지 방관할 수는 없는 실정이다. 조금 무리가 있더라도 작품의 저자 확정에 논란을 제기한다는 측면에서 논의를 전개하기로 한다.

2. 「지구성미래몽」의 저자 궁구

1) 언론계몽인과 신채호

「지구성미래몽」은 무서명의 작품이다. 그래서 저자 논의가 어려웠던 것이다. 물론 작품과 관련시켜보면, 작가는 작중 서술화자인 "우세자"라 할 수 있다. 몽유록이나 토론체 양식에서 작가는 작중에 자신의 모습을 드러낸다. 작중에는 자신을 직접적으로 드러내는 표지가 있을 수 있고, 간접적으로 드러내는 표지가 있을 수 있다. 우선 작품에 드러나는 정보를 통해 저자

6 김영민, 『한국의 근대신문과 근대소설』, 소명출판, 2006, 103~104면.

에 접근하기로 한다.

일즉 교화가 붉지 못ᄒᆞ고 풍쇽이 아름답지 못ᄒᆞᆫ 것을 근심ᄒᆞ야 혹 청년을 교육ᄒᆞ며 혹 지ᄉᆞ를 권고ᄒᆞ고 혹 완고를 경셩ᄒᆞ기 위ᄒᆞ야 셰상에 도라ᄃᆞᆫ닌지 몃 ᄒᆡ에 ᄒᆞᆫ 사ᄅᆞᆷ도 ᄭᅵᄃᆞᆺᄂᆞᆫ 쟈 업고 도로혀 지목ᄒᆞ기를 광패ᄒᆞᆫ 쟈ㅣ라 ᄒᆞ며 죠롱ᄒᆞ기ᄅᆞᆯ 허황ᄒᆞᆫ 쟈ㅣ라 ᄒᆞ야 인류로 ᄃᆡ졉지 아니ᄒᆞ거놀 우셰ᄌᆞㅣ ᄌᆞ탄ᄌᆞ가ᄒᆞ다가 창ᄌᆞ 속에 더운 피가 ᄭᅳᆯ음을 금치 못ᄒᆞ야 일일은 표연히 멀니 놀 ᄯᅳᆺ을 두ᄆᆡ 손에 잡고 일반 동포에게 권고ᄒᆞ랴던 일체 잡지와 월보를 다 집어더지고 니러서니(1909.7.15)

우셰ᄌᆞㅣ왈 나ᄂᆞᆫ 대한 뎨국에 우셰ᄌᆞㅣ라 칭ᄒᆞᄂᆞᆫ 광ᄀᆡᆨ이니 우리 민족의 부패ᄒᆞᆷ과 국셰의 빈약ᄒᆞᆷ을 근심ᄒᆞ야 월보와 잡지를 발간ᄒᆞ야 셰상 사ᄅᆞᆷ을 ᄀᆡ도ᄒᆞ기로 일을 ᄉᆞᆷ더니 ᄒᆞ나도 ᄭᅵᄃᆞᆺᄂᆞᆫ 쟈ᄂᆞᆫ 업고 졈졈 비참ᄒᆞᆫ ᄃᆡ경에 ᄲᅡ지ᄆᆡ (1909.7.17)[7]

위 내용은 작중 서술자가 밝힌 우세자의 신분, 그리고 우세자 스스로 밝힌 자신의 이력에 해당한다. 정보를 모으면, 저자는 월보・잡지 등을 발간하여 청년을 교육하고, 지사를 권고하며, 완고를 경성하기 위해 몇 년을 노력했다는 사실이다.[8] 이것을 단순히 허구적 장치로 보기는 어려울 듯하다. 이 작품 역시 일종의 몽유록이며, 몽유록은 작가의 사상이나 정신을 잘 드러낸다. 특히 문답형식의 몽유록에는 작가가 직접 등장하여 자신의 생각들을 피력한다.

우세자는 조고계(操觚界) 인물, 즉 신문, 잡지를 발간하는 언론계몽인이다.

---

7 이하 「지구성미래몽」의 경우 인용 구절 뒤 괄호 속에 게재일로 표기. 그리고 내용 강조를 위해 밑줄을 표기.

8 이를 토대로 심재숙은 신채호와 박은식 가운데 하나일 것으로 추정했으며, 김영민은 여기에 "거듭해서 민족을 부르짖으며, 지구를 염려하는 인물"(앞의 책, 103면)이라는 사실을 보태어 신채호의 저자 가능성을 제기했다.

그리고 몇 해 동안 국민의 경성과 계도를 위해 그 분야에 종사해온 사람이다. 이것이 작가를 알려주는 표지이다. 단재는 1905년부터 언론계에 몸담은 계몽인이었다. 1905년부터 1907년 9월 하순경까지 『황성신문』에서 활동하였으며, 1907년 11월초부터 『대한매일신보』 주필로 활동했고, 이 밖에도 기호흥학회월보, 대한협회회보, 가정잡지 등을 통해 언론계몽 운동을 펼쳤다. 무엇보다 이 작품이 실린 신문에 단재가 주필을 하였다는 점에서 둘의 인접성은 밀접하다. 단재는 작품에서 자신을 드러내는 표지를 보이기도 했다.

> 한놈이 일즉 내 나라 歷史에 눈이 뜨자 乙支文德을 崇拜하는 마음이 간졀하나 그의 對한 傳記를 짓고 십은 마음이 밧버 미처 모든 글월에 考據하지 못하고, 다만 東史綱目의 젹힌 바에 의거하야 필경 傳記도 안이오, 論文도 안인 『四千載第一偉人乙支文德』이라 한 조고마한 冊子를 지어 世上에 發佈한 일이 잇섯더라.(「꿈하늘」)

「꿈하늘」에는 작가에 관한 보다 직접적인 표지가 들어 있다. 작자는 자신을 "한놈"이라 밝혔고, 스스로를 작품의 등장인물로 내세웠다. 그런데 한놈은 『四千載第一偉人乙支文德』을 쓴 인물이라는 것이다. 이 밖에도 을지문덕은 한놈에게 "아. 도령군을 몰느냐? 歷史 본 사람으로……"라고 묻고 있다. 한놈이 "역사를 본 사람"이라는 것인데, 한놈은 대화에서 『삼국사기』, 『동사강목』, 『동국통감』, 『고려사』 등을 언급함으로써 역사에 대한 깊은 이해를 드러내고 있다. 이러한 것들은 한놈이 신채호임을 드러내는 표지이다. 이처럼 작가는 작품 내에 자신을 드러내는 표지를 남기는 경우가 있는데, 이 경우 독자들은 그러한 정보를 통해 저자에 다가설 수 있다. 그러나 단순히 언론계몽인이라는 정보는 지나치게 넓고 일반적이라 이것만으로는 저자 규명에 어려움이 있다.

우세ᄌᆞ

쥬지 디구셩 동반구 한국 / 직업 독셔

우인이 옥경에 유람ᄒᆞ기 위ᄒᆞ야 남문에 입ᄒᆞᆯ 시에 ᄎᆞ 증셔를 젹홈
연월일 보증인 원장법ᄉᆞ(1909.8.1)

또 하나 직업이 독서라는 사실이 주어진다. 위의 상황을 다시 연결하면 조고계 인물이면서 독서를 좋아하는 인물이라는 것이다. 독서는 직업이라기보다 기호에 가깝다. 이 부분에서도 단재를 떠올리기에는 부족함이 없다. 단재는 독서를 좋아하여 독서와 관련된 일화가 적지 않기 때문이다.[9] 그러한 것들은 궁극적으로 '박학다식', '박람강기'와 관련이 있다. 전대, 또는 당대의 각종 서적들을 무수히 독파했던 단재의 박학다식은 독서광적 기질에서 비롯된 것이다. 그러나 이 역시 인접성의 차원일 뿐이다. 필요조건은 되지만 충분조건은 될 수 없다.

다음으로 소설에 나타난 간접 표지들이다.

어어어봉헌일판향 으으으덕용란ᄉᆞ의이이이
어어어근반진ᄉᆞ계 으으으엽슈오슈미이이이(1909.7.16)

위의 내용은 원장법사가 읊은 게음의 서두로 「상주권공할향(常主勸供一喝

9 단재의 독서에 대해서는 여러 사람의 증언을 들을 수 있다. 신영우에 따르면, 단재는 "七九歲에 能히 通鑑全秩를 맛치고 十二三歲에 經書를 能히 讀破하며 무엇이던지 一覽捷記하야 神童의 이름을 드럿다. 當時에 벌서 三國志 水滸傳 等을 愛讀하엿"으며, "鐘路書鋪店頭에 서서 數日 동안 店中에 싸인 冊을 全部 讀破하엿고 親知의 집에 가서는 그 집이 冊이 얼마가 잇던지 잇는 대로 讀破하지 안이하면 움즉이지 안이" 하였다고 한다. 그리고 이 밖에도 단재가 "讀書할 때에는 冊장을 헤는 것과 같이 빨리 읽는다. 무슨 책을 하나 손에 들면 남 보기에는 책장을 헤는 것과 같이 설설 넘긴다. 그러나 끝장까지 넘기고 책을 덮으면 그 책의 內容을 熟讀한 사람처럼 이야기를 한다."(이극로), "한번 讀書에 潛念하면 몇일씩 洗手도 아니한다."(심훈), "丹齋의 讀書하는 것을 보면 一目十行이라 할 만큼 빨리 默讀할 뿐 아니라 벗과 談話하면서 글을 읽는다."(서세충), "其讀書疾轉其葉如風雨而已"(변영만), "英語는 어느 틈에 습득하였는지 칼라일의 『英雄崇拜論』과 끼본의 『羅馬衰亡史』를 一見十行 이상의 속도로 좔좔 읽어 나려가는 것"(변영로) 등의 일화가 있다. 그리고 단재는 이석증의 소개로 『사고전서』도 섭렵한 것으로 알려져 있다. 한편 단재는 북경에서 이대조에게 북경대도서관의 도서열람을 요청하는 편지를 남기기도 했다. 단재는 역사, 종교, 문학 등 다양한 서적들을 섭렵하였으며, 그래서 "그 博學함은 누구던지 敬服하엿다 한다."

香)」이다. “한 조각 향이오나 정성으로 올리나니, 향의 덕을 어찌 헤아릴 수 있으오리까, 아래로 티끌 같은 사바세계 비치옵고, 위로는 다섯 수미계도 그늘을 덮습니다(奉獻一片香 德用難思議 根盤塵沙界 葉覆五須彌)”[10]라는 뜻이다. 이것은 불교의식에서 향을 올릴 때 일반적으로 불리는 게송이지만, 무속신앙에도 유입되었다.[11] 이것이 불교와 관련됨은 “나도 이왕 불경을 대강 열람ᄒᆞ여 계음과 인도를 만히 알엇스나(1909.7.17)”라는 우세자의 말에서 드러난다. 우세자는 『불경』을 대강 열람하였다는 말이다. 우세자는 신문 잡지에 관여한 인물이지만, 불경을 열람할 정도로 독서의 범위가 넓었다는 의미이다. 단재는 「역사와 애국심의 관계」(1908.7)에서 “釋迦氏의 眞言을 呪ᄒᆞ야” 라고 하는가 하면, 「천희당시화」에서 “三國時代 佛敎徒의 鄕歌와 支那 六朝時 達摩 慧能의 喝句”(『대한매일신보』, 1909.12.4)라고 말하였다. 불교의 진언과 게음에 익숙해 있었다는 말이다. 그리고 그가 불교에 대해 해박했음은 지인들의 회고에서도 드러난다.

> 丹齋는 史學 以外에 佛學이 特別히 깊어 維摩·楞嚴 等 諸經을 悟解하는 程度가 當世 白衣間에 最高할 줄 안다. 더욱이 維摩를 좋와하야 항상 知友들에게 한번 보라고 勸하였으며 또 馬鳴의 大乘起信論을 깊이 硏究하야 내가 起信論을 閱讀한 것이 아마 丹齋 勸告를 받은 뒤인 듯하다.[12]

단재와 오랜 지기였던 성인보는 단재가 『유마경』, 『능엄경』 등에 능통했다고 했다. 게다가 그는 인도의 불교 시인인 마명의 『대승기신론』도 깊이 연구했다는 것이다. 변영만 역시 단재가 “오로지 유학에만 전념하지 않고 자못 佛氏를 좋아하여 자유롭게 행동하였다”고 했다. 이것들은 단재의 불

10 안석연 편, 『釋門儀範』, 보련각, 1968, 108면.
11 할향이라 함은 “향을 올리며 향의 덕을 찬탄함으로써 법요의 시작을 내외에 알리는 게송”을 뜻한다. 일반적으로 천도재인 상단권공과 불교의식에 사용되지만, 무속경문 「고축원문」, 「신당축원문」이나 「신명축사(신명강림경)」 등에도 유입된 것을 볼 수 있다.
12 위당, 「殘憶의 數片」, 『신동아』, 1936.4, 100면.

교에 대한 깊은 이해와 더불어 그의 사상의 다양한 스펙트럼을 보여준다. 단재는 비록 유생이었지만 불교에 대해 우호적이었으며, 학문적으로 가까이 했다. 이 작품에 원장법사가 등장하고 불교적 색채가 드러난다고 하여 단재와 무관한 것으로 간주하는 것은 일종의 착시현상일 뿐이다. 단재가 "佛學이 特別히 깊어 維摩·楞嚴 等 諸經을 悟解하는 程度가 當世 白衣間에 最高"였다는 정인보의 말은 그런 오해를 불식시키기에 충분하다.

2) 민족주의자와 신채호

언어는 작가의 세계관에 의해 결정된다. 그러므로 언어를 통해 그 저자에 다가설 수 있다. 특히 저자의 세계 인식의 모습은 언어 선택을 통해 분명해진다. 「지구성미래몽」의 언어는 저자의 세계관적 지향을 더욱 분명히 보여준다.

> 우셰ᄌᆞᄂᆞᆫ 단군 이후 ᄉᆞ쳔여년 시ᄃᆡ 사ᄅᆞᆷ이라(1909.7.15)
> 우리 신셩ᄒᆞ신 단군의 ᄌᆞ손의 ᄃᆡ옥이 목젼에 잇도다(1909.7.21)

첫 구절은 「지구성미래몽」의 첫 구절이고, 다음 구절은 소설 가운데 나온 내용이다. 이것은 무얼 뜻하는가? 우세자는 단군의 자손임을 강조하고 있다. 소설의 모두에 내세운 위 구절은 여러 면에서 의미심장하다. 우세자는 단군의 자손이며, '지금 여기'의 인물이라는 것이다. 그것은 소설의 현실성과 더불어 우리의 역사가 단군으로부터 비롯된다는 민족주체의식을 보여주는 것이 아니던가.

> 嗚呼라, 我 東國을 開創ᄒᆞ신 始祖가 檀君이 아닌가.(「독사신론」)
> ᄯᅢ는 檀君 紀元 四千二百四十 몃 해 어ᄂᆡ 달 어ᄂᆡ 날이던가.(「꿈하늘」)

신채호는 「독사신론」 제1장 첫머리에서 우리의 시조가 단군임을 분명히 했다. 「꿈하늘」(1916)도 작품의 첫 구절에 단군을 내세우고 있다. 그리고 「이순신전」 '서론' 첫단락에서도 "檀君 子孫"(『대한매일신보』, 1908.5.2)을 언급했다. 이들 작품 모두 우리 민족, 또는 우리 역사의 기원을 단군에 두고 있다. 그것들은 민족주의 의식을 역력히 드러낸다.

> 檀君始祖가 太白山에 下ᄒᆞ사 荊棘을 剪ᄒᆞ고(「역사와 애국심의 관계」)
> 赫赫ᄒᆞᆫ 檀君子孫으로 神武天皇을 遙祭하며(「일본의 삼대 충노」)

신채호는 우리의 역사가 단군에서 비롯되었음을, 그리고 우리는 단군의 자손임을 분명히 했다. 여기에서 단재의 주체적 역사의식을 읽을 수 있다. 단재는 조선조나 당대 역사가들이 "歷史의 第一章에 우리 님 檀君을 빼고 殷室 亡命客 箕子를 쓰"는 것을 개탄스럽게 여겼다. 그래서 그는 「독사신론」에서 단군을 우리의 역사 시원으로 정립했던 것이다.

우세자는 우리가 "단군의 자손"이자, "단군 후예"(1909.7.21)임을 분명히 했다. 그러한 의식은 어디에서 오는가? 그것은 「독사신론」, 「꿈하늘」과 동일 선상에서 제대로 파악된다. 곧 단군을 통한 민족주체의식의 확립과 관련이 있다. 「지구성미래몽」에서는 여러 군데에서 민족주체의식을 강하게 보여준다.

> 우셰ᄌᆞㅣ ᄒᆞᆫ 손으로 금잔듸를 뜻으며 ᄯᅩ ᄒᆞᆫ 손을 반셕을 두다리고 민족민족ᄒᆞ고 부르니(1909.7.20)
> 우셰ᄌᆞㅣ 법ᄉᆞ를 향ᄒᆞ여 왈 여보 대ᄉᆞ 내 말솜 드러보시오 나는 인도 ᄋᆡ급의 민족을 슬허ᄒᆞ는 것이 아니라 우리 대한 민족을 슬허ᄒᆞ며 파란 월남의 국ᄉᆞ를 슬허ᄒᆞ는 것이 아니라 우리 대한 국ᄉᆞ를 슬허ᄒᆞ노라(1909.7.21)
> 뎨삼장 뎌긔가는 뎌기럭아 빅두산이 어듸미뇨 원쟝법ᄉᆞ 이말솜을 젼희주쇼 우리국민 텬당디옥을 다ᄇᆞ리고 셰셰싱환(1909.7.22)

우세자는 "민족 민족"을 부르짖는 민족주의자이며, 또한 "우리 대한 민족"과 "우리 대한의 국사"를 슬퍼한 강개 지사이다. 그것은 민족주의적 역사의식을 그대로 보여준다. 신채호는 민족 주체성을 일깨우려 했던 민족지사였다. 세 번째 예문은 우세자가 읊은 가사의 내용이다. 우세자는 가사 3장을 읊었는데, 제3장이 위 내용이다. 그런데 얼핏 보면 그 의미가 잘 드러나지 않는다.

> 後代 史家가 只是 古記에 云호 바, 「神降于人 太白山 檀木下」란 壹句를 據ᄒᆞ야 太白山을 西北壹帶에 廣求ᄒᆞ다가, 妙香山에 至ᄒᆞ야 香檀木 叢蔚홈을 見ᄒᆞ고 此를 太白山으로 强斷ᄒᆞ고, 長白山의 舊名이 太白山인 줄은 不知ᄒᆞ얏도다.(「독사신론」)

> 다만 바라는 바이 우리 안 어늬 곳에던지 한놈갓히 어리셕어 두 팔로 太白山을 안으며 한 닙으로 東海물을 말니고 기나긴 半萬年 時間 안의 노픈 뫼, 나진 골, 피는 꼿, 지는 닙홀 세면서 넉 없이 안저 눈물 흘니는 또 한놈이 잇서 이 글을 보면 할 뿐이니이다.(「꿈하늘」)

> 나리신다, 나리신다, 미리(龍)님이 나리신다. 新年이 왓다고, 新年 戊辰이 왓다고, 미리님이 東方 亞細亞에 나리신다.
>
> 太平洋 바다에는 물결이 친다, 蒙古의 沙漠에는 大風이 넌다, 太白山 꼭대기에는 五色 구름이 모이여 든다. 이 모든 것의 모도가 다 미리님이 나리신다는 報告다.(「룡과 룡의 대격전」)

여기에서 '백두산'은 곧 장백산, 단군이 이 땅에 강림한 태백산을 일컫는다. 단재는 민족고대사를 단군으로부터 정립시켰다. 태백산은 단군이 강림한 곳이며, 그래서 민족주의자 한놈은 태백산을 안고 눈물을 흘리기도 한다. 그리고 그곳엔 오색구름이 모여들어 우주 변화의 징조를 예시해주기도 한다. 이처럼 태백산(백두산)은 민족의 영산이며, 민족혼이 깃든 장소이다. 그러므로 "원쟝법스 이 말솜을 (빅두산에) 젼히 주쇼"란 말은 민족혼을 일깨우는 의식이기도 하다. 단재는 「舊曆歲除 逢友述懷」(『대매』, 1910.2.13)에서도 "다만 믿는 것은 높은 백두산이 있다는 것(只信高山有白頭)"이라고 했다. 가사 제3장에 대해 심재숙은 "신채호가 그러했던 것처럼 백두산을 빌어 구국의 의지를 다짐하였다"[13]고 하였는데, 이는 매우 타당한 지적이다. "우리 국민 텬당 디옥을 다 브리고 셰셰싱환"이란 말 속엔 겨레와 민족에 대한 비장한 각오와 다짐, 기원과 염원이 들어있다. 이처럼 우세자의 가사는 민족주의 의식을 담고 있다.

단재가 「천희당시화」에서 남이의 「장검곡」, 신광하가 백두산에 올라서 썼다는 한시를 높이 평가한 것이나, 「꿈하늘」에서 을지문덕이 「태백산가」를 부른 것, 심지어 단재 스스로 「백두산 도중」이라는 시를 쓴 것도 민족주의 의식의 소산이다. 그러한 것은 「독사신론」, 「룡과 룡의 대격전」에도 드러난다. 그러므로 단재에게 단군, 민족, 대한민족, 대한국사, 태백산(백두산)은 민족주의, 또는 민족주체성을 드러내는 다양한 기표들이다. 그러한 기표들이 「지구성미래몽」을 관통하고 있다.

3) 몽유형식과 신채호

이 작품은 몽유형식의 작품이다. 비록 작품에서 꿈의 입몽 구조가 제시되지 않았다 하더라도 우리는 이미 제목을 통해서 이 작품이 몽유형식임을 알 수 있다.

---

13 심재숙, 앞의 논문, 194면.

십리 ᄇᆡᆨ리 쳔리를 뎡쳐업시 ᄃᆞᆫ니다가 ᄒᆞᆫ 곳을 다다르니 산명슈려 ᄒᆞ며 동텬이 별유텬디 비인간이니 폭포슈ᄂᆞᆫ ᄇᆡᆨ릉포가 둘녀잇고 무림슈죽은 청포장을 둘너잇ᄂᆞᆫᄃᆡ 우ᄂᆞ니 ᄋᆡᇰ무 원앙이오 조으ᄂᆞ니 노루 사슴이며 츔츄ᄂᆞ니 ᄇᆡᆨ학이오 긔화요초ᄂᆞᆫ 이 셰상에셔 보지 못ᄒᆞ던 바ㅣ라(1909.7.15)

우세자가 청려장을 짚고 봇짐을 메고 정처 없이 다니다가 도달한 곳은 "별유천지비인간"의 땅이다. 거기에서 우세자는 원장법사를 만나는데, 그로부터 그곳이 수미산이라는 것을 알게 된다. 이 작품은 입몽과 꿈속 세계를 그린 일반적인 몽유록과 다르다. 몽유록에는 표연히 잠든다는가, 또는 현실과 꿈속 세계를 명확히 구분해주는 표지들이 존재한다. 그러나 이 작품은 그런 표지들이 존재하지 않고, 다만 우세자가 정처 없이 다니다가 어떤 처소에 이른 것으로 묘사되어 있다.[14] 그래서 그곳은 꿈과 상관이 없는 현실적 공간으로 인식된다. 꿈의 세계가 현실이 무한 확장된 공간으로 보일 뿐이다. 그래서 "미래몽"은 단순히 미래에 대한 희망(꿈)일 뿐이며, 몽유록과 무관한 환상소설로 비친다.

忽然 午睡가 方濃ᄒᆞ야 悠悠一夢에 飄飄而去ᄒᆞᆯᄉᆡ 千水萬山을 經過ᄒᆞ야 一處에 抵到ᄒᆞᆫ則 山不高水不深ᄒᆞ되(『몽견제갈량』)

ᄯᅢ는 檀君 紀元 四千二百四十 몃 해 어늬 달 어늬 날이던가. ᄯᅡ는 서울이던가, 시골이던가, 海外 어대던가, 도모지 記憶할 수 업는대 이 몸은 어대로서 왓는지 듯지도 보지도 못하던 크나큰 無窮花 몃만 길 되는 가지 위 널으기가 큰 房만한 ᄭᅩᆺ송히에 안젓더라.(「꿈하늘」)

14 최종운은 "……미친 사람 취급을 받으며 꿈을 꾸게 된다"하여 실제 꿈을 꾼 것으로 기술하였는데, 사실 작품 속에 꿈을 유추할 수는 있지만 그렇게 직접적이지 않다. 최종운, 「환몽소설의 유형구조와 창작동인」, 대구대 박사논문, 2002.2, 142면.

위 작품은 애국계몽기 대표적 몽유록인 「몽견제갈량」의 일부이다. 이 작품에는 "午睡 一 夢"이 나와 그것이 몽유형식임을 분명히 한다. 이러한 것은 당시 「몽유역대제왕연」, 『금수회의록』, 『몽배금태조』 등의 몽유록에도 여실히 드러난다.[15] 그러나 「지구성미래몽」은 그렇지 않다. 그것은 오히려 「꿈하늘」처럼 현실계의 연속처럼 그려지고 있다. 신채호는 「꿈하늘」 서문에서 "대낫에 안저 두 눈을 멀둥멀둥히 쓰고도 꿈 갓흔 디경이 만허……飛行機도 안이 타도 한몸이 훨훨 날너 萬里天空에 돌아도 단이며 놀앙이 검덕이 신동이 불근동이를 한 집에 모와 노코 노래도 하여 보니", "讀者 여러분이여, 이 글을 꿈꾸고 지은 줄 아시지 말으시고 곳 꿈이 지은 줄로 아시압소서"라고 했다. 꿈과 현실의 착종된 형태가 「지구성미래몽」에 나타나는데, 그것은 일종의 알레고리로 「꿈하늘」, 그리고 「룡과 룡의 대격전」(1928)과 연결된 모습이다.[16]

4) 운문형식과 신채호

「지구성미래몽」에는 두 편의 가사가 삽입되어 있다. 일반적으로 시가는 작가의 의식을 보다 집약해 보여주는 장점이 있다. 먼저 원장법사가 등장하여 게음을 읊는다.

---

15 무서명의 「몽유역대제왕연」(1896.10.24~12.24)에는 "션당에 누우미 곤ᄒᆞᆷ를 이긔지 못ᄒᆞ여 잠간 가미ᄒᆞ더니……홀연 놀나 잠을 ᄭᅵ다드니", 안국선의 『금수회의록』(1908)에는 "맛참 셔창에 곤히 든 잠이", 박은식의 『몽배금태조』(1911)에 "客榻에 輾轉ᄒᆞ야 大倧敎의 神理를 靜念ᄒᆞ다가 是夕에 栩栩然히 莊生의 胡蝶을 化ᄒᆞ야……時에 金鷄가 三唱ᄒᆞ고 海天에 日升이라 大夢을 誰先覺고" 등으로 입몽 및 각몽 구조가 나타난다.

16 한편 단재는 「許多古人之罪惡審判」에서 "夢耶아 眞耶아 梧月이 纖纖ᄒᆞᆫ대 朦朧依枕터니 兩翼이 忽生ᄒᆞ야 壹處에 飛至ᄒᆞ니 天門은 九重開ᄒᆞ고 寶座ᄂᆞᆫ 七層高러라……倏然 驚覺ᄒᆞ니 晨鷄가 壹聲을 正報ᄒᆞ더라"(『大韓每日申報』, 1908.8.8)라고 하여 입몽－각몽 구조를 제시했다. 그것은 논설에 단군, 광개토대왕, 천개소문, 최영, 이순신, 박제상 등의 역대 인물이 출현하기에 불가피하게 그렇게 한 것으로 보인다.

어어어 칼산디옥 왜 찻슴나/으으으 방아질 작도질 뎌형벌을
으으으 압혀흔들 뉘말닐가/어어어 불샹ᄒᆞ다 뎌창싱들
으으으 몸망ᄒᆞ고 나라ᄭᅳ지/어어어 나라업ᄂᆞᆫ 뎌귀신들
으으으 참혹ᄒᆞ다 뎌죄악을/어어어 닥치ᄂᆞ니 형벌이오
으으으 부르ᄂᆞ니 노례귀라/어어어 싱젼에 나라일코
으으으 환싱흔들 어ᄃᆡ가나/어어어 어둡침침 염라부에
으으으 쳔년만년 ᄀᆡᆨ귀로다/어어어 불샹ᄒᆞ다 뎌창싱들
으으으 어셔어셔 지식넓혀/어어어 망국죄인 되지마라
으으으 불샹ᄒᆞ다 뎌챵싱들/어어어 남무아미타불(1909.7.16, 밑줄 : 인용자, 이하 동일)

가갸거겨 가자가자 하늘쓸너 거름거름 나아가자
고교구규 고되기는 고되지만 구든마음 풀닐소냐
그기고 그문밤에 달이나고 기운해 다시쓰도록
나냐너녀 나죽거던 너가하고 너죽거던 나또하여
노뇨누뉴 노지안코 하고보면 누구라서 막을소냐
느니노 느진길을 늦다말고 니악물고 주먹쥐자(「꿈하늘」)

여기에서 단순 비교는 무의미하다. 위 노래는 앞에서 살펴본 「상주권공 할향(常主勸供－喝香)」에 연결되어 있다. 이것은 '할향'을 읊을 때 들어가는 "어어어", "으으으"와 같은 허두의 여음이 그대로 이어지고는 있지만, '할향' 내용과는 다른 모습을 하고 있다. '할향' 부분은 단지 그냥 제시한 것에 불과하며, 이후 부분은 '할향'과 상관없이 존재하는 가사이다. 특히 허두음을 제외하면 그것이 4·4조의 가사라는 것이 분명히 드러난다. 위의 국문풀이 노래 역시 "가갸거겨" 등의 허두음을 빼면 4·4조의 가사임이 드러난다. 두 가사에서 허두음은 반복이나 운자의 연결을 통해 시적 긴밀화에 기여한다. 조금 다르긴 해도 아주 비슷한 기능을 하는 것이다.

뎨일쟝 불샹ᄒᆞ다 민츙졍은 츙국ᄋᆡ민 그아닌가 세세싱싱 됴흔ᄯᅡ에 부귀영화를 누리련만 아마도 환싱은 무긔ᄒᆞ니 텬당에나

뎨이쟝 신셩ᄒᆞ신 우리민족 단군후예 그아닌가 례악문물 뎌의관으로 텰문디옥이 웬일인가 우리동포 어셔씨오 깁흔 잠을

뎨삼쟝 뎌긔가는 뎌기럭아 ᄇᆡᆨ두산이 어ᄃᆡ미뇨 원쟝법ᄉᆞ 이말ᄉᆞᆷ을 젼히주쇼 우리국민 텬당디옥을 다ᄇᆞ리고 세세싱환(1909.7.22)

우세자가 부른 “가사 삼장” 역시 4·4조 형식이다. 단재는 이 당시 사회등가사를 적지 않게 집필하였는데, 이 작품은 그러한 모습을 잘 보여준다.

一 獨立ᄒᆞ게 獨立ᄒᆞ게/어셔어셔 獨立ᄒᆞ게

二 自由ᄒᆞ게 自由ᄒᆞ게/어셔어셔 自由ᄒᆞ게

三 흐르는이 물결이오/밧분것이 歲月이라

四 눈물콧물 씻지마자/륭희二年 발셔왓네

五 檀君始祖 子孫으로/이國家ᄅᆞᆯ 이질손가(『대매』, 1908.1.1)

이것은 신채호의 논설에 삽입된 가사이다. 이를 통해 단재가 4·4조 가사에 능했음을 확인할 수 있다. 단재는 당시 논설에 가사를 삽입하였는데, 그것은 가사를 통해 자신의 주장을 보다 압축적으로, 보다 효과적으로 드러낼 수 있었기 때문이다. 「지구성미래몽」도 그러한 모습을 보이며, 「꿈하늘」에는 보다 다양한 시가가 삽입된다. 「꿈하늘」에는 국문풀이 노래뿐만 아니라 무궁화 노래, 무궁화 노래 화답가, 태백산가, 땅웅이 노래, 칼부름 노래, 잰 사람 노래, 하늘 노래 등 순수 창작 시가가 8편, 그리고 최영의 시조 1편 등 총 9편의 시가가 실려 있다. 단재는 이처럼 논설이나 소설 속에 직접 시가를 삽입했다.

한편 「지구성미래몽」에 삽입된 두 편의 가사는 그 형식이나 내용에 있어서도 당시 사회등가사와 다르지 않다. 우선 '三'연과 '五'연에 특별히 주목

을 요한다. 우세자는 가사 2장에서 "신셩ᄒᆞᆫ신 우리민족 단군후예 그아닌가" 라고 노래했는데, 단재는 "檀君始祖 子孫으로 / 이 國家를 이질손가"라고 노래했다. 이는 단군을 통한 민족의식을 강조한 것이다. 그리고 당시 사회 등가사는 지옥을 대상으로 하거나 당시의 대한제국 현실을 지옥으로 표현한 작품이 적지 않다. 특히 단재는 당시 한국 현실을 지옥에 견주고 있다.[17] 작중 시가 삽입이라는 형식, 그리고 가사 내용으로 보았을 때, 「지구성미래몽」은 단재 작품의 가능성을 여실히 보여준다.

> 층암절벽은 버려 잇고 빅운은 막막ᄒᆞᆫ되 뵈이ᄂᆞ니 쳥텬이오 들니ᄂᆞ니 물소릐라 구븨구븨 긴 등을 도라 샹샹봉에 올나가셔 젼후 좌우를 ᄂᆞ려다보니 동셔양 낫연긔는 눈압헤 ᄂᆞ즉ᄒᆞ고 태양태음과 모든 별이 머리 우헤 멀지 안타 금잔듸는 ᄉᆞ면에 평포ᄒᆞ고 쳔년 늙은 회화나무는 록음이 울울ᄒᆞᆫ되 오뚝오뚝 괴셕이오 번듯번듯 반셕이라(1909.7.15)

위 단락은 산문의 율문화라 할 만하다. 산문 속에 운문이 들어가 리듬감을 느끼게 해준다. 이를테면 "심양강샹 밤둘에 비파셩을 듯는 듯 연남시가을 바룸에 격죽셩을 맛난 듯 남ᄋᆞ의 강ᄒᆞᆫ 챵ᄌᆞ라도 거의 거의 슬어질 듯 ᄒᆞ미"(1909.7.22), "몰낫셰라 몰낫셰라 국민관계 몰낫셰라 우리 시님 셕가셰존끠셔 쳔승지국 ᄇᆞ리시고 발이ᄲᅧ ᄒᆞᆫ개와 셕장 ᄒᆞ나로 텬하에 쥬류ᄒᆞ셧스나"(1909.7.22) 등에서도 마찬가지이다. 특히 위 내용에서 "뵈이ᄂᆞ니 쳥텬이오 들니ᄂᆞ니 물소릐라"에 주목할 필요가 있다. 그것은 앞서 제시한 신채

17 이는 "我家는 常漢級에 落在ᄒᆞ야 此等 恥辱은 世世茶飯이니 如此 妄想을 吾豈敢이며 如此 僭懷를 吾豈敢이리오 ᄒᆞ야 頭를 驚縮ᄒᆞ며 身을 蜎伏ᄒᆞ야 慘慘 地獄을 一步도 超出ᄒᆞ랴는 思想이 無ᄒᆞ니"(「歷史와 愛國心의 關係」(『大韓協會會報』 2, 1908.5), "韓國은 苦痛 最甚ᄒᆞᆫ 地獄에 墮在ᄒᆞ야 三千里 疆土에 魔鬼가 橫行ᄒᆞ며 二千萬 兄弟의 哀呼가 動地하나니"(「편고승려동포」, 『大韓每日申報』, 1908.12.13), "嗚乎라 被保護의 地獄에 墮ᄒᆞ야 身은 荊棘에 坐ᄒᆞ며 眼은 淚雨로 掩ᄒᆞᆫ 韓國同胞에게 向하야 四隣活劇의 情況을 語하면 徒히 心만 傷ᄒᆞᆯ 而已나"(「滿洲問題에 就ᄒᆞ야 再論ᄒᆞᆷ」, 『大韓每日申報』, 1910.1.19) 등의 예문에서 잘 드러난다.

호의 가사 "흐르는이 물결이오 밧분 것이 歲月이라(흐르느니 물결이오 밧분거시 셰월이라)"와 마찬가지로 주술 도치와 대구 형식(……이오(요), ……이라)의 가사이다. 그것은 "닥치느니 형벌이오 부르느니 노례귀라", 그리고 "우느니 잉무 원앙이오 조으느니 노루 사슴이며 춤츄느니 빅학이오"와 다를 바 없다. 이런 동일성을 단순히 우연으로 치부하긴 어렵다.

또한 "오뚝오뚝 괴셕이오 번듯번듯 반셕이라" 역시 서술 가운데 4·4조의 율격이 형성되어 읊기에 적합한 형식이 된다. 그만큼 창에 적합한 형식이라는 것이다. 단재의 문학에는 산문 속에 운문이 가세한 모습을 여러 작품에서 볼 수 있다. 논설의 일부가 가사체로 된다든가, 심지어 논설 전체가 시가의 형태로 이뤄진 것도 있다.[18]

> ᄉᆞ롬마다 魂잇건만 魂일흔 國民報아 사람마다 魂잇건만 魂일흔 大韓報아 日俄戰爭 大砲聲에 魂낫던가 光武九年 五條約에 魂낫던가
>
> 往者는 不可諫이어니와 來者는 猶可追니 나간魂을 다시찻고 일흔魂을 다시불너 萬萬歲 大韓國에 大韓國民 되야보게 大韓報야 國民報야(1907.12.17)

이것은 「爲國民大韓兩新聞招魂」이다. 일부는 가사로, 일부는 산문으로 이뤄진 모습을 볼 수 있다. 이러한 것은 단재 특유의 서술 방식이다. 박정규는 단재가 "논설에 시가의 삽입이나 전체 논설을 시가로 집필"하였다고 했다.[19] 사실 그러한 특성은 소설에도 그대로 나타난다.

> 南漢山의 花柳이며, 北漢의 丹楓이며, 廣州의 三奇八怪며, 元山의 明沙十里 海棠花며, 浩浩蕩蕩 漢江물에 쒸노는 鯉漁이며, 天安삼거리 널어진 버들이며,

18 대표적인 것이 「단연보국채」(『황성신문』, 1907.2.25), 「이날」(『권업신문』, 1912.8.29)이라 할 수 있다.

19 박정규, 「국내에서의 신채호 연보와 쓴 글에 대한 고찰」, 『단재신채호연구의 재조명』, 단재문화예술추진위원회, 2006, 71면.

松都 朴淵에 구술 쌈듯 헤치는 瀑布이며, 淳昌玉果 대바치며(「꿈하늘」)

나리신다, 나리신다, 미리(龍)님이 나리신다. 新年이 왓다고, 新年 戊辰이 왓다고, 미리님이 東方 亞細亞에 나리신다.(「꿈하늘」)

아이구 어머니 그 아가리가 놀보의 박이던가. 그 속에서 똥통 쓴 皇帝이며 쇠가죽 두룬 大元帥며 니마가 반질어운 財産家며 대통이 뒤로 달은 大地主며 냄새 피우는 巡査며 其他……모든 초란이들이 쏘다저 나온다.(「룡과 룡의 대격전」)

「꿈하늘」에서 위의 구절들은 산문 속에서 운문적 특성을 보여주는 것들이다. 「룡과 룡의 대격전」에서는 미리가 나리는 것을 4·4조의 운문으로 노래하고 있다. “나리신다, 나리신다, 미리(龍)님이 나리신다”는 aaba의 형태이다. 이러한 형태는 단재의 「독립자유가」 “獨立ᄒᆞ게 獨立ᄒᆞ게 / 어셔어셔 獨立ᄒᆞ게”와 같은 형식이며, 우세자의 가사 “몰낫셰라 몰낫셰라 국민관계 몰낫셰라”에도 그대로 나타난다. 또한 미리의 입에서 각종 인물들이 쏟아져 나오는데, 이는 「놀부가」의 장면과 유사하다. 박을 타자 양반, 노승, 상제, 무당, 등짐장사, 초라니, 사당패, 왈패 등이 나오는데, 「룡과 룡의 대격전」에는 황제, 대원수, 재산가, 대지주, 순사, 각종 초라니들이 쏟아져 나온다. 단재가 판소리의 사설을 원용하여 이 장면을 서술하였는데, 이는 “아이구 어머니 그 아가리가 놀보의 박이던가”라는 표현에서 알 수 있다. 「지구성미래몽」에도 “그 힝장을 볼작시면”과 같은 판소리의 가사가 그대로 나온다. 신채호는 소설 가운데에서 4·4조, 또는 판소리 사설조를 썼는데, 그것은 「지구성미래몽」과 일치하는 모습을 보여준다.

5) 표현문체와 신채호

굳이 "문체는 그 사람이다"라는 뷔퐁의 말을 전제하지 않더라도 문체는 작가의 모습에 접근해볼 수 있는 좋은 자료가 된다. 여기에서는 「지구성미래몽」을 표현문체의 측면에서 살펴보기로 한다. 표현문체의 동질성 내지 공통성은 동일 저자를 가늠할 수 있는 척도가 될 수 있다.

> 익급 인도 파란 월남 여러 나라의 몃 억만 인죵이 오는 뒤로 다시 가든 못ᄒᆞ니 이런 좁은 구역에 모라두기만 ᄒᆞ면 몃 ᄒᆡ 못되여셔 염라부는 망국 민족의 세계가 되겟슨즉 그 아니 걱졍이뇨(1909.7.18)[20]

> 波蘭 埃及에도 義士가 不無며 越南 菲律賓에도 忠臣이 亦有하건마난 畢竟 亡國의 慘狀을 呈現함은 此等 忠義난 小數에 居하고 其大部分 國民은 皆 蠢蠢愚昧한 所致니(「대한의 희망」)

「지구성미래몽」에서는 이집트(애급), 인도, 폴란드(파란), 월남을 망국 민족으로 들었다. 단재는 「대한의 희망」에서 망국의 참상이 나타난 나라로 폴란드(파란), 이집트(애급), 월남, 필리핀(비율빈)을 들었다. 한편 단재는 월남 망국의 역사(「독월남망국사」, 『황성신문』, 1906.8.28~1906.9.5)를 소개하는가 하면, 「멸국신법론」(『황성신문』, 1907.5.1~4)을 번역하기도 했다. 후자에는 이집트, 폴란드, 인도, 필리핀 등 여러 국가의 망국사가 포함되어 있다. 그리고 당시에는 『애급근세사』, 『파란말년사』, 『菲律賓戰史』 등이 소개되어 있어 독서광이었던 단재는 이들 국가의 망국 역사를 누구보다도 잘 알고 있었을 것이다.

「지구성미래몽」에서 세계는 지옥과 천당으로 나뉘어진다.

---

20 이 절에서 「지구성미래몽」은 다른 작품들과 구분하기 위해 고딕체로 표기하기로 한다.

혹은 모라다가 불에 틔오쟈 ᄒᆞ고 혹은 물에 띄우쟈 ᄒᆞ며 혹은 모다 방아에 바슈쟈 ᄒᆞ고 혹은 ᄆᆡㅅ돌에 갈쟈 ᄒᆞ야 공론이 불일ᄒᆞ나 나ᄂᆞᆫ 보건ᄃᆡ 뎌 망국 인죵에 짐짓 작죄ᄒᆞᆫ 쟈도 잇고 모로고 작죄ᄒᆞᆫ 쟈도 잇스나 ᄀᆞ쟝 무죄ᄒᆞ고 불샹ᄒᆞᆫ 쟈ᄂᆞᆫ 나라를 위ᄒᆞ여 몸을 도라보지 아니ᄒᆞ다가 힘이 밋지 못ᄒᆞ야 ᄌᆞ살ᄒᆞ든지 혹 뎍인의게 죽은 사ᄅᆞᆷ들이야 엇지 망국인으로 ᄃᆡ우롤 ᄒᆞ리마ᄂᆞᆫ 환싱홀 곳은 ᄯᅩᄒᆞᆫ 업스니 그 아니 참혹ᄒᆞ며(1909.7.18)

원장법사가 말하는 지옥세계, 염라부는 참혹한 처벌의 세계이다. 그곳은 '참혹'하고 '슈참'한데, 망국 민족이 가득하다.[21] 「꿈하늘」에서는 지옥과 천국('천당'이란 표현도 등장), 「룡과 룡의 대격전」에서는 지국과 천국이 대비된다. 그곳에는 "목을 잘너 불에 느며 다리를 쓴어 물에 던지"는 "나나리地獄", "맷돌로 갈어 업시하"는 "맷돌地獄" 등 수많은 지옥이 있다. 그런 지옥에서 매국적, 망국노들은 참형을 기다릴 뿐이다.[22] 한편, 천국은 "금으로 지은 집에 옥으로 싸은 담이 얼은얼은하고 땅에 짤닌 것은 모다 眞珠며 金剛石이오. 맑고 향내나는 空氣가 코를 질너 밥 안 먹고도 배"[23]부른 곳이다.

미리를 불너 人民 죽이는 功으로 勳章을 주시며 爵位를 놉히시다. 그리고 天上의 모든 神仙, 地上의 모든 鬼靈, 歷代의 帝王 將相들을 召集하야 天宮에서 太平宴을 設하다. 地上의 人民들은 배가 곱아 죽는대 天宮의 宴會에는 배들이 터져 죽을 지경이다.(「룡과 룡의 대격전」)

---

21 한편 나라가 망하면 그 백성이 지옥에 떨어진다는 내용은 단재의 「爲國民大韓兩新聞招魂」의 구절 "韓國이 興ᄒᆞᄂᆞᆫ 日에ᄂᆞᆫ 爾祖先의 榮光이 輝赫ᄒᆞ고 爾子孫의 幸福이 多大ᄒᆞᆯ 쁜더러 爾身도 天國에 登輝ᄒᆞ야 長久安樂을 享ᄒᆞᆯ지며 韓國이 亡ᄒᆞᄂᆞᆫ 日에ᄂᆞᆫ 爾祖先의 恥辱이 莫雪ᄒᆞ고 爾子孫의 悲境을 難除ᄒᆞᆯ 쁜더러 爾身도 地獄에 陷ᄒᆞ야 萬劫苦痛을 受ᄒᆞᆯ지어늘"(『대한매일신보』, 1907.12.17)에서도 나온다.

22 「지구성미래몽」에서 지옥의 모습은 "칼산디옥, 방아질, 작도질, 형벌, 참혹, 죄악, 망국죄인" 등 원장법사의 게음에서 잘 드러난다. 단재는 이러한 지옥의 모습을 『지장경』이나 무경으로부터 수용한 것으로 보이지만, 그 차원이 다르다. 그는 염라부를 망국민족, 빈민들과 연결시킴으로써 지옥에 관한 독특한 해석학적 지평을 제시하였다.

23 김병민 편, 「꿈하늘」, 『신채호문학유고선집』, 연변대학출판사, 1994, 59면.

여기에서 지상 인민들과 천국 제신들의 삶은 천양지차이다. 지상은 빈민들의 "피를 짜먹고 살을 쓰더 먹고 내종에는 뼈까지 밧삭밧삭 깨물어 먹는", 그야말로 "地獄의 世界"인 것이다. 그에 반해 천궁은 신선과 귀령, 역대 제왕과 장상들이 모여 태평연을 여는 그런 세계이다.

> 각식 물화는 각 셩신에셔 조공밧아 어용ᄒᆞ미 슐과 ᄎᆞ와 과실과 그 외에 여러 가지 진슈승찬과 일용즙물이 다 본곳 소산이 아니라 디구 각 경셩에 외방 물건이 모혀들 듯 각 셩신에셔 진샹ᄒᆞᄂᆞ이다(1909.8.3)

> 上帝나 天使나 其他 天國의 鬼衆들이 멧 萬年 동안이나 아모 勞動도 안코 地上에서 올니는 貢物과 祭物을 바더 먹고 살어왓다.(「룡과 룡의 대격전」)

원장법사는 텬당(옥경)의 각색 물화는 각 성신에서 조공받은 것이라 했다. 신채호는 「룡과 룡의 대격전」에서 천국의 상제나 천사, 귀중 등이 지상에서 올리는 공물, 제물을 받아먹고 살아왔다 하여 공통점을 보여준다. 천국과 지국, 달리 천당과 지옥의 설정이 세 작품 모두 드러난다. 다만 지옥에서의 기능이 조금씩 다르다고 할 수 있다. 즉 「지구성미래몽」에서는 식민지 망국 민중들이 사후에 겪는 참화가, 「꿈하늘」에서는 매국적, 망국노를 엄히 다스리는 각종 지옥이, 「룡과 룡의 대격전」에서는 식민지 민중들이 현실에서 겪는 참화가 강조된다. 그러나 천당과 지옥의 대비를 통해 식민지, 또는 망국 민족의 비참한 참상을 강조하였다는 점에서는 동일성을 드러낸다고 할 수 있다. 게다가 세 작품 모두 천당과 지옥의 교통 가능성을 드러낸 것도 이채롭다 하겠다.

> 우리 불도의 목뎍은 텬하도 불관이오 국가도 불관이오 다만 일신이 청졍ᄒᆞᆫ 싸에셔 양싱ᄒᆞ다가 텬당에 오르기가 뎨일 발원이러니 지금 션싱의 말솜을 드른즉 일신도 여ᄉᆞ오 텬당도 불관ᄒᆞ고 언필칭 국가라 민족이라 ᄒᆞ니 션싱의 도가 참 광제창싱

ᄒᆞᄂᆞᆫ 본의라 국민 관계가 이러틋시 지즁ᄒᆞ도다(1909.7.22)

우리 인도의 망ᄒᆞᆫ 연원을 궁구ᄒᆞ면 우리 불도의 죄라 ᄒᆞᄂᆞᆫ 지목은 면치 못ᄒᆞᆯ지라 젼국 남녀 즁에 총명ᄒᆞ고 영민ᄒᆞ다ᄂᆞᆫ 쟈ᄂᆞᆫ 다 고샹ᄒᆞ다 ᄌᆞ칭ᄒᆞ야 국ᄉᆞ이니 민족이니 ᄒᆞᄂᆞᆫ 거슨 언론도 업고 일신만 닥그면 극락세계로 도라간다 ᄒᆞ고 혹 두문불츌ᄒᆞ며 혹 명산에 드러가ᄆᆡ 민국대세ᄂᆞᆫ 샹관이 업시 일편향을 봉헌홈으로 셰월을 보내니 나라 일은 뉘가 ᄒᆞ며(1909.7.24)

余ᄂᆞᆫ 佛者가 아니라 故로 佛씨의 道에 奧義ᄂᆞᆫ 詳聞치 못ᄒᆞ얏스나 然이나 朋友를 從ᄒᆞ야 其緖餘의 壹二를 拾ᄒᆞ니 蓋八萬大四千偈開卷第壹義가 救世 二字에 不過ᄒᆞᆫ지라.

大抵 佛氏의 徒로 國家主義에 熱騰ᄒᆞᆫ 者ᄂᆞᆫ 惟獨 韓國僧의 特色이니 此特色은 尤是 韓衆승의 壹心護持ᄒᆞᆯ ᄇᆡ 아닌가.

深山 각寺에셔 禪味를 獨貪ᄒᆞ야 自家 一身만 天堂에 往ᄒᆞ랴 ᄒᆞᄂᆞᆫ 者ᄂᆞᆫ 佛祖의 所不許라 頑空外道에 墮ᄒᆞ야 地獄에 入ᄒᆞᆯ지니라.(『대한매일신보』, 1908.12.13)

원장법사는 불도의 목적을 개인의 수양과 득도에 두고 있다. 이에 비해 우세자는 불교도에게도 국가와 민족이 중요하며, 불교의 목적을 광제창생에 두고 있다. 백성의 구제, 그것은 구세불교의 특성이 아닌가. 단재는 불교의 목적으로 구세주의와 국가주의를 강조하였다. 우세자의 주의는 단재의 주의와 같다. 게다가 단재는 자신의 일신 수양과 득도에 치중하는 불교도를 지옥에나 가라고 비난했다. “우리 국민 텬당 디옥을 다 ᄇᆞ리고 셰셰싱환”이라는 우세자의 가사처럼, 단재 역시 내세주의보다는 현세주의 종교관을 가졌다. 그리고 우세자는 “민족의 쥬의나 국가의 쥬의를 션창ᄒᆞ야 ᄉᆞ방으로 드러오ᄂᆞᆫ 밍렬ᄒᆞᆫ 죠슈를 물니칠 ᄉᆞ상”을 가질 것을 권고했다. 국가와 민족을 위해 광제창생해야 한다는 우세자의 주장은 단재의 구세주의, 국가주의 불교관과 같다.

ᄯᅩ 그 다음에 조곰 지식 잇다 ᄒᆞᄂᆞᆫ 쟈ᄂᆞᆫ 허황ᄒᆞᆫ 비긔만 밋고 운수만 기다려 외국에 장창대포ᄂᆞᆫ 쓸ᄃᆡ업고 ᄯᅢ만 도라오면 뎌희가 ᄌᆞ멸ᄒᆞᆫ다 ᄒᆞ야 두 손ᄉᆞᆺ 밋고 안ᄌᆞᆺ스니 나라 일은 뉘가 ᄒᆞ며 그놈아 쥰쥰무식ᄒᆞᆫ 쟈들이야 비록 몃 억만 인이라도 쓸ᄃᆡ 업거니와(1909.7.25)

ᄯᅩ 이샹ᄒᆞᆫ 말 ᄒᆞᆫ 마ᄃᆡ가 잇스니 대한말노 번역ᄒᆞ면 셜마라 ᄒᆞᄂᆞᆫ 말인ᄃᆡ 인도 젼국 사ᄅᆞᆷ들이 셜마셜마 ᄒᆞᄂᆞᆫ 말이 입의 ᄭᅳᆫ치지 아니ᄒᆞ야 큰 바ᄅᆞᆷ이 부러도 셜마 큰 비가 와도 셜마 언필칭 셜마 ᄒᆞ더니 영인이 처음에 변방을 침노ᄒᆞᄆᆡ 셜마 엇더ᄒᆞ랴 ᄂᆡ디에 드러와도 셜마 엇더ᄒᆞ랴 지졍을 관할ᄒᆞ야도 셜마 가옥을 ᄲᅢ앗겨도 셜마 ᄒᆞᆫ편으로 죽으면셔도 셜마 셜마 ᄒᆞ야 쥐에게 ᄯᅳᆺ기ᄂᆞᆫ ᄃᆞᆰ과 ᄀᆞᆺ치 멱통에 거의 올나오도록 알지 못ᄒᆞ고 셜마ㅅ쇼ᄅᆡ ᄒᆞᆫ 마ᄃᆡ에 쳔여만 방리 됴흔 강산이 다 ᄯᅥ나갓스니 엇지 아니 원통ᄒᆞ리오(1909.7.28~29)

미혹홈이 이ᄀᆞᆺ흔 고로 나라가 결단이 남을 보아도 민족의 쥬의나 국가의 쥬의를 션창ᄒᆞ야 ᄉᆞ방으로 드러오ᄂᆞᆫ 밍렬ᄒᆞᆫ 죠슈를 물니칠 ᄉᆞ샹은 업고 다만 눈을 감고 ᄉᆡᆼ각ᄒᆞ기를 계룡산에 돌이 희어지면 태평시운이 도라온다 ᄒᆞ여 미혹홈이 이ᄀᆞᆺ흔 고로 도포의 비참ᄒᆞᆫ 경계를 보아도 국민의 교육을 쥬장ᄒᆞ야 일시의 겁운을 헷쳐ᄇᆞ릴 열셩은 업고 다만 손벽을 치며 ᄀᆞᆯᄋᆞᄃᆡ 두통쟝군이 나오면 일인이 몰ᄉᆞᄒᆞᆫ다 ᄒᆞ며 미혹홈이 이ᄀᆞᆺ흔 고로 바다에 둘녀잇ᄂᆞᆫ 군함과 ᄒᆞᄂᆞᆯ을 진동ᄒᆞᄂᆞᆫ 대포를 보아도 문득 ᄀᆞᆯᄋᆞᄃᆡ 뎌희가 비록 강ᄒᆞ나 엇지 호풍환우ᄒᆞᄂᆞᆫ 신통ᄒᆞᆫ 슐업을 당ᄒᆞ리오[24]

원장법사는 인도 멸망의 원인으로 허황한 비기만 믿고 영국인들의 자멸을 기다린 점, 그리고 설마설마 한 점 등을 들었다. 그는 "셜마ㅅ쇼ᄅᆡ ᄒᆞᆫ 마ᄃᆡ에 쳔여만 방리 됴흔 강산이 다 ᄯᅥ나갓"다고 했다. 아랫글은 단재의 「요괴와 미혹ᄒᆞᄂᆞᆫ 거슬 무ᄉᆞᆷ 방법으로 타파ᄒᆞᆯ고(妖怪迷信을 何術로 打破)」라는 글

24 「요괴와 미혹ᄒᆞᄂᆞᆫ 거슬 무ᄉᆞᆷ 방법으로 타파ᄒᆞᆯ고」, 『대한매일신보』, 1908.7.22.

이다. 이 글에서 단재는 우리나라 사람들이 미혹함에 빠져 태평시운을 믿고, 두통장군의 신력을 믿으며, 심지어 군함과 대포 앞에서도 신통한 술업으로 이길 것이라 생각하는 미친 미혹(狂的 迷信)에 빠져있다고 비판하고, 김유신이나 대조영처럼 "굿센 미혹(毅的 迷信)"을 가져 사업을 성취할 것을 권유했다. '셜마' 소리 한 마디에 조국을 잃었다거나 '미신' 두 글자에 국가가 비참한 지경에 이르렀다는 것이다. 이 표현들은 고도의 언어 유추를 통해 국가 현실을 풍자한 예인데, 뛰어난 수사법과 웅변술을 보여준다. 그러한 모습은 날라리, 댕댕이, 어둥, 종아리 등 각종 지옥의 모습을 그린 「꿈하늘」이나 바가지 구걸을 나가자는 「룡과 룡의 대격전」 등에 잘 나타난다.[25]

> 비긔로 말홀지라도 도션비결이니 졍감록이니 토뎡비긔이니 ᄒᆞᄂᆞᆫ 여러 가지 말이 ᄒᆞ나도 실디ᄂᆞᆫ 업고 어리셕은 사ᄅᆞᆷ 밋츨 만ᄒᆞᆫ 칙이 몃 권이오(1909.7.29)

> 秘訣의 迷信이라면 힘자라는 대까지 排斥하는 한놈이지만(꿈하늘)

한편 비기를 믿는 것은 미혹에 빠지는 것이며, 이로 인해 망국에 처할 수 있다. 그래서 우세자는 비기를 "어리석은 사람이 미칠 만한 책"으로 치부했다. 비기란 "미칠 만한 책", 곧 '미신', 또는 '광적 미신'의 책이란 말이다. 단재는 「꿈하늘」에서 "秘訣의 迷信이라면 힘자라는 대까지 排斥"한다고 하였다. 뿐만 아니라 「예언가가 본 무진」(『朝鮮日報』, 1928.1.1)에서 "鄭鑑錄은 報復的 心理로 造作한 것인 고로 秘訣될 價値가 적을 뿐더러……朝鮮古

---

25 한편 "큰 바룸이 부러도 셜마 큰 비가 와도……셜마 셜마 ᄒᆞ야", "혹은 모라다가 불에 티오쟈 ᄒᆞ고 혹은 물에 씌우쟈 ᄒᆞ며……혹은 믹ㅅ돌에 갈쟈 ᄒᆞ야"와 같은 문장은 반복 대구를 잘 보여주는 표현법이다. 그리고 가사에서 "불상ᄒᆞ다 뎌 창싱들"(4회 반복)은 반복을 통해 의미를 강조하는 동시 리듬감을 느끼게 해준다. 이러한 표현들은 "天地ᄂᆞᆫ 死ᄒᆞ야도 我ᄂᆞᆫ 不死ᄒᆞ며 金石은 死ᄒᆞ야도 我ᄂᆞᆫ 不死하며……毒疾惡疫이 我에 侵ᄒᆞ더리도 小我ᄂᆞᆫ 死하나 大我ᄂᆞᆫ 不死ᄒᆞ야"(「소아와 대아」), 또는 "왓다, 왓다, 드래곤이 왓다, 인제는 天國의 末日이다"(「룡과 룡의 대격전」, 5회 반복, 마지막회는 "쥐의 말일") 등과 같은 역할을 한다. 단재는 이처럼 반복과 대구 등 다양한 수사법을 아주 적절하게 활용한 수사가였다.

秘訣과 違反되어 信用할 수 업는 秘訣"이라 간주하고, 그러므로 "나는 鄭鑑錄은 秘訣 外로 驅逐"하고자 한다고 말했다. 비결, 비기를 미신으로 간주하며, 특히 『정감록』을 두고 우세자와 단재는 동일한 입장을 보이고 있다.

> 또 셜마보다 심ᄒᆞᆫ 말이 잇스니 혹은 아니 된다 혹은 ᄒᆞᆯ 수 업다 ᄒᆞ야 셰상에 ᄒᆞᆯ 일은 ᄒᆞ나도 업시 견ᄃᆡ다가 지금 뎌러ᄒᆞᆫ 어려운 디경을 당ᄒᆞ야 진개 아니 된다 진개 ᄒᆞᆯ 수 업다 ᄒᆞ야 교육을 ᄒᆞ여도 아니 된다 양병을 ᄒᆞ여도 ᄒᆞᆯ 수 업다 화륜션 압헤ᄂᆞᆫ 아니 되겟다 대포 머리에ᄂᆞᆫ ᄒᆞᆯ 수 업다 내지 몃 ᄇᆡᆨ 년이라도 아니 되겟다 몇 쳔 년이라도 ᄒᆞᆯ 수 업다 ᄒᆞ니 그 ᄇᆡᆨ셩의 졍도로 엇지 된다ᄂᆞᆫ 일과 ᄒᆞᆯ 수 잇다ᄂᆞᆫ 말이 잇스리오(1909.7.29)

우세자는 '아니 된다', '할 수 없다'라는 말로 당시 한국인들의 문제점을 지적했다. 이것은 국난 타개의 과정에서 무기력하고 열패적인 모습을 가리킨다. 이러한 모습을 박지원의 「허생」에서 볼 수 있다. 이완은 허생에게 청나라를 물리칠 계교를 청하자, 허생은 제1책으로 와룡 선생을 천거할 테니 임금의 삼고초려를 요구한다. 그러나 이완은 '어렵다(難矣)' 하고, 제2책을 청한다. 허생은 종실딸을 명나라 장졸에게 시집보내고 훈척 권귀의 집을 빼앗아서 나눠주기를 권고하지만, 이완은 어렵다 한다. 마지막으로 청에 가서 벼슬을 하고, 장사를 하며 청국의 실정을 파악하고 호걸들과 결탁할 것을 요구하지만 또 어렵다고 한다. '난의'는 어렵다는 뜻이지만, 아니 된다, 또는 할 수 없다는 말을 내포하고 있다.

> 아비; 강화로 서울을 옴긴다 하자. 몽고가 각처로 돌아 단이며 백성을 살육할 것이 안이야? 전국 백셩이 다 죽으면 강화 한 골로 나라노릇을 할 수 잇느냐?
>
> 엽분; 그러기에 서울을 강화로 옴기고는 싸워야 되지요.
>
> 아비; 싸우다니 과불적중(寡不敵衆)이라는대 적은 고려로 만흔 몽고를 엇더케 당하겟느냐?(「백세 노승의 미인담」)

「허생」과 연장선상에 「백세 노승의 미인담」이 있다. 이 작품에서 여개소문인 엽분이는 몽고를 물리치기 위해 서울을 강화로 옮길 것, 노예문서를 불사르고 노예도 공을 이루면 벼슬을 줄 것, 귀인의 토지를 백성에게 나누어 줄 것, 해군을 설치할 것, 여진을 원조하여 북방을 경영할 것을 주장하며, 그것을 행할 사람으로 자신을 천거한다. 그러나 노승의 아비는 '할 수 있느냐', '어떻게 하겠느냐?', 또는 침묵함으로써 그녀의 계책은 무용지물이 되고 만다. '어떻게 하겠느냐'는 결국 할 수 없다, 아니 된다는 뜻이다. 궁극적으로 노승의 아비는 '아니 된다', '할 수 없다'로 일관한 것이다. 노예잡색 및 계급 폐지, 산성 쌓기, 해군 설시, 요새 웅거 등을 통해 적을 물리쳐야 한다는 계책들은 전혀 수용되지 못한다. 단재가 「백세 노승의 미인담」에서 내세운 계책들은 박지원이 「허생」에서 제시한 계책과 닮아 있다. 그리고 '과불적중인데 어떻게 하겠느냐?'는 것은 화륜선과 대포 머리에는 할 수 없다는 것과 동일한 인식을 보여준다. 맥락만 다를 뿐 아니 된다, 할 수 없다는 측면에서 같다.

> 다만 쳔장 만쟝되는 셕벽 우에 쇠사슬을 느리고 교ᄌᆞ ᄒᆞ나를 돌앗는ᄃᆡ ᄌᆞ셰히 치어다보니 그 모졔가 영국 론돈에 디하 텰도를 통ᄒᆞ는 길과 ᄀᆞ치 쑥게롤 덥고 황금대ᄌᆞ로 썻스되 옥경남문이라 ᄒᆞ엿는지라(1909.7.31)
>
> 홀연 ᄒᆞᆫ 고귀한 문을 당ᄒᆞ니 머리를 들어 볼 ᄯᅢ에 광치가 눈을 쏘는 빅옥 현판에 큰 글ᄌᆞ로 보션문이라 썻더라(1909.8.5)

> 별안간 사람의 눈을 부시게 비치 燦爛한 山이 멀니 보이는대 그 우에 붉은 글씨로 「黃金山」이라 색이엿더라.(「꿈하늘」)
>
> 한곳에 다달으니 돌문이 잇는대 금글씨로서 색엿스되 「도령군 놀음곳」이라 하엿더라.(「꿈하늘」)

「지구성미래몽」에서 우세자는 셕벽 위에 "황금 대자"로 쓴 '옥경남문'에 이르며, 또한 백옥 현판에 "큰 글자"로 쓴 '보션문'에 다다르기도 한다. 「꿈하늘」에서 한놈은 "붉은 글씨"로 새겨진 '황금산'을 지나치며, 또한 "금글씨"로 새겨진 '도령군놀음곳'에 다다른다. 장소를 묘사하는 방식이나 글자를 새긴 재료(금글씨, 황금대자)가 일치하며, 또한 새긴 곳(석벽 위와 산 위, 현판과 돌문)도 유사하다. 이러한 표지들은 한 작가의 작품임을 보여주는 것이 아니겠는가?

> 산명슈려 뎌 동텬이 별유텬디비인간이니 폭포슈는 빅릉포가 둘녀잇고 무림슈쥭은 청포쟝을 둘너잇는디(1909.7.15)

> 그 소리 쟝렴 단렴과 평셩 상셩이 쳐쳐졀졀ᄒᆞ야 심양강샹 밤둘에 비파셩을 듯는 듯 연남시 가을 바룸에 격쥭셩을 맛난 듯 남ᄋᆞ의 강ᄒᆞᆫ 챵ᄌᆞ라도 거의 거의 슬어질 듯ᄒᆞᆷ미(1909.7.22)

위의 구절들은 우세자의 다양한 지적 스펙트럼을 보여준다. "별유천지비인간"은 이백의 「산중문답」의 구절이며, "무림수죽"의 세계는 왕희지의 「난정집서」와 관련이 있다. 그리고 "심양강샹 밤둘에 비파셩"은 백낙천이 심양강에서 달밤에 들은 비파 소리(「비파행」)를 말하고, "연남시 가을 바룸에 격죽셩"은 향엄지한이 남양에서 내던진 기왓장이 대나무에 부딪쳐 낸 소리(「香嚴擊竹」)를 뜻한다. 백낙천은 여인의 비파 소리를 듣고 귀가 번쩍 열렸고, 향엄지한은 격죽성을 듣고 활연대오한다. 이를 통해 저자는 중국 문학에 대해 아주 밝다는 것을 알 수 있다. 단재는 "唐詩 數千首는 늘 외고 있었"[26]을 뿐 아니라 불경도 많이 공부한 사람이다. 박학다식한 모습은 이러한 문체 속에 녹아 있다.

마지막으로 「지구성미래몽」에 나타난 특별한 어휘들에 대한 단재의 사용

26 海客, 「丹齋 故友를 追憶함」, 『新東亞』, 1936.4, 106면.

여부에 관한 문제이다. 먼저 제목에서 사용된 "地球"에 대한 표현이다.

而吾語之以世界文明史 則其目瞠 示之以地球偉人傳 則其眉蹙(「몽견제갈량」)

千兵萬馬가 닷는 듯 바람이 클사록 물결이 놉하 왼 地球가 들먹들먹하더라.(「꿈하늘」)

단재는 "지구"라는 단어를 『몽견제갈량』에서 이미 썼고, 이후 「꿈하늘」, 「룡과 룡의 대격전」과 같은 소설에서도 썼다. "옥경(玉京)" 역시 「류화전」에서 "玉京仙娥", "玉京瑤臺"처럼 사용했다. 한편 「지구성미래몽」에는 "셕쟝ᄒᆞ나로 텬하에 쥬류ᄒᆞ셧스나", "셕쟝으로 싸을 두다리면셔"가 나오는데, 단재의 글에는 "達摩가 壹錫杖으로 東來ᄒᆞ야"(「편고승려동포」), "玄麟이… 飄然히 一錫杖으로 軍門을 來叩ᄒᆞ니"(「최도통전」) 등에 나타난다.[27]

젼국 사름들이 영국의 압졔롤 괴로와 ᄒᆞ야 긔반을 벗슬 도리를 셔로 연구ᄒᆞ고 (1909.7.25)

此國의 羈絆 脫免이 無計라난 妄想은 作함이 不可하니라.(「대한의 희망」, 『大韓協會會報』, 1908.4)

又此悲境中에셔 羈絆脫却의 道는 不思ᄒᆞ고 東양主義를 仗ᄒᆞ면 是는 波蘭人이 西洋主義를 說홈과 無異니라.(「東洋主義에 對ᄒᆞᆫ 批評」, 『대매』, 1908.8.10)

"긔반을 벗슬 도리"는 "羈絆 脫免이 計", 또는 "羈絆脫却의 道"에 해당된다. 단재가 즐겨 쓰는 표현 가운데 하나이다. "학도 트고"(1909.8.3)는 「류화전」에도 "仙女가 鶴을 타고"(「류화전」)처럼 나온다. "불상ᄒᆞ다 민츙졍은

27 두 작품에는 차를 대접하는 장면도 동일하게 나타난다. 「지구성미래몽」에는 "차를 다리여 괴셕 우혜 그러안즈 각각 ᄒᆞᆫ 표즈를 싸라 마시고"(7.31)라고 나오는데, 「류화전」에는 "仙翁이 마중 나와 맞아 坐定하고 茶를 勸할새"(하 236면)로 나온다. 「지구성미래몽」에서 원장법사는 우세자와 더불어 옥경으로 출발하기 전 차를 마시며, 「류화전」에서 관졸이 도착하자 선옹이 마중을 나와 그들에게 차를 대접한다.

츙국의민 그 아닌가"는 "閔忠正 乙巳의 칼은 古大臣 報恩의 遺風이오"(「정육과 애국」)에, "우리 한국 형편이 말이 못 되엿스니 쥰쥰무지 뎌 챵싱들"은 "亡國의 慘狀을 呈現함은 此等 忠義난 小數에 居하고 其大部分 國民은 皆蠢蠢 愚昧한 所致"(「대한의 희망」)에 나온다.[28] 그리고 "진개 홀 수 업다"는 "彼東양主義를 唱ᄒᆞᄂᆞᆫ 者도 眞個 東양을 爲홈이 아니라"(「東洋主義에 對ᄒᆞᆫ 批評」) 등에서 드러나고, "노례귀(奴隷鬼)"에서 "노예"라는 표현은 단재 글에 무수히 등장한다. 이 밖에도 「지구성미래몽」에는 앞의 예시문에서 보듯 묘사나 서술에서 구어체의 표현들이 무수히 등장하는데 단재의 작품에도 영락없이 나온다. 이런 점들은 궁극적으로 「지구성미래몽」의 단재 창작 가능성을 더욱 분명히 해준다 하겠다.

6) 사내 인물과 신채호

사실 「지구성미래몽」은 종결된 작품이라고 할 수 없다. 여기에서 저자 확인을 위해 소설이 연재된 신문의 상황을 살필 것이다. 『대한매일신보』 한글판의 서사물 연재 현황은 아래와 같다.

라란부인젼(1907.5.23~1907.7.6)
국치젼(1907.7.9~1908.6.9)
*슈군의 뎨일 거룩ᄒᆞᆫ 인물 리슌신젼(1908.6.11~1908.10.24)
매국노(1908.10.25~1909.7.14)
디구셩미릭몽(1909.7.15~1909.8.10)

28 단재는 「血碧碧竹猗猗」(『황성신문』, 1906.7.7)에서 민충정공을 노래했을 뿐만 아니라 「精靈不昧」(『대매』, 1908.1.16)에서도 그를 등장시켰다.

보응(1909.8.11~1909.9.7)

미국독립사(1909.9.11~1910.3.5)

*동국에 뎨일 영걸 최도통전(1910.3.6~1910.5.26)

옥랑전(1910.8.16~1910.8.28) : 신문 폐간으로 연재 중단(*표는 국한문판에도 연재)

단재가『대한매일신보』에 근무했던 1907년 11월 6일부터 1910년 5월 하순경 망명 때까지『대한매일신보』한글판에 연재된 서사는 7편이다. 한글판은 쇼셜란을 두었는데, 이것은 국한문판과 조금 다른 모습을 보인다. 이곳에는 신채호의「이순신전」과「최도통전」이 실렸다. 그런데 연재된 날짜를 확인해보면,「이순신전」은 국한문판에 1908.5.2~8.18에 실렸지만, 한글판에는 1908.6.11~1908.10.24에 실렸다. 40일 정도 늦게 연재되었는데,「국치전」의 연재가 끝나고 실렸기 때문이다.「국치전」은 단재가 입사하기 이전부터 연재되었으며, 이어「이순신전」이 연재된 것이다. 한편「최도통전」은 1909.12.5~1910.5.27에 실렸는데, 한글판에 1910.3.6~1910.5.26에 실렸다. 3개월 정도 늦게 실린 셈인데, 이 역시「미국독립사」의 연재가 마무리되고, 다음날부터「최도통전」이 연재되었기 때문이다.[29] 단재는 이에 앞서 국한문판에「독사신론」(1908.8.27~12.13)을 연재하기도 하고, 1909년말에는「천희당시화」(1909.11.9~12.4)를 연재하였다. 한글판에서「이순신전」에 이어「매국노」가 연재되었다. 그리고「지구성미래몽」과「보응」이 연재되었으며, 이어「미국독립사」,「최도통전」이 연재된다.

29 상편의 종료 시점은 다르다. 국한문판은 제8장 "崔都統의 禦蒙古"에서 끝나는데, 8장은 1910년 5월 25일부터 5월 26일 27일까지 연속으로 실리고 "以上은 上篇終"으로 마무리된다. 그러나 한글판에서는 1910년 5월 26일에 제7장 "홍건적이 의쥬를 함락ᄒᆞ고 최도통이 셔경에 대젼ᄒᆞ다"가 실리고 "상편죵"이라 하여 종료된다. 한글판에서 8장 부분은 실리지 않았다는 말이다. 이는 단재가 이 시기 중국 망명기에 올라 더 이상 작품이 실리지 않게 되었음을 보여주는 것이다. 국한문판도 "상편죵"이란 것은 말뿐이지 사실상 시세의 변화로 인해 결국 미완성된 것을 말해준다.

대ᄉᆞ는 누구시완ᄃᆡ 나ᄀᆞᆺ흔 쇽ᄀᆡᆨ을 이ᄀᆞᆺ치 관ᄃᆡ를 ᄒᆞ시ᄂᆞ뇨

로승왈 션ᄉᆡᆼ의 셩화를 일즉 듯지 못ᄒᆞ엿슴으로 즉시 영졉지 못ᄒᆞ엿스니 션ᄉᆡᆼ은 용셔ᄒᆞ쇼서

쇼승은 희월존ᄌᆞ라 칭ᄒᆞᄂᆞᆫᄃᆡ 뎌 법ᄉᆞ씌 놉흔 일홈을 듯ᄉᆞ온즉 쇼승이 무ᄉᆞᆷ 복력 잇셔 오늘날 션ᄉᆡᆼ이 왕림ᄒᆞ시니 폐호에 ᄉᆡᆼᄉᆡᆨ이 적지 아니ᄒᆞ여이다 (1909.8.10)

「지구성미래몽」은 7월 15일부터 31일까지 신문이 나온 15일 동안(19, 26일 휴간) 1차례(7월 26일) 미게재되었지만, 8월에는 1일부터 10일까지 8일 동안(8월 2일, 9일 휴간) 총 3차례(4, 6, 7일)가 게재되지 않았다. 8월 들어 진행이 무척 더뎠다는 것을 알 수 있다. 그것은 무엇 때문일까? 작품의 전개가 작가의 뜻대로 되지 않았음을 반증해준다. 이 작품은 우세자가 원장법사를 만나 "량국 형편을 토론ᄒᆞ야 션후지칙을 연구"하는 내용이다. 그런데 옥경의 일부를 살피는 것으로 서둘러 작품이 마무리되었다. 총 19회 연재 가운데 마지막회는 가장 짧다. 작가가 연재를 서둘러 종료했기 때문이다. 마지막에 새로운 인물이 제시되었다는 것은 궁극적으로 서사의 미완을 의미한다. 그런데 『대한매일신보』 한글판에서 하나의 이유를 발견할 수 있다. 「보응」의 연재 때문이다. 한편으론 서사의 전개가 제대로 되지 않는 데다, 다른 한편으론 「보응」이 연재 대기 중이었기에 작품을 서둘러 마감해도 되었다는 이야기이다.[30]

아울러 「지구성미래몽」에는 「미국독립사」의 연재를 암시하는 구절이 있

30 「보응」은 『今古奇觀』 31권의 「呂大郎還金完骨肉」의 번안작이다. 당시 『금고기관』이 널리 번안되었다. 그런데 단재는 "玉塵叢談에나 今古奇觀에 同一한 記錄이 잇스되 그 大略이 下와 갓흐니"(「朝鮮古來의 文字와 詩歌의 變遷」, 『동아일보』, 1924.1.1)라고 언급하였는데, 그가 『금고기관』을 자세히 보았다는 사실을 확인할 수 있다. 단재가 설화에 근거한 것으로 보이는 「益母草」를 썼다는 측면에서 단재의 「보응」 번안 가능성은 여전히 남아 있다. 향후 「보응」의 번안자는 자세히 논의될 필요가 있다. 『금고기관』 소재 소설의 번안에 대해서는 손병국의 「벽부용 연구」(『한국어문학연구』 43, 한국어문학연구학회, 2004)를 참조.

다. "ᄌᆞ유는 내게 잇는 것이니 북미합즁국을 보지 못ᄒᆞᆫ가 그와 ᄀᆞᆺ치 필경 독립이 되는 날에는"(1909.7.30)이 그것이다. 우세자는 한국의 향후 선후지책을 논의하는 가운데 미국의 독립을 언급하였다. 그리고 한 달여 후 「미국독립사」가 연재된 것이다.[31] 「국치전」, 「매국노」, 「보응」, 「미국독립사」 등은 모두 사내 인물이 번역 내지 번안했을 것으로 보인다. 일반적으로 외부자의 경우, 특히 단편일 때는 완성된 작품을 투고하기 십상이지만, 사내 인물은 그때그때 형편에 따라 집필 및 연재했을 것이다. 그리고 외부 투고였다면 투고자의 필명을 제시했을 것이며, 전체 분량을 염두에 두고 연재했을 것이다. 투고라면 서사가 아직 진행 중인데 그렇게 마무리하지는 않았을 것이다. 이러한 점들은 저자가 사내 인물일 가능성을 시사해준다.[32]

> 편집부 국한문판 논설 : 신채호, 편집 : 양기탁, 시사평론 : 이장훈,
> 외보번역 : 양인택
> 한글판 논설번역 : 김연창, 편집 : 양기탁, 잡보외보번역 : 유치겸
> ------------------------------ 「대한매일신보의 현황」(1908.5.27)

당시 신문사의 구성을 살펴보면 한글판은 국한문판과 연계되어 운용되었다. 편집은 양기탁이 국한문판, 한글판 모두를 맡았으며, 논설과 잡보 외보는 국한문판의 내용이 한글판에 그대로 번역되었을 뿐이다. 이러한 상황은 1909년 당시에도 큰 차이가 없었을 것으로 보인다. 이러한 인적 구성을 통해

---

31 「미국독립사」는 시오가와 이치타로[鹽川一太郎]의 작품이며, 玄檃이 1899년 황성신문사에서 번역하여 발간하였다. 대한매일신보사에서는 현은의 국한문 번역본을 국문으로 옮겼는데, 이 작품의 번역에는 사내 인물의 의지가 반영된 것으로 보인다. 왜냐하면 이미 국내에 단행본으로 발간된 작품을 다시 신문에 소개했기 때문이다. 당시에도 번역은 직접, 또는 신문에 연재된 이후 단행본으로 발간되는 것이 상례였는데, 이것은 거꾸로 진행되었다. 물론 국한문본을 국문본으로 다시 소개했다는 점에서 재소개의 의미도 있겠지만, 파격인 것만은 분명하다. 누군가의 요청이 있었을 것이고, 그렇다면 그는 「지구성미래몽」의 저자가 분명하다.

32 심재숙 역시 "신문에 연재된 소설은 대개 해당 신문의 필진에 의해 창작되었던 것으로 보아 이 작품의 작가인 우세자도 『대한매일신보』의 필진의 한 명"(앞의 논문, 187면)으로 추정하였다.

한글판에 독자적으로 작품을 쓸 만한 인물이 배치되지 않았다는 사실을 알 수 있다. 당시 한글판은 국한문판에 종속된 형국이었으며, 국한문판의 기사를 받아 한글로 옮겨 싣는 것이 거의 대부분이었다. 국한문판 기자로는 신채호, 양기탁, 이장훈, 장도빈 등이 있었으며, 단재는 그 가운데 가장 중요한 역할을 하였다. 양기탁, 이장훈, 장도빈이 논설을 썼을지언정 소설은 쓰지 않은 것으로 보인다. 그만큼 소설은 아무나 쓰기 어려운 장르였다. 신채호의 필력은 소설의 창작도 가능했다. 그는 1908년 『가정잡지』에 「익모초」를 연재했다. 그리고 「허다고인지죄악심판」(1908.8.8)과 같은 몽유형식의 작품을 썼고, 유원표의 『몽견제갈량』에 서문(1908.5)을 쓰기도 했다.

신채호는 당시 사내 인물 가운데 유일하게 소설을 썼던 사람이며, 또한 한글판 "쇼셜"란에 「이순신전」과 「최도통전」을 실었다. 『대한매일신보』 한글판에 제대로 된 창작소설은 「지구성미래몽」이 유일하며, 나머지가 번안・번역 소설로 채워졌다는 것은 사내 인물 가운데 마땅한 작가가 없었다는 것을 반증해준다. 「지구성미래몽」은 「매국노」가 미완으로 끝난 시점에서 출발되었고, 신문의 사정과 형편을 고려하면서 연재되었다. 게다가 「지구성미래몽」이 신채호의 사상이나 문체 등을 여지없이 보여준다. 특히 이 작품은 당시의 몽유록과 다르며, 몽유자의 유람과 대화를 통해 깨달음을 얻고, 이를 통해 계몽을 추구한다는 점에서 「꿈하늘」과 가장 밀접한 형태이다. 이런 점들을 통해 볼 때 「지구성미래몽」이 단재의 작품이 분명하다.

3. 「지구성미래몽」과 신채호

「지구성미래몽」에는 1909년 당시 우세자의 심경이 나타나 있다. 그것은 아래와 같다.

일즉 교화가 붉지 못ᄒᆞ고 풍쇽이 아름답지 못ᄒᆞᆫ 것을 근심ᄒᆞ야 혹 청년을 교육ᄒᆞ며 혹 지ᄉᆞ를 권고ᄒᆞ고 혹 완고를 경셩ᄒᆞ기 위ᄒᆞ야 세상에 도라ᄃᆞᆫ닌지 몃 ᄒᆡ에 ᄒᆞᆫ 사람도 ᄯᅳᆺ듯ᄂᆞᆫ 쟈 업고 도로혀 지목ᄒᆞ기를 광패ᄒᆞᆫ 쟈ㅣ라 ᄒᆞ며 죠롱ᄒᆞ기를 허황ᄒᆞᆫ 쟈ㅣ라 ᄒᆞ야 인류로 ᄃᆡ졉지 아니ᄒᆞ거ᄂᆞᆯ 우셰ᄌᆞㅣ ᄌᆞ탄ᄌᆞ가ᄒᆞ다가 창ᄌᆞ 속에 더운 피가 ᄭᅳᆯ음을 금치 못ᄒᆞ야(1909.7.15)

단재는 당시 『대한매일신보』 기자로 활동 중이었다. 단재는 「일본의 삼대 충노」, 「여우인절교서」, 「대한의 희망」, 「이순신전」, 「역사와 애국심의 관계」, 「대아와 소아」, 「독사신론」 등 논설, 전기, 역사에 걸쳐 무수한 작품들을 써서 민중 계도에 나섰다. 그러나 그의 노력에도 불구하고 세상에는 별다른 변화가 없고 오히려 상황은 악화일로로 치닫게 된다. 신채호는 사회등가사를 형성한 사람이자 가장 많은 작품을 창작하였는데, 사회등가사에는 다음과 같은 작가의 내면 고백이 있다.

沒覺者의 行爲보면 絶筆ᄒᆞ고 십은마ᄋᆞᆷ 無時不出 ᄒᆞ것마ᄂᆞᆫ 可憐ᄒᆞ다 뎌蒼生아 慘酷ᄒᆞ다 뎌창生아 몃사ᄅᆞᆷ의 罪惡으로 뎌地境이 되얏고나 그런情景 싱각ᄒᆞ면 촘아붓을 못노켓네(「欲絶不絶」, 1908.11.20)

勸善懲惡 ᄒᆞᄂᆞᆫ것은 報館筆端 義務로다 世人誹謗 拘碍안코 善惡간에 聞見대로 勸告者ᄂᆞᆫ 勸告ᄒᆞ고 攻擊者ᄂᆞᆫ 攻擊인대 悔改方針 硏究업시 言論者를 仇視ᄒᆞ야 腹非心毁 批評ᄒᆞ니 愛莫助之 이아닌가(「編餘雜俎」, 1909.3.3)

愚昧衆生 敎導코져 一枝筆을 굿이 잡아 日日時時 說法하고 字字言言 勸戒홀시 滿幅愛情 盡傾하야 切切懇懇 說諭하되 悔悟홀 몸 품지 안코 怪劇들만 演出하니 勸告키도 支離ᄒᆞ고 痛罵키도 식식하여 執筆臨紙 默念ᄒᆞᄆᆡ 어이업셔 우숩난다(「無聊一笑」, 1910.4.1)

「欲絶不絶」의 "可憐ᄒᆞ다 뎌 蒼生아 慘酷ᄒᆞ다 뎌 창生아"는 마치 "불샹ᄒᆞ다 뎌 창싱들…… 참혹ᄒᆞ다 뎌 죄악을"이라 노래하는 듯하다. 이 가사에는 절필하고 싶지만 붓을 놓을 수 없는 자신의 마음을 그리고 있다. 그리고 「編餘雜俎」에는 자신의 노력에도 불구하고 "言論者를 仇視ᄒᆞ야 腹非心毁 批評ᄒᆞ"였다는 것이다. "愚昧衆生 敎導코져 一枝筆을 굿이 잡아 日日時時說法하고 字字言言 勸誡"했지만, 그들은 "悔悟ᄒᆞᆯ ᄆᆞᆷ 품지 안코 怪劇들만 演出"할 뿐이었다. 결국 경성과 계도에도 불구하고 "도로혀 지목ᄒᆞ기를 광패ᄒᆞᆫ 쟈ㅣ라 ᄒᆞ며 죠롱ᄒᆞ기를 허황ᄒᆞᆫ 쟈ㅣ라 ᄒᆞ야 인류로 ᄃᆡ졉지 아니"하는 형국이 된 것이다. 그래서 "遺憾 만흔 붓끗흐로 滿腔熱情 盡傾ᄒᆞ야 同胞의게 告ᄒᆡᆺ스나 일운 것은 別노 업고 當ᄒᆞᆫ 것은 傷心ᄒᆞ다(1910.5.1 308면)"라고 고백했다. 이 작품들은 사회등가사 저자, 특히 신채호의 심경을 여지없이 보여주고 있다. 당시 열성적으로 계몽운동을 벌였던 단재의 내면을 사회등가사를 통해 적실히 볼 수 있다. 단재는 언론을 통해 사회경성 및 민중계도 활동을 폈지만 현실은 별다른 변화가 없었다. 「지구성미래몽」은 그러한 단재의 심경을 보여준 것이다.

그렇다면 왜 하필 「지구성미래몽」과 같은 작품인가. 우선 앞에서 본 것처럼 판소리 『춘향가』와의 관련선상에서 살필 필요가 있다.

> 韓國 幾百年來로 春香歌 沈淸歌 興夫歌 華容道 等의 淫蕩的 황怪的 演劇을 今日에 至ᄒᆞ야 李人稙 氏가 臂를 揚ᄒᆞ고 改良을 自擔ᄒᆞ얏도다(1908.11.8)

> 설이 울다 홀연이 잠이 드니 비몽사몽간에 호접이 장주 되고 장주가 호접 되어 세우 같이 남은 혼백 바람인 듯 구름인 듯 한 곳을 당도하니 천공지활하고 산명수려한데 은은한 죽림간에 일층 화각이 반공에 잠겼거늘 대체 귀신 다니는 법은 대풍기하고 승천입지하니 침상편시춘몽중에 행진강남수천리라. 전면을 살펴보니 황금대자로 만고정렬황릉지묘라 뚜렷이 붙였거늘 심신이 황홀하여 배회터니(「열녀춘향수절가」: 현대체)

신채호는 춘향가, 심청가 등에 대해 언급했다.[33] 그런데 우세자가 "십리 빅리 쳔리를 뎡쳐업시 둔니다가 흔 곳을 다다"랐는데, 산명수려하고 무림 수죽이 있는 곳으로, 『춘향가』에서 춘향이 꿈속에 다다른 곳과 유사하다. 게다가 두 작품에 "기화요초", "귀신", "동문수업", "새짚신", "백학", "상제", "앵무", "원앙", "옥경", "요지연" 등 동일 어휘가 적지 않으며, 그리고 "계화일지를 들고", "백운간에 노닐 적에", "몸에는 채의로다", "별유건곤", "심양강 명월에", "옥방 형상 볼작시면", "태을선인 학을 타고", "황금대자로……붙였거늘" 등 거의 같은 구절이 반복된다.[34] 그리고 "모질도다 모질도다, 도련님이 모질도다. 독하도다 독하도다, 서울 양반 독하도다. 원수로다 원수로다, 존비귀천 원수로다"에서는 aaba형 가사와, "쉬느니 한숨이요 뿌리느니 눈물이라"에서는 '……이요, ……이라' 형의 대구를 적지 않게 볼 수 있다. 이것은 『춘향가』를 참조하여 「지구성미래몽」을 창작했다는 것을 보여준다. 특히 이 작품은 불교뿐만 아니라 도교 사상을 보여주는데, 단재는 『옥추경』에 대해서도 높은 관심을 보여주었다.

다음으로 『신곡』과의 연장선상에서 볼 필요가 있다.

> 「但丁」과 如흔 大詩人이 出흐야 國耻를 哀哭흐며 「瑪志尼」와 如흔 大理想家가 作흐야 國粹를 絶叫흔 以後에 國民의 精神이 回醒흐야 風雲을 파弄흐며 山河를 整頓흐얏스니 卽今 韓人도 但丁 瑪志尼와 如히 國을 憂흐며 但丁 瑪志尼와 如히 同胞를 愛흐야 或 教育에 獻身흐며 或 實業에 獻身흐며 或 政治에 獻身흐야 彼等 惡教科書의 支配를 受흔 人心을 喚醒흐야 國家思想을 振作케 흐면(「동양이태리」, 『大韓每日申報』, 1909.1.29)

33 위 예문외에도 "春香歌흐기"(「奴隷工夫」, 『大韓每日申報』, 1909.12.3), "五百年來의 諺文小說中 좀 나흔 作物을 春香傳 놀보傳 토기傳 等을 數하나"(「朝鮮古來의 文字와 詩歌의 變遷」, 『東亞日報』, 1924.1.1) 등이 있다.

34 한편 「지구성미래몽」의 해당 구절을 차례로 살피면, "꼿가지를 썩거 들고", "빅운가으로 셔셔히 나아갈식", "치식옷을 닙고", "별유텬디", "심양강샹 밤둘에", "그 힝장을 볼작시면", "학도 트고", "황금 대주로 썻스되" 등이다.

신채호는 계몽기 단테를 여러 군데 언급했다. 단테와 마치니가 우국정신을 가졌으며, 교육·실업·정치에 헌신하고, 국가사상, 곧 민족주의를 진작했다는 것이다. 그리고 단테의 "筆下에 能히 瑪志尼를 産出ᄒᆞ야 舊羅馬의 榮光을 挽回"(1909.12.3)하였다고 하는 등 단재는 그를 높이 평가했다. 단재는 "喚但丁(但丁은 羅馬 詩人)之遺魂ᄒᆞ야 製幾篇悲壯之詩歌ᄒᆞ고"(1907.5.1)라고 했으며, 또한 "나파륜의 칼로도 단데 마신의가 노릭하던 이딸리를 ᄭᅢ치지 못ᄒᆞ엿"(1912.12.1)다고도 했다.

단테의 대표작은 단연 『신곡』이다. 신채호의 「꿈하늘」이 『신곡』에 영향을 받았다 함은 상당한 설득력이 있다.[35] 그것은 단테가 베르길리우스의 안내를 받아 지옥을 유람하는 것이 한놈이 을지문덕의 인도를 받아 지옥을 구경하는 것이나 다를 바 없다. 그것이 유사성이냐 아니면 직접적인 영향이냐 하는 것은 신채호가 단테의 문학을 접했는가 아닌가를 통해 유추해볼 수 있다.[36] 단재는 1907년 단테의 혼을 불러내어 시가를 짓는다고 하였고, 또한 "「但丁」과 如ᄒᆞᆫ 大詩人이 出ᄒᆞ야 國耻를 哀哭"[37]하기를 바랐다. 『신곡』은 장편의 시가가 아니었던가. 그런 측면에서 단재는 단테의 문학, 특히 『신곡』의 대강 정도는 알고 있었던 것으로 보인다. 그런 선상에서 「지구성미래몽」은 이해된다. 우세자는 원장법사로부터 지옥의 참상을 듣고, 그의 인도를 받아 천국(옥경)에 이른다. 지옥에서 천국에 이르는 여정은 우리 문학의 전통과는 거리가 있어 보인다. 또한 애국계몽기 다른 여러 편의 몽유록이 있지만 그것들과도 차이를 보인다.

한편 「지구성미래몽」은 「꿈하늘」과 밀접히 연결되어 있다. 당시 단재는 유원표의 『몽견제갈량』을 읽고, 서문을 써줬다. 그리고 「허다고인지죄악심판」과 같은 몽유형식의 논설을 썼다. 단재가 「지구성미래몽」, 「꿈하늘」 등

35 최옥산, 「문학자 단재신채호론」, 인하대 박사논문, 2003.8, 66~67면.

36 1896년 이미 단테가 국내에 소개되었고, 1907년 유승겸이 『신곡』을 소개했으며, 1909년 최남선도 소개한 것으로 보아 당시 『신곡』은 국내 어느 정도 알려져 있었던 것으로 보인다.

37 「東洋伊太利」, 『大韓每日申報』 1909.1.29.

을 쓴 것은 우국정신, 국가정신과 깊은 관련이 있다. 단재는 단테의 유혼을 불러 "비장의 시가"를 제작한 것이다.

> 우셰ᄌᆞㅣ 존ᄌᆞ롤 ᄯᅡ라 당샹으로 올나갈ᄉᆡ ᄉᆞ면을 숣혀보니 수빅 권 경문은 문갑 우에 ᄊᆞ여잇고 벽람가ᄉᆞᄂᆞᆫ 홰ㅅᄃᆡ에 걸여잇고 고셜은 연상 우에 념쥬로 눌러 노앗ᄂᆞᆫᄃᆡ 각ᄉᆡᆨ 문방졔구ᄂᆞᆫ ᄀᆞ장 졍결ᄒᆞ야 그림 속과 방불ᄒᆞ더라(1909.8.10)

> 글을 짓는 사람들이 흔히 排鋪가 잇서 몬저 머리는 엇더케 내리리라, 가온대는 엇더케 버리리라, ᄭᅳ리는 엇더케 마르리라는 大意를 잡은 뒤에 붓을 댄다지만, 한놈의 이 글은 아모 排鋪업시 오직 붓씃 가는 대로 맥기여 붓씃치 하늘로 올라 가면 하늘로 ᄯᆞᆯ어 올나가며, ᄯᅡᆼ속으로 들어가면 ᄯᅡᆼ속으로 ᄯᆞᆯ어 들어가며, 안지면 ᄯᆞᆯ어 안지며 셔면 ᄯᆞᆯ어 셔서 마듸마듸 나오는 대로 지은 글이니 讀者 여러분이시여, 이 글을 볼 ᄯᅢ에 압뒤가 맛지 안는다, 위아래가 文體가 달다 그런 말은 말으소서.(「꿈하늘」)

「지구성미래몽」이 갑작스럽게 종료된 까닭은 「꿈하늘」 서문에서 답을 구할 수 있을 것으로 보인다. 단재는 전체적인 구상을 하고 글을 쓰는 게 아니라고 고백하였다. 「지구성미래몽」도 그런 모습이 역력하다. 서사 전개도 다소 즉흥적이며, 내용도 웅변적 성격이 강하다. 그리고 신문 연재의 경우 작가는 그때그때 작품을 써내야 한다. 그러나 「지구성미래몽」의 저자는 그렇지 못했다. 소설에 대한 욕심은 컸지만 창작이 그만큼 따라주지 못했다는 말이다. 그것은 「독사신론」이나 「최도통전」도 마찬가지이다. 신채호는 「지구성미래몽」의 서사 전개에 다소 무리가 발생하자 서둘러 끝낸 것이다.[38]

---

38 「독사신론」은 "미완"으로 끝났고, 「최도통전」은 비록 "상편종"이라고 했지만 성급하게 마무리되어 이 역시 미완이나 마찬가지이다. 물론 후자의 경우 해외 망명이 급했기 때문이라 할 수 있지만, 제때 연재가 되지 않은 것으로 보아 그때그때 작품을 마무리하기 어려웠던 환경도 작용한 것으로 보인다.

4. 마무리

「지구성미래몽」은 1909년 7월 15일부터 8월 10일까지 총 19회에 걸쳐 『대한매일신보』 한글판에 연재된 소설이다. 이 글에서는 「지구성미래몽」에 내포된 다양한 표지들을 통해 그 저자가 신채호임을 밝혔다. 작품 속에 제시된 언론계몽인, 독서광, 민족주의자로서의 모습은 단재와 일치하며, 몽유 형식, 시가 삽입이나 구어체 또는 판소리 사설체의 수용과 같은 독특한 담론적 특성과 작품의 사상적 경향 등이 단재 문학의 특성과 그대로 일치한다. 그러므로 저자를 단재로 확정할 수 있다.

「지구성미래몽」은 단재의 문학 전개상 아주 중요한 작품으로 평가된다. 신채호는 「지구성미래몽」 연재 이전에 「익모초」를 연재하는가 하면, 『을지문덕』, 「이순신전」을 창작하였다. 그리고 『몽견제갈량』의 서문을 썼으며, 「허다고인의 죄악심판」과 「지옥참경」을 썼다. 「지구성미래몽」은 그런 작품들과 연관하에 있으며, 또한 논설이나 전기와 마찬가지로 계몽주의적 지향성을 지니고 있다. 그리고 『춘향가』, 『신곡』으로부터도 영향을 받은 것으로 보이며, 그 구조에 있어서 「꿈하늘」과 밀접하다.

단재는 1916년 「꿈하늘」을 창작하였다. 이 작품은 「지구성미래몽」의 연계선상에 있으면서도 상당 부분 차이를 보이는데, 그것은 일제 강점으로 인한 작가의식의 변화와도 관련이 있다. 곧 계몽적 민족주의 차원에서 민족주체의식의 함양으로 나아간 것이라 할 수 있다. 「지구성미래몽」은 계몽기 단재의 의식을 분명히 보여주고 있다는 점에서 높이 평가될 필요가 있다.

국문 창제 요의설을 통한 「천희당시화」의 저자 규명

1. 들어가는 말

「天喜堂詩話」는 개화기에 가장 중요한 비평문으로 『대한매일신보』(1909. 11.9~12.4) '문단'란에 무서명으로 발표되었다. 이 글은 1970년대 후반 저자에 대한 충분한 논의 없이 『단재신채호전집』에 포함되어 논란이 되고 있다. 그러나 아직도 이 글에 대한 저자 확정이 제대로 되지 않아 많은 연구자들이 혼란을 겪고 있다.[1] 그러므로 「천희당시화」는 무엇보다 저자의 확정이 요구되는 글이다. 이제까지 천희당이라는 호가 저자 확정에 주요한 관건이 되었다. 그러나 호로 접근하는 것이 한계에 부딪쳐 더 이상 논의가 진전되지 않고 공전되고 있는 상황이다.[2] 그러므로 저자의 확정을 위해서는 새로운 접근 방법이 요구된다. 그런 측면에서 본고에서는 '요의 국문 시창'이라

1 「천희당시화」의 저자를 신채호로 규정한 이는 이동순, 임형택, 권오만, 곽동훈, 박경수 등 대부분의 단재 연구자들이고, 윤상현일 가능성을 제기한 사람은 주승택, 김윤식 등이고, 이명재는 윤상현으로 확정하였다. 그러나 김진옥이나 김윤재, 황재문 등 최근 수많은 연구자들이 저자 확정을 유보하고 있는 실정이다.

2 김윤식, 곽동훈 등도 저자 확정에 관한 글을 쓰겠다고 했지만 아직까지 논의를 내놓지 못하는 것도 이러한 저간의 사정과 관련이 있다. 김윤식, 「단재사상의 앞서감에 대하여」, 『신채호의 사상과 민족독립운동』, 형설출판사, 1986; 곽동훈, 「단재 시론과 시의 값」, 『한국문학논총』 13, 한국문학회, 1992.10.

는 구절에 주목하고자 한다.

(가) 余의 見ᄒᆞᄂᆞᆫ 바 國詩 中에 其流傳 最舊ᄒᆞᆫ 者를 擧ᄒᆞ면 高僧 了義가 國文을 始創ᄒᆞ고 佛敎를 讚美ᄒᆞᆫ 眞言이 是라 홀지나 然이나 此ᄂᆞᆫ 梵詩를 音譯ᄒᆞᆫ 者라 國詩로 冒稱홈이 不可ᄒᆞ고 其次ᄂᆞᆫ 崔都統 鄭圃隱의 단心歌가 될지라[3]

「천희당시화」의 저자는 요의설을 제기하였다. 이 설은 『대한매일신보』에 여러 차례 발표되었는데, 저자의 독특한 사상을 내포하고 있다. 그러므로 '요의'는 저자를 가늠해볼 수 있는 중요한 핵심어이다.[4] 그런데 대부분의 연구자들은 요의설을 제대로 다루지 않거나 중요하게 취급하지 않았다. 기존 논의에서 「천희당시화」의 저자, 또는 국문 요의 창제설의 주창자는 대체로 다음과 같이 정리가 된다.

1) 신채호 2) 윤상현 3) 장도빈 4) 황현 5) 김택영 6) 박은식

신채호와 윤상현은 「천희당시화」의 저자로 논의가 되었던 사람이다. 그리고 장도빈은 1908년도 『대한매일신보』의 논설 저자로 거론되었던 사람이다. 황현은 『매천야록』에서 요의설을 제기하였고, 그리고 김택영과 박은식은 국문 요의 창제설을 제기한 사람으로 일찍부터 논의되었던 사람들이

3 「천희당시화」, 『대한매일신보』, 1909.11.12. 이후 이 신문의 인용은 인용구절 뒤 괄호 속에 제목-대한매일신보-날짜-게재란 순으로 기록하고, 또한 같은 글의 인용은 날짜만 기록한다. 그리고 모든 인용문은 현대의 띄어쓰기로 고쳤음을 밝혀둔다.

4 일찍이 「천희당시화」의 저자와 관련하여 국문 창제 '요의'설에 주목한 이는 권오만이다. 그는 "了義 國文創造說은 申采浩의 독특한 견해로, 이 견해의 일단이 「天喜堂詩話」에도 다음과 같이 나타나 있다"(『개화기시가연구』, 새문사, 1989, 378면, 주 35번)라고 하였다. 그리고 한형구는 역시 권오만의 주장을 더욱 확장하여서 "이 글들이 모두 단재의 글이 아니라면 모를까, 이처럼 괴이한 내용의 이설이 이 글 저 글에 산재하여 나타나는 모습인 것은 동일인 집필의 이유가 아니라면 그 이해가 도저히 불가능한 텍스트 구성의 양상"(「신채호 언설의 비평사적 의의와 특질」, 대전대학교 지역협력연구원 편, 『단재 신채호의 현대적 조명』, 다운샘, 28)이라고 설명했다. 「천희당시화」의 저자 규명시 '요의'설의 중요성을 강조한 것이다.

다. 이들은 궁극적으로 국문 창제 요의설과 관련이 있다. 「천희당시화」의 저자가 '요의'설을 주장하였기 때문에 이들은 「천희당시화」의 저자로 논의될 수 있는 사람들이다.

요의설은 당시나 오늘날에서도 새로울 뿐만 아니라 독특하다. 당시에도 국문 창제에 대한 다양한 설이 있었지만, 요의설은 특정인에 의해 『대한매일신보』에 일관되게 주장되고 있다. 이 글은 국문 창제 요의설의 정체를 밝히기 위해 쓰인다. 이를 통해 궁극적으로 「천희당시화」의 저자를 규명해보려는 데 목적이 있다.

2. 기존 논의에 대한 검토

1) 신채호

이제까지 밝혀진 신채호의 호나 이름으로 발표된 어떤 글에서도 국문 창제 요의설은 나오지 않는다. 다만 단재(丹齋) 신채호는 1924년 국문의 세종 저작설을 주장하였다.

> (나) 諺文은 李朝 世宗大王의 著作으로 今日에 쓰는 글이라 本編의 範圍가 아니므로 이는 後日에 讓하고 이제 吏讀와 口訣을 論하노라[5]

단재는 이 글에서 언문(국문)을 세종대왕의 저작으로 분명히 밝히고 있어

5 신채호, 「조선 고래의 문자와 시가의 변천」, 『동아일보』, 1924.1.1.

요의설과는 상당히 대조적인 입장을 보여준다. 또한 애국계몽기에 단재의 국문 관련 글이 없는 것은 아니지만, 그의 이름이나 필명으로 발표된 것 가운데 요의설이 제기된 글은 없다.[6] 이로 인해 「천희당시화」를 단재가 썼다는 것은 신빙성을 얻기 어렵다. 만일 단재의 요의설 입증을 위해서는 이러한 문제를 어떻게 극복하는가가 중요한 관건이 된다.

2) 윤상현

윤상현이 「천희당시화」의 저자로 논의된 것은 그의 호로 말미암는다.[7] 그는 『매일신보』(1911.6.15)에 「夏蹀」이라는 시를 발표하면서 '천희당주인' 이라는 호를 썼다. '천희당'은 일반 선비들이 기휘하는 특이한 호이기 때문에 다른 사람들에게서는 거의 발견되지 않고, 또한 「천희당시화」와 '천희당주인'이라는 호가 나타난 시기가 불과 2년도 안 된다는 사실로 인해 「천희당시화」의 윤상현 창작 가능성은 매우 높아 보인다. 이제까지 논자들이 요의설에 대해서는 주목하지 않았지만, 그들의 논의를 환언해보면 윤상현이 요의설 주창자로 귀결된다. 그러나 당시 윤상현의 글에서 국문 창제설에 대해 따로 논의한 대목은 확인할 수 없다. 그리고 그의 글과 『대한매일신보』 소재 국문 요의 창제설 주장 관련 글 사이에는 상당한 차이가 존재한다.

> 甚者는 至於漢文을 盡滅ᄒᆞ고 朝鮮諺文만 使用ᄒᆞ자는 怪論ᄭᆞ지 有ᄒᆞ도다 然ᄒᆞᆫ 故로 彼頭顱未判ᄒᆞ고 方向 未定ᄒᆞᆫ 靑年의 心窩裡에 印着ᄒᆞᆫ 思想이 直히 漢

---

6 황재문은 이와 더불어 신채호의 글에 "箕聖"이라는 표현이 없다는 점을 들어 「천희당시화」가 신채호의 글이 아닐 가능성을 제시하였다. 황재문, 「장지연 신채호 이광수의 문학사상 비교 연구」, 서울대 박사논문, 2004, 34면.

7 주승택, 「개화기 한문학의 변이양상」, 『관악어문연구』 10, 서울대 국어국문학과, 1985.

文은 笆籬邊의 碎瓦敗匏만 不如라ᄒᆞ야 留學科程의 僅少ᄒᆞᆫ 漢文 幾行을 黑板下에서 和睡暫聽ᄒᆞ얏다가 下學以後로는 更히 何面目됨을 不相干沙(涉? : 인용자)ᄒᆞ야 今日明日이 旣如是오[8]

이것은 윤상현의 「한문학의 쇠퇴」라는 글이다. 이 글에서 윤상현은 "我의 崇拜ᄒᆞ는 我의 漢文은 天地의 正氣며 日月의 晶光이며 海獄의 粹性이며 我等 亞洲人族의 一生命脉"(『매일신보』, 1914.6.12)이라 하여 스스로 한문숭배주의자임을 밝히고 있다. 그것은 요의설이 나온 「국한문의 경중」에서 "內國文 故로 國文을 重히 여기라 함이며, 外國文 故로 한문을 輕히 여기라"는 논지와 상반되고 있다. 그리고 요의설 주창자는 '국문'이라고 씀에 반해, 윤상현은 '언문'으로 썼고 언문만 사용하자는 주장을 '괴론'으로 치부하였다. 또한 그는 "漢文은 笆籬邊의 碎瓦敗匏만 不如"라고 하였는데, 「천희당시화」에서는 "國詩에 至ᄒᆞ야는 笆籬邊에 閑棄"라고 하였다. 요의설 주창자가 국시(또는 국문)를 대울타리에 버려두었다고 하였는데, 윤상현은 한문을 그렇게 하였다고 상반된 논지를 펴고 있다. 비록 「한문학의 쇠퇴」가 「천희당시화」가 나온 지 4년여 뒤에 나온 것이라도 그 논조의 괴리로 인해 같은 저자로 간주하기는 어렵다.

(丙寅)二十八年御製訓民正音ᄒᆞ야頒示中外ᄒᆞ다.[9]

윤상현은 1928년에 이르러 『조선오백년사』를 발간하였다. 그것은 조선조의 역사를 편년체로 기술한 책이다. 비록 조선조의 실록을 사실대로 기술하였기에 위의 내용을 그의 주장이라고 하기 어렵다 하더라도 요의 운운하는 부분은 전혀 찾을 수 없다.

---

8 윤상현, 「한문학의 쇠퇴」, 『매일신보』, 1914년 6월 13일자 기서란.

9 윤상현, 『조선오백년사』, 광동서국, 1928, 39면.

윤상현은 『대한매일신보』에 관여한 적도 없고, 거기에 글도 발표하지 않은 것으로 보인다. 만일 윤상현이 요의설을 주장했다면, 그 글은 '논설'란보다 '기서'란에 실렸을 것이다. 그리고 무엇보다 신문기자가 아닌 일반 개인의 글인 경우 저자명(이름 또는 호)을 밝히는 것이 상례였다. 요의설 관련 처음 세 편의 글이 논설란에 실렸기에 신문사에 관여하지 않은 사람이 게재하였다고 보기는 어렵다.

3) 장도빈

장도빈은 1908년 단재가 병이 나자 그를 대신하여 논설을 집필하였다고 한다. 요의설은 처음 1908년 논설란에 실렸는데, 당시 장도빈이 논설을 썼다면 요의설의 제기 논설도 결국 그의 글이 된다. 그래서 박찬승은 다음과 같은 주장을 하게 된다.

> 장도빈의 증언이 사실이라면 현재 『개정판 단재 신채호전집』에 실린 여러 편의 1908년도 『대한매일신보』 논설들은 신채호의 글이 아니라 장도빈의 글이 된다.[10]

그는 '장도빈의 주장이 사실이라면'이라는 전제를 달았지만, 1908년도 논설(전집에 실린 요의설 관련 두 편의 논설이 여기에 포함된다)을 장도빈의 글로 간주했다. 그러면 요의설 주창자는 결국 장도빈이 된다. 그렇다면 박찬승의 주장은 과연 신빙성이 있는가?

10 박찬승, 『한국근대정치사상사연구』, 역사비평사, 1992, 85면, 주 199번.

양(양기탁 : 인용자)씨는 그 다음날부터 나를 『대한매일신보』 기자로 천하는 한편 나더러 논설을 지으라고 위탁하므로 그때부터 그 신문의 논설위원이 되었다. 그런데 그때 신채호 씨가 그 신문사의 논설주필로 있어서 불행히 병에 걸려 출근이 여의치 못하므로 대개 내가 논설을 쓰게 되었는데, 그러나 신씨가 혹 신문사에 오고 하여 나를 만나보고서 깊이 친한 친구가 되어 아주 가장 가까운 친구로 일생에 반가운 분이었다. 약 1년 후에 신씨가 병이 대강 치료가 되어 신문사에 출근하게 되었는데, 그때부터 일 주일은 신씨가 논문을 쓰고, 일주일은 내가 논문을 썼다.[11]

이것은 박찬승 주장에 논거가 된 글이다. 이 글을 보면 그의 견해는 지나치다고 판단된다. 그는 "대개 내가 논설을 쓰게 되었는데"에서 '대개'를 '모두'로 단정했고, 또한 신채호가 신문사에 오고 하였다는 내용을 무시했다. 그것은 당시 논설 「대아와 소아」(『대한매일신보』, 1908.9.16~17)와 「文法을 宜統一」(『대한매일신보』, 1908.11.7)만 봐도 밝혀지는 문제이다. 이 두 편은 『대한매일신보』에는 무서명으로 실렸지만, 전자는 미리 『대한협회회보』(1908월 8월 25일 간행)에, 그리고 후자는 나중에 『기호흥학회월보』(1908년 12월 25일 간행)에 신채호의 이름으로 발표됨으로써 저자를 확실히 알 수 있는 글이다.[12] 그러나 이런 사실이 박찬승의 주장에 허점은 될 수 있어도 장도빈의 요의설을 부정하는 데 충분조건은 되지 못한다.

大王(세종대왕을 일컬음 : 인용자)이 群臣더러 일러 가로되 他國에는 完全한 文字가 있거늘 我國에는 吏讀文이 있을 뿐으로 完全한 文字가 없으니 可嘆이라 하고 二十五年에 成三問 等을 命하여 함께 朝鮮 國文을 만들새 大王이 親

11 장도빈, 「암운 짙은 구한말」, 『사상계』, 1962.4, 284~285면.
12 이러한 논설 외에도 1908년 『대한매일신보』에 발표된 단재의 글은 다음과 같다. 錦頰山人, 「여우인절교서」, 별보란, 1908.4.12~14 / 錦頰山人, 「이순신전」, 위인유적란, 08.5.2~8.18 / 壹片丹生, 「독사신론」, 문단란, 1908.8.27~12.13.

히 研究하여 國文이 成하니 이것이 곧 現在의 國文이니라.[13]

이 글은 1916년에 발간된 것으로 알려진 『국사』의 일부이다. 이 글에서 장도빈은 국문의 창제자를 분명히 밝히고 있다. 이 글 이전에 발표된 장도빈의 글 가운데 국문 창제와 관련된 글은 찾아볼 수 없다. 다만 이 글로 미루어 판단컨대 그를 요의설의 주창자로 보기는 어려울 것 같다. 왜냐하면 불과 몇 년 사이에 그것도 여러 회에 걸쳐 제기했던 설을 갑자기 폐기하고 아무런 상고 없이 새로운 주장을 내놓기는 어렵기 때문이다. 아울러 이 글에서 국문 주창자를 분명히 밝히고 있는 것도 그를 요의설 주창자로 보기 어렵게 만드는 요소이다.[14]

4) 황현

이제까지 황현의 요의설은 어느 누구도 왈가왈부하지 않은 듯하다. 그래서 임형택 같은 이도 "국문의 창시자를 고승 요의라고 말한 내용은 참으로 생소하게 들린다. 필자는 아직 어느 누구의 글에서도 그런 주장을 읽은 바가 없다"고 쓰고 있다.[15]

(다) 眞言集(佛家文字), 言高僧了義, 刱出國文, 了義不知何時人, 而其爲世宗

13 산운기념사업회 편, 『汕耘張道斌全集 1』, 시사문화사, 1981, 95면.

14 참고로 장도빈과 '요의'설의 무관함을 밝히는 자료는 더 있다. 장도빈은 「『대한매일신보』에 관한 건」(1907.1.18), 「대한매일신보의 현황」(1908.5.27), 「각회사 조사」(1908.10~12) 등의 일제 문서에 이름이 등장하지 않는다. 그것은 장도빈이 1907년부터 1908년 하반기까지 『대한매일신보』에서 활동하지 않았음을 말해주는 것이다. 그의 이름은 「故裵說氏墓碣費義捐金廣告」(『대한매일신보』, 1910.5.10)에 등장하는데, 이는 당시 그가 신문사에 근무했다는 것을 말해준다.

15 임형택, 「'담총'의 사상과 그 작자」, 『신채호의 사상과 민족독립운동』, 형설출판사, 1986, 11면.

以前人則无疑, 又日本人, 近從地中, 掘得出雲族古代文字, 有肖마메아오 等字, 則是猶百濟時漢文渡倭事也, 安知此等文, 不從我國而入耶, 然則國文之刱, 盖自檀君時代云.[16] 〈眞言集〉(佛家의 文字)에 이르길 "高僧 了義가 國文을 만들었다"고 하였다. 了義는 어느 시대 사람인지는 알 수 없으나 그가 世宗 이전 사람인 것은 의심할 바 없다. 또한 일본인들이 최근 땅속에서 出雲族의 고대문자를 발굴하였는데, 마메아오 등의 매우 비슷한 글자가 있었다. 그런 즉 백제 때 漢文이 일본으로 전해진 것과 같은 것인데, 어찌 이러한 글이 우리나라로부터 들어가지 않았는지 알 수 있겠는가? 그런즉 국문의 창조는 대개 단군시대로부터 비롯되었다고 일컬을 수 있다.(인용자 해석, 이하 한문 해석도 동일)

(다)는 「국문의 기원」이라는 발췌 제목으로 『매천야록』에 들어 있다. 그렇다면 매천이 요의설을 주창했다는 것으로 볼 수 있다. 그런데 상황은 그리 간단하지 않다. 왜냐하면 동일한 제목의 글이 『대한매일신보』 담총란에도 실려 있기 때문이다.

(라) 今人이 皆 國文을 本朝 世宗大王이 刱造흔 것으로 知ᄒᆞ나 實로 不然흔지라 余가 일즉 셔肆에 過ᄒᆞ더니 眞言集이란 一冊子가 有흔딕 此를 閱흔즉 乃 佛家에셔 傳教ᄒᆞ기 爲ᄒᆞ야 國漢文을 交用ᄒᆞ야 著出흔 者러라 其中에 國文의 起源을 說흔 一段이 有흔딕 倡造흔 人氏는 高僧 了義라 ᄒᆞ엿스니 了義가 何時人인지 不知ᄒᆞ나 世宗 以前人 됨은 無疑ᄒᆞ더라

日本人이 近時에 地中을 掘ᄒᆞ다가 出雲族 古代文字를 發現ᄒᆞ야 東洋歷々辭典에 載ᄒᆞ엿는딕 其字體의 構造가 我國字와 酷肖ᄒᆞ고 又 마메아오 等字가 有ᄒᆞ니 是가 三國時代에 漢文 輸渡흠ㄱ치 此文字도 卽我國으로부터 移去흠이 아닌가 然則 我國文은 盖 檀君時代에 已有흔 者인져(「국문의 기원」, 『대한매일신보』, 1909.12.29, 담총)

16 『황현전집』(하), 아세아문화사, 1978, 471면.

(라)는 1909년 12월 29일 『대한매일신보』 '담총'란에 발표된 劍心의 「국문의 기원」이다. 이것은 요의설의 근거를 분명히 해주는 것으로 요의설의 정체를 밝히는 데 매우 긴요한 글이다. 그런데 검심((라)의 저자)과 매천((다)의 저자) 사이에 문제가 발생한다. 우리는 몇 가지 가정을 할 수 있다. 하나는 (다)와 (라)를 같은 저자의 글로 보는 경우인데, 이는 검심을 곧 황현으로 보는 경우이다. 이때 황현이 요의설 주창자가 된다. 다음으로 검심과 매천을 다른 사람으로 보는 경우인데, 어느 한 사람의 주장을 다른 사람이 그대로 수용했다는 말이 된다. 그러면 「국문의 기원」의 진짜 저자는 누구인가?

(다)는 1908년(隆熙二年戊申) 8월 의보(義報)와 9월 의보 사이에 실려 있다. 편년체로 기술된 『매천야록』의 편제상, 그리고 「국문의 기원」의 조금 뒤에 이강년의 처형(1908.10.23)과 허위의 사형집행(1908.9.27)이 있는 것으로 보아 1908년 8월에서 10월 사이의 글쯤으로 보인다. 시기적으로 볼 때 매천의 글이 검심의 글보다 앞선다. 그렇다면 매천과 검심의 동일인물 여부를 떠나 「국문의 기원」의 원저자는 궁극적으로 매천이 되고, 요의설의 주창자도 그가 될 수 있다. 같은 저자라면 매천이 『매천야록』에 기록한 후 『대한매일신보』에 다시 실은 것이 되어 저자에는 변함이 없다. 그러나 그 반대의 가능성은 전혀 없는가? 『매천야록』은 매천의 사후 원고 및 필사본의 형태로 전해지다가 1955년 국사편찬위원회에 의해 발간되었다. 저자 생전에 발간된 저서가 아닌 경우 아무래도 오류가 끼어들 가능성이 있게 마련이다. 이를 위해 다시 『매천야록』과 『대한매일신보』에서 서로 관련이 있는 글을 검토해 보기로 한다.

(마) 昔에 李勣이 高句麗에 入寇ᄒᆞ야 平壤城을 陷落ᄒᆞ고 高麗藏文庫를 閱하더니 喟然曰 東表小邦으로 文籍의 具備홈이 엇지 此에 至ᄒᆞ뇨 萬一 此를 留存ᄒᆞ야 句麗遺民으로 得見케 하면 愚者가 知하며 懦者가 勇ᄒᆞ야 他日 王師를 更勞홈에 至홀지라 ᄒᆞ고 卽時 火에 投하야 灰燼을 成ᄒᆞ얏다 云云ᄒᆞ더니(出紀年兒覽) 今日 狀態를 觀ᄒᆞ건대 리勣을 不待ᄒᆞ야 不過 幾年만에 國內 舊書가 絶

種에 殆至흘지라(「구서 수집의 필요」, 『대한매일신보』, 1908.6.16, 논설)

(바) 唐李勣(원문은 李勛으로 오식 : 인용자)克平壤, 閱高句麗藏文庫曰, 小國文獻, 乃如此具備乎, 留之恐開後人之知, 滋爲之邊患, 悉火(出紀年兒覽)(당나라 이적이 평양(고구려)을 이기고, 고구려장문고를 열람하고 가로되, 소국 문헌이 이에 이처럼 (잘) 갖춰졌는가. 그것을 남겨 후인들이 알게 되면 변환(邊患 : 憂患의 오식일 듯 : 인용자)이 될까 두려워 하여 모두 불태웠다)[17]

(마)는 무서명으로 『대한매일신보』 1908년 6월 14일 '논설'란에, (바)는 『매천야록』 1908년 3월에서 5월 사이에 실려 있다. 『매천야록』의 기록 순서를 인정한다면 글의 순서는 『매천야록』이 먼저이다. 우리는 이 글도 「국문의 기원」과 동일한 가정을 할 수 있다. 그것은 1) 저자의 동일성, 2) 저자의 다름(대 · 매 → 매 · 록), 3) 저자의 다름(매 · 록 → 대 · 매) 등이다. 그러면 이를 확인하기 위해 토대가 된 『기년아람』을 살펴보기로 한다.

(사) 唐李勣旣平高句麗 聚東方典籍於平壤 忌其文物不讓中朝 擧而焚之[18] (당나라 이적이 마침내 고구려를 평정하고 동방(고구려)의 전적들을 평양에다 모았는데, 그 문물이 중국에 못지 않음을 꺼려하여 모조리 불살라 버렸다).

(사)는 『기년아람』의 서문(又序)으로, 1777년에 이덕무가 쓴 것으로 되어 있다. 이 부분은 이규경의 「大東書厄辨正說」(『五洲衍文長箋散稿』)에 다시 언급될 정도로 중요하다. 그런데 이것은 위의 두 글과는 조금 거리가 있다. 만일 매천이 『기년아람』를 직접 보고 가져왔다면 (사)와 그렇게 다르지 않았을 것이다. (마) 역시 (사) 원문을 가져오면서 자신의 견해를 부가하여 연문

17 『황현전집』, 아세아문화사, 1976, 1376면.
18 이덕무, 「又序」, 이만운 · 이덕무 편, 『기년아람』, 필사본, 연대 미상.

으로 풀어서 썼다. 즉, (사)의 첫 문장과 두 번째 문장을 "平壤城을 陷落하고 高麗藏文庫를 閱하더니, 喟然 曰"이라는 문장으로 꾸며낸 것이다. 그리고 이 부분을 (바)는 "克平壤, 閱高句麗藏文庫曰"로 간단히 쓰고 있다. 그것은 (마)가 꾸며낸 '고구려장문고'를 그대로 가져온 것이다.

그렇다면 이 글들의 순서는 명확해진다. (사) →(마) →(바)의 순서이다. 그것은 결국 매천이 『대한매일신보』의 내용을 요약하여 정리하였다는 것을 말해준다. 그렇다면 『매천야록』에서 李勣에 관한 내용은 1908년 6월 이후에 실려야 되는데, 이는 잘못 들어간 것이라고 할 수밖에 없다. 그러면 여기에서 새로운 의문이 생긴다. 매천은 왜 『대한매일신보』의 내용을 거의 그대로 자신의 글 속에 가져온 것일까?

(1) 1888년 출사에 뜻을 버리고 만수동으로 내려온 후부터 매천은 중앙의 관보(官報) 등을 구독하면서 저술에 몰두했다.[19]

(2) ⑭新聞隨箚……당시에 보고 듣고 느낀 것과 新聞에 보도된 것을 모은 것[20]

매천은 저술을 위해 자료를 광범위하게 모은 것으로 보인다. 거기에 『대한매일신보』도 예외는 아니었다. 1908년 이후 『매천야록』에서 『대한매일신보』(당시에는 줄여서 『매일신보』로 칭함)를 간단히 언급한 자료를 보면 아래와 같다.

---

19 김종익, 「번역 "오하기문" 출간의 가치와 의의」, 『번역 오하기문』, 역사비평사, 1994, 4면.

20 오종일, 「매천전집 해제」, 『매천전집』 권1, 호남학연구소, 1984, 7면. 『매천전집』 간행에 참여한 오종일 교수는 "본래 본연구소에서 입수할 당시의 자료들은 여러 종류의 글들이 따로따로 여러 제목으로 묶여져 있었다. 본래대로의 내용을 소개함으로써 독자들의 편의를 제공하고자 한다. (1)楓靈合編 (2)未棄錄 (3)談楓贅墨 (4)梅泉文鈔 (5)靈濱唱酬錄 (6)圓蕉襍畫 (7)春坡弊帚 (8)待月軒稿 (9)梅泉偶存 (10)帶月軒牘 (11)五家尺牘 (12)兄書弟讀 (13)梅泉文選 (14)新聞隨箚 (15)弊帚錄 (16)集聯 (17)古詩選 (18)疑禮類輯 (19)糟魄 (20)義筆"이라고 설명하였다. 그런데 『매천전집』의 간행 당시 모인 자료 가운데 (14)항과 같이 자료적 가치가 없는 경우는 전집에서 제외했다고 한다. '신문수차'는 원자료(신문 등)를 매천의 시각에서 한역으로 이기(移記)한 것으로, 전집을 묶을 당시엔 자료(후손 보관)를 모두 복사해서 전집의 영인에 썼고, 전집에서 누락된 자료는 보관하고 있었으나 10여 년의 세월이 흐르면서 복사상태가 좋지 않아 모두 폐기했다고 한다(2004년 1월 4일 11시경 전화 통화). 이것들은 매천이 글을 쓰는 데, 자료로 활용하기 위해 베낀 것으로 보인다.

1908.1~2「매일신보 관보 수록 폐지」 4~5「매일신보사 사장 배설의 사임」 8~9「허위의 사형집행」,

1909.3~4「布哇同胞의 대일전화 항의」,

1910.5~6「매일신보의 일본인 관리 게재」,「매일신보 사장 만함의 귀국」

이를 통해 황현이 꾸준히 『대한매일신보』를 보았다는 사실을 알 수 있다. 또한 그가 『대한매일신보』의 내용들을 정리한 것으로 보이는 글들도 다수 발견된다. 아래의 것들은 황현이 『대한매일신보』의 내용을 『매천야록』에 가져온 것으로 볼 수 있다.[21]

『매천야록』			『대한매일신보』		
일시	제목	내 용	일시	제목 (란/저자)	내 용
1908. 1~2	乙支文德의 降生處	積城薛馬峙, 相傳薛仁貴馳馬處, 平壤多石山, 乙支文德降生處(450면)	1908.3. 17~19	국한문의 경중 (논설/무서명)	……積城 一小峴은 叛將軍의 竹馬故蹟을 爭道ᄒᆞ되 (積城縣에 셜馬馳라 云ᄒᆞᄂᆞᆫ 一小峴이 有ᄒᆞᆫ대 此ᄂᆞᆫ 高句麗ᄅᆞᆯ 背叛ᄒᆞ고 唐朝에 入仕ᄒᆞ던 셜仁貴의 兒時 馳馬處라 홈) 平壤 石多山(乙支文德의 産出地)은 古碑가 零落ᄒᆞ고……
1908. 2~3	日本忠奴	每日申報, 以宋秉畯, 趙重應, 申箕善目爲日本三大忠奴.(453면)	1908.4.2	일본의 삼대 충노 (논설/무서명)	第壹 忠奴 宋秉畯은…… 第二 忠奴 趙重應은……第三 忠奴 申箕善은……
1908. 8~9	高麗棄子山	高句麗時, 有棄子山, 有送其子于戰場, 而敗還者, 棄于此山,	1910.1.5	기자산 (담총/검심)	余가 往年에 一史學先生을 遇ᄒᆞ니 先生이 高句麗事를 說ᄒᆞ다가 棄子山이라ᄂᆞᆫ 語에 至ᄒᆞ야 慨然曰「棄子山은 子를 棄ᄒᆞᄂᆞᆫ 山이니 卽 高句麗人이 其子를 戰場에

21 국사편찬위원회 편, 『梅泉野錄』, 신지사, 1955. 아래 표에서 인용 구절 끝에 이 책의 면수를 기입.

		盖表其尙武之意也.(471면)			送ᄒᆞ엿다가 敗還ᄒᆞ면 此山에 棄ᄒᆞᆷ이라. 此를 睹ᄒᆞ야도 足히 當年 高句麗 全盛時代에 帶甲이 百萬에 至ᄒᆞ고 雄鎭이 六十에 達ᄒᆞ야 强國으로 東亞에 名ᄒᆞᆫ 原因을 可想이라」ᄒᆞ거늘…….
1910. 1~2	日本 古屋	日本奈良州, 有一屋宇, 已經數千年, 而尙鞏固可處, 盖我人匠師東渡, 敎民結搆時, 始刱造云. (521~522면)	1910.1.30	고인의 유광 (담총/검심)	向者 余가 日人의 著ᄒᆞᆫ 바 書를 讀ᄒᆞ니 其中에 自國이 韓人에게 受敎ᄒᆞᆫ 事를 爛說ᄒᆞ다가 有曰「只今도 奈良(日本地名)에 數千年前 韓人이 日人에게 家屋制度를 敎ᄒᆞᆯ 時에 韓人의 手로 作ᄒᆞᆫ 巨大家屋이 莊嚴히 存ᄒᆞᆫᄃᆡ 只今 韓人은 到底히 能作지 못ᄒᆞᆯ 家屋이라」ᄒᆞ엿더라. 果然 只今 韓人이 奈良에 遊ᄒᆞ야 數千年前 韓人의 遺光을 覽ᄒᆞᄂᆞᆫ 者 其惱가 如何ᄒᆞᆯᄭᆞ.

「을지문덕 강생처」는 「국한문의 경중」의 부분 발췌이며, 「일본충노」는 「일본의 삼대 충노」의 내용 요약이며, 「고려 기자산」은 「기자산」의 부분 발췌 및 정리이고, 「일본 고욱(인용자가 임의로 붙인 제목)」은 「고인의 유광」을 요약 정리한 것이다. 그런데 시기적으로 보면 「일본 충노」, 「일본 고옥」처럼 제대로 순서가 갖춰진 것도 있으나 나머지는 1달에서 1년 넘게 차이가 있다. 시기적으로 보면, 『대한매일신보』에서 『매천야록』을 보고 글을 쓴 것처럼 되어 있다. 그러나 내용상 『대한매일신보』의 내용을 『매천야록』에 가져왔다고 보는 것이 자연스럽다. '신문수차'처럼 매천은 글을 쓰기 위해 부단히 다른 사람의 글들을 가져왔다. 특히 첫 번째의 '다석산'은 그러한 심증을 더욱 강하게 해준다. '석다산'은 당시에 발간된 단재의 『을지문덕』에서 안창호의 「서」와 작품 내용 중에도 언급이 되어 있다. 『매천야록』의 '다석산'은 편찬자나 식자공의 오류로 가정할 수 있다. 그러나 매천의 원문에 그러한 잘못이 있을 가능성이 크고, 그렇다면 매천이 을지문덕의 탄생지인 '석

다산'을 잘 몰라서 베끼는 과정에서 형성된 오류로 볼 수 있다. 편찬자 역시 '석다산'에 대해 잘 몰랐던 것으로 보인다.

그러면 두 개의 「국문의 기원」은 어찌 볼 것인가. 이 역시 한 사람의 글이 아니라 『대한매일신보』와 『매천야록』의 글쓴이가 다르다고 보아야 할 것이다. 요의설은 처음 '논설'란에 실리다가 마지막에 '담총'란에 실렸는데, 당시 매천은 고향인 전라도 구례 월곡 마을에 있었다. 또한 그가 『대한매일신보』와 어떤 인연을 맺었거나, 그 지면에 글을 썼다는 것은 발견되지도 않고, 그 가능성도 희박하다. 그렇다면 앞의 글들처럼 『매천야록』의 「국문의 기원」은 『대한매일신보』의 내용을 가져온 것이 된다. 그것은 두 글의 차이에서도 확인할 수 있다. 하나는 "東洋歷ᄉ辭典에 載ᄒ엿ᄂᆞᆫᄃᆡ"라는 언급인데, 『매천야록』에는 이것이 빠져 있다. 여기에서 말하는 『동양역사사전』은 『동양역사대사전』을 의미한다.[22] 이 사실은 『매천야록』의 내용이 나중일 것이라는 사실을 보여준다. 만일 거꾸로 『대한매일신보』에서 '요의'설을 제기한 사람이 『매천야록』을 참조하고 『대한매일신보』의 글을 썼다면 "동양역사사전" 운운 하는 것이 들어가기 어렵다. 다음으로 "三國時代에 漢文輸渡"라는 부분인데, 『매천야록』에는 "則是猶百濟時漢文渡倭事也"로 옮겨지고 있다. 삼국시대에 한문이 넘어갔다는 것이나 백제시에 한문이 일본으로 건너갔다는 것은 비슷한 내용이지만 다르다. 그것은 필자의 주장이 담겨있는 부분인데, 이런 미세한 차이 속에 저자의 다름이 드러난다. 결국 매천은 자신의 시각에서 『대한매일신보』의 내용을 옮겼을 뿐이다. 그러므로 그는 『대한매일신보』 요의설의 저자는 아니다.

---

22 1909년 이전에 나온 『동양역사사전』으로 서울대도서관의 청파문고와 연세대도서관 귀중본이 있다. 전자는 大塚久이 편찬하여 郁文舍에서 1905년에 발간한 것이고, 후자는 堀田璋左右 등이 편찬하여 吉川弘文館에서 1905년도 발간한 것이다. 그러나 두 사전에는 '출운족 고대문자'에 관해서는 나오지 않았다. 그런데 저자가 말하는 것은 『동양역사대사전』(久保得二 外 編, 同文館, 1905)이며, 이 책의 고대문자 도판(권두 부록)에 출운문자가 실려 있다. 이 사전은 국내에 두 권이 발견이 되는데 중앙대학교 도서관에 2판(1906)이, 서울대학교 도서관 고문헌자료실에 3판(1909)이 있다. 1905년에 『동양역사사전』이 3권이나 나온 것은 일본의 대륙 진출과 무관하지 않은 것으로 보인다.

5) 김택영

국문 창제자 요의와 관련해 논의된 것은 역사가 오래되었다. 권덕규는 이미 1927년 5월 『한글』에서 김택영과 박은식의 요의설을 비판하였다. 김택영의 글 가운데 논란이 된 부분은 아래와 같다.

> 或曰 國文 自本邦上世已有之 高麗僧了義 傳而記之 至王演成云(혹자는 국문이 우리나라 상고 시대부터 이미 있었는데 고려 승려 요의(了義)가 전하여 기록한 것을 (세종대)왕에 이르러 부연하여 완성하였다"라고 한다.[23]

이는 창강(滄江) 김택영의 『韓史綮』에 나온 내용이다. 이 책은 1918년에 간행되었지만 그 집필 시기는 1914년으로 되어 있다. 그의 글이 나온 시기가 앞의 다른 글들에 비해 늦고, 또한 '혹자'라는 표현을 통해 자신의 주장이 아님을 분명히 하고 있다. 그러나 자신의 주장을 빗대어 표현할 수 있으므로 저서를 더욱 자세히 살펴보기로 한다.

> 그리고 나도 고국에 가서 비서승(秘書丞) 안종화(安鍾和)가 편집한 『국조인물고(國朝人物考)』를 얻어 돌아와서 참고하였으며, 또 얼마 후에는 진사(進士) 황현(黃玹)의 저술인 『매천야록(梅泉野錄)』도 구하여 참조하였다.[24]

> 불초(不肖 : 김택영)가 이미 역사를 기술하고 나니 하루는 다시 스스로 생각해보니, 이 역사 저술에 토대로 쓴 자료가 『대동기년(大東紀年)』 『국조인물고(國朝人物考)』 『매천야록(梅泉野錄)』 세 책에 지나지 않았다.[25]

---

23 김택영, 『韓史綮』, 南通翰墨林書局, 1918, 13면.

24 조남권 외역, 『김택영의 조선시대사 한사경』, 태학사, 2001, 8면.

25 위의 책, 583면.

전자는 『한사경』을 쓰던 당시(1914년) 창강이 쓴 서문이며, 후자는 무오년(1918년) 가을에 쓴 발문이다. 이를 통해 『한사경』은 『매천야록』에 많이 의지했음을 알 수 있다. 창강과 매천의 돈독한 관계는 매천이 죽은 후 창강이 매천의 자료를 중국으로 가져가 『매천집』(1911)을 발간한 데서도 확인할 수 있다. 그러므로 '혹자'는 곧 매천을 가리키는 것으로 볼 수 있다. 매천에 따르면, 창강은 을사늑약(1905) 직전 중국으로 간 후 國朝史를 위한 자료 수집차 귀국하여 수개월 머무르다 1908년 4~5월 무렵 다시 중국으로 돌아갔다.[26] 아마도 『대한매일신보』에 요의설을 주장한 사람을 '혹자'로 표기했을 가능성도 있지만, 그가 편년사(編年史)의 자료를 위해 잠시 몰래 귀국했던 만큼 신문을 구해 읽을 여유는 없었을 것으로 보인다. 그리고 그가 머물렀던 몇 개월은 많아야 한두 편의 요의설이 『대한매일신보』에 게재되었기에, 서와 발문에서 밝힌 것처럼 그는 직접 자료로 삼은 『매천야록』에 의거해 (라)를 제기했을 가능성이 크다. 그리고 옮기면서 '高僧了義'를 "고려승 요의"로 바꾸었는데, '高僧'을 '高麗僧'의 오기이거나 '고려승'을 뜻하는 말로 이해했기 때문으로 보인다. 권덕규는 이것이 "傳聽으로 오인한 痛史의 잘못을 답습한 것"[27]이라 하였다. 그러나 그것은 『진언집』이나 박은식의 『韓國痛史』를 참조한 것이 아니다. 만일 『진언집』을 참조했다면 '혹자'라는 표현이 있을 리 만무하고, 『한국통사』를 참조했다면, "신라승 요희"가 "고려승 요의"로 건너오긴 어려웠을 것이다. 게다가 박은식의 『한국통사』는 1915년 발간되었고, 김택영의 『한사경』은 1918년에 발간되었지만, 이미 1914년에 쓰인 것으로 보인다. 오히려 직접적 참조대상이었던 『매천야록』을 보고 쓴 것이 확실해 보인다.

---

26 『매천전집』, 840면 및 『황현전집』(상), 518~523면.

27 權悳奎, 「잘못 고증된 정음 창조자」, 『한글』 4, 1927.5, 8면. 이 글에서 권덕규는 김택영과 박은식만 다루고, 황현과 『대한매일신보』의 요의설 주창자는 다루지 않았다. 그런 점에서 권덕규가 이 둘의 설에 대해서는 제대로 몰랐던 것으로 보인다.

6) 박은식

박은식은 요희(窈熙)의 국문 창제를 주장하였다.

> 吾國國文 新羅僧 窈熙創之 而不得普及於世 乃至廢而不行矣[28](우리나라 국문은 신라시대 중 요희(窈熙)가 창제한 바 있으나 세상에 보급되지 못하고 이내 폐지되어 실행되지 못했다)

이는 1915년에 발간된 겸곡(謙谷) 박은식의 『한국통사』의 내용이다. 이 저서는 겸곡이 1911년 망명하기 이전부터 집필한 것으로 추정된다. 그는 1905년부터 『대한매일신보』에 주필로 활동하였으며, 1907년 11월초까지 근무했다. 그는 특히 1907년 그 신문에 많은 글을 싣고 있다. 그런데 그는 요의설의 주창자는 아닌 것으로 보인다. 그 이유로 첫째, 그는 국문 창제자를 '요의'가 아니라 '요희'라고 쓰고 있다. 그것은 "요의와 같은 소리를 다른 한자를 빌려 쓴 것"일 뿐이다.[29] 그러면 왜 그러한 주장이 나오게 되었는가? 그것은 『진언집』의 원문을 보지 못했다는 사실이며,[30] 그리고 '요의'설을 들어 알고 있었지만 정확히 알지를 못했다는 사실이다. 알고 있었다는 것은 『대한매일신보』를 통해서일 것이고, 또한 자세히 몰랐다는 것은 '요의'설의 실체가 나온 「국문의 기원」을 못 보았을 가능성이 짙다. 그리고 또 하나는 요의의 실체를 제대로 알지 못했기에 "신라승 요희"로 옮겨온 것으로 보인다. 사실 겸곡은 같은 책에서도 "世宗天縱睿知……製國文衍聲爲字曰訓民正音"이라 하여 세종의 국문 창제설을 펴고 있다. 그는 두 설 가운데 분명하지 않은 태도를

---

28 太白狂奴, 『韓國痛史』, 大同編譯局, 1915, 185면.

29 권재선, 『한글연구』 II, 우골탑, 1992, 384면.

30 권덕규는 이와 관련해 박은식이 『진언집』을 친히 참고한 것이 아니며, 다만 傳聽으로 오인한 것, 音轉한 것으로 설명하였다.

취하고 있는데, 그것은 『대한매일신보』의 요의설 영향으로 보인다. 둘째, 뒤에서 자세히 살펴보겠지만, 겸곡은 '국문연구회'에 참여했지만 '요의'설을 주장한 사람은 '국문연구회'에 소속되지 않은 사람이었다는 점이다. 그런 점에서 그가 「국문의 기원」의 저자일 가능성은 거의 없다.

3. 저자에 대한 고증

1) 논설란

국문 창제자를 요의로 밝힌 글은 앞에서 언급한 '문단'란의 「천희당시화」, 담총란의 「국문의 기원」 외에도 『대한매일신보』에는 3편의 논설이 더 있다. 당시 『대한매일신보』에 실린 국문 창제 관련 논설들을 살펴보자.

> (아) 嗟乎라 韓國의 國文은 刱造ᄒᆞᆫ지 已久ᄒᆞ건만은 尙今ᄭᆞ지 沉滯不進ᄒᆞᆷ은 可惜이 實甚ᄒᆞ도다 古者에 高僧 了義가 國文을 始製ᄒᆞ야 佛教를 傳布하얏더가 其後 本朝 世宗朝ᄭᅴ옵셔 此ᄅᆞᆯ 增損加減ᄒᆞ사 現今通行ᄒᆞᄂᆞᆫ 國文을 完成ᄒᆞ셧스니 簡而要ᄒᆞ고 奧而易解ᄒᆞ도다. 然而 數百年來로 其功效의 所及處ᄂᆞᆫ 三經四書의 諺解와 三綱錄 五倫行實 等의 解釋과 其他俚談冊子와 閨閣內 女子通信에 不過ᄒᆞ고 其他 學士大夫家ᄂᆞᆫ 漢文만 是讀習ᄒᆞ며 是尊是尙ᄒᆞᆷ으로…… 支那 崇拜主義에 祖國精神은 埋沒을 全被ᄒᆞ니 此豈 一大遺憾이 아닌가(「국문학교의 일증」, 『대한매일신보』, 1908.1.26, 논설)
>
> (자) 本朝 世宗ᄭᅴ셔 數千年 舊邦에 國문이 無ᄒᆞᆷ을 慨歎ᄒᆞ야 成三問 鄭麟趾 諸氏를 命ᄒᆞ샤 國문을 始製ᄒᆞ시니……(「국문연구에 대한 관견」, 『대한매일

신보』 1908.3.1, 논설)

(아)는 논설란에 실린 글로 요의 창제설이 가장 먼저 제시된 글이다. (자) 역시 논설란에 실린 글로 가장 일반적이었던 세종의 국문 창제설을 보여준다. 『대한매일신보』 논설에는 이처럼 국문 창제에 대한 두 가지 설이 공존하고 있다. 세종의 국문 창제설이 당시 일반론이었음은 뒤에 언급할 「국문연구회 취지서」에도 드러난다. 그에 비해 요의설은 이채롭고 특이하다. 이 글이 논설란에 발표되었다면 논설기자만 밝히면 문제는 해결된다. 그러나 문제는 그리 간단하지 않다. 왜냐하면 두 가지 국문 창제설이 존재하기 때문이다. 그리고 장도빈의 언급처럼 논설기자는 한 명이 아니었기에 섣불리 단정하기는 어렵다. 다음으로 논설기자가 과연 문단란과 담총란까지 글을 썼느냐 하는 것도 문제이다.[31] 후자의 문제를 해결하기 위해서는 논설란과 문단란, 담총란의 요의설 저자가 같은 사람이라는 것이 선결되어야 할 과제이다. 그러면 「천희당시화」, 「국문의 기원」과 함께 논설들을 살펴보기로 한다.

(차) 此雖 內國이나 高僧 了義 創造훈 以後 至今 千載에 只是 閨閤니에 存ᄒᆞ며 下等社會에 行ᄒᆞ야 不經한 諺冊과 淫蕩훈 歌詞로 人의 心德을 難ᄒᆞ얏고 彼雖 外國文이나 幾拾百年來로 학士大夫가 尊誦ᄒᆞ며 君臣上下가 一尊ᄒᆞ야……(「국한문의 경중」, 『대한매일신보』, 1908.3.17, 논설)

(카) 神聖훈 國文을 파離邊에 棄置ᄒᆞ야 高僧 了義가 此를 著作훈 以後 千餘年에 只是 勞働界 婦孺界에만 供用ᄒᆞ고 壹個 博學士가 此에 過問홈을 不肯홈으로 幾乎 廢止埋沒의 境에 達ᄒᆞ얏다가 幸者 本朝 中葉에 天縱ᄒᆞ신 世宗 聖祖가 作ᄒᆞ샤 此를 改良ᄒᆞ셧스나 其後에도 壹般 國民이 尙且 〔重野鶩輕家鷄〕의 習이 有ᄒᆞ야 冊子도 惟漢文으로 以ᄒᆞ며 書牘도 惟漢文으로 以ᄒᆞ고 國文 功

31 이와 관련해 황재문은 앞의 논문에서 "「국한문의 경중」과 「국문연구회 위원 제씨에게 권고함」이 신채호의 저작임을 증명할 수 있더라도, 「천희당시화」가 신채호의 글이 아니라면 요의의 국문 창제설이 신채호 특유의 견해라고 하기 어려울 것"(34면)이라 주장하였다.

德을 賴훈 者눈 僅 五倫行實 七經諺解 及 閨閣內 案札에 不過후더니……(「國文硏究會 委員 諸氏에게 勸告함」, 『대한매일신보』, 1908.11.14, 논설)

만일 『대한매일신보』에 요의설을 주장한 사람이 하나 이상이라면 「천희당시화」의 저자는 요의설의 주창자 가운데 하나일 뿐이고, 요의설을 통해 저자를 규명하는 일은 사실상 어렵게 된다. 그러면 이들 글을 비교해보기로 한다. 가장 일찍 발표된 (아)의 "古者에 高僧 了義가 國文을 始製후야 佛敎를 傳布하얏더가 其後 本朝世宗朝띄옵셔 此로 增損加減"은 (카)의 "高僧 了義가 此를 著作훈 以後…… 本朝 中葉에 天縱후신 世宗 聖祖가 作후샤 此로 改良"으로 연결되며, (차)의 "高僧 了義 創造훈 以後 至今 千載"는 (카)의 "高僧 了義가 此를 著作훈 以後 千餘年"으로 내용상 그대로 일치하고 있다. 이는 저자가 요의가 언제 인물인지 정확히 알지 못했다는 사실을 반증한다. 그것은 (라) 「국문의 기원」에서 제시하듯 "了義가 何時人인지 不知"하기 때문이다. 그리고 (아)의 "三經四書의 諺解와 三綱錄 五倫行實 等의 解釋과 其他俚談冊子와 閨閣內 女子通信에 不過"와 (카)의 "五倫行實 七經諺解 及 閨閣內 案札에 不過"는 일치하며, (아)의 "閨閣內 女子通信에 不過후고 其他 學士大夫家눈 漢文만 是讀習후며 是尊 是尙홈"과 (차)의 "閨閣닉에 存후며 下等社會에 行후야 不經한 諺冊과 淫蕩훈 歌詞로 人의 心德을 難후얏고 彼雖 外國文이나 幾十百年來로 학士大夫가 尊誦후며 君臣上下가 一尊"이 또한 일치한다. 그리고 (아)의 "高僧 了義가 國文을 始製후야 佛敎를 傳布"함은 (가)의 "高僧 了義가 國文을 始創후고 佛敎를 讚美"로 건너오고 있다. 이러한 구절들은 마지막 발표된 (라) 「국문의 기원」에서 "余가 일즉 셔肆에 過후더니 眞言集이란 1冊子가 有훈딕"에 오면 쉽게 정리가 된다. 여기에서 '일즉'이라는 구절은 주목을 요한다. 왜냐하면 앞의 논의들은 결국 『진언집』을 근거로 하고 있기 때문이다. 이들 구절에 일치하는 '佛敎를 傳布', '佛敎를 讚美', '佛家에셔 傳敎' 등은 『진언집』의 실체를 분명히 하고 있다. 이를 통해 「국문의 기원」의 저자 검심이 앞의 글들도 썼을 것으로 짐작할 수 있다. 다만 이 글들에서 조금씩의 표현 차이는 서로 다른 글로 표현할 수밖에 없었던 지면의 특성 탓으로 보인다.

한편 이 시기 단재의 논설이 한 편 실렸는데, 그것은 저자의 규명에 중요한 역할을 한다. 바로 「문법을 의통일」인데, 『대한매일신보』 1908년 11월 7일에 무서명으로 발표되었지만, 『기호흥학회월보』(1908.12)에 신채호의 이름으로 수록됨으로써 저자가 확실히 밝혀진 경우이다.

> (타) 韓國에 自來로 自國國文이 非無언마는 此는 壹閣置ᄒᆞ야 女子 及 勞働界에만 行用되고 上等社會에는 漢文만 尊尙ᄒᆞ야 讀習ᄒᆞ는 바도 此에 在ᄒᆞ며 著作하는 바를 此로 以하더니 居然 時代의 思潮가 壹變ᄒᆞ야 彼 佶屈聱牙ᄒᆞᆫ 漢文으로는 國民知識 均啓홈이 難홈을 大覺ᄒᆞ며 又 自國國文을 無視ᄒᆞ고 他國文만 尊尙홈이 不可홈을 不悟ᄒᆞ고 於是乎 國文을 純用코ᄌᆞ ᄒᆞ나 但 累百年 慣習ᄒᆞ던 漢文을 壹朝에 全棄홈이 時義와 時勢에 均是不合ᄒᆞᆫ지라(「문법을 의통일」, 『대한매일신보』, 1908.11.7, 논설)

이를 통해 단재가 국문문법에 지대한 관심을 가졌음을 알 수 있다. 여기에서 주목이 되는 부분은 "韓國이 自來로 自國國文이 非無언마는"이라는 구절이다. 이 글에서 요의설을 직접 확인할 수는 없지만, 옛날(自來)부터 국문이 있었다는 단재의 견해를 만나 볼 수 있다. 그리고 다음 구절에서 국문이 "女子 及 勞働界에만 行用되고 上等社會에는 漢文만 尊尙ᄒᆞ야 讀習ᄒᆞ는 바도 此에 在ᄒᆞ며 著作하는 바를 此ᄒᆞ로 以하더니"는 (차)의 국문이 "只是 閨閤니에 存ᄒᆞ며 下等社會에 行ᄒᆞ야"이나 (카)의 국문이 "只是 勞働界婦孺界에만 供用ᄒᆞ고 壹個 博學士가 此에 過問홈을 不肯홈으로…… 其後에도 壹般國民이 尙且 '重野鶩 輕家鷄'의 習이 有ᄒᆞ야 冊子도 惟漢文으로 以ᄒᆞ며 書牘도 惟漢文으로 以ᄒᆞ며"와 (아)의 국문이 "閨閤內 女子通信에 不過ᄒᆞ고 其他 學士大夫家는 漢文만 是讀習ᄒᆞ며 是尊 是尙홈" 등과 문체 내용적인 측면에서 같다. "自國國文을 無視ᄒᆞ고 他國文만 尊尙홈이 不可"

는 (차) 「국한문의 경중」에서 "內國文 故로 國文을 重히 여기라 홈이며, 外國文 故로 漢文을 輕히 여기라"는 논지와 같다. 그리고 심지어 "彼 佶屈贅牙훈 漢文"이라는 규정은 (차)에서 "漢文의 弊害라 홈은 其佶屈贅牙를 非홈도 아니며"에 그대로 드러난다. 이는 「문법을 의통일」과 요의설 관련 글은 같은 저자일 가능성을 보여준다.

2) 국문연구회

요의설을 제기한 사람은 '국문연구회'에 많은 관심을 가진 사람이다. 『대한매일신보』에는 국문연구회에 관한 기사가 많이 실려 있다. 그러면 요의설과 국문연구회와의 관련을 통해 요의설 주창자를 규명해보기로 한다.

> 由是로 國語가 無准허고 國文이 無法허니 雖欲使吾인으로 入於文政之域이나 其可得乎아 有自國之字典 然後에야 可以교 國民이요 國民을 以自國文字로 교導之然後에야 可望其自國精神을 注于其腦라 欲做此等事業인던 不得不先究國文之原流 故로 迺與同志로 發起意허야 欲糾合高明허야 組織 國文研究會허오니……(「국문연구회 취지서」, 『대한매일신보』, 1907.1.31, 잡보)

국문연구회는 국문 연구 및 국문법 제정 등을 위해 만든 모임이다. 이 모임의 취지서가 『대한매일신보』 1907년 1월 30일 31일 양일간에 실렸는데, 위의 글은 그 일부이다. 이 취지서에는 "世宗大王이 深察此理ᄒᆞ시고 始制訓民正音 二十八字ᄒᆞ야 頒行中외ᄒᆞ시니"(1907.1.30)라 하여 훈민정음의 창제자를 분명히 하고 있다. 그리고 우선 사업으로 '국문의 원류'에 대한 고찰을 내세우고 있다. 『황성신문』 1907년 2월 6일자에는 국문연구회 조직에 관한 기사가 있다. 이에 따르면 1907년 2월 1일에 국문연구회를 개최하고,

회장에 尹孝定, 총무에 池錫永, 연구원은 周時經, 朴殷植, 李能和, 柳一宣, 李鍾一, 全龍圭, 鄭雲復, 沈宜性, 梁起鐸, 劉秉珌 등을 선정하였다. 그리고 같은 해 7월 8일 학부안에 다시 국문연구소가 설립되는데, 이 역시 국문연구회로 불리었다. 위원장은 尹致旿이며, 위원은 魚允迪, 李能和, 權輔相, 李億, 尹敦求, 周時經, 玄檃, 宋綺用, 張憲植, 李鍾一, 柳苾根, 李敏應, 上村正己, 池錫永 등이다. 이것은 일종의 관립단체의 성격을 띤 것으로 보이는데, 상당수 위원이 국문연구회와 겹치고 있다.

이 단체에서 국문의 원류에 대한 고찰을 지속적으로 했던 것은 다른 기사에서도 보인다. 「국문연구회에 대한 관견」(1908.3.2)에서 "近聞ᄒᆞᆫ즉 學部에서 國문硏究會를 設ᄒᆞ고 國문을 硏究ᄒᆞᆫ다 ᄒᆞ니 何等 特異思想이 有ᄒᆞᆫ지ᄂᆞᆫ 知치 못ᄒᆞ거니와 我의 愚見으로ᄂᆞᆫ 其淵源과 來歷을 究之已甚ᄒᆞᄂᆞᆫ대 歲月만 虛費ᄒᆞᄂᆞᆫ 것이 必要치 아니하니……"라고 하여 국문연구회의 활동상을 거론하고 있다.

> (카 - 2) 吾輩ᄂᆞᆫ 諸公이 國文을 硏究ᄒᆞ야 壹部 辭書 或 字典을 著成하ᄂᆞᆫ가 ᄒᆞ엿더니 今也에 不然ᄒᆞ야 其硏究하ᄂᆞᆫ 바를 聞ᄒᆞᆫ 즉 往往 實用에 無益ᄒᆞ고 時宜에 無關ᄒᆞᆫ 事라 壹人은 國文은 新羅時 創造ᄒᆞᆫ ᄇᆡ라 하며 壹人은 國文은 高句麗時 創造ᄒᆞᆫ ᄇᆡ라 하며 壹人은 勝朝時 創造ᄒᆞᆫ ᄇᆡ라 하고 壹人은 國文音義를 龍飛御天歌로 爲主하며 壹人은 國문音義를 奎韻玉篇으로 爲主ᄒᆞ야 支離張皇에 光陰을 虛度ᄒᆞᄂᆞᆫ도다(『대한매일신보』, 1908.11.14, 논설)

이 글은 「국문연구회 위원 제씨에게 권고함」이다. 국문연구회에서 국문 창제론이 어지럽게 전개되고 있는 상황을 제시하였다. 실제로 국문연구회의 활동을 보면, 1) 국문연원, 2) 자체와 발음의 연혁……11) 철자법에 이르기까지 다양한 사항들을 연구 보고한 것으로 되어 있다. '국문연원'에는 어윤적, 이능화, 권보상, 이억, 윤돈구 등이 보고서를 제출했다. 대체로 세종의 국문 창제에 동의하는 편이나 그렇지 않은 논의들이 있었음을 볼 수 있다.

이능화의 경우 설총의 이두 창제를 국문을 창조하는 사상의 배태로 보는가 하면, 권상보는 국문의 연원을 범문(梵文)에 두기도 하였다.[32] 이러한 상황에서 요의설이 제시되었던 것이다.

이 글에서 저자는 국문연구회가 "ᄒᆡ會를 設始ᄒᆞᆫ지 長長 壹周年의 日月을 經토록 研究所得이 果然 何件인가"하며 비판하였다. 국문을 연구하고 규범을 제정하여 국문생활에 실질적인 도움을 주어야 함에도 불구하고 소모적인 논쟁에 그치고 말았다는 것이다. 그리고 결론에서 "民智發達에 有益ᄒᆞᆫ 辭書 或 字典의 編撰"에 종사할 것을 제안하고 있다. 그것은 국문연구회에 참여하지 않은 누군가가 국문 연원에 대한 자기 주장을 밝히면서 국문연구회가 소모적인 논쟁을 접고 보다 실질적인 사업을 수행하기를 권고한 것이다. 여기에서 저자는 국문연구회 위원들을 '諸公'으로 표현하고, 자신들을 '吾輩'라고 표현하였다. 논설에서 우리들이라는 것은 결국 신문사를 대변한다. 그리고 요의설을 제기한 또 다른 글 「국한문의 경중」에서는 자신을 '記者'로 표현하였다.

(차 – 2) 記者ㅣ 雙眉를 一蹙하고 仰天大喟 曰(1908.3.17)

(차 – 3) 大抵 記者의 論ᄒᆞᆫ 바 漢문의 弊害라 ᄒᆞᆷ은(1908.3.17)

논설에서 저자는 '오배' 또는 '기자'라는 표현으로 자신의 위치를 분명히 하였다. 저자는 신문사를 대표하는 기자, 곧 논설기자이다. 당시 단재가 쓴 다른 논설에서는 이 두 가지가 모두 표현되어 있다.

(타 – 2) 乃者 如此不規則 無條理의 문으로 教科를 編하야 國人子弟를 教授ᄒᆞ며 書籍을 著ᄒᆞ야 有志同胞에게 供覽ᄒᆞ니 是가 奚可며 是가 奚可리오 故로 記者ᄂᆞᆫ 此「문法統壹」四字를 擧ᄒᆞ야 各學教의 문學科를 設ᄒᆞᄂᆞᆫ 諸君子에게

32 김윤경, 『조선문자급어학사』, 선일인쇄소, 1938, 269~277면.

深祝ᄒᆞᄂᆞᆫ 바로라

然이나 此가 奚獨學校에 祝ᄒᆞᆯ 비리오 卽 吾輩報館記者도 共勉ᄒᆞᆯ 비라 ᄒᆞ노라(1908.11.7)

이것은 「국문연구회 위원 제씨에게 권고함」보다 한 주일 앞서 발표된 「문법을 의통일」이다. 단재는 당시 글이 부조리 불규칙하기 때문에 문법의 통일을 강조했다. 그는 이 논설에서 '기자'와 '오배'라는 표현을 동시에 썼다. 그것은 결국 (차)의 諸公(국문연구회 위원 지칭)이나 (타)의 諸君子(文學科 설립자를 지칭)와는 다른 부류의 사람이다. 「국문연구회……」와 「국한문의 경중」의 저자를 알려주는 오배와 기자라는 표현을 통해서 단재에 한 걸음 다가설 수 있다. 게다가 두 글의 사이에 발표된 「문법을 의통일」에서 단재는 '오배 보관 기자', 즉 '우리 신문사 기자'라고 쓰고 있어서 저자의 위치와 신분을 보다 분명히 해준다.

논설에서 기자라는 단어는 직책을 말해준다. 논설란은 대부분 신문사 주필이 글을 쓰던 곳이다. 외부의 사람이 기고한 글은 별보나 기서로 처리하고, 설혹 논설란에 싣더라도 저자명, 또는 필명을 밝히는 것이 상례였다. 요의설을 제기한 처음 세 편의 글이 논설란에 실렸다. 이것은 결국 신문사에서 논설을 담당하는 주필이 썼다는 것을 반증한다. 이 세 논설이 발표된 시기는 1908년이다. 1908년 1월 18일 통감부에서 작성한 「각회사 조사」에 따르면, 신채호는 대한매일신보사의 주필로, 그리고 1908년 5월 27일 통감부 문서의 「대한매일신보사의 현황」에 따르면 신채호는 국한문판 논설 담당으로 되어 있다.[33] 그리고 그 외에도 당시 논설의 필자로 추정되는 사람은 박은식, 장도빈 등이다. 박은식은 1907년 11월초 『대한매일신보』를 떠난다. 그가 요희설을 내세웠다는 점, 그리고 '국문연구회' 위원이었다는 점 때문에 요의설의 논설 저자에서 멀어질 수밖에 없다. 그리고 장도빈의 글이

33 이광린, 앞의 글, 28면 및 『우강양기탁전집』 제1권, 동방미디어, 2002, 278면.

아님은 앞에서 밝힌 바와 같다. 결국 단재가 유력한 저자로 남는다.

3) 진언집

요의설 주창자가 국문 창제 요의설을 제기한 까닭은 무엇인가. 요의설은 당시로서도 일반적인 견해라고 보기 어렵다. 요의설의 제기 내력은 「국문의 기원」에서 보다 확연해진다. 그것은 무엇보다도 책방에서 본 『진언집』으로 말미암는다. 그러면 요의설의 근거를 살펴보자.

> 高低淸濁 昔高僧了義 始撰三十六字母 而玉篇字彙諸書 皆效字母音釋反切 四聲淸濁 無不詳盡 至洪武改正韻 減字母爲三十一母 至於我國朝 依字母製述諺文以國語 譯解諸經 高低四聲 以點多小有無分之 淸濁全次 諺字單複邊辨之[34] 고저청탁 옛날 고승 요의가 처음 36자모를 만들었으며, 그래서 옥편 자전 제서는 자모 음석 반절을 본받아서 사성청탁은 상세하지 않음이 없다. 홍무(1375년)에 이르러 정운을 고쳐 자모를 빼어서 31모음이 되었다. 우리나라 조정에 이르러 자모에 의거하여 언문을 제작하고 국어로써 모든 경전을 역해하였다. 고저사성은 점의 많고 적음, 있고 없음으로 그것을 나누었으며, 청탁전차는 언문 글자 단복변으로 그것을 분별했다.

고저청탁에 관한 이 글은 『진언집』의 '범례'에 들어 있다. 여기에서 「국문의 기원」의 저자 검심이 주목한 것은 바로 "옛날 고승 요의…… 자모에 의거해 언문을 만들었다"는 구절이다. 그것은 "眞言集 卷首에 訓民正音 곳俗所謂 諺本字母를 揭하고 그다음에 洪武正韻 字母를 圖示할새 亦是 字

34 『眞言集』, 楊洲道峯山望月寺藏板, 서울대 규장각 귀중본, 13면.

母의 音을 正音으로 例示한 後 字母解說을 붙일새 三十六字母를 了義가 始撰하얏다는 것을 눈결에 보아"[35] 내린 결론이다. 만일 검심이 了義가 "支那 北魏 때 사람"이라는 것만 알아도 위의 주장은 나오지 않았을 것이다. 검심이 요의를 제대로 몰랐다는 것은 "了義가 何時人인지 不知"라는 구절에서 알 수 있다. 그렇기에 "此(국문)를 著作훈 以後 千餘年"이라는 구절이 제시되었다. 그것은 또한 "余가 일즉 셔肆에 過훗더니 眞言集이란 1冊子가 有훈디 此를 閱훈즉"이라는 구절에서 원인을 찾을 수 있다. 검심이 책방에서 『진언집』을 열람했기에 책의 내용을 충분히 검토하지 못했을 가능성이 있다. 충분히 검토할 형편이 못 되었음을 말해준다. 그런데 국문에 관한 논쟁이 일어나고, 또한 국문연구회에서도 국문의 연원 논쟁이 벌어져서 자신의 견해를 피력한 것으로 보인다.

권덕규는 이러한 주장에 대해 "이것을 큰 박람이나 한 듯이 또는 무슨 발견이나 한 듯이 남을 대하면 이야기하고", "자국 고대에 고유한 국문이 없음을 부끄리는 생각으로, 또는 국문의 기원이 오래지 아니한 것을 거리끼는 생각으로", 또는 "편협한 애국심, 기괴한 호기심"에서 비롯된 것으로 설명했다. 요의설이 겸곡에 이르러 '신라승 요희'로, 그리고 창강에 의해 '고려승 요의'로 건너간 것으로 인해 그런 비난을 받을 만한 소지가 다분히 있다. 검심의 오류는 요의라는 사람의 실체를 제대로 몰랐고, 또한 사료를 충분히 검토하지 못한 데서 빚어진 것이다. 그래서 권덕규의 말처럼 『진언집』을 제대로 살피지 못했다는 비판을 면하기는 어렵다. 그러나 연구자는 그러한 주장의 이면에 주목하고자 한다.

『진언집』, 『동양역사사전』이라는 출처를 분명히 밝힌 「국문의 기원」은 주석적, 논증적 글쓰기의 예를 잘 보여준다. 동일한 요의설을 제기한 매천이나 겸곡, 창강의 글에서 그런 부분은 찾기 어렵다. 또한 그러한 주석적인 글쓰기가 「천희당시화」, 「국한문의 경중」에서도 잘 드러난다. 이러한 주석

35 권덕규, 앞의 글, 8면.

적이고, 고증학적인 글쓰기는 저자의 박람강기한 특성을 잘 보여준다. 당시 저자 가운데 박람강기한 모습을 잘 보여주는 사람이 단재이다. 「이순신전」이나 『을지문덕』은 단재의 박람강기한 글쓰기를 엿볼 수 있다. 그리고 『을지문덕』에 제시된 "乙支文德은 平壤 石多山人"[36]이라는 구절이 「국한문의 경중」에 다시 제시된 것은 우연의 일치로만 보기 어렵다. 그것은 『동국명장전』을 근거로 해서 쓴 것이다. 단재는 책벌레로 신문사의 일을 마치면 종로의 고서점 거리를 순례했다고 한다. 그래서 고전이나 당대의 저서들을 두루 읽고 있었다. 그의 해박한 지식은 바로 그러한 수많은 책들과 관련이 있다. 당시 『진언집』은 희귀한 책의 하나였다. 그것은 한학자들인 매천이나 창강, 겸곡도 제대로 보지 못했다는 사실을 통해서도 확인할 수 있다. 그리고 『동양역사대사전』도 국내에서는 결코 흔치 않은 서적이었다. 단재는 자신이 본 책들을 토대로 하여 무수한 글들을 썼는데, 그로 인해 철저한 고증과 주석을 통한 글쓰기가 자리를 잡게 된다. 그러한 것은 이미 당대에도 회자되었던 내용이 아닌가.

> 如喪考妣字ᄂᆞᆫ 古今 文人史家가 賢相의 喪에도 用ᄒᆞ며 哲人의 喪에도 用ᄒᆞ며 名將의 喪에도 用ᄒᆞ며 循吏의 喪에도 用ᄒᆞ얏스니 〔不可枚擧요 爲先 其壹貳를 擧컨ᄃᆡ 後漢書 段경傳에 聞경卒皆哀慟如考妣와 飮氷集 加富爾傳에 伊太利 獨立 大政治家 伯爵 加富爾卒 上自王 下至士大夫 如喪考妣가 是라〕(「惜乎라 禹龍澤氏의 國民大韓 兩魔報의 鷹犬됨이여」, 『대한매일신보』, 1909.6.27. 논설)

이 글은 무서명으로 발표되었지만, 서세충에 의해 단재의 글로 밝혀졌다. 『대한매일신보』의 사장 베델의 죽음을 두고 『대한매일신보』에서 '여상고비'라는 말을 쓰자 그것이 聖君堯帝가 돌아간 때 쓰던 문자라 하여 일반 독

36 『개정판 단재신채호전집』 중, 형설출판사, 1977, 64면. 이하 이 책의 인용은 인용구절 뒤 괄호 속에 『전집』 상, 또는 중, 하와 면수만 기입.

자층에서 질문과 비난이 계속되고, 더군다나 다른 신문사에서도 들고 일어나서 난리가 났다. 그 어려운 때를 당하여 단재는 위의 변해문을 실었다. 그는 '여상고비'를 변해하기 위해 『후한서』나 『음빙집』을 근거로 삼았다. 이처럼 그는 실증적이고 고증학적인 태도로 자신의 주장을 폈다. 그의 장한 고증학적 필봉은 일반 독자의 회의를 永解게 하였던 것이다.[37] 요의설 관련 글들도 고증학적이고, 주석을 통한 실증주의적 글쓰기를 보여준다는 점에서 단재의 다른 글들과 궤를 같이 하고 있다.

4) 출운족 고대문자

「국문의 기원」에서 우리는 또 다른 중요한 사실 하나를 발견하게 된다. 그것은 『동양역사대사전』에 실린 '출운족의 고대문자'이다. 일본에서는 1811~9년에 히라다 아츠다네[平田篤胤]가 『古事徵開題記』라는 책을 발간하여 신대문자설을 퍼뜨렸다. 그리고 그 후 오치아이 나오즈미[落合直澄]는 『日本古代文字考』(1888)를 써서 신대문자설의 보급에 앞장섰다. 그들은 심지어 조선의 세종대왕이 일본의 신대문자를 토대로 훈민정음을 만들었다는 설을 제기했다. 그것은 일본문화의 우위성과 우월감을 과시하려는 국수주의적 사고에서 비롯되었다.[38] '국문연구회'에서 국문의 원류가 중요한 논쟁거리로 떠오른 것도 당시 일본 학계의 이러한 동향과 무관하지 않은 것으로 보인다. 그러한 사실은 김윤경의 『조선문학급어학사』에서도 확인할 수 있다.

37 서세충, 「단재의 천재와 凝滯 없는 성격」, 『신동아』, 1936.4, 102~103면.
38 이에 대해서는 김문길의 『일본고대문자연구』(형설출판사, 1992)를 참조.

日本에서는 이제로부터 二三百年 前에 神道家와 國學者中 特別한 愛國心을 가진 몇 사람이 自國의 古代의 文字가 없었던 것을 부끄럽게 여기어, 서로 密計하고 朝鮮文字를 模倣한 字體를 돌에 새기어 그것을 山中에 묻어둔 뒤에 일부러 다른 사람들과 함께 그리로 놀러 갔다가, 그들은 意外의 發見을 한 듯이 그것을 파내었읍니다. 그리하여, 그것은 神代文字라고 主唱하였읍니다. 그뿐 아니라, 主客顚倒로 朝鮮의 訓民正音 文字는 그 神代文字가 朝鮮에 傳한 것이라고까지 主張하였읍니다.[39]

『동양역사대사전』에는 동양 각국 문자의 도판이 실려 있는데, 일본 문자는 日本擬文字 '天名地鎭'과 日本擬文字 '出雲文字'가 소개되어 있다. 이것은 오치아이 나오즈미의 『일본고대문자고』를 거의 그대로 가져온 것이다.[40] 그리고 「국문의 기원」에 제시된 '마메아오' 등을 포함한 47자의 문자는 '出雲文字'가 아니라 '天名地鎭'이다. 『동양역사대사전』의 편자는 "천명지진 또한 출운문자와 마찬가지로 우리(일본 : 인용자)의 상대(上代)에 고유 문자가 존재했다고 보는 논자들이 끌어다가 증거로 삼"는 것인데, "그렇지만 대부분은 후대 사람의 假作으로, 오해로 인해 그렇게 문자가 된 것으로 지금은 참고를 위해 실어둔다"고 밝혔다. 편자가 '日本擬文字'라고 한 것은 대부분 假作이어서 일본문자로 인정하기 어려웠던 까닭으로 풀이된다. 그러나 그것을 사전에 수록함으로 인해 그 존재를 인정하는 꼴이 되고 말았다. 이 문자들은 한편으로 국문 창제의 위대성과 순수성을 부정하는 기제로 자리하게 된다.

「국문의 기원」의 저자는 그러한 상황에서 요의설을 제기하였다. 그는 "是가 三國時代에 漢文 輸渡홈ㅅ치 此文字도 卽 我國으로부터 移去홈이

---

39 김윤경, 앞의 책, 224면.

40 落合直澄, 『日本古代文字考』, 동경 : 吉川半七, 1888. 이 저서에 阿比留字는 19면에, 出雲字는 23~24면에 각각 실려 있는데, 『동양역사대사전』의 편자는 전자를 天名地鎭으로, 후자를 出雲文字로 소개하였다.

아닌가 然則 我 國文은 盖 檀君時代에 已有亨 者인저"라 주장하였다. 곧 일본의 출운문자를 통해서 거꾸로 국문의 창제 시기를 도출해낸 것이다. 그리하여 국문의 신대문자 기원설을 부정하고, 국문의 일본 전파를 합리화하려 했던 것이다. 그는 국문이 우리의 역사의 시작이라 할 단군 시대에 이미 있었으며, 일본으로 전해졌다는 사실을 통해 민족의 자긍심과 주체의식을 드러내려 하였다. 물론 그것은 사실 "了義가 何時人인지 不知"하였기 때문이다. 그래서 사료의 오독으로 인해 발생된 '편협한 애국심'으로 비판받을 수 있다. 그러나 궁극적으로 겸곡의 신라승 요희설도, 창강의 고려승 요의설도 일본의 조작된 신대문자론에 맞서 국문의 고유성을 지키려는 주체적 역사의식에 기인한다. 요의설 주창자는 요의설을 통해 우리 국문이 일본으로 이거했음을 강조했다. 그것은 바로 일본 신대문자 논자들의 주장을 뒤집는 것이다.

> 今人이 薛聰이 吏讀文을 지엇다 하나 이는 完全한 妄說이라. 楊洲 北韓山上에 선 眞興大王 巡狩碑에 吏讀文으로 쓴 글월이 잇스니 眞興大王은 薛聰보다 百餘年 以前의 사람인즉 吏讀文이 薛聰에서 비롯하지 안함을 可證할지라⋯⋯ 吏讀文은 後世에 胥吏들이 씀으로 稱한 者니 新羅에서는 鄕書라 하고 百濟에서는 或 假名이라 稱하얏던 듯하도다 日人이 或(本年 北京大學에서 講演한 今西龍 갓흔 者) 「漢子에서 假借하야 지은 日本의 假名이 元來 女眞으로부터 朝鮮에 渡하고 朝鮮으로부터 日本에 渡하얏다」하나 「朝鮮으로부터 日本에 渡」함은 確實하거니와 「女眞으로부터 朝鮮에 渡」하얏다 함은 그 祖孫을 倒換하는 者라[41]

단재는 「조선 고래의 문자와 시가의 변천」에서 국문의 일본 전파설을 제기했다. 그것은 우리 이두문(吏讀文)이 일본문자(假名)로 이거했다는 설이다. 그는 설총의 이두 창제설을 진흥대왕순수비를 근거로 부정했다. 이 글에 이

41 신채호, 「조선 고래의 문자와 시가의 변천」, 『동아일보』, 1924.1.1.

르러 단재는 우리 문자의 변천을 이두—구결—언문 3시기로 나누었는데, 특히 「처용가」의 해석에 이르러 역사가로서 탁월한 문자 해독력을 보여준다. 그것은 언어에 대한 연구가 치밀하고 정교해졌음을 말해준다. 그는 이 글에서 조선의 글(鄕書, 假名)이 일본으로 건너갔다는 주장을 그대로 견지하고 있다. 그것은 역사의 연구로부터 보다 분명해진 것이다. 국문 창제 요의설은 국문의 신대문자 기원설을 부정할 수 있는 주체적 논리이기는 했지만 실증성과 구체성이 결여된 주장이었다. 그래서 平田篤胤과 落合直澄처럼 지나친 국수주의적 논리로 종결될 뻔했다. 그러나 단재는 향찰이나 이두에 대한 실증적 연구를 통해 이전의 불합리를 극복하고, 실질적이고 구체적인 결론에 다가섰다. 거기에는 실증적이고, 주체적인 민족주의적 역사가의 논리가 숨어 있다.

5) 주체적 민족의식

「국문기원설」이나 「국한문의 경중」에 나타난 주체적 민족의식은 「천희당시화」에도 잘 나타난다.

(가－2) 五百年來 文學家 案上에 但只 漢詩만 堆積ᄒᆞ야 馬上寒食途中暮春이 童孺의 初等小學이 되며 洛城一別胡騎長驅가 學塾의 專門教科가 되고 國詩에 至ᄒᆞ야는 笆籬邊에 閑棄ᄒᆞᆫ지 幾百年이니 嗚乎라 此亦國粹衰落의 一原因인져……其後에 許多 詩學士가 輩出ᄒᆞ엿스나 皆 李杜韓蘇의 唾餘를 拾ᄒᆞ야 戰事를 悲觀ᄒᆞ고 苟安을 謳歌ᄒᆞ야 事大主義만 鼓吹ᄒᆞᆯ 뿐이오 能히 眼光을 大放ᄒᆞ야 東國尙武的 精神을 發揮ᄒᆞᆫ 者ㅣ 無ᄒᆞ니 嗚呼라 外語 外文의 國魂을 移奪ᄒᆞᆯ 魔力이 果然 如此ᄒᆞᆫ지 余가 勝朝 及 本朝 千餘年間 漢詩家 人物을 歷數ᄒᆞ믹 欷歔를 不堪ᄒᆞᄂᆞᆫ ᄇᆡ로라(1909.11.11~13)

저자는 국시를 저버리고 한시만을 추구하여 사대주의가 형성되었음을 강하게 비판하고 있다. 이러한 논리는 요의설이 처음 발표된 (아) 「국문학교의 일증」에서도 "支那崇拜主義에 祖國精神은 埋沒"이라 기술되었다. 그리고 (카) 「국문연구회……」에서는 "神聖훈 國文을 파離邊에 棄置"했다고 하였는데, 이 글에서는 "國詩에 至호야는 笆籬邊에 閑棄"하였다고 하였다. 그것은 결국 단재의 (타) 「문법을 의통일」에서 "自國國文을 無視호고 他國文만 尊尙홈"과 같은 논리이다. 이처럼 요의설 관련 글들에는 주체적 역사의식과 민족의식이 흐르고 있는데, 그것은 당시 단재의 의식과 맞아 떨어진다.

> 幾百年 迂儒의 手로 抽筆亂題曰 武功이 不如文治라 호며 幾十朝 庸臣의 舌로 張口妄呼曰 仁者는 以小事大라 호야 政策은 委靡退縮을 是主호며 民氣는 摧折壓伏을 是務호고 往事는 剛毅不屈을 是諱호며 古人은 腐儒鯫生을 是崇호야 一般 可耻可笑의 等事와 支離無關의 等說로 我韓 四千載 神聖歷史를 汚衊호고 偉大 英雄은 埋沒에 一任훈 故로[42]

단재의 주체적 민족의식은 1908년 5월에 나온 『을지문덕』에서 잘 드러난다. 위의 내용은 오활한 선비가 문치만 강조하고 용렬한 신하가 사대주의를 조장하여 우리 역사를 망쳤다는 것이다. 이러한 역사의식은 「독사신론」, 「이순신전」 등을 관통하고 있다. 한편, 「국문학교의 일증」이나 「국한문의 경중」에서 저자는 학사대부, 또는 한국인이 한문만 숭상하여 중국 역사는 잘 알지만 우리의 역사에 대해 문외한의 상태에 빠졌음을 강하게 비판하고 있다. 「천희당시화」를 비롯하여 요의설 관련 글들에는 민족적 주체의식이 강하게 흐르고 있다. 이러한 글들은 결국 사대주의를 비판하고 민족 주체의식을 강조하는 단재의 역사의식을 그대로 보여주는 것들이다.

42 신채호, 『을지문덕』, 휘문관, 1908, 2~3면.

6) 기타

이제 마지막으로 국문 창제 요의설과 세종설의 사이에 게재한 거리를 살펴보기로 한다. 앞의 요의설 관련 5편의 글은 일관되지만, 단재의 이후 글들과 상당한 차이가 게재하고 있음을 볼 수 있다.

(가) 高僧 了義가 國文을 始創ᄒᆞ고(1909.11.12)

(나) 諺文은 李朝 世宗大王의 著作으로(『동아일보』, 1924.1.1)

(타) 韓國이 自來로 自國國文이 非無언마는(1908.11.7)

(파) 朝鮮 上古에 朝鮮 글이 있었다는 사람이 있으나, 그러나 이는 아무 證據가 없는 말이니 最初에 漢字를 썼을 것은 사실이다.(『전집』 상, 84면)

(가)는 『대한매일신보』에 여러 차례 걸쳐 제기된 주장이며, (타)와 비슷한 시기 논설이다. (나)는 1920년대 「조선 고래의 문자와 시가의 변천」에서 제기된 주장이며, (파)는 1930년대 「조선상고사」에 제기된 주장이다. (가)와 (타), 그리고 (나)와 (파)는 유사한 입장을 보여주지만, (가)와 (나), 그리고 (타)와 (파)는 서로 상반된 논지를 보여주고 있다. (나)와 (파)는 단재의 국문 요의설을 무력화시키는 논거이다. 그런데 이러한 논리적 자기 모순은 「국한문의 경중」에서도 나타난다.

(차) 高僧 了義 創造ᄒᆞᆫ 以後 至今 千載에(1908.3.17)

(차－4) 嗚呼라 此其原因을 推究ᄒᆞ면 韓國의 國文이 晩出홈으로 其勢力을 漢文에 被奪ᄒᆞ야 一般학士들이 漢文으로 國文을 代ᄒᆞ며 漢史로 國史를 代ᄒᆞ야 國家思想을 剝滅ᄒᆞᆫ 所以라(1908.3.19)

전자에서는 국문이 이미 천여 년 전에 만들어졌다고 하였지만, 후자에서는 국문이 늦게 나왔다고 하여 같은 글에 서로 모순되는 주장이 나온다. 그렇지만 이 한 편의 글을 한 사람이 쓰지 않았다고 한다면 그것은 어불성설이다. 저자는 국문 창제에 대한 주장과 현실 사이의 거리를 노정한 것이다. (차 -4)의 논리는 「조선상고사」에 이르러 "國文이 나기도 늦게 났지마는, 나온 뒤에도 漢文 著述의 歷史만 있음"(『전집』 상, 45~46면)으로 그대로 나타나고 있다. 단재의 요의설의 이면에는 국문의 일본 고대문자 형성설이 숨어있지만, 결국 구체적인 증거의 부족으로 말미암아 심정적 주장에 그치고 만다. 설총의 이두 창제설은 진흥왕의 순수비를 통해 쉽게 극복이 되었지만, 세종대왕 이전의 국문에 대한 자료는 쉽게 발견되지 않았던 것이다.

그런데 그러한 괴리는 세 가지 측면에서 극복이 된다. 먼저 국어학계에서 국문 연구가 상당히 진척되었다. 그는 특히 주시경의 연구에 주목하여, 「꿈하늘」(1916)에서 "國文에 힘쓰신 世宗大王, 薛聰, 周時經"(『전집』 하, 214면)이라 하였다. 그가 주시경을 언급한 까닭은 "원류를 고찰해서 국어의 음과 의미를 찾아내어 조금이나마 두서가 있고, 이치에 닿는 것은 오직 『국어음학』이라는 1권의 책뿐(而考校原流 尋繹音義 俾稍有頭緖可理者 獨周時經國語音學一書也)"[43]이었기 때문이다. 여기에서 『국어음학』이란 1908년 11월에 박문서관에서 발행된 『국어문전음학』을 가리키는 것이다. 이 저서에서 주시경은 세종의 국문친제설뿐만 아니라 『진언집』의 음운체계(국문과 한문의 사성체계)에 대해서도 기술하고 있다. 그는 『진언집』의 '범례'를 보았지만, 다만 그것을 음운체계로 이해했고, 그렇기에 세종이 국문을 친히 제작했다는 주장(세종친제설)을 내세운 것이다. 그는 국어학자로서 투철한 안목과 뛰어난 식견을 갖고 있었기에 『진언집』의 요체를 제대로 파악했던 것이다. 이를 통해 신채호도 국문 창제 요의설의 허구성을 충분히 인식했을 것으로 보인

43 志神, 「고고편」, 『천고』, 천고사, 1921.1. 신채호는 『천고』에 여러 호로 글을 쓰고 있는데, '지신'(『천고』 2호부터 神志로 바뀜)은 고조선시대 시가와 역사를 적은 神誌(『神誌秘詞』)의 이름과 음은 같게 하여 지은 것으로 보인다. 「고고편」은 『천고』 3권까지 실렸으며, 「고고편1」의 내용은 「조선상고사」, 「조선상고문화사」 등에 다시 나타난다. 이하 이 책의 인용은 인용구절 뒤 괄호 속에 『천고』와 면수만 기입.

다. 그래서 단재는 「論日本之有罪惡而無功德」에서 "세종이 국문을 제작했다(世宗之國文制作)"(『천고』, 21면)라고 주장했다.[44] 이후 권덕규에 의해 문제의 인물 요의는 호승(胡僧)으로 북위(北魏) 때 사람(『한글』 4, 1927.5, 8면)으로 밝혀지게 된다. 두 번째로 단재는 국사 연구를 위해 향찰, 이두, 한문 등을 폭넓게 연구했다.[45] 그리하여 국문이 어떻게 변천되어 왔는지를 역사적 사료를 통해서 명징하게 제시할 수 있었던 것이다. 그의 학문적인 완성도는 이전의 주장을 바꿀 만큼 획기적인 것이었다. 마지막으로 일본 학자 伴信友(『假字本末附錄神代字辨』, 1850), 金澤庄三郎(『日本文法論』, 1903), 小倉進平(『國語及び朝鮮語のため』, 1920)에 의해서도 국문의 신대문자 기원설은 충분히 부정되었다. 이들은 일본에 신대문자는 없었다고 지적했다. 그리하여 권덕규는 1927년에 "요사이 일본학자들도 假名이 朝鮮으로부터 日本에 건너갔다는 것을 是認"[46]하였다고 지적했다. 단재 역시 앞의 글(1921)에서 "가명(즉 일문)은 일본이 창작한 바라 스스로 말하지만, 이는 실지로 고구려 신라의 이두문을 모방하여 그렇게 된 것"(自言 假名(卽 日文)爲其所自創 然是實依倣高句麗新羅之吏讀文 而爲之者也 : 『천고』 1호, 18~19면)이라고 주장했다.

(나 – 2) 엇던 이들은 수두(蘇塗) 時代에 우리 글이 잇섯다 하나 이는 아즉 一種의 疑問뿐이오 아모 證據가 업스니 그 有無를 臆斷할 수 업거니와(『동아일보』, 1924.1.1)

단재는 이 글에서 국문 창제 세종설을 외친 구체적인 이유 내지 상황을 밝

44 이 글은 鐵椎란 호로 단재가 主幹으로 발행한 『천고』에 실렸는데, '담총'란이나 「꿈하늘」과 문체 사상 내용상 일치하고 있어 신채호의 작품으로 볼 수 있다. 아마도 「一目大王의 鐵椎」에서 사용한 '鐵椎'를 자신의 호로 사용한 것으로 보인다.

45 그러한 결과로 나온 것이 「조선 고래의 문자와 시가의 변천」(동아일보, 1924), 「고사상 이두문 명사 해석법」(동아일보, 1924), 「『三國志』 東夷列傳 校正」(동아일보, 1925), 「『삼국사기』 중 東西兩字 相換考證」(동아일보, 1925) 등등이다.

46 권덕규, 「正音 이전 조선 글의」, 『한글』 1-1, 1927.2, 49면.

히고 있다. 수두 시대, 즉 우리의 상고시대에 국문이 있었다고 하는 것은 의문이요, 증거가 없어 억단할 수 없다는 입장이다. 그것은 "조선은 고구려사 신라사 중의 인명 지명 및 삼국유사의 시가를 상고해보면 다 한자의 음을 빌어와 본국의 언어로 기술한 것으로 이른바 이두문이 이것"(朝鮮考高句麗史新羅史中之人名地名及三國遺事之詩歌 皆假借漢字之音 記述本國之言 所謂吏讀文是也 : 『천고』 1호, 19면)이라는 사실을 확인했기 때문이다. 그래서 1930년대 「조선상고사」에 이르러서는 "아무 證據가 없는 말이니 最初에 漢字를 썼을 것은 사실"이라고 단정하고 있다. 결국 자신의 초기 결론은 이후 변화를 겪은 것이다.[47]

그래서 그는 어떤 형태로든 변명이 필요했다. 그는 (나) 「조선 고래의 문자와 시가의 변천」에서 국문은 "本編의 範圍가 아니므로 이는 後日에 讓하고 이제 吏讀와 口訣을 論"한다고 썼다. 언문(국문)에 대한 논의를 '후일에 양'하겠다고 한 것은 이전의 논란을 피하고자 하는 조치로 풀이된다. 이미 구체적으로 결론이 나온 사안에 대해 굳이 과거 주장을 되뇌일 필요가 없었을 것이다. 그리고 마지막 '부언'에서 "初意는 「世宗大王의 지은 諺文의 吏讀文에 對한 關係」와 「李朝 五百年來 時調雜歌 等의 變遷하여 온 源流」를 詳論하랴 하얏더니 (1)은 客橐中에 近世史에 關한 參考書類가 不足하며 (2)는 著者가 寒을 畏함이 甚하야 近日에 筆을 操하기 困難하야 다 如意하게 쓰지 못함으로 後半은 너무 草草하니 讀者의 雅恕함을 바라노라"고 언급하였다. 그는 언문과 이두문의 관계를 쓰고 싶었지만 자료의 부족, 추위로 여의치 않았다고 하며, 아울러 글 후반부의 '초초'함에 대해 독자에 용서를 구했다. 결국 단재는 1920년대에 이르러 초창기의 국문 요의 창제설을 완전히 접고, 세종의 창제설로 대체하기에 이른다.

47 그의 글에서 또 하나 변화를 겪게 되는 것으로 「단심가」의 저자가 있다. 그는 「천희당시화」에서 "崔都統 鄭圃隱의 丹心歌"로 지적했고, 또한 「조선 고래의 문자와 시가의 변천」에서도 포은의 「단심가」를 거론했지만, 「조선상고사」에서는 "「丹心歌」는 由來로 鄭圃隱의 作이라 하나, 右의 記述한 바로 보면, 대개 古人의 所作 곧 韓株의 作을 鄭圃隱이 唱하여 李朝 太宗의 唱을 答한 것이요, 圃隱의 自作이 아닌가 하노라"(『전집』 상, 236면)이라 하였다. 이는 비록 한 예이지만 신채호가 자신의 주장을 바꾸고 있음을 확인할 수 있다.

4. 마무리

단재는 『대한매일신보』 기자로 있으면서 논설 등에 국문 창제 요의설을 제기하였다. 그것은 처음 세 편의 요의설이 논설란에 실려 있다는 점을 통해 추측할 수 있다. 당시 논설은 무서명으로 발표되었는데, 이런 경우 그 글은 주필의 몫이었다. 그리고 「천희당시화」는 '문단'란에 발표되었는데, 『대한매일신보』 전체를 통해서 문단란에는 두 편의 글이 실렸다. 그 하나는 「讀史新論」(1908.8.27~12.13)이요, 다른 하나가 「천희당시화」이다. 전자는 壹片丹生이라는 호로 발표되었는데, 나중에 『소년』(1910.8)에 「國史私論」이란 제목 아래 신채호의 호인 錦頬山人의 이름으로 재발표됨으로써 저자가 분명히 드러났다. 「천희당시화」는 「독사신론」보다 1년여 늦게 발표되었지만 같은 란에, 같은 형태의 글로 발표되었다. 이러한 글들에는 철저한 실증주의자, 그리고 민족주의적 국학자로서의 단재 모습이 유감없이 나타나 있다. 그는 주체적 역사의식과 민족의식을 바탕으로 주석적이고, 고증학적인 글쓰기를 실천해 보여주었다.

단재의 요의설은 「국문학교의 일증」(1908.1.26)-「국한문의 경중」(1908.3.17~19)-「국문연구회 위원 제씨에게 권고함」(1908.11.14)-「천희당시화」(1909.11.9~12.4)-검심, 「국문의 기원」(1909.12.29) 순으로 제기된다. 여기에서 초기 논설 가운데 어떤 글이 박은식의 요희설(『韓國痛史』, 1915)에 영향을 준 것으로 보인다. 박은식은 『진언집』을 보지 않고 전청으로 요희설을 제기했다. 그는 1907년 11월초까지 대한매일신보에 근무했고, 아마도 첫 번째 논설이나 두 번째 논설 가운데 어떤 것을 보았거나, 그 내용을 들었을 가능성이 있다. 만일 그가 「천희당시화」나 「국문의 기원」을 보았다면, 요의설의 근거가 된 '진언', 또는 『진언집』을 확인할 수 있었을 것이다. 그리고 「국문의 기원」은 황현(『매천야록』, 1911)에 영향을 주고, 다시 황현은 김택영(『한사경』, 1918)에 영향을 주었다. 이처럼 단재의 요의설은 당시 많은 사람에게 영향을 주었다.

황현의 『매천야록』 가운데에는 『대한매일신보』 소재의 글들이 다수 발췌되어 있다. 그런데 그러한 글의 상당수가 단재의 글로 보인다. 앞에서 실례로 제시한 「구서 수집의 필요」도 단재의 글로 보인다. 『단재신채호전집』에는 출처를 알 수 없는 「조선 민족의 전성시대」에는 "〈紀年兒覽〉〈西郭雜錄〉等書로 보건대, 慕容廆의 夫餘 侵入과 李勣의 平壤 入寇가 朝鮮古史를 一炬에 灰燼하였다"는 내용이 나온다. 그것은 "李勣이 高句麗에 入寇ᄒᆞ야"를 그대로 보여준다. 그리고 다시 「조선 고래의 문자와 시가의 변천」에서 "傳說에 據하면 朝鮮文獻이 (1) 北扶餘가 慕容廆에게 亡할 ᄯᅢ (2) 高句麗 平壤이 李勣에게 陷落할 ᄯᅢ……燒燼하야 可考할 材料가 업서젓다 하니"(『동아일보』, 1924.1.1)라고 제시되며, 또한 「조선상고사」(『전집』 상, 370면)에도 제시된다. 이로 볼 때 「구서 수집의 필요」는 단재의 글이 분명하다. 그리고 매천의 「을지문덕 강생처」는 「국한문의 경중」에서, 「高麗 棄子山」은 「기자산」에서, 그리고 무제는 「고인의 유광」에서 각각 가져온 것이다. 그런데 뒤의 둘은 「국문의 기원」과 마찬가지로 담총란에 실린 검심의 글이다. 이로써 신채호는 '劍心'이라는 호를 썼다는 사실을 알 수 있다. 검심의 의미는 「꿈하늘」의 「칼부름」 노래에서 찾을 수 있을 것 같다. 역사를 아와 비아의 투쟁으로 보았던 단재에게 있어서 칼은 개혁과 혁명의 도구가 아니던가. 그렇기에 그는 칼을 부르고, 칼을 그리는 의미에서 그런 호를 썼던 것으로 보인다. 그렇다면 검심의 글로 발표된 또 다른 중요한 평문 「소설가의 추세」(『대한매일신보』, 1909.12.2)도 신채호의 글이 된다.

단재는 국문연구회 위원은 아니었지만 국문에 많은 관심을 갖고 있었다. 그것은 요의설 관련 글을 차치해두고라도 「문법을 의통일」이나 「꿈하늘」의 「가갸풀이」, 그리고 「조선 고래의 문자와 시가의 변천」 등 수많은 글에서 드러난다. 단재는 향찰, 이두를 포함하여 국문에 대한 관심을 지속적으로 가지고 있었던 것이다. 국문 창제에 대한 그의 견해는 중국 망명기에 변화하게 된다. 처음에는 요의설을 내세웠지만 그러한 견해는 1916년에 수정된 것으로 보이며, 1924년 「조선 고래의 문자와 시가의 변천」에는 세종의 언문(국문) 창제설로 완전히 대체하기에 이른다. 마지막으로 「국문연구에 대한 관견」(『대한매일신보』, 1908.3.1)은 세종의 국문 창제설을 보여준다는 측면에서 신채호가 아닌 다른 누군가가 쓴 작품으로 보인다.

이것으로 요의설의 정체는 밝혀졌다 하더라도 모든 문제가 해결된 것은 아니다. 「천희당시화」에서 '천희당'이라는 호와 글속에 제시된 '箕聖'이라는 단어, 「천희당시화」・'담총'란에 실린 글들과 단재 글 사이의 문체 및 사상의 관련성 등은 좀 더 면밀한 고찰을 요하는 문제이다. 그러나 그것은 이 글의 범위에서 벗어나므로 다음 기회를 얻기로 한다.

「천희당시화」의 저자 확정 문제

1. 들어가는 말

「天喜堂詩話」는 『대한매일신보』(1909.11.9~12.4)에 무서명으로 발표된 평문으로, 1970년대 후반 저자 확정에 대한 이렇다 할 논의 없이 『단재신채호전집』에 포함되어 논란이 되고 있다. 그것은 개화기 주요 평문으로 개화기 문학을 이해하는 데 하나의 좌표 구실을 한다. 그리고 그 글의 저자확정은 당시의 주요 평문인 「국한문의 경중」(1908), 「국문연구회 위원 제씨에게 권고함」(1908), 「천희당시화」(1909), 「소설가의 추세」(1909), 「국문의 기원」(1909) 모두에 걸린 문제이다. 오늘날 논자들은 저자의 미확정으로 인해 어떤 이는 「천희당시화」를 신채호 연구에 포함을 시키는가 하면, 어떤 이는 윤상현의 글로 단정하기도 하고, 또한 몇몇 사람은 아예 저자를 유보한 채 논의하고 있는 실정이다. 텍스트 해석에 있어서 선결되어야 할 것은 저자 확정이다. 그러므로 무엇보다 저자확정이 필요한 글이다.

「천희당시화」의 저자가 논란이 된 상황에서 다음 두 논자는 텍스트 확정에 자신감을 내보이면서 저자 확정에 관한 논의를 내놓겠다고 선언하였다. 그러나 여전히 그것에 관한 논의가 나오지 않았다.

〈천희당시화〉를 단재의 글이라 하여 전집 『별집』에도 실어 놓았으나, 이를 단정할 근거도 없다. 이 글이 『대한매일신보』에 실렸다는 것과 이글의 논조가 단재의 논조에 닮았음에서 추측한 것에 지나지 않는다. 실상 천희당은 윤상현의 필명이다. 『매일신보』엔 「夏蝶」(1911.6.15) 7律이 천희당주인 윤상현의 이름으로 사조란에 실려 있거니와, 한편 옥정이라는 필명으로 윤상현은 「지방유생에 경고함」(『매일신보』, 1911.7.6), 「한문학의 쇠퇴」(같은 곳 1914.6.12~14)의 논설도 썼다. 이 조사는 서울대 국문과 박사과정의 주승택 군에 의해 이뤄졌다. (졸고, 「윤상현론」, 『한국학보』 게재예정 참조)[1]

「천희당 시화」가 단재의 글인가 윤상현의 글인가라는 문제는 글을 달리하여 밝힐 생각이지만 결론만 미리 말한다면 분명히 단재의 글이다[2]

전자는 김윤식의 글로 「천희당시화」의 저자가 윤상현일 것으로 추측하는 기색이 역력하다. 그러나 이후 「윤상현론」은 나오지 않았다. 후자는 곽동훈의 글로 그는 「천희당시화」를 단재의 글로 확신하고 있다. 그러나 아직 논의가 나오지 않고 있다. 「천희당시화」에 대해 저자 논란이 형성된 것은 그 글이 전집이 실리던 때부터이지만, 그 이후 별반 논의에 진전이 없었다. 그러다가 주승택에 의해 천희당주인이 윤상현의 호로 밝혀지면서 저자 문제는 다시 수면 위로 떠올랐다. 그러나 현재까지 저자를 입증하는 유력한 논의나 단서는 없는 실정이다. 최근 저자에 대해 비교적 세밀한 조사를 벌인 황재문도 「천희당시화」를 신채호의 글에서 배제하였다. 이러한 논란을 돌이켜 볼 때, 저자 확정은 매우 시급하면서도 중요하며, 보다 철저하게 고증될 필요가 있다. 그래서 저자 논란에 종지부를 찍음으로써 더 이상 소모적인 논쟁을 종식하고 새로운 연구의 토대를 마련할 필요가 있다. 이 논의

1 김윤식, 「단재사상의 앞서감에 대하여」, 『신채호의 사상과 민족독립운동』, 형설출판사, 1986, 566면.

2 곽동훈, 「단재 시론과 시의 값」, 『한국문학논총』 13, 한국문학회, 1992.10, 276면.

는 '요의'설을 통해 저자 규명을 한 이전 논의[3]를 보완하는 입장에서 이뤄졌다. '요의'설 만으로 저자를 확정하는 것은 자칫 부분이 전체를 아울러 버릴 수 있는 위험성을 내포하고 있기 때문이다.

2. 저자에 대한 기존 논의 검토

「천희당시화」를 처음 발굴한 사람은 신채호의 아들 신수범으로 알려져 있다.[4] 그 글에 해제를 붙이고, 단재전집에 포함시킨 사람은 임중빈이다. 임중빈은 아래와 같이 설명했다.

> 아호가 단재인 그의 필명으로는 〈적심〉〈연시몽인〉〈한놈〉 등 많이 있지만, 〈천희당〉이라는 당호가 있었다는 것은 망명 5개월 전인 1909년 1월 9일부터 12월 4일까지 17회에 걸쳐 『대한매일신보』에 연재된 「천희당시화」에 근거한다.[5]

임중빈은 「천희당시화」를 단재의 글로 단정하고, 단재가 「천희당시화」를 썼으니까 그의 필명이 천희당이라는 주장을 낸 것이다. 일반적으로 그 글의 성격을 밝히고, 그것이 곧 단재의 글이므로, 천희당은 신채호의 호이다라는 순서로 논의가 진행되어야 한다. 물론 그러한 결론을 가져오게 된 배경은 「천희당시화」의 주석에 어느 정도 나타나 있다. 그리고 해설을 통해서도 단재 작품과 「천희당시화」의 논조와 어휘의 동일성 일부가 밝혀지긴 했지만,

3 김주현, 「국문 창제 요의설(了義說)을 통한 '천희당시화'의 저자 규명」, 『어문학』 87, 한국어문학회, 2005.3.
4 「신채호 선생의 문학론 '천희당시화' 발굴」, 『동아일보』, 1977.7.31.
5 임중빈, 「단재의 상황문학론」, 『한국문학』 5-9, 1977.9, 210면.

그것으로는 충분하지 않다. 그래서 신채호 저작설은 얼마지 않아 신용하에 의해 부정된다.

> 「천희당시화」라는 평론이 『전집』, 『별집』 pp.55~72에 수록되어 있으나, 『대한매일신보』, 1909년 11월 9일~12월 4일 사이 이 평론이 연재될 당시 신채호는 天喜堂이라는 堂號를 사용한 사실이 없다. 따라서 여기서는 '천희당'이 신채호의 당호라는 사실이 밝혀질 때까지는 이 평론은 타인의 작품으로 간주하고 여기서는 다루지 않기로 한다.[6]

신용하는 신채호가 천희당이라는 당호를 사용한 적이 없다는 사실을 들어 「천희당시화」를 다른 사람의 작품으로 간주하였다. 임중빈이 연역적으로 「천희당시화」의 저자를 주장했다면, 신용하는 귀납적으로 임중빈의 주장을 일거에 부정해버린다. 그의 언급은 「천희당시화」의 저자 논란에 불을 지핀 것이다. 곧 이어 이동순은 아래와 같이 임중빈의 손을 들어주며 텍스트를 확정했다.

> 한편 「천희당시화」가 단재의 소작임을 회의하는 견해도 있으나 그것은 ① 1909년 말경의 『대한매일신보』 1면은 거의 단재에 의하여 편집 제작되고 있다는 점 ②「천희당시화」에 나타난 국시개량론에 있어서 상무정신 회복의 주장은 단재의 민족사론에서의 고대적 정신의 부활과 일치되며, ③문체상의 특징으로 볼 때 강건성, 호방성, 국권주의적 성격 등을 통하여 단재의 소작임을 확증하게 된다.[7]

이동순에 의해 보다 자세한 논의가 펼쳐지긴 했지만, 그의 주장 역시 「천

6 신용하, 「신채호의 애국계몽운동(하)」, 『한국학보』 20, 1980.9, 114면, 주 254번.
7 이동순, 「단재 신채호의 '천희당시화'에 대하여」, 『개신어문연구』 1, 충북대 국어교육학과, 1981.12, 188면.

희당시화」를 단재의 글로 규정하는 데 충분한 논거를 확보하지 못하고 있다. 한편 임형택은 신용하와 상반된 주장을 펼쳤다. 그는 작자를 밝혀놓지 않았고 천희당이 누구의 당호인지 알 수 없어 작가에 대해 의문이 없지 않지만, "그 필치나 내용으로 미루어 어떤 결정적인 증거가 발견되지 않는 한 단재의 저작으로 인정하는 것이 타당"하다고 언급했다.[8] 그러한 가운데 저자 논의에 다시 불을 당긴 것은 주승택이다.

> 「천희당시화」는 『대한매일신보』에 1909년 11월 9일~12월 4일 사이에 17회에 걸쳐서 연재된 총 19칙의 비교적 단출한 시화이다. 그 작자는 신채호로 추정되어 그의 전집에도 수록되어 있으나 확실한 근거는 없다. 따라서, 앞으로 그 작가를 찾아내는 일이 하나의 과제인데 『매일신보』, 1911.6.5일자 〈사조란〉에는 「하접」이란 제목으로 천희당주인 윤상현의 7율이 수록되어 있다. 호를 옥정이라고도 하는 윤상현은 『매일신보』 사조란의 단골 기고자 가운데 한 사람이며 천희당이 그의 당호임은 분명한 것 같다. 그러나 그가 『대한매일신보』와 긴밀한 관계를 맺었던 흔적은 찾지 못했고, 문집이나 기타 저작물도 찾아내지 못했다. 단지 『매일신보』에 「지방유생에 경고함」(1911.7.26일자) 「한문학의 쇠퇴」(1,2,3회 1911.6.12~14자) 등 두편의 논설을 발표한 것을 볼 수 있는데, 내용이 「천희당시화」와 상통한다고 보기 어려운 점도 더러 있다.[9]

주승택의 논의로 인해 「천희당시화」의 신채호 저작설에 대해 의구심을 갖던 여러 연구자들은 저자를 유보하거나, 또는 아예 윤상현으로 단정하기에 이른다. 특히 이 글의 마지막 부분, 즉 "상통한다고 보기 어려운 점도 더러 있다"는 구절이 빠진 채 김윤식의 앞의 글에 소개됨으로 인해 일부 논자는 저자를 아예 윤상현으로 규정해버리는 우를 범하고 말았다. 만일 그들이

---

8 임형택, 「〈동국시계혁명〉과 그 역사적 의의」, 『한국문학사의 시각』, 창작과 비평사, 240면.

9 주승택, 「개화기 한문학의 변이양상」, 『관악어문연구』 10, 서울대 국어국문학과, 1985, 364면, 주 10번.

주승택의 주장 부분을 확인하고, 또한 「천희당시화」와 「한문학의 쇠퇴」를 비교해보았다면 윤상현으로 규정하는 데 주저했을 것이다. 주승택의 논의 이후 권오만에 의해 좀더 구체적인 저자 논의가 있었다.

> ① "天喜堂詩話"에 나타나는 詩 效用論, 强武한 詩에의 期待論, 國詩論 등은 申采浩의 다른 글 "論學效用歌", "近今 國文小說 著者의 注意", "小說家의 趨勢", "國漢文의 輕重", "文法을 宜統一"에 나타나는 詩觀, 文學觀, 言語觀에 일치한다.
>
> ② 了義 國文創造說은 申采浩의 독특한 견해로, 이 견해의 일단이 "天喜堂詩話"에도 다음과 같이 나타나 있다.[10]

권오만은 이전 논자들보다 더 구체적으로 「천희당시화」의 단재 저작설을 주장하였지만 이미 불거진 논란을 잠재우지는 못했다. 주승택의 논의 이후 단재 연구자들은 「천희당시화」를 단재 연구에서 배제하거나 또는 포함시키는 것으로 양분된다.

> 「천희당시화」는 원래 무기명으로 연재되었으나 지금까지 논자들의 경우 단재의 작으로 보고 있으며, 문체나 내용 등으로 보아 단재의 작임이 분명하다.[11]
>
> 단, 비교적 분명한 증거가 동반되어 저작 여부에 문제가 제기된 바 있는 「신민회 발기 취지서」, 「천희당시화」 등은 제외하기로 한다.[12]
>
> 「천희당시화」는 문학과 관련해서 신채호를 연구하는 데 매우 중요한 자료로 사용되어 온 것이 사실이다. 그런데 이와 같이 상당히 타당한 의문이 제기된 이상, 이 글을 신채호의 것이라고 확정하기는 무리가 따른다. 그렇기 때문에 본 논문에서는 이 글을 자료로 쓰지 않기로 한다.[13]

---

10 권오만, 『개화기시가연구』, 새문사, 1989, 378면, 주 35번.
11 김동수, 『일제 침략기 민족시가 연구』, 인문당, 1988, 89면.
12 김진옥, 「신채호 문학 연구」, 서울대 석사논문, 1993.2, 6면.

이러한 맥락 위에 근간 저작여부에 논란이 많은 「신민회발기취지서」와 「천희당시화」까지 수용하여 연구토록 할 것이다.[14]

위의 연구들을 크게 두 가지로 분류할 수 있다. 맨 처음과 맨 마지막 논의는 여전히 신채호의 글로 규정한 경우이다.[15] 그리고, 두 번째와 세 번째는 신채호의 저작에서 배제한 경우이다. 이들에게 논의 배제의 계기로 작용한 것이 주승택의 앞의 글이다. 특히 마지막 글에서는 김진옥의 논의를 뒤집어 그가 배제한 글들을 뚜렷한 논거를 제기하지 않고 신채호 저작에 포함시켰다. 이러한 모습은 최근까지 별다른 변화가 없다. 말하자면 더 이상 논의의 진전이 없다는 말이 된다. 그러면 최근 논의의 실태를 살펴보자.

또한 당시 『대한매일신보』에는 윤상현의 「천희당시화」, 신채호의 「근금국문소설저자의 주의」 등의 민족주의 성향 비평도 싣고 있다.[16]

필자가 여기서 '天喜堂'이라는 당호에 있어서 자체의 유래에 대해서 석명하기는 어려우나, 신채호(뿐만 아니라 당시 많은 문인들의 사례에 있어서)가 많은 필명과 가명을 사용했다는 것은 신용하 당자의 글 속에서도 확인되는 사실이며, 단지 '天喜堂'이라는 명칭이 당대의 인물 윤모의 당호였다는 사실만으로는 반증되기 어려운 문채와 문면의 내용을 지니고 있는 글이, 단재 특유의 체취가 물씬 풍겨나는 「천희당시화」라 할 수 있는 것이다.[17]

그렇지만 「천희당시화」의 경우 신채호의 글이 아닐 가능성이 높으며, 나머지

13 김윤재, 「신채호 문학관―서양문화의 수용의 한 양상」, 『한국어문학연구』 6, 한국외대 한국어교육학과, 1994.12, 111면.

14 이영신, 「단재 신채호의 문학 연구」, 성균관대 박사논문, 2000, 10면.

15 조동일 역시 『한국문학통사』(제4권)에서 「천희당시화」의 "내용이나 문체로 보아 (그 저자가) 신채호가 아닌가 하는 견해가 유력"(제1판, 1986, 200면)하다고 하였으며, 제4판 개정판에서는 "신채호일 가능성이 있다"(제4판, 2005, 220면)라고 했다.

16 이명재, 『통일시대 문학의 길찾기』, 새미, 2002, 59면.

17 한형구, 「신채호 언설의 비평사적 의의와 특질」, 대전대학교 지역협력연구원 편, 『단재 신채호의 현대적 조명』, 다운샘, 2003, 25면.

두 편의 글(「국한문의 경중」, 「국문연구회 위원제씨에게 권고함」을 일컬음 : 인용자) 역시 『대한매일신보』에 수록된 것이어서 신채호의 글이 아닐 가능성을 배제할 수 없다.[18]

첫 번째 논의는 아예 「천희당시화」를 윤상현의 저작으로 확정한 경우이며,[19] 두 번째는 신채호의 작품으로 규정한 경우이며, 마지막 글은 신채호의 글이 아닐 가능성이 높아 논의에서 배제한 경우이다. 한형구는 권오만의 논의를 확장하여 보다 자세한 논의를 폈다. 최근까지 이러한 논의가 계속되어 오고 있는데 그럼에도 불구하고 여전히 저자 논란은 마무리가 되지 않고 있다. 그러므로 더 이상 소모적인 논의를 피하고 생산적인 논의로 나아가기 위해 저자 확정에 대한 논의를 매듭지을 필요가 있다.

이제까지의 논의에서 저자의 문제는 크게 3가지로 압축할 수 있다. 저자를 신채호로 보는 경우, 윤상현으로 보는 경우, 마지막으로 저자를 유보한 경우이다. 마지막의 경우는 신채호의 저작 가능성에 대해 부정적이지만, 또한 윤상현에 대해서도 긍정적인 것이 아니다. 오히려 제 3자의 가능성을 염두에 두고 있다. 그러면 그러한 세 가지 가능성을 바탕으로 저자의 문제를 풀어가기로 한다.

18 황재문, 「장지연 신채호 이광수의 문학사상 비교 연구」, 서울대 박사논문, 2004, 34면.

19 이보다 앞서 김복순은 「근대문학비평의 여명기」에서 "시론으로는 윤상현의 「천희당시화」를 꼽을 수 있다"(김윤식 · 김우종 외편, 『한국현대문학사』, 현대문학, 1989. 49면)이라 하였으며, 정순진도 "「천희당시화」가 그 동안 신채호의 것으로 추정되어 신채호 문학론에 포함시켜 왔으나 주승택에 의해 천희당은 윤상현의 호로 밝혀졌으니"(『글의 무늬 읽기』, 새미, 1995, 200면)이라 윤상현 저작설에 기울고 있다. 윤상현으로 규정하는 경우 대부분은 「천희당시화」의 저자에 대한 고찰 없이 단순하게 주승택의 견해를 받아들인 것이다.

3. 저자에 대한 고증

여기에서는 저자를 확정하기 위해 다음 세 가지 방향에서 접근해보기로 한다. 1) 천희당 호의 문제, 2) 문체 사상의 측면, 3) 기타 문제 등이다. 이 사항을 하나씩 검토하며 저자에 접근할 것이다.

1) 천희당 호의 문제

「천희당시화」의 저자의 고증에 있어서 이전 연구자들의 초미의 관심사는 호의 문제였다. 호는 저자의 다른 이름이니 해결의 실마리임에는 분명하다. 사실 대부분의 연구자들이 「천희당시화」를 신채호의 저작으로 규정하는 데 가장 주저하는 까닭이 바로 이 호와 '요의'의 국문 창제설 때문이다. 무서명으로 발표된 이 글에서 저자의 존재를 알려주는 것은 「천희당시화」라는 제목 속에 들어 있는 당호이다.

천희당이라는 호는 「천희당시화」의 저자확정을 위해서는 피해갈 수 없는 문제이다. 이 문제의 해결은 저자를 확정할 수 있는 가장 확실한 방법이다. 그러나 그것은 그렇게 쉬운 것이 아니다. 그것은 관념이라는 외피와 실재 사실에 대한 확인의 어려움 때문이다. 그러면 「천희당시화」의 저자로 논의되는 두 사람부터 검토해보기로 한다.

「천희당시화」가 발표될 무렵 신채호가 사용한 호는 無涯生, 錦頰山人, 一片丹生, 丹齋 등이다. 구체적으로 나타나는 사례를 보면 아래와 같다.

(無涯生)申采浩, 『이태리건국삼걸전』, 광학서포, 1907.10.25[20]

錦頰山人, 「여우인절교서」, 『대한매일신보』 별보란, 1908.4.12~14[21]

壹片丹生,「독사신론」,『대한매일신보』 문단란, 1908.8.27~12.13

丹齋,「舊曆歲除 逢友述懷」,『대한매일신보』 사조란, 1910.2.13

이 가운데 어떤 글에서도 '천희당'은 없다. 천희당은 지나치게 거창하여 선비들이 기휘하는 호이다. 당시, 또는 이후 신채호의 글에서 천희당이라는 호는 발견이 되지 않고, 또한 성균관 유생이자 선비였던 신채호가 그런 호를 썼을 리 만무하다는 것이 중론이다. 그렇기에 '천희당주인'이라는 호를 지닌 윤상현이 「천희당시화」의 저자일 가능성이 제기된 것이다.

윤상현은 애국계몽기에는 주로 淸化山人이라는 호를 썼고, 일제 강점기에 들어 天喜堂主人, 玉汀, 玉汀生 등의 호를 썼다. 그는 아직도 학계에 제대로 알려져 있지 않은 인물이다. 그의 초기 활동은 기호흥학회, 대한협회를 중심으로 이뤄졌다.

尹商鉉,「告山林學者諸公」,『기호흥학회월보』 2호, 1908.9

淸化山人,「椎碎金錢癖」,『기호흥학회월보』 6호, 1909.1[22]

尹商鉉,「有奈何三字喚醒十三道同胞」,『대한협회회보』 8호, 1908.11[23]

그는 애국계몽기에 대부분 자신의 본명으로 저술을 했고, 雜俎란에 실린 글에서 '청화산인'이라는 호를 썼다. 그것은 같은 잡지 '興學講究'란에 이미 「子夜春雷」가 게재되어서 뒷 글에는 호를 쓴 것으로 보인다. 청화산인이 윤상현의 호란 것은 『기호흥학회월보』 8호 「罪我者天」 서두 "維皇帝 隆熙

20 같은 호와 이름으로 『을지문덕』(휘문관, 1908)이 발간되었다.

21 같은 호로 『대한매일신보』, '위인유적'란에 「최도통전」(1909.12.5~1910.5.27)이 발표되었다.

22 그는 기호흥학회월보에 여러 편의 글을 발표한다. 그것은 「告社會志士諸公」(3호), 「腦門一針」(4호), 「孔教問答」(5호), 「子夜春雷」(6호), 「罪我者天」(8호), 「興學反對界에 反對熱이 不激烈함을 嘆함」(9호), 「學界의 照魔鏡」(10호), 「精神的 教育」(11호) 등이다.

23 이 밖에도 『대한협회회보』에는 「政界에 對한 管見」(9호), 「自由聲」(10호), 「國과 髮의 輕重」(12호) 등의 글이 실려 있다.

3年 舊曆2月 驚蟄前 3日에 淸化山人은 謹齊沐再拜하고 新年의 筆花第一枝를 抽ᄒᆞ야"(85면)에서 확인된다. 그는 또한 1928년 발간된 『조선오백년사』「自敍」에도 "淸化山人題"로 쓰고 있다. 이 시기 윤상현을 파악할 수 있는 근거가 남아 있다.

余ㅣ 玉成義塾에셔 生徒를 敎授ᄒᆞ더니……(「孔敎問答」, 『기호흥학회월보』 5호, 1908.12, 1면)

옥성의숙은 1908년경 윤흥순 이해관에 의해 포천에 세워진 학교이다. 그는 그곳에서 교사를 했던 것으로 보인다. 그리고 그의 호 '淸化'는 포천의 옛 지명으로, 고려 성종이 정한 별호로 알려져 있다. 그가 포천 출신이 아니었을까 추측하게 된다. 그는 『기호흥학회월보』 2호 「月報著述員名錄」에 신채호와 더불어 이름이 올라 있고, 또한 『대한협회회보』 회원으로 활동했다. 애국계몽기에는 주로 윤상현이란 이름으로 집필했으며, '청화산인'이라는 호를 사용한 글은 한 편 발견되고 있다.

天喜堂主人 尹商鉉, 「夏蝶」, 『매일신보』 사조란, 1911.6.15

玉汀 尹商鉉, 「落照」, 『매일신보』 사조란, 1911.6.24[24]

玉汀生, 「蟬」, 『매일신보』 사조란, 1911.8.1[25]

淸化山人, 「淸化山人歌」 문원란, 『매일신보』, 1912.5.16

玉汀 윤상현, 「漢文學의 衰退」 기서란, 『매일신보』, 1914.6.12~14

일제 강점기 윤상현은 천희당주인 또는 옥정, 옥정생이라는 호를 쓰고 있다. 문제가 되는 '천희당주인'이라는 호는 한 군데에서 확인되고 있다. 윤상

24 玉汀 尹商鉉의 이름으로는 또한 「老妓」(『매일신보』, 1911.7.22)가 발표되었다.

25 玉汀生은 옥정 윤상현을 의미하며, 같은 호로 「警告男女學生」(『매일신보』, 1911.5.16)과 「地方儒生에 警告함」(『매일신보』, 1911.7.26) 등이 더 발표되었다.

현의 호가 '천희당'인 것만은 부정할 수 없다. 그런데 과연 「천희당시화」의 저자가 윤상현인가 하는 문제가 남아 있다. 실증주의 학문에서 사실은 중요한 단서이다. 그러나 그것으로 인해 실증에 가려진 수많은 사실이 은폐되어 버린다는 또 다른 어려움이 있다. 그의 호가 나타난 시기는 1911년 6월이고, 「천희당시화」가 발표된 것은 1909년 11월이니 시간적 거리가 2년이 채 되지 않는다. 그러나 보다 확실한 증거는 그가 강제 합병 이전에도 그러한 호를 썼다는 것일 테고, 또 하나 「천희당시화」가 실린 『대한매일신보』에도 글을 실었다는 사실일 것이다. 그러나 이 둘 중 어느 것도 명확한 답변을 주지 못한다. 그렇다면 같은 논조의 글이 또 있느냐는 것일 것이다. 그러나 이에 대해서는 다음 절에서 상론하겠지만, 그런 것은 전혀 발견되지 않는다. 그렇다면 이 호가 윤상현만의 호라고 단정하는 것은 섣부른 판단이다. 호란 것은 한 사람의 전유물은 아니기 때문이다. 호에 대해서는 관념적이고 피상적인 이해보다 호 속에 숨어 있는 진실에 대한 추구가 필요하다. 호의 존재가 증명되는 윤상현만큼이나 다른 그 어떤 사람의 존재도 인정이 되어야 한다. 물론 그 어떤 사람은 신채호일 수도 있고, 제3자일 수도 있다. 그런데 이 문제의 해결은 그리 단순해 보이지는 않는다.

「천희당시화」는 무서명의 글이다. 그러면서도 '천희당'이라는 당호 속에 저자가 은폐되어 있는 글이다. 『대한매일신보』에는 또 다른 글이 저자가 은폐되어 있다. 그것은 「천희당시화」보다 1년 7개월여 앞서 발표된 「비사맥의 낭패」(1908.4.7~16)이다. 그것의 저자는 二喜堂主人으로 알려져 있으나 이는 잘못으로 보인다. 연구자 보기에 二자는 天의 파자이다. 그것은 다른 二자와 형태상 다르며, 총 9회에 걸쳐 연재된 글 가운데 5회, 6회, 8회, 9회는 아예 희당주인으로 첫글자가 사라져 있다. 그것을 재구하면 천희당주인이 아닐까 싶다. 이에 대해서 다른 연구자도 "그러나, 같은 신문에 실린 천희당주인의 글인 '해외패담' 제2장 「俾斯麥의 狼狽」"[26]라고 하여 같은

26 홍신선, 『한국시와 불교적 상상력』, 역락, 2004, 261면, 주 11번. 다만 연속되는 문장에서 "「천

견해를 피력했다. 그렇다면 『대한매일신보』에도 '천희당주인'이 나타나는 셈인데, 그가 「천희당시화」의 저자일 가능성이 훨씬 크다. 그렇다면 「해외패담」의 번역자가 기존 연구자처럼 윤상현인가, 아니면 다른 사람인가를 살펴보아야 할 것이다.[27]

천희당주인이라는 것이 이희당, 또는 희당주인으로 된 것은 살짝 도회한 결과로 보인다. '천희당주인'의 호를 드러내는 데 대한 자의식으로 첫글자를 파자한 것으로 생각된다. 그런데 그 글과 윤상현과의 거리는 멀어보인다. 우선 윤상현과는 글의 성격상, 또는 내용 문체상 상당한 거리가 있어 보인다. 그렇다면 그것은 또 다른 '천희당주인'에 대한 가능성을 보여준다. 이름을 도회했다거나 일정란을 만들고 거기에 맞는 내용을 게재하는 등의 측면에서 그 글은 신문사 관계자의 저작일 가능성이 높다. 「비사맥의 낭패」는 해외패담 총 네 개의 글 중 그 두 번째이다.

> 噫라 世界는 其壹入戲臺乎인져 此戲臺中의 所演諸劇이 無非可觀인대 其中最可觀者ㅣ 外交오 最有趣者ㅣ 外交界로다 德相 比斯麥의 退隱ᄒᆞ던 當年에 世人이 目見은 無ᄒᆞ고 耳聞만 有ᄒᆞᆫ 故로 塗聽으로 擬議ᄒᆞ며 推測으로 妄斷ᄒᆞ야 彼一說, 此一說로 各各 其裡面眞相을 得ᄒᆞᆫ 줄로 自許ᄒᆞ니 局中人이 觀之에 不免掩口壹笑로다 諸君이 其詳을 願聞ᄒᆞᄂᆞᆫ 者ㅣ 有乎아 余請壹述ᄒᆞ노라[28]

이것은 「비사맥의 낭패」 시두 부분으로 외교계의 비스마르크에 대해 설명하고 있다. 여기에서 '여'가 원래의 저자인지, 아니면 번역자인지 가늠하기 어렵다. 그리고 번역된 글이기 때문에 그 사상적인 측면을 번역자와 결

희당시화」를 같은 신문에 실린 천희당주인의 글인 「해외패담」 제2장 '비사맥의 낭패' 등과 비교 검토할 때 문장의 토운이나 문체의 상이함으로 미루어 단재일 가능성이 크다"라고 한 것으로 보아 「천희당시화」의 저자는 신채호로, 「비사맥의 낭패」의 저자는 윤상현으로 본 것 같다.

27 「비사맥의 낭패」의 원문이 무엇인지 확인되면 번역자의 신상을 보다 쉽게 알 수 있을 듯하다. 연구자도 아직 원문을 확인하지 못해 아쉽다.

28 「비사맥의 낭패」, 『대한매일신보』, 1908.4.7.

부시키기도 어렵다. 다만 비스마르크란 부분은 신채호의 많은 글에서 살펴볼 수 있다.

> 丈夫의 劒을 一試ᄒᆞ야 大彼得 華盛頓과 六州에 齊驅ᄒᆞ며 俾利孫 俾斯麥과 千秋에 爭光ᄒᆞ야 獨立基礎를 整頓ᄒᆞᆯ 日이 不遠ᄒᆞ거ᄂᆞᆯ 乙支文德을 金春秋에 曾比ᄒᆞᄂᆞᆫ가[29]
>
> 西諺에 云ᄒᆞᆫ 바(羅馬ᄂᆞᆫ 一日의 羅馬가 아니라)ᄒᆞᆷ은 當時 羅馬의 文明富强이 幾百年 聖賢 哲士 英雄 豪傑의 厚大ᄒᆞᆫ 誠力을 積ᄒᆞ야 以致ᄒᆞᆫ 비오 一朝一夕의 偶得ᄒᆞᆫ 빈 아님을 說ᄒᆞᆫ 비라……加布兒 俾斯麥도 一日의 加布兒 俾斯麥이 아니오[30]
>
> 我가 詩三百을 學ᄒᆞ얏건만 今에 此로써 外交舞臺에 立ᄒᆞ야 俾斯麥輩와 抗ᄒᆞᆷ은 不能ᄒᆞᆯ지며 我가 二十一史를 學ᄒᆞ얏건만 今에 此로써 世界大勢를 觀察ᄒᆞ야 時局問題를 解決ᄒᆞᆷ은 不能ᄒᆞᆯ지니[31]

이것들은 단재 신채호의 글로 확인이 된 글에 나온 비스마르크 언급 부분이다. 이 밖에도 신채호는 「몽견제갈량서」에서 "不夢拿破翁 華盛頓 傑男偉一 俾斯麥 而夢諸葛孔明"[32]이라 하여 비스마르크를 언급하였다. 이는 신채호가 비스마르크에 관심이 많았다는 사실을 말해준다. 그리고 당대에는 비스마르크를 比斯麥, 비스마룩구로 표현하는 등 다른 표기들이 있었는데도 불구하고 俾斯麥의 표기방식은 신채호의 그것과 한결같이 일치한다.[33] 또한 신문의 지면과 관련하여, 주필이었던 신채호는 신문의 난(欄)을

---

29 신채호, 『을지문덕』, 휘문관, 1908, 73면.

30 신채호, 「誠力과 功業」, 『대한협회회보』, 1908.7, 3~4면.

31 신채호, 「畿湖興學會는 何由로 起하였는가」, 『기호흥학회월보』, 1908.8, 14면.

32 신채호, 「夢見諸葛亮序」, 『단재신채호전집』(하), 형설출판사, 1977, 407면.

33 박용희의 「比斯麥傳」(『태극학보』, 1906.11~1907.5), 무서명의 「비스마룩구淸話」(『조양보』, 1906.7.10~12.10), 황윤덕의 『比斯麥傳』(보성사, 1907)이 대표적인 예임. 이를 통해 당시 비스마르크에 대한 사회적 관심이 높았음을 확인할 수 있고, 또한 표기가 다양했음을 볼 수 있다.

필요에 따라 새로이 만들기도 했다. 고정적이던 논설란, 관보란, 외보란, 별보란, 잡보란, 기서란 외에 '위인유적'란이나 '문단'란을 만들어 자신의 글을 싣기도 했다. 어떻게 보면 '해외패담'란도 신채호가 만든 난으로 보인다. 이 시리즈의 제1장은 冬青山人이 번역한 「俄皇宮中의 人鬼」(『대한매일신보』, 1908.3.29~4.5)이다.[34] 이 글은 원래 러시아 공사 모씨[俄國公使某君]가 쓴 글을 양계초가 번역한 것인데, 동청산인은 양계초의 번역을 다시 번역한 것이다. 1907년 단재는 양계초가 역술한 『이태리건국삼걸전』을 번역하여 내놓기도 했다. 단재는 양계초의 저작이나 사상에 많은 영향을 받았다. 아마도 양계초에 대해 잘 알고 있었던 단재가 계몽적인 차원에서 해외패담을 소개하기 위해 난을 만들고 자신이 직접 번역한 글을 게재한 것이 아닌가 추측된다. 단재는 1908년 이후 『대한매일신보』에서의 입지가 더욱 강고해졌으며, 그리하여 새로운 난을 만들어 자신의 글을 실은 것으로 보인다. 해외패담의 연재가 끝나고 바로 위인유적란으로 바뀌고, 거기에 「이순신전」이 실리고 있는 데서도 그 가능성을 엿볼 수 있다. 이 신문에 문단란은 두 차례에 걸쳐 제시되는데, 그 하나가 「천희당시화」이고, 다른 하나가 「최도통전」인 것도 두 글의 동일 저자 가능성을 보여준다. 마지막으로 '해외패담'은 '위인유적'과 마찬가지로 계몽적 견지에서 쓰였고, 또한 역사물이라는 공통점이 있다.

신채호는 다양한 필명을 쓴 것으로 드러난다. 그가 애국계몽기에 쓴 호는 앞에서 본 무애생, 금협산인, 단재, 일편난생 네 개 정도만 제대로 밝혀졌지만 이 외에도 더 있을 것으로 추정된다. 그는 1920~30년대 신문에 주로 본명으로 글을 발표하였는데, 그것은 그가 신문사에 직접 관련하지 않았고, 또한 당시 기고자의 글인 경우 본명을 밝히는 것이 상례였기 때문이다. 다만 그가 중국에서 편집해서 만든 『천고』에는 여러 필명이 나타난다. 최광

34 해외패담은 총 4장으로, 이 외에도 제3장 東籬子가 역술한 「白絲線」(1908.4.17~28), 제4장 心青生이 역술한 「美利見의 愛國幼年會」(1908.4.29~5.1) 등이 실려 있다.

식은 『천고』에 나오는 본사동인, 편집인 이외에도 大弓, 志神, 震公, 南溟, 神志 등을 모두 신채호의 것으로 간주했다. 연구자가 보기에는 최광식이 누구인지 잘 모른다고 본 鐵椎도 신채호의 필명이다. 이 잡지에서 지신, 신지, 진공 등은 신채호의 호가 분명한 것으로 보인다. 아마도 지신, 신지는 고조선의 시가와 역사를 기록했다는 神誌에서 그 음가를 가져온 것으로 보이며, 철퇴는 「일목대왕의 철퇴」처럼 세상의 개혁을 바라는 심정에서, 그리고 마지막 진공은 진단(조선)의 사람이라는 뜻에서 취한 것으로 보인다. 이외에도 최광식의 언급처럼 그의 호가 더 있을 것으로 추정된다. 그는 직접 책을 편집하고 발간하다 보니 지면을 채우기 위해 자신의 글을 많이 쓸 수밖에 없었고, 또한 당시 뚜렷한 발표지면이 없던 상황에서 『천고』가 글을 발표할 수 있었던 거의 유일한 지면이었기 때문에 많은 글을 실은 것으로 보인다. 다만 잡지였기 때문에 한 사람의 이름으로 발표하기 어려운 점을 감안하여 다양한 호를 사용한 것으로 추측된다. 그래서 결과적으로 여러 사람이 글을 쓴 것으로 보이지만 상당수의 글이 신채호의 글이고, 다양한 호는 단일 저자를 비켜가기 위한 장치였음을 확인할 수 있다. 그리고 그가 남긴 유고에서는 한놈, 燕市夢人, ○室, 赤心 등 다양한 호가 발견된다. 이런 점에서 볼 때 애국계몽기에 그의 호가 더 있었을 가능성이 있다.

설혹 「비사맥의 낭패」의 저자가 천희당주인이 아닌 이희당주인이라 하더라도 그 글이 신채호의 글이라면, 단재는 또 다른 호를 가진 것이 되며, '천희당'도 여러 호 가운데 하나가 될 수 있다. 그리고 만일 「비사맥의 낭패」의 저자가 천희당주인이라면 그것은 신채호일 가능성이 더욱 증대된다. 단재의 '천'에 대한 관념은 『天鼓』, 또는 「夢天(꿈하늘)」에서 드러난다. 그리고 「천희당시화」는 필명이 직접 드러나지 않는, 그래서 무서명의 글에 가까우니까 그대로 제목으로 내세운 것이 아닌가 추측된다. 시화에 그러한 제목을 단 것은 일종의 심정적 욕구, 즉 하늘을 기쁘게 하고 싶은 욕망을 표현한 게 아닌가 생각된다. 그것은 잡지의 이름을 『천고』라고 한 데서도 확인이 된다.

2) 문체 사상의 측면

호에 대한 접근은 금방 난관에 봉착된다. 왜냐하면 남아있는 자료가 미비하기 때문이다. 그리고 「비사맥의 낭패」의 번역자가 천희당주인이라는 것이 밝혀져도, 천희당주인이 과연 신채호인가 규명하는 데는 어려움이 따른다. 왜냐하면 그 글은 창작이 아니라 번역이기 때문이다. 그러므로 호에 대한 접근으로 저자를 확정할 수가 없다. 다만 「비사맥의 낭패」라는 글이 있고, 그 글이 천희당주인에 의해 발표되었다면 그것으로 인해 천희당주인이라는 필명이 하나 이상일 가능성을 노정한다. 왜냐하면 「비사맥의 낭패」는 글의 성격이나 내용, 문체, 지면 등으로 볼 때 윤상현과는 거리가 멀고, 둘 중에는 오히려 신채호에 가깝다. 그러면 「비사맥의 낭패」가 신채호에 의해 쓰여졌다고 해서 그가 「천희당시화」의 저자라고 할 수는 없지 않은가? 역시 그렇다. 다만 '천희당주인'이라는 호가 『대한매일신보』에 존재하고, 만일 신채호가 썼다면 그 호를 스스로 파자를 했을 가능성이 있다. 그런데 그것만으로는 문제가 해결될 여지가 없으니까, 여기에서는 더욱 본질적인 측면, 즉 「천희당시화」의 문체와 사상적인 측면을 검토하기로 하겠다. 먼저 윤상현 글과 비교를 해보고, 이어 신채호의 글과 비교 검증하기로 한다.

윤상현의 글 가운데에서 문자, 또는 문학에 관한 입장을 잘 들여다 볼 수 있는 글이 「漢文學의 衰退」(『매일신보』, 1914.6.12~14)이다. 그 글은 「천희당시화」와 4년 정도의 시차가 있다.

(가) 余의 見ᄒᆞ는 바 國詩中에 其流傳 最舊ᄒᆞᆫ 者를 擧ᄒᆞ면……其次ᄂᆞᆫ 崔都統 鄭圃隱의 단心歌가 될지라(1909.11.12)[35]

35 「천희당시화」, 『대한매일신보』, 1909.11.12. 이하 이 글의 인용은 인용 끝 괄호 속에 게재일만 기입하며, 같은 신문에 실린 글은 괄호 속에 제목, 게재일, 게재란(처음에만)을 기입함. 아울러 「천희당시화」는 다른 글과 구분화기 쉽게 고딕체로 표시함.

(나) 詩歌는 人의 感情을 陶融홈으로 目的ᄒᆞ나니 宜乎 國字를 多用ᄒᆞ고 國語로 成句ᄒᆞ야 婦人 幼兒도 一讀에 皆曉ᄒᆞ도록 注意ᄒᆞ여야 國民智識普及에 效力이 乃有홀지어날……(1909.11.16)

(다) 客이 漢詩 數首를 携ᄒᆞ고 余를 示ᄒᆞ는ᄃᆡ……吾子의 用心이 良苦ᄒᆞ도다만은 此로 支那詩界의 革命이라 홈은 可커니와 東國詩界의 革命이라 云홈은 不可ᄒᆞ니 蓋東國詩가 何오 ᄒᆞ면 東國語, 東國文, 東國音으로 製ᄒᆞᆫ 者가 是오 東國詩革命家가 誰오 ᄒᆞ면 東國詩中에 新手眼을 放ᄒᆞ는 者가 是라 홀지어날……(1909.11.20)

(가－1) 子ㅣ 我國을 孔教國이라 ᄒᆞ니 古에는 孔教國이 儘然ᄒᆞ거니와 今에도 孔教國이라 稱ᄒᆞ는가 我는 斷言코 以爲ᄒᆞ되 鄭圃隱으로 由ᄒᆞ야 趙靜庵 李退溪를 歷ᄒᆞ야 李栗谷에 至ᄒᆞ야 以上은 純全ᄒᆞᆫ 孔教國이어니와……(『기호흥학회월보』 5호, 293～294면)

(나－1) 嗚呼라 我의 崇拜ᄒᆞ는 我의 漢文은 天地의 正氣며 日月의 晶光이며 海獄의 粹性이며 我等 亞洲人族의 一生命脉이라 是를 離ᄒᆞ면 飲食이 無味오 是를 棄ᄒᆞ면 衣裳이 婦의 顚倒라 是를 不知ᄒᆞ면 父子의 親切과 夫婦의 正大와 兄弟의 懇密과 朋友의 敦篤을 對ᄒᆞ야 何者의 藩籬를 能히 窺覘ᄒᆞ리오[36]

(다－1) 噫又噫라 漢文漢文이여 漢文回復期가 其在卽가 抑又未아 我가 月落山空鷄睡鶴鳴之辰에 謹히 齋沐燒香ᄒᆞ야 百拜仰禱于北斗司命奎壁主文之神曰 願君은 漢文學에 對ᄒᆞ야 硬其骨敷其肉而强其魂ᄒᆞ야 再活動을 與ᄒᆞ소서(『매일신보』, 1914.6.14)

전자는 「천희당시화」의 일부를, 후자는 윤상현 글의 일부를 발췌한 것이다. (가)에서 포은은 「단심가」의 저자로 제시되었고, (가－1)에서는 공교국

36 윤상현, 「한문학의 쇠퇴」, 『매일신보』, 1914.6.12. 이하 같은 글의 인용은 인용 구절 뒤 괄호 속에 『매일신보』, 날짜만 기록.

의 화신으로 제시되어 있다. (나)는 국시의 중요성을, (나 - 1)은 한문숭배를 거론하였다. 마지막으로 (다)는 국문시를 통한 동국시계의 혁명을 주창하였고, (다 - 1)은 한문학이 회복 재개되길 기원하였다. 「천희당시화」에서는 포은의 절개를 높이 평가하였는데, 윤상현은 그의 존화주의적 예절을 높이 샀다. 동국시에서 한글의 중요성을 논한 「천희당시화」의 논조와 한문의 융성을 부르짖는 윤상현의 논조는 극과 극이다. 이를 통해 「천희당시화」의 저자는 자주적 주체적 민족주의자이지만, 윤상현은 존화적 사대주의자, 소중화주의자로 그 세계관적 측면에서 상당한 차이가 있음을 알 수 있다. 뿐만 아니라 윤상현은 한문체, 또는 한문현토체에 능한 데 비해, 「천희당시화」의 저자는 주로 국문문법으로 내려가다가 한문문법을 쓰고 있다.[37] 그러므로 그 내용이나 사상, 그리고 문체의 측면에서 「천희당시화」는 윤상현의 글과는 거리가 있다.

다음으로 「천희당시화」와 신채호 글의 내용들을 살펴보자. 먼저 인용된 시 작품을 살펴보기로 한다. 가장 먼저 "頃者에 一友人이 將軍의 詩 二首를 錄送ᄒᆞ엿"(1909.11.9)다고 하여 최영의 시조 두 편을 소개하였다. 다음은 그 첫 번째 시조이다.

(라) 가마귀눈비마자, 희ᄂᆞᆫ듯검노매라. 夜光明月이, 밤인들어두으랴 님向ᄒᆞᆫ一片단心, 가실줄이잇스랴.(1909.11.9)

(라 - 1) 가마귀눈비마ᄌᆞ, 희ᄂᆞᆫ늣검노매라. 夜光明月이, 밤인들어두으랴, 님向ᄒᆞᆫ, 一片丹心이야, 가실줄이잇스랴.(「동국거걸 최도통」: 이하 「최도통전」으로 언급, 1910.4.24, 위인유적)

(라 - 2) 가마귀 눈비마저 희난듯 검노매라 夜光明月이 밤인들 어둘소녀 님향한 一片丹心 가슬줄이 있으랴(꿈하늘)

37 신채호는 「문법의통일」에서 전자의 예로 "學而時習之면 不亦說乎아"를 후자의 예로는 "學하여 此를 時習하면 不亦說乎아"를 들고 있다.

차례대로 「천희당시화」, 「최도통전」, 「꿈하늘」에 언급된 시조이다. 이 시조를 모두 최영의 작품으로 소개하고 있다. 그러나 그것은 일반적으로 박팽년의 시조, 또는 무명씨의 작품으로 더 많이 알려져 있다. 이 시조는 가람본 『청구영언』에 저자가 崔瑩高麗大將軍世宗朝登弟官至參判으로 설명되어 있다.[38] 그래서 임중빈은 6구가 '가실 줄이'로 된 것은 최영의 것이고, '변할 줄이'로 된 것은 박팽년의 시조로 설명하였다.[39] 그러나 이는 와전으로 보인다. 저자는 이 시조를 최영의 작품으로 간주하였는데, 그것은 다른 시조집을 충분히 검토하지 못하고 자료(가람본 『청구영언』, 또는 벗이 보낸 기록)에만 의거한 와전이다. 그런데 신채호가 다른 글에서도 동일한 언급를 반복했다는 사실은 결국 동일한 저자의 가능성을 높여준다. 이러한 사례는 다음 시조에서도 드러난다.

(마) 죽어죽어一百番다시죽어 白骨이塵土되고넉시아잇던업던 님向ᄒᆞᆫ一片단心가실줄이잇스랴(1909.11.12)

(마 – 1) 高麗와 李朝의 交替時代의 著作인 牧隱 冶隱 圃隱의 母子 李朝 太宗 等의 詩調 멧 마디가 大東風雅錄에 보인 바, 그 中에 圃隱의 『죽어죽어一百番다시죽어白骨이 塵土되고넉시야잇던던업던님向한一片丹心가실줄잇스랴』[40]

(마 – 2) 죽어죽어 一百番 다시죽어 白骨이 塵土되고 넉시야 잇던업던 님向한 一片丹心 가슬줄이 잇스랴[41]

이것은 너무나 잘 알려진 정몽주의 「단심가」이다. 「천희당시화」 저자는 "國詩中에 其流傳 最舊ᄒᆞᆫ 者…… 崔都統 鄭圃隱의 단心歌가 될지라"라고 하여 최도통의 「단심가」(라)와 정몽주의 「단심가」(마)를 들었다. 단재가 원

38 심재완 편저, 『교본 역대시조전서』, 세종문화사, 1972, 10면.

39 임중빈 평석, 「천희당시화」, 『한국문학』, 1977.9, 196면.

40 신채호, 「조선 고래의 문자와 시가의 변천」, 『동아일보』, 1924.1.1. 이하 『동아일보』, 날짜만 기입.

41 신채호, 「조선사」, 『조선일보』, 1931.8.13.

래 이들을 기려 '一片丹生', '丹生'을 지었고, 거기에서 '단재'가 비롯되었음은 널리 알려진 바다.[42] 곧 단재가 강조하여 내세우는 바가 시화에 그대로 나타나 있음을 알 수 있다. 이 시조에 우연의 일치라고 보기 어려운 사실이 숨어 있다. 그것은 인용된 세 시조 모두 첫 구절에서 "이 몸이"가 빠져 있다는 사실이다. (마 - 1)에서는 이 시조의 출처를 『대동풍아록』이라고 분명히 밝히고 있는데, 그것은 1908년 김교헌이 편찬한 상하 2권 1책 46판 110항의 활자본 小歌集 『대동풍아』를 의미하는 것으로 보인다. 그런데 『대동풍아』에는 이 시조가 "이 몸이 죽어 죽어, 一百番 곳쳐 죽어 白骨이 塵土되야, 넉시라도 잇고 업고 님 向흔 一片丹心이야, 가실 줄이 잇스랴"로 되어 있다. 그리고 그 어떤 시조집에도 "이 몸이"는 들어 있다. 그런데 이는 신채호가 고의로 빼버리고 썼다는 것을 의미한다. 이는 단순 실수가 아니라 인용의 자의성을 말해주는 것인데, 신채호의 글에는 또 다른 예가 있어 주목된다.

> 이러하면엇더하며저러하면엇더하리 天王堂압뒤들이문어진들엇더하며 萬壽山두렁측이엉커진들엇더하리 우리도 이와가치 太平長醉(『동아일보』, 1924.1.1)
> 天皇堂 압뒤뜰이 문어진들 엇더하리 萬壽山 두령측이 엉커진들 엇더하리[43]

전자는 (마 - 1)의 바로 뒤에 언급된 태종 이방원의 시조이다. 「하여가」로 불리는 이방원의 시조는 "이런들 엇더흐며 져런들 엇더흐며 萬壽山 들렁츩이 얽거진들 엇더흐리 우리도 이곳지 얽거셔 百年까지 누리이라"이다. 『청구영언』, 『대동풍아』를 비롯 거의 모든 시조집에 실린 작품이 이와 대동 소이하다. 그런데 전자는 「하여가」와 상당히 다른 모습을 하고 있다. 후자는 「룡과 룡의 대격전」에 실린 것인데, 전자의 앞뒤 부분이 잘려나간 모

42 단재의 지우였던 변영만은 「단재전」(『山康齋文鈔』, 龍溪書堂, 1957)에서 "丹生其自號也始慕鄭圃隱先生之歌中語稱一片丹生後嫌其冗乃云"이라 하였다. 그러나 단재 필명 일편단생이 정몽주뿐만 아니라 최영의 단심가와도 관련됨은 「천희당시화」뿐만 아니라 「최도통전」을 통해서도 알 수 있다.

43 김병민 편, 『신채호유고선집』, 한국문화사, 1994, 122면. 이하 『유고선집』, 면수만 기입.

습이며, 역시 본래의 모습과는 상당히 다르다. 그렇다면 신채호가 언급한 「하여가」는 와전된 것이다. "태평장취"라는 내용으로 보아 「하여가」의 변형된 형태이며, 주객들이 흥을 돋우기 위해 그렇게 한 것으로 보인다. 「천희당시화」에는 항간에 떠도는 노래를 많이 채록했는데, 「조선 고래의 문자와 시가의 변천」에 실린 「하여가」도 그러한 형태가 아닌가 추측된다.[44] 어떤 이유에서든 자료의 와전이 존재한다.

(바) 白頭山石磨刀盡, 豆滿江波飮馬無, 男兒二十未平敵, 後世誰稱大丈夫 (1909.11.13)

(바 - 1) 白頭산石磨刀盡, 豆滿江波飮馬無, 男兒二十未平賊, 後世誰稱大丈夫[45]

(바 - 2) 두만강물에 말을 씻고 백두산 돌에 칼을 갈어 적군을 토평하리라 (『유고선집』, 69면)

(바)는 「천희당시화」에, (바 - 1)은 「이순신전」에, (바 - 2)는 「백세 노승의 미인담」에 실려 있다. 저자는 "余ᄂᆞᆫ 嘗謂호ᄃᆡ 我國의 流傳ᄒᆞᄂᆞᆫ 漢詩ᄂᆞᆫ 南怡詩 …… 一首와 崔瑩詩 …… 一句만 存錄ᄒᆞ고 其餘ᄂᆞᆫ 一切 火炬에 付코ᄌᆞ"(1909.11.13) 한다고 하며 남이의 위 시를 언급했다. 그것은 그가 이 한시를 얼마나 높이 평가하고 소중히 여기는가를 말해준다. 단재 역시 이 시를 소중히 하여 두 번이나 더 언급하고 있다. 「천희당시화」에서 국시로 가장 높이 평가했던 최도통의 「단심가」(라), 정몽주의 「단심가」(마) 역시 단재의 글에 두 번이나 언급되었다. 그것은 두 저자의 동일성을 보여주는 예라 하겠다. 그리고 (바)와 (바 - 1)에서 글자 하나(敵과 賊)의 차이는 와전된 것이라기보다 인용과정 중에 일어난 실수로 보인다. 그것은 "적군"(바 - 2)을 보면 쉽게 드러난다. 이를 통해 두 가지를 알 수 있다. 그 하나는 단재는 같

44 어쩌면 이러한 와전은 이 글의 '부언'에서 밝힌 것처럼 "參考書類가 不足" 때문이었을 수도 있다. 중국에서 그는 저술을 하면서 늘 자료의 부족으로 목말라 했다.

45 「수군제일위인 이순신」, 『대한매일신보』, 1908.5.6. 이하 「이순신전」으로 통용.

은 시의 인용에서도 실수(敵과 賊)를 했다는 것이며, 다른 하나는 인용에 의식적이든 무의식적이든 시구를 변화시키고 있다는 사실이다. 원래 전구(轉句)는 "男兒二十未平國"으로 알려져 있는데[46] 단재는 '國'을 '敵 또는 賊'으로 바꾼 것이다. 이는 「천희당시화」의 저자가 단재임을 더욱 확실히 보여준다. 그러한 예는 남이의 「장검곡」 중장 "大明天地에 腥塵이 줌겨세라"에서 첫구를 "大東天地에"로 바꾼 데서도 확인된다. '大明天地'는 '밝고 환한 세상'을 뜻하지만, 얼핏 '큰 명나라'로 이해할 수도 있다. 그래서 신채호는 '우리나라'를 뜻하는 '大東天地'로 바꾼 것이 아닌가 한다. 일반적인 의미가 구체적인 의미로 변환된 경우인데, 신채호는 『大東四千載第一大偉人 乙支文德』, 『大東四千年史』 등 '대동'이라는 단어를 즐겨 썼다. 그것은 인용자가 임의로 고쳤거나 또는 무의식적인 오류의 결과이다.

> (사) 丈夫吟曰 長劍을 놉히들고, 宇宙間에 徘徊ᄒᆞ니, 萬古興亡은 胸中에 歷歷ᄒᆞ고, 六大部州ᄂᆞᆫ 眼中에 恢恢ᄒᆞ다, 아마도 丈夫의 得意秋ᄂᆞᆫ, 이ᄯᅢ인듯(1909.11.16)
>
> (사 – 1) 長劍을 놉히들고, 宇宙間에 徘徊ᄒᆞ니 萬古興亡은 胸中에 歷歷ᄒᆞ고, 六大部州ᄂᆞᆫ 眼下에 平平ᄒᆞ다 아마도, 大丈夫 大事業은, 이時代인가(「장부음」, 1908.12.3, 사조란)

(사)는 「천희당시화」에 인용된 것이요, (사 – 1)은 『대한매일신보』 사조란의 변격 시조이다. 「천희당시화」에는 「愛國吟」, 「丈夫吟」 등 두 편의 시조가 소개되어 있는데, 그것은 『대한매일신보』 사조란에 소개된 「愛國調」(1908.12.5), 「丈夫吟」(1908.12.3)이다.[47] 그런데 전자는 이름만 바뀌었지만

46 허균의 「학산초담」(『惺所覆瓿藁』, 1611)에는 끝 글자가 '北'으로 되어 있지만, 이수광의 『지봉유설』 권13(1614) 이래 대부분 '國'으로 되어 있다.

47 한편 저자는 "帝國新聞에 일즉 國字韻 (날발갈, 닝징싱 等)을 懸ᄒᆞ고 國文七字詩를 購賞ᄒᆞ엿스니"(『대매』, 1909.11.17)라고 하여 『제국신문』 언문풍월 공모에 대해 언급했다. 제국신문사에서는 1907년 12월 18일부터 "날 발 갈"을 운자로 한 국문풍월 현상모집을 하였으며, 1908년 1월 1일 신문 제1면에 당선작을 발표하였다. 이는 저자가 신문기사를 지속적으로 봐온 사람이며, 또 한편 국문 시가에 대단한 관심을 가진 사람이라는 사실을 알 수 있다.

후자는 위에서 보듯 내용이 조금 변화되었다. 원래 "眼下에 平平ᄒᆞ다"를 "眼中에 恢恢ᄒᆞ다"로, "이時代인가"를 "이ᄯᅢ인듯"으로 바꾼 것은 저자의 의도 개입이거나 기억 착오에 따른 오류이다.[48] 어쨌거나 잘못된 인용의 예이다.

다음으로는 일반적인 용례들을 살펴보기로 한다. 「천희당시화」에 맨 처음 언급된 사람이 최영이고, 신채호는 역사 연구 및 소설(「꿈하늘」), 전기(「최도통전」)에서 그를 높이 평가하고 있다.

(아) 虎頭將軍 崔瑩氏가 累次 支那 日本 等 外寇을 鏖退ᄒᆞ고(1909.11.9)

(아-1) 中外人民이 皆 崔都統의 雄名을 慴ᄒᆞ야 虎頭將軍이라 傳呼ᄒᆞ더라. (「최도통전」, 1910.4.7)

최영을 '호두장군'이라 칭한 것은 두 글에서 모두 나타난다. 그런데 「천희당시화」에서 최영의 시조라고 언급한 것은 앞에서 본 2편이다. 이미 "가마귀 눈비마자……"는 가람본 『청구영언』에 최영의 작으로 되어 있다. 그리고 다음으로 "눈마자 휘엿노라……" 역시 최영의 시조로 언급하였는데, 이 시조는 인평대군의 시조로도 알려진 것으로, 첫구절은 "ᄇᆞ롬에 휘엿노라"로 되어 있다. 임중빈식으로 말하면, "눈 맞아"는 최영의 시조요, "바람에"는 인평대군의 시조인 셈이다. 그런데 "눈 맞아"로 된 최영의 시조가 소개된 곳은 洪氏本 『청구영언』(崔瑩麗末大將軍), 가람본 『청구영언』(虎頭將軍崔瑩), 『대동풍아』(崔瑩高麗人上將軍) 등이다.[49] 특이한 것은 가람본 『청구영언』이 유

---

48 어쩌면 후자일 가능성이 더 크다. 자료를 옆에 두고 베낀 것이 아니라 기억에 따라 쓴 것이 아닌가 한다. 그런 것은 김윤식의 한시 인용에서도 보인다. 저자는 전날(1909.11.14)에 김윤식의 한시 "怪怪奇奇摠不同, 化工於此技應窮, 森沉劍戟皆兵氣, 羅列兒孫盡父風"을 언급했는데, 이는 모두 7언율시의 전반부로 원래 시는 "怪怪奇奇各不同, 化工於此技應窮, 森嚴戈戟皆兵氣, 羅列兒孫盡父風"(末松謙澄 纂, 『芝城山館納凉唱和集 輕妙唱和集合本』, 東京 : 秀英舍, 1908, 85~86면)이다. 밑줄 친 부분은 차이를 보인다. 후반부는 "撲地雲煙八州合, 撐天石壁四門通, 精英應產人魁傑, 淑氣扶輿鎭日東"이며, 『雲養集』(1917) 詩 卷之六, 23면에 「靑萍에게 다시 次韻함(又次靑萍韻)」이라는 제하에 실려 있다. 靑萍은 일본인 末松謙澄을 일컫는다.

49 심재완, 『역대시조전서』, 세종문화사, 1972, 404~405면.

일하게 두 편 모두 최영의 작품으로 소개하였다는 사실이다. 그렇다면 두 편 시조를 최영으로 간주한 단서는 가람본 『청구영언』이다. 이로 볼 때 「천희당시화」의 저자가 최영을 '호두장군'이라고 지칭한 것은 가람본 『청구영언』에 의거했을 가능성이 있다.[50] 신채호는 「최도통전」에서 최영을 '호두장군'이라 썼고, 또한 「조선상고사」에서는 "虎頭宰相 崔瑩"(『전집』 상, 41면)이라 쓰고 있다. 그것은 결국 가람본 『청구영언』으로부터 「천희당시화」로, 그리고 「최도통전」으로 연결된 것이 아니겠는가. 신채호는 무엇보다 민족적 주체의식에 입각하여 최영을 높이 평가하였다. 「최도통전」이나 「백세노승의 미인담」에서 그러한 모습을 볼 수 있다. 최영을 시화의 첫머리에 내세운 것도 그러한 신채호의 의식의 소산이 아니겠는가.

(자) 余가 近世 我國에 流行ᄒᆞᄂᆞᆫ 詩歌를 觀ᄒᆞ건ᄃᆡ(1909.11.11)

(자－1) 余가 此를 歷史不讀ᄒᆞᆫ 者로 信ᄒᆞ며(대한협회회보, 1908.6, 5면)

신채호가 '余'를 주어로 한 글은 위의 「역사와 애국심의 관계」, 「독사신론」에 부지기수로 나타나며, 그 밖에도 『을지문덕』의 '緖論'이나 「대아와 소아」 등에도 나타난다. 당시 신채호는 「기호흥학회는 하유로 기하였는가」, 「대아와 소아」 등에 주어 '我'를 쓰기도 했지만, '余'를 보다 일반적으로 사용하였다. 「천희당시화」 역시 '여'가 일반적으로 사용되고 있다.

50 "호두장군"이라는 표현은 『고려사』, 『삼국사절요』, 『여사제강』, 『동국통감』, 『동사강목』 등의 고려사나 『대동야승』, 『해동잡록』, 『해동명장전』 등의 설화집, 전기 등에는 보이지 않는다. 그런데 이 표현은 가람본 『청구영언』에 언급되었다. 이 시조집에서 "가마귀 눈비 마자……"를 '최영'의 작품으로 언급했고, "눈마자 휘엿노라……"(1909.11.9)의 저자를 "호두장군 최영"으로 언급했다. 이 밖에도 『가곡원류』에는 "綠駬霜蹄 살지게 먹여……"라는 시조를 "崔瑩高麗虎頭將軍"의 작품으로 소개했다. 그러나 이 시조집에는 "가마귀 눈비 마자……"를 '박팽년'의 작품으로 언급했고, "눈마자 휘엿노라……"라는 시조 대신 "바람에 휘엿노라……"이라는 시조를 무서명의 작품으로 소개했다. 그러므로 「천희당시화」 저자는 가람본 『청구영언』의 시조 "눈마자 휘엿노라……"에 의거하여 최영을 "호두장군"으로 지칭한 것으로 보인다. 단재는 「최도통전」에서도 두 군데(1910.4.7, 1910.4.24)에 걸쳐 "호두장군"을 사용하였다.

(차) 古ᄉᆞ가 殘缺ᄒᆞ야 三國時代 眞正 强武ᄒᆞᆫ 詩歌ᄂᆞᆫ 得見키 難ᄒᆞ니……古사의 缺文을 補ᄒᆞᆯ 자ㅣ 甚多ᄒᆞᆯ리니 엇지 余의 夢寐渴求ᄒᆞᄂᆞᆫ ᄇᆡ 아니리오(1909.11.11)

(차－1) 甚矣哉라 我國史家의 蔑識이여 我國文獻의 殘缺홈이 雖甚ᄒᆞ나(「독사신론」,『대매』 문단란, 1908.9.8)

(차－2) 高麗 四百七十餘年에 文字와 詩歌의 發達된 痕迹은 文獻의 缺乏으로 알 수 업스나……그러나 三國時代의 國歌와 國詩는 다행이 三國遺事의 收集한 新羅詩歌가 잇서 그 缺漏의 萬一을 補하얏거니와……余는 儒佛 兩思想의 交遞時代가 文獻殘缺의 大厄會라 하노라(『동아일보』, 1924.1.1)

(차)에서는 고사가 잔결하여 결문을 보완할 곳이 많다고 지적했다.[51] 「천희당시화」에서는 "古사에 可徵ᄒᆞᆯ 處가 無ᄒᆞ며(1909.11.13)"라고 하여 '고사 잔결'을 더 언급하고 있다. 그것은 바로 역사가의 태도이다. 이러한 태도는 『을지문덕』에도 나타난다. "我韓 四千載 神聖歷史를 汚衊ᄒᆞ고 偉大英雄은 埋沒에 一任ᄒᆞᆫ 故로……傳來史蹟은 落落無多ᄒᆞ"(『을지문덕』 '서론')여 『을지문덕』을 짓게 되었다는 것이다. 그리고 (차-1)처럼 「독사신론」을 쓰게 된 것도 그러한 역사를 보완하는 작업의 일환이다. 그러한 태도는 (차－2)의 「조선 고래의 문자와 시가의 변천」에서도 마찬가지이다. 「천희당시화」에서는 역사가의 임무와 태도 등이 명시되었고, 「조선 고래의 문자와 시가의 변천」도 그러한 입장에서 쓰였다. 그런 점에서 「천희당시화」에는 역사의 결문을 보완하고자 하는 사가의 의식이 관류하고 있는데, 이는 신채호가 역사연구를 하게 된 입장과 통한다.

往者에 雩崗이 風騷續選 一卷을 寄送ᄒᆞᆫ 바 此를 開讀ᄒᆞᆫ즉……우강家에 所存

51 신채호는 "古代史의 殘缺"(「독사신론」, 1908.10.30), "古史가 殘缺하야"(「豫言家가 본 戊辰」, 『朝鮮日報』, 1928.1.1), "古代歷史의 殘缺"(꿈하늘) 등에서도 고대사 잔결을 언급했다. 그는 고사 잔결의 원인에 대해 「꿈하늘」, 「조선 고래의 문자와 시가의 변천」, 「조선상고문화사」 등에서 자세히 논의하였다.

은 只是此續篇뿐이라 ᄒᆞ며(1909.11.11)

여기에서 '우강'은 양기탁을 의미하는 것으로 보인다. 양기탁은 「예식원 선생안」(1904), 「주사선생안」(1905)[52]에서 '雩崗'이라는 호를 보이고 있으며, 그는 1900~1910년에는 雩崗, 于岡, 于岡人, 于岡散人의 필명을 사용하였다고 한다.[53] 우강은 1904년 7월 『대한매일신보』가 창간될 때부터 베델을 도와 신문사를 운영했으며, 1910년 6월까지 총무, 편집일을 하였다. 단재는 1907년 양기탁의 천거로 『대한매일신보』의 주필로 초빙되어 1910년 5월까지 근무하였다. 두 사람은 신문을 인연으로 각별한 관계를 유지했던 것이다.

한편 「천희당시화」의 저자는 "一友人이 일즉 其著ᄒᆞᆫ 바 愛國吟, 丈夫吟 各一首를 余에 誦傳ᄒᆞ"(1909.11.19)였다고 하며, 그 시가들을 소개했다. 그런데 실상 그것들은 「장부음」(1908.12.3), 「애국조」(1908.12.5)라는 이름으로 『대한매일신보』에 실렸던 작품들이다. '일즉 송전'이라는 의미가 여기에서 드러난다. 그것은 벗(友人)이 1908년 12월에(일즉) 자신이 쓴 두 편의 시가를 나(余)에게 읊어주었다는 것이다. 곧 벗은 투고자이며 나(시화 저자)는 신문사 편집자가 된다. 1908년 5월 27일 『통감부문서』에 따르면 『대한매일신보』 국한문판의 편집부는 논설 : 신채호, 편집 : 양기탁, 시사평론 : 이장훈, 외보번역 : 양인탁(『우강양기탁전집』, 278면)으로 구성되어 있다. 편집부에서 직접적으로 편집을 담당한 사람은 우강과 단재였다. 그런데 1908년 들어 국채보상운동으로 인해 베델과 우강은 일제통감부로부터 요주의 대상이었다. 우강은 1908년 7월 12일 구속된 이후 9월 29일 경성재판소로부터 무죄판결을 받을 때까지 석달에 걸쳐 옥고를 치른다. 단재는 1908년 초부터 신문 편집에 주도적인 역할을 하게 되고, 후반기에 들어서는 편집을 도맡다시피 한 것으로 보인다. 그것은 1908년 5월 2일부터 8월 18일까지 '위인유적'란을 두고 「이순신전」을 싣고, 이어서 8월 27일부터 12월 13일까지 '문단'란을

52 『雩崗梁起鐸全集』 1, 동방미디어, 2002, 212, 215면.

53 김필자, 「저술 · 신상 · 언론활동」, 『우강양기탁전집-총목차』, 동방미디어, 2002, 28면.

만들어 자신의 「독사신론」을 싣는 것만 보아도 알 수 있다.[54] 1908년 11월 29일에 신설한 '사조'란도 그가 주도해서 만들었으며, 투고해온 시가를 선별해서 실은 것으로 보인다. 그러면 모든 것은 명료해진다. 「천희당시화」의 저자(余)가 신문사의 편집자였으며, 그는 벗이 읊어준(誦傳) 시가 두 편을 받아 『대한매일신보』에 게재했던 것이다. 이러한 사실은 시화의 저자가 신채호일 가능성을 보여주는 대목이다.

> 其後에 許多 詩學士가 輩出ᄒᆞ엿스나 皆 李杜韓蘇의 唾餘를 拾ᄒᆞ야 戰事를 悲觀ᄒᆞ고 苟安을 謳歌ᄒᆞ야 事大主義만 鼓吹ᄒᆯ 뿐이오 能히 眼光을 大放ᄒᆞ야 東國尙武的 精神을 發揮ᄒᆞᆫ 者ㅣ 無ᄒᆞ니(1909.11.13)

이는 저자의 상무적 정신을 잘 드러내고 있다. 이동순도 이 시화의 상무정신의 회복이 신채호의 사상과 일치한다는 주장을 펴고 있다. 그것은 신채호의 「꿈하늘」에 제시된 '역사의 상무정신', '종교적 상무정신', 그리고 「조선상고사」에서 말하는 '尙武喜功의 心'(전집 상, 41면)과 서로 통한다.

> (카) 英國詩ᄂᆞᆫ 英國詩의 音節이 自有ᄒᆞ며 俄國詩ᄂᆞᆫ 俄國詩의 音節이 自有ᄒᆞ며 其他 各國詩가 皆然ᄒᆞ나니 萬一 甲國의 詩로 乙國의 音節을 效ᄒᆞ면 是ᄂᆞᆫ 鶴膝을 鳧脚으로 換ᄒᆞ며 狗尾를 黃貂로 續ᄒᆞᆷ이니 其孰長孰短 孰善孰惡은 姑舍ᄒᆞ고 狀態의 不類가 엇지 可笑치 아니리오 試ᄒᆞ야 此國文七字詩를 一讀ᄒᆞ라. 其艱삽ᄒᆞᆷ이 果然 何如ᄒᆞ뇨 且堂堂 獨립ᄒᆞᆫ 國詩가 自有ᄒᆞ거ᄂᆞᆯ 何必 支那律體를 依倣ᄒᆞ야 龍鐘崎嶇의 態를 作ᄒᆞ리오(1909.11.17)
>
> (카－1) 漢文은 漢文 文法이 有ᄒᆞ며 英文은 英文 文法이 有ᄒᆞ고 기타 俄法德

---

54 이러한 현상은 1909년에도 유지된다. 1909년 연재물로 신채호로 확실히 밝혀진 것은 「최도통전」(1909.12.5～1910.5.27)이지만, 궁극적으로 문단란의 「천희당시화」(1909.11.9～12.4)이나 '담총'란의 '검심'의 글(1909.11.20～1910.4.7)도 신채호의 글이며, 1909년 11월 17일부터 제시된 사회등가사란은 이전의 사조란처럼 단재가 만든 것으로 보인다.

伊等文이 莫不其文法이 自有하니 目今 世界 現行 各文에 엇지 無法의 文이 壹有ᄒᆞ리오마는 然이나 今 韓國의 國漢字 交用文은 尙且 其法이 無ᄒᆞ도다……居然 時代의 思潮가 壹變ᄒᆞ야 彼佶屈贅牙ᄒᆞᆫ 漢文으로는 國民知識 均啓ᄒᆞᆷ이 難ᄒᆞᆷ을 大覺ᄒᆞ며 又 自國國文을 無視ᄒᆞ고 他國文만 尊尙ᄒᆞᆷ이 不可ᄒᆞᆷ을 不悟ᄒᆞ고 於是乎 國文을 純用코자 ᄒᆞ나 但 屢百年 慣習ᄒᆞ던 漢文을 壹朝에 全棄ᄒᆞᆷ이 時義와 時勢에 均時不合ᄒᆞᆫ지라(「文法을 宜統一」, 1908.11.7, 논설란)

각국 시에 각국의 음절이 있다는 것은 각국의 문에 각각의 문법이 있다는 것과 논리적, 문체적으로 닮아 있다. 게다가 우리 시인들이 지나치게 한시 율격만 따른 것은 결국 국문을 버려두고 한문(한시)을 존숭한 것이요, 그러므로 국시 개혁과 국문법 통일은 국민지식의 보급은 물론이고, 자주 국가로 나아가는 길이 된다. 그것은 우리 문자, 우리 문학을 통해 사대적 노예적 사상을 극복하고 자주적 주체적 사상으로 나아가자는 신채호의 민족주의 논리와 닿아 있다.

또한 「천희당시화」에는 유럽 작가가 두 명이나 언급된다. 세익스피어와 단테이다.

(타) 吾子가 詩界革命家 始祖가 되려니와 苟或 漢字詩를 將ᄒᆞ야 此로 國人의 感念을 興起코ᄌᆞ ᄒᆞ라다가는 비록 索士比亞(英國 大詩人)의 神筆을 揮ᄒᆞᆯ지라도 是는 幾個人의 閒坐諷詠ᄒᆞᆷ에 供ᄒᆞᆯ 而已니(1909.11.21)

(파) 余가 일즉 先生으로써 伊太利 詩人 단테의게 比ᄒᆞ나 然이나 단테는 其一村의 筆下에 能히 瑪志尼를 産出ᄒᆞ야 舊羅馬의 榮光을 挽回ᄒᆞ엿거늘(1909.12.3)

세익스피어나 단테는 당대에 상당히 낯선 작가였다. 그래서 그들을 아는 사람은 식자층 가운데에서도 그리 많지 않았다. 그런데 신채호는 그런 작가들에 대해 알고 있었다.

(타 — 1) 我가 文學을 喜홀진뎐 千萬里外에 操紙下筆ᄒᆞ던 盧梭, 懇討, 福祿特異, 索士比亞, 戞密敦, 瑪志尼, 達賓, 斯辯士가 皆 是我며(「대아와 소아」, 1908.9.17)

(파 — 1) 大詩人 但丁과 革命歌 達士里阿의 靈魂이 有知ᄒᆞ면 當喜出望外ᄒᆞ야 黃泉下에서 蹈舞홀지니(『이태리건국삼걸전』, 5면)

신채호는 「대아와 소아」에서 세익스피어의 문학을 좋아한다고 말했다. 그리고 「역사와 애국심의 관계」에서도 "皇城 中央에 向ᄒᆞ야 唯一無二의 大新聞을 創ᄒᆞ고 戞密敦, 索士比亞 갓흔 巨文豪를 聘ᄒᆞ야"(『대한협회회보』, 1908.6, 2면)라 언급했다. 그리고 단테에 관해 『이태리건국삼걸전』에서 언급하였다. 적어도 신채호는 그들에 대해 문외한이 아니었음을 알 수 있다. 당시 그들에 대한 사전 지식 없이 그들을 거론하기는 어려웠을 것이고, 박학다식한 사람이 아니고서는 그들을 알기 어려웠을 것이다. 그것은 앞에서 언급한 비스마르크도 마찬가지이다. 신채호는 일상적으로 서점을 드나들며 무수한 책을 구해 읽어 무척 박람강기했고, 또한 번역에도 능통했던 것으로 알려져 있다. 그런 그이니만큼 외국 시인들에 대해서도 어느 정도 알고 있었을 것으로 보인다.

한편 이 시화에서 언급한 최영, 남이, 김종서, 신광하, 홍경래, 임춘 등의 시인들은 주체적 정신과 혁명적 사상을 가진 이들이다. 특히 혁명가로 홍경래와 전봉준을 들 수 있다. 저자는 "全봉準은 革命家의 精神이 饒有ᄒᆞ고 兵略이 神速ᄒᆞ야…… 봉準의 才略으로 萬一 稍後히 出現ᄒᆞ야 世界의 風潮를 觀察ᄒᆞ고 時機를 利用ᄒᆞ엿더면 後來 其可觀의 成就가 必有"(1909.11.18)했을 것이라 언급하였는데, 이는 대단히 진취적이고 혁명적인 사상이다. 그리고 언급한 시에서 최영의 '삼척검', 「장부음」의 '장검', 김종서의 '일장검', 남이의 '장검' 등 '검'이 많은 것도 그러한 혁명정신을 보여준다. 그것은 「꿈하늘」의 '삼인검', 또는 「칼부름」 노래로 이어지지 않던가. 여기에서 신채호가 '담총'란의 호를 '검심'으로 한 생각의 일단을 엿볼 수 있다. 그것은

"언제나 큰 決雲劍을 엇어다가 뎌 挾雜學校를 부셔닐까 ᄒᆞ노라"(「협잡교육」, 1909.12.3, 담총란)에서 잘 드러난다. 그리고 유고로 남은 「1월 28일」의 구절 "칼아 나는 너를 위하여 우노라"[55]하는 것도 그런 마음의 표현이 아니겠는가. 결국 신채호는 「이순신전」이나 『을지문덕』에서 영웅이 나오길 염원한 것처럼 「천희당시화」에서도 개혁적이며, 혁명적인 정신을 드러낸 것이다.

3) 기타 문제

또 하나 해결해야 할 것이 남아 있다. 「천희당시화」에는 '천희당', '요의' 만큼이나 신채호와 멀어 보이는 단어가 있다. 바로 '箕聖'이라는 단어이다.

> 漢詩는 漢文과 共히 我國에 輸入ᄒᆞ야 一種 文學을 成ᄒᆞᆫ 者라 箕聖이 傳敎ᄒᆞᆯ 時에 必也 殷周에 行用ᄒᆞᄂᆞᆫ 풍雅頌 等으로 國人을 敎ᄒᆞᆫ 事가 有ᄒᆞᆯ지나 古사에 加徵ᄒᆞᆯ 處가 無ᄒᆞ며 或 麥秀歌를 箕聖의 作ᄒᆞᆫ 빈라 ᄒᆞ나……(1909.11.13)

한 논자는 그것을 근거로 신채호의 글로 보기 어렵다는 견해를 피력했다. "신채호가 1908년 『대한매일신보』에 연재했던 「독사신론」에서는 〈箕子〉라고 하고 〈기성〉이라 하지 않"[56]았기 때문이다. 옳은 지적이다. 신채호의 「독사신론」 뿐만 아니라 「조선상고사」, 기타 그 어떤 글에도 '箕子', '箕氏'라는 표현은 발견되는데 '기성'이라는 표현은 나타나지 않는다. 그가 '聖'자를 붙여 인물을 드높인 경우는 적지 않다.

> 東方聖僧으로 尊ᄒᆞ던 元曉 義相(「국수보전설」, 『대매』 1908.8.12)

---

55 신채호, 『룡과 룡의 대격전』, 조선문학예술총동맹출판사, 1966, 230면.

56 황재문, 앞의 논문, 33면.

東明聖帝(「대아와 소아」, 『대매』, 1908.9.17)

世宗聖祖(「국문연구회 위원 제씨에게 권고홈」, 『대매』 1908.11.14)

檀聖(「만주문제에 就ᄒᆞ야 재론홈」, 『대매』 1910.1.19)

우선 위 예문에서 원효와 의상은 '聖僧'으로 표현되고 있는데, 이는 "大聖으로 相奉ᄒᆞᄂᆞᆫ 元曉 義相"(「편고승려동포」, 『대매』, 1908.12.13)에서도 마찬가지이다. 그리고 주몽을 「대아와 소아」에서는 '동명성제'라고 썼으며, 「독사신론」에서도 "東明聖王"(1908.11.3)이라고 했다. 그리고 세종대왕을 "세종성조", 단군을 '단성'으로 썼다. 후자는 "桓因 桓雄 檀君은 卽 所謂 三神(又曰 三聖)이오"(「동국고대선교고」, 『대매』, 1910.3.11)에서도 드러난다. 그는 공자, 맹자, 석가, 예수 등 동서양의 성인뿐만 아니라 한국의 수많은 인물들을 성인으로 서술했다.[57] 특히 단군을 '단성'이라 언급하였는데, 이는 기자를 '기성'이라고 한 조어방식과 동일하다.

(가) 彼輩가 必曰, 箕子ᄂᆞᆫ 聖人이라, 七雄 五胡에 比홈이 不可ᄒᆞ다 홀지나, 余가 又 壹言으로 反質ᄒᆞ노니, 桀이 未死면 成湯이 雖聖이나 夏統을 代ᄒᆞ지 못홀지며, 紂가 未亡이면 武王이 雖賢이나 殷統을 代ᄒᆞ지 못홀지니, 桀紂에도 猶然커던, 況 失德이 無ᄒᆞᆫ 扶餘王朝의 正統을 엇지 箕子로 遽代ᄒᆞ리오.(「독사신론」, 1908.9.8)

(나) 箕子가 비록 聖人이라 하나, 엇지 外國의 나그내로 들어오는 길에 곳 帝王이 되리요"(『전집』 상, 410면)

단재는 「독사신론」에서 기자가 부여왕조의 정통을 대신하였음을 부정하였다. 그러나 그가 성인임을 부정한 것은 아니다. 그는 같은 글에서 "虞舜

57 단재는 「一深深山村에 一 頑固學究가 잇다」에서 "孔子만 聖人인줄 알엇더니 돌리켜 싱각ᄒᆞᆫ즉 釋迦도 一聖人 耶蘇도 一聖人"(『大韓每日申報』, 1909. 12. 5)이라고 했다.

의 聖도 箕子에 不下ᄒᆞ나”(1908.9.12)라고 하였는데, 순[虞舜]은 요(堯) 임금과 더불어 성군(聖君)의 대명사로 일컬어지지 않던가. 요순의 성스러움이 기자에 모자라지 않는다는 것이야말로 ‘기자가 성인’이라는 사실을 잘 말해주고 있다. (가)의 맥락은 (나)와 직결된다. 즉 기자는 성인이었지만, 우리의 왕조를 이은 것은 아니라는 말이다. 단재는 같은 글(「조선상고사」)에서 “殷室의 大聖, 箕子 微子”, “箕子 같은 大聖”이라 언급했는데, 이를 간단히 줄이면 ‘기성’이 된다. 신채호는 기자를 ‘성인’, ‘대성’이라는 구절과 합쳐 ‘기성’이라 한 것으로 보인다. 그러면 그것은 또 다른 사대주의가 아닌가? 그는 베델의 죽음에도 ‘如喪考妣’를 쓸 수 있음을 주장했다. 그것은 “聖君堯帝가 돌아간 때 쓰던 문자”이었지만, 그는 『후한서』나 『음빙집』을 근거로 삼아 賢相, 哲人, 名將, 심지어, 循吏의 喪에도 쓸 수 있음을 고증하였다. 원효나 의상을 성인이라 했듯 기자를 성인이라 하는 데 달리 문제될 리 없다.

그런데 여기에 또 하나 기자와 관련하여 짚고 넘어가야 할 문제가 있다.

> 或 麥秀歌를 箕聖의 作ᄒᆞᆫ 빈라 ᄒᆞ나, 此ᄂᆞᆫ 張谿谷이 微子詩로 昭晳히 辨正ᄒᆞᆫ 빈라(1909.11.13)

「맥수가」는 일반적으로 기자의 시로 알려져 있다. 그런데 「천희당시화」 저자는 미자의 시로 규정했다. 단재의 「독사신론」에도 제2장 ‘부여왕조와 기자’의 가운데 “亡國遺臣이 壹死가 尙遲하여 麥穗悲歌에 淚雨가 未霽ᄒᆞᆫ딕”(1908.9.10)에서 「맥수가」에 대한 언급이 나온다. 그렇지만 그 뒤 구절 “奚暇에 壹國 人君될 夢想이 有하리오”로 보아 기자의 시로 인정하고 있음을 알 수 있다. 그렇다면 「맥수가」의 저자를 단재는 기자로, 「천희당시화」의 저자는 미자로 본다면 둘은 각기 다른 인물이 아닐까. 그런데 후자는 ‘張谿谷이 微子詩로 昭晳히 辨正’이라 하여 장유(1587~1638)를 그 근거로 내세웠다.

> (다) 昔者에 張維가 史記『武王封箕子于朝鮮』을 辨正할 새, 第一에 尙書에

『我罔爲臣僕』을 들어 箕子 ─ 이믜 남의 臣僕이 되지 아니할 줄로 自誓하얏슨즉, 武王의 封爵을 밧을 理가 업다는 前提를 세우며, 第二에 漢書의 『箕子避地于朝鮮』을 들어 班固는 史記 지은 司馬遷보다 忠實하며 精密한 歷史家로서 遷史에 쓴 바, 箕子封爵說을 빼엿슨즉 封爵은 事實 아니라고 斷言을 나리엿스니, 이는 人證이오(「조선일보」 1931.6.18)

단재는 「조선사」에서 장유가 '기자봉작설'을 변정한 내용을 실었다. 이에 대해서는 「조선상고문화사」에도 다시 실는 등 단재로서는 대단히 중요하게 여기는 내용이다. 장유는 『계곡만필』에서 '기자봉작설'을 변정하였다.[58] 그런데 장유의 『계곡만필』, 심지어 『계곡집』에서도 맥수가에 대한 '미자시 변정' 내용은 없다. 오히려 『계곡집』에는 "悵殷墟之麥秀兮 獨忍淚而增傷"이라 하여 기자가 맥수가를 부른 것으로 나온다.[59] 그렇다면 「맥수가」의 미자 창작설은 대체 어디에 근거하는가? 다행히 「독사신론」에는 그 실마리가 들어 있다.

(라) 東史綱目의 論載ᄒᆞᆫ 「遼地太半 皆기子提封」 九字ᄂᆞᆫ 筆下의 臆推이라. (「독사신론」, 『대매』, 1908.9.13)

(마) 成京志……則遼地太半 爲箕子提封(「箕子疆域考」, 東史綱目 附卷下, 『동사강목Ⅸ』, 57면)

단재는 「독사신론」에서 '기자'와 관련 내용을 안정복의 『동사강목』에서 가져왔음을 언급했다. 특히 (라) 「독사신론」에서 언급한 내용이 고스란히 (마) 『동사강목』에 들어 있다. 그렇다면 '기자봉작설' 관련 내용은 『동사강목』에 없는가? 안정복은 「箕子의 避地朝鮮과 受封朝鮮에 대한 분별」을 썼

58 이 내용은 "谿谷漫筆 卷之二 五~六面"(장유, 『계곡집』 V, 민족문화추진회, 1994, 원문 111면)에 실려 있다.

59 장유, 『계곡집』 1, 민족문화추진회, 1994, 원문 23면.

다. 이 글에 아래와 같은 내용이 있다.

(바) 後漢書亦曰 箕子違衰殷之運 避地朝鮮 後人以班范二史爲信 至本朝 張氏林氏幷以爲然 鷄谷 張氏曰 箕子曰 商其淪喪 我罔爲臣僕 若受武王之封爵 是臣於周而變其初志也 史遷之說 明是謬妄 而漢書甚有理 盖箕子去中國入朝鮮 鮮民共尊爲君 亦猶太伯適蠻荊 而遂君其地也 『후한서』에도, "기자가 쇠한 은나라 운수를 저버리고 조선으로 피신하였다." 하여, 후세 사람들은 반고와 범엽이 쓴 두 역사(『한서』와 『후한서』)를 신임하는데, 본조에 이르러 장씨·임씨도 모두 그렇게 생각하였다. 계곡 장씨는 말하기를, "기자의 말이 '상이 망하더라도 우리가 남의 신복이 될 수는 없다.' 하였으니, 만약 무왕의 봉작을 받았다면 이는 주 나라의 신하 노릇을 한 것이요, 그 처음에 먹었던 뜻을 변한 것이다. 그러고 보면 사마천의 말은 분명 그릇되고 망령된 말이요, 『한서』의 말이 가장 근리하다. 대개 기자가 중국을 버리고 조선으로 들어오자 조선 백성들은 다 함께 떠받들어 임금을 삼았으니, 또한 태백이 만형에 갔다가 드디어 그 지방 임금이 된 것과 같다" 하였다.[60]

안정복은 기자를 우리 역사의 맨 앞에다 기술했는데, 단재를 이를 비판했다. 『동사강목』 제1상 '기묘년 조선 기자 원년'에서 기자봉작설이 나오며, 이에 대한 변정인 (바) 「기자의 피지조선과 수봉조선에 대한 분별」은 『동사강목』 '부록 상권 고이'에 나온다. 다행히 안정복은 부록에서 단군사를 가장 앞에 서술하고 있다. 부록 상권의 첫 번째 변정 글(바)에 장유가 '기자봉작설'을 변정한 내용이 실려 있다. 안정복의 윗글이 단재 글(다)의 바탕이 되었음은 내용을 통해서 충분히 알 수 있다. 단재는 안정복의 견해에는 부정적이었지만, 장계곡의 견해는 적극적으로 수용했다. 단재가 「독사신론」에서

60 안정복, 「箕子避地朝鮮與受封朝鮮之別」, 東史綱目 附卷上上, 『동사강목』 IX, 원문 21면. 번역은 『국역동사강목』 IX, 민족문화추진회, 1979, 94~95면.

『동사강목』을 참조했음을 두말할 나위가 없다. 단재는 "다만 東史綱目의 적힌 바에 의거하야 필경 傳記도 안이오, 論文도 안인 『四千載第一偉人乙支文德』(1908)이라 한 조고마한 冊子를 지어 世上에 發佈한 일"(「꿈하늘」)이 있었다 하는가 하면, 이후 망명 때 『동사강목』을 가져가 「조선사(일명 조선상고사)」의 집필에도 많이 참조했다.

그리고 『동사강목』 제1상 두 번째 '임오년 기자 4년'에 기자의 「맥수가」 원문이 실려 있다. 그 시가에 이어 "『尙書大傳』에는 '맥수가는 미자가 지은 것'이라 하여, 『사기』와 같지 않으니, 이것에 관해서는 확실히 알 수 없으나 『竹書紀年』에 '무왕 16년에 기자가 주에 조빙하였다' 하였으니 기자가 주에 조빙한 것은 확실하다"는 내용이 나온다. 그리고 이에 대한 자세한 변정은 장유의 변정 다음 페이지 '箕子來周'(『동사강목』 부록 상권 고이)에 실려 있다.

> 竹書紀年 武王十六年 壬午 箕子來朝 綱鑑等諸書皆從之 今取錄焉 朝周事 竹書史記皆箕子事 而獨尙書大傳 以麥穗歌爲微子事 後人引此及罔爲臣僕語 謂箕子必不朝周 此說不是 『죽서기년』에, "무왕 16년 임오에 기자가 내조하였다" 하고, 『동국통감』 등 여러 책이 다 이를 따랐기에 나도 이를 취하여 기록한다. 주나라에 조회한 일은 『죽서』와 『사기』에 다 기자의 일로 되었는데, 유독 『상서대전』에 맥수가를 미자의 일로 만들었다. 후인들은 『상서대전』의 사실과 '주의 신복이 되지 않겠다' 한 말을 인용하여 기자가 반드시 주나라에 조회하지 않았을 것이라 말하니, 이는 옳지 못하다.[61]

안정복은 「맥수가」의 미자 창작설을 담은 『상서대전』의 말을 언급했다.

---

61 안정복, 「箕子來朝」, 東史綱目 附卷上上, 『동사강목IX』, 22면. 번역은 『국역동사강목』, 96~97면. 「임오년 기자 4년 기자가 내조하였다」에도 "『상서(尙書)』 대전(大傳)에는 '맥수가는 미자(微子)가 지은 것'이라 하여, 『사기』와 같지 않으니, 이것에 관해서는 확실히 알 수 없다"(『국역동사강목』 I, 민족문화추진회, 1979, 167면)라는 내용이 있다. 이 글에 대한 부록이 윗글이다.

이제까지 두 가지 사실이 명백해진다. 그 하나는 '장유의 변정'은 '기자봉작설'에 관한 것이라는 것, 그리고 「맥수가」를 미자의 작이라 한 것은 『동사강목』(원 출처는 『상서대전』)에 따른 것이라는 사실이다. 그렇다면 장유의 '「맥수가」의 미자시 변정'은 어디에 근거하는가? 그것은 위 예문에 숨어 있다. 장유는 "다시는 신하 노릇을 하지 않겠다(我罔爲臣僕)"는 기자의 말을 들어 『사기』의 봉작(受封朝鮮)설을 부정하고 『한서』의 피신(避地朝鮮)설이 옳다고 '변정'하였다. 그런데 안정복은 "후인이 '麥穗歌爲微子事'와 '罔爲臣僕語'를 근거로 기자가 주나라에 조회했을 리가 없다고 하는데 이는 잘못이다(後人引此(麥穗歌爲微子事)及罔爲臣僕語 謂箕子必不朝周 此說不是)"라고 언급했다. 여기에서 '후인'은 문맥상 바로 앞장에서 말한 장유가 포함된다. 장유는 '罔爲臣僕語'를 들어 기자봉작설(箕子受封朝鮮)을 부인하지 않았던가. '我罔爲臣僕語'와 '麥穗歌爲微子事'는 사마천 『사기』의 "箕子受封朝鮮", "箕子來周"설을 부정하는 근거가 된다. 그러므로 「천희당시화」의 저자는 "我罔爲臣僕"을 거론한 장유가 "麥穗歌爲微子"까지 변정했을 것으로 생각할 여지가 충분하다. 저자가 장유의 『계곡집』, 『계곡만필』을 보지 못했음은 명백하다.[62] 만일 보았다면 '미자시 변정' 운운하지는 않았을 것이다. 그리고 「천희당시화」에는 이익의 "星湖僿說"(1909.12.3)이 언급되었는데, 『성호사설』 「회남왕전」에는 "又云 微子過故國而悲於是作麥秀之歌 與箕子作歌者不同"이라 하여 미자가 「맥수가」를 지었다는 말이 나온다. 저자가 『성호사설』을 보았지만, 『성호사설』을 토대로 맥수가의 미자설을 주장하지 않았음도 명백하다. 그것은 "張谿谷이 (麥秀歌를) 微子詩로 昭晳히 辨正"이라고 한 구절에서 확연히 드러난다. 오히려 미자의 「맥수가」 창작설은 『동사강목』 구절에 대한 오해로 형성된 것인데, 그것은 「천희당시화」의 단재 저작설을 더 굳건히 뒷받침한다. 단재는 『동사강목』을 읽었고, 그래서

62 장유의 『계곡만필』은 현재 성균관 존경각의 고서로 남아 있다. 그 저서가 언제부터 있었는지는 알 수 없으나 단재는 1909년 당시 그 저서를 읽지 못했던 것으로 드러난다.

장유의 기자봉작설을 거론했고, 심지어 맥수가의 미자 창작설마저 언급했던 것이다. 이것은 단재가 「천희당시화」를 썼음을 말해주는 더할 나위없는 증표가 아니겠는가.

> 申震澤 光河氏는 科詩로 鳴훈 者나, 然이나 其實은 氏가 科詩에 長홀 뿐 아니라 漢文과 漢詩에 尤長ᄒᆞ며, 又詩에 長홀 뿐 아니라 卽 其卓犖훈 奇氣가 一世의 傑人이라 可稱홀지라. 性이 旅行을 喜ᄒᆞ야 八域의 山河를 閱覽ᄒᆞ며 其老年에 北遊ᄒᆞ야 白頭山에 登ᄒᆞ야 兩岸蒼崖三百里 女眞黃葉落朝鮮의 句를 吟ᄒᆞ고 旣歸ᄋᆡ 朝廷에 奏ᄒᆞ야 兵을 養ᄒᆞ야 鴨綠江 以西 並呑홈을 主張ᄒᆞ나 時人이 皆 狂士로 目ᄒᆞ야 其言을 不用ᄒᆞ엿스니 後來 志士의 同憾홀 ᄇᆡ로다.(1909.11.26)

「천희당시화」의 저자는 진택 신광하에 대해 소상히 적고 있다. 신광하(1729~1796)는 석북 신광수(1712~1775)의 동생으로, 두 형제 모두 고령 신씨가의 인물들로 과시에 능했던 것으로 전해진다. 그런데 "兩岸蒼崖三百里 女眞黃葉落朝鮮"은 원래 "土門江水疾於箭 江口合流西北川 蒼壁兩邊三百尺 女眞黃葉落朝鮮"이라는 7언 절구 「臨江臺 其二」이다. 이것은 신광하가 백두산을 답사하고 쓴 『白頭錄』에 실려 있다.[63] 그는 『북유록(北遊錄)』, 『백두록(白頭錄)』 등 여러 시집을 남겼는데, 「천희당시화」의 저자는 특히 그를 "卓犖훈 奇氣가 一世의 傑人"이라 평가하였다. 저자가 이 책을 보았다는 것은 바로 고령 신씨와 밀접한 사람이라는 것을 말해준다. 당시 개인 문집의 경우 성균관의 존경각에서조차 제대로 구비되어 있지 않았고, 또한 희귀해서 문중 사람이 아니면 얻어 보기조차 쉽지 않았다. 단재는 신광하와 더불어 신장(申檣, 고령 신씨 제7대)의 후손(신광하는 신장의 둘째 아들 仲舟의 10대(고령 신씨 18대)손이며, 단재는 셋째 아들 淑舟의 18대(고령 신씨 26대)손)이며, 고령 신씨가 사람이었다. 그래서 『진택선생문집』을 쉽게 볼 수 있었으며, 그의

63 신광하, 「震澤先生文集 卷之六 六一四」, 『震澤先生文集』(1), 경인문화사, 1994, 434면.

인품이나 시적 기절을 충분히 깨달았기 때문에 그의 시를 언급했을 것이다.

그리고 「천희당시화」에는 단재 문체가 그대로 드러난 문장이 있다. 바로 「독사신론」에 쓴 문형을 그대로 쓰고 있는 것이다.

(사) 大抵 吾輩가 喜가 有ᄒᆞᄆᆡ 歡呼가 無코ᄌᆞ ᄒᆞᆫ들 得乎며, 怒가 有ᄒᆞᄆᆡ 憤叫가 無코ᄌᆞ ᄒᆞᆫ들 得乎며, 哀怨이 有ᄒᆞᄆᆡ 凄凉灑泣이 無코ᄌᆞ ᄒᆞᆫ들 得乎며, 苦痛이 有ᄒᆞᄆᆡ 呻吟狂啼가 無코ᄌᆞ ᄒᆞᆫ들 得乎아.(1909.11.23)

(사 - 1) 眼前에 接觸ᄒᆞᄂᆞᆫ 者ᄂᆞᆫ 殊方의 民俗이니, 高尙ᄒᆞᆫ 洪範의 道로 其民을 化코ᄌᆞ ᄒᆞᆫ들 得乎며, 支離ᄒᆞᆫ 禮樂의 敎로 其民을 服코ᄌᆞ ᄒᆞᆫ들 得乎아.(「독사신론」, 1908.9.15)

위 문장에서 "…… 코자 한들 得乎며 …… 코ᄌᆞ ᄒᆞᆫ들 得乎아"라는 구절이 그대로 일치한다. 게다가 "類利王의 黃鳥詩"(1909.11.11)이라는 구절에 주목을 요할 필요가 있다. 「황조가」의 저자는 『삼국사기』를 비롯하여 대부분의 책에서 瑠璃王, 또는 瑠璃明王으로 표기되었다. 그것은 類利가 왕에 오르기 이전 이름이고, 왕명은 瑠璃王, 또는 瑠璃明王이기 때문이다. 『삼국사기』에서는 "유리명왕(瑠璃明王)이 왕위에 올랐다. 이름은 類利, 혹은 孺留라고도 한다"고 하였다. 그런데 단재는 "儒留는 本紀의 琉璃明王 類利니, 儒留 琉璃 類利는 다 『누리』로 讀할 것이니 …… 이제 『琉璃』와 『明』은 諡로 쓰고 類利는 王의 名으로"(「조선사」, 『조선일보』, 1931.7.10) 쓴다고 했다.[64] 다른 사람과 달리 그는 유리왕을 琉璃라고 하지 않고 類利라고 표현했던 것이다. 뿐만 아니라 「천희당시화」에 '自有', '乃', '以ᄒᆞ며', '밋' 등 신채호의 독특한 문체들이 나타나고 있다. 이런 것들은 단재의 특징을 여지없이 보여주는 것들이다.

그러면 이제 「천희당시화」와 관련이 있는 '담총'란의 검심의 글과 신채호의 관련성을 간단히 살펴보기로 한다. 이에 대해서는 임형택과 권오만이

64 이에 대해서 임중빈도 「'천희당시화'의 평석」(『한국문학』, 1977.9, 197면)에서 밝힌 바 있다.

단재의 저작으로 확정한 바이지만,[65] 황재문은 단재 저작설을 부정하고 있다. 이 역시 저자가 분명히 확정되지 않으면 계속하여 논란의 소지가 될 수 있다. 한편으로 그것은 「천희당시화」의 저자 문제와 연계되어 있어서 같이 해결되어야 할 문제이다. 임형택이 신채호의 저작 근거로 내세운 것은 「정관음」과 국문 창제 요의설이다.

(아) 名譽記念碑를 靑川江에 장竪ᄒᆞ고 玄花白羽로 萬古佳話를 장傳ᄒᆞᆫ 빈어니와(「국한문의 경중」, 1908.3.18)

(아 – 1) 牧隱 貞觀吟에 謂是囊中一物耳那知玄花落白羽아 ᄒᆞ야(1909.12.15)

이색의 「정관음」은 (아) 「국한문의 경중」에 언급되었는데, 지나치게 간략히 제시되어 있어 제대로 알기 어렵다. 그러나 검심의 (아 – 1) 「국사의 일사」를 보면 그 내용을 바로 알 수 있다. 신채호는 「정관음」을 「조선상고사」(전집상, 50, 52면), 「조선상고문화사」(303면)에 계속하여 언급하였을 뿐만 아니라 「아방윤리경」에도 "목은은 시로서 눈에 화살 맞은 당태종을 조롱하였네"(『유고집』, 245면)라고 언급하였다. 그것은 그가 중국 역사서의 과오를 변정하고 우리 역사의 위업을 드러내는 데 가장 좋은 소재이기도 했다.

그리고 「천희당시화」에서 강조하던 역사의 잔결은 "三國時代 乙支文德 金庾信 諸公 歷ᄉᆞ의 殘缺홈은 一般同慨ᄒᆞᄂᆞᆫ 빈라"(1909.12.14)에서도 드러난다. 한편 "佛敎가 入ᄒᆞ미 韓國的 佛敎가 되지 못ᄒᆞ고 佛敎的 韓國이 되야"(1909.12.22)는 "釋迦가 들어오면 朝鮮의 釋迦가 되지 안코 釋迦의 朝鮮이 되며"(『동아일보』, 1925.1.2)로 그 동일성이 언급되었다.[66] 그리고 「멸절된 인종」 역시 문체, 내용면에서 동일하다.

(자) 鮮卑族은 最初에 我族과 遼滿 等地에 並立ᄒᆞ야 互相 血戰을 繼續하던

65 권오만, 『개화기시가연구』, 새문사, 1989, 273면, 주 29번 및 375면, 주 28번 참조.

66 임상석, 「근대 계몽기 신채호의 글쓰기 방식 – 한문의 그늘 아래 모색된 새로운 논리와 사상」, 고려대 석사논문, 2002.2.

者라 其後에 大斥逐을 被ᄒᆞ야 其窟穴을 失ᄒᆞ고 卽今 西伯利亞 等地에 其殘喘을 保하는 者오(1908.8.29)

(자 - 1) 션卑가 高句麗의 逐ᄒᆞᆫ 빈 되야 現今 西伯利亞 等地에 其殘喘을 僅保ᄒᆞ며(1909.12.30)

(자)는 「독사신론」의 내용이요, (자 - 1)은 「멸절된 인종」의 구절이다. 선비족이 시베리아 등지에 겨우 그 명맥을 보존하고 있음이 같은 문체로 두 글에 동시에 나타나고 있다.

(차) 滿洲에 植民ᄒᆞ야 大帝國을 建ᄒᆞ던 金俊을 夢ᄒᆞ거든 掌을 合ᄒᆞ야 三禮ᄒᆞ고(『대한협회회보』, 1908.5, 5면)

(차 - 1) 金俊이 我國人으로 獨拳을 將ᄒᆞ고 北方에 入ᄒᆞ야 羣衆을 集ᄒᆞ며 英雄을 駕ᄒᆞ야 東亞 一方에 大金國을 建設ᄒᆞ고(1910.1.21)

(차 - 2) 他國에 가 王된 高雲, 李正己, 金俊(『유고집』, 59~60면)

사실 (차 - 1)의 내용만 보면 이것은 박은식의 글에 가깝다. 박은식은 『몽배금태조』에서 "大金國 太祖 皇帝는 我 平州人 金俊氏의 9世孫"이라고 규정하였기 때문이다. 「김준」 이전의 단재 글에는 김준이 우리나라 사람이라는 부분은 전혀 나오지 않는다. 그런데 (차 - 2) 「꿈하늘」에 오면 처럼 신채호가 김준을 우리나라 인물로 제시했음을 볼 수 있다. 그의 글에서 일관성이 없어 보이는 글도 자세히 보면 일관성이 드러난다.

이제 마무리를 해야 할 때이다. 사실 신채호의 글을 단일 맥락에서 보면 오해를 일으키기 쉬운 대목이 많다. 먼저 그러한 부분을 보기로 한다.

(카) 龍頭口를 設하고 背에 鐵尖을 植하고 船內에셔는 外를 窺ᄒᆞ나 船外에셔는 닉를 窺치 못ᄒᆞ야 數百 賊船中에도 往來無恙케 製造ᄒᆞ얏는대 其狀이 龜形과 彷佛ᄒᆞᆫ 故로 龜船이라 名하니 此로 寇敵을 討平ᄒᆞ야 一時 大功을 成ᄒᆞᆯ 뿐 아니라 卽 世界 鐵甲船의 鼻祖가 되야 西國 海軍記에 往往 其名을 記ᄒᆞ니

라(「수군 제일 위인 이순신」, 1908.5.8)

(카－1) 李忠武公全集의 그 說明한 龜船의 制度를 보건대 船을 木板으로 裝하고 鐵板으로 함이 안인 듯하니 李舜臣을 裝甲船의 鼻祖라 함은 可하나 鐵甲船의 鼻祖라 함은 不可할 것이다[67]

동일 내용을 두고 1900년대 나온 글(카)과 1930년대 나온 글(카－1)이 상치하고 있음을 볼 수 있다. 「이순신전」(1908)에서 신채호는 이순신을 "세계 철갑선의 비조"라고 일컬었고, 또한 「대한의 희망」에서도 "鐵甲船을 創造한 李舜臣氏"(1908.4, 16면)라 하여 '철갑선'을 강조하고 있다. 그런데 1930년대 발표된 글에서는 이순신이 만든 것이 '철갑선'이 아니라 '장갑선'이라 하여 자신의 견해를 수정하였다. 이러한 상치는 「단심가」의 저자도 마찬가지이다. 단재는 「조선상고사」에 이르러 "「丹心歌」는 由來로 鄭圃隱의 作이라 하나, 右의 記述한 바로 보면, 대개 古人의 所作 곧 韓株의 作을 鄭圃隱이 唱하야 李朝 太宗의 唱을 答한 것이요, 圃隱의 自作이 안인가 하노라"고 했다.[68] 그것은 "鄭圃隱의 단心歌"(1909.11.12), "鄭圃隱의 丹心歌"[69](1924)와 상치되는 엉뚱한 결론이다. 이것을 단순히 발표 연대로 보면 1900～1920년대에는 정몽주의 작품으로, 1930년대에는 한주의 작품으로 제시한 것이다. 신채호는 「단심가」의 작가에 대해서도 혼선을 보여주고 있다.

(타) 今에 往昔 日本과 對抗홈에 足히 我民族의 名譽를 代表홀 만흔 偉人을 求훈건딕 上世에 兩偉人이니 (一) 高句麗 廣開土王 (二) 新羅 太宗王이오(1908.5.2)

(타－1) 此等妄想을 發호야 異族으로 호야 同族을 滅훈 金春秋여 此等 主義를 鼓吹호야 吾國을 削弱케 훈 歷史家여(1908.12.8)

(타)는 「이순신전」의 내용이요, (타－1)은 「독사신론」의 내용이다. 전자

67 신채호, 「조선사」, 『조선일보』, 1931.6.21.
68 신채호, 「조선사」, 『조선일보』, 1931.8.14.
69 신채호, 「문제없는 논문」, 『동아일보』, 1924.10.3.

에서는 태종 김춘추를 위인으로 간주하는가 하면, 후자에서는 동족을 멸한 사람으로 폄하하였다. 그리고 「조선상고사」에 이르면 김춘추 등을 "事大主義 病菌을 傳播하기 始作하"(325면)였다고 평가하였다. 여기에서도 두 개의 주장이 상충되는데, 전자는 오히려 자료의 불충실에 따른 논리요, 후자는 주체적 사상에 입각한 논리이다. 이러한 상충에도 불구하고 두 글은 신채호의 글이다. 둘 모두 그의 이름 아래 발표되었기 때문에 더없이 명백하다. 그런데 만일 전자가 무서명으로 발표되었다면 과연 그 구절 때문에 신채호의 글이 아니라고 할 수 있겠는가? 나머지의 글도 마찬가지이다.

'담총'란의 검심의 글은 『대한매일신보』 한글판에서는 '잡동사니'란으로 바뀌고, 또한 저자도 무서명으로 바뀐다. 그것은 그렇게 하여도 무방한, 즉 신문사 내의 인물이라는 것을 보여줌이 아니던가. 그리고 담총란의 글은 1909년 11월 20일부터 1910년 2월 16일까지는 1면에 자리하다가 2월 17일부터 1910년 4월 7일까지 3면으로 가고, 대신 1909년 12월 5일부터 3면에 연재되던 '위인유적'란의 「최도통전」이 1910년 2월 17일부터 연재가 종료되는 시점인 5월 27일까지 1면으로 자리한다. 그것은 1909년 11월 9일부터 11월 18일까지 1면에 연재되던 「천희당시화」가 1909년 11월 20일 '담총'란이 형성되면서 1면 자리를 내어주고 3면에 갔다가 12월 4일에 완전히 물러나는 것과 같다. 그것은 같은 저자이고, 또한 저자가 신문 편집에 관여한 인물이니까 지면의 자유로운 이동이 가능했던 것이 아닌가. 만일 다른 사람의 글이라면 신문사에서 저자에 대해 양해를 구하고, 독자에게도 안내 보도를 했을 것이다. '담총'란의 글과 '위인유적'란의 「최도통전」이 1910년 2월 25일부터 3월 4일까지 동시에 쉬고 있다. 또한 임형택의 지적처럼 단재가 중국으로 출발한 1910년 4월 8일 이후 담총란은 더 이상 검심의 글이 실리지 않고 사라졌으며, 「최도통전」도 겨우 명맥을 유지하다가 1910년 5월 27일 상편으로 종료되고 말았다.[70] 이것은 같은 저자임을 드러내는 것이 아니겠는가.

---

70 단재는 1910년 4월 8일 망명길에 올랐다가 도중에 다시 서울로 돌아와 신문 집필을 하다가 5

4. 마무리

이제까지 「천희당시화」의 저자에 대해 논의하였다. 「천희당시화」에 대해 많은 사람들이 그 문체나 사상적인 면에서 신채호와 닮아 있음을 인정하지만 미세한 부분의 차이에 대해 의혹의 시선을 두고 있다. 가장 의혹의 대상이 되었던 것은 천희당이라는 당호이다. 그리고 국문 창제 요의설과 최근에는 箕聖의 문제까지 더욱 헤어날 수 없는 난관에 봉착된 것이다.

신채호는 학문에 대한 엄격성과 염결성을 가진 뛰어난 실증주의 역사가였다. 그래서 우리는 신채호의 무모함과 황당함을 아예 인정하려고 하지 않았던 것은 아닌가? 우리는 신채호적인 것만 자료로 인정하고 그 외의 것들은 쉽게 부정해버린다. 만일 그가 '천희당'이라는 당호를 썼을 리 만무하다는 가정을 하면서도 '연시몽인'이라는 호를 썼다는 것은 의심 없이 받아들인다. 그것은 일종의 심습의 결과가 아니겠는가. 신채호는 여러 가지 호를 썼으며, '천희당'이라는 당호도 그 가운데 하나로 보인다. 그는 이 필명에 대한 자의식으로 인해 계속 쓰지는 않았던 것으로 보인다. 그리고 국문 창제 '요의'설은 황당하기는 하지만 그것을 당시의 시점에서 바라보면 꼭 그런 것만도 아니다. 당시 국문연원이 혼란스럽게 논의되었고, 그는 자신이 본『진언집』에 의거해 요의설을 폈던 것이다. 그것은 「맥수가」의 미자 창작설도 마찬가지이다. 이는 자료에 대한 검토가 제대로 이뤄지지 않아 발생된 오류들이다. 이러한 오류들은 그 시대에는 충분히 일어날 수 있는 문제였다. 왜냐하면 자료가 턱없이 부족했을 뿐만 아니라 자료에 대한 객관적인 정보도 제대로 갖춰져 있지 않았기 때문이다. 그러나 신채호는 역사를 본격적으

월 말경 중국으로 떠난 것으로 보인다(박정규, 「『대한매일신보』의 참여인물과 행동」, 한국언론사연구회 편, 『대한매일신보 연구』, 커뮤니케이션북스, 2004, 82~83면). '담총'란에 단재의 글은 4월 8일 이후 완전히 사라지고, 「최도통전」은 4월 10일부터 4월 41일까지 사라졌다가 다시 4월 22일부터 5월말까지 실리는 것도 그런 까닭이다.

로 연구하면서 문헌의 잔결과 위조, 그리고 동일 사건에 대한 다른 진술 등을 적극 변정해내고, 자료에 대한 충분한 검토를 통해서 실증주의 사학의 토대를 마련하였다.

세종 창제설이 나온 시점이 1920년대인데, 우리는 그 이전도 신채호가 같은 주장이었을 것이라고 지레 짐작해버린다. 시간을 더하면서 그의 국문 논의는 보다 심화되어 초기의 요의설은 자연 소멸되기에 이른 것이다. 그리고 이순신의 철갑선 창조가 장갑선의 창조로 그 맥락이 바뀐다거나, 포은의 「단심가」 창작설이 한주의 창작설로 바뀌기도 한다. 기성이라는 표현도 마찬가지이다. 신채호는 기자가 조선에 들어와 신하로서 팔조(八條)의 정치와 성스러운 교화를 베풀었음을 인정했다. 그의 입장에서 기자를 왕이라 칭할 수도 없으려니와 성인으로 칭하는 것이 오히려 적합했을 것이다. 그러므로 '기성'이라 하였다고 해서 이상할 것은 없다. '기성'을 따로 떼어놓고 보지 않고 전체 문맥 속에서 보면 부자연스럽지 않다.

신채호는 「천희당시화」를 저술했다. 그것은 앞에서 논의한 것처럼 글의 문체나 사상, 그리고 신문의 지면이나 편집자 등을 고려할 때 너무나 명백한 사실이다. 작은 차이로 큰 동질성을 외면해선 안 된다. 신채호라 하더라도 많은 오류와 실수가 있을 수 있고, 그의 견해이더라도 시기에 따라서 다를 수 있음을 고려해야 한다. 그리고 실증주의에 가려진 부분, 즉 '천희당', '요의', '기성' 등의 표현은 다른 글에서 나타나지 않는다고 하여 그의 글이 아니라고 할 것이 아니라 전후의 문맥 속에서 그런 표현의 적실도를 따져 물어야 할 것이다. 「천희당시화」는 개화기 가장 중요한 평문이며, 당시 문예 방면에서의 개혁과 혁명 사상을 보여주는 신채호의 뛰어난 저작이다. 본 연구자는 이것으로 「천희당시화」의 저자 논란에 종지부를 찍었으면 하는 바람이 간절하다.

「이십세기 신국민」의 저자 규명과 그 의미

1. 들어가는 말

「二十世紀 新國民」(『대한매일신보』, 1910.2.22~3.3)은 단재 연구에서 대단히 중요하게 논의되었다. 이 작품은 단재전집 개정판에 실려 있어, 연구자들이 별반 의심 없이 단재의 글로 용인하였던 것이다. 단행본으로 나온 저서 가운데에서 신용하는 50군데 이상, 이만열은 15군데 이상에, 최홍규는 6군데에 걸쳐 인용하고 있다.[1] 이 밖에 김병민도 8면에 걸쳐 논의하였으며, 배용일 역시 "신국민"의 항목에서 15군데 이상 인용을 하고 있다.[2] 그리고 우림걸, 우남숙, 최옥산 역시 단재와 양계초를 비교하는 글에서 심도 있게 다루고 있다.[3] 이들은 이 작품을 당연히 단재의 글로 인식하고 저자확정에

1 신용하는 "민족국가관", "민족국가의 구성", "입헌 공화국의 건설", "제국주의와 민족주의" 등의 항목에서, 이만열은 "신국민설과 민중혁명론", "국민" 등에서, 최홍규는 "신국민주체의 근대 국민국가상", "신민사상과 근대국민상" 부분에서 집중적으로 언급하고 있다. 신용하, 『신채호의 사회사상 연구』, 한길사, 1984; 이만열, 『단재 신채호의 역사학 연구』, 문학과지성사, 1990; 최홍규, 『신채호의 역사의식과 민족운동』, 일지사, 2005.

2 김병민, 『신채호문학연구』, 아침, 1988, 72~78면; 배용일, 『박은식과 신채호의 사상 비교 연구』, 경인문화사, 2002.

3 우림걸, 『한국개화기 문학과 양계초』, 박이정, 2002; 우남숙, 「양계초와 신채호의 자유론 비교-"신민설"과 '20세기 신국민'을 중심으로」, 『동양정치사상사』, 6-1, 한국동양정치사상사학회, 2007; 최옥산, 「〈신국민〉 만들기와 문학-신채호와 양계초의 국민성 탐구」, 『한국학

주의를 기울이지 않았다. 더군다나 독립기념관에서 발간한 『단재신채호전집』(제6권)에서도 단재의 작품으로 '추정'한다는 막연한 설정으로 연구자를 혼란스럽게 했다. 본 연구자 역시 그런 비판으로부터 자유롭지 못하며, 이 작품의 저자 규명의 필요성을 강조하기도 했다.[4]

신채호를 다룬 단행본 저서에서 「이십세기 신국민」의 중요성은 이미 그 인용 빈도에서 확연히 드러난다. 이들에게 있어서 신채호의 사상과 결부하여 이 작품이 갖는 중요성은 재론의 여지가 없다. 그런데 이것의 저자는 여전히 논란의 와중에 있다.

> 신채호가 『대한매일신보』에 연재한 「二十世紀 新國民」은 그 대표적 작품이라고 할 수 있다.[5]
>
> 신채호의 정론 「신민회취지서」(1907.7), 「기호학회는 하유로 기하였는가」(1908.12.25), 「대한민국의 목적지」(1908.5.24), 「20세기신국민」(1910.2.22~3.3) 등은 모두 그의 근대적인 사회지향을 보여주는 정론들이다.[6]

> 「20세기 신국민」은 『개정판 단재신채호전집 별집』, 210~229쪽에 등재되어 있어 뽑기는 했으나 읽으니 단재의 글맛이 나지 않는다.[7]
>
> 신채호가 1910년에 발표한 것으로 알려져 있는 「20세기 신국민」은 "금일 한국의 자유를 復하며 문명을 開할 注文은 즉 교육"이라 하여 교육을 강조하고 있으나, 이 글의 저자를 신채호로 보기에는 많은 문제가 있다. 즉 독립군기지를 건설하기 위하여 해외로 망명하기로 결정한 신채호가 망명 직전에 교육을

연구』 13, 인하대 한국학연구소, 2004.

4 김주현, 「단재 전집 간행과 문학편의 문제점 고찰」, 『한국독립운동사연구』 30, 독립기념관 한국독립운동사연구소, 2008.6, 50면.

5 신용하, 『신채호의 사회사상 연구』, 한길사, 1984, 19~20면.

6 김병민, 앞의 책, 72면. 참고로 「대한민국의 목적지」의 원제는 「금일 대한국민의 목적지」이다.

7 조동걸, 「단재 신채호의 삶과 유훈」, 『한국사학사학보』 3, 한국사학사학회, 2001.3, 188면, 주 18번.

강조하는 글을 발표할 하등의 이유가 없는 것이다.[8]

신용하는 「이십세기 신국민」을 단재의 대표적인 글로 간주한 반면, 조동걸은 그 문체가 단재의 것과 다르다는 점에서, 이호룡은 논지의 측면에서 단재의 글이 아닐 가능성을 제기했다. 이러한 논란이 제기된 이 작품에 대해 이제 저자확정에 나선다는 것은 늦은 감이 없지 않다. 그러나 사안의 중요성이 큰 만큼 이제라도 저자 확정이 필요하다. 본고는 「이십세기 신국민」의 저자를 확정하고, 또한 그것이 갖는 의미를 논의해 보려고 한다.

2. 「이십세기 신국민」의 저자 확정

1) 『대한매일신보』 주필 및 활동 여부

저자와 관련하여 먼저 문제가 풀어야 할 과제가 주필의 문제이다. 당시 주필로는 신채호가 알려져 있었는데, 장도빈 역시 자신이 주필이었다고 주장하였다.

> 나는 신채호 씨의 病臥를 당하여 一時 主筆의 名義를 가졌었다. 나는 논설을 쓰고 혹은 기사를 쓰는 中에 여러 번 압수를 당하였고 그 後에도 항상 日本官吏의 監視를 받았다……이때 이재명이 매국대신 이완용을 칼로 찔러 중상시키고 잡혀서 그 이듬해 봄에 재판을 받는데 내가 「대한매일신보」 기자로 재

8 이호룡, 「신채호의 아나키즘」, 『역사학보』 177, 역사학회, 2003.3, 70면, 주 10번.

판정에 출석하였다……일본의 청에 응하여 영국 정부의 명령으로 만함을 불러서 「대한매일신보」를 폐간하라 하므로 만함은 그만 그것을 승낙하고 梁氏에게 그 사실을 통고하였다. 梁氏는 할 수 없이 신문사 정리책을 시작하는 동시에 비밀히 내게 신문사 폐지될 것을 일러주므로 나는 곧 사직하고 말았다.[9]

장도빈은 단재가 병을 앓았던 1908년 대한매일신보사 주필로 논설을 쓰게 되었으며, 또한 1909년에는 "1주일은 신씨가 논문을 쓰고, 1주일은 내가 논문을 썼다"고 했다. 당시 일본의 자료조사나 양기탁의 증언 그 어디에도 신채호 주필에 관한 언급만 있을 뿐이지 장도빈에 관한 언급은 없다. 다만 장도빈은 1910년 5월 10일 「고배설공 묘갈비 의연금 광고 제2회」에 당시 신문사 임원이었던 양기탁, 임치정, 최익, 김연창, 신채호 등과 함께 의연금 제출자 명단에 이름이 오르고 있다. 장도빈은 이재명 사건으로 재판정에 기자로 출석하였다고 했는데, 이것은 1910년 5월 13일의 일이다. 『황성신문』에는 5월 13일 이재명의 공판에 "內外國 新聞記者 ㅣ 拾五六人"이 참석하였다고 하였는데,[10] 아마 이때 『대한매일신보』 기자로 공판에 방청한 것으로 보인다. 실제로 『대한매일신보』에는 5월 14일부터 19일까지 이재명의 공판기록이 실린다. 그리고 발행인이 만함에서 이장훈으로 바뀐 시기가 1910년 6월 14일이다. 이는 「이십세기 신국민」(이하 2장에서는 간단히 「신국민」로 표현)의 발표 시기에 장도빈 역시 신채호와 더불어 『대한매일신보』에 재직했을 가능성을 뒷받침하고 있다. 물론 "장도빈의 신보사 재직은 틀림없는 사실이고 논설을 집필하기도 하였을 것이나 정식 주필의 위치에 있었다는 주장은 면밀한 검증이 요구된다."[11] 장도빈의 말은 정밀한 검증이 필요한 것은 사실이며, 지나치게 과장되었다는 혐의는 피할 수 없다.

---

9 장도빈, 「암운 짙은 구한말」, 『사상계』, 1962.4, 284~285면.

10 「李在明公判記」, 『황성신문』, 1910.5.14.

11 박정규, 「『대한매일신보』의 참여인물과 행동」, 한국언론사연구회 편, 『대한매일신보 연구』, 커뮤니케이션북스, 2004, 84면.

장도빈의 언급처럼 신채호의 와병으로 인해 논설이 다른 사람에 의해 쓰였을 가능성을 완전히 배제할 수는 없다. 그렇다면 「신국민」(1910.2.22~3.3)이 발표된 시기 단재의 다른 글이 지면에 발표되었는지를 확인하는 작업이 필요하다. 만일 다른 글을 발표하지 않았다고 해서 「신국민」을 쓰지 말라는 법은 없고, 또한 다른 글을 발표했다 해서 「신국민」을 단재가 썼으리란 보장은 없다. 다만 당시 다른 글이 꾸준히 발표되었다면 그것은 단재가 건재했다는 사실을 말해주고, 또한 주필로서의 기능을 충분히 했으리란 점에서 필요조건을 갖춘 셈이다. 그러면 작품이 게재된 1910.2.22(1319)~3.3(1326) 무렵 『대한매일신보』 소재 단재 글을 살펴보기로 한다. 우선 저자 확정이 이뤄진 것만 대상으로 한다.

> 「자멸」(1910.2.22), 「歐人이 我國에 入한 始」(1910.2.23), 「日」(1910.4.3), 「팔백년간의 主頓族」(1910.4.5), 「한국의 서적」(1910.4.7)
>
> 「최도통전」(1910.2.22, 1910.3.5)

「최도통전」은 「신국민」이 연재된 다음날(2.23, 1320)부터 끝나는 다음날(3.4, 1327)까지 8회 쉬고 있다. 이로 인해 단재가 이 기간 마치 신문사를 비운 것으로 이해할 수 있다. 그러나 「최도통전」은 이보다 앞서 (A) 1909.12.25(1275)~1910.1.6(1281)(7회), (B) 1.9(1284)~1.23(1296)(13회), (C) 1.26(1298)~2.15(1313)(16회) 등에도 연재를 쉬고 있다.[12] 그래서 그것만으로 단재가 신문사를 쉬었다고

---

12 이 밖에도 「최도통전」이 5회 이상 쉬고 있는 기간은 1910.2.23(1320)~3.4(1327)(8회), 3.18(1339)~4.2(1350(12회), 4.13(1359)~4.21(1366)(8회), 5.14(1386)~5.20(1391)(6회) 등이다. 한편 실린 횟수를 보면 3월 4회, 4월 10회, 5월 13회(5.27 상편 종료) 등이다. 그리고 고정란이었던 '담총'란에 단재의 글이 실린 횟수도 2월 9회에 이르다가 3월에는 전무이며, 4월에는 3회로 이 역시 4월 7일 종료된다. 이로 볼 때 단재는 1910년 3월 망명 준비를 한 것으로 보이며, 그로 인해 신문사에 글을 싣는 횟수는 현저히 떨어지는데, 이때부터 장도빈의 참여는 커졌을 것으로 보인다. 박정규는 단재가 1910년 4월 8일 소금배를 타고 안창호, 김지간 등과 망명을 기도했다가 다시 서울로 돌아와 신문 집필을 했다고 추정했다. 그의 추정은 4월 19일자 게재된 단재의 가옥문서 분실건, 그리고 4월 13일부터 중단되던 「최도통전」이 4월 22일부터 다시 연재되는 것 등을 볼 때 상당히 일리가 있다.

판가름하기 어렵다. 특히 A기간에는 단재의 글이 「국문의 기원」 등 5회(12.29,30, 1.1,5,6)에 걸쳐 실렸으며, B기간에는 「국수」 등 10회(1.11, 13, 14, 15, 16, 18, 19, 20, 21, 23), C기간에는 「시간」 등 9회(1.27, 28, 29, 30, 2.1, 2, 4, 5 ,6) 걸쳐 글이 실렸다. 그리고 A B C기간에는 「한일합병론자들에게 고함」(1910.1.6~8), 「만주문제에 취하야 재론함」(1910.1.19~22), 「舊曆歲除 逢友述懷」(1910.2.13) 등 단재의 작품이거나 그의 작품이 분명한 것들이 실려 있다. 이 밖에도 이 기간 실린 논설들은 저자확정이 안 되었다 뿐이지 단재의 글로 보이는 논설들이 상당수 있다. 뿐만 아니라 「신국민」 발표 이후에도 「동국고대선교고」(1910.3.11), 「고물진열소관 고려자기유감」(1910.3.25) 등 단재의 글이 실리고 있다.

이런 점에서 볼 때 단재는 끊임없이 글을 발표하였다는 것을 알 수 있다. 다만 중간중간 글을 쉰 것은 급변하는 상황 속에서 「최도통전」을 지속하기 어려웠거나 작품 연재보다 더 중요한 사안들이 자리해 있었기 때문으로 풀이된다. 실제로 1910년 2월 22일부터 1면에 「신국민」을 연재하면서 '잡보'란에 「안중근의 공판」, 그리고 '위인유적'란에 「최도통전」을 같이 싣다 보니 신문 지면은 형편없이 부족하게 된다. 그래서 23일부터는 1면에 실리던 「최도통전」은 밀려나고 그 자리를 26일까지 안중근 공판기록이 차지하게 된다. 사안의 중요성이 큰 만큼 독자들에게 알리려고 노력한 것이다.

그러면 왜 「최도통전」이 3월 5일에나 다시 연재되었는가? 이것은 단재가 와병으로 글을 못 썼기 때문이 아니라 「신국민」부터 마무리하고, 이어서 「최도통전」을 연재했음을 보여주는 것임을 알 수 있다. 당시는 지면이 충분치 않았기에 신문사에서는 지면 상황도 고려하지 않을 수 없었던 것이다. 단재는 주필로서 편집 책임을 맡고 있었고, 그리하여 제일 중요한 1면 지면을 할애하여 글을 연속적으로 실었다. 그것은 '위인유적'란에 「이순신전」(1908.5.2~8.18)에 이어 '문단'란에 「독사신론」(1908.8.27~12.13)을 연재하고, 또 '문단'란에 「천희당시화」(1909.11.9~12.4)에 이어 '위인유적'란에 「최도통전」(1909.12.5~1910.5.27)을 연재한 것을 통해서도 확인할 수 있다. 신문 편집이나 저자의 글쓰기 측면에서 「신국민」은 단재의 가능성을 충분히 담지하고 있다.

2) 「이십세기 신국민」과 단재 글의 내용 및 문체 비교

조동걸은 「신국민」에서 단재의 글맛이 나지 않는다고 했다. 그러나 그 글맛이 어떤 것인지는 알기 어렵다. 우선 논란이 되는 몇몇 구절의 내용과 단재 글을 비교해 보기로 한다. 「신국민」에 제시된 정치제도, 교육관, 종교인식은 충분히 논란의 여지가 있다. 먼저 단재의 글로 쉽게 받아들이기 어려운 것으로 입헌공화제의 당위성을 언급한 구절이 있다. 당대 성균관 박사였던 단재가 입헌공화라는 혁신적 주장을 할 수 있었겠는가?

> 東洋에ᄂᆞᆫ 支那와 印度의 文明이 光을 張ᄒᆞ며 西洋에ᄂᆞᆫ 希臘과 羅馬의 文明이 種를 播ᄒᆞ야 各히 一邊에 主人이 되다가 畢竟 印度의 文明은 衰頹에 墮ᄒᆞ며 支那의 文明은 保守에 痼ᄒᆞ3엿스되 彼西洋은 暗黑時代가 暫過ᄒᆞ고 黃金時代가 復回ᄒᆞ야 文明의 氣運이 精神界와 物質界에 膨脹하야 道德, 政治, 經濟, 宗教, 武力, 法律, 學術, 工藝 等이 長足의 進步를 作하니 於是乎 國家의 利가 日로 多ᄒᆞ며 人民의 福이 日로 大ᄒᆞ야 專制封建의 舊陋가 去ᄒᆞ고 立憲共和의 福音이 遍ᄒᆞ야 國家ᄂᆞᆫ 人民의 樂園이 되며 人民은 國家의 主人이 되야 孔孟의 輔世長民主義가 此에 實行되며 루소의 平等自由精神이 此에 成功되엿도다.(1910.2.23)[13]

윗글은 동서양의 문명을 비교하고 서양은 봉건전제에서 입헌공화의 시대가 왔음을 서술하고 있다. 동양의 암흑시대와 서양의 황금시대를 비교하며 문명진화를 설명했다. 그런데 단재는 「진화와 퇴화」라는 글에서 "然而國家的 生活의 發達로 論ᄒᆞ야도 亦進化의 例가 漸成ᄒᆞ야 뎨一期 酋長時代가 되고 뎨二期 貴族時代가 되고 뎨三期 專制時代가 되고 뎨四期 立憲

13 이하 「이십세기 신국민」은 다른 글과의 비교를 용이하게 하기 위해 고딕체로 표기. 그리고 이하 『대한매일신보』 소재 글은 인용지 표기를 생략하고 날짜만 기록.

時代가 되"(1910.1.8)었다고 하였다. 여기에서 "봉건전제"란 '전제시대'를, "입헌공화"란 곧 '입헌시대'를 일컫는 것은 자명하다. 이 글처럼 진화론적 세계를 잘 보여주는 글로 「身家國 觀念의 變遷」(1909.7.15~17)이 있다.

> 卽羅麗의 三姓六部와 唐虞의 堯傳舜授와 雅典의 共和制度는 是多少間 國家二字를 公産으로 認知훈 듯ᄒᆞ나 其詳을 察ᄒᆞ면 大히 不然훈 者라
>
> 只是 幾個 豪族이 巨蛩의 樣으로 相讓ᄒᆞ야 其利害에 相顧ᄒᆞ며 其患難에 相救홈이니 是貴族의 共和오 人民의 共和가 아니니 嗚呼라 人民이 政權에 無關홀진딘 貴族에 在ᄒᆞ던지 君主에 在하던지 勿問ᄒᆞ고 此가 眞正훈 國家 아님은 壹般이니라(1909.7.16)

이 글이 단재의 글임은 문체나 내용면에서 모두 드러난다. 먼저 역사를 진화론적 관점에서 바라보고 있어 「진화와 퇴화」의 내용과 다름이 없고, 다음으로 신라 고구려를 귀족공화제로 바라보고 있는 점은 단재의 사관과 일치한다. "新羅의 三姓傳賢하던 貴族共和"(「꿈하늘」), "高句麗는 豪族共和"(「조선상고사」), "周召共和"(「조선상고사」)라는 말이 바로 그러한 것이다. 이를 통해 윗글을 단재의 글로 간주하는 것은 전혀 무리가 없다. 그런데 단재는 이 글에서 3기에 귀족공화를 제시하였으며, 마땅한 체제로 "인민의 공화"(제4기 국가)를 내세우고 있다는 점이다. 사실 그러한 모습은 그가 "主共和ᄒᆞ고 主革命"(『이태리건국삼걸전』, 1907)한 마치니를 높이 평가한 데서도 드러난다.[14] 한편 단재는 「진화와 퇴화」에서 "本朝中業(葉?) 以後로 暗黑時代에 漸墜ᄒᆞ엿"다고 하였는데, 제3기에서 4기로 나아가지 못한 나라들을 퇴화, 즉 암흑시대로 떨어졌다고 설명한 것이다. 그러므로 "立憲共和의 福音이 遍ᄒᆞ"였다는 것은 단재의 역사정신을 보여준다. 그것은 「身家國 觀念의 變

14 『이태리건국삼걸전』의 '결론' 부분을 비롯하여, 「대한의 희망」, 「역사와 애국심의 관계」, 「대아와 소아」 등이 그러한 예이다.

遷」에서 제4기의 국가 형성설, 「진화와 퇴화」에서 입헌제로의 국가발전 4단계설 등과 서로 밀접한 관련을 갖고 있기 때문이다.

또 하나 논란은 교육에 관한 것이다. 이호룡의 지적은 상당히 구체적이다. 그는 단재가 망명 직전에 "교육을 강조"하는 글을 쓸 하등의 이유가 없다고 했다.

> 今日 韓國의 自由를 復ᄒᆞ며 文明을 開ᄒᆯ 法門은 卽 敎育이라 然이나 彼國家에 利가 無하거나 或害가 有ᄒᆞᆫ 敎育 卽無精神敎育, 舊式敎育, 魔敎育은 決코 二十世紀 新國民의 敎育이 아니니……嗚乎라 尙武敎育이 아니고ᄂᆞᆫ 決코 國家精神, 民族主義, 文明主義를 維持 發揮치 못ᄒᆯ지며 又況 韓國과 如히 武力의 衰頹ᄒᆞᆫ 國으로 尙武敎育이 아니고ᄂᆞᆫ 決코 回天의 道를 望키 難ᄒᆞ리니 國民同胞ᄂᆞᆫ 반다시 尙武敎育을 擴張ᄒᆞ야 軍國民의 精神을 條養ᄒᆞ며 軍國民의 能力을 俱備케 ᄒᆯ지어다(1910.3.3)

우리는 여기에서 저자의 논지를 잘 살펴야 한다. 그가 강조한 것은 국가정신, 민족주의, 문명주의를 발휘할 "尙武敎育 卽軍國民敎育"이다. 한국처럼 무력이 쇠퇴한 나라에서 상무교육, 즉 군국민교육을 강조하였다. 그러므로 글쓴이가 말한 맥락은 단순한 교육이 아니라 상무교육이었다는 점을 도외시해서는 안 된다. 이는 당시의 단재의 주장과 그대로 일치한다.

> 此時代에 國ᄒᆞᆫ 者ㅣ 其國民에게 軍國民敎育을 不施ᄒᆞ고ᄂᆞᆫ 決코 其脚을 立치 못ᄒᆞ거ᄂᆞᆯ 乃彼國民의 敵愾心을 百刀로 抹殺ᄒᆞᄂᆞᆫ 慘敎育을 試思컨ᄃᆡ 夢中에도 悲淚의 縱橫을 不禁ᄒᆯ네라(「棄子山」, '담총'란, 1910.1.5)

단재는 「신국민」보다 며칠 앞서 발표한 「기자산」이라는 글에서 "군국민교육" 실시의 필요성을 강조했다. 「천희당시화」에서도 "軍國民의 感情"(1909.11.25) 제조에 대해 설명했다. 뿐만 아니라 "尙武精神이 勃勃ᄒᆞᆫ"(「최도통전」), "東

國尙武的 精神을 發揮훈 者"(「천희당시화」) 등을 언급하며 상무정신을 강조했다. 이런 언급들은 상무정신, 군국민교육으로 이어지는 단재의 사상을 잘 보여준다. 이후 그는 1916년에 나온 「꿈하늘」에서 "歷史의 尙武精神을 排斥하게 되니 이것이 古代歷史의 殘缺된 原因"이었다고 강조하며, "宗教的 尙武精神"을 가질 것을 역설했다. 「신국민」에서는 상무교육, 군국민교육을 통한 무력 증강을 강조하였는데, 이는 앞서 살폈듯이 단재의 논지와 같다. 특히 신교육을 거절하고 폐하여 "然則 韓國 第一世 國民은 二十世紀 文明國民되기는 姑舍흐고 現在 國民보다도 又 一層 幼穉홀진져"(1910.2.6, '담총'란)라고 했다. 단재가 말하는 '이십세기 문명국민'이야말로 '이십세기 신국민'이 아니던가.

마지막으로 기독교와 관련된 내용이다. 단재가 당대의 이름난 유생이었다는 점에서 기독교에 대한 옹호는 예외적으로 보일 수 있기 때문이다.

> 耶蘇教는 各方面으로 韓國 宗教界의 第一位를 占領흐야 果然 二十世紀 新國民的 宗教의 價値가 有흐나니 此를 擴張흐는 同時에 其教徒中 無精神者를 警起흐며 又外來의 侵力을 驅除흐면 可히 國民 前途의 大福音을 作홀 줄로 思흐는 故니라(1910.3.3)
>
> 救主基督의 言을 奉讀흐라 世의 不義人들을 爲하야 來흐엿다 흐신 言을 아마도 人生의 井井堂堂훈 路는 人類를 爲흐는 生活로 身을 終흠에 在흐다 하노라.(「人生의 羞恥」, '담총'란, 1910.1.23)

유학자였던 단재가 기독교를 '이십세기 신국민적 종교의 가치'가 있다고 한 것은 쉽사리 수긍하기 어려울 수 있다. 그러나 그는 인용한 구절 앞에서 "基督教는 勃勃의 勢가 有흐느 然이나 此亦 近日에는 一種의 沮害力이 侵入훈다 흐니 엇지 可驚홀 바 아닌가"라고 우려를 표시했다. 단재는 당시의 유교에 대해 개량을 주장했고, 기독교에 대해서 긍정적으로 평가했다. 그것은 "구주 기독의 언을 봉독하라"라는 진술에 여지없이 드러난다. 그러나 여전히 '무정신자', '외래의 침력'에 대해 우려를 금치 못했다. 사실은 사실대로 인정을 하는 그의 모습이 잘 드러난다. 또한 「신국민」에는 '복음'(大福音, 立憲共和의 福音)이나, 또는 '천사'("天使의 命으로 奉ᄒᆞ며") 등이 많이 나타나는데, 단재의 글에서는 "上帝 天使갓치 一片 福音을 來傳ᄒᆞ고"(『을지문덕』), "救主의 福音을 聞ᄒᆞᆫ 듯시"(「이순신전」), "天使의 暫宣ᄒᆞᆫ 福音으로"(「최도통전」), "天國의 福音을 宣ᄒᆞ야"(「西人이 澳洲를 쳐음 發現ᄒᆞᆯ 際」), "其民族으로 ᄒᆞ야금 福音을 歌ᄒᆞᆯ지니"(「國民의 魂」) 등에서 여지없이 나타난다. 단재는 "基督 聖經이 二本"(1908.3.17)이라 언급했는데, 신약과 구약에 대해서도 잘 알고 있었던 것으로 보인다. 그는 인류를 위하는 기독의 헌신적 삶을 높이 사서 기독교의 가치를 호평한 것이다.

이제부터는 문체에 대한 비교 검토를 하기로 한다.

> 嗚呼라 凄風淫雨에 三千里 山河가 顔色을 變ᄒᆞ고 烈火深水에 二千萬 同胞가 悲號를 作ᄒᆞᄂᆞᆫ도다(1910.2.22)
>
> 嗚乎라 국民同胞여 同胞ᄂᆞᆫ 早早히 世界의 趨勢를 察ᄒᆞ야 此를 利用ᄒᆞ며 文明의 進步를 攬하야 此를 歡迎하며 韓국의 地位를 顧하야 此에 奮發ᄒᆞᆯ지어다(1910.2.23)
>
> 오즉 道德이 腐敗ᄒᆞ며 經濟가 困乏ᄒᆞ며 敎育이 不振하며 萬般의 權利가 他手에 歸ᄒᆞ며 民氣의 墮落이 極度에 達하야 目하ᄂᆞᆫ 바가 蕭條하며 耳ᄒᆞᄂᆞᆫ 바가 凄凉ᄒᆞᆯ 뿐이니 嗚乎라 彼天이 엇지 사民을 不恤ᄒᆞ나뇨(1910.2.23)

위에서는 '오호라'의 세 가지 용법이 잘 드러난다. 그 사례들을 다른 글을 통해 제시하면 다음과 같다. 첫 번째는 문두형, 두 번째는 문두호격형, 세 번째는 문중형이다.

> 嗚呼라 現在의 苦痛은 過去 無希望으로 遺한 孽業이오(「대한의 희망」, 1형)
>
> 嗚呼 讀者여 眼을 着ᄒᆞ야 我 리舜臣傳을 讀ᄒᆞᆯ지어다(「이순신전」, 2형)

嗚呼라 我國民이여 愛國心의 薄弱홈을 足怪홀 빅 無ᄒᆞ도다(『大韓協會會報』 1, 1908.4.25, 2형)

今日 俄羅斯도 戰敗의 餘憤으로 以하야 改革한다 하니 嗚呼라 茫茫 地球上에 强國이라 稱하난 國이 一度 苦痛이 無하고서 能興한 者ㅣ 或 有한가(『大韓協會會報』 1, 1908.4.25, 3형)

위의 예들에서 단재 역시 '오호라'를 3문형으로 적절하게 사용했음이 잘 드러난다. 이러한 감탄형으로 또 많이 나오는 것이 '悲夫라'이다.

悲夫라 韓國은 從來로 自由 二字를 不知ᄒᆞᆫ 國이라(1910.2.24)

然이나 韓國은 自來로 私己心이 固하며 排擠性이 多ᄒᆞᆫ 國이라 公德이 滅ᄒᆞ고 相殘이 慘하야 今此天慘地暗ᄒᆞᆫ 奴窟中에셔도 오히려 兄弟相食의 演이 不絶하나니 悲夫라(1910.2.26)

'悲夫라'는 문두형과 문미형이 있다.

悲夫라 此輩人은 可謂 筆로 其國을 抹消ᄒᆞ는 者로다('담총'란, 1909.12.24)

君臣父子가 敵陣에 屈膝ᄒᆞ되 恥를 오히려 不知ᄒᆞ엿스니 悲夫라('담총'란, 1909.12.10)

문두형 '비부라'는 『을지문덕』, '담총'란 등에 아주 여러 군데 보인다. 이 역시 흔한 형이다. 그리고 문미형은 위의 예문 외에도 「三國 以後의 韓國은……」('담총'란, 1909.12.22), 「輩金國」('담총'란, 1909.12.17) 등 잦은 빈도수를 보인다. 그리고 이러한 감탄사의 사용은 저자 개입을 통한 감정이입의 방법이다. 「신국민」에서는 이 외에도 "噫라", "慘毒ᄒᆞ도다 不平等의 禍여", "快美ᄒᆞ다 韓國 經濟界는 悲觀이 아니오 樂觀이로다"라는 영탄적 진술이 나온다. 이는 「이순신전」, 「독사신론」, 「대한의 희망」 등에 잘 드러나는 단재의 글쓰기 방식이다.

然則 今日 同胞가 如何히 ᄒᆞ면 可히 幾千載 東洋 一隅에 孤居ᄒᆞ던 舊夢을 破ᄒᆞ고 二十世紀 新國民의 理想을 發揮ᄒᆞ며 如何히 ᄒᆞ면 可히 數百年 事大主義에 沉醉ᄒᆞ던 舊恥를 洗ᄒᆞ고 二十世紀 新國民의 事業을 振作ᄒᆞ야 現世界 舞臺上에 名譽旗를 翩翩히 揚ᄒᆞᆯᄭᆞ(1910.2.23)

이것이 다 멧百年來로 事大主義를 鼓吹ᄒᆞᆫ 惡結果가 아닌가.(「一深深山村에……」, '담총'란, 1909.12.5)

위의 구절에 나오는 '수백 년 사대주의 심취'는 단재의 사상을 여실히 보여주는 표현이다. 단재는 「조선사」에서도 '累百年來 事大主義'라고 하였는데, 우리 민족이 수백 년 사대주의에 빠져있었음을 여러 군데 언급하였다. 그것은 당시 글인 「一深深山村에……」에서도 "멧百年來로 事大主義"라 하여 동일한 표현을 쓰고 있다. 단재는 사대주의에 대해 맹렬히 비판하였는데, 그것은 「조선사」 서술에서도 마찬가지였다. 그리고 단재는 「조선사 일천년래……」에서도 "朝鮮 近世에 宗敎나 學術이나 政治나 風俗이 事大主義의 奴隷"가 되었다고 하였다.

中古 以降으로 其競爭이 愈多ᄒᆞ며(1910.2.23)
高麗以降으로 病祟가 漸발ᄒᆞ야(「소장국」, '담총'란, 1909.12.12)
人道正誼之主唱者 愈多(「倭所謂親善者如是」, 『천고』, 1921.1, 13면.)

「신국민」에서는 '이후' 대신에 '이강'이라고 표현하였다. 단재 역시 '고려 이후'를 '고려 이강'으로 표현했다. 그리고 '점점 많아지다'라는 뜻으로 '愈多'를 썼는데, 그것은 단재의 글에서도 마찬가지이다.

孔孟의 輔世長民主義가 此에 實行되며 루소의 平等自由精神이 此에 成功되엿

도다(1910.2.23)

루소의 民約과 따윈의 物競論을 들어 「自由를 사자 平等을 찾자 競爭을 잘 하자 淘汰가 되지 말자」(「情育과 愛國」, 『단재문학유고선집』, 147면)

「신국민」에서는 "루소의 자유 평등정신"을 언급하였다. 단재는 루소의 『민약론』을 언급하며, 자유와 평등을 언급하고 있다. 단재는 루소에 대해 서너 군데에서 언급하였다.

吾儕ᄂᆞᆫ 第一指를 屈ᄒᆞ야 曰 不平等이라 ᄒᆞ노니 嗚乎라 不平等 三字ᄂᆞᆫ 韓國의 最大仇讐니라(1910.2.24)

宏大 輝赫ᄒᆞᆫ 功業을 樹ᄒᆞᆫ 者를 歷數컨ᄃᆡ 不得不 乙支文德에게 第一指를 屈ᄒᆞᆯ 터인ᄃᆡ(『을지문덕』)

百餘年來 政治界에 第一指를 可屈ᄒᆞᆯ지니(「천희당시화」, 1909.11.26.)

'제일지를 굴하다'라는 표현은 『을지문덕』, 「천희당시화」만 아니라 "文藝로 말하면 「無情」 「開拓者」가 아즉까지 第一指를 屈하게 되며"(「40이상은 진살?」), "中華의 信史를 차지면 司馬遷에게 第一指를 屈할 터"(「조선사」)에서도 나타난다. 그가 즐겨 사용하는 표현이다. 그리고 '구수'라는 표현도 아래처럼 드러난다.

彼가 宜乎 前日은 仇讐라도 今日은 手를 携하고(「자멸」, '담총'란, 1910.2.22)

「자멸」에는 위처럼 드러나고 그 밖에도 "富軾의 仇讐視하는 바이요"(「조선역사상 일천년래……」), "齊의 君臣이 매양 萊를 큰 仇讐로 보나"(「조선상고사」) 등에서 드러난다.

只今 天日이 明明ᄒᆞᆫ 二十世紀에셔 오히려 黑洞에 臥ᄒᆞ야 頑夢을 說ᄒᆞᄂᆞᆫ 者ᄂᆞᆫ

只是 幾個 腐物에 不過홀지나(1910.2.24)

今日에 民族主義로 全國의 頑夢을 喚醒ᄒᆞ며(「독사신론」)

'완몽'이란 표현도 단재의 글에서 무수히 등장하는 표현이다. 위의 표현 말고도 "拜外의 頑夢"(「최도통전」), "數千載 閉門頑夢"(「세계삼괴물서」)이라는 표현이 등장한다.

或 一身이 奴隷되며 或 一家가 奴隷되며 或 擧國이 奴隷되야 畢竟 全國中에 非奴隷者는 一人도 無홈에 至ᄒᆞ고(1910.2.24)

「신국민」에서는 '노예'의 표현 빈도수는 그 어떤 단어보다 높다. 노예 표현은 14회나 된다. 그런데 이 단어는 단재가 쓰는 단골 표현 가운데 하나이다. 단재는 "畢竟 神聖國土로 如此 無熱性 無腦筋의 奴隷世界를 幻成홈"(1908.6.14), "奴隷的 敎育"(1909.1.28), "奴隷的 團체"(1907.11.14), "奴隷된 同胞"(1910.1.7) 등에서 "노예"를 썼을 뿐만 아니라 「천희당시화」, 「조선혁명선언」 등에서도 부지기수로 사용하였다. 계몽기, 일제 치하 단재의 시대 인식을 엿볼 수 있는 표현이다.

試思ᄒᆞ라 韓國의 開港이 幾年고(1910.3.2)

希望도 可爲의 道가 有한 然後에 生할지어날 試思하라 今日 我韓이 가위의 道가 有타 할가(「대한의 희망」)

「신국민」에는 '시사하라'라는 표현이 세 군데 등장한다. 그것은 위에서처럼 「대한의 희망」, 「천희당시화」, 「독사신론」 등에 나타난다. 아울러 '試看ᄒᆞ라'라는 표현도 두 군데 나오는데, 그것은 단재의 「專心致志 아니ᄒᆞ면 아니됨」의 "此兩人을 試看홀지어다(1909.12.9)에서도 발견된다.

韓國에는 自來로 遊民이 甚衆ᄒᆞ야 書生 宦族 土豪 鄕紳 等으로 始ᄒᆞ야(1910.3.1)

韓國에 自來로 自國國文이 非無언마는(「文法을 宜統一」, 『畿湖興學會月報』 5, 1908.12.25)

리슌臣의 代로 其身의 死를 願ᄒᆞ는 者ㅣ 甚衆ᄒᆞ더라(「이순신전」)

「신국민」는 '자래로'라는 말을 위의 구절을 포함 총 3군데에 사용하였는데, 이는 '예로부터'라는 의미로 단재는 많이 사용하였다. 그리고 '심중'은 「이순신전」에서 거의 같은 맥락에서 나타난다. 다른 곳에서도 "敵軍死者ㅣ 甚衆이라"고 썼다.

(一)氏族의 階級 此는 卽 韓國 第一 不幸의 制度라 其肆毒이 最虐ᄒᆞᆫ 者며 (二)官民의 階級 此는 韓국 第二 不幸의 制度라 其肆毒이 氏族階級에 亞ᄒᆞ는 者며 (三)嫡庶의 階級 此는 韓국 第三 不幸의 制度라 其肆毒이 亦官民階級에 亞ᄒᆞ는 者니 (此外에도 士農工商의 階級 男女의 階級 等이 有ᄒᆞ야 亦各一害를 釀出ᄒᆞ니라(1910.2.24)

但只 宗敎의 奴隷가 되며 宗敎의 蟊賊이 되는 者ㅣ 亦不少ᄒᆞᆫ지라(1910.3.3)

「신국민」에서 '계급'이라는 표현이 총 8회 나타나며, 그 빈도수가 높다. 이것은 저자의 시대인식을 엿볼 수 있다. 단재 역시 계급이라는 표현을 무수히 사용하였는데, 그것은 支配階級(「룡과 룡의 대격전」), 無産階級(「선언」), 賤民의 階級(「조선상고사」), 貴賤貧富 各階級·進化의 階級·貧富의 階級·貴賤의 階級(「조선상고문화사」), 班常의 階級(「조선역사상 ……」), 朝鮮이 古代부터 固定한 階級制·商工階級·有産階級·無産階級(「낭객의 신년만필」) 등이다. 그리고 '蟊賊'이라는 표현 역시 단재에게서 "환散者는 文明의 公敵이며 世界의 蟊賊"(「心團然後의 體團」, 1907.11.14)라는 표현에서 엿볼 수 있다.

그리고 「신국민」에는 다음과 같은 글이 있다.

> 吾儕가 已往에도 一論ᄒᆞ엿거니와 國民同胞가 自意로 義務敎育制度를 仿用홈이 可홀진뎌(1910.3.3).

여기에서 「신국민」 저자는 이전에 '의무교육제도'에 관해 언급했다고 했다. 그 글은 "人民이 自進ᄒᆞ야 義務敎育制度를 試用홈이 可ᄒᆞ도다"라는 「교육계의 비관」(1910.1.14)을 지칭한다. 그러면 이 글 역시 「신국민」의 저자를 가늠해볼 수 있는 역할을 한다.

> 目下 地方消息을 聞ᄒᆞᆫ즉 各地方學校가 經費의 困乏을 因ᄒᆞ야 廢倒에 至ᄒᆞᄂᆞᆫ 者ㅣ 十에 五나 된다 ᄒᆞ니 惜哉라(교육계 비관)[15]
>
> 嗚呼라 當時 敵愾捍外의 腔血을 抱ᄒᆞ고 補天擎日의 手腕을 揮ᄒᆞᆫ 大人物로 百餘年이 纔過ᄒᆞ면 後世國民이 幾乎 相忘의 域에 置ᄒᆞ니 惜哉라.(『大韓每日申報』 1909.12.14)

'惜哉라'가 문미에 와서 슬픔을 드러내는 감탄사로 작용하고 있는데, 이는 단재의 수많은 글에서 보인다.

> 故로 廢止에 自歸ᄒᆞᄂᆞᆫ 故等이 有홈이니 嗚呼라 今日 此境遇ᄂᆞᆫ 抑已早早豫想ᄒᆞᆫ 바로다.(「교육계 비관」, 1910.1.14)

문중의 '오호라'는 앞에서 살펴본 것처럼 상당히 빈도수가 높다. 「신국민」에서는 총 20회의 '오호라'가 등장한다.

---

15 「교육계 비관」, 『대한매일신보』, 1910.1.14. 「교육계 비관」 역시 다른 글과 비교하기 위해 고딕체로 표기하되, 「신국민」과의 구별을 위해 인용 구절 뒤 괄호 속에 「교육계 비관」을 넣었다.

此實 敎育界의 壹病이니 此를 汲汲 改良ᄒᆞ야 適當히 廢合ᄒᆞ야(「교육계 비관」, 1910.1.14)

此亦 不可不 汲汲 改良ᄒᆞᆯ 者로다(「논학교용가」, 1908.7.11)

저자는 실업계의 개량을 이야기하고 있다. 「신국민」에서 농업 개량, 경제사업 개량, 유교 개량 등 4군데에서 "개량"이라는 표현을 썼다. 단재는 개량이라는 표현을 즐겨 사용하였는데, 위에서처럼 학교용가, 연극 등의 예술이나 농업, 군제, 국문 등 다양한 분야에서의 개량을 외쳤다.

眞正ᄒᆞᆫ 敎育家가 幾希ᄒᆞ고……人民의 頑舊思想이 不變ᄒᆞᆫ 中(「교육계 비관」, 1910.1.14)

故로 社稷이 髮에 危ᄒᆞ되 痛悼ᄒᆞᄂᆞᆫ 者ㅣ 幾希ᄒᆞ며(「이십세기 신국민」, 1910.2.26)

第一大 武功英雄 成吉思의 事ᄂᆞᆫ 說ᄒᆞᄂᆞᆫ 者ㅣ 幾希홈을 甚嘆ᄒᆞ엿더니(「연개소문」, '담총'란, 1910.1.21)

學術의 發達이 如彼ᄒᆞ며 道德의 進步가 如彼ᄒᆞ되 其國이 烝烝 日强ᄒᆞ나니 是ᄂᆞᆫ 其文化가 東洋 古代의 人民을 驅ᄒᆞ야 專制下에 雌伏케 ᄒᆞ던 文化가 아니라 自由를 歌ᄒᆞ며 冒險을 尙ᄒᆞᄂᆞᆫ 文化인 故니 韓國 有志君子여 自國 固有의 長을 保ᄒᆞ며 外來文明의 精을 採ᄒᆞ야 一種 新國民을 養成ᄒᆞᆯ만ᄒᆞᆫ 文化를 振興ᄒᆞᆯ지어다.(「문화와 무력」, 1910.2.19)

'인민'이라는 표현은 「신국민」에서 10회 사용되었다. 단재는 「대한의 희망」 등지에서 무수히 많이 사용하였다. 그리고 '頑舊의 思想'은 단재의 글이 확실한 「한일 합병론자들에게 고함」에도 보인다. 그리고 '신국민'이라는 표현이다. 「문화와 무력」에서는 '신국민'을 사용하였는데, 그것은 「신국민」보다 앞서 발표된 글로서 「신국민」의 모습을 잘 보여준다.

今日 韓國人士中에 何故로 政治家ᄂᆞᆫ 政治에 敗ᄒᆞ며 實業家ᄂᆞᆫ 實業에 敗하며 其他 何種의 事業家던지 外人에게 必敗하나냐 ᄒᆞ면 曰 新國民이 아닌 所以며 何故로 國家精神이 無ᄒᆞ며 何故로 國民能力이 無ᄒᆞ냐 하면 曰 新國民이 아닌 所以며 何故로 國를 責ᄒᆞᄂᆞᆫ 者가 有ᄒᆞ며 何故로 民을 責ᄒᆞᄂᆞᆫ 者가 有하냐 하면 曰 新國民이 아닌 所以니 故로 曰 國民同胞가 二十世紀 新國民 되지 아니홈이 不可ᄒᆞ다 ᄒᆞᄂᆞᆫ 바라(1910.2.22)

彼不平等의 怪幟가 一現ᄒᆞ면 道德이 亾ᄒᆞ며 政治가 亾ᄒᆞ며 宗教가 亾ᄒᆞ며 經濟가 亾ᄒᆞ며 法律이 亾ᄒᆞ며 法律이 亾ᄒᆞ며 學術이 亾ᄒᆞ며 武力이 亾ᄒᆞ야 世界ᄂᆞᆫ 暗黑하고 生民은 焦死ᄒᆞ나니 慘毒ᄒᆞ도다 不平等의 禍여(1910.2.24)

한편 이 문장들에서는 문답과 반복, 강조법 등이 잘 드러난다. 이러한 것들은 단재의 수사적 문체와 똑같다. 정인보는 단재를 '文章의 豪'라고 하였다.[16] 단재의 「대한의 희망」, 「역사와 애국심의 관계」, 「대아와 소아」 등에는 문답과 반복, 강조 등의 수사적 문체가 여실히 나타난다. 단재 사상의 혁신성은 단발 수용, 한글 사용 등에서도 보인다. 입헌공화제의 제시와 더불어 상무교육의 실시, 유교의 개량, 기독교의 가치 평가 등은 당대로 보면 혁신적인 사상이며, 단재가 아닌 사람이 그런 글을 『대한매일신보』 논설란에 발표하기는 어려울 것이다. 이런 점들을 통해 볼 때 「이십세기 신국민」은 단재의 사상과 문체가 그대로 드러난 단재의 글이라 할 수 있다.

16 정인보, 「단재와 사학」, 『동아일보』, 1936.2.28.

3. 단재 문학에서 「이십세기 신국민」의 의미

단재의 「이십세기 신국민」은 양계초의 「신민설」을 바탕으로 하여 쓴 글이다. 그러나 「이십세기 신국민」은 「신민설」과는 다른 차원을 형성한다. 그것들의 목차를 비교하면 아래와 같다.

> 제1절 敍論, 제2절 論新民爲今日中國第一急務, 제3절 釋新民之義, 제4절 就優勝劣敗之理以證新民之結果而論及取法之所宜, 제5절 論公德, 제6절 論國家思想 제7절 論進取冒險, 제8절 論權利思想, 제9절 論自由, 제10절 論自治, 제11절 論進步 제12절 論自尊, 제13절 論合群, 제14절 論生利分利, 제15절 論毅力, 제16절 論義務思想 제17절 論尙武, 제18절 論私德, 제19절 論民氣, 제20절 論政治能力

> (一) 國民과 覺悟 (甲)世界의 趨勢 (乙)文明의 進步 (丙)韓國의 地位
>
> (二) 國民과 道德 (甲)平等 (乙)自由 (丙)正義 (丁)毅勇 (戊)公共
>
> (三) 國民과 武力, (四) 國民과 經濟, (五) 國民과 政治, (六) 國民과 敎育, (七) 國民과 宗敎

위의 것은 「신민설」이요, 아래 것은 「신국민」이다. 우남숙은 이미 제9절 論自由와 (乙)自由, 제14절 論生利分利과 (四)國民과 經濟, 제17절 論尙武와 (三)國民과 武力, 그리고 제20절 論政治能力과 (五)國民과 政治 등 논지 전개에 있어 유사성이 많음을 언급하였다.[17] 이 밖에도 제5절 論公德과 (戊)公共, 제5절 論毅力과 (丁)毅勇 등 단재 글의 상당 부분이 양계초의

17 우남숙, 「양계초와 신채호의 자유론 비교—"신민설"과 '20세기 신국민'을 중심으로」, 『동양정치사상사』 6-1, 한국동양정치사상사학회, 2007, 139면.

글과 짝을 이룬다. 이처럼 세부 항목에서 적지 않은 유사성이 발견되며, 이를 통해 단재가 양계초의 글을 기반으로 하여 썼음을 알 수 있다. 그러나 그 내용은 한국적 상황과 실정을 쓰고 있다는 점에서 단재의 저작이라고 할 수 있다. 단재의 글 가운데 양계초의 글과 실질적으로 관련된 글이 적지 않다. 애국 계몽기 단재는 양계초의 작품을 번역하거나 그의 글을 바탕으로 여러 편의 글을 썼다. 다음은 그러한 작품들이다.

	양계초 원작	단재 번역/창작	비고
1	월남망국사 (1905)	독월남망국사 (1906.8.28~9.5)(7회)	소개+발췌역+감상
2	의대리건국삼걸전 (1902)	독의대리건국삼걸전 (1906.12.18~28)(10회)	발췌역+감상
3	사파달소지 (1902)	사파달소지(1907.4.5~16)(9회)	발췌역+감상 사파달소지(4.5~11,6회)+ 雅典事略(4.12~16, 3회)
4	멸국신법론(1901)	멸국신법론(1907.5.1~4)(4회)	소개+발췌역+감상
5	의대리건국삼걸전 (1902)	이태리건국삼걸전(1907.10.25)	서론일부+본론 번역, 서론일부+결론 창작
6	음빙실시화(1905)	천희당시화(1909.11.9~12.4)(17회)	창작
7	신민설(1902)	이십세기 신국민(1910.2.22~3.3)	창작

단재는 『황성신문』 시절 『월남망국사』와 『의대리건국삼걸전』을 번역 소개(1906)하였다.[18] 그러나 이들은 신문의 속성상 발췌역을 할 수밖에 없었다. 그는 『이태리건국삼걸전』(1908)에서 후자의 거의 대부분을 번역하고, 게다가 서론과 결론에 자신의 의견을 첨부하였다. 이 밖에도 「사파달소지」, 「멸국신법론」 등을 번역 소개하였다. 그런데 「천희당시화」, 「이십세기 신국민」에 이르면 그의 글쓰기는 번역 소개가 아니라 자신의 창작으로 나아가고 있다. 그것은 우선 한국의 시, 한국의 국민에 관한 것으로 대상 자체가 다르기 때문이고, 게다가 단재의 비평적 안목과 현실인식이 개입되었기 때

18 자세한 것은 김주현의 「"월남망국사"와 "의대리건국3걸전"의 첫 번역자」(『한국현대문학연구』 29, 한국현대문학회, 2009.12)를 참조.

문이다. 「음빙실시화」와 「천희당시화」를 비교해 보면, 단재가 양계초에 대한 대타적 의식을 갖고 글쓰기를 했다는 사실을 알 수 있다. 이들 작품들은 그 내용에 있어서 단재의 생각과 주장으로 채워져 있다.

「이십세기 신국민」은 애국계몽기 시대현실에 대한 단재의 인식을 잘 보여주는 글이다. 그러므로 이것은 계몽기 단재의 사상을 이해하는 데 결코 간과되어서는 안될 작품이다. 단재는 이 글에서 세계추세, 문명진보, 한국의 지위를 논하였으며, 정치, 경제, 교육, 종교, 도덕 등 당시 한국 사회 전반에 계몽과 각성을 촉구하였다. 특히 입헌제에 대한 언급이라든지, 상무·의무교육의 실시, 그리고 종교의 개량 등은 주목을 요하는 부분이다. 단재는 당시 우리 국민들에게 계몽과 각성을 통해 이십세기 새로운 국민으로 거듭날 것을 촉구하였다.

4. 마무리

이 글에서는 「이십세기 신국민」의 저자를 규명해 보았다. 사실 『황성신문』 소재 양계초 작품의 번역 저자에 대한 규명이 동시에 이뤄져야 이 논의가 제대로 의미를 획득할 수 있다. 이들 저자에 대한 논증은 지면을 달리하여 발표하였다. 이 논의에서 「이십세기 신국민」의 저자 논란을 어느 정도 해소하였으며, 이를 통해 「이십세기 신국민」을 주축으로 단재의 사상을 논한 이전 연구가 잘못되지 않았음을 입증할 수 있었다. 그리고 단재 사상의 핵심들을 파악할 수 있었다.

뿐만 아니라 양계초의 번역을 통해서 단재 저술의 다양한 스펙트럼을 확인할 수 있었다. 단재는 양계초의 글들을 많이 번역했을 뿐만 아니라 그것들을 통해 자신의 글쓰기 방식을 만들어 갔다. 그의 글에는 스러져가는 망국의 인민들을 끊임없이 계몽하고 일깨우려는 의식이 강하다. 양계초의 번역과 자신의 창작을 통해 단재는 끊임없이 독자 대중들을 계몽 각성시켰던 것이다.

「중국혁명약사」의 저자 규명 및 저술 의의

1. 들어가는 말

「중국혁명약사」는 1912년 5월부터 1912년 10월 27일까지 『권업신문』에 무서명으로 실린 글이다.[1] 이 글은 다른 글보다 오래 연재되었으며, 또한 중국의 혁명 사실을 기술했다는 점에서 유독 관심을 끈다. 이제까지 『권업신문』은 제대로 주목받지 못했다.[2] 그것은 국내에 원문 소개가 늦었고, 또한 신문이라 상대적으로 논의가 적었다.[3] 이 신문은 일제강점기 블라디보스톡에서 해외 한인들에 의해 발간되었지만 일제에 저항하며 우리의

1 이 글은 현재 4호에는 「즁국혁명ᄉᆞ략」(1912.5.26)이지만, 5호 「즁국형명략ᄉᆞ」(1912.6.2)로 오기되었으며, 6호는 결호이고, 7호부터는 「즁국혁명략ᄉᆞ」(1912.6.16)로 표기되어 있다. 이름이 차이는 없지만 나중에 제대로 바꾸었을 것이란 측면에서 제목을 「즁국혁명략ᄉᆞ」로 보고, 본문에서는 「중국혁명약사」로 표기하기로 한다.

2 이제까지의 연구 성과를 들면 아래와 같다.
윤병석, 「권업회의 성립과 『권업신문』의 간행」, 『천관우선생환력기념 한국사학논총』, 정음문화사, 1984; 박환, 「“권업신문”에 대한 일고찰」, 『사학연구』 46, 한국사학회, 1993.5; 최기영, 「일제강점기 신채호의 언론활동」, 『식민지시기 민족지성과 문화운동』, 한울아카데미, 2003; 김주현, 「신채호의 작품 발굴 및 원전 확정을 위한 연구–“권업신문”을 중심으로」, 『우리말글』 39, 우리말글학회, 2007.4.

3 1995년 한림대학교 아시아문화연구소에서 『권업신문』 영인본을 발간함으로써 비로소 본격적인 연구가 가능하게 되었다.

자주 독립과 국권 수호를 위해 노력하였다는 점에서 대단히 중요한 자료이며, 따라서 본격적인 논의가 필요하다.

현재 『권업신문』은 1～3호가 결락되어 있어, 「중국혁명약사」가 정확히 언제부터 연재되었는지 알기 어렵다. 4호에는 '속'이라는 말이 있어 그것이 3호 이전부터 연재되었음을 짐작할 수 있다. 현재 남아 있는 내용을 보면 아래와 같다.

제2장 역대 정책의 무효와 혁명종자의 전파

제3장 홍수전과 청국

제4장 손일선의 출현

제5장 혁명당 각 수령들이 서로 만남

제6장 혁명성공의 시기가 점점 가까워오다

제7장 두번 아니 올 기회 사천의 폭동

제8장 혁명의 파열 무창의 함락

제9장 관군과 혁명군의 전쟁 원세개의 출세

제10장 북경정부의 경동과 원세개

제11장 혁명군의 대진과 원세개의 북상

제12장 손일선의 남경에 들어옴과 임시정부의 설립

제13장 남북의 통일과 원세개의 대총통 취임

제14장 결론

전체를 보면 '제1장'의 내용이 빈다. 그렇다면 신문의 시작과 거의 동시에 이 글이 연재되었을 것이다. 이 글은 '誌林'란에 실렸으며, 현재 19회가 남아 있고, 『권업신문』에서 가장 오래 연재된 글이다.[4] 이것은 청나라 개국

4 「중국혁명약사」는 1912년 10월 27일(27호)에 완결되었다. 현재 신문은 1～3호, 6호, 10호, 11호가 결호로 비어 있다. 27호까지의 신문 중 현재 남아 있는 21호 가운데 국치 특간호(18호, 1912.8.29)와 26호(1912.10.6)를 제외한 나머지 전 호수에 실려 있다.

에서 신해혁명까지를 다루고 있지만, 대부분은 청말에서 신해혁명까지의 기록이다. 이 글의 저자는 누구인가? 이 글에서는 「중국혁명약사」의 저자 규명과 더불어 저술 의의를 살펴보려고 한다.

2. 「중국혁명약사」의 저자 규명

「중국혁명약사」는 기고란이 아닌 일반 지면에 실려 있다. 당시 신문의 체제나 형편으로 볼 때, 기고자의 글을 그렇게 오래 싣는다는 것은 어렵다. 따라서 이 글의 저자는 신문사 내 인물일 가능성이 크다. 이 글과 관련하여 저자로 우선 논의될 수 있는 사람이 신채호와 장도빈이다. 왜냐하면 당시 신문 주필은 신채호였고, 장도빈도 주필로 언급되기 때문이다.[5] 그런데 장도빈은 블라디보스톡에 1912년 5월 8일 전후(6일에서 11일 사이)에 왔다.[6] 만일 이 글이 창간호인 1912년 5월 5일부터 실렸다면 그의 글일 가능성은 없다. 그리고 이 글이 설혹 2호(5월 12일)부터 실렸다고 하더라도 그가 미리 써두지 않았다면 어렵다. 그는 "1912년 1월경" 망명의 길을 떠났으니 그 사이 글을 쓰기란 거의 불가능했다고 할 수 있다.[7] 게다가 이 글은 창간호부터, 또는 적어도 2호부터는 연재되었을 것으로 추정되므로 장도빈이 저자일 가능성은 적다.

또한 총무 한형권을 비롯하여, 부원 박동원과 이근용도 같이 논의될 수 있는 인물이다.[8] 한형권은 1911년 권업회를 창설할 당시 부회장을 맡았으

5 「대정원년11월조 재외조선인 결사단체상황」(1912.11)에 따르면, 장도빈(원문 張斗彬)이 주필로 제시되었다.

6 보다 자세한 설명은 김주현, 「신채호의 작품 발굴 및 원전 확정을 위한 연구—"권업신문"을 중심으로」의 주 19번 참조. 한편 이 글에서 거론된 『권업신문』의 논설에 대해서는 이미 그 논문에서 저자 확정이 이뤄졌다.

7 장도빈, 「암운 짙은 구한말」, 『사상계』, 1962.4, 288면.

며, 또한 신문부에서 총무를 맡았다가 1912년 12월 30일 총회에서 신문부장이 된다. 그가 신문부에서 총무와 부장을 맡았지만, 신문 집필에 어떤 역할을 했는지는 분명하지 않다. 박동원과 이근용 역시 부원으로서 신문 발간에 참여했다. 아마도 이들은 주필을 도와 본국통신, 잡보, 외보 등의 기사 작성에 참여했을 것으로 보인다.

「중국혁명약사」는 『권업신문』에서 가장 비중 있는 글이다. 신채호는 창간 당시부터 주필을 맡으며 신문 발간에 애썼다. 그는 이미 『대한매일신보』 주필 당시 「수군 제일 위인 이순신」(『대한매일신보』, 1908.5.2~8.14), 「동국 거걸 최도통」(『대한매일신보』, 1909.12.5~1910.5.27)을 '위인유적'란에, 「독사신론」(『대한매일신보』, 1908.8.27~12.13), 「천희당시화」(1909.11.9~12.4)를 '문단'란에 연재하기도 했다. 그런 측면에서 「중국혁명약사」의 저자 논의에서 우선적으로 고려해야 할 사람은 신채호이다. 창간호부터 신문의 주필을 맡았던 신채호가 가장 유력한 저자로 떠오르기 때문이다. 다른 사람은 일단 단재가 저자가 아닐 경우 논의하는 것이 순서일 것이다.

1) 글의 형식

「중국혁명약사」는 서론–본론–결론의 형식을 띠고 있다. 그런데 신문의 소실로 인해 현재 제1장은 일부만 확인할 수 있다. 현재 남아 있는 것은 제1장의 후반부로 누르하치가 청국을 세우게 된 내용이 기술되어 있다. 그런 측면에서 이미 본론이 시작되었다고 할 수 있다. 「중국혁명약사」가 연재된 시기와 가장 가까운 시점에 단재의 「발칸반도에 새로 흥하는 세 나라」(1912.11.24

---

8 「明治45年 6月調 露領沿海洲移住鮮人の狀態」(94면)에 따르면 1911년 12월 17일 권업회가 창설되고 여기에 신문부가 조직되었는데, 총무 한형권, 부장 겸 주필 신채호, 부원 박동원 · 이근용 등으로 구성되었다(박환, 앞의 논문 172면 참조).

~12.1)가 연재되었다. 논설의 구성을 보면 아래와 같다.

> 뎨일장 과거의 삼국 – 뎨이쟝 독립시대의 삼국 – 뎨삼쟝 삼국의 현재 활동과 그 쟝래 – 뎨사쟝 결론

윗글에서 단재는 "긔자의 본뜻은 이 장(제3장 : 인용자)을 들어 난우어 삼국의 활동은 뎨삼쟝에 ᄒᆞ고 삼국의 쟝릭ᄂᆞᆫ 뎨ᄉᆞ쟝에 ᄒᆞ야 ᄌᆞ셰히 의론코져 ᄒᆞ엿더니 그리ᄒᆞ면 본호 신문에 다 싯지 못ᄒᆞᆯ지라 쥬일보 신문에 루ᄎᆞ 미완을 닯이 미안ᄒᆞ야 이갓치 ᄒᆞ고 마노라"라고 하였다. 즉, 제3장 삼국의 활동 – 제4장 삼국의 장래 – 제5장 결론으로 마무리하려 했던 것이다. 여기에서 제1장은 이미 본론의 내용으로 되어 있다. 그리고 이 글은 제1장의 앞에 '서론' 부분이 따로 존재한다. 현재 남아 있는 「중국혁명약사」에서 1912년 5월 26일 연재분과 6월 2일의 전반부는 제1장에 속한 부분인데, 거기에 "만주가 중국의 명조를 망치고 대청제국을 건설한 역사가 대략 이러하니라"(1912.6.2)라는 내용이 있다. 아마도 제1장 앞에 작가의 말에 해당하는 서론격 내용이 있고, 제1장에서 본론으로 바로 들어갔을 가능성이 크다. 그렇다면 그것은 「발칸반도에 새로 홍하는 세 나라」와 구성상 같다. 그것은 이전 단재의 글 형식과 다르지 않다. 단재의 이전 글을 살펴보기로 한다.

> 『을지문덕』 서론(緖論) – 제1장 을지문덕 이전의 한한 관계 – 제2장…… – 제13장 구사가 관공의 을지문덕 – 제14장 무시무종의 을지문덕 – 결론
>
> 「이순신전」 제1장 서론(緖論) – 제2장 이순신의 유년과 급기소시 – …… – 제18장 이순신의 제장과 공의 유적 급 기담 – 제19장 결론
>
> 「독사신론」 서론(叙論) 1.인종, 2.지리 – 제1편 상세 제1장 단군시대…제10장 발해의 존망

단재는 일찍부터 '전'이나 '역사기술'에 서–본–결의 구조로 글을 쓰고

있다. 사실 「독사신론」은 완전히 마무리되지 않은 것이라 결론부가 없다고 할 수 있다. 이것은 그의 사적 기술의 방식인 셈이다. 그런데 「중국혁명약사」 역시 이러한 구조를 갖고 있다. 만일 「이순신전」의 구조를 따랐다면 '제1장 서론 — 제2장 …… 제14장 결론'의 형식을 지녔을 것이다. 그러나 『을지문덕』, 「독사신론」, 「발칸반도 ……」 등의 형식을 빌었다면 '서론 — 제1장(본론내용) …… 제14장 결론'의 모습을 지녔을 것이다. 「중국혁명약사」는 한 사람에 대한 전이 아니고, 여러 인물의 활동의 역사라는 측면에서 역사 기술의 형식에 가까웠을 것으로 추정된다.

그렇다면 『을지문덕』, 「독사신론」, 「발칸반도에 새로 흥하는 세 나라」 등의 형태에 보다 가깝고, 그리하여 서론이 나오고, 제1장에서 대청제국 역사의 대략을 기술한 다음, 2장 3장을 거쳐 제14장 결론에 이르렀을 것으로 보인다. 그러한 추정은 제1장에서 이미 누르하치의 청국 건설 역사의 대략을 다뤘기 때문에 가능하다. 서론-본론-결론 형식의 글은 신채호가 즐겨 쓰던 역사기술의 방식이고, 「중국혁명약사」는 그러한 기술방식을 따르고 있다. 「중국혁명약사」를 재구성하면, '서론'격의 글 — 제1장 청국 건설 역사의 대략 — 제2장 역대 정책의 무효와 혁명종자의 전파 …… 제14장 결론으로 이뤄진다. 그것은 결국 단재가 역술한 『이태리건국삼걸전』의 모습과 다를 바 없다.[9] 그러므로 글의 형식적인 측면에서 단재의 글과 대단히 흡사하다고 할 수 있다.

---

9 한편 단재가 역술한 『이태리건국삼걸전』(광학서포, 1907)도 "緒論 — 第一節 三傑 以前의 伊太利 形勢……第二十六節 伊太利의 大一統이 成흠 — 結論"으로 되어 있다. 단재의 역술본에서 양계초의 『意大利建國三傑傳』에서 "發端"을 "緒論"으로 바꾼 모습을 확인할 수 있다.

2) 글의 내용

이 글은 주로 중국 신해혁명을 다루고 있다. 특히 신해혁명의 주요 인물인 손일선, 황홍, 여원홍, 원세개의 영웅적 인물됨과 혁명적 기개를 잘 그리고 있다.

> 그러나 십분의 오분은 또 영웅의 공이라 ᄒᆞᆯ 밧게 업도다 뎨일에 손일션이 이 시긔를 타고 니러나셔 혁명을 쥬창하지 안ᄒᆞ엿스면 혁명픙죠가 이갓치 일즉이 십팔싱 각쳐에 젼포될 슈 업스며 데이에 황흥 려원홍 량씨가 업스면 오늘에 무창혁명의 소리가 업슬지며 뎨삼에 원세ᄀᆡ가 업섯스면 남북이 서로 싸호다가 외국의 간셥을 불러 만인 한인이 함끠 망하엿을이니 오호라 손씨, 황씨, 려씨, 원씨 네 사롬 가온데에 만일 한아만 업서셔도 혁명의 젼도가 엇지 될지 몰낫으리니 오호라 이 네 사롬은 곳 즁국의 구셰쥬라 ᄒᆞᆯ만ᄒᆞ도다[10]

저자는 혁명의 영웅인 손, 여, 황, 원에 대해 높이 평가하였다. 이들은 청의 지배로부터 벗어나 새로운 민족국가를 이룩한 영웅들이다. 그들에 대한 평가는 단재의 글에서 그대로 드러난다.

> (가) 이러케 큰 싱각을 줄 것이 북경셩뿐 안이라 그 외에 허다ᄒᆞᆫ 력ᄃᆡ 뎨왕의 경영이며 허다ᄒᆞᆫ 영웅렬ᄉᆞ의 고적이 모다 큰 싱각을 줄 것이니 그 밋헤셔 ᄌᆞ식 빈는 부인이 손일션을 빈며 려원홍을 빈며 황홍을 빈여 그 빈안에셔 나오ᄂᆞᆫ 그늘이면 「만쥬야 물너가거라」 소리 질을 것은 하늘이 마련한 리세니 대청

10 『권업신문』, 1912.10.27. 앞으로 이 신문과 더불어 『대한매일신보』의 인용은 인용 뒤 괄호 속에 날짜만 기입하였다. 원문은 당시 표기체 그대로 옮겼지만 띄어쓰기는 오늘날의 방식으로 하였다. 그리고 이 글에서 「중국혁명약사」는 다른 작품과 구별하기 위해 고딕체로 표기하였으며, 밑줄 역시 연구자가 강조를 위해 사용하였다.

황뎨의 잡은 칼이 아모리 긴들 십팔싱안의 쏘다지는 영웅을 다 엇지ᄒᆞ리오.(1912.12.1)

(나) 중국혁명의 슈공를 세자면 손일션도 한아이며 원셰긔도 한아이며 황홍려원홍도 한아이며 츄근 셔셕린도 한아이나 그러ᄒᆞ나 그이들이 칼로만 셩공ᄒᆞ며 춍으로만 셩공ᄒᆞᆫ 줄 아ᄂᆞᆫ 이는 소경의 그림 비평이라 수십년릐로 즁국각쳐에 혁명당의 긔관신문이 삿삿히 젼파ᄒᆞ야 날로 혁명쥬의를 고취ᄒᆞ야 신문 한장 가ᄂᆞᆫ 곳이면 혁명당 한긔식을 희산ᄒᆞ야 맛ᄎᆞᆷᄂᆡ 강남 젼폭이 모다 혁명당의 텬디가 되엿던 고로 무챵의 한 춍소릐로 십팔싱을 동케 ᄒᆞ엿ᄂᆞ니 혁명셩공의 원인이 이에 잇엇ᄂᆞ니라.(1913.2.16)

단재는 (가) 「발칸반도에 새로 흥하는 세 나라」와 (나) 「광무 을사 이전의 본국 신문」에서 손, 황, 여, 원에 대해 높이 평가하였다. 또한 단재는 다른 글에서도 「중국혁명약사」에 제시된 인물들을 자주 언급하였다.

(다) 今日에 忽必烈에게 膜拜ᄒᆞ던 手로 明日에 朱元璋을 膜拜ᄒᆞ며 又明日에 奴爾哈齊롤 膜拜ᄒᆞ야……[11]

(라) 루이 16세도 저주에, 나폴레옹 2세도 3세도 저주에, 메테르니히도 저주에, 윌리암 2세도 저주에, 니콜라이 알렉산더 2세도 저주에, 愛新覺羅氏도 저주에, 袁世凱도 저주에, 기타 금전・철포의 대력을 가지고 저주에 망한 자가 몇몇이더냐?[12]

(마) 머리 알코 피 토하여 가며 나라일을 硏究하지 안코 오직 남의 입내만 내어 마신니의 少年伊太利를 본뻐 會의 규칙을 맨들며 孫逸仙의 軍政府約法을 번역하여 自家의 主義를 삼어 特有한 國性이 업시 印板으로 事業하려 하는 놈

11 신채호, 『을지문덕』, 휘문관, 1908, 24면. 이하 이 작품은 인용 구절 뒤 괄호 속에 을지문덕, 면수만 기입.

12 김주현 편, 『백세 노승의 미인담』, 범우사, 2004, 320면. 이하 이 책의 인용은 인용구절 뒤 괄호 속에 선집, 면수만 기입.

들이 갈 地獄은 잔납이地獄이니라[13]

(바) 孫中山 嘗謂恢復韓國之獨立 爲一緩衝國 然後中國可安[14]

(사) 손일선(孫逸仙)의 삼민주의는 민족주의 사회주의 등을 혼동하여 그리 찬탄할 가치는 있는지 모르겠으나 그래도 주의(主義)는 주의다.[15]

누르하치는 (다) 『을지문덕』 및 「발칸반도에 새로 흥하는 세 나라」에도 언급되었다.[16] 원세개는 (라) 「금전, 철포, 저주」 및 「조선의 지사」, 「룡과 룡의 대격전」에 제시되었다.[17] 그리고 손일선에 대해서는 (마) 「꿈하늘」, (바) 「韓漢兩族之宜加親結」, (사) 「차라리 괴물을 취하리라」 등에 제시되었다. 『을지문덕』을 제외하면, 다른 글은 「중국혁명약사」 이후에 나온 것이긴 하지만, 원세개, 누르하치, 손일선 등에 대한 단재의 높은 관심과 더불어 긍정적 평가를 엿볼 수 있다.

대저 사빅 주의 토디가 넓지 안타 홀 슈 업스며 ᄉ억만의 인구가 만치 안타 홀 슈 업스며 황뎨(黃帝) 이후 ᄉ천여 년 력ᄉ가 오리지 안타 홀 슈 업건만은 이에 만주 북방에 조고마흔 부락 추장 놀하치 조손의 호령 아릐에 굴복ᄒ여 이빅륙십여 년이나 종이 되며 신하가 되여 스름을 밧고 겨우 오놀에 와셔야 혁명소릐가 잇엿으니 또흔 이상ᄒ지 안흔가

그 까닭을 싱각하건ᄃᆡ 첫지는 그 력ᄉ의 결뎜이라 즁국인이 원릐 ᄌ존셩(自尊性)이 잇여 저의 종족을 가릭쳐 즁화라 ᄒ고 남의 종족을 가릭쳐 오랑캐라 ᄒ지만

13 김병민 편, 『신채호문학유고선집』, 연변대학출판사, 1994, 57면. 이하 이 책의 인용은 괄호 속에 유고선집, 면수만 기입.

14 『천고』 2권, 천고사, 1921.2, 7면.

15 신채호, 「차라리 괴물을 취하리라」, 『룡과 룡의 대격전』, 조선문학예술총동맹출판사, 1966, 202면.

16 "놀하치의 몽치로도 후조죵, 려만촌의 읍줄이던 지나를 부시지 못홈이니"(「발칸반도에 새로 흥하는 세 나라」, 『권업신문』, 1912.12.1).

17 "朝鮮의 레닌은 袁世凱도 될 수 잇다는 預言이다"(「조선의 지사」, 『유고선집』, 170면), "袁世凱(中國銀錢)의 대가리도 나오라는 대로 나오더니"(「용과 용의 대격전」, 『유고선집』, 134면).

은 그러나 녯날붓허 오랑캐도 즁국문화에 복죵ᄒᆞ면 곳 즁국과 한가지라 ᄒᆞ여 아모 나라이라도 즁국을 망치고 즁국의 문화에만 복종ᄒᆞ면 곳 반항ᄒᆞᄂᆞᆫ 쟈ㅣ 업ᄂᆞᆫ 고로 요 틔조 금 틔조 원 셰조가 다 다른 종족으로 즁국에 드러가 임금이 됨은 다만 즁국 문화에 복종ᄒᆞᆫ 연고라.(1912.6.2)

윗글은 중국의 지리와 토지, 그리고 혁명이 늦게 일어난 이유에 대한 분석으로 이뤄졌다. 단재는 역사를 기술하면서 인종과 지리를 먼저 기술하였다. 그리고 사건 기술과 더불어 사평 또는 논찬을 덧붙였다. 단재는 「독사신론」의 서론에서 인종과 지리를 다루고 본론에서 우리의 상고 역사를 기술하였다. 그리고 『을지문덕』에서는 제1장에서 을지문덕 이전의 한중 관계를 기술하였다. 「중국혁명약사」는 제1장에서 인종 지리적 관점, 그리고 청국 건설의 대략이 기술되었다는 점에서 단재의 서술방식과 다르지 않다. 그러나 보다 중요한 것은 세부적인 국면, 곧 문체의 측면일 것이다.

3) 글의 문체

그러면 여기에서는 더욱 자세히 글의 문체적 동질성을 찾아보기로 한다.

쌈손과 항우의 용밍이 잇슨들 엇지홀이오.(1912.5.26)

(가) 용감엔 쌈손만 ᄒᆞ며(『권업신문』, 1912.7.28)

(나) 陰陵黑月에 項羽의 五騅가 不逝ᄒᆞ고(『을지문덕』, 50면)

(다) 항우(項羽)가 강동ᄌᆞ데 팔텬으로 도강ᄒᆞ던 이날이 될가(『권업신문』, 1912.8.29)

「중국혁명약사」에서는 삼손과 항우의 용맹을 들었다. 단재는 (가) 「동포 사이의 사랑」에서는 삼손을, 그리고 (나) 『을지문덕』과 (다) 「이날」에서는 항우를 들었다. 그리고 「발칸반도에 새로 흥하는 세 나라」에서도 '항우'를 들었다.

> 천합소문이나 대조영이나 항우 픽공이나 와싱톤 나폴네온이나 네나 내나 큰 이나 젹은 이나 죽은 후에는 갓치 말은 뼈뿐이니라 그러나 뎌 영웅들의 뼈는 똑 한가지 너희들의 뼈보다 달은 것이 잇ᄂᆞ니……만일 그 겻헤 가셔 진졍의 눈물을 뿌리면셔 그이의 혼을 뿔이ᄂᆞᆫ 이만 잇으면 죽은 뼈가 산 뼈가 되며 썩은 뼈가 거룩ᄒᆞᆫ 뼈가 되야 그 뼈의 젼싱에 가졋던 눈과 코와 입과 귀를 다시 가지고 이 셰상에 와셔 셩신의 불을 토ᄒᆞ며 졍의의 칼을 둘우고 억만 마귀를 싸워 물니치ᄂᆞ니 보아라(『권업신문』, 1912.12.1)

마치 「대아와 소아」의 문체를 다시 보는 듯한 이 글에서도 단재는 '항우'의 영웅성을 드러내고 있다.

> 져 영웅들은 그럿치 안ᄒᆞ여 긔회가 업더라도 손짓ᄒᆞ고 눈짓ᄒᆞ여 오게 ᄒᆞᄂᆞᆫ 슈도 잇고 긔회가 오기 곳 ᄒᆞ면 왼손에는 칼을 들고 올은손에는 총을 들고 한 마듸 호령소릐에 긔회란 것을 곳 그 압헤 잡어 부리고 그져가지 못케 ᄒᆞᄂᆞ니 만고 력ᄉᆞ에 영웅이란 영웅은 다 이런 ᄌᆡ됴를 가지고 영웅이 되엿지만은 나의 본 바로ᄂᆞᆫ 놀하치갓치 긔회를 잘 잡어 쓴 이는 업도다(1912.5.26)
>
> 오호라 시셰가 영웅을 짓고 영웅이 또 시세를 짓는다 ᄒᆞ더니 과연 정말이며 과연 정말이로다(1912.6.30)

저자는 영웅과 기회를 위와 같이 말했다. 먼저 "왼손에는 칼을 들고 올은손에는 총을 들고"의 형용은 "올흔손으로 번개칼을 둘으며", "올흔손에 쌀닌 손들이 낫낫히 풀은 긔를 들며 왼손에 쌀닌 손들은 낫낫히 불근 긔를 들고 두편을 갈너 싸움을 시작하는대"(「꿈하늘」, 26면)와 비슷하다. 그리고 기회론은 「기회는 불가좌대」와 일치한다.

> 英雄이 機會를 造ᄒᆞ고 機會가 英雄을 産ᄒᆞ나니 英雄과 機會는 互相待하며 互相爲用ᄒᆞ는 바로다(『대한매일신보』, 1908.3.29)
>
> 請컨대 正言으로 告ᄒᆞ야 曰 機會者는 英雄이 自造ᄒᆞ며 英雄이 自攫하나니 膽을 練ᄒᆞ야 其險을 能踰하며 志를 勵ᄒᆞ야 其難을 耐하며 知識을 充하야 其來를 善察ᄒᆞ며 能力을 盡ᄒᆞ야 其逝를 勿縱ᄒᆞ라(『대한매일신보』, 1908.3.29)

단재는 「기회는 불가좌대」에서 영웅이 기회를 만들고, 또한 기회가 영웅을 만든다는 것을 강조했다. 누르하치가 비록 명나라 장수 이성량에게 사로잡힌바 되었으나 기회를 다시 만들어 그의 아들 이여송을 물리치고 청국을 건설하였다. 누르하치는 「기회는 불가좌대」의 영웅관을 그대로 보여주는 인물인 것이다.

> 손일션이 황흥을 얻음은 범의 날개 남이더라(1912.7.28)

저자는 손일선이 좋은 인물을 얻어 금상첨화가 된 상황을 '범의 날개 남'으로 표현했다. 이러한 표현은 신채호가 「이순신전」에서도 사용했던 표현이다.

> 李忠武의 統制使 在任ᄒᆞᆫ 以後에는 朝廷의 信賴가 旣專ᄒᆞᆫ 中 又外國의 援兵이 來ᄒᆞ야 軍威를 助壯ᄒᆞ니 此는 虎腋에 翼을 附ᄒᆞᆷ이라(『대한매일신보』, 1908.6.16)

이순신이 명군의 도움을 받음을 '범이 날개를 담'으로 표현했다. 그러나 이런 표현은 일반적으로 사용할 수 있기에 이런 표현만으로 저자를 확정하기는 어렵다. 유사한 표현을 더 찾아보기로 한다.

장슈는 범갓치 날니고 군스는 구름갓치 모혀(1912.8.25)

저자는 장수를 범에, 그리고 수많은 병사를 구름에 비겼다. 단재는 장수를 용 또는 범에 비겼으며, 무수한 군대를 구름에 비유했다.

(가) 偉大英雄은 埋沒에 一任훈 故로 或 龍爭虎躍의 人物로도 村兒俚談에 一句만 僅傳ᄒ며(『을지문덕』, 3면)

(나) 龍變虎化의 乙支文德(『을지문덕』, 45면)

(다) 嗚乎라 矯矯 虎將이 吏治材도 兼優ᄒ도다(『대한매일신보』, 1908.5.7)

(라) 中外人民이 皆 崔都統의 雄名을 慴ᄒ야 虎頭將軍이라 傳呼ᄒ더라(『대한매일신보』, 1910.4.7)

(가)와 (나)는 『을지문덕』 (다)는 「이순신전」의 예문이다. (가)의 밑줄 친 부분을 옮기면, 용같이 다투고 '범같이 싸우던 인물'이며, (나)는 '용같이 변화하고 범같이 용맹한'이 된다. 단재는 을지문덕과 같은 영웅을 용과 범에 비유했다. 「이순신」에서도 이순신을 '범 같은 장수'로, (라) 「최도통전」에서 최영이 씩씩함으로 인해 호두장군으로 불리게 되었다고 설명했다. 그리고 「청년동포에게 바라는 바」(1912.5.26)에서도 "용밍ᄒ기는 범에 비ᄒ며"라는 표현을 썼다. 을지문덕, 최영, 이순신과 같은 장수의 용맹함과 씩씩함을 용 또는 범에 비유했다.

(마) 浿水 以下에 黑雲갓치 飛集ᄒ는 者는 皆是 敵國軍艦이오(46면)

(바) 鐵騎가 遼野에 雲屯ᄒ고(68면)

(사) 數月之內에 將士가 雲集ᄒ야 軍聲이 大振ᄒ더라(1908.6.9)

(아) 況雲集ᄒ는 大寇乎아(1908.8.11)

(마)와 (바)는 『을지문덕』 (사)와 (아)는 「이순신전」의 예문이다. 단재는

군함, 철기가 구름같이 둔치한다거나 장사들이나 적이 구름같이 모인다고 표현하였다. 군사를 구름에 비긴 것이다. 이것은 동일 작가일 가능성을 제기하지만 그렇다고 하여 충분조건이 되기에는 부족하다. 다음 문체는 이 글의 독특한 문체이다.

젼교홈에 힘쓰더니 밋 구도가 죽음ᄋᆡ 그 의발이 슈젼에게 도라가니라(1912.6.16)
깨여남이 여러 번이라 밋 병이 죠곰 나은 후에(1912.6.16)
동지를 모집ᄒᆞ다가 밋 경ᄌᆞ 의화단 란리에(1912.7.21)
혁명의 셩세가 날로 더 셩케 ᄒᆞ며 밋 호북총독의 임명을 받아(1912.9.22)
꿈도 못 꾸ᄂᆞᆫ 바이며 밋 홍슈전의 란리 지을 때에(1912.9.29)

먼저 '밋'이라는 표현은 자주 등장한다. 현재 총 19회 연재 중 12군데가 등장한다. 여기에서 첫 번째처럼 '… 더니 밋…'은 그 빈도수가 가장 많아 6월 16일에 3회, 9월 1일에 1회, 9월 8일에 2회, 10월 20일에 1회이고, 세 번째 '… 다가 밋…'은 9월 15일에 1회 더 있으며, 기타는 각각 1회씩 사용되었다. 이것은 글쓴이의 독특한 문체를 잘 드러내는데, 단재의 글에서도 그러한 용례가 많이 발견된다.

(자) 씨메온의 당ᄃᆡ에ᄂᆞᆫ 뽈가리가 이갓치 강셩ᄒᆞ더니 밋 씨메온이 한번 죽음ᄋᆡ 씨메온은 다시 오지 안코(『권업신문』, 1912.11.24)
(차) 두 신문이 다 독립협회의 긔관으로 졍부 공격에 젼력ᄒᆞ다가 밋 독립협회가 끠여짐ᄋᆡ 졍부의 압력을 저어ᄒᆞ야(『권업신문』, 1913.2.16)

우선 「중국혁명약사」와 내용상 관련이 있는 (자) 「발칸반도에 새로 흥하는 세 나라」와 (차) 「광무을사 이전의 본국 신문」에서도 '밋'의 용례가 나타난다. 이 논설들은 단재의 작품으로 동일한 용례가 나타나고 있음을 볼 수 있다. 그러나 이것만으로는 사용 횟수가 적어 단정하기 어우며, 단재의 다른 글을 더 확인해볼 필요가 있다.

(가) 소문이 들닐 제마다 피줄이 썸을 금치 못하얏노라./ 및 隋의 兵部侍郎 斛斯政이 그 參謀部의 文簿를 훔처 가지고 歸化하매(유고선집, 31면)

(나) 백셩이 松皮를 벅기여 량식을 한 고로 및 이 란리가 平定되매 兵革을 슬여하는 마암이 나며(유고선집, 38면)

(다) 이것이 古代歷史의 殘缺된 原因을 이엿나이다./ 및 高麗 中葉에 와서 두 黨派가 나니(유고선집, 38면)

(라) 이 二千餘年 동안이 처음 變한 順局이오 및 檀君 二千一百餘年傾에(유고선집, 41면)

(마) 한놈과 및 다섯 동무들이……(유고선집, 45면)

(바) 그러나 이때는 오히려 正道가 세고 내가 弱하야 크게 橫行치 못하더니 및 世降俗末하여 三國의 末葉이 되매(유고선집, 48면)

(사) 한 時調를 읊으며 건느니라. 및 뎌편 언덕에 다달너서는 서로서로 냇물을 돌아보며(유고선집, 49면)

(아) 싸우면 으례히 진다 하더니 및 싸흠터에 와보니 이례케 쉽게는 말할 수 업더라.(유고선집, 49면)

(자) 한 해 지나 두 해 지나 및 四千二百四十餘年 오날에 와서는(유고선집, 61면)

(차) 眞辰巳聖人이 되고말엇다/ 및 高麗 末葉에 蒙古帝國 — 元朝의 壓迫에 國威가 地에 墮하고(『조선일보』, 1928.1.1)

(카) 그래서 비록 科學이 發達된 德國로도 이에 對한 迷信的 恐怖가 업지 못하더니 및 同年에 德帝 윌리암 三世가 卽位하야는(『조선일보』, 1928.1.1)

위의 예문들은 「꿈하늘」과 「예언가가 본 무진」에서 뽑은 것이다. (가)부터 (자)까지는 「꿈하늘」의 내용이며, 이 작품에는 총 12군데에 걸쳐 '및'이 사용되고 있다. 특히 "A 및 B"처럼 일반적인 용례가 3회, '… 더니 및…'이' 위처럼 2회, 그리고 '… 노라 및…'과 '… 니라 및…'이 각각 1회, '… 이다/

밋 …'과 '… 이오 / 밋 …'이 각각 1회, '… 고로 밋…', '…과 밋…' '…지나 밋…' 등이 각 1회씩이다. 그리고 (차)와 (카)는 「예언가가 본 무진」으로 이 작품에는 위처럼 두 군데 '밋'이 사용되었다.[18] 이처럼 신채호의 작품에는 '밋'의 다양한 용법이 보인다. 특히 (가), (바), (사), (아), (카)는 「중국혁명약사」에 나타나는 문체이다.

「중국혁명약사」에는 "… 더니"로 문장이 끝나고, 다음 단락으로 넘어가 '밋'으로 시작되는 표현이 5군데 가량 발견되는데, 같은 방식의 표현이 단재의 「꿈하늘」에 3군데 가량, 「예언가가 본 무진」에 1군데 나타나고 있다. 「꿈하늘」은 1916년에 나왔으니 「중국혁명약사」와 시간적 거리가 가깝다. 그리고 이러한 용례는 다른 사람에게는 용례가 드문 독특한 표현법이다. 이런 점들을 통틀어 볼 때 「중국혁명약사」는 두말할 필요도 없이 단재의 글이다.

3. 「중국혁명약사」의 저술 의의

1) 번역 또는 저술의 여부

그렇다면 이 글은 단재가 직접 쓴 글인가? 아니면 번역, 또는 번안한 글인가? 번역이나 번안의 경우 글의 서론과 결론 부분을 보면 알 수 있다. 단재는

18 「조선상고사」에서는 "…더라/ 밎…" 1회(개정판 전집 상, 200면), "…다/ 밎…" 2회(218면, 264면), "…니라/ 밎…"1회(219면), "…더니/ 밎…" 1회(350면), 「조선상고문화사」에서는 "…더라/ 밎…" 1회 (407면), "…하다가/ 밎…" 1회(407면), "…다/ 밎…" 1회(462면), 그리고 「연개소문의 사년」에서는 "…다/ 밎…" 2군데(개전집 중, 153, 158면)가 발견되는 등 이러한 표현은 단재 특유의 방식이다.

『이태리건국삼걸전』을 번역하였는데, 그러한 예를 참고할 수 있다.

若此書의 因緣과 此書의 紹介로 大韓中興三傑傳 或 三十傑 三百傑傳을 更作ᄒᆞ면 此는 無涯生 無涯의 血願也로다 伊太利建國 三傑傳을 述ᄒᆞ노라[19]

無涯生이 曰 吾讀伊太利三傑傳ᄒᆞ다가 吾身이 若聳ᄒᆞ며 吾腦가 若剌ᄒᆞ니 吾其歌之也 ㅣ 可乎아[20]

위 예문은 서문, 아래 예문은 결론 부분이다. 특히 결론 부분의 내용을 통해 이 글이 번역된 작품임을 알 수 있다. 『이태리건국삼걸전』의 경우 "申君彩浩 從飮氷子梁啓超氏所著者 譯出而囑余校閱"이라는 장지연의 '서'를 통해 이미 그 저자가 드러난다. 그런데 「중국혁명약사」는 일단 서론 및 1장 일부가 결락되었으며, 결론을 포함하여 현재 남아 있는 부분 어디에도 번역을 알려주는 구절은 없다. 그리고 이 신문에는 번역의 경우 '역재(譯載)'라고 밝혔다. 연재물인 「소크라듸쓰論語」(1212.6.23~1912.8.25, 미완)는 '역재'라고 밝혔으며, 일본 외교시보에 게재된 「일루관계론」(1913.1.12), 손일선의 「민족쥬의」(1913.2.2)도 '역재'라고 분명히 적시했다. 만일 「중국혁명약사」가 번역이라면 분명 '역재'라고 썼을 것이다. 그러므로 그것은 번역된 글이기보다 창작된 글일 가능성을 시사한다.

또한 만일 중국인의 글이라면 그들의 입장에서 쓰였을 것이다. 그런데 이 글에는 한국사와 관련시킨 내용이 여러 군데 나온다.

바야흐로 놀하치가 만주로 도라가던 때는 본죠 션조 말년이오 즁국 명죠 신종황뎨 때라(1912.5.26)[21]

---

19 신채호 역, 『이태리건국삼걸전』, 광학서포, 1907, 4면.
20 위의 책, 92면.
21 괄호 속 날짜는 서력을 기준으로 사용함. 당시 신문은 러시아력과 기원(단군)년, 음력이 표기되었으며, 5월 26일은 러시아력 5월 13일로 러시아력은 양력보다 13일이 늦었다.

임진왜란ᄉᆞ를 아시는 이는 양호(楊鎬) 유뎡(劉綎) 동일원(董一元)의 무리의 일홈을 긔억ᄒᆞ리라(1912.5.26)

이때 우리나라에셔 명나라를 위ᄒᆞ여 구원 갓던 군ᄉᆞ도 크게 픠ᄒᆞ여 도원수 강홍립은 항복ᄒᆞ고 장군 김응하는 굽히지 안코 종일 혈젼하다가 긔진ᄒᆞ여 죽으니라(1912.5.26)

임진왜란에 양호의 뒤를 니여 왜를 치다가 루ᄎᆞ 승젼하고 도라가더니 미구에 놀하치의 란을 만나 용밍을 자랑ᄒᆞ고 깁히 드러가다가 복병에 픠ᄒᆞ여 죽으니 희라 이제야 놀하치가 당년 리셩량의게 사로 잡히던 붓그럼을 씻으니라(1912.5.26)

모두 1912년 5월 26일에 나온 예문이다. '본죠'라는 표현과 또한 우리 연도가 먼저 나온다는 사실, 그리고 임진왜란, 우리나라 등의 표현에서 이미 저자의 국적을 확인할 수 있다. 게다가 8월 25일에도 "려원홍은 청국 슉장(宿將)으로 이왕 쳥 일젼징에 군함을 타고 일본과 싸우다가 픠ᄒᆞ야 ᄉᆞ로잡히게 됨이"라고 하여 우리 역사와의 관련성을 일일이 제시하였다. 우리나라 사람이 저자일 가능성을 보여주는 구문이다.

이 글에서는 주로 무창혁명에서 신해혁명까지의 중국 근대사를 그려내고 있다. 무창혁명(1911.10)에서 원세개 정권 수립(1911.12.4)까지를 그린 이 작품은 1912년 5월부터 10월까지 발표되었다. 5개월에서 10개월여의 차이밖에 없다. 불과 5개월밖에 안 된, 그것도 아직 진행 중인 사건을 두고 중국에서 「혁명약사」란 이름으로 글이 발표되었을 가능성은 희박하다. 이러한 요인들로 인해 이 글은 단재의 글로 볼 수밖에 없다.

2) 저술 방법

만일 단재가 「중국혁명약사」의 저자라면 이 글을 어떻게 썼겠는가? 단재는 당시 블라디보스톡에 있었고, 비록 당대의 현안이었지만 어떻게 소상하게 글을 쓸 수 있었는가? 이것을 밝히는 것은 창작의 가능성을 보다 확실히 밝히고자 하는 까닭이다.

> 려원홍의 의견(1912.5.26), 국민의연회와 원셰개(6.2), 손씨가 북경으로, 원셰개의 경책, 황홍은 사직, 원셰개와 국무대신(6.16), 손씨의 츌발(6.30), 황홍씨의 병긔(7.28), 원총통 연셜(8.4), 원총통의 권력확쟝(8.11), 군경협회와 원총통(8.18), 국민당 셩립, 손 황의 훈쟝, 손씨가 북경으로, 원씨 뎨의(9.1), 손씨의 경책(9.8), 손일션씨의 말, 손씨 연론(9.15), 황홍과 손일션(9.22), 혁명긔념일(10.6), 손씨 발뎡(10.27), 원셰개와 일본(11.28), 손일션이 미국으로 가, 황홍의 사직, 몽고졍벌의 준비, 군비늉통(12.12), 원씨와 오졍방(12.22), 려원홍이 북경으로 와(12.29)

이것들은 1912년 5월부터 12월까지 중국혁명에 가담한 인물, 즉 여원홍, 원세개, 황흥, 손일선 등에 관해 『권업신문』에 보도된 기사이다. 이 신문에 당시 중국에 관해 대단히 많은 기사를 싣고 있음을 알 수 있다. 이들에 대한 기사는 각국통신으로부터 입수한 내용들이다. 블라디보스톡에서도 중국의 소식을 충분히 알고 있었음을 알 수 있다. 특히 그곳은 북만주와 인접해서 중국 소식을 듣기에 좋은 위치였다. 게다가 단재는 1911년 6월 대양보를 창간하여 주필로 활동하지 않았던가. 비록 그 신문이 같은 해 9월 24일 13호 발간으로 끝나고 말았지만 언론인이었던 단재는 여전히 중국의 통신들을 면밀히 살폈던 것으로 보인다. 그리고 그는 각종 사서를 통해 중국에 대해 익히 알고 있었으며, 또한 그러한 관심에서 이후 「건륭황제의 꿈」을 창작하기도 했던 것이다.

단재는 당시 각종 중국 통신들에 실린 자료나 들려오는 소식을 토대로 「중국혁명약사」를 쓴 것이다. 특히 단재는 손일선의 「민족주의」를 번역 게재하였으며, 또한 대비생이 기고한 글 「손일션씨의 반년 력사를 생각하다가 감동한 바를 긔록하야 권업신문사에 붓치노라」(1912.8.25)를 싣고 있는 것으로 보아 손일선에 대해 많은 관심을 가졌던 것으로 보인다. 단재는 중국의 신해혁명에 대한 관심을 역사로 기술한 것이다.

3) 저술 동인

그렇다면 하필 「중국혁명약사」인가? 단재는 왜 이 글을 썼는가? 『이태리건국삼걸전』(1908)을 번역하게 된 동기는 그의 다른 글들에도 나온다.

> 我國 地形이 希臘 伊太利等과 類似흔 半島니 其人民이 鎖國에 自安ᄒᆞ야 航海 遠征의 思想이 不起홈은 何故오(『대한매일신보』, 1908.9.1)
>
> 韓國이 地理上에만 東洋 伊太利를 作홀 ᄲᅮᆫ 아니라 人事上에도 東洋伊太利를 作ᄒᆞ리니 勉홀지어다 韓人이여(『대한매일신보』, 1909.1.29)

전자는 「독사신론」, 후자는 「동양 이태리」의 대목이다. 단재는 『이태리건국삼걸전』 서문에서 "若此書의 因緣과 此書의 紹介로 大韓中興三傑傳 或三十傑傳 三百傑傳을 更作하면 此는 無涯生 無涯의 血願也로다"(개전집 중, 185면)라고 하였다. 일종의 지리상 유사가 정신상 유사로 나아가고, 그리하여 한국에도 여러 영웅이 나타날 것을 기원했던 것이다. 우리도 이탈리아와 같은 반도 국가로서 이탈리아의 건국을 모범삼아 독립국가를 달성하고픈 희원을 담고 있다.

> 그런즉 빨칸반도는 력ᄉᆞ상으로도 한번 연구홀 바이며 이왕에 빨칸은 셔양 문뎨의 즁심이 되고 우리 한국은 동양 문뎨의 즁심이 되야 ᄉᆞ면의 복잡홈이 우리나라와 갓흔 뎜이 만홀 ᄲᅮᆫ더러 또 디형이 갓흔 반도인 고로 우리나라를

동양의 빨칸이라고 불으는 쟈들도 잇섯ᄂᆞ니 그런즉 빨칸반도는 디리상으로 도 한번 연구ᄒᆞᆯ 비로다(1912.11.24)

단재가 발칸반도에 관심을 표명한 것도 이탈리아에 대한 관심과 유사하다. 역사상의 중심점이라는 사실도 있지만 지리상의 유사성도 한몫을 한다. 우리나라가 동양의 이탈리아에서 동양의 발칸으로 건너온 것도 그러한 까닭이다. 단재가 이탈리아반도, 발칸반도의 관심 속에서 『이태리건국삼걸전』이 나왔고, 발칸의 역사 관련 글이 나왔던 것이다. 그렇다면 중국 혁명사는 왜 창작되었나?

(가) 그럼으로 나파륜의 칼로도 단데 마신의가 노릭ᄒᆞ던 이딸리를 끼치지 못ᄒᆞ엿으며 놀하치의 몽치로도 후조죵 려만촌의 읍줄이던 지나를 부시지 못홈이니 빨칸반도가 비록 젹으나 그 가운딕에 잇는 사룸들이 모다 픽쇼쓰 졔공의 국슈쥬의에 셰례를 받엇ᄂᆞ니 엇지 오릭 젹막ᄒᆞ리오(1912.12.1)

(나) 나라 일홈이 업서진 후라도 그 나라 사룸만 업서지지 안ᄒᆞ엿스면 업서진 일홈이 다시 회복되ᄂᆞ니 즁국을 보며 이딸리를 보아라 망ᄒᆞᆫ 후에 수빅년 수천년의 쟝구ᄒᆞᆫ 셰월을 지낫스되 즁국에 즁국 사룸이 잇고 이딸리에 이딸리 사룸이 잇는 고로 그 나라이 맛춤닉 회복되엿ᄂᆞ니라(1913.1.5)

이탈리아와 중국의 역사서술을 하게 된 것은 위의 예문에 보다 잘 나타난다. (가) 「발칸 반도에 새로 홍하는 세 나라」에서 이탈리아, 발칸, 중국에 관심을 가진 단재의 모습이 드러난다. 여기에서 단재는 나폴레옹(1769~1821)도 마치니(1805~1872)가 노래하던 이탈리아를 깨치지 못하였고, 후조종(1618~1654), 여만촌(1629~1983)이 읊조리던 누르하치(1559~1626)도 중국을 부수지 못했다는 사실을 강조하였다. (나) 「단군기원 4246년 1월 1일에」는 한편으론 「꿈하늘」에서 "마치니의 『少年伊太利』를 본떠 會의 규칙을 만들며, 孫逸仙의 『軍政府約法』을 번역하여 自家의 주의를 삼아"(선집, 173면)라고 말하던 맥락으로 이어진다. 단재는 『이태리건국삼걸전』을 번역했다. 그리고 그는 중국 혁명가들이 신해혁명을 통해 청으로부터 독립했던 사실을 높이 평가했다. 그가 중국혁명의 역사를 쓴 까닭은 비록 나라를 잃었더라도 국민이 살아있으면 결국 국권을 회복할 수 있다는 것을 보여주려고 한 것이다.

이러한 상황은 당시 신문에도 나타난다. 단재는 "신문을 보되 청국혁명 이약이나 이토(伊土)전쟁 이약이나 잇는가 뒤적뒤적ᄒᆞ여 보다가"(1912.5.26)라고 언급하였다. 당시 젊은이들이 중국혁명 이야기에 많은 관심을 갖고 있었다는 사실이다. 그것은 같은 날 실린 다음 글에 나타난다.

> 경셩 ᄉᆞ동 연흥샤에셔 청국 혁명된 ᄉᆞ실로 연극장 일판을 꿈이여 노는ᄃᆡ……경찰셔에셔 듯고 치안방히라 ᄒᆞ여 즉시 순ᄉᆞ를 보니여 구경ᄒᆞᄂᆞᆫ 쟈를 족불리디ᄒᆞ게 헷치고 연흥샤 샤원과 광대를 모다 잡어 갓ᄂᆞᆫᄃᆡ(1912.5.26)

연흥사에서 중국혁명을 극화한 연극을 공연한 까닭과 단재가 중국혁명사를 쓴 까닭은 다르지 않다. 그리고 일본 순사가 그들을 잡아간 이유는 간단하다. 치안방해라 하였지만 그들은 한국에서의 독립투쟁이 나올 것을 두려워했던 것이다. 단재가 「중국혁명약사」를 쓴 것은 가까운 중국을 타산지석의 교훈으로 삼고자 했던 것이다. 『이태리건국삼걸전』처럼 우리 동포들 가운데에도 영웅이 나타나서 독립을 이룩하길 바랐던 것처럼, 청나라의 지배하에서도 면면히 독립정신을 품고 마침내 독립을 성취한 중국혁명의 정신을 우리 동포들이 본받기를 바랐던 것이다. 곧 청의 지배로부터 한족의 독립을 이룬 역사적 사실을 알려 국수주의의 달성과 온전한 독립주권의 쟁취를 실현하려 했던 것이다.

4. 마무리

일반적으로 신채호는 「조선상고사」, 「조선상고문화사」 등 우리 역사를 기술한 역사가로 잘 알려져 있다. 그는 『영웅숭배론』(칼라일), 『로마흥망사』(기본), 『세계역사』(랑케) 등 세계 역사 관련 저술들을 읽었다. 그런데 그가 블라디보스톡에서 세계역사를 강화했다는 것은 매우 주목할 만한 일이다. 그러나 달리 보면 전혀 새로울 것은 아니니다.

단재는 이미 국내에서 『이태리건국삼걸전』을 번역한 사례가 있다. 그리고 『권업신문』에는 발칸의 역사에 대해서도 기술하였다. 더욱이 중국혁명사를 기술했다는 것은 매우 새로운 사실이 아닐 수 없다. 그것은 그의 역사적 관심이 국내에만 머문 것이 아니라는 것을 말해준다. 그는 우리나라 역시 혁명이 일어나 일본의 압제를 벗어나 독립국가가 되길 바라는 마음으로 「중국혁명약사」를 기술했던 것이다. 이번에 발굴된 「중국혁명약사」는 단재의 해외 역사 연구의 사례를 보여주는 것이어서 중요한 자료로 평가된다.

단재는 「단군 시대의 시」와 「사법명의 무공」을 『권업신문』(1913.2.16)에 싣기도 하였다. 이 내용들은 「꿈하늘」에 거의 동일하게 실림으로써 그가 썼음을 알 수 있다. 그것은 『고려사』, 『남제사』, 『해동역사』 등의 자료에 의거한 것인데, 당시 그의 역사에 대한 폭넓은 관심을 보여준다. 그가 「독사신론」 이후 러시아 블라디보스톡에서도 역사 연구에 관심을 쏟고 있었음을 『권업신문』을 통해서 알 수 있다.

이제 단재의 역사 연구의 새로운 자료로 「중국혁명약사」가 논의되어야 한다. 이 자료는 단재의 역사에 대한 관심의 폭과 깊이를 이해하는 데 중요한 자료가 될 것이다. 또한 북한에 유고로 「건륭황제의 꿈」이 있는 것으로 전해진다. 중국 역사소설일 터인데, 자료가 빨리 소개되어 「중국혁명약사」와 더불어 논의될 필요가 있다. 단재의 자료들이 제대로 발굴되어 그에 대한 연구토대가 보다 튼실해지길 기대해 본다.

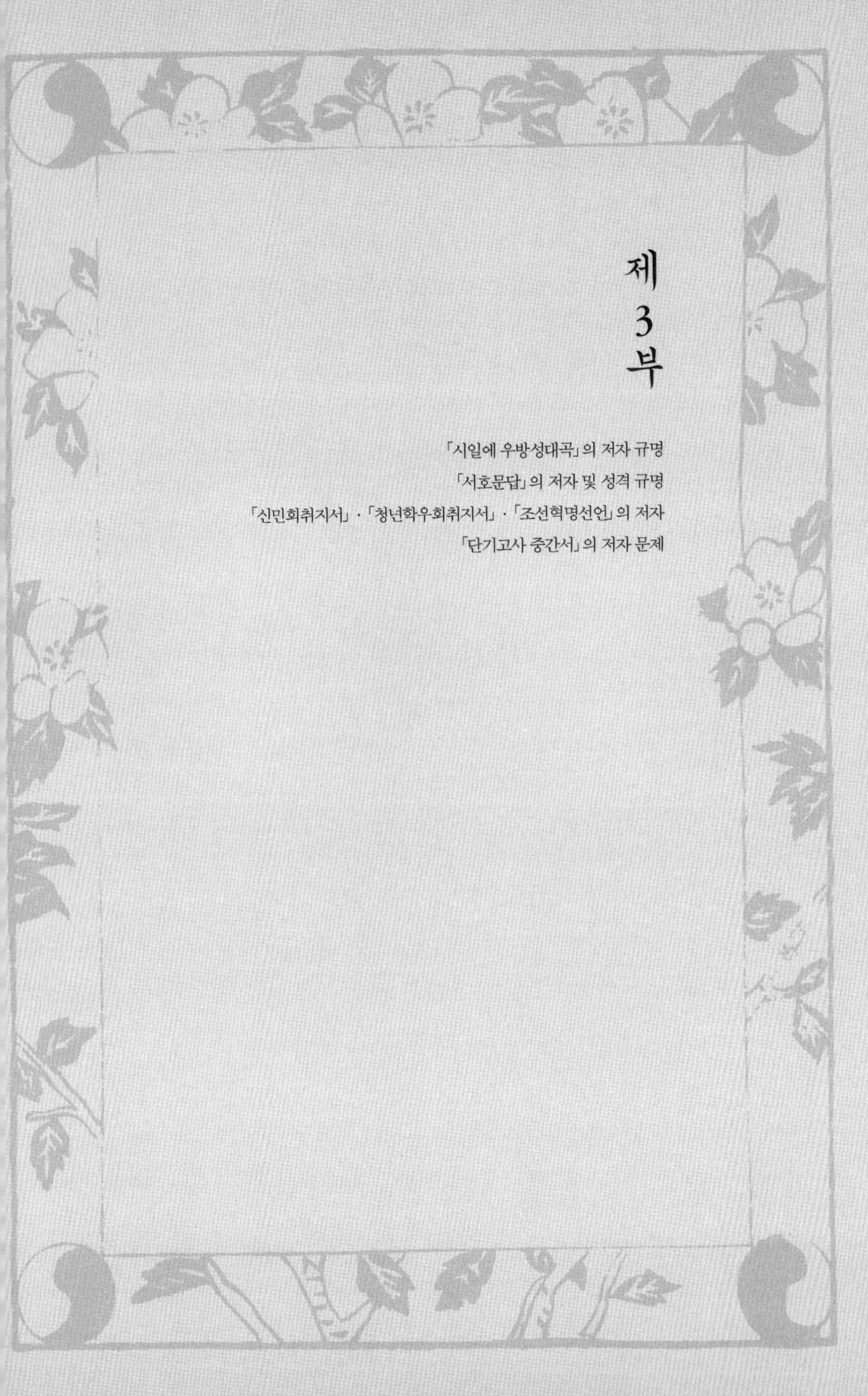

제 3 부

「시일에 우방성대곡」의 저자 규명

「서호문답」의 저자 및 성격 규명

「신민회취지서」·「청년학우회취지서」·「조선혁명선언」의 저자

「단기고사 중간서」의 저자 문제

「시일에 우방성대곡」의 저자 규명

1. 들어가는 말

2006년 8월 12일 MBC '느낌표'에서는 단재의 독립운동과 더불어 『대한매일신보』 1905년 12월 28일에 실린 「是日에 又放聲大哭」을 단재의 글로 대대적으로 보도했다. 이 글은 단재전집에는 물론이고, 단재선집 어디에도 실려 있지 않다. 이 글에서는 MBC가 단재의 글로 보도한 「시일에 우방성대곡」의 저자를 밝혀보고자 한다. 이 글은 20여 년 전부터 단재의 글로 지목되었다.

> 『황성신문』은 폐간당했지만 신채호의 굴함없는 투쟁을 의연히 계속하였는바 『대한매일신보』에 재차 「재시일 우방성대곡(在是日又方聲大哭」이란 사설을 발표하여 인민들의 투쟁을 고무 격려하였다.[1]

> 1912년 8월 29일자 『권업신문』에 신채호가 집필한 논설 「시일」은 국내에서 1905년 『대한매일신보』에 발표했던 「시일에 우방성대곡」과 일맥상통하는 것이었다.[2]

1 허룡구, 「걸출한 조선족 학자 신채호」, 『조선족 100년 사화』, 요령인민출판사, 1985, 240면.

『대한매일신보』의 주필로 초빙되어 「再是日也又放聲大哭」이라는 논설을 비롯해 시론과 사론을 집필, 애국계몽사상을 고취하였다.[3]

단재 신채호는……1905년 12월 28일 『대한매일신보』에 사설 「이날에 또 목놓아 크게 운다」에서 다음과 같이 쓰고 있다.[4]

허룡구, 오세창, 배용일, 조성남 등은 「시일에 우방성대곡」을 단재의 글로 규정했다. 이 논설은 『대한매일신보』(1905.12.28)에 발표된 논설이다. 그리고 신충우는 "1905년 12월 『대한매일신보』에 논설 「이날 또 목 놓아 울다(是日也又放聲大哭)」 게재"[5]라고 하여 단재 연보에 포함시켰다. 이 작품은 두말할 것도 없이 장지연의 「是日也放聲大哭」과 연결되는 작품이다. 장지연은 을사늑약을 규탄하는 「시일야방성대곡」을 『황성신문』(1905.11.20)에 발표하여 다음날 바로 구금되고, 신문 역시 정간당하게 된다. 『대한매일신보』는 일제의 탄압의 실상을 폭로하고 규탄하는 데 앞장선다. 「시일에 우방성대곡」도 그러한 맥락에서 발표된 것이다.

이 글은 논설란에 실렸다는 점에서 우선 당시 주필, 즉 논설기자를 규명해야 한다. 아직까지 이 글에 대한 저자로 신채호 외에 달리 논의된 사람이 없다. 그러나 신채호가 1906년 이후 『대한매일신보』에 참여했다는 여러 사람들의 주장에는 이 논설이 단재의 글이 아니라는 주장이 내포되어 있다. 그러므로 우선 신채호의 글인가를 탐색하는 작업에서 실마리를 풀어가려고 한다. 신채호는 『황성신문』에 근무하다가 『대한매일신보』에 옮겨 주필

---

2 오세창, 「신채호의 해외 언론활동」, 『신채호의 사상과 민족독립운동』, 형설출판사, 1986, 340면.

3 배용일, 『박은식과 신채호 사상의 비교 연구』, 경인문화사, 2002, 325면. 한편 이 저서에서는 1906년 항목에 위의 설명을 넣고 있어 배용일이 작품을 제대로 확인하지 않은 것으로 보인다.

4 조성남, 「언론인이 본 단재 신채호」, 대전대학교 지역협력연구원 편, 『단재신채호의 현대적 조명』, 다운샘, 2003, 315~316면.

5 신충우, 『민족지성 신채호』, 한림원, 2006, 295면.

을 한 것으로 알려져 있다. 그러면 단재는 어느 시점부터 『대한매일신보』 주필을 담당했는가? 먼저 이에 대해 정확한 고증을 해야 할 것이다.

또한 이 논문에서 『대한매일신보』 주필 고찰을 토대로 기서란의 「歷史에 對한 管見二則」(1908.6.17), 「所懷一幅으로 普告同胞」(1908.8.21), 熱血生, 「20世紀 新東國之英雄」(1909.8.17~20) 등 3편, 그리고 사조란의 「鐵椎歌」(1910.3.25) 1편에 대해서도 저자 확정에 나서려고 한다. 이들 작품은 모두 단재전집에 수록되어 있는데, 저자 확정이 필요한 것들이다. 신채호의 원전을 확정하려면 우선 그의 작품으로 소개된 것들에 대한 면밀한 검토가 필요하다. 새로운 작품의 발굴도 중요하지만 기존 작품에 대한 저자 확정 역시 긴요한 작업이다.[6]

2. 단재의 『대한매일신보』 입사에 대한 기존 논의

1936년 서세충은 "25세시에 『황성신문』 논설기자가 되어 당시 동지의 간부 장지연 · 유근 · 남궁억 씨 등 제 선배들과 재기 넘치는 필봉을 휘둘렀었다. 그다음 『대한매일신보』에 입사하여 주필이 되었으니 당시 단재는 스물여섯 살의 청년이었으며 ……"[7]라고 했다. 단재가 스물여섯이던 해는 1905년이다. 그의 말이 사실이라면 단재는 1905년 8월 19일 『대한매일신보』 국한문판이 창간되던 그 시점부터 대한매일신보사에 관여한 것이 된

6 이 논의는 「국문 창제 요의설을 통해 본 '천희당시화'의 저자 규명」(『어문학』 87, 2005.3), 「신채호의 자료 발굴 및 원전 확정 연구 – "천고"를 중심으로」(『어문학』 93, 2006.9)에 이어 단재의 원전을 확정하는 작업의 일환으로 전개된다. 이미 이들 논의에서 『대한매일신보』, 『천고』, 『동아일보』에 실린 일부 신채호 작품에 대한 발굴 및 저자 확정 작업을 하였다.

7 『개정판 단재신채호전집』(하), 형설출판사, 1995, 464면. 이하 개정판 전집의 인용은 인용 구절 뒤 괄호 속에 전집(상 또는 하), 면수만 기록.

다. 그가 단재를 경진년(1880년)생으로 본 것을 보면 단재의 나이에 대해 제대로 알고 있었다. 이것은 당대인의 기록으로 이후 연구자들에게 많은 영향을 미친다. 서세충의 언급은 「시일에 우방성대곡」의 신채호 집필설에 큰 영향을 미친 것으로 보인다. 그런데 그보다 앞서(1931년) 신영우는 "二十七 八歲 때부터 『황성신문』·『대한매일신보』 주필로 준열한 문장으로 일세를 경성하였"(전집 하, 448면)다고 말했다. 신영우는 서세충보다 신채호에 대해 더욱 자세히 알고 있음을 그의 글이 말해주고 있다. 27～8세는 곧 1906～7년에 해당된다. 신영우의 글이 입사시점을 정확히 말한 것은 아니지만 '때부터'라는 표현으로 보아 입사 및 활동시기로 보아 큰 무리가 없을 성싶다. 그렇다면 1～2년 정도의 차이가 발생한다.

류광렬은 신채호가 을사(1905)년 26세 때 『황성신문』에 입사했으며, 장지연의 필화사건으로 『황성신문』이 정간되자 "마침 이해(1905년 : 인용자)부터 영국인 베델이 경영하던 『대한매일신보』 주필인 양기탁 선생의 간청으로 입사하"[8]였다고 기술했다. 그리고 김영호는 "장지연의 뒤를 이어 『황성신문』의 논설기자가 되어 준열한 문장으로 동포, 형제를 경각케 하고…… 다음 해 『대한매일신보』 총무 양기탁의 소개를 받아 『대한매일신보』의 주필이 되었다"고 소개했다.[9] 김영호도 1906년 신채호의 대한매일신보사 입사를 주장한 것이지만 "그러나 선생이 『황성신문』에 입사한 정확한 일자가 언제인지, 물러나온 것이 정확히 언제인지는 명확하지 않다"고 지적했다. 이들은 신채호의 대한매일신보사 입사를 장지연의 필화에 따른 『황성신문』 정간(1905.11.21～1906.2.12)과 관련시켰다. 자연히 그는 1905년 『황성신문』의 정간으로 인해 그 신문사를 떠난 것이 된다. 급기야 단재전집의 연보는 단재가 1906년에 "위암의 「시일야 방성대곡」으로 『황성신문』이 폐간됨에, 얼마 뒤 우강 양기탁의 천거로 『대한매일신보』의 주필로 초빙"(전집 하, 496면)

8 류광렬, 『기자 반세기』, 서문당, 1968, 161면.

9 김영호, 「단재의 생애와 활동」, 『나라사랑』 3, 1971.7, 66～67면.

되었다고 기술하였다. 이후의 연구자인 이만열, 신용하, 최옥산 등도 이러한 견해에 동조하였다. 그리고 최근 김삼웅은 『단재평전』에서 1905년 말~1906년 초에 신채호가 『대한매일신보』에 입사한 것으로 결정을 내렸다.[10]

> 신채호는 1907년 중반 이후 또는 박은식이 물러날 무렵인 이해 후반에 신보사에 들어와 합방 직전인 1910년 4월 중국으로 망명할 때까지 논설을 썼을 것으로 보고자 한다.[11]

그러나 정진석은 일본의 정보보고를 인용하며 1907년 중후반 신채호의 『대한매일신보』 입사설을 주장하였다. 또한 최근 박정규는 "신채호가 『대한매일신보』사의 주필로 논설이 나오기 시작한 것은 1907년 11월 중순이므로 이때부터 근무한 것으로 추정된다"[12]라고 주장하였다. 그들의 논지는 당시 신영우의 논지에 가깝다. 그것은 이전의 논자들의 주장과 1~2년여의 시차가 있다. 과연 신채호는 언제 대한매일신보사에 입사했는가? 이것은 대단히 중요하다. 왜냐하면 논설은 주필이 쓰는 것이고, 「시일에 우방성대곡」의 단재 집필설은 1905년 12월 28일 이전 단재의 『대한매일신보』 주필설을 전제하기 때문이다. 만일 서세충, 류광렬 또는 김상웅의 말이 옳다면 이 논설의 단재 집필설은 상당한 가능성을 담보하지만, 김영호, 이만열, 신용하, 최옥산 또는 정진석, 박정규의 논의가 옳다면 단재 집필설은 부정될 수밖에 없다. 왜냐하면 「시일에 우방성대곡」은 논설이고, 당시 논설은 주필에 의해 쓰였기 때문이다. 그러면 단재의 『대한매일신보』 입사 및 주필 참여 시기에 대해 먼저 논의하기로 한다.

---

10 김삼웅, 『단재신채호평전』, 시대의창, 2005, 111면.

11 정진석, 『역사와 언론인』, 커뮤니케이션북스, 2001, 172면.

12 박정규, 「국내에서의 신채호 연보와 쓴 글에 대한 고찰」, 『단재 순국70주기 추모학술발표회 – 단재 신채호 연구의 재조명』, 2006.2.17, 73면.

3. 단재의 『대한매일신보』 입사에 대한 본격 논의

1905년 을사늑약 이후 일본의 한국에 대한 정보 탐색은 매우 집중적으로, 그리고 자세하게 이뤄졌다. 그러한 것을 잘 알려주는 것이 통감부문서이다. 특히 『황성신문』에 장지연의 논설이 실린 이후 일본의 신문사에 대한 통제는 보다 심각해졌다. 신문을 검열하는가 하면, 또한 신문지법을 공포하여 모든 언론을 통제하기에 이른다. 『통감부문서』에는 『대한매일신보』와 관련한 여러 건의 문서가 있다. 이를 통해 신채호의 『대한매일신보』 입사를 자세히 파악할 수 있다.

> 摠　務 梁起鐸(前主事ニシテ英語ヲ能クス) 朴殷植 李章薰
>
> 事務員 李冕鍾 尹康五 崔昌植,
>
> 英語飜譯 黃義性
>
> 會　計 沈宜哲[13]

이것은 「『대한매일신보』에 관한 건」으로 마루야마 시게토시[丸山重俊]가 하세가와 요시미치[長谷川好道]에게 보낸 문서(1907.1.18)이다. 일본당국은 1905년 2월 3일 마루야마를 한국 경무고문으로 임명하였다. 그는 한국의 정세에 대해 비교적 자세히 조사하였다. 그가 1907년 1월 하세가와에게 『대한매일신보』 사원명단을 보냈는데, 거기에 신채호의 이름은 존재하지 않는다. 그것은 당시 신채호가 『대한매일신보』의 사원이 아니었다는 말이 된다. 그런데 1908년 조사 내용에서는 신채호의 이름이 등장한다.

> (1) 編輯部/國漢文/論說 申采浩, 編輯 梁起鐸, 時事評論 李章薰, 外報飜譯 梁寅澤

---

13 『통감부문서』 4권, 국사편찬위원회, 1999, 33면.

國文/論說飜譯 金演昶, 編輯 梁起鐸, 雜報外報飜譯 兪致兼(이하 생략)[14]

이것은 융희 2년(1908) 5월 27일에 작성된 「대한매일신보사의 현황」으로 마루야마가 나베시마[鍋島桂次郎]에게 보낸 보고이다. 그는 문서에 신채호가 국한문판 논설을 담당한 것으로 기술했다. 「대한매일신보사의 현황」은 ① 편집부를 국한문판, 한글판, 영문판으로 나누고, ② 세무회계부, ③ 발송부, ④ 탐방자로 세분하여 각 부분의 참여자들을 일일이 열거하는 등 아주 구체적이다. 이 보고의 정확성은 같은 해 11월 총독부의 「各會社調查」를 통해서도 확인된다. 「각회사 조사」에 따르면 총무 : 양기탁, 주필 : 신채호, 한문편집 : 양기탁 · 장달선, 국문편집 : 김연창 · 유치겸, 회계 : 임치정, 탐보 : 성선경 · 변영헌 · 이만식 등이다.[15] 마루야마의 문서에 탐방자인 이호근 대신에 「각회사 조사」에 변영헌이 들어간 정도의 차이가 있을 뿐이다. 마루야마의 문서가 얼마나 정밀하게 꾸며졌는지를 확인할 수 있다. 이러한 자료를 근거로 정진석은 1907년 중후반에 단재의 『대한매일신보』 입사설을 주장했고, 박정규는 『대한매일신보』 논설에 대한 정밀한 조사를 바탕으로 1907년 11월 중순 입사설을 내세웠다. 본 연구자는 그들의 견해에 전적으로 동의한다. 왜냐하면 마루야마의 정보는 매우 정확했기 때문이다. 그리고 박정규는 가장 실증적인 차원에서 규명했기 때문이다. 그런데 연구자는 단재의 입사 시기를 알려주는 또 다른 문서 「警秘第十七號」를 찾아냈다.

一. 同社記者朴殷植ハ昨五日限リニテ退社シタリ「ベツセル」ハ朴殷植ノ意中大ニ疑フモノアルモ如何トモ難致ヲ以テ之ヲ許シタリト

皇城新聞ニ主筆記者タル申采浩ハ有名ナル能文家ナルヲ以テ同人カ朴殷植ニ代ツテ毎日申報社ニ筆ヲ執ルコトヽナリ本日ヨリ同社ニ出務セリ

14 『통감부문서』 2권, 국사편찬위원회, 1998, 149면.

15 이광린, 「대한매일신보 간행에 대한 일고찰」, 『대한매일신보연구』, 서강대 출판부, 1986, 28~29면.

右及報告候也

明治四十年十一月六日

警視總監 丸山重俊

統監 公爵 伊藤博文 殿[16]

이 문서는 마루야마가 이토 히로부미[伊藤博文]에게 보낸 보고(1907.11.6)이다. 박은식이 어제(명치 40년(1907).11.5) 대한매일신보사를 퇴사하고, 『황성신문』의 주필기자 신채호가 뛰어난 문장가로 박은식을 대신하여 대한매일신보사의 붓을 잡아 오늘부터 출근했다는 내용이다. 이 문서는 신채호가 대한매일신보사에 언제 입사하였는지를 정확하게 말해주고 있다. 마루야마의 이 보고는 앞의 두 보고와 더불어 틀림이 없는 것으로 보인다. 만일 이 보고가 정확하다면 박은식은 1907년 11월 5일까지 대한매일신보사에 근무한 것이 된다. 그러나 이 보고의 정확성을 어떻게 담보한단 말인가? 1907년 1월 27일의 마루야마 보고와 견주어 볼 때, 박은식을 대신하여 신채호가 근무한 것이 된다. 1907년 1월 문서에 나타나지 않던 신채호가 1908년 5월이나 11월의 정보보고에 나타난다.

그리고 신문에서 그러한 보고의 정확성을 밝혀내는 작업이 필요하다. 이에 대해서는 첫째 박은식이 1907년 11월 5일까지 근무했다면 그 이전『대한매일신보』에서 그의 글을 찾으면 되는 것이고, 다음으로 1907년 11월 6일 이후 신채호의 글을 찾으면 되는 것이다.

1906.1.16 雜報, 謙谷生, 日新學校序 / 1906.7.17 文苑, 겸곡생, 血竹記 / 1907.6.8 寄書, 密啞子問答－謙谷子評 / 1907.9.25～26, 잡보, 겸곡생, 大韓精神의 血書/ 1907.10.11 잡보, 겸곡생, 教育學序

16 『통감부문서』 4권, 국사편찬위원회, 1999, 329면.

논설로는 당장 확인이 어렵지만 다른 글을 통해서 1906~7년 사이 겸곡 박은식이 『대한매일신보』에 관여한 것을 알 수 있다. 그리고 1908년 이후 박은식은 『대한매일신보』에서 찾기 어렵고 『황성신문』에 얼굴을 드러낸다.

1908.8.30, 本社員 朴殷植, 勸讀論語說 / 1909.8.11, 본기자 박은식, 西道旅行記事, 1910.6.21~7.1, 본기자 박은식, 西道旅行記

박은식의 이러한 역정을 볼 때 마루야마의 보고는 틀림없는 것으로 확인된다. 1909년 11월 11일 「서북학회 회원명부」에 박은식은 "현 경성신문 주필", 즉 『황성신문』 주필로 소개되어 있다.[17] 이처럼 일본의 정보보고는 대단히 정밀했던 것으로 확인된다.

그렇다면 신채호의 경우도 그러한가. 신채호는 이르면 1905년 11월에, 늦으면 1907년 11월에 『대한매일신보』에 참여한 것으로 알려졌다. 『대한매일신보』를 뒤진 결과 신채호의 모습은 1905년부터 1907년까지 찾기 어려웠다. 신채호의 호로 발표된, 또는 그의 문체나 사상을 담고 있는 논설이나 기사를 찾기 어렵다. 단재의 모습이 구체적으로 드러나기 시작한 것은 1908년에 이르러서이다.

1908.4.8 별보, 錦頰山人, 與友人絶交書 / 1908.5.2~8.18, 위인유적, 水軍第一偉人 李舜臣 / 1908.8.27~10.13 문단, 一片丹生, 讀史新論 / 1908.9.16~17, 논설, 大我와 小我 / 1908.11.7 논설, 文法을 宜統一

이것들은 확실히 저자가 제시된 경우이다. 이 외에도 본 연구자가 단재의 글로 다시 밝힌 글이 있다.[18]

---

17 『통감부문서』 6권, 국사편찬위원회, 1999, 414면.
18 김주현, 「국문 창제 요의설을 통해 본 '천희당시화'의 저자 규명」, 『어문학』 87, 2005.3.

1908.1.21 논설, 國文學校의 日增 / 1908.3.17~19 논설, 國漢文의 輕重 / 1908.6.15 논설, 舊書蒐集의 必要 / 1908.11.14 논설, 國文研究會 委員 諸氏에게 勸告함 / 1909.12.2 談叢, 劍心, 小說家의 趨勢

논설란에 무서명으로 발표된 신채호의 글들은 1908년부터 집중적으로 나타난다. 이로 볼 때 마루야마의 보고는 틀림이 없는 것으로 보인다. 말하자면 신채호는 1907년 11월 6일부터 『대한매일신보』에 입사하여 주필로 근무하기 시작했다는 것이다. 만일 「시일에 우방성대곡」의 저자를 단재로 주장하려면 두 가지 중 하나가 해결되어야 한다. 하나는 1905년 11월 신채호가 『대한매일신보』 주필 또는 기자였다는 사실을 입증하는 것이요, 또 하나는 그것과 상관없이 그가 글을 신문사에 기고하여 실렸을 가능성을 입증하는 것이다. 이에 대해서는 정황 및 문체·사상·내용의 분석이 요구되겠지만, 그 가능성은 대단히 낮은 것으로 보인다. 그 시기 신채호가 주필로 참여하지도 않았을 뿐만 아니라, 기고의 경우 일반적으로 기고자의 필명과 더불어 '기서'란에 실렸기 때문이다. 그러면 당시 주필을 살피는 것이 우선이다. 여기에서는 다시 처음 논의로 돌아가서 저자를 추적해 보기로 한다.

4. 『대한매일신보』의 주필 논의

단재가 아니라면 저자는 누구인가? 저자로 논의될 수 있는 사람은 논설기자인데, 초창기 논설을 쓸 수 있는 입장에 있었던 사람으로 베델과 양기탁, 그리고 박은식을 들 수 있다. 「시일에 우방성대곡」의 저자는 신채호가 일단 배제됨으로써 이들 셋 중 하나로 압축된다. 먼저 이들 가운데에서 한 사람씩 그 가능성을 진단해 보기로 한다. 먼저 베델이다. 베델은 *The Daily*

*Chronicle*의 특별통신원으로 1904년 3월에 한국에 왔으며, 같은 해 7월 18일 국문 『대한매일신보』와 영문 *The Korea Daily News*를 한 신문으로 붙여 창간하였다.

(가) 本記者는 歐洲人也라 航海東渡ᄒᆞ야 住此韓國이 旣多年所矣라 (1906.7.13)[19]

(나) 本記者는 歐洲人也라 航海萬里ᄒᆞ야 來此韓國이 已經多年이라 (1907.7.31)

(다) 不佞은 歐洲 英國人也라 生장於文明之邦國하며……(1908.4.21)

(라) 本記者ㅣ 歐洲 遠人으로 此國에 來ᄒᆞ야 此國의 現狀을 觀察ᄒᆞ며…… (1908.5.8)

(마) 本記者는 韓國에 對ᄒᆞ야 領事裁判權「卽 治外法權」을 有ᄒᆞᆫ 堂堂ᄒᆞᆫ 大英國 臣民이라(1908.5.9)

위의 글은 저자가 베델임을 문중에 드러낸 『대한매일신보』 논설로 (가)는 「賀平壤大學校設立」, (나)는 「保種策」, (다)는 「告全艮齋先生足下」, (라)는 「警告本報愛讀諸君子」, (마)는 「本報와 新聞紙法의 關係」이다. 그런데 이러한 논설들이 베델에 의해 쓰인 것처럼 위장하였으나 기실 한국 기자에 의해 쓰였음은 물론이다.

本報가 雖是 英人의 名義로 발行ᄒᆞᆫ 者이나 其時에 記事者도 韓人이오 論文者도 韓人인즉[20]

이장훈은 자신의 논설에서 베델이나 만함이 『대한매일신보』 사장을 맡

---

19 『대한매일신보』 소재 글은 인용 구절 뒤 괄호 속에 발표 연월일만 기록한다. 그리고 1900년대 신문 잡지의 인용의 경우 편의상 오늘날의 띄어쓰기로 하였음을 밝혀둔다.

20 「사설」, 『대한매일신보』, 1910.6.14.

고 있던 시절 논설이나 기사가 한국인에 의해 쓰였음을 고백했다. 그는 앞서 마루야마의 문서를 통해 1907년 1908년 당시 『대한매일신보』에 근무했다는 사실을 확인할 수 있다. 그리고 1910년 6월 14일 다시 사장으로 복귀했는데, 누구보다도 대한매일신보의 사정을 잘 아는 사람이었다. 그러므로 "위의 논설은 영국인 배설이 직접 집필한 것처럼 기술하고 있으나 그는 한국어를 잘 몰랐으므로 직접 쓰지는 못했을 것이며, 한국인 기자들이 쓴 것임이 틀림없다"[21]는 박정규의 주장은 상당한 설득력이 있다. 사실 베델은 1907년 4월 14일 *The Daily Chronicle*에 특종기사 "Korean Emperor's Palace in Ruins"를 쓰는 등 통신원으로 활약한 사람이다.[22] 박정규의 언급처럼 베델은 우리말을 제대로 못해 양기탁의 도움을 받았으며, 따라서 그가 국한문체로 논설을 썼다고 보기는 어렵다. 그러나 달리 당시 『대한매일신보』에는 외보를 번역하여 싣기도 하였으므로 그가 영어로 쓴 기사를 국문체로 번역하여 싣는 일은 어렵지 않았을 것으로 보인다. 그리고 베델은 *The Korea Daily News*에 글을 썼을 것으로 추정된다. 그러나 국한문체가 발행이 된 1905년 8월 이후는 신문사의 체제가 갖춰졌기 때문에 굳이 그가 글을 쓸 필요는 없었고, 당시 그는 사장으로 있었지만 논설 등의 글은 거의 쓰지 않았던 것으로 보인다. 그것은 1908년 6월에 나온 베델의 판결문 "被告의 本意는 公平正直한데 韓文을 解釋치 못하는 故로 縱然 被告가 發行하나 其實은 自己本位로 分揀치 못하고 全혀 韓國人 主筆 等의 措縱한 바이라 하되"에서 엿볼 수 있다. 베델의 변명이기는 하겠지만, 글이 주로 주필 등의 한국인 기자에 의해 쓰였음을 말해준다.

그러면 위의 논설들은 어떻게 받아들여야 하는가. 우선 (가)와 (나)는 거의 같은 내용으로 시작한다. 일부러 논설에서 저자를 드러내려 한 의도가 엿보인다. 그러한 것은 (가)와 (나)에서 거의 같은 내용을 그대로 쓰고 있다

21 박정규, 「"대한매일신보"의 참여인물과 언론활동」, 『대한매일신보연구』, 커뮤니케이션북스, 2004, 98면.

22 정진석, 『대한매일신보와 배설』, 나남, 1987, 80면.

는 점에서 발견된다. 각각의 내용을 보면 굳이 베델이 써야 할 성질의 글은 아니지만 베델이 쓴 것처럼 보일 필요가 있는 글들이다. 『대한매일신보』의 발행인이 평양대학교 설립에 대해 축사를 하면 더욱 의미 있는 일이 되고, 「보종책」은 외국인의 입장에서 우리의 현실을 일깨워 줄 필요가 있는 글이고, 전간재 선생에게 주는 글은 우리나라 사람이 쓰기에는 부담이 되는 글이고, 그리고 마지막 두 글은 개정된 신문지법을 비판하며, 『대한매일신보』는 '신문지법'의 구속을 받지 않으니 독자에게 안심하라는 글이다. 이 논설들의 문체나 내용이 베델과 거리가 있으며, 다만 베델의 이름을 빈 글일 뿐이다.

다음으로 논의될 수 있는 사람이 양기탁이다. 양기탁은 신문 창간부터 관여한 것으로 보인다. 그는 1908년 9월 3일 공판에서 『대한매일신보』 직원으로 들어간 시기를 3년전 12월 즉, 1905년 12월이라 밝히고 있다.[23] 그리고 1912년 7월 11일 제10회 공판에서 을사늑약이 체결되면서 궁내부 예식원을 그만두고 『대한매일신보』에서 일하게 되었다고 진술했다.[24] 그러나 베델에 따르면 1904년 4월 서울에 왔을 때, 통역이 필요한 관계로 양기탁을 알게 되었으며, 베델이 1904년 7월 혹은 8월에 매일신보를 시작하면서부터 양을 채용했다고 밝히고 있다. 아마도 양기탁은 예식원 일을 하면서 『대한매일신보』 발간을 돕다가 그곳을 사직하면서 본격적으로 신문사의 전반적인 업무(총무)를 맡은 것으로 보인다. 베델은 양기탁이 통괄업무를 맡았으며 번역일과 업무지배인으로 자신을 도왔다고 증언했다.

> 문 申報의 主筆은 누구인가.
>
> 답 申采浩라는 사람이다.
>
> 문 그대는 (『대한매일신보』에서 : 인용자) 어떠한 일을 담당하고 있었는가.

---

23 『우강양기탁전집』 3권, 동방미디어, 2002, 123면.

24 위의 책, 300면.

답 특별히 무엇을 담당한다고 정해져 있던 것은 아니고, 論說, 飜譯, 雜報 등의 담당자에게 사고가 있을 경우에는 본인이 집필하였다.[25]

1908년 2차 공판에서 양기탁은 『대한매일신보』에서 "처음에는 주로 영어를 번역하고 가끔 편집국의 일반 업무를 돕는 일"[26]을 했다고 증언했다. 그리고 1912년 공판에서 그는 주필이 신채호라고 언급하면서 "論說, 飜譯, 雜報 등의 담당자에게 사고가 있을 경우에는 본인이 집필"했다고 증언했다. 1910년 보나르가 그레이에게 보낸 글에서 "그(양기탁 : 인용자)는 수년 동안 자유롭게 필봉을 휘둘러 왔"[27]다고 하였다. 『구한말 일제침략사료총서』에는 "『대한매일신보』 주필"로 양기탁을 소개하였다.[28] 또한 1909년 6월에 나온 일본 문서에도 양기탁이 시사논설을 자세하게 집필하여 고초를 당했다는 내용이 있다.[29] 그것은 1908년 재판에서 「百梅特捏이 不足以壓一伊太利」, 「學界의 花」 등의 논설이 문제가 되었기 때문이다. 그러나 그가 주필로서 논설을 얼마만큼 썼는지는 의문이다. 심지어 재판에서 문제가 된 앞의 2편 논설도 그의 글이 아닐 가능성이 제기되고 있는 실정이다.[30]

다음으로 박은식이다. 박은식이 『대한매일신보』에 언제부터 활동을 했는지는 아직 논란에 있다. 대개 연보에서는 장지연의 필화(1905.11.20) 이후로 보지만, 연구자는 그 이전으로 본다.

甲辰(1904년 : 인용자)에……先生은 皇城新聞 主筆로 人道主義로써 日本人 虐政을 反迫하며 自主精神으로 國民思想을 鼓吹하나 此時 吾國의 警察權이

---

25 위의 책, 404면.
26 위의 책, 123면.
27 정진석, 『대한매일신보와 배설』, 나남, 1987, 158면에서 재인용.
28 『우강양기탁전집』, 1권, 234면.
29 「大韓每日申報 記者 卞一의 復社」, 『통감부문서』 6권, 국사편찬위원회, 195면.
30 박정규, 「"대한매일신보"의 참여인물과 언론활동」, 한국언론사연구회 편, 『대한매일신보연구』, 커뮤니케이션북스, 2004, 102면.

임의 日本人에게 奪取當하여 新聞機關도 言論의 自由를 束縛한지라 英人 裵說이 大韓每日申報를 刊行하여 公論을 發表함에 日人의 壓力이 不及하는 唯一의 言論機關이라 先生이 該報의 主筆이 되여 政府의 劣弱과 日人의 殘暴을 攻駁하는 中 乙巳(1905 : 인용자) 10月 17日에 日本大使 伊藤博文이 率兵入闕하여 皇帝를 威脅하고 政府를 强迫하여 所謂 保護條約을 勒締함과 同時 皇城·帝國 兩新聞을 封閉하고 皇城新聞 主筆 張志淵을 拘囚하니 漢城 士女가 모두 憤慨切齒라 時에 先生이 大筆을 擧하여 日人의 强勒締約한 眞相을 (『대한매일신보』에 : 인용자) 揭載하여 內外에 廣布하니……[31]

英人裵說, 設新聞社於京中, 名曰每日申報, 聘朴殷植爲主筆, 殷植黃海人, 素好經術, 且富於新學, 論議頗有根抵, 與張志淵伯仲, 時英人雖與倭同盟, 倭之日橫, 英未嘗不惎之說, 遂倚其政府出報章, 以譏罵倭人爲主旨, 殷植聘筆舌 以攄宿憤 矢口評駁 無所顧忌[32]

윗글은 「백암박은식선생약력」이요, 아래는 『매천야록』의 일부이다. 백암전집 편집자는 "과연 백암선생 자신이 기초한 지는 의문이 없지 않"[33]다고 주석을 달았다. 좀 미심쩍은 부분이 있다는 말인데, 전체적으로 백암이 남긴 글을 보완하여 작성한 것으로 보인다. 특히 밑줄 친 부분은 박은식의 활동을 잘 보여주는 부분이다. 위의 글에서 주목을 요하는 것은 박은식이 『대한매일신보』가 창간되자 그 주필이 되었다는 사실이다. 이러한 사실은 아래 황현의 글에서도 엿보인다. 그는 베델이 서울에 신문사를 설치하고 (대한)매일신보라 이름하여 박은식을 주필로 초빙했다고 했다. 그리고 박은식은 『황성신문』의 장지연과 필적했고, 또한 그는 필설을 빌려서 쌓인 분노

31 『백암박은식전집』 6권, 761면. 거의 같은 내용이 357면에도 있다. 밑줄은 강조를 위해 인용자가 하였으며, 이하 동일함.

32 국사편찬위원회 편, 『매천야록』, 신지사, 1955, 397면.

33 『백암박은식전집』 6권, 761면.

를 터뜨리며 입바르게 논박하는 데 거리낌이 없었다고 했다. 그것은 박은식의 "日人의 强勒締約한 眞相을 揭載하여 內外에 廣布하니"라는 위 예문에 구체적으로 제시된다.

백암 연보에는 "「시일야방성대곡」으로 『황성신문』이 탄압받자 『대한매일신보』의 주필이 되었다"고 서술되었다. 그러나 윗글을 종합하면 박은식은 1905년 10월 17일 이전에 『대한매일신보』 주필로 활동을 하였으며, 1905년 8월 『대한매일신보』 국한문판 발간과 더불어 주필로 활약한 것으로 보인다. 그리고 그가 1907년 7월에도 여전히 그 신문사에 근무하였음은 대한매일신보사에서 발간된 『瑞士建國誌』(1907) 서문에 "現方報館에 執役함으로 暇隙이 若無"[34]하다는 진술에도 보인다. 그는 을사늑약과 장지연의 피체 등을 『대한매일신보』에 게재하였다고 하였는데, 이는 매우 신빙성이 있는 것으로 보인다.

5. 박은식과 「시일에 우방성대곡」의 문체 및 사상

당시의 정황으로 보아 「시일에 우방성대곡」은 박은식의 논설일 가능성이 커졌다. 그러나 이에 대해 보다 구체적인 분석이 필요하다. 왜냐하면, 앞에 논의된 사람들의 글일 가능성도 여전히 남아 있기 때문이다. 그러므로 글의 사상과 문체를 비교 분석하는 작업이 요구된다.

(가) 本記者ㅣ 聞而弔之ᄒᆞ고 繼而勉之曰 嗚呼라 大韓同胞여 今日情境이 眞實노 可憐ᄒᆞ고 可愛ᄒᆞ오

34 위의 책, 186면.

雖然이나 大韓 諸君은 幸少收涕ᄒᆞ고 聽我一言ᄒᆞ시오[35](1905.12.28)

이 글은 청유명령의 문체를 사용하고 있다. '하시오'체를 사용하였는데, 그것은 독자로 하여금 요구 명령하고 지시하는 문체이다. 그런데 이러한 문체는 다른 작품에서도 엿보인다.

(가－1) 本記者ᄂᆞᆫ 大韓 二千萬 同胞를 對ᄒᆞ야 痛哭以告ᄒᆞ노니

(가－2) 幸須傾聽ᄒᆞ시오(1906.12.2)

(가－3) 韓國現狀은 件件事事히 痛哭ᄒᆞᆯ 것ᄲᅮᆫ이니 좀 生覺ᄒᆞ야 보시오(1906.12.2)

(가－4) 大聲疾呼로 痛哭以告ᄒᆞ노니 側耳細聽ᄒᆞ며 銘心存念ᄒᆞ시오(1907.3.27)

(가－5) 大韓同胞ᄂᆞᆫ 時間을 放過치 勿ᄒᆞ고 急速히 着力ᄒᆞ야 아모죠록 生存ᄒᆞᆯ 方針을 維持ᄒᆞ여 보시오(1907.3.27)

(가－1)은 『대한매일신보』에 실린 「土地賣渡者에 對하야 哭告韓人」이며, (가－2)는 「痛哭告大韓實業家」이다. 여기에서 몇 가지 사실이 발견된다. 하나는 '哭'하는 글에 '하시오'체가 사용되었다는 사실이다.[36] 그것은 동포에게 효유와 권면의 글에 사용되었다. 이러한 문체는 전체 논설을 통해 많지 않다. 그리고 마무리가 일정하다는 측면에서 이 논설의 저자는 동일한 사람으로 보인다. 그렇다면 글의 저자 가운데 신채호는 가장 멀어진다. 만일 「시일에 우방성대곡」 1편이라면 단재의 글이 끼어들 가능성이 있지만, 신문사 밖 인물의 글이 여러 편, 그것도 기서란이 아닌 논설란에 계속하여 실릴 가능성은 전혀 없기 때문이다.

그러면 이러한 청유명령체는 베델이나 양기탁, 박은식의 글에서 발견되

35 이하 「시일에 우방성대곡」을 다른 글과 차별화를 위해 고딕체로 표기.

36 『대한매일신보』에 '통곡'하는 글로 「痛哭弔韓國之民」(1906.8.17)이 1편 더 있지만, '하시오'체가 아니다. 그것은 효유와 권면의 내용이 아니라 슬픔을 직설적으로 표현만 했을 뿐이다.

지 않는가? 먼저 앞에서 베델을 내세운 글에서는 전혀 발견이 되지 않으며, 또한 글의 성격상 외국인이 쓸 내용도 아니다. 다음으로 양기탁이 집필한 것으로 알려진 몇 편 안 되는 글에서 "교육을 힘쓸지어다 힘쓰고 힘쓸지어다",[37] "勉勵ᄒᆞ고 勉勵ᄒᆞᆯ지어다"[38] 등의 청유 명령의 문체가 있지만 위 논설의 문체와는 거리가 있어 보인다. 그런데 박은식의 경우는 조금 다르다.

(가-5) 惟我兩西의 一般社友는 本記者의 一言을 試聽ᄒᆞ시오(「警告社友」, 『서우』, 1907.1, 전집5, 336면)[39]

(가-6) 惟我同胞ᄂᆞᆫ 雙眼을 睜開ᄒᆞ고 一心警惕ᄒᆞ야 此機會를 勿失ᄒᆞ시오(「논설」, 『서우』, 1907.3, 전집5, 347면)

(가-7) 本記者ㅣ 特擧此事ᄒᆞ야 申以言之ᄒᆞ노니 更加存念ᄒᆞ시오(「悲喜」, 『서우』, 1907.3, 전집5, 350면)

이상은 박은식의 글에서 '하시오'체를 뽑은 것이다. 박은식은 이러한 문체를 주로 독자 제군에게 청유 명령하는 글에 쓰고 있다. 그것은 『대한매일신보』에서의 문체와 별반 다르지 않다.

(나) 將次 布蛙의 移民과 ᄀᆞᆺ치 美國 領土에 住接ᄒᆞᆯ가 海蔘威의 流民과 ᄀᆞᆺ치 俄國 領地에 隸屬ᄒᆞᆯ가 天地間에 無國之民은 何處에 生ᄒᆞ던지 奴隸ᄂᆞᆫ 姑舍ᄒᆞ고 生命을 保全ᄒᆞ기 難ᄒᆞᆫ 거시오

(나-1) 吾國의 獨立은 吾國의 自力으로 ᄒᆞᆯ 것이오 他國의 力은 不借ᄒᆞ리라 ᄒᆞ고 自强의 性質을 培養ᄒᆞ며 自立의 基礎를 扶植ᄒᆞᆯ지니 若不能然이면 永永히 他人의 奴隸而已오 犧牲而已니(「自强與否의 問答」, 『대한자강회월보』,

37 「가뎡교육론」(『가뎡잡지』, 1906.8), 『우강양기탁전집』 1권, 101면.

38 「頌工業會興報」(『공업계월보』, 1909.1), 『우강양기탁전집』 1권, 106면.

39 『백암박은식전집』 5권, 336면. 이후 이 책의 인용 시 인용구절 뒤 괄호 속에 면수만 기입.

1906.10, 전집5, 319면)

(나 – 2) 以若智識과 以若勢力으로는 已失其優等地位라 作人奴隷와 供人犧牲이 卽目前倘來者니(「敎育이 不興이면 生存을 不得」, 『서우』, 1906.12, 전집5, 330면)

「시일에 우방성대곡」에서 저자는 이민이나 유민의 방법으로 노예는 고사하고 생명보전마저 어려울 것이라고 했다. 나라 잃은 백성은 어디에 가든 생명도 보전하기 어려울 것이란 말이다. 박은식은 (나 – 1)에서 우리나라의 독립은 오직 자립과 자강에 기초해야 한다고 지적했다. 타국의 힘을 빌면 타인의 노예가 될 뿐만 아니라 목숨도 보전하기 어려우며, 결국 희생되고 말 뿐이라고 했다. 그래서 그는 다른 나라에 의지하는 것을 절대 반대하고 오직 자강과 자립을 내세웠다.

(다) 百爾思之ᄒᆞ야도 韓國同胞의 死中求生之方은 學問 以外에 更無他策이니 時刻을 放過치 말고 卽從今日 下手ᄒᆞ야 他國學問에 勉力ᄒᆞ야 보시오

(다 – 1) 今日 吾人이 如此히 劇烈ᄒᆞᆫ 風潮를 撞着ᄒᆞ야 大而國家와 小而身家의 自保自全之策을 講究ᄒᆞ면 我同胞靑年의 敎育을 開導勉勵ᄒᆞ야 人才를 養成ᄒᆞ며 衆智를 啓發홈이 卽是國權을 恢復ᄒᆞ고 人權을 伸張ᄒᆞ는 基礎라(「本會趣旨書」, 『서우』, 1906.12, 전집5,324면)

(다 – 2) 使靑年子弟로 學問이 高明ᄒᆞ며 智識이 宏達ᄒᆞ며 志氣가 卓犖ᄒᆞ면 天下事가 皆 其分內라 其發達烝進ᄒᆞ는 效力을 孰能沮之며 孰能禦之리오 已墜한 國權도 由此而可復이오(「警告社友」, 『서우』, 1906.12, 전집5, 336면)

저자는 학문이 죽음 가운데에서 살아날 방책이니 학문에 힘쓸 것을 강조하였다. 박은식의 많은 글에서 학문에 대한 강조가 눈에 띈다. 박은식은 (다 – 1)에서 국가와 집안을 보전하는 방책으로 교육의 개도 및 면려를 강조했다. 그리하여 인재 양성과 중지 계발로 나아가며, 그것을 통해 국권을 회복

하고 인권을 신장할 것이라 했다. 또한 (다 - 2)에서도 청년으로 하여금 학문을 드높이고 지식을 넓히며 지기를 뛰어나게 하면 국권도 회복할 수 있을 것이라 했다. 박은식은 학문 및 교육을 통해 한국동포의 보전과 국권의 회복이 가능하다고 확신했다. 이러한 그의 교육관은 「교육이 불흥이면 생존이 부득」(『서우』 1, 1906.12), 「사범양성의 급무」(『서우』 5, 1907.4), 「축의무교육실시」(『서우』 7, 1907.6), 「노동동포의 야학」(『서북학회월보』 15, 1908.2) 등의 논설에 보다 광범위하게 제시된다.

(라) 大抵 人生의 學問이 開進ᄒᆞ면 知慧가 發達ᄒᆞ고 事業이 興旺ᄒᆞ야 天賦自由權을 恢復ᄒᆞᆯ 機會가 有ᄒᆞᆯ 거시오 他人의 羈絆을 脫免ᄒᆞᆯ 方針이 有ᄒᆞᆯ 거시니

(라 - 2) 盖勢力은 生於智慧ᄒᆞ고 智慧ᄂᆞᆫ 出於學問故로 現世界 文明富强ᄒᆞᆫ 國民은 各其學業을 勉勵ᄒᆞ야 長其智識ᄒᆞᆫ 效果니 何可他求哉아(「教育이 不興이면 生存을 不得」, 『서우』, 1906.12, 전집5, 330면)

(라 - 3) 然則 知識과 勢力은 從何而生고 ᄒᆞ면 學問을 由ᄒᆞᆯ지라 世間 一切 學問이 皆 吾人의 知識을 增長ᄒᆞ며 勢力을 發達케 하는 元素오(「本校의 測量科」, 『서북학회월보』, 1908.5, 전집5, 391면)

저자는 학문의 개진 → 지혜의 발달 → 사업의 흥왕 → 자유권의 회복을 주장하고 있다. 박은식은 (라 - 1)에서 학문 → 지혜 → 세력으로 설명하는가 하면, 또한 (라 - 2)에서 지식과 세력이 학문에서 비롯된다고 하였다. 그는 학문으로 말미암아 지식과 세력을 발달하여 문명부강에 이를 수 있다고 역설하였다. 그것은 논설 제목 "教育이 不興이면 生存을 不得"이 내포되어 있다. 「시일에 우방성대곡」에는 이러한 박은식의 사상이 고스란히 들어 있다.

(마) 財産으로 子孫計를 말고 學業으로 子孫計를 ᄒᆞ야 보시오 山林隱逸釣名 말고 恬退宰相閒養마오 俘虜之辱이 當頭ᄒᆞ얏소

(마－1) 忍令其子若孫으로 怠惰不學ᄒᆞ야 無識無才로 重陷於下等地位ᄒᆞ야 奴隷於他人ᄒᆞ고 犧牲於他人而已耶아(「敎育이 不興이면 生存을 不得」, 『서우』, 1906.12, 전집5, 330면)

(마－2) 一은 古人이 曰 遺子黃金萬籯이 不如敎子一經이라 ᄒᆞ며(「告爲人父兄者」, 『서북학회월보』, 1908.9, 전집5, 400면)

자녀교육에 대한 강조는 이미 새로운 것은 아니다. 박은식은 당시 상황을 타개하기 위해 교육을 외치면서 자녀교육을 강조했다. 교육을 하지 않으면 타인의 노예가 되고 결국 타인에 의해 희생되기 때문이다. 그는 (마－2)에서 옛 경구를 제시하며 부형들에게 자식교육을 시킬 것을 권면하였다. 그리하여 "惟我同胞兄弟ᄂᆞᆫ 互相奮發ᄒᆞ고 互相勸勉ᄒᆞ야 一心注意로 子弟敎育을 振起ᄒᆞ"(330면)라고 역설했다.

(바) 骨牌花鬪 왼일이오 新聞과 書籍을 觀覽ᄒᆞ시오 져 妓蓄妾에 沈惑말고 國家와 人民을 思想ᄒᆞ시오 獵官鑽血 그만두고 廉恥道理롤 차려보시오 求田問舍 그만두고 男兒의 事業을 經營ᄒᆞ야 보시오

(바－1) 權門勢家에 朝夕待令ᄒᆞ야 官職要求와 聽囑紛競에 營營逐逐ᄒᆞ야 吮癰舐痔에 少無愧色도 此에셔 生ᄒᆞ며 居官任職에 公義를 背馳ᄒᆞ고 私利를 爭圖ᄒᆞ야 廉隅를 都喪ᄒᆞ고 民血을 唆削ᄒᆞᄂᆞᆫ 者도 此에셔 生ᄒᆞ며 或 女色을 思ᄒᆞ며 或 漫遊를 思ᄒᆞ며 或 美酒珍饌을 思ᄒᆞ야 金錢을 浪擲ᄒᆞ고 家業을 耗損케 ᄒᆞᄂᆞᆫ 者도 此에셔 生ᄒᆞ며 花鬪骨牌로 晝夜群聚ᄒᆞ야 不勞力不費時ᄒᆞ고 千金之利롤 攫取코자 虛慾惡行도 此에셔 生ᄒᆞ며 其他 詐僞盜竊强盜 等 種種 罪惡이 無非安逸怠惰의 結果라(「論說」, 『서우』, 1907.7, 전집5, 363면)

논설 저자는 당시의 권력자나 권력을 도모하는 사람들의 행태를 비판하였다. 그는 골패와 화투를 일삼고 축첩과 매관, 그리고 재산증식에만 골몰하

는 소아적 병폐들을 경계하였다. 그것은 공의를 버리고 사리를 다투는 것이다. 그는 이러한 데서 벗어나 대승적 자아로 나아갈 것을 권하였다. 박은식은 (바 – 1)에서 권문세가에 조석대령하여 관직을 요구하는 행태를 비판했다. 또 다른 글에서 "士大夫ᄂᆞᆫ 獵官仕官으로 家法을 作ᄒᆞ며 剝奪民産으로 生活을 做ᄒᆞᆯ 而已오"(417면)라고 했다. 그것은 "腐朽ᄒᆞᆫ 榮譽를 欲得ᄒᆞ야 權門勢家에 苟苴를 密納ᄒᆞ"(339면)는 것이다. 그리고 사리나 여색을 탐하는 행위, 민혈을 짜고 화투 골패를 일삼는 행위, 사기 절도 강도 등의 죄악이 모두 태타안일로부터 비롯된다고 설명하였다. 그는 인민의 생활상 자립으로 국가의 자립을 이루기 위해 그러한 안일태타함을 버릴 것을 강조했다. 그는 나라의 병폐를 낱낱이 지적하며 비판하였던 것이다.

(사) 屈膝端坐와 瞑目不語가 所用업소 體操와 演說이 要緊ᄒᆞᆫ 거시오 心性說話와 理氣論辨이 所用업소 農工商의 實業學問이 切急ᄒᆞᆫ 거시오

(사 – 1) 然이나 挽近儒林이 衰削이 已甚ᄒᆞ고 決裂이 多端ᄒᆞ야 曰湖曰洛과 曰理曰氣에 一言半句가 不合이 有ᄒᆞ면 ……(「舊習改良論」, 『서우』, 1907.1, 전집5, 338면)

(사 – 2) 萬一 不幸ᄒᆞ야 國家와 民族이 保存치 못ᄒᆞᄂᆞᆫ 境遇에도 獨其儒家는 斂膝端坐ᄒᆞ야 說心說性ᄒᆞ며 ……(「舊習改良論」, 『서우』, 1907.1, 전집5, 339면)

(사 – 3) 讀書士子는 斂膝瞑目에 蒼古를 坐談ᄒᆞ야 新法을 排斥ᄒᆞ고(「悲喜」, 『서우』, 1907.3, 전집5, 350면)

(사 – 4) 理學家ᄂᆞᆫ 屈膝端坐ᄒᆞ야 談心論性ᄒᆞ며 硏究說禮로 徹頭徹尾의 畢生課業을 作ᄒᆞ고…… 如此히 物質의 理를 不究ᄒᆞ며 實業의 學을 不講ᄒᆞ면셔 今日競爭時代에 處ᄒᆞ야 生存의 幸福을 希望ᄒᆞᆫ들 得乎아(「論說」, 『서우』, 1908.12, 전집5, 417~418면)

위의 대목은 당시의 유림이나 선비들을 질타한 내용이다. 논설 저자는 그

들의 '굴슬단좌', '명목불어', '심성설화', '이기논변'하는 행위를 비판하였다. 그러한 비판 내용은 박은식의 글에서 그대로 나타난다. 그것을 예문에서 차례로 들면, '왈리왈기'하는 것, '斂膝端坐하야 說心說性'하는 것, '斂膝瞑目에 蒼古를 坐談하야 新法을 排斥'하는 것, '物質의 理를 不究하며 實業의 學을 不講'하는 것 등등이다.

논설 저자는 실업학문의 추구를 강조했다. 박은식의 주장은 (사 – 4)에서 잘 드러난다. 이 논설은 부제에서 '孰能救吾國者며 孰能活吾衆者오 實業學家로다'(『서북학회월보』 1–7, 1908.12)라고 하여 실업학문을 강조하였다. 그것은 물질의 이치를 추구하고 실업의 학을 강구하는 것, 곧 "實地學問과 實地事業에 用力"(340면)하며, "實業을 勉勵"(318면)하는 것이다. 실업학문에 힘쓸 것을 내세웠는데, 그런 점에서 논설 저자와 박은식의 주장은 동일하다. 그리고 논설에서 보이는 특이한 문체는 박은식의 문체에서도 그대로 드러난다.

(아) 國家와 人民을 思想ᄒᆞ시오 → 全不思想홈이(「舊習改良論」, 『서우』, 1907.1, 전집5, 339면), 前進홀 程度롤 思想ᄒᆞ면(「對客問」, 『서북학회월보』, 1908.7, 전집5, 395면)

(자) 天賦自由權 → 上天의 賦與(「新年祝辭」, 『서우』, 1907.1, 전집5, 335면), 天賦原質(「機會」, 『서우』, 1907.3, 전집5,349면)

(차) 四千年祖國이 濱於丘墟ᄒᆞ고 → 萬若 吾의 國家가 邱墟ᄒᆞ고(「賀吾同門諸友」, 『서북학회월보』, 1908.6, 전집5, 392면)

(아)처럼 '사상하다'라는 표현은 잘 찾을 수 없다. '사상'은 주로 명사로 쓰인다. 그런데 박은식은 (아)처럼 '사상하다'를 동사로 활용하고 있다. 이는 매우 희귀한 예로 보인다. 다음으로 '천부'라는 표현도 흔치 않은 표현일 텐데, 박은식의 글에 나타난다. 마지막으로 (차)의 '조국이 빈어구허'는 '국가가 구허'하다라는 표현으로 반복되고 있다. 이러한 유사성은 우연한 일치로 보기 어렵다. 두 글이 동일 저자임을 보여주는 흔적들인 것이다. 이제 마지막

구절을 살펴보기로 한다.

(카) 否往泰來ᄒᆞ고 苦盡甘來ᄒᆞ면 今日 悲哀哭泣之態가 變ᄒᆞ야 他日 喜笑快樂之相을 呈ᄒᆞ기도 必然之理니 大韓諸君은 念之勉之ᄒᆞ시오

(카－1) 四千年 祖國이 完全ᄒᆞᆫ 世界上 獨立國이 될지니 嗚呼其念之勉之어다(「大韓精神」, 『대한자강회월보』, 1906.7, 전집5, 315면)

(카－2) 惟我社友의 責任이 愈其重大라 念之勉之어다(「本會趣旨書」, 『서우』, 1906.12, 전집5, 325면)

(카－3) 惟我一般士友는 諒之勉之어다(「教育이 不興이면 生存을 不得」, 『서우』, 1906.12, 전집5, 330면)

(카－4) 有始有終의 實效를 快奏케 ᄒᆞ기로 十分務望ᄒᆞ노니 嗚呼其念之勉之어다(「師範養成의 急務」, 『서우』, 1907.4, 전집5, 354면)

(카－5) 吾國의 自立을 可以克復이니 嗚呼라 其念之勉之어다(「勞動同胞의 夜學」, 『서북학회월보』, 1908.2, 전집5, 382면)

(카－6) 處處園林과 處處山麓이 皆 民產과 國力을 增進ᄒᆞᄂᆞᆫ 最大富源이니 念之勉之어다(「柞蚕營業에 對ᄒᆞ야 勸告我地方同胞」, 『서북학회월보』, 1909.8, 전집5, 452면)

앞에서도 언급했지만, 「시일에 우방성대곡」은 효유와 권면의 글이다. 그래서 논설의 마무리도 '念之勉之하시오'라고 권면하고 있다. 특히 이러한 문체는 「시일에 우방성대곡」이 발표된 지 1주일 여 만에 발표된 박은식의 논설 「務望興學」(『대한매일신보』, 1906.1.6~7)에 여지없이 드러나고 있다. 이 글은 논설기자 박은식의 존재를 더욱 확실히 인지시켜주는 데 부족함이 없다. 한편 이러한 권면의 글은 박은식의 수많은 글에 나타난다. 앞부분에서 '청아일언하시오'로 시작하여 '念之勉之하시오'로 끝나는 논설은 저자의 강한 선각자적 의식을 토대로 하고 있다. (카)의 수많은 글은 모두 그러한 효유와

권면의 성격을 지닌 글이다. 이를 통해 「시일에 우방성대곡」의 저자가 박은식임을 확증하게 된다. '念之勉之하시오'와 '念之勉之어다'의 차이는 신문과 잡지의 차이이다. 그것은 결국 독자의 다름에 기인하는데, 신문에서는 "大韓 諸君은 念之勉之하시오"로 쓰던 것을 잡지에서는 "惟我一般 士友는 諒之勉之어다"로 표현한 것이다. 박은식은 당시 『서우』, 『서북학회월보』의 주필이기도 했다. 그는 1907~1908년 사이 수많은 논설을 『서우』, 『서북학회월보』 등에 발표했다. 그러한 것들은 계몽적이고 교도적인 성격의 글들이다. 「시일에 우방성대곡」의 문체와 사상은 이후 박은식의 글에 보다 구체화 내지 확대되고 있다.

6. 『대한매일신보』 주필과 기서의 저자

신채호가 『대한매일신보』에서 주필을 시작한 것은 1907년 11월 6일부터이다. 그의 저작으로 알려진 것 가운데에 1907~1909년 사이의 글이 많다. 그 사이 신채호는 『대한매일신보』 주필로 있었으며, 그것은 양기탁의 주장을 빌지 않더라도 확연한 사실이다. 그런데 이 시기 신문의 기서란에 실린 몇 편이 단재전집에 실려 있다.

> 本社에 寄書ᄒᆞ시는 諸君子는 姓名과 居住를 明確ᄒᆞ게 懸錄送附ᄒᆞ시와 證據가 有홈을 必要홈이오 公衆平和ᄒᆞᆫ 秩序를 紊亂케 ᄒᆞ는 意와 社會上 不經荒雜ᄒᆞᆫ 寄書는 不受ᄒᆞ는 權利가 本社에 自有ᄒᆞ오니 肯諒ᄒᆞ시ᄋᆞᆸ

이것은 『대한매일신보』 국한문판 제2호(1905.8.20)부터 123호(1906.1.13)까지 4면 상단에 실린 특별광고이다. 당시 신문에서 기서를 받은 것은 독자를 신문에 참여시켜 여론을 형성할 뿐만 아니라 신문사의 부족한 지면을 채우는 역할도 하였다. 기서는 그 내용에 따라 논설란에 실리기도 하고, 때로는 잡보란, 사조란 등 다양하게 실렸다. 신문사에는 주필과 편집기자 외에도 탐보원이 소식을 가져와서 싣기도 했는데, 신문사 밖의 인물들이 보내온 기서는 신문의 지면 형성에 중요한 역할을 했다.

史癖生, 「歷史에 對한 管見二則」(1908.6.17),
鍊丹生, 「所懷一幅으로 普告同胞」(1908.8.21),
熱血生, 「20世紀 新東國之英雄」(1909.8.17~20)

신채호는 1907년 11월 6일부터 주필로 있었다. 그렇다면 이 시기 기서란의 글은 신문사 밖의 인물의 글이다.[40] 신채호가 자신의 글을 굳이 기서란에 실을 아무런 이유가 없다. 앞에서 제시한 것처럼 이 시기 신채호는 논설란, 문단란, 위인유적란, 심지어 별보란에도 자신의 글을 실었다. 신문 주필로 다양한 형태의 글을 썼던 것이다. 그러나 위 3편의 글들은 신채호의 글이 아니다. 그리고 단재전집에는 다음 시가 소개되어 있다.

博物館 도라드러, 滄海力士의 쓰고, 놈은 鐵椎, 훈번 구경ᄒᆞ고나니, 줌겻던 氣力이 버쩍 나고, 숨었던 思想이 절노 는다, 뎌 鐵椎를 번쯧 들고, 博浪沙中 드러가셔, 秦始皇의 타고 안즌 正車를, 와직근 퉁탕 부시고……(『대한매일신보』, 1910.3.25)

40 보다 직접적인 하나의 예를 확인할 수 있다. 1908년 3월 15일 첫면 기서란에 「與呂荷亭先生足下」가 당시 『대한매일신보』의 영어번역을 담당했던 黃義性의 글로 소개되어 있다. 그리고 다음 날(1908.3.16) 1면에 "昨日 每日申報 寄書欄內에 本人 姓名으로 揭載되얏스ᄂᆞ 本人은 旣是 本社員인즉 露名 寄셔홀 理가 無ᄒᆞᆫ딕 植字가 誤植되얏기로 玆에 廣告辨明홈 黃義性 白"이라는 광고기사가 실렸고, 잡보란에는 "正誤 : 本報 第七百五十五號 寄셔人 黃義性 三字는 皇義山人이기에 正誤홈"이라는 정정기사가 실렸다. 황희성의 말을 통해 기서란의 글은 순수 투고자의 글임을 다시 한 번 확인할 수 있다.

「철퇴가」는 단재전집에 소개되었지만, 소재도 제대로 밝혀져 있지 않다. 이 작품은 1910년 3월 25일 『대한매일신보』 '사조'란에 실렸다. 같은 날 논설 「古物陳列所觀高麗磁器有感」(『대한매일신보』, 1910.3.25)에 "春風에 興을 乘ᄒᆞ야 昌德宮內 消暢의 行을 作ᄒᆞ엿더니 博浪沙 力士의 鐵推를 撫ᄒᆞ미 雄膽이 斗起ᄒᆞ"고, "其他 多少의 故物을 閱覽ᄒᆞ고 撫古傷今의 情을 不禁하엿"다는 내용이 나온다. 논설이 단재의 글이 확실하니 같은 내용을 담은 시가 역시 단재의 작품으로 규정한 것으로 보인다. 또한 단재는 "鐵椎의 소리는 全支那를 흔들어 …… 滄海力士라는 네 字의 別號와 博浪狙擊이라는 두어 줄 사실뿐"(전집 상, 447면)이라 언급하지 않았던가.

박정규는 「鐵椎歌」(『대한매일신보』 국한문판, 1910.3.25)와 더불어 「텰퇴가」(『대한매일신보』 한글판, 1910.3.25)를 『단재신채호시집』에 실었다.[41] 이 작품의 저자가 국한문판에는 '後滄海'로, 한글판에서는 '강릉이창해'로 소개되어 있다. 후창해라면 창해역사의 뜻을 지닌 이후 사람이란 뜻으로 신채호가 호로 삼기에는 부족함이 없다. 신채호는 이 작품보다 앞서 「舊曆歲除 逢友述懷」(1910.2.13)를 丹齋라는 호로 동일한 '사조'란에 발표하였지만, 당시 그는 다양한 필명으로 글을 썼기 때문에 그러한 일은 충분히 있을 수 있다. 그리고 「텰퇴가」는 사회등가사에 비해 미적 완성도가 떨어지는 문제점을 지니고 있지만, 단재가 '닥치는 대로 집어 쓰는 것도 많았다'[42]는 지적을 두고 볼 때 그리 문제될 게 없다. 그래서 앞으로 「철퇴가」의 저자에 대해 좀 더 엄격한 연구가 진행될 필요가 있다.

就此國中ᄒᆞ야 活潑勇敢之進就가 今人歎慕者는 平安一道가 是也라 自數年以來로 該道內出洋遊學者가 爲六七百人이오 除京城以外에 新報之數가 比諸他道에 不啻幾倍矣오(1906.7.13)

41 박정규 편, 『단재신채호시집』, 도서출판 한컴, 1999, 136~137면.
42 정인보, 「단재와 사학」, 『동아일보』, 1936.2.28.

惟獨 西路가 頗히 活潑勇進으로 赴洋遊學과 出義 設校가 比他稍勝ᄒᆞ더니 今西友學會의 組織이 有ᄒᆞ니 如彼志氣로 必奏實效라 今日新文化의 開進은 반다시 西路로붓터 倡始ᄒᆞ리라 ᄒᆞ니(「社說」(『서우』, 1906.1, 전집5, 327면)

윗글은 『대한매일신보』 논설 「하평양대학교설립」이다. 서두에서 "본 기자는 구주인"이라 시작하여 베델의 글처럼 보이려고 했지만, 베델의 글이 아님은 위의 예문에서 드러난다. 위의 글에서는 평안 일도, 즉 서도에 대해 매우 호의적인 반응을 보여준다. 뿐만 아니라 그 지방의 해외유학생의 수도 꿰뚫고 있다. 베델이라면 한마디로 그러기 어렵다. 그것은 바로 박은식의 생각이다. 활발 용진, 유학, 학교 개설 등은 『서우』 창간호(1906.1) 「사설」인 두번째 예문에 그대로 나타난다. 그리고 논설의 마지막 부분 "學塾이 日廣ᄒᆞ야 智識과 事業이 日以增進ᄒᆞ리니 何患乎不能脫他人之羈絆而發顯其獨立光輝리오 嗚呼其勉之哉어다"에서 보면 영락없는 백암의 글이다. 다음으로 앞서 제시한 「보종책」도 마찬가지이다.

教育과 殖産을 奬勵하야 民智를 開발ᄒᆞ고 實力을 養成ᄒᆞ여야 國權을 可復이라 ᄒᆞ니 此等事業이 果是救時之急務요 復國之良方이라 捨此以外에 更有何計리오 然이ᄂᆞ 社會團合과 教育殖産의 振起ᄒᆞᆯ 目的을 到達코ᄌᆞ ᄒᆞ면 必先有根本田地之依據者라야 可히 進步上 障碍가 無ᄒᆞᆯ지라(1907.7.31)

교육과 식산을 강조하는 내용은 박은식의 글에 무수히 등장한다. 이에 대해서는 이미 앞에서도 논의했기에 굳이 강조할 필요가 없다. 이 글보다 앞서 발표된 「대한정신」에서 그러한 논지가 잘 드러난다. 그리고 이 글에 등장하는 '以此觀之'나 '男女老幼', '思想치 아니 하는가' 등의 표현은 박은식이 잘 사용하는 표현이다. 마지막 구절에 "窮到極處에 更無他岐하니 諒之哉 念之哉 勉之哉어다" 역시 박은식의 문체이다. 그러므로 베델이 쓴 것으로 보이는 논설 「하평양대학교설립」과 「보종책」은 박은식의 글이다. 이 글들은 박은식이 논설기자로 근무할 시점에 쓰인 것들로 그가 베델의 글처럼 보이도록 포장한 것일 뿐이다.

7. 마무리

「시일에 우방성대곡」은 신채호의 글이 아니며, 두말할 필요도 없이 박은식의 글이다. 그것은 논설의 집필 시기와 문체 사상을 통해 여실히 드러난다. 그러므로 "신채호는 일찍부터 '心性說話와 理氣論辨이 所用업소 農工商의 實業學問이 切急한 거시오'라고 주장하여 왔"다는 오세창의 주장은 전혀 근거 없다. 신채호 이름은 박은식으로 대체되어야 마땅하다. 또한 MBC가 '느낌표'에서 방영한 내용에서 신채호 논설 운운은 순전히 오류이다.

「시일에 우방성대곡」은 『황성신문』에 발표된 장지연의 글과는 대비되는 박은식의 논설이다. 이 글에는 제목이 암시하듯 장지연과 「시일야방성대곡」을 그대로 수용한 것도 있지만 그 차이가 엄연히 존재한다. 박은식은 국권을 상실하고 방황하는 국민에게 새로운 방향타를 제시한다. 거기에서 가장 중요한 대목은 학문의 강구이다. 박은식이 「시일에 우방성대곡」(『대한매일신보』, 1905.12.28)에서 주장한 내용들은 이후 글에 보다 구체화되어 나타난다. 이를테면, 「대한정신」(『대한자강회월보』 1, 1906.7), 「구습개량론」(『서우』 2, 1907.1), 「인민의 생활상 자립으로 국가가 자립을 유함」(『서우』 8, 1907.7), 「교육이 불흥이면 생존이 부득」(『서우』 1, 1906.12), 「孰能救吾國者며 孰能活吾衆者오 實業學家로다」(『서북학회월보』 1-7, 1908.12), 「儒教求新論」(『서북학회월보』 1-10, 1909.3), 「東洋의 道學原流」(『서북학회월보』 1-16, 1909.10) 등으로 수용 확대되고 있다. 특히 교육에 강조는 「사범양성의 급무」(『서우』 5, 1907.4), 「축의무교육실시」(『서우』 7, 1907.6), 「노동동포의 야학」(『서북학회월보』 15, 1908.2) 등의 글로 이어진다. 그러므로 「시일에 우방성대곡」은 박은식의 의식적 지향을 잘 보여주고 있으며, 그의 사상의 단초를 드러낸다.

앞에서 논의한 효유와 권면의 글인 「토지 매도자에 대하야 곡고한인」(『대한매일신보』, 1906.12.12)과 「통곡고 대한실업가」(『대한매일신보』, 1907.3.27)도 박은식의 글이다. 이미 앞에서 살펴본 바이지만, 그것들은 「시일에 우방성대곡」 등과 같은 문체를 지니고 있다. 그리고 베델의 글처럼 보이는 「하평양대학교설립」(『대한매일신보』, 1906.7.13)과 「보종책」(『대한매일신보』, 1907.7.31) 역시 박은식의 글이다. 이러한 것들은 박은식의 초기 의식을 잘 보여준다는 점에서 중요성이 있다. 이 논의에서 형편상 제대로 규명하지 못했지만, 이들 작품 외에도 박은식의 글들이 『대한매일신보』에서 적지 않게 발견된다. 그것은 그가 주필로서 지면에 수많은 논설을 썼기 때문이다.

신채호의 글로 알려져 있는 『대한매일신보』 기서란의 글 「역사에 대한 관견 이칙」(1908.6.17), 「소회 일폭으로 보고 동포」(1908.8.21), 「이십세기 신동국지 영웅」(1908.8.17~20) 등은 그의 글에서 제외해야 한다. 왜냐하면 이들 글이 발표된 시점에 신채호는 주필이었기 때문에 기서란에 자신의 글을 발표할 하등의 이유가 없다. 그는 논설란이나 별보란에 자신의 글을 맘대로 발표할 수 있었으며, 기서란에는 투고 받은 글을 선별하여 실었던 것이다. 그러므로 이 논설들은 단재의 작품에서 배제해야 할 것이다. 그리고 '사조'란의 「철퇴가」(1910.3.25)에 대해서도 좀 더 심도있는 논의가 필요할 것으로 보인다. 이 연구를 기화로 하여 앞으로 『황성신문』, 『대한매일신보』에 대한 세밀한 조사와 정밀한 분석을 통해 박은식과 신채호의 수많은 글들을 찾아낼 필요가 있다.

부기

논문을 마무리한 한참 후 김태영의 「단재의 제2 '是日也放聲大哭' 발견」이라는 기사를 구득하여 볼 수 있었다. 이 기사를 통해 「시일에 우방성대곡」이 단재의 글로 규정되기에 이르는 과정을 알 수 있다. 물론 저자고증이 제대로 이뤄지지 않고, 다만 『조선족 백년사화』라는 책에 의거하여 단재의 작품으로 규정했음을 보여준다. 참고를 위해 기사 전문을 실어둔다.

乙巳조약(1905) 직후 일제의 한국침략을 폭로-통탄, 우리 국민을 울렸던 張志淵의 명사설 「오늘 목 놓아 운다」(是日也放聲大哭·황성신문 1905년 11월 20일자)가 발표된 지 한달 후 丹齊 申采浩가 같은 내용의 사설을 썼음이 그의 주기(21일)를 맞아 밝혀졌다.

「오늘 또 목 놓아 운다」(是日也又放聲大哭) 제목의 이 사설은 『대한매일신보』 12월 28일자에 실려 있고 필자는 당시 주필이던 丹齊였다.

이같은 사실은 영남대 吳世昌 교수(한국근대사)가 만주교포들이 펴낸 『조선족백년사화』(朝鮮族百年史話)를 입수, 20일 공개함으로써 알려졌다.

82년 만주 심양市의 한인교포들이 발간한 이 책은 19장 「걸출한 조선족 학자 신채호」편에서 "민족혼을 들끓게 한 장지연의 사설로 황성신문이 폐간당한 후 『대한매일신보』로 옮긴 신채호는 이에 굴복하지 않고 의연히 투쟁을 계속, 12월 28일자 『대한매일신보』에 재차 「오늘 또 목 놓아 운다」를 발표, 항일투쟁 전개했다"고 수록했다.

丹齊의 국내 언론활동이 절정에 달했던 시기에 쓰여진 이 사설은 비교적 부드러운 논조 속에서도 을사늑약으로 국권을 빼앗긴 2천만 동포의 비통한 심정과 각오를 적고 있다.(김태영의 「단재의 제2 '是日也放聲大哭' 발견」, 『조선일보』, 1986.2.21)

「서호문답」의 저자 및 성격 규명

1. 들어가는 말

「西湖問答」은 1908년 3월 5일부터 18일까지 11회에 걸쳐 『대한매일신보』에 연재된 시사문답이다. 가정 · 학교 · 사회교육을 포함하여 지육 · 덕육 · 체육을 다룬 것으로 애국계몽기 가장 비중 있는 교육론의 가운데 하나이다. 뿐만 아니라 종교, 사상 등 당시 주요 문제를 다루고 있다는 점에서 그 중요성은 이미 많은 연구자들에 의해 언급되었다. 그러나 "대개 신채호가 지었다고 하나 결정적인 근거가 없"다는 권보드래의 지적처럼,[1] 아직 저자가 제대로 확정되지 않았다. 많은 사람들은 그것이 단재전집에 실려 있다는 것 때문에 단재의 글로 인식하고 있다. 단재전집에 실린 작품 가운데 그동안 저자 문제로 가장 큰 논란이 된 작품이 「천희당시화」이며, 다음으로 「서호문답」이다.

단재를 연구하면서 「서호문답」에 특별히 주의를 기울인 연구자로 신용하와 배용일을 들 수 있다. 신용하는 「신채호의 애국계몽사상」에서 16군데

1 권보드래는 『한국근대소설의 기원』(소명출판, 2000)에 「서호문답」(319~334면)을 실어서 그 중요성을 언급하고 있다.

에 걸쳐 「서호문답」을 언급하였고, 배용일도 5군데 걸쳐 자세하게 다루고 있다. 이 외에도 단재 연구자들은 「서호문답」에 많은 관심을 가졌다. 신용하는 원전 확정에 신중하여 「천희당시화」에 대해서는 논의에서 배제했지만, 「서호문답」은 별다른 이의 없이 신채호의 작품으로 수용했다. 최근 몇몇 연구자에 의해 「서호문답」이 단재의 글이 아니라는 주장은 제기되었지만, 아직까지 저자 확정 논의로 이어지지 않고 있다.

이 글의 목적은 그동안 논란이 되어온 「서호문답」의 저자를 확정하기 위한 것이다. 저자가 단재가 아니라는 주장은 1차적인 것이다. 그것만으로도 중요한 의미를 지닌다. 왜냐하면 「서호문답」은 단재전집과 단재연구에서 제외되어야 하기 때문이다. 그러나 보다 중요한 것은 누구의 글이냐 하는 문제이다. 이 글에서는 궁극적으로 「서호문답」의 저자를 논의하고, 그 글이 갖는 성격에 대해 규명해 볼 것이다.

2. 「서호문답」의 단재전집 수용 경위와 그간 논의

「서호문답」은 개정판 단재전집 『별집』에 실렸다. 『별집』은 북한에서 발간된 『룡과 룡의 대격전』의 시 소설 수필 등 문학 작품 일부와 『천고』 제1집, 그리고 사론이나 논설 등이 포함되어 있다. 그런데 유독 문제가 되는 작품들이 사론, 평론, 논설 등이다.

> 다음으로 사론 평론 논설 등 사십여 편을 수록했는데, 이것은 진작 김영호 교수가 제공해 준 것 이상에, 특히 선생의 영식 수범 군이 직접 나서서, 피나는 정성으로 옛날의 묵은 신문들을 장장이 뒤져, 찾아낸 것이므로 구름 깊은 崑山에서 옥을 캐어오고 안개 짙은 驪壑에서 구슬을 찾아낸 것 같아 얼마나 귀한지 모릅니다.[2]

『대한매일신보』 소재 작품 가운데 진작 김영호가 제공해준 것은 「이십세기 신동국의 영웅」, 「일본의 삼대 충노」, 「동양주의에 대한 비판」, 「보종·보국이 원비 2건」, 「국민·대한 양마두상 각 1봉」, 「소회 일폭으로 보고 동포」, 「구서간행론」, 「근금 국문소설 저자의 주의」 등 8편이다. 이것은 전집 보유편에 실려 있다. 그는 이후 「제국주의와 민족주의」, 「학생계의 특색」 등 5편을 추가적으로 발굴하여 개정판 전집 하편에 싣는다. 그리고 신수범은 다시 『대한매일신보』에서 「천희당시화」, 「서호문답」 등 총 46편의 새로운 작품을 발굴하여 『별집』에 싣는다. 김영호가 제공한 작품들은 비교적 엄정하게 저자 고증을 거쳤다면, 신수범이 제공한 『대한매일신보』 소재 작품들은 충분한 고증 없이 실렸다.

신수범이 많은 작품을 어렵게 찾아낸 공로는 충분히 인정할 만하다. 그러나 여기에는 저자 규정이 어려운 작품들이 포함되어 논란이 된다. 대부분 무서명 논설로 저자 확인이 어려운데, 신수범은 단재의 사상이나 문체로 보이는 것들을 전집에 그대로 포함시킨 것으로 보인다.

> 교육논설 중에서도 〈서호문답〉은 〈정육과 교육〉에 앞서 국내 활동 시기에 쓴 것으로 당대 일품의 구국제민적 교육관이 펼쳐져 있다고 본다.[3]

임중빈은 「서호문답」에 관해 위와 같이 평가했다. 그는 "단지 讀書 遍歷의 일단으로 古代史부터 閃光을 발하는 史筆의 文體를 통하여 丹齋 所述의 與否를 감별할 따름"이라고 밝혔다. 그는 「이십세기 신국민」에 대해서 자세히 논한 후 그것을 「서호문답」과 더불어 단재의 저작으로 분류했다. 그것은 「이십세기 신국민」과 「서호문답」의 중요성을 말해준다. 이들에 의해 「서호문답」이 단재전집에 포함된 이래 적지 않은 논의가 있었다. 대표적인

---

2 이은상, 「간행사」, 『개정판 단재신채호전집』 별집, 형설출판사, 1997, 2~3면.

3 임중빈, 「민족혁명문학의 근대적 형성」, 『단재신채호전집』 보유, 형설출판사, 1998, 548면.

논의를 들면 아래와 같다.

> 야소교에 대한 단재의 이같은 견해는 1908년 「서호문답」 등에서도 퍽 긍정적으로 나타나고 있다. 그러나 1928년의 「룡과 룡의 대격전」에서는 이같은 견해가 변화되어, 예수를 망국민중과 무산민중을 속이는 존재로 파악하고 있다. 이것은 국망전에 소개된 예수교가 자강 신민 부국 강병의 근대 국가를 성립시키기 위해서는 필요한 종교로 파악되었으나, 다음에 볼 민중적 혁명적 사회건설에 있어서는 기독교가 오히려 저해적 요인이 된다고 보았던 까닭에 그가 초기에 가졌던 예수교에 대한 긍정적 견해가 부정적인 것으로 바뀐 듯하다.[4]

> 1908년 전반기까지만 해도 그는 불교에 대해 부정적으로 보았으나 1908년 후반부터는 한국불교의 호국적 특색과 불승의 구세적 역할을 국권회복의 잠재력으로 인정하였다. 이러한 인식은 박은식의 「유교구신론」 등과 같이 민족의 위기를 내다보며 전 민족의 잠재력을 통합 발휘코자 한 시각에서 출발한 것으로 짐작된다. 더욱이 선도를 가리켜 「서호문답」에서 "천을 역하여 국을 망할 자"라고 혹평하다가, 「동국고대선교고」에서 역사인식의 대전환을 일으키며 한국 고유의 종교로서 선교를 발굴하여 국수의 중심으로 자리매김한 것은 그러한 인식의 반영이다.[5]

인용문은 이만열과 배용일의 견해이다. 여기에서 연구자들이 고뇌한 흔적들을 발견할 수 있다. 그것은 「서호문답」이 단재의 다른 글과 조금 다르기에 무리하게 설명할 수밖에 없었다는 점이다. 이만열은 기독교관에서, 배용일은 불교 및 선교관에서 「서호문답」이 단재의 다른 글과 차이를 지녔음을 인정하고 있다. 그들은 단재 글과 「서호문답」의 차이를 발견하였고 그

4 이만열, 『단재신채호의 역사학연구』, 문학과지성사, 1990, 187면, 주 49번.
5 배용일, 『박은식과 신채호 사상의 비교연구』, 경인문화사, 2002, 139면.

간극에 대해 논리적으로 설명하려 애썼지만, 설득력이 떨어지고 있다. 최근 이들과는 달리 「서호문답」이 단재 글이 아니라는 주장이 제시되었다.

신채호의 사상은 어떤 면으로 보자면 대일 적대감으로부터 발전해 나왔다고 할 수 있는데, 그런 신채호가 일본을 양사, 은인이라 하고 이은보은함이 천리인도에 합의하다고 말했다는 것은 수긍할 수 없다.[6]

가령 「서호문답」(『대한매일신보』 1908년 3월 5일~동년 3월 18일)에서 "只願同胞는 擧皆 救主(예수)를 독신하여야 一身의 罪와 一國의 罪를 贖하고……"라 하고 "日(本)之於韓에 可謂 先進이요 可謂 良師이요 可謂 恩人이라 韓人은 先學日本하여 …… 以恩報恩함이 天理人道에 合宜하도다"라고 한 이 글이 단재의 글이라면 단재의 상은 달라져야 하고 평가도 달라져야 한다.[7]

먼저 물음과 답을 처음부터 끝까지 기승전결 없이 주고받는 문답형식은 근대계몽기 자주 쓰이던 형식으로 『전집』에 실린 신채호의 다른 논설 가운데 이런 평탄한 문답식 구성은 없다. 또한 '교육은 기관'이요 '애국심은 귀중품'이라는 평탄한 논조는 「국가를 멸망케 하는 학부」, 「역사와 애국심의 관계」 등에서 민족 주체적 교육을 부르짖는 신채호의 힘찬 논조와 너무 큰 차이가 있다. 그리고 유교와 불교는 전면 부정하고 기독교를 긍정하여, 예수 그리스도를 '아한 이천만인의 죄도 대속하여 사하심'이라는 발언은 도저히 신채호의 것으로 인정하기 어려운 것이다.[8]

차례대로 김윤재, 조동걸, 임상석의 주장이다. 김윤재는 단재가 대일 적

6 김윤재, 「신채호의 문학관 : 서구문화수용의 한 양상」, 『한국어문학연구』 6, 한국외대 한국어교육학과, 1994, 112면.

7 조동걸, 『현대한국사학사』, 나남출판, 1998, 138면, 주 199번.

8 임상석, 「근대계몽기 신채호의 글쓰기 방식 – 한문의 그늘 아래 모색된 새로운 논리와 사상」, 고려대 석사논문, 2002.2.

대감을 갖고 있다는 측면에서 「서호문답」은 그의 글이 될 수 없다는 것이고, 조동걸은 기독교관, 대일본관을 들어 「서호문답」의 단재 저작설에 의혹을 보냈으며, 이후 「서호문답」은 "단재의 글맛이 나질 않는다"고 하였다.[9] 임상석은 보다 종합적인 측면에서 논거를 제시했다. 그는 형식과 논조, 그리고 종교관 등에서 차이가 있으며, 그래서 단재의 글로 보기 어렵다는 것이다. 「서호문답」은 단재의 글이 아닌가, 그렇다면 누구의 글인가? 먼저 이 글에서는 「서호문답」이 과연 단재의 글인지 아닌지를 살펴보고, 그것을 바탕으로 저자를 규명해보려 한다.

3. 단재와 「서호문답」의 거리

신수범과 임중빈이 「서호문답」을 단재의 글로 간주한 까닭은 무엇인가? 신수범은 그 이유에 대해 설명하지 않았지만, 그가 단재의 저술로 제시한 작품들을 통해 상황을 재구해볼 수 있다. 그것은 우선 매체, 즉 지면과 논조라는 부분이다. 「서호문답」은 단재가 『대한매일신보』 주필로 있던 시기 연재된 글이다. 당시로 보면 11회 연재는 대단히 비중이 있는 글에 해당된다. 주필이었던 단재가 이 신문에 10여 회 이상 연재한 것으로는 「수군 제일 위인 이순신」(1908.5.2~8.12), 「독사신론」(1908.8.27~12.13), 「천희당시화」(1908.11.9~12.4), 「동국 거걸 최도통」(1909.12.5~1910.5.27) 등 4편 정도이다. 사정이 그러하니 「서호문답」 역시 장기간 연재된 것으로 이 신문과 밀접한 관련을 갖고 있는 사람이 썼으리란 판단이 작용했을 것이다. 다음으로 그 글의 논조가 단재의

9 조동걸, 「丹齋 申采浩의 삶과 遺訓」, 『한국사학사학보』 3, 한국사학사학회, 2001.3, 188면, 주 18번.

글과 유사하다는 점이다. 이 때문에 많은 연구자들이 반신반의하면서도 수용했을 것으로 보인다. 그렇다면 어떤 부분이 유사하고, 어떤 부분이 그렇지 아니한가.

(가) 基督耶蘇는 即 上帝의 子오 即 萬國 帝王의 王이신대 救世贖罪ᄒᆞ시랴고 降生ᄒᆞ샤 天下 後世의 萬民의 罪를 代ᄒᆞ야 十字架에 釘ᄒᆞ시니 即亦 我韓 二千萬人의 罪도 代贖ᄒᆞ야 死ᄒᆞ심이라……上帝로 大主宰를 삼고 基督으로 大元帥를 삼고 聖神으로 劍을 삼고 信으로 盾을 삼아 勇往直前이면 誰가 服罪치 아니며 順命치 아니리오 現今 英美法德이 耶蘇教로 宗教를 삼는 者ㅣ 其國步와 國光이 果如何哉아 吾同胞도 此를 羡거든 其諸國의 崇奉ᄒᆞᄂᆞᆫ 바 宗教를 從ᄒᆞᆯ지니라(1908.3.12)[10]

(가－1) 耶蘇教ᄂᆞᆫ 各方面으로 韓國 宗教界의 第一位로 占領ᄒᆞ야 果然 二十世紀 新國民的 價值가 有ᄒᆞ나니 此를 擴張ᄒᆞᄂᆞᆫ 同時에 其教徒中 無精神者를 警起ᄒᆞ며 又 外來의 侵力을 驅除ᄒᆞ면 可히 國民前途의 大福音을 作ᄒᆞᆯ 줄로 思ᄒᆞᄂᆞᆫ 故니라[11]

이것은 기독교에 대한 부분이다. 「서호문답」에서 "아한 2천만인의 죄도 대속"하였다거나 우리나라도 영미처럼 부강하려면 기독교를 숭봉하라는 내용은 친기독교주의자에 의해 쓰인 것으로 이해할 수 있다. 그래서 임상석은 이런 내용을 단재가 썼을 리 없다고 했다. 아래의 글은 1910년 2월 22일부터 3월 3일까지 실린 「이십세기 신국민」으로 지면이나 내용, 문체의 측면에서 단재의 글로 보는 데는 큰 무리가 없다.[12] 이 논설의 저자 역시 기독교

10 이하 「서호문답」의 내용은 다른 글과의 비교를 위해 고딕체로 표기하며, 인용 구절 뒤 괄호 속에 게재날짜만 기입함. 인용문의 밑줄은 인용자가 강조를 위해 하였다.

11 「이십세기 신국민」, 『대한매일신보』, 1910.3.3.

12 이에 대해서는 김주현의 「'20세기 신국민'의 저자 규명과 그것의 의미」(『개신어문연구』 30, 개신어문학회, 2009.12)를 참조.

에 대해 긍정적인 평가를 내리고 있다. 다만 "其教徒中 無精神者를 警起ᄒᆞ며 又外來의 侵力을 驅除ᄒᆞ면"이라는 전제는 그렇게 해야 한다는 당위를 내포하고 있다. 그렇다면 이 두 부분이 조금 다르긴 하나 큰 차이가 없어 이 만열의 주장이 별 무리가 없어 보인다. 당시 단재는 임상석이 밝힌 것처럼 "救主 基督의 言을 奉讀ᄒᆞ라"(1910.1.23)라고 하는 등 기독교에 대해 긍정적인 입장도 보여주었다.

> (나) 儒道ᄂᆞᆫ 先儒가 存心養性으로 爲道ᄒᆞ미 遏人慾存天理ᄒᆞ야 修身齊家ᄒᆞ며 治國平天下로 爲本이러니 人道에 可合ᄒᆞ다 ᄒᆞᆯ지나 中儒ᄂᆞᆫ 修學崇禮에 自高自大ᄒᆞ고 近儒ᄂᆞᆫ 記誦詞章에 偏惑沉溺ᄒᆞ야 晦盲丕塞ᄒᆞ니 斯道不復行矣니라(1908.3.10)

> (나-1) 儒教ᄂᆞᆫ 數百年 韓國 宗教界에 大勢力을 有ᄒᆞᆫ 者나 然이나 只今은 大概 拘泥가 甚ᄒᆞ며 腐敗가 極ᄒᆞ엿고……儒教ᄂᆞᆫ 韓人에게 敷與ᄒᆞᆫ 바 感化力이 甚大ᄒᆞᆫ지라 故로 此를 良法으로 發揮ᄒᆞ야 現世界 國民的 宗教의 位置를 得케 ᄒᆞ며(1910.3.3)

유교에 대해서 두 글의 저자 모두 부정적으로 인식한다. 그러나 여기에서도 조금의 차이가 발견된다. (나) 「서호문답」에서는 "斯道不復行矣"라고 하였지만, (나-1) 「이십세기 신국민」에서는 감화력이 심대하므로 양법을 발휘할 것을 주문하고 있다. 단재는 "佛教가 入ᄒᆞ미 韓國的 佛教가 되지 못ᄒᆞ고 佛教的 韓國이 되며 儒教가 入ᄒᆞ미 韓國的 儒教가 되지 못ᄒᆞ고 儒教的 韓國이 되야 害만 有ᄒᆞ고 益은 無ᄒᆞ엿거늘 如今 天主教 基督教가 入ᄒᆞᆷ에도 亦然ᄒᆞᆯ 慮가 有ᄒᆞ니 悲夫라"(『대한매일신보』, 1909.12.22)라고 하였다. 양법을 발휘한다거나 침력을 구제해야 한다는 것은 바로 그것이 지닌 해독 때문이다. 「이십세기 신국민」에서는 "宗教의 奴隷가 될 ᄲᅮᆫ이오 國家의 觀念이 無ᄒᆞ며 宗教의 信徒가 될 ᄲᅮᆫ이오 國民의 精神이 無ᄒᆞᆫ 者는 決코 二十世紀

新國民의 宗教가 아"(1910.3.3)니라고 강조하였다. 여기에서 단재의 논리가 그대로 드러남을 확인할 수 있다. 그러므로 단재의 논리가 들어있는 「이십세기 신국민」은 「서호문답」과는 거리가 있다고 할 수 있다. 그는 「꿈하늘」에서 "나라야 망하였건 말았건 예수나 잘 믿으면 천당에 간다 하며, 공자의 글이나 잘 읽고 산림에서 獨善其身한다 하며 조상의 역사가 결단남도 모르며 부모나 처자가 모두 남의 종된 지는 생각도 않고 오히려 선과 천당을 찾는 놈"[13]을 亡國奴로 규정하였는데, 그것은 곧 국가관념과 국민정신이 없는 종교 노예를 일컬음이 아니던가.

(다) 求智者ㅣ 雖爲智나 體不健이면 肥膚枯瘠에 慧竇滅縮ᄒᆞ야 智不生이오 求德者ㅣ 雖爲德이나 體不健이면 腦氣觸傷에 志與心違ᄒᆞ야 德不顯이라 體不健이면 智與德이 俱廢而不全ᄒᆞᄂᆞ니 故로 智와 德을 求ᄒᆞᆯ진ᄃᆡ 先히 體의 健을 娶ᄒᆞᆯ지니 體의 健은 體를 育ᄒᆞᆷ에 莫善이라 所以로 體育이 爲緊이니라(1908.3.12)

(다－1) 盖斯人者ᄂᆞᆫ 世界上 一活動物로 生存的 競爭에 從事ᄒᆞᄂᆞᆫ 者라 爲先其外部에 體力이 强壯ᄒᆞ여야 事業進取를 計圖ᄒᆞᄂᆞᆫ 故로 彼枯木死灰를 樂ᄒᆞᄂᆞᆫ 禪者도 衆生을 普濟ᄒᆞᄌᆞ면 其口의 念佛을 尙要ᄒᆞ며 遺에 憑虛를 求ᄒᆞᄂᆞᆫ 道家도 其身의 修鍊을 尙待ᄒᆞ나니 況乎 天演場裡에 立ᄒᆞ야 身家國社會의 生存을 爭ᄒᆞ며 自由를 求ᄒᆞᄂᆞᆫ 人으로 軆力이 弱ᄒᆞ고야 何事를 能做하리오[14]

(다－2) 運動과 競技는 體育의 일이요, 學問과 藝術은 智育의 길이니 智體兩育은 人爲로 할 수 있거니와 情育은 이와 別件이라 身體를 鍛鍊하는 듯이 하여서도 되지 않으며 知性을 開悟하듯이 하여서도 되지 안하는 자이라. 오직 그 良心의 天然부터 啓導하며 順成할 뿐이니라[15]

13 김주현 편, 『백세 노승의 미인담』, 범우사, 2004, 172면.

14 「德知體 三育에서 體育이 最急」, 『대한매일신보』, 1908.2.9.

15 「신교육(정육)과 애국」, 『단재신채호전집』 하, 133면.

또 하나는 지덕체 교육 가운데에서 체육을 가장 우선시한 대목을 들 수 있다. (다)「서호문답」에서 저자는 체육이 최선이고 가장 긴요하다고 주장했는데, (다 - 1)「德知體 三育에서 體育이 最急」(1908.2.9)에서 저자는 체육을 제일 중요하다고 하였다. 신채호는 마지막「정육과 애국」에서 정육의 중요함을 강조했다. 그런데 (다)와 (다 - 1)은 서로 비슷하지만 (다 - 2)와는 조금 다르다. 임중빈은「서호문답」과「정육과 애국」이 구국제민적 교육관을 펼쳐보인 것으로 주장했다. 아마도 신수범은「서호문답」보다 앞서 실린「덕지체 삼육에서 체육이 최급」을 단재의 글로 보았는데, 그것이「서호문답」의 일부 주장과 동일하여 후자 역시 단재의 작으로 본 것 같다. 그러나 당시 체육의 중요성을 언급한 사람은 한둘이 아니다.[16]

신수범과 임중빈은「덕지체 삼육에서 체육이 최급」,「이십세기 신국민」 두 논설을 모두 단재의 작품으로 보고 있다.「서호문답」은 내용상 그 사이에 위치하는 작품이다.「덕지체 삼육에서 체육이 최급」과「서호문답」은 체육을 제일 중시했다는 점에서 공통점이 있다. 그리고「이십세기 신국민」과「서호문답」은 유사성이 있다. 상무교육이나 의무교육 실시, 유학(留學)의 필요, 기독교에 대한 긍정적 인식 등이 그러하다. 아마도 이러한 것들이 매체적 요소와 더불어 단재의 글로 규정하는 데 결정적으로 작용하지 않았나 하는 생각이 든다. 그런데「이십세기 신국민」에서는 도교나 일본에 대한 어떤 언급조차 발견할 수 없다. 많은 논자들이 두 글의 유사성은 고려하였지만, 차이는 소홀히 하였거나 간과했음을 알 수 있다.

日之於韓에 可謂先進이오 可謂良師이오 可謂恩人이라 韓人은 善學日本ᄒᆞ야 其教育制度와 政治方針과 外交法術을 其肺肝을 見ᄒᆞᆷ과 如히 ᄒᆞ야 後日 韓國이 日本에 對ᄒᆞᆫ 政策을 施ᄒᆞᆷ으로써 以恩報恩ᄒᆞᆷ이 天理人道에 合宜ᄒᆞ도다(1908.3.12)

16 최창렬,「체육을 권고함」,『태극학보』5, 1906.12; 이종만,「체육이 국가에 대한 효력」,『서북학회월보』15, 1909.8 및 권보드래, 앞의 책, 40~46면 참조

김윤재는 "신채호가 일본을 양사, 은인이라 하고 이은보은함이 천리인도에 합의하다고 말했다는 것은 수긍할 수 없"다고 하여 단재의 「서호문답」 저작설을 부인하였다. 이 부분 때문에 당혹한 신용하는 단재가 "일본이 선진했으니 이를 참작하여 후일에 한국이 일본에 대한 정책을 실시할 때 이를 되돌려주어야 할 것"[17]이라고 설명했다. 그런데 김윤재, 신용하가 모두 놓치고 있는 부분이 있다. 그것은 "韓人은 善學日本하여 其教育制度와 政治方針과 外交法術을 其肺肝을 見함과 如히 하야"라는 구절이다. 이 부분을 제외하여 놓고 보면 「서호문답」의 저자는 친일주의자로 인식되기 십상이다. 『대한매일신보』 한글판에서는 이 부분을 "일본을 잘 비와셔 교육졔도와 졍치방침과 외교법슐을 분명히 알면"으로 번역하고 있다.

"其肺肝을 見함과 如히 하야"는 "小人閒居爲不善 無所不至 見君子而后厭 然揜其不善而著其善 人之視己 如見其肺肝 然則 何益矣"라는 『대학』의 구절에서 왔다. 이것은 "소인은 한가히 거하며 불선을 하여 이르지 않는 데가 없다가 군자를 만나면 그 선하지 않음을 가리어 숨기고 선함을 드러내지만 사람이 자기를 보는 것이 폐간을 보듯 하니 어찌 유익함이 있겠는가"라는 의미이다. '폐간을 보듯' 한다는 것은 외면의 선함에 가려진 불순한 의도마저 제대로 본다는 뜻으로 『조선왕조실록』을 비롯하여 수많은 글에 사용된 비유이다.[18] '폐간을 보듯' 하라는 것은 일본의 교육제도, 정치방침, 외교법술의 화려함(善)에 가려진 불선함마저 분명하게 알고 옳게 배우라는 것이다. 그것은 한편으로 일본을 제대로 파악해야 한다는 것이다. 은혜를 갚는다는 것은 나중에 우등국가가 되어 정책을 펼 때 베풀어야 한다는 뜻이다. 그런 의미에서 은인 및 은혜는 긍정적인 의미만을 지닌다고 할 수 없다. 이 구절에서 저자는 한편으로는 일본의 선진을 인정하지만, 다른 한편으로는 그

---

17 신용하, 『증보 신채호의 사회사상 연구』, 나남출판, 2004, 198면.

18 한편 이 구절은 이 글과 밀접한 이이의 『동호문답』에서도 나온다. "이런 것들을 낱낱이 들 수는 없으나 대요(大要)는 모두가 꾸며대고 사악하고 둘러대는 말들이니 현명한 자가 한 번 살피면 폐(肺)와 간(肝)을 들여다보는 것 같을 것이다(飾辭假說不可枚擧而大要莫不詖淫邪遁明者一燭如見肺肝矣)"에서 엿볼 수 있다.

들의 불순함을 제대로 파악할 것을 요청하고 있다.

> 彼輩曰 眞親日者가 乃能眞排日이라 ᄒᆞ니(國民報 第五百八 七號 論說) 盖其意는 謂以外面之親日로 潛行內面之排日이라 홈이나 一親日而五條가 立矣며 再親日而七約이 定矣오 三親日而軍隊가 解散矣며 四親日而韓國니 殖民案이 出矣오 電線銕道도 亦以親日而許之矣며 森林鑛山도 亦以親日而讓之矣니 吾見其眞親日也어니와 未見其眞排日也로니 未知케라 彼輩가 待我四千載 國家永亡之時와 二千萬人 淨死之後ᄒᆞ야 起塚中之枯骨ᄒᆞ며 驅天上之鬼卒ᄒᆞ야 以行渠等之所謂排日者乎아 此吾所以痛哭也오(1908.4.14)[19]

단재의 글에서는 일본에 호의적인 내용은 찾을 수 없다. 「서호문답」 한 달 뒤에 나온 위 글(「여우인절교서」)에서 단재는 일본에 대해 지극히 비판적인 표현을 구사하고 있다. 그는 「일본의 삼대 충노」(1908.4.2)에서도 대단히 직설적이고 강고하며, 격정적인 논조로 반일의식을 드러냈다. 그러므로 「서호문답」의 논조와는 많은 차이가 노정된다. 뿐만 아니라 유교관, 기독교관에서도 차이가 난다. 그것은 「서호문답」이 단재의 글이 아닐 가능성을 시사한다. 그렇다면 누구의 글인가. 이제까지의 논란은 여기에서 끝나고 만다. 그러나 다른 저자가 밝혀지지 않을 경우 여전히 단재 가능성은 남아 있다. 그래서 다시 원점에서 논의할 필요가 있다.

19 금협산인, 「與友人絶交書」, 『대한매일신보』, 1908.4.14.

4. 「서호문답」과 박은식

이제까지의 논의로 단재의 저작 가능성은 희박해졌지만 저자 문제는 여전히 남는다. 그래서 처음 논란이 되었던 지점을 다시 더듬어 가며 저자 규명에 나서기로 한다. 단재가 저자로 지목된 것은 무엇보다 지면(매체)적 속성과 논조(내용 및 문체)에 기인한다. 글을 통해 저자가 시사 논설이나 역사에 상당한 관심을 가진 계몽운동가 가운데 하나였으리란 사실을 추측할 수 있다. 또한 글이 『대한매일신보』에 연속적으로 실릴 수 있었다는 것은 저자가 상당한 문필가였으며, 당시 신문 또는 주필이었던 신채호와도 긴밀한 관계였음을 시사한다. 당시 이러한 조건을 갖춘 사람으로 박은식을 들 수 있다. 박은식은 초창기 주필을 역임한 데다 신채호와 막역한 관계로 『대한매일신보』에 여전히 영향력을 갖고 있었다. 신채호 다음 대상자로 박은식을 떠올리는 것은 당연하고 자연스러운 현상이다. 무엇보다 그가 수면 위로 떠오르는 것은 글의 성격 때문이다.

신용하는 "그(신채호 : 인용자)도 역시 대한자강회, 박은식 등과 마찬가지로 의무교육의 실시를 강조"(194면)했다거나 "신채호의 유교개혁론은 박은식의 「유교구신론」과 본질적으로 같은 내용을 가진 것"(230면)이라 하여 둘 사이의 친연성을 강조하였다. 이만열은 의무교육제(73면), 영웅대망론(163면) 등을 두 사람이 모두 가졌던 사상으로 설명했다. 배용일 역시 「서호문답」을 평가하면서 박은식의 「유교구신론」을 논급하였을 뿐 아니라 "두 사람(박은식, 신채호) 모두 만물의 영장으로서의 사람을 만드는 인격완성에 교육의 일차적 본질과 목적이 있음을 공통적으로 인식"(47면)하였다고 했다. 이들 논자들은 하나같이 「서호문답」을 단재의 작품으로 간주하였는데, 한편으로 「서호문답」의 내용이 박은식의 주장과 상당 부분 일치한다는 점을 보여준다. 이는 사상적 스펙트럼의 겹침 현상으로 설명될 수도 있지만, 단재와 박은식에 대한 착시의 가능성을 보여준다. 그러면 사상, 문체, 형식 등을 통해

「서호문답」의 박은식 저술 가능성을 타진해보기로 한다.

1) 내용 및 사상의 문제

「서호문답」은 당시 만연했던 기독교적 세계 인식의 모습을 드러내고 있다.

> (가) 天이 人類를 世上에 生ᄒᆞ실ᄉᆡ 萬物之中에 最靈케 ᄒᆞ심은 豈曰偶然哉아 人이 되고야 爲人之義務를 實踐치 아니치 못ᄒᆞᆯ지니 其義務ᄂᆞᆫ 何在오(1908.3.5)

> (가-1) 天이 人을 生ᄒᆞᆷᄋᆡ 性分의 靈能과 職分의 權利를 賦予ᄒᆞ심은 東西洋과 黃白人種이 一般이니 他人의 能爲ᄒᆞᄂᆞᆫ 事를 我ᄂᆞᆫ 不能ᄒᆞᆯ 理가 無ᄒᆞᆫ지라 天이 我의게 福을 賜ᄒᆞ신 바 有ᄒᆞᆯ지라도 我가 事業을 做치 못ᄒᆞ면 是ᄂᆞᆫ 天賜의 福을 拒絶ᄒᆞᆫ 者ㅣ라[20]

「서호문답」의 저자 西湖子는 하늘이 인류를 낼 때 그 의무가 있다고 언급하였다. 그것은 박은식의 글에도 나타난다. 하늘이 인간에게 준 의무는 (가-1)에서 권리와 복으로 나타나지만, 동일한 사상적 토대 위에 있다. 그래서 박은식은 "天之生物이 必因其材而篤焉ᄒᆞ야"(4권, 66면), 또는 "天이 萬物을 生ᄒᆞᆷ에 皆 其併育ᄒᆞ야 相害가 無케 ᄒᆞᆫ 것"(4권, 66면)과 같은 표현을 쓰고 있다. 그리고 "人類를……最靈케 ᄒᆞ심"이라는 구절은 박은식의 "人最爲靈"(3권, 460면)이라는 구절과 닮아 있다.[21]

---

20 백암 박은식선생전집간행위원회 편, 『백암박은식전집』 4권, 동방미디어, 2002, 68~69면, 앞으로 이 책의 인용은 인용 구절 뒤 괄호 속에 전집 각권, 면수만 기입.

21 이 구절은 『學語集』 「인륜편」 "萬物之中에 人爲最靈은 以其學文也 逸居無敎則近於禽獸로다"라는 구절을 가져온 것으로 보인다. 서호자는 다만 '학문' 대신에 '교육'을 외치고 있다.

(나) 瑞士ᄂᆞᆫ 歐洲中 一小國이로ᄃᆡ 他國의 羈絆을 受ᄒᆞ다가 一朝에 建國ᄒᆞ엿스니 此ᄂᆞᆫ 愛國心之效也니라(1908.3.5)

(나 – 1) 夫瑞士ᄂᆞᆫ 歐羅巴洲 中央에 在ᄒᆞ야……强隣 日耳曼의 所佔을 被ᄒᆞ야 壓力이 無限에 生靈이 塗炭이라 牛馬가 되고 奴隷가 되야 殆히 人理가 無ᄒᆞ더니 皇天이 瑞民을 不遺ᄒᆞ샤 獨立自由를 克復ᄒᆞᆯ 一大英雄을 挺生ᄒᆞ니 維霖惕露가 其人이라 堀起田間ᄒᆞ야 奮臂一呼에 國民이 振起ᄒᆞ야 맛참ᄂᆡ 異國의 羈絆을 脫ᄒᆞ고 共和政治를 立ᄒᆞ야 萬年不朽ᄒᆞ니……玆 瑞士建國誌를 讀ᄒᆞᄂᆞᆫ 者는 誰가 愛國思想과 救民血心이 奮發치 아니ᄒᆞ리오(5권, 186~187면)

서호자는 스위스가 독립한 것은 애국심의 효과 때문이라고 기술하였다. 그런데 박은식은 (나 – 1) 『서사건국지』(1907)의 서문에서 이미 그러한 내용을 자세히 서술하고 있다. 위 내용은 바로 『서사건국지』의 내용을 요약한 것이나 다름없다.

(다) 往者에 普魯士國이 佛蘭西國을 戰勝홈은 實노 小學校에 專在ᄒᆞ다고 後世史家의 云홈이 此를 指홈이오(1908.3.6)

(다) 此制度와 此規模와 此方針과 此結果를 論ᄒᆞᆯ진ᄃᆡ 古今時代와 東西列邦의 盛衰興亡이 隱於其間ᄒᆞ니 管仲 樂毅의 手段이나 蕭何 諸葛의 智謀가 아니면 難可言이오 嘉富耳 加里波的의 氣槪나 須太乙 俾斯麥의 政畧이 아니면 難可成일 뜻ᄒᆞ나 其規模ᄂᆞᆫ 似遠이로ᄃᆡ 卽近이오 其方針은 似深이로ᄃᆡ 卽淺이오 其結果는 似難이로ᄃᆡ 卽易니라(1908.3.6)

(다 – 1) 普魯士가 法皇 拿坡倫의게 大敗ᄒᆞᆫ 바 되야 疆土ᄂᆞᆫ 將次 法의 藩屬이오 君臣은 將次 法의 臣妾이 될지라 普國 賢相 須太氏 曰 國家의 大恥ᄅᆞᆯ 雪코져 ᄒᆞᆯ진ᄃᆡ 반다시 國民을 先敎ᄒᆞ야 忠君親上之心을 培養ᄒᆞ리라 ᄒᆞᆫᄃᆡ 普王이 其言을 用ᄒᆞ야 國步艱難之際에 銳意熱心으로 敎育을 專力ᄒᆞ더니 其後 六

十年에 法國과 開戰ᄒᆞ야 城下之盟을 受ᄒᆞ고 累巨萬償金을 徵ᄒᆞ고 二州之地를 割ᄒᆞ야 普國에 屬ᄒᆞ니 由是로 普將 蒙兒杜計氏 曰 今日 我國이 法國을 勝홈은 其功이 宜歸於小學校라 ᄒᆞᆫ지라[22]

한편 서호자는 손님의 말을 빌려 프러시아(독일)가 프랑스에 승리한 까닭은 소학교 교육에 있으며, 국가의 강한 힘은 인민 교육에 있다고 설명하였다. 그리고 관중이나 제갈량, 카보우르, 가리발디, 비스마르크에 대해 서술했다. (다-1)은 「務望興學」으로 박은식의 글이다. 이 내용은 『세계진화론』 가운데 있는 것으로서, 박은식은 이후 그것을 번역하여 「학교지제」(『서우』, 1906.12)에 다시 소개한다. 박은식은 그만큼 교육의 효과를 강조했다.

(라) 故로 家內 婦女兒輩로 ᄒᆞ야곰 爲先 國文을 習得케 ᄒᆞ야 日用事物之間에 行有餘力되로 定時課日ᄒᆞ야 家庭雜誌와 國문新報를 閱覽習讀홀ᄉᆡ 夫ᄂᆞᆫ 婦를 敎ᄒᆞ며 祖ᄂᆞᆫ 孫을 敎授ᄒᆞ야 渾家이 此로 以ᄒᆞ야 內으로 宜家之樂을 삼고 外으로 國民的義務를 숨으면 非但 一家의 幸福이라 國家의 補益이니 此亦是 國내 團體中에 一分子되ᄂᆞᆫ 團體이라(1908.3.7)

(라) 故로 團體에 志를 有한 者가 必先 全國同胞의 上下等 社會를 勿論ᄒᆞ고 國문을 咸須習得ᄒᆞ야 精神的敎育을 受ᄒᆞ야 其身이 國에 關係가 太重ᄒᆞᆫ 즐을 知케 ᄒᆞᆫ 然後에야 人이 각其但知有國이오 不知有身ᄒᆞ야 團體에 獻身ᄒᆞᆫ 則 其國力이 雖欲不强이나 亦不得耳라 如此라야 可謂 確實ᄒᆞᆫ 團體라 ᄒᆞ노라(1908.3.14)

(라-1) 國之文明由於敎化 欲敎化之烝然日隆繁 必使全國人民無一不學而后可也 欲使全國人民皆曉於學則莫便於國文之敎化也 盖漢文非人人可能而國文則無論男婦皆可學之也 余見近日巡檢兵丁市井商賈之民 以至婦人女子及隷役之屬 無不能讀帝國新聞者 每過而聽之未嘗不喜文化之有進機也 若無此國文之

22 「務望興學」, 『대한매일신보』, 1906.1.6.

新聞則 世界之形便 朝廷之得失 實業之發明 豈若輩之所夢想者耶 信乎其有益於開發民智也……使愚夫愚婦皆得曉然易知其爲敎化之助不亦盛乎.(3권, 469면)

(라)는 서호자의 국문관을 잘 보여준다. 박은식은 1901년부터 국문의 교화능력을 중시하였다. 어리석은 백성으로 하여금 국문을 쉽게 잘 깨우치게 하면 교화에 도움이 크지 않겠는가라고 말했다. 또한 그는 1907년 2월 1일 국문연구회 위원으로 참여하여 국문의 연구 및 보급에도 앞장서는가 하면, "國文報를 擴張ᄒᆞ야 下等社會의 智識을 啓導"[23] 할 것을 요청하기도 했다. 그리고 국문으로 된 『제국신문』의 효과에 대해 높이 평가하였으며, 1908년 그 신문이 어려움을 겪게 되자 유지찬성회를 발족하기도 했다. 그는 「제국신문찬성취지서」에서 『제국신문』이 "國文으로 發行ᄒᆞ는 故로 壹般 婦人社會와 下等社會를 對ᄒᆞ야 知識을 啓發홈이 最多ᄒᆞ니 大抵 家庭敎育은 婦人社會에 基因ᄒᆞ고 國民의 普通知識은 下等社會가 多數를 占ᄒᆞ니 今日 文明進步의 機關은 同報의 奏效가 尤多ᄒᆞ"(『대한매일신보』, 1908.8.20)다고 강조했다. 그것은 국문이 교화에 적합하고, 국문신문이 부인사회나 하등사회에 지식을 계발함이 가장 컸기 때문이었다. 그리고 서호자는 단체와 국력이 직결됨을 언급하였는데, 박은식은 「단체성부의 문답」(『서우』 3, 1907.2)에서 그러한 관계를 더욱 분명히 제시하였다.

(마) 客曰 敎育에 三部分이 有ᄒᆞ니 其次序를 願聞ᄒᆞ노라

曰 一은 家庭敎育이니 ……二는 학校敎育이니…社會敎育이라 ᄒᆞ니(1908.3.7~8)

(마') 客曰 敎育에 三種類가 又有하니 何者오

曰 智育 德育 體育이 是也라…….(1908.3.10)

(마-1) 觀夫泰西敎育之法 皆極其簡便而切實 完全而周備 曰家庭敎育 曰學

---

23 박은식, 「淸報護載後識」, 『서우』 5호, 1907.4, 5면.

校教育 曰社會教育 卽其終身之藏修遊息者也 曰體育要其身體之健康也 曰智育要其智識之발達也 曰德育要其德性之純全也 其爲學也 如彼其便易其收效也 如彼其多大此其由個人之발達 而爲社會之발達 而爲國家之발達 致其文明富强之盛者也[24]

서호자는 교육을 가정・학교・사회 교육 등 3부분으로, 그리고 지덕육 3종류로 나눴다. 이러한 교육관은 이보다 5달가량 앞서 발표된 박은식의 「교육학서」에 잘 드러난다. 그는 서구의 교육법을 소개하면서 가정・학교・사회 교육을 들고, 또한 지덕체를 들면서 이러한 교육이 발달하면 궁극적으로 국가도 발달하고 문명 부강에도 이를 수 있다고 하였다. 서호자는 결론적으로 "勉之勸之ᄒᆞ야 教育을 急務ᄒᆞ며 國强을 期圖어다"(1908.3.18)라고 하였는데, 교육을 통한 국가 발달과 문명 부강을 강조했다는 점에서 박은식의 견해와 동일하다. 박은식의 교육관은 이미 "今에 大韓 人士가 國家를 維持ᄒᆞ고 民族을 保全ᄒᆯ 方針은 教育 以外에 更無他策"(「務望興學」, 『대한매일신보』, 1906.1.7)이라 한 주장에서 여실히 드러난다.

(바) 仙道ᄂᆞᆫ 其法이 先天之氣를 從ᄒᆞ야 逆推ᄒᆞᄆᆡ 所謂 金丹을 煉ᄒᆞᆫ다 ᄒᆞ고 水火相濟法으로 以ᄒᆞ야 心이 腎經으로 더부러 媾合ᄒᆞ야 成胎ᄒᆞ고 三年 溫養ᄒᆞ며 九載抱一ᄒᆞ다가 七日大死ᄒᆞᆫ 後에 幻形脫胎ᄒᆞ고 成仙ᄒᆞᆫ 後에ᄂᆞᆫ 可히 空中에도 飛行ᄒᆞ며 又能死能生ᄒᆞ야 變化無窮하나니 此ᄂᆞᆫ 人人이 皆 難得이어니와 或 有得焉이라도 國事에 用ᄒᆞᆯ깃ᄂᆞᆫ가 人事에 用ᄒᆞᆯ깃ᄂᆞᆫ가 天을 逆ᄒᆞ야 國을 亡ᄒᆯ 者ㅣ此也오(1908.3.10)

(ᄲᅡ) 佛道ᄂᆞᆫ 其法이 倚仗叅禪ᄒᆞ며 擊鼓念佛ᄒᆞ야 漸修頓悟에 開心見性ᄒᆞ다가 往生極樂하야 無漏 淸福을 自在受用ᄒᆞ고 成佛ᄒᆞᆫ 後에ᄂᆞᆫ 不生不滅ᄒᆞ며 無去無來ᄒᆞ야 常樂我淨ᄒᆞᄂᆞ니 可云 大工이나 獨善其身에 虛無寂滅ᄒᆞ니 其道가 空空

24 謙谷生, 「教育學序」, 『대한매일신보』, 1907.10.11.

ᄒᆞ야 滅種ᄒᆞᆯ 者ㅣ 此也오(1908.3.10)

(바 – 1) 道家ᄂᆞᆫ 艶稱長生ᄒᆞ야 以欺天下ᄒᆞ며 亦知死者ᄂᆞᆫ 人之所必不免이나 又恐其術이 終歸敗露ᄒᆞ야 復爲魔刧之說ᄒᆞ야 以濟其術之窮ᄒᆞ니 爲愛其術者의 不免畏難觀望이어ᄂᆞᆯ 佛氏가 乃因其失變而艶稱西方樂土ᄒᆞ니 從其說者가 不妨於死라 死後之樂이 甚於生前ᄒᆞ니 旣無修煉之魔刧ᄒᆞ고 又勝長生之厚福이라 ᄒᆞ니 是以로 痴愚之徒가 謂正心求己之學으로 爲迂文ᄒᆞ고 只需敬佛ᄒᆞ야 以致窮凶極惡者ᄂᆞᆫ 冀佛消除而奉之ᄒᆞ며 貧賤疾苦者ᄂᆞᆫ 冀富貴安樂而奉之ᄒᆞ며 康强顯達者ᄂᆞᆫ 冀益尊榮而奉之ᄒᆞ야 凡學守不固而心動妄念者ᄂᆞᆫ 咸墮其術中而莫覺ᄒᆞ니 惑世殃民은 殆佛爲甚이니라[25]

서호자는 선도에 대해 "天을 逆ᄒᆞ야 國을 亡ᄒᆞᆯ 者", 불교에 대해 "其道가 空空ᄒᆞ야 滅種ᄒᆞᆯ 者"라고 강하게 비판하였다. (바 – 1) 「삼교문답」에서 저자 역시 도가에 대해 "欺天下", "魔刧之說"로, 불교에 대해 "惑世殃民"이라 비판하였다. 『황성신문』 창간 시(1898.9.5) 박은식과 장지연은 주필로 활동했지만, 장지연은 1899년 1월 22일 시사총보 발행에 참여한다. 그래서 당시 『황성신문』의 많은 논설을 박은식이 담당했을 것으로 보인다. 박은식은 "40歲(1898년 : 인용자) 이후에 世界學說이 輸入되고 言論自由의 時期를 만나매 余도 一家學說에 膠泥되었던 思想이 적이 變動됨으로 우리 先輩의 嚴禁하던 老壯楊墨申韓의 學說이며 佛敎와 基督의 敎理를 모두 縱貫케 되었다"[26]고 하였다. 박은식은 당시 공맹을 비롯하여 노장, 양묵, 신한 등의 중국 사상에 대해 깊이 공부한 것으로 드러난다. 「삼교문답」에서 저자는 "楊墨之言", "孟氏" "佛老" 등 양주와 묵적, 그리고 맹자, 노자, 석가 등을 언급하였다. 그런 측면에서 유불도에 대해 논한 「삼교문답」은 박은식의 글

25 「三敎問答」, 『황성신문』, 1898.12.10.
26 박은식, 「學의 眞理는 疑로 쫓차 求하라」, 『동아일보』, 1926.4.4.

로 추정된다. 그런데 「삼교문답」, 「서호문답」에는 유사성이 충분하다. 한편, 장지연은 1908년 2월 블라디보스톡에 가서 『해죠신문』 주필을 담당했으므로 「서호문답」(1908.3.5~18)의 저자와도 거리가 멀다.

> 盖吾의 身은 殺홀지라도 吾의 仁은 成ᄒᆞ리라 홈은 孔教의 宗旨오 吾의 四大는 涅槃ᄒᆞ야도 吾의 法身은 充滿ᄒᆞ다 홈은 佛教의 宗旨오 吾의 凡胎는 地에 墮ᄒᆞ야도 吾의 谷神은 天에 升혼다 홈은 仙教의 宗旨오 吾의 肉身은 沈淪혼다 홀지라도 吾의 靈魂은 永生혼다 홈은 耶教의 宗旨가 아닌가[27]

그리고 박은식은 윗글 「명림답부전」(1911)에서 "吾의 凡胎는 地에 墮ᄒᆞ야도 吾의 谷神은 天에 升혼다"고 하는 것을 선교의 종지로 보았는데, 여기에서 서호자가 말한 '成胎……死한 後……成仙……變化無窮'의 논지가 그대로 드러난다. 그리고 "吾의 四大는 涅槃ᄒᆞ야도 吾의 法身은 充滿ᄒᆞ다"는 불교 종지는 서호자의 '往生極樂……成佛'이라는 논리에 여실히 들어 있다. 박은식은 서호자처럼 종교 역시 유교(孔教), 불교, 선교, 기독교(耶教) 등 4개 종교로 나눠 설명했다. 이는 서호자와 박은식의 종교관이 다르지 않음을 보여준다.

한편 박은식은 「구습개량론」에서 "士農工商 以外에 一種 無業之徒가 雜術을 治ᄒᆞ야 惑世誣民으로 資其生活ᄒᆞ니 所謂 堪輿의 秘訣과 麻衣의 相書와 野鶴의 卜書와 紫微의 筭命과 三傳四課六壬之屬이 紛然雜出ᄒᆞ야 不一其類라" 하여 잡술가들을 비판하였다.[28] 신채호는 「동국고대선교고」(1910.3.11)에서 선교를 논했다. 그는 선교에 대해 대단히 긍정적으로 인식하였으며, 나말 여초(이후에는 선초)에 멸절하였다고 언급하였다. 그리하여 「이십세기 신국민」의 '국민과 종교'에서도 선교, 또는 선도에 대해서는 일체

27 박기정, 「明臨答夫傳」, 전집 4권, 218면.
28 박은식, 「구습개량론」, 『서우』 2, 1907.1; 전집 5권, 340쪽.

언급하지 않았다. 그러나 「서호문답」의 저자는 선도를 하늘을 거슬러 나라를 망칠 자로 규정했다. 박은식은 선도와 관련된 잡술가들에 대해 "種種 弊害가 害于國ᄒᆞ며 凶于家"한다고 언급했다.

(사) 儒道ᄂᆞᆫ 先儒가 存心養性으로 爲道ᄒᆞᆷ이 遏人慾存天理ᄒᆞ야 修身齊家ᄒᆞ며 治國平天下로 爲本이러니 人道에 可合ᄒᆞ다 ᄒᆞᆯ지나 中儒ᄂᆞᆫ 修學崇禮에 自高自大ᄒᆞ고 近儒ᄂᆞᆫ 記誦詞章에 偏惑沉溺ᄒᆞ야 晦盲丕塞ᄒᆞ니 斯道不復行矣니라 (1908.3.10)

(사－1) 一曰儒林家니 夫儒林은 遠則 孔孟 程朱의 繼往 開來ᄒᆞ신 淵源을 接ᄒᆞ며 近則 本朝群哲의 口傳心授ᄒᆞ신 統緒ᄅᆞᆯ 承ᄒᆞ야 綱常이 賴此而維持ᄒᆞ고 義理가 依此而扶植ᄒᆞ니 實로 國家의 元氣오 人民의 師表라 然이나 挽近 儒林의 衰削이 已甚ᄒᆞ고 缺裂이 多端ᄒᆞ야 曰湖曰洛과 曰理曰氣에 一言半句가 不合이 有ᄒᆞ면 同塗分歧와 同室操戈가 往往而起ᄒᆞ니 此ᄂᆞᆫ 道德上 本旨ᄅᆞᆯ 大失ᄒᆞᆷ이오 ᄯᅩᄒᆞᆫ 人民의 普通之教가 되지 못ᄒᆞᆯ 것이 甚明ᄒᆞ도다.(5권, 338면)

유림에 대한 비판은 단재도 하였다. 단재는 유교가 감화력이 크기 때문에 양법을 발휘하여 개량할 것을 제안하였다. 서호자는 "近儒ᄂᆞᆫ 記誦詞章에 偏惑沉溺ᄒᆞ야 晦盲丕塞ᄒᆞ니 斯道不復行矣"라고 평가했다. 박은식은 (사－1)에서 유림은 보통지교가 되지 못할 것임이 분명하다고 지적했다. 그것은 "斯道不復行矣"와 같은 말이다. 그는 「유교구신론」에서 유교가 "近世에 至하여 寢微不振이 極度에 達하여 殆히 來復의 望이 無한 것"이라 설명하기도 했다. 그는 "挽近 儒林의 衰削이 已甚ᄒᆞ고 缺裂이 多端ᄒᆞ야"라고 지적했는데, 그것은 서호자가 '近儒'의 문제를 지적한 것과 같은 맥락이다.

(아) 只願 同胞는 擧皆 救主를 篤信ᄒᆞ여야 一身의 罪와 一國의 罪를 贖ᄒᆞ고 主恩을 感服ᄒᆞ야 能히 殺身成仁도 하며 能히 救濟蒼生도 ᄒᆞ리니 同胞를 愛하는

範圍가 此에 不外ᄒᆞ니라……上帝로 大主宰를 삼고 基督으로 大元帥를 삼고 聖神으로 劍을 삼고 信으로 盾을 삼아 勇往直前이면 誰가 服罪치 아니며 順命치 아니리오 現今 英美法德이 耶蘇教로 宗教를 삼ᄂᆞᆫ 者ㅣ 其國步와 國光이 果如何哉아 吾同胞도 此를 羨거든 其諸國의 崇奉ᄒᆞᄂᆞᆫ 바 宗教를 從ᄒᆞᆯ지니라(1908.3.12)

(아 - 1) 惟是耶教一門에 歸依ᄒᆞ야 壹半分 自由權을 占得ᄒᆞᆫ 然後에 此 三種事業의 目的을 得達ᄒᆞᆯ지라 故로 曰 崇信耶教가 爲韓人保種之策이라 ᄒᆞ노니 對証投藥에 不得不爾라 使貳千萬衆으로 一致信教ᄒᆞ야 成壹大團體ᄒᆞ고 諸般事業이 着着 進步ᄒᆞ면 國權之回復을 指日可覩어니와 若其膠守往轍ᄒᆞ야 不求變通之方이면 全國 同胞 生命이 將不知其陷於何境이니 子其思之ᄒᆞ라(「보종책의 속론」, 『대매』, 1907.8.1)

서호자는 "耶蘇教로 宗教를 삼는 者ㅣ 其 國步와 國光이" 융성해질 것이라 했다. 박은식은 「보종책의 속론」에서 '崇信耶教가 爲韓人保種之策'이며, '一致信教ᄒᆞ야 成壹團體ᄒᆞ고 諸般 事業이 着着 進步ᄒᆞ면 國權之回復을 指日可覩'라 하여 기독교를 통한 국권회복을 주장했다. 그리고 서호자는 "基督耶蘇ᄂᆞᆫ …… 救世贖罪ᄒᆞ시랴고 降生ᄒᆞ샤"라고 하였는데, 박은식 역시 「유교구신론」에서 "基督의 舍身爲民이 其救世主義ᄂᆞᆫ 一也"라고 하며 기독의 구세주의를 언급했다. 「서호문답」에는 기독교 숭봉을 주창하였는데, 그것은 「보종책의 속론」의 주장과 다르지 않다. 게다가 구세주의의 측면에서 「유교구신론」과 「서호문답」이 맥락상 일치함을 알 수 있다.

박은식의 기독교 의식은 「보종책」, 「보종책의 속론」에서 엿볼 수 있다. 그 밖에도 그는 「告我學生諸君」(『서북학회월보』, 1909.3)에서 정신의 주인으로 예수를, 번역물인 「廣神學以輔舊學說」에서 기독교를, 「論幼學」에 예수교(耶教)를 각각 언급하였다. 그는 1898년부터 기독교 등 다양한 사상을 섭렵하였다고 한다. 장효근은 자신의 일기(1925.11.3, 12.2)에서 박은식이 기독의 박애사상에 대해 말했으며, 박은식의 평화사상이 기독, 석가, 동학, 공맹

등의 사상과 다윈, 칸트, 톨스토이, 루터, 루소, 워싱턴, 괴테, 양계초, 강유위 등으로부터 유래한다고 기술했다.[29]

기독교에 대한 긍정적인 기술은 사서에도 예외가 아니다. 박은식은 『韓國痛史』(1915)의 '日人束縛各敎會'에서 예수교는 하루에 천리 가는 형세로 발전하여 교당·학교·병원 등이 국가에 두루 설치되었고, 교육의 효과와 자선의 업적이 크게 드러났다고 하였다.[30] 또한 『한국독립운동지혈사』의 '박멸종교지정책'에서는 대종교, 기독교, 불교, 천도교 순으로 종교에 대해 논하고 있다.[31] 당시 수많은 지식인들이 기독교를 긍정적으로 평가하였으며, 그러한 모습은 단재에게서도 발견된다. 박은식은 기독교가 서북 3도에 가장 성했다고 하였는데, 그가 황해도 출신이었다는 점에서 기독교적 영향을 충분히 짐작할 수 있다.[32]

> (자) 日本을 見홀진대 小학校에셔 體操運動과 機械運動을 教授하며 中학敎에서 擔銃操鍊과 砲擊演習을 從事ᄒᆞ야 隊伍가 整齊하고 軍容이 嚴肅ᄒᆞ니 後日에 志願兵 預備兵이라 全國人民이 無不학일싀 학生도 後日兵이오 商民도 前日兵이라 工匠도 後日兵이오 農者도 前日兵이라 如是而徵兵을 實施ᄒᆞ야 國民이 皆兵이라야 國이 强ᄒᆞ니라.
>
> 日之於韓에 可謂先進이오 可謂良師이오 可謂恩人이라 韓人은 善學日本ᄒᆞ야 其教育制度와 政治方針과 外交法術을 其肺肝을 見홈과 如히 ᄒᆞ야 後日 韓國이 日本에 對ᄒᆞᆫ 政策을 施홈으로써 以恩報恩홈이 天理人道에 合宜ᄒᆞ도다 (1908.3.12)
>
> (쟈) 各國 獨立史 建國誌 維新史를 世人이 皆見皆知者니 亦不必枚擧오 咫尺에 在ᄒᆞᆫ 日本을 見ᄒᆞ라 其血誠인즉 頭血이 未乾者 켭出言에 爲國事하얀 身當死

29 「장효근일기」, 『한국사논총』 2, 성신여자사범대학 국사교육과, 1977.12, 41면.
30 『백암박은식전집』 1권, 430면.
31 『백암박은식전집』 2권, 54면.
32 백암의 기독교 의식은 향후 본격적인 논의를 필요로 한다. 대부분의 박은식론에서 이 부분은 제대로 논의되지 않았다.

라 ᄒᆞ며 其勇敢인즉 肩上에 擔銃者 촵出戰에 有死之樂이오 無生之心하며 其結果인즉 勞動者라도 歐米人과 同等權을 欲爭하니 愛國心이 無코야 엇지 此地位를 占ᄒᆞ리오.(1908.3.14)

서호자는 일본의 학제에 대한 설명과 더불어 일본을 선진·양사·은인으로 표현하며, 교육제도·정치방침·외교기술을 제대로 알고 배워야 하며, 나중에 은혜를 갚는 것이 필요하다는 주장을 피력했다. 박은식도 이 무렵 일본에 대해 비교적 긍정적인 시선을 갖고 있었다.

(자-1) 日本 自三十年來 新學日興 學校日廣 分門別類節目繁多 通計官私大小各等學校多 至三萬餘所 男女教師多 至九萬餘人 男女學徒額數多 至三百餘萬人 由是民生日聚 財物日高 國勢日强 其變化之純全功效之迅速 尤爲天下古今之所不能及也(「흥학설」, 전집3, 351~352면)

(자-2) 日本은 自維新 以後로 通國士民이 皆受普通教育之益ᄒᆞ니 國中公私學校가 多二萬數千餘區라. 其帝國大學校ᄂᆞᆫ 專門之學을 習ᄒᆞ야 法科와 文科와 理科와 農科와 醫科의 六門을 分ᄒᆞ고 近又 商科 一門을 增置ᄒᆞ니 此ᄂᆞᆫ 有志上進之士를 待ᄒᆞᄂᆞᆫ 바오 其普通學校ᄂᆞᆫ 府縣村市에 遍設ᄒᆞ니 其課程은 倫理와 本國文과 外國文과 歷史와 地理와 化學과 習字와 圖畵와 唱歌와 體操等科니 一切 小學校ᄂᆞᆫ 皆依此爲準則이라 蓋普通學校에셔 卒業ᄒᆞᆫ 然後에야 可ᄒᆞ되 專門學校에 上進ᄒᆞᄂᆞᆫ 故로 普通學校가 全國 必受ᄒᆞᆯ 完全教育이 되ᄂᆞ니 卽是歐美諸國의 已行ᄒᆞᆫ 成法이라[33]

(자-3) 最近ᄒᆞᆫ 日本의 歷史로써 觀ᄒᆞ건ᄃᆡ 去今 七百餘年前 鎌倉幕府 時代로부터 日本武士道라 稱ᄒᆞᄂᆞᆫ 尙武的 國風이 素有ᄒᆞ야 國民의 勇敢ᄒᆞᆫ 性質이 特有ᄒᆞᆫ지라 是以로 挽近 三十年間에 教育程度가 如彼發達ᄒᆞ야 愛國精神과 團體力이 優勝於他國일시 其結果也ㅣ 敗淸逐露ᄒᆞ고 大振國威ᄒᆞ야 與歐

33 박은식, 「학교지제」, 『서우』 1, 1906.12; 전집 5권, 249~250면.

米列强으로 併駕齊馳ᄒᆞ니 壯哉라 尙武之效力이여[34]

위의 글들은 전체적으로 일본의 교육제도와 관련된 것이다. 박은식은 일본의 교육제도를 본받을 것을 주장하였다. (자 - 1)은「흥학설」로, 박은식은 일본 교육의 신속함이 천하에 따를 자가 없다고 찬사를 보냈다. (자 - 2)는 박은식이 양계초의「학교총론」을 번역한 것으로 일본의 교육제도에 대해 자세히 소개했으며, (자 - 3)에서 그는 일본이 상무교육을 실시하여 애국심과 단체력이 월등히 높다고 지적했다. 그는「학교총론」에서 일본의 흥학에 대한 노력을 기술했고,「사범양성의 급무」에서는 "最近ᄒᆞᆫ 日本의 教育史를 證ᄒᆞᆯ지라도"라 하여 일본의 교육제도를 언급한 후 우리의 제도를 비판하였다. 서호자는 일본과 같은 선진 교육제도를 수용하고, 애국심을 발휘하자고 강조하였다. 그러한 내용은 애국정신과 상무교육의 관계를 논한 박은식의「문약지폐는 필상기국」에서 더욱 자세히 드러난다. 특히 박은식의 "挽近 三十年間에 教育程度가 如彼發達ᄒᆞ야 愛國精神과 團體力이 優勝於他國일식"라는 내용은 "今日에 急先務ᄂᆞᆫ 全國同胞가 皆 教育을 受ᄒᆞ야 擧皆 愛國心을 抱케 ᄒᆞᆯ 完全ᄒᆞᆫ 教育이 有ᄒᆞᆫ 後에야 精密ᄒᆞᆫ 愛國心이 生ᄒᆞ고 精密한 愛國心이 有ᄒᆞᆫ 後에야 其志가 不媒而同ᄒᆞ고 其機가 不期而會ᄒᆞ여 堅確ᄒᆞᆫ 團體力이 生ᄒᆞᄂᆞ니 其團體力이 於是에 强硬ᄒᆞᆫ 國力을 成ᄒᆞᆯ지라"(1908.3.6)라는 서호자의 주장과 직결된다.

박은식이 보기에 일본은 우리가 본받을 만한 선진국이었다. 그는『학규신론』에서도 총 13개의 세부 목차에서 5군데에 걸쳐 일본을 논의하였으며, 특히 일본의 교육제도에 대해 커다란 관심을 피력하였다. 그는 교육을 통해 애국정신을 키우고, 상무교육을 바탕으로 국강을 꿈꾸었는데, 일본은 그런 모델이 되기에 족했던 것이다.

---

34 박은식,「文弱之弊는 必喪其國」,『서우』10, 1907.9; 전집 5권, 374면.

(차) 體育은 身體를 活動ᄒᆞ야 志氣를 壯快케 ᄒᆞ며 技藝를 鍊習ᄒᆞ야 軍事를 학成ᄒᆞ나니(1908.3.12)

(챠) 體育이니 何則고 求智者ㅣ 雖爲智나 體不健이면 肥膚枯瘠에 慧竇減縮ᄒᆞ야 智不生이오 求德者ㅣ 雖爲德이나 體不健이면 腦氣觸傷에 志與心遁ᄒᆞ야 德不顯이라 體不健이면 智與德이 俱廢而不全ᄒᆞᄂᆞ니 故로 智와 德을 求ᄒᆞᆯ진ᄃᆡ 先히 體의 健을 要ᄒᆞᆯ지니 體의 健은 體를 育ᄒᆞᆷ에 莫善이라 所以로 體育이 爲緊이니라 此等 諸般教育이 一致발達이라야 可謂 完全教育이라 ᄒᆞ노라.(1908.3.12)

(차－1) 所以로 體力이 强健ᄒᆞ고 志氣가 活潑ᄒᆞ야 猛進의 勇과 健戰의 力이 熊과 如ᄒᆞ고 虎와 如ᄒᆞ야 世界에 無雙한 强族이 된지라[35]

(차－2) 噫라 其民은 曰 二千萬이나 持釰荷銃ᄒᆞ야 折衝禦侮者ᄂᆞᆫ 甚少ᄒᆞ니 奈何오 世界萬國에 國民이 되야 兵役의 義務를 擔치 아니ᄒᆞᆫ 者는 無ᄒᆞᆫ지라 東方古代史로 觀ᄒᆞᆯ지라 三國時代와 高麗時代에 他國과 戰爭이 有ᄒᆞ면 荷戈負羽의 士가 滾滾히 ◯를 ◯ᄒᆞ야 出ᄒᆞᆷ과 如ᄒᆞ얏스니 此ᄂᆞᆫ 一民도 兵役을 擔치 아니ᄒᆞᆫ 者ㅣ 無ᄒᆞᆷ이오 現世界 各國制度로 言ᄒᆞ면 帝王의 子도 皆 兵學의 卒業이 有ᄒᆞ고 貴族과 平民이 軍人의 履歷이 無ᄒᆞᆫ 者ᄂᆞᆫ 人格을 得치 못하거ᄂᆞᆯ 朝鮮의 仕宦族과 儒生族과 鄕班族과 吏胥族이 皆 兵役은 無ᄒᆞ고[36]

서호자는 체육교육을 강조하였다. 그것을 지육, 덕육보다 우선하는 것으로 설명하고 있다. 박은식은 『학규신론』의 첫항 '논학요활법'에서 체육교육의 중요성을 강조하였다. 그리고 「학교지제」에도 일본에서 "小학校에서 體操運動"을 한다고 소개했고, 「문약지폐는 필상기국」에서도 각국의 상무교육을 소개했다. 또한 『몽배금태조』에서 체력의 중요성과 개병제의 필요성, 그리고 군사교육을 강조하고 있다. 이러한 글들에는 일본을 예로 들어 거론했던 체육과 군사

35 白庵 朴箕貞, 「몽배금태조」, 전집 4권, 89면.
36 「몽배금태조」, 전집 4권, 91면.

교육, 개병제의 중요성이 그대로 나타나고 있다.

한편 박은식의 「무망홍학」이 발표될 시기 '잡보' 란에 「大英國 學士 록氏의 敎育意見」(『대한매일신보』, 1906.1.4~11, 4회 연재)이 실렸는데, 저자가 소개되지 않은 것으로 보아 신문사 내 인물의 글이다. 여기에서 저자는 "健全훈 身體에 健全훈 心意가 存在훈다 홈은 氏의 敎育上 大眼目이"[37]라고 소개하고, 체육 덕육 지육으로 나눠 교육을 설명하였다. 그리고 "건全훈 身體와 건全훈 精神이 兼有ᄒ면 完全훈 人"이라는 로크의 교육 사상은 "體育은 身體를 活動ᄒ야 志氣를 壯快케 ᄒ며", 지덕체가 "一致발達이라야 可謂 完全敎育"이라는 맥락과 닿아 있다. 당시 이 신문의 주필이 박은식이었고, 그는 교육론을 지속적으로 소개했다는 점에서 이 역시 박은식의 글로 보인다.

「서호문답」의 내용이 박은식의 글과 통하는 곳은 이것만이 아니다. 「서호문답」에서는 "外國留학을 防遏하"는 사람을 교육계의 마귀라고 비판하였다. 서호자는 유학을 장려하는 입장을 갖고 있는데, 박은식은 「흥학설」(『겸곡문고』)과 「논유학지익」(『학규신론』)에서 유학의 필요성과 유익함에 대해 강조했다. 그리고 "女子敎育과 勞動者 夜학"(1908.3.15) 등에 대해서는 「滿報譯載後識」(『대한자강회월보』, 1906.12), 「女子普學院維持會趣旨書」(『녀즈지남월보』, 1908.4)와 「노동동포의 야학」(『서북학회월보』, 1908.2)에서, 그리고 의무교육에 대해서는 「흥학설」, 「축의무교육실시」(『서우』, 1907.6)에서 서술하고 있다.

(카) 人이 定한 後에야 天이 應之하ᄂ니 人이 有ᄒ야 事가 有홈이오 決코 運과 數가 左右홈은 非也라 人必自侮而後에 人이 侮之ᄒ고 人必自助而後에 天이 助之ᄒ나니 此心을 求홈에 必得을 期ᄒ며 旣得에 勿失을 誓ᄒ며 雜念이 其間에 不侵ᄒ여야 可謂 堅固훈 愛國心이라 ᄒ리로다.(1908.3.14)

---

37 「大英國 學士 록氏의 敎育意見」, 『대한매일신보』, 1906.1.5.

(카 - 1) 我全國人民이 個個奮發心과 忍耐性으로 國力을 養成ᄒᆞᄂᆞᆫ 事業에 對ᄒᆞ야 百難을 不顧ᄒᆞ고 一心進就ᄒᆞ야 自助로써 天助를 得ᄒᆞ기로 自助을 삼은 然後에야 自强을 可致오 獨立을 可復ᄒᆞ려니와[38]

“人必自助而後에 天이 助之하나니”는 자강 노력의 소중함을 보여준다. 이 구절은 새무얼 스마일즈의 『자조론』 제1장 ‘자조의 정신’의 첫 구절을 인용한 것이다.[39] 이러한 의식은 박은식의 다른 글에서도 자주 나타난다. 즉 “天은 自奮自强者를 愛ᄒᆞ시고 自暴自棄者를 厭ᄒᆞ시ᄂᆞ니”(4권, 63면), “天은 自助者를 助ᄒᆞᆫ다 ᄒᆞ니라”(4권, 72면), “萬若 此機會를 放過ᄒᆞ며 엇지 天佑와 人助를 可望ᄒᆞ리오”(5권, 349쪽) 등이 그러한 구절이다.

(타) 故로 假使 地誌를 학ᄒᆞᆯ진ᄃᆡ 何地는 要塞이니 可以軍隊를 駐屯ᄒᆞ리라ᄂᆞᆫ 心을 腦髓에 釘ᄒᆞ며 何地는 土沃ᄒᆞ니 可以農業을 發達ᄒᆞ리라ᄂᆞᆫ 心을 腦髓에 釘ᄒᆞ며 何國은 地廣ᄒᆞ니 可以殖民이라ᄂᆞᆫ 心을 腦髓에 釘ᄒᆞᆯ거시며 歷史를 讀ᄒᆞᆯ진ᄃᆡ 何人이 賣國ᄒᆞ얏시니 怒而罵之ᄒᆞ기를 生見其人ᄒᆞᆯ가 恐ᄒᆞ야 志를 臟腑에 印ᄒᆞ며 何人은 復國ᄒᆞ엿스니 欽而慕之ᄒᆞ기를 若自已出ᄒᆞᆯ 즐로 思ᄒᆞ야 志를 臟腑에 印ᄒᆞ며 何國은 富强ᄒᆞ니 其文物과 政略을 效而則之ᄒᆞ야 吾國으로 ᄒᆞ여금 彼國에셔 優勝코져 期ᄒᆞ야 志를 臟腑에 印ᄒᆞᆯ 거시니라(1908.3.8)

(타) 後世 記史者 大셔特셔 曰 廿世紀 第一先着 獨立國이라 ᄒᆞ리니 君意에 成乎아 否乎아 望耶아 否耶아(1908.3.18)

서호자는 (타)에서 실질적 공부의 필요성을 제시하면서 그 가운데 역사

38 박은식, 「자강문답의 여부」, 『대한자강회월보』 5; 전집 5권, 1906.11, 319면.

39 새무얼 스마일즈(Samuel Smiles)의 『자조론』(1859)은 박은식이 『대한매일신보』 재직 시절인 1907.10.25～27에 ‘별보’란에 소개되었다. 이 책은 일본에서 1871년 中村正直에 의해, 그리고 1906년 畔上賢造에 의해 번역 소개되었다. 박은식이 주필로 있던 『서우』에는 1907.11～1908.1에 3회 소개되었다. 박은식은 이 저서로부터 많은 영향을 받은 것으로 보이는데, 이 저서의 번역 소개에도 큰 역할을 한 것으로 보인다.

와 지지의 중요성을 강조했다. 『몽배금태조』에서 박은식은 지지와 역사, 그리고 민족을 강조하고 있다. 이것들은 근대 민족주의의 형성에 필요한 요소들이다. 또한 서호자는 두 예문을 역사가의 입장에서 진술하고 있다. 박은식은 "最近ᄒᆞᆫ 日本의 歷史로써 觀ᄒᆞ건ᄃᆡ", "是以로 世界各國의 敎育史를 觀ᄒᆞ건ᄃᆡ", "試ᄒᆞ야 吾邦의 歷史로써 證驗ᄒᆞᆯ지라도", "我大韓民族의 過去歷史를 溯觀ᄒᆞ건ᄃᆡ" 등 수많은 글을 역사적 관점에서 기술하였다. 이런 점들을 통해 볼 때 「서호문답」은 그 내용면에서 박은식의 글과 매우 일치함을 볼 수 있다.

2) 형식의 문제

「서호문답」은 문답 형식의 글이다. 문답은 당대에 새로운 형식이 아니며, 이전부터 일반화된 것이다. 특히 박은식은 당대의 문제들을 표현하는 데 문답체를 효과적으로 활용하였다. 일반적으로 문답체는 상대적 우위를 통한 일방적 지식 전달형인 문답과 대등한 관계에서 쌍방적 의견교환인 대화, 그리고 경쟁적 우위에서 상대 설득을 이끄는 토론 등으로 나눠볼 수 있다. 그런데 「서호문답」은 단순 문답의 형식이다.

> (가) 東湖之客이 問於主人曰 天이 人類를 世上에 生ᄒᆞ실ᄉᆡ 萬物之中에 最靈케 ᄒᆞ심은 豈曰偶然哉아 人이 되고야 爲人之義務를 實踐치 아니치 못ᄒᆞᆯ지니 其義務ᄂᆞᆫ 何在오
>
> 主人曰 第一은 敎育이라 敎育이란 것은 爲人之機關이니 人이오 此機關이 無ᄒᆞ면 反不如禽獸와 糞土니라
>
> (…중략…)
>
> 言罷에 東湖之客이 唯以而退ᄒᆞ더라(1908.3.5~18)

이 작품은 서호 주인이 동호의 객 질문에 답변을 하는 형식이다. 그리고 문답을 마치고 동호의 객이 유유히 떠나갔다는 것으로 마무리된다. 그런데 "唯以而退"는 "唯唯而退"의 오식이다. 아마도 동일한 자를 의미하는 "々"를 "以"로 잘못 넣은 것으로 보인다.[40] 동일한 형식이 박은식의 글에서 발견된다.

(가－1) 客이 有問於余曰 由來我韓이 與東西列强으로 締約聯好가 三十餘年에 犧牲玉帛이 極盡情禮ᄒᆞ야 罔敢或懈ᄒᆞ니 彼聯好各邦이 亦應待我以不薄ᄒᆞ야 維持我獨立을 永遠勿替ᄒᆞᆯ 쥴로 認ᄒᆞ얏고……

余曰 惡라 是何言也오 現今時代ᄂᆞᆫ 生存競爭을 天演이라 論ᄒᆞ며 弱肉强食을 公例라 謂ᄒᆞᄂᆞᆫ지라

(…중략…)

客이 唯唯而退어ᄂᆞᆯ 乃述其言ᄒᆞ야 告我同胞ᄒᆞ노라[41]

(가－2) 客이 有問於記者ᄒᆞ야 曰 吾子ㅣ 徵逐於社會之席ᄒᆞ며 張皇於報館之筆이 蓋有年矣라. 其言論 文字의 趣旨大概를 見之컨ᄃᆡ 現吾同胞가 値此競爭時代ᄒᆞ야 其生存의 機關이 오직 團體結合에 在ᄒᆞ다 ᄒᆞ야……

記者ㅣ 愀然 曰 惡라 是何言也오……

(…중략…)

客이 唯唯而退어ᄂᆞᆯ 乃述其問荅ᄒᆞ야 告我同胞ᄒᆞ노라[42]

(가－1)은 「自强能否의 問答」(1906.10)이며, (가－2)는 「團體成否의 問答」(1907.2)이다. 전자는 객이 자강 문제에 대해 묻고 내가 답하는 형식이며, 후자는 객이 단체 문제에 관해 묻고 기자가 답하는 형식이다. 이러한 형식은 이미 앞서 언급한 「三教問答」(『황성신문』, 1898.12.10)에서 "客이 有問於余

40 「서호문답」(1908.3.7)에는 "區區管見"을 "區々管見"으로 쓰고 있는데, "々"는 같은 글자를 연달아 쓸 때 그 글자 대신 적는 부호이다. 아마도 서호자가 "唯々而退"로 쓴 것을 식자공이 오식한 듯 보인다.

41 박은식, 「자강능부의 문답」, 『백암박은식전집』 5권, 317～319면.

42 위의 글, 342～345면.

曰"이라 하여 드러난다.[43] 객이 질문을 한다는 점, 서술자가 상대적 우위에서 질문에 답한다는 점, 질문자를 향해 교시적으로 전달한다는 점 등에서 이들 작품은 「서호문답」과 같은 형식이다. 뿐만 아니라 마무리 또한 거의 같다. 말을 마치고 객이 유유히 물러났다는 것은 위 두 작품 모두 일치한다. 이는 형식적인 측면에서도 「서호문답」이 박은식의 특성을 잘 보여주고 있음을 말해준다.

뿐만 아니라 『겸곡문고』에 실린 「醫戒」 「杏下漫錄」도 문답체이다. 박은식이 문답형식을 사용한 까닭은 "古之敎者는 恐人之不善問也 故로 傳記之體에 代其問而自答之ᄒᆞ엿스니 春秋의 公羊穀梁傳과 易의 文言傳과 大戴의 夏小正傳이 莫不皆然矣라 西人의 啓蒙之書는 專用問答ᄒᆞ얏고 其餘一切書는 每篇之末에 亦多附習問ᄒᆞ엿스니 盖人之讀書에 勢不能盡所讀而悉記之요 必提其要者라"[44]에서 잘 드러난다. 그는 "以歌訣로 爲經ᄒᆞ고 以問答으로 爲緯ᄒᆞ야 歌詠以助其記ᄒᆞ고 問答以導其悟ᄒᆞ야 記悟가 竝進ᄒᆞ면 學者之能事畢矣"라고 생각했다.

이 외에 「保種策의 續論」에 "果然 客有詰之者ᄒᆞ야 曰 …… 客이 唯唯而退어늘 乃述其言ᄒᆞ야 申此揭示ᄒᆞ노라"(『대매』, 1907.8.1), 「對客問」도 "客이 有訪問本記者ᄒᆞ야 本會의 進就程度를 祝賀ᄒᆞ고 繼而問之曰 …… 客이 旣去에 乃述其言ᄒᆞ야 告我社友ᄒᆞ노라"(『서북학회월보』, 1908.7), 그리고 『몽배금태조』(1911)에도 "於時에 龍顔이 穆穆ᄒᆞ야 玉音을 特宣하니 若曰 …… 無恥生이 稽首謝恩하고 殿門外에 趍出ᄒᆞ니 時에 金鷄가 三唱ᄒᆞ고 海天에 日升이라"(4권, 55~163면) 하여 문답식 구성을 취하고 있다. 박은식은 지식 및 사상의 효율적 전달을 위해 문답 형식을 자주 사용하였다. 「서호문답」은 동서양의 고금에 대한 통찰과 더불어 당시의 교육에 대한 해박한 지식을 바탕으로 전개된 것이다. 박은식은 당시 한성사범학교 교관으로 수많은 교육론

43 정선태는 『황성신문』 소재 논설을 단순문답 형식의 논설, 문답식 구성 논설, 토론식 구성 논설로 나누었다. 정선태, 『개화기 신문 논설의 서사 수용 양상』, 소명출판, 1999, 151면.

44 박은식 역, 「논유학」, 『백암박은식전집』 5권, 293면.

을 저술한 교육학자였다. 뿐만 아니라 박은식의 문답 형식의 글은 그 문체적 측면에서 「서호문답」과의 동일성이 여실히 드러난다.[45] 게다가 그의 문답 형식은 당시 다른 문답식 구성과도 차이가 있다는 점에서 「서호문답」의 저자가 박은식일 가능성을 시사한다.

3) 호의 문제

이제 '西湖子'라는 호(또는 필명)에 대해 검토해보고자 한다. 이제까지 「서호문답」을 단재의 글로 인식한 것은 '서호자'가 신채호의 필명이라는 전제에서 비롯된 것이지만, 호에 대한 논의는 없는 형편이다. '서호'는 아주 흔한 호이다. 이를테면 李摠(?~1504)은 西湖主人, 15세기 인물인 申曉와 兪起昌(1437~1514), 朴敏雄(1674~1732)는 西湖山人, 姜渭聘(1569~1673), 李端相(1628~1669), 金弘道(1745~?), 洪湜(1559~1612), 沈奎澤(1812~1871) 등이 西湖를 호로 쓰고 있다. '서호'란 필명은 사람들이 즐겨 사용하는 호였음을 알 수 있다.

西湖居士, 「三國史와 高麗史는 吾東의 歷史오」, 『황성신문』, 1899.11.21

西湖子, 「西湖問答」, 『대한매일신보』, 1908.3.5~18.

---

45 박은식의 문답 형식의 글 「자강능부의 문답」, 「단체능부의 문답」, 「대객문」과 서호자의 「서호문답」의 문체를 비교해보면 두 글의 공통성이 역력하다. 일반적으로 문체적 동질성은 접속어와 종결어미의 사용에서 잘 드러난다. "……ᄒᆞ리오", "……ᄒᆞᄂᆞᆫ지라", "……ᄒᆞᆯ지라", "……ᄒᆞᆫ지라", "……ᄒᆞ노라", "……(이)오", "……이로다", "……이라", "……아", "……ᄒᆞ리오, ……(이)리오", "……고" 등의 종결어미가 두 저자의 글에 동일하게 나타난다. 그리고 "…리오마ᄂᆞᆫ…", "…(이)어니와…", "…ᄒᆞᆯ지라도…", "…ᄒᆞᆯ진ᄃᆡ…", "…ᄒᆞ거니와…" 등의 접속어도 동일하게 보인다. 이러한 문체는 다른 사람이 모방해서 하기 어려울 정도로 많고, 또한 문맥에서의 활용법마저 일치하고 있다. 이런 점들은 박은식의 저자 여부를 더욱 분명히 드러내는 표지로 작용한다.

西湖, 「哭裴說公」, 『대한매일신보』, 1909.5.16

西湖, 「哭裴說公」, 『대한매일신보』, 1909.5.22

이것들은 1900년대 당시 '西湖'라는 필명의 사람이 쓴 작품들이다. 여기에서 서호거사의 글은 역사와 관련된 서적의 인쇄를 촉구한 글이다. 기서란에 실린 것으로 보아 당시 『황성신문』 기자의 글은 아니라는 것을 알 수 있다. 박은식은 1898년 『황성신문』이 창간되면서부터 주필로 활동하였다. 이종일의 일기에는 1898년 9월 5일 『황성신문』의 창간 사실과 더불어 10월 4일, 주필이 된 후 처음으로 박은식이 찾아왔다고 적고 있다.[46] 박은식은 1901년 『겸곡문고』와 『학규신론』 등에도 서적 발간을 촉구하는 글을 썼다. 「삼국사와……」는 박은식의 주장과 비슷한 부분이 있어 쉽게 단정하기 어렵지만, 그가 당시 신문 주필이었던 것으로 보아 그의 글이 아닐 가능성이 크다.

보다 논란이 될 수 있는 것이 「곡배설공」을 쓴 서호이다. 『대한매일신보』에는 1909년 5월 5일부터 6월 2일까지 「곡배설공」 48편 등 베델을 추모하는 시 53편이 실려 있다. 「奉輓大韓每日申報前社長裴說公」(1909.5.5)은 겸곡이 썼으며, 애도시 가운데 가장 먼저 실려 있다. 겸곡은 박은식의 호로 잘 알려져 있기에 이것을 박은식의 한시로 보는 데는 전혀 무리가 없다. 같은 날 雩岡(양기탁)의 한시도 함께 실려 있다. 베델이 창간한 신문이고, 박은식이 초창기 주필을 지냈으며, 양기탁이 총무를 하였다는 점에서 충분히 수긍이 간다. 이들 외에도 신문사의 사원으로 1908년 당시 회계였던 春谷(임치정)의 한시(1909.5.6)와 외보번역을 맡았던 양인탁의 한시(1909.5.29)가 실려 있다. 그리고 여기에 '서호'의 「哭裴說公」 2편이 실려 있는데, 이것이 문제가 된다. 만일 서호=서호자로 본다면, 서호자는 박은식이 아닐 가능성을 갖게 된다. 이미 겸곡이란 필명으로 애도시를 발표한 마당에 또 다른 필명으로

46 이종일, 「옥파비망록」, 『옥파 이종일 선생 논설집』 3권, 교학사, 1984, 356면.

애도시를 발표했겠는가. 또한 5월 16일 '서호'와 5월 23일 '서호' 역시 다른 인물일 수 있다. 한 인물이 같은 애도시를 연이어서 발표했겠는가. 같은 호로 두 번이나 애도시가 실린 경우는 '서호'밖에 없다. 그렇다면 '서호'는 같은 필명이지만, 다른 인물일 가능성이 크다. 그리고 비록 동일한 신문이긴 하나 「서호문답」의 '서호자'와 「곡배설공」의 '서호' 역시 다른 인물일 가능성이 크다.[47] 서호자와 서호는 통용될 수 있지만, 당시 金奎植(1881~1950)도 西湖를 필명으로 사용하는 등 서호는 흔한 호이기 때문에 동일한 호라 해서 한 인물로 간주하기는 어렵다.[48] 달리 서호자≠서호라면 서호자가 박은식일 가능성은 충분하다.

박은식은 1907년경에 '겸곡'이라는 호를 많이 썼는데, 그가 겸곡과 서호자라는 필명을 동시에 사용하는 것이 가능한가 하는 것이 문제가 된다. 박은식은 『대한자강회월보』(1906.7~10)에 '겸곡 박은식'을, 『서우』(1907.1~3), 『서사건국지』(1907.8)·『서북학회월보』(1908.7)에 '겸곡산인'을, 『대한매일신보』(1907.9.25~26)·『서북학회월보』(1908.5, 1909.3)에 '겸곡생'을, 『서북학회월보』(1908.3~5)·『대한매일신보』(1909.5.5)에 '겸곡'을 필명으로 썼다. 즉 박은식은 겸곡, 겸곡생, 겸곡산인을 썼다는 말이다. 애국계몽기 박은식의

47 한편 애도시의 발표가 1908년 5월 5일부터 있었는데, '서호'의 애도시가 16일이나 23일 발표되었다는 점도 서호자가 서호와는 다른 인물일 가능성을 보여준다. 「서호문답」은 연속으로 11회나 발표될 정도의 비중있는 글이다. 만일 서호자가 『대한매일신보』에 그 정도의 글을 발표할 수 있는 영향력 있는 인물이라면 당연히 그의 애도시도 16일이나 23일보다 훨씬 일찍 발표되었을 것임에 틀림없다.

48 이광수는 1913년 상해시절을 회상하는 글에서 김규식을 '西湖'(「나의 고백」, 『이광수전집』 7, 정음사, 1972, 241~242면)라고 쓰고 있다. 이를 참고하여 「우사 김규식 관련 연보」(『몸으로 쓴 통일독립운동사』, 한울, 2000, 275면)에서는 1913년 항에 "호를 서호라 함"이라고 기술하였다. 김규식은 1903년 로녹 대학 졸업 당시 "Kiusic Soho Kimm"(William Edward Eisenburg, *The First Hundred Years;Roanoke College 1842~1942, Roanoke College*, 1942, pp. 216~217)으로 쓰고 있는데, 이로 보아 '서호'란 필명을 오래전부터 사용한 것으로 보인다. 김규식의 필명은 이 외에도 尤史, 晩湖 등이 있다. 그는 『독립신문』에 근무했고, 『대한문법』을 내는가 하면, 경신학교, 배재학당 등에서 교육, 선교 및 민중 계몽운동을 했다. 「서호문답」에는 한국 현실에 대한 정치한 이해와 사상에 대한 식견, 교육사상에 대한 확고한 신념과 더불어 국한문 문체 및 문답체에 대한 뛰어난 활용 능력을 보여준다. 그러한 점에서 김규식을 「서호문답」의 저자로 보기는 어려울 것 같다.

호는 주로 겸곡으로 통했고, 다른 호는 별로 알려진 게 없으며, '서호자'의 모습은 찾기 어렵다. 그러나 일제강점기 그는 白巖(白岩, 白菴), 太白狂奴, 無恥生, 白癡(痴), 滄海老紡室, 鷄林冷血生 등 다양한 호를 쓴 것으로 알려져 있다.[49] 망명 이후 다양한 필명을 썼다는 것은 신분을 은폐하기 위한 것이기도 하겠지만, 또한 굳이 하나의 호를 고집하지 않았다는 것을 반증해준다.

신채호만 하더라도 애국계몽기 매우 다양한 필명을 보이고 있다. 『이태리건국삼걸전』(1907.10), 『을지문덕』(1908.5)에는 無涯生, 「여우인절교서」(『대한매일신보』, 1908.4.12~14), 「이순신전」(『대한매일신보』, 1908.6.11~10.24), 「최도통전」(『대한매일신보』, 1909.12.5~10.5.27)에는 錦頰山人, 「독사신론」(『대한매일신보』, 1908.8.27~12.13)에는 一片丹生, 「舊曆歲除 逢友述懷」(『대한매일신보』, 1910.2.13)에는 丹齋를 썼다. 뿐만 아니라 '담총'란(『대한매일신보』, 1909.11.20~1910.4.7)에서는 劍心을, 「천희당시화」(1909.11.9~12.4)에서는 호를 직접 제시하진 않았지만 天喜堂이라는 호를 쓴 것이나 다름없다. 신문사 밖에서 '무애생'을 쓰면서도 신문사에서는 계속하여 '금협산인'을 썼고, 그 와중에도 '일편단생'이나 '단재', '검심' 등의 필명을 썼다. '검심'은 그 글이 신채호의 저술로 밝혀짐으로 인해 신채호의 필명으로 드러난 경우이다. 심지어 「천희당시화」는 필명 때문에 저자 논란이 가중되기도 했다. 상식적인 차원에서 '검심'이나 '천희당'도 '서호자'처럼 문제되기는 마찬가지이다. 그러나 심습을 제거하고 본색을 궁구할 경우 단재의 면목이 여지없이 드러난다.

계몽기 문필가들은 하나의 호에 얽매이지 않고 다양한 필명을 썼다. 박은식 역시 잘 알려진 호로 글쓰기를 하는 대신 덜 알려진 필명으로 글을 썼을 수도 있다. 그것은 「천희당시화」를 단재의 입장에서 놓고 보면 쉽게 이해되는 것과 같다. 그러므로 「서호문답」의 성격을 통해 '서호자'의 본색을 추구할 필요가 있다.

49 윤병석, 「해제」, 『백암박은식전집』 4권, 9면.

5.「서호문답」의 성격

「서호문답」은 이이의『동호문답』과 밀접한 관련을 가진다.

> 東湖之客이 問於主人 曰 天이 人類를 世上에 生ᄒᆞ실ᄉᆡ 萬物之中에 最靈케 ᄒᆞ심은 豈曰偶然哉아 人이 되고야 爲人之義務를 實踐치 아니치 못ᄒᆞᆯ지니 其義務ᄂᆞᆫ 何在오
>
> 主人 曰 第一은 敎育이라 敎育이란 것은 爲人之機關이니 人이오 此機關이 無ᄒᆞ면 反不如禽獸와 糞土니라
>
> (…중략…)
>
> 言罷에 東湖之客이 唯以而退ᄒᆞ더라(1908.3.5~18)

「서호문답」은 '동호의 객'과 '서호자' 주인 사이의 문답이다. '서호자'라는 필명은 한편으론 '동호의 객'과 대비된다. 그리고 '동호의 객'은 이이의『동호문답』과 관련이 있다.「서호문답」은『동호문답』을 형식적인 측면에서 거의 그대로 가져왔다.

> 東湖之客問於主人曰 無古今無治亂 若何而治 若何而亂 主人曰 所治二 所亂二
>
> (…중략…)
>
> 主人退而記其說[50]

「서호문답」은 이이의『동호문답』의 형식을 그대로 가져온 것이다. 내용을 보면 시작 부분이 똑같은 것을 확인할 수 있다.『동호문답』에 비추어 볼

---

50 이이,「東湖問答」,『栗谷全書』卷十五, 2~33면;『한국문집총간』44, 민족문화추진회, 1989, 316~331면.

때, 「서호문답」은 또 다른 『동호문답』일 뿐이다. 그런데 왜 「서호문답」인가. 저자는 이이의 『동호문답』에 비견될 작품으로 「서호문답」을 쓴 것이다. 그래서 서호자는 서두를 "東湖之客이 問於主人 曰"이라고 하여 마치 번역하듯이 그대로 썼다. 사실 박은식의 「자강능부의 문답」, 「단체성부의 문답」에서도 각각 "乃述其言", "乃述其問荅"이라 하는 등 『동호문답』의 흔적을 발견할 수 있다. 뿐만 아니라 「서호문답」은 이이의 「學校模範」의 내용과도 비슷하게 시작하고 있다. 율곡은 "하늘이 백성을 내매 사물마다 법칙이 있고, 아름다운 덕을 굳게 지켜 인간은 누구나 품부 받지 않은 이가 없는데, 다만 스승의 도가 폐하여 끊어지고 교화가 밝지 못하다(天生蒸民 有物有則 秉彜懿德 人孰不稟 只緣師道廢絶 敎化不明)"라고 하였다. 그래서 교화의 도(敎誨之道)가 필요하여 「학교모범」을 저술했다는 것이다. 이것은 하늘이 인류를 세상에 낼 때 사람마다 의무를 받았으며, 그것은 교육에 있다는 「서호문답」의 내용과 같은 논리이다. 곧 「서호문답」은 형식과 내용의 측면에서 『동호문답』 및 「학교모범」과 밀접한 관련이 있다. 그것은 「서호문답」이 이이의 영향을 받고 썼을 가능성을 제기한다.[51] 박은식은 율곡의 글을 여러 군데 가져왔는데, 그가 율곡전서를 읽었으리라는 점은 의심의 여지가 없다. 『동호문답』은 율곡이 34세 홍문관 교리로 사가독서(賜暇讀書)하면서 자신의 정치관을 문답 형식으로 적어서 선조에게 올린 글이다.

> 四十二歲(1900년 : 인용자)에 當局이 敎育의 適材로 漢城師範學校 敎官을 授함으로 漢城 北壯洞에 移寓하더니 母憂를 丁하여 遞任되어 敎育이 救國의 要諦임을 擧하여 學規新論을 著하여 當局에 進策하다.[52]

---

51 박은식은 「日新學校序」에서 이이의 『격몽요결』의 구절을 소개했으며, 「문약지폐는 필상기국」(『서우』, 1907.9)에서 이이의 십만양병설을, 「謹於微와 無我라는 演論」(『서북학회월보』, 1908.10)에서는 이이의 '지공혈성'에 대해 기술하였다. 또한 『고등한문독본』(1910)에서는 이이의 「護松說」, 「玉堂陳戒劄」, 「祭退溪李先生文」, 「夫子文章贊」 등 4편을 소개하는 등 이이에 대해 매우 자주 언급했다.

52 「백암 박은식 선생 약력」, 『백암박은식전집』 6권, 760면.

박은식은 1900년 3월 31일 한성사범학교 교관으로 임명되었다.[53] 그는 이후 어머니 상으로 인해 직을 그만두게 되는데, 이때 『학규신론』을 썼다고 한다. 그는 43세 되던 1901년 「흥학설」을 학부에 올리기도 했다. 『학규신론』은 「흥학설」을 확장한 것으로 1904년에 간행된다. 『학규신론』은 『동호문답』보다 2편이 많은 총 13편으로 구성되었다.[54] 그것은 시무책의 성격을 지녔으며, 교육개혁 내지 교육구국의 일환이었다.

> 國由人而立 人由學而成 欲論國之爲國 當論人之爲人 欲論人之爲人 當論學之爲學 學也者 所以盡天下之理成天下之務者也(「흥학설」, 3권, 348면)

> 天地之氣活動而物生焉 人最爲靈 得其活動之明而爲心知 得其活動之力而爲身體 故人之活動 與天地之氣 周流無間順是而開發其明培養其力者 教育是也(『학규신론』, 3권, 460면)

여기에서 박은식의 글과 「서호문답」의 관계가 드러난다. 위의 글에서 국가는 사람으로부터 서고, 사람은 학문으로부터 성립되기에 학문(교육)과 사람, 그리고 국가는 떼어놓을 수 없는 관계라는 것이다. 학문이라는 것은 곧 천하의 이치를 다해서 천하의 의무를 이루는 것이 된다. 그것은 교육과 애국심, 국가을 결부시킨 「서호문답」의 논리이다. 박은식은 『학규신론』(1904)에서 천지의 기운이 활동하여 사물이 생기고 인간이 최고 영적인 것이 되었으며, 활동의 명을 얻어 심지가 되고 활동의 힘을 얻어 신체가 되었으며, 그러므로 인간의 활동과 천지의 기운이 틈이 없이 주류하며 이를 따라 그 밝

53 「관보」, 『황성신문』, 1900.4.6.

54 『동호문답』은 '論君道', '論臣道', '論君臣相得之難', '論東方道學不行', '論我朝古道不復', '論當今之時勢', '論務實爲修己之要', '論辨姦爲用賢之要', '論安民之術', '論教人之術', '論正名爲治道之本' 등 11편으로, 『학규신론』은 '論學要活法', '論學要遜志', '論學由發憤', '論遊學之益', '論普通及專門', '論國文之教', '論設塾之務', '論印書之宜', '論勸懲之規', '論試驗之法', '論仕優而學', '論國運關文學', '論維持宗教' 등 13편으로 구성되었다.

음을 개발하며 그 힘을 배양하는 것이 교육이라고 하였다. 그것은 "天이 人類를 世上에 生ᄒᆞ실ᄉᆡ 萬物之中에 最靈케 ᄒᆞ심은 豈曰偶然哉아 人이 되고야 爲人之義務를 實踐치 아니치 못홀지니 其義務ᄂᆞᆫ 何在오…… 敎育이라"는 「서호문답」(1908)의 논리로 이어진다.

박은식은 『대한매일신보』 국한문판 창간 시부터 주필로 일하다가 1907년 11월 5일 퇴사하였으며, 그 이후 쉬는 시간을 이용하여 율곡처럼 「서호문답」을 쓴 것으로 보인다. 여기에 '서호자'에 대한 일말의 실마리가 들어 있는 것이 아닌가 생각된다. 「서호문답」의 저자가 스스로를 '서호자'라고 한 것은 이이의 『동호문답』에 비견되는 「서호문답」의 저자이기 때문이기도 하겠지만, 황해도 황주 출신이었던 박은식이 자신을 강릉 출신의 율곡과 대비시키고자 한 뜻으로 풀이된다. 그는 서도 출신, 서해 출신 사람이었으며, 그래서 서우학회(1906.12~1908.5), 서북학회(1908.6~1910.5?)를 만들어 주필로 활동하기도 했다.

「서호문답」은 멀리 『동호문답』을 이어받고 있으며, 가까이로는 양계초의 학문론의 영향을 받고 있다. 그의 교육론은 「흥학설」—『학규신론』에서 「서호문답」으로 이어지는 계통을 갖고 있다. 그 사이에 「무망흥학」(1906.1.6~7), 「교육이 불흥이면 생존을 부득」(1906.12), 「교육학서」(1907.10.11), 「축의무교육실시」(1907.6), 「노동동포의 야학」(1908.2) 등 다양한 교육론이 나온다. 「서호문답」에서 제시하는 교육 → 애국심 → 단체력 → 국력 강장 → 한국독립의 수순은 박은식의 다른 글들에도 잘 드러나는 논지이다. 「서호문답」에서 박은식은 자신의 교육론을 종합적이고 체계적으로 피력한 것으로 보인다.

6. 마무리

「서호문답」은 애국계몽기 가장 비중 있는 교육론의 하나이다. 교육론은 박은식의 전공이나 마찬가지였으며, 그는 당시 최고의 교육론자였다. 그는 1900년 한성사범학교 교관으로 임명되었으며, 1901년 「흥학설」을 비롯하여 『학규신론』(1904)을 썼다. 그리고 1906년부터 1909년에 이르기까지 각종 신문 잡지에 수많은 교육론을 발표했다. 또한 많은 번역을 하였지만, 그 대부분이 교육론이었다. 그것들은 「서호문답」처럼 교육개혁을 통한 국강과 독립이라는 그의 주장을 여실히 보여준다.

배용일은 "박은식과 신채호의 교육사상은 크게 국내의 유학 · 실학사상을 발전적으로 계승하고 서구의 신학문과 신사상을 주체적으로 수용하여 형성되었으며, 교육의 근본이념으로 인간의 도덕교육을 기본적으로 언급하기도 하였으나 실제 이들은 교육을 부국과 국권회복의 일차적인 수단으로 인식하여 국가자강책으로서의 교육을 강조한 점이 유사하다"고 지적했다. 그러나 그것은 「서호문답」의 저자를 잘못 파악한 데서 연유한 것이다. 즉 「서호문답」을 단재의 글로 본 데 따른 일종의 착시현상이다. 그것은 비단 배용일의 경우만이 아니다. 차이보다는 유사성이 언급될 수밖에 없었던 상황, 그것은 오히려 「서호문답」의 저자가 박은식일 가능성을 보여준다. 이제까지 「서호문답」을 단재의 작품으로 봄으로써 잘못된 연구 결과가 나올 수밖에 없었다.

김영호, 신수범, 임중빈 등의 단재 원고 모집 노력은 높이 평가될 필요가 있다. 사실 그들에 의해 수많은 논설, 사론들이 단재전집에 묶일 수 있었던 것이다. 그들에 의해 「천희당시화」 같은 작품이 단재의 작품으로 거론될 수 있었다. 그러나 「서호문답」처럼 잘못 포함된 작품들도 없지 않다. 그뿐만 아니라 논자의 따라 저자가 엇갈리는 작품이 더 있다. 즉 「일인하지」(1908.4.7~8), 「금일 대한민국의 목적지」(1908.5.24~26), 「구서모집의 필요」(1908.6.14),

「국수보전설」(1908.8.12), 「정신상 국가」(1909.4.29), 「한일합병론자들에게 고흠」(1910.1.6~8), 「문화와 무력」(1910.2.19), 「한국민족 지리상 발전」(1910.2.20) 등 8편이 그러하다. 이들은 모두 단재전집에 실려 있는 것들인데, 일부 논자들은 장도빈, 또는 양기탁의 저작으로 분류하는 등 저자 논란이 일고 있다. 앞으로 이것들에 대해서도 보다 정밀한 연구가 필요하다.

「서호문답」은 이이의 『동호문답』, 새무얼 스마일즈의 『자조론』, 존 로크의 『교육론』, 그리고 양계초의 학교제도 관련 글들로부터 영향을 받았다. 그것은 「홍학설」, 『학규신론』 등에서 이어지는 것으로 박은식의 작품이 확실해 보인다. 박은식은 『대한매일신보』를 사직해서 쉬는 기회에 자신의 교육론을 체계적이고 종합적으로 정리하였을 것으로 보인다. 또한 『대한매일신보』 사원들과 막역한 사이였기에 글을 발표하는 데도 전혀 문제가 없었을 것이다. 여기에서 서호자라는 필명의 문제는 여전히 미흡하다. 그러나 향후 박은식의 교육과 사상에 대해 깊이 논의되면 그러한 문제는 쉽게 해결될 것으로 믿는다. 왜냐하면 박은식의 글과 「서호문답」은 사상 문체적인 측면에서 타자가 개입할 여지없이 그 스펙트럼이 너무나 일치하기 때문이다.

「신민회취지서」·「청년학우회취지서」·「조선혁명선언」의 저자

1. 들어가는 말

여기에서는 「대한신민회취지서」, 「청년학우회취지서」, 「조선혁명선언」 등의 저자를 다루기로 한다. 「대한신민회취지서」의 저자는 그동안 신채호, 안창호로 언급되었으며, 그들의 전집에 각각 실려 있다. 그리고 「청년학우회취지서」 역시 신채호, 안창호의 글로 언급되어 그들 전집에 각각 실려 있다. 그런데 「청년학우회취지서」(『대매』, 1909.8.17)에는 발기인으로 윤치호, 장응진, 최남선, 최광옥, 박중화 등이 언급되어 있다. 실제 작가가 제대로 밝혀지지 않은 셈이다.

한편 「조선혁명선언」의 저자로는 신채호가 언급되고 있으며, 형설출판사본과 독립기념관본 단재전집에 실려 있다. 선언서에는 저자가 따로 명시되어 있지 않으며, 다만 맨 끝에 "의열단"이라고만 밝혀져 있다. 이 글에서는 「대한신민회취지서」, 「청년학우회취지서」, 「조선혁명선언」 등의 저자를 분명히 밝히고, 그것들이 갖는 의미를 제대로 구명해보고자 한다.

2. 취지서, 선언서의 저자

1) 「大韓新民會趣旨書」의 저자

단재신채호전집에는 「대한신민회취지서」(이하 「신민회취지서」로 약칭)가 실려 있다. 「신민회취지서」를 단재가 기초하였다고 처음 주장한 사람은 김영호이다. 그는 단재전집간행위원회에서 활동하였으며, 그것을 단재의 전집에 포함시켰다.

1907년 왜세의 압력으로 민족독립운동을 합법적으로 할 수 없게 되자 안창호가 중심이 되어 조직한 신민회에 적극 가담하였고, 신민회 취지문을 썼다.[1]

獨立運動을 合法的으로 行하기 어려워지자 雲岡 梁起鐸·石吾 李東寧·友堂 李會榮·全德基·秋汀 李甲·島山 安昌浩·南岡 李昇薰 등과 秘密結社인 新民會의 組織에 참여하며 그 趣旨文을 起草함.[2]

신민회 취지문을 단재에게 전담시킨 것도 사실이고 보면, 깊이 관여시키되 해 나갈 일이 너무도 많은 관계로 그를 보호하고자 비밀조직의 창설자 명단에서 의도적으로 단재를 접어두려 한 것으로 보여지고 있다.[3]

단재전집 「연보」에는 두 번째 예문처럼 단재가 신민회 "취지문을 기초함"이

---

1 김영호,「단재의 생애와 활동」,『나라사랑』 3, 정음사, 1971.7, 68면.

2 단재신채호선생기념사업회,『단재신채호전집』(하), 형설출판사, 1975, 497면. 이하 이 전집의 인용은 인용구절 뒤 괄호 속에 전집 상, 하, 하, 또는『별집』, 면수만 기입.

3 임중빈,『선각자 단재 신채호』, 형설출판사, 1986, 126~127면.

라고 분명히 규정하였다. 그리고 단재의 전기를 쓴 임중빈은 그러한 사실을 수용하였으며, 다만 창설자 명단에 이름이 없는 것은 단재를 보호하기 위한 조처로 풀이했다. 그리고 이러한 사실을 그대로 수용한 연구들이 나오기에 이른다.

신채호의 정론 「신민회취지서」(1907.7), 「기호학회는 하유로 기하였는가」(1908.12.25), 「대한민국의 목적지」1908.5.24), 「20세기신국민」(1910.2.22～3.3) 등은 모두 그의 근대적인 사회지향을 보여주는 정론들이다.[4]

그런데 여기에는 난관이 따른다. 바로 "本人 等은 國民의 一分子로서 海外에 漂泊한지 이에 多年"이라는 구절 때문이다. '본인'은 결국 「신민회취지서」의 저자를 뜻하게 되고, 그렇다면 단재는 이 글을 쓰지 않았거나, 또는 그가 망명 이후 「신민회취지서」를 쓴 것이 된다. 이와 관련하여 최옥산은 아래와 같이 주장을 하였다.

"本人 等은 國民의 一分子로서 海外에 漂泊한지 이에 多年 바라건대"라는 구절로 보아 전집의 연보가 「大韓新民會 趣旨書」 집필시기를 1907년으로 기술한 것은 착오다.[5]

최옥산은 「신민회취지서」가 "망명 후 몇 년 뒤에 씌어진 것"이라고 주장하였다. 그녀의 판단에는 아래의 내용도 영향을 미친 것으로 보인다.

過去 四千載 舊韓國의 末年 亡國鬼를 作하려는가. 將來 億萬世 新韓國이 初

---

4 김병민, 『신채호문학연구』, 아침, 1988, 72면. 참고로 「대한민국의 목적지」의 원제는 「금일 대한국민의 목적지」이다.

5 최옥산, 「〈신국민〉 만들기와 문학－신채호와 양계초의 국민성 탐구」, 『한국학연구』 13, 인하대 한국학연구소, 2004, 10면.

年 興國民을 作하려는가. 何를 버리고 何를 取하며 어느 것을 버리고 어느 것을 따르려 하는가. 來하라. 我 大韓新民이여.(86면)

'구한국'이란 일반적으로 대한제국을 일컬으며, 그것은 대한제국으로 국명이 바뀐 1897년부터 일제에 국권을 박탈당한 1910년까지를 의미한다. 그렇게 볼 때 신한국은 1910년 이후, 단재로 보면 망명 이후가 된다. 그런데 신민회는 1910년 국권침탈 이전 국내에서 형성(1907)된 것과 1910년 이후 해외에서 성립(1919)된 것이 있다. 만일 최옥산의 주장이 후자를 일컫는다면 문제될 것은 없다.

1919년 4월 러시아 블라디보스토크에서 조직된 항일독립운동단체.

신민회 · 대한신민단 · 신민단이라고도 한다. 1919년 4월 감리회 신자를 중심으로 조직된 항일독립운동단체로, 북간도 무력독립운동 8개 단체 중 하나이다. 임원에는 단장 김규면(金圭冕), 부단장 한광택(韓光澤), 총무부장 최상진(崔相鎭), 재무부장 이존수(李存洙), 외무부장 김덕보(金德甫) 등이 임명되었다. 40여 개의 지구조직 아래 2만여 명의 단원이 있었으며, 만주 · 러시아 및 국내에서 교육활동과 농민운동을 펼치는 한편 식산조합을 운영하였다.[6]

이 단체는 블라디보스톡을 거점으로 하여 왕칭현[汪淸縣]과 훈춘현[琿春縣]에 지부를 두었으며, 500명의 병력을 두었던 항일독립단체이다. 단재가 1910～1913년 블라디보스톡에 머물렀다는 점에서 그 단체와 관련을 가졌을 가능성이 전혀 없는 것은 아니다. 그러나 이 단체 역시 단재가 관여한 흔적이 보이지 않고, 무엇보다 위의 「신민회취지서」와는 무관한 단체이다.

日露의 戰, 砲聲이 아직 그치지 않고, 馬關의 約, 黑痕이 아직 마르기 前에 外

6 『두산백과사전』, 네이버백과사전(http://100.naver.com/100.nhn?docid=46077) 참조.

交權이 一朝에 東渡하고 政府席次에는 外人이 屛座하여 軍警 法度 個個히 引繼하고 礦森土地는 寸寸히 割讓되다.(전집 『별집』, 84면)

이 취지서에는 청일전쟁 후 청일 사이에 맺어진 시노모세키조약(馬關의 約, 1895), 러일전쟁(日露의 戰, 1904~1905), "外交權이 一朝에 東道"한 을사늑약(1905), "軍警 法度 個個히 引繼"한 한일신협약(1907) 등의 사건이 나온다. 이것은 구한국 말년의 사건들이며, 일제강점기인 1919년에 설립된 '대한신민회'와는 다른 것이다. 다행히 이 취지서에는 저자를 알 수 있는 구절들이 들어 있다.

本人 等은 國民의 一分子로서 海外에 漂泊한 지 이에 多年, 바라건대 學問聞見의 中 得한 바로 새 國民의 責任을 劃함으로써 國民의 天職을 行코자 한다.(전집 『별집』, 85면)

동방으로부터 오는 惡信은 귓부리를 놀라게 하며 異域의 光陰은 流水와 共히 催促하니 安坐코자 하되 참을 수 없고 徒死코자 하되 無益이라. 이에 우으로 天地神明에 質하고 아래로 同胞兄弟에게 謀하여 드디어 一會를 美國 加洲 河邊省에서 發起하니 其名을 大韓新民會라 하다.(전집 『별집』, 85면)

취지서의 저자는 ① 海外에 漂泊한 지 이에 多年이라는 것, 그리고 ② 一會를 美國 加洲 河邊省에서 發起하였다고 밝혔다. 그리고 후자와 관련해서는 「大韓新民會通用章程」에 보다 자세한 내용이 들어있다.

第1節 本會의 名稱은 大韓新民會로 定함
第2節 本會의 中央總會所는 美國 加洲 河邊省에 置함[7]

7 『도산 안창호전집』 5권, 도산안창호기념사업회, 2000, 214면.

위의 「통용장정」은 「신민회취지서」와 같이 나온 문서로 '대한신민회'의 규약과도 같은 것이다. 그런데 『단재전집』에는 이것이 배제된 채 「신민회취지서」만 실려 있다. 이 부분을 눈여겨보면 대한신민회가 미국 캘리포니아주[加洲] 리버사이드[河邊省]에서 발기되었음을 알 수 있다.

> 이 「年譜」에는 신채호가 신민회의 취지문을 기초했다고 하고, 또한 『전집』 별집, pp.82~86에는 「大韓新民會趣旨書」가 신채호의 작품으로 수록되어 있는데, 이것은 잘못된 것이다. 「大韓新民會趣旨書」에는 "本人 等은 國民의 一分子로서 海外에 漂泊한 지 이에 多年……一會를 美國 加州 河邊省에서 발기하니……"(『전집』, 별집, 85면)라는 문구가 있는데, 신채호는 미국에 간 일이 없으며, 美國 加州 河邊省은 안창호가 체류하던 California 주 Riverside이기 때문이다.[8]

도산은 1902년 미국에 건너가 샌프란시스코에 머물다가 1904년 3월 23일 리버사이드에 정착해서 오렌지 농장에서 일했으며,[9] 또한 그곳에서 공립협회를 조직하였다.[10] 그러므로 「신민회취지서」의 저자를 안창호로 밝힌 신용하의 주장은 지극히 타당하다. 문중에 나타난 안창호의 표지(①, ②)들은 너무나 명백할 뿐만 아니라 안창호 스스로도 신민회를 발기하였다고 고백(「흥사단 역사」)하였기 때문이다. 그가 리버사이드에 머물렀던 것은 「하변성 환영회」(『공립신보』, 1906.5.20)에서도 확인된다. 그는 총회장 송석준의 리버사이드 방문 환영회에서 사례로 연설을 하기도 했다. 그런 점에서 취지문의 작성자는 도산 안창호임을 여실히 파악할 수 있다. 『도산안창호전집』에 이

---

8 신용하, 『신채호의 사회사상 연구』, 한길사, 1984, 21면, 주 31번 참조.

9 이선주, 「도산 안창호의 리버사이드 생활」, 『크리스천헤럴드』, 2001.9.7. 도산이 1906년 당시 머물렀던 집 주소는 "#377－E8th St. Riverside Cal"(『도산안창호전집』 1, 441면)로 드러난다. 한편 도산의 리버사이드 생활을 기념해서 2001년 8월 11일 리버사이드 시청 앞에 교민 성금과 정부 지원금으로 도산의 동상이 세워졌다.

10 윤병석 · 윤경로 편, 『안창호일대기』, 역민사, 1995, 40면.

취지서가 실렸다는 것은 다행스러운 일이라 하겠다.

그렇다면 신민회는 1907년 국내에서 조직된 것으로 알려져 있는데, 중앙총회소가 리버사이드로 언급된 까닭은 무엇인가? 이에 대해서는 다음 해석이 가능하다. 도산은 「홍사단 역사」(1920)에서 신민회를 19년 전 발기했다고 했는데, 그것은 그가 미국으로 가기 직전 시점이다. 도산이 미국으로 가기 전 이승훈, 양기탁 등과 더불어 단체의 발기에 대한 의견을 나눈 것으로 보인다. 그는 미국 샌프란시스코에 도착하여 친목회(1903)를, 리버사이드에서 공립협회(1905)를 만들었다. 이 공립협회가 대한신민회의 전신이 되었을 것으로 추측할 수 있다.[11] 그러나 국내에서 조직이 본격화된 것은 일러도 1907년 말 이후이다.[12] 다음으로 신민회는 비밀결사이기 때문에 국내 조직을 보호하기 위해 중앙총회소의 위치를 해외로 위장했을 수도 있다는 것이다. 그 어느 경우이든 도산을 떠나 신민회를 생각할 수 없고, 또한 그의 취지서 작성은 틀림없는 사실로 판단된다. 다행히 신용하의 주장으로 「대한신민회취지서」는 2008년 독립기념관에서 간행된 단재전집에서 배제되었다.

---

11 1909년 헌병대장의 기밀보고(경비 제592-1, 1909.3.12)에는 "米國 加州 河邊省 在留 韓國人의 設立한 大韓新民會"라고 하였으며, "加州監督長 安昌浩, 韓國監督長 梁起鐸"(『도산안창호전집』 5, 211면)으로 나타나 있다. 일제 정보당국은 미국 캘리포니아 리버사이드 거주 한인들이 대한신민회를 만들었고, 또한 그것이 국내에서 조직화된 것으로 보고하고 있다.

12 앞에서 살핀 것처럼 취지서에 한일신협약(1907.7.24)이 언급된 것으로 보아 조직의 결성은 그 이후이다. 한편 안창호는 '심문기록'에서 신민회의 조직 시기를 "본인이 귀국한 이듬해"라고 했는데, 그의 말을 따른다면 1908년이 된다. 신용하는 신민회 결성 시기를 1907년 4월로 주장하였는데, 이 주장이 대표적이고 다수설이며, 강재언은 1907년 2월설, 최홍규는 9월설을 내세웠다. 이에 비해 이태복은 1907년말~1908년 1월설을 내놓고 있다. 도산의 심문 기록, 신민회 구성원으로 참여한 임치정이 1907년 11월에 귀국했다는 점, 이강 역시 신민회 창립에 참여하고 1908년 3월에 블라디보스톡으로 건너간 점(이태복, 『도산안창호평전』, 동녘, 2006, 149~152면), 그리고 취지서의 내용 등을 종합해볼 때 이태복의 주장이 설득력을 얻고 있다. 그러나 1907년 후반 조직의 발기를 위한 상당한 준비가 이뤄졌을 것으로 보이고, 이 과정에서 취지서가 나왔을 것으로 판단된다.

2) 「靑年學友會趣旨書」의 저자

이번에는 신민회의 청년모임인 「청년학우회취지서」(이하 「학우회취지서」로 약칭)의 저자가 문제된다. 「학우회취지서」는 처음 『대한매일신보』 1909년 8월 17일에 실렸다. 이 역시 「단재전집」에는 아래와 같이 기술되어 있다.

> 1909년 八月에 윤치호, 장응진, 최남선, 최광옥, 박중화 등과 청년학우회를 발기하고 그 취지문을 작성함(전집 하, 498면)

대체로 신채호를 「학우회취지서」의 저자로 인정하는 듯하다. 신용하는 「신민회취지서」의 저자를 안창호로 단정하면서 다음과 같이 지적했다.

> 신채호가 이 무렵에 기초한 것은 「大韓新民會趣旨書」가 아니라 신민회 청년단체인 「靑年學友會趣旨書」였다.[13]

> 신민회의 산하단체로 〈청년학우회〉가 발족을 본 것은 1909년 여름이었다. 신민회 간부 다수가 참여한 이 청년단체의 태동에 즈음하여 도산 안창호와의 숙의를 거듭한 끝에 신민회 대변인격인 단재는 취지문 작성을 맡게 되었다.[14]

신용하에 따르면, 단재가 「학우회취지서」를 작성했다. 그러한 사실은 임중빈의 단재전기에도 그대로 반영된다. 그런데 앞에서 언급했던 것처럼 「학우회취지서」는 단재전집뿐만 아니라 『도산안창호전집』에도 실려 있다. 그래서 저자 논란이 완전히 종식된 것은 아니다. 특히 『대한매일신보』에 실린

13 신용하, 『신채호의 사회사상 연구』, 한길사, 1984, 21면, 주 31번 참조.
14 임중빈, 『선각자 단재 신채호』, 형설출판사, 1986, 148면.

「학우회취지서」(1909.8.17)에는 발기자로 윤치호, 장응진, 최남선, 최광옥, 박중화 등이, 『소년』에 실린 「학우회취지서」(1909.9)에는 "윤치호, 장응진 외 10인"이 언급되어 있다.[15] 어디에도 단재나 도산의 실명은 거론되지 않았다. 임중빈식으로 그것을 비밀 조직이기 때문에 이름을 의도적으로 뺀 것으로 설명하기도 어렵다. 왜냐하면 청년학우회는 공개 조직이었고, 또한 다른 발기자들의 이름은 명기되었기 때문이다.

최남선은 안창호가 "國中에 靑年學友會를 설립하여 懋實力行主義에 의한 後進 養成에 用心하"[16]였다고 하여 안창호의 청년학우회 설립을 분명히 하였다. 이를 보면 안창호가 설립취지서를 썼을 것으로 생각할 수 있다. 그러나 이에 대해 좀 더 신중한 접근이 요구된다.

> 島山 先生이 靑年學友會를 만들 때에 崔南善 선생이 秘書格으로 있었고, 學友會의 主動人物로 있었다.[17]

주요한에 따르면, 안창호와 최남선이 실질적으로 청년학우회의 주동 인물이 된다. 청년학우회 결성에 있어서 최남선의 역할을 좀 더 살펴볼 필요가 있다.

> 그러나 이 모든 事業을 하려면 公開를 要하는 점이 많고 또 널리 人材를 기르기 위하여 靑年學友會가 발기되었소. 大成學校에서 中學生이 시작하였소. 崔南善 氏에게 靑年學友의 말을 한즉 氏는 말하기를 나에게 여러 군데서 入會하기를

15 「靑年界喜信」(『대매』, 1909.8.17)에 따르면, "韓英書院장 尹致昊 大成學校 敎師 張응震 少年雜誌 主筆 崔南善 養實中學校張 崔光玉 大成學校 敎師 車利錫 安泰國 치弼近 五山學校長 리昇薰 靑년學院 敎師 리東寧 儆新中학校 敎師 金道熙 普城中學校長 朴重華 攻玉학校長 全德其 諸氏가 發起ᄒᆞ야 靑年학友會를 組織ᄒᆞ고 趣旨書를 發布ᄒᆞ얏ᄂᆞᆫ듸"라 하였다. 발기자 12명의 명단이 밝혀진 것이다.

16 최남선, 「조선독립운동사」, 동명사, 1946; 『육당최남선전집』(3), 현암사, 1973, 637~638면.

17 주요한, 「거국가와 청년학우회가」, 『새벽』, 1955.12, 126면.

請하는 會가 많았으나 도무지 應락하지 아니하였다, 그러나 내 이 青年學友會에는 희생적으로 일하겠노라 하고 自己가 하던 少年雜誌를 바치었소. 尹致昊 氏에게 말함에 氏는 울면서 몸을 바치겠노라 하고 學生 하나를 平양에 派遣하여 青年學友會의 해가는 일을 見習케 하였소. 그리하여 尹氏는 發起委員長이 되고 南方으로 崔南善, 北方으로 崔光玉 諸氏를 經하여 三百 以上의 青年이 들어왔소.[18]

안창호의 위 말은 신민회와 청년학우회의 형성 전말을 잘 설명해주고 있다. 최남선이 청년학우회를 위해 희생적으로 일하였으며, 윤치호, 최광옥 등이 발기 회원으로 들어왔다는 것이다. 그러나 이러한 말만으론「학우회 취지서」의 저자를 알기 어렵다. 다행히 최남선이 이에 대해 보다 구체적으로 기술한 구절이 있다.

當時 島山先生은 세부란스病院 앞에 있던 조그만 집에 계셨는데 朝夕으로 만났고 문안에 들어 오시면 반드시 우리집에 들리셨다. 한번은 青年運動에 對한 스로간— 즉 青年學友會의 趣旨書를 꾸며보라는 분부이었다. 그 內容의 말씀은「우리 國家와 民族이 이렇게 衰亡한 根本的 理由가 眞實한 國民的 自覺, 歷史的 自覺, 社會的 自覺을 못 가진 데 있다. 排日運動이 있기는 하지만 그 中에는 그냥 悲憤慷慨에 그치는 수가 많고 믿을 만한 責任心이 缺如되어 있다. 그러므로 우리가 하는 青年運動(國民運動)은 어디까지나「眞實」을 崇尙하여야 한다. 言辯보다도 實行을! 形容보다도 內容을 尊重해야 한다. 그것이『務實力行』이다. 理想과 目的을 責任있게 實行할 能力도 기르고 精神도 기르자」그러한 內容으로 青年學友會의 趣旨書를 草案하라는 命令을 하셨다.

그러나 나는 그것을 사양하고 申采浩氏한테 미루었더니 그 流麗한 文章으로 하루밤에 長大한 趣旨書를 썼는데 너무 길어서 주려서 쓰게 되었다.[19]

---

18 안창호,「本團(흥사단)歷史」, 제7회 원동대회(1920.12.29), 독립기념관 자료번호 1—H00687—000.

19 최남선,「진실정신」,『새벽』1954.6, 2~3면. 여기에서 하나 밝혀야 할 사실이 있다. 이전에는 최남선의「진실정신」(『국민보』1955.7.6)을 인용했는데, 그곳에는 밑줄 친 부분이 아예 없다.

위의 글에서 최남선은 안창호로부터 「학우회취지서」를 작성해달라는 명령을 받았지만, 그것을 신채호에게 미루었음을 밝혔다. 안창호가 최남선에게 그러한 부탁을 한 것은 당시 최남선이 촉망받는 문필가로 희생적으로 일할 것으로 보았기 때문일 것이다. 안창호의 언급이나 최남선의 설명은 상당히 구체적이기 때문에 「학우회취지서」의 저자를 신채호로 규정해도 무리가 없을 듯하다. 최남선은 「청년학우회」(『소년』, 1909.9), 「청년학우회의 주지」(『소년』, 1910.4~6), 「청년학우회가」(『소년』, 1910.4)[20] 등 청년학우회와 관련된 글을 많이 썼다. 특히 최남선은 『소년』 2년 8호(1909.9)에 청년학우회의 발기를 알리는 「청년학우회」를 쓰고, 이어 '청년학우회보'란을 만들어 「학우회취지서」를 실었다. 그는 학우회의 활동을 소개하는 등 청년학우회 활동에 깊이 관여하였으며, 그가 주재한 『소년』은 실상 학우회의 기관지 내지 대변지 역할을 하였다. 그런데 최남선전집에 「청년학우회」, 「청년학우회의 주지」는 실려 있지만, 「청년학우회가」는 빠져 있다. 후자도 싣는 게 바람직하다.

단재가 「청년학우회취지서」의 저자로 언급된 것은 그것이 『대한매일신보』(1909.8.17)에 실렸고, 그가 당시 그 신문의 주필이었다는 점, 그 신문이 일반적으로 신민회의 기관지 역할을 했다는 점, 또 그가 신민회에 관여했다는 점 등의 사실로부터 유추되었다. 그런데 신채호가 「학우회취지서」의 초안자라는 것이 최남선에 의해 분명히 밝혀진 셈이다.

서두에는 "一九一九年 三月 一日 운동에 독립선언문을 세상이 놀니게 지은 최남션 선싱은 셔울 식벽 창간 기념호에 진실정신이란 제목으로 쟈쟈절절히 우리에게 교훈한 본문을 그대로 등지한다"고 소개했다. 그러나 "그대로 등재"라는 말은 오류이며, 밑줄 친 부분이 『국민보』에는 무슨 이유에서인지 아예 누락되어 있다. 이 부분은 권두연의 「청년학우회 활동과 참여인물」(『현대문학의 연구』 48, 한국문학연구학회, 2012.10, 119~181면)에 도움을 받았다.

20 이것은 『소년』(1910.4)에는 저자가 밝혀져 있지 않지만, 주요한은 "이 노래를 崔南善(최남선) 선생이 지었다는 것은 이미 들어온 일"이라 하여 저자를 분명히 밝히고 있다. 주요한, 앞의 글, 같은 곳.

3) 「朝鮮革命宣言」의 저자

다음으로 우리가 생각해볼 것이 「조선혁명선언」(이하 「혁명선언」으로 약칭)이다. 「조선혁명선언」은 단재전집에 실렸으며, 아래와 같이 소개되었다.

> 1923년(44세) 一月에 〈조선혁명선언〉을 起草.(하, 502면)

「혁명선언」은 구태여 저자를 규명할 필요가 없는지도 모른다. 왜냐하면 그 선언서에 대해 저자 논란이 따로 없기 때문이다. 그러나 「혁명선언」 맨 끝에 다만 '의렬단'이라고 소개되어 있을 뿐 그 어디에도 저자를 알리는 표지는 없다. 그러므로 의열단의 중심인물을 통해 저자를 살펴보기로 한다.

> 若山(김원봉 : 인용자)은, 어느 날, 丹齋를 보고 말하였다.
>
> 「저희는, 只今, 上海서, 倭敵을 무찌를 爆彈을 만들고 있습니다. 한번 가셔서 求景 안 하시겠습니까? 兼하여 우리 義烈團의 革命宣言도 先生님이 草하여 주셨으면 좋겠습니다.」
>
> 그 말에 丹齋는 對答하였다.
>
> 「좋은 말씀일세. 그럼 가치 가보세.」
>
> 이리하여 며칠 後, 丹齋는 若山을 따라, 上海로 向하였던 것이다.[21]

의열단의 단장은 약산 김원봉이었다. 박태원이 쓴 약산 열전에는 김원봉이 북경으로 가서 단재에게 의열단의 혁명선언을 부탁했다고 한다. 그래서 단재는 상해로 내려와 "一個月 넘어를 두고 心血을 傾注하여" "堂堂 六千四百餘字의 大文字"의 「朝鮮革命宣言」을 마침내 탈고하였다는 것이다.[22]

---

21 박태원, 『약산과 의열단』, 백양당, 1947, 105면.

박태원은 그 저서에서 "義烈團에 관한 文獻·資料는 至極히 貧弱하다. 團員 柳子明의 손에 된 『義烈團簡史』 其他, 그리고 數三 同志의 斷簡 零墨이 僅僅히 保存되어 있을 뿐이다"[23]라고 하였다. 이전에 류자명이 기록한 「의열단간사」가 있었다는 말이다. 그런데 현재 그것을 구할 수는 없다. 다만 류자명의 자서전에서 아래의 내용을 확인할 수 있다.

> 그래서 《의렬단》은 선언서로써 자기의 주장을 발표하게 되었다. 북경에 있는 단재 선생을 상해로 청해 와서 《의렬단선언》을 써서 발표하였다.[24]

류자명은 자신의 수기에서 단재가 의열단 선언서를 썼음을 이야기하였다. 비록 그 선언서에 '의열단'만 명기되어 있더라도 저자를 의심할 필요는 전연 없으리라 여겨진다. 왜냐하면 의열단장 김원봉의 구술을 토대로 쓴 박태원의 약산 열전과 의열단원 류자명의 자서전에서 당시의 상황과 더불어 저자를 잘 말해주고 있기 때문이다.[25]

3. 취지서, 선언서의 내용 및 문체

1905년 당시 미국에 머물던 안창호에게 일제가 한국 외교권을 박탈한 을사늑약은 묵과할 수 없는 만행으로 인식되었다. 그는 귀국을 결심하고,

---

22 박태원, 『약산과 의열단』, 백양당, 1947, 104~108면.

23 박태원, 「후기」, 위의 책, 210면.

24 류자명, 『류자명 수기—한 혁명자의 회억록』, 독립기념관 독립운동사연구소, 1999, 131면.

25 한편 아나키스트 정화암은 이정식과의 면담에서 "조선의열단의 선언문을 아나 계통에도 종사한 신채호가 썼습니다"라고 분명히 말했다. 이정식 외, 『혁명가들의 항일회상』, 민음사, 2005, 420면.

1907년 2월 20일 서울에 도착하였다. 그리고 신민회의 결성에 나섰다.

新民會는 무엇을 爲하여 일어남이뇨? 民習의 頑腐에 新思想이 是急하며, 民智의 愚迷에 新教育이 是急하며, 熱心의 冷却에 新提倡이 是急하며, 元氣의 耗敗에 新修養이 是急하며, 道德의 墮落에 新倫理ㅣ 是急하며, 文化의 衰退에 新學術이 是急하며, 實業의 凋悴에 新規範이 是急하며, 政治의 敗腐에 新改革이 是急이라. 千瘡百孔에 新을 待치 않는 바 없도다.(전집 『별집』, 85면)

지금으로부터 十九년 전에 國內에서 李昇薰、安泰國、梁起鐸、李甲 諸氏가 日本을 對抗하려면 첫째 人材、둘째 金錢、셋째 團結力－이 세 가지를 길러야 하겠다는 意見으로 新民會(秘密結社)를 發起하였소. 眞正한 愛國者이면 東에 있거나 西에 있거나 모두 新民會에 들게 하자. 그리고 各處에 書舖와 藥局과 學校를 設備하자. 實業者와 連絡하여 金錢을 모으자. 中學校를 세우되 軍隊訓練을 하여 平時에는 各各 職業을 가졌다 가도 一時에 軍人이 되도록 하자. 이리하여 金錢과 人材가 이만하면 되겠다 하는 때가 이르면 動하자. 이것이 新民會의 內容이었었소.[26]

신민회의 취지서는 신민회 발기 동기에 대해 잘 말해 준다. 신민회는 사회, 문화, 학술, 정치 등 다방면에 걸쳐 광범위한 개혁을 제시하였다. 도산은 1920년 「흥사단 역사」에서 신민회 부분을 잘 설명하였다. 거기엔 주요 발기인, 강령 등이 나타나 있다. 그들의 강령은 서점・약국・학교 설치, 금전・인재 준비, 군대 훈련 등 그야말로 준비론이다. 도산은 사회 전 분야에 계몽과 개혁을 강조하였다. 그러한 주장이 많은 사람들의 호응을 얻으면서 신민회가 결성되었던 것이다.

최남선은 도산의 취지에 적극 동조하며, 청년학우회 결성(1909)을 도왔다.

26 안창호, 「本團(흥사단) 歷史」, 제7회 원동대회(1920.12.29), 독립기념관 자료번호 1－H00687－000.

그는 신채호가 「학우회취지서」를 초안하였다고 했다. 그러면 「학우회취지서」의 내용을 좀 더 자세히 검토할 필요가 있다.

上으로 先民의 遺緖를 續ᄒᆞ야 其短을 棄ᄒᆞ고 其長을 保ᄒᆞ며 下으로 同胞로 先驅를 作ᄒᆞ야 其險을 越ᄒᆞ고(『대매』, 1909.8.17)

其短을 棄ᄒᆞ고 其長을 取ᄒᆞ야 靑年으로 ᄒᆞ여곰 先民을 崇拜케 ᄒᆞ며 人民으로 ᄒᆞ여곰 國性을 發輝케 홀지어늘(『대매』, 1908.8.12)

위의 내용은 「학우회취지서」이고, 아래 내용은 단재의 「국수보전설」이다. "先民의 遺緖를 續ᄒᆞ야 其短을 棄ᄒᆞ고 其長을 保ᄒᆞ며"라는 부분은 "其短을 棄ᄒᆞ고 其長을 取ᄒᆞ야 靑年으로 ᄒᆞ여곰 先民을 崇拜케 ᄒᆞ며"라는 부분과 아주 닮아 있다. 물론 이 부분은 「신민회취지서」의 "이에 우으로 天地神明에 質하고 아래로 同胞兄弟에게 謀하여"(전집 『별집』, 85면)라는 부분과도 유사한 측면이 있다. 그러나 단재의 글에 더 가깝다는 사실을 알 수 있다.

偏僻孤陋를 學術이라 ᄒᆞ고 詐僞無實을 能事라 하며 渙散決裂이 成習되야 風俗이 日頹ᄒᆞ고 人心이 日腐ᄒᆞ야(『대매』, 1909.8.17)

虛僞浮詐의 四字는 朝鮮에 通하는 律令이 되다. 士子의 崇尙은 只히 空文뿐이요 實際가 無하여 工商諸家는 詐飾에 힘써…… 風俗은 腐敗하고 秩序는 紊亂하여…… 人心世道가 이와 같이 低下됨에 따라(전집 『별집』, 82~83면)

「학우회취지서」에는 "偏僻孤陋", "詐僞無實", "渙散決裂", "風俗日頹", "人心日腐" 등을 비판하였다. 그리고 「신민회취지서」에는 "虛僞浮詐", "風俗腐敗", "秩序紊亂", "人心世道低下" 등을 비판하였다. 각기 사회의 문제점을 지적하였는데, 특히 "詐僞無實", "虛僞浮詐" 등을 개혁하고자 하는 務實力行 정신을 엿볼 수 있다.

> 不可不 有志青年이 壹大精神團을 組織ᄒᆞ야 心力을 壹致ᄒᆞ며 智識을 互換ᄒᆞ야 實踐을 勉ᄒᆞ고 前進을 策ᄒᆞ야 險과 夷에 壹視ᄒᆞ며 苦와 樂에 相濟ᄒᆞ고 流俗의 狂瀾을 障ᄒᆞ며 前途의 幸福을 求ᄒᆞ야 維新의 青年으로 維新의 基를 築ᄒᆞᆯ지라(『대매』, 1909.8.17)

> 오늘의 維新 一日不急新이면 이는 我國의 一層 地獄의 陷이라 今日 新키 不能하며 明日 新키 不能하며 畢竟 萬劫의 地獄에 陷入하여 人種은 滅絶하고 國家는 丘墟가 되고 말것이니, 此時에 至하여 噬고의 嘆을 發한들 奈何리오. 그러므로 吾輩는 마땅히 寢을 忘하고 餐을 廢하여 所求할 바는 此維新이다 心을 嘔하고 血을 竭하여 實行할 것은 此維新이라 …… 略言하면 오직 新精神을 喚醒하여 新團體를 組織한 後 新國을 建設할 뿐이다.(전집 『별집』, 85~86면)

또한 청년학우회에서 "維新의 基를 築ᄒᆞᆯ지라"고 강조하였는데, 이러한 모습은 「신민회취지서」에 여실히 들어있다. 그것은 "吾輩는 마땅히 寢을 忘하고 餐을 廢하여 所求할 바는 此維新이다", "此血誠을 抱하고 踴躍前進한다면 及其也에는 維新의 日이 有할진저"[27] 등에서 잘 드러난다. 안창호는 일본의 명치유신을 긍정적으로 평가하고, 우리도 유신을 통해 문명개화와 자주독립을 강조했다. 신채호 역시 "維新을 學ᄒᆞ며",(「畿湖興學會는 何由로 起ᄒᆞ얏는가」) "二拾世紀 新世界 維新主義에 適當ᄒᆞᆫ 人物이 되고"(「國粹保全說」) 등에서 '유신'을 내세웠다. 안창호는 청년학우회에서 무실, 역행, 충의, 용감 등 4대 정신을, 단체신성, 인격건전 등 2대 주의를 강조하였다고 한다. 「학우회취지서」에서는 무실 역행뿐만 아니라 협력 상조 정신도 엿볼 수 있다.

최남선은 단재가 「학우회취지서」를 기초했다고 하였다. 그런데 그것은

27 단재전집 『별집』, 85면.

'流麗한 文章으로 長大한' 취지서였다고 한다. 단재의 글은 원래 "辨論이 長하고 敍述에 能하고 分解에 精하야…… 一氣呵成의 聲節이 波濤같이 滔滔히 나려"오고, 그래서 "長江大海와 같은 힘을 가"졌다.[28] 그러한 문체는 의열단 선언서에 잘 드러난다. 그러나 「학우회 취지서」는 매우 소략하고 건조한, 주장을 전달하기에 급급한 글이어서 단재의 문체적 특성이 제대로 느껴지지 않는다. 그것은 최남선이 단재의 선언서를 "주려서 쓰게" 되었기 때문이다. 최남선은 단재의 글을 과감히 발췌 축약하여 마무리한 것으로 보인다. 그래서 유려하고 장대한 단재의 문체는 대부분 사라지고 말았다. 「학우회취지서」는 명목상 단재가 기초한 것이지 사실상 최남선이 편집 정리하여 만든 것이다. 「학우회취지서」의 발기인 명단에 최남선의 이름은 보이지만, 신채호의 이름이 보이지 않는 것도 이와 무관하지 않은 것으로 보인다. 그리고 「학우회취지서」를 안창호의 글로 인식하는 것은 그것이 「신민회취지서」와 많이 닮아 있는 데서 비롯된 오해이다.

한편 단재는 김원봉의 부탁에 따라 의열단의 선언서를 작성하였다. 박태원이 쓴 『약산과 의열단』에는 김원봉이 단재를 만나 肝膽相照하는 자리에서 "그렇다 이 분이다! 우리는 단재 선생에게 글을 請하기로 하자!"라고 하여 선언서를 맡겼다고 했다. 단재는 그런 요청을 지체 없이 수락하였다. 의열단은 1919년 11월 9일 길림성에서 결성된 항일 무장 독립단체이다. 부산경찰서 폭탄사건(1920), 밀양경찰서 폭탄사건(1920), 조선총독부 폭탄사건(1921), 상해 황포탄사건(1922) 사건들로 일제를 놀라게 했던 의열단을 단재는 익히 알고 있었다.

恒常 强固한 民族主義를 가져 「太平洋은 陸地가 될지라도 우리가 日本은 잇지마자 二千萬의 骸骨을 太白山갓치 싸흘지라도 日本과 싸호자」는 精神을

28 차례로 정인보의 「단재와 사학」(『동아일보』, 1936.2.28), 류자명의 『류자명 수기 – 한 혁명자의 회억록』(독립기념관 독립운동사연구소, 1999, 133면) 참조.

가지고 本報가 出現되엇노라.[29]

「第一 獨立을 못하거던 차라리 死하리라는 決心을 革固케 하며 第二 敵에 對한 破壞의 反面이 곳 獨立建設의 터이라」는 理解를 명확케 하야 理想의 國家보다 先히 理想의 獨立軍을 製造할 主義를 가지고 本報가 出現하엿노라.[30]

김원봉이 단재를 만나 바로 "이 분"이라고 떠올린 것은 단순한 우연이 아니다. 단재는 의열단이 만들어진 시기 『신대한』의 주필을 맡으면서 「신대한창간사」에 자신의 투쟁노선을 천명했다. 그것은 바로 의열단의 정신, 주의와 맞아떨어진다. 그런 단재이기에 김원봉은 선언서 작성을 요청한 것이고, 또한 단재는 자신의 정신과 주의를 실천하는 단체이기에 그들의 요청을 망설이지 않고 수락했던 것이다.

그러나 그들은 暗殺對象으로 1. 朝鮮總督 以下 高官 2. 軍部首腦, 3. 臺灣總督 4. 賣國賊 5. 親日派巨頭 6. 敵探 7 反民族的 土豪劣紳 等을 規定하니 뒤에 『義烈團의 七可殺』이라 하는 者가 바로 이것이요, 破壞對象은 1. 朝鮮總督府 2. 東洋拓植會社 3. 每日申報社 4. 各警察署 5. 其他 倭敵 重要機關 等이었다.[31]

이제 暴力-暗殺, 破壞, 暴動-의 目的物을 大略 列擧하건대 一. 朝鮮總督及各官公吏, 二. 日本天皇及各官公吏, 三. 偵探奴, 賣國賊, 四. 敵의 一切施設物, 此外에 各地方의 紳士나 富豪가 비록 現著이 革命運動을 妨害한 罪가 없을지라도 만일 言語 或 行動으로 우리의 運動을 緩和하고 中傷하는 者는 우리의 暴力으로써 對付할지니라.[32]

29 「신대한창간사」, 『신대한』, 1919.10.28.

30 위의 글.

31 박태원, 『약산과 의열단』, 백양당, 1947, 27~28면.

32 위의 책, 117면. 이 책에서 「조선혁명선언」의 인용은 편의상 인용구절 뒤 괄호 속에 「조선혁명선언」, 면수만 기록.

의열단은 암살대상과 파괴대상을 정해놓고 암살 및 파괴 활동을 실천했다. 그들은 단을 창립하면서 암살 및 파괴 대상을 선정하였는데, 그것이 7가지 암살 대상(7가살)과 5가지 파괴 대상(5파괴)이었다. 그리고 의열단이 선정한 1차 파괴의 목적물은 조선총독부, 동양척식회사와 조선은행, 매일신보사였으며, 암살대상은 조선총독, 요로대관 등이었다. 단재가 선언서를 쓰기 이전까지 행해진 의열단의 제1차 암살파괴운동에서 그 대상은 경찰서, 총독부, 일본 육군대장 등이었다. 단재는 그러한 암살 및 파괴 대상을 선언서에 수용한다. 뿐만 아니라 암살, 파괴, 폭동의 대상에 천황을 포함시킨다. 조선총독부 및 일제 관리, 일제 시설물(여기에는 조선총독부, 동양척식회사, 조선은행, 경찰서, 매일신보사 등이 포함될 수 있다)과 친일 및 반민족 세력까지 포함시켰다. 단재는 선언서를 통해 의열단의 목표를 더욱 분명히 하였다.

그러나 驅逐倭奴, 光復祖國, 打破階級, 平均地權의 五個 項目은, 恒時, 그들의 最高 理想으로 하는 者다.[33]

다시 말하자면 『固有的 朝鮮의』 『自由的 朝鮮民衆의』 『民衆的 經濟의』 『民衆的 社會의』 『民衆的 文化의』 朝鮮을 『建設』하기 爲하야 『異族統治의』 『掠奪制度의』 『社會的 不平均의』 『奴隸的 文化思想의』 現象을 打破함이니라. 그런즉 破壞的 精神이 곧 建設的 主張이라. 나아가면 破壞의 『칼』이 되고 들어오면 建設의 『旗』가 될지니 破壞할 氣魄은 없고 建設할 癡想만 있다 하면 五百年을 經過하여도 革命의 꿈도 꾸어보지 못할지니라.(「조선혁명선언」, 119면)

의열단이 내세운 4개 항목의 최고 이상은 단재가 이전부터 적극 주장하던 내용들이다.[34] 그러한 내용은 「꿈하늘」(1916), 「신대한창간사」(1919)에서

33 위의 책, 29면.

34 박태원은 "5개 항목"이라 적었지만 실지로 4개 항목만 제시되어 있다. 그러므로 "5"가 오식인지, 아니면 하나의 항목을 누락하였는지 알 수 없다. 연구자가 보기에 1항목이 누락된 듯

도 드러나고 있다. 특히, '계급타파', '지권평균'은 "此亡國滅民의 階級主義를 一刀로 斷去홀지어다",[35] "우리도 未來의 理想世界는 貧富平均을 主張하노라"[36] 등에서처럼 단재가 진작부터 주장하던 내용이다. 단재는 선언서에서 조선의 자주와 자유, 민중 중심의 경제, 사회, 문화의 건설을 표방하였다. 그것은 "『異族統治의』『特權階級의』『掠奪制度의』『社會的 不平均의』『奴隷的 文化思想의』" 타파를 통해 이룩된다.[37] 사실 "破壞의 反面이 곳 獨立建設의 터"(「신대한창간사」)라는 투쟁 노선은 "破壞的 精神이 곧 建設的 主張"(「조선혁명선언」)이라는 선언으로 그대로 이어진다. 단재는 선언서에서 일제의 타도와 이상적 조선의 건설을 열망하였으며, 국권회복, 자주국가 및 평등사회의 구현을 통한 이상적 국가상을 제시하였다.

한편, 단재는 의열단 선언서를 발표하여 3・1운동 후 독립운동을 확산시키는 데 일조를 하게 된다.

> 丹齋 先生의 이 勞作은, 若山과 더불어 여러 同志들을 感激시켰다. 그들은 이 革命宣言에 크게 滿足하였다.
>
> 이는, 實로, 그들이 하고 싶었던 말을, 그들의 主義를, 그들의 主張을 남김없이 說破한 것이다. 이것은 國內 國外에 넓리 宣布할 때, 倭敵은 戰慄하며 恐怖하고, 民衆은 覺醒하며 奮起할 것이다.[38]

단재의 선언서는 당시 독립운동가들을 크게 고무시켰다. 왜냐하면 그것

하며, 그것은 내용상 "민주건설" 정도로 보인다. 왜냐하면 그들이 수차 수정을 거쳐 문장으로 공표했다는 19개 항목 가운데 그 두 번째에 "封建勢力 및 一切反革命勢力을 剷除하고 眞正한 民主國을 建立할 것"(위의 책, 30면)이라는 내용이 있기 때문이다.

35 「이십세기 신국민」, 『대한매일신보』, 1910.2.24.

36 「신대한창간사」, 『신대한』, 1919.10.28.

37 「조선혁명선언」에는 "특권계급의"란 부분이 빠져 있지만 여기에는 그 부분을 복원한 것이다. 단재는 선언서에서 이족정치, 특권계급, 경제약탈제도, 사회적 불평균, 노예적 문화사상 등 5가지 대상에 대한 타파를 부르짖었다. 그런데 마무리 부분에서 그가 두 번째 제시했던 "특권계급의 타파"라는 구절을 실수로 누락시킨 것이다.

38 박태원, 앞의 책, 120면.

은 독립운동가들의 주의・주장을 남김없이 설파했기 때문이다. 단재는 의열단의 노선과 자신의 주장을 담아 선언서를 만들었다. 혁혁한 문체로 작성된 선언서에는 "왜적은 전율하며 공포하고 민중은 각성하며 분기"하는 힘이 들어 있었다. 조완구는 이 선언서를 본 뒤에 "이 글은 단재가 쓴 것 같다"고 하였으며[39] 최남선은 "단재의 글은 장강대해와 같은 힘을 가진 것이라"[40]라고 평했다고 한다. 단재의 문체는 강고하고 유창하여 다른 사람들에게 널리 회자되었던 것이다. 이 선언서의 반향은 이후 의열단의 활동을 통해 자명하게 드러난다. 그의 선언서가 나온 이후 의열단에서 김지섭은 일본 궁성에 폭탄을 투척하려 했는가 하면, 나석주는 동양척식회사를 습격했으며, 이인홍・이기환 등은 정탐노 김달하를 처단하였다.

4. 취지서, 선언서의 의미—안창호, 최남선, 그리고 신채호

신민회는 애국계몽기 최대의 비밀결사 단체였으며, 이 단체와 관련하여 안창호, 신채호, 최남선은 중요한 역할을 담당하였다. 안창호는 신민회를 결성하였으며, 단재는 신민회에서 활동을 했고, 최남선은 신민회의 청년조직인 청년학우회를 이끈다. 단재는 신민회의 기관지 역할을 했던 『대한매일신보』의 주필을, 최남선은 청년학우회의 대변지였던 『소년』의 창간과 편집을 맡았다. 안창호의 「신민회취지서」와 신채호가 기초하고 최남선이 발췌 정리한 「학우회취지서」는 애국계몽기 독립 및 계몽운동의 원동력이 된다. 「학우회취지서」는 신채호가 주필로 있던 『대한매일신보』와 최남선이

39 류자명, 앞의 책, 같은 곳.
40 위의 책, 131면.

주간으로 있던 『소년』에도 실린다.

한편 당시 독립단체의 활동과 더불어 친일단체의 준동도 눈여겨보아야 한다. 일진회에 이어 대동학회가 생기는가 하면, 『국민신보』에 이어 『대한신문』이 생겨난다. 단재는 이들과 끊임없이 싸웠다. 그는 「여우인절교서」(1908.4)를 발표하여, 친일파와 결별을 선언했다. 「여우인절교서」는 비록 사적 서신이지만 공적 선언서, 경고문의 역할을 톡톡히 했다. 그것이 언론 매체를 통해 발표된 점과 "일진회에 가입한 자들은 볼지어다"라고 선언한 점이 그러하다. 그리고 그는 신민회의 신민 사상에 버금갈 「이십세기 신국민」(1910.2.22~3.3)을 발표하여 새로운 국민의 자세와 역할을 분명히 적시하였다. 또한 최남선이 『소년』을 창간했을 때에는 「소년 잡지를 축함」(『대한매일신보』, 1909.4.18)을 써서 『소년』 잡지의 장수를 기원했다. 한편 최남선은 『소년』(1910.8.15)에 단재의 「국사신론」(『대한매일신보』에 연재했던 「독사신론」)을 옮겨 실었다. 그러나 단재의 글에 대해서 비판적 입장을 견지했다.[41]

일제의 강점조약이 있기 몇 달 전 단재는 안창호 등과 함께 망명의 길에 오른다. 그는 신민회 동지들과 청도회의를 개최하고 독립운동 방략을 논의하였다. 여기에서 안창호의 실력양성론(점진적 준비론)에 따라 밀산에 독립운동기지를 세우기로 했다. 이후 단재 일행은 영국 기선을, 안창호 · 이갑은 러시아 기선을 타고 블라디보스톡으로 향한다. 단재는 그곳에서 대양보 주필(1911.6~9)을 맡아 계몽운동에 앞장선다. 안창호 역시 블라디보스톡에 7개월여를 머무르다 치타, 페테스부르그를 거쳐 미국(1911.9)으로 간다. 그는 1911년부터 신채호에게 몇 차례 미국행을 요청하지만, 신채호는 응하지 않았다. 그것은 『권업신문』 발행 계획도 있었지만 도산의 도미 요청이 선뜻 내키지 않았던 까닭으로 보인다. 1912년부터 단재는 광복회를 결성하여 부단장을 맡는 등 독립운동에 나서게 된다. 1917년 11월에는 「광복회고시문」

41 최남선은 「독사신론」에 대해 "科學的 正確에는 幾多의 未備가 잇슬지오 兼하야 論理와 文脈이 整齊치 못한 곳이 만흐니 이는 奔汨한 中 忽忙한 붓으로 읏지하지 못함으로 容恕함이 可할 듯"(『소년』 3-8, 1910.8.15)이라고 했다.

과「광복회통고문」을 작성했다. 한편, 1919년 2월 8일「2・8독립선언서」가 일본 동경에서 선포되고, 최남선이 기초한「3・1독립선언서」가 서울에서 1919년 3월 1일 발표된다.

今日 吾人의 朝鮮獨立은 朝鮮人으로 하여금 邪路로서 出하야 東洋 支持者인 重責을 全케 하는 것이며, 支那로 하여금 夢寐에도 免하지 못하는 不安, 恐怖로서 脫出케 하는 것이며, 또 東洋平和로 重要한 一部를 삼는 世界平和, 人類幸福에 必要한 階段이 되게 하는 것이라.

一. 今日 吾人의 此擧는 正義, 人道, 生存, 尊榮을 爲하는 民族的 要求ㅣ니, 오즉 自由的 精神을 發揮할 것이오, 決코 排他的 感情으로 逸走하지 말라.

一. 最後의 一人까지, 最後의 一刻까지 民族의 正當한 意思를 快히 發表하라.

一. 一切의 行動은 가장 秩序를 尊重하야, 吾人의 主張과 態度로 하야금 어대까지던지 光明正大하게 하라.

최남선이 선언서를 쓰고, 한용운이 공약 3장을 씀으로써「기미독립선언서」는 완성되었다. 그 내용은 독립의 당위성을 피력하였으며, 철저히 평화적, 비폭력적 독립운동을 내세우고 있다. 그러나 그러한 평화적, 비폭력적 독립운동은 일본의 총칼 앞에 힘없이 무너지게 된다. 단재는 1919년 2월(양력 3월?)「대한독립선언서」에 서명을 하였는데, "육탄혈전으로써 독립을 완성"하려는 무력독립 투쟁을 적극 지지한 것이다.

서울에서의 독립선언서를 유심히 읽어내려가던 단재는 고개를 갸웃거리다가 이윽고

『불과 몇 년짜리 운동을 선언했군! 이 판에 평화운동이 다 뭐하자는 거요.』

하고 긴 탄식을 한 뒤

『에잉! 이것도 독립선언이라고…….』

하는 말과 함께 선언서를 내팽개치는 게 아닌가.[42]

단재는 최남선의 선언서를 보고 "이것도 독립선언이라고" 하며 탄식했다 한다. 그것은 "從來로 우리 社會에 出現한 論文 宣言文 等이 매양 哀乞이 안이면 諷諫이요, 그러치 안하면 祈禱이라 한아도 咀呪에 相當한 文字가 업섯도다"[43]라는 평가와 맞닿아 있다. 단재는 무저항 비폭력 투쟁의 한계를 잘 알고 있었다. 그는 「꿈하늘」(1916)에서 님의 군사가 연장을 가지지 않고 가비의 군사와 겨루다가 가비의 군사가 "칼이며 총이며 불이며 물이며 왼갓 것을 다해 님의 군사를 치는대", "님의 군사는 뷘 주먹이 칼에 부서지며 흰가슴이 총에 쒸다가 불에 타며 기다가 물에 싸저", "죽는 이 님 군사오, 업치는 이 님의 군사리라"[44]라고 기술하였다. 3 · 1운동 3년 전 이미 비무장 독립운동의 비참한 결말을 예견했던 것이다. 그래서 "「우리는 正義의 아들이다. 惡이 아모리 강한들 엇지 우리를 니기리오.」 불으지지나 强力 밋헤야 正義의 한아비인들 쓸대 잇나냐?"라고 반문했던 것이다.

단재는 1919년 상해임시정부에 참여한다. 그는 임시의정원 의원으로, 위임통치청원서를 문제 삼아 이승만의 국무총리 추대를 반대하여 임시정부와 갈등을 빚는다. 결국 이승만은 국무총리, 안창호는 내무총장을 맡게 되는데, 이후 이승만의 대통령 추대건으로 단재는 이들과 완전히 결별하게 된다.

한편 3 · 1운동으로 한용운은 감옥에서 영어의 생활을 한다. 그는 감옥에서 자신의 변론 요지를 썼다.

何民族을 勿論하고 文明程度의 差異는 有할지나 血性이 無한 民族은 無하니 血性을 具한 民族이 엇지 永久히 人의 奴隷를 甘作하야 獨立自存을 圖치 아니하리오. 故로 軍國主義 卽 侵掠主義는 人類의 幸福을 犧牲하는 惡魔일 뿐

42 임중빈, 『선각자 단재 신채호』, 형설출판사, 1986, 223면.
43 김병민 편, 『신채호문학유고선집』, 연변대학출판사, 1994, 188면.
44 위의 책, 50면.

이니 엇지 是와 如한 軍國主義가 天壤無窮의 運命을 保하리요. 理論보다 事實(以下不明) 嗚呼라 「劍」이 엇지 萬能이며 「力」이 엇지 勝利리오.[45]

한용운의 「조선독립의 서」는 『독립신문』(1919.11.4)에 실린다. 민족 대표 33인 가운데 변절을 하지 않았던 한용운, 그는 군국주의가 결국 패배하게 마련이라며, 정의와 인도주의에 입각한 비폭력 평화운동을 통한 독립쟁취를 주장했다.[46] 그러나 단재의 투쟁 노선은 달랐다. 단재는 임시정부에서 탈퇴한 후 『신대한』을 창간하고 그 주필을 맡는다. 「신대한창간사」(1919.210.28)에는 단재의 투쟁 노선이 여실히 드러난다. 그는 "二千萬의 骸骨을 太白山갓치 싸흘지라도 日本과 싸호자"라며 무력투쟁을 강조하였다. 그는 『신대한』이 『독립신문』과의 갈등으로 폐간된 후 북경으로 가서 그곳에서 『천고』를 발간하기도 했다. 그리고 의열단 선언서를 작성해 달라는 김원봉의 요청에 응했던 것이다. 단재는 「조선혁명선언」에서 "三一運動의 萬歲소리에 民衆的 一致의 意氣가 瞥現하엿지만도 한 暴力的 中心을 갖이지 못하엿도다"고 하여 그 한계를 지적했다.

第一은 外交論이니…… 國亡 以後 海外로 나아가는 某某志士들의 思想이 무엇보다 먼저 『外交』가 그 第一章 第一條가 되며 國內 人民의 獨立運動을 煽動하는 方法도 『未來의 日美戰爭・日露戰爭 等 機會』가 거의 千篇一律의 文章이었었고 最近 三一運動에 一般人士의 『平和會議・國際聯盟』에 對한 過信의 宣傳이 돌이어 二千萬 民衆의 奮勇前進의 意氣를 打消하는 媒介가 될 뿐이엇도다.(「조선혁명선언」, 112~113면)

第二는 準備論이니…… 庚戌 以後 各志士들이 或 西北間島의 森林을 더듬

45 「朝鮮獨立에 對한 感想의 大要」, 『독립신문』, 1919.11.4, 3면.

46 한용운은 단재의 정신을 기려 단재의 사후 단재전집의 발간을 위해 노력했다. 그는 "1942년을 전후하여 한용운 박광 신백우 최범술 제씨가 『단재선생유고집』의 간행을 추진하였으나 일제의 감시로 추진되지 못"(전집 하, 505면)했다. 만해는 효당 최범술과 더불어 단재의 사후 단재유고집을 발간하려다가 발각되어 이른바 '해인사 사건'이 발생하기도 했다.

으며 或 西比利亞의 찬바람에 배부르며, 或 南北京으로 돌아단이며, 或 美洲나 『하와이』로 들어가며 或 京鄕에 出沒하야 十餘星霜 內外 各地에서 목이 터질만치 準備! 準備!를 불넛지만 그 所得이 몟개 不完全한 學校와 實力 없는 會뿐이었섯다. 그렇나 그들의 誠力의 不足이 아니라 實은 그 主張의 錯誤이다. 强盜 日本이 政治經濟 兩方面으로 驅迫을 주어 經濟가 날로 困難하고 生產機關이 全部 剝奪되야 衣食의 方策도 斷絶되는 때에 무엇으로? 어떻게? 實業을 發展하며? 敎育을 擴張하며? 더구나 어대서? 얼마나? 軍人을 養成하며? 養成한들 日本戰鬪力의 百分之一의 比較라도 되게 할 수 있느냐? 實로 一場의 잠고대가 될 뿐이로다.(「조선혁명선언」, 113~114면)

단재는 "『外交』『準備』 等의 迷夢을 바리고 民衆直接革命의 手段을 取함을 宣言하노라" 하고 공표하였다. 그는 「꿈하늘」에서 이미 외교론자, 준비론자들을 망국노로 규정하였다. 국제 사회에서 외교를 통한 문제 해결을 추구하는 이승만 등의 외교론이나 교육 및 산업을 통해 실력을 양성하는 안창호 등의 준비론을 동시에 비판하고 주체적 투쟁노선을 강조하였다. 그는 또한 최남선, 한용운 등의 비폭력적 평화적 온건적 독립운동을 거부하고 과격하고 급진적인 무력투쟁을 통한 민중직접혁명을 선언하였다. 일제에 대항하는 노선을 평화적으로 할 것인가, 아니면 무력저항으로 할 것인가? 단재는 무력저항 노선을 견지했다. 그래서 그는 일제의 서슬에 결코 굴하지 않는 「조선혁명선언」을 완성했던 것이다.

그는 1928년 다시 무정부주의동방연맹선언서를 쓰게 된다. 거기에서 "世界 無產民衆의 生存 — 더욱 東方 無產民衆의 生存"(『별집』 하, 47면), "우리 民衆의 生存할 길이 여긔 이 革命에 잇슬 뿐이다"(『별집』 하, 50면)라고 선포했다. 그는 1928년 체포되어 1936년 여순감옥에서 생을 마친다. 그러나 그의 선언서는 여전히 메아리로 울려오고 있다.

5. 마무리

이 글에서는 「대한신민회취지서」(1907), 「청년학우회취지서」(1909), 「조선혁명선언」(1923)의 저자를 살펴보았다. 그리고 애국계몽기 안창호와 최남선, 그리고 신채호의 애국계몽운동을 살펴보았다. 특히, 신민회, 청년학우회와 관련된 사항들을 살폈고, 또한 『대한매일신보』를 중심으로 단재의 언론활동도 간단히 살폈다. 그는 「여우인절교서」(1908)를 통해 일진회 가입자들에게 경고하였으며, 또한 『대한신문』·『국민신보』도 매섭게 비판하였다. 한편 1910년 「이십세기 신국민」을 통해 새로운 국민상을 제시하기도 했다.

단재는 1917년 「광복회통고문」, 「광복회고시문」 등을 썼으며, 1919년에는 「대한독립선언서」에 서명하였다. 최남선은 「기미독립선언서」를, 한용운은 「조선독립의 서」를 각각 썼다. 단재는 「조선혁명선언」에서 준비론, 외교론을 부정하고 민중직접혁명을 외쳤으며, 최남선, 한용운 등의 온건한 독립운동에서 벗어나 무력을 통한 독립운동을 제시하였다. 이들 3인의 선언서는 독립운동사에서 3대 명문으로 평가되며, 특히 그 가운데에서도 단재의 「조선혁명선언」은 일제의 간담을 서늘케 한 불후의 명문이다. 그것들은 각기 저술자의 세계관을 잘 대변해준다.

단재는 항일비밀결사단체인 신민회 활동을 시작으로, 청년학우회취지서(1909)를 기초하였고, 광복회고시문, 광복회통고문(1917), 의열단선언서(1923), 무정부주의동방연맹선언서(1928) 등을 작성함으로써 독립운동의 확산에 기여했다. 그는 「광복회고시문」에서 밝힌 바처럼 "文을 能히 하는 자 文으로써 國光을 揚하"여 일편단심으로 "疆土의 恢復"을 위해 온몸을 바쳤던 것이다.

「단기고사 중간서」의 저자 문제

1. 들어가는 말

신채호전집에는 「檀奇古史重刊序」(이하 「중간서」)가 실려 있다. 『단기고사』의 '서문'으로 실렸던 글이고, 글의 마지막에 "丹齋 申采浩 識"이라고 적혀 있어 단재의 전집에 포함된 것은 전혀 이상한 일이 아니다. 1912년 『단기고사』는 중국에서 중간된 것으로 알려지기도 했지만, 그것은 신채호의 「중간서」로 인해 빚어진 오해이다. 김두화 · 이화사에 따르면, "대한 光武時代에 學部에서 出刊하랴다가 日人의 內政干涉으로 未刊되고 또 其後 신채호 이관구 양씨가 중국지방에서 출간하랴다가 其亦是 未刊되"었다고 한다.[1] 현재 남아있는 최고본은 1949년 김해암 이관구가 번역 출간한 것이다.[2] 이 국한문판이 간행된 후 1959년에 정해백의 한글본이 나왔다. 그리고 이들 외에도 이민수에 의해 발행된 『단기고사』본이 있다.[3] 그러나 『단기고사』를

1 김해암 · 이화사, 「本史出刊經路」, 『檀奇古史』, 문화인쇄사, 1949.

2 그들에 의해 문화인쇄사에서 1949년 11월 3일 초판이 발간되었다가 12월 3일 재판이 발간되었으며, 1950년 5월 1일 선광인쇄주식회사에서 다시 발간되었다. 이화사는 화사 이관구를 말하며, 이 글의 본문에서는 이화사를 이관구로 표기한다.

3 이것은 光山 李珉秀가 "檀紀四千三百十五年壬戌夏"에 편한 것으로 『단기고사』는 총 106면으로 되어 있고, 『聖經八理訓』(107~197면)과 합질되어 있다. 표지에는 『檀奇古史－附三百

두고 위서 논란이 일었다. 어쩌면 위서냐 아니냐의 핵심에 「중간서」가 놓여 있다고 할 수 있다. 이에 대한 그간의 논의를 살펴보면 아래와 같다.

> 신채호가 이 책의 出刊을 위해서 重刊序를 썼다고 하는 것은, 어느 정도 이 책에 대하여 신뢰를 가졌기 때문일 것이다. 그는 重刊序에서 이 책의 출현을 기뻐하면서 다음과 같이 이 책에 대한 신뢰를 표하고 있다.[4]

> 단기고사가 어떤 책이라는 것은 「저자의 말」과 신채호 선생 등의 설명이 자세하기 때문에 더 이상 밝히지 않기로 한다.[5]

> 신채호의 '檀奇古史重刊序'에 "壬子歲(1912)에 余 安東縣에 至할 時에 志友 李華史가 一卷 古書를 帶來하여 장차 出刊할 意로 余에게 序文을 請하거늘……"이라고 하여, 화사가 신채호에게 1912년에 《단기고사(檀奇古史)》 서문을 요청하여 받아낸 사실이 나타난다.[6]

> 즉 신채호 명의의 서문은 사실상 이화사의 소작으로 이화사가 광복회 「고시문」의 내용을 변개하여 서문에 넣었던 것으로 헤아려 보는 것이다.[7]

> 단재는 1912년 대종교 종단에서 이 책을 중간할 때 그 서문에서 『단기고사』의 "眞本됨은 의심이 없다"고 하였다. 따라서 단재가 이 책을 열독한 것은

六十六事」로 되어 있으며, 마지막에 그의 「書檀奇古史歸本編後」라는 글이 있다. 1983년 朗州印刷社에서 발간된 것이 전남대, 원광대 등에 보관되어 있다. 이것은 정해백의 한글본을 한문본에 가까운 국한문본으로 되돌린 귀본이다. 번역은 孫仲禧가 "辛酉(1981) 十二月 七日"(「檀奇古史正以楷字序」)에 한 것이다. 여기에서는 이것을 '귀본'으로 부르기로 한다.

4 한영우, 「1910년대의 민족주의적 역사서술」, 『한국문화』 1, 서울대 규장각 한국학연구원, 1980.12, 132면.

5 고동영, 「책을 옮기면서」, 『단기고사』, 한뿌리, 1986, 203면.

6 「해제-언행록」, 국학자료원, 2003, 23면.

7 조인성, 「한말 단군 관계 사서의 재검토-"신단실기"·"단기고사"·"환단고기"를 중심으로」, 『국사관논총』 3, 국사편찬위원회, 1989.10, 253면.

틀림없겠으나, 그러나 단재의 역사인식에서는 『단기고사』의 내용이 거의 배제되고 있다.[8]

또 신채호 정도의 대종교 계통 인사에 의해서 주목되었고, 1912년에 중간 예정본의 서문을 썼는데도 다른 필사본이 전혀 남아있지 않다고 하는 점도 문제가 된다. 그뿐 아니라 1912년 한문본을 출간하려 했던 상황에서 국한문의 서문을 썼다는 점도 이해할 수 없다. 게다가 신채호 서문에는 국한문 번역본의 출간을 기다린다는 기이하다고 할 수밖에 없는 내용이 들어있기도 하다.[9]

기존의 견해는 「중간서」를 단재의 글로 받아들이는 경우와 단재의 글로 보지 않는 경우로 나눌 수 있다. 후자의 경우는 조인성이 대표적인 사례이며, 박광용도 이 견해에 동조하고 있다. 조인성은 「중간서」를 이화사가 조작한 것으로 규정했다. 그리고 이만열 역시 단재가 역사기술에서 『단기고사』를 인용하지 않았음에 의아심을 가졌다. 또한 이상시는 단재가 남긴 그 어떤 저서나 논문, 전기에도 『단기고사』에 대한 언급이 없다는 점을 들어 『단기고사』가 위서일 가능성을 제기했다.[10] 그렇다면 「중간서」는 신채호의 글인가, 이관구의 글인가, 아니면 제3자의 글인가가 우선 밝혀져야 한다.

8 이만열, 『단재신채호의 역사학연구』, 문학과지성사, 1990, 36면.
9 박광용, 「대종교 관련문헌 위작 많다 2—"신단실기", "단기고사"의 성격에 대한 재검토」, 『역사비평』 18, 1992.2, 114면.
10 이상시, 『단군실사에 관한 고증연구』, 고려원, 1990.

2. 「단기고사 중간서」와 단재

1) 집필 시기

「중간서」의 내용 중에는 다음과 같은 구절이 있다.

> 壬子歲에 余 安東縣에 至할 時에 志友 李華史가 一卷 古書를 帶來하여 장차 出刊할 意로 余에게 序文을 請하거늘[11]

「중간서」에서는 단재가 임자년에 안동현에 이르렀을 때 이관구의 부탁으로 글을 쓰게 되었다고 밝히고 있다. 이런 형식의 표현은 「張德震君의 遺書와 日誌의 叙」에도 존재한다. 단재는 "全東明군이 上海에서 올나와 도라간 張德震君의 遺書와 日誌의 叙를 나에게 부탁한다"[12]고 하여 글 맨앞에 '서'를 쓰게 된 동기를 밝혔다. 「장덕진서」에서와는 달리 「중간서」는 글의 중간에서 서술 동기를 밝혔다. 그리고 글의 마지막 부분에 "壬子仲春"으로 글 쓴 시점을 밝히고 있다. 1912년(임자) 음력 2월(중춘)에 썼다는 것이다. 1912년 음력 2월이면 양력으로 3월 19일(2월1일)에서 4월 16일(2월29일) 사이이다. 저자는 "임자년에 내가 안동에 이르렀을 때" 『단기고사』를 보았다고 했다. 단재가 임자년에 안동에 이르렀다면 그 시기는 1912년 1월에서 4월 사이이다. 그런데 '귀본'에는 "壬子歲"를 "壬子二月"로 구체적으로 제시하였다. 막연한 시간을 '귀본'은 보다 분명히 했다. 단재는 1911년 6월부터 9월까지 『대양보』 주필을 맡았다. 1911년 12월 19일(러, 12월 6일)에는 권업회 창립총회가 열렸는데,

---

11 이하 「중간서」의 내용은 다른 글과 쉽게 구분하기 위해 고딕체로 처리하였다.

12 백태열 편, 『장덕진전』, 삼일인쇄사, 1925, 7면.

단재는 여기에서 서적부장을 맡게 되고, 신문부 부장 겸 주필이 된다. 그리고 권업회에서는 1912년 3월 13일(러시아력, 2월 29일) 신문허가신청서를 내었고, 4월 20일(러, 4월 7일) 러시아로부터 인가장이 나와 5월 5일(4월22일) 창간호를 발간하기에 이른다. 그러므로 신채호는 1911년 12월 중순부터 1912년 5월 5일까지 블라디보스톡에서 『권업신문』 발간 사업으로 인해 무척 바빴다. 당시 블라디보스톡에서 안동현까지 왕복하려면 적어도 2주가량 소요되는 먼 거리이다.

치타에서 이갑이 보낸 편지 3통(4244(1911).11.28, 4245(1912). 1.29, 4245(1912).2.3)[13]을 보면 그 시기 단재가 블라디보스톡에 머물렀음을 확인할 수 있다. 백원보의 2통의 편지(4245(1912).3.9, 1912.5.12)[14]에서도 신채호에 대해 따로 언급하지 않았다. 신채호가 중국을 방문한다던가 하는 특이 사항이 있었다면 이들 편지에 보고되었을 것이 분명하다. 신채호가 1912년 11월 1일 안창호에게 보낸 편지에 "若少有所須之物 當一觀中國 次往內地"[15]라는 내용은 그가 1910년 7월경 블라디보스톡에 온 이래 1912년 10월말까지 중국을 제대로 둘러보지 못했다는 것을 말해준다. 그러므로 1912년 1월에서 4월 사이, 좁게는 3월에서 4월 사이에 단재는 안동에 갔을 가능성은 거의 없다. 그러므로 "壬子歲에 余 安東縣에 至" 또는 "壬子 二月에 余至安東縣"은 단재의 당시 사정을 감안한다면 납득하기 어려운 내용이다.

13 도산안창호선생전집편찬위원회, 『도산안창호전집』 2, 도산안창호선생기념사업회, 2000, 377~386면.

14 위의 책, 169~175면.

15 위의 책, 246면.

2) 표현과 형식

단재는 몇 개의 서문을 남기고 있다. 그것을 살펴보면 아래와 같다.

「世界三怪物序」隆熙二年三月一日 무익生은叙하노라(국한문)

夢見諸葛亮「序」…… 聖天子隆熙二年孟夏 高靈申采浩 書于三洞精舍(한문)

「檀君古史重刊序」…………………………… 壬子仲春 丹齋 申采浩 識(국한문)

「張德震君의 遺書와 日誌叙」……… 四千二百五十八年 申采浩 敍(국한문)

『몽견제갈량』의 서문은 유일하게 한문으로 표기되어 있다. 『몽견제갈량』의 저자가 한학적 소양이 깊은 유원표였기 때문에 그에 걸맞게 한문으로 썼다는 것은 쉽게 수긍이 간다. 다음으로 「세계삼괴물서」의 서문 역시 한문에 토를 단 정도의 국한문체이다.[16] 그러한 문체는 「여우인절교서」에서 이미 선보인 문체이다. 단재는 한학자 신기선을 비판하는 글에서 한문식 문체에 토를 다는 국한문체를 썼다. 그런데 「중간서」는 (2)의 형식, 즉 국문의 문세로 내려가다가 돌연 한문 문법이 개입된 문체에 가깝다. 당시 『단기고사』는 한문본이었을텐데, 서문을 국한문체로 썼다는 것은 선뜻 이해되질 않는다. 그래서 박광용도 "1912년 한문본을 출간하려 했던 상황에서 국한문의 서문을 썼다는 점도 이해할 수 없다"고 지적했던 것이다. 본문이 한문이었으면 당연히 한문 '서문'을 쓰거나, 한문에 국문토만 다는 형식으로 썼을 것이다. 이는 글의 맨뒤 "後人이 飜譯하여 繼續 刊行하"라는 구절과도

16 단재는 당시 문체에 대해 관심이 많았다. 그는 「文法을 宜統一」에서 "其文法을 觀하건대, (一)或 漢文 文法에 國文吐만 加하는 者도 有하며, (二)或 國文 文勢로 下하다가 突然히 漢文 文法을 用하고, (三)或 漢文 文勢로 下하다가 突然히 國文 文法을 用하는 者도 有하여, 譬컨대 「學而時習之 不亦悅乎」一句를 譯함에, 或曰 「學而時習之면 不亦悅乎아」하니, 此는 一에 屬한 者요, 或曰 「學하여 此를 時習하면 不亦悅乎아」하니, 此는 二에 屬한 者라"(전집 하, 95면)하였다. 「세계삼괴물서」는 (1)의 문법투에 가깝다.

관련이 깊다. 단재는 『이태리건국삼걸전』도 번역했는데, 만일 번역이 필요하다고 판단했다면 직접 번역했을 것이다. '번역해서 계속 간행'하라는 표현은 단재다운 표현이 전혀 아니다. 그래서 손중희는 한문체에 가까운 (1)형식의 '귀본'을 만들면서 "後之眞愛國者 亦 續刊"으로 고치고 있다. '번역'이라는 말이 들어가서 글의 뜻을 해치는 것으로 판단했기 때문이다. 이관구본보다 '귀본'이 오히려 단재의 표현에 가깝다.

그리고 마지막 부분도 조금 차이가 있다. 단재는 「세계3괴물서」와 「몽견제갈량서」에서 모두 "隆熙 二年"으로 썼고, 1911년과 12년에 안창호에게 보낸 서신에서는 "4244.9.8", "四千二百四十五年 十一月 一日"로 쓰고 있다. 그리고 『장덕진전』(1925)의 서문인 「장덕진군의 유서와 일지서」에서도 "四千二百五十八年"으로 하였으며, 「꿈하늘」의 서문에서도 "檀君 4249년 3월 18일"로 썼다. 아마 단재라면 1912년을 단순히 "壬子"라고 하지 않고, "四千二百四十五年"으로 표기했을 가능성이 크다. 이 외에도 표현상의 차이는 더 있다.

> 原著 主人公 野勃 先生은 十三餘 星霜을 勞力하여
>
> 世界三怪物 主人翁의 名號를 我國으로 歸케 흠이 何如오[17]
>
> (三)은 卽 本史 主人翁된 我族이 是라[18]
>
> 小說은 當代의 一件事實을 目的物로 定하고 此를 穿鑿附演하며 搜羅濬明하야 事件의 主人을 主角으로 定하고(『유고선집』, 248면)

「중간서」의 저자는 "주인공"이라는 표현을 쓰고 있다. 단재 글에서는 그러한 표현을 찾을 수 없다. 그것과 가장 가깝고 유사한 표현이 '主人翁'(「세계삼괴물서」, 「동방 고대의 각인종」), 또는 '主人 · 主角'(「고구려삼걸전 서문」)이다.

---

17 무익生, 「世界三怪物序」, 변영만 역, 『世界三怪物』, 광학서포, 1908, 3면.

18 신채호, 「동방 고대의 각인종」, 『민족문화연구』 38, 고려대민족문화연구소, 2003, 34면.

주인, 또는 주인옹이라면 모르겠지만, 주인공은 단재에겐 낯선 표현이다. 그래서 손중희는 '귀본'에서 윗구문을 "原著 野勃 先生"이라 하여 '주인공'을 없애버렸다. 그리고 "方術", "萬古不滅의 功" 등도 신채호와는 전혀 어울리지 않는 표현이다. 그래서 손중희는 각각 '方向', '德業之重'으로 바꾸었다. 단재의 문체에 더욱 가깝게 하고자 함이었다. 그리고 중간서에는 "半萬年 歷史上", "中華" 등의 표현이 나타나는데, 단재는 당시 "四千載"·"千年", "支那"·"中國" 등의 표현을 주로 썼다. "반만년"은 「꿈하늘」(1916)에 이르러서 사용한 흔적을 볼 수 있다. 그는 신해혁명 이전에는 중국을 주로 지나 또는 청국이라 표현했고, 신해혁명 이후 중국이라는 표현을 쓰고 있다. "중화"라는 표현도 주로 1916년 이후 문헌에 나타난다.

3) 역사 기술

단재는 1914~5년 무렵에 「대동제국사서언」을 썼다.[19] 그 내용은 아래와 같다.

檀君史가 傳ᄒᆞ거나 夫餘史가 傳ᄒᆞ거나 高興의 百濟史가 傳ᄒᆞ거나 李文眞의

19 종래 이 글과 관련하여 임상석은 1908에서 1911년 사이, 신용하는 구한말에서 일제 강점 초기에 집필된 것으로 보았다. 그러나 연구자가 1914~5년 무렵에 쓰인 것으로 보는데, 그 근거는 다음과 같다. 우선 글에 "我 四千二百四十餘年의 歷史"라는 구절이 있는데, 이는 집필 시기가 4241(1908)~4249(1916)이라는 것을 말해준다. 그리고 "崔都統의 明寇擊却홈을 削ᄒᆞ고 [此ᄂᆞᆫ 猶吾輩가 他書에 傍證ᄒᆞ야 得知ᄒᆞᆫ바……]"라는 구절이 있다. 이것은 「최도통전」 1909.12.5~1910.5.27) 저술 이후 쓰인 것이라는 사실을 말해준다. 단재는 1914년 윤세복의 초청으로 봉천성 환인현에 갔으며(이는 이극로의 증언 「서간도시대의 선생」에서도 확인됨), 그 무렵 학교 경영 및 조선사 집필을 착수하게 된다. 그는 그곳 박달학원 동창학교에서 청년 교육을 하는데, 이때 동창학교 교재로 『조선사』를 집필(단재전집 연보에는 1915년으로 적고 있다)했다 한다. 「대동제국사서언」이 실린 『무애산고』가 간행된 시기가 1915년 을유년 6월인데, 『무애산고』는 「역사와 애국심의 관계」, 「을지문덕」 등 애국심을 경각시키는 글들로 구성되었으며, 교재로 사용하기 위해 꾸민 것으로 보인다. 그러므로 "『조선사』 집필"은 곧 「대동제국사서언」을 지칭하는 것으로 보인다.

> 高句麗史가 傳ᄒᆞ거나 居柒夫의 新羅史가 傳하얏스면 我國이 今日에 至ᄒᆞ야 民力이 膨張ᄒᆞ야 東亞에 稱覇홈도 可ᄒᆞ며 國威가 震灼하야 西歐를 俯視홈도 可하거늘 嗚呼라 古代의 巨筆은 兵火에 投ᄒᆞ며 塵土에 埋하야 一短篇도 傳치 못하고 傳ᄒᆞᆫ거션 奴輩의 史筆쁜이라.[20]

위에는 중요한 사실이 숨어 있다. 그것은 단재 스스로 단군사가 전하지 않는다고 천명한 것이다. 그리고 그는 「꿈하늘」(1916)에서도 "檀君神祖께서 敎와 政治를 세우사 우리의 始祖가 되시고 疆域은 南北이 萬里가 되며 萬代에 밋칫사오나 그러나 엇지해 當時의 記錄은 神志秘詞 여들짝밧게 傳치 못하얏던가"라고 통탄했다.[21] 단군 시대에 관한 기록 『신지비사』의 내용이 여덟 구절밖에 전하지 않는다는 것이다. 그래서 그는 그 작품에서 "古記나 三國史記나 三國遺事나 高句麗史나 廣史나 繹史" 등의 역사서만 언급하였을 뿐이다. 『단기고사』는 이후 「조선상고사」 같은 데서도 전혀 언급되지 않았다. 만일 단재가 1912년에 『단기고사』를 보았다면 위와 같은 주장은 아예 할 수 없었다. 결론적으로 단재는 1912년 『단기고사』를 본 적이 없으며, 그래서 「중간서」를 쓰지도 않았다.

---

20 단재신채호전집편찬위원회, 「大東帝國史敍言」, 『단재신채호전집』 3, 독립기념관 한국독립운동사연구소, 2007, 199~200면.

21 김병민, 『신채호문학유고선집』, 연변대학출판사, 1994, 33~34면.

3. 단재의 사상과 「중간서」의 성격

1) 역사와 애국심의 관계

「중간서」의 첫 구문은 애국자를 내세우고 있다. 애국자가 국사를 대단히 중시해야 함을 지적한 것이다. 신채호는 역사와 애국심의 관계를 매우 중시하여 「역사와 애국심의 관계」라는 글을 썼다.

> 然이나 歷史를 不藉ᄒᆞ면 此性情을 發揮ᄒᆞᆯ 수 無ᄒᆞ며 歷史를 不待ᄒᆞ면 此天職을 履行ᄒᆞᆯ 수 無ᄒᆞᄂᆞ니 偉哉라 歷史여 我를 歌케 ᄒᆞᄂᆞᆫ 者ㅣ 歷史며 我를 哭케 ᄒᆞᄂᆞᆫ 者ㅣ 歷史며 我를 怒케 ᄒᆞ며 躍케 ᄒᆞᄂᆞᆫ 者ㅣ 歷史로다……嗚呼라 歷史가 無ᄒᆞ면 彼國의 國民인들 愛國心이 何處에서 生ᄒᆞ리오[22]

단재는 역사의 중요성을 강조하고, 애국심 역시 역사에서 비롯된다고 설파하였다. 「역사와 애국심의 관계」의 논리는 「대동제국사서언」에도 그대로 이어진다.

> 歷史가 有ᄒᆞ여야 國民이 愛祖心 有ᄒᆞᆯ지며 愛國도 有할지며 獨立心도 有ᄒᆞᆯ지며 進就心도 有할지라 故로 國民이 日로 國史롤 手ᄒᆞ며 日로 國史롤 口ᄒᆞ야 茶飯을 廢할지언졍 國史는 廢치 아니ᄒᆞ며 衣服은 却할지언뎡 國史는 却치 아니ᄒᆞ여야 可할지어날……國史가 無하면 國民이 無精神 無思想의 國民이 되야 鳥獸와 相去가 不遠하나니라[23]

---

22 신채호, 「역사와 애국심의 관계」, 『大韓協會會報』 2, 1908.5, 6면.

23 「大東帝國史敍言」, 『단재신채호전집』 3, 197~198면.

단재는 역사로 인해 애국심 독립심 진취심이 형성된다고 했다. 역사는 곧 국사이며 국사가 없으면 무정신 무사상의 국민이 된다는 것이다. 국사에 대한 강조는 궁극적으로 단재가 국사 기술로 나아가는 배경이 된다.

> 天下의 盛德과 大業이 뉘가 愛國者보다 勝하리가 有하리오 眞愛國者는 國事以外에는 足히 써 介意할 것이 없는 故로 國事를 棄하고는 嗜好할 것도 없고 希望할 것도 없고 憂患도 無하고 競爭도 無하고 歡喜도 無하고 忿怒도 無하도다. 眞愛國者는 國事를 視務할 時는 艱難하다 할 바도 없고 危險하다 할 바도 無하고 不可하다 할 바도 없고 成功하였다 할 바도 無하고 失敗하였다 할 바도 없고 至今은 그만두자 할 바도 없을지라

「중간서」의 저자는 '國事'로 쓰고 있다. 단재가 중요시하던 '國史'와는 다른 개념이다. 즉 단재의 글과 「중간서」가 다른 모습을 하고 있다. 그래서 손중희는 정해백의 한글본 "진 애국자는 국사 이외는 족히 써 개의할 것이 없는 고로……"(이관구본의 경우 "國事以外에는 足히 써 介意할 것이 없는로……")라는 구문을 "然眞愛國者捨國史而無可憂可喜可希望可爭鬪者何오"라고 고치고 있다. '國事'를 '國史'로 옮긴 것은 그것이 더욱 단재다운 표현이기 때문이다. 「중간서」에서 드러나는 국사와 애국심의 관계는 단재의 역사와 애국심의 관계와 흡사하지만, 그러나 그것이 '國史'가 아니라 '國事'라는 측면에서 여전히 차이가 있다.

2) 애국의 방법론

이어지는 「중간서」의 내용은 애국하는 방법론에 대한 적시이다.

> 또 眞愛國者는 그 愛國하는 方術이 不同하니 或은 舌로 하고 或은 血로 하며 或

은 筆로 하고 或은 劒으로 하고 或은 機械로써 하되 前唱하면 後隨하도다. 善射者는 서로 矛盾은 有할지라도 그 向하는바 鵠은 마츰내 同一한 目的으로 相合지 아니함이 無할지라 대개 東西의 國家와 古今의 民族이 數千數百이나 그 英特히 保存한 者는 百의 一에 不過하도다.

「중간서」의 저자는 혀, 피, 붓, 검, 기계 등을 통한 애국의 방법을 제시했다. 단재는 「역사와 애국심의 관계」, 「정육과 애국」에서 애국의 방법을 제시하였다. 그는 전자에서 웅변가의 대연설, 대문호의 筆로는 애국심을 환기하는 其術이 되지 못한다고 하였다. 그래서 "어찌 一寸舌 三寸筆의 能力으로 愛國心을 灌注할 수 有하리오"(하, 76면)라고 했다. 그것은 "演壇의 혀가 아모리 悲壯하여도 聽者의 感情은 激發한다 할지언뎡 그 純潔한 愛情 곳 愛國心은 일우지 못할지며 報館의 붓이 아모리 憤慨하여도 讀者의 情은 觸發한다 할지언뎡 그 貞固한 愛情 곳 愛國心은 맨든다 못할지니라"라는 내용과 상통한다. 그래서 그는 "故로 國民의 愛國心을 喚起하려거든 完全한 歷史를 先授할지어다"라고 했다. 여기에서 단재는 애국의 전제이자 토대를 분명히 밝히고 있다. 한편으로 그는 「정육과 애국」에서 애국자를 양성하는 4가지 방법에 대해 부정하고 있다.

(一) 「무쇠 팔뚝 돌주먹 少年男子야 와신톤의 거름을 배우며 비스막의 솜씨를 본받어 大韓國을 中興하여 너의 일흠이 六大洲에 뜨르르하게 하라」 하여 愛國의 青年을 불으나니 噫라 이는 青年 自身의 名譽心을 鼓發함이라. 國家에 對한 愛情을 길음이 안이이라 (二) 「나라가 亡하면 너도 딸어 亡하여 兄弟는 奴隷가 되고 子孫은 牛馬가 되어 萬劫地獄에 빠저 남의 賊待를 받으리라」 하여 愛國의 國民을 깨우나니 噫라 이는 國民으로 하여곰 苦痛을 感覺케 할 뿐이라. 國家에 對한 愛情은 길음이 안이니라 (三) 美國의 富와 德國의 强을 가저 「우리도 뎌와 갓히 鑛山을 캐며 工廠을 세우며 金錢을 모이자 우리도 뎌와 갓히 陸軍을 길으며 軍艦을 지으며 大砲를 맨들자」 하며 側面의 比較로 愛國

하는 精神을 奬勵하랴 하나니 噫라. 이는 外國文明을 崇拜하여 輸入하게 하는 일이라 國家에 對한 愛情을 길음이 안이니라 (四) 루소의 民約과 따윈의 物競論을 들어 「自由를 사자 平等을 찾자 競爭을 잘하자 淘汰가 되지 말자」하여 反面의 權利로 愛國하는 義務心을 認識케 하랴 하나니 噫라 이는 社會의 不平에 對한 破壞性을 激發케 하는 手段이라 할지언뎡 國家에 對한 愛情을 길음이 안이니라.[24]

이 글은 「애국심과 역사의 관계」의 주장보다 훨씬 나아가고 있다. 단재는 "반다시 國粹를 重히 알며 國粹를 重히 아는 國民은 반드시 그 나라를 사랑"한다고 하였다. 국수란 역사를 포함하여 風俗, 言語, 習慣, 宗教, 政治, 風土, 氣候, 外地 온갖 것에 그 特有한 美點까지를 포함한다. 그래서 "學校의 教育에나 社會의 教育에서라면 高聲突呼로 愛國하라 함보다 차라히 祖國偉人의 傳記를 니야기하며 城內山川의 讀本을 읽게 하여 내 나라에 對한 觀念을 깁게 함이 나흐리라"라고 주장했다.[25] '국사'에서 '국수'로 그 범위가 확장된 것이다.

이미 조인성이 밝힌 바이지만, 「중간서」는 그 내용이나 문투가 단재의 「광복회고시문」과 비슷함을 느낄 수 있다.

文을 能히 하는 자는 文으로써 國光을 揚하고, 武를 能히 하는 자는 武로써 國을 恢復하며, 權謀를 能히 하는 자는 權謀로써 國光을 揚하고, 勇을 能히 하는 자는 勇으로써 國을 恢復하며, 辯을 能히 하는 자는 辯으로써 國光을 揚하고, 術을 能히 하는 자는 術로써 國을 恢復하며, 業務를 能히 하는 자는 業務로써 國光을 揚하고, 財를 能히 하는 자는 財로써 國을 恢復해야 할 것이다.[26]

24 『신채호문학유고선집』, 146~147면.
25 위의 책, 148면.
26 「광복회고시문」, 227면.

단재는 이 글에서 조국 광복을 위해 모든 민중이 협력할 것을 당부하였다. 문인, 무인, 권모가, 용자, 변자, 술자, 업무인, 부자 할 것 없이 자신의 장점을 취해 광복에 힘쓰자는 것이다. 모든 사람이 일심동체가 되어 국권회복에 나설 것을 주문한 것이다. 그것은 「중간서」의 저자가 외친 애국방법론과 크게 다르지는 않다. 「중간서」의 저자는 마치 단재의 국권회복론을 애국방법론으로 전유한 것처럼 보인다. 그래서 조인성은 "이화사가 광복회 「고시문」의 내용을 변개하여 서문(「중간서」 : 인용자)에 넣었던 것"이라 결론지었다. 그러나 뒤에서 밝히겠지만, 「중간서」의 애국방법론은 양계초의 글과 닿아 있다.

3) 애국자론

「중간서」에서 저자는 수미일관하게 '진애국자'론을 펼치고 있다.

> (가) 天下의 盛德과 大業이 뉘가 愛國者보다 勝하리가 有하리오 眞愛國者는 國事 以外에는 足히 써 介意할 것이 없는 故로 國事를 棄하고는 嗜好할 것도 없고 希望할 것도 없고 憂患도 無하고 競爭도 無하고 歡喜도 無하고 忿怒도 無하도다.

> (나) 嗚呼라 大野勃 皇祚福 兩先生은 心과 筆로써 國家를 爲하여 腦力과 血誠을 다한 眞愛國者요 柳 李 兩氏도 心力과 筆力으로써 愛國盡誠者니 後人이 飜譯하여 繼續 刊行하여 世上에 廣佈하면 亦是 萬古不滅의 功이 되리로다.

(가)는 「중간서」의 첫단락, (나)는 마지막 단락이다. 저자는 천하의 대업에서 애국자가 제일 중요하며, 진애국자는 국사를 중시했고, 마음과 붓으로써 열성을 다 바친 대야발, 황조복과 더불어 유응두(유씨), 이윤규(이씨) 등은 진애국자라고 설파했다. 그런 관점에서 '國史'를 기술하고 간행한 대야

발 · 황조복은 진애국자에 속한다. 저자는 이들이 보통 애국자보다 월등함을 내세우고 있다.

> 無涯生이 曰 何如라야 是愛國者오 其口로만 愛國愛國ᄒᆞ면 是愛國者乎아 其筆로만 愛國愛國ᄒᆞ면 是愛國者乎아 夫愛國者ᄂᆞᆫ 必也其骨, 其血, 其皮, 其面, 其毛, 其髮이 惟是愛國心之組織物而已故로 臥時의 念도 國也며 坐時의 想도 國也며 其歌也도 國也며 其嘯也도 國也며 其笑也도 國也며 其哭也도 國也라 寤寐行動에 與國相隨ᄒᆞ고 悲喜憂樂을 非國不作ᄒᆞ야 一身은 付犧牲ᄒᆞ고 白骨은 爲塵土라도 一片爲國之精神은 磅礴宇宙ᄒᆞ며 上貫日月ᄒᆞ야 其心은 白白ᄒᆞ고 其血은 赤赤ᄒᆞ고 其信은 如四時之不差ᄒᆞ고 其熱은 如太陽之下爆故로 奮筆一叫ᄒᆞ면 頑石도 起立ᄒᆞ며 仗劍一倡ᄒᆞ면 枯骨도 活躍ᄒᆞᄂᆞ니 雖魔鬼의 子며 魔鬼의 孫이며 魔鬼의 徒黨이 一時紛來ᄒᆞ더리도 畢竟 愛國者의 眼前에 一片白旗ᄅᆞᆯ 竪ᄒᆞᆯ지라 偉哉라 愛國者며 聖哉라 愛國者여[27]

이것은 단재의 『이태리건국삼걸전』의 '서론' 부분으로, 그의 '애국자'관을 잘 보여준다. 단재에게 있어 애국자는 나라를 위해 모든 것을 바치는 사람이다. 애국자는 반드시 뼈, 피, 가죽, 얼굴, 터럭조차도 애국심의 조직물이고, 앉으나 누우나 오매불망 나라를 생각하며, 심지어 나라를 위해 자신의 목숨도 사양하지 않는다. 그래서 어떤 적도 이길 수 있다. 단재는 애국자가 위대하고 성스럽다고까지 하였다. 이 글에서 단재는 그냥 애국자라고 쓰고 있다. 「중간서」 저자에게 진애국자는 애국자보다 값진, 그래서 진애국자 > 애국자라는 논리가 성립된다. 우리는 이것 외에도 진애국자 ↔ 위(僞)애국자, 애국자 ↔ 비애국자의 논리를 상정해볼 수 있다. 그런데 단재의 글에서는 애국자 ↔ 비애국자는 찾을 수 있지만,[28] 진애국자 > 애국자의 논리는 찾

27 신채호 역술, 『이태리건국삼걸전』, 휘문관, 1908, 2면.

28 「차라리 괴물을 취하리라」에는 "그 중에 아주 道通한 사람은 삽시간에 애국자 · 비애국자, 종교가 · 비종교가, 민족주의자 · 비민족주의자의 육방팔면으로 현신하나니 어디에 이런 사

을 수 없다. 반면 이관구의 글에는 후자가 등장한다.

> 趙賢均……一生을 國家에 獻한 愛國者 一人이니라.(317면)
>
> 李宗珪……李華史 第一次擧義時에 同參하얏다가 事가 發覺되여 李華史와 同히 露領으로 亡命하였다가 露領에서 世을 永別한 眞愛國者의 一人이다.(318면)
>
> 崔正鉉……더욱 愛國思想이 懇切하야 恒常 愛國者를 尋訪하고 通情하면 腦裏가 大開하는 듯이 생각하였다……松菴의 생각 中에는 一日 二四時에 愛國心을 忘할 적이 없었으니 實로 文人 中의 思想家요 愛國者이니라.(324면)
>
> 盧承龍……松谷의 功勞가 華史에는 於하다 아니할 수 없으니 松谷은 實로 眞愛國志士의 一人이니라.(325면)
>
> 李茂……참으로 李茂가튼 愛國者요 經綸家가 그 抱負를 施行하여 보지 못하고 無故히 彼에게 拉去되어 生命을 빼앗김은 千秋에 遺憾이라고 아니할 수 없느니라.(334면)

위의 글은 이관구의 『의용실기』이다. 『의용실기』는 애국자열전이다. 이관구는 이 책에서 위에서 보는 것처럼 애국자, 진애국자, 애국지사("柳準熙 …… 愛國志士"(329면), "崔賡善 …… 愛國思想이 豊富한 志士"(331면)), 진애국지사 등의 표현을 쓰고 있다. 진애국자는 진짜 / 가짜가 대비된 개념(진애국자 / 위애국자)이라기보다 애국자 중의 애국자라는 의미이다. 「중간서」에 나타나는 진애국자 > 애국자, 진애국지사 > 애국지사의 논리가 『의용실기』에 잘 드러난다. 뿐만 아니라 「중간서」에 나타났던 "중화"는 이관구의 다른 글에서도 발견된다.

람이 있느냐"라는 구문이 있다. 그리고 단재의 「룡과 룡의 대격전」에 "强國의 民衆은 아즉 그 惰力의 愛國心을 가진 同時에 國을 支配階級의 國으로 誤認하야 支配階級의 勢力을 擴張增進케 하는 일은 愛國으로 誤信하야 그 愛國心 僞愛國心이 되고 말었습니다"라고 하여 애국심 / 위애국심을 드러내는 구절이 있다.

(가) 中華에 隷屬國이 될 만한 文句만 摘記한 故로

(나) 中華보다 落伍된 弱小國으로 經過하였다고 誤認케 되여

(다) 中華에 遊覽한 일이 있다(309면)

(가)와 (나)는 김해암과 이관구가 쓴 「본사출간경로」의 구절이요, (다)는 이관구의 『의용실기』 구절이다. 중국을 중국이나 지나로 쓰지 않고 중화로 표현하였는데, 이는 「중간서」의 표기방식과 같다. 곧 「중간서」에는 이관구의 논리와 문체가 확연히 드러난다.

4. 신채호와 이관구

1) 광복회사건과 『의용실기』

이관구의 『의용실기』에는 아래처럼 단재와 관련된 언급이 있다.

成樂奎……每日新聞社에서 記者生活을 얼마 한 턱으로 申采浩氏와 親하야 安東縣에서 倭總督暗殺을 密議하고 武器를 携帶하야 가지고 나와서(309면)

青善煥……申采浩의 勸告를 받아 가지고 朝鮮의 倭總督을 暗殺하고자 하야 成樂奎 等과 同히 京城에 來留하다가 事를 果치 못하고 (313면)

이 두 가지는 모두 일본총독 모의 사건을 말한다. 1918년 8월 황해도 해주에서는 광복회 회원 24명이 검거되는 사건이 일어났다. 이 사건의 핵심자는 광복회 황해도지부장 이관구였다. 이관구는 『의용실기』에서 이 사건을 '이

화사 2차 의거사건'이라 불렀는데, 신채호의 권고를 받아 일어난 것이라 기술했다. 신채호는 1912년 윤세복, 이동휘, 이갑 등과 더불어 노령 블라디보스톡에서 '광복회'를 창립하였으며 부회장을 맡았다. 그리고 그는 1917년 광복회의 「고시문」과 「통고문」의 원안을 작성하기도 했고, 황해도 해주사건에 관여하기도 했다.[29] 이 사건에 대해서는 대정7(1918)년 8월 16일 '국권회복을 표방하는 불령선인 검거의 건'(高第二三八〇八號)에 잘 나타나 있다. 실제로 신채호의 이름은 광복회 해주사건의 연루자 명단에도 나온다.

> 同年(1914년 : 인용자)陰十一月頃에 다시 支那에 赴하여 各地의 排日鮮人을 歷訪하며 同志의 結合을 企圖하였으나 同地在住者 等은 입으로만 國權復興을 云謂하나 金穀의 準備에 乏하여 其의 實力이 없으므로써 此의 目的을 達키 爲하여는 金穀을 貯藏하며 人物을 養成하고 미리 또 貧民을 救濟하여 써 人心을 收拾하며 思想의 統一을 圖하지 않고서는 目的達成이 困難하다고 하여 此의 方法에 對하여 支那에 居住하는 不逞輩와 謀하고 朝鮮內地에서 壯丁及資金을 募集하기로 하고 大正五年 陰 六月 成樂奎를 安東縣에 招致하고 曹善煥도 樂奎와 同道 來安케 하여 三名은 同月 日不詳 同地 元寶山公園에 會合하여 協議結果 成及曹는 前記 募集의 任에 當하기로 하였다. 一面 또 安重根의 例에 倣하여 總督을 暗殺하기 세 번에 及한다면 列國의 同情을 得하며 祖國을 恢復할 수 있다고 하여 ……[30]

문서에는 이관구가 1914년에 중국에 가서 각지의 배일 조선인을 만난 것으로 보고되어 있다. 1914년 당시 단재는 윤세복의 초청으로 환인현에 있었다. 이관구는 당시 광복회의 본부가 있던 환인현에 들렀을 것은 분명하다. 이관구는 1915년 7월 대한광복회에 참여하였으며, 1916년경 황해도지부장에

29 신용하, 「신채호의 광복회 통고문과 고시문」, 『한국학보』 32, 일지사, 231면.
30 국사편찬위원회, 『한국독립운동사』 2, 정음문화사, 1968, 483면.

선임되어 활동하게 된다.[31] 그리고 일본 총독 암살을 계획하게 된다. 이관구는 신채호가 성낙규와 친하여 왜총독 암살을 밀의했으며, 조선환에게도 왜총독 암살을 권고했다고 『의용실기』에 적었다. 일본문서와 『의용실기』를 종합해보면, 1916년 음력 6월에 신채호, 이관구, 성낙규, 조선환 등은 안동현에서 만나 일본 총독을 암살하기로 모의한 것이다. 그러므로 신채호가 안동현에서 이관구를 처음 만난 것은 일러야 1914년경으로 보인다.[32]

한편 황해도 경무부장이 작성한 문서에 따르면, "大正 六年 陰 十一月頃 李錫熹를 시켜 「光復會」「新韓國報」「財務總長」 等의 印章을 彫刻케 하고 또 國權恢復趣旨書를 作製하였으나 此를 燒棄하였다"고 한다.[33] 여기에서 "국권회복취지서"는 조인성의 언급처럼 광복회의 「고시문」과 「통고문」을 일컫는 것으로 보인다. 그것은 김종한 등이 "1917년 음력 12월초 홍성군 장곡면 신풍리에 거주하는 정태복의 집에서 비밀리에 면사무소 등사판을 사용하여 중국으로부터 인천을 거쳐온 위의 「고시문」 190매를 등사하고 광복회원 김재풍을 '광복회지령원총독장' 등의 인장을 찍어 인천의 이재덕 집으로 가져"(231면)간 사건과 같다고 할 수 있다.[34] 이관구는 단재의 「통고문」, 「고시문」을 입수하여 제작한 것으로 드러난다.

---

31 박중훈, 「의용실기」, 『국학연구』 6, 국학연구소, 2001, 300면.

32 박경중이 지은 「固軒 朴尙鎭 先生 略曆(1946?)」에는 "단기 四二四四年 辛亥春에 安東縣에 信義州 安東旅館은 獨立運動 機關 旅館으로 設置하고 獨立義軍部 幹部이시던 申丹齋(采浩)氏와 梁基澤氏가 滯留하야 國內外의 連絡을 取하야"(김희곤 편, 『박상진자료집』, 독립기념관 독립운동사연구소, 2000, 344면)라고 하여 마치 단재가 1911년에 안동현에 머문 것처럼 기술되어 있다. 그러나 독립의군부는 1912년 9월 고종의 명에 의해 조직된 독립운동단체이며, 주로 국내조직으로 이뤄졌으며, 단재는 이 단체에 가입하지 않았다. 아마도 박경중이 착각한 것으로 보인다. 단재는 1910년 7월경부터 1913년 7월경까지 3년 정도를 블라디보스톡에 머물렀다. 그 이후 북만주를 거쳐 8월 19일에 상해에 도착하였다. 1912년 음력 2월에 단재의 안동현 출현설도 현실적으로 어렵다.

33 국사편찬위원회, 앞의 책, 1968, 484면.

34 이러한 예는 광복회 경북지회에서도 드러난다. "경상북도 지회는 朴尙鎭이 그 책임자로 활동했는바, 박상진은 禹利見을 중국에 파견하여 위의 「통고문」을 본부로부터 받아서 등사하도록 했으며, 禹利見은 1917년 7월 말일경에 중국의 안동과 국내의 신의주에서 수십통의 「통고문」과 배정금의 액수통고를 우편으로 발송하였다."(신용하, 앞의 글, 231면)

壬子歲에 余 安東縣에 至할 時에 志友 李華史가 一卷 古書를 帶來하여 장차 出刊할 意로 余에게 序文을 請하거늘

柳準熙……歷史硏究에 從事하엿고 華史가 檀奇古史를 飜譯하야 出版한 後로 그 書冊를 四方에 傳播하기에 沒頭하엿으며(327면)

이관구는 아래 예문에서 보듯『의용실기』에서『단기고사』를 언급하였는데, 단재에 대한 언급은 전혀 없다. 그것은「중간서」의 예문과 밑줄 친 부분이 유사하다. 그리고 단재가「중간서」를 써주었다면,『의용실기』의「자서전」에서라도 언급했을 것이다. 오히려 그는 "當時의 志士 朴殷植 梁起鐸 申采浩 張志淵 諸先輩와 同時에 言論界에 遊하"(303면)였다고 자기 과시적으로 언급하는가 하면, 해주사건과 관련하여 신채호를 언급했을 뿐이다.

1918년 광복회 해주사건의 핵심에는 신채호가 있었다. 이관구는 광복회에 참여하여 국권회복운동을 일으키다가 주모자로 붙잡히게 된다. 이관구는 광복회로 인해 신채호와 긴밀한 관계를 갖고 광복회의 국권회복운동에 적극 동참하였다.「중간서」에서 이 둘을 "지우(知友)"라고 했던 것도 궁극적으로 광복회로 인해 형성된 관계로 보인다.

『의용실기』는 모두 36명의 애국자열전이다.「자서전」에 포함된 이관구를 포함시킨다면 모두 37명인 셈이다. 해주사건으로 검거된 광복회 회원은 모두 24명이다. 이 가운데 14명(이관구 포함)과 더불어 이 사건에 도움을 준 2명(이학희, 박동흠)이『의용실기』에 포함되어 있다. 그러므로『의용실기』에는 광복회 해주사건과 관련된 인물이 무려 40% 이상을 차지한다. 그런데 해주사건의 중요인물이자 1916년 음력 6월 일본 총독 암살 모의를 했던 인물인 신채호는 이 '열전'에 빠져 있다. 그리고 이 책에는『단기고사』와 관련된 구절도 있지만 신채호에 대한 언급은 없다. 만일 단재가「중간서」를 써서 이관구에게 주었다면 그 내용이『의용실기』에 기술되었을 것이 분명하다.

2) 이관구의 『언행록』

이관구는 또한 『언행록』을 남겼다. 이 책은 그가 신채호를 어떻게 평가하고 있는가를 엿볼 수 있는 좋은 자료이다. 『언행록』에는 제일 먼저 이관구가 양계초와 나눈 '偉人論'을 싣고 있다. 거기에서 이관구는 근대 위인으로 신채호를 거명했다.

> 至於近代……文人界有申采浩(40면)

이관구는 한국 근대의 위인으로 종교계에는 최제우, 경제계 정약용, 정치교육계에 안창호가 있음을 언급하고, 문인계에는 신채호가 있다고 말했다. 그만큼 단재를 높이 평가했다는 말이다. 그리고 그는 '위인론'에 이어 두번째로 강유위와 나눈 '철리론'을, 세번째에 신채호가 준 '작별시'에 관한 내용을 실었다. 단재를 대단히 각별하게 대우했던 것이다.

> 子鮮離燕京時 申采浩贈子鮮以作別 詩曰
> 壯志風塵賦遠遊 提刀躍躍下山秋
> 連天荊棘知前路 極目烟波有去舟
> 功業晩時休泣髀 機心萌處易驚鷗
> 石多尙有乙支窟 莫向隣家百尺樓[35]

위의 시는 이관구가 연경을 떠날 때 신채호가 써준 작별시로 소개되어 있다. 이 시가 단재의 시임을 알려주는 대목이 "석다산에는 아직도 을지굴이 있으니(石多尙有乙支窟)"이다. 번역자는 이 구절을 "돌이 많아 아직도 을지굴

---

35 이충구 · 김병헌 편역, 『화사 이관구 자료집(1)－언행록』, 국학자료원, 2003, 42~43면.

이 있으니"[36]라고 하였으며, '을지굴'에 대해서는 "미상"이라 주석을 달았다. 단재는 이미 『을지문덕』에서 "乙支文德은 平壤 石多山人이라"라는 『동국명장전』의 내용을 언급했고, 또한 「동국고대선교고」에는 "石多山에는 乙支文德窟이 有하며"(『별집』, 49면)라고 하였다.[37] 그는 이 글에서 묘향산의 檀君窟, 금수산에 동명왕의 麒麟窟, 중악산에 金庾信窟을 들고 "석가의 靈山과 마호메트의 洞窟과 같이 仙敎徒가 심술을 修鍊함에 必也 窟處를 以함인저"(『별집』, 49면)라고 하였다. 또한 「대한의 희망」에서 "金庾信氏가 石窟에 祈禱하는 精誠을 抱하"(하, 70면)라고 주문했다.

단재는 이관구가 국권회복에 정진하길 바랐다. 그것은 "이웃의 백척 누각을 향하지 말라"라는 구절에서 더욱 분명해진다. 단재는 「장덕진서」에서 "二層三層 以上의 華屋으로 豪奢의 생활을 자랑하는 놈들"[38]이라고 하였는데, 백척 누각이야말로 참담한 민족현실은 외면하고 자신의 호사만 추구하는 사람들의 거처였던 것이다. 단재는 백척 누각과 동굴의 대조를 통해 현실의 부귀나 영달을 꾀하지 말고 국권회복을 위해 정진할 것을 당부한 것이다. 그리고 하필 을지굴을 언급한 까닭은 이관구가 황해도 송화군 출신으로 평양에 있는 '석다산'과 가깝고, 또한 을지문덕은 『을지문덕』에서 묘사했던 것처럼 사천년 제일 위인이었기 때문이다. 단재는 광복회에서 뜻을 같이 했던 이관구에게 을지문덕처럼 정심 수련하여 국권회복의 위업을 달성하기를 바라는 마음에서 시를 써준 것이다.

이관구가 『언행록』에서 신채호의 시만 언급한 것은 당연하다. 만일 신채호가 「중간서」를 써줬다면 그 내용도 언급했을 것이다. 하지만 『의용실기』, 『언행록』 모두 그것에 관한 언급이 없는데, 이는 달리 「중간서」가 단재와 무관함을 보여주는 것이다.

36 위의 책, 43면.

37 한편 신채호는 동일한 내용을 「국한문의 경중」(『대한매일신보』, 1908.3.19)에도 적고 있다.

38 『장덕진전』, 9면.

3) 『언행록』과 신채호

이관구는 단재를 존경하고 높이 받들었다. 그것은 『언행록』 여기저기에 드러난다. 특히 그는 단재를 문인으로 높이 평가했음을 언급했는데, 그의 글에는 단재의 문체 또는 사상을 수용한 것으로 보이는 것들이 적지 않다.

> (가) 曰 小我를 論홀진딘 我의 耳目이 是我며 手足이 是我니 一軀殼中에 被縛혼 我라 視홈에 一隔壁을 透치 못ᄒᆞ며 躍홈에 一仞墻을 越치 못ᄒᆞ며 顯微鏡을 帶ᄒᆞ야도 大千微塵을 遍察치 못ᄒᆞ며 火輪車를 乘ᄒᆞ야도 一日 千里를 過치 못ᄒᆞ거니와 大我는 何오. 卽我의 精神이 是며 我의 思想이 是며 我의 目的이 是며 我의 主義가 是니 是는 無限自由自在의 我니 往코자 홈에 必往ᄒᆞ야 遠近이 無혼 者ㅣ 我며 行코저 홈에 必達ᄒᆞ야 成敗가 無혼 者ㅣ 我라.[39]

> (나) 그러나 나는 대아(大我)와 소아(小我)가 있으니, 육척신(六尺身)이 드높이 세상 속에 서 있는 것은 바로 육체적 나입니다. 대아는 빛나는 일점(一點)이 의식소에 깃들어 영세(永世) 불멸(不滅)하는 것입니다. 옛날에 이른바 영대(靈坮)라는 것은 의식소를 가리키니, 이것이 대아가 정착하는 곳입니다.(130면)

(가)는 단재의 「대아와 소아」라는 글이며, (나)는 이관구의 『언행록』에 나온 글이다. 단재의 이 글은 『대한매일신보』에 실렸다가 이후 『무애산고』에도 실린다. 나를 대아와 소아로 나눈 단재의 논리와 이관구의 논리는 매우 흡사하다. 이뿐만이 아니다.

39 신채호, 「大我와 小我」, 『大韓協會會報』 5, 1908.8, 7~8면.

(다) 國家가 旣是 民族精神으로 構成된 有機體인즉 單純흔 血族으로 傳來흔 國家는 姑舍흐고 混雜흔 各族으로 結集된 國家일지라도 必也 其中에 恆常 主動力되는 特別種族이 有흐여야 於是乎 其國家가 國家될지니[40]

(라) 國性이 國粹를 待흐야 保흐며 國魂이 國粹를 得흐야 立흐나니 質言흐면 盖我가 我를 尊흐며 我가 我를 愛흐는 心이 國粹를 因흐야 生흐는비라 故로 破壞라홈은 國粹를 破壞홈이 아니오 惡質을 破壞흐야 國粹를 扶植홈이라[41]

(마) 무릇 국가라는 것은 유기체(有機體)이기 때문에 정신과 형체가 서로 연합되어 있습니다. 지해(肢骸)의 각 기관은 각자 고유의 성질과 그 생활의 맡은 것이 있어서, 마땅히 이들 지해를 연결하여 하나의 전체(全體)를 결구(結構)해야 합니다. 먼저 내부로부터 발육을 한 후에 장성(長成)하여 외부에 도달하는 것이니, 이처럼 기능이 있어야 민족이 국가와 관계를 가집니다. 무릇 한 민족은 이미 그 고유의 나라를 세울 마음이 있고, 또 그것을 실행할 수 있는 세력이 있고, 그것을 실행하고자 하는 지기(志氣)가 있습니다. 무릇 그런 연후에 국가를 창건할 수 있습니다. 비록 그러하나 진실로 이 주의를 가지고 나라를 세운다면 마땅히 족수(族粹)를 보존하는 것으로 제일주의(第一主義)를 삼아야 할 것입니다.(147면)

(다)와(라)는 각각 단재의 「독사신론」, 「국수보전설」의 내용이다. 단재는 국가유기체론, 국수보전설 등을 내세웠다. 이러한 단재의 사상은 이관구의 글(마)에서도 나타난다. 특히 단재는 "重哉라 國粹의 保全이며, 急哉라 國粹의 保全이여"(1908.8.12)라고 하는가 하면, "國粹를 重히 알"아야 한다고 강조하였는데, 그것은 이관구에게 있어서 "나라를 세운다면 마땅히 족수(族粹)를 보존하는 것으로 제일주의(第一主義)를 삼아야" 한다는 것으로 표현되었다.

40 一片丹生, 「讀史新論」, 『대한매일신보』, 1908.8.27.
41 劍心, 「國粹」, 『대한매일신보』, 1910.1.13.

이것들은 궁극적으로 이관구가 단재를 어떻게 수용하고 있는가를 잘 보여준다.

5. 마무리

단재와 이관구가 안동현에서 처음 만난 것은 1912년 음력 2월이 아닌 것으로 보인다. 1914년 이관구가 중국 각지를 다니며 배일 조선인을 만났는데, 그때 환인현에서 신채호를 만나지 않았을까 추측된다. 그리고 1916년 음력 6월 그들은 안동현에서 만나 일본총독 암살을 모의했다. 당시 신채호는 광복회 부회장을 맡고 있었으며, 이관구는 광복회 황해도지부장으로 선임되었다. 이관구는 '광복회'를 통해 단재와 국권회복방법을 밀의하였으며, 단재가 쓴 광복회의 고시문, 통고문을 국내에서 인쇄 제작하기도 하였다. 이들은 일본총독의 암살을 모의하였지만 실패하였고, 이관구를 비롯한 광복회 회원은 1918년 8월 검거되기에 이른다.

이관구는 『언행록』에서 단재의 「대아와 소아」, 「독사신론」 등의 내용 일부를 수용한 것으로 보인다. 이관구는 광복회에서 활동하였으며, 광복회 부회장이었던 단재와 교유가 있었다. 그는 단재의 「독사신론」이나 『무애산고』도 보았을 것으로 보인다. 후자에는 「대아소아」·「역사와 애국심의 관계」 등이 실린 것으로 1915년 중국에서 등사한 것으로 보인다. 그리고 『독사신론』 역시 1911년 재미한인서회에서 단행본으로 발간되어 국내외에 유포되었으며, 이관구는 이 역시 영향을 받은 것으로 보인다.

「중간서」는 단재의 광복회 「고시문」이나 「역사와 애국심의 관계」, 「대동제국사서언」 등의 일부 내용과 유사한 측면이 있다. 특히 「중간서」에서 "周武王이 箕子를 朝鮮에 封하였다 하며 金富軾 같은 腐儒는 妄言하기를

夷事는 不可考요 俚言은 不知義"라고 한 것이나 "中華人의 群書는 自己만 尊하고 他人은 侮하며 同族은 褒하고 外族은 貶하며 自國 以外는 다 蠻夷라 稱하였"다는 사실, 그리고 "여러 번 兵火를 歷過하여 國史를 能히 保存하지 못하였으니 엇지 痛恨치 아니하리요"라고 한 것은 단재의 문체나 사상을 빌려서 기술한 것이다. 그것은 「독사신론」, 『조선사연구초』, 「조선상고사」, 「조선상고문화사」 등을 관류하는 정신이다. 이는 또한 이관구가 단재의 역사서로부터 적지 않은 영향을 받았음을 보여주는 것이다.

이관구는 단재의 문체 및 사상을 빌려와 「중간서」의 후반부를 작성했다. 그는 사료선택에 무엇보다 주의를 기울였던 당대의 위대한 사학자 단재를 끌어들임으로써 『단기고사』를 더욱 신뢰하게 하려 했던 것으로 보인다. 그러나 단재는 자신의 글에 단군사가 제대로 전하지 않는다고 직접 기록해놓음으로써 「중간서」는 위작의 오명에서 벗어나지 못하고 말았다.[42]

42 이 글은 「단기고사 중간서」의 저자를 궁구한 글이다. 「중간서」가 위작의 오명에 빠졌다는 것이지, 『단기고사』를 두고 한 말이 아니다. 『단기고사』 역시 그럴 개연성은 있지만, 중요한 것은 그것 역시 무언가를 바탕으로 했을 가능성이 크다. 「중간서」에서 다른 사람의 글을 가져온 것을 보면, 『단기고사』 역시 그럴 공산이 크다는 말이다. 그렇다면 이제 『단기고사』가 무엇으로부터 유래했는지를 밝혀야 한다. 무조건 위작으로 간주하여 사료의 가치를 부정할 것이 아니라 사료의 원천을 파악하고 그것이 사료로서 얼마만큼의 가치가 있는지를 제대로 조명할 필요가 있다.

부기

『檀奇古史』는 1949년 11월 1일에 초판이, 12월 1일이 재판이 나왔다. 이 책의 번역 및 출간은 김해암과 이화사가 한 것으로 「本史出刊經路」(己丑年 : 1949)에서 밝히고 있다. 여기에는 盤安郡王 신하 大野勃의 「檀奇古史再編序」(천통31년 : 729년)와 학부 편집국장 李庚稙의 「檀奇古史重刊序」(광무 11년 : 1907), 그리고 마지막에 신채호의 「檀奇古史重刊序」(壬子 : 1912)가 첨부되어 있다. 한편 「本史出刊經路」에서는 "大韓 光武時代 學部에서 出刊하랴다가 日人의 內政干涉으로 未刊되고 또 其後 申采浩 李觀求 兩氏가 中國地方에서 出刊하랴다가 其亦是 未刊되고 또 解放後 金斗和氏 等이 飜譯出刊하랴다가 其亦是 遲延中 今番 有志 韓在龍氏의 贊助로 出刊"하게 되었다고 했다.[43] 말하자면 1907년 학부에서, 1912년 중국에서 발간하려다가 하지 못하고, 결국 1949년에야 발간하게 되었다는 것이다.

단재의 서문 「중간서」는 1912년에 쓰인 것으로 소개되어 있지만, 책이 발간된 것이 1949년이라는 점에서 거의 30년 가까운 거리가 있다. 「중간서」에 대한 저간의 의혹에도 불구하고 그 글의 출처가 제대로 밝혀지지 못했다. 그런데 「중간서」의 전반부와 같은 글이 있다. 그것은 양계초의 『의대리건국삼걸전』의 「발단」이다.

(가) 梁啓超曰 天下之盛德大業 孰有過於愛國者乎 眞愛國者 國事以外 거무

43 한편 1950년에 발행된 『단기고사』(선광인쇄주식회사)에는 화사 이관구와 해암 김두화의 「檀奇古史 出刊의 經路」가 실려 있는데, 1949년의 「本史出刊經路」와는 조금 차이가 있다.

足以介其心 故舍國事無嗜好 舍國事無希望 舍國事無憂患 舍國事無忿懷 舍國事無爭競 舍國事無歡欣 眞愛國者 其視國事無所謂艱 無所謂險 無所謂不可爲 無所謂成 無所謂敗 無所謂已足 眞愛國者 其所以行其愛之術者不必同 或以舌 或以血 或以必 或以劍 或以機 前唱于而後唱喁 一善射而百決拾 有時或相歧相 矛盾相嫉敵 而其所向之鵠 卒至於相成相濟而罔不相合

梁啓超曰 今國於世界者數十 其雄焉者不過十之一 彼其鼓之鑄之締造之歌舞之莊嚴之者 孰有不從一二愛國者之心之力之腦之舌之血之筆之劍之機而來哉

梁啓超曰 歐洲近數百年 其建國之歷史 可歌可泣可記載者 不一而足……[44]

(나) 天下의 盛德과 大業이 뉘가 愛國者보다 勝하리가 有하리오 眞愛國者는 國事 以外에는 足히 써 介意할 것이 없는 故로 國事를 棄하고는 嗜好할 것도 없고 希望할 것도 없고 憂患도 無하고 競爭도 無하고 歡喜도 無하고 忿怒도 無하도다. 眞愛國者는 國事를 視務할 時는 艱難하다 할 바도 없고 危險하다 할 바도 無하고 不可하다 할 바도 없고 成功하였다 할 바도 無하고 失敗하였다 할 바도 없고 至今은 그만두자 할 바도 없을지라 또 眞愛國者는 그 愛國하는 方術이 不同하니 或은 舌로 하고 或은 血로 하며 或은 筆로 하고 或은 釖으로 하고 或은 機械로써 하되 前唱하면 後隨하도다. 善射者는 서로 矛盾은 有할지라도 그 向하는바 鵠은 마츰내 同一한 目的으로 相合지 아니함이 無할지라 대개 東西의 國家와 古今의 民族이 數千數百이나 그 英特히 保存한 者는 百의 一에 不過하도다. 彼의 鼓吹하며 鑄成하며 締結하며 莊嚴하며 歌하며 舞함을 뉘거 感服지 아니하리오 愛國者의 心血과 腦力과 筆釖으로써 活動한 것은 我國이 建國 以來 數萬年 歷史上에 그 可히 歌할 만하며 泣할 만하며[45]

(가)는 1902년에 나온 양계초의 『意大利建國三傑傳』 「발단」 부분이다.

44 양계초, 「發端」, 『意大利建國三傑傳』(1902), 1~2면. 『음빙실합집』 6, 중화서국, 1936.
45 신채호, 「단기고사 중간서」, 김해암·이화사 역, 『단기고사』, 1949, 문화인쇄소, 5면.

(가)와 (나)를 비교해보면, 두 글의 관계가 여실히 드러난다. 「중간서」의 서두 부분은 단지 양계초의 「발단」을 그대로 번역한 것에 지나지 않는다. 그러므로 그것은 표절에 가깝다. 왜냐하면 "양계초 왈" 부분을 아예 빼버리고 자신의 글처럼 적었기 때문이다. 그렇다면 신채호가 표절을 했다는 말인가? 변영만은 단재가 "절대로 베껴 쓰는 일은 없었다(絶不鈔寫)"고 밝혔다.[46]

> (다) 嗚乎라 天下之盛德大業이 孰有過於愛國者乎아 眞愛國者는 國事 以外에 擧無足以介其心ᄒᆞ야 舍國事에 無嗜好ᄒᆞ며 舍國事에 無希望ᄒᆞ며 舍國事에 無憂患ᄒᆞ며 舍國事에 無爭競ᄒᆞ며 舍國事에 無歡欣ᄒᆞᄂᆞ니라
>
> 眞愛國者는 其視國事에 無所謂險ᄒᆞ며 無所謂艱ᄒᆞ며 無所謂不可爲ᄒᆞ며 無所謂已足ᄒᆞᄂᆞ니라
>
> 眞愛國者는 其所以盡其愛之術者ㅣ不同ᄒᆞ야 或以舌ᄒᆞ며 或以筆ᄒᆞ며 或以劍ᄒᆞ며 或 以血ᄒᆞ며 或 以機ᄒᆞ야 前者唱而後者應ᄒᆞ고 一人射而百人拾이라 有時乎 或相矛盾ᄒᆞ며 或 相嫉敵이로ᄃᆡ 其所向之鵠은 卒至於相成相濟에 罔不相合ᄒᆞᄂᆞ니
>
> 今世界列國에 其稱雄者ㅣ 不過十之一이니 彼其鼓之鑄之締造之莊嚴之者ㅣ 孰有不從一二愛國者之心之力과 之腦之舌과 之血之筆과 之劍之機而來哉아 歐洲 近數百年 建國之歷史에 可歌可泣可記載者ㅣ 不一而足이오[47]

(다)는 『황성신문』 논설란에 실린 글이다. 이미 제목 「讀意大利建國三傑傳」이 보여주는 것처럼 양계초의 『의대리건국삼걸전』에 대한 독후감인 셈이다. 본 연구자는 이 글이 단재의 글임을 밝혔다.[48] 번역자가 양계초의 서문 「발단」을 번역해온 모습을 잘 보여준다. 그것은 다만 번역이기에 그러했

46 변영만, 「丹齋傳」, 『山康齋文鈔』, 용계서당, 1957, 90면.

47 「讀意大利建國三傑傳」, 『황성신문』, 1906.12.18.

48 김주현, 「"월남망국사"와 "의대리건국3걸전"의 첫 번역자」, 『한국현대문학연구』 29, 한국현대문학회, 2009.12.

을 뿐이다. 그리고 번역임은 제목에서 이미 밝히지 않았던가.

(라) 無涯生이 曰 偉哉라 愛國者며 壯哉라 愛國者여 愛國者가 無ᄒᆞᆫ 國은 雖强이나 必弱ᄒᆞ며 雖盛이나 必衰ᄒᆞ며 雖興이나 必亡ᄒᆞ며 雖生이나 必死ᄒᆞ고 愛國者가 有ᄒᆞᆫ 國은 雖弱이나 必强ᄒᆞ며 雖衰나 必盛ᄒᆞ며 雖亡이나 必興ᄒᆞ며 雖死나 必生ᄒᆞᄂᆞ니 至哉라 愛國者며 聖哉라 愛國者여 其國의 片土寸壤이 無非愛國者의 腕, 臂, 趾, 指로 所開拓者也며 其國의 隻身孑氓이 無非愛國者의 心, 血淚, 涕로 所孕造者也며 山阿의 一草葉과 水底의 一魚鱉이 無非愛國者의 精神氣魄으로 所化育者也며 地上의 一塵芥와 江畔의 一沙石이 無非愛國者의 慈悲惻怛로 所莊嚴者也며 其他 微微細細 巨巨大大의 百千萬物이 惟此愛國者의 愛國心으로 鼓之舞之鑄之造之者也니 嗚呼라 愛國者여 其上帝之天使乎며 現世之活佛乎며 北陸之春信乎며 旱地之霹靂乎며 迷津의 筏乎며 長夜의 鐸乎ㄴ져 不然이면 其願力이 何以如此其無窮이며 其功德이 何以如此其宏大리오

無涯生이 曰 何如라야 是愛國者오 其口로만 愛國愛國ᄒᆞ면 是愛國者乎아 其筆로만 愛國愛國ᄒᆞ면 是愛國者乎아 夫愛國者ᄂᆞᆫ 必也其骨, 其血, 其皮, 其面, 其毛, 其髮이 惟是愛國心之組織物而已故로 臥時의 念도 國也며 坐時의 想도 國也며 其歌也도 國也며 其嘯也도 國也며 其笑也도 國也며 其哭也도 國也라 寤寐行動에 與國相隨ᄒᆞ고 悲喜憂樂을 非國不作ᄒᆞ야 一身은 付犧牲ᄒᆞ고 白骨은 爲塵土라도 一片爲國之精神은 磅礴宇宙ᄒᆞ며 上貫日月ᄒᆞ야 其心은 白白ᄒᆞ고 其血은 赤赤ᄒᆞ고 其信은 如四時之不差ᄒᆞ고 其熱은 如太陽之下爆故로 奮筆一叫ᄒᆞ면 頑石도 起立ᄒᆞ며 仗劍一倡ᄒᆞ면 枯骨도 活躍ᄒᆞᄂᆞ니 雖魔鬼의 子며 魔鬼의 孫이며 魔鬼의 徒黨이 一時紛來ᄒᆞ더ᄅᆞ도 畢竟 愛國者의 眼前에 一片白旗ᄅᆞᆯ 竪ᄒᆞᆯ지라 偉哉라 愛國者며 聖哉라 愛國者여 盖愛國者ᄂᆞᆫ 如是어ᄂᆞᆯ 或 消遣의 閑情으로 禿毫을 弄ᄒᆞ며 釣名의 奸計로 寸舌을 鼓ᄒᆞ야 喋喋然自命曰 我是愛國者라 ᄒᆞᄂᆞ니 僞善者乎여 予欲無言ᄒᆞ노라

위의 글은 무애생 신채호가 쓴 『伊太利建國三傑傳』의 「緖論」 전반부이

다. 단재는 비록 『의대리건국삼걸전』을 발췌 번역하여 소개하기도 했지만, 역술한 저서 『伊太利建國三傑傳』에서는 자신이 직접 서문을 썼다. 그래서 '양계초 왈'이 아니라 '무애생이 왈'이 된 것이다. 단재는 양계초를 수용하였지만 새로운 애국자론을 펼치고 있다. (가)와 (라), 또는 (다)와 (라)를 비교해보면, 단재의 글 (라)가 단순히 모방한 것이 아니라는 사실이 드러난다.

이 글을 통해 단재가 남의 글을 베끼지 않는다는 변영만의 주장이 허언이 아님을 알 수 있다. 두 글 사이에는 적지 않은 차이가 있다. 비록 양계초의 글을 수용하였지만, 새로운 창작으로 나아간 것이다. 단재는 양계초에 대한 대타적 의식을 갖고 글을 썼다. 이는 달리 「단기고사 중간서」를 단재가 쓰지 않았음을 말해준다. 단재가 썼다면 (라) 「서론」처럼 자신의 글쓰기를 했지 그대로 베끼지는 않았다는 말이다.

결국 「단기고사 중간서」는 이관구가 쓴 것이다. 그는 양계초의 『의대리건국삼걸전』 「발단」의 전반부를 그대로 베껴왔으며, 또한 후반부에서는 단재의 사상과 문체를 일부 빌려와 「중간서」를 완성했다. 당시 양계초의 「발단」은 「취지」(『소년한반도』 창간호, 1906.11, 1면)에도 수용되었다. 단재는 그것을 「독의대리건국삼걸전」(1906.12.18~28)에 번역 소개하였으며, 『이태리건국삼걸전』에서는 자신의 언어와 사상으로 새롭게 썼다. 그런데 이관구는 양계초의 글과 단재의 문체와 사상을 가져와 「단기고사 중간서」를 쓰고나서 마치 단재의 글인 양 실었다. 그래서 그것은 단재의 이름을 빈 위작일 뿐이며, 또한 표절에 불과하다.

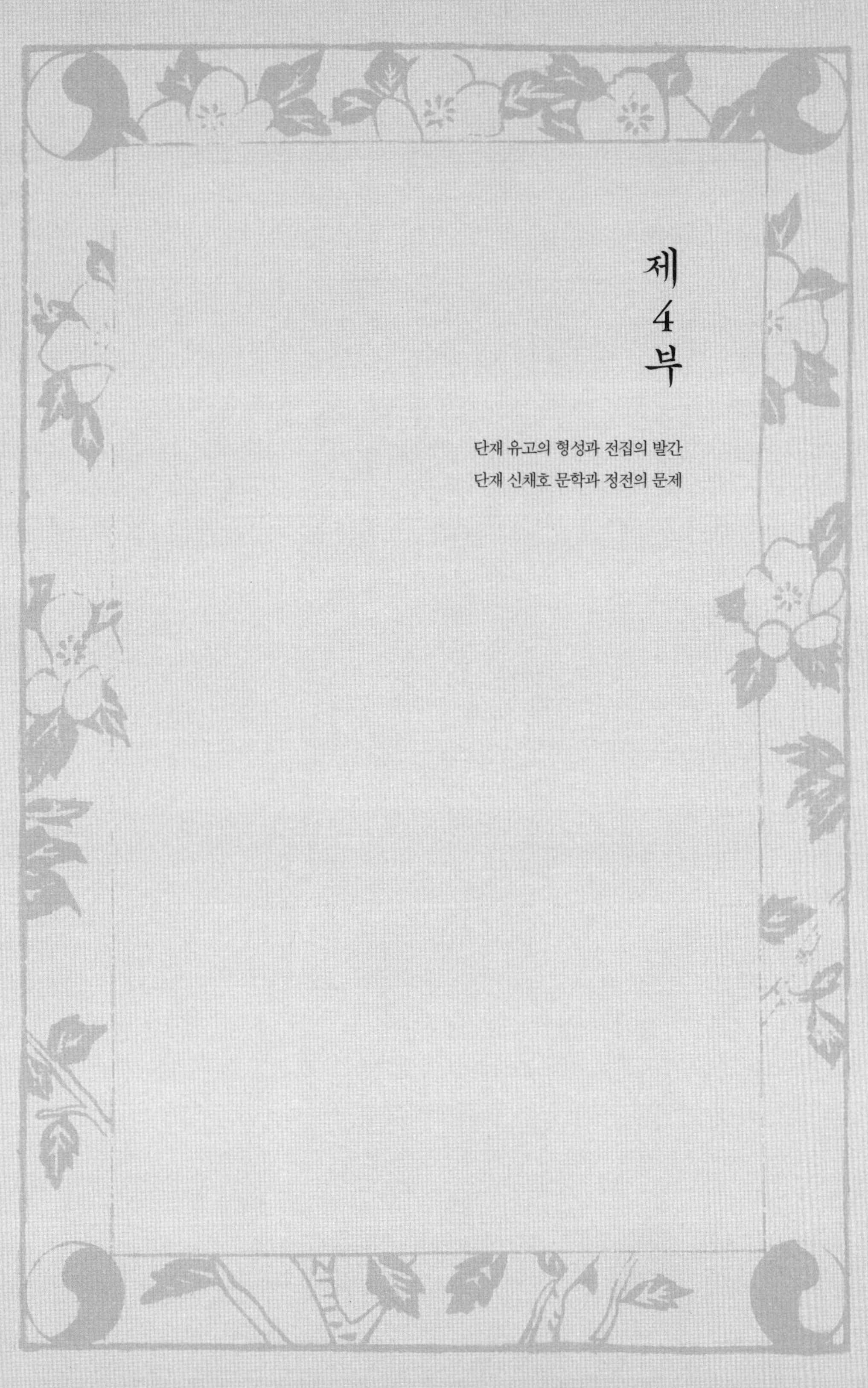

제4부

단재 유고의 형성과 전집의 발간

단재 신채호 문학과 정전의 문제

단재 유고의 형성과 전집의 발간

1. 단재의 글쓰기와 문학

단재 신채호를 평가할 때 그의 앞에는 다양한 수식어가 온다. 언론인, 애국계몽가, 독립운동가, 민족주의자, 역사학자, 문인, 무정부주의자 등이 그러한 것이다. 그는 문사철을 겸한 전통적 문인이었을 뿐만 아니라 항일투쟁에 참여한 실천적 지식인이다. 그는 애국계몽기 언론활동을 통해서 계몽운동을 펴는가 하면 일제 강점기 무력투쟁을 선도하는 등 우리 근대사에서 대단히 중요한 인물이다. 이제까지 그에 대한 연구는 다양하게 있어 왔다. 본 연구자는 여기에서 단재의 다양한 활동 가운데 문인으로서의 신채호와 그의 문학에 대해 언급하려고 한다.

신채호는 이미 당대에도 문인으로 지칭되었다. 그는 계몽기에 『을지문덕』을 창작하고, 「이순신전」, 「최도통전」을 써서 『대한매일신보』에 발표하기도 했다. 안자산은 『조선신문학사』에서 "무애생의 명이 강호에 선전하야 문예가 혁혁한 자는 신채호"라고 하여 높이 평가하였다.[1] 김태준은 단재의 『을지문덕』, 「최도통전」 등을 들어 "역사소설을 지어 신생면을 개척한

1 안자산, 『조선문학사』, 한일서점, 1922, 124~125면.

것도 씨의 독창에서 난 것이며, 융성한 정치관념과 국가관념을 반영한 시대적 산물"이라고 평가하였으며,[2] 임화는 그의 작품들을 '정치소설'에 포함하여 언급하였다.[3] 단재에 대한 당대의 문학적 평가는 애국계몽기에 창작된 역사전기물을 중심으로 이뤄졌다.

단재는 일제에 의한 강제적인 병합조약이 이뤄지기 직전 중국으로 망명을 한다. 그는 일제강점기 러시아와 중국에서 지속적으로 애국계몽운동을 하였다. 블라디보스톡, 상해, 북경 등지에 머물면서 독립운동과 역사연구에 몰두하였다. 그 시기 그는 적지 않은 문학작품들을 창작하였다. 그러나 그의 문학은 당시 발표 지면을 얻지 못했고, 원고 상태로 남아 있었다. 단재는 1928년 일본 경찰에 체포되어 1936년 여순감옥에서 옥사당하게 된다. 그의 사후 유고는 떠돌게 된다. 단재의 문학이 다시 조명과 각광을 받게 된 것은 그의 문학유고가 발견되어 세상에 공표되었기 때문이다. 여기에서는 단재의 문학, 특히 그의 유고들이 어떻게 빛을 보게 되었는지, 그리고 어떻게 단재의 전집에 포함되었는지 살펴볼 것이다.

2. 단재의 창작유고

단재가 여순감옥에서 옥사한 직후 그의 유고 일부가 공개된다. 1936년 4월 『조광』에서는 단재추모특집을 마련한다. 거기에 「高麗營」, 「秋夜述懷」, 「金剛山(時調)」 등의 유고와 더불어 단재가 홍벽초에게 보낸 서신이 소개된다. 당시 단재가 역사연구뿐만 아니라 문학 유고도 남겼음을 다른 사람들의

2 김태준, 「조선소설사」, 『한국문학사연구총서』 3, 삼문사, 1982, 441면.

3 임화, 「신문학의 태생 (6)」, 『한국문학사연구총서』 1, 삼문사, 1982, 510면.

말을 통해 알 수 있다.

(가) 이 外에 大伽倻國遷國考, 鄭仁弘公略傳 等은 全혀 未發表된 者이오 그의 淵博한 考徵과 銳利한 辯折은 東邦古史에 關하야 반드시 萬人未發의 創見을 이룬 바 더욱 잇겟는데 이제 그것이 故人과 함께 두터히 地下에 묻히니 哀하다[4]

(나) 그 다음에 나는 다시 묻기를

「先生은 朝鮮歷史를 하나 著述하시지 아니하시렵니까」

「내가 數年前부터 조금 써둔 것이 있는데 아직 좀 더러 된 것이 있읍니다마는 쉬 끝내려고 합니다.」

하며 原稿 뭉탱이를 끄내어 보인다.

이 原稿는 모두 다섯책으로 되었는데 첫재권은 朝鮮史通論, 둘재권은 文化篇, 셋재권은 思想變遷篇, 넷재권은 疆域考, 다섯재권은 人物考, 이밖에 또 附錄이 있을 듯하다고 한다.[5]

서세충은 (가)에서 단재의 미간된 책으로 『大伽倻國遷國考』, 『鄭仁弘公略傳』을 들고 있다. 그것은 "而今에 가장 愛惜하는 兩個의 服藁 "大伽倻遷國考" "鄭仁弘公略傳"이 잇스나 이것들은 弟와 한가지 地中의 物이 되고 말는지도 몰으겟습니다"라는 벽초의 글에서도 확인이 된다. 그리고 (나)에서 이윤재는 1921년 단재를 방문했을 당시 단재에게 『조선사통론』, 『문화편』, 『사상변천편』, 『강역고』, 『인물고』 등 다섯 책의 원고가 있었다고 말했다. 그런데 그는 "그 原稿가 그 뒤에 어떻게 되었는지 알 수 없으며 中外日報와 朝鮮日報 紙上에 丹齋의 朝鮮史 論文이 가끔가끔 실리는 것이며 單行本으로 된 朝鮮史研究草가 그 原稿의 一部가 아니었든가"하고 추정

4 안재홍, 「嗚呼 丹齋를 哭함」, 『조선일보』, 1936.2.27.
5 이윤재, 「북경시대의 단재」, 『조광』, 1936.4; 단재전집 9권, 85면 참조.

했다. 그리고 단재가 감옥이 갇힌 후 "그 藏書 全部가 天津 某氏에게 任置되어 있다 하니 그 原稿도 아마 그 속에 있을 것으로 같이 생각된다"고 했다.[6] 단재전집간행위원회 편집자는 '천진 모씨'가 박용태라고 주석을 달았다.[7] 이윤재의 추측이나 편집자의 박용태 지적은 상당한 일리가 있다. 그것은 단재가 일경에 의해 체포된 이후 1932년 12월 9일부터 14일까지 「만리장성이 뉘 것이냐」가 박용태의 이름으로 발표된 사실로 보아서도 알 수 있다. 단재의 글은 그가 감옥에 들어간 이후 박용태에 의해 보관되었으며, 단재는 입감 이후에도 원고 보관에 신경을 쓴 것으로 보인다.[8]

> 丹齋는 自己의 苦心 硏究한 것을 草하다가 갑작이 업새버리는 버릇이 잇스니, 이것은 다름이 아니라 草한 것을 다시 살펴보고 不滿을 늣기는 까닭일 것이다. 그의 不滿하야 하는 모양으로 보면 그의 歷史上 硏究가 「멘델리」란 學者의 數學, 言語學 知識과 가티 暗中에 埋沒되고 말른지도 알지 못할 일이다. 珠玉이 埋沒됨을 앗가워 함은 常情이니, 나는 한갓 나의 친구를 爲하야 謀忠함이 아니요, 尋常한 珠玉으로 比치 못할 丹齋의 硏究를 一端이라도 埋沒치 아니 하랴고 함이다.[9]

홍명희는 단재가 마음에 들어하지 않는 원고를 없애는 줄을 알았기 때문에 그의 만류에도 불구하고 『조선사연구초』를 발간했다. 단재의 원고를 출간하려던 이윤재의 계획이 성사되었더라면 단재의 저작이 훨씬 많이 남게 되었을 것이다. 그러나 출판이 여의하지 못해 그 계획은 수포로 돌아갔다.

---

6 위의 글, 86면.

7 『단재신채호전집』 하, 형설출판사, 481면.

8 한편 신수범은 여순감옥에서 단재의 유품을 수습할 때 서한 10여 통을 보았다고 했다. 그는 글에서 "서한 십여 통 : 북경에 계실 때의 서적과 미발표, 미정리 원고의 보관에 관하여 박용태(朴龍泰)씨와 교신한 것인데, 곧 북경 주소로 연락하였으나 「차인고퇴(此人故退)」라 하여 서신이 반송되어 왔다"라고 썼다. 신수범, 「아버님 단재」, 『나라사랑』 3집, 1971, 102면.

9 홍명희, 「서문」, 『조선사연구초』, 조선도서주식회사, 1929, 1~2면.

원고 중 일부라도 국내 신문에 게재되고, 홍명희에 의해 『조선사연구초』라도 발간된 것이 그나마 다행스러운 일이다. 단재의 옥사(1936년) 이후 그의 유고들에 대한 발간 계획은 꾸준히 시도되었다.

> 1942년 이때를 前後하여 韓龍雲 朴洸 申伯雨 崔凡述 諸氏가 『丹齋先生遺稿集』의 刊行을 추진하였으나 日帝의 감시로 實現되지 못함.[10]

> 조선 민족의 진가를 전 세계에 소개하고저 조선 사람과 중국 사람의 발기로 상해에 「申采浩學社」가 설립되엿다고 하는데 이 긔관은 학술을 통하야 조선 민족의 진가를 전세계에 소개하는 동시에 조선과 중국 문화의 추진체가 되랴는 큰 목적으로서 설립되엿다고 한다.[11]

유고집의 발간은 1942년 일본 제국주의의 감시하에서는 성립되기 어려운 일이었다. 왜냐하면 단재는 일제에 의해 체포되어 1936년 여순감옥에서 옥사를 당했고, 또한 그의 글에는 일본 제국주의에 대해 비판하고 항거하는 글이 많았기 때문이다. 그리고 1946년 중국에서는 한중 지식인이 신채호학사를 만들었다. 단재 연보에서는 이 기구를 통하여 신채호전집을 발간하려 했다고 한다. 중국 측 인사로 李石曾, 楊家駱, 朱洗 등이, 한국 측 인물로 정화암, 류자명 씨 등이 참여했다고 하는데, 여기에서 朝鮮國際學典, 朝鮮民衆學典, 朝鮮叢書, 朝鮮年鑑, 月刊朝鮮, 朝鮮國際月報 등을 발행하려고 했다 한다. 이 기구에서 단재의 전집도 발간하려 했던 것으로 보인다.[12] 다

10 「연보」, 『개정판 단재신채호전집』(하) 형설출판사, 1977, 505면.

11 「學術朝鮮을 世界에 跨示－中韓 協力으로 上海에 申采浩學社」, 『자유신문』, 1946.4.8.

12 당시 이 소식을 전한 『자유신문』, 『조선일보』, 『동아일보』 등에는 '신채호전집'과 관련한 내용이 없다. 그리고 류자명의 회고록에도 그런 내용은 없다. 다만 정화암이 집필에 참여한 『한국아나키즘운동사』(형설출판사, 1978, 393면)에는 "신채호학사를 여기(조선학전관 : 인용자)에다 두어 단재를 조선의 석학으로서 세계에 널리 소개하는 데 힘썼다"고 했다. 그는 자신의 회고록 『이 조국 어디로 갈 것인가』(자유문고, 1982)에서 "조선학전관과 신채호학사의 설립 목적은 중국에서의 한국학 연구의 길을 트고 단재를 한국의 석학으로서 세계에 널리 소개하는 데

만 이 역시 여러 가지 현실적인 문제로 좌절된 것으로 보인다. 그리고 그의 유고는 잊혔다. 그러던 것이 1960년대 북한에서 빛을 보게 되었다.

3. 『룡과 룡의 대격전』의 탄생

신채호의 유고는 1964년부터 『조선문학』과 『문학신문』에 게재되기에 이른다. 먼저 김하명의 해설(『조선문학』 204, 1964.8)과 더불어 「룡과 룡의 대격전」이 소개되고, 이후 주룡걸의 「탁월한 작가 신채호의 문학에 대하여－최근에 발굴된 그의 창작 유고를 중심으로」와 함께 「꿈하늘」(『문학신문』, 1964.10.20~11.3)이 소개된다. 이들 작품 외에도 「금전, 철포, 저주」, 「선언」(『조선문학』, 1964.8), 「리해」, 「정육과 애국」(『조선문학』, 1965.2) 등의 수필과 「매암의 노래」, 「너의 것」, 「61일 계단의 회고」, 「나비를 보고」, 「새벽의 별」, 「고려영」, 「임술년 가을에 읊노라」, 「계해년 10월 초2일에」(『조선문학』, 1964.12) 등의 시, 시조가 소개되었다. 그리고 북한은 1966년 이러한 작품들과 미발표 유고들을 한군데 묶어 『룡과 룡의 대격전』이라는 유고선집을 발간하였다. 이것은 신채호의 문학유고를 정리했다는 점에서 획기적 의미를 갖는다. 김병민에 따르면, 단재의 유고는 1962년부터 북한의 국립중앙도서관에서 정리를 하게 된다.

> 중국에 사는 한 유지 인사는 북경에서 열린 학술논문발표회에서 단재 선생

있었다"(245면)고 했고, 또한 이정식과의 대담에서 "신채호가 우리 겨레의 자주의식을 강조함에는 으뜸이었습니다. 우리 조선적인 것, 이것을 찾고 알리려고 자기의 모든 것을 바친 사람이어서, 이 사람만 세계에 제대로 알리면 우리 역사의 절반 이상을 알리는 것이라고 생각했지요"(이정식 외, 『혁명가들의 항일회상』, 민음사, 2005, 443면)라고 말했다. 이로 보아 '신채호학사'에서 단재의 역사서술을 발간하려고 했던 게 아닌가 생각된다. 정화암은 그 이후 귀국하여 1954년 '단재유고출판회'에 참여한다.

의 유고는 광복 후 중국 주재 조선대사관을 거쳐 조선민주주의공화국에 전해졌다고 피력한 바 있다. 그 후 단재 선생의 유고는 1962년대초 평양의 국립중앙도서관에서 처음으로 발견되었는데, 평양의 학자들의 말씀에 의하면 김책공업대학에 있는 한 선생이 국립중앙도서관 서고에 들어갔다가 우연한 기회에 큰 주머니 속에 넣어져 있는 단재 선생의 유고를 발견했다고 한다. 하여 즉각 학계의 중시를 일으켰던바 김일성종합대학 어문연구소의 주룡걸 선생, 언어문학학부 안함광 교수, 그리고 국립중앙도서관의 관계 일꾼들이 유고정리사업에 착수했다고 한다.[13]

『룡과 룡의 대격전』(조선문학예술총동맹출판사, 1966)은 당시 북한에 있는 단재의 문학유고들을 정리하여 펴냈다는 점에서 대단히 중요한 의미를 지닌다. 그것으로 인해 단재는 역사학자뿐만 아니라 뛰어난 문학인으로 새롭게 조명된다. 그 책에는 소설과 수필, 시를 비롯하여 서간이 실려 있다.

「룡과 룡의 대격전」, 「꿈하늘」, 「백세 로승의 미인담」, 「일목 대왕의 철퇴」, 「일이승」, 「류화전」

「리괄」, 「박상희」, 「○○○부원군으로 견자」

「조선고대신화—철마 코를 내려치다, 구미호와 오제」,

「선언」, 「금전, 철포, 저주」, 「도덕」, 「정육과 애국」, 「리해」, 「문예계 청년에게 참고를 구함」, 「실패자의 신성」, 「인도주의의 가애」, 「사상가의 노력을 요구하는 때」, 「차라리 괴물을 취하리라」, 「명과 리와 진의 삼인」

「지기를 위하여의 죽음」, 「피의 인과」, 「지동설의 효력」, 「수양은 탁계부터」, 「위학문의 폐해」, 「소년의 희생」, 「신선의 두를 참하여」, 「대흑호의 일석담」, 「8월 29일 연초」

「짤막한 조선의 이야기」, 「조선사 정리에 대한 사의」

---

13 김병민 편, 『신채호문학유고선집』, 연변대학출판사, 1994, 2~3면.

「너의 것」, 「매암의 노래」, 「새벽의 별」, 「1월 28일」, 「61일 계단의 회고」, 「나비를 보고」, 「고려영」, 「현량사 불상을 보고」

「임술년 가을 밤에」, 「고향이 그리워」, 「계해년 10월 초이튿날」, 「우리 형님 돌아 가신 날에」, 「김연성을 꿈에 보고」, 「무제」,

「리 수상에게 도서 열람을 요청하는 편지」, 「전훈 로인에게 준 편지」, 「극웅에게」, 「한기악씨에게」[14]

『룡과 룡의 대격전』은 말로만 떠돌던 신채호 유고의 실체를 확인해 주었을 뿐만 아니라 우리 문학계의 빈 공백을 채울 수 있는 자료를 제공해주었다. 안함광 등이 신채호의 유고를 정리한 것은 대단히 중요한 의미를 띠고 있다. 그것은 김병민의 언급처럼 신채호 연구에 획기적인 의의가 부여된다고 할 수 있다. 유고의 발견은 언론인 또는 역사학자로 알려졌던 신채호가 끊임없이 문학창작을 한 문인 내지 작가였다는 사실을 확인해준 계기가 되었다. 그의 문학 「꿈하늘」과 「룡과 룡의 대격전」 등은 북한에서 높은 평가를 받음과 동시에 문학사적으로 새롭게 자리매김된다.

4. 『단재신채호전집』의 발간

남한에서는 1954년 10월 '단재유고출판회'가 조직되어 단재전집의 간행을 도모하였다. 이 출판회에 김창숙 · 변영만 · 이선근 등 고문 6명, 신백우 · 이정규 · 장도빈 등 편찬위원 13명, 변영로 · 신수범 · 정화암 등 상무위원 9명, 감사 이을규 외 1인 등이 참여하였다.[15] 여기에는 1942년과 1946

14 『룡과 룡의 대격전』, 조선예술총동맹출판사, 1966, 4~5면.

년에 각각 단재의 유고출간을 계획했던 신백우와 정화암, 그리고 변영로가 포함되어 있다. 이들에 의해 단재의 상당수 유고가 확보되어 전집편찬위원회가 구성되었음을 짐작케 한다. 그러나 이들의 유고 출간사업은 1955년 『을지문덕』 번역판이 나온 이후 흐지부지되고 말았다. 신백우는 몇 차례 단재유고 간행을 위해 힘썼지만 이루지 못하고 1959년 생을 마감하였다. 이후 1970년대 들어 이선근을 대표로 '단재신채호전집편찬위원회'가 결성되어 전집 출간 사업을 추진하게 된다.

> 日帝의 暴壓 아래서 故 申伯雨 先生 같은 분은 愛國운동— 社會운동에 東奔西走하는 몸으로도 丹齋學舍를 만들고 丹齋 先生의 旣刊 未刊 遺稿를 蒐集하여 集大成 발간하고자 온갖 心血도 기울였었다.[16]

위의 글은 편찬위원회 대표였던 이선근의 「간행사」의 일부분이다. 이선근은 1950년대 이미 '단재유고출판회'에 참여했던 사람이다. 전집편찬위원회는 1972년 『단재신채호전집』(형설출판사) 상・하권을 출간하였다. 상권은 주로 「조선상고사」 등의 역사물, 하권은 「조선사연구초」를 비롯하여 전기, 논설, 역사 및 문예물을 실었다. 특히 하권에는 아래와 같은 문예 작품들이 포함되었다.

> 시 : 「舊曆歲除 逢友述懷」, 「白頭山途中」, 「贈 妓生 蓮玉」, 「秋夜述懷」, 「贈別 期堂安泰國」, 「讀史」, 「北京偶吟」, 「詠誤」, 「書憤」, 「述懷1」, 「述懷2」, 「한나라 생각」, 「金剛山」, 「高麗營」
>
> 소설 : 「苦樂有數」, 「益母草」
>
> 비평 : 「朝鮮 古來의 文字와 詩歌의 變遷」

15 「丹齋遺稿出版會 첫 會合 열고 發足」, 『동아일보』, 1954.10.30.

16 이선근, 「우리 민족사관은 누가 확립하였나」, 『개정판 단재신채호전집』 (하), 형설출판사, 1977, 14면.

서문 : 「世界三怪物序」, 「夢見諸葛亮序」, 「단기고사 중간서」

하권에는 시와 더불어 소설 비평 서문이 실린다. 여기에 산입된 시 작품을 보면 한 가지 중요한 사실을 알 수 있다. 이 작품들은 크게 작가가 생전에 발표한 것(가)과 단재의 옥사 직후 주변 사람들에 의해 발표된 것(나), 그리고 미발표유고로 있다가 단재전집에 포함된 것(다)으로 분류할 수 있다. (가)의 경우는 「書憤」(『普專親睦會報－親睦』, 1907.10.15), 「舊曆歲除 逢友述懷」(『대한매일신보』, 1910.2.13)와 「꿈에 금강산을 보고」(『독립신문』, 1923.11.10)를 들 수 있다. 마지막 작품은 『조광』(1936.4)에 「금강산」이라는 이름으로 다시 나오기도 했는데, 심훈의 글에서도 "금강산 단풍 구경보다도 몽고 사막풍에 흉금을 펼치고 싶다"[17]라고 언급되었다. 심훈이 북경에서 단재를 만났던 때는 1921년이며, 그 시조가 『독립신문』에 발표된 것은 1923년의 일이다. 그리고 (나)의 경우 「詠誤」(변영만, 「추억의 실루에트」(『중앙』, 1936.6)에 소개), 「秋夜述懷」(1922년 창작되어 1936년 4월 『조광』에 소개), 「고려영」(『조광』, 1936.4) 등이 유고로 존재하다 옥사 직후에 소개되었다. 그러나 나머지 「白頭山途中」, 「贈妓生 蓮玉」, 「贈別 期堂安泰國」, 「讀史」, 「北京偶吟」, 「述懷1」, 「述懷2」, 「한나라 생각」 등은 유고로 존재하다가 전집에 편입된 것(다)으로 보인다. 전집 하권에 소개된 시들 가운데 『룡과 룡의 대격전』에도 실린 것은 「고려영」과 「추야술회」(북한 선집에는 「임술년 가을밤에」) 2편뿐이다. 그렇다면 북한의 유고와는 다른 유고를 남한에서도 갖고 있었다는 말인가?

이선근은 앞의 「간행사」에서 신백우가 단재의 "유고를 모집"했다고 언급했다. 이선근은 또한 신백우의 아들 신범식이 단재전집 출판에 물심양면으로 지원했다고 하였는데, 이를 통해 신백우의 자료가 신범식을 거쳐 단재전집편찬위원회에 전달되었을 것으로 보인다. 전집편찬위원회가 다른 원고도 확보하고 있었음은 전집 하에 실린 '홍벽초에게'라는 서신에도 드러

17 심훈, 「단재와 우당」, 『개정판 단재신채호전집』(별집), 형설출판사, 1977, 411면.

난다. 전집에서 벽초에게 보낸 서신은 총 3개로 이뤄졌는데, 첫 번째 편지는 연도 미상이지만, 9월 5일에 쓴 것으로 확인이 되며, 두 번째 것은 내용상 1924년에 쓰인 것이다. 이 두 편지는 1936년 4월 『조광』지에 실렸던 것이다. 여기에 1930년 단재가 옥중에서 쓴 세 번째 편지 일부가 추가되어 실렸다. 이것은 남한에서도 전집편찬위원회가 단재의 유고를 갖고 있었음을 보여주는 대목이다.

게다가 전집편찬위원회에서는 기존에 발간된 잡지, 저서에서 소설과 비평, 서문 등 단재의 글을 다양하게 발굴하여 전집 하권에 실었다. 「대한의 희망」, 「성력과 공업」, 「대아와 소아」와 같은 단재의 기명 작품들과 더불어 「제국주의와 민족주의」, 「여우인절교서」 등 5편의 무서명 논설을 발굴하여 싣는가 하면, 『가정잡지』에서 「새해축사」, 「우리 잡지를 이어 발간하는 일로 보시는 이에게 고하는 말씀」, 「한 집안의 경제를 한 사람이 못할 일」, 「수원 이생원」, 「익모초」, 「주락 조씨의 부인」, 「한씨 부인의 자선」, 「계씨 문중의 학교」 등을 발굴하여 실었다. 소설 「익모초」의 발굴은 그것이 비록 일부로서 불완전하기는 해도 단재의 다양한 창작활동을 보여준다는 점에서 의미가 있다. 그리고 「조선 고래의 문자와 시가의 변천」은 단재의 문자관과 시에 대한 이해를 보여준다는 점에서 중요하다. 이 밖에도 「世界三怪物序」, 「夢見諸葛亮序」의 발굴은 그 가치가 충분히 인정된다. 다만 뒤에 자세히 언급하겠지만, 「고락유수」와 「단기고사 중간서」를 단재의 전집에 포함시킨 것은 문제가 있다. 그러나 신문, 잡지 등을 뒤지고 유고를 수합하여 전집에 산입한 공은 크다 하겠다. 그러나 신수범이 감옥에서 수습한 수첩에 실렸던 短詩는 전집에 실리지 않았다. 그는 "얼마 안 되는 유물이지만, 그나마 후일 북녘 땅에 둔 채 못 가져온 것이 크나큰 한"이라고 하였다.[18] 단시들 역시 유실되어 진집에 싣지 못했던 것이다.

18 신수범은 여순감옥에서 단재의 유품을 수습할 때 수첩 2권과 서한 10여 통도 있었다고 한다. 수첩 2권에는 "단시(短詩) 등이 많이 적혀 있었다"고 했다. 신수범, 「아버님 단재」, 『나라사랑』 3집, 1971, 102면.

1972년 상하 2권 발간에 이어 단재신채호전집간행위원회(단재신채호전집편찬위원회에서 바뀐 이름)는 또 다른 여러 편의 단재 글을 추가로 발굴하여 1975년 '보유'편을 발간했다.

논설 : 「二十世紀 新東國의 英雄」, 「日本의 三大忠奴」, 「東洋主義에 대한 批評」, 「保種·保國의 元非二件」, 「國民·大韓 兩魔頭上의 各一棒」, 「所懷 一幅으로 普告同胞」, 「舊書刊行論」, 「問題없는 論文」, 「失敗者의 神('神聖'의 오기 : 인용자)」, 「金錢·鐵砲·咀呪」, 「新教育과 愛國」, 「道德」, 「利害」, 「思想家의 勞力을 要求할 때」, 「豫言家가 본 戊辰」, 「宣言文」

史論·평론 : 「歷史와 愛國心의 關係(續)」, 「韓國自治制의 略史」, 「朝鮮史의 整理에 대한 私疑」, 「近今國文小說著者의 注意」, 「文藝界 青年에게 參考를 求함」, 「浪客의 新年漫筆」,

隨想 : 「차라리 怪物을 취하리라」, 「人道主義의 可哀」, 「名과 利와 眞의 三者」, 「知己를 爲하여 죽음」, 「失敗」 「피의 因果」, 「地動說의 效力」, 「青年('少年'의 오류 : 인용자)의 犧牲」

소설 : 「꿈하늘」, 「柳花傳」, 「九尾狐와 五帝」, 「百濟('百歲'의 오류 : 인용자) 老僧의 美人談」, 「鐵馬 코를 내리치다」, 「一目大王의 鐵槌」, 「朴象義」, 「李适」, 「府院君으로 犬子」

단재전집간행위원회에서는 여러 편의 글을 추가적으로 발굴하여 보유편에 실었다. '보유'편은 논설, 사론·평론, 수상, 소설 등으로 구성되었다. 논설이 16편, 사론·평론이 6편, 수상이 8편, 소설이 9편이다. 그런데 여기에 「꿈하늘」이 마침내 소개가 된다. 김영호에 따르면, 그것은 "전서를 편찬할 때 누락된 몇 편의 글과 그 후에 하나씩 모집해둔 글들"로서 "만해 스님과 경부 신백우 선생 등이 단재유고집을 편찬하고저 준비해 오든 자료보따리", 그리고 "尹世復氏가 정리해둔 단재 선생의 未刊 遺稿" 등을 포함시킨 것이라고 한다.[19] 그런데 이 작품들은 단재의 중요한 글들로 사실은 북한에서 발간된 『룡과 룡의 대격전』에 실렸던 작품들이다. 『룡과 룡의 대격전』에 실린 작품 가운데 전집 보유편에 다시 실린 것으로는 「꿈하늘」, 「류화전」, 「백세 노승의 미인담」, 「일목대왕의 철퇴」, 「이괄」, 「박상희」, 「○○○부원군으로 간 견자」, 「철마 코를 내리치다」 등의 서사물과 「선언」, 「실패」, 「차라리 괴물을 취하리라」 등 수필 15편이 있다. 이 외에도 이 보유편에는 「문제없는 논문」, 「낭객의 신년만필」, 「예언가가 본 무진」 등 단재의 기명 글들이 새롭게 발굴되어 추가되는가 하면, 「보종·보국이 원비이건」, 「일본의 삼대 충노」 등과 같은 무서명 논설 9편이 실리게 된다. 한편으론 자료 발굴을 위해 애쓴 흔적이 나타나지만, 다른 한편으로는 북한으로부터 들어온 자료의 원천을 숨기고자 한 모습을 역력히 볼 수 있다. 왜 『룡과 룡의 대격전』에 실려 있는 작품들을 신백우 등으로부터 구했다는 것인가? 여기에는 북한 자료임을 드러내지 않으려 하는 간행위원회의 고심이 들어 있다.

1977년 단재전집간행위원회는 단재전집을 수정 보완하여 다시 개정판을 내기에 이른다. 개정판은 이전 자료의 출전을 분명히 했고, 작품들의 오류를 바로잡는가 하면, 새로운 작품들을 발굴하여 실었다. 『룡과 룡의 대격전』의 일부를 '보유'편에 실었다가 이후 다시 전면적으로 수용하여 '개정판'에 수용하였다. 그리고 『별집』에는 '평론·성토문·논설' 48편이 보여주듯 무기명 글들을 대거 발굴하여 싣는가 하면, 『천고』 1권을 입수하여 「창간사」, 「조선독립 및 동양평화」, 「論日本之有罪惡而無功德」, 「倭所謂親善者如是」, 「日本帝國主義之末運將至」, 「고고편」 등의 글을 실었다. 비록 몇몇 작품들의 경우 단재 저작 유무에 대한 논란이 촉발되었지만, 개정판은 전집 간행위원들의 노고로 이룩해낸 성과라 할 수 있다. 전집간행위원들은 헌신적으로 자료를 발굴 수집하여 개정판에 수록했다. 여기에서 눈여겨 볼 것은 「天喜堂詩話」의 수록이다. 신수범이 찾아내고, 임중빈이 소개한 「천

19 『단재신채호전집』 보유, 형설출판사, 1975, 557~558면.

희당시화」는 매우 중요하고도 가치있는 시화이다. 이 글은 신채호의 문학적 입장과 태도를 잘 보여주는 글로 전대 시화를 계승하면서도 계몽기라는 시대적 상황 속에서 신채호가 견지한 문학관을 여실하게 드러내주는 평론이다. 단재전집간행위원회는 수집할 수 있는 자료들을 최대한 입수하여 실었다. 비록 저자확정이 제대로 이뤄지지 못한 채 실린 작품들이 있어 문제가 되긴 하지만, 전집간행위원들의 공로는 크다 하겠다.

5.『신채호문학유고선집』의 발간

1990년대 들어 새로운 단재유고선집이 소개되었다. 그것은 김병민의『신채호문학유고선집』이다. 이 유고집의 중요성은 크게 두 가지로 압축된다. 그 하나는 단재의 유고를 거의 개변없이 보여준다는 점이다. 이미 북한에서 나온『룡과 룡의 대격전』에서도 단재의 유고들을 소개하였지만, 그것은 삭제, 누락, 윤색, 재구성 등 정리 개변된 것이다. 그러므로 단재의 원전과는 거리가 있다. 물론 이것을 토대로 한 전집 역시 개변을 겪었다. 이에 비해 김병민은 필사해온 자료를 바탕으로 선집을 편찬함으로써 단재의 유고를 비교적 원문에 가깝게 보여주었다.

다음으로『룡과 룡의 대격전』에 제시되지 않은 작품들도 선보이고 있다는 점이다. 이미 주룡걸의 진술만 보더라도『룡과 룡의 대격전』이 단재 문학 유고의 전체가 아님을 알 수 있다. 그가 소개한 시 작품 가운데「큰 바람」「감회」「꿈에 금강산에 놀고」「청루수」등 네 작품은『룡과 룡의 대격전』에 소개되지 않았다. 여기에서「꿈에 금강산에 놀고」의 경우「금강산」이란 제명으로『조광』에 소개된 시조가 있어서 그 실상을 확인할 수 있지만, 나머지 3편의 경우 내용을 자세히 알 수 없다. 유고 가운데 적지 않은 분량이 소개되지 않았음을 확인할 수 있다. 그런데 다행히 김병민은 『룡과 룡의 대격전』에 소개되지 않은 몇 작품을 소개하고 있다. 그것은 아래와 같다.

「丹兒雜感錄」, 「朝鮮의 志士」, 「我邦倫理鏡」, 「高句麗三傑傳서문」

「단아잡감록」의 경우 총 9필로 되어 있다. 그런데 『룡과 룡의 대격전』에서 그것은 "제1필 지기 위하여의 죽음, 제2필 피의 因果, 제3필 지동설의 효력, 제4필 수양은 濁界부터, 제6필 僞學問의 폐해, 제7필 소년의 희생, 제8필 名과 利와 眞의 三人" 등 7개의 글을 개별 글로 소개하고 "제5필 物心兩界의 幷進", "제9필 나의 말일이 곳 지구의 말일"은 뺐다. 이 글의 전체 편제는 김병민의 선집을 통해 제대로 파악할 수 있다.

김병민이 추가한 것은 그리 많지 않다. 그러나 그의 선집은 중요한 의미를 갖고 있다. 이전 북한 선집에서는 이데올로기 및 기타 이유로 편집되거나 삭제, 윤색된 것들이 적지 않다. 그러나 김병민은 원전에 가장 가까운 형태로 보여주고 있다.[20]

또한 그는 책의 끝부분에 신채호의 유고 작품의 목록을 제시하였다. 그 목록 가운데 『룡과 룡의 대격전』과 그의 유고집에 빠진 작품은 아래와 같다.

소설 – 「건릉황제의 꿈」

시 – 「悼祭四言文」

수상 – 「사상가의 노력을 노력하는 때」, 「태산행기」

사학논저 – 「歷史總論」, 「疆域考」, 「仙郎史通論」, 「傳說時代史」, 「高句麗史」, 「壇君疆域圖滿洲國」, 「海北列國과 高句麗」, 「조선사를 외국인에게 배우지 말지어다」, 中國史觀 방면 논문 3편[21]

20 김주현, 「단재 신채호의 문학과 정전의 문제」, 『현대소설연구』, 현대소설학회, 2007.12.

21 김병민 편, 『신채호문학유고선집』, 한국문화사, 1994, 250~252면.

이것들은 신채호의 유고 작품 중 아직도 그 내용이 제대로 알려지지 않은 것들이다. 김병민에 따르면, 이 작품들은 북한에 유고로 남아 있다. 북한에 있는 유고는 어서 빨리 국내로 들여와 전집에 포함시켜야 할 것이다.

6. 최근 발굴 작품

박정규는 『龍坡集』에 실린 龍坡 申豊求(1837~1932)의 회갑연을 축하하는 시, 광무 5년에 지은 오언배율, 그리고 「丹齋箴」을 발굴하여 소개했다.[22] 전집에서 첫 번째 것은 박정규의 언급처럼 「龍坡壽宴詩」라고 할 수 있으며, 오언배율은 "光武 五年 辛丑 二月 七日 申采浩 拜"라는 구절이 있는데 현재 독립기념관에 소장되어 있다. 형식에 따라 간단히 「五言排律」이라고 붙였다. 「단재잠」은 『단재 신채호 선생 제23주기 추도식』(1959.4) 자료집에 실린 것이며, 4자 14행 56자로 운문 형태를 띠고 있다. 그의 소개는 새로운 자료의 발굴이라는 측면에서 대단히 중요하다. 본 연구자는 이 밖에도 신영우의 글에 포함된 한시와 단재가 이관구에게 준 작별시도 중요한 작품으로 생각한다. 단재전집간행위원회에서는 변영만의 글에 포함된 7언절구는 「詠誤」라는 이름으로 실었는데, 신영우가 소개한 7언율시는 시에 따로 싣지 않았다. 그리고 작별시는 "子鮮離燕京時 申采浩贈子鮮以作別詩"라는 설명이 붙어 있는데, 이화사의 『언행록』에 수록되어 있다.

22 박정규, 「국내에서의 신채호 연보와 쓴 글에 대한 고찰」, 『단재신채호연구의 재조명』, 단재문화예술추진위원회, 2006, 62~67면 및 박정규 외편, 『단재신채호』, 단재문화예술제전추진위원회, 2006, 116면.

故園文物總依前 儒雅風流不用仙
峰樹擁蒼爲特地 硯氷呵白又凉天
鄕愁越鳥方成夢 詩意吳蠶正入眠
吟罷讀叢兼話灞 閒人趣味信悠然

이 시도 신영우가 "丹齋作"으로 분명히 밝히고 있으므로 당연히 단재 작품에 포함시켜야 할 것이다. 그리고 또 한 편의 한시가 있다.

浮生四十成何事
貧病相隨不暫離
却恨水窮山盡處
任情歌哭亦難爲

이 시는 『동아일보』(1936.2.27)에 실린 것으로 알려졌으며, 하동호가 발굴하여 『단재신채호와 민족사관』(형설출판사, 1980, 685면)에 실었다. 이 시가 있었음은 "「浮生四十成何事 貧病相隨不暫離」라는 그의 漢詩 一句는 그의 兒時로부터 잠시도 면치 못한 赤貧과 多病을 自嘆한 一句"라는 원세훈의 추도문에서도 볼 수 있다.[23] 이 시는 "興京道中作 甲寅"이라는 설명이 있는데, '1914년 興京 가는 길에서 쓴' 시라는 말이다. 단재는 1914년 단오에 桓仁懸에 있었음을 「무제」에서 설명하고 있는데, 이 내용은 사실인 것으로 보인다. 다만 이 시가 「백두산 도중」과 거의 같은데, 어떤 연유인지는 불분명하다. 아마도 한 작품을 먼저 짓고 나중에 조금 손을 봐서 다른 작품에 포함시킨 것으로 보인다.

최근 본 연구자는 『가정잡지』에 실린 「익모초」의 제1회 게재분을 찾아내었다. 연세대 중앙도서관 귀중본실에 『가정잡지』 제2년 제3호(1908년 3월

23 원세훈, 「단재 신채호」, 『개정판 단재신채호전집』 별집, 형설출판사, 1977, 395면.

호)에는 소설 「益母草」(40~47면) 제1회가 실려 있다. 이 작품은 저자가 구체적으로 명시되어 있지 않지만, 작가가 단재라는 것은 『가정잡지』 제2년 7호(1908.7)를 보면 알 수 있다. 거기에는 작가가 '신치호'로 분명히 밝혀져 있다. 단재전집에는 현재 1908년 7월호에 실린 「익모초(속)」(5회 연재분 추정)만 실려 있다. 이 작품은 최완길을 주인공으로 하여 애국심을 다룬 것으로, 단재의 초기 문체 및 소설의 특성을 파악할 수 있는 중요 자료로 평가된다. 작품에는 "기자왈"이라 하여 작가의 주장을 사평형식으로 직접 제시하였다. 다만, 『가정잡지』는 1908년 4월~6월호가 결호이고, 또한 8월호 이후가 없는 상태라 작품의 전모를 파악하기 어려운 아쉬움이 있다. 그리고 「張德震君의 遺書와 日誌叙」도 이번에 발굴되었다. 「장덕진전」에 붙인 단재의 서문으로 독립운동을 하다가 27세의 나이로 죽은 장덕진을 위해 쓴 글이다.

그리고 이번에 단재의 두 편지도 추가하였다. 하나는 4244(1911)년 9월 8일 안창호에게 보낸 편지로 한글로 작성되었다. 단재는 당시 블라디보스톡에서 안창호가 미주로 오라는 편지를 받았으나 '『권업신문』 발간' 관계로 미주로 가기 어렵다는 뜻을 전했다. 그다음 편지는 4245(1912)년 11월 1일에 쓰인 한문편지이다. 이 편지에서도 안창호가 단재를 미주로 불러들이려 한 대목을 볼 수 있다. 당시 단재는 재정과 건강상의 이유로 도산의 제의를 거절하였다. 그리고 내용 가운데에는 이준의연회(李儁義捐會) 발기에 관한 내용도 나온다. 이 편지들을 신용하에 의해 1986년 3월에 『한국학보』에 이미 소개되었다. 그런데 당시 한글 편지는 모두 소개가 되었으나 한문 편지의 경우 3면 중 마지막 면만 소개되었다. 이후 『도산안창호전집』에 전체가 영인되어 실렸다.

7. 전집의 편제와 구성

『단재신채호전집 제7권 문학편』에 실린 신채호 문학은 『룡과 룡의 대격전』, 『신채호문학유고선집』, 그리고 『단재전집』 수록 문학과 최근 발굴 작품이다. 단재는 계몽기에 『이태리건국삼걸전』을 역술하고 『을지문덕』, 「이순신전」, 「최도통전」 등의 역사전기물을 썼다. 그러나 이번 전집에서 그러한 역사전기물은 제4권 역사편에 이미 수록하였다. 그런 관계로 제7권에서는 주로 순문학적인 작품들을 수록하였다. 먼저 단재유고선집인 『룡과 룡의 대격전』을 실은 까닭은 비록 윤색이나 누락 등의 문제가 없지 않으나 단재의 유고를 직접 정리하였다는 점에서 그 가치가 충분히 인정되기 때문이다. 북한의 유고를 직접 볼 수 없는 현실에서 그나마 다행스런 일이 아닐 수 없다. 그리고 김병민의 『신채호문학유고선집』을 그대로 실은 것은 단재의 원고에서 가장 손상이 적기 때문이다. 여기에다 이전 단재전집간행위원회들이 발굴하여 단재전집에 실은 작품들과 최근 새로이 발굴한 작품들을 실었다.

편제는 시, 소설, 비평, 서신, 서로 나누었다. 시 가운데 「無題」(1896), 「龍坡壽宴詩」(1897), 「五言排律」(1901), 「舊曆歲除　逢友述懷」(1910), 「白頭山途中」(1914) 등은 작품의 창작 연대를 제대로 알 수 있는 작품이다. 그리고 「贈妓生　蓮玉」, 「贈別　期堂安泰國」, 「讀史」, 「北京偶吟」, 「書憤」, 「述懷1」, 「述懷2」, 「詠誤」, 「作別詩」, 「한나라 생각」, 「丹齋箴」 등은 창작 연대가 미상이다. 여기에서 「무제」, 「5언배율」, 「용파수연시」, 「作別詩」, 「丹齋箴」 등은 최근 발굴되어 소개된 것들이다. 순서는 창작 연도순으로 하며, 한시, 시, 시조순으로 나열하였다. 그래서 한시는 창작 연대를 알 수 있는 「무제」, 「용파수연시」, 「5언배율」, 「舊曆歲除 逢友述懷」, 「白頭山途中」 등을 순서대로 배치하고, 이어 연대 미상의 작품인 「贈 妓生 蓮玉」, 「贈別 期堂安泰國」, 「讀史」, 「北京偶吟」, 「書憤」, 「述懷1」, 「述懷2」, 「詠誤」, 「作別詩」를 차례로 실었다. 그리고 「한나라 생각」과 시조 「금강산」, 마지막으로 운문 형태인 「단재잠」을 실었다.

소설에는 「益母草」를 실었는데 이번에 발굴된 「익모초」 제1회 발표분을 추가했다. 비평에는 계몽기 가장 중요한 비평문 가운데 하나인 「天喜堂詩話」(『대한매일신보』, 1909.11.9~12.4)를 실었다. 그리고 새로이 발굴된 안창호에게 보낸 서신 2통(1911, 1912)과 「車兄惠鑑」(1928년경)을 실었고, 서문으로는 「世界三怪物序」(1908.3)와 「夢見諸葛亮序」(1908년 여름)를 비롯하여 이번에 새로 발굴된 「張德震君의 遺書와 日誌叙」(1925)를 실었다.

그 밖에 기존 전집에 들어 있으면서 제외한 것이 세 작품 있다. 그것은 「철퇴가」와 「고락유수」, 그리고 「단기고사 중간서」이다.

> 博物館 도라드러, 滄海力士의 쓰고, 놈은 鐵椎, 흔번 구경ᄒᆞ고나니, 좀겻던 氣力이 벗쩍 나고, 숨었던 思想이 절노 는다, 뎌 鐵椎를 번뜻 들고, 博浪沙中 드러가셔, 秦始皇의 타고 안즌 正車를, 와직근 퉁탕 부시고, 뎌 暴虐 無道흔 者를, 粉骨碎身흔 後에, 天下를 大定ᄒᆞ야, 우리 韓國의 國威國光을, 萬古 歷史上에 빗내며, 自古로, 懷抱를 펴지 못ᄒᆞ고, 目的을 達치 못흔, 高漸離 荊軻輩의 千秋怨魂을, 慰勞코져.(『대한매일신보』, 1910.3.25)

「철퇴가」는 『대한매일신보』 국한문판과 한글판에 모두 실렸다. 국한문판에 실린 작품이 단재전집간행위원회에 의해 발굴되어 개정판 전집에 실렸다. 국한문판에서는 저자가 '후창해'로 소개되어 있다. 후창해란 창해역사의 뜻을 가진 이후 사람이란 말이다. 아마도 같은 날 논설 「古物陳列所觀高麗磁器有感」에 동일한 내용이 있고, 단재가 「조선상고사」 등에서 창해역사를 언급하였기에 포함시킨 것으로 보인다. 그러나 2008년 단재전집에서는 이 작품을 배제했는데, 그것은 한글판에서 저자가 '강릉이창해'로 소개되어 있어 필명이 미심쩍었기 때문이다. 그런데 최근 박정규는 '강릉이창해'의 의미를 더욱 분명히 하였다. 단재의 작품일 가능성이 충분하며, 그래서 앞으로 좀 더 세밀한 작가 규명이 필요할 것으로 보인다.[24]

전집 하권의 〈소설〉에 포함시킨 「고락유수」 같은 것은 단재의 작품이 아닌 것이 분명하다. 한 여성의 우여곡절의 일생을 그리려는 시도가 담긴 미완성작 「고락유수」가 내용이나 문체로 보아 단재와는 거리가 멀다는 것은 제외하고서라도 1913년 3월 『시천교월보』에 실렸다는 것만으로도 그 이유는 충분하다. 1911년 2월 17일 창간되어 1913년 4월 27일 통권 27호로 종간된 『시천교월보』는 친일파 이완용이 창립한 시천교의 기관지였다. 신문의 이런 성격을 단재는 몰랐을 리가 없었고 그렇다면 친일파에 대한 증오가 하늘까지 치솟았던 그가 거기에 글을 실었다는 것은 도저히 있을 수 없는 일이다. 게다가 당시 단재는 머나먼 러시아의 블라디보스톡에서 병고에 시달리고 있어서 국내와는 거의 연락이 끊긴 상태였다. 그러므로 「고락유수」는 단재 작품에서 빼버리는 것이 마땅하다.[25]

최옥산은 여러 가지 정황증거를 통해 「고락유수」를 단재 작품에서 배제해야 한다고 강조했다. 그녀의 말은 일리가 있다. 비록 저자가 '무익생'이라고 명기되어 있을지라도 신채호로 보기에는 어려움이 있다. 「세계3괴물서」에서 신채호는 '무익生'이라고 썼지만, '무익'가 흔한 호의 일종이어서 단재만의 호로 보기 어렵다. 이 작품은 1913년 4월(통권 27호)에 1회 게재되고, 이후 잡지의 폐간으로 게재가 중단되고 말았다.

---

24 본 연구자는 당시 '강릉이창해'를 "이씨 성을 가진 강릉 사람"으로 보았다. 그것은 "국문으로 투고된 것을 국한문으로 옮기면서 '강릉이창해'를 '後滄海'로 표현한 것"으로 인식한 까닭이다. 그런데 박정규는 "'강릉이 옛날 창해(滄海)라는 지명의 나라'라는 뜻으로 해석"(박정규, 「단재 신채호 시가의 발굴과 검증」, 『제15회 단재문화예술제전 학술세미나 자료집』, 단재문화예술제전추진위원회, 2010.11, 31면)했다. 그의 견해를 보고 반대로 국한문으로 투고된 시가를 국문으로 옮겼을 가능성이 있을 것으로 생각했다. 그렇다면 '강릉이창해'는 '후창해'를 설명해주는 말이 된다. 독자들이 국문으로 '창해'라는 말을 잘 이해하기 어려우니까 '강릉 창해'라고 썼고, '후'는 '제2'를 의미하는 '이'로 썼을 가능성이 있다. 그렇다면 그것은 "이씨 성을 가진 강릉 사람"이 아니라 '제2의 창해' 곧 '後滄海'가 된다. 그의 주장을 통해 '강릉이창해'의 의미는 더욱 선명해졌다. 한편 창덕궁 박물관은 1909년 5월 24일 문을 열고, 11월 1일부터 일반인들에게 관람케 했다(「박물관 개시」, 『대한매일신보』, 1909.5.26; 「구경낫군」, 같은 신문, 1909.11.2).

25 최옥산, 「문학자 단재신채호론」, 인하대 박사논문, 2003.8, 66~67면.

신채호 명의의 서문은 사실상 이화사의 소작으로 이화사가 광복회 「고시문」의 내용을 변개하여 서문에 넣었던 것으로 헤아려 보는 것이다.[26]

신채호는 1911년 12월말부터 1912년 5월까지 블라디보스톡에서 신문의 발간 사업으로 인해 대단히 바빴으며, 그런 그가 안동에 갔을 가능성은 없어 보인다. 그리고 페테르스부르크에서 이갑이 보낸 편지 3통(1911(4244).11.28, 1912(4245).1.29, 1912(4245).2.3)을 보면 그 시기 단재가 블라디보스톡에 머물렀음을 확인할 수 있다. 신채호가 1912년 11월 1일 안창호에게 보낸 편지에서 "若少有所須之物 當一觀中國 次往內地"라는 구절이 있는데, 이는 1910년 6월 블라디보스톡에 온 이후 1912년 10월까지 중국을 제대로 둘러보지 못했다는 것을 말해준다. 그러므로 1912년 초에 안동에 갔을 가능성은 더욱 없다. 게다가 '方術', '반만년 역사상', '중화인', '중화 각지', '원저 주인공 야발 선생', '만고불멸' 등 단재의 표현이라고 보기 어려운 것들이 많다. 당시 단재는 주로 "大東四天載", '지나', '지나인' 등의 표현을 썼다. 그리하여 세 편 모두 새 전집에서 배제되었다.

8. 마무리 – 남은 말

막상 전집을 구성하기 위해 작품을 찾았지만 기존 전집에서 크게 더한 것이 없다. 사실 전집에 새롭게 추가해야 할 작품으로 떠오른 것이 몇 가지 있었다. 우선은 북한에 있다는 단재의 문학유고들이다. 이미 소개된 것 이외

26 조인성, 「한말 단군 관계 사서의 재검토 – "신단실기" · "단기고사" · "환단고기"를 중심으로」, 『국사관논총』 3, 국사편찬위원회, 1989.10, 253면.

에도 보다 많은 문학유고들이 북한에 있을 것으로 보인다. 주룡걸, 김병민, 그리고 안함광[27]의 진술을 통해 아래와 같은 작품은 북한에 있지만 아직 소개되지 않은 것으로 알려졌다.

소설 –「건륭황제의 꿈」
시 –「悼祭四言文」, 「큰 바람」, 「감회」, 「청루수」, 「본국홍수」
수상 –「사상가의 노력을 노력하는 때」, 「태산행기」

박정규는 오래전부터 단재의 작품 발굴에 노력을 기울여 왔다. 그는 그 일환으로 『단재신채호시집』을 간행하는 성과를 이룩했다. 그 시집에는 이전에 미처 알려지지 않았던 작품들이 많이 소개되어 있다. 박정규는 아래와 같은 작품을 단재의 시로 규정했다

姑息과 시계(『황성신문』, 1907.2.11~12), 獨立歌(『황성신문』, 1907.2.16), 聽布穀(『황성신문』, 1907.4.27), 漫筆感興(『황성신문』, 1907.5.11), 寧入鬼門關이언뎡 勿向墨西哥(『황성신문』, 1907.6.12), 熱心(『황성신문』, 1907.6.27), 佳節感懷(『황성신문』, 1907.8.17), 招魂歌(『대한매일신보』, 1907.12.17), 獨立自由歌(『대한매일신보』, 1908.1.1), 소망(『소년』, 1910.8), 안 잘 시간에 자는 잠들(『권업신문』, 1912.5.26), 시일(『권업신문』, 1912.8.29)

이 가운데에서 「고식과 시계」, 「청포곡」, 「만필감흥」, 「寧入鬼門關이언뎡 勿向墨西哥」, 「열심」, 「가절감회」는 『황성신문』에 실린 운문체 논설이요, 「시일」은 『권업신문』에 실린 논설이다. 박정규는 「喚起二千萬民ᄒᆞ야 築八萬二千里之獨立城」에 포함된 가사 「독립가」와 「신년송축」에 포함된

27 안함광은 「신채호와 그의 문학」(『조선문학』 210, 1965.2, 112면)에서 "시가 작품 《새벽의 별》, 너의 것》, 《고려영》, 《매암의 노래》, 《청루수》, 《나비를 보고》, 《본국 홍수》…… 등이 있"다고 했다.

가사 「독립자유가」를 시로 소개했다. 그리고 논설 「寧入鬼門關이언뎡 勿向墨西哥」는 전반부만을 시로, 논설 「爲國民大韓兩新聞招魂」의 후반부를 「초혼가」라는 시로 소개했다. 그는 이 시기 무서명 논설이 단재에 의해 집필되었기 때문에 운문체로 된 논설을 단재 시로 소개한 것이다. 「안 잘 시간에 자는 잠들」은 『권업신문』에 '단평' 란에 실린 무서명의 산문이다. 이것은 행갈이가 되어 있고, 운문 성격을 띠고 있다. 그는 단재를 "논설에 삽입 시가를 본격적으로 도입"한 탁월한 시인으로 평가했다.[28] 그의 주장은 일부 상당한 일리가 있다고 생각된다. 그러나 섣불리 싣기보다는 좀더 확실한 작가 검증을 거칠 필요성이 제기되어 전집에 싣는 것이 보류되었다.

일찍이 권오만은 『대한매일신보』 소재 사회등가사를 연구하며 아래와 같이 주장했다.

> 申采浩 자신이 '사회등' 가사를 제작한 경우이다. 申采浩는 《大韓每日申報》의 논설기자로 재직하면서 그의 활동을 논설 집필에만 한정하지는 않았다……아마도 오늘날 전해지고 있는 610여 편의 '사회등' 가사 중 다수의 작품들이 그에 의하여 쓰여졌으리라고 보아 무방할 것이다. 이런 의미에서 申采浩는 '사회등'가사의 전개과정에 지대한 영향을 미친 작가라고 할 수 있다.[29]

그는 申采浩가 "사회등가사의 작가 중 가장 중요한 작가"(382면)였으며, "사회등가사를 형성, 전개한 문학인으로도 새롭게 조명되어야 할 것"(380면)이라 주장했다. 비록 무서명으로 발표되어 어려움이 있지만, 앞으로 단재의 사회등가사 형성 및 제작에 대한 보다 심도 있는 연구가 뒤따라야 한다.

전집을 묶었지만 여전히 전집은 미완성이다. 현재로선 그것이 최선이라고 위안을 삼아 보지만 오히려 책임회피와 같은 부끄러움이 가시질 않는다.

---

28 박성규 외편, 『단재 신채호』, 136면.

29 권오만, 『개화기시가연구』, 새문사, 1989, 375면.

언젠가 북한의 유고가 입수되고, 또한 단재에 대한 연구가 진척되어 보다 완전한 전집이 나오길 기대하며 아쉬움을 달랜다.

단재 신채호의 문학과 정전의 문제

1. 단재의 문필, 단재의 설화

정인보는 단재를 두고 "그가 靑丘史家의 제1인자임은 물론이요, 만일 '문장의 豪'를 並時에 구한다면 首指를 단재에 굴함은 또한 公論일 줄 안다"[1]고 말했다. 그리고 원세훈은 그를 "한문학계의 태두며, 大刀活斧적 평론가", 심훈은 "불세출의 문재"라고 지적했다. 단재는 당대에 문장가 또는 평론가로 이름을 드높였다. 그리고 그의 몇몇 글은 하나의 정전으로 당시 사람들의 입에 회자되었다.

(가) 선생의 문명은 13세에 七書를 다 읽은 신동이라 한 것과 성균관 수학시대로부터 그 뒤 한국 말년에 『대한매일신보』 주필로 있을 때에 벌써 조선 천지를 뒤흔들었던 것은 말할 필요도 없거니와 선생은 언제나 붓을 들어 사물을 논하게 되면 신이 동한다.[2]

1 정인보, 「단재와 사학」, 『동아일보』, 1936.2.28.

2 이극로, 「서간도 시대의 선생」, 『개정판 단재신채호전집』 하, 형설출판사, 1977, 476면. 이하 이 전집의 언급은 인용 구절 뒤 괄호 속에 저자명, 글명, 전집 상 · 중 · 하 · 『별집』, 면수를 기입.

(나) 〈如喪考妣〉라 하는 文字는 古者에 聖君堯帝가 돌아간 때에 쓰던 문자라 하여 일반 독자층에서의 질문과 비난이 不絶하였다. 同申報社에서는 이를 변해하는 데 사설 3회를 게재하였으되 일반의 오해는 조금도 풀리지 못하고 소란하였었다. 이 어려운 때를 당하여 단재는 문제의 사설에 대한 변해문을 사설로 쓴 것이니 그의 장한 고증학적 필봉은 일반독자의 회의를 永解게 하였다. 청년 단재는 이 논설 1편으로 그의 심오한 학식과 그 불세출의 文才를 세상에 알리게 된 것이었다.(서세충, 「단재의 천재와 凝滯없는 성격」, 『전집』 하, 463면)

(다) 중국에서 가장 권위 있는 중화보의 사설을 쓰고 생계를 해나가던 때이건만 오자 1자 내었다 하며, 그날로 단연 집필을 거절하였다.

그 오자 한 자란 문의를 상하는 오자가 아니라 〈矣〉자였건만 조선 사람에 대한 우월감에서 나온 행동이라 하여 수차 마차를 타고 사죄 온 중화보 사장을 질책하고도 영영 집필치 않았다(신석우, 「단재와 〈矣〉자」, 『전집』 하, 465면)

(라) 단재도 일찍 북경에서 중국 모신문사에 논문을 써서 보내고 그 논문으로 인하여 그 신문의 발행부수가 4,5천부나 증가되어짐을 따라서 윤필료, 다시 말하면 원고료가 예외로 특별히 후하였다.

다른 신문사에서도 그의 논문을 후한 원고료로 살려고 하였지만 불허하였을 뿐만 아니라 그 쓰던 신문에도 글 몇 자 고쳤다는 것을 잘못이라 하여 다시 투고치 아니하고 생활의 고초를 감수하였다.(원세훈, 「단재 신채호」, 『전집』 『별집』, 395면)

(마) 그때 마침 〈천고〉라는 잡지를 주간하였었는데, 희미한 등하에서 모필로 붉은 정간을 친 원고지에다가 철야 집필하는 것을 목도하였다. 그 창간사인 듯 『천고, 천고여. 한 번 치매 무슨 소리가 나고, 두 번 뚜드리매 어디가 울린다.』는 의미의 글인 듯이 몽롱하게 기억되는데, 한 구절 쓰고는 소리 높여 읊

고, 몇 줄 또 써 내려가다가는 붓을 멈추고 무릎을 치며, 위연히 탄식하는 것이 마치 글에 실진한 사람같이 보였다.(심훈, 「단재와 우당」, 『전집』 별집, 411면)

(가)는 단재가 『대한매일신보』 주필 시절부터 문명을 드날렸음을 말한다. 그것은 특히 (나)에서 철저한 고증학적 필봉 때문이었음을 증거한다. 서세충이 말하는 논설은 「惜乎라 우용탁씨의 國民大韓 兩魔報의 鷹犬됨이여」(『대한매일신보』, 1909.6.27)이다. 그 논설을 통해 단재의 명성이 더욱 빛났다는 말이다. (다)와 (라)는 중국신문에서도 단재의 글이 진가를 발휘했음을 말해준다. 그리고 마지막으로 (라)는 북경에서 발간한 잡지 『천고』에 대한 지적이다. 심훈은 「천고창간사」의 집필상황을 위와 같이 서술했다. 단재의 글은 당시 많은 사람들에게 글쓰기의 전범으로 자리했고, 하나의 정전으로 자리했다.

그가 썼던 작품을 모아 발간하려는 시도는 예전부터 있었다. 그러나 그의 글들이 발간되는 데에는 어려움이 뒤따랐다. 그것은 그의 작품들이 정전으로 자리하는 데 여러 가지 억압적 상황들이 자리했음을 의미한다. 존 길로리는 "정전 형성의 역사는 일종의 음모, 즉 사회적으로 혹은 정치적으로 강력한 집단에 속하지 않는 자들이나 그 작품이 명시적으로나 묵시적으로 지배집단의 이데올로기를 표현하지 않은 자들의 작품을 암암리에 혹은 고의적으로 억압하려는 시도로서 나타날 것"[3]이라고 지적했다. 정전에는 그것을 결정하는 자들의 사회적 지위나 신념, 특히 이데올로기가 반영된다. 이 글에서는 단재 문학의 정전 형성 문제를 살펴보려고 한다. 정전화 과정에서 드러난 이데올로기적 요소와 그 억압의 실상들을 살펴볼 것이다.

3 "Cannon", ed. by F. Lentriccbia & T. McLanghlin, *Critical Terms For Literary Study*, The University of Chicago Press, 1990, p.237; 박찬부 외역, 『문학연구를 위한 비평용어』, 한신문화사, 1994, 304~305면.

2. 단재 문학과 정전의 형성

일제 당국은 단재의 저작을 검열의 대상으로 선포하였다. 조선총독부 관보 69호(1910.11.19)에는 당시 금서로 정한 51종의 목록이 실려 있다. 그 가운데 신채호가 번역한 『이태리건국삼걸전』과 그의 창작 『을지문덕』, 한글 번역 『을지문덕』 등 총 3권의 저서가 금서로 규정되었다. 그것은 당시 국수주의적 성격을 띤 단재의 저작들이 배제의 정전으로 자리했다는 것을 말해준다.[4] 일제 강점기 단재의 저작이 국내에서 발간된 것은 『조선사연구초』(조선도서주식회사, 1929)가 유일하다. 그는 민족주의자로 낙인이 찍혀 국내에서 저술 발간이 쉽지 않았다. 그의 유고들에 대한 발간 계획은 단재의 옥사(1936년) 이후 꾸준히 시도되었다.

> 1942년 이때를 前後하여 韓龍雲 朴洸 申伯雨 崔凡述 諸氏가 『丹齋先生遺稿集』의 刊行을 추진하였으나 日帝의 감시로 實現되지 못함.[5]

> 1945년 中國에 申采浩學社 設立. 中國人으로서는 世界史 代表 李石曾, 中國學典館 代表 梁家駱, 上海 生物學硏究所 代表 朱說 등과, 韓國人으로서는 鄭華岩・柳子明 諸氏가 相互協力하여 先生의 遺稿를 漢文과 英文으로 出刊할 것을 계획함.[6]

---

4 애국계몽기부터 단재 저작물에 대한 정전화의 노력은 적지 않았다. 「水軍第一偉人 李舜臣」(『대한매일신보』, 1908.5.2~8.18)이 『李舜臣實記』(1908)으로 필사되는가 하면, 「讀史新論」(『대한매일신보』, 1908.8.27~12.13)은 다시 『소년』(「國史私論」, 1910.8)에, 『신한국보』(「독스신론」, 1910.9.26~1911.1.3)에 소개된 데 이어 단행본 『讀史新論』(재미한인 소년서회, 1911.10)으로 발행되기도 한다. 「東國巨傑 崔都統」(『대한매일신보』, 1909.12.5~1910.5.27)이 1912년에 단행본(『최도통전』, 재미한인 소년서회)으로 발행되었으며, 조선총독부는 1913년 11월 25일 이 책을 발매 반포 금지도서로 규정했다. 그리고 1915년에 「대동제국사서언」과 「대한의 희망」, 「역사와 애국심의 관계」, 「을지문덕」을 묶은 유인판 『無涯散稿』가 발간되기도 했다.

5 「연보」, 『개정판 단재신채호전집』(하), 형설출판사, 1977, 505면.

이 둘은 모두 남북한 정부 수립 이전에 계획된 것들이다. 한용운 등이 유고집을 간행하려 한 것은 단재의 글쓰기를 높이 평가하여 그의 문학이 일제하 우리 민족을 일깨울 정전이 될 수 있다고 믿었기 때문일 것이다. 그러나 일제는 조선의 독립운동과 민족해방투쟁을 용납하지 않았기 때문에 유고집 발간은 절대 허용될 사안이 아니었다. 일제강점기에 단재가 주필을 맡고 있던 『대양보』, 『권업신문』, 『신대한』의 무수한 기사들이 검열 압수당한 것을 보면 쉽게 알 수 있다. 그러므로 단재 문학의 발간은 어렵게 된다. 그리고 1946년 1월경 중국 상해에 조선학전관과 더불어 신채호학사가 설립되고[7] 여기에 중국 측 인사로는 이석증, 오치휘, 양가락, 주세 등이 참여하였으며, 巴金, 畢修杓, 張誠伯, 徐晃宇 등이 학전관 운영에 도움을 주었다고 한다. 신채호학사에서는 한국의 석학으로서의 신채호를 세계에 널리 소개하려 했으며, 그래서 단재의 전집 간행도 도모했던 것으로 보인다. 다만 "1949년 중국의 본토 석권과 국민정부의 대만 철수"로 인해 그러한 일들은 좌절되고 말았다.[8]

그러면 해방 후 국내의 상황은 어떠했는가? 당시 남한은 격심한 이데올로기적 갈등으로 내홍을 겪고, 또한 미소의 신탁통치로 인해 민족의 분열은 심화된다. 이러한 상황에서도 단재의 역사물인 『조선사론』(광학서포, 1946)과 더불어 『조선상고사』(종로서원, 1948)가 발행된 것은 그나마 다행이 아닐 수 없다. 그리고 1955년에 이르러 『을지문덕』의 한글 번역판이 '단재유고출판회'에 의해 출간된다.

---

6 위의 글, 506면.

7 전집 연보에는 신채호학사 설립 연도를 1945년이라 했지만, 실제로는 1946년이다. 『조선일보』(1946.4.8)에는 "丹齋 申采浩 선생이 中韓 문화에 끼친 업적과 그 공헌을 기렴하기 위하야 상해에 잇는 한중 두 나라의 학술관계자와 단체의 발기로 상해에다 신채호학사를 설립하게 되엿다 한다"라는 기사가, 『동아일보』(1946.4.9)에는 「申采浩學社 上海에 設立」이라는 제하에, "한평생을 민족해방과 민족문학확립발전에 헌신하다가 일본 관헌에 붓들리여 여순감옥에서 옥사한 고 단재 신채호 선생의 송덕과 한중 문화에 끼친 업적을 기렴하기 위하야 상해 한중 량국 학술관계자의 발기로 상해에다 '신채호학사'를 설립기로 되였다 한다"라는 기사가 각각 실려 있다.

8 정화암, 『이 조국 어디로 갈 것인가』, 자유문고, 1982, 244~248면.

단재는 1960년대에 들어와 새로운 평가를 받는다. 단재는 제3공화국으로부터 1962년 대한민국공로훈장을 받는다. 1, 2공화국에서 홀대를 받은 것과는 대조적이다. 그러면 왜 제1, 2공화국에서 단재는 충분한 가치를 인정받지 못한 것일까? 그리고 기껏해야 『을지문덕』의 번역 정도만 이뤄진 것일까? 단재는 임정 시절 이승만과 다른 노선을 걸었다. 그리고 이승만이 대통령에 선출되자 임정을 뛰쳐나와 『신대한』을 창간하여 임정의 노선을 비판하기에 이른다. 특히 그는 이승만의 위임통치론을 강하게 비판하며 국민대표회의 소집을 요구하였다. 단재에게 이승만은 아직 나라를 찾기도 전에 있지도 않은 나라를 팔아먹은, 이완용보다 더 큰 역적이었던 것이다. 그런 단재였기에 그의 작품들이 이승만 치하에서 정전화되기는 어려웠을 것이다. 그런데 새로 수립된 군사정권에 의해 단재의 권위는 회복되고, 또한 그는 엄연히 국가 유공자로 자리하게 된다.

이 시기 북한에서 유고가 발견되어 단재 연구에 새로운 전기가 마련된다. 신채호의 유고는 1964년부터 소개되기에 이른다. 먼저 김하명의 해설과 함께 유고 「룡과 룡의 대격전」, 「금전, 철포, 저주」, 「선언」(『조선문학』, 1964.8)이 소개되고, 이후 주룡걸의 「탁월한 작가 신채호의 문학에 대하여」와 함께 소설 「꿈하늘」(『문학신문』, 1964.10.20~11.3)과 소설 「꿈하늘」, 시 「매암의 노래」, 「너의 것」, 「61일 계단의 회고」, 「나비를 보고」, 「새벽의 별」, 「고려영」, 「임술년 가을에 읊노라」, 「계해년 10월 초2일에」(『조선문학』, 1964.12) 등이 소개되었다. 그리고 안함광의 「신채호와 그의 문학」과 함께 「리해」, 「정육과 애국」(『조선문학』, 1965.2) 등의 수필이 실렸다. 한편 북한은 1966년 이러한 미발표 유고 작품들을 묶어 『룡과 룡의 대격전』이라는 유고선집을 발간하였다. 그리고 「대아와 소아」(『조선문학』, 1966.5), 「력사와 애국심」(『조선문학』, 1966.9) 등을 소개했다.

> 신채호의 문학적 업적에 있어서 정론은 중요한 자리를 차지하며 그 주제도 다양하다……역시 신채호가 그의 활동의 후기에 와서는 사회주의 사상의 긍

정적 영향을 일정하게 받고 있었다는 사정을 알리여 준다. 이 정론(「선언」: 인용자)은 중심적 골자는 자본 계급이 역사적 무대에 등장하여 권력기관과 문화적 수단들을 장악하여 무산대중을 억압해온 력사적 과정과 자본주의를 반대하는 무산 계급의 혁명 투쟁의 전개와 그 승리는 정권을 쟁취하는 데서만 가능하다는 사상을 담고 있다. 이 정론은 내용이 풍부할 뿐만 아니라 이 시기 신채호의 민족주의 사상이 극히 선진적인 사상의 햇발을 받고 있었다는 사실을 알리는 점에서 의의가 크다……신채호의 문학작품들은 우리나라 문학의 애국주의적이며 인민적인 전통의 보물고에 귀중한 재산을 기여한 것으로 된다. 따라서 그의 작품들은 오늘의 인민 대중을 교양함에 있어서와 오늘의 문학을 발전시킴에 있어서도 귀중한 역할을 수행한다.[9]

『룡과 룡의 대격전』에 실린 안함광의 「해제」는 선언적인 의미를 띠고 있다. 그는 단재를 "열렬한 애국 투사이며, 력사 학자이며, 계몽사상가였을 뿐만 아니라 탁월한 작가"라고 규정했다. 단재는 이 유고집의 간행으로 말미암아 '탁월한 작가'로 거듭난다. 북한에서 단재를 부각시킨 까닭은 위 내용에 충분히 들어 있다. 그것은 북한의 정치적 상황의 변화와도 관련이 있다.

김일성 수상은 1965년 4월 반둥회의 10주년을 기념하기 위해 인도네시아를 방문하여 알리 아르함 사회과학원에서 연설하면서 '사상에서의 주체, 정치에서의 자주, 경제에서의 자립, 국방에서의 자위'라는 주체사상의 4대 원칙을 천명했었다. 그러나 사실상 북한 내부에서는 1955년 사상에서의 주체를 시작으로 1956년에는 경제에서의 자립, 1962년에는 국방에서의 자위, 그리고 1966년에 외교에서의 자주노선을 표명하기에 이르는 일련의 주체사상의 체계화가 진행되었다.[10]

---

9 안함광, 「해제」, 『룡과 룡의 대격전』, 조선예술총동맹출판사, 1966, 15~16면. 밑줄은 강조를 위해 인용자가 함. 이하 동일.

10 김용재, 「김정일 통치체제와 권력구조」, 『북한이해』, 통일부 통일교육원, 2004, 21~22면.

단재의 부각은 북한 사상의 흐름과도 무관하지 않다. 박종원과 류만은 『조선문학개관』에서 1961년 이후의 문학을 "사회주의의 전면적 건설과 사회주의의 완전승리를 앞당기기 위한 투쟁시기"로 규정했다. 이 시기 안함광은 「도덕」, 「꿈하늘」, 「룡과 룡의 대격전」 등 단재 작품에서 주체의 사상을 포함, 강조, 고취하였다고 강조했다.[11] 그리고 김하명은 단재의 "정론과 소설 작품들은 인민들의 심장을 격동시키고 투쟁에로 고무하였다"고 평가하였다.[12] 단재가 민족주의(국수주의)를 내세워 민족적 주체성을 앙양했다는 사실은 북한에서 강조하기에 충분한 조건이다. 그의 사상은 북한의 주체사상 형성에 기여한 것으로 보인다. 유고집의 발간과 더불어 단재 문학은 새로운 정전으로 부상하게 되었다.

한편 1970년에 남한에서는 '단재신채호전집편찬간행위원회'가 결성되고 전집 출간 사업을 추진하게 된다. 이들은 1972년에 『단재신채호전집』 상·하권을 출간하였는데, 상권은 주로 역사물로, 하권은 애국전기, 논설, 역사 관련 글로 구성하였다. 역사가와 정론가로서의 단재의 모습을 부각한 셈이다. 그리고 1975년에는 보유편을 간행하였다.

> 이 補遺에 편입된 遺稿 정 資料들은 全書를 편찬할 때 누락된 몇 편의 글과 그 후에 하나씩 蒐集해둔 글들이다. 마침 卍海 韓龍雲 스님과 畊夫 申伯雨 先生 等이 丹齋遺稿集을 편찬하고져 준비해 오든 資料보따리가 나와 거기에서 소설 「꿈하늘」(夢天)을 비롯한 몇 개의 遺稿와 또 先生의 著作目錄 一部가 나와 目錄에 나오는 題目을 갖고 舊韓末의 新聞 雜誌에 筆者의 이름이 씌어져 있는 論說들 가운데에서 찾아내기도 하였다. 「日本의 三大忠奴」, 「東洋主義에 대한 批評」 등이 그것이다. 아직 題目만 알고 本文은 찾지 못한 것이 적지 않지만, 그보다도 本文 내용으로 보아 丹齋先生의 글로 心證이 가나 確證자료

11 안함광, 「신채호와 그의 문학」, 『조선문학』 210, 1965.2, 111~116면.
12 김하명, 「'룡과 룡의 대격전'에 대하여」, 『조선문학』 204, 1968.4, 44면.

가 없어 보류해둔 資料들이 훨씬 많다. 특히 최근에 先生의 長男 申秀凡氏가 移徒를 하면서 낡은 세간을 챙기다가 尹世復氏가 정리해둔 丹齋先生의 未刊 遺稿들을 발견하게 되었다. 「柳花傳」을 비롯한 몇 개의 小說과 「宣言」을 비롯한 몇 개의 論說이 그것이다. 尹世復氏는 丹齋先生과 中國 및 滿洲 일대에서 獨立運動을 함께 한 同志로써 大倧敎 二代 敎主를 지낸 분이다. 尹世復氏는 丹齋先生의 「朝鮮史」, 「朝鮮上古史」 등도 모두 淸書하여 보관해두고 있는데 아마도 歸國後에 역시 丹齋集의 출간을 준비했던 것이 아닌가 여겨진다.[13]

단재전집간행위원회에서는 여러 편의 글을 추가적으로 발굴하여 보유편에 실었다. 그런데 그것을 편집한 김영호는 위와 같이 자료의 입수 경위를 밝혔다. 「꿈하늘」은 신백우로부터, 그리고 「류화전」·「선언」 및 기타 소설은 윤세복으로부터 구한 것이라는 얘기이다. 그런데 그것들은 북한에서 발간된 『룡과 룡의 대격전』에 실렸던 작품들이다. 『룡과 룡의 대격전』에 실린 작품 가운데 보유편에 다시 실린 것으로는 「꿈하늘」, 「류화전」, 「백세 노승의 미인담」, 「일목대왕의 철퇴」, 「이괄」, 「박상희」, 「○○○부원군으로 간견자」, 「철마 코를 내리치다」 등의 서사물과 「선언」, 「실패」, 「차라리 괴물을 취하리라」 등 수필 15편이 있다.

과연 전집간행위원회는 신백우와 윤세복으로부터 자료를 구한 것인가? 왜 『룡과 룡의 대격전』에 실려 있는 작품들을 그들로부터 구했다는 것인가?

이 『별집』에 수록하고 있는 문품들로 말하면, 첫째 문예류로서, 소설 시 시조 수상 서한 등과 『천고』지에 게재된 문품들인데, 이것은 특히 일본 동경 武藏大 渡部學 교수가 보관하고 있던 것을 제공받은 것입니다.

이것이 비록 작은 것 같지마는 일본인 학자로서 양심있는 학문인은 이같이 선생의 문품을 소중히 받드는 것임을 생각하면, 새삼 느꺼운 마음을 금치 못

13 김영호, 「해제」, 『단재신채호전집』 보유, 형설출판사, 1975, 557~558면.

함과 아울러, 그 분에게 감사의 뜻을 표하는 바입니다.[14]

1977년 단재전집간행위원회는 다시 개정판을 내었다. 그리고 거기에 단재신채호선생기념사업회 회장인 이은상의 「간행사」를 실었다. 개정판의 「간행사」에서 자료의 입수 경위가 그대로 드러난다. 그것은 바로 "일본 동경 武藏大 渡部學 교수가 보관하고 있던 것"이라는 구절이다. 북한에서 발간된 『룡과 룡의 대격전』은 소설과 수상, 시, 시조, 서한 등으로 구성되어 있다. 이 구절은 결국 『룡과 룡의 대격전』을 와타나베 마나부로부터 건네받았다는 말이 된다. 그렇다면 김영호가 신백우 · 윤세복을 내세운 것은 북한 자료에 대한 논란을 없애기 위한 도회에 불과하다는 사실이 드러난다. 단재전집간행위원회는 渡部學으로부터 『룡과 룡의 대격전』을 입수했고, 이것을 전집에 실은 것이다.[15]

『룡과 룡의 대격전』은 북한에서 발간된 것이었고, 당시 북한을 주적으로 간주하던 한국 현실에서 북한 운운하며 자료를 발간할 수는 없는 상황이었다. 그래서 그 일부를 '보유'편에 실었다가 다시 전면적으로 수용하여 '개정판'을 내기에 이른 것이다. 여기에는 '보유'편에서 언급한 미확정의 자료들도 상당수 포함된다. 이를 통해서 단재의 문학이 남한에서도 정전화되었다. 그리고 그의 문학은 김윤식, 이재선, 임중빈 등에 의해 집중 조명을 받게 된다.[16]

이후 단재 문학에 대한 정전화 작업은 중국 쪽 연구자인 김병민에 의해 이뤄진다. 1988년 올림픽을 계기로 한국정부는 공산권 국가들과 문호를 개

---

14 이은상, 「간행사」, 『개정판 단재신채호전집』 별집, 형설출판사, 1977, 3면.

15 이에 대해 김병민은 "『룡과 룡의 대격전』이란 책이 평양에 왔던 일본인 학자에 의하여 서울에 전해졌으며 서울의 단재신채호선생기념사업회에서는 선후로 1975년과 1977년에 『룡과 룡의 대격전』이란 책에 실린 유고들을 『단재신채호전집』의 하권, 『별집』에 수록하였다"(3면)라고 자세히 언급했다.

16 이에 대해서는 김주현, 「단재 신채호 문학의 연구 현황 및 전망」(『단재의 문학, 단재의 정신』 ―제7회 단재문화예술제전 학술대회 자료집, 2002)을 참조.

방하게 되고, 또한 월북문인들의 문학에 대한 해금조치를 단행하였다. 이러한 영향으로 1988년 12월 김병민의 『신채호문학연구』가 출간되기에 이른다. 김병민에 의해 북한의 단재 유고의 실상이 제대로 알려지게 된다. 그것은 "신채호의 문학유고는 1928년 그가 일제에 경찰에 체포되어 여순감옥에 갇힌 다음 그의 동지에게 보관되었다가 8·15후 북한 국립도서관으로 옮겨졌지만 여러 사정으로 1960년대 초까지 정리되지 않았"[17]던 것이다. 또한 김병민은 신채호의 유고를 소개하는가 하면, 전집이 갖고 있는 문제점을 지적하고 직접 유고집을 간행하여 원전확정뿐만 아니라 연구에 많은 기여를 하였다.[18]

> 신채호의 유고가 발견된 이후 1966년 2월 국립중앙도서관 민족고전부에서는 문학유고들만을 선택하여 윤색, 삭제, 편집을 거쳐 『룡과 룡의 대격전』이란 책명으로 세상에 내놓았다.[19]

김병민은 단재 문학의 연구뿐만 아니라 자료 소개에도 중요한 역할을 했다. 그는 단재의 유고가 북한에서 윤색, 삭제, 편집되어 간행된 사실을 목도했다. 북한에서 간행된 『룡과 룡의 대격전』은 윤색이나 삭제를 함으로써 단재의 원전과는 부분적으로 다른 모습을 갖게 되었던 것이다. 그는 직접 북한의 유고를 필사하여 『신채호문학유고선집』이라는 이름으로 소개하였다. 또한 「신채호문학유고에 대한 자료적 고찰」을 통해 『룡과 룡의 대격전』의 오류를 열거하였다. 그로 인해 그 책을 토대로 삼은 『단재신채호전집』의 오류도 여실히 드러나게 되었다. 그래서 『신채호문학유고선집』은 새로운 정전으로서 자리하게 되었다.

---

17 김병걸, 「단재의 문학관」, 김병민, 『신채호문학연구』, 아침, 1988, 7면.

18 김병민, 「신채호의 문학창작유고에 대한 자료적 고찰」, 『한길문학』, 1991.11; 「고전·설화·역사를 문학적으로 윤색한 도덕경 – 신채호의 '아방윤리경'」, 『문학사상』, 1992.5; 『신채호창작유고선집』, 연변대학출판사, 1994.

19 김병민 편, 『신채호문학유고선집』, 연변대학출판사, 1994, 2～3면.

3. 단재 문학의 정전화 과정에 나타난 문제점

단재의 작품집으로 우리는 세 가지를 만날 수 있다. 단재의 작품집은 북한에서 먼저 나왔다. 먼저 단재 작품집의 모습을 보기로 한다.

(1) 『룡과 룡의 대격전』, 조선문학예술총동맹출판사, 1966.

(2) 『단재신채호전집』, 형설출판사, 1972~1975.

(3) 『신채호문학유고선집』, 연변대학출판사, 1994.

북한에서 나온 『룡과 룡의 대격전』은 신채호의 유고를 김하명, 주룡걸, 안함광 등이 정리하여 펴낸 책이다. 이는 북한에서 일찌감치 단재에 대해 관심을 갖고 있었다는 것을 말해준다. 이 책에 실린 작품들은 여러 면에서 중요한 의미를 지닌다. 그것은 먼저 신채호의 미발표 유고를 정리했다는 점에서 의미가 있다. 그러나 이 책은 여러 가지 문제점을 안고 있다. 그것은 비교적 유고에 가까운 김병민 편 『신채호문학유고선집』만 보아도 쉽게 드러난다. 단재의 창작 유고와 북한의 선집 간에는 많은 차이가 게재한다. 김병민은 이에 대해 구체적으로 지적했다. 그 가운데 가장 큰 문제점은 「꿈하늘」에는 제2장에서 4,000자, 제3장에서 10,000자가량이 삭제되었다는 점이다. 실제로 「꿈하늘」은 10면가량(『백세 노승의 미인담』, 134~153면)이 누락되어 있다.

> 「백세 노승의 미인담」은 모두 9개 부분으로 되어 있는데, 편집자는 4개 부분으로 재구성했으며, 1만 7000자 좌우되는 소설을 1만 5000자 좌우의 소설로 줄였다. 여기에 편집자의 삭제와 더불어 재구성의식이 짙게 반영되어 있다…… 물론 줄이거나 재구성한 데는 편자로서의 고려가 있었다고 보아지는 바 소설 자체의 유기적인 구성체계를 보여주자는 데 있었을 것이고, 또한 편집자의 정

치적 견해가 작용한 듯 싶다.[20]

김병민은 『룡과 룡의 대격전』이 편집자들에 의해 삭제, 윤색, 그리고 편집되었다고 지적했다. 여기에는 미학적인 고려뿐만 아니라 '편집자의 정치적 견해'도 작용한 듯하다고 평했다. 이들 작품들은 국한문체를 국문체로 옮겼으며, 「백세 노승의 미인담」과 같은 작품은 일부 윤색되었다. 그는 그 까닭으로 정치적인 견해 운운하였지만, 구체적으로 설명하지 않았다.

> 엽쁜이 로승더러 〈오천 명 군사 중에 노예군 잡류군이 오분의 사나 되며 또 이것들이 가장 용감하나 매양 노예라 잡류라 하는 이름을 싫어하여 힘을 다하지 아니 하오니 이 위급한 때를 당하여 명분만 지키려다가는 나라의 강토를 잃고 부로의 치욕을 면하지 못할지니 먼저 노예와 잡류의 문건을 불사르고 싸움을 이긴 뒤에 동등의 대우를 한다는 명령을 내리시소서. 이것이 오늘의 국경을 보존하는 다시 더 없는 방법이올시다.〉 하기에 로승이 그 말을 들어 그대로 군중에 령을 내리었더니 노예와 잡류들이 가로 뛰며 세로 뛰며 우리가 인제야 나라를 위하여 죽을 때라 하고 사람마다 죽음을 무릅쓰고 삼일을 혈전하여 다섯 갑절이나 되는 몽고병을 물리치었습니다.[21]
>
> 〈모두 나아가 싸우자 싸우다가 이기면 다행이요, 죽어도 영광이다. 남녀로소 할 것 없이 다 나아가 싸우자〉 웨치고 싶지만 그러나 이 때야 쓸데 있는 말입니까[22]

이 두 예문은 원작에는 없던 것을 편집자가 추가한 것이다. 위의 예문에서 엽쁜이의 계책은 그녀가 몽고를 물리칠 방안으로 노승의 아버지에게 제

---

20 김병민, 「신채호의 문학창작유고에 대한 자료적 고찰」, 『신채호문학유고선집』, 연변대학출판사, 1994, 6~7면.

21 신채호, 「백세 로승의 미인담」, 『룡과 룡의 대격전』, 조선문학예술총동맹출판사, 1966, 63면.

22 위의 책, 64면.

시한 것이기도 하다. 그러나 그것이 실행되지 못하고 고려는 몽고에 패하여 능욕을 당한다. 그런데 편집자는 계급폐지를 통해 몽고를 격퇴한 사례를 서두 부분에서 제시하였다. 그것은 한편으론 외세 격퇴 후 평등사회 실현이라는 북한 사회주의 형성 논리를 제시한 것이다. 그리고 노승은 아내를 잃은 후 민족적 주체의식에 이른다. 편집자가 지닌 평등사상과 민족적 주체의식의 정립이 작품 속에 투영된 것이다. 뿐만 아니라 여기에는 "위대한 역사적 사건을 줄거리로 하여 조선혁명의 발전과 함께 자라나는 주인공들의 전형적인 모습을 그려…… 혁명적 랑만주의 정신으로 교양"(『혁명적 문학예술을 창작할 데 대하여』, 1964.11.7)[23]해야 한다는 김일성의 교시도 작용한 것으로 보인다. 북한에서는 단재의 선집 발간에 뒤이어 '주체의 시대'(1967~)로 접어든다. 단재선집은 그러한 시대 변화 속에 탄생했고, 또한 어쩌면 민족 주체의 상징으로 제시된 것으로 보인다. 안함광 등은 특히 단재의 작품들을 정전화하면서 그러한 사상들을 강화시키고 있다.

뿐만 아니라 북한에서는 일부 탈락, 삭제, 첨가를 통해 유고를 개변 또는 훼손하였다.[24]

> (가) 十年前에 돌아단이든 志士는 모다 愛國者러니 <u>今日은 모다 共産黨이며</u> 十年前에 비우랴든 靑年은 거의 兵學이러니 今日은 거의 文學이로다.(유고선집, 177면)
>
> (나) <u>自由하자면 平等이 안되고 平等하자면 自由가 안됨은 엇던 均産學者의 慨歎한 바라</u>(유고 181면)

(가)는 공산주의에 대한 단재의 비판이 들어 있는데, 북한 선집은 의도적

---

23 사회과학원 문학연구소, 『조선문학사』 5, 과학백과사전출판사, 1999, 10면에서 재인용.

24 이에 대해서는 최옥산의 자세한 설명이 있다. 그녀는 이 외에도 『룡과 룡의 대격전』이 태극기를 국기로 하였다던가, 최남선의 이름을 뺐다던가, 미인 자랑 등의 내용들이 빠져 있음을 지적했다.

으로 이 부분을 빼고 있다. 그리고(나)는 자유와 평등을 추구하는 사회주의 취지와 모순이 되기에 삭제한 것이다. 이러한 것들은 이데올로기로 인해 개변된 것이다. 북한선집은 이처럼 편집자가 개입하여 새로운 정전을 수립한 것이다.

그런데 북한의 선집이 남한에 수용되면서 다시 변화를 겪게 된다. 이미 앞에서도 살펴본 바이지만, 개정판 전집에서 무엇보다 신경을 쓴 것은 북한 선집의 수용 문제였다. 당시 국가보안법과 반공법이 위세를 떨친 기간이라 금제로부터 자유로울 수 없었다. 김영호가 초판 '보유'편에서 신백우와 윤세복을 끌어들인 것도, 1977년 개정판에서 일본인 와타나베 마나부[渡部學]을 내세운 것도 북한의 선집으로부터 비켜가고자 한 수사였다. 그러기 위해 전집간행위원회에서는 새로운 텍스트로 정전화를 기도한다. 그래서 국문으로 된 『룡과 룡의 대격전』의 작품들을 다시 국한문으로 바꾸고, 또한 일부 이데올로기적 탈색을 시도하였다.

> (다) 「동무와 함께 가거라」 하거늘, 울어도 홀로 울고 우서도 홀로 우서 40평생에 동무 하나 없이 자라난 한놈이 이 말을 들으매 스스로 눈에 눈물이 핑 돈다.(『룡과 룡의……』, 41면)
>
> (다 - 1) 『친구와 함께 가거라.』
>
> 하거늘, 울어도 홀로 울고 웃어도 홀로 웃어 四十平生에 親舊 하나 없이 자라난 한놈이 이 말을 들으매 스스로 눈에 눈물이 핑 돈다.(『전집』 하, 189면)

전집은 인용문처럼 '동무'라는 말을 '친구'라는 말로 바꾼다. 「꿈하늘」과 「백세 노승의 미인담」 등이 그러한 데, 전자에서는 무려 13군데에 걸쳐 고의적으로 바꾸었다. 그리고 「새벽의 별」에도 1군데 있지만 미처 바꾸지 못한 것으로 보인다. '동무'라는 말은 북한에서 사회주의적 평등성을 의미하는 것으로 사용되었지만, 우리에게는 일종의 금기시된 언어였다. 이러한 이데올로기적 간섭은 "尊華主義를 爲하여 朝鮮이 存在하며, 三綱五倫을 爲

하여 人民이 存在하며"(「예언가가 본 무진」, 『동아일보』, 1925.1.2)에서도 드러난다. 이 구절을 단재전집은 "尊華主義를 爲하여 朝鮮이 存在하며, 三綱五倫을 爲하여 民衆이 存在하며"(『전집』 하, 33면)로 쓰고 있다. '인민'을 '민중'으로 고친 것이다. 그 시대에 기휘하는 말을 다른 용어로 대체했음을 보여주는 대목이다.

전집은 북한의 선집을 가져왔지만, 이데올로기적 개입의 증거들이 여실히 드러난다. 월레 소잉카는 정전화 작업이 "당대의 이념적 성향에 좌우되기 마련"[25]이라 하였는데, 전집 작업은 당시 유신체제의 이념으로부터 자유로울 수 없었던 것이다. 결국 불완전한 북한의 선집을 가져왔지만 그것마저 또 이데올로기로 인해 개변되었다. 이것 외에도 국문을 국한문으로 고치면서 잘못 들어간 한자 어휘들이 많아 단재의 원전과는 더욱 멀어지는 오류를 범하고 있다.[26] 그러나 그것만이 문제가 아니다. 전집은 단재 작품의 정전화를 위해 나타났지만, 그것은 이후 보다 많은 논란을 야기하게 된다.

> 그리고 다음으로 사론 평론 논설 등 등 40여 편을 수록했는데, 이것은 진작 김영호 교수가 제공해 준 것 이상에, 특히 선생의 영식 수범 군이 직접 나서서, 피나는 정성으로 옛날의 묵은 신문들을 장장이 뒤져, 찾아낸 것이므로 구름 깊은 崑山에서 옥을 캐어오고 안개 짙은 驪壑에서 구슬을 찾아낸 것 같아 얼마나 귀한지 모릅니다.(이은상, 「간행사」, 『전집』 별집, 2~3면)

개정판에 실린 상당수 논설, 특히 『대한매일신보』 소재 논설 가운데에서 6편은 김영호 교수가 찾은 것이고, 그 나머지는 신수범이 찾은 것으로 보인다. 이것은 단재의 여러 글을 찾아내었다는 점에서 의미가 크다. 특히 신채

25 월레 소잉카, 「문학의 서쪽을 향한 정전, 동쪽을 향한 정전」, 김우창 외, 『경계를 넘어 글쓰기』, 민음사, 2001, 18면.

26 최옥산은 그 예로 死灰復燃 → 社會復緣, 趑趄 → 焦燥, 走狗 → 主構, 曙光 → 瑞光, 遲鈍 → 至鈍 등 여러 예를 들고 있다. 이는 한글을 무리하게 국한문본으로 바꾸는 과정에서 음가적 동일성, 또는 유사성에 따른 오류를 범한 것들이다.

호의 또 다른 성취 가운데 하나이자, 개화기 가장 중요한 평문인 「천희당시화」를 전집에 포함시켰는데, 그 의의는 자못 크다 하겠다.[27] 그런데 또한 여기에는 단재의 저작이 아닌 글들이 포함되어 정전으로서의 가치를 떨어뜨릴 뿐만 아니라 연구의 난맥상을 형성하고 있다.

西湖子, 「西湖問答」(1908.3.5~18)

史癖生, 「歷史에 對한 管見 二則」(1908.6.17)

鍊丹生, 「所懷一幅으로 普告同胞」(1908.8.21)

熱血生, 「20世紀 新東國之英雄」(1909.8.17~20)

「서호문답」은 서호자의 글이다. 김윤재도 그것이 단재의 글이 아니라는 지적을 했지만, 이것은 성격상 단재의 글이 아니다. 그리고 아래 세 편은 모두 기서란에 실린 글들로 이 글들은 단재가 논설 주필을 맡고 있던 시기 발표된 글이다. 그 시기 단재는 주필을 맡으면서 외부 사람들이 투고해온 글을 기서란에 실었을 뿐이다.

이 밖에도 『대한매일신보』 '사조'란의 「鐵椎歌」(1910.3.25)와 『조선일보』의 「만리장성이 뉘 것이냐」(1932.12.9~14)를 단재전집에 포함시키고 있다. 전자는 강릉 이창해의 작품이며, 후자는 단재의 글을 가져와 자신의 의견을 보탠 박용태의 글이다. 이처럼 단재전집은 단재의 작품을 일일이 발굴하여 실은 장점은 있지만, 작품의 개변이나 다른 사람의 작품, 또는 저자 불명의 작품을 포함시키는 등 정전으로서의 가치를 많이 상실하고 있다.[28]

---

27 이에 대한 자세한 논의는 김주현 「국문 창제 요의설을 통해 본 '천희당시화'의 저자 규명」(『어문학』 87, 한국어문학회, 2005.3) 및 「'천희당시화'의 저자 확정 문제」(『우리말글』 33, 우리말글학회, 2005.4)를 참조.

28 심지어 전집 초판 '보유'편에서는 「백세 노승의 미인담」을 「백제 노승의 미인담」으로 소개하는 바람에 한 연구자는 "百濟 노승이라 한 것은 납득하기 어려운데, 高麗 노승을 잘못 쓴 것"이라 주장했다. 이는 텍스트의 오류로 인해 엉뚱한 해석으로 나아갈 수 있음을 보여주는 사례인데, 달리 연구에서 원전확정의 필요성을 새삼 일깨워준다. 이기열, 「신채호 소설 연구」, 서울대 석사논문, 1984, 51면.

이런 점에서 김병민이 필사본으로 만든『신채호문학유고선집』은 정전으로서 보다 유리한 지점에 놓여 있다. 왜냐하면 원전에 가장 근접할 뿐만 아니라 이렇다 할 개변이 이뤄지지 않았다는 점 때문이다. 그런데 이 유고선집도 얼마간의 문제점을 안고 있다. 먼저 그것은 유고 선집일 뿐이라는 점이다. 즉 그 이전에 발표되었던「이순신전」,『을지문덕』,「최도통전」등이 작품이 실리지 않았다는 점이다. 어쩌면 문학 유고 가운데에서도 포함되지 않은 것이 있을 것으로 보인다. 또한 여러 오류들이 발견되고 있다. 먼저 崔瑩 → 崔榮(35, 38면), 國威 → 國尉(38면), 神誌秘詞(秘史?) → 神誌詩史(38면), 貧且賤者 → 負且賤者(188면), 沙法名 → 沙法石(242면 *괄호 속은 유고선집 페이지)처럼 많은 오식들이 나타난다는 점이다. 게다가 누락된 부분도 적지 않다.

(라) ……하는 뜻이 있어 걱정스러운 낯을 가지며, 어떤 사람은,

<u>"죄를 지면 지었지 지옥밖에 더 왔겠나."</u>

<u>하는 뜻이 있어 아무렇지도 않은 듯한 낯을 가지며, 어떤 사람은,</u>

"애고머니, 인제는 큰일났구나! 내 죄야 있는지 없는지 모르겠다만 순옥사자가 아마 덮어놓고 죽이실 걸."(『백세 노승의 미인담』, 168면)

(라 - 1) ……하는 뜻이 잇서 걱뎡실어운 낫흘 가지며, 엇던 사람은,

"애고먼니, 인제는 큰일낫고나 내 죄야 잇는지 업는지 몰으겟다만 巡獄使者가 아마 덥퍼놋코 죽이실 걸."(유고선집, 53면)

(마) ……하고 부채로 썩 가리우니 모든 옥수가 <u>어디에 가 있는지 하나도 안 보이더라.</u>

<u>한놈이 모든 옥수가</u> 어디에 있는지 보지는 못하나 마음에 그 참형당할 일에 애달퍼 강감찬의 앞에 나아가 매국적 같은 큰 죄는 할 수 없거니와 그 나머지는 다 놓아 보냄을 청하니 강감찬이 한놈의 등을 만지며(『백세 노승의 미인담』, 174면),

(마 - 1) ……하고 부채로 썩 가리우니 모든 獄囚가 어대 잇는지 보지는 못하

> 나 마음에 그 慘刑당할 일에 애닯어 姜邯贊의 압헤 나아가 賣國敵 갓흔 큰 죄는 할 수 업거니와……(유고선집, 57면),

위에서 보듯 김병민은 한 줄씩 건너 뛰어 필사를 한 것들이 있다. 어쩌면 가장 완전한 것으로 보이는 유고선집의 「꿈하늘」도 이처럼 밑줄 친 부분이 두 군데나 누락되어 있다. 그리고 「금전, 철포, 저주」의 두 군데, 「선언」의 세 군데가 이처럼 누락되어 있다.[29] 유고선집은 유고의 존재를 확인시켜 주고, 또한 원전에 가장 근접한 텍스트를 보여준다는 데 큰 의미가 있다. 그러나 그것은 역시 정전으로서는 결함이 있다.

최근 본 연구자는 기존에 나온 『룡과 룡의 대격전』과 전집, 유고선집을 토대로 『백세 노승의 미인담』을 편했다.[30] 이것은 '범우비평판 한국문학'의 제1권이라는 점에서 의미가 있다. 즉 근대문학의 시원으로 단재를 위치시킨 것이다. 그러나 이 선집 역시 문학편을 묶은 것으로 현대체와 일부 의역이 있어 일반 독자들이 단재를 이해하기에는 좋지만, 연구자들이 정전으로 삼기엔 한계가 있다. 다만 이를 통해서 단재 작품을 정전화하는 방법을 제시했다는 점이 그 의미라 하겠다.

---

29 이 외에도 「이해」, 「도덕」, 「인도주의의 가애」 등에도 한 행 정도 빠진 곳이 한 군데씩 있다. 최옥산은 이것들에 대해 누락의 가능성을 인정하였지만, "대부분은 역시 의도적인 추가임이 틀림없다"(84~85면)고 결론지었다. 그러나 본 연구자는 달리 생각한다. 그녀가 예로 든 "더욱 우리 동방 각식민지 무산대중의 혈(血), 피(皮), 육(肉), 골(骨)을 빨고, 짜고, 씹고, 물고 깨물어 먹어 온 자본주의 강도 제국의 야수군(野獸群)들은 그 창자가 꿔여지려 한다.(『룡과 룡의 대격전』, 168면)"에서 밑줄친 내용은 같은 글에서 "資本帝國野獸"(유고집, 193면)이나 「룡과 룡의 대격전」의 "弱小國民衆을 征服케 하며 植民地의 民衆을 壓迫케 하야 支配階級－資本主義의 先鋒"(유고집, 122면)에 이미 나타나 있다. 그리고 "구로포도낀의 호상부조론보다 따윈의 생존경쟁설을 더 수입하며 풀라톤의 박애설보다 빼콘의 리기설을 더 주장하여 도덕의 제한을 정할지니라"(「인도주의 가애」, 『룡과 룡의 대격전』, 177면)에서 밑줄친 부분을 어떻게 설명할 수 있겠는가? 이미 내용 중에 '인류박애'가 나오는 것으로 보아 김병민이 필사과정에서 누락한 것이다. 위의 것들은 대부분 필사과정에서 생긴 누락으로 봐야 할 것이다.

30 김주현 편, 『백세 노승의 미인담(외)』, 범우사, 2004.

4. 단재 연구와 그의 문학의 정전화

앞에서도 언급하였지만 단재의 글들은 당대에 높은 평을 얻었다. 그리고 그의 작품들은 해방 전에도 안자산이나 김태준, 임화에 의해 한편으론 역사소설로, 다른 한편으론 정치소설로 규정되어 그 의미를 평가받았다. 해방 이후 북한에서는 단재의 애국전기가 높이 평가되었지만, 선집이 발간되면서 그의 문학 전반이 활발히 논의되었다. 신채호는 곧 문학사의 일부로 편입되어 정전화되기에 이른다.

> 이 시기에 『이순신전』, 『을지문덕전』, 『강감찬전』, 「최도통전」 기타 등 적지 않은 민족 영웅전기들이 출현하였다……이러한 민족 영웅들의 전기의 출현— 그것은 이 시기 앙양된 반제 반봉건투쟁과 련결되어 있으며, 인민들의 민족적 자각과 자주 독립 사상의 장성의 표현이었다.[31]
>
> 박은식의 「교육이 불흥이면 생존이 부득」, 「구습개량론」, 「인민의 생활상 자립으로 국가의 자립을 성함」, 신채호의 「애국자」, 「력사와 애국심의 관계」, 「무능수론」, 장지연의 「시일야방성대곡」(이날을 목 놓아 우노라), 박성흠의 「애국론」, 주시경의 「국어와 국문의 필요」 등은 이 시기 나온 애국적 정론의 대표적 실례이다.[32]
>
> 소설 「꿈하늘」(1916)은 신채호의 낭만적 열정과 환상이 자유분방하게 표현되고 있는 대표적 작품이다……작품(「룡과 룡의 대격전」 : 인용자)은 1920년대 우리나라의 불합리한 사회현실과 착취제도를 반대하는 인민대중의 투쟁을 낭만주의적 수법으로 반영한 작품으로서 의의를 가진다.[33]

---

31 안함광, 『조선문학사』, 교육도서출판사, 1956, 21~23면.
32 박종원 · 최탁호 · 류만, 『조선문학사(19세기말~1925)』, 과학백과사전출판사, 1980, 54면.
33 정홍교 · 박종원, 『조선문학개관』(상), 도서출판 백의, 1988, 348~350면.

첫 예문은 1956년 조선민주주의인민공화국 교육성의 비준을 받은 초판으로 당시의 문학관을 그대로 반영한다고 하겠다. 이 저서에서 안함광은 단재의 영웅전기에 대해 높이 평가하였다. 그는 『조선문학통사』(1959)에도 "민족적 긍지와 애국심의 고취"라는 영웅전기의 특성을 강조하였다.[34] 그리고 단재의 유고 발견은 단재의 평가에 대한 새로운 전기를 마련해 주었다. 북한에서는 단재의 정론과 더불어 「꿈하늘」, 「룡과 룡의 대격전」 등이 문학사에서 본격 논의되었다. 먼저 『조선문학사』(19세기말~1925)의 제4장 애국문화운동에 이바지한 문학 제1절 '애국문화운동론자들이 창작한 역사소설과 우화소설'에서 신채호의 정론 등이 논의된다. 『조선문학개관』에서는 9장 1910~1920년대 전반기 문학 2절 반일애국문학의 창조·발전의 한 항목이 '신채호와 그의 소설 「꿈하늘」'로 구성되어 있다. 그리고 『조선문학사』의 제2편 제2장 제1절 제2항 '자유, 독립에 대한 애국적 지향과 갈망을 반영한 문학'은 거의 대부분이 신채호론(후반부 일부가 조명희의 「파사」론임)이다. 그것은 북한문학사에서 단재의 위치는 확고하게 자리잡았다는 것을 의미한다. 그러나 남한의 경우는 조금 다르다.

그리하여 고구려의 웅혼성의 상징으로서 을지문덕을 위시하여 강감찬·이순신·곽재우 같은 영웅들의 전기를 서술한 것이다.[35]

그러한 상황을 타개하게 위해 나온 획기적인 저술이 신채호의 『을지문덕』이다……한문학의 전을 근대적인 문학으로 바꾸어 놓는 방향을 모색한 작품이다.[36]

『무정』을 1910년대의 한가운데 놓고 집중 논의하는 것은 큰 작가만을 문제삼는 문학사 기술방식이다. 큰 작가의 존재가 가능할 수 있는 것이 군소작가들의 뒷받침 때문임은 새삼 말할 것도 없다. 우리는 지금 문학적 현상이나 사상적 사상의 흐름을 계량화하고자 하는 것이 아니라 질적 수준을 문제삼고 있

34 언어문학연구소 문학연구실 편, 『조선문학통사』(하), 과학원출판사, 1959, 6면.
35 이재선, 『한국현대소설사』, 홍성사, 1984, 182면.
36 조동일, 『한국문학통사』 4, 지식산업사, 1986, 305면.

는 만큼 이러한 논쟁점에 대해서는 잠정적인 유보의 태도를 취하는 터이거니와, 다만 『무정』을 둘러싸고 현상윤, 백대진, 양건식, 신채호 등의 작품이 놓여 있었음을 언급함으로써 이 과제를 넘어서고자 한다……신채호의 「꿈하늘」(1916), 「룡과 룡의 대격전」(1926?) 등.[37]

이것을 차례대로 보면 이재선, 조동일, 김윤식의 문학사이다. 이재선의 문학사에서 신채호의 부분은 '단재의 사상'이라는 항목에서 아주 간단히 제시되어 있다. 그에 비하면 조동일은 중세문학에서 근대문학으로의 이행기 제2기 9절 9항 '시대적 각성을 위한 산문 갈래'에서 신채호의 정론과 「천희당시화」, 『을지문덕』, 「이순신전」, 「꿈하늘」, 「룡과 룡의 대격전」 등에 대해 포괄적으로 논의하였다. 그에 의해 신채호는 제대로 자리매김되었다. 그러나 김윤식은 1910년대를 『무정』 중심으로 다루면서 단재는 작품명 정도만 언급하고 있다. 단재도 군소 작가의 한 사람으로 자리할 뿐이다. 그는 『한국근대문학사상사』(한길사, 1984)에서 단재를 제1장에 위치시켜 "근대문학의 시금석"으로 규정했지만, 실제 소설 논의에서는 그렇질 못하다. 조동일의 논의를 제외하면, 단재는 근대문학사에서 외면을 받거나 겨우 자리에 끼여든 형국이다. 다행히 1990년대 후반에 들어 김영민은 『한국근대소설사』(솔, 1997) 제3장에서 단재의 역사전기 소설을 다루고, 제5장을 완전히 독립시켜 "역사전기 소설의 새 단계 : 신채호의 소설들"로 단재의 문학을 다뤘다. 여기에서 단재의 문학을 근대의 정전으로 자리매김하고자 한 노력을 엿볼 수 있다.[38]

또한 단재를 근대문학의 영역에 편입시켜 논의한 사람은 김용직, 권영민, 최원식 등이다.[39] 이들에 의해 개화기라는 시대 속에서 문학인 또는 작가로

37 김윤식 · 정호웅, 『한국소설사』, 예하, 1993, 81면.

38 김영민, 『한국근대소설사』, 솔, 1997.

39 김용직, 「개화기 문인의 의식 유형」, 『한국문학연구입문』, 지식산업사, 1982.
권영민, 『한국근대문학과 시대정신』, 문예출판사, 1983.
최원식, 『한국계몽주의문학사론』, 소명출판, 2002.

서의 단재의 위치는 보다 확고하게 정립된다. 뿐만 아니라 문학사적 조망으로 단재를 논의한 것들도 있었다. 박희병은 단재의 문장이 조헌, 조식, 박지원과 같은 '기가 강고한 문장'의 전통을 잇고 있다고 평가하였으며, 김승환은 신채호, 신동엽, 김남주로 이어지는 한국문학의 혁명적 전통을 세우고자 하였다.[40] 강영주는 단재 등의 전기문학이 봉건시대 군담소설이나 전의 양식을 변용한 것이며, 후대 역사소설의 출현을 가능케 한 과도기적 문학이라고 규정하였다. 김영민은 강영주의 의견을 수용하여 전류 문학 및 군담계 소설 →'인물기사'와 '인물고' → 역사 · 전기소설로 전개되어왔음을 주장함으로써 신채호 등의 전기 문학에 대해 사적 규명을 하였다.[41] 이들의 논문은 우리 근대문학사의 전개에 있어서 신채호 문학의 가치 및 그 중요성을 부각시켰다는 점에서 의미가 있다.

최근 들어 개화기에 대한 중요성이 인식되면서 개화기 문학 논의가 늘고, 또한 신문, 잡지 등에 대한 연구로 개화기의 신문 잡지 연구도 증대되고 있다. 한편 탈식민주의 이론으로 인해 개화기는 뜨거운 화두로 떠오르고 있다. 이제 단재에 대한 본격적 연구로 그의 위상을 재확인하고, 그의 문학을 근대의 정전으로 자리매김할 필요가 있다.

5. 마무리 – 단재의 새로운 정전을 위하여

이제까지 단재 정전의 형성 과정을 살펴보았다. 단재의 작품은 일제 당국에 의해 배제의 정전, 즉 검열의 대상이 되었으며, 그래서 그의 작품은 일제

40 박희병, 「신채호의 근대민족문학」, 『관악어문연구』 22, 서울대 국어국문학과, 1997. 김승환, 「한국 근대문학과 절대주의」, 『한국현대문학연구』 7, 한국현대문학회, 1999.

41 강영주, 「한국근대역사소설연구」, 서울대 박사논문, 1986.

강점기하에서는 간행되기 어려웠다. 해방 이전에도 단재전집을 간행하고자 하는 노력은 있었으나 이뤄지지 못했으며, 해방 후에 비로소 그의 작품들이 발간되기 시작한다. 그러나 당시만 해도 역사물이 대부분이었다. 단재의 문학에 대한 정전화 작업은 1960년대에 와서 본격화된다. 북한에서 유고의 발견은 단재 정전화에 새로운 계기가 된다. 단재선집의 발간과 더불어 본격적인 재평가작업이 이뤄진 것이다. 그리고 유고선집은 1970년대 남한에서 단재전집의 발간으로 이어진다. 그러나 이들 선집이나 전집의 문제가 있음은 중국 쪽 연구자 김병민으로 인해 알려지게 된다. 결론적으로 앞서 이뤄진 전집, 선집, 유고집은 나름대로 문제점을 지니고 있다.

단재문학의 정전화 작업은 2006년에도 이뤄졌다. 그해 8월 12일 MBC '느낌표'에서는 단재의 독립운동 관련 사실과 더불어 『대한매일신보』 1905년 12월 28일에 실린 「是日에 又放聲大哭」을 대대적으로 보도했다. 이 글은 단재전집에는 물론이고, 단재선집 어디에도 실려 있지 않다. 그러나 허룡구(1985), 임중빈(1986), 오세창(1986), 배용일(2002), 신충우(2006) 등이 꾸준히 주장해 오던 것이다. 이 글은 을사늑약에 분개해 『황성신문』에 발표한 장지연의 「是日也放聲大哭」과 연속선상에 있으면서도 서로 다른 글이다. MBC는 신채호를 독립운동가로 새롭게 자리매김하고, 그의 「시일에 우방성대곡」을 높이 평가했다. 이것은 장지연의 「시일야방성대곡」이 계몽기의 정론으로 정전화된 데 따른 반발과 단재의 정론을 새로이 정전화하려는 기획의 소산이다. 왜냐하면 장지연이 일제강점기하에서 친일을 한 흔적들이 여지없이 밝혀졌기 때문이다. 그러나 원전확정에 실패함으로써 그 기획도 실패하고 말았다. 왜냐하면 「시일에 우방성대곡」은 박은식의 논설이기 때문이다.[42]

정전은 끊임없이 해체되고 재구성된다. 정전으로서의 개정판 단재전집은 해체되고 있다. 그러면 새로운 정전의 구성이 필요하다. 이제 보다 완전

42 이에 대해서는 김주현, 「신채호의 자료 발굴 및 원전 확정 연구–『대한매일신보』 소재 작품 중심으로(1)」(『한국현대문학연구』 20, 한국현대문학회, 2006.12)를 참고.

한 단재의 전집이 꾸려질 필요가 있다. 새로운 정전은 자료 면에서 보다 완전하고, 또한 편집자들에 의한 개변이 없어야 한다. 이제 필요한 것은 보다 완전한 전집을 통해 그의 문학을 정전화하는 일이다. 그리고 단재문학의 또 다른 정전화를 위해서는 그에 대한 연구가 진척되어 그의 작품의 문예미학적, 또는 문학사적 가치가 올바르게 규명되어야 한다. 그의 문학이 참다운 가치를 인정받을 때 근대문학의 새로운 정전으로 자리매김될 것이다.

참고문헌

기초 자료

1. 신문 잡지

『황성신문』, 『대한매일신보』, 『권업신문』, 『신대한』, 『독립신문』

『경성신보』, 『공립신보』, 『국민신보』, 『대동』, 『동아일보』, 『매일신보』, 『시대일보』, 『신한민보』, 『자유신문』, 『조선일보』, 『중외일보』, 『한성신보』, 『해조신문』, 『혁신공보』

『가정잡지』, 『기호흥학회월보』, 『대한협회회보』, 『신동방』, 『텬고』

『대동』, 『대한자강회월보』, 『삼천리』, 『서우』, 『서북학회월보』, 『소년』, 『시천교월보』, 『조광』, 『조선문학』, 『조양보』, 『진단』, 『청춘』, 『태극학보』

『中華新報』, 『北京中華新報』

『大公報』, 『大同報』, 『北京日報』, 『上海報』, 『新華日報』, 『益世報』, 『中華日報』, 『泰晤士報』

『東方雜誌』, 『中華』

2. 작품집

단재신채호전집편찬위원회 편, 『단재신채호전집』 상・하, 형설출판사, 1972.

____________________________, 『단재신채호전집』 보유, 형설출판사, 1975.

____________________________, 『단재신채호전집』(전 4권), 형설출판사, 1977.

____________________________, 『단재신채호전집』(전 10권), 한국독립기념관 독립운동사연구, 2007~2008.

신채호 역, 『이태리건국삼걸전』, 휘문관, 1908.

_____, 『룡과 룡의 대격전』, 조선문학예술총동맹출판사, 1966.

김병민 편, 『신채호문학유고선집』, 연변대학출판사, 1994.
김주현 편, 『백세 노승의 미인담(외)』, 범우사, 2004.
박정규 편, 『단재신채호시집』, 도서출판 한컴, 1999.
______ 외편, 『단재신채호』, 단재문화예술제전추진위원회, 2006.
정해렴 편, 『신채호 역사논설집』, 현대실학사, 1995.

참고자료

1. 단행본

강명관 · 고미숙 편, 『근대계몽기시가자료집』(총3권), 성균관대 대동문화연구원, 2000.
강영심, 『시대를 앞서간 민족혁명의 선각자 신규식』, 역사공간, 2010.
강영주, 『한국 역사소설의 재인식』, 창작과비평사, 1991.
강영주, 『벽초 홍명희 평전』, 사계절, 2004.
고동영 편, 『단기고사』, 한뿌리, 1986.
고령신씨세보편찬위원회 편, 『고령신씨세보』(전 8권), 농경출판사, 1995.
국사편찬위원회 편, 『통감부문서』(전 11권), 국사편찬위원회, 1998~2000.
________________, 『매천야록』, 신지사, 1955.
________________, 『한국독립운동사』 2, 정음문화사, 1968.
________________, 『기려수필』, 탐구당, 1985.
국회도서관 편, 『한국민족운동사료 : 중국편』, 국회도서관, 1976.
____________, 『한국민족운동사료 : 3 · 1운동편 기3』, 국회도서관, 1979.
권보드래, 『한국근대소설의 기원』, 소명출판, 2000.
권영민, 『한국근대문학과 시대정신』, 문예출판사, 1983.
______, 『풍자 우화 그리고 계몽담론』, 서울대 출판부, 2008.
권오만, 『개화기시가연구』, 새문사, 1989.
권재선, 『한글연구』(전 2권), 우골탑, 1992.
김광식, 『민족불교의 이상과 현실』, 도피안사, 2007.
김교헌 편, 『대동풍아』(전 2권), 우문관, 1908.
김근수 편, 『한국개화기시가집』, 태학사, 1985.
김기승, 『조소앙이 꿈꾼 세계』, 지영사, 2003.
김동수, 『일제 침략기 민족시가 연구』, 인문당, 1988.

김동훈 외 편역, 『신규식시문집』, 한국문화사, 1999.
김문길, 『일본고대문자연구』, 형설출판사, 1992.
김병민, 『신채호문학연구』, 아침, 1988.
김삼웅, 『구국언론 대한매일신보』, 대한매일신보사, 1998.
김삼웅, 『단재신채호평전』, 시대의창, 2005.
김상옥 · 나석주 열사 기념사업회, 『김상옥 나석주 항일실록』, 삼경당, 1986.
김영민, 『한국근대소설사』, 솔, 1997.
______, 『한국의 근대신문과 근대소설』, 소명출판, 2006.
______ 외편, 『근대계몽기 단형 서사문학 자료전집』, 소명출판, 2003.
김영진, 『충청도무가』, 형설출판사, 1982.
김영철, 『한국 개화기 시가 연구』, 새문사, 2004.
김용찬, 『교주 병와가곡집』, 월인, 2001.
김욱동, 『문학을 위한 변명』, 문예출판사, 2002.
김윤경, 『조선문자급어학사』, 선일인쇄소, 1938.
김윤식, 『한국근대문예비평사연구』, 일지사, 1976.
______, 『한국근대문학사상사』, 한길사, 1984.
______ · 정호웅, 『한국소설사』, 예하, 1993.
김인호, 『초사와 무속』, 신아사, 2001.
김일성, 『세기와 더불어－김일성저작집 1』, 조선로동당출판사, 1992.
김정규, 『용연 김정규 일기』(전 3권), 독립기념관 한국독립운동사연구소, 1994.
김정명 편, 『조선독립운동 II－민족주의운동편』, 원서방, 1980.
김정설, 『화랑외사』, 이문사, 1981
김시습, 『추강일고』, 발행처 불명, 1984.
김천택 편, 『청구영언』, 통문관, 1946.
김태준, 『조선소설사』, 학예사, 1939.
김택영, 『한사경』, 남통한묵림서국, 1918,
김학동, 『한국 개화기 시가 연구』, 시문학사, 1981.
______ 편, 『개화기시가집』(전 4권), 새문사, 2009.
김해암 · 이화사 편, 『단기고사』, 문화인쇄사, 1949.
김희곤, 『대한민국임시정부 연구』, 지식산업사, 2004.
朗奎 編, 『진언집』, 망월사, 1800.
단국대 동양학연구소 편, 『장지연전서』(전 10권), 단국대출판부, 1979.

단주유림기념사업회 편, 『단주 유림 자료집』(Ⅰ), 백산인쇄공사, 1991.
도산안창호선생전집편찬위원회, 『도산안창호전집』(전 14권), 동양인쇄주식회사, 2000.
류광렬, 『기자 반세기』, 서문당, 1968.
류연산, 『류자명평전』, 예성문화연구회, 2004.
류자명, 『한 혁명자의 회억록』, 독립기념관 독립운동사연구소, 1999.
민족문학사연구소 기초학문연구단, 『제도로서의 한국 근대문학과 탈식민성』, 소명출판, 2008.
민찬・장성남 편, 『대한매일신보의 시가』(전 5권), 형설출판사, 2001.
박은식, 이장희 역, 『한국통사』, 박영사, 1996.
박을수, 『한국개화기저항시가연구』, 성문각, 1985.
박종원・최탁호・류만, 『조선문학사(19세기말～1925)』, 과학백과사전출판사, 1980.
박찬승, 『한국근대정치사상사연구』, 역사비평사, 1992.
박태원, 『약산과 의열단』, 백양당, 1947.
배용일, 『박은식과 신채호 사상의 비교 연구』, 경인문화사, 2002.
백암박은식선생전집간행위원회 편, 『백암박은식전집』(전 6권), 동방미디어, 2002.
백태열 편, 『장덕진전』, 삼일인쇄사, 1925.
변영만 역, 『세계삼괴물』, 광학서포, 1908.
사회과학원 문학연구소, 『조선문학사』 5, 과학백과사전출판사, 1999.
산운학술문화재단 편, 『산운 장도빈의 생애와 사상』, 산운학술문화재단, 1988.
서거정 외편, 『동문선』(전 12권), 민족문화추진회, 1982.
성균관대 대동문화연구원 편, 『국역 심산유고』, 국역심산유고간행위원회, 1979.
송남헌 외, 『몸으로 쓴 통일독립운동사』, 한울, 2000.
송민호, 『한국개화기 소설의 사적 연구』, 일지사, 1975.
송우혜, 『윤동주평전』, 열음사, 1992.
신광하, 『진택선생문집』(전 2권), 경인문화사, 1994.
신규식, 민필호 편, 『한국혼』, 보신각, 1971.
신 숙, 『나의 일생』, 일신사, 1963.
신용하, 『신채호의 사회사상 연구』, 한길사, 1984.
______, 『증보 신채호의 사회사상 연구』, 나남출판, 2004.
신재홍, 『한국몽유소설연구』, 계명문화사, 1994.
신충우, 『민족지성 신채호』, 한림원, 2006.
심산사상연구회 편, 『김창숙』, 한길사, 1981.

심재완 편, 『교본 역대시조전서』, 세종문화사, 1972.
안상경 · 이창식, 『충북의 무가 · 무경』, 충북학연구소, 2002.
안석연 편, 『釋門儀範』, 보련각, 1968.
안자산, 『조선문학사』, 한일서점, 1922.
안정복, 『국역 동사강목』(전 10권), 민족문화추진회, 1989.
안함광, 『조선문학사』, 교육도서출판사, 1956.
언어문학연구소 문학연구실 편, 『조선문학통사』(전 2권), 과학원출판사, 1959.
연시중, 『한국 정당정치실록』 (1), 지와사랑, 2001.
오장환, 『한국아나키즘운동사연구』, 국학자료원, 1998.
옥파문화재단 옥파기념사업회, 『옥파 이종일선생 논설집』(전 3권), 교학사, 1984.
왕신영 외, 『윤동주 자필 시고전집』, 민음사, 1999.
우강양기탁선생전집편찬위원회 편, 『우강양기탁전집』(전 4권), 동방미디어, 2002.
牛林杰, 『한국개화기문학과 양계초』, 박이정, 2002.
육당전집편찬위원회 편, 『육당최남선전집』(전 15권), 현암사, 1973.
윤대원, 『상해시기 대한민국임시정부 연구』, 서울대 출판부, 2006.
윤병석 편, 『성재이동휘전집』(전 2권), 독립기념관 한국독립운동연구소, 1988.
______ · 윤경로 편, 『안창호일대기』, 역민사, 1995.
윤상현, 『조선오백년사』, 광동서국, 1928.
이가원 주석, 『춘향전』, 정음사, 1984.
이광수, 『이광수전집』(전 10권), 삼중당, 1972.
이규경, 『오유장전연문산고』(전 5권), 민족문화추진회, 1981.
이규창, 『운명의 여진』, 보련각, 1992.
이덕일, 『아나키스트 이회영과 젊은 그들』, 웅진닷컴, 2001.
이만열, 『단재 신채호의 역사학연구』, 문학과지성사, 1990.
이만운 · 이덕무 편, 『기년아람』(전 2권), 태학사, 1989.
이명재, 『통일시대 문학의 길찾기』, 새미, 2002.
이민수 역, 『한문독본—학어집』, 을유문화사, 1976.
______ 편, 『단기고사』, 낭주인쇄소, 1983.
이상시, 『단군실사에 관한 고증연구』, 고려원, 1990.
이수광, 『지봉유설』, 경인문화사, 1970.
이은숙, 『가슴에 품은 뜻 하늘에 사무쳐』, 인물연구소, 1981.
이　이, 『국역 율곡전서』(전 7권), 한국정신문화연구원, 1984.

이　익,『국역 성호사설』(전 12권), 민족문화추진회, 1979.
이재선,『한국현대소설사』, 홍성사, 1984.
이정규,『우관문존』, 삼화인쇄주식회사, 1974.
이정식,『김규식의 생애』, 신구문화사, 1974.
______ 외,『혁명가들의 항일회상』, 민음사, 2005.
이청원,『한국민족문학사론』, 원광대출판국, 1982.
이충구・김병헌 편역,『화사 이관구 자료집(1)－언행록』, 국학자료원, 2003.
이태복,『도산안창호평전』, 동녘, 2006.
이현희,『대한민국임시정부사』, 한국학술정보, 2002.
______,『애국지사 조동호평전』, 솔과학, 2007.
이호룡,『한국의 아나키즘』, 지식산업사, 2001.
임중빈,『선각자 단재 신채호』, 충청출판사, 1986.
임형택,『한국문학사의 시각』, 창작과비평사, 1984.
임　화,『조선신문학사-현대문학사자료집성(1)』, 국학자료원, 1997.
장　유, 이상현 역,『국역 계곡집』(전 6권), 민족문화추진회, 1994～2002.
장도빈,『산운장도빈전집』(전 2권), 산운기념사업회, 1982.
______,『한국의 혼』, 경학사, 1998.
정선태,『개화기 신문 논설의 서사 수용 양상』, 소명출판, 1999.
정순진,『글의 무늬 읽기』, 새미, 1995.
정원택, 홍순옥 역,『지산외유일지』, 탐구당, 1983.
정인보, 정양완 역,『담원문록』(전 3권), 태학사, 2006.
정진석,『대한매일신보와 배설』, 나남, 1987.
______,『역사와 언론인』, 커뮤니케이션북스, 2001.
정해렴 편역,『신채호 역사논설집』, 현대실학사, 1995.
정홍교・박종원,『조선문학개관』(전 2권), 도서출판 백의, 1988.
정화암,『이 조국 어디로 갈 것인가』, 자유문고, 1982.
조남권 외역,『김택영의 조선시대사 한사경』, 태학사, 2001.
조동일,『한국문학통사』(전 6권), 지식산업사, 1986.
조선무정부주의운동사편찬위원회 편,『한국아나키즘운동사』, 형설출판사, 1978,
조소앙,『소앙선생문집』(전 2권), 삼균학회, 1979.
주시경,『국어문전음학』, 박문서관, 1908.
주요한,『도산안창호전서』 상, 범양사출판부, 1990.

최광식 역주, 『단재 신채호의 천고』, 아연출판부, 2004.
최남선, 『육당최남선전집』(전 15권), 현암사, 1973~1975.
최기영, 『식민지시기 민족지성과 문화운동』, 한울아카데미, 2003.
최상철, 『중국조선족언론사』, 경남대 출판부, 1996.
최수일, 『개벽 연구』, 소명출판, 2008.
최원식, 『한국근대소설사론』, 창작과비평사, 1986.
______, 『한국계몽주의문학사론』, 소명출판, 2002.
최해청 편, 『대한매일신보발췌록』, 청구대학출판부, 1958.
최홍규, 『신채호의 민족주의 사상』, 형설출판사, 1983.
______, 『신채호의 역사의식과 민족운동』, 일지사, 2005.
한국언론사연구회 편, 『대한매일신보연구』, 커뮤니케이션북스, 2004.
함화진 외편, 『가곡원류 : 이본 7종』(전 3권), 홍문각, 2002.
허 균, 『성소부부고』(전 5권), 민족문화추진회, 1981.
현용순 외편, 『조선족 백년사화』 Ⅰ, 료녕인민출판사, 1985.
홍만종, 이민수 역, 『순오지』, 을유문화사, 1971.
홍신선, 『한국시와 불교적 상상력』, 역락, 2004.
홍양호, 『동국명장전』, 탑인사, 1907.
홍영도 편, 『한국독립운동사』, 애국동지원호회, 1956.
황 현, 『황현전집』(전 2권), 아세아문화사, 1978.
______, 『매천전집』(전 5권), 한국인문과학원, 1988.
______, 김종익 역, 『오하기문』, 역사비평사, 1994.

久保得二 外 編, 『東洋歷史大辭典』, 東京 : 同文館, 1905.
堀田璋左右 外 編, 『東洋歷史辭典』, 東京 : 吉川弘文館, 1905.
大塚久 編, 『東洋歷史辭典』, 東京 : 郁文舍, 1905.
落合直澄, 『日本古代文字考』, 東京 : 吉川半七, 1888.
梁啓超, 『飮冰室合集』(全 12卷), 北京 : 中華書局, 2003.
______, 『中國歷史研究法』, 上海 : 上海古籍出版社, 2006.
司馬遷, 김진연 편역, 『史記』(全 3卷), 서울 : 서해문집, 2002.
徐鑄成, 『報人張季鸞先生傳』, 北京 : 三聯書店, 1986.
吳稚暉, 『吳稚暉先生文粹』(全 2卷), 台北 : 華文書局, 1968.
______, 『吳稚暉先生全集』(全 18卷), 臺北 : 中國國民黨中央委員會黨史史料編纂委

김학동, 「대한매일신보의 시가 유형에 관한 연구」, 『대한매일신보연구』, 서강대 출판부, 1986.
김희영, 「텍스트 · 즐거움 · 권력 · 도덕성」, 『텍스트의 즐거움』, 동문선, 1997.
다지리 히로유키, 「이인직의 연극개량과 일본 연극개량—"좌창의민전(佐倉義民傳)"과 "은세계"를 중심으로」, 『민족문화연구』 34, 고려대 민족문화연구원, 2001.6.
도상범, 「양계초의 사론에 관한 연구」, 충남대 박사논문, 1992.
류자명, 「조선 애국사학가 신채호」, 『세계사연구동태』, 1981.2.
박　환, 「"권업신문"에 대한 일고찰」, 『사학연구』 46, 한국사학회, 1993.5.
박경수, 「단재 신채호의 국시론과 애국시」, 『일하 이원기 선생 순국 50주년 추모논총』, 부산대 출판부, 1993.
박광용, 「대종교 관련문헌 위작 많다 2—"신단실기", "단기고사"의 성격에 대한 재검토」, 『역사비평』 18, 1992.2.
박정규, 「"대한매일신보"의 참여인물과 행동」, 『대한매일신보연구』(한국언론사연구회 편), 커뮤니케이션북스, 2004
_____, 「국내에서의 신채호 연보와 쓴 글에 대한 고찰」, 『단재신채호연구의 재조명』, 단재문화예술추진위원회, 2006.
박중훈, 「자료소개—'의용실기'」, 『국학연구』 6, 국학연구소, 2001.12.
박태규, 「이인직의 연극개량 의지와 '은세계'에 미친 일본연극의 영향에 관한 연구」, 『일본학보』 47, 한국일본학회, 2001.6.
박　환, 「"권업신문"에 대한 일고찰」, 『사학연구』 46, 한국사학회, 1993.5.
박희병, 「신채호의 근대민족문학」, 『관악어문연구』 22, 서울대 국어국문학과, 1997.12.
변영만, 「신단재의 윤곽」, 『조선일보』, 1931.6.12.
서세충, 「단재의 천재와 凝滯 없는 성격」, 『신동아』 54, 1936.4.
서은경, 「근대서사 양식의 변모와 '디구셩미릭몽'의 의미연구」, 『현대소설연구』 26, 한국현대소설학회, 2005.6.
성현자, 「단재 신채호의 역사전기소설연구—"이태리건국삼걸전"과의 비교를 중심으로 」, 『동방문학비교연구총서』 3, 한국동방문학비교연구회, 1997.
손성준, 「국민국가와 영웅서사—"이태리건국삼걸전"의 서발동착(西發東着)과 그 의미」, 『사이』 3, 국제한국문학문화학회, 2007.11.
송엽휘, 「"월남망국사"의 번역 과정에 나타난 제문제」, 『어문연구』 34-4, 한국어문교육연구회, 2006.12.
송우혜, 「'대한독립선언서'(세칭 「무오독립선언서」)의 실체」, 『역사비평』 3호, 1988.6.

신석우,「단재와 〈矣〉자」,『신동아』 54, 1936.4.
신영우,「조선의 역사대가 단재 옥중회견기」,『조선일보』, 1931.12.19~12.30.
신용하,「신채호의 애국계몽운동(하)」,『한국학보』 20, 일지사, 1980.9.
______,「신채호의 광복회 통고문과 고시문」,『한국학보』 32, 일지사, 1983.9.
심 훈,「단재와 우당」,『동아일보』, 1936.3.12~3.13.
심재숙,「근대계몽기 신작 고소설의 현실대응양상 연구」, 고려대 박사논문, 2000.8.
안재홍,「오호 단재를 곡함」,『조선일보』, 1936.2.27.
안종묵,「황성신문의 애국계몽운동에 관한 연구」, 한국외대 박사논문, 1997.8.
안함광,「신채호와 그의 문학」,『조선문학』 210, 1965.2.
______,「해제」,『용과 용의 대격전』, 조선예술총동맹출판사, 1966.
오세창,「신채호의 해외언론활동」,『신채호의 사상과 민족독립운동』, 형설출판사, 1986.
오종일,「매천전집 해제」,『매천전집』 (1), 호남학연구소, 1984.
우남숙,「양계초와 신채호의 자유론 비교—"신민설"과 '20세기 신국민'을 중심으로」,『동양정치사상사』 6-1, 한국동양정치사상사학회, 2006.3.
牛林杰,「양계초 역사 전기소설의 한국적 수용」,『중한인문과학연구』 6, 중한인문과학연구회, 2001.6.
우수진,「개화기 연극개량의 국민화를 위한 감화기제 연구」,『한국극예술연구』 19, 한국극예술학회, 2004.4.
원세훈,「단재 신채호」,『삼천리』 72, 1936.4.
육근웅,「'빼앗긴 들에도 봄은 오는가'에 대한 한 이해」,『한민족문화연구』 3, 한민족문화학회, 1998.8.
윤병석,「권업회의 성립과 권업신문의 간행」,『천관우선생환력기념 한국사학논총』, 정음문화사, 1984.
이광린,「대한매일신보 간행에 대한 일고찰」,『대한매일신보연구』, 서강대 출판부, 1986.
______,「황성신문연구」,『동방학지』 53, 연세대 국학연구원, 1986.12.
이광수,「탈출 도중의 단재 인상」,『조광』 6, 1936.4.
이극로,「서간도 시대의 선생」,『조광』 6, 1936.4.
이기열,「신채호 소설 연구」, 서울대 석사논문, 1984.2.
이동순,「단재 신채호의 '천희당시화'에 대하여」,『개신어문연구』 1, 충북대 국어교육학과, 1981.12.
______,「상해판 "독립신문" 수록 시작품 분석」,『민족시의 정신사』, 창작과비평사, 1996.
이동언,「김광제의 생애와 국권회복운동」,『독립운동사연구』 12, 한국독립운동사연구소,

1998.12.
이만열, 「해제－단재신채호전집 제1권 역사」, 『단재신채호전집』 (1), 독립기념관 독립운동사연구소, 2007.
이상경, 「"은세계" 재론－이인직연구(1)」, 『민족문학사연구』 5, 민족문학사학회, 1994.
이상우, 「근대계몽기 연극개량론과 서사문학에 나타난 국민국가 인식」, 『어문논집』 54, 민족어문학회, 2006.10.
이선주, 「도산 안창호의 리버사이드 생활」, 『크리스천헤럴드』, 2001.8.30～2001.9.7.
이연복, 「대한민국임시정부와 사회문화활동」, 『사학연구』 37, 한국사학회, 1983.12.
이영신, 「단재 신채호의 문학 연구」, 성균관대 박사논문, 2000.2.
이은상, 「간행사」, 『개정판 단재신채호전집』 별집, 형설출판사, 1977.
이종수, 「조선신문사, 사상변천을 중심으로」, 『동광』 28, 1931.12.
이종준, 「잡록」, 『대한자강회월보』 9, 1907.3.
이현종, 「구한말 정치 학회 회사 언론단체 조사자료」, 『아세아학보』 2, 아세아학술연구회, 1966.10.
이호룡, 「신채호의 아나키즘」, 『역사학보』 177, 역사학회, 2003.3.
임상석, 「근대계몽기 신채호의 글쓰기 방식-한문의 그늘 아래 모색된 새로운 논리와 사상」, 고려대 석사논문, 2002.2.
______, 「신채호 연구의 잃어버린 한 고리-'대동제국사서언'의 발견」, 『민족문화연구』 38, 고려대 민족문화연구소, 2003.6.
임중빈, 「민중혁명문학의 근대적 형성」, 『단재신채호전집(별책)』, 형설출판사, 1977.
______, 「단재의 상황문학론」, 『한국문학』, 1977.9.
______ 평석, 「천희당시화」, 『한국문학』, 1977.9.
임형택, 「자료 소개 : 항일민족시-상해 "독립신문" 소재」, 『대동문화연구』 14, 성대 대동문화연구원, 1981.6.
______, 「'담총'의 사상과 그 작자」, 『신채호의 사상과 민족독립운동』, 형설출판사, 1986.
장도빈, 「암운 짙은 구한말」, 『사상계』, 1962.4.
장효근, 「장효근일기」, 『한국사논총』 2, 성신여대 국사교육과, 1977.
정　교, 변주승 역, 『대한계년사』(전 10권), 소명출판, 2004.
정　권, 「한말 계몽운동단체 연구」, 효성여대 박사논문, 1992.2.
정선태, 「번역이 몰고 온 공포와 전율－"월남망국사"의 번역과 말년/망국의 상상」, 『한국근대문학의 수렴과 발산』, 소명출판, 2008.
정승철, 「순국문 "이태리건국삼걸젼"(1908)에 대하여」, 『어문연구』 132, 어문교육연구회,

2006.12.
정인보, 「단재와 사학」, 『동아일보』, 1936.2.28.
정환국, 「근대계몽기 역사전기물 번역에 대하여—"월남망국사"와 "이태리건국삼걸전"의 경우」, 『대동문화연구』 48, 성균관대 대동문화연구원, 2004.12.
조동걸, 「단재 신채호의 삶과 유훈」, 『한국사학사학보』 3, 한국사학사학회, 2001.3.
조두섭, 「1920년대 한국 민족주의시 연구1—상해 독립신문파 시인을 중심으로」, 『어문학』 50, 한국어문학회. 1989.5.
조성남, 「언론인이 본 단재 신채호」, 『단재신채호의 현대적 조명』(대전대학교 지역협력연구원 편), 다운샘, 2003,
조인성, 「한말 단군 관계 사서의 재검토—"신단실기"·"단기고사"·"환단고기"를 중심으로」, 『국사관논총』 3, 국사편찬위원회, 1989.10.
______, 「재야사서 위서론」, 『단군과 고조선사』(노태돈 편), 사계절, 2000.
조철행, 「국민대표회의(1921-23) 연구—개조파·창조파의 민족해방운동론을 중심으로」, 『사총』 44, 역사학연구회, 1995.12.
조항래, 「대한독립선언서 발표시기와 경위」, 『삼균주의연구논집』 13, 삼균학회, 1993.2.
주룡걸, 「탁월한 작가 신채호의 문학에 대하여—최근에 발굴된 그의 창작 유고를 중심으로」, 『문학신문』, 1964.10.20.
주승택, 「개화기 한문학의 변이양상」, 『관악어문연구』 10, 서울대 국어국문학과, 1985.12.
주요한, 「거국가와 청년학우회가」, 『새벽』, 1955.12.
차상찬, 「조선신문발달사」, 『개벽』 4, 1935.3.
채　백, 「황성신문 경영 연구」, 『한국언론학보』 43-3, 한국언론학회, 1999.4.
최광식, 「"천고" 고고편에 보이는 신채호의 고대사 인식」, 『단재 신채호의 천고』, 아연출판부, 2004.
최기영, 「국역 "월남망국사"에 관한 일고찰」, 『동아연구』 6, 서강대 동아연구소, 1985.
______, 「해제」, 『권업신문·대한인정교보·청구신문·한인신보』, 한림대학교 아시아문화연구소, 1995.
______, 「상해판 독립신문의 발간과 운영」, 『대한민국임시정부 수립 80주년 기념논문집』 하, 국가보훈처, 1999.
______, 「일제 강점기 신채호의 언론활동」, 『식민지시기 민족지성과 문화운동』, 한울아카데미, 2003.
최남선, 「진실정신」, 『국민보』, 1955.7.6.
최박광, 「"월남망국사"와 동아시아 지식인들」, 『인문과학』, 36, 성균관대 인문과학연구소,

2005.8.
최옥산, 「문학자 단재 신채호론」, 인하대 박사논문, 2003.8.
______, 「〈신국민〉 만들기와 문학－신채호와 양계초의 국민성 탐구」, 『한국학연구』 13, 인하대 한국학연구소, 2004.11.
최원식, 「아시아의 연대－"월남망국사" 소고」, 『한국문학의 현단계』, 창작과비평사, 1983.
최종운, 「환몽소설의 유형구조와 창작동인」, 대구대 박사논문, 2002.1.
布袋敏博, 『일제말기 일본어 소설 연구』, 서울대 박사논문, 1996.
한시준, 「신채호의 재중 독립운동」, 『한국사학사학보』 3, 한국사학사학회, 2001.3.
한영우, 「1910년대의 민족주의적 역사서술」, 『한국문화』 1, 서울대 규장각 한국학연구원, 1980.12.
한준모, 「신채호의 문학의 기본 특징」, 『퇴계학과 한국문화』 35-2, 경북대 퇴계학연구소, 2004.
한형구, 「신채호 언설의 비평사적 의의와 특질」, 『단재신채호의 현대적 조명』, 다운샘, 2003.
허룡구, 「걸출한 조선족 학자 신채호」, 『조선족 100년 사화』, 요령인민출판사, 1985.
홍기문, 「조선역사학의 선구자인 신단재학설의 비판」, 『조선일보』, 1936.2.29～3.8.
홍명희, 「상해시대의 단재」, 『조광』 6, 1936.4.
황재문, 「신채호 문학론의 위상」, 『단재신채호의 현대적 조명』, 다운샘, 2003.
______, 「장지연 신채호 이광수의 문학사상 비교 연구」, 서울대 박사논문, 2004.2.
______, 「애국계몽기 몽유록과 힘의 윤리」, 『규장각』 35, 서울대 규장각, 2009.12.

Karlgren, Bernhard, "The Authenticity of Ancient Chinese Texts", *The Museum of Far Eastern Antiquities*, Stockholm : Museum of Far Eastern Antiquities, 1929.
Soyinka, Wole, 「문학의 서쪽을 향한 정전, 동쪽을 향한 정전」, 김우창 외, 『경계를 넘어 글쓰기』, 민음사, 2001.

찾아보기

인명

작품 저서

신문 잡지

기타